JASON DARK

JOHN SINCLAIR

DAS SCHICKSAL DES TEMPLERS

ACHT SPANNENDE GRUSEL-ABENTEUER

BASTEI LÜBBE

BASTEI LÜBBE TASCHENBUCH
Band 73 961

1. Auflage: Juli 2006

Vollständige Taschenbuchausgabe

Bastei Lübbe Taschenbücher
in der
Verlagsgruppe Lübbe

Lektorat: Peter Thannisch
Titelbild: Craig Aumess / CORBIS
Umschlaggestaltung: Tanja Østlyngen
Satz: Wildpanner, München
Druck und Verarbeitung:
Nørhaven Paperback A/S
Printed in Denmark
ISBN 10: 3-404-73961-2
ISBN 13: 978-3-404-73961-5

Inhalt

GEISTERSTUNDE IN LOS ANGELES

Drei Dinge liebte Anne Cargill ganz besonders in ihrem Leben!

Sich selbst, viel Geld und ihre Katze, gelb und schwarz gestreift, ein kleines Tigerchen.

Wo Liebe ist, existiert auch Hass. Und es gab etwas, das Anne Cargill hasste.

Ihre Seele! Die verdammten Angstgefühle, die Bedrohung vor dem Unheimlichen, das hinter dem Vorhang des sichtbaren Lebens lauerte. Da war eine Kraft, die sie nicht begreifen konnte. Anne hatte darüber nachgedacht, nächtelang, sie hatte sie gespürt, aber sie konnte die Bedrohung nicht in den Griff bekommen. Das Dunkle, das Unheimliche lag tief in einer anderen Welt, die sich in ihrer Seele befand, nicht sichtbar war und trotzdem mit der sichtbaren Welt eine enge Verflechtung zeigte.

Anne war fertig, am Ende. Sie konnte die andere Seite des Lebens nicht fassen. Diese Tatsachen zerhämmerten ihre Seele, nur durfte das niemand merken. Für die Öffentlichkeit war sie *die* Cargill, der Star, eine Frau, die große Rollen bekam, Regisseure in den Wahnsinn getrieben hatte und von Millionen geliebt wurde.

Das war die Fassade, das »äußere« Hollywood. Aber es gab noch die andere Seite, die Einsamkeit, die prächtigen Villen, die doch so leer waren, trotz des Luxus, der in den oft turnhallengroßen Räumen die Einrichtung bildete.

Leer und einsam. Die Folge waren Depressionen und Angst. Da stiegen aus den Tiefen der Seele die Angstgefühle hoch, da erzeugten sie Zerrbilder und dämonische Malereien.

Andere Welten öffneten sich den Menschen. Hollywood hatte es stark getroffen. Zuerst sprach man nur flüsternd darüber. Mit der Zeit jedoch wurden diese Gespräche offener. Es verging kaum ein Jahr, bis das erste Buch eines Stars über unheimliche Begegnungen mit den Kräften des Jenseits erschien. Andere folgten. Das Jenseits, die Welten dahinter wurden zu Partygesprächen. Manchmal belächelt, dann wieder regelrecht aufgesaugt und Angstgefühle erzeugend.

Es gab die Geister, die bösen Mächte im Hintergrund. Sie warteten und lauerten. Sie ergriffen von den Menschen Besitz, drangen in ihre Seelen und führten sie zu neuen Ufern – oder in den Tod.

Anne Cargill gehörte zu den Schwachen. Sie setzte sich mit den anderen Dingen nicht auseinander. Sie floh vor ihnen in die Öffentlichkeit. An den Abenden feierte sie fast jede Party mit, ließ sich im Blitzlichtgewitter der Fotografen feiern, wollte jedermanns Freund sein und erlebte dennoch die bedrückende Einsamkeit.

Irgendwann musste sie schlafen. Dann kamen die Träume. Manchmal nur seicht, aber meist schlimm und grauenhaft. Bedrückend, unruhig. Anne wälzte sich dabei in ihrem Bett herum und versuchte vergeblich, diesen Gefühlen und Botschaften zu entgehen.

Sie schlugen grauenhaft zu, umgaben sie, drückten sie hinein in die Enge eines seelischen Käfigs. Manchmal vernahm sie das Heulen und Jaulen, als würde ein scharfer Wind um die gläsernen Ecken ihres Bungalows pfeifen, aber es war kein Sturm, denn die Geräusche erinnerten sie mehr an das Schreien fremder Wesen.

Geister und Dämonen!

Früher hatte man darüber gelacht. In den letzten Jahren allerdings glaubte man auch in Hollywood daran. Es gab Menschen, die warnten. Man bezeichnete sie manchmal als Seher, andere sagten Gurus. Sie redeten über eine beginnende Endzeit. Welten kamen zusammen. Ein Pandämonium wurde aus dem Unsichtbaren hervorgehoben und veränderte die Kreaturen, ob es nun Menschen oder Tiere waren.

In den letzten Tagen hatte es Anne Cargill besonders stark getroffen. Wegen einer leichten Grippe konnte sie an mehreren Partys nicht teilnehmen.

Wieder erlebte sie eine schlimme Nacht. Sie hatte nicht länger als zwei Stunden geschlafen, als sie erwachte und sich aufsetzte. Die rohseidene Decke rutschte von ihrem Körper. Das hauchdünne Nachthemd klebte auf der Haut. Annes Haar war zerrauft, die Schminke klebte noch im Gesicht. Sie hatte in den letzten Stunden geweint, und Tränenspuren hatten schmale Kanäle in die Schminke gegraben.

Anne löschte nie das Licht, wenn sie sich niederlegte. Sie brauchte den Schein, denn das Licht bedeutete Hoffnung. In Reichweite ihres Betts stand eine Lampe. Sie wirkte futuristisch, bestand aus einer Röhre, die einen hellblauen Schein abgab. Er floss über den Parkettboden des Zimmers und erreichte fast die Tür, die Anne ebenfalls nicht schloss, wenn sie sich niederlegte.

In dieser Nacht machte ihr das Herzrasen besonders zu schaffen. Noch immer saß sie aufrecht und überlegte, weshalb sie der Traum so gequält hatte. War es eine Botschaft? So schlimm hatte sie ihn nie gefunden. Sie hatte Dinge gesehen, die es nicht geben konnte. Sie waren so schrecklich, dass ihr einfach die Worte fehlten, sie zu beschreiben. Da waren die Tiefen der menschlichen Seele plötzlich sichtbar geworden und hatten sich ihr offenbart.

Grausame Gestalten, Geister, Monster und Dämonen vermischten sich in einem rasanten Wirbel.

Ihr Schlafzimmer besaß an einer Seite eine breite Fensterfront, die sich versenken ließ. Dahinter lag die Terrasse. Sie endete dort, wo ein weiß gestrichenes Gitter die Grenze des hoch gelegenen Grundstücks bildete. Hinter der Absperrung fielen die Felsen fast so steil wie eine Wand in die Tiefe. Zu den anderen beiden Seiten hin wurde das Haus von einem dichten Pinienwald beschützt. Anne sah den Nachbarn nicht, der ein ähnliches Grundstück besaß.

Auch jetzt fiel ihr Blick wieder auf die Terrasse. Die kleinen Fliesen glänzten bläulich im Licht des Mondes, dessen Strahlen der Oberfläche des Pools einen matten Schein gaben.

Niemand befand sich auf der Terrasse. Die Liegestühle waren zusammengeklappt worden, ebenso die beiden Tische. Anne befand sich allein im Haus, dennoch überkam sie das Gefühl, einen Besucher zu haben. Ein Wesen, das nicht sichtbar war und sich einfach überall aufhielt, sodass es alles beobachten konnte.

Im Bett drehte sie sich. Ihr Blick fiel dabei auf die Flasche Rotwein. Zur Hälfte hatte sie den Wein getrunken, und sie verspürte wieder Durst.

Anne Cargill schwang die Beine aus dem Bett, fuhr mit ihren gespreizten Fingern durch das aschblonde Haar und schaute zur Tür, die aus zwei Flügeln bestand. Einen ließ sie immer offen. In dem dahinter liegenden Raum brannte kein Licht. Dort lag dicht die Finsternis. Anne kam es vor, als wäre die offen stehende Türhälfte der Eingang zu einer Welt des Unheimlichen.

Diese andere Welt war da. Und sie war nicht die einzige Person, die so etwas gespürt hatte. Auch ihre Kollegen wussten Bescheid. Nur sprachen sie selten darüber, sie behielten gewisse Dinge für sich, weil sie sich nicht lächerlich machen wollten. Nicht jeder besaß den Mut, ein Buch darüber zu schreiben.

Anne hatte sich ein Glas holen wollen, auf einmal fand sie nicht den Mut, ihr Zimmer durch die Tür zu verlassen. Sie hatte Angst vor dem anderen Raum, der Finsternis, dem dort lauernden Bösen. Dunkelheit bedeutete für sie das Böse, und das Böse war die Angst, ein Spiegel ihrer Seele. Vielleicht bekam sie jetzt das zurück, was sie anderen Menschen in ihrem Leben angetan hatte.

Vor allen Dingen den Männern. Nach drei Ehen hatte sie über das angeblich starke Geschlecht nur gelacht. Sie hatte von sich aus Schluss gemacht und die Fluppies aus dem Haus geworfen. Einer war darunter, der sehr gelitten hatte.

Was kümmerte sie das!

Anne Cargill schwitzte. Sie fühlte sich schmutzig und wäre gern unter die Dusche gestiegen. Plötzlich fiel ihr auf, dass der kleine Tiger nicht bei ihr war. Er lag oft genug an ihrem Fußende, wenn sie schlief und sie die Träume quälten. Nun war er verschwunden. Tiere haben ja Vorahnungen, das wusste sie auch. Sie spürten es früher als die Menschen, wenn etwas passierte.

Auch ihre Katze?

Anne drehte sich wieder um. Dabei fiel ihr Blick abermals durch das große Fenster – und sie erschrak!

Auf der Terrasse malte sich ein Schatten ab. Unheimlich, bizarr, groß und schwarz.

Wer den Schatten warf, konnte sie nicht feststellen. Er war einfach da und fiel von der Seite her fast bis an den Rand des Pools. Anne ballte die Hände zu Fäusten. Sie wollte sich selbst Mut einflößen und sich nicht verrückt machen lassen.

Mit zitternden Knien schritt sie auf das Fenster zu. Dabei musste sie das Bett umrunden. Die ausgestreckten Finger ihrer Hand streiften noch über die seidene Decke. Anne wollte wissen, wer diesen gewaltigen Schatten warf. Das unförmige Ding ähnelte manchmal einem Tuch, das im Wind flatterte.

Anne Cargill verstand nichts mehr.

Sie schlich noch näher an das Fenster heran. Plötzlich legte sich die Angst wie eine Würgeklammer um ihren Hals! Ihre Katze hatte den Schatten geworfen!

Aber wie sah sie aus?

Gewaltig, unheimlich. Sie erreichte fast die Größe eines Menschen. Aus dem kleinen Tiger war ein echter geworden.

Mit seidenweich wirkenden Schritten bewegte sich das Monstrum über die Terrasse, es streifte am Pool entlang, drehte den Kopf, sodass die kalten Raubtieraugen direkt in das Zimmer starrten.

Anne Cargill stand wie angewachsen auf der Stelle. Sie hatte nur mehr Augen für ihre Katze und hoffte, sich getäuscht zu haben, doch das war nicht der Fall.

Sie kannte jedes Barthaar bei ihrem Tier, jeden Ausdruck der Augen, denn sie hatte immer wieder darüber gestaunt, wie sehr sich der Ausdruck verändern konnte.

Den, den sie jetzt sah, hatte sie nur selten bei ihrem Tier erlebt. Wirklich nur in Ausnahmefällen.

Es war ein teuflischer, ein böser Ausdruck, und sie fand noch einen anderen Begriff dafür.

Mordlüstern!

Aus der Katze war ein vierbeiniger Killer geworden, der sich nun duckte und anschlich. Ein sicheres Zeichen für den Angriff.

Anne hatte ihre Katze aus Spaß immer Tiger genannt. Doch jetzt schrie sie das Wort, und es bestand aus Angst, Panik und Furcht.

Die Riesenkatze stieß sich ab. Der gewaltige Körper beschrieb einen Halbbogen, als er sich vom Boden her in die Luft wuchtete und auf das Fenster zusprang.

»Neiiinnn ...« Der Schrei wurde vom Platzen und Klirren des Glases übertönt, als der schwere Körper hindurchbrach und in das Zimmer hechtete. Er prallte zuerst auf das Bett, das unter dem Gewicht zusammenbrach. Danach stieß sich die Katze ab. Sie wurde zu einem fliegenden Ungeheuer, das über die entsetzte Schauspielerin herfiel.

Anne schrie nicht mehr. Der schwere Tigerkörper hatte sie umgerissen und sie unter sich begraben. Sie spürte plötzlich die

Pfoten, die zu Pranken geworden waren und sie mit einer spielerisch anmutenden Bewegung in die Höhe schleuderten, wobei sie die Frau an beiden Seiten der Taille umklammert hielten.

Anne Cargill flog quer durch das Zimmer, prallte mit dem Hinterkopf gegen die Kante der offen stehenden Tür und hatte den Eindruck, in Watte getaucht zu werden, wobei der Schmerz gleichzeitig ihren eingehüllten Kopf wie ein Blitzstrahl durchschnitt.

Noch einmal riss sie sich zusammen. Sie sah klar, sie hörte auch klar und vernahm das satanische überlaute Lachen, das von der Terrasse her durch den Raum hallte.

Es war der letzte Laut, den sie als Lebende mitbekam. Die Pranke des Tigers fegte nach unten wie ein Fallbeil. Sie tötete Anne Cargill bereits mit dem ersten Schlag …

Als Ken Travers das Bad verließ, war er noch immer nackt. Den teuren Bademantel hatte er locker über eine Schulter gelegt. Der Stoff duftete ebenfalls nach seinem Körperspray, denn Ken liebte den Gleichklang. In der Rechten hielt er das halb gefüllte Glas mit Whisky, in der Linken schaukelte er eine Flasche vom teuersten Champagner.

Dunkelhaarig, solariumbraun und immer wieder »in«, so kannte man Ken Travers, einen der bekanntesten Drehbuchautoren und Frauenhelden in der Filmstadt Los Angeles.

An diesem Abend wollte Travers sich wieder beweisen. Er wusste nicht einmal, wie die beiden Girls hießen, die ihn in einer Bar am Sunset Boulevard mit verführerischen Blicken angemacht hatten, jedenfalls hatten sie ihn gekannt, und sie waren scharf. Wahrscheinlich erhofften sie sich auch eine Rolle, denn Travers besaß ein Mitspracherecht, was die Besetzung der Filme anging, die nach seinen Büchern gedreht wurden. Sie waren ihm willig gefolgt, und Travers, der Profi in solchen Geschäften, hatte sie noch mehr aufgeheizt. Die Drinks, die sie jetzt wahrscheinlich schlürften, enthielten nicht nur Alkohol, sondern auch eine Droge, die die Hemmungen raubte.

So wollte Travers es haben, so hatte er es schon bei zahlreichen

Häschen gemacht, und die alte Masche zog noch immer. Besonders bei den Girls, die vom Lande kamen und dachten, dass Hollywood so wäre, wie es immer im Kino gezeigt wird.

Travers wohnte in einem kleinen Penthouse. Alle fünf Zimmertüren zweigten sternförmig von der runden Diele ab, die ein Glasdach besaß und als Mittelpunkt einen Springbrunnen. Eine nackte Puppe stand auf einem Sockel und spie grün schimmerndes Wasser aus, das in das Becken plätscherte.

Travers hörte die beiden kichern. Die tolle Aussicht bis hin zum Meer genossen sie wahrscheinlich nicht. Bestimmt hatten die Zusätze schon ihre Wirkung getan.

Mit dem Fuß stieß Travers die Tür auf. Er blieb auf der Schwelle stehen und lächelte breit. Die beiden Hübschen lagen auf den Kissen, die zu der Wohnlandschaft gehörten. Sie hielten die halb leeren Gläser fest. Eine Lampe, die aussah wie ein Propeller, aber auch mit erstarrten Flammen verglichen werden konnte, warf ihr Licht über die geschmeidige Mulattin und die Rotblonde mit dem Puppengesicht. Die Rotblonde, das hatte sie erklärt, wollte so gern eine zweite Monroe werden.

Ken hatte versprochen, alles für sie zu tun. Die Rotblonde entdeckte ihn zuerst. »Juuhh!«, jubelte sie, »du bist aber ein ganz schneller. Schon im Bademantel?«

»Ja, ihr Süßen, aber so schnell bin ich auch nicht. Zuerst nehmen wir noch ein Gläschen Champagner.«

»Wie irre. Das habe ich immer gelesen, dass man in Hollywood nur Champagner trinkt.«

»Er schmeckt auch gut.«

Jetzt richtete sich die gertenschlanke Mulattin auf. Ihre knallrote Bluse war nicht nur aus dem Saum des engen Lederrocks herausgerutscht, sie klaffte auch so weit offen, dass die kleinen handlichen Brüste hervorschaukelten. Die Haare hatte sie zu kleinen Zöpfen gedreht und mit einem hellen Stift die Lippen nachgezogen.

»Darf ich auch ins Bad?«

»Sicher, Süße.«

Da sprang die Blonde auf. »Ich gehe mit.« Sie warf Travers eine

Kusshand zu. »Es dauert wirklich nicht lange. Wir sind schnell.« Mit einer geschickten Körperdrehung schlüpfte sie aus dem weit geschnittenen T-Shirt und präsentierte ebenfalls, was sie vorzuweisen hatte. Und das war nicht gerade wenig. Travers nickte anerkennend.

»Dann beeilt euch.«

»Klar doch.«

Er hörte sie im Flur noch lachen, nahm Platz und ließ Champagner in eines der Gläser schäumen. Das Zeug war eiskalt, er trank es mit Genuss, bevor er sich ausstreckte und durch das Fenster schaute, bis dorthin, wo die Lichter von Long Beach leuchteten, die eigentlich nie verloschen, weil dort immer etwas los war.

Ihm ging es gut, die Aufträge liefen, privat war ebenfalls alles in Ordnung, denn von Hollywoods Krise hatte er nicht viel mitbekommen. Als das Filmgeschäft nicht so lief, erinnerten sich TV-Bosse an ihn, sodass er ebenfalls dort Drehbücher für Serien und Kurzfilme schreiben konnte. Finanzielle Einbußen hatte er nicht hinnehmen müssen.

Sein Wohnzimmer war eine kleine Lustwiese. Verstreut lagen die Kissen. Sie alle waren sehr weich und daunengefedert. Man konnte auf ihnen zahlreiche Spielchen machen, ohne dass es eng wurde. Das liebte Travers so sehr. Überhaupt dachte er hin und wieder daran, es noch wilder zu treiben, schließlich hatte er schon seinen Fünfzigsten gefeiert, nur sollte das keiner wissen.

Angst vor AIDS hatte er auch. Aber die verdrängte er, weil er sich zu den Glückskindern im Leben zählte. Diese Krankheit bekamen andere, nicht er.

Allerdings hatte er in letzter Zeit öfter über das Jenseits und den Tod nachgedacht. Nicht etwa, weil er sich krank fühlte, nein, die Kollegen sprachen in den Bars und Kneipen darüber. Das Jenseits war ebenso in wie die Reinkarnation. Es wurden sogar Wetten darüber abgeschlossen, als was man wohl wieder geboren werden würde. Einige Spinner glaubten sogar herausfinden zu können, als was ihre Kunden schon einmal auf der Welt gewesen waren.

Das Thema lag in der Luft. Zudem stand Travers mit einer der größeren Filmfirmen in Verhandlungen. Es ging um einen

Streifen, der die Reinkarnation zum Thema hatte. Da musste er sich zwangsläufig mit diesem Thema beschäftigen, und er würde es auch entsprechend aufbereitet bringen. Natürlich musste der Streifen einen Unterhaltungswert haben, zusätzlich mit einem Gruseltouch versehen werden und sollte auch im Film-Milieu spielen, sprich Hollywood.

Darauf trank er.

Das erste Glas war leer, er goss ein zweites ein. Ihm kam dabei in den Sinn, dass keine Musik lief. Travers schwang sich hoch, sein Bademantel verrutschte, darunter trug er nichts. Die Mädchen sollten schließlich nicht viel Mühe haben. Er erwartete das Gleiche natürlich von ihnen, wenn sie aus dem Bad kamen.

Da flackerte das Licht!

Es ging aus, wieder an, aber doch auffällig genug. Travers schaute hoch zur Lampe. Eine Freundin hatte sie ihm einmal geschenkt, weil sie die Form so irre fand. Travers war anderer Ansicht, aber zu faul, die Lampe auszuwechseln. So hing sie schon seit zwei Jahren unter der Decke.

Gab sie jetzt ihren Geist auf? Nein, die Lampe mit den drei Birnen leuchtete normal weiter.

Travers stand auf. Wieder das Flackern!

Diesmal heftiger, fast wütend. Travers hatte auch den Eindruck, als würde sich in den Flammenschalen etwas bewegen. Er ärgerte sich. Seiner Ansicht nach musste alles perfekt sein. Auch er gehörte zu den Perfektionisten. Dass plötzlich die Beleuchtung nicht mehr mitspielte, ärgerte ihn.

Travers schaute hoch. Das Licht brannte wieder mit normaler Stärke, allerdings schimmerten hinter dem weißen Glas auch Farben. Rot, grün und blau.

Travers wischte über seine Augen. Ich spinne, dachte er. Wie kommen Farben in die Lampen? Ich muss ja schon verrückt sein. Er stellte das Glas weg. Der kostbare Prickelsaft schmeckte ihm plötzlich nicht mehr. Er dachte auch an die beiden Mädchen. Ob deren Auftauchen etwas mit den Vorgängen zu tun hatte?

Travers schaute noch einmal hoch zur Decke. Sie war weiß gestrichen und gab einen matten Glanz ab. Aus dem Bad hörte er ein lautes Kreischen und Lachen. Die beiden Hühner amüsierten sich jetzt schon. Plötzlich hatte Travers den Einfall, sie wieder wegzuschicken. Er wollte sie nicht mehr haben. Mit wuchtigen Schritten ging er zum Fenster.

Es reichte bis zum Boden. Der Ausblick war herrlich, Travers hatte ihn oft genug genossen, an diesem Abend jedoch nicht. Er schaute zwar hinaus, sah aber trotzdem nichts. Seine Gedanken beschäftigten sich mit ganz anderen Dingen.

Das Flackern des Lichts!

Wieso war es so plötzlich gekommen? Was stimmte daran nicht? Natürlich, es hätte die Folge eines allgemeinen Stromabfalls sein können, daran wollte er seltsamerweise nicht glauben. Travers spürte das Gefühl einer Bedrohung.

Aber wer steckte dahinter?

Dann hörte er das Fauchen! Ein Laut, der überhaupt nicht in die Stille hineinpasste, als hätte sich jemand im Zimmer versteckt gehalten. Vielleicht ein Raubtier.

Er drehte sich um. Im gleichen Moment zersprangen die Lampenarme. Schlagartig wurde es dunkel. Aus weit geöffneten Augen stierte der Mann gegen die Decke, wo sich drei farbige, geisterhafte Erscheinungen drehten und ineinander glitten. Dann teilten sie sich und jagten in verschiedenen Richtungen davon.

Geister ...?

Etwas pfiff heran. Kein farbiges Geistwesen. Er erkannte den Gegenstand nicht, er spürte ihn nur, wie er über seine Wange huschte und einen tiefen Schnitt hinterließ.

Mit dem pumpenden Blut kam der Schmerz. Travers heulte auf. Er presste seine Hand gegen die getroffene Stelle und taumelte vor. Genau in sein Verderben hinein.

Es war nicht stockfinster geworden. Durch das Fenster drang noch immer ein grauer Winterschein, der auch bis in die Mitte des Zimmers hineinreichte.

Genau dort lauerte das Verderben!

Der Autor fiel in diesen tödlichen und mörderischen Kreisel hinein. Er hörte noch ein scharfes Pfeifen, sah etwas Helleres, Langes, Spitzes dicht vor seinen Augen, griff danach, bekam es auch zu fassen und schnitt sich in die Hand. Es war ihm, als hätte er ein zweischneidiges Messer angefasst.

Der Schmerz war unbeschreiblich. Travers drehte sich auf der Stelle. Er hatte seinen Mund weit aufgerissen, als ihn die nächste Scherbe erwischte.

Am Hals.

Travers wurde zu einer Marionette. Er stampfte im Kreis, stieß den Tisch mitsamt dem Champagner um und hörte noch, wie das Zeug gluckernd ausfloss.

Von zwei Seiten jagten die nächsten beiden Lampensplitter heran. Sie stießen zu, ohne dass das Opfer eine Chance gehabt hätte.

Jemand lachte hässlich und teuflisch. Dieses Geräusch nahm Ken Travers mit ins Jenseits.

Er starb auf eine grauenhafte Art und Weise, während sich seine Mädchen im Bad zurechtmachten. Sie hatten von all dem nichts mitbekommen, verließen den weiß und rot gekachelten Raum fröhlich und beschwingt.

Eine Minute später überfiel sie das nackte Entsetzen.

Sie drehten durch, schrien und flüchteten schließlich ins Freie. In irgendeinem Park wurden sie schließlich aufgegriffen, in ein Revier gebracht und befragt.

Man protokollierte die Aussagen, aber man wollte ihnen nicht glauben, weil die Beamten annahmen, dass sie unter Stoff standen. So gab man ihnen Kleidung und steckte sie in eine Zelle.

Der Tote wurde erst einen Tag später gefunden. Selbst abgebrühte Beamte der Mordkommission wurden totenbleich, als sie den Autor Ken Travers liegen sahen …

Ein Freund hatte die beiden Stuntgirls für verrückt gehalten. Andere hatten sie ausgelacht, aber Patty und Linda Gage, die Zwillinge, gehörten zu den Menschen, die das Außergewöhnliche liebten, auch wenn sie Frauen waren und sich, wie Freunde meinten, einfach leicht in Gefahr begaben.

Die beiden Mädchen liebten nun mal die Wüstentrips. Sie hatten sich einen alten offenen Jeep zugelegt und erholten sich bei diesen rasanten Autofahrten vom Stress der Dreharbeiten.

Die Wüste war nicht tot, wie viele immer behaupteten. Sie lebte. Man musste nur genau hinschauen, um dies erkennen zu können. Es war ein besonderes Leben, nicht an der Oberfläche, mehr tiefer und versteckter.

Nirgendwo war das Farbenspiel so prächtig wie in diesen angeblich öden, rauen und bergreichen Gegenden nordöstlich von Los Angeles.

Auch an diesem Nachmittag waren die beiden wieder unterwegs. Patty lenkte den Wagen auf der Hinreise. Zurück würde ihre Zwillingsschwester fahren.

Die beiden waren der Fahrt gemäß entsprechend gekleidet. Sie trugen Stiefel, derbe Jeans, Hemden und auch Jacken. Die Gage-Sisters glichen sich wie ein Ei dem anderen. Beide waren hellblond, gleich groß, hatten die gleichen Gesichter mit den etwas zu schmalen Lippen, und sie waren beide gleich schlank.

Hollywood hatte sie mit offenen Armen empfangen. Stuntgirls waren eben gefragt. Über Arbeit konnten sich die Mädchen nicht beklagen. Sie arbeiteten nicht nur für den Film, auch die TV-Produzenten griffen hin und wieder auf sie zurück.

An diesem Tag hatten sie frei. Erst am nächsten würden sie mit neuen gefährlichen Hochhaus-Stunts beginnen und dabei einen Star doublen, der bei den männlichen Bewunderern feuchte Augen und einen kaputten Kreislauf hinterließ.

Die Gage-Mädchen kannten den Star besser und hätten der Öffentlichkeit andere Dinge berichten können. Damit hielten sie sich zurück, sie wollten ihre Karriere nicht gefährden.

Natürlich war der Job oft genug lebensgefährlich. So gut konnte das hinter ihnen stehende Sicherheitsteam gar nicht arbeiten, als dass nicht ein Risiko vorhanden oder geblieben wäre, doch die Mädchen versuchten, es in Grenzen zu halten. Sie dachten auch nicht daran und hatten einen Weg gefunden, der über ihnen schwebenden Gefahr zu entgehen. Ein neues Gebiet beschäftigte sie seit einiger Zeit.

Es war die New Wave oder Newage-Welle. Ja, die neue Woge

des Inneren rollte heran, das neue Zeitalter kam, die Ära des Wassermanns wurde eingeläutet. Da besann sich der Mensch wieder auf seine inneren Werte und versuchte, über Dinge nachzudenken, die ihm bisher egal gewesen waren. Immer mehr Menschen schauten hinter die Kulissen, waren hungrig nach Informationen über das Jenseits, gingen in Vorträge, lasen Bücher darüber, schöpften Kraft, wurden aber auch gleichzeitig verunsichert.

Die Gage-Schwestern reagierten ähnlich. Nur nahmen sie die neuen Dinge als positiv an und gaben zu, dass ihr Leben wieder einen besseren Sinn bekommen hatte, seitdem sie sich mit den anderen Erkenntnissen beschäftigten.

Patty hatte den Jeep eine lang gezogene Anhöhe hochgeprügelt. Die Reifen wirbelten dabei den Staub auf, der sich nur allmählich senkte und wie sich auffüllende Wolken hinter ihnen zusammensank.

Am Ende der Anhöhe befand sich ihr Ziel. Ein kleiner Platz der Ruhe, inmitten einer schweigenden Natur und einer herrlichen Wüstenwelt, die in zahlreichen Farben erstrahlte, als das auf die Steine fallende Sonnenlicht gebrochen wurde.

Die Schwestern hockten nebeneinander auf einem Stein. Er gab noch Wärme ab. Die Rücken der Frauen berührten sich, sie schauten in verschiedene Richtungen tief in die Weite Kaliforniens hinein, und sie waren froh, dass sie den Smog-Moloch L. A. nicht sahen. Die San Gabriel Mountains nahmen ihnen die Sicht auf die Stadt.

»Nie mehr Hollywood«, sagte Patty.

»Nie mehr Gefahr!«

»Kein Bitten um Job und Rollen.«

»Ja, nur noch leben.«

Die beiden waren aufeinander eingespielt. Wenn sie genug Geld gespart hatten, würden sie sich in der Wüste ein Haus bauen und so leben, wie man es früher getan hatte. Es gab Wasser, man musste es nur finden. Sie waren schon mit der Wünschelrute und dem Pendel ein gewisses Gebiet abgeschritten und hatten festgestellt, dass sich unter dem rissigen und trockenen Boden tatsächlich Wasser befand.

»Wenn wir einmal in der Natur leben, wird Hollywood nur mehr ein Traum sein«, flüsterte Linda.

»Aber ein böser.«

»Sicher.«

Sie schlossen die Augen. Der warme Wind umschmeichelte sie. Für die Stuntgirls war es die Stunde der Meditation. Da ließen sie ihren Wünschen, Gedanken und Vorstellungen freie Bahn. Sie gingen gedanklich auf die Reise, die sie in fremde Welten führte, wo es nicht den Ärger gab wie auf der Erde.

Beide dachten an die Dinge, die dahinter lagen. An das Jenseits, an Geistwesen, die sie führten und leiteten, denn sie bestimmten das Schicksal der Menschen.

Patty und Linda waren fest davon überzeugt, dass es ihnen irgendwann gelingen würde, Kontakt mit den Toten aufzunehmen. Schon oft hatten sie es ausprobiert, den Geist vom Körper zu lösen und ihn auf Wanderschaft gehen zu lassen, aber sie hatten auch bemerkt, dass sie noch nicht reif genug für diese Experimente waren.

So warteten sie noch ab.

Allerdings wussten sie, dass sie schon einmal gelebt hatten. Vor einigen hundert Jahren und komischerweise ebenfalls als Zwillinge. Nur in einem anderen Land, in Europa, der Alten Welt, wo damals ein schrecklicher Krieg tobte. Da waren sie bei einem Fürsten angestellt gewesen und hatten ihm zu Willen und zu Diensten sein müssen. Gestorben waren sie nach einem Überfall. Marodierende Soldaten hatten das Schloss des Königs kurzerhand in Brand gesteckt, ohne zu wissen, dass sich die beiden Mädchen darin befanden.

In langen Gesprächen und mithilfe der Hypnose waren sie gemeinsam in diese Zeit zurückgeführt worden und hatten die Qualen noch einmal durchlitten.

Danach fühlten sie sich besser, befreiter, denn sie gehörten nun zu den Wissenden.

Wenn sie einmal starben, war dies nicht endgültig, sie würden wieder geboren werden, vielleicht auf höherer Stufe.

»Fahren wir?«, fragte Linda.

Patty atmete tief durch. Sie hob die Arme und reckte sich. Dabei kniff sie die Augen zusammen, stöhnte wohlig und rieb ihren Rücken gegen den ihrer Schwester. »Weißt du, ich möchte für immer hier sitzen bleiben und die Stimmen einer anderen Welt hören. Irgendwann, so schwöre ich dir, wird man Kontakt aufnehmen ...«

»Wer weiß ...«

»Doch, Linda, doch.« Patty sprang hoch und deutete in die Runde. »Schau dich um, sieh dir die Landschaft an. Viele sagen, sie sei tot. Nein, sie lebt, nur die Unwissenden sind tot. Sie haben keine Ahnung von der Welt, in der sie leben. Diese Narren.«

Linda legte eine Hand auf die Schulter ihrer Schwester. »Es dauert eben noch eine Weile, bis diese Erkenntnis zu allen Menschen durchgedrungen ist. Verstehst du?«

»Ja, ich hoffe.«

»Komm, wir fahren.«

Der Wagen stand in der Nähe. Gelbbrauner Wüstenstaub hatte eine Schicht auf die Karosserie gelegt. Am Himmel senkte sich die Sonne dem Horizont entgegen. Noch einmal gab sie ihre Kraft ab und verwandelte den Himmel in ein Flammenmeer. Dieses Naturschauspiel ließen sich die beiden Stuntgirls nicht entgehen. Es war für sie eine Oase der Kraft. Da sahen sie Dinge, die von keiner Menschenhand geführt oder geleitet wurden.

Diesmal fuhr Linda. Wesentlich langsamer rollte sie den Hügel hinab. Staubwolken begleiteten den Wagen. Sie veränderten die Sichtverhältnisse. Wenn beide Mädchen in die Sonne schauten, hatten sie den Eindruck, in einen roten Nebel zu blicken.

»Sollen wir noch irgendwo etwas trinken?«, fragte Patty.

»Ja, bei *Cramer's.*«

»Okay.«

Cramer's war ein Saftladen. Und dies im wahrsten Sinne des Wortes. Er schenkte keinen Alkohol aus, stattdessen trank man bei ihm die frischen Säfte, konnte sich auch den Magen mit Rohkost füllen oder ein Müsli zu sich nehmen.

Sie nahmen stets einen anderen Rückweg. Es gab da keine direkte Straße, doch der Jeep schaffte auch die Pisten und Steinfelder zwischen den Tälern.

Besonders interessant wurde es bei den gewaltigen Kakteengärten. Da war es eine regelrechte Slalomstrecke, durch die sie kurvten. Hier konnten sie ihr Können beweisen und auch für ihren Job trainieren.

Schon bald lag das Tal vor ihnen. Ein gewaltiges Gebiet, in dem die Kakteen unterschiedlich hoch wuchsen. Sie sahen aus wie grünbraune Bäume mit verschieden hohen Armen. Manche erinnerten sie auch an Menschen, die man in die Wüste gestellt und sie irgendwann vergessen hatte.

Linda lächelte hart, als das Feld vor ihnen lag. Beide kannten es gut. Aus der Ferne betrachtet wirkte es ungemein dicht, als würden sich die einzelnen Kakteen gegenseitig berühren, doch es gab noch genügend Zwischenräume, durch die sie kurven konnten.

Linda hob die Hand.

Ihre Schwester nickte und kontrollierte noch einmal den Sitz des Sicherheitsgurtes.

»Alles klar.«

Der Start!

Sekunden später begann die Höllenfahrt. Linda schaltete sehr schnell hoch, der Jeep gewann an Geschwindigkeit, und was das Mädchen nun leistete, hätte einen Rennfahrer in helles Erstaunen versetzt. Es jagte slalomartig durch den Kakteengarten, wich den gewaltigen Stauden mit raffiniert und gekonnt angesetzten Powerslides aus, schrie selbst dabei laut auf, ebenso wie ihre Schwester.

Es war ein Wahnsinn, was die beiden Mädchen da vollführten. Aber sie mussten es tun, um sich selbst zu bestätigen. Und sie schafften es. Der Jeep gehorchte der Fahrerin fast sklavisch. Immer wieder schwenkte und schleuderte er herum. Manchmal sah es so aus, als würde Linda geradewegs in die Kakteen hineinjagen, doch im letzten Moment bekam sie wieder die Kurve.

Ein über ihnen fliegender Beobachter hätte den Jeep kaum gesehen und ihn nur anhand der schlangengleichen Staubwolke verfolgen können, die von dem rasenden Gefährt in die Höhe gewirbelt wurde.

Dann passierte es. Es begann mit Pattys Schrei. Sie sah eine gewaltige Kaktee, die vor ihnen in der Luft stand und sich auf sie niedersenkte.

»Weg, Linda!«

Die Angesprochene riss das Lenkrad herum, dann noch einmal, doch plötzlich tauchte wie aus dem Nichts ein weiteres Hindernis auf. Ein Kaktusbaum hatte sich selbstständig gemacht. Er kippte ihnen entgegen und krachte auf den Jeep.

Patty erwischte es zuerst.

Sie schrie furchtbar, saß auf dem Beifahrersitz und hatte die Pflanze umarmt. Patty fasste in die Stacheln hinein. Überall quoll das Blut aus den kleinen Wunden. Ein plötzlicher Bremsvorgang drückte die Staude noch näher an Patty heran und auch in ihr Gesicht hinein.

Die Schmerzen überschwemmten sie wie eine gewaltige Woge. Plötzlich konnte sie sich nicht mehr retten. Die Angst vor dem Tod war einfach da, und sie sah nicht, wie es ihrer Schwester erging, die die Nerven verloren hatte und mit dem Jeep frontal eine sehr hohe Staude rammte.

Der Wagen beugte sich nach vorn. Die Reifen drehten durch, doch das Fahrzeug kam weder vor noch zurück. Sie saßen fest.

Der Motor verstummte, weil Linda ihn abgewürgt hatte. Sie warf einen Blick auf Patty und sah kaum etwas von ihr, weil sie unter der mächtigen Staude lag, die ihre Stacheln tief durch die Kleidung gedrückt hatte. War Patty tot?

Da hörte sie das Lachen.

Grauenhaft und satanisch. Irgendwo aus der Tiefe der Kakteenfelder schallte es auf, und es verfolgte die Mädchen wie ein böser Albtraum, der einen Augenblick später Gestalt annahm, denn mehrere Kakteen zugleich begannen zu schwanken und bewegten sich auf den Wagen zu.

Linda brüllte den Namen ihrer Schwester. Sie mussten raus, das war die einzige Chance.

Patty rührte sich nicht.

In ihrer Verzweiflung fasste Linda mit bloßen Händen zu. Auch ihre Hände wurden zu blutenden Klumpen, doch es gelang ihr, den Kaktusbaum von ihrer Schwester wegzureißen.

Linda schaute Patty an. Es war furchtbar. Von ihrem Gesicht erkannte sie kaum etwas, und genau zwischen den Augen steckte ein langer Stachel.

Patty war tot.

Tot, tot, tot!

Diese Tatsache klang wie ein Schrei in ihrem Hirn nach. Ihre Schwester lebte nicht mehr. Dieses Grauen konnte einfach niemand überstehen, aber sie …

Linda war einfach unfähig, über gewisse Dinge nachzudenken. Dass ihre Schwester nicht mehr lebte, hatte ihre Gehirnfunktionen ausgeschaltet. Sie saß für einen Moment unbeweglich und hörte wieder dieses furchtbare Lachen.

Von allen Seiten kam es. Es war ihr unmöglich, herauszuhören, wo der Lacher stand.

Ein Schatten fiel auf sie.

In einer Reflexbewegung stemmte sich das Mädchen hoch, genau in den Schatten hinein.

Linda hatte übersehen, dass es sich bei ihm um einen fallenden Riesenkaktus gehandelt hatte. Er kam über sie wie eine Mauer oder Wand, die alles zerdrückte.

Auch Linda Gage!

Mit in den Tod nahm sie das furchtbare Lachen, als würde der Satan persönlich seinen Spaß haben …

Manchmal bekommt man überraschend Besuch, aber der Mann, der mich sprechen wollte, hatte sich bereits seit drei Tagen angemeldet.

Außerdem hatte er eine weite Reise hinter sich, denn er war über den großen Teich gekommen, und zwar aus den Staaten.

Tudor Buckly hieß er.

Ich hatte mit dem Namen nichts anfangen können, mein Freund und Kollege Suko auch nicht, also hatte ich es bei einem anderen Freund versucht, bei Bill Conolly.

Und der wusste Bescheid.

»Tudor Buckly, John?« Bill lachte. »Klar, den Namen habe ich schon mal gehört. Ich kenne den Mann.«

»Persönlich?«

»Nein.«

»Woher dann?«

Bill machte es so spannend, dass ich schon feuchte Hände hatte und mir der Hörer fast aus der Hand gerutscht wäre. »Also, Tudor Buckly ist ein Autor aus Los Angeles, aus Hollywood, genauer gesagt.«

»Schreibt er Drehbücher?«

»Wenn du das Wort Dreh weglässt, kommst du der Sache schon näher, mein Lieber.«

»Mensch, Bill, mach's nicht so spannend. Er ist also ein Autor?«

»Ja.«

»Und er hat über Hollywood geschrieben.«

»Auch das.«

Ich brummte in den Hörer. »Das ist ja nichts Neues. In der letzten Zeit häufen sich Bücher, die man über Hollywood schreibt. Außerdem feiert man ein Jubiläum ...«

»Stimmt, aber Buckly ist anders.«

»Wie anders?«

Bill gab keine Antwort. Ich hörte ihn mit seinem Sohn Johnny sprechen, der unbedingt wissen wollte, mit wem sein Vater da redete. Johnny war mein Patenkind. Als er hörte, dass ich am Apparat war, musste er mir zunächst einmal Guten Tag sagen.

Ich erfuhr, dass Johnny sauer war, weil ich ihn so lange nicht mehr besucht hatte. Ich erklärte ihm die Gründe und musste ihm das Versprechen geben, so schnell wie möglich zu kommen. Danach reichte er den Hörer an seinen Vater weiter.

»Wo waren wir stehen geblieben, John?«

»Bei dem Autor Tudor Buckly.«

»Richtig. Also dieser Mann hat ein Buch über die Dinge geschrieben, die in Hollywood passiert sind und für die niemand eine Erklärung hat. Diese unheimlichen Begebenheiten hat er gesammelt, beschrieben und hat darüber auch mit zahlreichen Stars und Sternchen gesprochen, die das Ihre zu seinem Buch beigetragen haben. Sie berichteten über unheimliche Erlebnisse, die ihnen in ihrem Leben widerfahren sind.«

»Wie heißt das Buch?«

»Dämonen in Hollywood.«

Ich lachte leise. »Davon habe ich noch nie gehört. Das könnte eher ein Filmtitel sein.«

»Klar. Soviel ich weiß, ist das Buch noch nicht sehr lange auf dem Markt. Es verkauft sich top.«

»Hm. Ich frage mich nur, was dieser Tudor Buckly von mir alles will?«

Bill lachte. »Vielleicht will er ein zweites Buch schreiben und mehr über deine Fälle erfahren.«

»Unsinn.«

»Wieso nicht? Du bist doch die ideale Fundgrube. Mensch, John, du könntest hundert und mehr Bücher über deine Fälle schreiben lassen. Ich würde mich freuen, wenn mich Tudor Buckly interviewte. Kannst du ihm nicht mal einen Tipp geben? Schließlich haben wir einige Fälle gemeinsam gelöst, die nicht von schlechten Eltern waren.«

»Mal sehen.«

»Nein, John, ich habe eine viel bessere Idee. Wenn du dich mit diesem Menschen triffst, lass mich dabei sein.«

»Auch das noch!«

»Komm, stell dich nicht so an. Schließlich habe ich dich erst auf den Trichter gebracht. Ohne meine Hilfe hättest du nicht so rasch herausgefunden, wer Tudor Buckly ist. Sei ein wenig dankbar, alter Junge. Oder hat er verlangt, dass du allein kommst?«

»Nein, das nicht.«

»Dann gib deinem Herzen einen Stoß und lass den alten Bill mit dabei sein. Wo trefft ihr euch?«

»Im Hilton.«

»Wann?«

Ich gab ihm die Uhrzeit durch.

»Okay, ich werde dort sein.«

Und Bill war auch da.

Im Gegensatz zu Tudor Buckly, der sich noch nicht blicken ließ.

Bill schaute auf seine Uhr. »Als Künstler hat man eben Zeit. Das sind keine Beamte.«

»Meinst du mich damit?«

Der Reporter grinste und nuckelte an seinem Bier.

»Kann sein. Wem der Schuh passt, der zieht ihn sich an.«

Wir saßen im Pub des Hotels. Viel Leder und Mahagoni, wenig Gäste, dafür dezente Beleuchtung und Klaviermusik. Vor einem Flügel hockte der Meister und klimperte. Ein älterer Herr, der so aussah, als hätte er eine Stange verschluckt. Auch wenn er lustige Melodien spielte, blieb sein Gesichtsausdruck ernst. Mir hätte so ein Job auch keinen Spaß gemacht.

Wir waren zehn Minuten über die Zeit. Bill machte dies nichts aus. Er hatte die Beine von sich gestreckt und es sich bequem gemacht. Das Lächeln lag wie eingefroren auf seinen Lippen.

»Um siebzehn Uhr wollte er hier im Pub sein. Dabei weiß ich nicht einmal, ob er überhaupt angekommen ist.«

»Du kannst ja mal nachfragen.«

»Das mache ich auch, wenn er in einer Viertelstunde noch nicht da ist.« Ich griff zu meinem Saftglas. »Du kennst ihn zwar, weißt aber nicht, wie er aussieht – oder?«

»Nein. Weshalb fragst du?«

Ich grinste. »Vielleicht sitzt er an der Theke und beobachtet uns. Weil du bei mir bist, traut er sich nicht her. Das kann es sein.«

»Aha, du willst mich loswerden.«

»Nicht unbedingt, aber …«

»Komm, gib es zu, Alter.«

Ich wollte eine Antwort geben, als mein Blick auf die bräunlich schimmernde Rauchglastür fiel, die von außen geöffnet wurde. Ein hoch gewachsener Mann im grauen Kaschmiranzug betrat den Pub. Er trug ein weißes Hemd, das drei Knöpfe tief offen stand. Damit er sich nicht erkältete, hatte er einen Schal umgebunden. Das Haar war ergraut. Es erinnerte mich an die Mähne eines Löwen und lief an den Seiten über in den Backenbart, der wiederum am Kinn von zwei Seiten her zusammenwuchs. Der Mann war beneidenswert braun, schaute sich suchend um, und ich hob den Arm, wobei ich gleichzeitig aufstand.

»Mr. Buckly?«, fragte ich.

»Ja.«

»Ich bin John Sinclair.«

»Ah«, er lachte. »Endlich.« Wir gaben uns die Hand.

»Aber sagen Sie Tudor, das klingt lockerer.«

»Danke, ich bin John, das ist Bill Conolly, ein guter Freund von mir, der Sie unbedingt kennen lernen wollte.«

»Hallo Bill.« Tudor schaute den Reporter prüfend an. Dann fragte er: »Könnte ich Sie kennen?«

»Möglich.«

»Sie schreiben, nicht?«

»Richtig. Artikel für Zeitschriften, die auch in Ihrem Land erscheinen.«

Tudor Buckly setzte sich, bestellte gleichzeitig einen Bourbon und nickte. »Jetzt weiß ich Bescheid. Bill Conolly, der Reporter, der stets außergewöhnliche Geschichten bringt und eigene Erlebnisse mit einbaut. Sie stehen gewissen Dingen sehr positiv gegenüber?«

»Auch das.«

Buckly lächelte. »Dann bin ich hier ja richtig«, sagte er und nahm den Whisky vom Tablett sowie die kleine Sodaflasche, die der junge Kellner noch öffnete.

Wir prosteten uns zu, und Tudor Bucklys Gesicht nahm einen ernsten Ausdruck an. »Sie können sich vorstellen«, sagte er, »dass ich die weite Reise von L. A. bis zu Ihnen nicht ohne Grund unternommen habe, aber ich wusste mir keinen Rat mehr. Über Bekannte erfuhr ich, welcher Tätigkeit Sie nachgehen, John, und da hielt ich es für legitim und angemessen, mich mit Ihnen in Verbindung zu setzen.«

»Worum geht es denn?«, fragte ich.

»Um vier Tote.«

Ich pfiff durch die Zähne, und auch Bill saß plötzlich gespannt in seinem Sessel. »Das ist viel.«

»Ja, vier Tote zu viel.«

»Und wer ist gestorben?«

»Drei Frauen, ein Mann. Sie wurden allesamt auf eine ungewöhnliche Art und Weise ermordet.« Er nahm einen Schluck Whisky und nickte vor sich hin, während er auf die Tischplatte starrte.

»Wie ungewöhnlich?«, fragte ich.

Tudor Buckly hob die Schultern. Ergab keine direkte Antwort. »Wissen Sie, John, ich wurde erst aufmerksam oder hellhörig, als ich hörte, dass die Polizei vor einem Rätsel stand. Die erste Tote hieß Anne Cargill. Sie kam auf eine schreckliche Art und Weise um. Der Arzt glaubt, dass sie von einem Raubtier getötet wurde.«

»Anne Cargill, die Schauspielerin?«, fragte Bill zwischen.

»Ja.«

»Davon habe ich gelesen. Offiziell hieß es, sie sei einem Herzschlag erlegen.«

Buckly winkte ab. »Offiziell kann man vieles sagen. Tatsache ist das, was ich Ihnen erzählt habe. Kommen wir zum zweiten Fall. Ken Travers, ein in L. A. bekannter Drehbuchschreiber. Man fand ihn tot in seiner Wohnung, eingerahmt von den Splittern einer zerstörten Lampe. Alle Spuren wiesen darauf hin, dass ihn die Lampe getötet hatte. Für die Polizei der reine Unsinn, ich denke anders darüber. Der dritte Fall ist noch mysteriöser. Man entdeckte die beiden toten Stuntgirls in der Wüste. Sie saßen in ihrem Jeep, unter Kakteen begraben!«

»Moment mal«, sagte ich. »Wollen Sie damit sagen, dass die beiden von Kakteen getötet wurden?«

»Alles deutet darauf hin.«

»Das ist ein Hammer«, flüsterte ich und schüttelte den Kopf, während über meinen Rücken ein Schauer rann.

Auch Bill war blass geworden, er gab aber keinen Kommentar. »Und das alles haben Sie in Ihrem Buch niedergeschrieben, Tudor?«

»Nein, John, nein. So war es nicht. Mein Buch beschäftigt sich nicht mit Morden. Ich habe praktisch über die unheimlichen und nicht erklärbaren Erlebnisse bekannter Persönlichkeiten aus dem Showgeschäft geschrieben. Da haben sich die Fälle in letzter Zeit gehäuft. Sie wissen ja, wie beliebt Themen wie Reinkarnation und Jenseitsforschung zur Zeit sind. Das Buch entwickelt sich zu einem Bestseller. Ich hatte mich intensiv mit der Materie beschäftigt und glaube inzwischen, dass es nicht nur Spinnerei ist, was die Menschen da erlebt haben.«

»Ja«, sagte ich, »das ist möglich.« Durch die Nase saugte ich die Luft ein. »Jetzt möchten Sie natürlich, dass ich nach L. A. komme und mich um die Fälle kümmere.«

»So ist es.«

»Gibt es Spuren oder Zeugen?«

»Ja, es gibt Zeugen. Zwei Mädchen vom Lande, die Travers aufgegriffen hat. Junge Hühner, völlig naiv. Diese Girls halten Hollywood noch immer für das Absolute. Als Travers starb, befanden sie sich in seinem Bad, um sich frisch zu machen. Sie haben auch den Toten gefunden, einen Schock bekommen und sind weggerannt. Man fand sie völlig aufgelöst in einem kleinen Park.«

»Und was tat die Polizei?«, fragte Bill.

»Nichts. Man verhörte sie, glaubte ihnen nicht, weil man davon ausging, dass sie unter Drogen standen.«

»Das hat man nicht näher untersucht?«

»Nein. Nachdem für die Beamten feststand, dass die Mädchen als Täterinnen nicht in Frage kamen, ließ man sie laufen. So einfach hat es sich unsere Polizei gemacht.«

»Und wir müssten von vorne anfangen?«

»So ist es, John.« Tudor Buckly leerte sein Glas.

»Wie sind Sie auf mich gekommen?«

Er lehnte sich zurück und lachte. »Ja, wie kommt man auf Sie, John? Sie sind auch an der Westküste bekannt. Im Ernst, ich habe über Sie etwas gelesen. Es stand in englischen Zeitungen, die ich abonniere. Interessante Artikel speichere ich in meiner Anlage, wo sie stets abrufbereit sind. Sie verstehen?«

»Natürlich.«

»Kommen Sie nach Hollywood, um der Sache auf den Grund zu gehen? Es ist wirklich wichtig.«

Bill stieß mich an, weil ihm nicht gefiel, dass ich über eine Antwort nachdachte. »John, du musst fliegen. Wenn das so ist, wie Tudor es beschrieben hat, musst du hinfliegen. Das bist du dir, deiner Einstellung und deiner Aufgabe einfach schuldig.«

»Und du?«

»Ich werde mich dort auch einmal umschauen.«

Tudor Buckly nickte dem Reporter zu. »Das würde mich freuen,

Mr. Conolly.« Dann wandte er sich an mich. »Wie ich erfuhr, arbeiten Sie nicht nur allein.«

»Ich habe noch einen Partner.«

»Bringen Sie ihn mit?«

»Das muss ich bei unserem Chef durchkriegen.«

»Wenn es um die Kosten geht, bin ich bereit, etwas dafür zu tun. So ist es nicht.«

»Wir werden sehen.«

Bill deutete mit dem Zeigefinger auf mich. »Ich an deiner Stelle würde fliegen.«

Nachdenklich schaute ich auf den Teppichboden.

»Wenn es wenigstens so etwas wie Spuren gäbe. Danach sieht es wohl nicht aus, oder?«

»Nein, John, die einzigen Spuren waren die beiden Mädchen. Aber die sind verschwunden.«

»Kann man an ihre Aussage herankommen?«

»Sie bestimmt. Ich habe es auch versucht. Man zeigte sich sehr verschlossen. Inzwischen jedoch bin ich ein ziemlich bekannter Mann geworden, weil mein Buch Furore gemacht hat. Einer der Beamten erzählte mir, dass die beiden nur wirres Zeug gestammelt hätten. Sie sprachen sogar von einem Lachen, das sie angeblich hörten.«

»Lachen?«

»Ja, ein fernes Lachen. Es sei bis zu ihnen ins Bad geschallt. Was daran nun stimmt, weiß ich nicht, man sollte es dennoch nicht vergessen, finde ich.«

»Das kann angehen.«

Bill schlug mit der flachen Hand auf die Tischplatte.

»Fliegen wir oder fliegen wir nicht, John?«

Ich lächelte schmal. »Hollywood würde mich schon reizen«, gab ich zu.

»Das ist ein Wort«, sagte mein Freund und bestellte noch eine Runde …

S. F. war out, Fantasy ebenfalls, aber Abenteuer war *in*. Steven Spielberg hatte mit seinen Indiana-Jones-Filmen die Maßstäbe gesetzt, und es gab eine ganze Reihe von Regisseuren, die auf seinen Spuren wandelten.

Auch in den Studios der Sun Production setzte man auf den Abenteuer-Trend. Zwar nicht so aufwändig gedreht wie bei den ersten Filmen, aber man war sicher, dass der Streifen ein Erfolg werden würde. Die Auslandsrechte und die für die Verbreitung als Video-Film waren bereits verkauft worden.

Es war eine Geschichte, die nur in den Studios gedreht werden sollte, wo man den Dschungel und die Wüste nachgebaut hatte. Dazu bot die Halle genügend Platz, und der Hauptdarsteller, ein junger Mann aus einer Seifenoper-Serie, konnte zum ersten Mal ins Filmgeschäft einsteigen. Die Handlung war simpel. Ein Aussteiger trifft auf ein Mädchen, das im afrikanischen Dschungel eine alte Schatztruhe sucht, die ihr Großvater vor langer Zeit dort vergraben hatte. Aber nicht nur sie wusste davon, auch eine internationale Bande hatte Wind bekommen. Gemeinsam jagte man nun hinter dem Schatz her, nahm ihn sich gegenseitig wieder ab, und zum Schluss würde das Mädchen nicht nur die Truhe bekommen, sondern auch den Mann fürs Leben.

So einfach war das.

Als Regisseur hatte man Abel Lamotte verpflichten können, einen alten Routinier, der schon seit über 30 Jahren in der Filmmetropole arbeitete. Früher hatte er ambitionierte Streifen drehen wollen, war aber damit reingefallen und hatte sein ererbtes Vermögen verloren. Er war dann bei den großen Produzenten untergekommen und hatte sich zu einem Actionfilm-Spezialisten gemausert.

Er machte also den Streifen und hatte genau vier Wochen Zeit und keinen Tag länger. Danach war die Halle vermietet worden.

Unter Zeitdruck zu arbeiten ist nicht jedermanns Sache. Vor allen Dingen dann nicht, wenn große Stars mitspielen, die ihre Allüren haben. Das war bei diesem Streifen nicht der Fall. Wer hier mitspielte, der wollte erst nach oben kommen. Man arbeitete diszipliniert, und Lamotte konnte sogar die Pausen einhalten, wie an diesem Tag, als er zur Mittagspause rufen ließ.

»Zwei Stunden Pause!«, brüllte er durch das Megafon, »weil alles so gut gelaufen ist.«

Er hörte einige Jubelschreie und erhob sich ächzend von seinem Regiestuhl. Das Ding wurde immer unbequemer. Er spürte es bereits im Rücken und dachte wieder einmal darüber nach, in Rente zu gehen, aber so etwas konnte er nicht. Er brauchte den Film, die Studios, die oftmals verrückten Stars, die Hektik, den Geruch von Schminke und die Hitze der Scheinwerfer.

Vor ihm lag der Drehort. Aus dem künstlichen Dschungel drangen Nebelschwaden. Man hatte für alles gesorgt. Sogar dressierte Tiere waren geholt worden.

Aus dem Lianengestrüpp erschien Rita Lane, die weibliche Hauptdarstellerin. Sie war verschwitzt, schmutzig und dennoch sexy, denn ihre Kleidung war genau an den Stellen zerrissen worden, wo Männer es gern hatten. Man wollte den Zuschauern ja etwas bieten.

Rita fuhr durch ihr langes Haar. »Kann ich jetzt duschen, Abel?«

»Nein!«

»Wieso nicht? Ich …«

»Weil wir am Nachmittag weiterdrehen. Dann kannst du ja nicht plötzlich anders aussehen.«

»Schon gut, schon gut.« Müde winkte sie ab und ging zu den Garderobenräumen.

Lamotte grinste hinter ihr her. Die Kleine war noch zu formen. Wenn sie einmal Erfolg hatte, musste man vorsichtiger sein. So gehorchte sie noch. Auch er wollte in seine Garderobe gehen. Abel Lamotte war ein grauhaariger, etwas verbraucht wirkender Lebemann. Auf dem Weg wurde er von zwei Statistinnen angesprochen, die nach einem Job fragten, doch der Regisseur winkte nur ab.

»Mr. Lamotte, wollen Sie sich nicht wenigstens unsere Namen notieren. Bitte.«

»Später vielleicht.«

»Ja, danke.«

So hatte er die Mädchen schon vor zwanzig Jahren abgewimmelt. Die Zeiten konnten sich zwar ändern, gewisse Dinge aber blieben immer gleich. Er sah noch seinen Regieassistenten, der mit zwei Schauspielerinnen in Richtung Kantine verschwand.

In der Garderobe, einem kleinen, stickigen Raum, legte sich Lamotte auf die alte Ledercouch. Die Dreharbeiten hatten ihn gestresst, jetzt tat die Ruhe gut. Seine Beine lagen höher. Von dem Platz aus konnte er die schmale Garderobentür sehen. Sie war hellgrau gestrichen und bestand aus Metall.

Neben dem Bett standen noch ein Schreibtisch und zwei Stühle im Raum. Auch ein Telefon war vorhanden. Der Apparat leuchtete rot wie dunkles Blut. Lamotte hatte den Streifen innerlich bereits abgehakt. Er dachte an den nächsten Film. Noch waren die Verträge nicht unterschrieben, und er wusste auch nicht, ob er in dieses Projekt einsteigen sollte. Es war die Idee eines Newcomers, der ins Filmgeschäft einsteigen wollte. Und er hatte dem Regisseur erklärt, dass er mehr Macht besaß als sämtliche Hollywood-Mogule zusammen.

Man übertrieb eben gern. Dennoch hatte dieser Mann eine Ausstrahlung besessen, die Lamotte fürchten ließ. Er hatte natürlich nicht nachgefragt, aber das unheimliche Gefühl war eben geblieben.

In den letzten Minuten hatte er aus den nebenan liegenden Garderobenräumen noch Lärm und Stimmen vernommen. Im Laufe der Zeit legte sich dies, die meisten Akteure verschwanden ins Freie.

Ruhe kehrte ein.

Wie von selbst fielen dem Regisseur die Augen zu. Abel Lamotte besaß zudem die Gabe, zu einer bestimmten Zeit zu erwachen. Er hatte sich noch nie verschlafen.

Wenn schon Pause, dann war ihm diese Mittagsruhe heilig. Und wehe, er wurde gestört. Giftiger konnte wohl kein Mensch auf dem gesamten Erdball werden.

Das interessierte den Anrufer nicht, der etwas von Abel Lamotte wünschte. Er klingelte in seiner Garderobe an, und der Regisseur fuhr mit einem Schrei der Wut auf den Lippen in die Höhe. Für ihn war es eine Unverschämtheit. Er starrte den Apparat an, spürte den plötzlichen Schwindel, weil sich das Blut im Kopf staute, und musste tatsächlich aufstehen, um den Hörer abzunehmen.

»Ja, verdammt, was ...«

»Regen Sie sich nicht auf, Lamotte, und hören Sie mir lieber genau zu!«

Abel umklammerte den Hörer so hart, als wäre er ein Stück Eisen. »Verdammt, Sie sind es!«

»Ja, ich, Lamotte. Haben Sie sich entschieden? Nehmen Sie mein Angebot an?«

»Nein!«

Der Anrufer schnaubte. »Habe ich mich verhört, Mr. Lamotte?«

»Das haben Sie nicht, Meister. Ich bin nicht bereit, für Sie zu arbeiten. Sie mögen Ideen und Geld haben, aber Sie sind ein Niemand in der Branche. Die Zeiten, wo auch ein Niemand senkrecht in die Höhe schießen konnte, sind in Hollywood leider vorbei. Hier haben die Kaufleute zu bestimmen und die Geldgeber. Drehen Sie Ihren Film meinetwegen auf den Molukken und mit einem Medizinmann als Regisseur, aber lassen Sie mich, verdammt noch mal, in Ruhe!«

Der andere hatte die Schimpfkanonade über sich ergehen lassen, ohne ein Wort zu sagen. Jetzt allerdings redete er. Seine Stimme blieb dabei flach und irgendwie gleichgültig. »Es braut sich etwas zusammen, Lamotte. Sie sind dumm, dass Sie auf meinen Vorschlag nicht eingehen. Es werden Zeiten anbrechen, wo Sie noch zu mir auf den Knien angekrochen kommen, das verspreche ich Ihnen.«

»So etwas kenne ich.«

»Vielleicht, aber ich meine es ernst.«

Lamotte lachte in die Sprechmuschel. »Klar, Sie sind der Beste, der Größte, haben nur Super-Ideen und revolutionieren das Filmgeschäft. Diese Sätze, Mister, kenne ich zu gut. Ich habe sie in meiner langen Laufbahn einfach zu oft gehört.«

»Ich bin der Größte.«

»Nein, das war Muhammed Ali. Und jetzt lassen Sie mich in Ruhe, verdammt noch mal.« Er wollte schon auflegen, aber die Worte des Anrufers ließen ihn zögern.

»Ich kann Ihnen sogar beweisen, dass ich der Größte bin. Und ich werde Ihnen auch heute einen weiteren Beweis bieten.«

»Ach, und wie?«

»Erinnern Sie sich an die Toten, Lamotte?«

»Wie meinen Sie das?«

»Es sind innerhalb kurzer Zeit vier Menschen hier in L. A. gestorben. Drei Frauen und ein Mann. Das müssten Sie wissen.«

»Ja, schon. Ich hörte davon. Die Leute kamen allesamt aus der Filmbranche.«

»Ja, wie Sie!«

»Soll das eine Morddrohung sein?«

»Möglich. Ich sagte Ihnen doch, dass Sie noch auf den Knien gekrochen kommen. Ich habe etwas, von dem Sie und die meisten Menschen nur träumen können, Abel Lamotte. Das ist die Macht. Ja, ich besitze die Macht. Sie befindet sich in meinen Händen. Ich kann Sie vernichten. Und nicht nur Sie, die gesamte Stadt wird mir gehorchen. Hollywood küsst mir die Füße. Ich werde hier Akzente setzen, blutige Spuren hinterlassen. Dämonen in Hollywood. Das ist kein Filmtitel, mein Lieber, sondern die bittere Wahrheit. Sie werden es erleben. Hollywood wird bald von einem Teufel regiert werden …«

»Der Teufel steckt schon lange hier. Das sagt Ihnen jeder, der diesen Laden kennt.«

»Ich bin ein anderer Teufel!« Nach dieser Antwort hörte Lamotte ein Lachen, das fast den Hörer sprengte. So grausam, kalt und gefühllos, dass selbst er, der ausgebuffte Regisseur, eine Gänsehaut bekam und den Anruf nicht mehr als Spaß auffasste. Er vernahm das Lachen noch, als er längst aufgelegt hatte.

Auf der Stelle drehte er sich um. Von einer Gesichtsfarbe konnte man bei ihm nicht mehr sprechen, höchstens von einer bleichen Totenhaut. Er hatte aufgelegt, aber das Lachen blieb. Wie ein Trompetenstoß jagte es durch die Garderobe, nur konnte der Regisseur den Lacher nicht entdecken. Und aus dem Lautsprecher unter der Decke drang es ebenfalls nicht.

Als er sich auf die Couch setzte, hörte es plötzlich auf. Stille kehrte ein.

Der Regisseur vernahm nur seinen eigenen, überlauten Atem. Er war nass geschwitzt. Wie Öl rann die Flüssigkeit über sein Gesicht. Er spürte sie auch unter den Achseln und sogar in den Kniekehlen. Als er auf seine Hände schaute, sah er, dass sie zitterten. Von einem Weiterschlafen konnte keine Rede mehr sein, der Anruf und das Höllengelächter hatten ihn aus der Fassung gebracht.

Die Zigaretten steckten in der rechten Seitentasche der zerknitterten Leinenjacke. Er hatte sie über eine Stuhllehne gehängt, holte die Glimmstängel hervor und zündete sich ein filterloses Stäbchen an. Dabei glitt sein Blick in die Runde. Ihm fielen abermals die Worte dieses ungeheuerlichen Gesprächs ein.

Der Unbekannte hatte starke Drohungen gegen ihn ausgestoßen. Er hatte von Vernichtung gesprochen. Er wollte Hollywood übernehmen und zu einer Brutstätte des Teufels machen. Reine Theorie? Eigentlich ja, aber wie dieser Teufel sich benommen hatte, musste man ihn eigentlich ernst nehmen, ob man wollte oder nicht.

Lamotte schaute in die Wolken. Er hatte seine Emotionen wieder ein wenig in den Griff bekommen und dachte über den Anrufer nach. Als Resultat zog er nur einen Schluss. Der andere wollte die Dreharbeiten sabotieren.

Sollte dies tatsächlich so sein, blieben Lamotte die Gründe verborgen, und er nahm sich vor, nach den Dreharbeiten der Schutztruppe Bescheid zu geben.

Diese Leute waren von den Studio-Bossen angeheuert worden, das Gelände zu bewachen, damit niemand die Dreharbeiten störte.

Abel Lamotte drückte die Zigarette aus und legte sich wieder hin. Schlafen konnte er nicht. Immer wieder dachte er über den Anruf nach, analysierte ihn in Gedanken, wollte einmal sogar die Dreharbeiten unterbrechen, ließ es aber bleiben, denn auch ein halber Tag kostete zu viel Geld.

Seine Garderobe kam ihm plötzlich vor wie ein Gefängnis. Er streifte die Jacke über, verließ die Bude, schritt durch den Gang zur Halle und nahm auf seinem Regiestuhl Platz. Nicht alle Akteure waren verschwunden. In einer Ecke saßen vier als Gangster zurechtgemachte Kleindarsteller beisammen und pokerten.

Lamotte nahm sie und ihre Gespräche überhaupt nicht wahr. Er schaute auf die Filmlandschaft, die sich als Dschungelgelände über die volle Breite der Halle hinzog. Sogar ein künstlicher Fluss plätscherte über ebenfalls künstliche Felsen. Die gesamte Technik befand sich unter dem Boden.

Lamotte nahm das Drehbuch und ging die nächste Sequenz noch einmal durch. Sie würde schwierig werden, denn die beiden Hauptakteure sollten sich in einer Dschungelhütte lieben.

Diese Szenen, so locker sie oft genug auf der Leinwand wirkten, waren tatsächlich sehr schwer zu drehen, da die meisten Schauspieler bei solchen Aufnahmen vor der Kamera verkrampften, mochten sie auch sonst noch so große Aufreißer sein.

Man hatte die Hütte bereits gebaut. Sie lag an einem Tümpel, in dem dunkelgrünes Wasser schwappte. Lamotte schaute sich den Tümpel und die Hütte noch einmal genau an. Er war zufrieden mit dem äußeren Aufbau. Wenn jetzt noch die Akteure mitspielten, war alles in Butter.

Pünktlich waren sie zur Stelle. Lamotte winkte die beiden zu sich und stellte sich ein wenig abseits, während nahe der Hütte die Kameramänner ihre teuren Geräte aufbauten und über das ›Gelände‹ fluchten.

Der männliche Held hieß Percy Preston. Er war dunkelblond, gut gebaut und erinnerte an einen Roger Moore in jungen Jahren, als dieser noch in Ritterfilmen spielte.

»Percy, du weißt, dass viel auf dich ankommt. Die Szene muss gut werden. Ich will sie außerdem noch heute im Kasten haben und abhaken.«

Preston grinste blitzend. »Okay, Abel, die Sache geht klar.«

»Nimm es nur nicht zu locker.«

»Keine Angst.«

»Ja, du hast Seifenopern gemacht. Da wurde immer ausgeblendet, wenn du irgendeine Tussi in den Arm genommen und geküsst hast. Heute ist es anders, glaub mir das. Wir gehen etwas weiter.«

Preston schaute Rita Lane an. »Klar, darauf freue ich mich schon.«

Sie lachte schrill. »Bilde dir nur keine Schwachheiten ein. Wenn du deine Finger zu sehr auf Erkundung gehen lässt, fege ich dir einen zwischen die Beine!«

»Na, na, na. Hört auf, euch zu streiten!« Abel schüttelte den Kopf. »Was ist überhaupt los mit euch?«

Preston deutete auf seine Partnerin. »Sie stellt sich zickig an.«

»Das musst du gerade sagen!«, fauchte Rita. »Wer ist denn sauer, dass er nicht so oft gezeigt wird? Du doch.«

»Ich bin bekannter.«

Abel Lamotte wurde sauer. »Verdammt noch mal!«, schrie er. »Habe ich es hier mit kleinen Kindern zu tun? Wenn ihr euch streitet und ich dadurch Zeit verliere, werdet ihr in Zukunft Schwierigkeiten haben, neue Rollen zu bekommen.«

»Schon gut!«, lenkte Preston ein.

Lamotte klatschte in die Hände. »Und jetzt wird gearbeitet, verstanden?«

»Sicher.«

Sie gingen zur Hütte. Unter ihren Füßen war der Boden weich. Künstliche Nebelschwaden hingen wie feine Gespinste zwischen den Lianen und Bäumen. Die Kameramänner waren fertig und nickten dem Regisseur zu. »Es ist alles in Ordnung, Chef.«

»Gut.«

»Wir brauchen noch eine Probeeinstellung!«, meldete sich der Regieassistent.

»Einverstanden.« Lamotte arbeitete wieder konzentriert. Man merkte ihm nicht mehr an, was hinter ihm lag. Jemand hielt den beiden Hauptdarstellern den Vorhang auf, damit sie die Hütte betreten konnten. Er wurde anschließend abgenommen. Im Hintergrund sammelten sich bereits die Gangster, die beide in ihrer schönsten Stunde stören würden.

Als Lager diente eine alte Decke. Nur wenig Licht sickerte durch das Blätterdach. Die Scheinwerferleistung war auf ein Minimum reduziert worden.

Lamotte schaute sich noch einmal in der Hütte um.

»Ja«, sagte er, »Platz habt ihr genug.«

Preston lachte. »Du bist gut. Was meinst du, was ich immer für einen Platz benötige, wenn ich zur Sache komme.«

»Das glaube ich dir sogar, Percy. Aber du hängst hier nicht auf einer Hollywood-Party herum, du befindest dich im Dschungel, wo es dich übermannt hat.« Preston winkte ab.

Rita legte sich bereits hin. Sie tat es zu steif, Lamotte musste noch einiges richten. »Reiß dich zusammen, Mädchen, du bist erschöpft, aber gleichzeitig auch glücklich, weil du festgestellt hast, dass du deinen Partner liebst. Du erwartest ihn also.«

Rita saß nach hinten geneigt auf der Decke und stützte sich auf. »Soll ich mich schon ausziehen?«

»Nein, der Film ist jugendfrei. Du bleibst angezogen. Wir deuten den ganzen Käse ja nur an.« Auch Lamotte wurde inzwischen sauer. Zwei Minuten später begannen sie zu drehen.

Percy Preston hatte in die Hütte zu kommen und überrascht zu tun, als er Rita so liegen sah.

Er schaffte es beim ersten Mal nicht. Auch beim zweiten- und dritten Mal wirkte sein Auftreten eher müde.

Erst die achte Einstellung war so, dass Lamotte zufrieden sein konnte. Er hielt sich im Hintergrund, wischte über sein schweißnasses Gesicht und konnte durch die offene Tür in die Hütte schielen, ohne dabei selbst ins Bild zu gelangen.

Er hörte den Dialog mit an. »Ich konnte nicht mehr. Ich war einfach fertig, Kane.«

Der Held lachte. »Was regst du dich auf, Mädchen. Mir ergeht es kaum anders. Morgen holen wir uns den Schatz!«

Sie richtete sich auf. »Wieso? Weißt du denn, wo er sich …?«

»Aber sicher.«

»Wo denn?«

Preston ließ sich neben Rita Lane auf das Lager sinken. Er legte seinen Zeigefinger auf ihre Lippen. »Kein Wort mehr davon. Ich sage dir morgen Bescheid. Diese Nacht gehört uns.«

»Wirklich?«

»Ja.«

»Aber hier im Dschungel …«

»Werden wir einige himmlische Stunden erleben, das kann ich dir versprechen.«

»Wie Tarzan«, flüsterte jemand im Hintergrund und wurde

daraufhin mit einem harten Blick des Regisseurs bedacht. Die beiden Schauspieler hatten sich inzwischen aneinander gewöhnt. Es machte ihnen jetzt auch Spaß, die Szene zu drehen. Keiner vom Stab hatte Einwände.

Bis plötzlich das Grauenhafte geschah!

Aus dem Tümpel dicht neben der Hütte schoss etwas hervor. Ein langer, grüner Arm. Widerlich, schleimig und trotzdem schuppig. Bevor einer der anderen Männer eingreifen konnte, schnellte der Arm in die Hütte hinein, bekam einen Körper zu packen und umklammerte ihn so hart, dass Percy Preston aufschrie, sich überrollte und nichts dagegen unternehmen konnte, als er aus der Hütte gezogen wurde.

Sein Körper schleifte über den Boden und verschwand einen Augenblick später im Wasser des künstlichen Tümpels …

In der Hütte schrie Rita Lane wie eine Sirene. Keiner kümmerte sich um sie, denn die Umstehenden hatten den Schrecken überwunden. Sie sprangen vor, und Lamotte gehörte zu den ersten, die den Rand des Tümpels erreicht hatten.

Sein Assistent wollte es besonders gut machen. »Ich hole ihn raus!«, schrie er und sprang in das Wasser.

Niemand begriff, dass Percy Preston noch nicht wieder aufgetaucht war. Der Tümpel besaß so gut wie keine Tiefe. Wer darin stand, dem reichte das Wasser bis zu den Hüften.

Aber Preston war verschwunden. Er tauchte nicht einmal auf. Zahlreiche Zeugen schauten zu, wie der Assistent in den künstlichen Tümpel sprang. Er hatte sich dabei so gedreht, dass er den Regisseur anschauen konnte. Lamotte schaute auch in das Gesicht des Mannes. Was er innerhalb weniger Sekunden sah, war ein regelrechter Film von Gefühlen, der über das Gesicht des Mannes rann.

Zuerst hatte er sich sehr sicher gezeigt. In seinen Augen stand ein fast triumphierender Ausdruck, der sich blitzartig änderte, als er spürte, dass sich unter seinen Füßen plötzlich kein Grund mehr befand. Der Mann versank vor den Augen der Zuschauer. Einen Arm reckte er noch hoch, die Hand blieb auch draußen, gnadenlos angestrahlt vom Licht eines Scheinwerfers. So konnte jeder Zuschauer sehen, wie sich die Finger zuckend bewegten, sich zur Faust schlossen, wieder öffneten, noch einmal bewegten und langsam verschwanden.

»Heiliger Lord, steh uns bei!« Der Kameramann stieß die Worte hervor. Andere sagten nichts.

Lamotte dachte fieberhaft nach. Er trug hier die Verantwortung und traf auch eine Entscheidung.

»Verdammt noch mal, steht nicht herum. Holt eine Pumpe und einen Schlauch. Das Wasser muss raus. Macht schon, verdammt, beeilt euch!«

Einige Statisten rannten los. Es dauerte seine Zeit, bis eine Pumpe herbeigeschafft worden war. Niemand sprach. Rita Lane war ohnmächtig geworden. Die Zeugen starrten auf den Tümpel. Auf ihren Gesichtern wollte die Gänsehaut nicht weichen.

Lamotte persönlich drückte den Schlauch in das Wasser und stellte auch die Pumpe ein.

Sie arbeitete zufriedenstellend und schleuderte die grünbraune Brühe aus dem Tümpel.

Man wartete auf die Leichen der beiden Männer oder auf das Untier, das die Leute in die Tiefe gezogen hatte.

Nichts dergleichen trat ein. Percy Preston blieb ebenso verschwunden wie der Regieassistent, und auch von dem Monstrum war keine Spur zu sehen.

»Ich bin doch nicht verrückt!«, flüsterte Lamotte und schaute sich um. Er sah nur in grau wirkende Gesichter.

»Verdammt noch mal!«, brüllte er. »Habt ihr das gesehen? Seht ihr den leeren Tümpel? Das Wasser ist verschwunden, aber wo stecken die beiden Männer? Haben sie sich aufgelöst? War das kein Wasser, sondern Säure?«

Man schüttelte den Kopf.

»Das ist Spuk!«, flüsterte Lamotte und trat mit dem Fuß auf. »Das ist ein verdammter Spuk! Ich komme damit nicht zurecht. Nein, zum Henker, ich bin verrückt, ich werde noch durchdrehen, ich …«

Lamotte hatte ins Schwarze getroffen. So dachten auch die Übrigen. Zuerst war es der Kameramann, der sich zurückzog. Die anderen folgten. Techniker, Statisten, Schauspieler, sie alle waren heilfroh, den Ort des Grauens verlassen zu können.

Niemand hielt sie auf, aber durch die große Halle peitschte plötzlich ein Lachen.

Widerlich, teuflisch und gemein.

Lamotte zuckte zusammen. Er fuhr herum, suchte den Lacher, sah ihn nicht und schrie nur: »Du bist es, du verdammter …«

Das Lachen verstummte. Die Stille war beinahe noch schlimmer. Für Lamotte wurde sie unerträglich. Er wollte auch nicht mehr bleiben, der Film war gestorben, und er war es bei den Produzenten auch. Niemand würde ihm das glauben. Aber sie hatten ja den Beweis. Die Szenen waren aufgenommen worden. Noch einmal schaute er in den leeren Tümpeltrog.

Da war nichts zu sehen. Am Rand klebten noch einige Reste, mehr auch nicht.

Eine Bewegung an der Hüttentür ließ ihn zusammenzucken. Rita verließ das Zelt. Sie stierte auf den leeren Tümpel, schüttelte den Kopf und fragte rau flüsternd. »Wo … wo ist Percy?«

»Verschwunden!«, gab Lamotte ebenso leise zurück.

Damit war Rita nicht zufrieden. »Verdammt, wo steckt er denn, Lamotte? Antworte!«

»In der Hölle!«, schrie der Regisseur. »Er ist in die Hölle gefahren, verflucht!«

Die Nerven beider waren nicht mehr die besten. Rita Lane presste beide Handflächen gegen die Lippen, machte auf dem Absatz kehrt und rannte davon.

Zurück blieb Lamotte. Er stierte ins Leere, schüttelte manchmal den Kopf und konnte nicht fassen, was geschehen war. Es kam ihm vor wie ein Traum, leider war es Realität gewesen. Nein, er hatte nicht geträumt, die beiden Menschen waren tatsächlich verschwunden, und sein Hauptdarsteller war von einer Klauenhand geholt worden, die sicherlich zu einem Monstrum gehört hatte.

Dann erinnerte er sich an das Lachen. Einmal war es ihm aus dem Telefonhörer entgegengeschallt. Beim zweiten Mal war es durch die Halle geklungen, als hätte sich der Lacher in den Studios aufgehalten. War er noch anwesend?

Der Regisseur schaute sich vorsichtig um. Er hatte Angst davor, dass er überfallen wurde, das aber trat nicht ein. Niemand hielt sich in seiner Nähe auf. Die einzigen Geräusche, die er vernahm, waren sein eigener Atem und die Schritte, als er sich in Richtung Garderobe in Bewegung setzte.

Dort wollte er bleiben, bis die Polizei kam und ihn verhörte. Dass er verhört werden würde, war ihm klar. Ebenso wie die anderen Akteure. Nur – was sollten sie den Polizisten sagen? Die Wahrheit, aber die würde ihnen keiner glauben.

Es hatte sich natürlich herumgesprochen, dass in der letzten Zeit vier Menschen auf schreckliche Art und Weise ums Leben gekommen waren. Offiziell gab es zwar andere Verlautbarungen, aber unter der glatten Decke kochte die Gerüchteküche. Man sprach bereits von unheimlichen Dingen, die sich über Hollywood zusammenbrauten und dieses gesamte Babylon mit in den Abgrund reißen würden.

Die Zeit der Abrechnung und der Rache war gekommen. Das Jenseits machte mobil. Abel Lamotte hatte immer nur den Kopf geschüttelt, wenn er solche und ähnliche Reden hörte. Nach diesen Vorfällen aber dachte er anders darüber. Irgendetwas ging hier vor, etwas Unheimliches, etwas nicht Fassbares.

Als Abel Lamotte seine Garderobe betrat, schaute er sich zunächst vorsichtig um. Niemand hielt sich in dem kleinen Raum auf. Er fand ihn so vor, wie er ihn verlassen hatte.

Aus dem Schreibtisch holte der Regisseur eine Flasche Whisky. Sie war noch halb voll und mit einer Staubschicht bedeckt, so lange hatte er sie nicht mehr angerührt.

Er setzte die Öffnung an den Mund und nahm zwei tiefe Schlucke. Danach bildete er sich ein, dass es ihm besser ging. Kaum hatte er die Flasche weggestellt, als sich das Telefon meldete. Abel befand sich noch in einer gebückten Haltung, in der er auch blieb und den Apparat anschielte. Sein Herzschlag trommelte plötzlich. Er wusste nicht, ob er abheben sollte oder nicht.

Da war er! Der Lacher, der Unbekannte. Vielleicht ein Zauberer, ein Magier oder ein Wesen aus einer anderen Welt.

Ihm wurde zwar nicht schlecht, doch der Magendruck nahm zu.

Durch den halb geöffneten Mund saugte er die Luft ein, auf seiner Stirn lag dick der Schweiß, und sehr vorsichtig streckte er seinen Arm aus. Mit spitzen Fingern berührte er den Hörer, hob ihn ab und hatte ihn noch nicht an sein Ohr gepresst, als er bereits das hässliche, laute und teuflische Lachen vernahm.

Abrupt stoppte das Gelächter, und eine flüsternde Stimme sagte: »Da bist du ja!«

»Wer sind Sie?«, keuchte Lamotte.

»Habe ich dir nicht gesagt, dass du noch einmal gekrochen kommst, Abel Lamotte?«

»Nein, ich komme nicht gekrochen!«

»Aber ich bitte dich, mein Freund. Das hier war erst der Anfang. Es wird viel, viel schlimmer kommen, darauf kannst du dich verlassen. Schon am heutigen Abend wird L. A. zu einem dämonischen Tollhaus.«

»Was hast du mit den beiden Männern gemacht? Wer hat sie in den Tümpel geholt. Wo sind sie jetzt?«

»Bei mir!«

»Klar, toll. Und wer bist du?«

»Wenn ich dir meinen Namen sage, wirst du vielleicht lachen. Ich tue es trotzdem. Ich bin – Dr. Horror!«

Urplötzlich war die Gefahr da! Und das mitten auf dem weltberühmten Sunset Boulevard.

Dabei hatte alles so ›normal‹ begonnen. Mit Suko und Bill waren Tudor Buckly und ich nach Hollywood geflogen, und Buckly hatte sogar Plätze in der ersten Klasse reservieren lassen. Am späten Nachmittag trafen wir dann in L. A. an.

Den Flug und auch die Zeitverschiebung hatten wir gut überstanden. Oft genug hatte ich nach langen Flügen Blei in den Knochen gespürt, diesmal jedoch nicht.

Auch meine Begleiter waren in Form, besonders Bill, der sich auf die Stadt freute. Er und Suko hockten im Fond des Mercedes 500, der Buckly gehörte.

Ein Superwagen, ausgestattet mit allem, was die Automobiltechnik zu bieten hatte. Ob ABS, Klimaanlage, Bar oder kostbare Ledersitze, getönte Scheiben, Alarmanlage, wir fanden einfach alles in dieser dunkelblauen Nobelkutsche.

Für meine Gehaltsklasse leider unerreichbar, wie auch ein neuer Bentley. Einen guten Gebrauchtwagen hatte ich noch nicht gefunden. Durch London rollte ich immer mit einem Dienstrover.

Es war noch nicht dunkel geworden, sodass der Sunset Strip seine künstliche Lichtpracht noch nicht entfalten konnte. Leider waren wir nicht zu unserem Vergnügen nach L. A. gefahren. Wir wollten zuerst ein Lokal besuchen, in dem die Schauspieler verkehrten, die irgendetwas Besonderes erlebt hatten.

Das Besondere bezog sich dabei auf außergewöhnliche Dinge, auf Erscheinungen und Erlebnisse, die diese Personen gehabt hatten, über die Tudor Buckly auch geschrieben hatte. Wir gingen davon aus, dass einige von ihnen mehr über die Personen wussten, die auf so schlimme Art und Weise ums Leben gekommen waren.

Nur dort konnten wir einhaken. Die Kollegen wollte ich zunächst aus dem Spiel lassen, obwohl ich sie informiert hatte, da wir ja mit Waffen eingereist waren.

Man gab uns keinen Kontrolleur mit. Ich allerdings rechnete damit, dass wir unter Beobachtung standen.

Dann diese plötzliche Gefahr!

Woher sie gekommen war, konnte keiner von uns sagen. Sie war einfach vorhanden. Aus dem Himmel drehte sich eine blaue Spirale. Sie wirkte wie ein lang gezogener Geist, wie ein unheimliches Wesen aus einer anderen Dimension, und sie jagte halbhoch über die Fahrbahn, bevor sie in einem anderen Wagen verschwand.

Auch Buckly hatte den Vorfall mitbekommen. »Verdammt, was war das?«

»Keine Ahnung, Tudor, aber fahren Sie vorsichtig.«

»Natürlich.«

Der andere Wagen spielte plötzlich verrückt. Es war ein weißes Gefährt und stammte noch aus den Siebzigerjahren. Urplötzlich drehte er sich um die eigene Achse. Sein Heck schleuderte so scharf herum, dass es noch ein anderes Fahrzeug erwischte, gegen dessen vorderen Kotflügel donnerte, ihn einknickte, selbst weiterfuhr und schräg über die Fahrbahn in unsere Richtung raste.

Es würde uns treffen.

Was ich hier so langsam berichte, lief tatsächlich sehr schnell ab. Wenn es noch eine Chance gab, der Kollision zu entgehen, dann nur durch blitzschnelles Reagieren.

»Gas!«, schrie ich.

Buckly reagierte sofort und gab Vollgas. Der schwere Mercedes sprang förmlich nach vorn und geriet dicht an das Heck eines Station Cars, der vor uns rollte. Aber auch dessen Fahrer hatte gut geschaltet. Er gab ebenfalls Gas und kam so weg.

Inzwischen war auf dem Strip die Hölle los. Der quer über die Fahrbahn jagende Wagen verursachte ein mittleres Chaos. Mehrere Autos konnten nicht rechtzeitig genug ausweichen oder bremsen. Sie fuhren ineinander. Wir hörten einen dumpfen Aufprall und das Splittern von Glas. Wir sahen, dass sich das Verursacher-Fahrzeug um die eigene Achse drehte und mit kreischenden Reifen quer über die Fahrbahn raste.

Um Haaresbreite verfehlte es uns, prallte gegen die Bordsteinkante nahe einer Laterne, hüpfte darüber hinweg und klatschte gegen den Lichtmast. Es war wirklich Zufall, dass an dieser Seite keine Autos parkten, sonst hätte der Wagen noch mehr Schaden angerichtet.

Wir standen.

Auch Suko und Bill, die hinten saßen, hatten natürlich mitbekommen, was sich abgespielt hatte. Zu verschiedenen Seiten hin flogen die Türen auf, aber ich war noch früher aus dem Mercedes und rannte auf den Wagen zu, den ein Laternenpfahl aufgehalten hatte. Tudor Buckly blieb hinter dem Lenkrad sitzen.

Ich aber sah, dass der Mast einen Knick bekommen hatte und dabei war, sich vor dem Unfallauto zu verneigen. Langsam sank er in die Tiefe und beschädigte das Dach.

Hinter dem Lenkrad sah ich eine Gestalt. Sie bewegte sich nicht. Ein dunkler, nach vorn geschobener Klumpen hockte dort. Mit der Stirn lag der Fahrer auf dem Steuer.

Ich riss an der Tür. Zuerst klemmte sie. Beim zweiten Versuch sprang sie auf.

Blitzschnell tauchte ich in den Wagen ein und wollte den Fahrer unterhaken, als das neblige Gebilde sich plötzlich wie eine Spirale aus dem Fond hervorschraubte und sich um meinen Hals drehte. Für den Bruchteil einer Sekunde sah ich das Vorderteil, so etwas wie ein Gesicht mit einer vorgezogenen Schnauze. Dann umklammerte ein kalter Reif meinen Hals, zog mich tiefer in den Wagen hinein und schnürte mir die Luft ab.

Ich griff zum Kreuz, holte es trotz meiner miesen Lage hervor und sah das grüne Leuchten.

Gleichzeitig erfüllte meine Ohren ein Zischen, als würde irgendwo Gas ausströmen. Im nächsten Augenblick verschwand nicht nur der kalte Druck um meinen Hals, auch das Wesen verschwand, ohne dass es einer hätte halten können.

Ich hörte hinter mir Bills wilden Fluch und wunderte mich über mein Kreuz, das eine leicht grünliche Färbung angenommen hatte. Das ließ nur einen Schluss zu.

Aibon!

Nur wenn diese geheimnisvolle Welt mit ins Spiel kam, veränderte sich mein Kreuz auf diese Art und Weise.

Aber Aibon in Hollywood?

Ich kam nicht mehr dazu, näher über dieses Problem oder Phänomen nachzudenken, denn Bill hatte mir eine Hand auf die Schulter gelegt. »John, bist du okay?«

»So weit ja.«

»Und der Fahrer?«

»Ich hole ihn raus.«

Bill half mir dabei. Wir hatten ihn erst losschnallen müssen. Er war im Gurt zusammengesunken. An seiner Stirn entdeckten wir eine kleine Platzwunde. Bewusstlos war der noch junge Mann nicht. Er stand nur unter einem Schock.

Um die Unfallstelle herum staute sich der Verkehr. Andere Fahrer, die weiter entfernt anhalten mussten und nicht durchkamen, hupten wütend und wild.

Die ersten Beamten der Metropolitan Police trafen ein. Sie

sperrten ab und regelten gleichzeitig den Verkehr. Bill und ich hatten den Mann auf den Boden legen wollen, er aber setzte sich hin, presste seinen Rücken gegen ein Hinterrad und schaute uns verständnislos an. Er besaß das Aussehen eines Mexikaners und trug helle Kleidung. Ich wollte ihm Fragen stellen, bevor sich die Polizisten mit ihm beschäftigten. »Können Sie sich erinnern, was geschehen ist?«

»Nein.«

»Bitte, Sie …«

»Da war etwas. Ich … ich kann nicht sagen, was. Es drang, in meinen Wagen. Er gehorchte mir nicht mehr. Das Steuer machte, was es wollte. Ich konnte nichts tun.«

»Was war das Unbekannte?«

»Keine Ahnung. Sah aus wie ein Geist.«

Ich nickte. »Schon gut. Und mehr wissen Sie nicht?«

»Nein.« Harte Tritte näherten sich mir. Dann hörte ich eine Stimme. Gleichzeitig fielen Schatten auf mich nieder. Zwei Beamte der Metropolitan Police rahmten mich ein. »Lassen Sie das, Mister. Wir kümmern uns um den Verletzten.«

»Ja, natürlich.« Ich stand auf und machte Platz. Es hatte keinen Sinn, den Mann noch länger zu verhören! Er war das Opfer einer anderen Macht geworden.

Ich gesellte mich zu Bill und Suko, die etwas abseits standen. »Wo steckt Tudor?«, fragte ich.

»Noch im Wagen.«

»Weshalb?«

»Keine Ahnung«, erwiderte Suko.

Bill Conolly hatte eine Frage. »Weißt du mehr, John?«

Ich nickte. »Möglich.«

Ich räusperte mir die Kehle frei. »Aibon«, sagte ich leise. »Es muss mit Aibon zu tun haben.« Ich erzählte, was mir in der kurzen Zeit im Wagen widerfahren war.

»Als ich dann mein Kreuz nahm, um mich zu befreien, bekam es einen grünen Schimmer.«

»Ja«, bestätigte auch Suko. »Das ist Aibon. Aber wieso? Was kann Aibon hier mit Hollywood oder L. A. zu tun haben?«

»Frag mich was Leichteres.«

Polizisten kamen zu uns. Wir wurden als Zeugen gebraucht. Andere Fahrer befragte man ebenfalls. Sie konnten auch keine Erklärung abgeben. »Vielleicht ist dem Mann übel geworden«, sagte ich.

Der Beamte schaute mich an. »Übel!« Er lachte. »Der Kerl hat etwas ganz anderes erzählt. Er sprach von einem Geist, der plötzlich in seinen Wagen eindrang.« Der Mann schlug gegen seine Stirn. »Verrückt ist das, einfach verrückt. Aber wir sind hier in Hollywood, da hat man es ja nur mit Irren zu tun.«

»Wir können Ihnen auch nichts sagen, Sir.«

»Gut. Sollte noch etwas sein, wir haben Ihre Personalien.« Für den Beamten war die Sache damit erledigt. Er ging zu seinen Kollegen, die inzwischen nach einem Abschleppwagen telefoniert hatten, der bereits anrollte.

»Mal sehen, was Tudor Buckly macht«, sagte Bill und sprach uns damit aus dem Herzen.

Dem Mercedes war nichts passiert. Wir schoben uns durch den Ring der Schaulustigen. Es waren bunt gekleidete Typen. Hier fand man alles. Vom Filmboss bis zum Hippie, der noch übrig geblieben war und nur mehr von seinen Blumenzeiten träumen konnte.

Junge Mädchen fielen auf. Sie waren oft bunt gekleidet wie Schmetterlinge. Eine lässige Mode trugen sie zur Schau und ließen sich in nichts hineinzwängen. Ihre Blicke waren oft genug begehrlich. Wir lasen auch Hunger nach Leben, die Sucht nach dem schnellen Vergnügen oder auch der rasanten Karriere. Für viele dieser Girls endete der Traum oft genug an der Nadel.

Als wir auf den Mercedes zuschritten und von Buckly gesehen werden konnten, stieg dieser aus. Er fuhr mit einer Hand durch seine Löwenmähne und fragte: »Ist alles glatt gelaufen?«

Bill bejahte. »Dem Fahrer ist praktisch nichts passiert.«

»Das ist gut.«

»Weshalb sind Sie im Wagen geblieben?«, wollte Suko wissen.

Buckly lachte. »Weil ich im gleichen Augenblick einen Anruf bekommen habe.«

»War er wichtig?«

Buckly nickte uns zu. »Das kann man wohl sagen, Gentlemen. Mich rief ein gewisser Abel Lamotte an.«

Wir hoben die Schultern.

»Das ist ein Regisseur«, erklärte Buckly. »Wir kennen uns recht gut. Er weiß auch, welches Buch ich geschrieben habe und dass ich zuvor recherchierte. Er wollte mich unbedingt sprechen, deshalb habe ich ihn dazugebeten.«

»Er kommt also ins *Cage?*«

»Genau, Bill.«

Das Lokal hieß *Cage*. Dort würden wir wahrscheinlich auch die Personen finden, denen etwas Ungewöhnliches widerfahren war. Die Clique war eigentlich jeden Abend da, um über die Dinge zu diskutieren, die jenseits der normalen Bewusstseinsschwelle lagen.

»Weshalb wollte er Sie so dringend sprechen?«, erkundigte sich Suko.

»Das hat er nicht genau gesagt. Er ist jedenfalls lange von der Polizei verhört worden. Zwei Männer sind bei Dreharbeiten verschwunden oder geholt worden. So genau weiß ich das auch nicht.«

»Von wem?«

»Das will er uns noch sagen.«

Ich schaute auf die Uhr. »Was hindert uns eigentlich daran, ins *Cage* zu fahren?«

Buckly grinste. »Eigentlich nichts, kommen Sie.«

Der Mercedes war fahrbereit. Bill und Tudor stiegen bereits ein. Suko hielt sich an meiner Seite. »Aibon«, sagte er leise. »Hast du dich auch nicht getäuscht, John?«

»Ich glaube nicht.«

Er hob die Schultern. »Nun ja, wir werden sehen, was uns dieser Lamotte zu erzählen hat.«

Tudor Buckly lächelte mich knapp an, bevor er startete. »Ich bin noch immer nervös«, flüsterte er. »Verdammt, das war vielleicht eine Sache. Haben Sie eine Erklärung, John?«

»Nein. Ich rechne aber damit, dass irgendwelche Kräfte aus einer anderen Welt eingegriffen haben.«

Er schlug mir auf die Schulter. »Allmählich glaube ich doch, dass ich mit Ihnen hier die richtigen Leute nach Los Angeles geholt habe.«

»Wir wollen es hoffen …«

Das Lokal fiel aus dem Rahmen. Es lag zwar am Strip, jedoch etwas versetzt zum Parkplatz führte eine schmale Stichstraße, die einen Bogen beschrieb und vor blühenden tropischen Hecken in einen Wendehammer einmündete. Ein riesiger Schwarzer in Fantasieuniform stand als nicht zu übersehendes Denkmal auf der Parkplatzmitte und sichtete zunächst einmal die anfahrenden Wagen.

Tudor Buckly war hier bekannt. Als der Schwarze den Wagen sah, deutete er eine Verbeugung an und kam uns entgegen.

Buckly hielt an. »Wir müssen aussteigen«, sagte er.

»Den Rest erledigt Charles.«

»Heißt der Mann so?«, fragte Bill.

»Ja.« Der Autor grinste. »Er kommt sogar aus London.«

»Wie das Leben so spielt.«

Charles bekam den Schlüssel, ein Trinkgeld und begrüßte uns mit sonorer Stimme.

»Holborn«, sagte Bill zu ihm.

»Wie meinen Sie, Sir?«

»Sie kommen aus Holborn, Charles.«

Der Parkplatzwächter strahlte. »Ja, Sir, das stimmt. Dort habe ich über zwanzig Jahre gewohnt. Aber woher wissen Sie …?«

»Ihr Dialekt, Charles. Wir sind selbst aus London. Da kennt man sich aus.«

»Das wusste ich nicht, Sir. Viel Spaß bei uns.«

»Danke.«

Wir waren schon vorgegangen. Bill holte uns schnell ein. »Sieht ja schnuckelig aus«, sagte er und deutete nach vorn, wo sich die Rückseite des Lokals praktisch öffnete und in eine erhöht gebaute Terrasse auslief. Über ihr schwebte ein scharlachroter Baldachin, dessen Stoff vom leichten Wind bewegt wurde.

Unter dem Baldachin standen die Tische. Alle sehr klein, fast zierlich, Bistrotische mit ebensolch schmalen Stühlen. Zum Teil waren sie besetzt. Männer, junge und alte, dazu meist junge Mädchen hielten sich hier auf und schlürften ihre Longdrinks oder aßen eine Kleinigkeit.

»Wie sieht es mit Stoff aus?«, fragte ich Buckly. »Kann man den hier auch bekommen?«

»Das glaube ich nicht.« Er blieb für einen Moment stehen. »Wer dieses Zeug sucht, der geht in andere Lokale, die dafür bekannt sind.«

»Klar. Bleiben wir hier?«

»Nein, ich möchte gern hinein. Hier draußen sitzen nicht die Stammgäste. Die meisten kommen sowieso erst später. Wir können noch eine Kleinigkeit essen.«

»Das wäre nicht schlecht«, sagte Bill. »Ich habe nämlich einen Mordshunger bekommen.«

»Kann ich verstehen.«

Bisher hatte ich nicht gewusst, weshalb das Lokal *Cage* hieß. Erst als ich die Tanzfläche sah, wusste ich den Grund. Sie war von Metallstangen umgeben und ähnelte einem Käfig. Aus ihrer offenen Rundung ragten farbige Birnen, die intervallweise aufzuckten. Auf der runden Tanzfläche bewegte sich ein Pärchen. Sie trug ein langes, beigefarbenes Kleid, das sehr hoch geschlitzt war. Der Tänzer hatte eine Hand an das Ende des Schlitzes gelegt und ließ die Fingerkuppen über den straffen Oberschenkel gleiten.

»Die beiden werden bestimmt bald zur Sache kommen«, meinte Bill.

»Darum kümmert sich hier niemand«, erklärte Buckly.

»Kann ich mir denken.«

Die Einrichtung gefiel mir. Man hatte das Lokal auf drei Ebenen angelegt. In der unteren befand sich die Bar. Eine breite Treppe führte zur ersten, die teilweise frei über der Tanzfläche schwebte. Um die dritte Ebene zu erreichen, konnte man einen Säulenaufzug benutzen, dessen Kabine völlig durchsichtig war und mit ihrer Spitze aussah wie ein übergroßer Kristall.

Die Beleuchtung war dezent. Man konnte noch sehen, welche Geldscheine man in den Händen hielt, wenn die Rechnung gebracht wurde.

Tudor Buckly schlug vor, an der Bar Platz zu nehmen.

»Es ist bereits für mich reserviert worden.«

»Man kennt Sie hier, nicht?«

»Ja, Bill. Ich habe hier fast mein Buch geschrieben. Hier führte ich die Interviews, hier traf ich mich mit all den Stars und Sternchen, die mir etwas mitzuteilen hatten.«

»Gute Arbeitsatmosphäre.«

Tudor lachte. »Es war trotzdem ziemlich anstrengend. Manche wollten plötzlich nicht mehr und alles zurücknehmen. Es hat mich viel Nerven gekostet. Ah, da ist Costa.« Er lief auf die Bar zu und begrüßte einen schokoladenbraunen Mixer, der hinter der Theke das Regime übernommen hatte. Er trug ein schneeweißes kurzes Frackjackett und ein rot gestreiftes Hemd darunter. Die Fliege war knallrot.

Wir wurden ihm vorgestellt. Costa lächelte breit und sanft. Den gleichen sanften Ausdruck fanden wir auch in seinen Augen, die zudem noch glänzten.

»Was darf ich den Gentlemen anbieten?«, fragte er.

»Wir nehmen erst mal Platz«, sagte Tudor. Er hatte sich eine gute Ecke ausgesucht. Wir saßen nebeneinander und konnten so das ganze Lokal überblicken. Hinter uns, eingebaut in eine Nische, standen ein Tisch, eine kleine Couch und zwei Sessel.

»Die Sitzgruppe habe ich auch reservieren lassen«, erklärte der Autor.

»Sie haben aber etwas vor«, meinte Bill.

Der Mixer schob uns Schalen mit Knabbergebäck zu. Wir entschieden uns für Drinks, die keinen großen Alkoholgehalt besaßen, in hohen Gläsern serviert wurden und erfrischten.

Allmählich füllte sich der Käfig. Ich sah Männer und Frauen, die ich auch schon von der Leinwand her kannte. Wer sich hier herumtrieb, gehörte tatsächlich zur Prominenz.

Tudor Buckly war bekannt. Fast jeder Neuankömmling winkte ihm zu. »So ist das nun mal hier in Hollywood. Jeder kennt jeden. Schauen Sie auf die Tanzfläche. Jetzt geht das Vergnügen los.«

In der Tat drehten und bewegten sich mehrere Paare. Auch die Tische wurden besetzt. Champagner war auch hier beliebt. Die

Mädchen waren alle sehr schick, toll zurechtgemacht und oft blutjung. Ein bekannter Filmstar, den ich aus Krimis kannte, kam mit zwei Blondinen, die wie Kletten an ihm hingen und schon einiges gebechert hatten. Sie ließen sich auf eine weiche Couch fallen, schrien nach Champagner und sahen trotzdem so aus, als würden sie jeden Augenblick einschlafen.

Nein, diese Gesellschaft war nichts für mich, auch die Umgebung nicht. Sie mal zu sehen und sie zu erleben, okay, aber die Eckkneipe oder der Pub waren mir lieber.

»Bekommt man hier auch Bier?«, fragte Bill und hatte mir dabei aus der Seele gesprochen.

»Klar.«

»Dann nehme ich doch eines.«

Costa schwebte auf einen Wink herbei. An seinem linken Arm klimperte ein Goldkettchen.

»Wir hätten gern Bier«, sagte Tudor.

Costa verzog das Gesicht. »Der Champagner …«

» … macht dick«, fiel Bill ihm ins Wort. »Ein Schluck Bier löscht den Durst.«

»Wie Sie wünschen.«

Auch das Bier wurde auf eine vornehme Art und Weise serviert. Der Mixer holte Metallbecher aus dem Eis und schenkte ein. So vornehm hatte ich das Bier noch nie getrunken und musste nach den ersten Schlucken zugeben, dass es mir aus einem stinknormalen Glas besser schmeckte.

Aber es war kalt und löschte den Durst.

Allmählich wurde ich ungeduldig. »Hoffentlich erscheint Ihr Mann noch im Laufe des Abends.«

»Keine Sorge, John. Was Abel Lamotte verspricht, das hält er auch. Da können Sie ganz beruhigt sein.«

»Haben Sie keine genaue Zeit ausgemacht?«

»Das ging doch nicht.«

Weitere Minuten vergingen. Wir hatten Zeit und Muße, uns das Publikum zu betrachten. Ich bekam den Eindruck, dass die hier verkehrenden Gäste vergessen hatten, dass keine Filmkamera lief. Sie bewegten sich nur selten natürlich, zogen die große Schau ab, als würde jeder von ihnen im Mittelpunkt stehen und der große Star sein.

»Ihnen scheint es nicht so zu gefallen«, sagte Tudor.

»Das stimmt. Am besten finde ich die Luft. Es gibt hier eine ausgezeichnete Klimaanlage. Man merkt kaum, dass geraucht wird.«

»Das gehört einfach zu einem Laden wie diesem hier.« Er wollte noch etwas sagen, doch seine Züge erstarrten. Gespannt schaute er zur Tür. »Ja, da ist er?«

»Lamotte?«

»Genau.«

Der Regisseur sprach noch mit einem Bekannten, der wild auf ihn einredete. Lamotte nickte nur. Sein Gesichtsausdruck zeigte Desinteresse. Als der Mann von ihm abließ, ging Tudor Buckly dem Regisseur bereits entgegen. Die beiden schüttelten einander die Hände. Mir kam Lamotte irgendwie erlöst vor.

Er hatte das gleiche graue Haar wie Buckly, trug ein schwarzes Jackett mit feinen weißen Streifen und eine ebenfalls schwarze Hose. Sein Hemd war schneeweiß, der locker geschlungene Binder grau und weiß abgesetzt.

Wir machten uns bekannt.

Lamotte stand unter Spannung. Er hatte feuchte Hände, sein Blick war auch unruhig. »Ihr könnt euch nicht vorstellen, was ich hinter mir habe«, sagte er und leerte das erste Glas Champagner, das man ihm unaufgefordert zugeschoben hatte.

»War es so schlimm?«, fragte Tudor.

»Ja, besonders die Bullen. Ich darf die Stadt nicht verlassen.« Er lachte und schüttelte den Kopf. »Als ob ich jemals daran gedacht hätte. Noch ein Glas, Costa.«

»Gern. Mr. Lamotte. Haben Sie mal wieder eine kleine Rolle für mich?«

»Sicher, wenn ich mal einen heißen Guy brauche.«

»Das bin ich doch immer.« Costa lachte und holte ein neues Glas.

Lamotte schüttelte den Kopf. »Man kann hinkommen, wo man will. Immer wird man angemodert. Rollen, Rollen, Rollen. Dafür tun die Jungs und Mädchen alles.«

»Das ist eben Hollywood«, sagte ich.

»Ja, John, Sie lernen es von der richtigen Seite kennen. Aber darüber wollen wir uns nicht unterhalten.«

»Nein, berichten Sie uns, was Ihnen widerfahren ist. Bisher lebten wir mit Andeutungen.«

Er bekam sein zweites Glas, nahm einen Schluck und fing an. Lamotte konnte sehr gut erzählen. Wir waren aufmerksame Zuhörer und erfuhren diese wirklich unglaubliche Geschichte. »Wenn ich es nicht mit eigenen Augen gesehen hätte, ich hätte es selbst nicht geglaubt. Aber irgendetwas musste ja passieren.«

»Wieso?«, fragte ich.

»Ich bekam schon seit Tagen Anrufe von einem Typ, der praktisch meinen Job haben wollte, um Hollywood unter Kontrolle zu bringen. Er ist der Meinung, dass es an der Zeit wäre, andere Kräfte mit ins Spiel zu bringen, wenn Sie verstehen.«

»Noch nicht«, sagte Suko.

»Ich auch nicht. Aber er will Hollywood zu einer Hölle machen, zu einem Tanzplatz des Teufels.« Lamotte lachte auf. »Als wäre der Teufel nicht längst der eigentliche Regisseur in diesem verdammten Babylon mit dem berühmten Namen.«

»Aber Ihr Teufel besitzt einen Namen – oder nicht?«

»Ja, John. Er hat sich bei seinem letzten Anruf sogar vorgestellt.« Bevor uns Lamotte den Namen verriet, zündete er sich eine Zigarette an und ließ noch ein Glas kommen.

»Sagen Sie ihn schon.«

Lamotte stieß Rauch durch beide Nasenlöcher aus und schüttelte den Kopf. »Es hat sich wirklich angehört wie ein Witz, aber dieser Name passt irgendwie zu dem Typ mit der perversen Lache. Er nannte sich ganz einfach Doktor Horror …«

Zum Glück besaßen die Hocker kleine Rückenlehnen. Einer von uns wäre sonst sicherlich vor Überraschung zu Boden gefallen. »Das ist doch nicht wahr«, flüsterte ich.

»Und ob. Er hat sich als Doktor Horror vorgestellt, dieser Witzbold, obwohl ich es gar nicht so witzig fand.«

»Nein, das war auch kein Witz«, sagte Suko leise.

»Wieso? Kennen Sie ihn?«

Der Inspektor warf mir einen fragenden Blick zu und verzog dabei die Lippen. »Ja, den kennen wir aus New York. Und ich kann ihn mir auch als Witzbold nicht vorstellen. Dieser Mensch ist brandgefährlich. Er hat tatsächlich Kontakt zu einer andere Welt, das hat er uns bei seinem Broadway Grusical bewiesen.«[1]

»Jetzt verstehe ich nichts mehr.«

Ich winkte ab. »New York ist nicht L. A., Abel. Aber wenn Dr. Horror dahintersteckt, würde ich die Warnung nicht auf die leichte Schulter nehmen.«

»Heißt der tatsächlich so?«

»Nein, eigentlich Gerry Giesen. Er nennt sich Dr. Horror. Allein durch sein Lachen kann er Säle leeren.«

»Das habe ich bemerkt.«

»Und ich weiß auch«, sagte Suko, »weshalb dein Kreuz so reagiert hat. Er steht in direkter Verbindung mit Aibon, das haben wir in New York herausgefunden.«

Ich nickte nur. Natürlich machte ich mir meine Gedanken über Gerry Giesen. Ich dachte daran, dass er uns entwischt war, zusammen mit einer guten Bekannten, der Reporterin Laurie Ball. Damals hatten wir gehofft, ihn nie wieder zu treffen, doch diese Hoffnung hatte sich als trügerisch erwiesen. Nicht nur sein Lachen wies auf ihn hin, er hatte sich ja selbst als Dr. Horror vorgestellt.

»Wenn Sie ihn kennen«, sprach Lamotte mich an, »können Sie mir dann auch erklären, wieso Percy Preston und mein Assistent Hai Baker verschwunden sind?«

Ich schaute ihn an. »Ja und nein.«

»Das verstehe ich nicht.«

»Sagen wir einfach, dass es sich dabei um schwarze Magie gehandelt hat. Oder um einen Vorgang, der in einer anderen Welt geboren wurde, die für uns nicht sichtbar ist.«

»Ach so.« Er hatte die Antwort zwar gegeben, doch ich sah ihm an, dass er nichts verstand.

---

1 Siehe Sinclair-Taschenbuch 73.068: »Broadway Grusical«.

»Damit kommen Sie nicht zurecht?«, fragte Bill.

»Nein, wenn ich ehrlich bin. So etwas habe ich zwar geschrieben, aber so recht kann ich daran nicht glauben. Okay, ich habe mir viel anhören müssen, dass diese Kraft aber in mein Leben eingreifen würde, kommt mir doch etwas komisch vor.«

»Es ist leider die Wahrheit«, sagte ich.

»Gut.« Er nickte. »Ich akzeptiere dies. Da wir jetzt wissen, dass es sich um Dr. Horror handelt, brauchen wir uns nur auf seine Spur zu setzen und ihn zu fangen.«

Bill lachte auf. »Wenn das so einfach wäre.«

»Ich bin doch ein guter Lockvogel. Er wird sich bei mir wieder melden. Davon bin ich überzeugt.«

»Das wäre eine Möglichkeit«, gab Suko zu.

»Die mir nicht so besonders gefällt!«, widersprach ich und drehte mich zu meinem Freund um.

»Weshalb nicht?«

»Ganz einfach, Suko. Wir stehen auf der Warteliste. Er kann anrufen, wann immer er will. Das kann heute sein oder erst in zehn Tagen. Man müsste so etwas forcieren.«

»Wird schwer sein.«

»Sicher.« Ich wandte mich an Abel Lamotte. »Gibt es irgendwelche Spuren von Ihrem Freund?«

»Nein.«

»Doch!«, meldete sich Bill Conolly. Er hatte einen Ellbogen auf die Bar gestützt und den Arm erhoben. »Das Studio, wo er sich die Menschen geholt hat.«

»Wie kommen Sie darauf?«, fragte Lamotte.

»Ist doch klar. Er will dieses Studio besitzen, um seine Pläne, die wir noch nicht kennen, durchführen zu können. Hollywood soll nun eine Hölle werden. Wie ich ihn einschätze, wird er eben in dieser Studiohalle damit beginnen.«

»Was sagen Sie dazu, John?«, fragte mich der Regisseur.

»Bill könnte Recht haben. Auch ich sehe die Sache so. Wenn man gegen diese Mächte einer anderen Welt angeht, muss man sich eben unorthodoxe Methoden einfallen lassen.«

Lamotte schlug mit der flachen Hand auf die Bar. »Sie sprechen immer von einer anderen Welt. Welche meinen Sie damit, zum Henker?«

»Eine Welt mit dem Namen Aibon.«

Er und Buckly starrten mich an.

Synchron sagten sie: »Davon haben wir noch nie gehört. Was ist das?«

Ich verzog die Mundwinkel und schaute in mein Glas. An den Innenwänden rannen die letzten Schaumstreifen dem Boden entgegen. »Ja, was ist Aibon? Das kann ich Ihnen nur schwer erklären. Aibon ist eine Zwischenwelt. Ein Gebiet nicht diesseits und auch nicht jenseits. Eben dazwischen. Die Welt der Mythen, der Sagen, der Legenden, bei der sich hin und wieder Tore öffnen und Menschen hineinlassen. Viele sind nicht zurückgekehrt, aber es ist auch einiges von Aibon in unsere Welt gedrungen. Dies schlägt sich dann nieder in den alten Märchen und Legenden, die man sich im angelsächsischen Raum erzählt.«

Tudor hob seine Schultern an. »Also ich habe zwar einiges an Fantasie, aber das ist mir zu hoch.«

»Sie werden anders darüber denken, wenn Sie einmal damit konfrontiert werden«, sagte Bill.

»Wie sollte ich?«

»Durch Dr. Horror.«

»Wenn Sie das so sagen, glauben Sie auch, dass ich mich möglicherweise in Gefahr befinde.«

»Davon können Sie ausgehen.«

Buckly fuhr mit seiner Hand an der Kehle entlang.

»Das ist kein angenehmer Gedanke.«

»Das meine ich auch.«

»Und dieser Dr. Horror hat unmittelbar mit diesem von Ihnen erwähnten Aibon zu tun?«, wollte Lamotte wissen.

»Ja, denn er schickte damals in New York die Zwerge auf die Bühne. Sie holten sich Menschen und verschleppten sie. Es waren verdammt harte Zeiten.«

»Das glaube ich Ihnen sogar.«

»Störe ich?«

Wir hörten die weibliche Stimme hinter uns und drehten uns

gemeinsam um. Eine schwarzhaarige junge Frau im roten lockeren Fransenkleid stand vor uns. Sie lächelte etwas schief, fast wie eine Betrunkene.

»Rita!«, staunte Lamotte. »Du hier?«

»Ja, ich wollte dich sprechen.«

»Bitte.« Er rutschte vom Hocker. »Nimm Platz …«

»Nein, ich will dich allein sprechen, Abel. Es geht um diese Sache heute … du … du weißt schon …«

»Darüber reden wir auch, Rita. Deshalb haben wir uns hier versammelt. Ich will dich eben vorstellen.«

Wir erfuhren, dass die Frau Rita Lane hieß und die weibliche Hauptrolle in Lamottes neuestem Film bekommen hatte. Buckly hatte noch den Tisch in der Nische reservieren lassen. Dort fanden wir alle Platz. Der Zufall wollte es, dass Rita neben mir saß. Sie lächelte mich an. Ich roch ihr Parfüm, dessen Duft mir nicht so gefiel, weil er einfach zu dünn war. Sie lehnte sich an mich. »Es tut mir Leid«, sagte sie, »aber ich habe etwas getrunken. Das musste ich einfach. Ich mochte diesen Percy Preston nie, wissen Sie. Aber dieses Schicksal habe ich ihm einfach nicht gegönnt. Nein, das war nicht fair. Außerdem hätte es mich ebenso treffen können. Scheiße auch.« Sie fing an zu weinen und musste von Lamotte getröstet werden.

Bill stieß mich unter dem Tisch an und beugte sich zu mir vor. »So ganz gefällt mir das hier auch nicht.«

»Und wo willst du hin?«

»Vielleicht sollten wir uns an Ort und Stelle einmal umschauen. Das Studio könnte interessant sein.«

»Daran habe ich auch gedacht.«

Abel Lamotte hatte unsere Unterhaltung mitbekommen. »Es geht nicht, die Polizei hat sämtliche Eingänge der Halle versiegelt.«

»Das wird keine Dämonen davon abhalten, ihre Pläne durchzusetzen«, sagte Bill.

»Aber erklären Sie das den Leuten mal.«

»Stimmt auch wieder.«

Rita Lane hatte sich wieder gefangen. »Ich will etwas trinken, Abel«, sagte sie und reckte sich dabei. Der Ausschnitt klaffte noch weiter auf, ich bekam einen guten Blick auf ihre Anatomie, die sich verdammt sehen lassen konnte.

»Was Alkoholisches bekommst du nicht, Rita.«

»Dann einen Saft.«

Der wurde schnell gebracht. Nicht Costa servierte ihn, sondern ein anderer Boy, der strahlend lächelte. Rita zog das Glas an sich, setzte es an und leerte es in einem Zug.

Ich wollte endlich weiterkommen. Ob das Studio nun versiegelt war oder nicht, darüber dachte ich nicht mehr nach. Wir mussten schließlich so schnell wie möglich einen Erfolg aufweisen. Wenn Gerry Giesen seine Aktivitäten erweiterte, konnte es verdammt gefährlich werden.

»Hören Sie zu, Abel«, sagte ich quer über den Tisch. »Wir werden trotzdem zu Ihrem Studio fahren und …«

Da verlöschte das Licht!

Ich sprach nicht mehr weiter, und auch die Unterhaltungen der anderen Gäste verstummten schlagartig. Sie waren so geschockt, dass für einige Sekunden Stille herrschte.

Auch draußen hatte sich mittlerweile die Dämmerung über L. A. gelegt.

Schwaches, fast grau wirkendes Licht flutete in das Lokal.

Aus den oberen Etagen des Lokals schrie jemand.

»Soll das ein Gag sein? Mal was Neues, wie?«

Eine Frau lachte laut, bevor sie kicherte. »Hör auf, Paul, was sollen die Leute denken?«

Die dachten gar nichts, die lauschten nur, ebenso wie wir. Urplötzlich hörten wir es.

Das Lachen des Dr. Horror!

Er war also da!

Und mit ihm die Lache, die mir bereits in New York Schauer über den Rücken gejagt hatte. Ein satanisches, unheimliches, markerschütterndes Gelächter, so wie es ein Mensch kaum ausstoßen konnte. Es war irgendwo in den Tiefen des Raumes entstanden, vielleicht auch in der Hölle, möglicherweise in Aibon, jedenfalls war diese Lache einmalig, und sie trieb auch mir noch einen Schauer über den Rücken.

Die neben mir sitzende Rita saß da wie erstarrt. Sie hatte ihre Hand auf die meine gelegt, und ich spürte die Fingernägel auf der dünnen Haut des Handrückens.

Das Lachen blieb.

Es schwang von einer Seite zur anderen, ließ keine aus und stieg auch schaurig in die Höhe des Lokals, den anderen Etagen entgegen, wo es ebenfalls noch ein gewaltiges Echo bildete, dessen Schallwellen wieder zurückkehrten.

So etwas hatten die Gäste noch nie vernommen. Die Furcht vor diesem Lachen drückte sie auf die Plätze. Niemand stand auf. Es war auch keiner da, der sich traute, einen Kommentar abzugeben.

Dr. Horror war da, aber wir sahen ihn nicht. Ich durchbohrte mit meinen Blicken die Düsternis des Lokals, ohne allerdings einen Erfolg zu bekommen.

Er konnte überall stehen und lachen. Die Richtung, aus der das Lachen schallte, war einfach nicht auszumachen.

Auch bei mir blieb die Gänsehaut, und meinen Freunden sowie den Hollywood-Leuten erging es ähnlich. Rita atmete stoßweise neben mir, bis sie hauchte: »So kann nur der Teufel lachen.«

Im Prinzip hatte sie sogar Recht. Vielleicht war Gerry Giesen auch ein Stück des Teufels, bei ihm sah ich noch nicht durch. Eins jedoch wusste ich. Er erschien nie, ohne einen Grund zu haben. Das würde auch hier der Fall sein. Wahrscheinlich konnten wir uns auf etwas Schreckliches gefasst machen, wobei das Lachen nicht mehr als das Vorspiel zu einem stärkeren Höllenkonzert war.

Es hallte noch immer durch das Lokal. Blieb auch nie gleich, steigerte sich zu schrillen Disharmonien, um einen Moment später die Tonleiter wieder herabzufallen und in ein dumpfes Grollen zu münden, das Angst erzeugte.

Ich atmete flach und nur durch die Nase. Auf meinem Rücken spürte ich die Spannung und sah auch an unserem Tisch Bewegung, als sich Suko langsam hochstemmte.

Auch er hasste dieses Lachen und wollte denjenigen suchen, der sich dafür verantwortlich zeigte.

Da brach das Lachen ab.

Es hallte nicht einmal nach. Von einem Augenblick zum anderen hörten wir es nicht mehr.

Die Stille drückte. Auch die Gäste auf der Terrasse draußen sagten keinen Ton.

Es bestand fast eine Übereinstimmung zwischen den Leuten, einfach nichts zu tun. Sie blieben sitzen, vielleicht hielten es die meisten für einen besonderen Gag, wir aber dachten da anders.

Erst jetzt zog ich meine Hand unter der Ritas hervor. Feuchte Stellen auf der Haut bewiesen mir, dass mich die spitzen Fingernägel leicht verletzt hatten.

Ich saß ziemlich günstig, sodass ich aus der Nische herausgleiten konnte, ohne die anderen zu stören. Suko stand schon, Bill erhob sich auch, nur Rita und die beiden Amerikaner blieben sitzen. »Wo wollen Sie hin?«, flüsterte Abel Lamotte.

»Bleiben Sie hier.«

»Aber er wird sich nicht zeigen. Dieser Dr. Horror kommt nicht aus seiner Höhle.«

Ich gab ihm keine Antwort mehr. Zwischen der Bar und der Sitznische trafen wir zusammen.

Den Keeper Costa sah ich als Schatten. Er bewegte nicht einmal den kleinen Finger, aber die Gäste hatten sich mittlerweile gefangen. Flüsternde Stimmen hörten sich an wie ein geheimnisvolles Wispern und Raunen. Man redete über die Dinge, traute sich aber nicht, sie laut auszusprechen.

Das Licht kam wieder.

Nicht überall. Es blieb dort begrenzt, wo sich auch die Tanzfläche befand, deren Gitterumrandung dem Lokal schließlich den Namen gegeben hatte.

Dort flackerten an den Enden der Stangen die bunten Glühbirnen auf. Zuerst grün, dann gelb, auch rot, weiß oder blau. Ein Wechselspiel der Farben, so schnell, dass es aussah, als würden die Lampen in Bewegung sein.

Auf der Fläche hielten sich noch einige Pärchen auf. Auch sie waren durch das Lachen erschreckt worden, zogen sich aber zurück, als sie sahen, dass die Lichter sie anstrahlten.

Über ihre Gesichter liefen die bunten Muster und veränderten sie zu clownhaften Masken.

Es lag etwas in der Luft, das spürte ich deutlich. Das Aufflackern des Lichts war der Beweis. Dr. Horror wollte uns etwas bieten, möglicherweise auch auf der Tanzfläche, die sich zum Glück jetzt leerte. Die Paare zogen sich zurück. Es war interessant, zuzuschauen, wie sie es taten. Nicht sehr schnell, eher schleichend, als wären ihre Sohlen noch durch Gummi mit der Unterlage verbunden.

Auch an uns streiften zwei vorbei. Der Gigolo-Typ hatte seine Tussi untergehakt. Sie kicherte und raffte über dem nackten Busen die Schöße ihres Kleidungsstücks zusammen. Ihre Verschämtheit war jedoch nur gespielt.

Noch flackerten die Birnen in unregelmäßigen Intervallen. Es sah aus wie eine akustische Botschaft.

War es das auch?

Das letzte Paar zwängte sich in die freien Räume zwischen die Stäbe – und verschwand. Sie trat mit ihren Absätzen hart auf. Das Trippeln hallte noch nach.

Zu dritt standen wir vor der Fläche. Wir schauten auch in die Höhe, wo andere Gäste hockten, sich zur Seite gebeugt hatten, um auf die Fläche zu schauen. Auch ihre Gesichter erreichte der bunte Lichtschein und machte ihnen Masken.

Ich blickte zurück.

Die Gäste auf der Terrasse trafen keinerlei Anstalten, das Innere zu betreten. Abwartend standen sie nahe der Tür und schauten hinein. Es musste einfach etwas passieren. Die Luft war geladen. Spannung durchzog sie und hinterließ ein Kribbeln auf meiner Haut.

Links von mir stand Suko. Er wirkte eigentlich entspannt, ich kannte ihn besser. Suko stand unter Strom. Er würde von einem Augenblick zum anderen seine Haltung verändern können und zu einem kampferprobten Tiger werden.

Bill hielt sich einen halben Schritt zurück. Ich hörte sein Atmen, drehte kurz den Kopf und sah sein Gesicht wie einen matten Spiegel. Auf der Haut lag der Schweißfilm.

Der Reporter nickte mir zu. Er bewegte seine Lippen.

»John, er ist da!«, hauchte er. »Verdammt, ich spüre es.«

»Weiß ich.«

»Was willst du tun?«

»Ich möchte, dass er sich zeigt. Dr. Horror ist in gewisser Hinsicht ein Pfau. Nicht umsonst hat er in New York die Bühne gewählt. Er wird auch hier nicht anders reagieren und seine Macht ausspielen.«

In meine letzten Worte hinein drang Gerry Giesens Lachen. Er zeigte sich wieder nicht, aber er war im Raum, und das Lachen galt einzig und allein uns. Man schien sich zu freuen, dass wir in der Klemme steckten.

»Ja, Sinclair, ich bin wieder da! Ich freue mich, dass ich euch sehe, Ich wusste, dass wir zusammentreffen würden. New York war damals eine Zwischenstation. Hier geht es weiter. Viel schlimmer, viel grausamer und effektiver.«

»Okay, du siehst uns! Was hast du für Pläne?«

»Mir wird Hollywood gehören. Ich mache aus ihm ein Dorado des Satans. Er wird in dieser Stadt regieren, denn er ist die Person, die alles in den Händen hält.«

»Tatsächlich?«

»Ja.«

»Dann auch dich?«

»Vielleicht.« Er lachte wieder. Diesmal murmelnd. Dann stoppte er diesen Ausbruch. »Du machst einen Fehler, Sinclair, indem du alles so wörtlich nimmst. Wenn ich vom Teufel rede, meine ich das allgemein. Nicht den Höllenherrscher Asmodis. Ich will dir damit nur ein Beispiel geben. Die Hölle kann auch anders aussehen.«

»Und wie?«

»Nimm alles hier. Den Luxus, die Menschen, die oft genug ihre Leiber und Seelen verkauft haben.«

»Keine Philosophie, Gerry Giesen. Was du mir erzählt hast, ist dir egal. Lenke nicht vom eigentlichen Thema ab. Von deiner Hölle, meine ich. Darüber will ich mehr wissen.«

»Eigentlich müsstest du es doch. Der Unfall, es war kein Zufall. Ich wollte dich schocken.«

»Damit hast du einen Unschuldigen geschockt, nicht mich.«

»Er lebt doch noch.«

»Sicher, es hätte auch anders ausgehen können. Ich hatte mein Kreuz, und das glühte plötzlich grün auf. Kann das, was du unter deiner Hölle verstehst, nicht den Namen Aibon tragen?«

»Ja, du denkst wirklich nach. Ich will dir sagen, dass du dich nicht getäuscht hast. Die Hölle, die ich nach Hollywood gebracht habe, heißt tatsächlich Aibon. Seine Magie erfasst diese Stadt oder ist längst dabei, sie zu erfassen. Es herrscht Unruhe, ich habe bereits Tote hinterlassen. Aus Tieren werden Monstren, tote Gegenstände werden zu gnadenlosen Killern, wie es ein gewisser Ken Travers erlebt hat. Dass die Wüste nicht tot ist, davon hätten zwei Stuntgirls berichten können, was ihnen nun nicht mehr vergönnt ist. Die Polizei spielte eine lächerliche Rolle. Sie hat den wahren Sinn nicht erkannt. Sie forscht, setzt Sondergruppen ein, aber sie wird den Kern der Dinge nicht herausfinden. Andere wissen mehr, die sensiblen Personen, die hinter die Dinge blicken können. Sie ahnen, dass sich etwas auf einer anderen Ebene abgespielt hat. Und diese Ebene wird bleiben, das schwöre ich dir. Ich habe es euch vor zahlreichen Zeugen gesagt. Die Menschen hier wissen jetzt Bescheid, und sie werden auch erleben, zu was ich noch fähig bin.«

»Aber Aibon ist nicht nur schlecht!«, hielt ich ihm entgegen. »Ich kenne dieses Land, das auch als Paradies bezeichnet wird. Nein, Aibons Kräfte werden dir nicht gehorchen, nicht alle. Ich stehe auch dagegen. Ich weiß sehr genau über das Land Bescheid. Es hat seine Fehler, doch der Begriff Paradies trifft ebenfalls darauf zu.«

»Du wirst es sehen, Sinclair. Alle werden es sehen.«

Ich hatte ihn durch meine Worte noch abhalten wollen, das war nicht mehr zu schaffen. Dr. Horror hatte seine Pläne einmal gefasst und setzte sie eiskalt in die Tat um.

Auf einmal leuchteten sämtliche Lampen auf den Stäben in einem giftigen Grün. Die Gäste, die nach Giesens Worten wieder damit begonnen hatten, sich zu unterhalten, bekamen den nächsten Schock und verstummten schlagartig. Es blieb nicht allein bei den Lampen, denn aus der Tiefe des Bodens drang eine urgewaltige Kraft hervor und sprengte das dicke, aber matt schimmernde Glas der Tanzfläche.

Im Nu flogen gewaltige Brocken in die Höhe, und gleichzeitig löste sich die Starrheit und die Angst der Gäste in einem Gefühl der wilden Panik. Niemand hielt es mehr auf dem Sitz. Ein wirkliches Chaos entstand. Jeder wollte zum Ausgang, da spielte es keine Rolle, in welch einer Etage des Lokals er sich aufhielt.

Suko, Bill und ich hatten uns nahe der Bar in Deckung geworfen. Dort lagen wir fast auf dem Boden, hörten die Schreie der Furcht, aber auch der Schmerzen, denn einige Gäste waren von den umherfliegenden Trümmern erwischt worden.

Am Ausgang entstand Gedränge. Niemand nahm mehr Rücksicht auf den anderen. Jeder wollte der Erste sein und sich in der lauen Hollywood-Nacht in Sicherheit bringen.

Wir blieben. Gesichter huschten an uns vorbei. Manche blass, andere verzerrt zu Grimassen. Eine Frau rempelte mich an, eine andere fiel gegen mich und wollte sich in ihrer Angst festklammern. Ich hatte Mühe, ihre Hände zu lösen. Sie taumelte dann weiter in einen Menschenpulk hinein, von dem sie mitgerissen wurde.

Noch immer leuchteten die Glühbirnen in diesem fahlen grünen Licht. Sie gaben dem Innern des Lokals den Anstrich einer geisterhaft wirkenden Leichenhalle.

Wir konnten uns endlich etwas befreiter bewegen. Bill hielt sich am Handlauf des Tresens fest, Suko stand neben mir, und unsere Blicke richteten wir auf die Tanzfläche.

Dort musste etwas geschehen. Dr. Horror hatte sie nicht umsonst aufbrechen lassen.

Bill verfolgte den gleichen Gedanken. »Lass uns hingehen!«, sagte er. »Wir müssen …«

»Sei ruhig.« Ich streckte den Arm aus, denn ich hatte das knirschende Geräusch gehört. Es war an der zerstörten Tanzfläche entstanden und erreichte unsere Ohren wie ein dünn klingendes Kratzen.

Wir gingen hin.

Sehr vorsichtig, nur nichts überstürzen, die Hände in der Nähe unserer Waffen.

Sie kamen aus der Tiefe. Sie schwebten und kletterten gleichzeitig an die Oberfläche.

Zwei unheimliche Gestalten, die mit ihrer grünen Haut wie Wasserleichen aussahen.

Ausgemergelt wirkten sie. Die Bewegungen waren steif, die Köpfe mit den völlig zerzausten Haaren hatten die Gestalten nach hinten gedrückt, sodass sie mit den starren Augen gegen die Decke des Lokals stierten.

Ein lauter Ruf schreckte uns aus der Spannung. Ich drehte mich um und sah den Regisseur Abel Lamotte zwischen Rita Lane und Tudor Buckly stehen. Der Filmmann hatte seinen rechten Arm ausgestreckt, der Zeigefinger wies auf die Tanzfläche, und mit krächzender Stimme sagte er: »Das sind sie. Das sind Percy Preston und Hai Baker …«

Die beiden Toten also. Und als Untote waren sie nun zurückgekehrt. Woher, das wussten die Götter. Aus der Tiefe der Erde möglicherweise oder aus Aibon, was wahrscheinlicher war.

Sie fühlten sich sehr sicher, denn sie wussten einen großen, unsichtbaren Beschützer über sich.

Gerry Giesen, der sich auch Dr. Horror nannte, um das Grauen in die Welt zu bringen.

Bill holte seine Waffe hervor. Ich sah es mit einem Seitenblick. Es war keine Beretta, er hatte tatsächlich die goldene Pistole mitgenommen, die Waffe vom Planet der Magier. Sie war ein wenig unförmig, aber äußerst wirkungsvoll. Das hatte der Reporter schon einige Male sehr deutlich demonstriert

Die Waffe besaß vorn eine Düse, aus der nach einem gewissen Druck eine Flüssigkeit hervorsprühte, die ähnliche Eigenschaften besaß wie der Todesnebel, das heißt, sie löste den Menschen die Haut von den Knochen.

Bill legte auf den ersten an. Ich wusste nicht, ob es sich um Percy Preston oder Hai Baker handelte. Irgendwie ähnelten sich die beiden auch, wie sie gingen, ihre Arme vorbewegten und wieder zurückschlenkerten.

»Lass es!«, rief ich dem Reporter zu. »Das schaffen wir auch anders.«

»Silberkugeln?«

»Mal sehen.«

»Ich hätte da noch die Dämonenpeitsche«, erklärte Suko mit ruhig klingender Stimme und holte die Waffe schon hervor. Er schlug einmal einen Kreis über den Boden, schon rutschten die drei Riemen heraus. Mit einem klatschenden Laut berührten sie den Boden.

Und die Gestalten kamen näher. Hinter uns hörten wir Schritte. Auch die Stimme der Schauspielerin Rita.

»Aber er ist doch tot!«, schrie sie. »Verdammt, ich habe ihn doch gesehen, wie er in das verfluchte Wasser gezogen wurde. Wie kann der Tote leben?«

Ja, wie konnte der Tote leben? Dazu hätte ich ihr einiges sagen können, es war aber nicht der richtige Zeitpunkt. Zudem sahen mir diese Wesen so aus, als hätten sie etwas ganz anderes vor, als sich mit uns zu beschäftigen. Sie liefen weder auf uns zu, noch fixierten sie uns. Für sie waren wir ohne Interesse.

Und schon vernahmen wir eine Warnung. Dr. Horror sprach: »Lasst sie in Ruhe. Greift sie nicht an, sonst passiert eine Katastrophe.«

»Was hast du vor?«, rief ich in das Lokal hinein.

»Sinclair und Conolly. Ihr erinnert euch doch an New York, an das Feuer aus Aibon …«

»Ja, daran können wir uns erinnern.«

»Wunderbar. Und dieses Feuer ist nicht einmalig gewesen. Ich kann es lenken, ich kann es steuern. Nicht nur auf der Bühne im Theater, auch auf der Bühne des Lebens. Denkt an eure kleine Freundin Laurie Ball. Sie ist zu mir gekommen …«

»Lebt sie noch?«, unterbrach ich ihn.

Dr. Horror lachte nur. »Möglicherweise gebe ich dir eine Chance, sie zu sehen.«

»Tut nichts!«, wisperte ich meinen beiden Freunden zu.

»Wenn ich nur wüsste, wo dieser Bastard steckt«, flüsterte Bill ebenso leise. »Wenn ich das nur wüsste.«

»Was würdest du dann machen?«

»Nichts, glaube ich. Er hat ja leider die Trümpfe in der Hand. Uns sind die Hände gebunden.«

Ich hoffte nur, dass sich die Gäste zurückhielten. Nicht ohne Grund hatte Dr. Horror das Feuer von Aibon erwähnt. Ich hatte es leider erleben müssen. Auf der New-Yorker Bühne und innerhalb des Totenschädels war es aufgeflammt, hatte die Menschen »verschlungen« und sie auch wieder ausgespien.

Nur eben als Zwerge.

Auch unsere Bekannte Laurie Ball war von Giesen in das Feuer gestoßen worden. Bill und ich hatten es nicht verhindern können, ebenso wenig wie Giesens Flucht in die Flammen, aber diesmal wollte ich ihn zu fassen bekommen.

Er hatte in dem Grusical eine Rolle gespielt als Magier und großer Zauberer. Durch sein Lachen hatte er Angst und Schrecken in den Zuschauerraum transportiert. Nun ja, jeder hatte an ein Spiel geglaubt, an einen Gag mehr oder weniger, doch niemand dachte daran, dass die Worte, die Gerry Giesen auf der Bühne sprach, ebenso zutrafen wie sein höllisches Gelächter.

Er war im Prinzip mehr als ein Zauberer oder Illusionist. Er stand mit der finsteren Seite des Paradieses Aibon in Verbindung, mit dem gefährlichen Oberdruiden Guywano.

Ich sah meinem Freund Bill an, dass er die Tatsachen nicht akzeptieren wollte. Er zeigte eine gewisse Unruhe. »John«, sagte er raunend, »schon einmal habe ich die verdammten Zwerge mit der goldenen Pistole erwischt. Ich bin sicher, dass ich sie auch hier einsetzen kann. Ich trage sie doch bei mir ...«

»Siehst du Giesen?«

»Nein, nicht, aber ...«

»Also reiß dich zusammen, Alter!«

Er gab ein knurrendes Geräusch von sich. Auch mir war es nicht recht, die beiden Gestalten laufen zu lassen, aber ich kannte Gerry Giesen gut genug. Er gehörte zu den Menschen, die nicht umsonst drohten. Wenn er von einer Katastrophe sprach, die er anrollen lassen wollte, dann blieb das auch dabei.

Preston und Baker trugen noch immer ihre Kleidung. Nur ihr Aussehen hatte sich verändert. Die Haut wirkte doppelt so dick, sie war aufgeschwemmt. Der blasse grüne Schein war gleichmäßig verteilt, zeigte aber an gewissen Stellen dunkle Flecken.

Allmählich gerieten sie aus dem Lichtschein der grünen Lampen und tauchten ein in das Dämmer, das auch uns umgeben hielt. Noch schritten sie auf den Ausgang zu.

In der Nische und eine Armlänge von der Bar entfernt, warteten Buckly, Lamotte und Rita Lane. Die Schauspielerin schaute krampfhaft zur Seite, sie wollte die Gestalten nicht sehen.

Hinter der Bar bewegte sich jemand. Er hatte sie zuvor als Deckung benutzt, nun schob er sich wieder hervor. Es war Costa, der Keeper. In einer angespannten Haltung blieb er stehen. Ich hoffte für ihn, dass er nicht durchdrehte.

Die Veränderten setzten ihren Weg fort. Wo sie hergegangen waren, blieben nasse Spuren zurück. Ich konnte mir noch immer nicht vorstellen welchen Auftrag sie hatten. Wenn sie hinausgingen und durch L. A. liefen, war damit meiner Ansicht nach nichts gewonnen. Sie stoppten plötzlich. Dabei befanden sie sich mit den drei anderen Personen auf einer Höhe. Wie von der Schnur gezogen, drehten sie die Köpfe.

Jetzt war die Sache klar. Sie wollten nichts von uns, auch nicht von den anderen Gästen, Lamotte war gemeint, denn die ausgestreckten Arme der beiden Veränderten wiesen auf ihn.

Das merkte der Regisseur auch. »Ich?«, fragte er krächzend.

»Ja!« Giesen hatte gesprochen und schickte wieder ein grölendes Lachen durch den Raum.

»Aber was soll ich ...«

»Geh zu ihnen, Lamotte. Du musst zu ihnen gehen. Du hast mich ja nicht ernst genommen, du hast mir nicht geglaubt. Jetzt werde ich dir das Gegenteil beweisen.«

»Nein!«, rief Lamotte und schüttelte heftig den Kopf.

»Das können Sie von mir nicht verlangen. Ich renne doch nicht freiwillig in mein Verderben.«

»Dann werden sie dich holen!«

Die Worte waren kaum gesprochen, als die beiden Veränderten starteten. Lamotte beobachtete sie. Buckly wich mit einem Schritt zurück, er fasste Rita an und zog sie mit.

»Wir müssen etwas tun«, sagte Suko. »John, wir können nicht zusehen, wie sie Lamotte entführen.«

»Okay.«

»Nicht!«, schrie Giesen mit Stentorstimme. »Es war meine letzte Warnung. Das Feuer Aibons wird über die anderen Menschen kommen. Ich will vorerst nur ihn haben!«

»Weshalb?«

»Weil ich bestimmte Dinge vorhabe. Wenn er mitgeht, lasse ich andere in Ruhe.«

War es ein Bluff? Ich suchte Rat in den Gesichtern meiner Freunde. Bill hatte das Aibon-Feuer erlebt. Er verzog gequält die Lippen. Er hatte die Wirkung des grausamen Aibon-Feuers erlebt und nickte schließlich.

»Einer ist besser«, flüsterte er. »Möglicherweise will Dr. Horror ihn nicht töten. Das ist seine Chance.«

Wenn man es so sah, hatte der Reporter Recht. Ich wandte mich direkt an den Regisseur. »Leisten Sie keinen Widerstand, Lamotte. Er will nur Sie haben.«

»Das weiß ich, Sinclair. Aber er wird mich auch töten!«

»Das glaube ich nicht.«

»Was Sie glauben, interessiert mich doch nicht!«, schrie er. Lamotte stand dicht vor dem Durchdrehen.

»Nein, das interessiert mich überhaupt nicht. Ich bin für mein eigenes Leben verantwortlich, und ich will nicht sterben, verdammt!«

Er hatte einen Entschluss gefasst und ließ sich davon durchs nichts abbringen. Bevor ihn irgendjemand daran hindern konnte, war er schon gestartet. Mit langen Schritten jagte er auf den Ausgang zu. Dabei bestand nur ein Problem. Er musste an den beiden Veränderten vorbei. So langsam oder gemächlich sich diese bisher bewegt hatten, so schnell reagierten sie, als Lamotte in ihre unmittelbare Nähe geriet. Plötzlich streckten sie die Arme aus, wobei ich das Gefühl hatte, als würden diese immer länger. Dann packten sie zu.

Es waren harte Griffe. So hart, dass Lamotte es einfach nicht schaffen konnte, sich zu befreien. Er wurde herumgewirbelt, schrie noch auf, dann verlor er den Kontakt mit dem Boden. Seine Beine schleuderten in die Höhe, er lag plötzlich waagerecht, und vier Fäuste dachten nicht daran, ihn aus den Fängen zu lassen.

Der Regisseur schrie. Er wehrte sich auch, zumindest versuchte er es. Trat um sich, warf seinen Körper von einer Seite auf die andere, soweit dies möglich war, strampelte, doch die Kräfte der Veränderten waren größer als die eines normalen Menschen.

Abel Lamotte hatte keine Chance. Wie die beiden es schafften, dass die Kräfte des Regisseurs erlahmten, wusste ich auch nicht. Jedenfalls lag er plötzlich still.

Sie hielten ihn fest wie einen zusammengerollten Teppich. Bevor sie sich wieder mit ihrer Beute in Bewegung setzten, warfen sie uns noch Blicke zu. Sie tasteten uns regelrecht ab und mussten mitbekommen, dass einer von uns fast an seiner Wut erstickte.

Es war Bill Conolly. Er trug die goldene Pistole bei sich und setzte sie nicht ein. Diesmal ging es nicht allein um die beiden Veränderten, ganz andere Dinge waren wichtig. Gerry Giesen durfte nicht dazu kommen, seine wahnsinnigen Kräfte einzusetzen. Wenn ja, dann sollte er sie wenigstens auf ein bestimmtes Ziel konzentrieren, auf das wir uns dann auch einstellen konnten. So ließen wir sie laufen.

Natürlich mit einem schlechten, miesen, unguten Gefühl, doch wir revidierten die Tatsachen nicht. Aber wir nahmen die Verfolgung auf. Dabei gingen wir nicht schneller als sie, die Distanz zwischen uns blieb stets gleich.

Lamotte lag auf ihren Schultern. Hintereinander schritten sie her. Der Regisseur wimmerte. Er sprach Worte, die unverständlich waren. Manchmal wehte auch ein leiser Schrei aus seinem Mund, aber er leistete keinen Widerstand mehr.

Es war schon irgendwie makaber, dass sich diese Szene ausgerechnet in Hollywood abspielte. Sie hätte ebenso gut in einen Film passen können, und die Zuschauer auf der Terrasse wurden nun Zeugen dieses ungewöhnlichen Vorgangs.

Sie alle hatten das Lachen erlebt. Es war ihnen noch sehr frisch in Erinnerung. Viele unter ihnen waren schlagartig wieder nüchtern geworden.

Jeder wusste, dass dies kein Spaß war.

Wer im Weg stand, machte hastig Platz. Ein junger Mann war so hektisch, dass er einen Stuhl umwarf. Die Polizei hatte niemand alarmiert. Wäre sie hier erschienen, hätte der Fall eine dramatische Wende zu Ungunsten des Regisseurs nehmen können. So war es nur die Ruhe vor dem Sturm, die uns umfangen hielt.

Ich überlegte krampfhaft, was Dr. Horror mit dem Regisseur vorhaben konnte. Er wollte ihn benutzen, das war klar. Er wollte auch die Kontrolle über die Filmstadt bekommen und sie in eine Hölle verwandeln. Aber weshalb?

Aibon und Hollywood, das passte einfach nicht zusammen. Sie waren so verschieden, wie zwei Dinge nur sein konnten.

Wir gingen ihnen nach. Bill hielt sich an meiner Seite, Suko blieb eine Schrittlänge hinter uns. So bekamen wir mit, dass sie die Terrasse verließen und den Parkplatz betraten, wo sie abwarteten. Mit einem Wagen würden sie bestimmt nicht wegfahren, und zu Fuß den Sunset Strip hochgehen, das klappte wohl auch nicht.

Jeder hörte das Heulen!

Es kam aus der Luft, als würde sich ein gewaltiger Orkan über der Stadt austoben. Wind brauste auf, einige orkanartige Böen fielen schlagartig in L. A. ein.

Jeder schaute in den grauen Nachthimmel, auch wir. Und wir sahen, wie er sich veränderte. Das farbige Schauspiel begann in den Wolken. Dort drehten bunte, geisterhafte Schleier ihre Kreise, und sie befanden sich direkt über uns.

Nicht mehr lange.

Plötzlich stießen sie wie Pfeile herab. Ihre plötzliche Ankunft verbreitete Panik unter den Zuschauern. Einige von ihnen warfen sich dort in Deckung, wo sie gerade standen, andere rannten weg und duckten sich zwischen die Wagen.

Die Geister aber kamen.

Es waren unheimliche Geschöpfe. Lange, farbige Nebelstreifen, die sogar menschliche Konturen besaßen. Arme und fratzenhafte Gesichter, einige aussehend wie Totenschädel oder die Köpfe von Ungeheuern. Sie jagten in spitzen Winkeln auf ihr Ziel zu, wischten über die Dächer der abgestellten Wagen hinweg, drehten sich, kreisten und visierten noch einmal ihr Ziel an.

Von zwei verschiedenen Seiten kamen sie – und griffen zu. Es sah so aus, als wollten sie in die Personen hineinfahren. Plötzlich war von den beiden Veränderten und dem Regisseur kaum etwas zu sehen. Die Geistwesen drehten sich spiralförmig um sie herum und bildeten dabei einen farbigen Trichter.

Er schluckte alles.

Auch die drei Personen.

Wir bekamen den Eindruck, als würden sie sich in den Boden vor der Terrasse bohren, vielleicht lösten sie sich auch nur auf oder begannen mit dem Sprung in eine andere Dimension, es war uns unklar. Jedenfalls verschwanden sie.

Leer blieb das Gelände zurück, abgesehen von den staunenden Zeugen. Nur in der Ferne grollte etwas auf.

Es hörte sich furchtbar und grauenhaft an. Eine Lache, wie sie nur Dr. Horror produzieren konnte. Die erste Runde hatte er gewonnen. Das dachte auch Bill Conolly, als er den Vorgang mit einem kaum druckreifen Wort kommentierte …

Es hatte uns Überredung gekostet, die Polizei aus dem Spiel zu lassen. Wir waren wieder zurück in das Lokal gegangen, in dem sich kaum noch Gäste aufhielten. Die meisten zogen es vor, zu verschwinden und woanders weiter über die Vorgänge zu diskutieren. Uns war es recht so, wir hatten unsere Ruhe.

Costa war noch da. Seine Bewegungen wirkten längst nicht mehr so geschmeidig wie sonst. Wenn er servierte, kam er mir vor wie ein menschlicher Roboter.

Wir tranken Wasser, auch Rita Lane, die wie ein verängstigtes Reh in der Ecke saß und sich gegen die weiche Rückenlehne des Sessels drückte.

»Damit habe ich nicht gerechnet«, sagte Tudor Buckly mit tonloser Stimme. »Verdammt, das kann doch nicht wahr sein. Habe ich das alles geträumt?«

»Nein, das haben Sie bestimmt nicht«, widersprach ich. »Dabei müssten Sie eigentlich Verständnis für die Vorgänge aufbringen.«

»Wieso ich?«

»Das ist doch klar, Tudor. Sie haben das Buch geschrieben und einiges ins Rollen gebracht.«

Da das Licht wieder brannte, konnte er mich anstarren. Ich sah in sein blasses Gesicht. Seine Augen besaßen einen Ausdruck, als würde er stark über meine Worte nachdenken. Dann schüttelte er den Kopf. »Tut mir Leid, aber ich sehe das anders, John. Ich habe das Buch zwar geschrieben, aber ich wollte nicht so recht daran glauben. Mir ging es nicht um das Schreiben allein, ich wollte Geld verdienen. Das ist schließlich legitim.«

»Da wird Ihnen niemand widersprechen, Tudor. Nur haben Sie mit der Veröffentlichung schlafende Hunde geweckt.«

»Die Aibon heißen«, präzisierte Bill.

»Das kann ich mir nicht vorstellen.«

»Gehen wir einmal davon aus, dass es Aibon gibt, Tudor«, begann ich wieder von vorn. »Aibon ist für die Druiden das Paradies. Sie wissen, was Druiden sind?«

»Ja, keltische Priester. Man nennt sie auch die Eichenkundigen, wenn ich mich nicht irre.«

»In der Tat. Die Druiden besaßen früher eine große Macht. Sie wurden von den Kelten verehrt und waren so etwas, wie es die Medizinmänner bei den Naturvölkern heute noch sind. Aber auch Druiden starben. Sie gingen ein in das Paradies Aibon, das geschaffen wurde, als auch die Welt entstand und es zur großen Auseinandersetzung zwischen Gut und Böse kam. Sie kennen das sicherlich aus der Bibel.«

»Ja, als Kind ...«

»Gut.« Ich unterbrach ihn. »Wir haben es hier mit Aibon zu tun. Ich kenne dieses Land, das ein Paradies sein kann , aber nicht zu sein braucht. Dort werden sie Elfen, Zwerge und andere Fabelwesen finden. Aibon ist das Land, in dem Märchen geboren werden, die man sich schließlich in unserer Welt erzählt. Wie die Geschichten von Aibon zu uns gelangt sind, kann ich Ihnen auch nicht sagen, aber finden Sie sich damit ab, dass es so etwas gibt.«

Er starrte mir ins Gesicht, drehte dann den Kopf, um Bill und Suko anzuschauen.

Die beiden nickten.

Tudor Buckly holte tief Luft. »Wenn das so ist, muss ich es Ihnen wohl glauben.«

»Das wäre besser«, sagte ich. »Nun aber zu Ihnen. Sie haben dieses Buch geschrieben, und ich rechne eigentlich damit, dass es der auslösende Faktor gewesen ist.«

Zuerst blieb Buckly starr sitzen. Dann kam er mir vor, als würde er auf und mir an die Kehle springen. »Was sagen Sie da, Sinclair? Ich soll die Schuld daran tragen?«

»Indirekt ja, Tudor.«

»Aber das ist doch nicht möglich. Nein, das kann ich Ihnen nicht glauben. Sie scherzen.«

»Leider nein.«

»Haben Sie das Buch zur Hand?«, fragte Suko.

»Nein, natürlich nicht.« Er überlegte. »Moment, Costa müsste ein Exemplar besitzen.« Er rief den Keeper und erklärte ihm, was er von ihm wollte.

»Ja, ich habe eines.«

»Auch greifbar?«

Costa nickte. »Ich werde es holen.« Er verschwand durch eine Tür hinter der Bar und war schnell wieder zurück. Das Buch reichte er uns rüber. Wir legten es auf den Tisch.

Es besaß einen schwarzgrünen Leineneinband. Der Titel lautete ›Dämonen in Hollywood‹.

Ich lächelte schmal. »Wenn Sie einen so verhältnismäßig starken Titel gewählt haben, Tudor, müssten Sie eigentlich auch an die Dinge glauben, die im Buch vorkommen.«

»Ich habe nur aufgeschrieben, was man mir berichtete, und ich bin alten Legenden nachgegangen, die man sich hier erzählte. Davon gibt es einige.«

»Auch über Aibon?«, fragte Bill.

»Das kann sein, ich weiß es leider nicht. Vielleicht habe ich das Thema unwissentlich aufgegriffen.« Er hob seine Schultern. »Ich bin völlig ratlos.«

Das waren auch wir, deshalb schlug ich das Buch auf. Vielleicht wurde ich dann schlauer. Ich schaute mir das Inhaltsverzeichnis an. Tudor Buckly hatte das Buch in drei große Kapitel eingeteilt.

Im ersten beschäftigte er sich mit den Sagen und Legenden des alten Los Angeles. Wo es jetzt Hochhäuser, Straßen, Geschäfte und Asphalt gab, hatten früher Indianer gelebt, meist friedlich, bis die Weißen gekommen waren.

Natürlich gab es alte Geschichten, die überliefert worden waren, und die schaute ich mir näher an. Ich las über einen Medizinmann, der Tum-Hagan genannt wurde und angeblich schon zum dritten Mal gelebt hatte, wobei er unsterblich war. Diese Unsterblichkeit hatte ihm der Große Geist gegeben, wie sich die Leute erzählten. Als der Medizinmann starb, hatten sie ihn angezündet. Sein Körper war verbrannt und zerschmolzen, aber den Rauch hatte es in alle Winde geweht, und dieser Rauch war eine bestimmte Botschaft gewesen.

Ich las die letzte Stelle laut vor, dass die anderen ebenfalls aufmerksam wurden.

»Kann das die Lösung sein?«, fragte Bill.

»Weiß ich nicht.« Ich blätterte weiter. Auch moderne Geschichten hatte Tudor niedergeschrieben. Den zweiten Teil des Buches nahmen Interviews mit Stars ein, die unheimliche Begegnungen gehabt hatten und keine Erklärungen wussten.

Ich klappte das Buch wieder zu und schob es auf die Mitte des Tisches. »Hast du die Lösung?«, fragte Bill.

»Ich bleibe immer bei der Geschichte dieses Medizinmannes hängen, tut mir Leid.«

Buckly lächelte verzerrt. »Aber was hat das mit Aibon, diesem Druiden-Paradies, zu tun? Aibon ist keltisch. Wir leben hier tausende Meilen von den alten Opferstätten der Druidenpriester entfernt. Sorry, da sehe ich keine Verbindung.«

»Ich auch nicht!«, stimmte Bill dem Autor zu.

»Unmittelbar haben die beiden Fälle auch nichts miteinander zu tun«, gab ich ihnen Recht. »Aber wir sollten die Magie der Naturvölker nicht unterschätzen. Oft genug besitzen sie Kenntnisse von Dingen, die uns verborgen geblieben sind und auch weiterhin verborgen bleiben.«

»Welche meinen Sie?«

Ich lächelte schmal. »Das ist doch ganz klar, Tudor. Sehen Sie mal. In gewisser Hinsicht ist das Gebiet, in dem wir uns befinden, ein magisches Pulverfass. Ich glaube nämlich nicht, dass die Magie gelöscht worden ist. Sie muss nach wie vor latent vorhanden sein. Möglicherweise hat Dr. Horror davon erfahren und diese Erkenntnisse für seine Pläne genutzt. Vielleicht ist es ihm gelungen, zwischen der alten indianischen Magie und der des Landes Aibon eine Verbindung herzustellen. Sie beide zusammen können durchaus die zerstörerische Kraft ergeben, die als drohende Gefahr über Hollywood liegt.«

Bill lehnte sich zurück. »Und davon bist du überzeugt, John?«

»Nein, noch nicht ganz. Es wäre immerhin eine Möglichkeit.« Ich wandte mich an Suko, der bisher nur zugehört hatte. »Was meinst du dazu?«

»Ich kann deiner Theorie folgen.«

Bill meldete sich. »Nehmen wir einmal an, John, du hast damit Recht. Was können wir unternehmen?«

»Das ist die Frage.«

»Gar nichts«, sagte Tudor Buckly. »Sie haben doch erlebt, dass die andere Seite stärker ist. Denken Sie mal an die vier Toten. Sie sind grauenvoll gestorben, sie ...«

»... können möglicherweise in den Kreislauf dieser frei gewordenen Magie hineingeraten sein«, gab ich zu bedenken.

»Und wie?«

»Das entzieht sich meiner Kenntnis. Mich interessiert zudem etwas ganz anderes.«

»Was bitte?«

Ich schaute Tudor Buckly direkt an. »Bevor Sie das Buch schrieben, Tudor, werden Sie sicherlich Recherchen durchgeführt haben, wenn ich mich nicht irre.«

»Auf blauen Dunst habe ich nicht geschrieben.«

»Sehen Sie, das ist es genau. Ich möchte wieder auf die Geschichte des Medizinmannes zurückkommen. Jeder Stamm hatte früher ein bestimmtes Gebiet, in dem er lebte, sich auskannte, wo er jagte und so weiter. Auch der Stamm des Medizinmannes Tum-Hagai muss so etwas gehabt haben. Ich möchte von Ihnen wissen, Tudor, wo diese Indianer gelebt haben.«

»Das ist einfach. Hier in Los Angeles. Wo jetzt die Stadt steht.«

Mein Blick wurde skeptisch. »In dem gesamten Gebiet?«

»Ja, eigentlich. Es gab natürlich einen zentralen Punkt, wo ihre Dörfer oder Hütten standen, ansonsten haben sie sich ausbreiten können, ohne groß gestört zu werden.«

»Können Sie Details nennen?«, fragte Bill, der plötzlich Feuer gefangen hatte.

»Meinen Sie die Stätte, wo man den Toten verbrannte?«

»Ja.«

Tudor Buckly zog das Buch an sich und schlug es auf.

»Ich habe auf den Innenseiten einige Zeichnungen anfertigen lassen, die das Gebiet zeigen, wie es damals von den Indianern in Anspruch genommen worden ist. Schauen Sie.«

Wir alle sahen auf die Zeichnung, die uns allerdings nicht viel sagte. Dazu kannten wir die Gegend einfach zu wenig. »Können Sie das nicht präzisieren?«, fragte Suko.

»Wie meinen Sie das?«

»Was befindet sich heute dort, wo früher das Dorf der Indianer gewesen ist?«

Tudor Buckly lehnte sich zurück, stellte das Buch aufgeschlagen auf seine Oberschenkel, schaute sich noch einmal die Zeichnung an und dachte darüber nach. Wir ließen ihn in Ruhe. Er strich einige Male über seine Stirn und ließ die Hand weiter bis hin zum Kinn wandern. »Wenn ich es mir recht überlege, war das sogar Hollywood. Das heißt, dass heutige Hollywood, wo man auch die großen Studios findet.«

»Genauer!«, forderte ich, weil mir ein bestimmter Gedanke gekommen war, den ich noch für mich behielt.

Tudor hob die Schultern. »Es ist nicht einfach.«

»Das wissen wir, aber es ist auch wichtig. Wenn Sie das Gebiet genau einkreisen können, wäre damit schon viel gewonnen. Dann wüssten wir wahrscheinlich, wo wir Dr. Horror finden könnten.«

»Ja, das verstehe ich.«

Von der Bar her schaute uns Costa zu. Er hatte sich über die Theke gelehnt und besaß sehr gute Augen, denn auch er erkannte die Zeichnung trotz der Entfernung.

»Ich kenne das Gebiet genau«, sagte er.

Wir schauten ihn so schnell an, dass er regelrecht verlegen wurde. »So?«, fragte Bill, »wo denn?«

»Dort stehen heute die Studios.«

»So weit sind wir auch.«

Jetzt lachte Costa breit. »Ich weiß jedoch, welche dort gebaut worden sind – *Sun Production.«*

Das sagte Suko, Bill und mir nichts. Dafür aber Tudor Buckly. Er ließ sich zurückfallen und schlug mit der flachen Hand gegen die Stirn. »Sun Production«, stöhnte er. »Verdammt, warum ist mir das nicht früher eingefallen?«

»Wie meinen Sie?«

»John, wissen Sie, wer dort dreht?«

»Ja, Lamotte.«

»Stimmt«, flüsterte Buckly. »Stimmt genau. In den Studiohallen der Sun Production dreht Buckly seinen neuesten Film, diesen Abenteuer-Streifen, wo das Grauenvolle passiert ist.«

Ich lächelte den anderen zu. »Das hatte ich mir fast gedacht, meine Freunde.«

Bill zündete sich eine Zigarette an. »Und du meinst, dass wir Gerry Giesen dort finden?«

»Zumindest liegt dies im Bereich des Möglichen. Oder sehe ich das falsch?«

»Bestimmt nicht.«

In der nächsten Zeit hingen wir unseren Gedanken nach. Jeder suchte nach einer exakten Lösung, auch nach Widersprüchen, um diese Theorie einstürzen zu lassen. Es gab keine.

»Nun?«, fragte ich lächelnd. »Habt ihr euch damit abgefunden, wo sich unser nächstes Ziel befindet?«

»Sicher«, sagte Bill und drückte seine Zigarette aus.

Suko nickte nur.

Tudor Buckly fügte einen längeren Kommentar hinzu. »Das ist allerdings nicht ungefährlich, wenn Sie dorthin wollen«, sagte er. »Da konzentrieren sich dann zwei Magien. Die von Aibon und die alte indianische, wenn ich alles recht verstanden habe.«

»So ist es auch.«

»Werden Sie denn mit der Gefahr fertig?«

»Das wissen wir jetzt noch nicht«, erwiderte ich.

»Wir werden es aber feststellen.«

»Heute noch?«

»Natürlich.«

Er bekam eine Gänsehaut. »Ich hoffe nur, dass es nicht zu spät ist.« Er stand auf und wandte sich an Costa.

»Die Rechnung bitte.«

Er bekam sie und zahlte. Unser Problem war Rita. Sie hatte stumm zugehört. Jetzt sagte sie: »Ich will aber nicht mit.«

»Das brauchen Sie auch nicht«, antwortete Bill. »Es ist besser, wenn Sie nach Hause fahren.«

»Da habe ich Angst.« Sie bewegte ihren Finger und verlor die Zigarette, die auf den Tisch rollte. Hastig nahm sie den Glimmstängel wieder an sich. »Mir ist eingefallen, was mit Anne Cargill passierte. Sie wurde regelrecht zerrissen und muss einen schrecklichen Tod gehabt haben. Verstehen Sie? Ich möchte nicht …«

»Dann bleiben Sie doch hier«, schlug Bill vor.

»Ja, das werde ich auch. Ich lasse mich einfach voll laufen, um diese ganze Scheiße zu vergessen!«

»Ist das eine Lösung? Alkohol?«

»Nein, Mister, das weiß ich selbst. Aber ich kann dabei so herrlich vergessen und wenn es nur bis zum anderen Morgen ist. Die Dreharbeiten gehen nicht weiter. Für einen neuen Film bin ich noch nicht engagiert worden. Ich habe auf diesen meine Hoffnung gesetzt und einen TV-Vertrag sausen lassen. Soll ich jetzt lachen?«

»Versuchen Sie es.«

»Sie Witzbold, Sie!«

Bill kam zu uns. Auch Costa hatte die Bar verlassen. Er wirkte ängstlich. »Das kann gefährlich werden«, flüsterte er. »Wollen Sie nicht lieber die Polizei …?«

»Wir sind die Polizei«, sagte Suko und ging als Erster dem Ausgang entgegen.

Tudor Buckly sprach noch mit Rita. Er holte Bill und mich an der breiten Tür ein.

Suko war auf der Terrasse stehen geblieben. Leer wirkte sie nicht mehr so interessant. Selbst die Glühbirnen in den bunten Girlanden schienen trauriger zu leuchten. Auf dem Parkplatz standen kaum noch Fahrzeuge, und der Wächter war auch nicht mehr zu sehen.

»Was ist?«, fragte ich meinen Freund. »Weshalb gehst du nicht weiter?«

Suko hob die Schultern. »Ich weiß auch nicht, John. Schau dir mal den Himmel an.«

Das tat ich auch. Er sah grau aus, längst nicht so schön wie in den Filmen über Hollywood. Die Dunkelheit hatte die Dämmerung mittlerweile vertrieben.

»Du spürst nichts?«

»Nein, was sollte anders sein?« Ich drehte mich zu Suko hin und schaute in sein zweifelndes Gesicht.

»Ich habe den Eindruck, John, als wären vorhin geisterhafte farbige Gebilde über den Himmel gestrichen.«

»Bist du dir sicher?«

»Zurückholen kann ich sie ja nicht. Man sollte sie schon im Auge behalten.«

Bill hatte uns zugehört. »Vielleicht waren es auch Lichtreflexe irgendwelcher Reklamen.«

»Dann müssten sie sich wiederholen. Das Gebiet hier ist ziemlich abgeschirmt, obwohl es so zentral liegt.«

Wir warteten noch, schauten uns den Himmel an, aber die geisterhaften Farbstreifen entdeckten wir nicht.

»Sollen wir fahren?«, fragte Buckly.

»Natürlich.«

Tudor ging bereits zum Wagen. Er öffnete alle Türen und ließ uns einsteigen. Ich setzte mich wieder neben ihn, Bill und Suko gingen nach hinten.

»Fahren wir lange?«, fragte ich.

»Einige Minuten.«

»Das lässt sich aushalten.«

»Rechnen Sie mit zwanzig.«

»Oh.«

Buckly startete. »In L. A. ist eben alles anders, größer, breiter und geräumiger. Man hatte damals viel Platz. Wenn ich allein an die Vorstädte denke, die zu dieser Stadt gehören, wird mir komisch. Ich habe immer geglaubt, L. A. zu kennen. Das ist ein Irrtum. Hier kann jemand hundert Jahre leben, ohne alles gesehen zu haben.«

Wir rollten federleicht und weich über den Platz. Auf dem Sunset Strip war endlich etwas los. Trotz der unheimlichen Vorgänge rollte der Verkehr, lief das Leben weiter, suchten die Menschen nach Zerstreuung und Amüsement.

Lokal reihte sich an Lokal. Bunte Leuchtreklamen warfen ihre kalten Farben auf den Asphalt, die Menschen und den glänzenden Lack der Fahrzeuge. Hier waren vom Rolls-Royce bis zum Käfer so ziemlich alle gängigen Automarken vertreten. Der über die Fahrbahn rollende Blechwurm riss nie ab.

Wir hatten noch immer keine Lücke gefunden, um einbiegen zu können. So konnten wir das Panorama noch für eine Weile genießen. Manchmal schäumte die Lebenslust auch über. Zwei Farbige, denen wir im Weg standen, sprangen kurzerhand auf die Kühlerhaube, grüßten uns mit obszönen Gesten, gingen über die Haube hinweg und sprangen an der anderen Seite wieder zu Boden.

»Toll«, sagte ich.

Buckly winkte ab. »Damit müssen Sie hier immer rechnen. Wenn Sie die Typen beschimpfen, können Sie sich schweren Ärger einhandeln. Oft stehen die Burschen unter Stoff und wissen nicht, was sie tun.« Nach dem letzten Wort gab er urplötzlich Gas, weil er eine Lücke entdeckt hatte. Wir wurden tief in die Polster gedrückt.

»Das hätten wir!« Buckly grinste kurz.

Für die nächste Zeit nahm mich der Sunset Boulevard gefangen. Es war wirklich eine bunte, oberflächliche Welt für sich, wie in Las Vegas. Mir fielen besonders die großen gemalten Plakate auf, die auf die neuesten Filme hinwiesen. Einige der Streifen liefen auch bei uns in London. So zum Beispiel »Peggy Su hat geheiratet« oder »Die Fliege«.

Polizei sahen wir ebenfalls. Zu Fuß und in ihren Patrolcars. Die Beamten gaben sich lässig, doch man sollte sie keinesfalls unterschätzen. Immer wieder mussten wir anhalten, weil der Verkehr ins Stocken geriet. Einmal sah ich gleich eine ganze Gruppe aufreizend gekleidete Girls, die immer auf der Suche nach einer Chance waren.

Es war mal interessant, dieses Leben zu sehen. Jeden Tag konnte ich mich hier nicht herumtreiben. »Und das hier gefällt Ihnen, Tudor?«, fragte ich.

»Man gewöhnt sich daran. Wissen Sie, die meisten hassen und lieben Los Angeles gleichzeitig. An der Küste ist es wirklich herrlich. Sagen Sie mal einem, er soll aus diesem Moloch fortziehen. Nach New York oder Frisco. Der hält Sie für geisteskrank. Nein, nein, man kann sagen, was man will. Hier ist schon etwas los. Und Sie finden hier alles, wenn es sich ums Geschäft dreht. Musiker und Stars leben hier ebenso wie Industriemagnaten oder Verwaltungsbosse. Ich sage Ihnen, John, New York wird uns niemals den Rang ablaufen.«

»Weshalb nicht?«

»Allein wegen des Wetters. Der Winter hier ist wunderbar, der lässt sich ertragen. Kaum Regen, aber New York erstarrt oft genug in Schnee und Eis. Wenn Sie hier Wintersport treiben wollen, dann fahren Sie am besten ein paar Meilen weiter in die San Gabriel Mountains. Da haben Sie Berge, die sind über sechstausend Fuß hoch.«

Aus dem Fond meldete sich Suko. »John, schau mal nach oben!«

Ich beugte mich vor und drehte meinen Kopf. Viel grauen Himmel konnte ich nicht sehen, zudem sah ich noch die Reflexe der bunten Reklamelichter.

Doch etwas fiel mir auf.

Die langen bunten Streifen. Genau vier an der Zahl. Rot, grün, blau und violett.

»Kennen wir die nicht?«, fragte Suko.

»Und ob.«

Auch Bill fügte etwas hinzu. »Ich habe den Eindruck, dass sich gleich etwas tun wird.«

»Ja, wir fahren weiter«, murmelte ich. Vor uns setzte sich die Blechschlange allmählich in Bewegung. Auch wir konnten endlich starten. Im Schritttempo fuhren wir hinter den roten Rücklichtern des Vordermanns her. Bis dieser plötzlich bremste.

Auch wir stoppten.

Schon hörten wir die Schreie, und im gleichen Augenblick jagten die vier lang gezogenen, geisterhaften Wesen aus dem grauen Nachthimmel her torpedoartig in die Straßenschlucht des Sunset Boulevard …

Sie kamen gedankenschnell näher, sodass wir sie auch erkennen konnten. Die Wesen hatten sich verändert. Zwar waren sie nach wie vor sehr lang gestreckt, aber sie hatten inzwischen Köpfe und Gesichter bekommen. Schemenhaft nur, dennoch gut zu erkennen.

Furchtbare Fratzen. Manche weit vorgestreckt wie Tiermäuler. Andere wieder sahen aus wie die Köpfe von Skeletten. Obwohl wir nicht ausgestiegen waren, hörten wir die heulenden Geräusche, die sie verursachten, als sie in die Straßenschlucht hineinrasten. Die Menschen standen starr. Der Schrecken ließ sie unbeweglich erscheinen. Sie drehten nicht einmal die Köpfe, als die Geistwesen vorbei waren.

Getan hatte sich nichts.

Alles war fast wie zuvor. Nur fuhr kein Wagen mehr weiter. Auf den Straßen stauten sich die Karossen, und erst jetzt flogen die ersten Autotüren auf.

Auch wir blieben nicht länger im Mercedes sitzen. Die Geister waren nicht von ungefähr erschienen. Sie besaßen ein Motiv, vielleicht wollten sie etwas ankündigen.

Uns umfing ein Wall von Stimmen. Viele hielten es für einen Gag, andere wiederum sprachen von Zeichen, die der Himmel gesetzt hatte.

»Ja!«, schrie ein Typ, der aussah wie ein Guru. »Die Apokalypse hat ihre ersten Spuren gezeigt. Das ist der Anfang vom Ende. Betet, Fremde, damit wir davonkommen.«

Keiner kümmerte sich um den Rufer, auch dann nicht, als er auf die Knie fiel und seine Hände rang.

Bill schaute mich über das Wagendach hinweg an.
»John, da liegt etwas in der Luft. Die kommen wieder.«
»Das glaube ich auch.«
Buckly starrte in den Himmel. Er wollte erkennen, wo sich die Geister hin verteilt hatten. Es war nichts zu sehen. Die Dunkelheit des Firmaments hatte sie verschluckt.
Scharf holte er Luft. »Weshalb sind sie gekommen?«
»Ich weiß es nicht.«
»Galt das uns?«
»Nicht nur. Giesen will L. A. unter seine Knute zwingen. Er hat doch die Geister geholt.«
»Wenn das wahr wird, kann man für nichts garantieren.«
Das konnte man wirklich nicht, denn in der nächsten Sekunde war alles anders.
Sämtliche Lichter erloschen! Der weltberühmte Sunset Boulevard lag im Finstern …

Das hatte es sicherlich noch nie gegeben. Der Strip lag in tiefster Dunkelheit, und niemand hatte eine Erklärung dafür. Die Menschen hier liebten das künstliche Licht. Nur so fanden sie sich im Finstern zurecht. Nun aber standen sie da, ohne etwas tun zu können, und sie beschlich allmählich das Gefühl der Angst, das auch mich nicht ausließ.
Es wurde nicht schlagartig finster, denn die Scheinwerfer der Fahrzeuge erloschen nur sehr langsam. Zu vergleichen mit dem Vorgang, wenn im Kino allmählich das Licht ausging und sich die Spannung auf den Film verdichtete.
»Das ist doch ein Gag!«, hörte ich eine Männerstimme.
»Nein, keiner.«
»Was dann?«
»Weiß ich nicht.«
Die weiteren Worte des Dialogs gingen im allgemeinen Lärm unter. Jeder hatte eine Erklärung parat, aber niemand traf den Kern. Wir hörten die schrillen Geräusche von Trillerpfeifen. Sicherlich waren es Polizisten, die sich auf diese Art und Weise

verständigten, obwohl es keinen Sinn hatte, auch sie würden an den Tatsachen nichts ändern können.

In New York war mal vor Jahren der Strom ausgefallen. Da hatte Manhattan im Dunkeln gelegen. In New York hatte es sich um einen technischen Defekt gehandelt, hier aber ging ich davon aus, dass die Magie die Technik besiegt hatte.

Mein Blick flog den Strip hoch. Die stillstehenden Wagen bildeten zwei Reihen. Sie kamen mir vor wie buckelhafte Wesen, da die Fahrzeuge nur selten die gleiche Höhe besaßen. Zwischen ihnen bewegten sich die Menschen, die ihren ersten Schreck überwunden hatten. Ich aber rechnete damit, dass es sich bei diesem Vorgang nur um den Beginn einer Kette unheimlicher Vorgänge handelte.

Dahinter steckte als unsichtbarer Dirigent Gerry Giesen alias Dr. Horror.

Jemand erinnerte sich auch noch außer mir an den Vorfall von der Ostküste. »Freunde, wie damals in New York.« Der Sprecher hüpfte auf das Dach eines Wagens.

»Das müssen wir ausnutzen. Kommt zu mir, wir sind eine Familie. Lasst uns zufrieden sein. Wir werden uns lieben, ha, ha …«

Seine weiteren Worte gingen im Geschrei unter.

Bill rannte um den Mercedes. »Und was sagst du?«, fragte er mich.

»Man will uns wohl nicht weiterkommen lassen.«

»Kann sein.«

Suko rief quer über den Wagen hinweg Tudor Buckly seine Frage zu. »Können wir zu Fuß das Ziel erreichen?«

»Schon, aber das dauert.«

»Spielt keine Rolle. Wir müssen hin. Dort befindet sich das Zentrum.«

»Und wenn hier inzwischen etwas passiert?«, fragte ich.

»Mal den Teufel nicht an die Wand, John.«

»Das brauche ich nicht. Ich bin fest davon überzeugt, dass noch einiges auf uns zukommt.«

Die Augen hatten sich inzwischen an die Veränderung gewöhnt. Ich machte wieder Einzelheiten aus. Erste Taschenlampen gaben lange Lichtfinger ab, huschten über Autos, Körper und die wachsbleichen Gesichter der umherstehenden Menschen. Niemand wusste so recht, was er unternehmen wollte. Da war auch die Polizei ratlos.

Ein Hund lief über den Gehsteig. Ein kleiner schwarzer Schnauzer. Zufällig verfolgte ich ihn, weil er sich sehr schnell bewegte. Er drückte sich in einen schmalen Hauseingang. Dahinter befand sich irgendeine Vergnügungsstätte, aus der ich Sekunden später gellende Schreie hörte.

»Bleibt ihr hier!«, schrie ich den Freunden zu und setzte mich schon in Bewegung. Ich stieß einige Leute zur Seite, die die Schreie auch vernommen hatten, stehen geblieben waren und lauschten, aber nicht eingriffen.

Mit der rechten Schulter schrammte ich an der Kante entlang, bevor ich in den Flur eintauchte.

Er war sehr schmal. Dicht hinter der Tür stand eine junge Frau und weinte.

»Was ist geschehen?«

»Der … der Hund …«

»Wo?«

»An der Treppe!«

Erst als ich meine kleine, lichtstarke Leuchte einschaltete, sah ich die Stufen. Die Treppe war ebenso schmal wie der gesamte Flur. Wie ein Schlauch zog sie sich in die Höhe. Ich nahm sie mit drei Sprüngen und sah einen langen Gang vor mir, der wahrscheinlich direkt in einen schmalen Anbau führte.

Die Wände waren mit Plakaten beklebt. Als der Lichtkegel darüber hinweghuschte, erkannte ich die erotischen Motive. Da war mir klar, wo ich mich befand. In einem Stundenhotel!

Wieder vernahm ich die Schreie. Diesmal schon leiser und auch wimmernder.

Türen standen offen. Ich schaute in schmale, zellenartige Räume, wo Mädchen hockten. Einige von ihnen waren nackt, andere wiederum hatten Kunden bei sich, die sich hastig anzogen. Ein dicker Mann stürmte aus einem Raum. Er war noch dabei, sich die Hose hochzuziehen. Sein Gesicht glänzte wie eine Speckschwarte.

»Hau ab, du!«, brüllte er mich an und schlug mit der rechten Hand nach mir.

Ich duckte mich, er hieb gegen die Wand und rannte weiter. Etwas musste ihn erschreckt haben.

Ich sprang mit gezogener Waffe in das Zimmer hinein, aus dem der Dicke gekommen war.

Der Hund wollte mir nicht aus dem Kopf, und die Schreie gellten noch in meinen Ohren nach.

Ich leuchtete in die Runde.

Zuerst sah ich das Mädchen. Es trug nur einen weißen Slip, lag neben einer Couch und rührte sich nicht mehr. Als ich das Blut sah, wusste ich Bescheid.

Dann hörte ich das Knurren.

Blitzschnell drehte ich den Arm nach links.

In einer Ecke saß der Hund. Aber wie sah er jetzt aus? Er war dreimal so groß, ein Monstrum mit bösen Augen und weit aufgerissenem Maul, in dem die spitzen Zähne blitzten.

Ich dachte an Anne Cargill. Auch sie war von einem Monstrum getötet worden. Vielleicht einem ähnlichen wie diesem Hund, der knurrte und ohne Vorwarnung auf mich zusprang.

Ich war schneller und wollte nicht das gleiche Schicksal erleiden wie das Mädchen. Mit einem gewaltigen Satz überwand ich die trennende Distanz zwischen den beiden Wänden. Der veränderte Hund wischte an mir vorbei und klatschte noch gegen die Türkante.

Er wirbelte sofort wieder herum. Ich war auch nicht faul gewesen. Nicht die Beretta holte ich hervor, mein Kreuz schleuderte ich ihm entgegen, als er wieder abhob.

Wenn diese Aktion nichts nützte, kam ich in die Klemme. Das Kreuz traf den Hund voll.

Für einen Moment verschwand es im Fell, dann bäumte sich der Hund noch auf und fiel gleichzeitig in sich zusammen. Er blieb am Boden liegen und löste sich vor meinen Augen auf. Er wurde regelrecht zusammengedrückt, dabei immer flacher und zu einer Lache, die sich verteilte.

Das Lampenlicht zeigte mir, dass es sich um eine grüne Lache handelte. Die Spur nach Aibon, in die schreckliche Welt dieses Landes. Wie damals in New York, da hatten sich die Zwerge ebenfalls in grüne Lachen aufgelöst, wenn mein Kreuz sie berührte.

Ich nahm das Kreuz wieder an mich, von dem noch der letzte Tropfen des Schleims rann und zu Boden klatschte. Dann kümmerte ich mich um das Mädchen.

Ihm konnte niemand mehr helfen. Dieser verdammte Hund hatte es geschafft, die Unbekannte zu töten.

Mich überkam ein bedrückendes Gefühl. Auf einmal wusste ich Bescheid. Wer in Dr. Horrors Magie geriet, konnte sich verändern. Aus normalen Tieren wurden reißende Bestien, die über Menschen herfielen und sie töteten.

Eine furchtbare Sache, und ich fragte mich auch, was wohl mit den Menschen geschah, die in diesen Bann direkt hineingerieten. Wurden auch sie zu Monstren?

Eine für mich furchtbare Vorstellung. Hatte es Sinn, die Absteige hier räumen zu lassen? Kaum, auf der Straße waren die Mädchen ebenso gefährdet wie in diesem Haus.

Ich aber musste raus, um meine Begleiter zu informieren. Sehr vorsichtig verließ ich das Zimmer.

Der Gang war leer. Nur aus den Zimmern hörte ich die wispernden Stimmen der Mädchen.

Ich ging an einer offenen Tür vorbei. Große, braune Augen schauten mich aus einem erschreckten Gesicht an. Eine schmale Hand hielt mich fest. »Sag mir, was mit Jill ist«, flüsterte die Stimme. »Sie … sie hat so furchtbar geschrien.«

Ich hob die Schultern.

Der Griff löste sich, das Gesicht verschwand in der Dunkelheit, wurde zu einem zerfließenden Schemen.

»Tot, nicht? Jill ist tot. Die Schreie … sie hat es nicht überstanden.«

»Ja!«, hauchte ich.

Mit einer heftigen Bewegung warf sich das Mädchen herum und hechtete auf das Bett zu. Dort blieb es weinend liegen. Ich konnte mich um die Kleine nicht mehr kümmern. Eine Stimme hielt mich auf.

Die beiden Worte waren flüsternd gesprochen, dennoch hörte ich sie und erkannte auch die Stimme.

»John Sinclair ...«

Mir lief es kalt den Rücken hinab. Nur langsam wandte ich mich um. Die Lampe in meiner linken Hand machte die Bewegung mit. Sie stach ihren Schein in den Gang, der nicht mehr leer war, denn fast am Ende stand eine Person, die ich kannte.

Laurie Ball, die Reporterin aus New York, die Vermisste. Nur hatte sie sich verändert.

Ich sah sie als Zwergin!

Sie war eine hübsche aparte Person gewesen. Viel war davon nicht mehr zurückgeblieben, obwohl ich sie noch erkannte. Nur hatten sich bei ihr die Proportionen verschoben. Nicht allein, dass sie kleiner geworden war, auch der Kopf war in die Breite gedrückt worden. Die pumpigen Wangen hatten tiefe Falten bekommen, die Haare erinnerten mich an hellgraue Spinnennetze, doch es waren noch immer ihre Augen. Die Lippen erinnerten mich an breite Messerrücken, auch die Ohren hatten an Größe zugenommen, ebenso wie die Schultern an Breite. Ansonsten wirkte der kleine Körper gedrungen und zusammengepresst.

»Laurie ...« Ich flüsterte ihren Namen.

»Ich bin es, John. Ich lebe noch.«

Steif nickte ich. »Sicher, du lebst ...«

»Mehr sagst du nicht?«

»Nein, was sollte ich?«, drang es gequält aus meinem Mund.

»Die anderen sind vernichtet. Bill Conolly hat damals mit der goldenen Pistole geschossen.«

»Ich war selbst dabei.«

»Aber ich lebe.« Auf meine Antwort musste sie verzichten. Ich erinnerte mich wieder an die Szene, als Laurie in das Aibon-Feuer gesprungen und ebenso verschwunden war wie Dr. Horror. Damals hatte ich sehr gelitten.

Nun schauten wir uns an. »Willst du nicht zu mir kommen, John?«, fragte sie leise.

»Hat dich Dr. Horror geschickt?«

»Vielleicht.«

»Du … du bist jetzt bei ihm?«, fragte ich und nickte gleichzeitig dabei.

»Ja, ich muss.«

»Dann stehst du auch auf seiner Seite?«

Sie hob die breiten Schultern hoch.»Schau mich an, John. Bleibt mir eine andere Möglichkeit, so wie ich aussehe? Er hat sein Versprechen wahr gemacht. Es ist furchtbar, das weiß ich selbst. Nicht immer gelingt es dem Helden, das Mädchen zu retten. Du hast es nicht geschafft, als er mich im Schwimmbad entführte. Ich habe oft bedauert, meine Nase in diese Dinge hineingesteckt zu haben, aber es gab kein Zurück mehr. Jetzt befinde ich mich in seiner Hand.«

»Und in Aibon?«

»Ja, auch das!«, hörte ich die gequälte Antwort. »Ich muss tun, was er will.«

»Er hat dich zu mir geschickt?«

»So ist es.«

»Was will er von mir?«

»Er will dich haben!«

»Das ist mir zu wenig. Was hat er vor? Wo steckt Dr. Horror?«

»Ich werde dich zu ihm führen.«

»So einfach ist das nicht, Laurie. Schau dich doch mal draußen um, wie es dort aussieht.«

»Ich weiß.«

»Das ist auch seine Schuld. Der Sunset Boulevard steht unter seinem Bann. Ein Mord ist schon geschehen. Ich habe ihn leider nicht verhindern können. Es war ein Hund, der sich veränderte und ein Mädchen tötete. Wenn ich gehe, hat er freie Bahn. Ich kann die anderen Menschen hier nicht allein lassen. Sie ahnen noch nichts von der Gefahr, in der sie schweben.«

»Du kannst nicht überall sein, John. Der Strip ist groß. Ich kenne ihn. Wenn Dr. Horror will, kann er alle Menschen töten, die sich auf der Straße befinden. Er ist der wahre König von Hollywood. In dieser Nacht hat er es bewiesen. Er besiegte die Technik. Niemand kommt gegen ihn an, auch nicht die Polizei. Vielleicht kannst du Menschen retten, wenn du zu ihm gehst. Er erwartet dich.«

»Und wo?«

»Ich führe dich hin.«

»Laurie, ich will eine genaue Antwort. Befindet er sich etwa auf dem Gelände der Sun Production?«

»Ja.«

»Dann ist mir alles klar.«

»Und du wirst mitkommen?«

Ich dachte noch über ihren Vorschlag nach. Was war besser? Zu bleiben oder mitzugehen?

»Es ist nicht mehr viel Zeit«, flüsterte sie.

Ich nickte. »Jawohl, du hast mich überzeugt. Ich werde dich zu Dr. Horror begleiten. Zuvor jedoch sage ich meinen Freunden Bescheid, wo sie mich finden können, wenn …«

»Niemandem sagst du etwas, sonst wird er durchdrehen, denn er besitzt einen mächtigen Verbündeten. Hast du die nebelhaften Geistwesen gesehen, die über der Stadt zu sehen waren?«

»Sicher.«

»Das ist Tum-Hagan gewesen, der Geist eines mächtigen Medizinmannes. Er und Dr. Horror haben sich gesucht und gefunden. Die beiden bilden ein Duo. Tum-Hagan will wieder zurückkehren. Sein Geist soll über das alte Land herrschen. Man verbrannte ihn, und der Rauch flog in alle vier Himmelsrichtungen davon, aber er war nicht vernichtet. Er ging ein in die Wolken einer anderen Welt. Jetzt ist er wieder da. Mehr kann ich dir nicht sagen, John.«

»Es reicht auch.«

»Dann komm bitte.« Die Zwergin Laurie Ball reichte mir ihren linken Arm. Unser Gespräch war gehört worden. In den offenen Rechtecken der Türen zeigten sich die Gesichter der Mädchen. Sie wussten nicht, was hier vor sich ging. Die Worte hatten sie bestimmt verstanden, aber nicht begriffen.

Sie sahen Laurie und bekamen Angst. Manche zogen sich sofort wieder zurück, andere wiederum wagten keine Bewegung. Ich schritt auf Laurie zu. Noch immer leuchtete ich sie an. Der helle

Strahl traf ihre Augen, die auch weiterhin so menschlich aussahen. Nur an ihnen erkannte ich eigentlich, wen ich vor mir hatte.

»Deine Hand, John.«

Zögernd fasste ich Lauries Finger an. Auch sie hatten die grünliche Farbe des Landes Aibon bekommen und waren so kalt, dass ich einen Schauder bekam.

»Ich bin anders als früher«, sagte sie mit einer Stimme, die traurig klang. »Aber ich kann nichts daran ändern.«

»Wie stehst du zu ihm?«

»Ich muss ihm gehorchen. Tue ich es nicht, wird er mich vollends vernichten.«

»Ist das denn ein Leben, das du als Zwergin führst?«

»Nein«, sagte sie. »Und das Schlimmste daran ist, dass ich noch so denke wie früher. Ich bin innerlich ein Mensch geblieben, die alte Laurie Ball. Aber ich werde nie mehr so sein, wie ich es einmal gewesen bin. Wenn du nach New York kommst und Freunde aus meiner Vergangenheit triffst, dann sage ihnen nichts von mir. Du brauchst sie nicht einmal zu grüßen. Man soll Laurie Ball so in Erinnerung behalten, wie sie einmal gewesen ist. Versprichst du mir das?«

Ich nickte. Sprechen konnte ich nicht mehr, weil sich in meiner Kehle ein würgendes Gefühl ausgebreitet hatte. Gleichzeitig spürte ich auch die Feuchtigkeit in meinen Augen hochsteigen. Verdammt, ich kannte Laurie schon über Jahre, und jetzt dies. Wir hatten gemeinsam Abenteuer durchstanden, hatten gelitten und uns gefreut, dass wir jedes Mal mit dem Leben davongekommen waren.

Nun ging sie als Zwergin neben mir her. Sie führte mich auf eine schmale Tür zu. Ich wusste, dass Häuser dieser Art Hinterausgänge besitzen, wahrscheinlich würden wir durch einen solchen auf eine Straße gelangen und von dort zu unserem Ziel.

Bevor Laurie die Tür öffnete, schaute sie zu mir hoch. Auch in ihren Augen schimmerten Tränen. Sie versuchte trotzdem noch ein Lächeln. Es wurde nur eine Grimasse.

»Wir sind jetzt zu verschieden«, sagte sie und zog die Tür mit einem heftigen Ruck auf.

Der miese Geruch von allmählich dahinfaulendem Abfall drang mir entgegen. Ich ließ den Strahl über eine Stiege streichen und sah die alten Mülltonnen so hoch gefüllt, dass die Deckel in die Höhe standen. Ratten huschten weg aus dem Licht.

So also sah es hinter der Fassade des Strip aus. Wohlstandsdreck, in dem sich die vierbeinigen Nager suhlten.

Wir schritten die Metallstufen hinab. Auf dem Hof blieben wir stehen. »Und wie geht es jetzt weiter?«, fragte ich Laurie.

»Komm mit.« Sie zog mich, sodass mir nichts anderes übrig blieb, als ihr zu folgen.

Schon sehr bald entdeckte ich den Wagen. Es war ein kleiner Fiat. Er stand etwas verloren auf dem Hof, aber nahe einer Einfahrt. »Steig ein«, sagte Laurie, »den Weg kenne ich. Und keine Sorge, dieser Wagen fährt. Das hat mir Dr. Horror versprochen.«

Ich setzte mich hinter das Lenkrad, drehte den steckenden Zündschlüssel, der Motor sprang sofort an, sodass ich losfahren konnte.

Laurie hockte neben mir. Sie war so klein, dass sie nicht einmal aus dem Fenster schauen konnte. Als ich ihr einen Blick zuwarf, sah ich das Zucken ihren feuchten Wangen. »So endet einmal alles, John.«

»Vielleicht gibt es einen neuen Beginn«, erwiderte ich, allerdings wenig überzeugend.

»Für mich nicht mehr. Und weißt du was, John, ich habe dich einmal sehr gern gehabt ...«

In mir stieg es heiß hoch. Ich hätte am liebsten alles zerschlagen. In welch einer verdammten Welt bewegten wir uns ...?

Bill Conolly schaute auf die Uhr. Mit seiner Nervosität hatte er auch Tudor Buckly angesteckt. »John müsste längst wieder zurück sein«, sagte der Schriftsteller.

»Finde ich auch.«

Suko, der am Wagen lehnte und den Hauseingang beobachtete, sagte: »Geben wir ihm noch eine Chance.«

»Aber nicht mehr zu lange«, erklärte der Reporter.

Bill hob die Schultern. Er wunderte sich ein wenig über die Menschen auf dem Strip. Sie hatten ihren ersten Schreck verdaut und sich allmählich damit abgefunden, dass es weder ein Vor noch ein Zurück gab. Man saß hier fest und würde so lange bleiben, bis der Strom wieder zurückkehrte und die Lichter angingen.

Der Reporter rauchte nervös. Auch Tudor saugte an einer Zigarette. Einige Typen in der Nähe hatten es sich auf den Kühlerhauben bequem gemacht, sich Flaschen besorgt, die sie kreisen ließen. Irgendjemand machte Musik. Woanders drangen die Rhythmen aus einem batteriebetriebenen Kofferradio, und so fanden sich die Leute eben mit den Verhältnissen ab.

Zwei schwarzhaarige Sunset-Perlen näherten sich der Gruppe. »Habt ihr nichts zu feiern, Freunde?«

»Nein«, sagte Bill.

»Sollen wir was besorgen?«

Bill schaute die Mädchen an. Sie waren aufreizend gekleidet. Ihre Haare konnte man schon als Mähnen bezeichnen, aber plötzlich sprach die zweite mit einer Männerstimme.

»Ach, du bist beschissen, Typ.«

»Mensch, hau ab, du Schwuchtel!«, rief Bill und zuckte so heftig auf die beiden zu, dass sie wegrannten.

Buckly lachte. »Damit müssen Sie hier rechnen, Bill. Auf dem Strip versammelt sich alles, was niet- und nagelfest ist.«

»Scheint mir auch so.« Bill schaute wieder auf die Uhr. »Suko, das war eine Falle für John.«

Der Chinese nickte. »Okay, schau nach.«

»Das werde ich auch. Aber ich brauche nicht so lange wie John, das verspreche ich euch.« Bill klopfte auf seine goldene Pistole. »Zur Not habe ich die noch.«

Um in den Hauseingang zu gelangen, musste er über am Boden sitzende Picknicker hinwegsteigen. Ein Pärchen hatte sich gegen die Hauswand gedrückt. Beide qualmten einen Joint.

Im Haus war es düster. Im Gegensatz zu den anderen Buden und Lokalen auch ziemlich still. Bill holte seine kleine Lampe hervor und wunderte sich ebenfalls über die Enge des Flurs und der Treppe. Niemand hielt ihn auf, als er auf die erste Stufe zuging.

Auf der Treppe beschlich Bill ein ungutes Gefühl. Er hatte längst bemerkt, dass er in einer Absteige gelandet war. An das Treppenende schloss sich der lange Gang mit den zahlreichen Türen rechts und links an. Als der Lampenstrahl im Flur einige Mädchen erfasste, verschwanden diese blitzschnell in den Räumen.

Bis auf zwei. Sie blieben wie gebannt stehen, denn sie hatten die Person, die sie wegtragen wollten, vor Schreck zu Boden fallen lassen.

Es war eine Tote!

Sofort war Bill neben ihnen, leuchtete die Tote an und stellte fest, dass es sich bei ihr um ein unbekanntes Mädchen handelte. Sie arbeitete ebenfalls in dieser Absteige.

Der Fußboden bestand aus billigem Kunststoff, war hellgrau, und der Reporter schüttelte sich. »Wer?«, fragte er, »wer von euch hat das getan?«

Die beiden wollten verschwinden. Bill fasste eine am Ellbogen an und zog sie näher. Es war eine Eurasierin, die ihn mit völlig verängstigten Blicken anschaute.

»Wer?«, zischte Bill.

»Nicht wir.«

»Ein Mann? Blond, ziemlich groß.« So ungefähr beschrieb der Reporter seinen Freund John.

»Nein. Der Hund.«

Bill verengte seine Augen. »Welcher Hund?«

»Von der Straße kam er herein. Er wurde dann groß wie ein Monster. Wir hörten Jill nur schreien, dann nichts mehr. Wenig später kam der Mann, er hat ihn getötet.«

Der Reporter dachte nach. Die Geschichte klang so unwahrscheinlich, dass sie schon wieder stimmen konnte. »Wo hat er ihn getötet?«

Die Eurasierin deutete auf eine offene Tür. Zusammen mit den beiden Mädchen betrat Bill das Zimmer. Er ließ den Strahl kreisen, sah aber keinen Kadaver. Der hätte zumindest zurückbleiben müssen. »Ich glaube, ihr habt mich angelogen. Wo befindet sich das Tier?«

»Dort.« Die Eurasierin hatte den Arm ausgestreckt und deutete auf einen dunklen Fleck auf dem Boden.

»Dort war er einmal. Dann … dann hat er sich aufgelöst.«

Bill untersuchte den Fleck. Es war eine ölige, leicht grün schimmernde Lache. Er kam wieder hoch und nickte. »Was wolltet ihr mit der Leiche?«, fragte er.

»Sie wegschaffen. Niemand darf sie hier finden. Wenn die Polizei kommt, ist es aus. Dann schiebt man uns ab. Nach Mexiko zurück und …«

»Schon gut«, sagte Bill. Er betrat den Flur und schaute sich das tote Mädchen noch einmal an. Die Wunde sah tatsächlich so aus, als würde sie von einem Hund stammen. Conolly half den beiden Mädchen, die Leiche wieder in das Zimmer zu tragen. Von zwei Seiten fassten sie ihn an und schauten zu ihm hoch. »Holen Sie jetzt die Polizei?«

»Nein, das wird kaum gehen. Die Leute haben jetzt andere Sorgen. Auf der Straße herrscht das Chaos.«

»Ja, das Licht ist weg.«

»Eben.«

»Sollen wir einfach warten?«

Bill hob die Schultern. »Das wird wohl am besten sein.« Er drehte sich wieder um und verließ den Raum. Im Gang fiel ihm noch etwas ein. Er war ja schließlich wegen John Sinclair hergekommen. »Was ist mit dem blonden Mann?«, fragte er.

»Den haben wir gesehen.«

»Das weiß ich. Wo ist er hin?«

Die kleine Eurasierin deutete bis zum anderen Ende des Ganges. »Da ist er hingegangen. Durch die Tür nach draußen. Wir … wir hörten einen Motor. Er fuhr weg.«

»Was?«, rief Bill und ging einen Schritt auf das Mädchen zu, das erschreckt zurückwich.

»Ja, ich lüge nicht, Mister … Sir …«

»Er war auch nicht allein!«, flüsterte die andere.

»Wen hatte er bei sich?«

»Er … er wurde angesprochen. Da stand jemand.« Sie streckte den Arm seitlich aus und senkte ihn dann.

»Eine Frau, glaube ich. So … so klein. Er kannte sie.«

»Eine Zwergin?«

»Ja, so sagt man.«

Bill schluckte und lehnte sich für einen Moment mit dem Rücken gegen die Wand. Es war ein wenig viel, was er da in den letzten Minuten erfahren hatte. John Sinclair musste tatsächlich in eine Falle gelockt worden sein, die Dr. Horror gestellt hatte. Aber wer hatte ihn begleitet? Bill kam natürlich eine Idee, er wollte es aber genauer wissen und hakte bei der Eurasierin noch einmal nach. Sie beschrieb die Person. Ihre Angaben unterschieden sich kaum von denen ihrer Kollegin.

Bill nickte. »Das war's dann wohl«, sagte er und drehte sich um. Er wirkte müde, als er auf die Treppe zuging. In den offenen Türrechtecken erschienen die Gesichter der anderen Mädchen. Sie schauten dem Reporter hinterher.

John war mit einem Zwerg oder einer Zwergin durch den Hinterausgang verschwunden. Da gab es eigentlich nur eine Möglichkeit. Es musste sich bei der Person um Laurie Ball handeln. Sie war also von Gerry Giesen als Joker ins Spiel gebracht worden.

Auf der Treppe kam Bill jemand entgegen. Erst als er angesprochen wurde, erkannte er Suko.

»Diesmal bist du mir zu lange weggeblieben. Was ist denn geschehen, zum Henker?«

Bill starrte Suko an. »John ist verschwunden. Wahrscheinlich zusammen mit Laurie Ball.«

Selbst der Chinese erschrak. »Mit der Zwergin?«

»So ist es.«

»Erzähle.«

»Lass uns nach draußen gehen.«

Als die beiden den Strip betraten, hatte sich dort kaum etwas verändert. Einige Passanten waren nur betrunkener geworden, denn es wurden immer neue Flaschen aufgetrieben und geleert.

Auch Tudor Buckly war erstaunt, dass der Geisterjäger verschwunden war. Er hob die Schultern an. »Dann hat er uns einfach im Stich gelassen?«

Bill und Suko widersprachen. »So kann man das nicht sagen. Er ist geholt worden.«

»Und wohin?!«

Auf diese Frage hätte es eine Antwort gegeben, doch die beiden kamen nicht dazu. Über ihren Köpfen hallten die Lautsprecher-Durchsagen der Polizisten. Man bat um Ruhe und um etwas Geduld, die Störung würde bald behoben sein.

»Und weshalb fahren unsere Wagen nicht mehr?«, brüllte jemand mit lauter Stimme. »Das ist doch Bockmist, was ihr euch da zusammenredet, ihr blöden Bullen.«

Er bekam Beifall auf offener Szene und schleuderte vor Wut eine Flasche gegen die Hauswand.

Bill verengte die Augen. »Sun Production«, sagte er.

»Ich kann mir nur vorstellen, dass John Sinclair mit Laurie Ball zur Sun Production unterwegs ist.«

»Ja, und wir sind hier«, sagte Tudor. »Verdammt auch.«

»Dann müssten wir eben ein Stück zu Fuß laufen und irgendwo ein Taxi nehmen«, schlug Bill vor.

Suko stimmte zu. »Allerdings frage ich mich«, schränkte er ein, »weshalb die andere Seite gerade hier zugeschlagen hat. Könnt ihr mir darauf eine Antwort geben?«

»Nein.«

»Vielleicht haben sie noch etwas vor!«, vermutete Tudor Buckly.

»Das glaube ich auch«, sagte der Reporter. Er erinnerte wieder an den Hund, der sich zu einem Monstrum entwickelt hatte. »Er muss in die magische Sphäre hineingeraten sein.«

»Und wie steht es mit den Menschen?«, erkundigte sich Tudor.

»Bisher ist mit den Leuten nichts passiert.«

Der Schriftsteller lachte bitter. »Ein schwacher Trost, verdammt.«

»Klar, aber wissen Sie einen besseren?«

»Nein, das ist ja die Tragik.«

»Ihr solltet nicht diskutieren und lieber an andere Dinge denken. Habt ihr die vier Geistwesen vergessen?«, fragte Suko.

»Nein, natürlich nicht.« Buckly hatte geantwortet.

»Wenn mich nicht alles täuscht, werden wir mit ihnen noch einigen Ärger bekommen.«

»Wieso?«, fragte Bill.

»Schau mal zum Himmel hoch. Aber nicht auffällig. Die anderen Leute sollen es nicht sehen.«

Bill drehte sich ebenso wie Tudor. Sie sahen in die über ihnen liegende Dunkelheit, und sie erkannten auch die farbigen Streifen, die sich schwach durch das unendlich wirkende Dunkelgrau zogen. »Verdammt«, flüsterte Bill, »die lauern noch.«

»Vielleicht sogar auf den Hubschrauber.«

Die Geräusche hatten sie schon seit einiger Zeit vernommen. Jetzt aber ließ sich die Maschine blicken. Sie schien aus den Wolken zu fallen, verlor an Höhe und glitt über die Dächer der Häuser hinweg. In Leuchtschrift strahlte das Wort *Police* an der Außenwand auf.

»Es gibt zwei Möglichkeiten«, sagte Bill. »Entweder haben Sie etwas vor oder wollen nur beobachten.«

Der Hubschrauber drehte seine Runden. Er flog weite Bögen, die verstopfte Straße wurde nicht aus den Augen gelassen. Manchmal huschte ein Scheinwerferkegel über Wagen, Menschen und Fassaden. Niemand wusste so recht, was der Flug sollte. Die Menschen kümmerten sich nicht um den Hubschrauber. Sie hatten den Sunset Boulevard mittlerweile zu einem gewaltigen Partygrund gemacht. Da auch die Kühlungen ausgefallen waren, schleppten Kellner Lebensmittel und Leckereien aus den Restaurants, um sie auf der Straße zu verkaufen. Oft sogar noch zu höheren Preisen. Amerikaner machen eben aus allem ein Geschäft.

Der Hubschrauber drehte wieder ab. Wahrscheinlich waren die Polizisten darüber beruhigt, dass niemand in Panik verfiel. Aber sie merkten von der eigentlichen Gefahr nichts. Es schien so, als hätten die vier nebelhaften, farbigen Geistwesen nur darauf gewartet. Aus ihrer Ruhelage setzten sie sich in Bewegung und jagten von verschiedenen Seiten auf den Hubschrauber zu.

»Das geht nicht gut«, flüsterte Bill Conolly.

Und es ging nicht gut. Bevor der Pilot irgendetwas unternehmen konnte – sei es auch noch so sinnlos –, hatten die Geistwesen den fast in der Luft stehenden Hubschrauber erreicht und drangen durch die Scheiben in das Innere der Maschine.

Sie glühte plötzlich auf. Wie ein Stern, der noch zusätzlich erleuchtet wird. Dann war er verschwunden, einfach weg. Ausradiert vom Himmel und ausgelöscht, als hätte es ihn nie zuvor gegeben.

Bill, Suko und auch Tudor schauten sich an. Außer ihnen hatten noch zahlreiche Zeugen diesen unheimlichen Vorgang mitbekommen, ohne ihn allerdings begreifen zu können.

»Da war doch mal ein Hubschrauber!«, rief jemand.

»Ja, sogar mit Bullen drin.«

»Und jetzt ist er weg.«

»Wie die Bullen.«

»Darauf lasst uns trinken.«

Die Männer und Frauen waren Zeugen gewesen und gleichzeitig betrunken. Nur deshalb redeten sie dieses dumme Gewäsch.

»Mein Gott!«, flüsterte Bill Conolly. »Der ist gnadenlos. Giesen dreht durch.«

»Jetzt sind die verschwunden«, sagte Tudor Buckly.

»Klar, sie werden sich ein neues Ziel suchen.«

Suko schüttelte den Kopf. »Ich bin mir nicht sicher, dass Giesen dahintersteckt.«

»Wer sonst?«

»Keine Ahnung. Aber will Giesen sich nicht um unseren Freund John kümmern?«

»Schon.« Bill nickte. »Aber wer ist oder sind diese farbigen Geister?«

»Da gibt es eigentlich nur eine Erklärung«, sagte Suko. »Wir haben es bei diesem Phänomen mit Tum-Hagan zu tun.«

Buckly hatte zugehört. »Wie kommen Sie auf diesen Medizinmann, Suko?«

»Ganz einfach. Er und sein Stamm haben hier in diesem Gebiet einmal gelebt. Man hat sie vertrieben, sie wollen Rache nehmen, zumindest der Medizinmann. Das ist er sich außerdem schuldig, denn er hat es schließlich nicht geschafft, die Invasion der Weißen zu stoppen. In Giesen hat er einen Partner gefunden, sogar einen idealen, zudem ist er machtbesessen. Er will die gesamte Stadt unter seine Kontrolle bekommen. In New York hat er damals geübt und seine Erfahrungen gesammelt, die er jetzt umsetzt. Außerdem weiß er eine Schutzmacht in seinem Rücken, nämlich Aibon.« Buckly überlegte. »Das kann hinkommen.«

»Denke ich auch.«

»Ich will Sie trotzdem noch etwas fragen, Tudor. Sie haben das Buch geschrieben und sich mit den entsprechenden Leuten unterhalten. Ist Ihnen da nichts aufgefallen? Haben Sie niemals Hinweise auf Aibon oder diesen Medizinmann bekommen?«

»Nein, überhaupt nicht. Die Stars, die ich interviewte, hatten andere Begegnungen mit einer jenseitigen Welt. Sie sahen die weiße Frau oder irgendein Gespenst, das ihnen zu nahe trat. Mehr auch nicht. Vielleicht hörten sie Stimmen. Angeblich haben sie auch mit Toten gesprochen, aber das ist nichts gegen diese Sache hier. Ich bin nur durch die zahlreichen unerklärlichen Morde aufmerksam geworden und ging davon aus, dass sie etwas mit meinem Buch zu tun haben könnten. Deshalb kam ich auch nach London.«

»Ja, schon gut.«

Bill dachte wieder an die Realitäten. »Ich weiß nicht, wie viele Polizisten im Hubschrauber gesessen haben, Freunde, aber ihren Tod werden die Kollegen nicht so ohne weiteres hinnehmen. Wir können uns noch auf einen heißen Tanz gefasst machen.«

»Und dazwischen noch die Geister!«, flüsterte Tudor.

Noch immer diskutierten die Menschen über das Verschwinden des Hubschraubers. Jeder hatte auch die phantomhaften Streifen am Himmel gesehen und zugeschaut, wie sie in den Hubschrauber hineinjagten. Auf bissige Kommentare verzichteten sie jetzt. Allmählich wurde ihnen bewusst, in welch einer Lage sie sich befanden, und so etwas wie Furcht kroch durch ihre Körper. Es lachte kaum noch jemand. Hin und wieder beschwerte sich jemand über die Situation und dass er nach Hause wollte.

In der Luft blieb es ruhig. Man hatte keine Verstärkung mehr geschickt. Wahrscheinlich berieten die Verantwortlichen im Hauptquartier über das weitere Vorgehen.

»Wir müssen uns auf einen weiteren Angriff einstellen«, fasste Suko zusammen.

»Und wem kann der gelten?«, fragte Buckly.

»Auch uns.«

Tudor schluckte. »Wie können wir uns schützen? Am besten wäre es, wenn wir verschwinden.« Er deutete über die Straße. »Da, wir wären nicht die Ersten. Die Leute lassen ihre Wagen stehen. Sie haben sich eben damit abgefunden.«

»Aber wir nicht«, sagte Suko. »Wenn wir nicht versuchen, die Geister zu stoppen, wer dann?«

»Da gebe ich Ihnen Recht.« Tudor lachte. »Nur – wie wollen Sie das schaffen?«

»Ja«, sagte Bill, »das frage ich mich auch.«

Suko war nicht so pessimistisch. »Vielleicht gibt es trotzdem noch eine Chance.«

»Und welche?«

»Du trägst sie bei dir, Bill. Oder hast du deine goldene Pistole nur aus Spaß mitgenommen?«

»Meinst du, dass ich sie einsetzen soll?«

»Das weiß ich auch nicht. So wehrlos sind wir nicht. Ich besitze die Dämonenpeitsche und den Stab, du deine Pistole, zusätzlich haben wir noch die Berettas, die wir allerdings vergessen können, weil man mit einer Kugel keinen Geist stoppen kann.«

Bill war nicht so optimistisch. »Ich habe sie doch gesehen. Sie sind so schnell, dass man sie mit dem bloßen Auge kaum verfolgen kann. Bevor wir etwas unternehmen können, sind sie schon da. Suko, ich glaube, wir können nur darauf warten, dass John ein Fischzug gelingt.«

»Aber nicht gegen die vier Geistwesen.«

»Wenn man vom Teufel spricht«, sagte Tudor und deutete in den Himmel. »Jetzt geht es weiter.« Er sah aus, als wollte er sich jeden Moment unter einem Wagen verstecken.

Er hatte sich nicht getäuscht. Sie waren wieder da. In sehr großer Höhe jagten sie über den Himmel und aufeinander zu, sodass es aussah, als wollten sie zusammenstoßen, aber sie huschten innen und außen vorbei, fanden sich wieder und drehten ihre Kreise.

Auch die anderen Menschen hatten die bunten Schemen gesehen. »Da sind sie ja wieder!«, schrie eine Frau und schüttelte sich. »Was tun wir denn jetzt? Gib Antwort, Ritchie. Du bist doch sonst immer der Größte.«

»Ach, halt die Klappe.«

»Ja, was tun wir?«, fragte auch Tudor.

Suko behielt die Ruhe. »Zunächst warten wir ab. Wir können erst etwas unternehmen, wenn wir genau wissen, was diese Geistwesen vorhaben. Dann aber richtig.«

»Ob das klappt?«

Bill stellte sich an das Heck des Mercedes. Er holte seine goldene Pistole hervor. Suko zog die Dämonenpeitsche, ließ die drei Riemen ausfahren und steckte sie griffbereit in den Gürtel.

Bill und er ahnten, dass sich die vier Wesen zum letzten Angriff versammelt hatten. Wahrscheinlich würden sie in die Straße hineinjagen und zu vernichten suchen, was zu vernichten war.

Noch hielten sich die unheimlichen Nebelschleier in großer Höhe. Urplötzlich aber teilten sie sich. Zu verschiedenen Seiten hin platzten sie weg, als wäre dort oben ein Feuerwerk abgebrannt worden. Sie sahen aus wie gewaltige Blumenarme, breiteten sich aus, ihre Gesichter an den Spitzen waren bereits zu erkennen, und sie beschrieben einen gewaltigen Halbbogen, der sie in die Tiefe brachte.

Von vier verschiedenen Seiten her rasten sie aufeinander zu, sodass sie schließlich parallel flogen, dabei noch an Höhe verloren und sich vor dem Sunset Boulevard so versammelten, dass sie hineinjagen konnten.

Was sie auch taten.

Und das sahen auch die zahlreichen Zeugen. Sie erinnerten sich wieder an den Horror, den sie durchgemacht hatten, als die Geister den Hubschrauber zerstörten. Jetzt kamen die unheimlichen Wesen geradewegs auf sie zu. Sie hörten das Heulen und Fauchen, als sie dicht über die Autodächer und zwischen den Hausfronten phantomhaft einherjagten, aber trotzdem ein Ziel hatten.

Tudor Buckly hatte es erkannt. »Die wollen uns!«, schrie er.

»Bill!«, brüllte Suko.

»Okay.« Der Reporter wusste, was er zu tun hatte. Die goldene Pistole hielt er in der Hand. Mit einem Sprung flankte er auf den Kofferraum des Prachtwagens. Der nächste Schritt brachte ihn bis auf das Dach, wo er geduckt stehen blieb und den rechten Arm vorschob. Er stütze sein Handgelenk noch mit der freien Hand ab und konzentrierte sich allein auf die heranjagenden Geistwesen.

Bill schaute direkt in die widerlichen, fratzenhaften Gesichter, die ihn an verzerrte Tierschnauzen erinnerten und auch an die Schädel widerlicher Gerippe.

»Schieß doch!«, schrie Suko.

Und Bill drückte ab!

Laurie hatte mir gesagt, wie ich zu fahren hatte, und ich hatte mich streng nach ihren Angaben gerichtet. Noch immer konnte ich nicht fassen, was hier vor sich ging. Ich saß mit einer Zwergin im Auto, die einmal ein normaler Mensch gewesen war. Ich hörte ihre Stimme, und wenn ich sie nicht anschaute, konnte ich mir ihr Gesicht vorstellen.

Ein apartes Gesicht mit großen dunklen Augen, die auch zu den schwarzen Haaren passten. Diese Augen waren stets so lebendig gewesen. Laurie war immer auf der Suche nach etwas Neuem. Sie wollte die heiße Reportage, die Leser von den Frühstückstühlen riss. Manches Mal hatte sie sich in die Brennpunkte geworfen und hatte es auch immer geschafft, mit heiler Haut davonzukommen.

Bis auf das eine Mal in New York. Da war ihr der Broadway zum Schicksal geworden.

Wir mussten in das Gebiet hinein, wo die Studios lagen, und hatten den Hollywood Freeway genommen. Hier lief der Verkehr normal, nur auf dem Sunset Boulevard war er gestoppt worden. Achtspurige Fahrbahnen machten das Fahren zu einem zweifelhaften Vergnügen, aber meine Gedanken drehten sich um andere Themen.

Als Kind hatte ich schon davon geträumt, einmal das am Berg hängende Signet der Filmstadt zu sehen. In riesigen, nicht zu übersehenden Leuchtbuchstaben strahlte das Wort Hollywood auf und machte jedem Besucher klar, wo er sich befand.

Zu den einzelnen Studios in Hollywood gab es Abfahrten vom Freeway. Wir bogen in Höhe des Hollywood Memorial Park ab.

Den Santa Monica Boulevard ließen wir links liegen. Auch in

der Nacht waren die Studios der großen Filmgesellschaften hell erleuchtet. Sie lagen alle zusammen, die von Paramount, 20th Century Fox, Columbia Pictures und nördlich davon die Hallen der großen TV-Gesellschaft CBS.

»Wohin?«, fragte ich.

»Nicht geradeaus.«

»Gehört die Sun Production nicht zu den ganz Großen?«

»Nein, noch nicht.«

»Mehr weißt du nicht?«

»Ich brauche es nicht zu wissen.«

Tja, dachte ich, das war früher anders. Da warst du so neugierig gewesen, Mädchen.

Was Giesen von mir wollte und was er genau mit mir vorhatte, darüber hatte Laurie keine Auskunft geben können. Vielleicht wollte sie auch nichts sagen. Zudem war sie es, die mich in diese Falle hineinführte. Andererseits war sie auch nicht eben wehrlos. Einfach würde ich es Giesen nicht machen.

Mir fiel wieder der Regisseur Abel Lamotte ein, der verschleppt worden war. Auf ihn sprach ich Laurie an. Sie hob nur die Schultern. »Ich weiß nicht viel über ihn«, erklärte sie. »Fast gar nichts.«

»So?«

»Ja. Ich bin nicht kompetent. Dr. Horror ist der Mann, der die Fäden zieht. Über Lamotte wollte er ins Geschäft kommen, das ist alles, was mir bekannt ist.«

»Nun ja«, sagte ich und fuhr weiter.

»Bei der nächsten Abfahrt links raus«, erklärte sie mir.

Ich ordnete mich schon ein. Hin und wieder schielte ich hoch zum Himmel. Dort standen die zahlreichen Sterne. Es war keine Smognacht, die wir erlebten, der klare Himmel über L. A. glich einem Foto aus einem Bilderbuch.

Die Ausfahrt war weit geschwungen. Schilder wiesen auf die CBS-Studios hin. Das war nicht unsere Richtung. Wir fuhren in die entgegengesetzte, und ich richtete mich nach der kleinen Sonne, dem Firmensignet der Sun Production. Die Sonne leuchtete auch in der Dunkelheit. Sie war mit der entsprechenden Farbe gestrichen worden.

»Noch geradeaus«, sagte Laurie. Als Zwergin rutschte sie auf dem Sitz hin und her.

Ich schaute gar nicht hin. Wenn sie sprach, stellte ich sie mir so vor, wie ich sie kennen gelernt hatte.

»Ist das Gelände groß?«, fragte ich.

»Ziemlich.«

»Und du weißt, wo wir hinfahren müssen?«

»Ja, in die Halle, wo die Dreharbeiten plötzlich abgebrochen wurden.«

»Existiert dort eine magische Zone?«

»Auch.«

Ich konzentrierte mich auf die Schilder. Nach wenigen Minuten musste ich nach rechts einbiegen und vor einer sehr großen Einfahrt halten. Ein in eine hohe Mauer eingelassenes Gittertor versperrte uns den weiteren Weg.

»Und jetzt?«, fragte ich.

»Bleib sitzen.« Laurie stieg aus. Sie ging auf das Tor zu und geriet dabei auch in die Lichtlanzen der Scheinwerfer, die ihre Gestalt konturenscharf nachzeichneten.

Ich bekam eine enge Kehle, als ich die Zwergin sah. Abermals kam mir die gesamte Grausamkeit ihres Schicksals zu Bewusstsein. Es war einfach grauenhaft, was aus einem Menschen werden konnte. Für mich war es noch immer nicht zu fassen.

Lauries Hand glitt an der rechten Mauerkante hoch. Dort fand sie einen Knopf, der im Gestein eingelassen worden war. Dreimal bewegte sich ihr Finger. Das war das verabredete Zeichen.

Erst als sie wieder eingestiegen war und die Tür zugeschlagen hatte, bewegte sich das Tor. Auf einer nicht sichtbaren Schiene rollte es zur Seite. Danach öffnete sich das dunkle Gelände wie das große Maul eines Riesen. Sehr langsam rollten wir weiter. Ich hatte das Fernlicht eingeschaltet. Manchmal traf es Buschgürtel und ließ die Pflanzen gespenstisch bleich aussehen. Es glitt aber auch über die Außenwände der Studiohallen, über Wegkreuzungen und geparkte Fahrzeuge hinweg.

»Jetzt rechts«, sagte Laurie.

»Okay.«

Der Weg war nicht breit. Schon bald erschien an der rechten Seite ein gewaltiger Schatten.

»Das ist die Halle«, erklärte Laurie. »Fahr bis zum Ende durch. Da sind auch Stellplätze.«

»Ist gut.« Meine Stimme klang kratzig und belegt. Ich räusperte mich frei.

Der Parkplatz war schnell erreicht. Neben einem Lieferwagen mit der Aufschrift einer Baufirma stellte ich den kleinen Fiat ab. Laurie war schon ausgestiegen. Sie deutete auf die Halle. »Du musst noch ein paar Schritte gehen, dann erreichst du den Eingang.«

»Und du?«

»Ich verlasse dich jetzt.«

Rasch ging ich auf Laurie Ball zu und fasste ihre kalten Hände an. »Gibt es eine Chance für eine Rückkehr?«, fragte ich flüsternd.

»Nein, John, keine.«

Unsere Blicke trafen sich. Ich sah nur in ihre menschlichen Augen, alles andere interessierte nicht. »Ich werde es trotzdem versuchen, Laurie. Ich leite alles in die Wege, um dich aus dieser verdammten Lage rauszuholen.«

Ihr breites Gesicht verzog sich zu einem Lächeln.

»Du bist lieb, John, aber du wirst es nicht schaffen. Auch Dr. Horror hat es nicht geschafft, mein Innerstes umzudrehen, sodass ich einzig und allein dem Bösen diene. Ich bin eine Veränderte, eine Gefangene, aber innerlich irgendwie noch ein Mensch. Verstehst du?«

»Ja.«

Dann sagte sie etwas, das mich erschreckte. »So manches Mal wünsche ich mir, nicht mehr am Leben zu sein. Da möchte ich lieber sterben, als so zu vegetieren.«

»Das kann ich sogar verstehen.«

Sie löste sich von mir. »Viel Glück, John. Du wirst es gebrauchen können.«

Bevor ich noch etwas sagen konnte, war sie bereits in der Dunkelheit verschwunden. Ich stand allein auf dem Gelände und kam mir vor wie ein Einsamer auf einer Insel. Ich dachte dabei an Suko und Bill. Wie mochte es den beiden ergangen sein? Sie steckten noch in der magischen Zone. Waren sie angegriffen worden? Wussten sie überhaupt, dass ich mich nicht mehr in der Nähe befand?

Jedenfalls hatte Dr. Horror es geschafft, uns zu trennen. Für ihn ein großer Vorteil.

In L. A. hatte ich ihn noch nicht gesehen, nur sein Lachen gehört, aber das war Beweis genug.

Außer mir befand sich niemand mehr in der Nähe. Ich ging auch dorthin, wo Laurie verschwunden war. Da irgendwo musste es den Eingang geben. Eine einsam leuchtende Lampe wies mir den Weg. Sie brannte über einer breiten Doppeltür, durch die auch Kulissen geschoben werden konnten. Eine Klinke besaß sie nicht, dafür einen schräg stehenden, breiten Hebel, den ich nach unten drückte. Er schabte an der Wand entlang, hakte dann fest, sodass ich die Tür aufziehen konnte.

Sie quietschte ein wenig in den Angeln. Ich zog sie nur mehr so weit auf, dass ich mich durch den Spalt schieben konnte.

Es war nicht dunkel in der Halle. Die Notbeleuchtung brannte. Kleine nackte Glühbirnen. Sie steckten in Fassungen, die an den Wänden befestigt waren.

Auf Zehenspitzen ging ich weiter. Die Tür hatte ich wieder zugezogen. Wenn ich direkt unter dem Licht der Lampen hinwegschritt, zeichnete sich mein Schatten auf dem Boden ab.

Es roch wie hinter einer Theatherbühne. Nach Staub, nach alten Kulissen, auch ein wenig nach Schminke. In diesem Milieu hatte sich Gerry Giesen schon immer wohl gefühlt.

Als unheimlich wollte ich die Atmosphäre nicht gerade bezeichnen. Die Umgebung machte einen völlig normalen Eindruck. Überall sah ich die Kulissen, angefangen von Hausfronten, bis hin zu Säulen, die zu einem griechischen Tempel passten.

Im eigentlichen Hallenstudio befand ich mich nicht. Dafür entdeckte ich ein Hinweisschild. Seine Vorderseite, ein Pfeil, wies auf eine Tür mit der Aufschrift Studio.

Genau dort wollte ich hin.

Diesmal war ich noch vorsichtiger, als ich die Klinke nach unten drückte.

Ich schaute mich noch einmal um. Keiner stand hinter mir oder versteckte sich. Auch Laurie Ball war wie vom Erdboden verschwunden. Behutsam öffnete ich die Tür. Zuerst warf ich nur einen Blick durch den Spalt und bekam den Eindruck, in eine völlig andere Welt zu schauen, die jenseits der Tür lag.

Mir schlug stickige Luft entgegen. Sie war zudem feucht und schlecht zu atmen. Es roch nach fauligem Wasser, nach alten Tümpeln, und einer allmählich sterbenden Natur.

Lamotte hatte mir berichtet, dass er einen Abenteuer-Streifen drehte, der im Dschungel spielte.

Einige Sekunden später schob ich mich seitlich durch den Türspalt. Mein Blick glitt dorthin, wo ich den hellen, grünlichen Schein sah. Natürlich erinnerte mich der an Aibon, aber er stammte aus Scheinwerfern, die mit einem farbigen Filter versehen waren.

Die Scheinwerfer waren so ein- und aufgestellt, dass ihr Licht nur mit einer bestimmten Stärke in den künstlich angelegten Dschungel fiel und ihn nur an bestimmten Stellen erhellte, die für gewisse Dreharbeiten wichtig waren.

Die Dschungel-Kulisse war sehr groß. Ich schätzte, dass sie die gesamte Länge der Halle einnahm, aber nicht ihre volle Breite, denn hier standen die Stühle, die Kameras, ich sah auch Podeste, auf die sich der Regisseur stellte, um die Dreharbeiten genau beobachten zu können.

Man hatte den Dschungel ziemlich dicht wachsen lassen. Ich entdeckte kaum Lücken zwischen den einzelnen Bäumen oder Pflanzen. Die künstlichen Lianen griffen ineinander, als wollten sie sich begrüßen. Sie waren regelrecht verschlungen, sodass sie in einer gewissen Höhe ein Dach bildeten.

Als ich näher auf die breite Dschungelwand zuging, veränderte sich auch der Boden.

Bisher war er hart gewesen, eine glatte Betonschicht hatte unter meinen Füßen gelegen. Nun wurde er weich, wie Gras. Man hatte ihn auch angefeuchtet. Ich hörte es, wenn ich ging, denn in meinen Trittspuren sammelte sich das Wasser.

Die Dschungelwand stand nicht still. Von irgendwoher wehte auch Wind. Er fuhr gegen die Lianen und bewegte sie leicht. Ich war sehr gespannt. Auch bereit, sofort zu handeln, wenn aus der düsteren Wand vor mir eine Gefahr drohte.

Lamotte hatte mir genau berichtet, wie Percy Preston und Hai Baker verschwunden waren. Irgendein Wesen hatte sie in einen Tümpel gezerrt und Preston dabei aus einer Hütte gezogen.

Die Hütte und den Tümpel suchte ich. Bei den schlechten Lichtverhältnissen war es nicht einfach, die Dinge auszumachen. Bis ich einen matt schimmernden Kreis zwischen den Gewächsen und in Bodenhöhe entdeckte. Er lag trotzdem ziemlich versteckt und wurde vom Lichtstreifen eines Scheinwerfers nur soeben gestreift.

Auf ihn ging ich zu.

Nur meine Schritte waren zu hören. Schon bald tauchte ich in den künstlichen Dschungel ein und hatte das Gefühl, in einem echten zu stehen. Die Luft war hier stickig. Lianen streiften mein Gesicht und hinterließen feuchte Spuren. Bei jedem Schritt auf dem weichen Boden lief Wasser zusammen. An die dabei entstehenden Geräusche hatte ich mich mittlerweile gewöhnt.

Sogar leichte Dunstschwaden trieben vor mir her durch den Wirwarr aus Pflanzen und Gewächsen.

Wo der Tümpel lag, da musste auch die Hütte sein. Sie hatte ich noch nicht gesehen. Es war auch zu dunkel. Meine kleine, lichtstarke Lampe sorgte für Abhilfe.

Ich musste die Lampe schwenken, um die Hütte erkennen zu können. Sie war so angebaut, dass man sie von einer echten kaum unterscheiden konnte. Das Dach saß schief, wies große Lücken auf, einen Eingang gab es ebenfalls. Er stand offen.

Ich leuchtete hinein.

Der Strahl zeichnete einen Kreis auf die Innenwand. Mehr war nicht zu sehen. Bis auf die Decke, auf der die beiden Schauspieler gelegen hatten.

Die Stille gefiel mir überhaupt nicht. Ich dachte an Giesen und auch an die beiden Helfer, die aus der Tanzfläche geschossen waren und Lamotte entführt hatten. Mit den Personen musste ich ebenfalls noch als Gegner rechnen.

Und wie stand Laurie zu mir, wenn sie sich in der Nähe des Dr. Horror befand?

Momentan kam ich mir eingekesselt vor. In meiner Umgebung dampfte es. Die Schwaden trieben wie träge Leichentücher durch die warme Umgebung.

Irgendwo musste sich ein Apparat befinden, der diesen Nebel auch erzeugte.

Ich leuchtete nach links, weg von der Hütte. Das Licht strich über den Tümpel. Seine Oberfläche zeigte einen grünen Schein. Schlinggewächse schwammen dort wie kleine Schlangen. Dazwischen zitterten Algen in allen möglichen Formen.

Aus dem Tümpel war das Grauen blitzschnell gestiegen. Jetzt lag er in einer trügerischen Ruhe vor mir.

Ich leuchtete über ihn hinweg und strahlte einen links von ihm stehenden Baum an. Ich hatte die Hand schon weiter bewegen wollen, als ich es im letzten Augenblick sah.

In dem dicken Stamm zeichnete sich etwas ab. Es gehörte einfach nicht in die künstliche Rinde hinein. Ich ging näher, leuchtete genauer – und hatte das Gefühl, einen dicken Kloß verschluckt zu haben.

Was ich da sah, war ein Gesicht.

Das des Regisseurs Lamotte!

Wie kam er in den Baum?

Die Frage stellte sich mir automatisch, und ich wusste auch die Antwort. So etwas war nur möglich, wenn eine ungewöhnlich starke und mächtige Magie dafür sorgte.

Eine Magie, die Aibon vertrat und die Dr. Horror übernommen hatte. Meine Kehle war trocken. Dieses Bild konnte man nur als grauenhaft oder fürchterlich bezeichnen. Die Rinde des Baumes kam mir dick vor, und ihr genau angepasst war das Gesicht. Sogar die Augen erkannte ich, auch wenn sie teilweise zugewachsen waren.

Der Mund stand noch halb offen, die Lippen jedoch hatten sich derart verdickt, dass man von einer richtigen Öffnung nicht mehr sprechen konnte.

War es nur sein Gesicht, dass sich im Stamm abmalte, oder hatte der Baum ihn ganz verschluckt? Ich leuchtete nach beiden Seiten und erkannte, dass einige Äste so aussahen, als hätte der im Baum Steckende seine Arme ausgestreckt, die dann erstarrt waren.

Eine ungezügelte Wut auf Dr. Gerry Giesen erfasste mich. Dieser Satan hatte sein Versprechen tatsächlich wahr gemacht. Möglicherweise drohte mir das gleiche Schicksal, aber so leicht würde er es mit mir nicht haben, das schwor ich mir.

Ich ging wieder einen Schritt zurück und hatte mit der rechten Sohle kaum den Boden berührt, als ich das Lachen hörte.

Nicht laut oder dröhnend. Nein, diesmal war es leise, fast teuflisch widerlich, satanisch und einfach grauenhaft. Er lachte böse, kichernd und gleichzeitig wissend.

Ich drehte mich um. Der lange Lichtstrahl zuckte durch die Halle, aber ich traf kein Ziel. Er stach ins Leere, berührte noch die Wände oder glitt über den Boden.

Das Lachen blieb auch in seiner Lautstärke. Es erfüllte die Halle von einem Ende zum anderen, stieg auch hoch gegen die Decke und kehrte als Echo zurück.

»Zeig dich, verdammt!«, schrie ich plötzlich, weil mir einfach die Nerven durchgingen.

Da brach das Gelächter ab. Stattdessen vernahm ich seine spöttische Stimme. »Nervös, Geisterjäger?«

»Vielleicht.«

»Laurie wird dir den Rest gegeben haben. Ich kann mir gut vorstellen, wie es dir zu Mute war, als du sie plötzlich gesehen hast. Ja, sie hat sich etwas verändert, sieht nicht mehr so aus wie früher, und ich glaube nicht, dass sie sich jemals noch unter Menschen trauen kann. Es sei denn, ich schicke sie.«

»Du hättest sie nicht zu einer Zwergin zu verändern brauchen, Giesen!«

»Das lass nur meine Sache sein. Sie hat mich damals in New York gestört. Als Belohnung hat sie in das Aibon-Feuer springen dürfen. Ist doch auch etwas – oder?«

»Ja, Aibon. Ich sage dir, Giesen, du hast die Kontrolle über dieses

Land nicht. Es wird die Zeit kommen, wo sich Aibons wahre Kräfte erheben und dich vernichten werden.«

»Das wünschst du dir, ich weiß. Aber es wird nicht so kommen, Sinclair. Es gibt jemand, der mir den Rücken stärkt.«

»Auch Guywano ist nicht allmächtig.«

»Für dich mächtig genug.«

»Okay, lassen wir das, Dr. Horror. Ich habe damit gerechnet, dich noch einmal zu sehen, Giesen. Nur frage ich mich, weshalb du dir gerade Los Angeles ausgesucht hast.«

»Weil diese Stadt reif ist.«

»Weshalb?«

»Sie steht auf einem magischen Boden. Ich habe es herausgefunden, denn durch Aibon bekam ich besondere Kräfte. Ich konnte schauen und sehen, ich spüre immer, wo sich eine gewisse Magie konzentriert. Hier hat sie sich gefunden. Sie war über lange Jahre verschüttet, nun aber dringt sie wieder hervor und bemächtigt sich der Menschen. Nicht umsonst merken die Filmstars in der letzten Zeit, dass sie in Dinge verwickelt werden, über die sie früher gelacht haben. Wiedergeburt, Reinkarnation, New Wave, Newage, all diese Begriffe sind modern geworden. Man schreibt darüber, man gründet Gesellschaften, hält Kurse ab, unterrichtet. Das ist die eine Seite, die andere aber ist stärker, wenn auch nicht so öffentlich. Es sind die Dämonen oder der Geist eines Dämons, der in der Erde Hollywoods lauerte.«

»Du meinst Tum-Hagan?«

»Genau den!«

»Was ist mit ihm?«

»Er war ein Medizinmann und von seinen Stämmen, über die er herrschte, hochverehrt. Aber auch für Medizinmänner oder Schamamen kommt die Zeit des Sterbens. Das haben sie mit den Druiden-Priestern gemeinsam. Sie sind leider nicht unsterblich, aber sie werden sich in Erinnerung rufen.«

»Das hat der Medizinmann ja getan.«

»Und wie!«, vernahm ich die Antwort aus dem Dunkeln. »Als er starb, wurde er verbrannt, aber diejenigen, die dies getan hatten, wussten genau, weshalb. Der Körper schmolz zwar, gleichzeitig aber löste er sich in Rauch auf, der in alle vier Richtungen wehte. Magische Kräfte drückten ihn in die Erde, wo die vier Geister überleben konnten.«

»Bis du kamst.«

»So ist es, Sinclair. Ich spürte, dass hier etwas nicht stimmte. Ich war wie ein Seismograf, als ich die Stadt erreichte, und ich schaute mich um. Den Menschen merkte man an, dass sie dicht vor einer Veränderung standen. Besonders die sensiblen Schauspieler! Sie waren es doch, die sich in den Vordergrund spielten. Sie hatten schließlich über ihre Erlebnisse Veröffentlichungen geschrieben. Sie wollten auf die Bestseller-Listen rutschen, sie traten im Fernsehen auf oder in Rundfunk-Sendungen und sprachen über ihre unheimlichen Erlebnisse. Dass alles noch schlimmer kommen würde, daran dachten sie nicht.« Aber ich dachte an die vier Toten. Und dieser Verbrechen klagte ich Dr. Giesen an. »Aber was willst du? Nicht ich habe das getan. Es war Tum-Hagan, den ich befreit hatte, dank Aibons Kräften. Er wollte seine Macht beweisen, er konnte die Tiere und die Natur verändern, sodass sie die Menschen töteten. Er ist ich, wir werden in der Zukunft ein Team bilden, das unschlagbar ist.«

»Und wo finde ich ihn?«

»Willst du ihn unbedingt sehen? Dann müsstest du dort zurückkehren, wo du hergekommen bist. Auf dem Sunset Strip, der berühmtesten Straße in Los Angeles, wird er seine Zeichen hinterlassen. Er wird beweisen, wie man mit Menschen spielen kann, wie sie ihre Angst nicht überwinden können und wie sie letztendlich verlieren. Es gibt keine Chance für sie, auch für deine Freunde nicht.«

»Und was hast du vor, Giesen?«

Er lachte wieder. Diesmal etwas lauter, sodass es schon in meinen Ohren dröhnte. »Ich werde mich hier einnisten und diese Filmfirma übernehmen, Sun Production wird mir gehören, und ich setze neue Maßstäbe. Erst diese eine Produktion, danach die anderen. Ich bin schließlich …«

»Ein Verrückter«, sprach ich ihm ins Wort. »Ja, Giesen, du bist ein Verrückter. Tut mir Leid, dass ich dir dies sagen muss. Aber du gehörst woanders hin.«

»Hüte deine Zunge, Sinclair!«

»Du kannst mir das Reden nicht verbieten, Dr. Horror. Es gibt gewisse Dinge, über die ich mich einfach hinwegsetze. Ich bin gekommen, um dir das Handwerk zu legen.«

»Und dich dabei gegen Aibon zu stellen.«

»Nein, nicht gegen Aibon, gegen dich. Du bist nicht Aibon. Dieses Land ist anders, ich kenne es. Es kann ein Paradies sein, vorausgesetzt, man vernichtet Parasiten wie dich und auch Guywano. Irgendwann, das schwöre ich dir, wird mir das auch noch gelingen.«

»Als Toter?«

»Ich lebe noch.«

»Ja. Doch ich habe beschlossen, die Halle hier zu deinem Grab werden zu lassen.«

»Man kann leicht reden, wenn man im Dunkeln steht. Komm her und zeige dich, Giesen.«

»Noch nicht. Hast du schon einen lebendigen Dschungel erlebt?«, fragte er nach einer kurzen Pause.

»Wenn nicht, lass dir gesagt sein, dass du darin stehst. Dieser Dschungel lebt, obwohl er tot aussieht. Das hat auch Abel Lamotte zu spüren bekommen. Er wollte nicht so, wie ich es vorhatte. Jetzt schau dir den Baum an. Lamotte ist eins mit ihm geworden, zu einem kleinen Teil von Aibon, und ich werde mir all die holen, die sich als magisch begabt in der Öffentlichkeit gezeigt haben.«

»Die Schauspieler?«

»So ist es.«

»Percy Preston hast du ja schon.«

»Ja, er war der Erste. Andere werden folgen.«

»Und wo stecken er und Hai Baker?«

»Ich könnte es dir sagen, aber du wirst sie schon sehen, darauf kannst du dich verlassen. Hier irgendwo halten sie sich verborgen, und sie haben dich unter Kontrolle ...«

Das letzte Wort hatte er sehr laut ausgesprochen. Es musste eine Bedeutung gehabt haben.

Als mir dies klar wurde, war es bereits zu spät. Wahrscheinlich hatten die beiden Personen in den Bäumen gelauert, denn das Verhängnis stürzte aus der Höhe auf mich nieder.

Zwei zu Lassos geformte Lianen fielen über meinen Kopf, berührten den Körper und wurden gedankenschnell zugezogen, sodass ich nicht mal meine Arme bewegen konnte.

Ich war gefesselt – und hörte das Triumphlachen des Dr. Horror!

In sein teuflisches, dröhnendes und dumpfes Gelächter hinein hörte ich zweimal den Aufprall, als die beiden Wesen aus den Kronen der Bäume sprangen, die einmal Percy Preston und Hai Baker gewesen waren. Ich erkannte sie sofort. Als grünlich schimmernde widerliche Gestalten standen sie breitbeinig vor mir, und sie hielten die Anfänge der Schlingen in ihren Händen. Dabei hatten sie die Lianen so hart um ihre Gelenke gedreht, dass man die Hände schon abhacken musste, um sie zu trennen.

Ich stemmte mich gegen den Zug. Hätte ich nachgegeben, wäre ich nach vorn gefallen und wahrscheinlich auch mit dem Gesicht in den Tümpel, denn er befand sich nicht weit entfernt.

Die Stablampe hielt ich nach wie vor noch in der rechten Hand. Nur wies der Strahl jetzt senkrecht zu Boden und zeichnete dort einen kleinen, aber scharfen Kreis.

Die Veränderten taten nichts. Sie starrten mich nur an. Selbst in den Augen lag der grüne Schimmer wie ein blasser Schleier. Wenn sie gemeinsam zogen, konnte ich nicht die gleiche Kraft aufbringen, um mich gegen sie zu stemmen.

Noch taten sie nichts, nur der Druck blieb gleich. Mir kam es vor, als würden sie auf irgendjemand warten.

So war es dann auch.

Ich hörte Schritte.

Nicht sehr schnell, eher gemächlich, auch leicht schleifend. Dann verstummten die Schritte, dafür veränderten sich die Lichtverhältnisse. Jemand hatte einen Scheinwerfer umgestellt oder an ihm gedreht, sodass der Strahl jetzt in meine Richtung leuchtete und im langen schrägen Winkel dem Boden entgegenglitt.

Er war so eingestellt worden, dass er nicht nur die beiden Gestalten berührte, sondern auch mich streifte und mir das Licht gab, um besser sehen zu können.

Die Oberfläche des künstlichen Tümpels hatte ebenfalls einen bleichen Schein bekommen. Sie lag jetzt so glatt vor mir wie ein runder Spiegel. Noch tat sich nichts, bis ich wieder die Schritte hörte. Diesmal stoppten sie zwischendurch nicht. Sie gingen weiter, nahmen an Lautstärke zu und bewegten sich in meine Richtung.

Ein Schatten erschien.

Er wanderte über den Boden, verkleinerte sich, dann sah ich die Gestalt, die den Schatten geworfen hatte.

Ja, es war Gerry Giesen, auch Dr. Horror genannt.

Er blieb so stehen, dass ich ihn anschauen konnte. Das Licht veränderte ihn etwas, denn seine Haut hatte einen gespenstisch wirkenden Farbton bekommen.

Bleich und unnatürlich, als wäre Giesen eine zum Leben erweckte Wasserleiche.

Er sagte nichts, schaute mich an, aber sein etwas breiter Mund kräuselte sich zu einem Lächeln. »So habe ich dich gern, Sinclair.«

»Ich nicht.«

»An diesen lockeren Sprüchen wirst du noch einmal ersticken. Und zwar sehr bald.« Er deutete auf den Tümpel. »Das ist er«, flüsterte Giesen, »das genau ist der Weg nach Aibon, der Weg in die Veränderung, verstehst du?«

»Ein wenig.«

»Wenn ich meinen Dienern den Befehl gebe, stoßen sie dich in das magische Wasser. Ich warte schon darauf, wie du wieder erscheinen wirst. Als lebende Wasserleiche, als Teil dieses gewaltigen Landes.«

Er nickte sich selbst zu und machte einen ungemein zufriedenen Eindruck. Ihm konnte nichts passieren. Er hatte bisher nur gesiegt, und ich, sein größter Feind, befand sich in seiner Hand. »Dabei brauche ich nicht einmal das Feuer aus Aibon. Die Zeit der Zwerge, Sinclair, gehört der Vergangenheit an. Jetzt muss ich mich um andere Dinge kümmern. Um die große Macht.«

Er schaute mich aus seinen großen Augen an. Auf der hohen Stirn hatten sich kleine Faltenmuster gebildet. Seine Haare waren straff nach hinten gekämmt. Von der Körpergröße her reichte er mir nur mehr bis zur Schulter, aber er war gefährlich. In ihm steckten eine ungeheure Kraft und ein immenser Wille.

Ich schaute auf die Hände mit den langen Fingern, die sich bewegten, als wollte er jemand würgen. In seinem Gesicht zeichneten sich hoch stehende Wangenknochen ab, sein Hals war unnatürlich lang, deshalb wirkte auch der Kopf verhältnismäßig groß.

Von ihm ging etwas Böses aus, das Menschen Angst machen konnte. Ich hatte es beim Publikum in New York erlebt, das sich »Dwarfs«, das Grusical, angeschaut hatte. Auf der Bühne war er von Nebelschwaden umhüllt gewesen, hier stand er frei vor mir und tastete mich mit seinen kalten Blicken ab. »Möchtest du noch etwas wissen?«, fragte er.

»Eigentlich ist alles gesagt.«

»Ja, das stimmt. Vielleicht reihe ich dich in die Armada meiner Diener ein. Ich weiß es noch nicht. Eigentlich solltest du erleben, wie ich der König von Hollywood werde. Du glaubst gar nicht, wie mir die medial begabten Stars und Schauspieler folgen werden. Sie sind ja so satt, so übersättigt. Sie wollen immer wieder etwas Neues erleben, das kann ich ihnen bieten.«

»Ja, schon gut.«

Er ballte plötzlich die rechte Hand, kam vor und wollte mir in einem Anfall von Hass die Faust ins Gesicht schmettern.

Die Arme konnte ich zwar nicht bewegen, dafür die Beine. Bevor mich Giesens Faust erreichte, schnellte ihm mein rechter Fuß entgegen und bohrte sich in seine Figur.

Giesen sackte zusammen. Er kam keinen Schritt mehr weiter. Sein Gesicht verzerrte sich, bevor er sich langsam in die Knie drückte. Weit hielt er die Augen offen. Ein scharfes Ächzen drang über seine Lippen.

»Du Hund!«, keuchte er. »Du verfluchter Hund! Los, in den Tümpel mit ihm! Er muss sterben!«

Die beiden Veränderten zogen an den Lianen, während Giesen in die Dunkelheit zurücktaumelte …

Ich hatte gewusst, was kommen würde, und es war mir gelungen, mich darauf einzustellen.

Als die beiden zur gleichen Zeit an den Lianen zogen, warf ich mich mit aller Kraft nach hinten, sodass ich diesen ruckartigen Vorwärtsschwung egalisieren konnte.

Es sah irgendwie lächerlich aus, denn wir gerieten praktisch zu dritt in tanzende Bewegungen. Die beiden Veränderten hatten ebenso große Mühe, sich auf den Beinen zu halten wie ich. Sie griffen aber sofort nach und waren diesmal schneller.

Wuchtig rissen sie mich nach vorn. Dabei zogen sich die Lianen noch enger um meinen Körper, schnitten fast durch die Kleidung.

Ich stöhnte vor Wut und Anstrengung, duckte mich, drehte mich dabei und setzte abermals meine Kräfte ein, um die beiden Aibon-Diener zur Seite zu schleudern.

Einer fiel hin, der andere blieb stehen, das war schlecht für mich, denn der Fallende ließ die Liane nicht los und zog mich zur Seite. Mit einem großen Spreizschritt gelang es mir noch, mich auf den Beinen zu halten, auch den nächsten Zug glich ich mit einem Kraftakt aus, dann aber hatte ich Pech, denn ich rutschte auf dem doch glatten Boden mit dem linken Bein nach vorn und geriet so in einen Spagat.

Der warf mich um.

Als ich fiel, wusste ich, dass die beiden gewonnen hatten. Dennoch versuchte ich, wieder auf die Beine zu kommen. Es blieb beim Versuch, weil ich Prestons Fuß nicht ausweichen konnte. Er traf mich an der Schulter und drückte mich wieder zurück.

Gleichzeitig zog Baker.

Ich rutschte über den glatten Boden genau auf den Tümpel zu. Beide Hacken wollte ich in den Boden rammen, auch das gelang mir nicht, die anderen waren brutaler und rissen mich weiter.

Es war leicht auszurechnen, wann ich im Tümpel lag und an der Brühe erstickte oder in ein anderes Reich gezogen wurde. Half mir da noch mein Kreuz?

Nein, es war kein Allheilmittel, obwohl ich vor einiger Zeit schon einmal in einen Sumpf des Landes Aibon eingesunken war, ohne daran zu ersticken.

Zusätzlich erklang noch eine satanische Begleitmusik. Es war das wiederliche, hässliche und gleichzeitig triumphierende Lachen des Dr. Horror. Er freute sich wie wahnsinnig über meine sich anbahnende Niederlage. Auf sie hatte er lange genug gewartet. Was das Feuer des Landes Aibon nicht geschafft hatte, sollte das Wasser bringen. Zwei Gegensätze, aber in der Wirkung fast gleich.

Die Kräfte der beiden überstiegen die meinen. Ich konnte anstellen, was ich wollte, es half nichts. Sie zogen mich weiter über den glatten Boden, und ich näherte mich immer mehr meinem Verderben.

Dr. Horror lachte.

Er freute sich diebisch. Das Echo seiner Lache drang durch den künstlichen Dschungel, prallte gegen die Innenwände und verstärkte sich bei seiner Rückkehr noch. Die einzelnen Höhen und Tiefen der Lache vermischten sich miteinander, sodass diese furchtbaren Geräusche zu meiner Todesmelodie werden sollten.

Hai Baker und Percy Preston gingen in ihrem Mörderjob auf. Sie ließen sich durch nichts ablenken, zogen und zerrten mich weiter, ohne dass ich dagegen etwas unternehmen konnte. Einmal versuchte ich es mit Tritten. Ich schnellte dabei in die Höhe, konnte aber nur den Rücken anheben, und meine Beine waren leider zu kurz, um einen der Peiniger mit einem sicheren Tritt von den Füßen zu holen. Die Chance war null!

Bis zu dem Augenblick, als ich hinter den beiden Gestalten eine andere Person auftauchen sah. Sie war um die Hütte gelaufen, die sie zuvor gedeckt hatte.

Laurie Ball, die Zwergin!

In ihrer rechten Hand aber hielt sie eine gewaltige Machete …

Mochte der Teufel wissen, woher sie diese Waffe aufgetrieben hatte. Möglicherweise aus der Requisitenkammer, aber sie sah mir verdammt echt aus.

Und Laurie griff an.

Sie schwang das gewaltige Haumesser wie jemand, der nichts anderes in seinem Leben getan hatte. Zur Unterstützung hatte sie noch die zweite Hand um den Griff gelegt, und sie kam über die beiden Veränderten wie ein tödlicher Orkan.

Ich sah die Machete wirbeln, hörte das Pfeifen, wenn der Stahl die Luft durchschnitt, und auch die dumpfen Geräusche, wenn er ins Ziel traf. Jeden Schlag begleitete die Zwergin mit Schreien und auch mit Worten.

»Nein!«, brüllte sie. »Ihr werdet ihn nicht töten. Ich lasse es nicht zu. Ich werde sein Leben retten und wenn es das Letzte ist, was ich noch tue!«

»Laurie!«, schrie ich dazwischen.

Sie hörte nicht und schlug weiter. Ich richtete mich auf und sah einen kopflosen Percy Preston rückwärts wanken, bevor ihn der nächste Schritt über den Rand des Tümpels hinwegbrachte, sodass er in das Wasser klatschte und von ihm verschlungen wurde.

Dann zog ich den Kopf ein, weil die Klinge dicht vor meinem Gesicht herpfiff. Sie war schräg angesetzt worden und kappte die Liane an meinem rechten Arm.

Endlich konnte ich ihn bewegen. Ich schützte mich mit der rechten Hand ab und stemmte mich hoch. Genau in dem Moment, als Hai Baker im Teich verschwand. Auch er war schwer getroffen worden, sah nicht mehr so aus wie sonst, und seine Hand, die noch die Schlinge hielt, lag abgetrennt vor meinen Füßen.

Ich schaute Laurie an, sie mich.

Dann schüttelte ich den Kopf. »Laurie, verdammt«, sagte ich mit heiserer Stimme. »Du … du hast mir das Leben gerettet, weißt du das?«

Sie stand da, zitterte und kam mir trotz der Machete so hilflos vor. »Ja, dein Leben gegen meines.«

»Wieso?«

»Ich habe mich gegen Dr. Horror gestellt. Er wird mich nicht davonkommen lassen, glaub mir. Ich weiß es, John. Er vergibt niemandem, der ihm den Gehorsam verweigert.«

»Jetzt bin ich wieder frei!«

»Vergiss es.« Sie hob die freie Hand. »So long, John Sinclair. Es war schön, dass ich noch etwas für dich tun konnte. Nun aber sieht alles anders aus. Ich werde sterben, ich …«

»Nein.« Ich ging auf sie zu.

»John, Vorsicht!« Sie warnte mich im letzten Augenblick, denn urplötzlich stand sie in hellen Flammen …

Bill Conolly hoffte, genau den richtigen Moment erwischt zu haben. Wenn er nur eine halbe Sekunde zu spät abdrückte, würde die Ladung die heranjagenden Streifen verfehlen.

Er stand auf dem Autodach, dachte an nichts anderes mehr und kam sich vor wie ein einsamer Mensch.

Die goldene Pistole reagierte ein wenig schwerfällig. Ebenso wie ihre Ladung, die sich verschoss. Es war eine gelbgrau schimmernde, schleimige Flüssigkeit, die harmlos aussah, es jedoch in sich hatte.

Bill schoss genau gegen die vier Nebelstreifen. Es war nur ein Versuch, bisher waren alle Ziele normal gewesen und keine geisterhaften Wesen, so wie hier.

Treffer!

Jetzt musste es sich entscheiden.

Obwohl nur Sekunden vergangen waren, kam es Bill vor wie Minuten. Hoffentlich tat sich etwas, er durfte einfach nicht auf das falsche Pferd gesetzt haben.

Die Geistwesen rasten in die schleimige Masse hinein.

Aber nicht hindurch!

Der Reporter hätte jubeln können, als er sah, wie der rasante Angriff dieser Nebelgeister gestoppt wurde. Sie befanden sich in der Schleimmasse, stiegen plötzlich in die Höhe, aber sie bildeten gleichzeitig eine Kugel, weil die Außenhaut der zerstörerischen Masse sie haargenau abgrenzte und ihr nur mehr einen gewissen Bewegungsspielraum gab.

Die Kugel war wichtig.

Und sie blieb!

Zahlreiche Zeugen schauten zu, wie die schleimige Masse sich zu diesem Rund geformt hatte und dabei wie ein dünner Ball über die Autodächer der parkenden Fahrzeuge tanzte. Er hüpfte weiter, bewegte sich und war in seinem Innern mit einem Gefangenen gespickt.

Den vier Geistern des Tum-Hagan!

Sie wirbelten herum. Sie rasten wie Bänder an den Außenhäuten entlang, sie bildeten auch Spiralen, die verzweifelt nach einem Ausweg suchten, aber die Masse war geschlossen. Nur an ihrer Unterseite wuchsen Stäbe nach außen, die aussahen wie Füße und tatsächlich Fortbewegungsmittel waren.

Bill drehte den Kopf und schaute von seinem luftigen Platz hinab in die Gesichter von Suko und Tudor Buckly.

Der Inspektor nickte. Dabei flog ein Grinsen über sein Gesicht, und er atmete befreit aus.

Es war noch nicht beendet. Im Gegenteil, jetzt fing der zweite Teil an, und die Zeugen bekamen etwas Gewaltiges geboten. Sie sahen, wie eine Magie die andere vernichtete.

Sich aus der Mörderkugel zu befreien war fast unmöglich. John Sinclair wäre dies mithilfe seines Kreuzes gelungen, ansonsten hielt die Wand allen Schlägen mit oder ohne Waffen stand.

Noch immer rollten sich die farbigen Nebelstreifen an den Innenwänden entlang, aber sie drangen gleichzeitig aufeinander zu, kamen zusammen, und aus den vier scheußlichen Gesichtern wurde ein einziges.

Ein fremdes, ein großes, mit einem Hals und den darunter beginnenden Schultern und dem Körper mit Armen und Beinen. Eine völlig neue Gestalt war entstanden.

Neu und dennoch alt.

Tum-Hagan, der Medizinmann, der vor langer Zeit verbrannt worden war, dessen Körper aber trotzdem existierte, denn er setzte sich aus den vier Geistwesen zusammen.

Jeder Zuschauer konnte erkennen, wie diese Gestalt vor langen Jahren einmal ausgesehen hatte. Er war nackt bis auf ein paar Federn, die um seine Hüften als Kranz geschlungen waren. Seine Gestalt wirkte knochig, aber nicht zu dürr. Eine graue Haut, tief in den Höhlen liegende Augen, ein ebenfalls grau beschmiertes Gesicht und ein sehr breiter Mund, dessen Winkel fast in die Wangen schnitten. Sein Haar schimmerte schwarz, es war gescheitelt und fiel zu beiden Seiten des schmal wirkenden Kopfes nach unten.

Bill Conolly sprang vom Autodach. Neben Suko blieb er stehen. Er hörte Tudor Buckly sprechen, der von einem Staunen ins andere fiel. So etwas hatte er noch nie erlebt, und auch die übrigen Menschen erlebten dieses Schauspiel, das weiterlief, denn mit der Verwandlung des Geistes in einen Körper war es nicht beendet.

»Er wird jetzt getötet!«, sagte Bill.

»Wie?«, fragte Buckly. »Für immer?«

»Ja, es gibt keine Rettung.«

»Und dann?«

Bill gab ein krächzendes Lachen von sich. »Müssen wir zusehen, dass wir uns in Sicherheit bringen. Wenn ich diese Waffe einsetze, ist es so, als wollte ich den Teufel mit dem Beelzebub besiegen.«

»Das verstehe ich nicht.«

»Die Blase tötet alles, Tudor, was sich ihr in den Weg stellt. Sie ist unersättlich, sie ist grausam …«

»Aber sie muss doch gestoppt werden können.«

»Das kann John Sinclair. Er besitzt das Kreuz, und diese Waffe schafft es auch.«

»O Gott, wie schrecklich!«

Das musste der Medizinmann am eigenen Leibe verspüren, denn in der unteren Hälfte der Blase hatte sich bereits die schleimige Flüssigkeit angesammelt, die damit begann, die Beine Tum-Hagans aufzulösen. Seine Füße waren bereits verschwunden, und die Flüssigkeit stieg höher bis zu den Schienbeinen und Knien.

Noch wehrte sich die Gestalt in der Blase. Es war ein verzweifeltes Anrennen und Anhämmern mit den Fäusten. Die Wand hielt dicht, sie war nicht zu zerstören.

Tum-Hagan verging. Bei anderen Gegnern waren noch die Knochen in der Flüssigkeit zurückgeblieben, bevor auch sie aufgelöst wurden. Nicht so bei diesem Medizinmann. Er verschwand, als hätte es ihn nie zuvor gegeben.

Zuletzt erwischte es seinen Kopf, der auf dem Schleim schwappte. Er tanzte noch wie ein Korken, bis eine Welle hochschlug und sich wie ein dickes Tuch über ihn legte.

Damit war er restlos zerstört!

»Tum-Hagan wird uns nichts mehr antun können«, sagte Bill

leise. »Dafür aber die verdammte Blase.« Er schaute Suko an. »Hast du denn keine Idee, zum Teufel?«

»Die Menschen müssen verschwinden!«

»Ob sie das tun?«

»Sie werden es, denn sie haben gesehen, was passieren kann, wenn sie bleiben. Keiner wird so dumm sein und sich durch die Blase vernichten lassen.«

»Okay, versuchen wir es!«

Ohne die gefährliche Blase aus den Augen zu lassen, sprangen Bill und Suko auf das Wagendach. Sie schrien ihre Warnungen, wobei sie hofften, dass sie nicht auf taube Ohren stießen.

Noch etwas anderes geschah! Schlagartig brannten wieder die Lichter. Auch an den Wagen leuchteten die Scheinwerfer auf. Motoren konnten wieder gestartet werden, nur eines hinderte noch.

Die verdammte Killerblase!

Es war das Feuer wie aus Glas, das meine Lebensretterin einhüllte. Und sie erinnerte mich dabei an das Mädchen aus einem Märchen, das mit Zündhölzern gespielt und sich dabei selbst in Flammen gesteckt hatte.

Dr. Horror war noch da. Nur meldete er sich aus dem Unsichtbaren. »Aibons Feuer verändert und vernichtet!«, rief er mit dunkler Stimme. »Es hat zwei Seiten. Wer nicht dafür ist, der ist dagegen ...«

Ich hörte nicht auf sein Geschrei, mein Blick galt einzig und allein Laurie Ball.

Sie stand als Zwergin inmitten des Feuers, aber sie blieb keine Zwergin. Was sie sich eigentlich mit mir zusammen immer gewünscht hatte, trat plötzlich ein.

Laurie verwandelte sich in einen Menschen! Ihr Körper streckte sich, die grüne Haut verschwand, die Haare kehrten so zurück, wie ich sie in Erinnerung hatte, ich sah auch wieder das aparte Gesicht und hatte den Eindruck, als würde sie mich anlächeln.

Konnte ich sie retten?

Ich wagte es, ich wollte mich in das Feuer hineinstürzen und mithilfe meines Kreuzes überleben.

»Terra pestem teneto – Salus hic maneto!« So brüllte ich die Formel, um das Kreuz zu aktivieren.

Dann fiel ich in die Flammen!

Wurde ich getötet, verbrannt, vernichtet – oder blieb nur meine Seele zurück?

Nichts dergleichen geschah. Ich stand in den Flammen, die von den Strahlen durchdrungen wurden, die mein Kreuz ausgesandt hatten. In einem hellen, gleichzeitig giftigen Grün leuchteten sie auf, drückten die Flammen zurück, und mir gelang es dabei, mit der linken Hand einen Körper zu umfassen.

Lauries Körper!

Ich hielt sie fest, ich wollte sie nicht mehr loslassen, und ich hielt sie noch immer fest, als die Flammen bereits zusammengesunken und ihre Reste verloschen waren.

Erst dann kam ich wieder richtig zu mir. Der Druck verschwand, ich schaute nach vorn, wollte Laurie sehen – und der Schrei der Enttäuschung drang aus meinem Mund.

Es gab keine Laurie Ball mehr. Dafür hielt ich etwas anderes in den Armen.

Ein Skelett!

Es war einmal Laurie Ball gewesen. Ich starrte in das etwas tiefer liegende Knochengesicht und merkte kaum, wie sich meine Augen mit Tränen füllten.

Als Laurie eine Zwergin gewesen war, hatte ich noch so etwas wie Hoffnung gehabt. Das war nun vorbei. Dr. Horror hatte sie eiskalt zerstört. Was ihm einmal gehörte, das ließ er nicht mehr los.

Mich durchlief ein Zittern. Ich beugte mich nach vorn und merkte kaum, dass mir das Skelett entglitt. In meinem Kopf brauste es. Hinter den Schläfen spürte ich das dumpfe Pochen. Schmerzen durchzuckten den Schädel, dann fiel das, was einmal Laurie Ball gewesen war, vor mir zu Boden und zerbrach.

»Goodbye, Laurie!«, hauchte ich. »Goodbye und noch einmal danke für alles ...«

Es war für mich der endgültige Abschied, und er war mir verdammt schwer gefallen.

Dann kreiselte ich herum. Das Kreuz hatte Aibons Feuer gelöscht, aber noch existierte der, der dafür die Verantwortung trug. »Giesen!«, brüllte ich so laut, wie er sonst immer lachte. »Verdammt, Giesen, wo steckst du?«

Ich bekam keine Antwort und konnte nur mehr dem Echo meiner eigenen Stimme lauschen.

»Zeig dich! Stell dich, Dr. Horror. Ich will es mit dir auskämpfen. Hier auf der Stelle ...«

Nicht einmal sein Lachen antwortete mir. Hatte er das Weite gesucht? Ich suchte die Halle ab, schwenkte die Scheinwerfer, die ich fand, aber Giesen hielt sich zurück. Irgendwann dachte ich wieder an meine Freunde. Mich durchfuhr ein heißer Schreck. Hier in der Halle hatte ich von den vier geisterhaften Wesen nichts mehr gesehen. Wahrscheinlich hatten sie sich dort eingenistet, wo sich der Sunset Boulevard befand.

Da musste ich hin.

Den Weg nach draußen kannte ich. Meine Absätze hämmerten über den Boden, warfen Echos, als ich durch den Kulissensaal lief und nach draußen rannte.

Da stand der Fiat. Ich hatte den Schlüssel mitgenommen, schloss auf und startete. Mit quietschenden Reifen wendete ich, um wieder in Richtung Tor zu fahren. -

Unterwegs dachte in an Dr. Horror. Wieder hatte er sich im letzten Augenblick verdünnisiert. Er ging bewusst einer direkten Auseinandersetzung mit mir aus dem Weg, weil er dabei den Kürzeren ziehen würde. Wie schon in New York hatte er auch hier andere Personen vorgeschickt, die für ihn die Kastanien aus dem Feuer holten.

Irgendwann bekam ich ihn einmal zwischen die Finger, das schwor ich mir. Dieser Mensch würde mir nicht mehr davonlaufen, und wenn ich ihn persönlich aus Aibon zurückholen musste.

Das Tor stand offen.

Ich fuhr hindurch, kickte den Blinkhebel nach unten, weil ich mich nach links wenden musste. Dabei schaute ich zufällig in den Rückspiegel. Hinter dem Fiat stand, noch von den Rückleuchten angestrahlt, eine kleine Gestalt.

Ich nagelte das Bremspedal nach unten, sprang aus dem Wagen und hörte das Lachen.

Grausam, satanisch, eine volle Tonleiter hoch und hinuntersteigend, so brüllte und hallte es durch die Dunkelheit. Von dem Lacher selbst war nichts mehr zu sehen, bis auf einen schwachen grünen Schein, der genau dort eine Insel in der Finsternis bildete, wo Gerry Giesen gestanden hatte. Aber auch er verging, und das widerliche Lachen verstummte.

Ich stieg wieder in den Wagen und fuhr an. Auf meinem Rücken lag eine Gänsehaut. Ich ärgerte mich, und gleichzeitig durchwehte mich die Trauer über den Tod der Laurie Ball.

Aber so war das Leben. Es ging nicht immer glatt. Als Mensch durchlief man eben verdammt viele Tiefs. Davon wurde auch ein Geisterjäger wie ich nicht verschont …

Das nächste Tief kündigte sich bereits an, bevor ich den Sunset Strip erreichte. Nein, man konnte es auch anders bezeichnen. Es war das reine Chaos.

Zum Glück waren die Fahrbahnen zum Gegenverkehr hin getrennt, sonst wäre ich möglicherweise noch stecken geblieben. Was mir da aus Richtung Sunset Boulevard entgegenkam, glich einer lärmenden Lawine aus Blech, Glas und Licht.

Andererseits gab mir dieses Bild auch eine gewisse Hoffnung. Dass die Wagen wieder gelenkt werden konnten, ließ darauf schließen, dass die Magie verschwunden war.

Es dauerte noch einige Minuten, bis ich den Strip erreicht hatte. Er war fast taghell, Neonlampen brannten, Reklamelichter zuckten. Die Rotlichter der Polizeiwagen, die eine Sperre gebildet hatten, kreisten.

Ich fuhr den kleinen Fiat kurzerhand auf den Gehsteig und lief den Rest der Strecke zu Fuß.

Schon den Kommentaren der Menschen entnahm ich, dass sich etwas Ungewöhnliches ereignet haben musste. Bis ich hörte, dass man von einer gewaltigen Blase sprach.

Da wusste ich Bescheid!

Mein Gott, Bill hatte keine andere Möglichkeit gesehen, als seine goldene Pistole einzusetzen. Aber der Schleim konnte von ihm nicht zerstört werden, da musste ich ran.

Plötzlich wünschte ich mir Siebenmeilenstiefel. Ich konnte nicht so schnell, wie es drängte. Polizisten hatten irgendwo eine Kette gebildet, sie wollten mich aufhalten, ich riss mich los und rannte weiter.

Längst befand ich mich auf dem fast leeren Strip. Ja, er wirkte geisterhaft, so leer von Fahrzeugen und Menschen. Ein Mann rannte mir entgegen. Er hatte mich früher entdeckt als ich ihn. Es war Bill Conolly.

»Verdammt, John, endlich!«

»Wo ist die Kugel?«

Bills Blick hatte einen gehetzten Ausdruck angenommen. »Du weißt schon Bescheid?«

»Ja.«

»Komm mit.« Er zerrte mich weiter. Während wir rannten, erklärte mir Bill, dass sie noch kein weiteres Opfer gefunden hatte. Dann blieb er plötzlich stehen und deutete hoch zum Dach eines Hauses, wo das Schleimoval stand und vom blauen Licht einer Werbeschrift angestrahlt wurde.

Bills nächste Worte hörte ich schon nicht mehr, weil ich bereits losgejagt war.

Mit gewaltigen Schritten hetzte ich in den Eingang, fand eine Wendeltreppe, die in die Höhe führte und erst unter dem Dach endete, wo sich ein kleines Lokal befand, das leergefegt war.

Sekunden später stand ich der Blase gegenüber.

Von einer direkten Furcht wollte ich nicht sprechen, mich überkam allerdings schon ein komisches Gefühl, als ich mich auf die Blase zubewegte.

Bisher hatte ich es immer geschafft, sie mit dem Kreuz zu zerstören. Würde mir das auch jetzt gelingen?

Keine Knochen tanzten auf der Flüssigkeit im Innern. Ich sah wieder die beiden stelzenartigen Beine, auf der sich die verdammte Blase mir näherte.

Ich hielt mein Kreuz bereits in der Hand.

Mit dem Talisman stieß ich zu.

Es war ein harter Rammstoß, direkt gegen die Mitte der Blase geführt, die plötzlich vor meinen Augen zerplatzte und dabei nicht einmal Tropfen versprühte.

Der Rest verbrannte durch die Weiße Magie meines Kreuzes völlig. Es blieb nichts zurück.

Ich ging mit ziemlich wackeligen Schritten vor bis an den Rand des Daches, blieb dort stehen und schaute in die Tiefe.

Nur Bill Conolly schaute mir entgegen. Er lächelte, aber sein Gesicht verschwamm plötzlich vor meinen Augen. Ich merkte, dass ich leicht schwankte, da waren schon die helfenden Arme zur Stelle, die mich auffingen. »Okay, John, okay«, hörte ich Suko sprechen, »wir haben es hinter uns. Diesmal endgültig.«

»Oder fast«, erwiderte ich leise und ließ mich von Suko wegführen wie ein kleines Kind …

Das anschließende Theater im Police Headquarter war fast schlimmer als der Fall zuvor. Wer uns alles befragen wollte und sich nach Motiven erkundigte, ging auf keine Kuhhaut.

Wir versuchten Erklärungen abzugeben, man glaubte uns eigentlich nie, aber auch die Polizisten wussten nicht, woran sie waren. Bis ein ranghoher Polizeioffizier erschien und die Dinge klärte. Er hatte mit einigen Leuten in den Staaten gesprochen, die uns kannten, und er gab auch die Order aus, dass nichts in die Öffentlichkeit gelangte. Man wollte bei dem technischen Fehler und dem damit verbundenen Stromausfall bleiben.

Auch Tudor Buckly wurde dazu verdonnert, kein Wort über das Geschehen zu schreiben.

Mit dem Polizeioffizier zogen wir uns zurück. Er wurde blass, als er hörte, in welch einer Gefahr die Menschen geschwebt hatten, die sich auf dem Sunset Boulevard befanden.

Auch die vier rätselhaften Morde waren jetzt aufgeklärt worden. Wir erfuhren noch, dass drei Polizisten im Hubschrauber gesessen hatten. Von ihnen und der Maschine war nichts gefunden worden.

»Und das alles in einer Millionenstadt wie Los Angeles«, sagte der amerikanische Kollege. »Es ist kaum zu fassen. Wenn ich das so höre, habe ich das Gefühl, als wäre die Stadt auf Sand gebaut worden.«

»So ungefähr«, gab ich ihm Recht.

Bill Conolly musste, wie so oft, das letzte Wort haben.

»Aber auf magischem Sand, Sir.«

Was weiter geredet wurde, lief an mir vorbei. Meine Gedanken drehten sich um eine Person, die nie mehr zurückkehren würde und die mir einmal sympathisch gewesen war.

Laurie Ball!

Als ich an sie dachte, glaubte ich auch, die teuflische Lache des Dr. Horror zu hören. Aber das war wohl nur Einbildung und eine Folge des hinter mir liegenden Stresses …

ENDE

TANZPLATZ DER VERFLUCHTEN

Plötzlich waren sie da! Bleiche Gebeine, schimmernde Knochen, ein Totenschädel dazwischen, und sie kamen mit der Geschwindigkeit eines Sturmwinds.

Kenneth Kudelke wusste nicht, was er noch machen sollte. Es gab nur die Flucht, und so rannte er weg, verfolgt von den Gebeinen, die mit gnadenloser Härte auf ihn einschlugen.

Es war schon unglaubliches Glück, dass er seinen Wagen noch erreichte und starten und wegfahren konnte. Doch die Geisterstimme ließ sich nicht vertreiben.

»Ich hole dich noch«, flüsterte sie. »Warte es ab …«

Er hatte gewusst, wer ihn besuchen kam, er hatte seinem Gast durch Knopfdruck die Haustür geöffnet und jetzt auch die Wohnungstür, doch der Mann, der über die Schwelle taumelte, sah nur noch aus wie Kenneth Kudelke, ansonsten war er fertig, ausgelaugt, am Ende, und er stolperte in die ausgebreiteten Arme des blonden G-man Abe Douglas.

»Ken, was ist …?«

»Die Tür, Abe. Die Tür zu, verdammt!«, keuchte Kudelke.

Douglas schloß die Wohnungstür. Kenneth lehnte an der Wand, wo das Telefon angebracht war. Er rang nach Atem. Sein Mund stand weit offen, sein Haar war feucht, das Gesicht zeigte an den Wangen dunkle Schatten. Bartstoppeln wuchsen auf dem Kinn. Kudelkes Kleidung sah schmutzig aus. Der breitschultrige Mann war einfach am Ende, das hätte jeder sofort gesehen.

»Nun komm erst mal in den Wohnraum. Da sprechen wir weiter«, schlug Abe vor.

»Du bist allein?«

»Ja, Ken.«

Kudelke schielte auf die Tür, als könnte er es nicht glauben. Abe Douglas war Menschenkenner genug, um nichts zu sagen. Er ging vor und schenkte seinem Bekannten einen Whisky ein. Mit dem Glas ging er wieder in den Flur. »Nimm einen Schluck, Ken.«

Kudelke trank. Er kippte das Zeug in den Rachen und schluckte es hastig hinunter. »Ja, das tat gut, aber es hilft nicht. Nichts hilft mehr, Abe. Gar nichts.«

»Komm rein! Im Wohnraum ist es bequemer.«

Kudelke zögerte nicht mehr. Er folgte seinem Bekannten. Douglas gab sich sehr gelassen. Innerlich war er gespannt, was Kudelke zu berichten hatte. Die beiden waren zwar nicht gerade Kollegen, aber Kenneth Kudelke arbeitete hin und wieder für das FBI. Er erledigte Spezialaufträge, die nicht ganz astrein waren. Die G-men brauchten dann nicht in Erscheinung zu treten.

So war es auch jetzt gewesen. Kudelke hatte nur etwas nachprüfen sollen. In der Gegend nördlich von New York.

Er schlich in den Raum. Abe Douglas wohnte privilegiert. Das Apartment befand sich an der Ostseite des Central Park. Er konnte sowohl nach Osten als auch nach Süden schauen, da das Fenster über Eck gebaut worden war. Und wer dann noch sehr hoch lebte, wie eben G-man Abe Douglas, der hatte einen herrlichen Blick tief in das südliche Manhattan hinein, in Richtung Osten bis nach Brooklyn und Staten Island.

Abe hatte eine Platte auf dem Teller liegen. Frank Sinatra sang »My way«. Auch der Besucher hörte den Song, blieb stehen und nickte.

»Hast du was?«, fragte Douglas.

»Ja, das Lied.«

»Was ist damit?«

»Es ist ein Schicksalslied. My way.« Kudelke drehte sich um. »Verdammt, Abe, das ist mein Schicksal. Ich habe es hinter mir, ich bin am Ende.«

Douglas musterte Ken. Der Mann wirkte gebrochen. Sein Gesicht erinnerte in der Farbe an altes Schmalz. Von Sommersprossen war es regelrecht übersät. Die Lippen zitterten, und die dunklen Flecken im Gesicht wollten nicht weichen.

»Kann einer hier hereinschauen?«, fragte Kudelke plötzlich.

»Nein, nicht direkt.«

»Das ist gut.«

Auch Abe nahm einen Whisky. »Willst du noch einen?«

»Ja.«

Kenneth trank und schielte zum Fenster. »Es ist gut, dass niemand hereinsehen kann, glaub mir.«

»Was hast du vor?«

Kudelke stellte das Glas weg. »Das wirst du gleich sehen. Eines sage ich dir. Wundere dich über nichts, einfach über gar nichts. Hast du verstanden?«

»Klar.«

Einen Augenblick später wunderte sich Abe Douglas doch, denn Kenneth Kudelke begann damit, sich auszuziehen. Er warf seine Jacke weg, öffnete die Knopfleiste des Hemdes und zog es aus. Die Hose folgte, das Unterhemd ebenfalls, sodass der Rothaarige nur noch mit der Unterhose bekleidet vor dem überraschten G-man stand, ihn anschaute und annickte.

»Ja und?«, fragte Douglas.

»Mach Licht.«

»Es brennt …«

»Nein, mehr. Du hast Strahler.«

»Ja, stimmt.« Sie bildeten eine Linie und waren an einer Schiene unter der Decke befestigt. Douglas knipste sie an. Ihre harten Strahlen fielen schräg zu Boden und stachen wie Lanzen gegen Kenneth Kudelke.

»Komm näher, Abe. Tritt dicht an mich heran. Dann kannst du es sehen. Schau genau hin. Ich sehe im Gesicht ebenso aus wie am Körper. Komm schon, komm …«

Er hatte es eilig, und Douglas tat ihm den Gefallen. Er blieb so dicht vor Kudelke stehen, dass er diesen genau betrachten konnte. Sein Blick streifte den Körper. Er begann am Kopf, glitt weiter über die Brust, die klar und deutlich im Licht der Strahler lag.

»Was siehst du?«

»Deine Haut ist hell, Ken. Aber nicht überall. Du bist eigentlich mehr ein Albino-Typ, sorry, wenn ich das sage, aber …«

»Das ist gut, Abe, sogar sehr gut. Da kannst du wenigstens mehr sehen und alles auch genauer.«

»Ja, die Flecken.«

»Richtig, Abe, die Flecken. Sie sind überall auf dem Körper.« Ken sprach über den Rücken des G-man hinweg. »Sie befinden sich wie Inseln auf dem Rücken, der Brust, den Beinen und den Armen. Blutunterlaufene Flecken, Rückstände …«

»Bist du geschlagen worden, Ken?«

»Ja, du hast es erfasst. Man hat mich geschlagen. Rücksichtslos. Ich wurde regelrecht verprügelt. Mir tat und mir tut alles weh. Ich habe das Gefühl, mich überhaupt nicht richtig bewegen zu können. Es ist scheußlich, wenn du verstehst.«

»Kann ich mir vorstellen. Aber was soll das, Ken? Wer hat so etwas getan?«

»Wer?« Kudelke trat einen Schritt zurück, und Abe richtete sich auf, sodass er in das Gesicht seines Bekannten schauen konnte. »Ich war da, wo ihr mich hingeschickt habt. Ich habe das Gelände gesehen und überprüft. Aber ihr habt mich nicht gewarnt, ihr Hundesöhne. Ich habe in der Nacht miterlebt …«

Kenneth Kudelke begann schrill zu lachen, trank einen Schluck und putzte Tropfen von der Lippe. »Ich habe sie gesehen. Sie waren plötzlich da, sie schwebten in der Luft, Abe, und sie fingen an, auf mich einzuprügeln. Sie schlugen wie die Irren. Sie hämmerten auf meinen Körper, erwischten meinen Kopf, sie … sie …«

»Wer denn, Kenneth?«

Kudelkes Blick wurde starr. »Das will ich dir sagen, verdammt. Es waren die Knochen. Die Gebeine, die Teile der Skelette. Sie tanzten vor, hinter und neben mir. Sie waren überhaupt nicht aufzuhalten, verstehst du das?«

»Nein.«

Kudelke winkte ab. »Die Knochen kamen aus dem Nichts. Sie zerhämmerten mich. Sie prügelten auf mich ein, sie schlugen mich zusammen, sie waren brutal. Ich konnte mich nicht wehren, obwohl ich die Arme hochgerissen hatte.«

»K … Knochen?«

»Ja, bleiche Gebeine. Ich wusste nicht, wo sie herkamen. Jedenfalls waren sie da, und mir, Abe Douglas, ging es so dreckig, dass ich dich verflucht habe. Dich und den verdammten Job, den du mir aufgehalst hast. Ich weiß jetzt noch nicht, wie ich wegkam. Die Knochen verfolgten mich bis zu meinem Wagen. Ich höre jetzt noch ihr Hämmern, als sie gegen die Karosserie hieben.«

Douglas rieb über sein Kinn. »Knochen also«, sagte er leise und schüttelte den Kopf. »Das ist fast der perfekte Wahnsinn.«

»Leider stimmt es.«

»Aber du bist weggekommen.«

»Sicher. Ich konnte fliehen. Irgendwann habe ich dann angehalten, bevor ich mich zu dir durchschlug. Du hast mir schließlich diesen verdammten Job verschafft.«

»Er war harmlos.«

Kenneth Kudelke lachte auf. »Das dachte ich auch.« Er deutete auf seinen Körper. »Bis ich die verdammten Gebeine sah und die Knochen auf mich einschlugen. Dann war alles aus, verstehst du?« Er wischte durch sein Gesicht. »Es ist ein Wunder, dass ich überhaupt weggekommen bin.«

»Setz dich doch.«

»Willst du die blauen Flecken nicht mehr bei mir sehen? Oder glaubst du mir etwa nicht?«

»Doch, doch, du bist geschlagen worden.«

»Von Knochen. Von tanzenden Gebeinen.« Kudelke hatte sich vorgebeugt und starrte Douglas ins Gesicht.

»Das ist eben die Frage«, sagte der G-man.

»Ach nein.« Kudelke nickte heftig. »So kommst du mir also. Willst mir nicht glauben, aber du hast mich in diesen verdammten Job hineingebracht, Abe.«

Der G-man hob die Schultern. »Versteh mich doch, Ken. Wenn ich einen Bericht schreibe und erwähne, dass du von irgendwelchen Skeletten angegriffen worden bist …«

»Knochen, Abe, Knochen. Gebeine, wenn du es genau wissen willst. Es waren Gebeine.«

»Egal, was dich verprügelt hat. Ob Knochen oder Gebeine. Das ist alles unwahrscheinlich. So etwas kann ich nicht schreiben. Das musst du begreifen. Verdammt, du bist schon länger in dem Job.« Douglas ballte die Hand und schlug mit der Faust auf den Tisch.

Kudelke zog sich wieder an. »Was sollen wir tun? Mach einen Vorschlag, Douglas.«

»Nichts. Wir behalten es für uns. Es bleibt unser Geheimnis.« Der FBI-Mann grinste.

Kudelke zog sich weiter an und knöpfte sein Hemd zu. »Sag mal, kommst du dir dabei eigentlich nicht blöd vor?«

»Ein wenig schon.«

»Dann gib die Sache weiter, verflucht!«

»Kann ich nicht, Ken.«

Kudelke ließ sich in einen Sessel fallen und federte wieder hoch. »Klar, das kannst du nicht. Ihr könnt erst eingreifen, wenn ich tot bin. Wenn man mich erschlagen hat.«

Ken hatte spöttisch gesprochen, aber Douglas blieb ernst. »So sieht es fast aus, mein Lieber. Ja, wir können tatsächlich erst eingreifen, wenn dir etwas zugestoßen ist.«

»Davon habe ich nichts mehr.«

»Schon gut, Ken. Du stehst noch unter Druck. Betrachte die Sache mal nüchterner.«

»Ich bin nicht betrunken.«

»Das weiß ich. Doch wie soll ich meinen Vorgesetzten erklären, woher die Knochen kamen?«

Kudelke starrte auf das Fenster. Im Hintergrund sah er den Schatten eines hohen Hauses. An der Breitseite stand ein Fenster neben dem anderen. Nicht alle waren erleuchtet. Die helleren bildeten ein unregelmäßiges Muster in der Fassade. Kudelke hatte den Eindruck, in ein riesiges Gesicht zu schauen. »Sie waren da«, flüsterte er. »Urplötzlich schwebten sie vor mir und schlugen zu. Ich habe auch noch eine ferne Musik gehört. Keine Musik, wie wir sie kennen, nein, Trommelklang, auch nicht von einem Disco-Drummer. Anders, verstehst du? Weiter entfernt.«

»Hast du noch mehr gehört?«, fragte Abe Douglas.

»Ja, Stimmen. Sie sprachen wirres Zeug, ich konnte sie nicht verstehen. Sie waren flüsternd und zugleich krächzend. Mir lief ein Schauer nach dem anderen über den Rücken. Und dann war da noch etwas.« Kudelke starrte ins Leere, aber er dachte nach. »Zuerst habe ich ihn nicht richtig gesehen, später deutlicher. Ich hörte ihn auch sprechen. Er sagte etwas von einem bösen Mann.«

»Wie sah er aus?«

Kudelke blickte Douglas misstrauisch an. »Woher weißt du, dass ich ihn gesehen habe?«

»Ich kann es mir denken.«

»Ja, Abe, ich sah ihn.« Kenneth nickte heftig. »Er wirkte furchtbar und schrecklich. Er bestand fast nur aus einem Gesicht. Übergroß und auch bunt angemalt. Grausam, sage ich dir. Angemalt, verstehst du?«

»Eine Fratze?«

»Richtig.«

»Und?«

»Er strahlte das Böse ab. Er war fürchterlich. Er wollte ... ja, er wollte mich töten. Verschlingen, fressen, was weiß ich. Es war der böse Mann, wie er sagte.«

»Ihn hast du verstehen können?«

»Natürlich. Die Knochen umtanzten mich, und sie schlugen mich auch, als der böse Mann kam.«

»Hat er sie dirigiert? War der böse Mann ihr Anführer? Oder wie soll ich die Sache sehen?«

»Ich habe keine Ahnung. Er war gleichzeitig da und auch ein Geist. Er hatte Einfluss auf mich. Ich spürte es für einen Moment. Ja, Abe, ich glaube, er hätte mich fertig machen können, ohne dass ich mich wehre.«

Douglas drehte sein Glas zwischen den Fingern. »Und was hast du getan, dass es überhaupt so weit kam?«

»Gar nichts. Ich bin in dieses Gebiet gefahren, getreu deinem Auftrag. Ich habe dort mit Leuten gesprochen ...«

»Hast du etwas von dem Projekt verraten?«

»Nein, natürlich nicht. Ich bin auch nicht dazu gekommen, alles genau auszukundschaften. Ich war froh, dass ich verschwinden konnte und noch lebe. Obwohl ...« Kudelke hob die Schultern und sprach nicht mehr weiter.

»Obwohl was ...?«

»Obwohl ich glaube, dass für mich noch nicht alles vorbei ist.«

»Was soll das denn schon wieder?«

»Der böse Mann hat mir einiges versprochen. Er will mich nicht entkommen lassen.«

Douglas dachte praktisch. »Hat er dich verfolgt?«

Kudelke strich über seine Stirn und verzog die Lippen, weil er zu hart auf einen grün schimmernden Hautfleck gedrückt hatte. »Ich konnte ihn nicht genau sehen, gehe aber davon aus. Ja, ich glaube, er hat mich verfolgt. Ich bin mir sogar sicher.«

»Wo hast du ihn entdeckt?«

»Überhaupt nicht.«

»Wie kannst du dann …?«

Ken sprang auf und winkte ab. »Ja, ich weiß selbst, dass meine Worte auf tönernen Füßen stehen, aber so ist das nun einmal. Ich bin einfach nach meinem Gefühl gegangen, und dieses Gefühl sagt mir eben, dass ich richtig liege.«

»Du fühlst dich also in Gefahr?«

»So ist es.«

»Und was willst du jetzt machen?«

Kenneth Kudelke hob die Schultern und schritt auf das Eckfenster zu. »Ich weiß es noch nicht. Zunächst einmal möchte ich dich bitten, die Nacht über bei dir bleiben zu dürfen.«

»Das ist kein Problem.«

»Ich habe nämlich Angst, in meine Wohnung zu fahren. Du weißt selbst, dass ich sonst kein ängstlicher Mensch bin, aber in diesem Fall sieht das alles anders aus. Abe, ich bin zum ersten Mal mit Dingen in Berührung gekommen, für die ich keine Erklärung habe. Sie waren unheimlich, geisterhaft, nicht zu fassen, aber bedrohend, einfach grausam, mein Leben hing plötzlich an einem seidenen Faden.« Er blieb vor dem Fenster stehen und starrte in die Dunkelheit.

»Keine Frage, Ken, du bleibst hier. Morgen sehen wir dann weiter. Wenn du eine Nacht drüber geschlafen hast, sieht die Welt wieder anders aus.«

»Das sagt man so.«

»Ich glaube daran.«

Kudelke hob die Arme und presste beide Handflächen gegen die Scheibe. Abe Douglas starrte auf den breiten Rücken des Mannes. Er war ein Kerl wie ein Baum, ihn haute eigentlich so leicht nichts um, dennoch steckte die Angst tief in ihm, und das begriff Douglas nicht so recht. Er zweifelte außerdem noch immer an den Erzählungen seines Bekannten, obwohl er zugeben musste, dass es tatsächlich Dinge gab, für die man kaum eine Erklärung fand. Das hatte er schon einige Male erlebt.

Ken veränderte seine Haltung. Er senkte den Kopf ein wenig, weil er in die Tiefe der Straßenschluchten schauen wollte, die ihm vorkamen wie düstere Canyons, durch die nur im unteren Drittel ein heller Schein geisterte, hervorgerufen durch die Scheinwerfer der rollenden Wagen.

Abe Douglas schrak zusammen, als sich sein Besucher hastig umdrehte und ihn anstarrte. Er wurde bleich.

»Was hast du, Ken?«

»Er … er ist da.«

»Wer?«

»Der böse Mann.«

Abe Douglas stand auf. Sein starrer Blick verriet Unglauben. »Was sagst du? Sie sind da?«

»Nein, er!«

»Wo?«

»Da unten, Abe. Er lauert da unten.«

Douglas stand jetzt neben Kudelke. »Und du hast ihn dort gesehen?«

Ken saugte die Luft ein und bewegte beide Arme kreisförmig. »Nicht direkt, weißt du. Ich habe nur erkannt, dass er mich belauert. Irgendwo da unten hält er sich auf und lauert auf mich. Ich sah für einen Moment ein farbiges Etwas. Eine Maske, eine Fratze. Sie strahlte das Böse ab. Das absolut Böse. Wer so etwas hinter sich hat wie ich, der merkt das genau. Der böse Mann kann durch nichts aufgehalten werden. Er wird mich fressen und verschlingen.«

Douglas bedachte seinen Besucher mit einem skeptischen Blick, bevor er neben ihn trat, sich vorbeugte und ebenfalls einen Blick aus dem Fenster in die Tiefe warf.

»Sorry, aber ich kann nichts erkennen. Da ist alles normal. Fahrzeug hinter Fahrzeug. Abgase, Dreck, Lichtreklamen, Fußgänger, dann der dunkle Park …«

»Er war da.«

»Wo denn?« Douglas fuhr herum.

»Unten, sage ich dir. Gegenüber. Ich habe … daaa …!« Plötzlich brüllte Kudelke los. Er sprang zurück, streckte gleichzeitig den Arm aus, und sein Zeigefinger deutete auf die Scheibe.

»Da ist er!«

Douglas bekam einen starren Blick. Kudelke hatte nicht gelogen. Hinter dem Fenster schwebte tatsächlich ein fürchterliches Gesicht mit kalten, tödlichen Augen!

Es war einfach da und verbreitete Angst trotz des geschlossenen Fensters.

Abe Douglas glaubte zuerst an einen Ballon, den jemand an einem Band zum Fenster hatte aufsteigen lassen.

Das Gesicht war breit, gleichzeitig gelb und schwarz gestreift, aber die Streifen gingen ineinander über. Ein breiter Mund klaffte zwischen den beiden Farben, dahinter begann der schwarzrote Schlund. Die Haare, ein Wirrwarr, sahen aus wie eine Perücke. Eigentlich machte dieses Gesicht einen lächerlichen Eindruck, doch der G-man hütete sich davor, falsche Schlüsse daraus zu ziehen.

»Der böse Mann!«, hörte Abe seinen Besucher stöhnen. »Es ist der böse Mann, und er ist gekommen, um mich zu töten. Er will mich holen. Verdammt, ich spüre es. Der böse Mann …«

Douglas wusste nicht, was er von dieser Erscheinung halten sollte. Allerdings fasste er sie nicht als einen Scherz auf. Dafür hatte Kudelke einfach zu schlimme Dinge erlebt. Ihm war diese Gestalt schon zuvor begegnet. Und jetzt war sie erschienen, um Kudelke zu holen.

Die Maske rührte sich nicht. Es war auch nicht zu erkennen, ob sie einen Körper hatte, denn sie schloss praktisch mit ihrem Kinn in Höhe der Fensterbank ab.

Der G-man warf seinem Besucher einen knappen Blick zu. Er kannte Kudelke schon seit einiger Zeit. Noch nie aber hatte er ihn so ängstlich gesehen wie in diesen Augenblicken. Das Auftauchen der Maske hatte ihn völlig aus dem Konzept gebracht. Er rührte sich nicht, hielt die Arme halbhoch und gleichzeitig angewinkelt, sodass er die Hände über dem Kopf zusammenschlagen konnte, als wollte er sich vor irgendwelchen Schlägen schützen.

Abe Douglas ging zurück. »Okay, Kenneth, rühr dich nicht. Mach keinen Unsinn. Bleib einfach stehen. Ich hole meine Kanone …«

Kudelke rührte sich nicht.

»Hast du verstanden?«

»Ja«, hauchte Ken. »Ja, ich habe verstanden. Ich … ich fürchte nur, dass es wenig Sinn haben wird. Man kann ihn nicht mit einem Revolver erschrecken. Das geht einfach nicht.«

»Abwarten.«

Der G-man ging rückwärts und behielt diese Gangart auch bei, so konnte er die schreckliche Maske vor der Scheibe genau im Blick behalten und jede Bewegung erkennen.

Noch rührte sie sich nicht. Mit jeder Sekunde, die verstrich, gewann Douglas die Sicherheit zurück. Seine Dienstwaffe befand sich im Schlafzimmer, wo er auch das Jackett über das Bett geworfen hatte. Daneben lag sie zusammen mit dem Holster.

Douglas hatte den Wohnraum kaum verlassen, als er sehr schnell wurde. Er drehte sich um, stieß die nächste Tür an der linken Seite auf und sprang in den Raum.

Der nächste Sprung brachte ihn bis dicht an das Bett. Mit einem zielsicheren Griff hatte er den 38er Smith & Wesson aus dem Holster gerissen, ging den gleichen Weg zurück und kam nur bis zum Flur, da hörte er den schrillen Schrei.

Kenneth Kudelke hatte ihn ausgestoßen. Er musste in Gefahr schweben, und als Douglas den Wohnraum betrat, hatte sich kaum etwas verändert, bis auf die Haltung seines Freundes.

Er war etwas zurückgegangen und stand vor dem Fenster.

Wahrscheinlich wollte er durch die Scheibe springen.

»Ken, nein!«

Kudelke hörte nicht. Sein Blick war auf die Maske fixiert, deren Augen jetzt ebenfalls in einem Schwarzgelb leuchteten und an kalte Laternen erinnerten.

Ken startete. Auf direktem Weg rannte er auf das Fenster zu.

Auch Douglas blieb nicht stehen. Von der Seite her rannte er Kudelke in den Weg, er wollte sich gegen ihn werfen und den

Mann aus dem Laufrhythmus bringen, doch Kudelkes Rundschlag mit dem linken Arm erwischte Douglas unvorbereitet am Hals und schleuderte ihn zurück.

Abe fiel über den Tisch, riss den Aschenbecher und die beiden Gläser zu Boden, die nicht zerbrachen, obwohl er einen lauten Knall hörte.

Die Scheibe splitterte!

Der G-man schnellte hoch, blieb aber in halb stehender und halb kniender Haltung, weil er einsah, dass er nicht mehr helfen konnte. Kenneth Kudelke hatte sich den Tod selbst ausgesucht.

Er sah aus, als wollte er von einem Sprungbrett aus in das Wasser hineinspringen. Seine Füße und einen Teil der Beine konnte Douglas gerade noch erkennen, das war alles. Die Scherben rieselten ebenso in die Tiefe wie der Körper, und Abe schloss die Augen.

Dann rannte er zum Fenster, streckte den Kopf hindurch, spürte im Gesicht den peitschenden Wind, der in seine Augen biss, und starrte an der glatten Fassade entlang nach unten in die düstere Straßenschlucht.

Da irgendwo musste Kudelke liegen. Leider wohnte Abe so hoch, dass er den Toten nicht erkennen konnte. Dass Ken tot war, lag auf der Hand. Einen solchen Sturz überlebte niemand.

Der böse Mann war verschwunden!

Keine Fratze mehr, keine Angst, die in den Raum hineinstrahlte, und dennoch fühlte sich Abe Douglas verdammt mies, als er kehrtmachte, sein Jackett mitnahm und die Waffe in den Hosenbund schob. Er verließ die Wohnung, rannte zum Lift und hatte natürlich das Pech, auf eine Kabine warten zu müssen.

Sie kam schließlich, war besetzt. Abe drängte sich hinein, die beiden Frauen starrten ihn an, doch Douglas kümmerte dies nicht. Viel zu lange dauerte ihm die Fahrt nach unten.

Natürlich hatte man in der Halle inzwischen bemerkt, was vorgefallen war. Der Portier war noch aufgeregter als die Zeugen. Er schrie nach der Polizei und auch, dass es eine Schande war, dass jemand aus seinem Haus Selbstmord verübt hatte.

Douglas kümmerte sich nicht darum. Er lief nach draußen, unter dem Baldachin hinweg, und wandte sich nach rechts, wo der Tote liegen musste.

Ken Kudelke war nicht zu sehen. Dafür die Neugierigen, die einen dichten Pulk um ihn gebildet hatten und keinen durchlassen wollten. Mit Hilfe seiner Ellenbogen verschaffte sich Douglas den nötigen Platz, achtete nicht auf die Protestierer und sagte ein paar Mal das Wort Polizei. Endlich stand er neben dem Toten und kniete sich einen Moment später hin. In der Nähe lagen die Splitter. Sie hatten sich über die ganze Fahrbahn verteilt.

Niemand konnte Kudelke mehr helfen. Er lag verkrümmt auf dem kalten Pflaster des Gehsteigs.

Zwischen Schulter und Hals entdeckte Douglas eine Blutlache, die sich allmählich ausbreitete.

Der G-man stand auf. Sein Gesicht wirkte grau. Der grüne Schein eines Reklamelichts streifte seine linke Schulter.

Jemand fragte: »Ein Freund von Ihnen, Mister?«

»So ungefähr.«

»Sie hätten Acht geben sollen. Aber so ist diese Stadt. Wer nicht von ihr gefressen wird, der bringt sich selbst um.«

Abe achtete nicht auf den Schwätzer. Zwei Uniformierte waren erschienen. Sie drängten die Gaffer zur Seite. Einer der beiden war ein Schwarzer.

»Wissen Sie Bescheid, Mister?«

Douglas zeigte seinen Ausweis.

»Oh.« Der Farbige schob die Schirmmütze noch tiefer in die Stirn. »Die Konkurrenz ist schon da.«

»Zufall, Patrolman.« Abe deutete an der Hauswand hoch. »Er hat sich aus meiner Wohnung gestürzt.«

»Nur so?«

»Ja, nur so. Holen Sie einen Wagen, damit die Leiche abtransportiert werden kann.«

Der Farbige schickte seinen Kollegen, der ihm wohl unterstand. Abe suchte nach Zigaretten, fand noch zwei in der Packung und schob sich eine Filterlose zwischen die Lippen. Er rauchte nicht oft, jetzt aber brauchte er das Stäbchen.

Die Umwelt nahm er nicht wahr, als er gedankenverloren dem

Rauch nachstarrte. Die große Kälte war glücklicherweise vorbei. Schnee lag nicht mehr auf den Straßen, aber der Wind fiel noch immer kalt in die Straßenschluchten.

Es kamen die Vorwürfe. Abe hätte den Aussagen mehr Gewicht beimessen müssen. Aber wie hätten andere Personen an seiner Stelle reagiert? Wohl kaum so, wie es eigentlich richtig gewesen wäre. Nein, die Aussagen hatten zu unwahrscheinlich geklungen. Knochen, die in der Luft tanzten und gleichzeitig zuschlugen. Dazu eine ferne Trommelmusik, der böse Mann, den es tatsächlich gab.

Er war auch indirekt der Mörder Kudelkes. Er hatte sich gezeigt und ihn gelockt, den Mann in den Bann geschlagen, sodass er sich nicht mehr wehren konnte.

Der farbige Patrolman stieß Abe an. »Und Sie wissen wirklich nicht mehr, Sir?«

»Nein!«

»Was soll ich ins Protokoll schreiben?«

»Das erledige ich schon.«

Der farbige Cop bedankte sich, während Abe Douglas sich den Leuten zuwandte, die aus dem Führerhaus eines grauen Kastenwagens kletterten und eine Plane ausbreiteten, auf die sie die Leiche legen wollten.

»Nehmen Sie den Toten mit«, sagte Douglas. »Es war einwandfrei Selbstmord. Ich bin Zeuge.«

»Und wer sind Sie?«

Douglas wies sich aus.

Damit war alles erledigt. Der G-man sah, wie der Tote auf die Plane gelegt und anschließend im Wagen verstaut wurde. Einer der Männer kehrte noch mal zurück und kippte Sägespäne über die Blutlache.

Abe schaute dabei zu. Trübe Gedanken durchflossen ihn. Das also bleibt von einem Menschen zurück. Eine Blutlache mit Sägespänen, damit niemand ausrutschen kann.

Die Menschen schlugen noch einen Bogen um den direkten Ort des Geschehens. Irgendwann jedoch würden sie in die Lache treten. In New York vergaß man schnell.

Nicht so Abe Douglas. Durch den Tod seines Mitarbeiters hatte er eine Verpflichtung übernommen. Kenneth Kudelke war kein G-man gewesen. Er gehörte zu den Leuten, die unterhalb der offiziellen Szene arbeiteten, die man ins Vorfeld schickte, um zu ermitteln.

Er hatte sein Leben verloren, doch sein Tod war für Douglas eine Verpflichtung.

In seiner Wohnung war es kalt. Er betrat sie mit gezogenem Revolver, durchsuchte zunächst die Zimmer, fand sie leer und ließ sich im Wohnraum nahe des zweiten Telefons in einen Sessel fallen.

In New York arbeiteten auch die Handwerker rund um die Uhr. Er rief einen Glaser an, der versprach, noch in der Nacht seine Leute vorbeizuschicken. Eine genaue Zeit konnte er nicht sagen. Es war Douglas auch recht so, weil er noch einen weiteren Anruf tätigen wollte. Ein Gespräch nach Übersee, nach London.

Er hatte es sich genau überlegt und hoffte, dass er John Sinclair erreichte. Kenneth Kudelke war kein Spinner gewesen, obwohl Abe ihn zunächst dafür gehalten hatte. Er hatte sich die Maske nicht eingebildet, es gab sie. Und Abe Douglas, der sich auf seinem Sessel drehte und zum Fenster schaute, sah plötzlich das grinsende Gesicht des bösen Mannes.

Für einen Moment saß er unbeweglich. Dann riss er seine Waffe hoch und feuerte.

Die Kugel schlug in den Schädel, doch sie tat ihm nichts. Er blieb so stehen, wie er erschienen war, bis er sich urplötzlich fallen ließ und verschwand.

Als Abe Douglas das Fenster erreichte, war vom bösen Mann nichts mehr zu sehen.

»Ich kriege dich noch«, flüsterte Douglas. »Sei dir nicht zu sicher, böser Mann ...«

»New York, New York«, sang Frankie-Boy und stimmte damit die Passagiere richtig ein, die Kopfhörer aufhatten und sich von Musik berieseln lassen wollten.

Auch ich hatte mir den Kopfhörer übergestreift und hörte mir dieses Lied an.

Das Reisen riss in der letzten Zeit einfach nicht ab. Ich war selbst gespannt darauf, wann ich wieder einen Fall in London lösen könnte. Da hatte es Suko besser. Er war zurückgeblieben, obwohl er hätte mitfliegen können, doch er wollte die Stellung halten, auch wenn das Wetter mehr als ungemütlich war.

Viel besser sollte es in New York auch nicht sein, hatte ich mir sagen lassen, wenigstens hatten wir keinen Nebel wie auf unserer Insel. Der war in den letzten Tagen zu einer wahren Katastrophe geworden, aber mich sollte er nicht mehr berühren.

Im Westen erschien die amerikanische Ostküste. Ein grauer Streifen, der immer deutlicher wurde, Konturen annahm, sich aus Buchten und Landzungen zusammensetzte, an denen Städte, Dörfer und auch Feriensiedlungen lagen. Zwar nicht so sehr von der Sonne verwöhnt, aber die New Yorker schworen auf ihre Umgebung.

Das sollten sie meinetwegen.

Ich schnallte mich wieder an, nahm den Kopfhörer ab und erwartete die Landung. Neben mir saß ein junger Mann, der bis vor kurzem den gesamten Flug über in seinen Papieren geblättert hatte, die er einem Aktenkoffer entnahm. Ein Yuppie, ein dienstgeiler Karrieretyp, der auch noch auf dem Flug arbeitete. Wir hatten während der Zeit nicht ein einziges Wort gewechselt.

Auch jetzt lehnte er sich mit einer eckig wirkenden Bewegung zurück und starrte ins Leere.

Es spielte keine Rolle, wo man hinflog, vor der Landung breitete sich in jeder Maschine die gleiche Atmosphäre aus. Die Gespräche versiegten, jeder hing seinen Gedanken nach, viele drückten die Daumen, dass alles klappte, und das Gefühl der Spannung schwebte unsichtbar über den Köpfen der Menschen.

Der Jet verlor an Höhe. Als guter Flugkapitän sorgte der Pilot dafür, dass alles sehr langsam, sicher und auch bedächtig ging. Das Aufsetzen war kaum zu spüren. Ich schaute aus dem Fenster und sah die Aufbauten des gewaltigen Kennedy Airports. Maschinen starteten, andere landeten, hier war immer was los, ob Nacht oder Tag.

Mich hatte der Anruf eines Freundes nach New York gelockt. Wenn Abe Douglas mich anforderte, tat er dies nicht zum Spaß.

Das Heulen der Triebwerke vernahm ich nur gedämpft. Die Gespräche wurden wieder aufgenommen. Erleichterung breitete sich aus. Ein Kind begann laut zu lachen.

Die Stewardess verabschiedete sich und gab noch bekannt, dass sich die Besatzung einschließlich des Kapitäns freuen würde, die Passagiere wieder einmal an Bord begrüßen zu können.

Bei mir war das sicherlich der Fall, denn ich wollte wieder zurück nach London.

Zuvor hieß es allerdings, die Probleme in New York aus dem Weg zu räumen. Am Telefon hatte mir Abe Douglas stichwortartig erklärt, um was es ging.

Ich hatte von schlagenden Knochen gehört und von einem bösen Mann, der sein Unwesen trieb.

Mir war es im Prinzip egal. Ich wollte nur nicht wieder verheiratet werden, wie vor kurzem, als mich meine Totenbraut fast dazu gebracht hätte.

Da ich Zeit hatte, befand ich mich unter den letzten Passagieren, die die Maschine verließen. Mein Nebenmann war schon vorgestürmt. Auf ihn wartete sicherlich der Schreibtisch.

Ich sah das lockerer.

So etwas wie Gepäckkontrolle gab es bei mir nicht, denn zwischen den Beamten sah ich das Gesicht eines blonden Mannes, der sich auf die Zehenspitzen gestellt hatte, um nach mir Ausschau zu halten. Wir sahen uns zur gleichen Zeit. Abe winkte, gab einem Kollegen vom Zoll Bescheid, der mir eine Schranke öffnete, durch die ich gehen konnte.

»Na endlich, du alter Geisterjäger. Hat dich London entlassen?«

»Mit blutendem Herzen.«

»War es so schlimm?«

»Nein.« Ich strahlte ihn an. »Irgendwie freue ich mich auf deine Stadt, trotz allem.«

»Ist doch auch etwas.«

»Ja, und was machen wir jetzt?«

»Wir gönnen uns erst einmal einen Schluck. Dann essen wir was. Der böse Mann läuft uns schon nicht weg.«

»Hunger habe ich auch. Aber bitte keine Hamburger-Bude.«

»Ich weiß. John, damit seid ihr auch in London reichlich gesegnet.«

»Du sagst es.«

Wir fanden ein kleines Ecklokal mit Blick auf das Rollfeld. Die beiden Kellnerinnen trugen schicke Fräcke und scharf gebügelte Hosen. Kaffee gab es fast umsonst. Man zahlte nur die erste Tasse. Ansonsten schenkten die Damen nach.

An einen Tisch wollte ich nicht. Die halbrunde Theke sah gemütlicher aus. Hinter ihr bediente ein mandeläugiges Wesen, das mich an die verschwundene Shao erinnerte. Ich verspürte ein leichtes Magendrücken und atmete scharf durch die Nase.

»Hast du was, John?«, fragte Abe, der sich neben mir auf den braunen Lederhocker drehte.

»Nein, nichts. Es war vielleicht der Flug. Mein Kreislauf muss sich stabilisieren.«

Der G-man hob die Kaffeetasse. »Willkommen in der Stadt der Städte, John.«

»Ja, danke.« Ich trank die Tasse halbleer. »Was macht der Broadway?«, fragte ich.

»Im Moment wird kein Grusical aufgeführt.« Abe Douglas lachte leise. »Das hast du doch gemeint – oder?«

»Klar.« Ich schlug die Karte auf, ohne das Gedruckte zu lesen. »Von Laurie Ball hast du auch nichts mehr gehört?«

»Nein, keine Spur.«

»Das hatte ich mir gedacht. Uns ist es ähnlich ergangen. Sie ist und bleibt verschwunden.«

»Dafür haben wir jetzt den bösen Mann.«

Ich schielte ihn von der Seite her an. »Wie schlimm ist er, Abe?«

»Bestell dir erst mal etwas zu essen.«

Ich entschied mich für Eier und Schinken sowie ein Glas Orangensaft. Die Mandeläugige bedankte sich lächelnd und gab die Bestellung durch. Zur Küche hin führte eine Durchreiche.

»Also, Abe, wie war das mit dem bösen Mann?«

»Er ist eine Legende.«

Ich schaute auf meinen Kaffee. »Hier in New York?«

»Nein, weiter nördlich. Auf dem flachen Land gewissermaßen. Du kennst die Neu-England-Staaten?«

Ich lachte. »Wer kennt die nicht als Engländer?«

»Da eben findet man die Sage vom bösen Mann. Sie stammt aus einer alten Indianer-Erzählung. Früher lebten dort zahlreiche Stämme. Huronen, Irokesen ...«

»Und welcher Stamm hatte den bösen Mann?«

»Die Irokesen.«

»Die Waldindianer also«, sagte ich mehr zu mir selbst. »Viel weiß ich darüber nicht.«

»Da können wir uns die Hand reichen.«

»Ich glaube, das brauchen wir auch nicht. Sag mir nur, Abe, was hat der Mann, der sich aus dem Fenster gestürzt hat, dort zu suchen gehabt?«

Abe bekam einen roten Kopf. »Das ist eine sehr komplizierte Geschichte. Außerdem ist es eine geheime Kommandosache.«

»Darf ich sie auch nicht wissen?«

»Natürlich wirst du eingeweiht.«

Mein Frühstück kam. Ei und Schinken dufteten herrlich und waren auf einem braunen Teller verteilt.

»Lass es dir schmecken, John.«

Ich kaute schon und nickte. »Du kannst ja inzwischen das Geheimnis lüften.«

»Ich habe von einer übergeordneten Stelle einen bestimmten Auftrag erhalten. Nichts Gefährliches eigentlich, aber dennoch etwas Brisantes. Ich sollte herausfinden, wie es mit einem bestimmten Gelände nördlich von New York aussieht. Wie groß es genau ist, wie viele Menschen dort wohnen, wie die Natur beschaffen ist, die Infrastruktur, aber ich sollte den Auftrag nicht selbst übernehmen, sondern ihn an eine vertrauenswürdige Person weiterleiten. Und das war Kenneth Kudelke.«

»Hatte er dein Vertrauen?«

»Sicher. Er war Emigrant. Vor zehn Jahren ist er aus Polen

geflohen, wollte immer zur Polizei, aber du weißt ja, wie das ist. Es gab Vorurteile, dann den Einstellungsstopp, und so arbeitete er eben inoffiziell für uns.«

»Als Spitzel oder V-Mann?«

»Im Prinzip ja. Er trieb sich in der Emigranten-Szene herum, die auch von Agenten unterwandert wird. Kudelke war absolut loyal. Man konnte sich hundertprozentig auf ihn verlassen, deshalb auch dieser andere Auftrag.«

Ich spülte Eireste mit Saft herunter. »Komm endlich zur Sache, Abe! Ich halte schon den Mund.«

Der G-man spielte mit einem Streichholz. »Das musst du auch, sonst kann es mich den Job und noch mehr kosten. Ich hatte Kudelke losgeschickt, um ein bestimmtes Gebiet zu kontrollieren und sich die entsprechenden Aufzeichnungen zu machen. Der Staat hat nämlich vor, nördlich von New York eine Entsorgungs-Anlage für Atommüll einzurichten. Und du weißt ja selbst, wie heiß das Eisen seit Harrisburg und Tschernobyl inzwischen geworden ist. Sogar brandheiß.«

Ich hatte aufgehört zu essen. »Verflixt, Abe, mit allem hätte ich gerechnet, nur damit allerdings nicht.«

»So sieht es aus.«

Ich leerte das Glas. »Und jetzt ist dein V-Mann tot.«

»Ja, auf ungewöhnliche Art und Weise ums Leben gekommen. Erst wurde er von tanzenden Gebeinen oder Knochen malträtiert, dann zeigte sich der böse Mann, wobei die zwei Dinge in einem natürlichen Zusammenhang stehen.«

»Das glaube ich auch.«

»Iss erst mal deinen Teller leer. Danach sehen wir weiter.«

»Nein, du kannst jetzt reden. Ich nehme an, dass du in das Gebiet fahren willst.«

»So ist es. Mit dir.«

»Um die tanzenden Knochen und den bösen Mann zu finden.«

»Richtig.«

Mit einer Serviette tupfte ich mir die Lippen ab. »Hört sich ungewöhnlich an. Fast wie ein Märchen.«

Der G-man verzog die Lippen. »Märchen enden meist gut.

Dieses hier hat einen verflucht bitteren Beigeschmack, wie ich finde. Aber ich will dir da nicht hineinreden oder dich voreingenommen machen. Jedenfalls glaube ich Ken Kudelke jetzt.«

»Du hast die tanzenden Knochen selbst nicht gesehen?«

»Nein, der böse Mann reichte mir. Ich sah sein Gesicht. Eine widerliche gelbschwarze Fratze mit einem Loch als Mund. Trotz der hemmenden Scheibe, John, ich sage dir, die Maske strömte etwas aus, dass mich eine Gänsehaut überkam.«

»Ja, so etwas gibt es.«

»Kurz bevor ich dich anrief, erschien die Maske wieder. Sie starrte durch das zerstörte Fenster in meine Wohnung. Ich hatte meine Kanone griffbereit und auch geschossen.« Er hob die Schultern. »Nichts ist dabei herausgekommen.«

»Hast du auch getroffen?«

»Davon kannst du ausgehen.« Der FBI-Mann stieß gegen meinen linken Ellbogen. »Ich sage dir, dass wir es hier mit einem verdammt gefährlichen Zauber zu tun haben.«

»Hast du deine Vorgesetzten eingeweiht?«

»Gott bewahre, nicht alle. Den Dienststellenleiter schon, aber der will mir nicht so recht glauben.«

»Gehst du davon aus, dass dich der böse Mann auf seine Liste gesetzt hat?«

»Klar.«

»Fühlst du dich verfolgt? Hast du ihn in der Zwischenzeit schon gesehen?«

»Nicht mehr.«

»Vielleicht hat er sich bei seinem zweiten Erscheinen nur überzeugen wollen, dass alles gut verlaufen ist.«

»Das kann auch sein.«

Ich schlug dem Kollegen auf die Schulter. »Okay, Abe, du hast mich überzeugt. Ich werde zahlen, dann können wir meinetwegen in die Neu-England-Staaten fahren.«

»Die Rechnung übernehme ich.«

»Danke.«

Die Mandeläugige stand an der Espressomaschine und füllte noch einige Tassen.

Danach sah sie das Zeichen und kam zu uns. Es war alles normal, nichts deutete auf eine Gefahr hin, dennoch war sie vorhanden. Wir entdeckten sie nicht, es war das Mädchen mit den Mandelaugen, das auf halber Strecke stehen blieb und seine gesunde Gesichtsfarbe verlor. Sie starrte an uns vorbei, ihre Lippen begannen zu zittern, und mit einer sehr langsamen Bewegung hob sie den Arm.

»Da …« Wir ahnten das Wort mehr, als dass wir es hörten, drehten aber gemeinsam die Köpfe.

»Himmel, das ist nicht wahr!«

Ich achtete nicht auf Abes Worte, sondern starrte auf den Gegenstand, der über der linken Krümmung der halbrunden Theke schwebte.

Es war ein bleiches Gebein!

Ich rutschte langsam vom Hocker, ohne den Knochen aus den Augen zu lassen.

Hinter dem Tresen stieß das Mädchen einen quietschend klingenden Laut aus und schüttelte den Kopf. Auch andere Gäste waren aufmerksam geworden. Ihre Köpfe ruckten herum, um sich den Knochen anzuschauen.

Niemand begriff so recht, was er damit anfangen sollte. Einige hielten es für einen Scherz, wie ihr Lachen anzeigte, obwohl es doch ziemlich gequält klang.

Ich ging einen kleinen Schritt vor, bis mir Abes Arm im Weg war. Seine Hand hielt mich fest. »Was hast du vor, John?«

»Ich will ihn mir schnappen.«

»Pass auf. Denk daran, was ich dir gesagt habe. Diese Gebeine sind gefährlich. Kudelke hat es …«

»Natürlich.«

Abe löste seine Hand von mir, sodass ich mich an seinem Rücken vorbeischieben konnte und dem in der Luft schwebenden Knochen immer näher kam.

Er bewegte sich nicht und stand dort, als wäre er von einer Schnur gehalten worden.

Wartete er auf mich?

Ich streckte den Arm aus, um über die Platte der Theke greifen zu können.

Es war im Lokal sehr still geworden. Zahlreiche Augenpaare beobachteten jede meiner Bewegungen. Hin und wieder vernahm ich ein gepresst klingendes Atmen. So richtig konnte keiner fassen, was sich seinen Augen bot. Hier ging etwas vor, das einfach nicht zu begreifen war.

Der Knochen rührte sich nicht. Ich konnte ihn genau ansehen. Wahrscheinlich stammte er von einem Arm, so sicher war ich mir da allerdings nicht.

Dann griff ich zu!

Ein gedankenschneller Griff. Ich hatte diese Aktion durch kein Wimpernzucken zu erkennen gegeben, und doch war der Knochen schneller. Bevor ich ihn zu packen bekam, huschte er zur Seite, streifte noch meinen Handrücken, drehte sich in der Luft und schlug zu.

Aber wie!

Er war so schnell, als würde ein Drummer seinen Trommelstock wirbeln lassen. Bevor ich mich auf das Stück Gebein einstellen konnte, hatte ich bereits einige Schläge erhalten. An der Stirn, der Wange und auf der Schulter war ich getroffen worden.

Den nächsten Treffern entging ich durch rechtzeitiges Abducken. Der Knochen hieb auf den Handlauf vor der Theke. Zahlreiche Gäste waren aufgesprungen, einige liefen zur Tür, ihr Schimpfen erfüllte den Raum, aber mir gelang es, den Knochen zu packen.

Er fühlte sich warm, fast heiß an, sodass ich ihn vor meinen Füßen auf den Boden schleuderte.

Wie ein Gummiball sprang er wieder hoch und hätte mein Kinn getroffen, wäre ich nicht rechtzeitig genug zurückgesprungen. So erhielt ich eine kurze Galgenfrist, tauchte nach hinten weg und brachte einen der kleinen Tische zwischen mich und den Knochen.

Er wirbelte hochkant um die eigene Achse und griff den G-man Abe Douglas an.

Der kassierte zwei Hiebe, da war ich so weit und hatte mein Kreuz hervorgeholt.

Abe war ebenfalls zur Seite gesprungen. Er sah zu, wie das Gebein auf und über die Theke tanzte, dabei gefährlich nahe an das mandeläugige Mädchen herankam und so schnell zuschlug, dass die Kleine keine Chance hatte, den Treffern zu entgehen.

Plötzlich strömte Blut aus ihren Nasenlöchern. Sie sackte in die Knie, bis es mir gelang, mich zwischen zwei Hocker zu quetschen und den Knochen zu schnappen, der sich auf die Kleine konzentriert hatte.

In der Rechten hielt ich das Kreuz. Diesmal rutschte mir die Beute nicht aus den Händen.

Knochen und Kreuz brachte ich zusammen – und schloß einen Sekundenbruchteil später die Augen, weil aus meiner Linken ein grelles Licht aufstrahlte, das mich blendete.

Ich hörte Abe Douglas laut irgendetwas rufen, öffnete die Augen wieder und sah, dass der Knochen aus meiner Faust verschwunden war, als hätte es ihn nie gegeben.

Ich spürte nicht einmal Staub zwischen den Fingern. Er musste sich einfach aufgelöst haben.

Ich drehte mich um.

Abe Douglas starrte mich und das Kreuz an. Er schaute auch auf meine leere Hand, schüttelte den Kopf und hob dabei die Schultern. »Verdammt, ich begreife es einfach nicht.«

»Ebenfalls.«

Es war nicht still in der Umgebung. Die noch gebliebenen Gäste unterhielten sich flüsternd und warfen uns mehr als einmal scheue Blicke zu. Ich blickte zu der Mandeläugigen hin, die sich eine weiße Serviette vor die Nase hielt.

»Es tut mir Leid«, sprach ich sie an. »Aber das habe ich nicht gewollt, Miss.«

Sie nickte nur.

Abe Douglas runzelte die Stirn. »Jetzt wissen wir auf jeden Fall mehr, John.«

»Und was?«

»Dass sie uns auf den Fersen sind.«

»Wer ist ›sie‹?«

Der G-man schaute mich an. »Frag mich etwas Leichteres.

So genau weiß ich das nicht. Die Knochenmänner meinetwegen.«

»Ja, kann sein.«

»Willst du noch bleiben?«

»Nein, wir fahren.« Ich winkte einem anderen Mädchen, um bei ihm die Rechnung zu begleichen. Die Kleine war kalkbleich, der Schreck steckte ihr noch immer in den Knochen.

»Nur keine Panik«, sagte ich leise. »Sie sind uns gleich los.«

»Sir, ich … ich … möchte Sie fragen, wie Sie das gemacht haben. Der Knochen war plötzlich weg.«

»Ich bin eben ein Zauberer.« Ein Trinkgeld legte ich noch hinzu und ging zur Tür.

Abe folgte mir und gab zuvor noch bekannt, dass er Polizist war und man die Ruhe bewahren möge.

»Tja«, sagte er, neben mir stehend und sein Kinn dabei reibend, »das wird ein harter Strauß. Jetzt weißt du, was uns hier in New York und Umgebung erwartet.«

»Kein Spaziergang.«

»Sicherlich nicht.«

Ich dachte wieder praktischer. »Wo hast du deinen Wagen abgestellt? Auf den offiziellen Feldern oder …«

»Nein, nein, gewisse Privilegien hat man schon als FBI-Agent. Es ist nicht weit, komm.«

Wir gingen durch die Halle, waren aber nicht mehr so locker wie vor unserem Besuch in dem kleinen Lokal. Des Öfteren schauten wir uns um, ohne jedoch die Knochen über den Köpfen der hier versammelten und hin- und hereilenden Menschen zu sehen.

Manche Sicherheitsbeamte beobachteten uns skeptisch, griffen aber nicht ein. Wir gelangten auf abgesperrtes Innengelände. Abes Sonderausweis öffnete uns die Türen. Durch einen Seitenausgang erreichten wir den Parkplatz für die Sicherheitsbeamten und Bediensteten.

»Was fährst du denn für eine Schaukel?«, fragte ich.

»Einen Camaro.«

Ich nickte anerkennend.

»Es geht, John. Er ist schon vier Jahre alt. Der Lack ist ab.« Ich blickte über die Dächer der abgestellten Fahrzeuge hinweg. Die großen Metallvögel stiegen in den Himmel und verschwanden rasch im Grau tiefhängender Wolken. Es sah nach Regen aus, Schnee war zum Glück nicht angesagt worden. Dafür lagen die Temperaturen ein wenig zu hoch.

Abe Douglas öffnete die Tür an meiner Seite, stieg selbst ein und wartete. bis ich mich angeschnallt hatte.

»Fahren wir direkt in das Gebiet?«

Der G-man schüttelte den Kopf. »Ich muss zuvor noch in mein Büro. Keine Sorge, vor Einbruch der Dunkelheit schaffen wir es noch.«

Ich zog die Tür zu. »Dann los!«

Abe fuhr nicht. Zunächst fiel mir nichts auf, bis ich ihn fragte, weshalb er nicht startete.

»Sieh mal nach vorn, John.«

Ich hatte mich bisher mit dem Gurt beschäftigt. Jetzt hob ich den Blick und sah durch die Frontscheibe.

Aus einer Lücke zwischen den abgestellten Fahrzeugen stiegen unheimlich und lautlos zahlreiche bleiche Knochen …

Armknochen, Beinknochen, vielleicht auch welche von den Händen oder Köpfen, ich wusste es nicht genau, ich sah nur zu, wie sie hintereinander und fast in einer geraden Reihe aus ihrem Versteck in die Höhe stiegen, ohne sich jedoch zu einem Gesamtskelett zusammenzufügen.

Eines stand fest.

Die waren nicht gekommen, um uns nur zu erschrecken. Sie wollten Rache haben.

Abe warf mir einen schnellen Blick zu. »Bleiben wir im Wagen, oder steigen wir aus?«

»Es gibt auch noch eine dritte Möglichkeit.«

»Welche?«

»Starten.«

Der FBI-Mann zeigte sich überrascht. »Das kann nicht dein Ernst sein, John. Du willst vor den Knochen fliehen?«

Ich widersprach. »Nicht fliehen. Du sollst nur starten. Und tu mir einen Gefallen, fahr nicht so schnell.« Abe Douglas nickte, zog aber ein besorgtes Gesicht.

»Ich kann mir vorstellen, was du planst. Wenn das nur gut geht.«

»Lass es darauf ankommen.«

»Meinetwegen.«

Wir standen auf dem Parkstreifen sehr günstig und brauchten nicht erst rückwärts zu fahren. Der Motor des Camaro war etwas laut. Douglas fuhr sehr weich an.

Ich ließ derweil die Knochen nicht aus den Augen. Sie waren durch die Bank weg sehr hell und zeigten nur einen leichten gelblichen Schimmer. Große Stücke befanden sich nicht darunter, aber sie waren in Bewegung. Einige von ihnen zitterten nur, andere kippten um.

Mir kamen die Knochen vor, als befänden sie sich in einer Lauerstellung. Damit mussten wir auch rechnen. Wahrscheinlich lauerten sie auf uns, um uns angreifen zu können.

Wir hatten mittlerweile den Fahrstreifen zwischen den abgestellten Wagen erreicht. »Wohin?«, fragte der G-man. »Nach rechts oder links?«

»Rechts!«, entschied ich. Dort hatten wir mehr Bewegungsfreiheit, weil da nicht so viele Wagen standen.

»Gemacht.«

Ich drehte mich auf dem Sitz und blickte durch die Heckscheibe, weil ich die Knochen unbedingt im Auge behalten wollte. Sie tanzten noch immer auf der gleichen Stelle und schienen sich überhaupt nicht für uns zu interessieren.

Von Sekunde zu Sekunde vergrößerte sich die Entfernung zwischen uns. Hatten wir uns getäuscht? Wollten uns die Gebeine überhaupt nicht angreifen?

Nein, sie kamen.

Und verdammt schnell!

Aus den Knochen wurde ein regelrechter Wirbel, der sich mit zunehmender Geschwindigkeit in unsere Richtung bewegte.

»John, du …«

»Fahr langsamer, Abe!«

Douglas drückte auf das Bremspedal. Ich öffnete, als der Camaro langsamer wurde. Noch wehte mir der Fahrtwind ins Gesicht. Über mir stieg mit heulenden Triebwerken ein gewaltiger Jumbo in die Luft.

Ich kippte nach rechts und gleichzeitig nach vorn. Sich aus dem fahrenden Wagen fallen zu lassen, ohne sich große Prellungen zuzuziehen, das will gelernt sein. Mir hatte man solche Tricks beigebracht.

Noch wischte der Beton unter mir hinweg. Dann schlug ich auf, rollte mich sofort zusammen und über die Schulter ab. Dennoch kam ich nicht sofort zur Ruhe. Erst nach einigen Überschlägen blieb ich liegen, hob den Kopf an und sah den Camaro schon ein Stück entfernt, bei dem jetzt allerdings die Bremsleuchten aufglühten. Der G-man stand dort, wo zwei Fahrspuren zu einer wurden, die in Richtung Tor führte.

Verstaucht, geprellt oder gebrochen hatte ich mir nichts. Geschmeidig wie immer kam ich hoch.

Die Knochen waren da.

Sie schienen von einem Orkan angetrieben zu werden. Wirbelnde Gebeine, nie ruhig, immer darauf lauernd, ein Ziel attackieren zu können. Aber sie konzentrierten sich diesmal nicht allein auf mich. Urplötzlich teilten sie sich.

Eine Hälfte jagte auf mich zu, die andere hatte sich den Wagen und Abe Douglas als Ziel ausgesucht.

Er öffnete soeben die Tür. Das war genau falsch. Er hätte lieber im Wagen bleiben sollen.

Ihn schreiend zu warnen hätte zu viel Zeit gekostet. Deshalb blieb ich nicht stehen und rannte ihm entgegen, zugleich in der Hoffnung, dass sich die beiden Knochenhaufen wieder vereinigen würden.

Ich warf nur einmal einen Blick über die Schulter zurück. Tatsächlich bewegten sich die Knochenteile wieder aufeinander zu, bildeten abermals die rollende Wolke, die uns verfolgte.

Auch der G-man hatte bemerkt, auf was es ankam. Blitzschnell tauchte er wieder in seinen Camaro, öffnete jedoch das Fenster.

Auf dem unteren Rand der Scheibe erschien ein schwarzer, länglicher Gegenstand. Der Lauf eines Revolvers.

Inzwischen hatten auch andere Menschen bemerkt, dass etwas nicht stimmte. Sie strömten herbei. Auf einer in der Nähe befindlichen Rampe standen Gaffer und sahen, dass ich mit einem letzten Sprung den Camaro erreichte, gegen den hinteren Kotflügel prallte, keine Schusswaffe zog, dafür aber mein Kreuz hervorholte und mich der Knochenwolke entgegenwarf.

Ich war bewusst das volle Risiko eingegangen, denn ich wollte es endlich wissen. Schon einmal hatte das Kreuz einen Skelettknochen besiegt, vielleicht schaffte es auch diese große Ansammlung.

Noch nie war ich in einen so gewaltigen Wirbel tanzender Knochen geraten. Sie hämmerten auf meinen Rücken, erwischten mich am Kopf, im Gesicht, doch nur für einen kaum messbaren Augenblick, denn urplötzlich ertönte ein gewaltiges Heulen, als hätte der Teufel persönlich seinen Ärger und Zorn ausgespien.

Ich ging zurück, hielt die Hand mit dem Kreuz vorgestreckt und sah, was geschehen war.

Mehr als zwei Drittel der tanzenden Gebeine hatten sich bereits aufgelöst. Nur verschwanden sie nicht wie der Knochen im Lokal, nein, sie rotteten sich förmlich zusammen, allerdings auf einer anderen Ebene. Aus den dreidimensionalen Gebeinen wurde ein heulender Sturmwind, ein Gespenst, ein riesiger Geist, wie ich ihn noch nie zuvor gesehen hatte. Es war der Geist eines Irokesen-Kriegers!

Bisher kannte ich die Angehörigen des Irokesen-Stammes nur von Zeichnungen her, die Geschichten wie den »Lederstrumpf« illustrierten. Nun sah ich einen solchen Krieger vor mir und musste gestehen, dass sich der Zeichner nicht geirrt hatte.

Der Irokese hatte vom Haarschnitt her Ähnlichkeit mit einem modernen Punker. An beiden Seiten war der Kopf kahl, und in der Mitte standen die Haare zu Berge. Unter dem Haarkamm funkelte ein böses, fratzenhaftes Gesicht. Es sah aus, als wäre es aus verschiedenen Teilen zusammengeschoben worden. Sogar der Mund saß schief, ebenso die klumpige Nase, und über allem schien der Nebel zu schweben, ebenso wie über seinem nur mit einem Lendenschurz bekleideten Körper.

Er war auch bewaffnet. In der rechten Hand hielt er ein Kriegsbeil, einen Tomahawk. Damit drohte er uns, hob den Arm wie zum Schlag, wirbelte herum und huschte blitzschnell davon.

Er drückte sich nicht in die Höhe. Schattengleich glitt seine Gestalt über den Boden, verschwand unter abgestellten Wagen, wobei einer von ihnen plötzlich auseinander flog und gleichzeitig in Flammen aufging. Wie aus dem Nichts hatte sich die Feuerwolke gebildet. Die Detonation vernahmen wir erst, als wir schon flach am Boden lagen. Uns erreichte der Hitzeschleier, ich hörte Abes Fluchen und sah, dass er zur Seite kroch, seine Waffe in der Hand.

Zu schießen brauchte er nicht. Es gab kein Ziel. Der Geist war längst verschwunden.

Wir standen auf und starrten ins Feuer.

Der Brand hatte sofort Alarm ausgelöst. Wir hörten das Heulen der Sirenen, sahen Gestalten über den Parkplatz hasten, und schon bald war der erste Löschwagen zur Stelle. Wir schauten den Männern ebenso zu wie andere Personen, die sich verdächtig nahe bei uns aufhielten und uns wahrscheinlich die Schuld für den Brand gaben. Sie mussten etwas bemerkt haben, doch eine Erklärung würden wir ihnen kaum geben. Ich machte Abe Douglas darauf aufmerksam.

»Das regle ich, John.« Er ging zu den Leuten und erklärte ihnen, wer er war.

Damit gab sich ein hoher Beamter der Schutzpolizei nicht zufrieden. Er wollte Details wissen.

»Die können wir Ihnen nicht liefern«, erklärte der G-man. »Gehen Sie davon aus, dass es sich um einen Unfall gehandelt hat.«

Der Sicherheitsbeamte schüttelte den Kopf. »Ich hörte Zeugenaussagen, die von einer Erscheinung sprachen.«

»Die existierte.«

»Wie stehen Sie dazu?«

»Der Brand ist gelöscht, es hat keine Toten gegeben und auch keine Verletzten. Auch andere Fahrzeuge wurden nicht in Mitleidenschaft gezogen, der Rest ist unsere Sache.«

»Ja, Sir, das ist Ihre Sache. Ich bin jedoch sicher, dass wir noch einmal miteinander reden.«

»Das wird wohl in einem anderen Leben geschehen.« Abe gab sich gelassen. Er nickte mir zu. »Los, John, wir müssen fahren!«

»Ich werde mich an Ihre Dienststelle wenden.«

Abe saß schon im Wagen. »Tun Sie das.«

»Und wie war das mit den Knochen?« Der Beamte ließ nicht locker. Auch als Douglas den Motor anließ, stemmte er seine Hände noch auf das Wagendach.

»Welche Knochen?«

»Zeugen berichteten von Gebeinen, die in der Luft tanzten und Sie verfolgten.«

»Können Sie sich das vorstellen?«

»Nein.«

»Wir auch nicht, Mister. Und jetzt gehen Sie lieber zurück, sonst fahre ich Ihnen noch die Zehen ab.«

Der G-man hatte es wirklich eilig. Er fuhr so schnell an, dass der andere fluchend zurücksprang.

»Seid ihr hier immer so freundlich zueinander?«, fragte ich den New Yorker Kollegen.

»Kommt darauf an. Ich hasse es nun mal, wenn man mir dumme Fragen stellt, auch wenn der Typ nur seine Pflicht getan hat.« Abe winkte ab. »Vergiss es, John, andere Dinge sind jetzt wichtiger.«

»Welche?«

»Wir müssen endlich nach Vermont.«

»Ah!«, dehnte ich. »Dort also habt ihr die Aufbereitungsanlage bauen wollen.«

»So ist es.«

»Und wie sieht es dort oben aus?«

»Wie im Urlaub. Eine wunderschöne Umwelt. Viel Wald, Seen und nette Orte.«

»Hast du die Knochen vergessen?«

»Die kommen auch noch dazu.«

»Wie der Geist.«

»Richtig, John. Ich suche nur verzweifelt nach einer Erklärung, weißt du?«

»Ja, die suche ich auch.« Vor uns rollte ein Lastwagen in eine Kurve hinein, die unter einer Brücke herführte. Noch bewegten wir uns auf dem Flughafengelände, aber gewaltige Hinweisschilder wiesen bereits auf den Van Dyck Expressway hin, der uns quer durch Queens in Richtung Norden führte. Manhattan brauchten wir nicht zu durchfahren.

»War dieser Geist etwas Besonderes?«

Ich nickte. »Das könnte ich mir schon vorstellen. Vielleicht ein Medizinmann, ein Schamane.«

»Denen traust du viel zu?«

»Leider, Abe. Ich habe sie kennen gelernt. Sie besitzen Kräfte, die wir uns nicht erklären können. Sie haben sie aus der Natur geholt. Die hören das Gras wachsen, sage ich dir. Denen bleibt nichts verborgen. Auch nicht, wenn jemand in einer bestimmten Region eine Aufbereitungsanlage errichten will.«

Douglas schüttelte den Kopf. »Du redest, John, als wärst du dagegen.«

Ich hob die Schultern. »Möglicherweise bin ich das auch. Ich will die Natur erhalten.«

»Aber Atomenergie ist sauber!«

»Stimmt«, sagte ich bitter lächelnd. »Ich kann mir allerdings nicht vorstellen, dass ein sauberer Tod besser ist als ein schmutziger, mein lieber Abe.«

Douglas legte die Stirn in Falten. »Darüber müsste ich nachdenken.«

»Tu das. Wir fahren ja lange genug …«

Stunden später!

Mir wurde allmählich klar, aus welch einem Grund man die damals hier lebenden Eingeborenen Wald-Indianer genannt hatte.

Es gab auch heute noch viel Wald in den Neu-England-Staaten.

Sein grünes Kleid reichte im fernen Westen bis zu den Adirondacks, einem gewaltigen Erholungsgebiet für Mensch und Tier und ein Paradies für Angler. In diesem Gebirge hatte ich mit viel Schnee und Glatteis gerechnet, zum Glück wurde ich angenehm enttäuscht. Das meiste Zeug war getaut, und es wehte sogar ein milder Südwind, der einen Hauch von Frühling mitbrachte.

Der Himmel glänzte wie hellblaue Seide, auf der nur wenige Wolken lagen. Sie wirkten wie mit Pinselstrichen gezeichnet.

»Wie gefällt es dir hier?«, hatte mich Abe gefragt.

»Sehr gut. Es wäre schade, wenn hier der Betonklotz einer Industrieanlage stehen würde.«

»Sehr wohl ist mir dabei auch nicht, das gebe ich zu.«

»Aber du machst deinen Job?«

»Sicher.« Er wandte kurz den Blick. »Du doch auch, oder nicht? Heißt du es denn gut, dass tanzende Knochen Menschen verletzen oder töten?«

»Bestimmt nicht.«

»Dann sind wir uns ja einig.«

»Wie weit haben wir noch zu fahren?«

»Ungefähr dreißig Meilen. Willst du eine Pause einlegen?«

»Nein, erst am Ziel.«

»Ich auch.«

Mein amerikanischer Kollege hatte mich mittlerweile über gewisse Dinge aufgeklärt. Ich wusste, dass der Ort, der mit einer Aufbereitungsanlage beglückt werden sollte, Rainbow Falls hieß. Der Name stammte von den in der Nähe befindlichen Wasserfällen, die über mehrere Stufenfelsen schäumten und sehr oft die Strahlen der Sonne brachen und sie in ihr farbiges Spektrum auflösten, sodass fast immer ein Regenbogen auf dem Wasser glitzerte.

Douglas war einmal da gewesen, hatte sich den Ort angeschaut und war begeistert von ihm. Eine Idylle, hatte er mir erklärt. Es wird dir sicherlich gefallen.

Unsere Straße führte ständig bergauf. Bald entdeckten wir an Nordhängen die ersten Schneeinseln. Bei diesen Temperaturen würden auch sie bald verschwunden sein.

Abe und ich trugen dunkle Brillen. Ich genoss die Landschaft.

Die kleinen Orte, die wir durchfuhren, waren so sauber wie die Menschen, die hier lebten und arbeiteten. Es gab zahlreiche holzverarbeitende Betriebe. Gewaltige Schafsweiden breiteten sich vor unseren Augen aus. Ich hatte das Gefühl, zu Hause zu sein, und dachte daran, dass der Name Neu-England-Staaten nicht von ungefähr kam.

Dieses Gebiet hatte einmal den Wald-Indianern gehört. Die Weißen hatten es ihnen weggenommen. Erlebten wir vielleicht jetzt so etwas wie eine Abrechnung?

Douglas wunderte sich über mein Schweigen. »Weshalb bist du so still, John?«

»Ich denke nach.«

»Worüber?«

»Über ein Motiv.«

»Bravo, Herr Polizist. Jeder muss ein Motiv haben, so heißt es wenigstens in der Ausbildung. Aber daran glaube ich nicht mehr, John. Ich habe in New York Dinge erlebt, die jeder Beschreibung spotten. Morde, Verbrechen, aber keine Motive. Einfach so.«

»Das glaube ich dir, doch meine Erfahrungswerte sprechen dagegen. Das Auftauchen der Geisterscheinung muss einfach seinen Grund haben, verstehst du?«

»Sicher.« Abe Douglas kratzte über seine Wange. »Ich kann mir den Grund auch denken.«

»Die Aufbereitungs-Anlage«, kam ich ihm zuvor. »Vielleicht wollen gewisse Kräfte nicht, dass sie errichtet wird.«

»Du meinst die Geister?«

»Oder die Knochen.«

Douglas hieb gegen seine Stirn. »Verdammt, John, worüber reden wir hier eigentlich? Kinderkram?«

»Das wäre schön, aber leider hat dieser Kinderkram schon ein Menschenleben gekostet, und uns ist man bereits auf der Spur. Vielleicht hätte uns dieser Schamane ebenfalls umgebracht, wenn wir nicht so schnell reagiert hätten.«

»Wir haben immerhin Mittel, mit denen wir uns wehren können. Ich sage dir eins, John. Lassen wir alles auf uns zukommen. Mal sehen, wie es in Rainbow Falls aussieht.«

Er hatte den Namen des Ortes nicht ohne Grund erwähnt, denn wir sahen ihn vor uns liegen. Die Straße führte an Rainbow Falls vorbei, aber vor dem Ortseingang zweigte eine weitere Fahrbahn ab, die die kleine Stadt durchschnitt. Die grenzte mit der Westseite an einen See.

Am anderen Ufer begannen die Wälder. Die Bäume klammerten sich an Felsstufen fest, bildeten ein dichtes Gebiet, in dem jedoch eine breite Schneise auffiel. Über terrassenförmige Abstufungen schäumte ein Wasserfall, dessen Kaskaden vom Licht der Wintersonne bestrichen wurden, sodass tatsächlich ein dünner Regenbogen entstand, der wie ein Schleier über dem Wasser lag.

Wir hatten angehalten und waren ausgestiegen. Die frische und würzig riechende Luft reinigte unsere Lungen. Obwohl wir noch Winter hatten, sah die Umgebung nicht so tot aus. Die Natur stand dicht vor der Erholung. Mir kam es vor, als hätte sie schon Atem geholt, um wenig später die Luft wieder auszustoßen, damit die Bäume und Sträucher erblühten.

Abe lachte. »Dir gefällt es hier – oder?«

»Ja, sehr gut. Ich finde es schade, dass ihr hier die Anlage bauen wollt. Ihr würdet diesem Stück Natur die Seele herausreißen.«

»Du bist voreingenommen, alter Junge.«

»Vielleicht, aber ich finde es schlecht! Was schafft ihr damit? Arbeitsplätze?«

»Unter anderem.«

»Sind die Menschen hier ohne Beschäftigung?«

»Das nicht. Wir würden aus den Städten Leute heranholen. Rainbow Falls bekäme Auftrieb und würde aus seinem Winterschlaf erwachen.«

Ich schüttelte den Kopf. »Ob die Menschen sich das allerdings wünschen, ist fraglich. Wie steht man dazu?«

Abe hob die Schultern. »Keine Ahnung.«

»Sie wären bestimmt dagegen.« Ich wechselte das Thema. »Wo wollt ihr die Anlage hinsetzen?«

»Moment mal, John. Ich will sie nicht hinsetzen. Das ist eine Energiegesellschaft.« Abe streckte den rechten Arm aus und zeigte über die Ortschaft hinweg nach rechts, wo das Gelände flach war.

»Dort hat sich Kudelke aufgehalten. Er sollte einige Nachforschungen anstellen und das Gelände vermessen.«

»Weshalb hat die Firma nicht ihre eigenen Leute geschickt?«, wollte ich wissen.

Der G-man senkte den Kopf und presste die Lippen zusammen. Ich hatte sofort das Gefühl, hier die Finger in eine offene Wunde gelegt zu haben. Abe verschwieg mir etwas.

»Raus mit der Sprache!«, forderte ich.

»Das ist bereits geschehen. Man hat drei Experten in diese Gegend geschickt.«

»Und?«

»Sie sind nicht zurückgekehrt. Einfach verschwunden, als hätte es sie nie gegeben.«

»Wieso?«

»Nichts wieso. Sie müssen umgekommen sein. Die Polizei hat natürlich Nachforschungen angestellt, auch wir sind eingeschaltet worden. Die Kollegen haben keine Spur gefunden. Es gibt die drei Männer nicht mehr. Aus, vorbei.«

»Und dann hast du Kudelke geschickt?«

»Ja, er erschien mir unverdächtig. Er sollte sich umhören. Es war alles abgesprochen. Den Rest kennst du ja.«

Ich nickte. »Und ob ich den kenne. Ich sage dir etwas, Abe: Wir befinden uns in einem gefährlichen Kreislauf. Hier sind Kräfte am Werk, die du nicht so leicht stoppen kannst.«

»Deshalb habe ich dich ja mitgenommen.«

»Ja, mal sehen.« Ich wollte wieder in den Wagen steigen, aber Douglas hielt mich zurück.

»Moment noch, John. Wenn du aussteigen willst, sag es jetzt. Ich sehe dir an, dass du nicht viel Lust hast.«

»Das stimmt allerdings.«

»Und wieso ...?«

»Ich kann die verstehen, die sich wehren, Abe.«

»Auch dass sie töten?«

»Nein, das kann ich eben nicht hinnehmen. Deshalb werde ich sie auch bekämpfen. Zudem stehen wir ebenfalls auf ihrer Liste und werden uns unserer Haut wehren müssen.«

Wir stiegen in den Camaro und fuhren die letzten Yards nach Rainbow Falls hinein.

Häuser aus Holz, Kreuzungen, breite Straßen, keine Ampeln, ein gepflegter Ort, in dem wenig Betrieb herrschte. Auch nicht an diesem Nachmittag. Zwar fuhren Fahrzeuge durch Rainbow Falls, aber alle wirkten gemütlich und irgendwie langsam.

Zumeist fuhr man hier Station Cars, in denen man auch gewisse Dinge transportieren konnte. Die Wohnhäuser waren großzügig angelegt worden, gepflegt die Gärten.

Rainbow Falls hatte auch eine City. Hier standen die Häuser dichter. Geschäfte, ein Supermarkt mit großem Parkplatz dahinter, zwei Restaurants, natürlich auch Hamburger-Läden, Drugstores und eine Polizei-Station, vor der eine weißgestrichene Bank stand.

Wir hielten ein Stück entfernt und stiegen noch nicht aus. »Sollen wir uns mit dem Sheriff in Verbindung setzen?«, fragte Abe.

»Heißt der hier so?«

»Ja.«

»Kennst du ihn?«

Douglas grinste. »Ich habe mir sein Dossier kommen lassen. Er ist seit über zehn Jahren im Amt und hat es von seinem Vater übernommen. Der Mann ist nicht unbedingt eine Leuchte, aber hier ist auch nicht viel passiert, bis auf das Verschwinden der drei Männer eben. Da hat er fast durchgedreht, weil ihm das zu viel wurde.«

»Kann man ihn als loyal bezeichnen?«

»Ich hoffe es.«

»Okay, machen wir uns mit ihm bekannt, Abe. Wir müssen schließlich sagen, weshalb wir hier sind.«

»Das wird sich ergeben.«

Ich ließ den Türhebel wieder los. »Willst du weiterhin inkognito arbeiten?«

»Ja, das hatte ich vor. Wir sind eben Leute, die hier Urlaub machen wollen. Die Gegend ist reich an Fischen.«

»Dann müssten wir uns noch Angelzeug kaufen.«

»Der Laden ist direkt gegenüber.«

»Du hast gewonnen, Abe.« Ich öffnete die Tür und faltete mich aus dem Wagen.

Noch immer wehte der wärmende Wind. Als Abe die Tür zuwarf, empfand ich das Geräusch fast als störend. Zwei Frauen kamen uns entgegen. Sie schauten uns kurz an. Ihre Blicke sprachen Bände. Misstrauen stand in ihren Augen. Man mochte hier wohl keine Fremden.

Als wir durch den Ort gingen, sah ich mir die Leute genauer an. Mir kamen sie bedrückt vor. Vor dem Office blieben wir stehen. Es war abgeschlossen. Dafür blickten wir auf ein Schild, das an der Tür hing.

»Bin bei Pete«, las ich halblaut vor. »Wer ist das denn schon wieder?«

»Keine Ahnung.«

Sehr schnell entdeckten wir, wer mit Pete gemeint war, als wir die Reklame einer Bar erkannten. Die Buchstaben Pete standen im rechten Winkel zur Hauswand. Sie würden in der Dunkelheit leuchten.

»Auf zu Pete«, sagte ich.

Eigentlich mussten wir uns vorkommen wie im Westen, da wir über einen hölzernen Stepwalk schritten, der zudem noch überdacht war. Dieser Schutz hörte erst neben Petes Bar auf.

Als wir eintraten, intonierte ein Glockenspiel den Anfang des Songs »He was a jolly good fellow«. Und zwei Fellows hielten sich in dem Lokal auf.

Einer hinter der Theke, der andere davor.

Viel Holz bildete die Einrichtung. Es roch nach frischer Farbe und Kaffee. Die moderne Maschine passte nicht so recht auf die alte Theke, über der Lampen aus Schmiedeeisen hingen. In Fahnen wehte Rauch über die Platte. Er stammte von einer Zigarre, die der Mann, der vor der Theke stand, zwischen seine Lippen geklemmt hatte. In der rechten Hand hielt er einen ledernen Würfelbecher, den er nicht umdrehte, denn er wandte sich bei unserem Eintreten um.

Der Stern auf seinem blauen Jeanshemd wies ihn als Sheriff aus. Er trug eine Jeanshose mit einem breiten Gürtel, an dem auch der Revolver und die Handschellen hingen. Sein Gesicht wirkte flach. Das dunkle Haar war straff nach hinten gekämmt, und seine

Wangen zeigten Bartschatten. Hörbar saugte er die Luft ein und strich mit der freien Hand über sein glattes Haar, bevor er sich an Pete wandte, ein schmales Männchen mit einem blassen Ziegenbart am Kinn.

»Ich glaube, die haben sich verlaufen, die beiden.« Die Stimme des Sheriffs klang sonor.

»Ja, vielleicht.«

Wir blieben an der Theke stehen und schauten den Gesetzeshüter an. Abe übernahm das Gespräch. »Sie haben wir gesucht, Sheriff.«

»Wie schön. Was gibt es? Habt ihr kein Benzin mehr? Wollt ihr etwas essen, bevor ihr weiterfahrt?«

»So eilig haben wir es nicht«, sagte ich.

»Ach, ihr wollt bleiben?«

»Ja.«

Bisher hatte er seine Zigarre nicht aus dem Mund genommen. Jetzt legte er sie in einen Ascher. »Lassen Sie mich überlegen. Weshalb kommen zwei Männer nach Rainbow Falls? Weil es hier so schön ist?«

Pete hatte auch etwas zu sagen. »Flash, vielleicht sind das Zeitungsschmierer.«

Der Sheriff musterte uns und schüttelte den Kopf. »Nein, mein Junge, das sind sie nicht. Zeitungsschmierer sehen anders aus. Die kenne ich. Ich habe sie leider genießen müssen. Diese hier sind von einem anderen Kaliber.« Er verengte die Augen und streckte plötzlich den rechten Arm vor, wobei er die Hand öffnete. »Willkommen in Rainbow Falls, Kollegen. Ich bin Sheriff Flash Hunter.«

Es hatte keinen Sinn mehr, sich jetzt noch eine Tarnung zuzulegen und die harmlosen Angler zu spielen. »Sie haben ein gutes Auge, Sheriff«, sagte Abe.

»Klar, das braucht man hier. Außerdem schärft die noch intakte Natur den Blick.«

»Noch?«, fragte ich.

»Ja, alles geht doch kaputt, wie ich hörte – oder?«

Ich reichte ihm die Hand. Er drückte fest zu, bekam es aber zurück und grinste schief. Die erste kleine Kraft- oder Machtprobe hatte ich zumindest unentschieden gestaltet. Wir stellten uns vor.

Hunter zeigte auf mich. »Sie sprechen anders, Sie sind …«

»Engländer.«

Hunter lachte. »Und wir befinden uns in den Neu-England-Staaten. Da sind Sie richtig. Wie lange wollen Sie bleiben?«

»Es kommt darauf an«, sagte Douglas.

Hunter griff nach seinem Glas, in dem Mineralwasser schwappte. »Die drei Toten, nicht wahr?«

»So ist es.«

»Da kann ich euch auch nicht helfen. Die Männer kamen und verschwanden.«

»Wir gehen davon aus, dass sie getötet wurden«, sagte ich. »Hat man ihre Leichen nicht gefunden?«

»Nie.«

»Haben Sie denn gesucht?«

»Und wie.«

»Einen Verdacht gibt es auch nicht – oder?«, erkundigte sich der FBI-Agent.

»Nein.«

»Wollen Sie etwas trinken?«, fragte Pete.

Wir bestellten Wasser und erhielten es aus dem Sodabehälter. Ich atmete tief ein. »Rainbow Falls sieht friedlich aus, Sheriff, aber hinter der Fassade scheint es zu brodeln.«

»Woher wollen Sie das wissen?«

»Wir hörten einiges.«

Er lehnte sich mit dem linken Ellbogen auf den Handlauf. »So? Was spricht man denn?«

»Nicht viel. Ich wollte nur fragen, ob das Land hier einmal den Irokesen gehört hat.«

»Das ist sehr lange her.«

»Richtig, Sheriff. Erinnert noch etwas an die Irokesen? Gibt es ein Erbe?«

»Nein, Mister, es ist alles rechtlich geregelt worden.«

»Sie haben mich falsch verstanden. Ich denke da an ein anderes Erbe. Zum Beispiel an tanzende Knochen …«

Flash Hunter reagierte ungewöhnlich. Er ging einen kleinen Schritt zurück und schloß die Lippen. Pete, der Wirt, war bleich geworden. Er zog eine Grimasse, griff nach einem Tuch und begann damit, irgendwelche Gläser zu säubern.

»Haben wir Sie erschreckt, Kollege?«, fragte Abe Douglas leise.

»Nein.«

»Sie reagieren nicht normal.«

»Ich denke nur nach.«

»Worüber?«

Er hob die Schultern. »Es geht mich ja nichts an. Im Prinzip ist jeder für sich selbst verantwortlich, aber Sie sollten so etwas wie die tanzenden Knochen nicht noch einmal erwähnen. Es gibt Dinge, über die man den Mantel des Schweigens deckt.«

»Das wollen wir aber nicht!«, sagte Abe.

Der Sheriff beugte sich vor. »Darf ich Ihnen einen Rat geben? So von Kollege zu Kollege?«

»Gern.«

»Trinken Sie Ihr Wasser aus, zu dem ich Sie einlade. Dann steigen Sie in Ihren Wagen und machen wieder kehrt. Fahren Sie so schnell wie möglich ab. Ihr Gebiet ist die Großstadt, nicht der Wald. Jagen Sie dort Ihre Killer. Hier ist der Boden für Fremde oft tödlich.«

»Wie für die drei Männer, die verschwunden sind?«

»Zum Beispiel.«

Jetzt beugte sich Abe Douglas vor. »Tut mir Leid, Sheriff, es hat noch einen vierten Toten gegeben. Ein Mann war hier. Er wurde von mir geschickt. Er kam auch wieder zurück, dann aber wurde er von einer Fratze so beeinflusst, dass er Selbstmord beging. Wir in der Stadt sind es gewohnt, diesen Fällen nachzugehen, wenn Sie verstehen.«

»Klar.«

»Also werden wir bleiben. Zudem haben wir bereits die tanzenden Knochen kennen gelernt.«

Flash Hunter blickte mich an, als wollte er eine Bestätigung haben.

»Mein Kollege lügt nicht«, sagte ich.

Der Sheriff hob die Schultern. »Ich kann Sie nur immer wieder warnen, mehr nicht.«

»Dann kennen Sie die Knochen?«

»Das habe ich nicht gesagt.«

»Was steckt dahinter?«

»Finden Sie es heraus«, sagte Hunter und zog seine mit Lammfell gefütterte Jacke über. »Finden Sie es heraus, aber verlangen Sie nicht von mir, dass ich Ihnen helfe. Niemand in Rainbow Falls wird auf Ihrer Seite stehen. Lassen Sie die Toten ruhen. Die Vergangenheit muss begraben bleiben. Wir haben hier in Ruhe und Frieden gelebt, bis die drei Männer kamen und dumme Fragen stellten. Ich weiß, was sie wollten, aber sie haben ihre Quittung erhalten.«

»Hat der Irokesengeist sie geholt?«, fragte ich.

»Der Tod kann vielfältig sein. Mehr habe ich Ihnen nicht zu sagen.« Er nickte uns noch einmal zu, drehte sich um und verließ mit großen, wuchtigen Schritten das Lokal.

Pete und wir blieben zurück. Der Wirt hatte sich in die äußere Ecke hinter der Theke verzogen. Er sah so aus, als hätte er sich am liebsten verkrochen.

Abe sprach ihn an. »He, Pete.«

»Sie sind eingeladen worden, Gentlemen. Das geht auf die Rechnung des Sheriffs.«

»Dafür bedanken wir uns noch bei ihm persönlich. Sie aber leben auch hier. Was hat er mit all den Dingen gemeint?«

»Ich weiß nichts. Ich will auch nichts wissen. Verlassen Sie den Ort. Sie bringen Unglück!«

»Das Unglück kommt, wenn man die Augen so verschließt wie Sie, Pete. Wir werden nicht gehen.«

»Dann kann ich Ihnen auch nicht helfen.«

Douglas griff in die Tasche und legte einige Münzen auf die Platte. »Das ist für das Wasser.«

»Ja, danke.«

»Gibt es hier ein Hotel?«

»Zwei.«

»Gut, wir werden sie finden.«

Pete trat näher. Nervös wischte er mit seinen Handflächen über das Hemd. »Noch einmal, verschwinden Sie! Lassen Sie die Geister ruhen. Der Tanzplatz der Verfluchten …« Er presste seine Hand vor den Mund. Wahrscheinlich hatte er schon zu viel gesagt.

»Wie war das?«, fragte ich.

»Nichts, ich habe …«

»… den Tanzplatz der Verfluchten erwähnt. Was hat es damit auf sich? Los, reden Sie!« Ich wurde lauter und drängte. Das blieb nicht ohne Eindruck auf ihn.

Pete duckte sich, als hätte er einen Schlag erhalten. Er schwitzte plötzlich. Sein mageres Gesicht zeigte einen ängstlichen Ausdruck. »Sie kommen da nicht raus«, erklärte ich ihm. »Was hat es mit dem Tanzplatz der Verfluchten auf sich?«

»Verraten Sie mich auch nicht?«

»Nein.«

»Die Rache wäre furchtbar.«

»Reden Sie endlich!«, drängte auch Abe.

»Der Tanzplatz«, flüsterte der Wirt, »ist ein verdammter Ort. Ich … ich war nie da, ich weiß nur, dass es ihn gibt. Er liegt beim Wasserfall. Dort haben in alter Zeit die Irokesen ihre magischen Feste abgehalten. Noch heute spukt es dort. Er ist auch gleichzeitig ein Friedhof. In der Erde liegen die Toten, aber sie kommen zurück, so erzählt man sich. Nicht als Gestalten, sondern als Knochen. Sie haben ja davon gehört. Die Gebeine tanzen. Sie sind mächtig, denn sie stehen unter einem unheimlichen Einfluss.«

»Wer übt ihn aus?«, fragte ich.

»Shalaka!« Pete flüsterte das Wort, und er bekam dabei eine dicke Gänsehaut.

Ich warf Abe einen fragenden Blick zu. Der G-man schüttelte den Kopf. Er hatte den Namen also auch noch nicht gehört.

»Wer ist Shalaka?«

Pete wollte nicht reden. Wenigstens nicht über dieses Thema. »Ich … ich kann nicht viel sagen. Ich darf auch nicht, wenn Sie verstehen. Ich habe schon zu viel geredet. – Der Tanzplatz der Verfluchten und Shalaka. Merken Sie sich diese beiden Begriffe.« Seine Augen nahmen einen flehenden Ausdruck an. »Und jetzt gehen Sie bitte. Tun Sie mir den Gefallen!«

Der G-man nickte mir zu. Hier hatten wir nichts mehr verloren.

Die letzten Informationen waren wichtig gewesen. Wir würden uns den Tanzplatz der Verfluchten auf jeden Fall genau ansehen, das stand fest.

»Danke«, sagte ich noch. Pete hörte es nicht. Er hatte uns den Rücken zugedreht und beschäftigte sich mit den Flaschen, die im Regal standen.

»Hier haben alle Angst«, sagte Douglas, als wir zur Tür gingen. »Ich frage mich nur, wie moderne Menschen so reagieren können.«

Ich sagte nichts und ließ den G-man vorgehen. Wir traten hinaus in das hellere Licht, schauten auf die breite Straße und gingen nicht mehr weiter, denn was sich dort tat, gefiel uns gar nicht.

Auf der Straßenmitte und direkt vor dem Eingang des Lokals standen sechs kräftige Männer aller Altersgruppen. Unter ihnen befand sich auch der Sheriff. Er nuckelte noch immer an seiner Zigarre, dabei lag eine Hand auf dem Griff der Waffe. Lauernd starrte er uns an und nickte, als wir nebeneinander stehen blieben.

»Ist was, Sheriff?«, fragte Abe.

Hunter antwortete, ohne die Zigarre aus dem Mund zu nehmen. »Ja, Kollegen, wir sind gekommen, um euch Geleit zu geben, wenn ihr wieder nach Hause fahrt. Niemand soll sagen, dass die Menschen in Rainbow Falls ungastlich gewesen sind …«

So konnte man es auch ausdrücken. Es lag auf der Hand, dass der Sheriff uns los sein wollte, und so versuchte er es eben auf diese Tour. Niemand hatte eine Waffe gezogen, um die Forderung zu unterstreichen, aber jeder trug eine bei sich. Es war hier so üblich, dass man sein Gewehr im Kleiderschrank hatte.

Abe Douglas lief rot an. Er hatte ebenso verstanden wie ich. Bevor er jedoch aus der Haut fahren konnte, legte ich meine Hand auf seinen Unterarm. »Lass das mal, ich werde das erledigen.«

»Okay!«, knirschte er.

»Sie sind also gekommen, um uns zum Wagen zu bringen. Das finde ich sehr freundlich, Sheriff. Leider ist es vergebene

Liebesmüh. Wir haben uns nämlich zum Bleiben entschlossen. Diese Gegend ist sehr romantisch. Wir wollen uns ein wenig umschauen, auch mal am Wasserfall spazieren gehen …«

Flash Hunter paffte einige Wolken und nickte. »Das finden wir aber nicht gut.«

Ich breitete die Arme aus. »Was haben wir getan? Wir sind gekommen, um mit Ihnen zu reden.«

»Das ist geschehen. Jetzt können Sie wieder fahren.«

»Nur hat uns das Gespräch mit Ihnen nicht das gegeben, was wir erwartet hatten.«

»Und was haben Sie erwartet?«

»Mehr Informationen.«

»Über was?«

»Ich hörte von einem alten Irokesen, der sich Shalaka genannt hat. Kennen Sie ihn?«

Die Männer schwiegen, der Sheriff sprach ebenfalls kein Wort. Er knetete nur seine Zigarre. »Es reicht, Kollegen«, sagte er leise. »Das sind Dinge, die nur uns etwas angehen. Fremde brauchen hier nicht zu schnüffeln.«

»Vergessen Sie nicht, dass noch Verbrechen aufgeklärt werden müssen. Tut mir Leid, Sheriff, wir werden so lange bleiben, wie wir es für richtig halten.«

»Auch wenn Sie nicht erwünscht sind?«

»Ja.«

Die Männer waren in eine Zwickmühle geraten. Selbst Hunter wusste nicht, wie er reagieren sollte, aber er bekam von seinen Mitstreitern Stoff. Was sie ihm zuflüsterten, konnte ich nicht verstehen. Bestimmt keine Liebenswürdigkeiten. Schließlich nickte der Sheriff. »Es tut mir Leid für Sie, aber meine Freunde hier wollen ebenfalls, dass Sie die alten Dinge ruhen lassen. Sie verstehen?«

»Sicher. Wir stören Sie auch nicht.«

»Sie müssen weg!«

Abe Douglas setzte sich in Bewegung, noch bevor ich ihn daran hindern konnte. Plötzlich stand er vor dem Sheriff und starrte ihn an. »Ist Ihnen und den Komikern hinter Ihnen eigentlich klar, wen Sie vor sich haben? Ich bin FBI-Agent«, sagte er mit lauter

Stimme, »und Ihnen gegenüber weisungsbefugt. Wissen Sie das überhaupt?«

»Ja, Sir.«

»Dann ist es gut. Richten Sie sich danach!«

»Moment noch, Sir, Sie vergessen eines. In New York können Sie die Menschen vielleicht einschüchtern. Hier aber nicht. Wir befinden uns in Rainbow Falls, wo die Uhren anders gehen. Für euch New Yorker mögen wir vielleicht schwerfällig oder dickköpfig sein, aber wir haben unsere Prinzipien. Dass drei Männer verschwunden sind, ist eine Tatsache. Vielleicht verschwinden noch weitere.«

»Sie meinen uns?«

»Das weiß ich nicht. Ich will Sie nur gewarnt haben. Lassen Sie unseren Ort in Ruhe. Kümmern Sie sich nicht um die alten Geschichten. Wer Wind sät, wird Sturm ernten. An dieses Sprichwort sollten Sie denken.«

»Also werden Sie uns nicht unterstützen?«, fragte Abe.

»Nein!«

»Das wäre für Ihre weitere Karriere nicht sehr förderungsträchtig, Sheriff.«

Hunter hob die Schultern. »Was soll mir noch passieren? Ich bin lange im Amt und habe mir nichts zuschulden kommen lassen.«

»Begleiten Sie uns wenigstens zum Tanzplatz der Verfluchten?«

Hunters Gesicht verlor Farbe. Er starrte den G-man scharf an und drehte sich um. Der scharfe Dialog hatte immer mehr Neugierige angelockt. Wir sahen uns einer feindselig wirkenden Wand aus Menschen gegenüber, da es keinen Bewohner in Rainbow Falls gab, der auf unserer Seite stand. Sie alle wollten, dass wir den Ort verließen.

Weit kam der Sternträger nicht. Es war eine Frau, die das Unheil zuerst entdeckte. Von der anderen Straßenseite klang ihre kreischende Stimme auf.

»Sheriff, was ist das?«

Hunter flirrte herum, auch wir schauten in die Richtung, in die der ausgestreckte Arm der Frau wies.

Am Ortsrand, wo die Hügel begannen, ragte etwas in die Höhe.

Eine gewaltige Windhose, eine graue Spirale, in der etwas durcheinander wirbelte und manchmal helle Reflexe warf.

Knochen …?

Die Frau begann zu schreien. »Flieht!«, kreischte sie. »Flieht, mein Gott! Das ist er, das ist Shalaka …«

Das Aussprechen des Namens wirkte wie ein Sprengstoff, der zwischen die Wartenden geschleudert worden war. Plötzlich geriet in die Masse der Menschen Bewegung. So schnell, wie die Leute liefen, konnten wir gar nicht schauen. Selbst aus den Autos, die mitten auf der Fahrbahn standen sprangen die Leute und versteckten sich im Eiltempo.

Douglas und ich blieben stehen. Auch der Sheriff war nicht geflohen. Er trat auf uns zu. Sein Gesicht schimmerte hochrot. »Verdammt, da sehen Sie, was Sie angerichtet haben!«

»Wieso wir?«

»Sonst wäre er nicht gekommen!«

»Ist es denn Shalaka?«, fragte ich.

»Ja.«

»Woher kennen Sie ihn?«

Der Sheriff lachte schrill. »Wollen Sie mich jetzt und hier verhören?«

»Wenn es sein muss.«

»Verdammt!«, brüllte er. »Sehen Sie sich das Ding doch an. Der kann, wenn er will, unsere Stadt vernichten. Wir müssen fliehen.« Er lief zwei Schritte zur Seite, blieb stehen und streckte den Arm aus. »Aber eines sage ich Ihnen, daran sind Sie schuld, zum Henker. Sie haben das Unheil angelockt. Wenn es Tote gibt, geht das auf Ihre Kappe.«

Der Sheriff rannte auf sein Office zu. Dagegen hatte der G-man etwas. Er zog seine Waffe und schoss.

Dicht neben dem davoneilenden Sheriff jagte die Kugel in den Boden. »Bleiben Sie ruhig stehen, Hunter. Wir werden gemeinsam diesen Shalaka bekämpfen!«

Hunter kreiselte herum. Er hatte vor, seine Waffe zu ziehen, vielleicht war es auch ein Reflex, doch Abe schüttelte den Kopf. »Nicht doch, Meister. Ich bin um eine Idee schneller.«

»Sie sind wahnsinnig!«

Abe grinste kalt. »Das hat mir mein Chef auch immer gesagt. Bisher habe ich damit gut gelebt.«

Ich kümmerte mich nicht um die Auseinandersetzung der beiden Männer. Für mich war die Spirale über der Stadt wichtiger. Eine tödliche Wolke, in der ich aber kein Gesicht sah, wie Douglas es mir beschrieben hatte.

Ich blickte zurück.

Leergefegt war die Straße. Die Menschen hatten das Weite gesucht. Etwas völlig Fremdes und Unheimliches war in ihren Alltag eingebrochen und hatte Urängste in ihnen hochgetrieben.

»Bleiben wir hier?«, rief Douglas.

»Nein, wir gehen mit dem Sheriff in dessen Office. Dort können wir abwarten.«

»Einverstanden.«

Hunter war es nicht, das sahen wir seinem Gesichtsausdruck an. Er wagte aber nicht, sich dagegenzustemmen. In den letzten Minuten war er um Jahre gealtert.

»Kommen Sie, Flash«, sagte der G-man, »und haben Sie keine Angst, wir sind ja bei Ihnen.«

»Mann, wären Sie doch nur verschwunden!«, keuchte der Sheriff und schaute die Straße entlang, wo noch immer der dunkle Wirbel tobte.

»Irgendwann werden auch Sie anders reden!«, erwiderte ich. »Dann werden Sie uns dankbar sein, dass wir die Stadt nicht verlassen haben.«

»Hört sich hochnäsig an.«

»Nein, wir sind Realisten und auch Spezialisten.«

Er war viel zu aufgeregt, um mir eine Antwort zu geben. Im Sturmschritt lief er weiter und erreichte auch als Erster sein Büro. Abe Douglas stellte seinen Fuß so hin, dass der Sheriff uns die Tür nicht vor der Nase zuknallen konnte.

Wir schauten noch auf den Wolkenwirbel. Wie ein Aufpasser oder Wächter stand er dort.

»Wird er kommen?«, fragte Abe.

»Da bin ich mir sicher.«

»Und wen bringt er uns? Wahrscheinlich Shalaka«, gab er sich selbst zur Antwort.

»Du hast ihn doch schon gesehen.«

»Denkst du an die Fratze?«

»Natürlich.«

»Nein, nein, John. Ich glaube, dass der Krieger oder der Geist des Kriegers, der den Wagen hat in die Luft fliegen lassen, Shalaka gewesen ist.«

»Wer sagt dir, dass die beiden nicht ein- und dieselbe Person sind?«

»Daran habe ich noch nicht gedacht.«

»Eben.« Ich drückte ihn herum. »Geh ins Office, dort sehen wir, wie es weitergeht.«

Der Sheriff stand am Fenster. Er hielt in der rechten Hand eine Flasche Whisky. Als wir eintraten, wischte er sich über den Mund. »Den Schluck habe ich gebraucht, verdammt.«

»Ja, trinken Sie nur«, sagte ich und schloß die Tür.

»Sie auch?«

»Nein.«

»Es kann der letzte Schluck in Ihrem Leben werden. Vorm Sterben einen Drink.«

»Irrtum, Sheriff, wir haben vor, weiterzuleben.«

Hunter ließ sich hinter seinem unaufgeräumten Schreibtisch auf einen Stuhl fallen. Er drückte das auf der Sitzfläche liegende Lederkissen zusammen und fragte: »Was ist jetzt los?«

»Wir warten.«

»Auf ihn, wie?«

»So ähnlich!«, erklärte ich.

»Das ist doch Mist, ist das. Das ist eine verfluchte Schweinerei. Er wird die Stadt vernichten. Shalaka herrscht über den Tanzplatz der Verfluchten, von dem Sie ja schon gehört haben. Der schlägt alles zusammen, glauben Sie mir. Er ist ein alter Geist und hat bereits gelebt, bevor es noch Zivilisation gab. Sie können ihn nicht mit einer Waffe bekämpfen. Nicht mit Kugeln, nicht mit …«

»Das wissen wir, Sheriff«, sagte Abe Douglas. Er winkte mir zu. »Ich glaube, es geht los, John.«

Mit einem langen Schritt stand ich neben ihm am Fenster und schielte durch die Scheibe. Ich beobachtete die Staubfahnen, die über die Straße getrieben wurden. Um mehr zu erfahren, öffnete der G-man trotz Hunters Protest die Tür. Er schaute nach rechts und zuckte sofort wieder zurück.

»Was ist?«

»Sie kommen«, sagte er flüsternd.

»Wer?«

»Die Knochen!«

Zwischen Abe und mir war es still geworden. Nur ein schleifendes Geräusch unterbrach die Stille, als der Sheriff seinen Stuhl zurückschob und sich in die Höhe drückte.

»Wirklich die Knochen?«

»Ja, wollen Sie sich überzeugen?«

»Nein, nein!« Er hob abwehrend die Hände, während ich mich ans Fenster stellte und darauf wartete, dass die Gebeine in mein Sichtfeld gerieten.

Noch waren sie nicht zu sehen. Das Bild änderte sich Sekunden später, als ich die ersten Gebeine sah, die über der Straßenmitte durch die Luft wirbelten. Sie schlugen dabei heftig gegeneinander.

Sie kamen, wie von unsichtbaren Händen geführt. Es sah schaurig aus, wie die Gebeine durch die Luft tanzten, mal gegen Laternenpfosten schlugen, wieder abprallten und in die Höhe stiegen und vor dem Office mit ihrem Tanz begannen.

Douglas stieß mich an. »Ich habe das Gefühl, John, dass sie uns meinen.«

»Glaube ich auch.«

Hunter sprang auf. »Wieso uns? Doch nur euch, verdammt! Mich wollen sie nicht. Ich stehe auf ihrer Seite. Ich habe euch gewarnt. Ihr hättet verschwinden sollen …«

»Ja, ja, schon gut. Jetzt sind wir einmal hier und stehen es durch«, erwiderte Abe.

»Sie reden, als hätten Sie schon mit Ihnen Kontakt gehabt.«

»Hatten wir auch. Und wir leben sogar noch.« Der G-man wollte etwas hinzufügen, zuckte aber zurück, denn aus dem Knochenwirbel lösten sich zwei lange Gebeine, änderten die Richtung und jagten genau auf unser Fenster zu.

Wir sprangen nach links und rechts in dem Augenblick zur Seite, als die Knochen gegen die Scheibe prallten und diese durchschlugen. Sie wirbelten mit den Splittern in den Raum, flogen über unsere Köpfe hinweg und jagten geradeaus weiter, ausgerechnet dorthin, wo der Sheriff hockte.

Er tauchte nicht schnell genug weg.

Plötzlich waren die Gebeine so nahe, dass sie ihn erwischten. Sie droschen hart auf ihn ein. Sein Haar war zu dünn, um die Treffer dämpfen zu können. Er duckte sich, riss die Arme hoch, doch abzuwehren brauchte er die Angreifer nicht mehr.

Ich war bei ihm. Natürlich mit meinem Kreuz. Den ersten Knochen erwischte ich mit einem seitlichen Hieb. Er löste sich in einem Lichtblitz auf. Den zweiten Knochen bekam ich zu fassen, als er noch einmal auf den Sheriff eindreschen wollte. Ich hielt ihn fest, drehte die Hand und brachte ihn mit dem Kreuz zusammen.

Wieder flammte es zischend auf, und auch der zweite Knochen war einen Moment später verschwunden.

Flash Hunter hockte vor mir am Boden, hatte den Kopf schiefgelegt und mich beobachtet. Das Staunen wollte aus seinen Augen nicht verschwinden. Er stellte mit zitternder Stimme Fragen, auf die ich keine Antworten gab. Während er mich ansprach, stierte er auf mein Kreuz.

Durch den Raum dröhnte Abes Lachen. »Denen hast du es wieder gezeigt, John.« Er deutete durch das Fenster. »Du brauchst nur nach draußen zu laufen und dir jeden Knochen einzeln vorzunehmen. Dann ist die Sache erledigt.«

»Du wirst lachen, aber mit dem Gedanken habe ich gespielt.«

»Dann tu's doch.«

Ich winkte ab. »Noch nicht. Erst mal schauen, wie es draußen auf der Straße aussieht.«

Unter meinen Füßen zerknirschten Scherben, als ich nahe an das Fensterkreuz herantrat.

Der Knochenwirbel bewegte sich rhythmisch. Einmal zum Ortsausgang hin, dann wieder in die entgegengesetzte Richtung, als würde er einem Takt gehorchen.

Auch dem G-man war dies aufgefallen. »Da stimmt etwas nicht«, erklärte er.

»Finde ich auch.«

»Willst du gehen?«

Ich blickte noch einmal auf die Straße und nickte. »Okay, halte du mir den Rücken frei. Gib auch auf den Sheriff Acht, damit er nicht durchdreht.«

»Mach ich.« Er schlug mir auf die Schulter, während ich zur Tür lief, sie aufzog und geduckt über die Schwelle sprang. Mit beiden Füßen gleichzeitig landete ich auf dem Gehsteig, drehte mich nach rechts, um die Knochen besser sehen zu können, aber sie interessierten mich plötzlich nicht mehr.

Hinter ihnen, etwa dort, wo ich zuerst die Wolke gesehen hatte, erhob sich eine unheimliche Gestalt. Sie schwebte in einer geisterhaften Plasmawolke, es war die gleiche Gestalt, die ich schon auf dem Parkplatz am Flughafen gesehen hatte.

Der Irokese!

Hatte er mich gesehen? Es schien so, denn er hob den rechten Arm, ließ ihn dann urplötzlich fallen und schleuderte die Waffe über die Straße.

Urplötzlich erhielt sie einen Drall nach links, wurde zu einem wirbelnden Schatten und hämmerte gegen die Vorderfront eines Hauses, in dem sich ein Friseurladen befand.

Mit Wucht zerschlug die Waffe die Scheibe. Die Waffe raste in den Raum, und einen Moment später blitzte es auf, bevor die Flammen aus dem Geschäft schlugen.

Ich stand wie angegossen. Bisher hatten die anderen Kräfte nur mit uns gespielt, jetzt aber machten sie ernst. Menschenleben standen auf dem Spiel, ich hatte die tödliche Gefahr der Waffe erkannt und schrie nach Abe.

Douglas war schon da.

»Los, renn du zum Haus! Ich muss zum Wagen.«

»Und wa…?«

Er fragte nicht mehr weiter und hetzte los, während ich geduckt unter dem tanzenden Knochenhaufen hinwegrannte und mich dicht am Straßenrand hielt.

Ich wollte nicht zum Wagen, um zu fliehen. Im Kofferraum befand sich eine Waffe, die ich unbedingt benötigte.

Es war der Bumerang!

Wenn ich der verdammten Kriegsaxt etwas entgegensetzen konnte, dann mit der silbernen Banane. Dass der Kofferraum nicht verschlossen war, wusste ich und hoffte nur, dass mich mein Gegner dazu kommen ließ, ihn zu öffnen.

Ich schaute dorthin, wo sich der unheimliche Irokese aufhielt. Er blickte nicht in meine Richtung. Es war für ihn wichtig, den Erfolg zu sehen, den ihm das Schleudern der Streitaxt gebracht hatte.

Aus dem Haus schlugen Rauch und Feuer. Auch die Haustür stand weit offen, sodass die Lohe aus ihr hervorschießen konnte. Inmitten der Rauchschwaden sah ich Gestalten.

Eine davon war Douglas.

Er stand in einer Rauchwolke und hielt ein Kind in den Armen, das er aus dem Gebäude geholt hatte. Mit der freien Hand winkte er und schrie auch, sodass sich seine Stimme überschlug, ich aber nicht verstehen konnte, was er rief.

Fast wäre ich noch über die Haube gefallen, so viel Schwung hatte ich. Der Deckel sprang auf einen Knopfdruck hin auf. Der Einsatzkoffer lag flach auf dem Boden. Ich öffnete ihn und fasste nach der silbernen Banane.

Noch in Deckung des hochstehenden Kofferraumdeckels drehte ich mich um und sah, dass sich etwas Schreckliches anbahnte. Ein älterer Mann lief mit einem Gewehr über die Straße und zielte auf die unheimliche Gestalt des Irokesen.

Der Mann wandte dem brennenden Haus den Rücken zu und konnte nicht sehen, dass sich von dort der Tomahawk löste, zunächst in die Luft stieg und dann seine Richtung änderte.

Er fand ein neues Ziel. In Kopfhöhe raste er über die Fahrbahn, um den Gewehrträger zu erwischen.

»Deckung!«, brüllte ich ihm zu.

Ich wusste nicht, ob er mich gehört hatte, jedenfalls war es zu spät. Er lief einfach weiter und schoss dabei auf die unheimliche Geistgestalt des Indianers.

Es war Munitionsverschwendung. Sie erwischte Shalaka nicht. Dafür wurde er von dem Tomahawk getroffen und zu Boden geschleudert. Das Gewehr entfiel ihm dabei. Die Streitaxt jagte weiter und wurde von dem Irokesen aufgefangen, der sofort danach verschwand.

Gleichzeitig wirbelten auch die tanzenden Knochen in die Höhe und stießen in den grauen Himmel.

Der Angriff war beendet. Für den alten Mann kam jedoch die Hilfe zu spät. Er starb mitten auf der Fahrbahn, als ich mich neben ihn kniete.

Die Wunde in seinem Kopf war einfach zu tief.

Ich hob ihn hoch und trug ihn auf den Gehsteig, denn das Heulen einer Sirene hallte durch den Ort. Die Feuerwehr kam mit zwei Löschwagen. Das Haus konnten sie nicht mehr retten. Dafür versuchten die Männer, ein Übergreifen des Brandes auf die anderen Gebäude zu verhindern. Um den Toten kümmerten sich Mitglieder seiner Familie. Eine noch jüngere Frau weinte bitterlich und strich immer wieder über sein Gesicht, wobei sie die Worte »Vater, Vater!« rief.

Ich ging weg. Die Gänsehaut verschwand nicht von meinem Rücken. Auch der Sheriff war nicht mehr im Office geblieben. Er unterstützte lautstark die Löscharbeiten der Feuerwehr.

Von allen Seiten eilten die Bewohner herbei. Nicht alle hatten die Knochen gesehen und auch, wie der Brand entstanden war. Doch es sprach sich blitzschnell herum, und ich spürte, wie die Stimmung allmählich anfing zu kochen. Möglicherweise würde man uns die Schuld an dem Drama in die Schuhe schieben.

Ich blieb vor dem Office stehen und lehnte mich mit dem Rücken gegen einen Türpfosten. Abe Douglas entdeckte mich. Er lief um die Wagen herum. Neben mir blieb er stehen. Sein Gesicht war rauchgrau. Er atmete heftig, hustete und schüttelte sich. »Verdammt, John, das war knapp!«

Ich nickte. Dabei schaute ich den dicken Löschstrahlen nach, die in die Flammen zischten. Der schwarzgraue Rauch schwebte über den Nachbarhäusern.

»Sie sind wieder weg, Abe. Sie kamen, schlugen zu und verschwanden. Sie haben uns ihre Macht bewiesen.«

»Das stimmt. Fragt sich nur, was wir jetzt unternehmen sollen.«

»Auf keinen Fall laufen wir weg. Wir haben vom Tanzplatz der Verfluchten gehört. Dort werden wir in der Nacht unseren ›Freund‹ erwarten. Wir müssen ihn vernichten.«

»Wenn das so einfach wäre.«

Ich hob die Schultern. »Niemand ist unbesiegbar, das habe ich schon des Öfteren erlebt. Außerdem werde ich es mit dem Bumerang versuchen. Damit müsste ich ihn eigentlich kriegen.«

»Wenn man dich lässt.«

»Sicher. Du kannst übrigens hier im Ort bleiben, wenn ich mich auf den Weg mache.«

»Kommt nicht in die Tüte. Ich gehe mit. Mitgegangen, mitgehangen.«

»So weit möchte ich es nicht kommen lassen.«

Die Männer des Löschtrupps brachten das Feuer schnell unter Kontrolle.

Endlich kam auch der Sheriff. Er starrte uns beide an, als wollte er uns fressen.

»Alles okay?«, fragte ich.

Er lachte quiekend. »Okay, Mister? Nichts ist okay, gar nichts. Was hier passiert ist, daran tragen Sie die Schuld. Sie allein. Und das wissen auch die Leute hier.«

Plötzlich fuhr Douglas herum und packte Hunter am Kragen seiner Jeansjacke. Er drehte den Stoff zusammen und schaute dem Sternträger aus kürzester Entfernung ins Gesicht. »Wie soll dein letzter Satz heißen, Meister, he?«

»Wieso ich …?«

Abe stieß den Sheriff durch die offen stehende Tür in das Büro. »Ich will von dir eine Antwort haben, Feigling.« Er ließ den Mann los und schleuderte ihn gleichzeitig in Richtung des Schreibtischstuhles, auf den er dann auch fiel. »Ich will eine Antwort auf meine Frage, Sheriff!«

Flash Hunter hatte sich wieder gefangen. Er nickte heftig. »Man gibt euch die Schuld. Und man will euch die Rechnung präsentieren. Ich glaube nicht, dass ich sie noch überzeugen kann.«

»Vom Gegenteil?«, fragte ich.

»So ist es.«

»Wie präsentiert man denn hier in Rainbow Falls einem Fremden die Rechnung?«

»Wissen Sie das nicht?«

»Rede endlich!«, schrie Abe.

»Man wird euch dafür verantwortlich machen, und man wird euch haben wollen.«

»Aus dem Ort jagen?«

»Ja, auch, vielleicht. Sie müssen das verstehen. Die Leute hier sehen sich gefährdet. Da kommt noch so etwas wie Widerstandswille durch und Pioniergeist.«

»Damals hat man Menschen noch gelyncht«, sagte ich in seinen Redeschwall hinein.

»Eben!« Hunter nickte.

Abe Douglas drückte seinen Oberkörper zurück und schlug sich gegen die Stirn. »Soll das etwa heißen, dass uns die Meute ach so friedlicher Bürger aufhängen will?«

Der Sheriff hob seine Schultern. »Ich … ähm … ich hoffe nicht, dass es so weit kommt. Aber garantieren kann ich für nichts. Die Ordnung hier ist zerstört worden. Sie hätten wirklich verschwinden sollen …«

»Du bist doch wahnsinnig, Hunter!«, schrie der G-man plötzlich. »Das kann doch nicht dein Ernst sein!«

»Ich weiß es auch nicht.«

»John, was sagst du dazu?« Douglas starrte mich an. »Wo leben wir eigentlich? Okay, ich habe davon gehört, dass es in den Südstaaten den Ku-Klux-Klan noch geben soll. Ich kannte auch einen Kollegen, der sein Leben deswegen verloren hat, aber was ich hier höre, das ist für mich unbegreiflich.«

»Wir werden die Männer schon zur Vernunft bringen«, sagte

ich mit ruhiger Stimme und zuckte im nächsten Moment zusammen, als der Schuss aufpeitschte, die Kugel durch das offene Fenster drang, über unsere Köpfe hinwegflog und in die gegenüberliegende Wand hämmerte, wo sie noch das dort hängende Sternenbanner durchschlug …

Wir hatten uns nicht zu Boden geworfen, waren nur nach verschiedenen Seiten weggegangen, und Abe schleuderte mit einem Spagatschritt die Tür ins Schloss.

»Das darf doch nicht wahr sein!«, sagte er krächzend.

»Ja, es ist wahr. Das ist der Anfang.« Hunter stand schwerfällig auf und griff nach seinem Gewehr.

Douglas richtete blitzschnell seinen Dienstrevolver auf ihn. »Du nicht auch, Sheriff?«

»Nein, nein, ich werde …«

»Los, kommt raus!« Eine irr klingende, raue Männerstimme unterbrach den Sternträger mitten im Satz. Der Schreier stand draußen auf der Straßenmitte, wo sich auch die anderen Männer versammelt hatten und gegen das Office starrten.

Ich wandte mich an den Sheriff. »Sollen wir etwas unternehmen, oder wollen Sie zuvor mit den Leuten reden?«

»Ich … ich weiß eigentlich nicht, was ich ihnen sagen soll.«

»Mensch, du Feigling!«, schrie Abe den Mann an. »Erzähle ihnen, dass es Mord ist, was sie da vorhaben. Eiskalter Mord, verstehst du das, du komischer Sheriff?«

»Ja, ja, ich kann es ja versuchen.« Der Sternträger quälte sich in die Höhe. Er hatte es nicht besonders eilig. Das wiederum wurmte Abe. Er packte den Mann an der Schulter und riss ihn hoch.

»Beeilen Sie sich, wir haben noch etwas anderes zu tun, als uns mit der Meute hier anzulegen!«

Flash Hunter bewegte sich tatsächlich wie eine Witzfigur. Er schlurfte zum Fenster, den Kopf hatte er eingezogen, das Haar lag längst nicht mehr so glatt. Es war völlig durcheinander. »Nicht schießen!«, brüllte er nach draußen, als sich seine Gestalt hinter dem zerstörten Fenster abmalte. »Ich bin es!«

»Hat man dich vorgeschickt?«, schrie der Sprecher.

»Nein, nicht direkt.«

»Wie heißt der Schreier?«, fragte ich.

»Es ist Kirk Kilkanny, ein Ire. Er wohnt in der Nähe und ist als Einzelgänger bekannt.«

»Gut, reden Sie weiter.«

Der Sheriff drehte sich wieder um. Er beugte sich dabei vor und stützte seine Hände auf den unteren Fensterrand. »Hört zu, Leute! Was ihr da vorhabt, geht nicht. So etwas ist ungesetzlich, versteht ihr? Es wäre Mord, wenn ihr …«

»Halt dein Maul, Flash. Durch die beiden Kerle ist der ganze Mist gekommen.«

»Es sind Polizisten aus New York.«

»Na und? Sie hätten in ihrer verdammten Stadt bleiben sollen.«

Das zustimmende Murmeln der anderen Männer gab dem Schreier Recht. Mir gefiel die Entwicklung überhaupt nicht. Der Sheriff konnte nicht überzeugend reden. Er war ein Waschlappen. Einen Hühnerdiebstahl aufklären oder mal einen Betrunkenen festnehmen, so etwas schaffte er gerade noch, aber eine wilde Meute in Schach zu halten ging über seine Kräfte.

»Geht wieder in eure Häuser und Wohnungen!«, schrie er. »Ich kann hier keine Lynchjustiz dulden.«

»Und was ist mit meinem Vater geschehen?«, schrie eine Frau. »Er ist umgekommen. War das kein Mord?«

Hunter drehte sich zu uns. Er wollte unseren Kommentar hören, weil ihm selbst nichts einfiel.

»Sagen Sie den Leuten, dass es ein Unfall gewesen ist. Es muss zahlreiche Zeugen geben, die es gesehen haben.«

»Das glauben die mir nicht.«

»Reden Sie schon, Sheriff!«, zischte Abe. Er schaute Hunter so scharf an. dass dieser noch bleicher wurde. Er schwitzte auch stark, war fahrig und hatte Angst.

»He, Sheriff, geh vom Fenster weg, sonst blase ich dir ein Loch in deinen Schädel!«

»Hör auf, Kilkanny!«, schrie Hunter. »Grimsbys Tod war ein

verdammter Unfall. Das müssen einige von euch gesehen haben. Er ist in den Tomahawk hineingerannt.«

»Ja, aber nur, weil die beiden Bullen aus New York hier waren.« Kilkanny begann rau zu lachen. »Okay, Leute, ihr kennt mich. Ich werde die beiden nicht umlegen, aber sie sollen rauskommen. Dann werden wir sie persönlich aus der Stadt schaffen und ihnen einen verdammten Denkzettel verpassen, damit sie uns in Zukunft in Ruhe lassen.«

Die Männer begannen zu johlen. Das machte ihnen Spaß. Hunter drehte sich zu uns um. Er trug ein unglückliches Gesicht zur Schau und wusste nicht, wie er sich verhalten sollte.

Abe huschte auf mich zu. Er wisperte mir seinen Plan ins Ohr, der nicht schlecht war. Ich gab ihm meine Zustimmung durch ein Nicken zu verstehen. Der Sheriff hatte sich nicht entschieden und rang die Hände. Er fuhr zusammen, als Douglas plötzlich vor ihm stand und ihm den Revolverlauf gegen das Kinn drückte. Gleichzeitig zog er ihn vom Fenster weg und schrie nach draußen: »Wir kommen, Freunde!«

»Darauf warten wir auch!«, brüllte Kilkanny zurück.

»Verdammt, was haben Sie vor?«, flüsterte der Sheriff.

»Nichts Besonderes. Wir wollen nur nicht, dass man uns so einfach abknallt. Worte sind geduldig, und dieser komische Ire scheint ein Hitzkopf zu sein.«

Abe hatte Routine. Er drehte seine Geisel herum und sorgte dafür, dass die Mündung stets Körperkontakt hatte. »Ihr habt es nicht anders gewollt«, sagte er.

Hunter öffnete die Tür.

Blitzschnell waren er und Douglas draußen, während ich mich in den toten Winkel an die Wand presste.

Sekundenlang geschah nichts. Wahrscheinlich starrten die Menschen allein den Sheriff an. Aber Kilkanny meldete sich wieder zu Wort. Bevor er sprach, begann er zu heulen. »Seht euch diese feigen Hunde an. Sie verstecken sich hinter dem Sheriff. Das wollen Bullen sein?«

»Weg mit dem Gewehr!«, rief Abe.

»Nein!«

»Weg damit!«

»Tu es endlich!«, brüllte Hunter los. »Kilkanny, sei nicht verrückt! Du bringst uns alle in Gefahr.«

Es wurde wieder still, bis sich Douglas meldete und mit lauter Stimme erklärte: »Ja, so habe ich mir das gedacht, Kilkanny. Jetzt können wir weitersehen.«

»Feige seid ihr!«, schrie der Ire. »Erst habt ihr einen Mord auf dem Gewissen, jetzt versteckt ihr euch ...«

Genau das war der Zeitpunkt, der mir passte. Ich löste mich aus der Deckung und trat nach draußen. Meine Beretta hatte ich stecken lassen, ich wollte niemanden provozieren, blieb in der offenen Tür stehen und betrachtete mir die Szene.

Es waren zahlreiche Menschen zusammengekommen. Überwiegend Männer, die wie erstarrt wirkten.

Kilkanny fiel auf. Neben ihm lag das Gewehr. Er trug eine dicke Lederjacke. Auf seinem Kopf saß die blaue Schirmmütze schief. Groß war er nicht, dafür breit, und die Arme hielt er leicht vom Körper abgewinkelt und etwas gebogen.

Douglas und der Sheriff hatten sich so aufgebaut, dass sie meine Sicht nicht behinderten. Auf gleicher Höhe mit ihnen blieb ich stehen. Dicht neben Kilkanny zog sich die Frau zurück, die neben ihrem toten Vater gekniet hatte.

»Wer ist feige?«, fragte ich laut und deutlich.

»Du, Bulle!«

»Hier bin ich!«

Über das Gesicht des Iren huschte ein Grinsen. Dann hob er den Arm, riss seine Mütze vom Kopf und schleuderte sie zu Boden. Auf seinem Schädel wuchs kein einziges Haar. »Ich habe dir doch versprochen, Bulle, dich so aus der Stadt zu schaffen. Gleich werde ich damit anfangen, falls du nicht den Schwanz einziehst.«

»Weshalb sollte ich?«

»Du lässt es darauf ankommen?«

»Sicher!«

Kilkanny drehte sich um und rieb sich bereits die Hände. »Habt ihr es gehört, Leute? Der Bulle kneift nicht. Er will sich tatsächlich mit mir schlagen. Das wird ein Fest!«

»Stampf ihn in den Boden, Ire!«

»Ja, mach's wie Bud Spencer. Drei bis vier Schläge, und man sieht ihn nicht mehr.«

»Das darf doch nicht wahr sein!«, hörte ich Abe sprechen. »Das ist wie im Wilden Westen!«

Auch ich kam mir dumm vor. Aber ich hatte den ersten Schritt getan und musste auch den zweiten tun. Dabei hatte ich andere Sorgen, als mich mit diesem Halbirren herumzuschlagen, der sich auf seine immense Kraft verließ. Er hatte tatsächlich Fäuste wie Hämmer. Wenn mich eine von ihnen voll erwischte, konnte ich einpacken. Ich wollte mich auf meine Schnelligkeit und die asiatische Kampftechnik verlassen, die mir mein Freund Suko eingebläut hatte.

»Also, Bulle, jetzt gibt es kein Zurück mehr. Du hast ja gesagt! Komm her!«

Ich blieb stehen. Das irritierte Kilkanny. Er hob die breiten Schultern an und schob den Kopf gleichzeitig vor. Das Startsignal, denn wie eine Ramme rannte er auf mich zu ...

Vielleicht hatte er mal Bäume ohne Axt umgehackt. Möglich war bei ihm alles, aber von Technik hatte er keine Ahnung. Ich ließ ihn kommen, hörte Abes Stöhnen und warf mich im allerletzten Augenblick zur Seite. Ich landete auf dem Boden, kam wieder hoch und hörte Kilkannys wütendes Schreien. »Kämpfe wie ein Mann, Bulle!«

»Komm her, du Stier!«

Er rannte abermals vor, griff aber zu einem Trick, indem er plötzlich stoppte und ausholte. Das war genau eine halbe Sekunde zu lange. Bevor mir seine Faust den Kopf vom Hals hämmern konnte, hatte ich ihn mit einem Karatetritt gegen die Brust erwischt. Plötzlich geriet er aus dem Gleichgewicht. Er stolperte nach hinten, stierte mich an und hatte auch die Gesichtsfarbe gewechselt.

Ich setzte nach.

Der zweite Tritt erwischte ihn an der Hüfte, der dritte säbelte ihn von den Beinen.

Erledigt war er nicht. Gerade noch rechtzeitig sprang ich zurück, als ihn ein neuer Anfall von Wut und Kraft packte. Er federte in die Höhe, stieß einen Wutschrei aus und erwischte mich mit einem gefährlichen Rundschlag so hart an der Schulter, dass ich mich dabei um meine eigene Achse drehte.

Wie ein Bulle stürmte er weiter. Diesmal gelang es mir nicht, auszuweichen. Mit dem Kopf traf er mich am Hüftknochen, stieß mich zurück in den Pulk der Zuschauer hinein, wobei es ihm noch gelang, mit beiden Armen meinen Körper zu umklammern.

Die Leute wichen sofort zur Seite, sodass wir in die Gasse hineintaumelten.

Ich hatte die Hände frei. Die ließ ich nach unten sausen, traf dabei den Rücken, den Nacken und spürte, wie sich der Griff lockerte. Mit einem Sprung zurück konnte ich mich von Kilkanny befreien. Er hielt sich nicht mehr auf den Beinen, fiel auf die Knie und streckte die Arme aus, um nicht aufs Gesicht zu fallen. Den Kopf hielt er gesenkt. Aus seinem Mund tropfte Speichel.

Ich hätte ihm jetzt den Rest geben können, doch es widerstrebte mir einfach, den Mann in dieser wehrlosen Haltung zu schlagen. Statt dessen fragte ich ihn: »Na, wie war das mit dem feigen Bullen?«

Seine Antwort bestand aus einem Stöhnen.

»Gut«, sagte ich, »dann war es das wohl.«

Ich schlug einen Bogen und ging durch die Gasse zurück, die sich vor mir auftat. Dabei rieb ich meine Handknöchel, die nach den ungewohnten Schlägen schmerzten.

Abe Douglas blickte mir grinsend entgegen. »Du kannst nicht nur mit Dämonen umgehen, John.«

»Tja, Großmäuler liegen mir auch.«

Ein Kommentar wurde nicht abgegeben, die Zuschauer schwiegen lieber. Sie hatten auf ihren Mann gesetzt und verloren. Manche starrten auch betreten zu Boden und machten den Eindruck, als würden sie über ihr schlechtes Gewissen nachdenken.

Vier Leute stützten den Schläger Kilkanny. Obwohl er dicht an uns vorbeitaumelte, sah er mich nicht.

Sheriff Hunter lutschte wieder an seiner Zigarre. Er sah erleichtert aus. »Man muss nur konsequent sein«, sagte er.

»Ja, Sheriff, merken Sie sich das für die Zukunft.«

Er starrte mich an. »Was soll das heißen?«

»Denken Sie mal darüber nach.«

Mein New Yorker Kollege hatte es eiliger. Er stand schon am Wagen und winkte. Auch Hunter hatte die Bewegung gesehen. »Wollen Sie die Stadt jetzt verlassen?«

»Ja.«

Er lächelte. »Das ist gut. Warten Sie, ich gehe noch mit bis zum Wagen.«

»Darum wollte ich Sie auch gebeten haben.«

Aus der Hausruine trieben dichte Rauchschleier. Vor dem niedergebrannten Bau standen mehrere Menschen und diskutierten, um sie herum verteilten sich die Pfützen des Löschwassers wie große, blinde Augen.

Die Februarsonne war längst hinter den Hügeln verschwunden. Restlicht strahlte noch über die Ränder und ließ sie weich erscheinen. Allmählich kroch die Dämmerung heran. Der Himmel hatte dort, wo die Sonne sank, eine purpurne Farbe angenommen, ein Zeichen, dass auch der nächste Tag den Hauch von Frühling ahnen ließ.

Sheriff Hunter wusste nicht so recht, was er sagen sollte. Er fragte schließlich: »Fahren Sie direkt nach New York?«

Auch Abe Douglas hatte die Worte gehört. Er lachte auf. »Sie glauben doch nicht, Sheriff, dass wir hier ohne ein Ergebnis wieder verschwinden? Nein, das ist nicht drin.«

»Aber was wollen Sie …?«

»Was wir wollen, Mr. Hunter? Ganz einfach. Wir wollen diesen Shalaka. Oder wollen Sie, dass er zurückkehrt? Dann haben Sie nämlich Ihren zweiten Toten im Ort. Vielleicht auch den dritten und vierten.«

»Natürlich nicht.«

Douglas tippte ihm gegen die Brust. »Und deshalb sind wir gekommen. Wir wollen zum Tanzplatz der Verfluchten, Sheriff. Und Sie werden uns den Weg zeigen.«

»Ich fahre nicht mit!«

»Das brauchen Sie auch nicht. Wir wollen nur, dass Sie uns den genauen Weg erklären.«

»Den kennen Sie doch – oder?«

Ich hatte ihn angesprochen. Hunter strich durch sein Haar. »Ja, den kenne ich, obwohl ich ihn selbst noch nicht gefahren bin, wie Sie sich vorstellen können.«

»Klar, Sie hatten Angst.«

»So ist es.«

»Wie müssen wir fahren?« Sicherheitshalber schrieb ich die Angaben des Sheriffs auf. Das war gut, denn er hatte sich bei der ersten Beschreibung zweimal vertan, sodass ich wieder von vorn anfangen konnte. Schließlich blickten wir durch und nickten zufrieden. »Na, dann können wir ihn ja nicht mehr verfehlen, Meister.«

»Das glaube ich auch.« Er räusperte sich. »Kehren Sie noch einmal zurück, wenn Sie es …?«

»Das will ich doch hoffen«, sagte ich und öffnete die Beifahrertür.

Der Sheriff zog ein skeptisches Gesicht. So wie er aussah, glaubte er uns nicht. Sicherlich hatte er uns schon abgeschrieben. Mich aber interessierte der Tanzplatz sehr, und Abe Douglas erging es nicht anders, deshalb fuhr er zügig los …

Der Wald war dicht, hoch und trotzdem kahl. Nicht zerstört, wie ich es vor einigen Monaten erlebt hatte, als wir die Werwölfe im Gespenster-Wald jagten, nein, er zeigte das Winterkleid. Die Zweige und Äste hielten kein Blatt mehr. Schnee lag noch auf dem Boden und bildete graue Flecken.

Die Region der Nadelhölzer sah anders aus. Sie bildete dichte Wände rechts und links des schmalen Weges, über den wir schaukelten.

Abe Douglas lenkte. Hin und wieder schüttelte er den Kopf. »Ich habe das Gefühl, geleimt worden zu sein.«

»Wieso?«

Er hob die Schultern. »Vielleicht hat uns dieser komische Sheriff bewusst in die Irre führen wollen. Dieser Feldweg ist ja unmöglich.«

»Was hätte er davon gehabt?«

»Keine Ahnung. Für mich hat der sowieso einen Riss in der Schüssel. Und zwar einen sehr breiten.«

»Halte du dich lieber weiter nach links. Da rauscht der Wasserfall, wenn mich nicht alles täuscht.«

»Hörst du ihn?«

»Ja.«

Ich hatte einige Male das Fenster nach unten gekurbelt und gelauscht. Der Weg aber, den uns Hunter beschrieben hatte, führte genau in die andere Richtung.

»Einigen wir uns auf den Wasserfall?«, fragte Douglas.

»Nein, ich vertraue dem Sheriff.«

»Schimpf mich aber nachher nicht aus.«

»Fahr schon weiter.«

Natürlich hatten wir die Scheinwerfer eingeschaltet. Es war zwar noch nicht richtig dunkel, aber zwischen den Bäumen herrschte ein ungewisses Zwielicht, das mir überhaupt nicht gefiel. Die graue Finsternis sah aus wie ein Vorhang, den unser gelbweißes Scheinwerferlicht permanent zerriss.

Es war gut, dass wir auf der normalen Strecke geblieben waren, denn der Weg schlug schon bald einen Bogen und führte in einem Halbkreis nach links, also dorthin, wo der Wasserfall rauschte.

Dichter Wald umgab uns. Zudem eine unheimliche Stille. Kein Tier huschte durch die Lichtsperre. Fast unberührt kam mir die Natur an manchen Stellen vor.

»Es ist eine Schande«, sagte ich, »dass hier eine Entsorgungsanlage gebaut werden soll.«

»Nicht hier.«

»Wo denn?«

»Das habe ich dir doch gezeigt. An der Ostseite des Ortes, wo die Ebene beginnt. Experten meinen, diese Ebene sei dafür ideal.«

»Sind die nicht verschwunden?«

»Von denen habe ich nicht geredet. Ich dachte mehr an die Theoretiker, die Planer.«

»Dann sollen sie mal herkommen, damit sie selbst sehen, was sie anrichten werden.«

»Bist du ein Grüner, John?«

»Das hat mit Politik nichts zu tun. Ob jemand konservativ denkt oder zur Öko-Bewegung zählt, der gesunde Menschenverstand sagt einem doch, dass es so nicht weitergehen kann, nur weil einige Leute Geschäfte machen wollen.«

»Da gebe ich dir Recht. Aber unsereiner steckt eben zu stark in den Sachzwängen.«

»Mir ergeht es ebenso.«

»Nur können wir trotz allem die dämonischen Aktivitäten eines Shalaka nicht dulden.«

»Das stimmt.«

Douglas hebelte das Lenkrad nach links. Die Kurve war fast so eng, dass wir nicht herumkamen. Der G-man schaffte es, auch wenn Zweige wie Fingernägel über die Karosse kratzten. »Mich würde wirklich mal interessieren, was auf dem Tanzplatz geschehen ist, dass sich dort ein dämonischer Keim ausbreiten konnte.«

»Das muss tief in der Vergangenheit liegen.«

»Hast du eine Idee?«

Ich nickte. »Ja, ich denke da an eine alte Kultstätte der Wald-Indianer.«

»Das könnte stimmen.«

Ich blickte wieder auf die Zeichnung. Sie war kein Meisterwerk. Man brauchte schon eine Menge Fantasie, um die Theorie in die Praxis umzusetzen. Vielleicht war es auch ein Glücksfall, wenn es uns gelang, den Ort zu finden.

»Ich sehe nur Bäume«, sagte der G-man, »wenn überhaupt. Dem Sheriff traute ich noch immer nicht. Vielleicht hat er uns bewusst in die Irre geführt, damit wir Hänsel und Gretel spielen.«

»Notfalls können wir auch zurückfahren. Mich interessiert etwas ganz anderes.«

»Spuck's schon aus, bevor du daran erstickst.«

»Der Sheriff hat den Tanzplatz eingezeichnet und noch ein verfallenes Gebäude.«

»Dieses Viereck, meinst du?«

»Ja.«

»Ich weiß auch nicht, was es bedeuten soll. Wir werden sehen.

Einige Meilen haben wir hinter uns, und weit kann es demnach nicht mehr sein.«

Das stimmte. Als ich die Scheibe nach unten fahren ließ, hörten wir beide das Rauschen des Wasserfalls. Diesmal lauter als bei den anderen Tests.

»Na bitte«, sagte Douglas, »gleich sind wir da.«

Er hatte mit seiner Vermutung recht, denn das Waldgebiet in unserer Nähe lichtete sich. Die Bäume traten weiter vom Weg zurück. Wir konnten schneller fahren. Unsere Blicke folgten den hellen Strahlen der Scheinwerfer, und Douglas schaltete sogar das Fernlicht ein, damit ein großer Ausschnitt des Geländes erfasst wurde.

»Da sind die Mauern!«

Er und ich hatten sie gleichzeitig entdeckt. Der G-man bremste sofort, und wir betrachteten die Ruinen im Scheinwerferlicht. Als schwarze Mahnmale stachen sie in den Himmel.

Douglas schlug sich gegen die Stirn. »Jetzt fällt es mir wieder ein. Kudelke hat davon gesprochen. Er ist auch hierher gekommen. Das muss mal eine alte Poststation gewesen sein, die man, aus welchen Gründen auch immer, aus Steinen errichtet hat.«

»Vielleicht war ihnen Holz nicht stabil genug.«

»Kann sein.«

Ich wollte die Tür öffnen, doch Abe schüttelte den Kopf. »Warte, ich fahre den Wagen noch zur Seite.«

»Lass mich ruhig aussteigen.«

»Wie du willst. Hast du eine Lampe?«

»Ja.«

Ich verließ den Wagen und sah ihm nach, als er von Douglas in eine weite Kurve gelenkt wurde. Abe wendete den Camaro noch, damit er günstig für eine Rückfahrt stand.

Ich schritt gemächlich über den weichen, nachgiebigen Boden auf die alte Poststation zu. Dabei dachte ich über gewisse Dinge nach und fragte mich, ob ich mich bereits auf dem Gelände befand, der von den Menschen in Rainbow Falls als Tanzplatz der Verfluchten bezeichnet wurde.

Ja, das musste er sein.

Ich blieb stehen, holte meine kleine Taschenlampe hervor und bewegte sie im Kreis.

Es war nichts Außergewöhnliches festzustellen. Der Untergrund war völlig normal. Noch weich vom Schmelzwasser, bedeckt mit altem Laub und braunem Wintergras. Knochen sah ich keine, ebenso wenig die Maske oder den Irokesen.

Ich hörte das Zuschlagen einer Wagentür. Douglas hatte den Camaro verlassen. Es wurde still. Selbst die Schritte meines Begleiters hörte ich nicht.

Zuerst dachte ich mir nichts dabei, bis ich nach ungefähr einer halben Minute aufhorchte. Weshalb kam er nicht?

Ich rief ihn.

Abe gab keine Antwort.

Von den Hacken her kroch etwas in die Höhe. Es war das Gefühl einer Angst, das auch die Gänsehaut produzierte, die sich auf meinen Rücken legte.

»Verdammt, Abe, wo steckst du?«

Nur meine Stimme hallte noch als Echo nach. Ansonsten war es totenstill.

Ich räusperte mir die Kehle frei. Angespannt ging ich in die Richtung, aus der Douglas hätte kommen müssen. Aus dem Wagen war er gestiegen, das hatte ich gehört. Den Arm hielt ich ausgestreckt, sodass der helle Schein meiner Lampe über den Boden huschte und Hindernisse aus der Dunkelheit riss.

Ich entdeckte keine Stolperfallen und auch keine getarnten Gruben. Aber auch Abe Douglas sah ich nicht. Dafür glitt der Kegel schon sehr bald über die Karosserie des Camaro. Er tastete sich entlang der Kühlerhaube und erreichte die Frontscheibe, durch die er hindurch in den Wagen stach.

Er war leer.

Ich trat trotzdem von der Beifahrerseite an ihn heran und leuchtete so hinein, dass ich auch den Boden erkennen konnte.

Dort lag ebenfalls niemand.

Wenig später hatte ich Abe Douglas gefunden. Er lag an der anderen Seite des Wagens. Man hatte ihn noch aussteigen und die Tür schließen lassen, bevor es ihn erwischte.

Zusammengekrümmt lag er neben der Fahrertür. Diese Haltung jagte mir einen heißen Schreck ein. Ich atmete scharf durch die Nase, als ich mich neben ihn kniete, ihn anleuchtete und ihn untersuchte. Nein, er war nicht tot. Im Schein der Lampe entdeckte ich den Blutfleck in seinen blonden Haaren. Dort hatte es ihn erwischt. Wer den G-man niedergeschlagen hatte, darüber konnte ich nur spekulieren, dachte aber an die tanzenden Knochen, von denen auch Kudelke berichtet hatte.

Ich fühlte mich unwohl, als ich mich erhob und langsam umdrehte.

Zu sehen war nichts.

Keine Bewegung, nur die Dunkelheit lastete über dem Tanzplatz der Verfluchten, in dessen Boden eine starke Magie stecken musste. In meinem Mund spürte ich einen schalen Geschmack. Noch immer rieselte es kalt den Rücken hinab. Ich hatte keine direkte Angst, doch das bedrückende Gefühl wollte nicht weichen.

Etwas stimmte hier nicht.

Nur ein paar Schritte weiter verdichtete sich der Bewuchs. Da begann wieder der Wald. Ich leuchtete hinein, aber auch dort tat sich nichts.

Die Knochen hielten sich versteckt. Stellte sich die Frage, wo sie sich verborgen hielten. Automatisch traf mein Blick das düstere Gemäuer. Bisher hatte ich es nur von außen gesehen. Stellte sich die Frage, ob es noch einen Eingang oder einen Innenhof gab. Vielleicht befand sich dort die Zentrale. Möglicherweise waren auch hier die drei Männer verschwunden.

Abe Douglas fiel leider aus. Er lag in einer so tiefen Bewusstlosigkeit, dass es noch Stunden dauern konnte, bis er daraus erwachte. Das hatten unsere bisher unbekannten Gegner also geschafft.

Das konnte heiter werden.

Ich wollte Abe nicht auf dem feuchtkalten Boden liegen lassen, nahm ihm die Wagenschlüssel ab und verstaute ihn im Fond. »Hoffentlich kann ich dich noch zurückfahren!«, flüsterte ich zum Abschied, bevor ich die Tür leise wieder zudrückte.

Danach machte ich mich auf den Weg. Mein Ziel war die Ruine. Ich kam mir vor wie ein Soldat, der durch Feindesland schritt und jeden Moment damit rechnen musste, auf eine Tellermine zu treten. Die Fallen waren vorhanden, aber so geschickt gelegt, dass es mir nicht gelang, sie zu entdecken. Mein Blick glitt zum Himmel. Er sah blaugrau aus. Die ersten Sterne leuchteten wie kleine Splitter. Den Mond sah ich nicht. Er war noch nicht aufgegangen.

Vor meinen Lippen dampfte der Atem. Die Lampe hatte ich gelöscht. Ich wollte mich durch nichts ablenken lassen und mich voll und ganz auf meine Umgebung konzentrieren. Schon oft genug hatte ich mich auf meine Sinne verlassen und dabei Gefahren immer erkannt. Manchmal drehte ich mich blitzartig um, doch kein Knochen schwebte drohend hinter oder über mir.

Ich ging durch eine schweigende Welt, die selbst von den Tieren verlassen worden war.

Düster ragten vor mir die Ruinen in die Höhe. Ich sah einen breiten Streifen, das musste eine Mauer sein. Einen Durchschlupf entdeckte ich noch nicht. Wahrscheinlich musste ich sie überklettern, um in den Innenhof zu gelangen.

Vor der Mauer wucherte Unkraut. Lange Grashalme, die sich im schwachen Wind bewegten und auch über den Stoff meiner Hosenbeine strichen. Ich warf einen Blick über die Mauer und entdeckte dahinter tatsächlich so etwas wie einen Innenhof, auf dem allerdings keine Gebeine mehr lagen. Wenn sie sich in der Nähe befanden, hielten sie sich gut versteckt.

Ich suchte die Mauer nach einer geeigneten Stelle ab. Zahlreiche Firststücke waren herausgebrochen, sodass ich dort relativ leicht hinüberklettern konnte.

Auf der anderen Seite sprang ich zu Boden. Mit beiden Füßen versank ich im Gras und wunderte mich gleichzeitig, wie geräumig das Gelände hier war. Diesmal schaltete ich die Lampe ein und ließ den Kegel über den Boden gleiten. Er sah nicht so aus wie vor der Mauer. Er war aufgewühlt. Ob von unten oder oben, das war nicht festzustellen. Etwa zehn Yards entfernt stand der Hauptbau der alten Station. Die Rechtecke der scheibenlosen Fenster sahen aus wie geometrische Glotzaugen. Ich leuchtete hindurch und sah das Rund der Lampe auf eine Wand fallen, wo es einen zerfasernden Kreis bildete.

Auf der Hälfte der Strecke blieb ich stehen. Ein Geräusch hatte mich gewarnt.

Sehr hohl klingend, und ich wusste sofort, was da geschehen war.

Knochen klapperten gegeneinander.

Die Gebeine bereiteten sich auf den Tanz vor. Sicher lagen sie in der Umgebung auf der Lauer und warteten nur auf den Befehl ihres Meisters.

Tanzplatz der Verfluchten hatte man den Ort genannt. Kein Name hätte treffender sein können. Auch Kudelke war bis hierher gekommen, wie er Abe Douglas berichtet hatte. Wahrscheinlich hatte man ihn auch an dieser Stelle attackiert. Möglicherweise hatte er zunächst nur die hohlen Laute vernommen und anschließend die Knochen gesehen, so wie es plötzlich bei mir der Fall war.

Hinter der Mauer schwebten sie hoch. Ich sah sie deshalb so deutlich, weil sie in der Finsternis leuchteten. Zum ersten Mal sah ich einen Schädel, der die ansonsten flachen Knochenstücke begleitete.

Er stieg zwischen ihnen hoch. Die sich drehenden und zitternden Gebeine sahen aus wie stumme Wächter, die den blanken Schädel begleiteten und ihn schützten.

Die Knochen griffen mich nicht an. Sie stiegen nur langsam hoch. Es war ein etwas lustiges und gleichzeitig auch makabres Bild, als die Gebeine plötzlich anfingen zu tanzen. Sie bewegten sich zuerst nach oben, dann nach unten, auch nach links und wieder nach rechts. Eine Melodie oder einen Rhythmus vernahm ich nicht, er war wohl nur hörbar für die bleichen Gerippe.

Aber sie wirbelten nicht nur unkontrolliert durcheinander. Ich hatte den Eindruck, dass hinter diesem Tanz System steckte. Die Knochen fügten sich zu einer menschlichen Gestalt zusammen.

Mit den Beinen schwebte sie in Höhe der Mauerkante. Dabei schien sie ständig nach irgendwas zu treten.

Sie bewegten sich nicht fließend, mehr ruckartig, aber sie drückten sich in meine Richtung.

Ich hatte schon nach meinem Kreuz gegriffen. Nur damit konnte ich sie stoppen.

Doch die Knochen interessierten sich nicht für mich. Plötzlich schwangen die Gebeine nach links weg, als hätte jemand gegen sie geblasen. Mir schien es, als würden sie sich im Walzertakt bewegen, sie glitten auch nicht wieder in ihre alte Stellung zurück und waren schon sehr bald meinen Blicken entschwunden.

Der Wald und die Dunkelheit sowie das Mauerwerk hatten sie aufgesaugt.

Ich schüttelte den Kopf. Das war doch nicht möglich. So etwas konnte es nicht geben!

Tief holte ich Luft.

Im Hals spürte ich das Kratzen. Ich räusperte mir zunächst die Kehle frei, lief zur Mauer, kletterte hinauf und sah mir die Knochen an.

Da war die Erde auch weiterhin aufgewühlt, aber Nachschub drang nicht mehr aus der Tiefe.

Ich zog mich wieder zurück. Allmählich fühlte ich mich auf den Arm genommen. Die andere Seite hatte bisher die Initiative ergriffen. Hier konnte sie schalten und walten, denn dies war allein ihr Gebiet.

Die Gebeine waren dort verschwunden, wo der Wald bis dicht an die Mauer der alten Poststation heranwuchs. Ich brauchte nicht lange nachzudenken, um zu der Überzeugung zu gelangen, dass die Knochen irgendetwas mit der Poststation zu tun hatten.

Deshalb musste ich mir das Innere genau ansehen. Diesmal lief ich den Weg rascher zurück, erreichte die Mauer des Gebäudes, blickte durch ein Fenster in das Innere und wandte mich dann der Tür zu. Natürlich war auch sie nicht vorhanden. Ein offenes Loch, hinter dem die Finsternis lag.

Ich leuchtete zuerst hinein.

Wie alt die Station war, konnte ich nicht sagen. Aber sie beherbergte nach wie vor die alten Einrichtungsgegenstände, die ihre Erbauer einmal gekauft hatten.

Tische, Stühle, sogar eine primitive Theke sah ich. Natürlich war alles verfallen, verfault, von der langen Zeit angenagt. Auf dem Boden lag ein dicker Schmierfilm, auf dem meine Sohlen Abdrücke hinterließen, als ich in den Raum trat.

Mit der Lampe erhellte ich die Finsternis.

Es lauerte keine Gefahr. Dafür sah ich einen Durchlass, der in einen Nebenraum führte. Ich schob mich in die Lücke hinein, leuchtete wieder und wunderte mich über die linke Wand, an der drei Pritschen übereinander angebracht worden waren. Hier hatten die Menschen sich ausruhen und schlafen können.

Keine Spur von Shalaka und den Gebeinen!

Ich betrat den kleineren Raum, leuchtete den Boden ab und entdeckte das Loch.

Eine offene Fallgrube, nicht sehr tief, vielleicht auch nur eine im Boden gebaute Vorratskammer.

Achselzuckend drehte ich mich um, wollte wieder gehen, als etwas Geisterhaftes geschah.

Vor mir leuchtete das Mauerwerk auf.

Zunächst war es nur ein schwacher Schein, der sich im Innern des Gesteins gebildet hatte, weiter vordrang und Konturen annahm, die mich an ein Gesicht erinnerten.

Ja, es war ein Gesicht!

Kein menschliches, obwohl es die Umrisse hatte. In mir tauchten Erinnerungen auf.

Wie hatte Abe Douglas noch gesagt?

Bevor Kudelke sich aus dem Fenster stürzte, war eine Maske in der Dunkelheit erschienen.

Und diese Maske entdeckte ich hier!

Ein verzerrtes Gesicht. Gelb und schwarz. Ungemein bösartig und widerlich. Mit brutalen, satanischen Augen, aus denen das Böse als Fanal leuchtete.

Ich war stehen geblieben. Mit der rechten Hand umklammerte ich mein Kreuz, mit der linken hielt ich die Lampe.

Meine Kehle war trocken geworden. Ich wusste nicht, was das Auftauchen bedeutete. Vielleicht eine Warnung, ein Zeichen, dass ich keinen Schritt weitergehen sollte.

Das musste Shalaka sein!

Aber Shalaka war auch der Geist des Irokesen mit seinem mordenden Tomahawk.

Wie passte das zusammen?

Kenneth Kudelke hatte vor dieser Maske eine fürchterliche Angst gehabt. Mir erging es nicht so. Ich starrte sie an, spürte zwar das Unheimliche, das von ihr ausging, doch es traf mich nicht so stark, als dass es mein Innerstes hätte in Aufruhr bringen können.

Das Maul stand offen, als wollte mir Shalaka etwas sagen. Leider waren seine Züge erstarrt, doch ich würde Leben in sie hineinbringen oder sie vernichten.

Mein Kreuz hatte eine immense Kraft. Es stemmte sich gegen die unheimliche Magie, es konnte zerstören, wenn ich eine bestimmte Formel rief. Und die glitt mir fast wie von selbst über die Lippen, weil ich ein Ende machen wollte.

»Terra pestem teneto – Salus hic maneto!«

Voll verließ ich mich auf diesen magischen Spruch, rechnete mit einem großen Sieg – und wurde enttäuscht.

Es kam alles ganz anders!

Das Kreuz zerstört das Böse. Ich hatte es bereits unzählige Male erlebt, wie es ihm gelungen war, mich aus einer großen Gefahr zu retten. Deshalb rechnete ich auch hier damit, dass es die Maske regelrecht zertrümmern würde.

Nein, sie blieb.

Aber es änderte sich etwas.

Ich bemerkte den Schub kaum, der mich plötzlich packte und dabei derart erfasste, dass ich um die eigene Achse gewirbelt wurde. Wie im Krampf hielt ich mein Kreuz fest und sah plötzlich, dass es sich veränderte.

Die Maske und mein Talisman wurden eins. Ich wusste nicht, was ich in der Hand hielt, war es nun das Kreuz, oder hatte mir jemand die Maske über die Faust gestülpt?

Die Welt veränderte sich zu einem Kreisel, der mich mitriss und von den Beinen schleuderte. Ich nahm kaum wahr, dass ich zu Boden fiel und hart mit dem Rücken aufschlug. In meinem Hinterkopf dröhnte es, als hätte dort jemand gegen einen Gong geschlagen. Vor meinen Augen tanzten Flecken und Sterne. Ich wurde benommen, bekam nicht mehr viel von meiner Umgebung mit, kroch auf allen vieren weiter, ohne es eigentlich richtig zu merken, und hoffte nur, dass sich das Geschehen irgendwann wieder normalisieren würde.

Das geschah auch.

Schlagartig hatte mich die normale Umgebung wieder. Ich konnte befreit aufatmen, schaute mich um und stellte dabei fest, dass ich noch immer am Boden lag.

Nicht erschöpft, nicht angegriffen. Ich lag einfach da, hielt die Augen noch geschlossen, atmete tief und fest und freute mich, dass ich Luft bekam.

Allmählich öffnete ich die Augen, spürte an meiner linken Schulter den Druck, bewegte die Hand und stellte fest, dass ich direkt an einer Wand lag.

Sie diente mir auch als Stütze, um mich aufzurichten. Auf ziemlich wackligen Knien blieb ich stehen. In meinem Kopf bewegte sich ein gewaltiges Mühlrad, das allerdings sehr schnell wieder zur Ruhe kam, und ich schaute auf meine Hand.

Die Lampe hielt ich noch immer fest, aber auch das Kreuz. Das war am wichtigsten.

Intervallweise kehrte bei mir die Erinnerung zurück. Ich dachte an die Szenen, die ich erlebt hatte, und an diese furchtbare Symbiose zwischen Maske und Kreuz.

Sie musste eine Bedeutung gehabt haben, etwas war geschehen. Nur wusste ich nicht, was es gewesen war.

Auf wackligen Beinen ging ich in die Dunkelheit. Ich hätte zu Boden schauen sollen, so sah ich das Hindernis nicht und stolperte darüber. Es war ziemlich weich.

Ein schrecklicher Verdacht durchzuckte mich. Als ich den Lampenstrahl nach unten richtete, sah ich die Bescherung.

Ich war über einen Toten gestolpert!

Mein Herz schlug plötzlich schneller, die Kehle wurde mir eng, Schweiß stand auf meiner Stirn, denn es war nicht der einzige Tote in dem Raum.

Als ich den Lichtstrahl kreisen ließ, entdeckte ich noch zwei weitere Männer.

Der eine lag über der Sitzfläche eines Stuhls. Die obere Kopfhälfte schwamm im Blut. Man hatte ihn durch schwere Schläge getötet. Der zweite Mann lag auf dem Bauch. In seinem Rücken steckten drei Pfeile. Man hatte ihn von hinten erschossen.

Und der dritte lag zu meinen Füßen. Ebenfalls tot und gestorben durch ein Messer. Auf eine Beschreibung möchte ich hier verzichten, zudem wirbelten andere Gedanken durch meinen Kopf. Ausgelöst eigentlich durch die Kleidung der Leichen und durch die Art, wie die Männer gestorben waren.

Diese Art, jemand umzubringen, deutete auf einen Indianerüberfall hin. Zudem waren die Männer gekleidet wie Waldläufer. So kannte ich sie aus Beschreibungen der Indianergeschichten, die ich als Junge so verschlungen hatte.

Jetzt war mir klar, was geschehen war. Durch das Rufen der Formel hatte ich einen Zeitenwechsel in Bewegung gesetzt. Ich war in die Vergangenheit geschleudert worden und bewegte mich als Mann der Zukunft zwischen ihnen.

Kein Grund zur Panik. Schon des Öfteren hatte ich diese Reisen erlebt. Nur waren die äußeren Bedingungen immer wieder andere, aber eines blieb. Ich hatte jedes Mal, wenn mich das Schicksal in ferne Zeiten trieb, um mein Leben kämpfen müssen.

Auch hier?

Noch einmal leuchtete ich die Toten an, so schwer mir dies auch fiel. Ich wollte sie untersuchen. Das Blut sah noch frisch aus. Es hatten sich keine Krusten gebildet. So ging ich davon aus, dass die Männer erst vor kurzem gestorben waren.

Schlagartig verspürte ich Angst. Wenn die Mörder noch in der Umgebung lauerten, würden sie bestimmt die Station im Auge behalten. Es wäre risikoreich für mich gewesen, die schützenden Mauern zu verlassen.

Es sah längst nicht so aus wie bei meinem Besuch in der Gegenwart. Zwar waren die Räume die gleichen, nur zeigten sich an den Möbeln kaum Veränderungen.

Sie wirkten wie frisch gezimmert, sahen sehr neu aus, das galt auch für die Bettgestelle.

Ich löschte das Licht und bewegte mich geduckt und vorsichtig auf die Tür zu.

Man hatte sie herausgerissen. Jedenfalls hing sie schief in den Angeln.

Ihr gegenüber und dicht an die Mauer gepresst, blieb ich stehen. So konnte ich schräg nach draußen schauen und hörte ein leises Schnauben, das der Wind zu mir hintrug.

In der Nähe mussten Pferde stehen. Wem sie gehörten, war mir unbekannt. Möglicherweise den Toten, denn die Wald-Indianer verzichteten auf Reittiere.

Ich streckte den Kopf vor und hörte das Surren.

Sofort zuckte ich wieder zurück. Zur rechten Zeit. Dicht vor meinem Gesicht zischte ein Pfeil entlang und hieb mit einem dumpfen Geräusch in die offen stehende Tür.

Zitternd blieb er dort stecken. Ich fuhr über meine Kopfhaut. Wer immer dort im Dunkeln lauern mochte, er hatte Augen wie eine Katze. Wahrscheinlich war die Poststation umzingelt worden.

Im Nachhinein wurde mir klar, dass es doch ein Fehler gewesen war, das Kreuz zu aktivieren. Ich hätte in meiner Zeit bleiben sollen. Jetzt hatte sich die Gefahr nur noch verdichtet.

Drei Tote hatten die Indianer hinterlassen, ich wartete noch und war gespannt, was sie vorhatten.

Zunächst tat sich nichts.

Lange, bedrückende Minuten der Stille vergingen. Hin und wieder rauschte der Wind in den Kronen der Bäume. Die Temperatur lag wesentlich höher. Es war frühsommerlich.

Auch die Zeit des Wartens verging. Urplötzlich löste sich die Stille auf.

Ein rollender Donnerschlag hallte um die Station. Hervorgerufen durch Trommelklang, in den sich plötzlich die schrillen Schreie mischten. Ich sah die Personen noch nicht, die diese Schreie ausstießen, hörte aber durch das Trommelgeräusch das dumpfe Stampfen nackter Füße auf dem Boden.

Tanzplatz der Verfluchten!

Er trug seinen Namen tatsächlich zu Recht. Ja, hier wurde getanzt, wenn auch für mich noch nicht sichtbar, sondern schattenhaft und unheimlich.

Ich hatte mich an ein schmales Fenster gestellt und blickte nach draußen. Viel war nicht zu sehen. Die Gestalten hoben sich von der Dunkelheit kaum ab, ich sah sie nur als hin- und herwischende Schatten, die mit dem Untergrund kaum Berührung zu haben schienen.

Der Tanz steigerte sich. Die Geräusche blieben zwar dumpf, sie erklangen dennoch viel intensiver und lauter als zuvor. Mittlerweile gellten auch die ersten Schreie auf.

Laute Rufe, sehr schrill klingend, gleichzeitig flehend und heulend. Sie erfüllten die Lichtung, drangen in die Dunkelheit des Waldes wie eine finstere Botschaft und verhallten irgendwo zwischen den dicht stehenden Bäumen.

Ich überlegte, ob ich mich nicht zurückziehen sollte. Noch war der Zeitpunkt günstig. Die Indianer waren damit beschäftigt, sich allmählich in Ekstase zu tanzen, da hatten sie wahrscheinlich für die Umwelt keinen Blick.

Natürlich musste ich höllisch Acht geben. Vielleicht hatten sie weitere Wachen aufgestellt, und durch den normalen Eingang konnte ich auch nicht schleichen, da wäre ich ihnen direkt in die Arme gelaufen. Mich wunderte nur, dass sie im Dunkeln tanzten, aber möglicherweise war es eben ein Tanz der Finsternis, der Nacht, der wilden Dämonen.

Möglich war alles ...

Ich suchte nach einem zweiten Ausgang. Vielleicht gab es eine Hintertür oder ein anderes Loch, durch das ich mich schieben konnte. Daran hatten die Erbauer bestimmt gedacht. Ich verließ den größten Raum, gelangte in den zweiten, kleineren, den ich schon aus meiner Zeit kannte, und entdeckte eine Wand, die später nicht mehr vorhanden oder eingestürzt war. Sie wurde von einer Tür unterbrochen.

Vorsichtig drückte ich diese auf.

Viel war nicht zu sehen. Da ballte sich die Schwärze zusammen, durch die ein typischer Geruch trieb.

Stallgeruch. Heu und Stroh rochen so und auch Pferde. Ich hatte vor kurzem noch das Schnauben gehört, vernahm es jetzt wieder, als wüssten die Tiere, dass sich ihnen jemand näherte.

Ich schob mich über die Schwelle. Sehr langsam bewegte ich

mich dabei. Allmählich hatten sich meine Augen an die Verhältnisse gewöhnt. So sah ich Umrisse, die mir wie Boxen vorkamen. Dort mussten die Tiere stehen.

Ein Pferd schlug mit seinem Schweif. Er huschte dicht an meinem Gesicht vorbei. Die Tiere wandten mir ihr Hinterteil zu. Als ich sie passierte, schnaubten sie wieder und scharrten mit den Hufen. Wahrscheinlich mochten sie mich, den Fremden, nicht besonders.

Sollte ich Licht machen?

Ich schaute hoch. Leider konnte ich weder die Decke noch das Gebälk erkennen, falls überhaupt etwas da war.

Und eine Tür?

Wenn es sie gab, war sie verschlossen, denn nichts zeichnete sich innerhalb der Wand ab.

Ich ging auf Zehenspitzen weiter. Unter meinen Füßen raschelte Stroh. Manchmal zerknirschte festgebackener Dreck. An den Geruch hatte ich mich inzwischen so weit gewöhnt, dass mir ein anderer direkt auffiel. Er passte einfach nicht in diesen Stall.

So roch Fett oder Tran. Ranzig und scharf stieg er mir in die Nase. Einfach widerlich.

So roch kein Tier!

Es war nur eine Blitzidee, auch ein Reflex, der mich reagieren ließ. Ich ging einen Schritt zurück, schaltete die Lampe ein und bewegte die Hand.

Da sah ich das Gesicht.

Grausam verzerrt, angemalt und mit offen stehendem Mund. Das Haar des Indianers stank widerlich, obwohl es nur noch als Kamm auf seinem Kopf wuchs.

Er hatte hier gelauert – und er wollte mich töten. Das Kriegsbeil flog im nächsten Moment aus seiner Hand und jagte auf mich zu. Wie ein Tänzer drehte ich mich zur Seite, sodass mich die Waffe verfehlte.

Dann kam der Werfer selbst.

Mit einem gewaltigen Sprung hechtete er auf mich zu. Die Arme ausgestreckt, die Hände zu Fäusten geballt. So wollte er mich einfach umrennen. Ich ging voll in seinen Sprung hinein. Damit hatte er nicht gerechnet. Als wir beide zusammenprallten, hörte ich ihn stöhnen. Ich war vorbereitet, er weniger, und er flog zurück bis fast dorthin, wo ich ihn entdeckt hatte.

Der Indianer machte einen leicht benommenen Eindruck. Die kleine Lampe hatte ich fallen lassen. Sie leuchtete in die Richtung meines Gegners, der ein Messer hervorholte.

Die Klinge sah verdammt gefährlich aus. Wie eine Katze sprang er hoch, das Messer stoßbereit haltend, aber ich war wieder einmal schneller.

Diesmal hieb ich mit der Beretta zu.

Der Schlag traf seinen Schädel, sodass der Eingeborene zusammensackte, die Augen verdrehte und zu Boden fiel. Ich trat ihm noch die Beine weg, sonst wäre er in seine eigene Klinge gefallen. Das Messer nahm ich an mich, ebenso wie die Lampe.

Die Pferde beruhigten sich wieder. Unser Kampf hatte sie leicht aufgeschreckt. Endlich sah ich die Stalltür an der Hinterseite. Man musste sie schon anleuchten, um ihre Umrisse überhaupt erkennen zu können. Matt glänzte das Metall einer Klinke.

Ich drückte sie nach unten, konnte die Tür aufziehen und schloß sie sofort wieder, als ich die schattenhaften Gestalten sah, die an der Rückseite vorbeihuschten.

Verdammt, diese Station war doch umzingelt worden.

Es gab nur einen Ausweg aus dieser Misere. Ich musste den gleichen Weg wieder zurück und zusehen, dass ich einen anderen Ausgang nahm. Vielleicht doch den an der Vorderseite.

Wohl war mir dabei nicht, weil ich leicht vom Regen in die Traufe geraten konnte.

Allmählich wurde es doch ungemütlich. Die Schreie der Tanzenden hatten sich zudem gesteigert. Die Männer schienen sich dem Ziel zu nähern, und als ich den Stall durchquert hatte, stellte ich fest, dass draußen nichts mehr so war wie zuvor.

Ein Feuer loderte!

Ich blieb augenblicklich hinter der Stalltür stehen, denn der Widerschein der Flammen drang auch durch die Fensteröffnungen und zeichnete ein zuckendes Muster auf den Boden. Wenn ich da hineinlief, würde sich auch mein Schatten sehr deutlich abzeichnen.

Dennoch wollte ich wissen, wie das unheimliche Fest weiterlief. Geduckt näherte ich mich einem Fenster, stieg auch über den im Weg liegenden Toten hinweg und peilte im schrägen Winkel durch das Fenster. Mein Standplatz war gut gewählt, denn ich konnte direkt auf die Flammen schauen, die sich bewegten wie dunkelrote, mit gelblichen Flecken durchsetzte Feuerarme.

Das Feuer leuchtete fast den gesamten Platz aus. Ich sah auch die Mauer, über die ich in der Gegenwart geklettert war. Hier war sie noch ganz, aber mehr interessierten mich die schaurig aussehenden, bunt bemalten Gestalten der Indianer, die um die Flammen tanzten, Schreie ausstießen, sich drehten, stampften, wirbelten und sogar mit wilden Sprüngen durch das Feuer jagten.

Auf der Mauer hoben sich die Wächter ab. Sie sahen aus wie Figuren aus Stein und hatten ihre Bögen gespannt.

Die Flammen funkelten und tanzten. Sie griffen nach den Indianern, glitten über die Gesichter, die nackten Arme, die bloßen Beine und sengten die Haare an, wobei sie noch die dick aufgetragene Farbe zum Schmelzen brachten, sodass diese über die Gesichter rann und sie noch maskenhafter aussehen ließ.

Manche Irokesen sprangen auch vom Feuer weg und gerieten bis dicht vor das Fenster. Ich hätte nur die Hand auszustrecken brauchen, um mit den Fingern über ihre an den Seiten kahlgeschorenen und bemalten Köpfe zu fahren.

Das ließ ich bleiben.

Eines fiel mir auf.

Die Hauptperson fehlte. Derjenige, der Shalaka genannt wurde, machte den Flammentanz nicht mit. Weshalb hielt er sich dieser beschwörenden Zeremonie fern?

Darauf würde mir keiner der Tänzer eine Antwort geben. Ich aber wollte ihn sehen und blieb weiterhin in Deckung.

Nach einigen Minuten nahm die Intensität des Tanzes ab. Die Indianer kamen mir plötzlich erschöpft vor. Ihre Bewegungen schliefen ein, die Schreie waren längst nicht mehr so laut. Sie gellten nur hin und wieder auf. Es waren die beiden Trommler, die sie ausstießen, immer dann, wenn sie nicht mehr auf die Felle schlugen.

Das musste einen Grund haben!

Erschöpft taumelten die Indianer zur Seite. Sie bückten sich der Reihe nach und hoben etwas auf, das am Boden stand. Zuerst konnte ich den Gegenstand nicht erkennen, den jeder von ihnen an die Lippen führte, bis sich ein Tänzer drehte. Ich sah, dass er einen Krug umklammert hielt, aus dem er trank.

Mir war bekannt, dass es gerade die Naturvölker immer wieder verstanden hatten, aus den Pflanzen und Kräutern Tränke herzustellen, die so etwas wie ein Rauschgift und gleichzeitig ein Aufputschmittel waren. So etwas würden sie wahrscheinlich zu sich nehmen, um sich für die Nacht zu rüsten.

Nachdem jeder getrunken hatte, taumelte er zur Seite und damit auch in die Dunkelheit hinein. Ich beobachtete noch, wie sich die Krieger fallen ließen, irgendwo hocken blieben, in die Flammen starrten und über die verbrannten Stellen auf ihrer nackten Haut strichen.

Weshalb taten sie das?

War es die Ruhe vor dem Sturm? Warteten sie jetzt ab, dass ihr großer Meister erschien?

Noch tat sich nichts. Ich hätte vielleicht die Chance gehabt, mich zu verdrücken, doch da waren noch immer die hockenden Wächter auf dem Rand der Schutzmauer.

In die Männer kam Bewegung.

Sie hatten etwas gesehen, das mir verborgen geblieben war, denn sie standen auf, drehten sich dabei und richteten die Spitzen der Pfeile in den dunklen Wald.

Von dort kam jemand.

Auch die Tänzer hatten bemerkt, was geschehen war. Die Trommler ebenfalls, denn sie bewegten ihre Arme, um mit den Handflächen auf die Felle der Trommeln zu schlagen.

Noch hielt sich das Geräusch in Grenzen. Nur ein leichtes Grummeln schwang über den Tanzplatz und erreichte meine Ohren. Wahrscheinlich hatte auch dieses Geräusch seine Bedeutung. Es steigerte sich, je mehr Zeit verstrich, und näherte sich dem Höhepunkt.

Noch konnte ich nichts entdecken, aber die Wächter sprangen

plötzlich von der Mauerkrone und liefen dorthin, wo sich, für mich kaum sichtbar, die Umrisse eines Tores abzeichneten.

Sie rissen es auf, hielten sich an den Stangen fest und beugten sich so tief nach vorn, dass es aussah, als würden sie mit der Stirn den Untergrund berühren.

Niemand achtete mehr auf die alte Station, sodass ich mich sicherer bewegen konnte. Diesen Umstand nutzte ich für einen Platzwechsel aus. Ich huschte dorthin, wo sich die Tür befand, und drückte sie noch weiter auf, damit meine Sicht besser wurde.

Endlich hatte ich den vollen Überblick!

Wie ein Fremdkörper stand das zuckende und sich bewegende Feuer in der Dunkelheit, das immer wieder mit seinen Spitzen in die Finsternis hineingriff, als würde es dort etwas Kostbares zu fassen bekommen.

Hinter dem Feuer befand sich das schmale Tor. Es war offen, und ich sah jetzt die Bewegung.

Dort kam jemand!

Das musste einfach Shalaka sein.

Mir stockte der Atem. Der Höhepunkt des Festes war durch sein Erscheinen eingeleitet worden. Ich erhielt endlich Aufklärung über viele Dinge, die noch im Dunkeln lagen.

Ja, er war es.

Mich durchrieselte ein Schauer, als ich die hochgewachsene Gestalt sah. Diesmal nicht als Geist, aber auch so überragte sie all die anderen Krieger.

Niemand blieb mehr sitzen. Bis auf die Trommler, die den Auftritt des Häuptlings oder Medizinmannes mit dumpfem Wummern begleiteten. Breitbeinig hatten sich die Irokesen aufgebaut. Sie waren noch vom Tanz erschöpft, vom Trunk berauscht, und es bereitete ihnen Mühe, sich auf den Beinen zu halten. Deshalb hatten sie sich so breitbeinig hingestellt, um nicht zu fallen.

Er kam wie ein König. Ein Mann, der sich seiner Würde bewusst war.

Äußerlich wirkte er etwas lächerlich. Vielleicht hätten andere Menschen auch gelacht, ich jedoch verbiss mir eine solche Reaktion. Ich wusste schließlich, was die Maske bedeutete.

Shalaka hatte sie über seinen Kopf gestülpt. Sie verzerrte sein Gesicht völlig. Aus gelben und schwarzen Streifen bestand die Maske, und das Muster zog sich auch noch um seinen Schädel herum, wobei es im Nacken wieder zusammentraf.

Die Bewaffneten richteten sich wieder auf. Sie drehten sich so, dass sie auf den Rücken ihres Herrn und Meisters blickten. Shalaka ging vor bis an den Rand des Feuers. Sein Körper war bis auf einen Lendenschurz nackt. Er hatte die Haut be- und übermalt. Streifen, Kreise, Dreiecke, Augen – Zeichen aus der alten indianischen Mythologie, mit denen ich nichts anfangen konnte, die aber für diese Menschen hier sehr wohl eine Bedeutung hatten.

Mich überlief es kalt, als ich sah, wie dicht Shalaka vor dem Feuer stand. Der musste ja von den Flammenspitzen verbrannt werden!

Sie strichen um Beine, Hüften und Brust, aber der große Shalaka ertrug die Schmerzen ohne ein Wort der Klage.

Seine Krieger schauten ihn an, als er den linken Arm hob und ihn danach wieder senkte.

Das Zeichen galt den Trommlern.

Augenblicklich bewegten sie ihre Hände und schlugen mit den Flächen auf die Instrumente. Nicht sehr hastig, eher langsam, aber lauter als vorhin. Der wummernde Klang steigerte sich von Sekunde zu Sekunde. Im Zirkus erlebt man diese Art von Rhythmus immer dann, wenn sich eine Darbietung dem Höhepunkt nähert.

So war es auch hier.

Ich wusste, dass bald etwas geschehen musste. Nicht ohne Grund hatte Shalaka diesen Platz eingenommen.

Ich dachte darüber nach, was er vorhatte. Wer in dieser Haltung vor dem Feuer stand, für den gab es eigentlich nur einen Weg.

Hinein in die Flammen!

Würde er es tatsächlich auf einen Selbstmord ankommen lassen? Das wollte ich nicht glauben, aber ich musste die Sachlage auch mit anderen Augen ansehen.

Es gab genügend Menschen auf diesem Erdball, die unvorstellbare geistige Kräfte besaßen und in der Lage waren, durch Flammen oder über glühende Kohlen zu schreiten.

Dazu gehörte ein völliges Mit-sich-selbst-zufrieden-Sein, eine innere Einstellung, die es fertig brachte, äußerliche Schmerzen zu ignorieren.

Der Trommelschlag wurde forciert. Man konnte ihm nicht mehr entweichen, er hüllte den Tanzplatz ein, wurde in alle vier Himmelsrichtungen getragen, um letztendlich von der Dunkelheit des Waldes verschluckt zu werden.

Shalaka, der Mann mit der unheimlichen Maske, nickte. Gleichzeitig straffte er seine Schultern, indem er sie anhob – und machte den ersten großen Schritt.

Ja, er ging in die Flammen!

Schlagartig verstummte der Trommelklang. Ich hielt den Atem an, weil ich damit rechnete, dass die Flammen an ihm hochsteigen und ihn verbrennen würden.

Das geschah nicht.

Er ging weiter, als wäre das Feuer überhaupt nicht vorhanden. Und er schritt in die Mitte des Flammenkreises, wo es am heißesten war.

Dort blieb er stehen!

Bisher hatte er uns den Rücken zugedreht, jetzt wandte er sich um, hob beide Arme und riss sich mit einem heftigen Ruck die Maske vom Kopf.

Jetzt sah ich ihn so, wie ich ihn kannte.

Er war der Irokese, den ich als Geist erlebt hatte!

Nein, er hatte sich kaum verändert. Ob als Körper oder feinstofflich, im Prinzip war er der Gleiche geblieben. Das finstere, bemalte Gesicht, die bemalten Wangen, die Stirn und das Kinn. Hinzu kamen die schwarz wirkenden Lippen und die Augen, die mich an Kohlestücke erinnerten.

Er war eben ein besonderer Mensch. Möglicherweise ein Medizinmann, der mit mir unbekannten Kräften im Bunde stand.

Regungslos blieb er stehen und ließ sich von den heißen Feuerzungen umspielen. Die Ausläufer der Flammen reichten bis über seinen Kopf hinweg, sodass sie ihn umgaben wie eine Haube, denn am Nacken fügten sie sich wieder zusammen.

Dieses Bild vergaß man einfach nicht. Es prägte sich auch bei mir ein, wobei ich darüber nachdachte, welch einen Menschen ich wohl da vor mir hatte.

In die Krieger geriet Bewegung. Sie traten an das Feuer heran, begleitet vom dumpfen Klang der Trommeln. Aber sie gingen nicht in die Flammen hinein, keiner von ihnen besaß die Stärke eines Shalaka.

Der Rhythmus schlief ein. Selbst das Atmen der Menschen war nicht mehr zu hören. Nur noch das Rauschen des Feuers, das eigentlich ohne Nahrung war und doch brannte.

Erst jetzt fiel mir auf, dass kein Holz entzündet worden war. Die Flammen lagen förmlich auf dem Boden, bevor sie in die Höhe leckten. Möglicherweise hatten die Irokesen den Untergrund getränkt, es konnte sich ebenso gut um ein magisches Feuer handeln.

Ich stand günstig, sodass ich Shalaka gut sehen konnte. Und ich sah auch, dass sich sein Mund bewegte.

Er sprach.

Nichts Besonderes an sich, für mich jedoch ein Phänomen, denn ich verstand seine Worte.

Nur drangen diese mir nicht aus seinem Mund entgegen, sondern aus einem Gegenstand, den ich in der Hand hielt.

Aus der Mitte des Kreuzes!

Das war ein Hammer!

Ich hielt zunächst einmal den Atem an, weil ich glaubte, mich getäuscht zu haben. Schaute noch einmal hin, lauschte, horchte und hatte keinen Zweifel mehr.

Das Kreuz diente in diesem Falle als Übersetzer und gleichzeitig als Lautsprecher. So hörte ich, was er sagte, und es waren Sätze der Trauer, des Zweifels, der Vorwürfe und des Versagens.

Shalaka rechnete mit sich selbst ab. Er sprach mit einer beschwörenden Stimme, als wollte er alle Geister des Universums zu Hilfe holen. »Seit vielen unzähligen Monden, die vergangen sind, haben unsere Väter und Vorväter diesen Platz als heilig angesehen. Kein Fremder durfte ihn je betreten. Jeder Häuptling und jeder Medizinmann hat dafür gesorgt, dass nur Eingeweihte und besondere Krieger zu den großen Weihefesten der Götter und Dämonen herkamen, um sie durch ihre Opfer gnädig zu stimmen. Er war zu einem Tanzplatz der Hoffnung und des Glücks für uns geworden. So gingen die Zeiten ins Land, kamen die Sommer, die Winter, der Schnee, der Regen und manchmal auch die Dürre. Der weiße Mann drang in dieses Land ein und versuchte, uns aus unseren heiligen Gebieten zu vertreiben. Wir werden uns wehren, wir haben uns gewehrt, kein Weißer soll jemals unser Land besitzen. So wie meine Vorväter das Vermächtnis von ihrem Vater übernommen haben, übernahm ich es von meinem Vater. Aber ich habe es nicht gut verwaltet. Die Weißen fanden diesen Heiligen Platz und haben ihn entweiht. Ja, sie schändeten ihn, und ich habe versagt, weil ich sie nicht aufhielt. Aus dem heiligen Tanzplatz ist nun ein Tanzplatz der Verfluchten geworden, denn man sagt, dass derjenige sterben muss, der mithalf, den Platz zu entweihen. Ich bin es gewesen, der sie nicht aufhalten konnte, und so habe ich das magische Feuer anzünden lassen, damit die lodernden Flammen mich verschlingen. Ich werde mich als Opfer hingeben, so wie es verlangt wird. Vielleicht habe ich durch diese Sühne den Platz wieder zu dem gemacht, was er sein soll. Zu einer geweihten Stätte. Die Götter mögen mir gnädig sein. Sie haben mich von allen anderen Kriegern hervorgehoben und stark gemacht. Jetzt sollen sie mich als Opfer annehmen und wieder ihre schützenden Hände über den Platz halten.«

Ich hatte inzwischen verstanden, was dieser Shalaka wollte. Selbstmord begehen, sich opfern, weil er versagt hatte. Ja, diese Art von Ehrenkodex gab es, aber er steckte auch mit finsteren Mächten im Bunde, die er jetzt anrief.

»Wenn ich mich von den Flammen vernichten lasse, so wird mein Geist doch weiterleben. Ich gebe ihn in die Hand des Großen Schwarzen, der die Unterwelt beherrscht und sein Feuer in das Totenreich bläst. Er wird mich als Geist weiterleben lassen, sodass ich immer über den Tanzplatz wachen kann, damit ihm kein weiteres Leid geschieht. Auch wenn noch einmal so viele

Monde ins Land gehen, wie diese Welt alt ist, so hat mein Versprechen dennoch Bestand. Niemand soll mir nachsagen, ich hätte versagt. Ich gebe mich den Göttern hin, mögen sie mir gnädig sein und mein Opfer annehmen. Aber ihr, meine Krieger, werdet nicht ohne Schutz sein, auch eure Nachkommen nicht. Ich bleibe, mein Geist wird wachen, er wird immer hier sein und Gefahren abhalten …«

Genau das war der Augenblick, als sich die Flammen plötzlich zusammendrängten und so dicht über die Haut des Irokesen strichen, dass sie ihn wie eine dünne Kleidung umgaben. Er griff zur Streitaxt, riss sie hervor, behielt sie in der Faust und reckte dabei seinen Arm hoch.

Dann starb er.

Er verbrannte nicht, nein, zuerst lief die Farbe zusammen. Sie schmolz, sie rann ineinander, sodass neue Muster auf der Haut entstanden. Ein regelrechter Schmier lief an den Beinen, den Armen und am Oberkörper des Mannes entlang. Shalaka aber blieb stehen. Das Feuer tat ihm nichts, er konnte einfach keine Schmerzen spüren, sonst hätte er geschrien.

Ein Mensch, der vor meinen Augen verbrannte, blieb stumm, obwohl die Flammen jetzt auf ihn übergriffen.

Sie zerstörten ihn.

Jedoch anders als bei normalen Menschen. Leider hatte ich sie schon brennen sehen. Ich kannte sie als lebende Fackeln, hier aber tötete das Feuer auf eine andere Art und Weise die Hülle.

Es schmolz sie zusammen.

Plötzlich löste sich die Haut von den Knochen. Sehr schnell schon schimmerte das weißgelbe Gebein durch den tanzenden Vorhang. Die Haare verschwanden, sie zersprühten regelrecht, bevor die Haut wie dickes Öl von den Schultern floss.

Der Vorgang war schrecklich, ich schaute trotzdem hin, denn er war ungemein wichtig für die Dinge, die sich in ferner Zukunft ereignet hatten.

Zwei Dinge blieben zurück.

Ein Skelett – und eine Maske!

Sie wurde nicht mehr von einer normalen Hand umklammert,

dafür von einer Knochenklaue, von der jegliche Hautfetzen abgeschmolzen waren. Aber sie verbrannte nicht, und auch das Gerippe wurde kein Raub der Flammen. Das Gegenteil trat ein.

Als hätte jemand intervallweise in das Feuer gepustet, so zog es sich zurück. Die Flammen sanken zusammen, sie wurden kleiner und kleiner, bis sie nur noch kniehoch waren.

Dann verlöschten sie völlig.

Genau dort, wo sie aufgelodert waren, stand jetzt das Skelett Shalakas. Allmählich trieb der Rauch davon. Ich schaute ihm nicht nach, weil mich der Knöcherne viel mehr interessierte.

Er bewegte sich.

Da es still geworden war, hörte ich das Knacken seiner Knochen. Eine Hand brach ab, dann ging es Schlag auf Schlag. Plötzlich brach das Skelett auseinander. Die einzelnen Knochenstücke wirbelten durch die Luft, wo sie sich überschlugen und auf den Boden prallten. Ein regelrechter Kreisel entstand, der sich in seiner Größe schnell verringerte, je mehr Gebeine aus ihm hervorgerissen wurden.

Sie blieben in der Mitte der Feuerstelle liegen. Ein Haufen schimmernder Knochen. Gebeine, die nicht verbrannt waren.

Sie sollten, wie auch der Geist des Medizinmannes, die Zeiten überdauern.

Die Krieger hatten der Zeremonie starr und fassungslos zugeschaut. Jetzt erst kam Bewegung in sie. Sie warfen sich auf die Knie, küssten den Boden, heulten und jaulten, sodass der Totengesang über den Tanzplatz schallte und in den Wald hineindrang.

Er wurde leiser.

Ich wunderte mich darüber, denn ich hatte plötzlich den Eindruck, als hätte sich ein Vorhang zwischen uns geschoben. Ein ungewöhnlich starker Druck lastete plötzlich auf dem Kreuz, und dann erlebte ich alles umgekehrt.

Man riss mich wieder zurück in meine Zeit!

Vor mir sah ich die Maske!

Eine böse, widerliche Larve, dämonisch gezeichnet, unter einer satanischen Kraft stehend. Sie schwankte, sie bewegte sich, bis ich feststellte, dass ich es war, der sich nicht mehr so locker auf den Beinen halten konnte.

Ich hatte einiges hinter mich gebracht und wusste nicht mehr, ob es Traum oder Wirklichkeit war.

Verwundert schüttelte ich den Kopf, atmete die kalte Luft und blickte auf das Kreuz, wobei ich es gleichzeitig mit der kleinen Halogenleuchte anstrahlte.

Noch sehr deutlich erinnerte ich mich daran, dass Shalakas Stimme aus der Mitte des Kreuzes erklungen war, denn diese Stelle hatte reagiert wie ein Lautsprecher. Und mir war es durch das Rufen der Beschwörungsformel gelungen, mich in die Vergangenheit zu versetzen. Wieder musste ich daran denken, dass die Mitte des Kreuzes von der mächtigen Dämonin Lilith manipuliert worden war. Sie hatte dort die mir noch unbekannten Zeichen entrissen. Nur deshalb hatte es auch geschehen können, dass mein Kreuz an dieser Stelle wie ein Lautsprecher wirkte. Wahrscheinlich auch, weil Shalaka mit Kräften in Verbindung stand, die ich zu den Dämonen der Hölle zählte.

Die Maske blieb. Ich erinnerte mich genau an das Versprechen, das Shalaka gegeben hatte, als er starb. Kein Fremder sollte den Tanzplatz ungestraft betreten können.

Ich hatte ihn betreten, also würde ich auch seine Rache oder Abrechnung zu spüren bekommen.

Hatte er mein Kreuz manipuliert? Äußerlich hatte es sich nicht verändert, auch die Mitte nicht, die ich besonders intensiv anstrahlte.

Und doch war es beeinflusst worden. Aus der Mitte schoss, bevor ich es verhindern konnte, ein langer Streifen hervor, der von einem zischenden Geräusch begleitet wurde.

Ich sprang zur Seite, sah auch, dass sich die Maske löste, und schleuderte das Kreuz vor.

Es hatte plötzlich in meiner Hand gebrannt. Dann jagte ich mit gewaltigen Schritten aus der verfallenen Station und blieb genau dort stehen, wo vor langer Zeit einmal ein Schamane namens Shalaka sich selbst gerichtet hatte.

Jetzt wartete ich auf ihn.

Ich hatte den Eindruck, als würde die Erde brennen. Das war natürlich eine Einbildung, aber die Ereignisse lagen eben zu kurz zurück. Noch war ich allein.

Allerdings hatte ich jetzt einen Begleiter. Der Mond war als fast runder Ball hinter den hohlen Baumwipfeln der Wälder erschienen und beleuchtete mich wie ein großes gelbes Auge.

Eine klare, kühle Winternacht, fast romantisch.

Shalaka war da. Er lauerte in der Nähe. Wann würde er sich zeigen? Ich schaute zum verfallenen Stationsgebäude hin. Da ich innerhalb der Mauern stand, wurde mein Blick durch nichts behindert. Und ich sah plötzlich das geheimnisvolle Schimmern. Als matter Schein fiel es durch eines der Fenster. Es bewegte sich sogar, und ich dachte sofort an die tanzenden Knochen.

Ja, sie kamen ...

Zuerst sah ich ihre heftigen, zitternden Bewegungen in der offenen Tür, mehr Widerschein als Gegenstand, und sie hatten auch eine andere Farbe angenommen.

Silberfarben ...

Im nächsten Augenblick stockte mir der Atem. Die Knochen schwebten lautlos aus dem verfallenen Gebäude in die Dunkelheit der Nacht hinein. Aber zwischen ihnen befand sich etwas, das da überhaupt nicht hingehörte.

Mein Kreuz!

Plötzlich hatte ich feuchte Hände. Ich hätte losbrüllen können, denn in diesem Augenblick demonstrierte mir das Knochenbild meine eigene Machtlosigkeit.

Es hatte Hölle, Tod und Teufel widerstanden, wieso nicht diesem alten Schamanen? Hatte es die Seite gewechselt? War die uralte Naturmagie doch stärker, als ich angenommen hatte?

Rätsel über Rätsel, über die ich nicht lange nachdenken konnte, ich musste etwas tun.

Nicht ohne Grund hatte ich den Bumerang eingesteckt. Mit dieser Waffe konnte ich dem Fall die entscheidende Wende geben.

Dennoch zitterte meine Hand, als ich den Bumerang hervorholte und sein Ende hart umklammerte.

Ich fürchtete mich davor, ihn zu schleudern. Schließlich befand sich mein Kreuz zwischen den schwebenden Knochen. Wenn es mit dem Bumerang kollidierte, was geschah dann?

Und wo hielt sich der Geist verborgen?

Er war mit einem Tomahawk bewaffnet, mit dem er Menschen töten und einen Flammenherd entfachen konnte. Auch an ihn musste ich denken.

Ich drehte mich um.

Da sah ich ihn!

Er schwebte über die Mauer hinweg. Geist und Maske waren eine Verbindung eingegangen. In meinem Rücken befanden sich die tanzenden Knochen, vor mir der Irokese mit dem hochgerissenen Arm, als wollte er sein Kriegsbeil schleudern.

Wer von den beiden war gefährlicher?

Ich wusste es nicht, und ich musste mir einen aussuchen.

Den Geist knöpfte ich mir vor.

Bumerang oder Tomahawk. Vielleicht waren sie gleichstark. Es kam nur darauf an, wer sie zuerst schleuderte.

Shalaka beugte sich vor, als wäre ein Windstoß in die geisterhafte Gestalt hineingefahren.

Ich warf die Waffe. Dabei hörte ich sogar noch das Pfeifen. Mit ungeheurer Geschwindigkeit raste sie auf ihr Ziel zu.

Hinein in den Geist – und getroffen!

Magien entluden sich. Lichtblitze entstanden, gewaltige Wirbel vereinigten sich zu einem langgezogenen Strudel, der sich mit seinem Ende in die Erde zu bohren schien.

Kein Schrei gellte über die Lichtung, nur ein finsteres Heulen, und unter mir zitterte der Boden.

Ich fuhr herum.

Die Knochen tanzten wie verrückt. Sie schlugen durch die Luft, prallten gegeneinander, aber sie blieben dabei nicht ganz. Die hohl klingenden Geräusche erinnerten mich an eine arhythmische Klaviermusik. Jedes Mal wenn die Gebeine aneinander schlugen, lösten sie sich vor meinen Augen auf.

Als Staub rieselten sie zu Boden.

Und das Kreuz?

Es tanzte noch in der Luft. Erst als der letzte Knochen zerstört worden war, fiel es zu Boden. Ich lief hin, hob es auf und steckte es wieder ein.

Der Geist war nicht nur gebannt, sondern auch vernichtet worden. Shalaka würde nie mehr töten können.

Dennoch war mir nicht wohl. Wenn ich daran dachte, welches Bauwerk in dieser Gegend entstehen sollte, wäre ich am liebsten vor Wut im Boden versunken. So konnte ich nur noch auf die Einsicht der Verantwortlichen hoffen.

Abe Douglas fiel es schwer, mir zu berichten, wie es ihm ergangen war. Er hatte eine leichte Gehirnerschütterung, lag im Fond, während ich fuhr, und sagte nur: »Als ich ausstieg und die Wagentür schloss, waren die verdammten Knochen plötzlich da. Sie haben mich einfach umgehauen. Wie aus dem Nichts, weißt du?«

»Klar, Abe.«

Nach einer Weile fragte er: »Und wie hast du es geschafft?«

»Nun ja.« Ich lächelte. »Es ging so ...«

Er lachte. »Ich kann mir schon vorstellen, wie du gewirbelt hast. Aber so einige Knochen sind ja kein schwerer Gegner, wie ich annehme.«

»Nein, Abe, es war alles ganz einfach.«

»Dann ist es ja gut«, sagte er mit leiser werdender Stimme und schloß die Augen.

Ich hätte gern eine andere Strecke genommen. Das war nicht möglich. So schaukelten wir auch weiterhin über den unebenen Boden, was für Abes Zustand Gift war.

Gegen Mitternacht erreichten wir Rainbow Falls. Unsere Ankunft war beobachtet worden, denn als wir vor dem Office des Sheriffs anhielten, strömten die Zuschauer herbei und sahen, wie ich den Camaro verließ.

»Sie leben noch?«, staunte Flash Hunter.

»Ja, wie man sieht. Aber mein Kollege braucht einen Arzt.«

»Ja, ja.« Der Sheriff wandte sich an einen Halbwüchsigen. »Hol Doktor Wendell.«

Jemand drängte sich vor und reichte mir ein Glas mit Whisky. »Hier, für den Sieger!«, hörte ich eine raue Stimme.

Es war Kilkanny, der mir das Glas gebracht hatte. Ich bedankte mich und schaute ihn an, bevor ich meinen Trinkspruch los wurde. »Auf dass es euch wieder gut geht und ihr auch vor Dingen, die man als moderne Technik bezeichnet, verschont bleibt.«

Sie wussten zwar nicht, was ich damit meinte, aber sie tranken mit mir darauf.

Von den drei vermissten Männern hatten auch Abe Douglas und ich keine Spur mehr gefunden. Vielleicht würde man Jahre später ihre Skelette finden und sich darüber ebenso Gedanken machen, wie ich es bei den tanzenden Knochen getan hatte …

ENDE

DER HORROR-KALENDER

Der Tod ist heimtückisch, grausam und gnadenlos. Und er kann zuschlagen, wenn niemand es erwartet.

Auch Rolly Randers dachte an alles andere, nur nicht an den Tod, als er sein Moped im düsteren Viereck des Hinterhofs abstellte und es an der Stange eines vergitterten Kellerfensters ankettete. Seine Mutter war mit ihm und seiner Schwester nach dem Tode des Vaters in eine billige Gegend gezogen, um überleben zu können. Am Hafen waren die Mieten noch erträglich, wenn man die Wohnungen auch vergessen konnte.

Am schlimmsten waren die trüben, regnerischen Tage, wenn die gesamte Stadt aussah wie in graue Watte verpackt. Dann wirkte die Gegend noch mieser und erbärmlicher, sodass sensible Menschen das heulende Elend überkam. Oder sie wurden aggressiv, was des Öfteren passierte, wie die Verbrechensstatistik bewies.

Rolly Randers gehörte schon zu den Glückspilzen. Er war 17 und hatte, durch die Initiative des Pfarrers, eine Lehrstelle bei einer Schiffsbaufirma bekommen. Er erlernte dort den Beruf des Schweißers, eine Knochenarbeit, aber er verdiente wenigstens. Ob seine Schwester Harriet je in die Lehre gehen konnte, stand in den Sternen.

Rolly gönnte seinem fahrbaren Untersatz noch einen letzten Blick, bevor er die Hauswände hochschaute. Fenster reihte sich an Fenster. Auch wenn hinter den Scheiben Licht brannte, sahen sie noch trübe und irgendwie mies aus.

Um die Haustür zu erreichen, musste er die schmale Toreinfahrt passieren. Zwei Burschen aus der Etage unter ihm lehnten an der Wand und schauten sich Pornohefte an. Sie wollten Rolly auch animieren, der winkte nur ab und drängte sich vorbei.

Er hatte Hunger. Der Arbeitstag war nicht gerade fröhlich gewesen. Es hatte Zoff mit einem Vorarbeiter gegeben, der sich als Chef fühlte und gegen einen Gewerkschaftler handgreiflich geworden war. So etwas drückte auf die Stimmung der gesamten Belegschaft. Rolly hatte sich von seinen älteren Kollegen anschließend etwas anhören müssen, weil er es an diesem Tage niemandem recht machen konnte.

Der dunkelgrün gestrichene Hausflur empfing ihn wie immer.

Feucht, muffig riechend, abweisend. Auf Licht verzichtete er, Rolly kannte sich im Dunkeln aus, außerdem brannte die Hälfte der Lampen sowieso nicht mehr.

Die Randers wohnten im dritten Stock. Die alte Steintreppe war selbst im Sommer noch kalt. Einzelne Stufen hätten ausgebessert werden müssen, sie waren zum Teil regelrechte Stolperfallen. Das Geländer an der rechten Seite zeigte den Schmier zahlreicher Hände. An das Putzen der Treppe dachte kaum ein Mieter. Rollys Mutter hatte es kurz nach dem Einzug mal versucht, es aber schnell wieder aufgegeben, weil sich die anderen Hausbewohner daran nicht beteiligten. Die kamen lieber in ihrem eigenen Dreck um.

Die meisten Wohnungstüren hatten sich verzogen. Sie schlossen nicht dicht und ließen die Geräusche durch. Zumeist waren es die Musiksendungen aus der Glotze, die Privatsender ausstrahlten.

Im dritten Stock holte Rolly den Wohnungsschlüssel aus seiner nassen Jeans. Er war zwar mit der Schutzkleidung durch den Regen gefahren, dennoch hatten die Hosenbeine etwas abbekommen. Sie sahen aus wie nasse Lappen.

Vier Türen führten zu verschiedenen Wohnungen. In einer Bude hauste eine abgetakelte Straßendirne, die sich jetzt Modell nannte und so gut wie keine Kunden mehr hatte.

Sie hörte das Geräusch der Schritte, dachte an einen Kunden und öffnete die Tür.

»Ach, du bist es nur, Kleiner.«

Rolly drehte sich um und verzog das Gesicht, als er Lady Mara, so nannte sich das Modell, sah. Sie trug einen weiten, durchsichtigen Mantel und darunter nur einen kurzen Slip sowie Strapse. Hätte sie vierzig Pfund abgenommen, wären ihre Chancen größer gewesen, so aber wirkte sie wie ein verlebtes Rubens-Modell.

»Ist was?«, fragte Rolly.

Mara lächelte breit. »Nein, eigentlich nicht. Aber wenn du Zeit und etwas Geld hast, dann …«

»Werde ich es lieber in den Kanal werfen, als es bei dir auszugeben, Mara.«

Das Modell war nicht sauer. Es spitzte die Lippen wie zu einem flüchtigen Kuss. »Deine Mutter ist immer netter zu mir.«

»Ja, sie war schon immer ein Menschenfreund.« Rolly warf den Schlüssel hoch und fing ihn wieder auf. »Sonst noch Probleme?«

»Vielleicht.«

»Was denn?«

Mara hob die Schultern. »Ich kann mich auch täuschen, aber ich glaube, deine Mutter hat heute Mittag geschrien.«

Der Junge ging auf die Frau zu. Eine Duftwolke von billigem Parfüm wehte ihm entgegen. Er ignorierte sie. »Jetzt mal raus mit der Sprache, Mara! Was ist da passiert? Was weißt du?«

»Nichts, im Prinzip. Ich hörte nur die Geräusche, ganz flüchtig. Du weißt ja, wie das ist.«

»Klar, du bist öfter vor der Wohnung als in deinem Bett.«

»Das kannst du auch nicht so sagen.«

Rolly fasste ihr rechtes Gelenk an. »Was ist mit meiner Mutter passiert? Spuck's endlich aus!«

Im düsteren Flurlicht wirkte das Gesicht des »Modells« schwammig. »Ich weiß es nicht genau, Junge, aber sie hat geschrien. Sogar ziemlich schlimm.«

Rolly ließ sie los. Die letzten Worte hatten ihm Angst gemacht. »Hast du nachgeschaut?«

»Nein, wie sollte ich?«

»Wenn sich ein Mensch in Gefahr befindet …«

»Rede doch nicht. In dieser verdammten Bude wird oft geschrien, das weißt du selbst.«

Er nickte und ging rückwärts. »Gut, Mara, gut, ich werde nachschauen, was mit meiner Mutter ist.«

»Ja, gib mir dann Bescheid.«

Er tippte mit dem Zeigefinger an seine rechte Stirnseite und schob endlich den Schlüssel ins Schloss. Das drückende Gefühl war nicht gewichen. Mochte Mara sein, wie sie wollte, irgendwie hatte sie Herz und erzählte auch nicht nur dummes Zeug. Rollys Mutter und Mara verstanden sich ziemlich gut. Die Frau hatte sich bei den Randers so manches Mal ausgeheult.

In der Wohnung war es still.

Zu still, fand Rolly, sodass ihm der Schweiß auf die Stirn trat und er gleichzeitig eine Gänsehaut auf dem Rücken spürte. Der Flur war schmal, man konnte sich kaum drehen. Zum Glück waren die Wände hell gestrichen, so wirkte er etwas freundlicher.

Links an der Wand ragten die drei Garderobenhaken wie große Köpfe hervor. Geradeaus befand sich die Tür zum Wohnraum. Davon abzweigend ging es in das Zimmer, das sich Rolly und Harriet teilten. Es gab auch eine Nassecke, wo eine Dusche von den Randers eingebaut worden war. Von seinem ersten verdienten Geld hatte Rolly sie gekauft.

»Mum?«, rief er und lauschte den krächzenden Klang seiner eigenen Stimme.

Sie gab keine Antwort.

Rolly atmete scharf durch die Nase. Er dachte an seine Schwester, die mit der Klasse in ein Schullandheim nach Schottland gefahren war. Sie hatte den Tag über nicht in der Wohnung sein können.

Die Tür zum Living-room, der gleichzeitig auch als Küche diente, stand halb offen. Aus dem Raum dahinter fiel ein grauer Lichtstreifen in den Flur. In ihm tanzten zahlreiche Staubteilchen.

Der Junge zögerte noch. Das unheimliche Gefühl wollte nicht weichen. Obwohl hinter der Tür nur der Wohnraum lag, hatte er Angst davor, ihn zu betreten. Er wusste mit fast tödlicher Sicherheit, dass ihn dort etwas Schreckliches erwartete.

Seine Mutter hatte geschrien, jetzt glaubte er den Worten der Nachbarin, holte noch einmal tief Luft, ging den letzten Schritt und stieß die Tür ganz auf.

Der Raum war – leer!

Rolly sah die Couch, den Schrank, das Regal, den schmalen, viereckigen Tisch, die beiden Sessel, auch den Stuhl und den Ausschnitt des Fensters in der Wand.

Nur seine Mutter entdeckte er nicht, und diese Tatsache erleichterte ihn ungemein. Ronny stieß den Atem zischend aus, als er zur Seite ging und sich gegen den Türpfosten lehnte. Mit einer fahrigen Bewegung wischte er eine Haarsträhne zur Seite, bevor er tiefer in den Raum hineinschritt, um nach einer Nachricht zu suchen, die ihm seine Mutter eventuell hinterlassen hatte. Sie tat dies immer, wenn sie unverhofft weg musste. Heute fand er nichts, auch nicht auf der schmalen Spüle neben dem Fenster, wo auch die beiden Kochplatten standen. Eine Küche gab es in dieser Wohnung nicht.

Kein Hinweis, wo die Mutter eventuell hingegangen sein konnte. Das beunruhigte Rolly wiederum.

Er drehte sich. Dabei fiel sein Blick zwangsläufig auf die Tür zu seinem und dem Zimmer seiner Schwester. Auch sie war nicht richtig geschlossen. Möglich, dass die Mutter in dem anderen Raum die Nachricht für ihn hinterlegt hatte.

Er ging hin, drückte die Tür auf, blieb abrupt stehen und hatte plötzlich das Gefühl, Mittelpunkt eines grauenvollen Horrorfilms zu sein, in dem seine Mutter die Hauptrolle spielte.

Sie lag auf seinem Bett, war tot und sah fürchterlich aus ...

Aus der feuchten Graberde kroch eine Knochenhand in die Höhe, die das rechte Bein eines jungen Mädchens umkrallte, um es in das Grab zu ziehen. Ein Werwolf hockte auf einem fahrenden Personenwagen und war dabei, den Beifahrer durch die zertrümmerte Frontscheibe zu ziehen. Ein schwarz gekleideter Vampir jagte auf zwei nackte und auf Pritschen gefesselte Frauen zu, um ihnen das Blut auszusaugen. Der Tod schritt als gewaltiger Sensenmann durch eine Stadt, deren Straßen mit Leichen übersät waren.

Das alles und noch viel mehr sah ich, als ich zusammen mit meinem Freund Bill Conolly die Halle betrat, zur Kasse ging, meinen Obolus entrichtete und durch eine Glastür gehen konnte, die in das Innere des Ausstellungsraums führte.

Bill grinste mich an. »Na, alter Geisterjäger, wie findest du die Motive der Bilder?«

Ich blieb stehen und sah zwei Mädchen nach, die Vampirmasken trugen. »Irgendwie scheußlich.«

»Aber es kommt an.«

»Das kann ich mir vorstellen, sonst hätte man ihm ja nicht die Ausstellungen gegeben.«

Bill runzelte die Stirn. »Willst du ihn kennen lernen?«

»Deshalb sind wir gekommen.«

»Okay, gehen wir hin.«

Ich hielt den Reporter fest. »Einen Augenblick noch, Bill. Wie heißt der Knabe noch mal?«

»Javankala.«

Ich räusperte mich. »Was ist das denn für ein Landsmann?«

»Angeblich soll er aus dem Balkan stammen. Rumänien oder so. Aber genau weiß ich das nicht.«

Jedenfalls hatte dieser Javankala Furore gemacht. In gewissen Kreisen und bei bestimmten Leuten galt er als absoluter Meister seines Fachs. Er war der Star auf der Horror-Bühne. Was er malte, war so grausam und gleichzeitig auch so realistisch, dass sanfte Gemüter beim Betrachten der Bilder Angstzustände bekamen.

Er hatte in den letzten Jahren Karriere gemacht und war besonders als Zeichner für Titelbilder auflagenstarker Fantasy- und Horror-Magazine ebenso begehrt wie als Maler für Schallplatten-Cover.

Ich hatte seine Bilder schon oft genug in den einschlägigen Läden gesehen. Es wäre mir aber nie in den Sinn gekommen, deswegen eine Ausstellung des Malers zu besuchen, hätte mein Freund Bill Conolly mich nicht dazu überredet.

Ich hatte an diesem Tag sowieso nichts vor, Suko wollte nicht mit, Bills Frau Sheila war anderweitig unterwegs, und so hatten wir beschlossen, uns einmal umzusehen.

Die Ausstellung fand in Soho statt. Früher hatte der Raum ein großes Kino beherbergt, aber das war längst geschlossen worden.

Bevor wir den eigentlichen Ausstellungsraum betreten konnten, mussten wir durch einen breiten Gang. An den Wänden hingen, wie gesagt, die Bilder des Meisters, und links davon standen kleine Verkaufstische, die mit Comics, Magazinen, Zeitschriften, Bildern, Figuren und Masken vollbepackt waren.

Es war nicht allein die Ausstellung, die die Menschen anzog, man hatte gleichzeitig ein großes Fantreffen der Fantasy- und Gruselleser veranstaltet. Bei ihnen stand Javankala hoch im Kurs, und jeder Besucher wollte natürlich ein Autogramm.

Es war ein sehr originelles Treffen. Die Besucher waren verkleidet erschienen, die meisten in Fantasiekostümen, in denen sie aussahen wie irgendwelche Monster oder Geschöpfe aus der fernen Fantasy-Welt eines ideenreichen Autors.

Andere, die sehr dem Horror zugeneigt waren, kamen als Vampire, Werwölfe oder Zombies. Auch da gab es Unterschiede. Eine Frau, die ihren fast nackten Körper mit bunten Kreisen bemalt hatte und dabei aussah wie Grace Jones in dem Film »Vamp«, hatte sich eine rote Perücke mit Schlangenhaaren über den Kopf gestreift, ihr Gesicht pechschwarz angemalt und bluttriefende Lippen nachgezeichnet, wobei ihr knallweißes Vampirgebiss bei dieser Aufmachung fast lächerlich wirkte.

Andere Besucher hörte ich unter ihren Masken fluchen, denn man kam ins Schwitzen.

An den Verkaufsständen drängten sich die Fans im Licht der grellen Scheinwerfer. Auch im Saal hatte man zahlreiche Tische aufgebaut, die von Besuchern umlagert wurden.

Bill und ich, beide nicht verkleidet, fielen natürlich auf und mussten uns entsprechende Bemerkungen gefallen lassen, die wir jedoch großzügig überhörten.

»Wo sitzt denn jetzt der Maler?«, fragte ich und blieb stehen. Über mir knallte ein Scheinwerfer seinen Lichtstrahl senkrecht auf mich. Der große Raum war überheizt.

Bill Conolly deutete schräg in den ehemaligen Kinosaal hinein, wo sich in einer Ecke besonders viele Besucher drängten und auch die Kameras eines Fernsehteams aufgebaut worden waren. »Da muss er sitzen.«

In der Menschentraube war Javankala nicht zu sehen. Sein Tisch stand in einer Ecke. Die beiden Wände, die im rechten Winkel zusammenführten, waren mit seinen Werken geschmückt und wurden durch die hellen Lanzen der Spotlights angestrahlt.

»Komm weiter«, sagte Bill.

»Muss ich mich da anstellen?«

Der Reporter lachte leise. »Es wird dir wohl nichts anderes übrig bleiben, falls du ein Autogramm haben willst.«

»Das muss nicht unbedingt sein.« Ich hatte das letzte Wort kaum ausgesprochen, als ich direkt über mir den Knall hörte. Sofort sprang ich zur Seite.

Noch in der Bewegung vernahm ich das Splittern. Dann rieselten Glasscherben zu Boden, glitten noch über meinen linken Arm, einige von ihnen hakten sich dort fest, doch der Rest landete auf dem blanken Boden.

Auch Bill war zurückgegangen. Er hatte den Kopf in den Nacken gelegt und schaute nach oben. »Das ist ein Ding«, flüsterte er. »Der ist einfach zerplatzt.«

»Und ich hätte fast im Regen gestanden!«

Bill trat wieder näher. Einige Zuschauer hatten sich eingefunden und gaben spöttische Bemerkungen ab. Sie sprachen davon, dass ich wohl ein zu heißer Typ wäre, aber darauf achtete ich nicht und hörte statt dessen Bills fragend gesprochenes Wort.

»Zufall, John?«

»Was sonst. Oder glaubst du nicht daran?«

Bill hob die Schultern. »Ich weiß nicht so recht. Wenn ich mit dir unterwegs bin, habe ich es mir abgewöhnt, an einen Zufall zu glauben. Warum ist der Scheinwerfer genau in dem Augenblick zersprungen, als du unter ihm gestanden hast?«

»Er hat sich erhitzt, ganz einfach.«

»Wenn du meinst.«

Ich legte meinem Freund die rechte Hand auf die Schulter. »Bill, dein Misstrauen in allen Ehren, aber ist es nicht in diesem Fall ein wenig übertrieben?«

»Kann sein. Vielleicht habe ich heute meinen dämonischen Tag. Aber besser so als anders.«

»Das stimmt. Und jetzt lass uns den Maler mal näher in Augenschein nehmen.«

Wir konnten nicht auf dem direkten Weg zu ihm gehen und mussten mehrere Bögen schlagen. Zwischen den aufgebauten Tischen und Ständen führten schmale Gassen hindurch, in denen ebenfalls ein großes Gedränge herrschte. Die originell verkleideten Besucher drängten sich an den schmalen Verkaufsständen – die meisten nicht breiter als Tapetentische –, feilschten um Preise, kauften oder lehnten ab.

Einige Verkäufer hatten ihre Radios oder Recorder mitgenommen. Fetzige Rockmusik dröhnte uns entgegen, manchmal auch vermischt mit den unheimlichen Klängen anderer Musikstücke.

Bill grinste mir zu. »Ist eine heiße Schau, wie?«

»Das kann man wohl sagen!«

»Was kann man wohl sagen?«, hörte ich eine Mädchenstimme hinter einer grün-schwarzen Monstermaske aufklingen. Die Kleine stand vor mir und starrte mich an.

»Die Schau hier ist toll.«

Eine grün beschmierte Hand stieß gegen meine Brust. »Klar, sogar für Grufties wie dich.«

»Danke, ich habe verstanden.«

»Nimm's nicht persönlich, Junge. Wir sind hier eben alle ein wenig verrückt. Letztendlich kommt es nicht aufs Alter an …«, sie ballte die Hand zur Faust, »sondern auf das, was man drauf hat.«

»Genauso ist es.«

»Wir sehen uns vielleicht später.«

»Ohne Maske?«, fragte ich.

»Wenn du deine abnimmst.« Sie lachte dumpf und drängte sich an mir vorbei.

Auch Bill Conolly konnte sich ein Lachen nicht verbeißen. »Ja, Alter, so geht es einem, wenn man nicht mehr zu den Jüngsten zählt.«

»Richtig, Bill. Nur gut, dass wir der gleiche Jahrgang sind.«

»Musst du mich denn immer daran erinnern?«

»Denk dran. Innen muss man jung sein, nicht außen.«

Wir hatten das Ende der langen Reihe erreicht und mussten jetzt nur noch dicht vor der Querwand nach links gehen, um den Platz zu erreichen, wo der Zeichner signierte.

Das war im Moment nicht möglich, da wir erst eine Prozession abenteuerlich gekleideter Gespenster passieren lassen mussten. Ich zählte genau dreizehn Personen, die hintereinander gingen. Sie waren in wallende weiße Gewänder gehüllt und trugen auf ihren Köpfen und vor den Gesichtern schwarze Totenschädel. Zudem hatten sie sich aneinander gekettet. Die einzelnen Glieder klirrten bei jeder heftigeren Bewegung.

»Da sind ja wieder die Gruftgespenster«, hörte ich eine Stimme. »Die kriegen bestimmt den ersten Preis.«

»Da gibt es andere, die besser sind.«

Ein dritter sprach ebenfalls dagegen, aber ich hatte erfahren, dass hier auch Preise für das originellste Kostüm oder die auffallendste Verkleidung vergeben wurden.

Wir ließen die Leute vorbei und schlossen uns ihnen praktisch an. Ich wollte endlich mal den Maler kennen lernen, dessen Werke den absoluten Horror ausstrahlten.

Wir sahen ihn nicht, aber wir hörten seine Stimme, die schrill und auch wütend klang. »Verdammt noch mal, ich kann hier nicht mehr arbeiten. Ich will keine Autogramme mehr geben. Ich ... ich bringe es einfach nicht mehr fertig. Und ihr vom Fernsehen könnt auch verschwinden. Los, ihr Pfeffersäcke, haut ab!«

»Der große Meister scheint sauer zu sein«, flüsterte Bill.

»Wahrscheinlich hat er den falschen Pinsel eingesteckt.«

Bill lachte nur, aber Javankala hörte einfach nicht auf zu toben und zu schimpfen.

Einer der Reporter wollte es genau wissen und fragte: »Was ist denn los mit Ihnen, Javankala?«

»Alles ist los. Es gefällt mir hier nicht, verstehen Sie? Ich werde immer gestört.«

»Durch uns, Meister?«

»Ja, auch durch euch.«

Der Frager ließ nicht locker. Er war in die Hocke gegangen und hielt das Mikro über den schmalen Tisch gestreckt. »Was stört Sie denn noch alles hier?«

Der Maler antwortete nicht sofort. Nach einer Weile sagte er: »Da sind die Strömungen, die ich spüre. Sie ... sie sind vorhanden. Vorhin zerplatzte ein Scheinwerfer. Ich ... ich«, er begann jetzt zu stottern. »Ich stehe unter Strom. Jemand befindet sich in meiner Nähe, der mich stört. Das ist es.«

Bill und ich blickten uns an. Wir standen so, dass Javankala uns nicht sah, wir ihn aber auch nicht. Ziemlich an der Wand, den Blick auf den Maler durch die Menschentraube verwehrt.

»Was war das mit dem Scheinwerfer?«, fragte mein Freund so leise, dass nur ich seine Worte verstehen konnte.

»Er zerplatzte.«

»Durch Strömungen, John. Mein Gefühl scheint sich zu bewahrheiten.« Bill zwinkerte mir zu.

»Dann lass uns doch mal den Maler aus der Nähe betrachten. Ich bin gespannt, ob wir ihn auch stören.«

»Vielleicht ist es dein Kreuz.«

»Dann müsste er mit schwarzmagischen Kräften in Verbindung stehen.«

»Wer weiß. Kannst du für ihn die Hand ins Feuer legen?«

»Bestimmt nicht.«

Dass der Maler gestört wurde, hatten auch andere Gäste gehört. Sie wollten wissen, was geschehen war, deshalb hatte sich die Menschentraube um den Künstler noch vergrößert. Aber Bill wusste sich zu helfen. Er holte seinen Presseausweis hervor und hielt ihn so, dass man ihn sehen musste.

»Lassen Sie mich durch, bitte. Machen Sie Platz, meine Herrschaften!«

Ich konnte mir ein Grinsen nicht verbeißen. Mein Freund machte das wie ein Profi. Der hätte der perfekte Oberkellner in einem überfüllten Lokal werden können. In der Tat gingen die Besucher zur Seite. Eine Gasse entstand. Bevor diese sich wieder schließen konnte, war ich ebenfalls hindurchgeschlüpft und hielt mich auch weiterhin im Schlepptau meines Freundes.

Auf einer breiten Leiter stand ein Kameramann, der sein kostbares Instrument krampfhaft festhielt. An der Kamera brannte kein grünes Licht, sie war nicht eingeschaltet.

Die Reporter, zwei an der Zahl, interviewten weiter. Einer hatte sich die Gäste vorgenommen, stellte seine Frage und hielt ihnen den ovalen Mikrofonkopf vor die Lippen.

Auch mich sprach er an. »Und was hat Sie hergetrieben, Mister?«, erkundigte er sich, wobei in seine Augen plötzlich ein staunender Glanz trat, denn er hatte mich erkannt.

»Sinclair?«

Bevor er Luft holen konnte, um meinen Namen lauter zu wiederholen, legte ich ihm einen Finger auf die Lippen. »Ihr Mund bleibt zu, Mister, ist das klar?«

»Ja, wieso?«

»Ich bin hier privat, nicht dienstlich. Das ist kein Fall, bei dem ich mich in der Presse wiederfinden möchte.«

Er widersprach. »Ihre Anwesenheit wertet dieses Treffen schließlich auf.«

»Das können Sie sehen, wie Sie wollen. Ich jedenfalls möchte hier meine Ruhe haben.«

»Wie Sie wünschen.«

Bill war stehen geblieben und schaute über die Schulter. »Ist etwas, John?«

»Nicht mehr.«

»Ach, Sie auch noch, Conolly.« Der Reporter holte tief Luft. »Deshalb kam mir die Stimme so bekannt vor.«

»Klar, Mike, wo etwas los ist, bin ich auch.«

»Für welche Zeitung …?«

»Für keine, Mike.«

Um uns herum wogten die Menschenleiber. Jeder wollte durch, die Menschen gingen dabei in verschiedene Richtungen. Zwischendurch vernahmen wir das Schimpfen des Meisters, der immer weiter an die Wand gedrückt wurde, weil jeder an seinen Tisch heranwollte, um sich ein Bild mit Autogramm zu holen.

Auch wir kamen nur langsam weiter. Geduld ist die Stärke des Siegers. So war es auch bei uns. Wir gelangten schließlich bis dicht an den Autogrammtisch heran und konnten zum ersten Mal einen Blick auf den Künstler werfen.

Javankala hockte zurückgelehnt auf einem gepolsterten Stuhl und hatte die Arme vor der Brust verschränkt. Er sah aus wie ein Mann, der alles satt hatte.

Das war schon ein Typ. Wild und bärtig, sodass von seinem Gesicht nicht viel zu sehen war. Es kam mir irgendwie eingerahmt vor. Er trug eine dünne, dreiviertellange Lederjacke und darunter einen ebenfalls dunklen Pullover. Wie er dasaß, wirkte er auf mich wie ein ruhender Teddybär. Aber das war er sicherlich nicht. Die kleinen Augen unter den gebogenen, balkenartigen Brauen waren hellwach und schienen jeden in seiner Nähe stehenden Fan zu sehen.

Vor ihm lagen Kalenderblätter, die er signierte. Es waren zahlreiche Kalender verkauft worden, die einzelnen Blätter stellten allesamt Werke aus seiner Feder dar. Es waren schaurige, düstere Bilder, die das Grauen einer anderen Welt herüberbrachten.

Er starrte zunächst Bill an. Ich stand hinter meinem Freund und hatte mich ein wenig geduckt. So konnte Javankala mich wenigstens nicht sofort sehen.

»Willst du auch ein Blatt?«, fragte der Maler.

Bill grinste ihn an. »Ich bitte darum.«

»Okay.« Javankala griff zum dicken Stift und malte seinen Schnörkel auf das Blatt.

Bill erhielt es, bedankte sich und schuf mir den nötigen Platz. Jetzt stand ich vor dem Zeichner, der den Blick hob, eine Frage stellen wollte, dann aber starr in mein Gesicht schaute.

»Ich hätte auch gern ein signiertes Blatt!«

»Ja«, sagte er, »ja ...« Der Mann besaß eine etwas harte Aussprache, wie sie bei den meisten osteuropäischen Menschen vorherrschte. »Sie bekommen auch eines.« Er redete wie ein Mensch in Trance. Mit den Gedanken schien er nicht bei der Sache zu sein. Auch die Augen schauten mehr nach innen als nach außen.

»Ist etwas?«, fragte ich ihn. »Habe ich etwas an mir, das Sie möglicherweise irritiert?«

Mich überkam das Inselgefühl. Wir beide schienen uns allein im Saal zu befinden. Die anderen Gäste existierten nicht mehr, mochten sie auch noch so bunt und auffallend gekleidet sein.

»Ja, es stört mich!«

»Und was?«, fragte ich.

»Sie sind es. Sie stören mich. Sie sind der Faktor, der Punkt, das Zentrum.«

»Ich möchte nur ein Autogramm!«

Er beugte sich hastig vor. Fehlte nur noch, dass er ein Knurren hören ließ. »Sie haben etwas an sich, Mister. Sie sind ein Feind. Ich habe Sie schon gespürt, als ich Sie nicht einmal sah. Nehmen Sie sich in Acht. Hüten Sie sich, das sage ich Ihnen ...«

»Kann ich das Autogramm bekommen?«

Er nickte und griff zu einem Kalenderblatt. »Ja, das kannst du haben, mein Junge.« Den Stift hielt er in der rechten Hand. Er wollte ihn über das Blatt führen, als er plötzlich zögerte, den Kopf schüttelte, mich noch einmal lauernd anschaute und dabei totenbleich im Gesicht geworden war.

»Für wen soll ich schreiben?«

»Meinen Namen?«

»Ja.«

»Schreiben Sie. Für den Störer John Sinclair. Mit herzlichen Grüßen, na, Sie wissen schon.«

Da schrie er wütend auf, schrieb aber dennoch, und kaum hatte der Stift das Papier berührt, da geschah es.

Aus der dicken Spitze des Filzstiftes spritzte eine Blutfontäne in die Höhe …

»Mum!«

Es sollte ein Schrei werden, ein irrer Ruf, doch nur ein Ächzen drang über die Lippen des Jungen. Rolly konnte nicht anders. Er hämmerte sich ein, dass er in einem Albtraum steckte, doch das fürchterliche Bild war echt.

Seine Mutter lebte nicht mehr!

Er hob langsam beide Arme, um die Handflächen gegen sein Gesicht zu pressen. Dabei drückte er die Haut zusammen, sodass er sein Gesicht zu einer Fratze formte.

Rolly sprach sinnlose Worte. Der Schock saß tief, er ließ ihn zittern. Hitzewellen und Kälteschauer wechselten sich ab, als sie über seinen Rücken jagten. Die tote Mutter nahm er wie durch einen Schleier wahr, und auch all die anderen Dinge, die in dem Raum standen.

Rechts schlief seine Schwester Harriet. Der Teil des Zimmers war als Jungmädchen-Raum eingerichtet. An der Wand hingen Tierplakate. Über dem Bett lag eine rote Decke. Aber die Farbe Rot konnte er nicht mehr sehen. Rolly drehte den Kopf, um in den Teil des Zimmers zu schauen, wo er sich aufhielt, wenn er zu Hause war.

Es war düster eingerichtet. Rolly liebte das Schaurige. Er gehörte zu den Horror-Fans. Die entsprechenden Bücher und Magazine standen in vier übereinander gestellten Regalbrettern. Und an einer Wandseite hing das Glanzstück.

Ein großer Monatskalender mit Bildmotiven des berühmten Szenenmalers Javankala.

Ein Bild war schauriger als das andere. Monster, grauenhafte Gestalten und fürchterliche Szenen wechselten sich ab. Bisher hatte der Siebzehnjährige immer seine Freude daran gehabt. Jetzt überkam ihn das kalte Entsetzen, denn mit dem Kalender stimmte einiges nicht mehr. Jemand hatte den größten Teil der Blätter abgerissen. Sie lagen auf dem Boden verteilt. Aber das war es nicht, was ihn so sehr störte. Als viel schlimmer empfand er das Blut, das auf den Blättern klebte.

Blut seiner Mutter?

Rolly wunderte sich über sich selbst, dass er es schaffte, sich in Bewegung zu setzen und auf die Blätter zuzugehen. Er wollte sie sehen, sie genau ansehen, denn ihm war etwas aufgefallen. Urplötzlich hatte er das Gefühl, dass mit diesen Blättern etwas nicht stimmte. Zwar sahen sie aus wie immer, dennoch hatte er den Eindruck, dass sich etwas verändert hatte.

Er blieb stehen, als ein Blatt fast seine Fußspitzen berührte. Sehr steif bückte er sich, streckte den Arm aus, berührte das Blatt mit den Fingerspitzen und hob es erst dann auf.

Es fühlte sich normal an. Dennoch war es etwas anderes, als er die Finger weiterwandern ließ, sodass sich die Spitzen dem Motiv näherten. Es zeigte den Kopf eines Werwolfs.

Eine furchterregende Schnauze, mit einem weit aufgerissenen Maul, dessen Ränder noch Blutspuren zeigten. So hatte der Schädel auf dem Bild ausgesehen, doch das Blut an der Schnauze war echt. Rolly merkte es, als er darüber hinwegstrich, seine Finger zurückzog und auf die roten Kuppen schaute.

Er fühlte noch mehr. Die Finger glitten in das hinein, was eigentlich nur gemalt war.

Jetzt spürte er es deutlich.

Das Fell war echt!

Rolly Randers atmete stöhnend. Seine Zungenspitze huschte aus dem Mund und feuchtete kreisend die Lippen an. Schwindel, Angst und Panik überkamen ihn. Er zog sich langsam zurück und starrte dabei auf das Bild. Der Werwolf hatte grausam kalte Raubtieraugen. Sie waren in einer gelbgrünen Mischfarbe gemalt worden, sodass sie den mörderischen Ausdruck angenommen hatten.

»Er … er lebt«, flüsterte er. »Verdammt noch mal, er lebt. Das … das Bild ist nicht tot …« Rolly drückte sich hoch und ging langsam zurück. Er blickte dabei nur auf die Blätter, weil er seine Mutter nicht ansehen wollte. Trotz seines Schocks war er realistisch genug, um einzusehen, dass seine Mutter wahrscheinlich von diesem Werwolf getötet worden war.

Ein Kalenderblatt, in dem Leben steckte. Sogar ein teuflisches, grausames Leben.

Rolly begriff das nicht. Ihm war nur klar, dass er sich ebenfalls in Gefahr befand. Wo ein Mord geschehen war, konnte durchaus ein zweiter passieren.

Zitternd zog er sich zurück. Dann drehte er sich auf der Stelle und floh Hals über Kopf aus dem Raum. Erst im Flur stoppte ihn die geschlossene Wohnungstür. Sie hatte er in seiner Angst einfach übersehen. Mit der Stirn schlug er gegen das Holz, durch seinen Kopf raste eine Schmerzlawine, dann drückte er die Klinke herunter. Weiß im Gesicht und mit allen Anzeichen des Entsetzens in den Augen, taumelte er in den düsteren Hausflur.

Aus der unteren Etage hörte er heftige Stimmen. Dort stritt man sich. Rolly nahm sie nur durch einen dumpfen Schleier wahr, und aus dem Schleier, der sich auch vor seinen Augen befand, schälte sich allmählich ein Gesicht.

Angst durchfuhr den Jungen, weil er das Gesicht als eine bleiche Fratze ansah.

»Rolly, Mensch, was ist denn los? Gib Antwort, Rolly! Was hast du gesehen?«

Die Stimme kannte er. Rolly wusste im Augenblick nur nicht, wo er sie schon einmal gehört hatte. Er senkte den Kopf und ließ sich dabei nach vorn fallen.

Ein weicher Körper fing ihn auf. Rolly legte sein Gesicht auf die runde Schulter und begann, hemmungslos zu weinen.

Mara, das Modell mit dem weichen Herzen, ließ ihn in Ruhe,

obwohl sie selbst nachschauen wollte, sich gleichzeitig denken konnte, was in der Wohnung geschehen war.

Nein, sie hatte sich wohl nicht getäuscht.

Zeit spielte plötzlich keine Rolle mehr. Irgendwann hatte sich Rolly wieder gefangen. Mara merkte dies und drückte den Jungen zurück. »Kannst du jetzt reden?«

»Weiß nicht …«

»Was ist in der Wohnung geschehen?« Mara wollte die Frage nicht direkt stellen. »Hatte ich Recht?«

Rolly überlegte noch. Dann nickte er. Erst langsam, schließlich sehr heftig. Von seinen Lippen löste sich ein Schrei, der in Worte endete. »Tot!«, schrie er. »Mutter ist tot …!«

Aus dem Filzstift war die rote Flüssigkeit trichterförmig in die Höhe gespritzt und hätte auch mein Gesicht getroffen, wenn ich den Kopf nicht rasch nach hinten gerissen hätte.

So verfehlte mich die Fontäne, und ein Teil der Flüssigkeit klatschte gegen meine Schulter.

Ich war gegen Bill Conolly gestoßen, der dicht hinter mir stand. Weiter ging ich nicht zurück, da ich die Reaktion des Malers miterleben wollte.

Er war aufgesprungen, starrte auf das Kalenderblatt, das er mir hatte signieren sollen und das nun zur Hälfte von der roten Lache bedeckt wurde.

Das Motiv war kaum mehr zu erkennen. Es zeigte einen halb im Wasser steckenden Riesenzombie, der in seinen Händen zwei Menschen hielt, wie Bälle, die er fortschleudern wollte.

»Stört!«, keuchte der Maler. »Hier stört etwas. Ja, du bist es, der mich stört. Du bist … du …«

»Was haben Sie?«, sprach ich ihn knallhart an.

Er löste eine Hand von der Tischplatte und deutete auf das beschmierte Blatt. »Das … das haben Sie zu verantworten.«

Ich schüttelte den Kopf. »Nein, mein Lieber, so einfach ist das nicht. Sie haben dafür gesorgt, verstehen Sie? Ich wollte nur ein Autogramm von Ihnen haben.«

Er starrte mir in die Augen. »O nein, Mister, o nein. Ich weiß, wer Sie sind. Sie wollen mich stören. Ich spürte, dass etwas nicht stimmte, schon als Sie den Raum betraten und ich Sie noch nicht gesehen hatte. Gehen Sie jetzt, aber gehen Sie schnell, verstanden?« Er hatte sehr laut gesprochen. So waren seine Worte auch von denen verstanden worden, die sich in größerer Entfernung aufhielten.

Natürlich hatten auch die Reporter unseren Disput mitbekommen. Sie drängten sich näher, während im Hintergrund die Gäste laut wurden, die verlangten, dass ich mich zurückzog.

Javankala und ich sahen uns in die Augen. Seine Lippen inmitten des dunklen Bartgestrüpps zuckten dabei. Er befand sich in einer guten Position, weil die Besucher hier auf seiner Seite standen und er deren Idol war.

»Ja«, sagte ich lächelnd. »Ich werde gehen, Mr. Javankala. Aber ich bin sicher, dass wir uns wiedersehen werden. Darauf können Sie sich verlassen.«

Ich drehte mich um. Die Hand eines Reporters hielt mich fest. Vor meinem Mund erschien ein Mikro. »Was war denn los?«, wurde ich gefragt. »Reden Sie doch.«

»Nicht viel«, erwiderte ich. »Der Filzstift des Meisters ist nur ausgelaufen.«

»Ach so. Und deshalb macht er dieses Theater?«

»Ja.«

Bill schob mich weiter. Er spielte in diesen Augenblicken den Leibwächter. Auch mit seinen Reporterkollegen wurde er fertig. Nur die Fans nahmen mir übel, dass ihr Idol etwas aus der Fassung geraten war. Auf dem Weg zum Ausgang wurden wir regelrecht beschimpft, ohne allerdings zu antworten.

Einmal sprang uns ein großes Monster in den Weg und schlug mit seinen Pranken nach uns.

Bill stieß den Fan zur Seite. »Hol dir einen Hamburger und verspeise den, aber lass uns in Ruhe!«

Erst als wir die Kasse passiert hatten und im ehemaligen Foyer des Kinos standen, ließ man uns in Ruhe. Der Reporter lächelte süffisant. »Na, John, was sagst du jetzt?«

»Was willst du hören?«

»Dass ich in gewisser Weise Recht behalten habe.« Er hob eine Hand. »Ich sage dir, John, mit dieser Type stimmt etwas nicht. Das spüre ich einfach.«

»Da könntest du Recht haben.«

»Und wie stufst du ihn ein?«

Ich hob die Schultern. »Das weiß ich noch nicht. Der kann völlig harmlos sein, aber auch gefährlich. Im Moment gibt es nur die beiden Extreme, zwischen denen wir wählen können. Mein Kreuz jedenfalls hat nicht reagiert.«

»Und diese Lache aus dem Stift? War das Blut?«

»Ich habe es nicht analysiert. Man kann sagen, dass der Filzstift ausgelaufen ist.«

»Hinzu kommt der ausgefallene Scheinwerfer.«

»Ein technischer Defekt.«

Bill schüttelte den Kopf. »Ich merke schon, dass du dich nicht überzeugen lassen willst.«

»Das hat mit überzeugen nichts zu tun. Ich will nur sichergehen, verstehst du?«

»Und wie willst du das anstellen, wenn du nicht mehr bei ihm bist?«

»Durch normale Polizeiarbeit. Ich fahre jetzt ins Büro und lasse feststellen, ob unser Archiv etwas über Javankala gespeichert hat. Das ist alles.«

»Viel Spaß dabei.«

Ich musste lachen. »Du hast das so gesagt, als hättest du keine Lust, mit mir zu fahren.«

»Habe ich auch nicht. Sagst du mir trotzdem, was du herausgefunden hast?«

»Sicher.«

Wir verließen das Theater. Auch die Vorderfront war mit Plakaten beklebt worden, die auf die Ausstellung hinwiesen. Schriftbänder schaukelten ebenfalls vor der Wand. Auf dem Gehsteig standen die fahrbaren Untersätze der Besucher. Zumeist Fahrräder, Kleinkrafträder und auch heiße Feuerstühle.

Bill Conolly hatte mich abgeholt. »Ich werde dich auch wieder zurückfahren«, bot er sich an.

»Danke.«

»Keine Ursache, Sir John.«

Es war nicht weit bis zum Yard. Ich versprach meinem Freund, ihn auf dem Laufenden zu halten, und wunderte mich, als ich das Büro betrat, dass ich Suko nicht vorfand.

Glenda schrieb, ich hatte sie nicht stören wollen, tat es jetzt dennoch. »Ist Suko schon nach Hause gefahren?«

Sie schrieb zunächst den Satz zu Ende, um anschließend den rechten Arm zu heben. »Was hast du gesagt?«

Ich wiederholte die Frage.

Glenda drehte sich auf ihrem Stuhl um. Sie trug ihren Pullover mit dem gelbgrünen Muster und nickte mir zu. »Nein, John, Suko ist nicht nach Hause gefahren. Er wurde gerufen.«

»Wohin?«

»Da ist ein Mord passiert. Man wollte dich und ihn dabeihaben. Frage mich nicht nach dem Grund.«

»Und wo ist er hin?«

»Im Southwark, ziemlich miese Gegend.«

Ich überlegte. »Mich wollte man auch dabeihaben«, murmelte ich. »Okay, dann werde ich hinfahren. Gib mir die Anschrift.«

Glenda hatte sie notiert.

»Ist Suko schon lange weg?«, erkundigte ich mich.

Meine Sekretärin hob die Schultern. »Ich habe nicht genau auf die Uhr geschaut. Eine Stunde wird es sein.« Sie stand auf. »Nimmst du einen Wagen?«

»Ja, ja.« Ich sah mir den Zettel mit der Anschrift an. »Da muss ich über die Themse.«

Der Rover stand mir schon seit längerer Zeit zur Verfügung. Zu einem neuen Bentley hatte es nicht gereicht.

Ich nahm die Westminster Bridge und sah die in der Nähe liegenden, altehrwürdigen Gebäude wie schattenhafte Gemälde unter einem Dunstschleier liegen. Der Februar hatte London ein Sauwetter beschert. Es war regnerisch und nasskalt. Laut Vorhersage sollten die Temperaturen wieder fallen, dann würde es erneut Schnee geben. Allmählich reichte mir der Mist. Es wurde Zeit für den Frühling.

Nach der Brücke durchfuhr ich den Verteilerkreisel, um auf die Westminster Bridge Road zu gelangen, die an der St. George's Cathedral überging in die St. George's Road und die an der südlichen Grenze von Southwark Old Kent Road heißt.

Ich kam trotz der Nachmittagszeit gut voran, verließ die breite Straße an der Dunton Road, überquerte eine Eisenbahnlinie und geriet wenig später in die graue Wohn- und Fabrikgegend, wo Menschen lebten, die kein hohes Einkommen hatten.

Ich fand das Ziel nach einigem Suchen. Die Straße war ziemlich schmal. Den Rover musste ich schon schräg auf den Gehsteig fahren, um ihn überhaupt abstellen zu können.

Da ich dicht hinter einem Streifenwagen parkte, war sofort ein Bobby da, der mich wegscheuchen wollte.

Mein Ausweis beruhigte ihn.

»Kann ich etwas für Sie tun, Sir?«

»Ja, was ist passiert?«

»Ein Mord, Sir. Mord an einer Frau.«

»Wie heißt sie?«

»Joanna Randers.«

Ich schüttelte den Kopf. Der Name sagte mir nichts. »Ist die Tote schon abtransportiert worden?«

Der Bobby nickte. Bei seiner nächsten Antwort senkte er die Stimme. »Ich kann Ihnen sagen, Sir, sie sah furchtbar aus. So etwas habe ich noch nicht zu Gesicht bekommen. Als wäre sie von einem wilden Tier angefallen worden.«

»Sagt das auch der Doc?«, fragte ich.

»Das weiß ich nicht. Es war in diesem Falle meine eigene Meinung. Sie können ja Inspektor Ratcliff fragen, der die Untersuchungen leitet. Er wird Ihnen mehr darüber berichten können.«

»Danke.« Wenig später ging ich durch die offene Tür und tauchte in den düsteren Hausflur ein, wo die Mieter sich versammelt hatten und über den Vorfall sprachen.

Mich starrten sie feindselig an, als trüge ich die Schuld an diesem Vorkommnis.

Ich musste eine schmutzige Treppe hochgehen, gelangte in die dritte Etage, wo eine der Wohnungstüren weit offen stand, sodass ich in den engen Flur sehen konnte, wo ich die Gestalt meines Freundes Suko entdeckte.

Der Inspektor hatte die Hände in die Taschen geschoben und schaute zu Boden. Erst als ich dicht neben ihm stand, blickte er auf. »Ach, du hier, John?«

»Sogar in Lebensgröße. Was ist passiert?«

Mein Freund schüttelte den Kopf. »Es war schrecklich, John, einfach furchtbar. Ich habe die Tote noch gesehen. Sie ... sie ist auf eine schlimme Art und Weise gestorben.«

»Wer könnte es gewesen sein? Ich sprach mit einem Bobby, der erzählte mir etwas von einem wilden Tier.«

»Das könnte auch hinkommen, aber ich will nicht vorgreifen. Sieh es dir selbst an. Das Mordzimmer, meine ich.«

Wir gingen durch einen Raum, der Wohnzimmer, Küche und Schlafzimmer in einem war. Die Kollegen der Mordkommission sicherten noch die Spuren. Auch Inspektor Ratcliff sah ich. Er winkte mir kurz zu, bevor er seiner weiteren Arbeit nachging.

Der Mord war in einem Jugendzimmer passiert. Ich sah sofort, dass hier ein Junge und ein Mädchen schliefen. Allein die Bilder wiesen darauf hin.

Links lebte der Junge. Dort war auch die Tat begangen worden. Man hatte die Spuren noch nicht beseitigt. Mein Mund nahm die Form eines Striches an, so hart presste ich die Lippen zusammen.

Ich war dicht hinter der Tür stehen geblieben, ging dann hastig vor, umschritt eine abgesteckte Zone und blieb dort stehen, wo die Poster an den Wänden hingen und ich die leere Rückseite eines an der Wand hängenden Kalenders sah, denn seine sämtlichen zwölf Blätter lagen auf dem Boden verteilt.

Ich starrte die Blätter an, merkte mir die Motive und wollte es selbst kaum glauben. Über meinen Rücken rann ein kalter Schauer, die Haut im Nacken zog sich zusammen, und für Sekunden schloss ich die Augen.

Suko hatte etwas bemerkt. »Was hast du?«

»Verdammt«, sagte ich leise. »Der Kalender, ich kenne ihn.«

»Woher?«

»Das will ich dir genau sagen. Du erinnerst dich, dass Bill und ich auf dieses Fantreffen gegangen sind, wo der Maler Javankala signiert?«

»Ja, davon erzähltest du.«

»Ich habe diesen Maler kennen gelernt. Mit seinem Kalender hat er einen ungewöhnlich großen Erfolg erzielt.« Jetzt deutete ich auf die gefallenen Blätter. »Das ist er, Suko!«

»Javankalas Werk?«

»Genau.«

»Hat das etwas zu sagen? Er wird in einer hohen Auflage gedruckt worden sein.«

»Schon. In diesem Falle allerdings gebe ich Bill Recht. Sein Gefühl hat ihn nicht getrogen.«

»Wie das?«

Ich berichtete Suko haarklein, was uns widerfahren war. Der Chinese nickte. »Das ist in der Tat äußerst ungewöhnlich«, meinte er leise. »Und eine Spur?«

»Kann sein. Lassen wir das zunächst. Wer hat die Tote gefunden?«

»Ronny Randers, der siebzehnjährige Sohn.«

Ich verzog die Lippen. »Verflixt, auch das noch. Was ist mit dem Jungen?«

»Wir haben ihn in ein Krankenhaus schaffen lassen. Er stand unter Schock.«

»Klar. Sonst noch Zeugen?«

»Eine – sagen wir – halbe.«

»Rede schon!«

»Ich spreche von einer Nachbarin. Mara, ein so genanntes Modell. Die Frau hat am Mittag Schreie gehört, wie sie uns sagte, und sie warnte auch den Jungen.«

»Hat sie den Killer gesehen?«

»Nein.«

Ich drehte mich um. »Können wir mit ihr reden?«

»Leider nicht. Sie hat versprochen, sich zu betrinken. Das Versprechen hat sie auch gehalten. Die Dame ist sturzbesoffen.«

Ich hob die Schultern. »Da kann man nichts machen. Mich würde interessieren, wer zu einer solchen Tat fähig ist.«

Suko rieb seine Augenränder. »Wenn es sich nicht etwas übertrieben anhören würde, dann könnte ich mir einen Werwolf oder ein ähnliches Monster durchaus als Killer vorstellen.«

»Ein Werwolf, den niemand gesehen hat.«

»Das ist leider wahr. Obwohl …« Suko dehnte das letzte Wort, »es einen Werwolf hier gibt.« Suko ging zur Seite, bückte sich und hob mit spitzen Fingern ein auf dem Boden liegendes Kalenderblatt in die Höhe. »Was hältst du davon?«

Ich starrte das Bild an. Es sah so verdammt echt aus, eigentlich wie alles, was aus der Feder des Zeichners Javankala stammte. Aber das war ein Kalenderblatt und kein Killer.

»Was sagst du, John?«

»Zunächst mal nichts. Diese Theorie wird uns auch kein Mensch abnehmen.«

»Welche Theorie, lieber Kollege?« Ratcliff war zu uns gekommen. Ein noch jüngerer Kollege, strohblond und sehr modisch gekleidet. Seine Brille hatte ein rotes Gestell.

»Keine besondere.«

Ratcliff vergrub seine Hände in den Taschen des gefütterten Übergangsmantels. »Ja, ich stehe vor einem Rätsel. Wenn Sie die Frau gesehen hätten, Sinclair …«

»Schon gut.«

Der Kollege ließ sich nicht beirren. »Das muss ein Wahnsinniger gewesen sein. Wenn ja, frage ich mich nur, wie er ungesehen in dieses Haus gelangen und die Tat vollbringen konnte.«

»Hat die Nachbarin was gehört?«

»Ja, die Schreie, mehr nicht. Sie hat aber nichts gesehen. Ich stehe vor einem Rätsel«, gab Ratcliff zu, bevor er mich hölzern anlächelte. »Aber das ist nicht tragisch, denn für rätselhafte Fälle sind Sie letztendlich zuständig. Deshalb habe ich auch in Ihrer Abteilung angerufen, weil mir der Fall von vornherein suspekt vorkam.« Da er einmal redete, blieb er auch dabei. »Was mich nur wundert, sind die abgerissenen Kalenderblätter. Ich sehe darin keinen Grund – Sie etwa?«

»Noch nicht«, gab Suko zu.

Ratcliff hörte genau auf Zwischentöne. »Moment, Sie sagten

noch. Deshalb gehen Sie davon aus, dass der Kalender etwas mit dem Tod dieser Frau zu tun haben könnte?«

»Das wäre unter Umständen möglich.«

»Und wieso?«

»Weshalb hat sie die Blätter abgerissen? Nur in einer Panik-Reaktion, oder hatte sie einen Grund?«

»Das weiß ich doch nicht.«

Suko wandte sich an mich. »Wir sollten die Probe aufs Exempel machen, John.«

»Das wäre nicht schlecht.«

»Wie meinen Sie das denn?«

»Ganz einfach, Herr Kollege«, sagte Suko. »Mein Freund wird versuchen, Ihnen einen magischen Beweis für seine Theorie zu bieten. Alles verstanden?«

Ich hatte mittlerweile mein Kreuz hervorgeholt und schritt auf das Bild zu, das den Kopf eines Werwolfs zeigte. Suko hatte es auf die Couch gelegt.

Ich hielt die Silberkette fest und senkte mein Kreuz dem Bild entgegen. Sollte es magisch aufgeladen sein, dann musste etwas geschehen. Wahrscheinlich würde es zerstört werden. Trat dies ein, hatten wir den endgültigen Beweis.

Suko und der Kollege Ratcliff schauten mir gespannt zu, wie ich das Kreuz immer weiter dem Ziel näherte.

»Der Kopf bewegt sich!« Es war Ratcliff, der die Worte gerufen hatte. »Sehen Sie!«

In der Tat geschah etwas. In die Augen war ein Leuchten getreten, das Maul klaffte auf, und zwischen die Lippen ließ ich das Kreuz fallen. Es sah so aus, als sollte es verschluckt werden. Einen Moment später jedoch brandete uns eine dunkle Wolke entgegen, die vor allen Dingen mich einhüllte.

Ich ging zur Seite, weil ich das pechschwarze Zeug nicht einatmen wollte, und ich hörte auch das Zischen, als wären Wassertropfen auf eine glühende Herdplatte gefallen.

Der schwarze Rauch stieg der Decke entgegen, wo er sich nicht nur verteilte, sondern auch verflüchtigte. Wir konnten uns das Bild anschauen oder das, was von ihm übrig geblieben war.

Reste …

Schwarze, verkohlte Reste, mehr nicht. Ein paar Aschefetzen, die ein Windzug hochtrieb und durch den Raum wehte.

Ratcliff putzte seine Brillengläser. »Das … das verstehe, wer will. Ich jedenfalls nicht.«

»Kann ich mir vorstellen«, gab ich ihm Recht. »Es ist auch nicht einfach.«

»Und was steckt dahinter?«, fragte er.

»Keine Ahnung. Jedenfalls haben Sie recht daran getan, uns Bescheid zu geben. Der Kalender oder die Blätter sind nicht normal. Ich will es Ihnen so erklären. Sie sind magisch aufgeladen, verstehen Sie?«

»Nein.«

»Ist auch nicht wichtig. Wenigstens nicht für Sie. Wir haben uns damit zu beschäftigen.«

»Da kann ich Ihnen nur gratulieren«, erwiderte er sarkastisch, bevor er den Raum verließ.

Suko deutete auf die restlichen Blätter. »John, willst du es bei Ihnen auch versuchen?«

»Klar.«

Um es vorwegzunehmen. Ich prüfte die abgerissenen Blätter der Reihe nach durch, doch sie waren normal. Nur ein Bild, das mit der Werwolffratze, war magisch aufgeladen.

»Und was bedeutet das für uns?«, fragte Suko.

Ich runzelte die Stirn. »Zumindest eine Heidenarbeit. Ich weiß nicht, in welcher Auflage der Kalender gedruckt worden ist, vielleicht 10 000 oder weniger, jedenfalls können wir davon ausgehen, dass es in jedem Kalender zumindest ein Bild gibt, das schwarzmagisch beeinflusst wurde.«

Suko strich über seine linke Wange. »Verdammt noch mal, das schaffen wir nie.«

»Wir müssten es versuchen.«

»Wie willst du das feststellen?«

Da hatte er bei mir einen schwachen Punkt getroffen. Eine Lösung wusste ich auch nicht.

»Wir können doch keine Annoncen herausgeben und darauf hoffen, dass die Kalenderkunden sie lesen. Das ist einfach unrealistisch.«

»Weiß ich, Suko, deshalb nehmen wir auch den anderen Weg.«

Mein Freund hatte mitgedacht. »Wahrscheinlich über den Maler, wenn mich nicht alles täuscht?«

»Genau.«

»Weißt du, wo er zu finden ist?«

Ich schaute auf die Uhr. »Vielleicht noch in der Ausstellung. Wenn nicht, finden wir seine Adresse heraus, das schwöre ich dir.«

»Ha!« Suko lachte plötzlich auf. »Jetzt weiß ich, wer bestimmt noch einen dieser Kalender an der Wand hängen hat.«

»Und?«

»Sarah Goldwyn, die Horror-Oma!«

Ich starrte Suko an, schlug mir dann gegen die Stirn und schüttelte den Kopf. »Verflucht noch mal, dass ich nicht selbst daran gedacht habe.«

»Du bist eben ein Fachidiot.«

»Schäm dich.« Nach einem letzten Rundblick verließ ich das Zimmer.

Wir trafen noch den Inspektor. Ratcliff wollte wissen, ob uns etwas eingefallen war.

Ich nickte ihm zu. »Einiges, mein Lieber. Nur wissen wir leider nicht, ob es reicht.«

»Ich drücke Ihnen jedenfalls die Daumen.«

»Danke.«

Javankala, der Maler, stand noch immer, obwohl die beiden Männer, die ihn so intensiv gestört hatten, längst verschwunden waren. Er hatte seine Hände zu Fäusten geballt. Im Innern tobte eine Hölle, aber er musste sich zusammenreißen, da er in der Öffentlichkeit stand und sich nicht so geben konnte, wie er wollte.

Doch er ging davon aus, dass die beiden Besucher für ihn eine Quelle der Gefahr darstellten.

Wieder kam ein Reporter. »Wollen Sie zum Abschluss noch etwas sagen? Wir lassen die Kamera laufen.«

»Ja.« Der Maler stierte den Mann an. »Ich will noch etwas sagen. Gehen Sie zum Teufel!«, rief er mit lauter Stimme.

Der Reporter erschrak und zuckte zurück, begleitet vom Lachen der Fans, die die letzte Bemerkung als einen makabren Witz aufgefasst hatten. Auch der Frager lächelte. »Nun«, sagte er, »ich gehe überall gern hin, nur nicht zum Teufel.«

»Das bleibt Ihnen überlassen.« Javankala wandte sich schroff ab. Er wollte mit keinem mehr etwas zu tun haben. Weder mit den Reportern noch mit den Fans, die ihn auch weiterhin bestürmten und um Autogramme baten.

»Nein, heute nicht mehr, und das ist endgültig!«, erklärte er. »Ich werde morgen wieder hier sein. Der Con dauert zwei Tage. Habt ihr verstanden?«

»Können Sie nicht noch einmal …?«

Javankala funkelte den Sprecher so kalt an, dass dieser sich hastig zurückzog. »Schon gut, schon gut …«

»Geht jetzt!«, rief der Maler und bewegte fuchtelnd seine Arme. »Geht alle weg und lasst mich endlich allein. Ich will keinen mehr von euch sehen.«

Die letzten Worte waren von den Besuchern verstanden worden. Ziemlich sauer zogen sie sich zurück.

Javankala wartete ab. Er stierte dumpf auf das durch den ausgelaufenen Filzstift beschmierte Kalenderblatt. Dies hätte ihm nicht passieren dürfen, nicht schon so schnell. Jetzt waren die anderen misstrauisch geworden und konnten ahnen, dass mit seinem Autogrammstift etwas nicht stimmte.

Er ärgerte sich und verließ seinen Platz, um auf eine schmale Tür zuzugehen, hinter der sich eine Kammer befand, wo noch mehr Kalender und Poster von ihm lagerten.

In der Kammer brannte kein Licht, als der Maler sie betrat. Nur ein heller Streifen fiel durch die offene Tür. Er verschwand bald wieder, als Javankala die Tür schloss.

Im Dunkeln blieb er stehen.

»Mach noch kein Licht!«, vernahm er die flüsternde Stimme aus der Finsternis.

»Du bist noch da?«

»Ja, wo sollte ich hin?«

»Sicher, Myrthe, wo solltest du hin?« Er vernahm ein Rascheln und wusste, dass die Person aufstand. Myrthe war etwas Besonderes. Er musste sie vor den meisten Menschen versteckt halten, aber wenn sie nicht gewesen wäre, hätte es ihn zwar gegeben, nur wäre er längst nicht so erfolgreich gewesen.

Myrthe war eine Malerin mit magischen Fähigkeiten. Woher sie stammte, wusste selbst er, ihr Begleiter, nicht. Sie war einfach nur da und gab ihm die Kraft.

»Was ist geschehen?«, wisperte sie. »Ich hörte dich so laut rufen, beinahe schon schreien.«

Der Maler atmete schnaufend. »Hast du nichts bemerkt, Myrthe? Da lag plötzlich eine Gefahr in dem großen Raum. Ich habe sie genau gespürt. Sie kam näher, ein Scheinwerfer zerplatzte, weil ich meine Gedanken aktivierte.«

»Wenn du die Gefahr bemerkt hast, ist sie nicht weiter schlimm«, erklärte Myrthe.

»Sie kam zu mir.«

»Wer war diese Gefahr?«

»Zwei Männer, eigentlich strömte nur einer von ihnen aus, was mich warnte.«

»Du kennst unsere Aufgabe. Warum hast du ihn nicht getötet?«

»Ich konnte es nicht.«

Aus dem Dunkeln drang ihm ein spöttisch und gleichzeitig unheimlich klingendes Lachen entgegen. »Sage nicht so etwas, mein Freund, sage nicht so etwas. Habe ich dir nicht die Kraft gegeben, deine Feinde zu vernichten?«

»Ja, ich weiß, und ich bin dir auch dankbar dafür. Aber diesmal waren zu viele Zeugen dabei. Man hätte mich sofort als Mörder eingesperrt. Ich kenne dieses Land.«

»Dann werde ich mich seiner annehmen.«

»Das kannst du versuchen.«

»Beschreibe ihn mir. Sage mir, wie er aussieht.«

Der Maler sprach in die Dunkelheit hinein. Er redete sehr leise, kein Wort sollte draußen gehört werden, und die noch immer nicht sichtbare Myrthe hörte aufmerksam zu. Manchmal stieß sie zischende Laute aus, dann war auch ein leises Schwirren zu hören, als würden sich Insekten in der Luft bewegen.

»Noch etwas?«

»Nein, ich habe ihn dir beschrieben.«

»Und du kennst ihn nicht, diesen Sinclair?«

»Nein … nicht so!« Die Antwort klang zögernd.

»Aber wir kennen ihn. Wir kennen ihn genau. Er ist sehr gefährlich. Er kann unsere Pläne durchkreuzen. Wir werden ihn ausschalten müssen. Oder sogar fliehen.«

Der Zeichner war dagegen. Er trat hart mit dem Fuß auf. »Das sehe ich nicht ein. Ich werde nicht vor einem Menschen, wie er es ist, davonlaufen. Ich bleibe, ich stelle mich. Übermorgen ist Valentinstag, der Tag der Verliebten, da wird es passieren. Da muss es einfach geschehen, verstehst du?«

»Ja, das weiß ich.«

»Also, in den nächsten beiden Tagen muss Sinclair sterben. Am Valentinstag werden sie alle kommen, bisher sind sie nur vereinzelt erschienen, das weißt du …«

»Ich habe es gespürt. Eine Frau ist gestorben. Das … Monster verließ den Kalender.«

»Ja, es verließ ihn. Meine Kraft reichte nicht aus, um sie alle zu kontrollieren. Ich spüre, dass sie sich wehren wollen. Sie alle sind meine Kinder, meine Geschöpfe, ich bin ihre Mutter, aber ich kann sie nicht halten. Sie drängen sich vor, sie wollen nicht mehr in ihrer Welt gefangen sein, und sie hinterlassen Spuren. Man wird uns wahrscheinlich jagen, mein Lieber …«

»Aber man kann uns nichts beweisen.«

Aus dem Finstern drang ein geheimnisvolles Lachen. »Das stimmt. Es stimmt sogar genau, aber …« Die Worte brachen mitten im Satz ab. Statt dessen vernahm Javankala ein tiefes Stöhnen und ein gleichzeitiges helles Summen, als hätten sich die Insekten vermehrt und würden mit heftigen Flügelbewegungen verschwinden.

Javankala war geschockt. Er ging zurück, bis er die Tür im Rücken spürte. Es gefiel ihm nicht, was da vor ihm geschah. Ein

Luftzug streifte sein Gesicht, das Surren nahm an Lautstärke zu, dann brach es von einem Moment zum anderen ab.

Der Maler bewegte sich nicht. Er traute sich auch nicht, an seine Verbündete eine Frage zu stellen. Wenn sie etwas sagen wollte, würde sie sich schon melden.

So war es auch.

Aber sie sprach anders, gequälter und mühevoller, als müsste sie erst über jedes Wort nachdenken.

»Es ist passiert«, sagte sie. »Es ist das eingetreten, was ich befürchtete.«

»Was denn?«

Er erhielt noch keine Antwort. Der Maler empfand die Stille als ungemein drückend. Er wollte nachhaken, als das unsichtbare Wesen schließlich anfing zu sprechen.

»Ein Kalenderblatt ist zerstört worden. Man hat es vernichtet. Man hat es aufgelöst. Unser Feind ist mächtig, mächtiger, als ich dachte. Wir werden uns …«

»War es Sinclair?«

»Wer sonst?«, fragte die Unsichtbare zurück. »Aber jetzt wirst du das Licht einschalten. Ich will frei sein. Ich werde mich selbst auf die Suche nach ihm begeben. Ich muss ihn haben, denn er hat mir eines meiner geistigen Kinder genommen.«

Die Hand des Bärtigen lag bereits am Schalter. Er brauchte ihn nur nach unten zu kicken.

Unter der Decke flammte die Lampe auf, erleuchtete den kleinen, kammerartigen Raum, und der Maler sah endlich, wer vor ihm stand.

Das Wesen war kein Mensch, es war eine Harpyie!

Ich hatte zuvor bei Lady Sarah nicht einmal angerufen, war einfach zu ihr gefahren, hatte geklingelt und sah nun ihr überraschtes Gesicht, als sie mir die Tür öffnete.

»Du, John?«

»Ja, ich.«

»Wenn das keine Überraschung ist!« Sie trat einen Schritt

zur Seite, um die Türöffnung freizugeben. »Komm doch rein, bitte.«

Ich wusste ja, was sich gehörte, trat meine Sohlen ab und ging in den Hausflur.

Lady Sarah schloss die Tür. »John, lass mich raten«, sagte sie. »Du willst nicht mich besuchen, sondern Jane.«

»Irrtum.«

»Lüg nicht.«

Ich drückte die alte Dame an mich, was sie ganz verlegen machte. »Aber nicht doch, mein Junge, da gibt es doch jüngere Frauen, die so etwas viel lieber haben.«

»Möglich, aber die sind nicht so nett wie du!«

»Schmeichler.« Sie drückte mich ebenfalls. »Komm in die gute Stube. Ich bin gerade dabei, meine neuen Filme zu sortieren. Einige habe ich mir wieder besorgen können.«

»Welche denn?«

Lady Sarah war schon vorgegangen. Sie sammelte alles, was mit Horror zu tun hatte. Ob das nun Bücher, Gegenstände oder Kassetten waren, Lady Sarah hatte das ideale Archiv. Deshalb hatte sie sich auch den Speicher ihres Hauses ausbauen lassen, um die Dinge dort unterbringen zu können.

Seit kurzem wohnte die ehemalige Hexe Jane Collins bei ihr. Jane war wieder von ihrem Bann befreit worden und hatte bei Lady Sarah eine Heimat gefunden. Trotz des Altersunterschieds verstanden sich die beiden Frauen prächtig, und Jane half der Horror-Oma nicht nur im Haushalt. Sie hatte ein neues System in das Archiv gebracht und Sarah Goldwyn dazu überredet, sich einen Computer anzuschaffen, wo sie all ihre Sammelstücke archivieren konnte.

Ich wusste auch davon. Deshalb überraschte es mich nicht, als Sarah Goldwyn sagte: »Wir sind fast fertig mit unserem Archiv. Jane ist unterwegs, um neue Disketten zu holen.«

»Ja, ihr werdet immer moderner.«

»Man muss mit der Zeit gehen, mein Junge. Sogar ich bin dafür.« Sie schaute mich mit funkelnden Augen an. »Und ehrlich gesagt, John, es macht mir Spaß.«

»Das ist am wichtigsten.«

Ich war neben dem runden Tisch stehen geblieben und blickte auf die vier Kassettenhüllen.

Zwei Titel kannte ich. Einmal »House« und dann »Fright Night«. »Hast du die Streifen nicht schon im Kino gesehen?«

»Sicher, aber ich will sie im Hause haben. Wenn du Zeit hast, können wir uns einen Film ansehen. Ich meine ...«

»Nein, ich will nicht lange bleiben.«

»Aha, du bist dienstlich hier.«

»Halb und halb.«

Lady Sarah stach mit dem Zeigefinger gegen meine Brust. »Kommst du mal wieder nicht weiter, trotz Scotland Yards weltberühmtem Archiv?«

»So ist es.«

»Und worum geht es diesmal?«

»Um einen Kalender.«

Lady Sarah hätte sich fast verschluckt. »Habe ich richtig gehört? Es geht dir um einen Kalender?«

»Ja, um einen bestimmten.«

»Ich dachte schon, du hättest keinen Taschenkalender für dieses Jahr. Es ist erst zwei Monate alt, da hätte ich dir unter Umständen noch aushelfen können.«

»Nein, danke, für mich ist der Monatskalender wichtig. Und zwar ein bestimmter. Ich würde ihn als Grusel- oder Horrorkalender ansehen. Du hast doch bestimmt so etwas.«

»Ja, schon.«

»Und mir geht es da um einen besonderen. Er enthält nur Bilder des Malers Javankala.«

Sarah Goldwyn legte die Stirn in Falten. »Javankala?«, wiederholte sie murmelnd. »Ja, den kenne ich.« Sie nickte. »Sicher, ich habe sogar einen Kalender von ihm.«

»Wo?«

»Oben, in meinem Archiv.« Sie lächelte. »Wo sonst? Er muss ja den Platz einnehmen, der ihm zusteht. Dort hängt er gerade richtig, meine ich.«

»Dann lass uns mal schauen.« Ich wollte zur Tür gehen, doch

Lady Sarah streckte den Arm aus und hielt mich auf. »Moment noch, John. Erst musst du mir sagen, welch eine Bedeutung es mit diesem Kalender auf sich hat. Du weißt, ich bin neugierig.«

Ich rieb mein Kinn. »Das ist nicht einfach. Es könnte durchaus sein, dass du dir durch den Erwerb des Kalenders eine Laus in den Pelz gesetzt hast.«

Ich hatte die Spannung aus ihrer Stimme deutlich hervorgehört und beruhigte sie zunächst. »Nun mal keine Panik, Lady Sarah, wir wollen uns den Kalender zunächst in Ruhe ansehen.« Wenn Sarah Goldwyn irgendeinen Fall roch, dann war sie nicht zu halten. Da mischte sie stärker mit, als es gut für sie war.

Sie drohte mir mit dem Zeigefinger. »Ich kenne dich, Junge, du hast irgendetwas in der Hinterhand.«

»Mal sehen.«

Wir gingen die relativ steile Treppe hoch. Lady Sarah hielt sich am Geländer fest. Wenn sie nach draußen ging, nahm sie stets ihren Stock mit, den sie hin und wieder auch als Waffe zweckentfremdet hatte. »Wolltest du dir nicht mal einen Fahrstuhl einbauen lassen?«, fragte ich sie.

»Ja – eigentlich. Du weißt ja, wie das ist. Man schiebt vieles auf die lange Bank. Jetzt haben wir erst mal unseren Computer. Jane wird mich einweisen müssen. Unter dem Dach ist auch eine neue Beleuchtung angelegt worden, die du noch nicht kennst.«

»Ja, das stimmt.«

»Da siehst du, wie lange du nicht mehr bei uns warst. Schäm dich, eine alte Frau so lange allein zu lassen.«

»Das sagt meine Mutter auch immer.«

»Du solltest sie mir mal vorstellen. Sie ist bestimmt eine nette und liebe Person.«

»In der Tat.«

»Dann wundert es mich allerdings, dass sie einen solchen Burschen wie dich großgezogen hat.«

Ich musste lachen. Aber das war typisch für Lady Sarah. Sie hatte immer das letzte Wort und gehörte tatsächlich noch längst nicht zum alten Eisen, auch wenn sie drei Männer überlebt hatte.

Wir hatten endlich auch die letzte Treppenhälfte hinter uns

gelassen und gingen durch die verbreiterte und offen stehende Tür in Lady Sarahs Gruselkabinett.

Ja, da war wirklich alles vorhanden, was das Herz eines Horrorfans höher schlagen ließ. Durch die großen Dachfenster fiel genug Licht auf die mit Büchern vollgestopften Regale. Ich sah auch die Rücken zahlreicher Kassetten, die Lady Sarah sehr sorgfältig beschriftet hatte. Als neue Lichtquellen dienten drehbare Scheinwerfer, die an einer unter der Decke entlangführenden Leiste befestigt waren. Als Lady Sarah den Schalter umlegte, sandten sie ihre Strahlen zielgenau in die entsprechenden Richtungen und strahlten bestimmte Dinge an.

Auch den Computer, an den auch ein Drucker angeschlossen war. Die Horror-Oma hatte tief in die Tasche gegriffen. Sie deutete auf ihre neueste Errungenschaft. »Willst du ihn mal ausprobieren?«

»Nein, um Gottes willen.«

»Vielleicht kann er dir bei deinem Problem helfen.«

»Zeig mir lieber den Kalender. Ich bin kein so großer Computer-Freak.«

»Dann bist du rückständig.«

»Mag sein.«

Lady Sarah führte mich in eine bestimmte Ecke des Zimmers, wo tatsächlich der Kalender mit Werken des Malers Javankala an der Wand hing. Ich schaute auf das Blatt des Monats Februar.

Das Bild zeigte den Schädel eines Werwolfs. Eigentlich war es kein klassischer Werwolf, mehr ein Monstrum zwischen Bär und Wolf, aber sehr haarig und mit roten, gefährlich blickenden Augen.

»Die Pupillen leuchten im Dunkeln«, erklärte Sarah Goldwyn.

Ich fragte sie direkt. »Und ihr beide habt nicht gespürt, dass etwas nicht in Ordnung sein könnte?«, fragte ich.

»Nein, was sollte mit dem Kalender nicht stimmen?«

»Woher hast du ihn?«

»In einem Magazin fand ich eine entsprechende Anzeige. Ein Muss für jeden Horrorfan, so ähnlich lautete der Text. Da habe ich natürlich sofort zugegriffen. Gibt es einen größeren Gruselfan als mich?«

Ich lächelte. »Nein, wenigstens kenne ich keinen.«

»Siehst du.« Sarah Goldwyn schaute interessiert zu, wie ich mein Kreuz hervorholte und dabei das Kalenderbild fixierte. »He, John, was hast du vor?«

»Ich möchte etwas prüfen.«

»Das sehe ich schon. Aber was?«

»Ob mit dem Kalender auch alles in Ordnung ist. Es könnte sein, dass sich eine Gefahr dahinter verbirgt.«

»Na, dann mach mal.«

Er war nicht okay, das sahen wir beide sehr schnell, denn die Augen innerhalb des Monstergesichts begannen zu funkeln und sich gleichzeitig zu bewegen.

»Nein«, hörte ich Sarah Goldwyn flüstern. Einen Herzschlag später hielt sie die Luft an, als ich mein Kreuz genau in das widerliche Gesicht des Monstrums drückte.

Einen Schrei vernahmen wir nicht, aber es passierte das Gleiche wie in der Wohnung. Eine pechschwarze Dampfwolke quoll mir entgegen, sodass ich mich gezwungen sah, zur Seite zu springen. Ascheteilchen wirbelten in Richtung Tür.

Ich hatte Lady Sarah festgehalten, die den Kopf schüttelte und gleichzeitig die Schultern hob. »John, das ist … verflixt, das kann ich nicht fassen.«

»Ich auch nicht.« Bevor sie noch eine weitere Frage stellen konnte, ging ich auf den Kalender zu und sah mir das Märzbild an. Es zeigte eine Medusa, auf deren Kopf sich Schlangen wellten. Das Gesicht darunter wirkte böse und verschlagen.

Als ich das Kreuz auf das Blatt drückte, geschah nichts. Das Blatt blieb völlig normal.

Ich drehte mich zu Lady Sarah um. »Ich glaube, dem hätten wir die Magie genommen.«

»Ja, ja«, sprach sie leise. »Es war wirklich nur ein Bild, John?«

»Ich werde alle anderen noch durchprobieren.«

Nichts tat sich. Ich sah zwar die schlimmsten Horrorgemälde, aber keines davon reagierte auf mein Kreuz. »Und ich dachte schon«, flüsterte Lady Sarah, »wir würden jetzt etwas Ähnliches erleben wie bei dem Schreckensgemälde, das plötzlich lebendig geworden ist.«

»Nein, es geht nur um dieses Februarbild.«

»Und wieso?«

»Tja«, murmelte ich. »Wenn ich das wüsste, ginge es mir wesentlich besser.«

»Wir haben Februar«, stellte Lady Sarah fest.«

»Sicher.«

»Tu mir einen Gefallen, Junge. Erzähl mal von Beginn an. Wie bist du auf diesen Maler gekommen?«

Ich tat ihr den Gefallen, und Lady Sarah horchte auf, als ich das Fantreffen erwähnte.

»Zu diesem Con wollte ich hin.«

»Wann?«

»Morgen.«

»Ich war, wie gesagt, schon heute da und habe auch den Maler Javankala kennen gelernt. Er war gewissermaßen der Ehrengast auf diesem Con.«

»Den sehe ich mir auf jeden Fall an«, erklärte Lady Sarah. Ich hörte kaum hin und dachte nur über den Kalender nach. Das war schon der zweite, der magisch aufgeladen war. Wenn ich hochrechnete, kam ich zu einem schlimmen Ergebnis. Ich musste davon ausgehen, dass die gesamte Auflage magisch verseucht war.

Diese Tatsache trieb mir den Schweiß auf die Stirn. Zudem konzentrierte sich die gesamte Magie allein auf den Monat Februar, und das hatte etwas zu bedeuten.

Mich drängte die Zeit. Ich musste den Grund herausfinden, bevor es zu spät war und andere Kalenderbesitzer mit ins Verderben gerissen wurden.

Auch Lady Sarah dachte mit. »Ich weiß nicht, wie hoch die Auflage ist«, sagte sie mit belegt klingender Stimme. »Aber wenn jeder Kalenderkäufer den gleichen Horror erlebt ...« Sie presste eine Hand vor die Lippen und stoppte ihre Rede. »Mein Gott, das wäre ja furchtbar.«

»Sicher, das ist mir auch klar.«

»Und wie sieht dein Plan aus?«, erkundigte sie sich.

»Er steht noch nicht fest. Ich werde dem Con wohl wieder einen Besuch abstatten.«

Sarah Goldwyn schaute auf die Uhr. »Das wird dir kaum gelingen. Da ist schon geschlossen. Ich habe die Zeiten im Kopf.«

»Dann gehe ich morgen.«

»Willst du nicht versuchen, diesen Zeichner zu finden?«

»Das auch, aber es wird schwierig sein. Der hat sich bestimmt nicht offiziell in einem Hotel angemeldet.«

»Das glaube ich auch nicht.«

Ich sah mir den Kalender noch einmal an. Das Märzbild lag oben. Lady Sarah ging hin und schleuderte den Kalender in den Kamin, der sich hier oben ebenfalls noch befand. »Wenn ich ihn wieder anzünde, wird er verbrennen. Ich kann ihn nicht mehr sehen. Von Gruselkalendern habe ich die Nase voll.«

Unten hörten wir Schritte.

»Das wird Jane sein«, sagte Lady Sarah, ging ins Treppenhaus und hörte die Stimme der ehemaligen Hexe.

»Bist du hier irgendwo im Haus, Sarah?«

»Ja, hier oben.« Sie lachte. »Und ich bin nicht allein. Ich habe Besuch.«

»Wer ist es denn?«

»Ich bin es.«

»John? Ha, ist das denn die Möglichkeit! Soll ich hochkommen, oder wollt ihr …«

»Wir kommen zu dir.«

Jane umarmte mich, als ich die Treppe herunterkam. Sie trug einen dicken Wintermantel aus Stoff und hatte den Kragen noch hochgestellt. Die Kurzhaarfrisur, sehr chic gekämmt, gefiel mir noch immer. »Du hast dich wirklich lange nicht mehr blicken lassen, du untreuer Patron.«

»Ja, gib's ihm!«

Ich stellte mich gegen die beiden Frauen. »Was soll ich machen, der Job frisst mich auf. Außerdem waren wir viel auf Reisen.«

»Aber jetzt bist du privat gekommen – oder?«

»Das denkst du, Jane«, sagte Sarah Goldwyn. »John hat wieder ein heißes Ding auf der Pfanne.« Das war wieder einer ihrer typischen Treffer.

»Und welches?«

Ich schüttelte den Kopf und deutete auf Lady Sarah. »Sie wird es dir sagen, Jane. Ich muss mich leider verabschieden. Macht's gut, ihr beiden Hübschen! Wir sehen uns ja morgen.«

Wir verabschiedeten uns mit Küssen auf die Wange. Vor dem Haus winkte ich noch einmal.

Suko hatte im Büro gewartet und war gespannt auf meinen Bericht. Ich erklärte ihm alles, er wiegte den Kopf und sagte: »Das Gleiche hätte ich an deiner Stelle auch getan, John. Abwarten und morgen noch einmal hingehen. Aber mit mir.«

Ich hielt den Hörer des Telefons bereits in der Hand und ließ mich mit der Computerabteilung verbinden. Die Chance, etwas herauszubekommen, war zwar nur gering, aber ich wollte nichts unversucht lassen. Wenn jemand in einem Hotel absteigt, muss er sich anmelden. Eine Chance für mich.

Ich wusste nur den Namen Javankala, mehr nicht. Die Kollegen beschwerten sich, weil es ihnen doch ein wenig dürftig vorkam, sie versprachen aber, alles zu geben.

»Ja, wie immer«, sagte ich.

Oft hatte mir die moderne Elektronik helfen können, diesmal erlebte ich eine Fehlanzeige.

»Nichts zu machen, Mr. Sinclair. Es ist kein Gast dieses Namens gemeldet worden.«

»Dann bedanke ich mich vorerst.«

»Keine Ursache.«

Suko grinste mich an. »Und jetzt?«, fragte er.

»Fahre ich nach Hause, genehmige mir einen kleinen Abendtrunk und haue mich anschließend aufs Ohr. Ich habe mir nämlich sagen lassen, dass Horrorcons sehr anstrengend sein sollen.«

»Das kann stimmen.«

Ich nahm Suko mit. Auf der Fahrt kauten wir den Fall noch einmal durch. Uns war klar, dass wir so schnell wie möglich handeln mussten. Wir standen unter einem ungemein starken Druck. Jeder Tag, der verging, konnte für die Besitzer der Kalender der letzte sein …

Obwohl er Myrthe schon lange kannte, überraschte ihn ihr Anblick immer wieder aufs Neue. Sie war ein Wesen zwischen Mensch und Vogel, eine echte Harpyie. Eine weibliche Gestalt mit den Flügeln eines Vogels und dem Gesicht einer Frau. Bei den alten Griechen war die Harpyie ein Windgeist, der gegen die Schiffe blies und hin und wieder die Seelen von Menschen fraß. Um ihn zu beruhigen, wurden ihm Lämmer und Schafe geopfert.

Etwas Ähnlichkeit hatte die Harpyie tatsächlich mit einem Windgeist. Der jungenhaft wirkende Körper schimmerte leicht durchsichtig, als bestünde er aus zahlreichen Fäden und kleinen Glasplatten. Das Wesen hatte im Gegensatz zum jugendlich wirkenden Körper ein widerliches, altes, hässliches Gesicht mit schwarzgrauen, böse blickenden Augen. Sie hatte etwas Hexenhaftes an sich. Federartige Haare umwuchsen den Kopf. Die Federn zeigten eine graue Farbe, als hätte ein Maler soeben mal seinen Pinsel darüber hinweggeführt.

Auf dem Rücken des Wesens wuchsen Flügel. Nicht wie bei einem Vogel aus Federn und dünnen Knochen bestehend, sondern eher ein Gespenst, zusammengesetzt aus dünnen Häutchenstücken, sodass man den Vergleich mit einem Insekt ziehen konnte. Die Flügel waren sehr groß. Wenn die Harpyie sie bewegte, erklang dieses Rauschen, in das auch tiefe Brummtöne hineinglitten.

Javankala versuchte zu lächeln, bevor er noch einmal zu einer Erklärung ansetzte. »Es ging leider nicht anders. Die Gefahr war plötzlich vorhanden, und wir sollten gehen.«

Die Harpyie schaute ihn mit ihren dunklen Augen an. »Dagegen habe ich nichts. Sind die Menschen denn weg?«

»Ich glaube schon.«

»Sieh nach!«

Javankala gehorchte ohne Widerspruch. Er hatte der Harpyie viel zu verdanken. Sie war es gewesen, die aus ihm, einem mittellosen Maler, einen Menschen gemacht hatte, der die Geheimnisse fremder Welten kannte, sie optisch darstellte und sogar durch Myrthes Hilfe zum Leben erweckte.

Es lag schon einige Zeit zurück, als er sie entdeckt hatte. Er war auf eine griechische Insel gefahren, um sich dort als Porträtmaler zu verdingen. Touristen gab es genug, die sich hatten porträtieren lassen wollen. Der Sommer war lang und heiß gewesen. Javankala hatte genug Geld verdient, um auch den Winter auf der Insel verbringen zu können. An den kühleren Tagen hatte er seinen Platz am Strand verlassen und Wanderungen in das Innere unternommen.

Von den Höhlen im Fels war ihm schon berichtet worden. Nun entdeckte er sie selbst, lief durch tiefe Gänge und Tunnels, kam sich vor wie ein Maulwurf, entdeckte Nischen und auch halb verschüttete Stollen. In sie kroch er ebenfalls hinein, und es war an einem Sonntag gewesen, daran konnte er sich noch genau erinnern, als er die Harpyie entdeckte. Sie lag in einer Spalte, konnte sich nicht aus eigener Kraft befreien, denn jemand hatte mit einer goldenen Kette ihre beiden Flügel zusammengebunden. Zuerst hatte sich der Maler erschreckt, war geflohen, denn ein solches Wesen konnte es nicht geben.

Über seine Entdeckung hatte er mit niemanden gesprochen, aber die Neugierde trieb ihn zurück. Er ging wieder hin, sprach mit der Harpyie und erfuhr, dass sie bereits seit sehr langer Zeit eine Gefangene war. Man musste die Jahre in Tausenden zählen.

Beim dritten und vierten Besuch überzeugte die Harpyie den Maler, dass es besser für ihn und seine weitere Zukunft sein würde, wenn er sie befreite.

Sie nannte ihm auch die Gründe. Javankala dachte nicht mehr länger nach. Wenn alles eintraf, was sie ihm versprach, war er ein gemachter Mann.

So befreite er das ungewöhnliche Wesen und lebte fortan mit ihm zusammen.

Nur einmal zeigte er sich erschreckt, als er erfuhr, woher die Harpyie stammte.

Aus einem längst versunkenen Land, einem Kontinent, der den Namen Atlantis trug.

Darüber hatte er gehört, sich aber nie Gedanken gemacht. Das änderte sich in seinem Zusammensein mit der Harpyie. Sie berichtete oft und lange über ihre Heimat, und sie erzählte auch von sich, dass sie etwas Besonderes gewesen war.

Als Künstlerin war sie angesehen, denn von ihr stammten zahlreiche Zeichnungen, die so exakt ausgeführt waren, dass sie aussahen, als würden sie leben.

Für Javankala war es einfach das Schicksal, das die beiden zusammengeführt hatte. So konnte der eine von dem anderen profitieren, und der Maler musste zugeben, dass er am meisten von seiner neuen Begleiterin lernte.

Allerdings gab es bei ihr auch so etwas wie Angst. Sie lauerte tief in ihrem Innern, denn sie erzählte immer wieder, dass sie nicht die Einzige gewesen sei, die den Untergang des Kontinents Atlantis überlebt hatte.

Es gab noch zahlreiche Personen, denen dies widerfahren war. Darunter befanden sich auch Feinde. Sie hatte von einem Eisernen Engel gesprochen, den sie hasste, wobei sie gleichzeitig hoffte, ihm nicht mehr zu begegnen.

Bisher war sie ihm auch nicht mehr begegnet. Die Harpyie war stets mächtiger geworden. Ihre Kräfte konnte man fast als grenzenlos bezeichnen, was die Malerei anging.

Sie brachte Leben in die Bilder, und es gelang ihr auch, das Böse, das von ihr ausging, allmählich und tropfenweise wie Gift in das Bewusstsein des Malers zu träufeln.

Er vergaß sein eigentliches Ich und glaubte nur noch an die Dinge, die Myrthe ihm vorgab.

An das Böse im Menschen, an die geheimnisvollen Dämonen und alten Götter, die nicht ihr Leben und ihre Existenz verloren hatten, auch wenn viele es wollten.

Und die Götter hatten der Harpyie die nötige Kraft gegeben, um überleben zu können. Sie gab die Kraft weiter, transformierte sie um auf die moderne Zeit, sodass beide zusammen einen grauenhaften Plan entfalten konnten.

Am übernächsten Tag wollten sie zuschlagen.

Valentinstag …

Mit diesen Gedanken beschäftigte sich der Maler, als er die Kammer verlassen hatte und durch den großen ehemaligen Kinosaal schritt, der vom Publikum verlassen worden war. Die Stände waren nicht mehr besetzt, nur noch die Poster, Magazine, Zeichnungen und Comics lagen auf den Tischen. Viele von ihnen zeigten Javankalas Zeichnungen. Einige nahm er in die Hand und legte sie wieder fort. Er lächelte kalt. Sie hielten ihn für einen Trendsetter, fast für einen kleinen Gott. Dabei ahnten sie nicht, welches Geheimnis ihn tatsächlich umgab. Keiner seiner Fans wusste etwas über Myrthe, die geheimnisvolle Harpyie.

Er wollte sich schon wieder abwenden, als er Schritte hörte. Sie näherten sich dem Saal, was dem Bärtigen überhaupt nicht passte. Er lief auf die Tür zu, sah im erleuchteten Gang eine Frau, die sonst an der Kasse saß und kassierte.

Javankala war beruhigt. Auch die Frau hatte ihn entdeckt und winkte ihm zu, bevor sie die Tür aufstieß und den großen Raum betrat.

»Was wünschen Sie, Ruth?«

»Ich wollte nur nachsehen, ob alles in Ordnung ist.«

»Sicher.«

»Ich gehe jetzt nach Hause.«

»Tun Sie das. Wir sehen uns morgen wieder.«

»Natürlich, Mr. Javankala.« Sie hatte noch eine Frage. »Schließen Sie hier ab?«

»Selbstverständlich, ich habe ja einen Schlüssel.« Er hatte sie bei der Antwort starr angeschaut, und über den Rücken der Frau rann dabei ein Schauder. Sie mochte Javankala nicht. Er war ein Mensch, der ihr Angst einflößte. Sein Aussehen bezeichnete sie stets als unheimlich.

Der Maler wartete, bis die Frau verschwunden war, ließ nur die Notbeleuchtung brennen und öffnete die Tür zur Lagerkammer.

Myrthe kam noch nicht. Sie erkundigte sich, ob die Luft rein wäre.

»Ja, ich habe auch die letzte Person weggeschickt.«

Erst nach dieser beruhigenden Antwort verließ das Wesen sein Versteck. Der Maler trat zur Seite, als er das heftige Summen hörte, das die sich bewegenden Flügel hinterließen, dann flog die Harpyie in den Raum und ließ sich auf einem Tisch nieder.

Dort hockte sie wie ein böses Untier, drehte den Kopf mit dem alten Gesicht und blickte gegen das Licht der Notbeleuchtung.

Der Maler hatte sich früher vor dem Gesicht erschreckt. Es war einfach böse. Da reichten sich das Innere und das Äußere die Hände. Die dunkle, aschige Haut, die Gräben und Furchen darin, sodass der Kopf wie zusammengeschoben aussah.

Im Gegensatz dazu stand der Körper. Schlank, geschmeidig, sogar an manchen Stellen fraulich.

»Lass uns gehen.«

Die Harpyie sprang vom Tisch. Sie glitt dabei vorauseilend rasch über den Boden, ohne ihn zu berühren, weil sie sich dabei etwa in Schienbeinhöhe hielt.

Den Weg kannte sie genau, und sie brauchte auch keine Furcht davor zu haben, entdeckt zu werden, denn beide hatten sich ein Wohnmobil besorgt, in dem sie lebten. Es hatte noch den Vorteil, beweglich zu sein, und es parkte hinter dem Gebäude.

Dennoch überzeugte sich der Maler, ob die Luft rein war. Die Kassiererin war verschwunden, und die Frontseite der Halle lag im Dunkeln.

Sie hielten sich dennoch im Schatten der Mauer, als sie das Gebäude umrundeten und zur Hinterseite gingen, wo der große Wohnwagen parkte. Javankala schloss die Seitentür auf und ließ seine Begleiterin einsteigen. Sie flog hinein. Ihre Flügel bewegten sich dabei so schnell, dass sie in der Luft zu stehen schienen. Nur ein leichtes Zittern war zu merken.

Javankala hatte es eilig. Er nahm hinter dem Lenkrad Platz, schaute nach hinten in den Wohnbereich, sah die Harpyie jedoch nicht. Er hörte sie nur.

Manchmal, wenn sie ungestört war und sich auch in gewisser Art und Weise sehr wohl fühlte, pfiff sie leise vor sich hin. Jedenfalls empfand der Bärtige diese windartigen Geräusche als Pfeifen.

»Weißt du, wo dieser Sinclair wohnt?«, erkundigte sich das Wesen.

»Nein.«

»Erkundige dich. Und fahr dann hin, aber nicht direkt. Suche dir einen Platz in der Nähe, wo du auf mich wartest. Wenn ich zurückkehre, werde ich dir von seinem Tod berichten.«

»Das würde mich freuen ...«

Ich hatte ein verdammt mulmiges Gefühl, als ich endlich zu Hause eintraf und mich im Fahrstuhl von der Tiefgarage aus in die Höhe schießen ließ. Suko stand neben mir und musterte mich. Seine Lippen hatten sich etwas verzogen.

»Ist was?«

»Sei nicht sauer, John.«

»Du hast gut reden. Mir gehen die verdammten Kalender nicht aus dem Sinn.«

»Wir werden uns den Maler morgen vornehmen.«

»Ich hoffe nur, dass es dann noch nicht zu spät sein wird.«

Er schlug mir auf die Schulter, als der Lift hielt. »Keine Sorge, Alter, das packen wir.«

»Ja, ich hoffe es.«

»Kommst du noch mit zu mir?«

»Nein, Suko. Ich mache mir ein kleines Essen, nehme einen Schluck und lege mich lang. Außerdem will ich noch Bill Conolly anrufen. Das hatte ich ihm versprochen.«

»Gebongt ...«

Unsere Apartments lagen nebeneinander. Suko schloss seine Tür auf und meinte: »Eigentlich wäre es an der Zeit, mal wieder was von Shao zu hören.« Seine Stimme klang plötzlich kratzig. Er hatte das Verschwinden seiner Partnerin noch längst nicht verdaut. »Weißt du, John, es ist so verdammt leer, wenn man seine Wohnung betritt. Da wartet niemand mehr.«

»Das kenne ich.«

»Nur gibt es zwischen uns einen Unterschied. Du hast die andere Seite noch nicht kennen gelernt.«

»Stimmt auch wieder.«

»Bis Morgen dann«, sagte Suko und rang sich ein Lächeln ab.

Er war mir zwar nicht fremd geworden, aber doch anders. Ruhiger als sonst. An den Abenden wollte er oft allein sein und nachdenken oder meditieren. Wir beide wussten, dass Shao nicht gestorben war, sie hatte nur eine andere Aufgabe übernommen, die ihr vom Schicksal gestellt worden war, denn sie war nun mal die letzte Person in der langen Ahnenreihe, die von der Sonnengöttin Amaterasu ausging. Shao lebte jetzt in einer anderen Welt, einer fernen Dimension der Götter und mythischen Gestalten, aber sie konnte durchaus in unsere reale Welt hineinstoßen, wenn es die Ereignisse erforderten.

Das war bisher nur einmal der Fall gewesen.

Ich schaltete überall das Licht ein, hängte die Jacke an die Garderobe und lüftete einmal kurz durch, denn in den Zimmern roch es muffig. Ein kalter Wind fuhr durch das Fenster. Er brachte Schneegeruch mit. In der Tat sah ich winzige Flocken, die wie Mehlstaub vom Himmel her gegen die Scheibe fielen und dort liegen blieben.

Wenn es sich einschneite, sah London am nächsten Tag sauber aus. Da konnte der Schnee kniehoch liegen.

Mich sollte es nicht weiter stören. Wo ich hinwollte, konnte ich auch mit der U-Bahn fahren.

Ich holte mir das Telefon und setzte mich in den Sessel. Der Apparat stand auf meinen Oberschenkeln, als ich die Nummer meines Freundes Bill eintippte.

Er war auch schnell am Hörer, als hätte er neben ihm gesessen und auf den Anruf gewartet.

»Ich bin es nur.«

»Endlich, John. Hast du etwas erreichen können?«

»Ja und nein. Nur so viel sei gesagt: Lady Sarah besitzt den Kalender ebenfalls.«

»Das hatte ich mir fast gedacht. Gibt es sonst noch etwas zu berichten?«

»Ja, etwas Trauriges. Es hat bereits die erste Tote gegeben. Eine Frau namens Joanna Randers. Sie ist auf schreckliche Art und Weise ums Leben gekommen.«

»Was hat das mit dem Kalender zu tun?«

»Wahrscheinlich alles. Mittlerweile gehe ich davon aus, dass ihr Mörder das Monstrum auf dem Kalenderblatt war.«

»Was?«

Ich berichtete Bill, wie ich zu dem Verdacht gekommen war und dass Suko auch so dachte.

»Das ist ein Hammer. Dann können wir davon ausgehen, dass alle verkauften Kalender verseucht sind.«

»So ist es.«

»Weißt du, was das bedeutet, John?« Bill sprach sofort weiter. »Wir müssten theoretisch mit Tausenden von Toten rechnen, je nach dem, wie viele Kalender verkauft worden sind.«

»So sehe ich das auch.«

»Und was willst du dagegen unternehmen?«

»Es bleibt dabei. Ich fahre morgen noch einmal zu diesem Fantreffen. Nur die Nacht muss überstanden werden.«

»Das hoffe ich auch.«

»Sollte sich irgendetwas ereignen, Bill, rufe ich dich an. Ansonsten ...«

»Sehen wir uns morgen, John.«

»Okay, gute Nacht.«

»Falls man schlafen kann.«

Das war die Frage. Ich starrte nachdenklich auf das Telefon und stellte es wieder weg. Dann ging ich in die Küche. Großen Hunger hatte ich nicht, aber ich musste eine Kleinigkeit essen, um nicht vom Fleisch zu fallen.

Was hat ein Junggeselle im Küchenschrank stehen, der nicht kochen kann? Richtig, Fertiggerichte und Bier.

Ich entschied mich für ein Essen, das Kinderherzen normalerweise höher schlagen lässt. Nudeln und rote Soße.

Nach zehn Minuten lagen die Nudeln auf meinem Teller. Die Soße lief darüber wie dickes Blut. Ich aß ohne großen Appetit und stellte die Hälfte des einfachen Mahls wieder weg.

Aus der Küche zurückkehrend, hielt ich eine Flasche Bier zwischen den Fingern und in der anderen Hand ein Glas. So ausgerüstet, ließ ich mich wieder in meinen Stammsessel fallen, der so stand, dass ich auf die Glotzkiste schauen konnte.

Eigentlich verbringe ich die Abende nicht vor dem Flimmerkasten, aber ich hatte nicht die richtige Lust, zu einem Buch zu greifen. Außerdem gehöre ich zu den Menschen, die beim Fernsehen sehr gut nachdenken können, ohne etwas von der eigentlichen Handlung, die da vor mir ablief, mitzubekommen.

Das Licht hatte ich bis auf zwei dämmrig wirkende Lampen gelöscht, schaltete den Apparat ein und bekam zunächst mal die Nachrichten mit, die ich genau verfolgte.

Sie waren keine Offenbarung. Es gab wieder neue Umweltskandale, und gewisse Friedensverhandlungen stockten, obwohl allmählich eistauende Angebote aus dem Osten einsickerten.

Schon beim Wetter drehten sich meine Gedanken wieder um den Fall. Am nächsten Tag musste ich mir den Maler zur Brust nehmen, ob er wollte oder nicht. Ich würde mich nicht mehr abspeisen lassen, dafür stand einfach zu viel auf dem Spiel.

Doch wer war dieser Javankala? Okay, ein Maler, das nahm ich noch hin. Meiner Ansicht nach musste mehr hinter ihm stecken. Möglicherweise gehörte er zu den Personen, die mit der Hölle im Bunde standen oder irgendeinem anderen Dämon dienten, der dafür Sorge getragen hatte, dass sich das Talent des Mannes ausbaute und er zu einem Meister seines Fachs geworden war. Natürlich musste er dafür bezahlen, möglicherweise sogar mit seiner Seele.

Ich nuckelte am Bier und rauchte dabei eine Zigarette. Die Beine hatte ich hochgelegt, so typisch Spießbürger, hätte eine gewisse Gruppe von Leuten gesagt.

Das störte mich nicht. Ich wollte nur nachdenken, und das konnte ich, denn über die Mattscheibe lief eine Folge der Serie »Loveboat«. Richtig seicht und auch seifig. Hinzu kamen die pastellartigen Farben, und fast alle Menschen waren perfekt.

Natürlich meldete sich das Telefon und unterbrach meine Gedankenkette. Ich rechnete mit Bill als Anrufer, der möglicherweise Rückfragen hatte, doch es war Suko.

»Kommst du noch rüber?«, fragte ich.

»Vielleicht, aber deswegen rufe ich nicht an.«

»Sondern?«

»Ich habe Geräusche gehört. Nicht in meiner Wohnung, außen an der Hausmauer, vor dem Fenster.«

»Ach. Was war es denn?«

»Ein Sirren oder Summen. Sogar ziemlich deutlich. Hast du nichts vernommen?«

»Nein, tut mir Leid.«

»Bei dir läuft die Flimmerkiste.«

»Die ich gleich ausschalten werde.« Ich hielt die Fernbedienung bereits in der Hand. Auf Knopfdruck wurde der Bildschirm wieder graugrün. Dann legte ich den Hörer neben den Apparat und stand auf. Sehr schnell hatte ich das Fenster erreicht und schaute in den vom Himmel rieselnden feinen Schneeteppich.

Die Geräusche, die Suko vernommen hatte, hörte ich nicht. Vielleicht hatte er auch das Rieseln des Schnees gegen die Außenseite des Fensters gemeint. Auch nach einer halben Minute hatte sich da nichts geändert. Das sagte ich Suko auch per Telefon.

»Dann sind deine Ohren verstopft, John.«

»Oder du hast dich getäuscht. Es schneit, und die Körner fallen gegen die Scheibe.«

»John, ich kann doch das eine vom anderen unterscheiden. Nein, nein, ich habe dieses komische Summen gehört. Da kannst du sagen, was du willst.«

»Gut, ich werde weiter horchen und gebe dir Bescheid, falls ich es auch höre.«

»Okay.«

Der Inspektor war kein Spinner, das stand fest. Wenn er etwas Verdächtiges vernommen hatte, stimmte das auch. Um besser in die Dunkelheit schauen zu können, löschte ich die zweite Lampe und ließ nur die brennen, die am weitesten vom Fenster entfernt stand.

Ich war auf dem Weg zu meinem Ziel, als ich das Geräusch zwar nicht hörte, aber etwas sah.

Es war ein Schatten, der von links nach rechts an der Scheibe vorbeihuschte.

Ich blieb unwillkürlich stehen und zwinkerte mit den Augen. War es eine Täuschung gewesen, hatte mir der Schneeschleier etwas vorgespielt? Ich wollte es genau wissen, öffnete das Fenster und wurde leicht sauer, als mir die Schneekörner gegen die Gesichtshaut prasselten. Wo befand sich der Schatten?

Ich entdeckte ihn nicht. Wenn er tatsächlich an der Scheibe vorbeigehuscht war, hatte er es verstanden, sich zu verbergen. Ich rief mir die Umrisse ins Gedächtnis zurück. Der Schatten war lang gewesen, er hatte durchaus menschliche Umrisse gehabt. Vielleicht ein großer Vogel. Ich dachte auch an den Eisernen Engel, aber der war in einer Pyramide verschollen. Zusammen mit einer Person namens Serena. Keiner von uns wusste, wo er sich aufhielt.

Noch einmal lehnte ich mich nach draußen. Dabei schaute ich schnell nach links und rechts, dann auch nach vorn, doch der Schneeschleier fiel so dicht, dass er alles andere überdeckte.

Das Geräusch, von dem Suko gesprochen hatte, vernahm ich ebenfalls nicht.

Ich schloss das Fenster wieder, war trotzdem beunruhigt und rief diesmal Suko an.

»Na, hast du ihn gehört?«

»Nein, aber gesehen.«

»Was?«

»Einen Schatten. Er huschte an meinem Fenster vorbei und sah aus wie der langgestreckte Körper eines Menschen oder eines Vogels. So genau will ich mich da nicht festlegen.«

»Das habe ich nicht gesehen. Jedenfalls war etwas da.«

»Ja, und wir sollten die Augen offen halten.«

Suko war einverstanden. »Ich glaube nicht, dass es eine ruhige Nacht für uns werden wird«, fügte er noch hinzu.

»Mal schauen.«

Ich legte wieder auf und spürte die leichte Unruhe. Ja, der Schatten bereitete mir Sorgen. Wieder blickte ich zum Fenster – und blieb plötzlich steif stehen.

Da war wieder etwas hinter der Scheibe.

Aber es huschte nicht vorbei, es blieb stehen, sodass ich es identifizieren konnte.

Es war ein Gesicht.

Alt, jung – hübsch oder hässlich?

Das war nicht festzustellen, denn das Gesicht wurde von den grauweißen Schneeschleiern umweht, sodass es mit ihnen fast zu einem Brei verschwamm. Und gleichzeitig vernahm ich auch das surrende Geräusch, von dem Suko gesprochen hatte.

Es war tatsächlich so laut, dass es das leise Prasseln des Schnees gegen die Scheibe übertönte und von mir vernommen werden konnte, trotz des geschlossenen Fensters.

Ein Gesicht in dieser Höhe!

Mit normalen Dingen ging das nicht zu. Es stand auch kein Fensterputzer auf einem fahrbaren Balkon. Also musste es eine andere Ursache haben. Ich lief auf das Fenster zu, schlug die Hand gegen den Hebel, um es zu öffnen, aber da war das Gesicht verschwunden.

Einfach weg, als hätte es der Schnee zur Seite gespült. Ich riss das Fenster auf, spürte die kalte Luft und den Schnee, der auf meiner Haut taute, aber von der Gestalt entdeckte ich nichts.

Natürlich war auch das Geräusch nicht zu hören, und ich lehnte mich so weit hinaus wie eben möglich, drehte den Kopf, schaute in die Höhe – und sah die Gestalt.

Sie schwebte über mir und schoss nun pfeilschnell nach unten.

Ebenso rasch zog ich mich wieder zurück. Das Wesen jagte am Fenster vorbei, hatte mich nicht erwischt, und ich zog mich zurück in meinen Wohnraum.

Jetzt blieb das Wesen so nah, dass ich die Flügel auf seinem Rücken sehen konnte.

Es waren zitternde Schwingen, die aussahen wie dünnes Glas und sich sehr schnell bewegten.

Allmählich fühlte ich mich auf den Arm genommen. Ich wartete noch einige Sekunden und bemerkte, wie sich die Mischung aus Mensch und Vogel hektisch bewegte, einen engen Kreis zog, um anschließend aufzusteigen.

Es geschah sehr schnell, sodass ich es kaum mitbekam und nur noch das Surren der Flügel vernahm wie einen letzten Abschiedsgruß. Ich lief die wenigen Schritte noch einmal zurück, beugte mich wieder weit vor und starrte an der Hauswand hoch.

Das unbekannte Etwas stieg parallel zu ihr in die Höhe, weil es ein Ziel hatte.

Es war das Dach!

Wieso und weshalb es sich ausgerechnet das Hausdach als Landeplatz ausgesucht hatte, war mir unklar. Vielleicht sollte es eine Botschaft für mich sein, dass ich ebenfalls dorthin kommen sollte.

Nur auf einem anderem Weg.

Ich hämmerte das Fenster wieder zu, rannte durch die Wohnung und riss noch meine Jacke vom Haken, die ich mir im Flur überstreifte. Diesmal hatte ich Glück, der Lift kam sehr schnell. Ich sprang in die Kabine und ließ mich hochschießen.

Natürlich führte der Aufzug nicht direkt bis unter das Dach. Den letzten Rest musste ich laufen. Ein schmaler Gang, dann eine Treppe, die außen um die Wohnungen herumführte und einige Etagen tiefer zu einer breiteren Nottreppe auslief. Sie führte bis in die Halle des Erdgeschosses. Die Tür zum Dachboden war normalerweise abgeschlossen. Es sei denn, irgendwelche Handwerker führten Reparaturen durch. Auch jetzt war sie zu, nur besaß ich einen Schlüssel, den mir der Hausmeister schon vor einiger Zeit überlassen hatte. Ich hatte schon des Öfteren auf dem Dach zu tun gehabt und einige harte Kämpfe dort ausgefochten.

Sekunden später war die Tür offen. Ich drückte sie nach innen. Hier oben kannte ich mich aus. Der Lichtschalter lag rechts. Im kalten Glanz der Lampen sah ich die gewaltigen Absaugrohre der Lüftung wie dicke Riesenarme. Auch der Motor des Fahrstuhls befand sich hier oben. Rollen liefen über Gestänge. Es roch nach Öl und Fett.

Um auf das Dach zu gelangen, musste ich eine schmale Metalltreppe hochlaufen. Darüber befand sich eine Kuppel aus dickwandigem Glas, die nur von unten her geöffnet werden konnte. Dazu musste ich einige Riegel zur Seite schieben.

Dann endlich konnte ich auf das Dach steigen, wo mich ein widerliches Wetter empfing. Der Wind blies mir den Schneewirbel ins Gesicht. Im ersten Moment konnte ich nichts sehen.

Erst als ich mir die Augen freigewischt hatte, klappte es besser. Geduckt stemmte ich mich gegen Schnee und Wind an.

Das Dach war sehr groß. Es hatte an den Rändern auch eine Begrenzung als Sicherheitsstandard. Bei klarem Wetter hatte man einen herrlichen Blick über London, jetzt allerdings sah ich nicht einmal meinen unheimlich wirkenden Gegner.

Vielleicht hatte er mich wieder genarrt und war längst woanders hingeflogen. Trotz der widrigen Umstände sortierte ich meine Gedanken und stellte Überlegungen an.

Das Wesen, das ich relativ deutlich gesehen hatte, war mir zwar unbekannt, dennoch kannte ich es. Kein Widerspruch, ich hatte bereits darüber gelesen und sogar Zeichnungen in gewissen Büchern gesehen, die Geschichten aus der antiken Sagenwelt enthielten.

Das war eine Gestalt aus der Sagenwelt. Erst hier oben und umtost von den tanzenden Schneeflocken, kam ich auf den richtigen Gedanken. Ich hatte es mit einer Harpyie zu tun.

Endlich wusste ich Bescheid. Und ich erinnerte mich auch daran, dass eine Harpyie nicht gerade zu den freundlichen Wesen zählte. Sie war eher böse und grausam.

Die Harpyien trugen die Verantwortung für den Tod so manches braven Seemannes, dessen Schiff in ihre Windwirbel geraten war, die sie erzeugen konnten.

So weit die Sage …

Der Schnee umwirbelte mich, Wind zerrte an meiner Kleidung. Die Schneekörner erinnerten mich an blitzende Kristalle, die gegen meine Haut schlugen. Wenn der Wind die Richtung wechselte, erzeugte er neue Figuren. Tanzende Geistergestalten, die heulten, pfiffen und brausten. Die gegenüberliegende Seite des Dachs erkannte ich überhaupt nicht, obwohl ich mich schon in der Mitte befand.

Plötzlich erschien sie.

Sie schwebte oder flog nicht heran, nein, sie schritt aus dem Schneevorhang, als müsste sie zu einem Auftritt auf die Bühne. Ich sah sie deutlicher, nicht mehr als Schatten, und sie kam so nahe an mich heran, dass ich sie mit dem ausgestreckten Arm hätte berühren können. Das tat ich natürlich nicht, ich blickte in ihr Gesicht und verglich es mit dem einer Greisin, die völlig verbittert war und nur noch an das Böse oder Schlimme in der Welt glaubte.

Ein dunkles Gesicht. Darin verteilt die kraterartigen Runzeln und Falten, manche wie kleine Gräben wirkend, in die sich Schneekörner festgesetzt hatten.

Mich störten auch die Augen. Sie waren dunkel, grau bis schwarz. Zudem lagen sie tief in den Höhlen und wirkten so, als hätte sie jemand hineingedrückt.

Mein Blick glitt weiter über den Körper hinweg. Ein Gebilde fast wie aus Glas. Zwar nicht direkt durchscheinend, aber doch milchig und dabei sehr weich, denn der Körper bewegte sich im Rhythmus der Windstöße und glich sie so aus, wie sie herbeifuhren.

»Wer bist du?«, fragte ich und musste dabei laut sprechen, um den Wind zu übertönen.

»Man nennt mich Myrthe.«

»Ein ungewöhnlicher Name.« Mit diesen Sprüchen tastete ich mich näher heran, und ich hatte Glück.

»Ungewöhnlich für euch, aber nicht für das Land, aus dem ich komme.«

»Liegt es weit entfernt?«

»Das Land gibt es nicht mehr. Es hatte den Namen Atlantis. Dort habe ich gelebt.«

Der Schauer auf meinem Rücken stammte nicht von der Kälte, es war die Überraschung, die mich erwischte. Ich putzte Schnee und Tropfen von meinem Gesicht weg und nickte dabei. »Ja, ich kenne Atlantis, und ich weiß auch, dass nicht alle gestorben sind, als der Kontinent in den Fluten des Meeres versank. Viele überlebten, einige sind meine Freunde geworden, andere zähle ich zu meinen Feinden. Auch dich hat die Welt nicht vergessen, die Harpyien sind in vielen Geschichten erwähnt worden. Man kannte ihre Macht, und man brachte ihnen auch Opfer dar. Das alles habe ich mir angelesen. Deshalb möchte ich dich fragen. Bist du eine Harpyie?«

»Die bin ich.«

»Und ihr habt euch in Atlantis …?«

Sie hob einen Arm. Er war sehr dünn, und die Hand bestand aus langen Fingern, die sie jetzt krümmte. »Die Griechen haben uns erst später kennen gelernt, Archilles benutzte uns sogar als Reittiere, aber unsere wahre Heimat ist Atlantis gewesen. Ich habe überlebt, man hat mich gefunden und mit in diese Welt gebracht. Das Böse aus der Vergangenheit ist mit mir gekommen. Ich habe einen Freund gefunden, der es noch durch seine Zeichnungen verstärkt. Du hast Recht, wenn du uns als Windgeister siehst. Aber wir besitzen auch die Macht, den Odem des Bösen in tote Gegenstände zu hauchen.«

»Auch in Bilder?«

»So ist es.«

»Dann stehst du hinter Javankala?«

»Ja, er hat mich gefunden und sich um mich gekümmert. Das vergesse ich ihm nie. Ich habe ihm meine Hilfe versprochen und das Versprechen auch gehalten. Verstehst du?«

»Allmählich.«

»Deshalb können wir es uns auch nicht leisten, dass man uns stört. Unsere Gegner dürfen nicht die Oberhand gewinnen. Ich habe meinem Begleiter versprochen, dich zu töten, und das werde ich tun. Du weißt Bescheid?«

»Natürlich. Nur hätte ich noch eine Frage. Sie hängt mit den Kalendern zusammen. Wie viele sind verkauft worden?«

»Sehr viele ...«

»Nenne eine Zahl!«

»Ich weiß es nicht. Mein Freund hat gut daran verdient. Der Kalender ist gekauft worden. Aus allen Teilen des Landes trafen die Bestellungen ein.«

»Dann wird es nicht mehr lange dauern, bis die Kalender ihre wahre Macht entfalten?«

»So ist es.«

»Aber eine Person ist bereits gestorben.«

»Das habe ich gespürt. Sie ... sie war zu sehr mit dem Bösen behaftet und konnte es nicht erwarten.«

»Sprichst du von der Toten?«

»Nein, von dem Bild. Es war der erste Kalender, der verkauft wurde. Da hatte ich mich noch nicht so stark unter Kontrolle. Es kommt immer auf die Dosis an, habe ich hier gelernt. So war es auch bei mir. Aber die anderen werden zu einem bestimmten Zeitpunkt erwachen und nach dem Blut der Menschen lechzen.«

»Wann ist es so weit?«

»Ich werde dir den Zeitpunkt nicht nennen. Du brauchst ihn auch nicht zu wissen, denn dann wirst du längst nicht mehr unter den Lebenden sein. Ich habe beschlossen, dich zu töten, wie man es von mir erwartet. Als Windgeist blies ich die Wellen des Meeres turmhoch, aber hier werde ich dich vom Dach in die Tiefe der Straßenschluchten wehen, sodass du als zerschmetterter Körper vor dem Haus liegen wirst.«

Sie hatte die Worte kaum ausgesprochen, als sie den Vorsatz in die Tat umsetzte. Mir gelang es nicht, mich dagegenzustemmen, denn etwas traf mich von vorn mit ungeheurer Wucht und riss mich buchstäblich von den Beinen …

Ich landete auf dem harten Dach, blieb aber nicht liegen, weil mich der nächste Windstoß wie eine unsichtbare Hand packte, mich in die Höhe hob, ein Stück trug, mich dann wieder zu Boden schleuderte und zum Dachrand trieb.

Dabei erinnerte ich mich an einen meiner ersten Fälle. Es lag schon Jahre zurück, da war ich in die Fänge des Windgeistes Kamikaze geraten. Er hatte mich als Mutprobe aus großer Höhe zu Boden fallen lassen und mich kurz zuvor gestoppt.

Himmel, hatte ich damals eine Angst ausgestanden!

Nur war dies hier anders. Ich fiel nicht nur in eine Richtung, nein, das Wesen aus Atlantis trieb mit mir sein Spiel. Es folgte mir wie ein Gespenst durchs Schneegestöber. Es war manchmal nicht mehr zu erkennen, aber zu spüren, denn aus dem Flockenwirbel jagten intervallweise die Windstöße, die mich einmal nach rechts, dann wieder nach links schleuderten. Manchmal geriet ich voll in den Wirbel und kam mir dann vor wie ein Kreisel.

Einmal geriet ich in die Nähe der Brüstung. Natürlich wehrte ich mich und suchte verzweifelt Halt. Doch der verfluchte Schnee hatte die Dachoberfläche so glatt werden lassen wie eine Eisbahn. Hilflos rutschte ich weiter. Es sah ganz danach aus, als würde die Harpyie ihr Versprechen einlösen können und mir einen furchtbaren Tod bescheren.

Wieder näherte sie sich. Sie hielt ihren Mund geöffnet. Das Gesicht bestand fast nur noch aus einem Maul, aus dem der eisigkalte Wind wehte und mich dann erwischte.

Diesmal am oberen Teil des Körpers. Wie ein Gruß aus der Arktis peitschte er mit so viel Druck gegen meinen Kopf und die Schulter, dass er mich um die eigene Achse drehte und ich wieder das Gefühl hatte, ein Kreisel zu sein, den niemand stoppen konnte.

Rasend schnell bewegte ich mich, blieb fast auf der Stelle, die Kälte malträtierte mein Gesicht. Es fror fast ein.

Und ich hörte das Lachen der Harpyie. Sie ergötzte sich an meiner Hilflosigkeit, hatte ihren Spaß daran und schleuderte mich dann mit einem gezielten Stoß voran.

Ich raste über die schneebedeckte Fläche wie ein Surfbrett, das erst aufgehalten wurde, als es gegen ein Hindernis prallte. Mich erwischte es am Kopf und an der Schulter. Der Schmerz war lähmend. Ich hatte den Mund weit aufgerissen, hörte mich selbst schreien und atmete tief durch.

Ein Gedanke zuckte durch meinen malträtierten Kopf. Wo sich ein Hindernis befand, dort konnte ich mich möglicherweise festhalten. Den linken Arm schlug ich hoch, die Hand klatschte auf eine dieser Kuppeln, rutschte natürlich ab, blieb aber auf der Betoneinfassung liegen, und ich bekam sogar die Ecke zu fassen.

Dort hielt ich mich fest.

Meine Finger waren von der Kälte steif geworden. Ich gab nicht auf und suchte mit der freien Hand nach meiner Beretta, die ich zum Glück schon berührte.

Leider kam ich nicht mehr dazu, sie zu ziehen, denn der nächste Stoß schleuderte mich weiter.

»Nein! Nein! Nein!« Diesmal kreischte die Harpyie. »So einfach mache ich es dir nicht, Sinclair. Du sollst noch leiden.« Kaum hatte sie die Worte gesprochen, als sie ihren widerlichen Kopf senkte, noch einmal kräftig und schräg auf den Dachboden blies und dabei Schnee sowie Matsch in die Höhe schaufelte.

Wie eine weiche Wand fegte das Zeug auf mich zu. Die Ausläufer des künstlichen Windstoßes erwischten mich, sodass ich vom Boden abhob und mich nicht dagegen wehren konnte.

Dieses Abheben beschleunigte mein Angstgefühl. Ich hätte schreien können. Es war zu vergleichen mit dem ersten Flug eines Menschen, der sich davor fürchtete.

Ich trieb höher, denn die Harpyie kniete auf dem Boden, hatte ihren Kopf schräg gelegt und blies in diesem Winkel unter meinen Körper.

Es hatte keinen Sinn, in Angst oder Panik zu verfallen. Ich musste einfach etwas unternehmen.

Die Beretta fiel mir wieder ein.

War sie eine Hoffnung? Konnte ich mit einer geweihten Silberkugel dieses Wesen ausschalten und somit das tödliche Spiel beenden? Zwischen ihr und mir tanzten die unzähligen Flocken dicht wie eine sich bewegende Wand. Sie vernebelten nicht nur meine, auch ihre Sicht. Vielleicht bemerkte sie dann nicht, dass ich meine Pistole zog.

Trotz des Schwindels brachte ich die Beretta aus dem Holster. Mein steifer Zeigefinger fand auch den Abzug, aber ich hatte große Schwierigkeiten, den Finger zu krümmen. Er kam mir wie eingefroren vor und war taub.

Ich hörte meine Gegnerin lachen.

Es war ein schrilles Schreien, das ebenso gut von einem Vogel hätte stammen können. Er übertönte das Rauschen des Sturms bei weitem und drang schmerzhaft in meine Ohren.

Vielleicht sollte dieses Lachen das Finale einläuten. Ich ging jedenfalls davon aus.

Irgendwo besitzt der Mensch noch immer eine Reserve an Kraft. Durch das widerliche Geräusch wurde sie in meinem Innern mobilisiert. Auf einmal gelang es mir, den Zeigefinger zu bewegen.

Nur ein wenig, ein kurzes Zucken, mehr nicht, das aber reichte aus. Ich schoss, schoss und schoss …

Dabei drehte ich mich, wusste nicht, ob ich getroffen hatte, hörte die Echos der Schüsse nicht peitschend und hell wie sonst, vielmehr als dumpfe Schläge und als hallendes Dröhnen malträtierten sie meinen Kopf.

Dann erfolgte der Schlag.

Er traf mich unvorbereitet. Ich hörte mich selbst schreien. Von Kopf bis Fuß stand mein Körper unter Strom oder in Flammen. War das das Ende?

Die schrillen Schreie überfielen mich sirenenartig. Etwas huschte über mein Gesicht hinweg, eine verzerrte Fratze entdeckte ich und hörte das Summen der Flügel.

Aber noch etwas geriet in mein Blickfeld.

Ein wankender Schatten, der sich gegen den Wind anstemmte und aus dessen Hand etwas hervorwuchs, das aussah wie eine dreiköpfige, sich bewegende Schlange.

Noch ein Monster?

Das würde ich niemals schaffen können. Wie ein geworfener Stein fiel das »Monster« neben mir auf die Knie. Es konnte sogar sprechen, hatte eine menschliche Stimme, die ich kannte, die aber nicht die eines Engels war. Als solchen hätte ich Suko nie bezeichnet.

»Himmel, John, was machst du nur für Sachen?«

Ich flüsterte den Namen meines Freundes und hörte seine nächste Bemerkung wie durch einen Filter. »Gut, dass es die Dämonenpeitsche gibt«, sagte er.

»Wieso? Ich …«

Er zog mich hoch, warf mich über seine Schulter. Das aber merkte ich kaum noch. Irgendetwas war da und riss mich in den tiefen Strudel der Ohnmacht hinein …

Ich war nackt und erwachte in meiner Badewanne, die Suko mit heißem Wasser hatte volllaufen lassen. Er saß auf dem kleinen Hocker, sah mich an, grinste, wobei sein Gesicht aussah wie ein schattenhafter Ballon, denn zwischen uns standen Dunstschwaden.

»Ich hätte nie gedacht, dass ich dich noch einmal in die Badewanne stecken müsste wie ein Kleinkind.«

»Wieso?«

»Das fragst du noch? « Suko lachte. »Mensch, Junge, du wärst da oben fast erfroren …«

»Ja, da oben!«, flüsterte ich, hielt die Augen halb geschlossen und nur den Kopf über Wasser. Allmählich kehrte bei mir die Erinnerung zurück. Ich sah alles wieder vor mir. Die Harpyie, den verzweifelten Kampf, den ich gegen sie führte, dann die Gestalt meines Freundes, der mich aus dieser Hölle rausgeholt hatte.

»Deine blauen Flecken habe ich mit einer Tinktur eingerieben. Das heiße Wasser wird sein Übriges tun. Zehn Stunden Schlaf, und du kannst wieder einigermaßen laufen.«

»Ich muss aber …«

»Gar nichts musst du. Vergiss diesen verdammten Fall, John! Wir kümmern uns darum.«

Ich drehte den Kopf. »Verdammt, Suko, die hätte mich fast geschafft. Wirklich.«

»Das weiß ich.«

»Sie war plötzlich da. Und jetzt weiß ich auch, mit wem wir als eigentlichem Gegner zu rechnen haben. Mit einer Harpyie.«

Suko war in der griechischen Mythologie nicht so bewandert wie in der asiatischen. »Wer ist das denn schon wieder?«

Ich erklärte es ihm. Auch er horchte auf, als er hörte, dass die Harpyie aus Atlantis stammte.

»Wenn jetzt Myxin hier wäre.«

»Oder der Eiserne.«

»Richtig. Aber ich habe sie tatsächlich mit der Dämonenpeitsche vertreiben können.«

»Hast du sie denn erwischt?«

»Kaum. Höchstens gestreift. Sie muss geahnt haben, dass es sich um eine starke Waffe handelt. Da hat sie es vorgezogen, zu verschwinden. Nur wird sie bestimmt zurückkehren. Ich weiß nicht, wie man deine neue Freundin empfangen muss.«

»Freundin ist gut.« Ich verzog die Lippen. »Mich würde noch interessieren, wie du überhaupt auf die Idee gekommen bist, zum Dach hochzulaufen.«

»Das ist ganz einfach. Ich habe auch aus dem Fenster geschaut und die Harpyie gesehen. Sie stieg an der Hauswand hoch. Ich wollte dir Bescheid sagen, aber du warst nicht in der Wohnung. Na ja, da bin ich eben hochgelaufen.«

»Das war bisher eine deiner besten Ideen, die du jemals gehabt hast.«

»Irgendwann muss auch ich einen Lichtblick haben.«

Ich streckte mich. Das noch heiße Wasser tat meinem malträtierten Körper gut. Ob ich je allein vom Dach gekommen wäre, war fraglich. Suko stand auf.

»Willst du noch in der Wanne bleiben?«

»Nein.«

»Okay.« Er holte ein Badetuch vom Haken, während ich mich am Rand in die Höhe stemmte und lachen musste, weil ich mich bewegte wie eine alte Frau.

»Verdammt, meine Knochen!«, stöhnte ich grinsend. »Ich habe den Eindruck, als wären nur noch die Hälfte vorhanden und die anderen alle angeknackt.«

»Man hat's eben nicht leicht als Geisterjäger«, spottete Suko und reichte mir das Badetuch, in das ich mich einwickelte. »Soll ich dich auch noch abfrottieren?«

»Seit wann stehst du auf Männer?«

Suko winkte ab und verließ das Bad.

Plötzlich wurde mir schwindelig. Ich setzte mich auf den Wannenrand.

Fünf Minuten später hatte ich mir den Bademantel übergestreift und ging in den Wohnraum, wo Suko schon etwas vorbereitet hatte. Den Geruch kannte ich.

»Ist das nicht Rum?«, fragte ich schnuppernd.

»Und wie«, sagte mein Freund. Er deutete auf das Glas. »Rum, Wasser und Zucker.«

»In welch einem Verhältnis?«

»Wasser weniger. Das andere, nun ja …«

Ich ließ mich in einen Sessel fallen. Suko schob mir das Glas hin. Es war verdammt heiß, kaum zum Anfassen, und der Grog schien meine Kehle in ein Feuerloch zu verwandeln.

Ich trank ihn in vorsichtigen Schlucken. Mein Magen wurde regelrecht ausgeglüht. Aber das Zeug wärmte durch. Die alten Hausrezepte waren noch immer die besten. Die Wärme stieg mir bis in die Haarspitzen.

Suko saß mir grinsend und nickend gegenüber. »So gefällst du mir, Alter. Soll ich dir noch einen Gefallen tun?«

Ich schielte ihn über den Rand des Glases an. »Welchen denn?«

»Du hast die freie Wahl. Wen soll ich anrufen und zu deiner Krankenschwester machen. Jane oder Glenda?«

»Am besten beide.«

»Angeber. Übernimm dich nicht, sonst bist du der Blamierte.« Er nahm mir das Glas aus den Händen und bereitete mir einen zweiten Grog zu. Ich protestierte zwar, hatte aber keinen Erfolg damit.

Der zweite haute mich dann um. Ich nahm wohl noch wahr, dass mich Suko ins Schlafzimmer brachte. Der Rest fiel dann aus wegen einer ungeheuren Müdigkeit ...

Das Wohnmobil stand auf einem öffentlichen Parkplatz in einer Reihe mit anderen Fahrzeugen. Nicht weit entfernt schob sich die dunkle Silhouette des Hochhauses in die Höhe, in dem der Geisterjäger John Sinclair wohnte. Javankala hatte hin und wieder einen Blick aus dem Seitenfenster geworfen und sich den mächtigen Bau angesehen. Die Fassade wirkte wie ein hochgestelltes Rechteck, in das jemand zahlreiche, rechteckige Löcher hineingeschnitten hatte, damit Lichtschein nach außen dringen konnte.

Der war jedoch bald verschwunden, ebenso wie die Silhouette des Hauses. Dichter Schneeregen jagte vom Himmel und wirkte wie ein Vorhang, den jemand zugezogen hatte, sodass die Akteure und Fassaden nicht mehr zu sehen waren.

Im hinteren Teil des Wagens hatte sich Javankala so etwas wie ein Atelier eingerichtet. Hier standen ein angeschraubter Zeichentisch und in einem Regal daneben die Töpfe mit den Farben. Des Öfteren überkam ihn die Arbeitswut, wenn er und Myrthe sich auf Reisen befanden. Dann musste er einfach malen.

Oder er zeichnete die Motive, die ihm seine Begleiterin eingab. Zumeist schreckliche Gestalten aus ihrer Heimat, dem alten Atlantis, an die sie sich noch gut erinnerte.

Auch das Februarbild gehörte zu einem Monster, das in Atlantis gelebt hatte.

Man hatte es das Tier genannt. Es lebte in den Bergen und den Wäldern, wo es sich seine Beute holte, die aus Zwei- und Vierbeinern bestand. Unterschiede gab es bei dem Tier nicht.

Und ihm hatte die Harpyie den grausamen Atem eingehaucht, um es zum Leben zu erwecken.

Ja, Myrthe war schon etwas Besonderes. Sie gab dem Maler Kraft und Sicherheit. Mit ihr zusammen würde es ihm gelingen, die Welt auf den Kopf zu stellen.

Sie hatten beide noch viel vor. Zunächst aber musste dieser Sinclair aus dem Weg geräumt werden. Bisher war es ihm gelungen, nicht so offen in Erscheinung zu treten. Sie hatten mehr im Untergrund gearbeitet und die richtigen Fäden gezogen. Der Erfolg hatte ihnen tatsächlich Recht gegeben. Die Kalender waren verkauft worden wie nichts und hatten sich zu einem regelrechten Bestseller unter den Fans entwickelt.

Sie alle würden am morgigen Tag die wahre Stärke des Kalenders zu spüren bekommen.

Das große Chaos, der absolute Schrecken stand dicht bevor. Die Polizei würde durchdrehen. Die Menschen wurden zum ersten mal mit einer Magie konfrontiert, die aus einer fernen Zeit kam und sie einfach überrollen würde.

Nur wenige wussten Bescheid. Zu den Nichteingeweihten gehörte dieser Sinclair, doch dieses Problem erledigte Myrthe auf ihre Art und Weise. Ihr war noch niemand entkommen. Sie beherrschte den Wind und hauchte gleichzeitig den Pestodem des Bösen aus.

Auch jetzt saß der Maler vor einer Zeichnung. Nur wollte sie ihm nicht so recht gelingen. Motive gab es ja genug, er brachte sie nur nicht rüber. Einige schwarzrote Striche hatte er bereits auf die Leinwand gepinselt, mehr war ihm noch nicht gelungen. Er suchte noch nach einem Einfall für das Gesicht. Es sollte besonders grauenvoll aussehen. Eine monsterhafte Fratze, die abstieß, aber den Käufern des Magazins gleichzeitig gefiel, sie regelrecht neugierig auf den Inhalt machte.

Rot und Schwarz.

Zwei wichtige Farben. Die eine für das Blut, die andere für das Nichts, in das Blut hineinsickern sollte.

Er schaute auf die Uhr.

Mit Schrecken stellte er fest, dass Myrthe bereits seit mehr als einer Stunde verschwunden war. Die Zeit war wirklich wie im Flug vergangen, und Javankala spürte eine bohrende Unruhe in sich aufsteigen. Sie verstärkte sich von Minute zu Minute, sodass es ihn auf seinem Stuhl nicht mehr hielt. Er stand auf und begann damit, im Wagen hin und her zu laufen.

Ein sehr großer Mann hätte mit seinem Kopf die Decke berührt. Javankala aber brauchte sich nicht einmal zu bücken. Dafür war er breiter in den Schultern als die meisten Männer, und er wirkte auf seinen kurzen Beinen zudem stämmig.

Neben dem Fenster an der rechten Seite blieb er stehen. Er hatte das Rollo nicht vorgezogen und starrte durch die kleine viereckige Scheibe in die graue Schneewand.

Das Zeug war zuerst weggetaut. Jetzt aber blieb es liegen. Die nahen Bäume sahen aus wie gepudert. Wenn der Schnee am nächsten Morgen zu hoch lag, kam kaum ein Auto durch. Wohl nur die mit Winterreifen. Und mit denen war das Wohnmobil ausgerüstet.

Wieder verstrich Zeit.

Der Maler griff zur Flasche und schenkte sich Schnaps ein. Ein selbstgebrannter Beerenschnaps, den nur wenige vertrugen. Er kippte ihn in den Rachen.

Wo blieb Myrthe?

Javankala drehte das Glas in seinen Händen. Wenn ihr etwas geschehen war, wusste er nicht, wie es weitergehen sollte. Allein war er ein Nichts. Er würde das Unheil zwar nicht mehr stoppen können, aber die Zukunftspläne hatte immer nur sie geschmiedet. Er war nur ausführendes Organ und wie Wachs in ihren Händen.

Das Klopfen an der Tür schreckte ihn auf. Auf der Stelle drehte er sich und starrte dorthin, wo sich die Beifahrertür befand. Langsam ging er hin.

»Wer ist draußen?«

»Öffne!«

Javankala fiel ein Stein vom Herzen. Sie hatte es also doch geschafft. Er grinste. Wie hätte er auch daran zweifeln können. Myrthe schaffte einfach alles.

»Ich öffne.«

Sie schwebte herein, zusammen mit einer Schneewolke, und der

Zeichner schloss die Tür sofort hinter sich zu. Als Myrthe sich umdrehte, wusste er, dass etwas schief gegangen war. Er sah es ihrem Blick an, der unstet und flackernd war.

Auch sie war mit Schnee bedeckt. Selbst auf den dünnen Flügeln klebten die Flocken, die in der Wärme schnell tauten.

»Ist er tot?«

Noch hoffte Javankala, doch dieses Gefühl sank schnell zusammen, als Myrthe den Kopf schüttelte.

»Nein, er lebt noch!«

Der Maler schluckte. »Du … du hast es nicht geschafft?« Er schüttelte den Kopf. »Das … das kann ich nicht fassen.«

»Es ist aber so!«

Javankala wartete auf eine Erklärung, und die gab Myrthe ihm auch. Sie beschönigte nichts, ließ nichts aus und gab zu, ein wenig zu lange mit ihrem Opfer gespielt zu haben. »Sonst wäre der Zweite nicht mehr gekommen.«

»Und welch eine Waffe besaß er? Wirklich eine Peitsche?« Der Maler konnte es kaum fassen.

»Ja, so sah sie aus. Aber sie war etwas Besonderes. Sie hatte drei Riemen. Hätten die mich erwischt, wäre ich erledigt gewesen. Ich fühlte das Verhängnis. Als der Mann zuschlug, war ich schneller, sodass er mich nicht treffen konnte.«

Javankala musste sich einfach setzen. Schwer fiel er auf den ledernen Schalensitz an der Beifahrerseite. »Hast du ihn nicht gekannt oder erkannt?«

»Nein, er war mir unbekannt.«

»Dann hat Sinclair Helfer.«

Die Harpyie nickte. »Allein kann er gegen uns nicht ankämpfen. Aber ich habe ihn geschwächt. Ich berichtete dir, dass ich mit ihm spielte. Ich schleuderte ihn hoch, er wurde zu meinem Spielball, und dann ließ ich ihn fallen. Noch jetzt höre ich seinen Schrei, den er ausstieß, als er in den Schnee klatschte.«

»Wann willst du es noch einmal versuchen?«, fragte der Maler.

»Ich weiß es nicht. Vielleicht ist es schon zu spät. Er ahnt etwas, aber er weiß nichts.«

»Dann läuft alles ab wie geplant?«

»Wir müssen es durchziehen.«

»Und wenn er wieder erscheint?« Der Maler erhob sich und blieb geduckt stehen.

Das alte Gesicht verzog sich zu einem hässlichen Grinsen. »Er wird nicht mehr kommen. Ich sagte dir doch, ich habe ein wenig mit ihm gespielt. Er ist fertig, einfach nicht mehr in der Lage, uns in den folgenden Tagen gefährlich zu werden.«

»Dann läuft alles wie besprochen?«

Myrthe nickte. »Das hoffe ich doch ...«

Am nächsten Morgen – es war ein Samstag – sah London fürchterlich grau aus. Dies lag nicht nur am düsteren Himmel, der wie eine Decke aus Blei über der Millionenstadt lag. Der über Nacht gefallene Schnee bedeckte als schmutziger Matsch die Straßen und Gehsteige, wo er nicht zur Seite geräumt worden war.

Der Samstag brachte London nicht so viel Verkehr wie in der Woche, aber Bill Conolly reichte es trotzdem, als er sich mit seinem Porsche vom Süden der Stadt hoch in die City quälte, um den Stadtteil Soho zu erreichen, wo das umgebaute Kino lag, in dem das Fantreffen weiterging.

Vor der Fahrt hatte der Reporter noch mit seinem Freund John Sinclair gesprochen und erfahren, was sich in der Nacht ereignet hatte. Bill hatte ihm geraten, im Bett zu bleiben. John hatte zugestimmt. Wenn der Geisterjäger so reagierte, musste es ihm tatsächlich schlecht gehen.

Deshalb hatte sich Conolly mit Suko verabredet, sich vor dem Kino zu treffen.

Zweimal geriet Bill in einen Stau. Er hörte auch Nachrichten und erfuhr, dass in Europa der Winter mit Schnee, Glatteis und tiefen Temperaturen wieder zurückgekehrt war.

Keine Spur von Frühling ...

In Soho fand sich Bill gut zurecht. Er kurvte durch einige Einbahnstraßen und war schließlich froh, als er die mit Plakaten beklebte Front des ehemaligen Kinos sah.

Einen Parkplatz fand er auf der Rückseite, wo noch immer das große Wohnmobil stand, das ihm schon am gestrigen Tag aufgefallen war. Da schienen Fans übernachtet zu haben.

Als Bill aus dem Wagen stieg und über einen zusammengekehrten Schneehaufen stieg, schlenderte Suko herbei. Er hatte die Hände in den gefütterten Taschen seiner kurzen Jacke vergraben. Vorwurfsvoll schaute er auf die Uhr.

»Sag nichts, mein Lieber. Rege dich nur über den Schnee auf, der bei uns höher liegt als hier.«

Suko lächelte. »Das hatte kein Vorwurf sein sollen.«

Bill wechselte das Thema. »Wie geht es John?«

»Er liegt. Ich hörte, dass du mit ihm telefoniert hast.«

»Ja, und er teilte mir mit, dass er im Bett liegen bleiben wolle. Kann ich mir bei ihm zwar nicht vorstellen, aber es wäre wirklich am besten.«

»Du hättest ihn in der letzten Nacht sehen sollen. Das war verdammt hart für ihn.«

»Ist es wirklich so schlimm gewesen?«, fragte Bill ungläubig.

»Es lag dicht an der Grenze.«

Der Reporter schaute zu Boden. »John hat von einer Harpyie gesprochen. Ich war ja gestern schon hier, aber so eine Gestalt habe ich auf dem Treffen nicht entdecken können.«

»Die war auch echt. Hier laufen nur Verkleidete herum.«

Bill kniff das linke Auge zu. »Bist du dir sicher?«

»Jetzt nicht mehr.«

»Wir müssen also mit einigen weiteren echten Monstern rechnen.«

Suko hob die Schultern. »Sagen wir mal so. Ich will es nicht ausschließen.«

»Okay, einverstanden. Wie sieht es mit deiner Verkleidung aus?«

»Da ist nichts zu machen. Ich hänge mir kein Zeug an den Hals und setze auch keine Maske auf.«

»Dann sind wir uns ja einig. Wie gehen wir vor?«

Suko wies mit dem Kopf auf das Kino. »Da hockt dieser Maler Javankala. Er ist Dreh- und Angelpunkt. Bei ihm müssen wir die Schwachstelle erwischen.«

»Freiwillig gibt der nichts zu.«

»Das weiß ich auch. Deshalb werden wir uns auch genau umsehen. Vielleicht auch dort, wo die Fans nicht hinkommen. Ich rechne stark damit, dass er die Harpyie irgendwo verborgen hält.«

»Und wenn er sie nicht mitgenommen hat?«, fragte Bill.

»Der geht nicht ohne Rückendeckung.«

Der Reporter nickte. »Wie du willst, Suko. Dann wollen wir uns mal in den Trubel stürzen.«

Bill Conolly kannte den Rummel schon vom vergangenen Tag her. Suko war ziemlich überrascht, als er sah, was sich da vor der Kasse drängte, in einer Menschentraube stand oder einfach nur herumhing, um mit Gleichgesinnten zu reden.

Die abenteuerlichsten Gestalten hatten sich eingefunden. Ein großer, blonder, bärtiger Mann trug ein weißes Gewand mit einem roten Kreuz darauf. Er hatte sich sogar ein Schwert umgeschnallt und führte lautstarke Reden über ein Fantasyland, dem er als Regent vorstand. Neben ihm stand eine kleine Frau, die verzückt lächelte. Sie hatte ihr Gesicht mit Goldpuder bedeckt, sodass es aussah wie eine Maske. Die Lippen allerdings zeigten einen schwarzen Strich.

»Wer hat sich denn hier alles versammelt?«, fragte Suko leise.

Bill hob die Schultern. »Das sind eben Fans. Du solltest das nicht so negativ sehen. Die Freunde hier sind harmlos. Sie haben ihren Spaß am Grusel und an der Fantasy. Hier sind sie unter sich und werden auch nicht ausgelacht. Vor allen Dingen können sie diskutieren und ihre Sammlungen an entsprechender Literatur vervollständigen.«

»Meinetwegen.«

Auch Suko und Bill hatten sich vor der Kasse anstellen müssen. Es ging nur langsam voran. Niemand beschwerte sich. Die Fans waren geduldig. Schließlich lag noch ein langer Tag vor ihnen.

Vor ihnen standen zwei Mädchen. Sie trugen eng anliegende Trikots aus schwarzem Stoff. Darauf waren in einem matten Weiß die Knochen eines Skeletts gemalt. Wenn sich die Mädchen bewegten, so machten die Knochen diese Bewegungen mit.

Endlich waren sie an der Reihe. Die Kassenfrau schaute überrascht hoch, weil sie sich vielleicht wunderte, dass zwei Besucher sich nicht verkleidet hatten.

Auf Bill blieb ihr Blick länger haften. »Kenne ich Sie nicht?«, fragte sie leise. »Sie waren doch gestern schon hier.«

»Sehr richtig.«

»Da hätten Sie auch eine Zweier- oder Dreierkarte kaufen können. Dann gibt es nämlich Rabatt.«

»Sorry, ich wusste nicht, dass ich noch einmal wiederkommen würde.«

»Mir soll's recht sein.«

Bill und Suko erhielten ihre Karten, die der Reporter zahlte. Sie drückten die Tür auf und betraten den Gang, in dem es im Gegensatz zu draußen angenehm warm war.

Suko wunderte sich über die aufgebauten Verkaufstische und die Dinge, die darauf zum Verkauf lagen. »Meine Güte«, sagte er, »findet das alles Abnehmer?«

»Bestimmt.«

Beide Freunde waren von verkleideten Gestalten umgeben. An einem Getränkeautomaten drängte sich eine größere Gruppe Maskierter. Um trinken zu können, hatten sie ihre Horrormasken zurückgeschoben.

Feen, Monster, Werwölfe, Vampire – ihnen liefen alle möglichen Gestalten über den Weg. Manche Besucher hatten sich auch einfach nur angemalt. Schwarze, rote, grüne oder auch bleiche Farben glänzten in den Gesichtern.

»Wo finden wir den Maler?«, fragte Suko.

»Im großen Verkaufsraum.«

Dort war es noch voller als im Gang. Es hatten sich auch mehr Besucher als am Tag zuvor eingefunden. Die Verkaufstische waren umlagert, und zahlreiche Fans schlenderten auch nur durch die Gänge. Die Luft war schon jetzt ziemlich verbraucht. Da viele rauchten, zog der Qualm in trägen Schwaden durch den Saal und blieb als dünner Vorhang unter der Decke hängen.

Bill deutete in eine Ecke des großen Saales. »Dort hinten hat Javankala seinen Platz.«

»Ich sehe ihn nicht.«

»Vielleicht kommt er noch.«

»Hoffentlich«, sagte Suko. »Wenn nicht, können wir davon ausgehen, dass er Lunte gerochen hat.«

Bill hielt einen jungen Mann an, der sich als Wikinger verkleidet hatte. Helm und Waffen bestanden bei ihm aus Plastik. Sein wallender roter Bart war angeklebt.

»He, du …«

Der Wikinger drehte sich um. »Was heißt hier he du? Ich bin der wilde Erik, verstehst du?«

Bill streckte den Arm aus. »Verstanden, Erik, alles klar. Kannst du uns trotzdem sagen, wo wir Javankala finden können?«

»Vorhin habe ich ihn noch gesehen«, erklärte der Wikinger mit normaler Stimme.

»Gibt er denn Autogramme?«

»Sicher.«

»Danke.«

»Stellt euch schon am besten da hinten an den Tisch. Dann kommt ihr ziemlich früh an die Reihe. Es ist immer besser, bei den Ersten zu sein, glaubt mir.«

»Der Tipp ist gut.«

Suko fühlte sich unwohl. Bill nahm die Sache gelassener, doch der Inspektor schaute sich des Öfteren um und ließ seine Blicke auch durch den gesamten Saal wandern.

»Wen oder was suchst du?«, fragte der Reporter.

»Diese Harpyie.«

Bill lachte leise. »Ich glaube kaum, dass du die finden wirst. Ich habe sie gestern auch nicht gesehen. Wenn der Maler sie tatsächlich festgehalten hat, dann hält er sie versteckt.«

Die Antwort war kaum verstrichen, als eine gewisse Unruhe aufkam. Die hatte seinen Grund. Der Maler Javankala war eingetroffen. Suko und Bill hatten nicht gesehen, welchen Eingang er genommen hatte, jedenfalls war er da und wurde natürlich von den Fans umlagert, sodass er große Mühe hatte, sich bis zu seinem Platz durchzuschlagen, wo er die Autogramme geben wollte.

»Freunde, lasst mich doch mal sitzen.«

»Sind denn noch Kalender da?«

»Ja, genug. Jeder wird einen bekommen, das verspreche ich euch. Aber jetzt lasst mich vorbei.«

»Auch das noch«, flüsterte Bill.

»Was meinst du?«

»Jeder soll einen bekommen, Suko. Du verstehst.«

»Natürlich.«

Die beiden hatten es insofern besser, als sie schon nahe dem Tisch standen, vor dem der Maler Platz nehmen würde. Die Kalender lagen gestapelt auf dem Boden. Auch die Wände waren mit den einzelnen Blättern bedeckt. Suko sah sich die zwölf Drucke an. Javankala hatte mit Motiven des Schreckens wirklich nicht gespart. Alles, was sich eine menschliche Fantasie nur ausdenken konnte, hatte er zu Papier gebracht.

Grusel- und Fantasy-Gestalten. Manche einzeln auf den Bildern zu sehen, dann wieder gemischt oder so verfremdet, dass sie schon einen SF-Anstrich hatten.

Natürlich interessierte Suko die Zeichnung des Monats Februar am meisten. Dieses Gebilde aus Werwolf und Bär war schon etwas Besonderes. Vor allen Dingen die Augen hatte Javankala so gut gemalt, dass sie echt wirkten.

Lebte das Bild? Steckte es voll schwarzer Magie? Suko konnte leider nicht die Probe aufs Exempel machen, er wollte zudem nicht auffallen. Dafür stieß ihn Bill Conolly an.

»Los, komm wieder in die Reihe.«

Suko stellte sich an und schaute auf den Nacken eines weiblichen Fans. Die Haut war kaum zu sehen, weil sich das Mädchen einfach zu viele Ketten um den Hals gehängt hatte. Die Kleine trug ein grünes Gewand aus durchsichtigem Tüll, den sie in Bahnen mehrmals um ihren Körper geschlungen hatte. Aus dem blonden Haar wuchsen ebenfalls Verzierungen. Kleine Elfenflügel. Sie sahen aus wie Zuckerwatte.

Das Mädchen hatte zwei Kalender unter die Arme geklemmt, als hätte es Angst, dass sie ihr gestohlen wurden. Sie war aufgeregt, als sie an der Reihe war, und beugte sich vor, als sie die Kalender auf den Tisch legte.

»Bitte zwei Autogramme, und können Sie für Marion dazuschreiben?«

»Klar, geht in Ordnung.«

Suko schaute über den Kopf des Mädchens hinweg. Zum ersten Mal sah er den Maler aus der Nähe. Von dem Gesicht war kaum etwas zu erkennen, weil der dichte Bart und auch der wilde Haarwuchs es fast völlig verdeckten. Der Mann hatte Hände mit kräftigen Fingern, auf deren Rücken dünne Härchen wuchsen. Er hielt den dicken Stift wie eine Zigarre und schrieb sehr schnell.

»Bitte sehr.«

»O danke!«, hauchte Marion und verschwand.

Javankala schaute auf. Sein Blick traf Suko. Bill zog sich zurück, er wollte die beiden allein lassen, darum hatte Suko gebeten. Der Reporter beobachtete jedoch aus kurzer Distanz, was geschah.

»Wollen Sie auch ein Autogramm?«, fragte der Maler und zeigte sich ein wenig irritiert, weil Suko weder einen Kalender noch ein Magazin mitgebracht hatte.

»Ja, darum bitte ich.«

»Wo soll ich es hinschreiben?«

Suko lachte. »Moment, das hatte ich ganz vergessen.« Er griff unter seine offen stehende Jacke und holte einen schmalen, länglichen Gegenstand hervor, seine Dämonenpeitsche. Diese legte er auf den Tisch, ohne sie loszulassen.

»Was soll das?«

»Ich möchte das Autogramm darauf geschrieben haben.«

Der Maler lachte leise. »Auf dieses komische Rohr?«

Suko schüttelte den Kopf. »O nein, das ist kein komisches Rohr. Es ist eine Peitsche.«

»Was?«

»Ja, schauen Sie.« Suko nahm das »Rohr« wieder an sich, kippte es und schlug einmal einen Kreis über den Boden. Sofort rutschten die drei aus Dämonenhaut gefertigten Riemen hervor und klatschten auf den Tisch. Es war kein Zufall, dass Suko mit einem Riemen die Hand des Malers berührte, aber es geschah nichts weiter, als dass der Mann seine Finger rasch wieder zurückzog.

»Ein Scherz, wie?«

»Nein. Ich möchte Ihren Namen auf den Griff der Peitsche geschrieben haben.«

»Bitte, wie Sie wollen.« Javankala griff nach dem Stift.

Suko sprach unterdessen weiter. »Es ist keine normale Peitsche«, erklärte er. »Man kann damit Wesen aus dem Reich der Finsternis vernichten. Sie verstehen, schwarzmagische Gestalten …«

Der Maler hielt in seiner Tätigkeit inne. Er sah so aus, als würde er nachdenken. »Was soll das?«

»Ich meinte nur, Mister. Es ist doch nicht schlecht, wenn ich Ihnen die Funktion der Peitsche erkläre.«

»Vielleicht will ich das gar nicht.«

»Jedenfalls habe ich in der vergangenen Nacht damit ein Menschenleben gerettet. Es geschah auf dem Dach eines Hochhauses, inmitten eines wilden Schneegestöbers. Mein Freund, ein gewisser John Sinclair, fühlte sich bedroht. Ich kam im letzten Moment dazwischen und konnte dieses Wesen vertreiben.«

Javankala hatte zugehört, aber nicht mehr geschrieben. Der Stift lag längst neben der Peitsche. »Und weiter?«

»Nichts, großer Meister. Das Wesen verschwand. Es war eine Harpyie. Und kein Mensch, der sich verkleidet hatte. Kennen Sie eine Harpyie? Sie stammt aus der griechischen Legende und …«

Javankala sprang hoch. Er starrte Suko an. »Was wollen Sie, Mister? Weshalb erzählen Sie mir das alles?«

»Ich will die Harpyie!«

»Die kenne ich nicht.«

»Sie lügen, Javankala. Sie lügen verdammt schlecht. Ich sage Ihnen eines. Bisher hat es einen Toten gegeben, aber der war schon zu viel. Ich werde dafür sorgen, dass kein zweiter Unschuldiger mehr stirbt. Haben wir uns verstanden?«

»Sie sprachen laut genug.«

»Dann schreiben Sie sich meine Warnung hinter Ihren Bart, Mister.« Suko nickte ihm noch einmal zu und ging, weil die Fans hinter ihm schon unruhig geworden waren.

Er traf wieder mit Bill zusammen. »Ich habe alles gehört«, sagte der Reporter. »War ja harter Tobak.«

»Das hat es auch sein sollen.«

»Mal gespannt, wie sich unser Freund verhält.«

Der »Freund« hatte sich noch nicht wieder gesetzt. Er stand und starrte mit düsteren Blicken zu Suko und Bill hin, die ihn nicht aus den Augen ließen.

»Der ist nervös, das sieht man!«, erklärte der Reporter.

»Er muss etwas tun.«

»Wird er sich auf seine Harpyie verlassen?«

»Das hoffe ich doch.«

Aber Javankala tat ihnen den Gefallen nicht. Er setzte sich wieder hin. Suko schaute auf die Dämonenpeitsche, die er mitgenommen hatte, und nickte dabei. Nur vier Buchstaben glänzten auf dem Griff. Sie waren mit einem gelben Filzstift geschrieben worden. »Wir sollten das Wesen nicht unterschätzen. Es besitzt eine verdammt gefährliche Kraft. Ich habe es erlebt und kann mir gut vorstellen, dass es es auch geschafft hat, Schiffe in den Untergang zu treiben.«

»Könnte die Harpyie auch Häuser zusammenblasen?«

»Der traue ich alles zu.«

»Wo könnte sie stecken?«

»Keine Ahnung, aber wir werden sie suchen.«

Bill schaute sich um. »Trennen wir uns?«

Suko runzelte die Stirn. »Ich weiß nicht, wie gut du bewaffnet bist, Alter …«

»Da brauchst du dir keine Sorgen zu machen«, erwiderte Bill abwinkend, »ich habe meine goldene Pistole mitgenommen. Wenn alle Stricke reißen, setze ich sie ein.«

»Das ist gefährlich. Nur John kann sie durch sein Kreuz zerstören.«

»Es ist auch nur der Notfall.«

Suko hatte sich überreden lassen. »Okay, wir werden uns trennen und die Umgebung hier absuchen. Wer geht nach draußen?«

»Immer der, der fragt.«

Der Inspektor lächelte knapp. »Wo willst du dich denn umsehen?«

»Vielleicht befindet sich unter dem Kino noch ein Keller. Das Haus hier ist alt. Ich weiß, wie man früher in Soho gebaut hat. Da gibt es unterirdische Schlupfwinkel und Gänge, durch die man leicht verschwinden kann. Wenn Javankala seine Harpyie tatsächlich mitgebracht hat, wird er sie nur dort verborgen halten.«

»Was machst du, wenn du sie findest?«

»Weiß ich noch nicht.«

»Bill, dieses Wesen ist verflucht gefährlich. Du darfst es unter keinen Umständen unterschätzen, sonst erlebst du einen tödlichen Reinfall.«

»Ich weiß.«

Suko sah ein, dass er seinen Freund von dessen Plan nicht mehr abbringen konnte, und zog sich schon zurück. Javankala sah ihnen nicht mehr zu. Er war beschäftigt. Eine Traube von Fans hielt seinen Tisch umringt. Jeder wollte ein oder mehrere Autogramme haben, und es kamen immer mehr Menschen in die Halle.

Das würde einen regelrechten Stau geben. Bill Conolly schüttelte den Kopf. Damit hatte er nicht gerechnet. Dieser Andrang war ihm direkt unheimlich.

Erst jetzt fielen ihm die unter der Decke hängenden großen Lautsprecher auf, aus denen süßlich klingende Sphärenmusik drang. Die Melodien schwebten über den Köpfen der Besucher. Bill Conolly kamen sie vor wie akustisches Rauschgift. Die Musik gefiel besonders den weiblichen Gästen. Einige von ihnen hatten sich, sofern es der Platz erlaubte, abseits gestellt und drehten ihre Körper nach den Klängen der sphärenhaften Melodien.

Bill hörte den Maler hin und wieder sprechen. Er gab nur knappe Kommentare. Um mehr zu sagen, reichte die Zeit nicht. Die Fans bedrängten ihn, als wollten sie ihn abschleppen.

Bill hielt sich dicht an der Wand. Wenn er den Weg in die unterirdischen Räume nicht von allein fand, würde er zur Not die Frau an der Kasse fragen.

»In einer Viertelstunde werde ich eine kleine Pause einlegen!«, vernahm der Reporter Javankalas Stimme. »Ich merke allmählich, dass mir der Arm lahm wird.«

Das hatte er nicht umsonst gesagt. Dieser Mann wusste, dass man ihm auf der Spur war. Bill und Suko hatten ihn durch ihr Kommen aus der Reserve gelockt. Da musste einfach etwas geschehen.

Der Reporter schob sich weiter. Mit dem Rücken streifte er über die mit einer fleckigen Tapete bedeckte Wand und entdeckte plötzlich die schmale Tür nicht weit vom Platz des Malers entfernt. Beim ersten Besuch war sie ihm nicht aufgefallen. Sie glich sich dem Mauerwerk ziemlich gut an. Nur die Klinke fiel stärker auf.

Vor der Tür blieb der Reporter stehen. Er probierte die Klinke, aber es war abgeschlossen.

Bill bezeichnete sich nicht gerade als Einbrecher. Manchmal aber war es gut, wenn man bestimmte Dinge am Schlüsselbund trug, um sie einsetzen zu können, wenn man sie brauchte.

Am Schlüssel des Reporters hing ein Dietrich aus Plastik. Kein kompliziertes Gerät für ebenso komplizierte Schlösser, nur ein simples, aber wirksames Werkzeug, das Bill heimlich in das Türschloss schob. Er baute sich so auf, dass er das Schlüsselloch mit seinem Körper abdeckte, und begann mit der Arbeit. Sehr vorsichtig drehte er den Dietrich mal nach rechts, dann wieder nach links, fühlte und tastete nach Widerstand, hatte aber noch keinen Erfolg.

Die anderen Besucher beobachteten ihn nicht. Sie hatten alle mit sich selbst genug zu tun, und plötzlich huschte über die Lippen des Reporters ein Lächeln.

Er hatte das typische Geräusch vernommen, das entsteht, wenn sich ein Schloss öffnet.

Tief atmete er durch. Er wusste nicht, was sich hinter der Tür verbarg. Vielleicht lag er völlig falsch und brach in einen Raum ein, der als Lager diente, es konnte aber auch anders kommen.

In der Kinohalle war es warm. Nicht nur deshalb lag der Schweiß auf Bills Stirn. Ihm machte auch die innere Aufregung zu schaffen, mit der er fertig werden musste.

Den Dietrich hatte er bereits verstaut, die Klinke nach unten gedrückt, jetzt drückte er die Tür auf. Dahinter war es dunkel. Ein Beweis dafür, dass es in dem Raum kein Fenster gab. Es roch muffig und nach Papier. Bill ging davon aus, dass er in den folgenden Sekunden eine kleine Kammer betreten würde.

Er schob sich rasch durch den entstandenen Spalt und drückte die Tür sofort wieder hinter sich zu. Mit einem kaum wahrnehmbaren Geräusch schloss sie dicht.

Im Finstern blieb er stehen.

Der Reporter öffnete den Mund zur Hälfte. Er atmete sehr flach, man sollte ihn so wenig wie möglich hören. Die Geräusche aus dem großen Kinosaal drangen nur gedämpft in den finsteren Raum. Das bezog sich auch auf die geheimnisvoll klingende Musik.

Sekunden vergingen. Bill wollte sich erst an die neue Umgebung gewöhnen. Seine Sinne glichen Sensoren, die er ausstreckte, um irgendetwas herauszufinden. Vielleicht lauerte in der Dunkelheit eine Gefahr, die er nicht erkennen konnte.

Irgendwo an der Wand würde er sicherlich auch einen Lichtschalter finden, streckte seinen Arm aus und ließ die Handfläche über die Wand rechts neben der Tür gleiten.

Er lauschte auf das dabei entstehende Schaben, ertastete einen von der Mauer abstehenden Widerstand – es war der Schalter. Bill kam nicht mehr dazu, ihn nach unten zu drücken, denn ein anderer Laut ließ ihn buchstäblich erstarren.

Es war ein Summen und vielleicht sogar leichtes Brummen, das durch den Raum schwang und von ihm deutlich vernommen wurde. Er konnte sich keinen Reim darauf machen, aber der Laut kam ihm unheimlich vor. Bill spürte, dass es kalt seinen Rücken hinablief und sich auf seiner Stirn die Schweißschicht verdichtete.

Wer lauerte hier?

War es die Harpyie?

Der Reporter dachte nach. Suko hatte ihm das Wesen beschrieben. Die Harpyie hatte eine menschliche Gestalt, allerdings mit gläsern wirkenden Flügeln auf dem Rücken, die es ihr ermöglichten, sich wie ein Insekt durch die Luft zu bewegen.

Vielleicht waren es die Flügel, die durch rasches Flattern dieses Geräusch verursachten.

Unsicherheit kann schlimm sein. Das wusste auch Bill Conolly. Deshalb versuchte er es. Der Reporter ging volles Risiko ein, als er den Schalter nach unten drückte und die andere Hand gleichzeitig unter seiner Jacke verschwinden ließ, wo er den Griff der goldenen Pistole umklammerte.

Es wurde hell.

Keine strahlende Helligkeit, kein großes Leuchten, aber das Licht war da, und Bill konnte seine unmittelbare Umgebung gut erkennen.

Er war tatsächlich in einer Lagerkammer gelandet. An den Wänden stapelten sich mit Magazinen und Kalendern gefüllte Kartons. Der Nachschub für den Künstler. Der Tür gegenüber sah Bill den verstaubten Vorhangstoff einer alten Kinoleinwand. Er lag zusammengedrückt am Boden, bildete aber einen fast mannshohen und dunkelroten, mit Goldfäden durchwobenen Wall.

Von dort hatte er das Geräusch vernommen.

Es blieb.

Fast schon ein leichtes Knattern, doch sehr regelmäßig, sich dann steigernd, sodass Bill unter eine noch größere Spannung geriet, bis diese sich löste.

Hinter dem Vorhang erschien das Wesen.

Endlich!

Es war die Harpyie, daran gab es keinen Zweifel. Und sie sah genauso aus, wie Suko sie dem Reporter beschrieben hatte. Das Gesicht eines verbitterten, alten Weibes. Durchzogen von Runzeln und Gräben. Grau wie eine Asphaltmasse mit noch dunkleren Augen, die wiederum tief in den Höhlen lagen.

Hinzu kam der Körper einer jungen Frau. Geschmeidig sah er aus, fast windschlüpfrig.

Die Flügel wuchsen auf dem Rücken. Sie waren relativ groß und erinnerten Bill an zurechtgeschnittene Glasscheiben. Der Reporter tat noch nichts. Unbeweglich blieb er stehen, seine rechte Hand lag dabei auf dem Griff der goldenen Pistole.

Die Harpyie starrte ihn an. Dabei bewegte sich ihr Mund. Es sah aus, als würde man eine Teermasse in die Breite ziehen. Vielleicht sollte es ein Lächeln sein.

»Weshalb bist du gekommen?«, vernahm Bill die geflüsterten Worte.

Es räusperte sich die Kehle frei. »Weil ich dich gesucht habe. Du bist doch die Harpyie?«

»Ja, so hat man mich genannt. Aber mein Namen ist Myrthe.«

»Wie schön.«

»Mehr sagst du nicht?«

»Nein, mit einer Mörderin spreche ich nicht. Oder nur eben das Nötigste.«

»Mörderin? Wen soll ich ermordet haben?«

»Du vielleicht nicht, aber es gibt da diese Kalender, die dein Freund mit seinen Bildern bestückt hat. Jeder Kalender ist gefährlich, das weiß ich.«

Myrthe stritt es nicht ab, sie nickte sogar. »Ja, der Kalender ist etwas Besonderes, denn ich habe jeweils einem Bild meinen tödlichen Odem eingehaucht. Ich habe ihm die Kraft des magischen Windes gegeben, sodass er unsere Pläne befolgt.«

»Und Menschen werden sterben.«

»Sicher!«

Bills Gesicht nahm einen kantigen Ausdruck an. »Einer ist bereits gestorben.«

»Es war mehr ein Versehen. Ich hatte dieses Bild nicht so unter Kontrolle. Das ist vergessen, die anderen sind sehr bald an der Reihe, darauf kannst du dich verlassen.«

»Wann wird das sein?«

»Du weißt es nicht?« Die Harpyie lächelte wieder. »Um Mitternacht beginnt ein neuer Tag. Es ist der Valentinstag. Ich werde dafür sorgen, dass er zu einem Tag des Schreckens wird, nicht mehr zu einem der Verliebten. Hast du begriffen?«

»Morgen also!«, hauchte Bill.

»So ist es.«

Der Reporter musste seine Überraschung zunächst einmal überwinden. »Ja«, sagte er, »ich hätte es mir denken können, dass du so etwas vorhast. Du nimmst keine Rücksicht und hast in Javankala einen perfekten Helfer gefunden.«

»Ich musste ihm dankbar sein, denn er befreite mich aus einer langen Gefangenschaft. Ich stamme von einem längst versunkenen Kontinent, aus Atlantis. Ihr habt ihn vergessen, die alten Griechen wussten mehr darüber. Sie haben es in verschlüsselten Botschaften hinterlassen, und sie wussten auch von unserer Macht, denn ich bin nicht die einzige Harpyie.«

»Haben andere auch überlebt?«

»Das kann ich dir nicht sagen, aber ich bin da, und ich kann zerstören, was ihr aufgebaut habt. Du musst bis Mitternacht warten, dann wird über dieses Land das Grauen hereinbrechen. Niemand kann die Monster halten, die sich auf dem Bild befinden. Sie werden zu einem magischen Leben erwachen und über die Besitzer der Kalender herfallen. Mir und Javankala steht ab der Tageswende eine gewaltige Armee zur Verfügung.«

Da konnte Bill Conolly nicht widersprechen. Er nahm sich vor, dieses zu verhindern.

Deshalb schüttelte er den Kopf. »Nein«, sagte er hart. »Das wird nicht geschehen!« Noch während er die Worte sprach, zog er die goldene Pistole. Er wusste selbst, welch ein Risiko er einging, wenn er sie einsetzte. Die klobig wirkende Masse schoss eine Flüssigkeit ab, die auf dem Planeten der Magier ihren Ursprung besaß. Und sie hatte die Eigenschaft, sich immer wieder selbst zu regenerieren.

Die Vorstellung, dass ein fürchterliches Grauen sturmwindartig über unschuldige Menschen herfallen könnte, ließ ihn einfach handeln. Zudem befanden sie sich in einem verschlossenen Raum. Wenn er schoss, würde die große ovalförmige Blase entstehen, die den Körper der getroffenen Harpyie umgab und dafür sorgte, dass sich dieses Wesen darin auflöste. Aber die Blase bekam »Hunger«. Sie würde weiterhin Jagd auf Menschen machen und alles vernichten, was sich ihr in den Weg stellte. Nur John Sinclair konnte sie durch sein Kreuz aufhalten.

Bill streckte den Arm aus und richtete die Mündung der Waffe auf Myrthe. »Was ist das?«, fragte diese.

»Damit werde ich dich töten!«, versprach der Reporter.

»Töten – mich?«

»So sieht es aus.«

»Das wirst du nicht schaffen. Nein, das schafft kein Mensch. Ich bin nicht nur anders, ich bin auch stärker, begreifst du das?«

»Du hast es deutlich gesagt, aber ich sehe keine andere Chance. Der Valentinstag darf einfach nicht in einem blutigen Drama ausarten. Im Gegenteil zu dir und Javankala liebe ich die Menschen und werde alles daransetzen, um sie zu beschützen.«

»Jetzt verstehe ich dich«, sagte die Harpyie, öffnete ihr Maul und begann zu lachen.

Bills rechter Zeigefinger lag am gekrümmten Abzugsbügel der Waffe. Er zog ihn bereits, als es geschah.

Es war Bill Conollys persönlicher Fehler gewesen, dass er nicht mehr an die Kraft und die Macht der Harpyie gedacht hatte. Sie und ihre Artgenossen waren diejenigen gewesen, die in der Antike die Wellen des Meeres in wahre Sturmfluten verwandelt hatten, sodass diese die Schiffe in die Tiefe rissen.

Bevor Bill abdrücken konnte, traf ihn der Orkan mit ungeheurer Wucht.

Er riss ihm zuerst die Beine weg, sodass Bill nach hinten kippte, mit dem Hinterkopf gegen die Wand schlug und sich dabei selbst schreien hörte.

Dann packte ihn die unsichtbare Faust des Windes, schleuderte ihn hoch und gleichzeitig herum, sodass er dicht unter der Decke gegen die Wand hieb, nach unten fiel, es ihn dabei wieder erwischte, sodass er sich drehte und plötzlich mit unheimlicher Kraft gegen die Tür geschleudert wurde, die dem Druck des Körpers nicht standhielt, aus den Angeln fetzte und – zusammen mit Bill Conolly – wie ein Geschoss in den Kinosaal flog, wo beide zwischen die Tische und die Fans fielen.

Javankala sprang auf.

Er schaute zur Tür, hörte das dunkel klingende Lachen und sah, wie Myrthe die Kammer verließ.

Suko fand es nicht gut, dass er sich von Bill Conolly getrennt hatte, aber er wollte sich an die Spielregeln halten. Zudem war der Reporter nicht unbewaffnet und würde sich seiner Haut schon zu wehren wissen.

Der Chinese fühlte sich noch immer wie ein Fremdkörper, als er durch den Saal streifte. Das merkten auch die anderen. Ein magerer, hochaufgeschossener Jüngling mit bunt gefärbten Haaren und einem mit Fellen bedeckten Oberkörper blieb vor ihm stehen und breitete ein rotes Paillettenhemd vor dem Inspektor aus.

»Hier, Bruder, das musst du anziehen. Wenn du das Klirren hörst, wirst du das Gefühl haben, allmählich in die Weite des Alls schweben zu können. Bitte ...«

»Danke, mein Freund, ich verzichte.«

»Aber es gibt dir ein irres Feeling.«

»Das habe ich auch so.«

Der Jüngling zog die Augenbrauen in die Höhe und schwebte davon, um sich ein neues Opfer zu suchen.

Suko schüttelte den Kopf. All die jungen Leute hier waren doch harmlos und nett. Ein gemeinsames Hobby führte sie zusammen. Sie hatten Spaß an unheimlichen Dingen, waren Sammler, lasen gern Gruselromane und Horrorcomics, aber man konnte sie nicht als gefährlich einstufen.

Wenn Javankala es schaffte, sie für seine Zwecke einzuspannen, nutzte er sie aus. Suko rechnete auch damit, dass er sie gegen ihn und Bill aufhetzen würde. Noch aber geschah nichts in dieser Richtung, und Suko kam es vor wie die Ruhe vor dem Sturm.

Langsam ging er weiter. Er hielt sich bewusst von der Masse fern und bewegte sich an der Wand entlang. Seine Blicke streiften dabei durch den Saal. Nicht sehr auffällig, niemand sollte merken, unter welch einer Spannung er stand.

Die meisten Fans sahen ihn sowieso nicht. Sie hatten nur Augen füreinander und für die Waren, die auf den Verkaufstischen lagen.

Der Chinese geriet in die Nähe des Ausgangs. Die breite Glastür befand sich in ständiger Bewegung. Neue Besucher kamen, andere verließen den Saal, um frische Luft zu schnappen. Anschließend kehrten sie dann wieder zurück.

Als Suko die Tür aufstieß und den Saal verließ, wäre er fast mit einer hochgewachsenen Gestalt zusammengestoßen, die einen langen schwarzen Umhang trug und das Gesicht durch eine weiße Maske entstellt hatte.

Die Maske gehörte zu den klassischen Monsterfiguren. Sie zeigte das Gesicht des Phantoms der Oper. Schon vor Jahrzehnten hatte sich ein Filmregisseur dieses Falles angenommen und einen der Horrorfilme gedreht, die Geschichte gemacht hatten.

Die Maske mit dem schiefen, offenen Maul starrte Suko für einen Moment an. Die Augenlöcher waren an den Innenrändern bemalt worden, sodass Suko von den eigentlichen Pupillen so gut wie nichts sah. Eine behandschuhte Hand schob sich an dem Inspektor vorbei und drückte die Tür auf. Dabei nickte ihm die Maske zu.

»Bitte«, sagte der Chinese.

Der Verkleidete verschwand aus seinem Blickfeld. Um ihn noch einmal sehen zu können, drehte sich Suko um. Das Phantom der Oper schlenderte auf einen der größten Verkaufstische zu, um sich die dort ausliegenden Bücher anzuschauen.

Die Frau an der Kasse legte eine kurze Pause ein. Im Moment kamen keine weiteren Besucher, da konnte sie ihre Sandwiches essen und auch den Kaffee trinken.

Suko blieb neben der Kassiererin stehen. Sie war nicht verkleidet, trug einen dunklen Pullover und einen helleren Rock. Als sie Suko bemerkte, setzte sie ihre Brille auf und lächelte ihn fragend an.

»Guten Appetit wünsche ich Ihnen.«

»O danke.«

»Ich möchte Sie ja nicht gern stören ...«

»Das haben Sie schon.«

»Tut mir Leid, aber ich bin nicht zu meinem Vergnügen hier, sondern dienstlich.«

»Wieso?«

»Ich bin von der Feuerwehr.«

Sie wollte es nicht so recht glauben. »Und da erscheinen Sie ohne Uniform?«

Suko schüttelte den Kopf. »Sie wissen doch, wie das ist, Madam. Uniformen machen manche Leute nervös.«

»Ja, da haben Sie Recht.«

»Was sein muss, das muss sein. Ich kenne mich hier nicht aus, muss aber einige Überprüfungen anstellen. Können Sie mir vielleicht sagen, wo ich den Weg in den Keller finde?«

Die Frau stellte die dicke Tasse zur Seite. »Habe ich Sie richtig verstanden? Sie wollen in den Keller?«

»Ich muss dorthin. Die Sicherheit, Sie wissen …«

»Das ist mir schon klar. Nur wundere ich mich darüber. Bisher hat sich noch niemand darum gekümmert.«

»Wir wissen das. Es war nicht allein unsere Schuld. Man hat dieses Treffen zu spät gemeldet.«

»Ich kann hier nicht weg«, sagte sie.

Suko lächelte sie an. »Das brauchen Sie auch nicht. Ich möchte nur gern wissen, wie ich in den Keller gelange.«

Die Frau stand auf. »Was tut man nicht alles für die Feuerwehr«, murmelte sie und fasste nach Sukos Arm. »Kommen Sie mit, ich zeige Ihnen zumindest einen Teil des Weges.«

Beide schritten auf eine Tür zu, die in der Gangwand kaum auffiel. Sie war abgeschlossen.

»Wo ist der Schlüssel?«, fragte Suko.

»Den habe ich nicht.«

»Können Sie ihn besorgen?«

»Vielleicht. Ich müsste mal bei der Hausverwaltung anrufen. In den Keller soll niemand hineingehen. Er ist bestimmt baufällig. Aber Sie sind ja vom Fach.«

»Würden Sie denn telefonieren?«

»Das mache ich auch noch.« Sie schaute zurück auf die Kasse, wo wieder einige neue Besucher standen. »Aber erst muss ich einige Karten verkaufen.«

»Bitte, ich warte.«

Es passte dem Inspektor nicht, dass es Schwierigkeiten gab, in den Keller zu gelangen. Er wollte die Frau nicht stören und baute sich dicht vor der Glastür auf, durch die er auch in den großen Verkaufsraum schauen konnte.

Dort hatte sich eine Gruppe Verkleideter zusammengefunden und begann mit einem magischen Tanz. Die Mädchen waren als Hexen verkleidet, manche hatten sich richtig hässlich gemacht.

Suko entdeckte auch das Phantom der Oper. Der Mann stand nahe der Hexengruppe, schaute zu und wurde von einem Mädchen durch Zeichen animiert, sich dem Kreis einzugliedern.

»So, jetzt können wir!«, hörte Suko die Stimme der Kassiererin. »Ich habe jetzt etwas Zeit. Wir …«

Sie unterbrach sich, denn im Saal überstürzten sich die Ereignisse.

Suko hatte schon die letzten Minuten über nach Bill Conolly gesucht. Nun sah er ihn.

Der Reporter flog geschossartig und zusammen mit einer ausgebrochenen Tür aus einem versteckt liegenden Raum in den Saal hinein und landete zwischen den Tischen, wobei er zwei von ihnen umriss.

Mehr brauchte der Inspektor nicht zu sehen. Er wusste sofort, dass die Harpyie zugeschlagen hatte …

Auch Javankala war für einen Moment geschockt. Er hatte sich so abrupt und heftig erhoben, dass er mit den Knien unter den Autogrammtisch gestoßen war und diesen gegen die ihn umstehenden Fans gekippt hatte, sodass die Kalender und Zeitschriften von der Platte und zwischen die Beine der Besucher rutschten.

Das alles interessierte den Maler nicht, er hatte nur noch Augen für Myrthe.

Sie verließ die Kammer. Wie eine Königin aus dem Dunklen Reich schwebte sie über dem Boden. Ihre Flügel bewegten sich dabei so schnell, dass ein normaler Mensch es mit den Augen nicht verfolgen konnte. Nur dieses summende, surrende Geräusch war zu hören. Ein für manche schauriger Klang, der Javankala in Alarmbereitschaft versetzte. Ihm war bekannt, dass Myrthe auch durchdrehen konnte, wenn sie zu stark gereizt wurde. Der Termin des Schreckens war auf Mitternacht festgelegt worden. Er wollte ihn nicht vorziehen.

»Weg da!«, schrie der Maler und stieß die Fans, die in seiner unmittelbaren Nähe standen und den Platz versperrten, rücksichtslos zur Seite. Er wusste nicht, ob er sie aufhalten konnte. Myrthe war zwar bei ihm geblieben, doch eine Kontrolle hatte er über dieses Wesen niemals besessen.

Er stolperte auf sie zu und warf dabei einen Blick nach links, wo Bill Conolly unter den Tischen und der Tür begraben lag. Nur seine Beine schauten noch hervor. Der Mann selbst wirkte wie ein Bewusstloser.

Der Maler blieb stehen und hob beide Arme. »Myrthe!«, rief er vorwurfsvoll. »Nicht, was tust du?«

»Man störte mich.«

»Lass es …«

»Zu spät, Javankala, alles ist zu spät. Die Menschen haben es nicht anders gewollt. Sie sind so neugierig wie früher, und sie besaßen die Frechheit, sich mit mir anzulegen. Sie wollten mich sogar töten, das kann ich nicht zulassen. Ich werde den Valentinstag vorverlegen und den heutigen in einen blutigen Tag verwandeln.«

Sie hatte sehr laut gesprochen. Nach den ersten überraschenden Schreien war es still in dem Saal geworden. Keiner verließ ihn. Die Fans starrten auf die neu hinzugekommene Erscheinung, und sie ahnten, dass dieses Wesen kein verkleideter Mensch war. Da ging etwas anderes vor, das sie nicht begriffen.

Javankala steckte in einer Zwickmühle. Er wusste nicht, wie er sich verhalten sollte. Zustimmen, ablehnen? Wenn er Letzteres tat, würde er trotzdem nichts erreichen, denn Myrthe ließ sich von ihm nicht ins Handwerk pfuschen.

In seinem Gesicht zuckte es. Noch hatte die Harpyie nur die Tür aufgebrochen, aber in ihren Augen stand der Wille, das Chaos und die Mordlawine schon jetzt auszulösen.

Der Maler senkte den Kopf, ließ die Arme nach unten fallen und hob gleichzeitig die Schultern.

»Tu, was du nicht lassen kannst, ich stehe auf deiner Seite …« Er und die anderen Fans hatten nur Augen für die Harpyie. Aber eine Gestalt verhielt sich anders.

Es war das Phantom der Oper. Mit beiden Händen hielt es die Maske umklammert und zog sie ruckartig vom Kopf …

Unter diesem verdammten Ding kam man teuflisch ins Schwitzen. Ich war froh, dass ich die Maske nicht mehr zu tragen brauchte, und riss sie endlich ab.

Von wegen im Bett bleiben und sich auskurieren! Das hatten sich Suko und Bill so gedacht. Aber nicht mit mir. Ich hatte keine Lust, mich aufs Abstellgleis schieben zu lassen. Suko war gefahren, und ich hatte gehandelt.

Es war einfach gewesen, sich den Umhang und die Maske von einem Kostümverleih zu besorgen. So ausgerüstet und unkenntlich gemacht, würde ich auf dem Fantreffen nicht auffallen. Selbst Suko hatte mich nicht erkannt, als wir uns an der Tür begegnet waren. Und es sah so aus, als wäre ich genau im richtigen Moment eingetroffen.

Auch ich hatte Bill aus der Kammer schießen und zwischen die Tische fallen sehen, wo er regungslos lag und anderen die Initiative überlassen musste.

Während Javankala und die Harpyie miteinander gesprochen hatten, war es mir gelungen, näher an sie heranzukommen. Ich wollte wissen, wo Suko steckte, und schaute zur Tür hin.

Er war nicht zu sehen.

Verdammt, dann stand ich dieser gefährlichen Harpyie abermals allein gegenüber.

Die Szene auf dem Dach war mir noch in guter Erinnerung. Selten zuvor hatte mich ein Gegner so vorgeführt wie dieses unheimliche Geschöpf aus dem alten Atlantis.

Diesen Kontinent konnte ich einfach nicht vergessen, auch wenn es so aussah. Immer wieder streckte er seine Fühler aus und spielte in die Fälle, die wir erlebten, hinein.

Noch unterhielten sich die beiden. Das Wort Valentinstag fiel. Für mich war es so etwas wie die Lösung. Wir hatten herumgerätselt, was und wann es passieren würde.

Am Valentinstag also, und der begann genau um Mitternacht.

Durch Bills Aktivität allerdings war dieser Plan verfallen. Die Harpyie wollte schon jetzt das Grauen bringen.

Und Javankala, der Horrorbilder-Maler, stimmte ihr zu.

Er trat zurück, nachdem er den letzten Satz gesprochen hatte, griff einen in der Nähe stehenden Kalender und riss das Februar-Blatt ab, um es anschließend hochzuhalten, wobei er seinen Arm noch drehte, damit es jeder der Zuschauer einmal von vorn sehen konnte.

»Schaut her!«, rief er den überraschten Fans entgegen. »Jetzt werdet ihr die wahre Magie erleben und nicht mehr die Spielerei, mit der ihr euch beschäftigt. Wenn ihr das als Hobby bezeichnet, kann es für euch tödlich werden.« Er lachte breit und sprach dann über sein Bild.

»Ich habe für den Monat Februar das Tier gezeichnet. Es ist ein Ungeheuer aus dem alten Atlantis. Dort hat es in den tiefen Schluchten der Berge gelebt und auf seine Opfer gelauert. Ob Mensch oder Tier, beides wurde von ihm gerissen. Sie, die Harpyie, hat mir von dem Tier erzählt, und ich habe es gezeichnet. Doch das war nicht alles. Myrthe, das Wesen aus Atlantis, hat den Bildern ihren Atem eingehaucht, einen magischen Atem, der ihnen gleichzeitig Leben gab und sie dennoch zu einer Schläfrigkeit bis zu dem Zeitpunkt verdammte, wo wir beide es für richtig hielten, ihn wieder zu erwecken. Diese Zeit ist nun angebrochen. Durch etwas unglückliche Zustände wurde sie vorverlegt. Das habt ihr der Neugierde eines Menschen zu verdanken. Deshalb wird sich das Leben derjenigen, die einen Kalender besitzen, um einige Stunden verkürzen. Seht euch das Bild an, das ich in der Hand halte. Seid dabei, wie es anfängt zu leben, denn es macht den Anfang. Es ist ein Vorreiter für die anderen. Schaut auf die Augen!«

Die Worte des Malers hatten ihre Wirkung nicht verfehlt. Jeder Besucher war in den Bann gezogen worden. Ich hörte die Hexen, die mich hatten in ihren Kreis ziehen wollen, erregt miteinander flüstern, weil einige von ihnen den Erklärungen nicht glauben wollten.

Sie wurden sehr bald eines Besseren belehrt. Die Augen in dem Monstergesicht, sowieso schon rot, glühten noch stärker auf. Wer genau hinschaute, entdeckte auch die dünnen Dunstschleier, die aus den Pupillenschächten stiegen und sich vor dem Gesicht verteilten.

Zweidimensional war es von Javankala gemalt worden. Aus einer nicht sichtbaren Tiefe hervor schob sich die dritte Dimension in die beiden anderen hinein, damit aus dem widerlichen Schädel so etwas wie eine Plastik entstehen konnte, die schwungvoll und raffgierig ihr reißzahnbewehrtes Maul öffnete.

»Das ist das Tier!«, schrie Javankala. »Er wird den Anfang machen!«

Im selben Augenblick fiel ein Schuss!

Unbemerkt hatte ich meine Beretta gezogen und die geweihte Silberkugel direkt in die Fratze des Tieres hineingejagt. Ich hörte noch einen klatschenden Laut, als hätte jemand mit der Faust in einen Teigballen gedroschen, und glaubte, einen Schrei zu vernehmen. Einen Moment später wischte eine blaue Flamme aus dem Kalenderblatt hoch und zerstörte die Fratze des Tiers.

Javankala brüllte vor Wut auf. Er drehte sich im Kreis, suchte nach seinem Gegner, tobte und sah mich erst, als ich die Besucher zur Seite geschaufelt hatte und dicht vor ihm auftauchte.

»Da bin ich!«

»Sinclair!«, brüllte er, wollte sich seiner Helferin zuwenden, als er bereits die Mündung der Beretta an der Wange spürte. Ich drückte härter zu als gewöhnlich, weil ich genau wusste, dass Tausende von Menschenleben auf dem Spiel standen.

»Sag deiner Harpyie, dass sie verschwinden soll! Wieder zurück in die Kammer.«

Der Maler keuchte. Ich roch seinen säuerlichen Schweiß. »Nein, das wird nicht gehen. Sie ist nicht meine Sklavin. Sie wird und sie will mir nicht gehorchen.«

Ich ließ die Waffenmündung an seiner Wange und schielte zu der Harpyie rüber.

Sie tat nichts, nur die Flügel zitterten leicht. Aber sie war gefährlich. Wenn sie einmal ihre Kraft ausspielte, konnte sie uns weg und durch die Mauer pusten.

Jetzt erkannte ich auch, dass ich nicht allein auf weiter Flur stand. Im Hintergrund bewegte sich eine nicht verkleidete Gestalt um den Ring der Fans herum.

Es war Suko. Er ging geduckt, und ich glaubte fest daran, dass er seine Peitsche schlagbereit hielt.

»Du kannst nicht gewinnen!«, flüsterte der Maler. »Du kannst es einfach nicht. Die Harpyie wird ihr Versprechen einlösen. Sie ist viel stärker als die Menschen.«

Das bewies sie einen Lidschlag später.

Gewarnt worden war ich nicht, deshalb traf es mich so überraschend und meine Geisel natürlich auch. Der orkanartige Wind fauchte gegen uns und riss uns von den Beinen.

Keiner von uns fand Halt. Wir kippten in die Fans hinein, die ebenfalls vom Wind erwischt wurden und plötzlich durcheinander purzelten. Sie fielen auf die Tische, rissen diese um und entfachten im Nu ein Chaos, über das jetzt die Harpyie regierte.

Javankala hatte seinen Erfolg. Dicht neben meinem linken Ohr gellte seine Stimme auf. »Jetzt bringe ich dich um! Jetzt bringe ich dich um, du Hund ...«

Die Harpyie wollte die Zerstörung und den Tod!

Seit altersher kannte sie nur diesen einen Gedanken. Sie und ihre Artgenossen hatten die mutigen Seefahrer in die Tiefen des Meeres sinken lassen, als sie den Orkan brachten, der das Meer in eine kochende Hölle verwandelte.

Aber sie benötigte nicht nur das Wasser, um den Tod zu verbreiten. Die Wucht ihres Atems war in der Lage, auch Wände und Mauern einstürzen zu lassen wie bei einem Erdbeben.

Zum ersten Mal funkelte es in ihren dunklen Augen auf. Über die Pupillen hatte sich ein matter Glanz gelegt. Er leuchtete wie kaltes Silber. Der Mund, schon mehr ein Maul, klaffte weit auf. Die Flügel vibrierten noch stärker, und sie hob nach dem ersten Orkansturm vom Boden ab. Es war besser, wenn sie über den Menschen schwebte und diese dann von oben wie Figuren durcheinander wirbelte, wobei sie dann unter den einstürzenden Hausmauern den Tod fanden.

Aber sie hatte nicht mit Suko gerechnet. Ihm war gelungen, sich der Harpyie von der Rückseite her zu nähern. Der Inspektor sah die zitternden glasähnlichen Flügel dicht vor sich und musste sich beeilen, denn die Harpyie hob bereits vom Boden ab.

Suko hatte ausgeholt. Seitlich schlug er zu, wobei er den drei ausgefahrenen Riemen der Dämonenpeitsche noch den nötigen Drall gab, damit diese sich ebenfalls in die Höhe schrauben konnten.

Sie erwischten die Flügel!

Suko hörte tatsächlich ein Geräusch, das an das Brechen von Glas erinnerte.

Die Harpyie hatte damit nicht gerechnet. Als Suko von den Splittern der Flügel umwirbelt wurde, fiel das Wesen zu Boden, schlug dort mit einem dumpfen Laut auf und schaffte es nicht mehr, sich zu erheben, weil seine Flügel restlos zerstört waren.

Nur noch der Körper war übrig und das schreckliche Gesicht, das sie jetzt abdrehen wollte.

Suko war schneller.

Wieder schlug er zu und setzte die drei Riemen direkt in die dunkelgraue Fratze.

Die Harpyie zuckte hoch. Es sah aus, als wollte sie den Chinesen in die Kehle beißen, aber so weit kam sie nicht, denn ihr Kopf zerfiel plötzlich in fast drei gleich große Teile, die zusammen mit dem Körper zu Boden krachten und dort weiter zerbrachen.

Auch der Oberkörper zeigte die ersten Risse. Zuerst nur fein, schon sehr bald aber fingerdick. Und Sekunden später hielt den Körper nichts mehr zusammen.

Er bestand nur noch aus einer krümeligen, harten Masse, die sich leicht zertreten ließ.

Es gab keine Harpyie mehr, die den Kalendern ihren grausamen Atem einhauchen konnte.

Aber es gab noch Javankala.

Und der kämpfte!

Ich hatte nicht abgedrückt. Bei unserem Fall war die Mündung von seiner Wange gerutscht, das hatte er sehr schnell bemerkt und sich sofort gedreht.

Meine Reaktion erfolgte etwas zu spät, denn ihm war es bereits gelungen, mein rechtes Handgelenk zu umfassen und so zu drehen, dass ich die Beretta loslassen musste.

Als sie fiel, lachte er.

Seine linke Faust wollte er mir ins Gesicht schlagen. Ich nahm rechtzeitig genug den Kopf zur Seite, sodass sie mich nicht einmal streifte.

Dafür kassierte ich einen Kniestoß, der mir die Luft aus den Lungen presste. Er blieb am Ball, und mit seinen Bärenkräften rollte er mich auf den Rücken, wo er mich auch zu Boden drückte. »Dir zeige ich es!«, keuchte er. »Dir …«

Speichel floss von seinen Lippen und tropfte gegen meine Wangen. Um uns herum hatte sich so etwas wie eine Insel gebildet. Die meisten Fans standen wieder auf den Füßen. Sie schauten stumm und atemlos diesem harten Kampf zu.

Ich schnellte plötzlich hoch.

Damit hatte er nicht gerechnet. Meine Stirn traf das Gesicht des Malers, der plötzlich aufheulte, nach hinten überkippte und den Griff seiner Hände lockerte.

Ich schlug sofort zu, als ich mich losgerissen hatte. Er kippte zurück, ruderte mit den Armen und wischte reflexartig über seine Lippen, von denen Blut in das Bartgestrüpp floss.

Aber er war noch nicht erledigt. Mit einem Sprung kam er auf die Füße. Weshalb er mir den Rücken zudrehte, als er sich umwandte, wusste er wohl nur selbst. Vielleicht wollte er nach seiner Helferin schauen und musste erkennen, dass es sie nicht mehr gab.

Der Maler brüllte auf.

Er hatte mich vergessen, ich aber nicht ihn. Mit einem sicheren Griff nahm ich die Beretta an mich, überwand die kurze Distanz zu ihm und holte beim Laufen schon aus.

Dann schlug ich zu.

Der Hieb traf den Nacken des Malers. Auch wenn er in seinen Schultern fast so breit wie ein Stier war, diesen Treffer verdaute er nicht.

Vor meinen Füßen sank er mit einem Wehlaut zu Boden, wo er regungslos liegen blieb.

Über ihn hinweg blickten Suko und ich uns an. Mein Partner lächelte und ich auch …

Wir zogen Bill unter der Tür und den umgekippten Tischen hervor. Der Reporter war nicht bewusstlos, aber ziemlich sauer, denn er schimpfte auf die verdammte Harpyie, die ihn reingelegt hatte.

»So etwas muss man vorher sehen«, sagte ich ihm.

»Ich bin eben zu gutmütig.« Er schaute auf die Reste des Wesens. »Ist das alles?«

»Sicher.«

Bill wollte es nicht glauben. »Und die hätte durch ihre Magie fast Tausenden von Menschen den Tod gebracht? Mein Gott, es ist kaum zu fassen, wirklich.«

Ich hob die Schultern. »Was willst du machen? Es ist ja noch mal gut gegangen.«

»Tatsächlich?«, fragte Bill.

Suko holte einen noch neuen Kalender, schlug das erste Blatt um, sodass das Bild des Monats Februar zu sehen war. Es hatte sich verändert. Der Kopf war zwar noch in den Umrissen vorhanden, aber die Farbe erinnerte an einen rotviolett gemischten Fleck, der sich über die Breite und Länge des Blattes verteilt hatte.

»Wir können davon ausgehen, dass dies auch mit allen anderen Kalendern geschehen ist, die im Umlauf sind. Die Rache ist der Harpyie nicht gelungen.«

»Das finde ich gut.«

Nicht nur Bill und wir waren beruhigt, auch die Fans hatten sich wieder gefangen. Mit scheuen Blicken schauten sie auf die Überreste der Harpyie und sahen zu, wie ich dem bewusstlosen Javankala Handschellen anlegte.

Er würde sich vor einem Gericht verantworten und für seine Taten büßen müssen.

Ich wandte mich an die Fans und rief mit saalfüllender Stimme: »Meinetwegen kann euer Treffen weiterlaufen. Nur müsst ihr eben auf den Maler verzichten.«

Darüber waren – so glaube ich – alle Anwesenden froh …

ENDE

DIE NACHT
DER BÖSEN ANGELA

[illegible] und [illegible] [illegible] [illegible] [illegible] [illegible] [illegible] [illegible] [illegible].

[illegible] [illegible] [illegible] [illegible] [illegible] [illegible] [illegible] [illegible] [illegible] [illegible] [illegible] [illegible] [illegible] [illegible] [illegible].

[illegible] [illegible] [illegible] [illegible] [illegible] [illegible] [illegible] [illegible] [illegible] [illegible] [illegible] Angela [illegible].

[illegible] [illegible] [illegible] [illegible] [illegible] [illegible] [illegible] [illegible] [illegible] [illegible] [illegible] [illegible] [illegible] [illegible].

»Und so wirst du mich bis an mein Lebensende begleiten und noch darüber hinaus. Versprichst du mir das?«

Angela hörte die Worte und senkte den Kopf. Noch nie hatte ein Mann sie das gefragt und sie in eine so große Verlegenheit gestürzt. Er sollte die Röte ihres Gesichts nicht sehen, aber ihr Nicken war ihm Antwort genug.

»Dann komm«, sagte der Mann, »damit wir den Bund schließen können.«

Angela gehorchte. Sie raffte den baumwollenen Umhang vor ihrer Brust zusammen und folgte der hochgewachsenen Gestalt in den nächtlichen Wald, wo die Schatten wie Tücher zwischen den Bäumen hingen.

Angela hatte den Mann vor wenigen Tagen erst gesehen. Als sie am Bach Wasser holte, hatte er dort gewartet. Er saß auf dem Rücken eines Pferdes und hatte auf sie hinabgeblickt. Dann war er abgestiegen, zu ihr gegangen, hatte ihren Kopf leicht angehoben und in ihr Gesicht geschaut.

»Ja, du bist die Richtige. Du wirst mich begleiten ...«

Angela ging mit. Sie hatte nichts, woran sie hing, sie lebte in den Tag hinein und wusste nicht einmal, wer ihre Eltern gewesen waren, weil man sie gefunden hatte.

Ausgesetzt im Wald, ein Findling, aber ein Mädchen, dessen Schönheit im Laufe der Jahre voll erblühte, sodass die Männer glänzende Augen bekamen, wenn sie Angela sahen.

Niemandem hatte sie sich bisher hingegeben, bei diesem Fremden war es anders. Da verließ sie ihre Zieheltern, das Köhler-Ehepaar, und folgte ihm. Ihre kleine Habe hatte er hinter den Sattel seines Pferdes gepackt. Nur einmal hatte er seinen Namen genannt.

Romain Bloch!

Er gehörte zu den Edlen, war kein einfacher Mann, kein Söldner oder Handwerker. Er stammte aus dem Süden, wie er sagte, und er war in das Elsass gekommen, um eine bestimmte Frau zu finden. Angela sollte es sein.

Vor ihr schritt er her. Seine Kleidung war teuer, das hatte sie schon gesehen. Er hatte ein schmales Gesicht und einen dunklen Oberlippenbart, der ihm einen etwas verwegenen Ausdruck gab.

Die ebenfalls dunklen Augen konnten lachen, drohen und auch so hart blicken, dass Menschen vor ihnen erschraken.

Angela nicht. Sie schenkte dem Mann ihr Vertrauen, denn sie wusste, dass er sie in eine bessere Welt und in ein besseres Leben führen würde. Das hatte er ihr versprochen.

Der dichte Wald lichtete sich sehr schnell. Holzfäller hatten hier ihre Spuren hinterlassen und an vielen Stellen auch das Unterholz mit weggeschlagen. Wie kleine Inseln lagen die abgeholzten Lichtungen verteilt, Baumstümpfe wuchsen aus dem Boden, als wollten sie jedem Besucher einen Sitzplatz anbieten.

Romain Blochs Reittier schnaubte des Öfteren unwillig, weil es ihm nicht gefiel, dass es durch den Wald geführt wurde und die Zweige der Nadelgewächse manchmal gegen sein Fell peitschten. Sein Herr kümmerte sich nicht darum. Er steuerte eine bestimmte Lichtung an, ließ die Leine los und gab dem Tier einen Klaps auf die Hinterhand.

Das Pferd wusste Bescheid, es trottete abseits und begann zu grasen.

Angela kam nur langsam näher. Sie hatte nicht gefragt, aber sie wusste, dass etwas passieren würde und dieser Halt für sie sehr wichtig war. Hochaufgerichtet erwartete sie Romain Bloch. Wegen der nächtlichen Kühle hatte er einen Umhang übergestreift, der nicht so lang war, um die Degenspitze zu verdecken, die schräg unter dem Stoff des Umhangs hervorschaute.

Es gefiel Bloch nicht, dass Angela stehen geblieben war. Er winkte ihr zu. »Komm bitte her.«

Es war eine kühle, aber herrliche, mondhelle Nacht. Das bleiche Licht breitete sich aus wie ein blasses Gespinst. Der silbrige Schein berührte den Boden, kroch geisterhaft an den Stämmen der Bäume hoch und verfing sich schließlich in ihren dichtbelaubten Zweigen, wo die Blätter einen matten Glanz angenommen hatten.

Als das Mädchen vor ihm stehen blieb, nickte er. Bloch war größer als Angela, sie musste zu ihm hochschauen und bemerkte seinen prüfenden Blick, mit dem er sie abtastete.

Das machte sie verlegen, besonders weil er es war, der sie so prüfend anschaute.

»Bitte«, sagte sie. »Was habt Ihr an mir auszusetzen?«

»Überhaupt nichts, Angela.«

Sie lächelte verlegen. »Aber Ihr schaut mich so ungewöhnlich an, wisst ihr …?«

»Du bist es wert, angeschaut zu werden. Selbst im Licht des Mondes öffnet sich mir deine Schönheit. Vielleicht gerade deswegen, weil sein Licht eine Blume, wie du es bist, streichelt.«

»Das sagt Ihr nur …«

»Nein, das ist mein Ernst.« Er ging auf sie zu. Mit seinen Händen streichelte er ihre Schultern, und Angela erschauderte. Dabei lächelte sie und wünschte sich, dass er die Berührung weiterführte und auch über andere Stellen ihres Körpers strich.

Es lag noch nicht lange zurück, da war in ihrem Körper ein neues Gefühl erwacht. Ein Prickeln und Brausen, manchmal ein Jubeln, wenn sie die jungen Männer beobachtet hatte. Sie fühlte sich immer stärker zum anderen Geschlecht hingezogen, nur durfte sie das nicht offen zeigen. Ihre Zieheltern wären entsetzt gewesen.

Aber der Drang hatte sich dermaßen verstärkt, dass sie mit Romain Bloch mitgegangen war, ohne zu überlegen und auch ohne es ihren Zieheltern zu sagen.

Nun standen sie sich im dunklen Wald gegenüber. Der Boden gab die Sonnenwärme des Tages ab, während sich in Baumhöhe feuchte Schleier bildeten, die sich im Geäst verteilten.

Angela schaute nur in das Gesicht des Mannes. Sie kannte ihn erst seit wenigen Tagen, und er war ihr nicht fremd. So vertraut eigentlich wie kein anderer Mensch.

War das Liebe?

»Es ist nicht mehr weit«, sagte er mit seiner dunklen Stimme, die einen weichen Klang angenommen hatte. »Wir werden das Pferd hier grasen lassen und gehen.«

»Gehen?«, wiederholte sie leise. »Wohin wollt Ihr mich führen?«

»Dorthin, wo wir den Bund schließen werden.«

»In eine Kirche?«

Er ließ sie plötzlich los, und sein Mund verzerrte sich. Drohend rückten die Enden der Augenbrauen aufeinander zu, sodass sie sich fast über der Nasenwurzel trafen.

Angela erschrak. »Bitte, entschuldigt, wenn ich etwas Falsches gesagt habe. Ich wusste nicht, dass Ihr … dass Ihr …«

»Was wusstest du nicht?«

»Dass Ihr die Kirche nicht mögt. Aber wenn wir einen Bund schließen wollen, dann …«

»Es ist kein Bund, so wie du ihn dir vorstellst, meine Liebe. Unser Ziel ist ein anderes. Es sind die Gräber meiner Ahnen.« Die letzten Worte hatte er dunkel klingend ausgesprochen und ihnen etwas von dieser Unheimlichkeit gegeben, die das Gebiet der Gräber umflorte.

Angela hatte verstanden. Es gab Dinge, vor denen sie sich besonders fürchtete. Das waren die alten Friedhöfe, die versteckt liegenden Leichenacker. Grabsteine hatten für sie etwas Unheimliches an sich. Sie erinnerten an Blut und Tod. Sie hatte gesehen, wie Männer in wilden Kämpfen fielen und deren Blut in der Erde versickerte.

Romain lächelte. »Was fürchtest du dich? Ich sehe es deinem Gesicht an, dass du Angst hast, aber die Toten werden dir nichts tun. Sie liegen in der Erde und warten. Und ihre Seelen werden sich erheben, um den Bund zu besiegeln, den wir schließen werden. Du und ich, wir beide sind etwas Besonderes. Wir sind dazu ausersehen, in einer fernen Zeit für denjenigen zu sorgen, dem wir dienen.«

»Ich verstehe Euch nicht …« Angela hob ihre schmalen Schultern und hörte das beruhigend klingende Lachen des Mannes.

»Du brauchst nichts zu verstehen. Du musst nur das tun, was ich dir sage. Willst du es?«

»Ja, ich möchte.«

»Dann ist es gut. Wir werden keine Schwierigkeiten bekommen, das kann ich dir versprechen. Wenn der Bund einmal geschlossen worden ist, kann ihn niemand mehr trennen. Du darfst es dir als eine Ehre anrechnen, dass du für eine dieser großen Aufgaben ausgewählt worden bist. Nicht jede Person wäre in Frage gekommen, aber du bist geboren worden, um Geschichte zu schreiben. Irgendwann einmal werden die Menschen Angst vor dir haben, aber darüber wollen wir jetzt nicht reden. Du musst mir nur vertrauen. Willst du das?«

»Ja, ich möchte.«

Romain Bloch legte seinen Arm um die Schultern des Mädchens und drückte es an sich. Er sah noch einmal zu seinem Pferd hinüber, das friedlich graste. Die letzten Meter mussten sie ohne das Tier zurücklegen, denn der Wald wuchs wieder dichter zusammen.

Sie blieben beisammen, als sie sich ihren Weg durch das Unterholz bahnten. Angela presste sich eng gegen den Körper des Mannes. Manchmal flog ein Schauer über ihren Rücken, wobei ihr dann eiskalt wurde, bis sie sich wieder an den Druck seiner Hand gewöhnte, der ihr eine so große Sicherheit gab.

Mit diesem Mann wäre sie überallhin gegangen, selbst in die weiteste Fremde.

Sie waren über eine Stunde geritten. So weit hatte sich Angela noch nie von ihrem Haus entfernt. Und sie wunderte sich darüber, dass der Boden weicher wurde, die hohen Bäume verschwanden und sich auch die Form des Unterholzes veränderte. Es war nicht mehr so knorrig und bestand auch nicht aus einem Wirrwarr von Ästen. Farne und Ranken wuchsen auf dem feuchten Untergrund. Sie vernahm ungewöhnliche Laute. Das Quaken dicker Frösche, manchmal ein Summen, wenn Insekten durch die Luft schwirrten, und sie hörte auch das Gluckern und Geräusche, als würden Blasen zerplatzen.

»Wo führt Ihr mich hin?«, wagte Angela zu fragen.

»Die Gräber meiner Ahnen liegen im Sumpf. Nahe einer Quelle.«

»Aber der Sumpf tötet Menschen.«

»Ja, das kann er, wenn man ihn nicht genau kennt. Nur keine Sorge, Angela. Ich kenne mich aus, ich weiß genau, was ich zu tun habe. Du wirst es schon merken.«

»Ihr seid in allem so sicher. So etwas habe ich noch nie erlebt.«

»Wenn man herrschen will, muss man Sicherheit ausstrahlen, meine Kleine.« Er blieb stehen, lächelte sie an und drückte sie dann nach rechts, wo sich ein schmaler Pfad durch dicht wachsendes Buschwerk zog und etwas anstieg.

Sie brauchten nicht mehr weit zu gehen, als Angela das sanfte Plätschern hörte und ihren Begleiter darauf aufmerksam machte. »Was hat das zu bedeuten?«

»Es ist die Quelle, von der ich dir berichtete.«

»Dann haben wir bald die Gräber der Ahnen erreicht?«

»Ja, sie liegen bei der Quelle. Man sagt ihr magische Kräfte nach.« Er lachte leise. »Glaubst du an Magie, kleine Angela?«

Wie ein kleines Kind schlug sie gegen ihren Mund. »Nein, an so etwas darf man nicht glauben. Es ist furchtbar, das wurde mir immer wieder gesagt. Magie ...«

»Kann eine Wohltat für die Menschen sein, Angela. Ich weiß das. Ich bin mit berühmten Männern und mächtigen Magiern zusammengekommen und habe mit ihnen darüber gesprochen. Die Magie ist wie ein Feuer. Hat es dich einmal erfasst, brennt es immer weiter, ohne dass du es löschen kannst. Du wirst damit leben können, denn es wird dir auch die Kraft geben, den Tod zu überwinden.«

»Gütiger Himmel, wie sprecht Ihr?«

Blochs Mund verzog sich zu einem Lächeln. »Gib dir keine Mühe, es zu begreifen. Nimm das Gesagte einfach hin, und jetzt komm weiter, die Gräber meiner Ahnen warten.«

Angela schauderte, wagte jedoch keinen Widerspruch. Willig ließ sie sich von dem Mann führen, der ihr Gatte werden sollte. Bei einer Trauung in finsterer Nacht, unter freiem Himmel und an den Gräbern seiner Ahnen. Es kam ihr vor wie ein Traum. Wobei sie nicht einmal wusste, ob sie ihn als gut oder böse einstufen sollte.

Schon bald wurden sie nicht mehr von den hohen Bäumen begleitet. Nur lichtes Gras wuchs rechts und links des Pfads und manchmal ein verkrüppelter Busch.

Angela blickte zum Himmel hinauf. Er wirkte so unendlich und zeigte eine dunkelgraue Farbe. Die Gestirne standen wie gemalt am Firmament, und der Mond leuchtete zwischen ihnen wie ein kreisrundes, blasses Auge, das alles beobachtete.

Trauer erfasste sie urplötzlich. Angela dachte daran, dass sie möglicherweise dieses Bild zum letzten Mal in ihrem Leben sah. Sie wusste selbst nicht, wie sie zu dieser Annahme kam. Der Herzschlag raste, sie tastete nach der Hand ihres Begleiters und flüsterte: »Bitte, haltet mich fest. Haltet mich für immer fest!«

»Was ist?«

»Entschuldigt, mir war soeben ...«

»Keine Sorge, wir sind schon da.«

Sie hatten eine kleine Anhöhe erreicht, und Romain Bloch streckte seinen Arm aus. Er schwenkte ihn nach links und wies auf eine schmale Felswand, die aus dem saftigen Boden in die Höhe wuchs. Zahlreiche Risse zeigte sie, und dicht unter ihrem »Dach« ein Loch. Ein Wasserstrahl schoss aus der Felswand in ein kleines Becken. Es hatte einen Überlauf, durch den das Wasser in den Sumpf lief.

»Das ist die Quelle!«, flüsterte Romain. In seiner Stimme schwang Ehrfurcht mit.

»Und wo sind die Gräber Eurer Ahnen?«, erkundigte sich Angela.

»Du stehst auf ihnen.«

»Was?«

Er nickte lächelnd. »Sie liegen unter diesem Boden an der magischen Quelle. Ihre Seelen erfüllen den Sumpf, und sie sind bereit, dich zu empfangen, wenn wir den Bund für alle Zeiten geschlossen haben, meine Liebe. Man hat mich für diese Aufgabe ausgesucht. Ich werde sie auch durchführen, und ich bin mir meiner Verantwortung sehr wohl bewusst, die ich zu tragen habe.«

»Was soll ich tun?«, fragte Angela.

»Dreh dich zu mir hin und sieh mich an!«

Das tat sie ohne Widerspruch. Romain schaute sie so seltsam an, dass sie unter seinem Blick nicht nur erschauderte, sondern auch etwas spürte, das in ihrem Körper ein gewisses Begehren entfachte. Romain Bloch streckte ihr die Hände entgegen und legte sie dorthin, wo zwei Spangen die beiden Mantelhälften zusammenhielten.

Er öffnete sie.

Der Mantel rutschte von ihrer Schulter und faltete sich hinter ihr zusammen. Darunter trug sie ein schlichtes Kleid, das an einigen Stellen Flicken zeigte. Es wurde durch dunkle Knöpfe von unterschiedlicher Größe geschlossen, in Höhe der Taille befanden sich auch zwei kleine Häkchen.

Romain machte sich an den Knöpfen zu schaffen. Er fing mit dem ersten dicht unter dem Hals an und ließ ihn mit einer geschickten Drehung aus dem Knopfloch gleiten.

So ging es weiter.

Der zweite und der dritte Knopf wurden geöffnet. Das Mädchen stand unbeweglich auf dem Fleck. Es hatte die vollen Lippen zu einem verloren wirkenden Lächeln verzogen. Die Augen wirkten ein wenig verdreht, als würden sie nach innen und nicht nach außen sehen.

Beim Öffnen des fünften Knopfes lief ein Zittern über ihren Körper. »Was tut Ihr da?«

»Ich ziehe dich aus.«

»Nein, das ist ... das hat noch nie ein Mann ...«

Sie wollte zurückweichen. Es blieb beim Vorsatz, denn Romain hatte seine Hand auf ihre rechte Schulter gelegt und machte mit der linken weiter.

Angela wagte nicht, sich zu rühren. Sie wollte auch keinen Widerstand leisten, da sie mittlerweile das ungewöhnliche Gefühl übermannt hatte, das ihr erst seit einigen Wochen so intensiv bekannt war. Angela leistete auch keinen Widerstand, als der Mann die Häkchen an der schlanken Taille öffnete. Er brauchte jetzt nur noch seine Finger unter den Stoff zu schieben, um das Kleid zu Boden flattern zu lassen. Es blieb im feuchten Gras liegen.

Obwohl es nicht kalt war, fror Angela. Sie stand in ihrem Unterhemd da, das aus zwei verschiedenen Stoffen zusammengenäht war, und schämte sich. Ihre Arme hielt sie vor der Brust gekreuzt, aber sie wehrte sich nicht, als Romain Bloch nach ihren Handgelenken fasste und die Arme so auseinander bog, dass sie schließlich an beiden Seiten des Körpers herabhingen.

Er zog Angela das Hemd aus!

Sie spürte den Stoff über ihre nackte Haut gleiten, stöhnte unterdrückt auf, schloss die Augen und konzentrierte sich nur noch auf die Hände des Mannes, die streichelnd und fordernd über ihren vollerblühten Körper glitten und auch die intimen Stellen nicht ausließen.

Als Romain ihr auch noch das letzte Kleidungsstück auszog,

begann sie zu schluchzen, aber seine warm klingende Stimme nahm ihr die Scham vor dem eigentlich Fremden.

»Du bist schön, Angela. Du bist schöner, als ich dachte. Ich habe genau das Richtige getan.« Er nickte zu seinen Worten. Diese Bewegung bekam Angela mit, weil sie genau in dem Moment ihre Augen öffnete und ihn anstarrte.

Er lächelte. Das Mondlicht fiel über die Ahnenstätte und ließ beide Menschen ungewöhnlich blass erscheinen. Angela hatte eine Gänsehaut bekommen. Die knospenhaften Brustspitzen richteten sich auf. Angela versuchte jetzt auch nicht mehr, ihre Blößen zu verdecken. Statt dessen konzentrierte sie sich auf die Stimme des vor ihr stehenden Mannes. »Ich hatte versprochen, mit dir den Pakt zu schließen, kleine Angela. Daran werde ich mich auch halten. Wir beide werden bald eins sein, aber anders, als du es dir vorstellst.«

»Wie meint Ihr das?«

»Komm her ...«

Angela zögerte noch, aber der Mann ließ nicht locker. Er winkte, bis sie zu ihm trat und sich auch nicht wehrte, als er sie anfasste, wobei sich ihr Begehren noch steigerte.

Das Mädchen ließ sich nieder. »Ja«, flüsterte es dabei, »ja, du sollst es tun. Ich will es haben. Jetzt, hier auf der Stelle.« Mit dem bloßen Rücken sank sie in das weiche, feuchte Gras, dessen Halme ihre Haut kitzelten.

Ihr kam es vor wie das Streicheln weicher Federn, wobei die Berührungen der Männerhände ebenso weich und tastend waren. Gelangte man so in den Himmel der Liebe?

Erwachsene hatten davon gesprochen. Angela durfte diese Gespräche nicht hören, aber sie hatte ihnen heimlich gelauscht. Ihr Blut kochte. Überall kribbelte es, ihr Schoß schien dabei in Flammen zu stehen, und sie hielt die Augen geschlossen. Sehen wollte sie nicht, nur spüren. Sie wartete auf das Wasser, das ihr Feuer löschte.

»Schau mich an!«, flüsterte Romain Bloch rau.

Angela öffnete die Augen. Sie sah sein Gesicht. Zuerst die Stirn. Dann glitt ihr Blick weiter über die Nase und den kleinen Oberlippenbart zum gierig geöffneten Mund.

Zwei Zähne ragten aus den Mundwinkeln hervor. Ungewöhnliche Zähne.

Vampirhauer!

Es gab die Schauergeschichten derjenigen Erzähler, die über ihre Erlebnisse berichteten, die sie mit Vampiren gehabt hatten. In fremden Ländern, wo die Wälder noch dichter waren und die Friedhöfe viel älter als in Deutschland, sollten Wesen hausen, die eigentlich tot sein mussten, aber dennoch lebten, weil sie zu einer ewigen Unruhe verdammt worden waren und sich nur noch vom Blut der anderen ernähren konnten.

Das waren die Wesen, die man Vampire nannte!

Und Romain Bloch gehörte zu ihnen. Dieser Edelmann, der so ritterlich sein konnte, dem sie vertraut hatte und dessen Wandlung sie einfach nicht fassen konnte.

Es dauerte seine Zeit. Deshalb malte sich das Erschrecken in ihrem Gesicht nur allmählich ab. Mit dem Begreifen kam die Angst. Das Blut verließ ihren Kopf, sodass die Haut die gleiche Farbe annahm wie die des Mannes.

Er sprach mit offenem Mund und fragte mit rauer Stimme: »Weißt du jetzt, wer ich bin?«

Angela starrte auf die Zungenspitze. Sie bewegte sich zwischen den beiden Blutzähnen. Es fiel ihr schwer, eine Antwort zu geben. Die Kehle saß zu.

So glichen ihre Worte auch mehr einem Krächzen, als sie erwiderte: »Du bist ein Blutsauger.«

»Ja, das bin ich. Und ich werde dein Blut trinken. Ich habe dir versprochen, mit dir einen Pakt einzugehen, der bis über dein Lebensende hinausgeht. Dabei meine ich das Ende deines normalen Lebens. Nicht das Ende überhaupt, denn du wirst weiterleben und erwachen, wenn andere Mächte es so wollen. Für dich haben wir eine Aufgabe vorgesehen. Du wirst dich um ihn kümmern, ihn nähren und auch großziehen, aber das, meine liebe Braut, wird erst später, viel später geschehen.«

»Warum?«, hauchte sie. »Warum das alles?«

»Frag nicht, kleine Angela, nimm es hin. Sei glücklich, dass du leben kannst.«

Romain Bloch beugte seinen Kopf ihrem Gesicht entgegen, als wollte er sie küssen. Sie spürte den Druck seines Körpers auf sich wie einen schweren Fels.

Er streifte nicht einmal die Lippen des jungen Mädchens. Der Vampir hatte etwas ganz anderes vor. Er wollte das tun, was er tun musste.

Sein Mund glitt seitlich am Kinn der Liegenden vorbei, bis er die zarte Haut des Halses dicht vor sich sah. Unter ihr zeichnete sich eine mit Blut gefüllte Ader ab.

Angela drückte sich ihm entgegen, als sie den scharfen, gleichzeitig süßen Schmerz an ihrem Hals spürte. Sofort danach den Druck der Lippen. Sie glaubte sogar, das Blut sprudeln zu hören, doch es waren nur die saugenden und schmatzenden Geräusche des Vampirs, der ihren kostbaren Lebenssaft trank.

Es dauerte nicht sehr lange, bis sie die große Müdigkeit übermannte. Sie war anders als die normale, die am Abend kam und Angela hinübertrug in den Schlaf.

Viel quälender, viel tiefer. Sie brachte auch keine Träume. Angela hatte den Eindruck, in einen tiefen Abgrund zu fallen, aus dem es kein Emporsteigen mehr gab …

Dennoch stieg sie wieder hoch!

Zu vergleichen mit einer kleinen Flamme, die irgendwo in der Tiefe des Raumes angezündet wurde, neue Nahrung fand und sich immer mehr in die Höhe fraß, bis aus dem winzigen Flämmchen ein Brand entstanden war.

Angela richtete sich auf. Nicht geschmeidig oder elegant, bei ihr sah es puppenhaft aus und so, als wäre in ihrem Körper eine Mechanik eingeschaltet worden.

Sie blieb im feuchten Gras sitzen, stierte nach vorn und sah in die tiefen Schatten der Nacht. Am Himmel waren dicke Wolken aufgezogen. Der Westwind hatte sie herangetragen, sodass sie den Mond und auch einen Teil der Gestirne verdeckten.

Angela aber suchte den Mond. Sie stand jetzt auf und wischte ihre feuchten Hände am Stoff des Kleides ab. Dass sie einmal nackt gewesen war, daran erinnerte sie sich nicht mehr. Wie eine Mondsüchtige schritt sie weiter, den Kopf in den Nacken gelegt und mit den Blicken den Himmel absuchend.

Dann sah sie ihn.

Er war nur ein bleicher Fleck, hatte sich hinter einem Schleier aus Dunst verborgen, aber für die Untote war er wie eine Lebensflamme. Sie starrte ihn an. Weit waren ihre Augen geöffnet, die Lippen zurückgeschoben, und aus dem Oberkiefer wuchsen zwei kleine Spitzen hervor.

Ihre Blutzähne!

Sie war zu einer echten Vampirin geworden. Der Fluch hatte sich bei ihr erfüllt, und sie würde, wenn sie überleben wollte, auch weiterhin Blut trinken müssen.

Torkelnd ging sie weiter. Das Laufen fiel ihr schwer. Schon nach wenigen Schritten stolperte sie über eine Unebenheit auf dem Boden und fiel aufs Gesicht.

Der weiche Untergrund dämpfte den Fall, aber sie hätte auch auf Stein schlagen können, Schmerzen hätte sie nicht einmal im Ansatz gespürt. Wie tot blieb sie liegen und sah nicht, dass sich über der Quelle am oberen Ende der Felswand ein Schatten abzeichnete, der regungslos stehen blieb und auf die Lichtung hinabstarrte.

Es war Romain Bloch.

Er sah die Blutsaugerin und sprach mit lauter Stimme: »Steh auf. Hoch mit dir! Du bist diejenige, die ich auserwählt habe. Du hast das Erbe übernommen, und es wird die Zeit kommen, wo du es antreten musst. Hast du gehört?«

Ja, sie hatte ihn gehört, aber sie regte sich nicht. Sie lauschte dem Klang der Stimme nach. Das Timbre erinnerte sie an etwas. Ja, sie kannte die Stimme. Tief in ihrer Erinnerung formten sich die Dinge zu einem Bild zusammen.

Man hatte sie gerufen.

Und sie würde gehorchen!

Dieser Stimme konnte sie nicht ausweichen. Sie musste ihr folgen, denn sie war ihr Herr.

Angela winkelte die Arme an, stützte die Handflächen auf den feuchten Boden und stemmte sich hoch. Um auf die Beine zu gelangen, gab sie sich selbst Schwung, blieb dann schwankend stehen, stierte schräg über die plätschernde Quelle hinweg und erkannte den Schattenriss ihres Gebieters, der seinen rechten Arm ausstreckte und auf sie zeigte.

»Du bist jetzt eine der unsrigen. Ich werde dich aufnehmen in den Grabgesang der Ahnen. Hör genau zu, wie sie dich willkommen heißen ...«

Angela wagte nicht, sich zu rühren. Sie spitzte die Ohren. Sekunden der tiefsten Stille vertropften. Eine Zeit, in der sich die Dunkelheit noch mehr verdichtete und zu Schatten des Unheimlichen wurde.

Dann hörte sie den Gesang.

Wo er geboren wurde, darüber konnte sie nichts sagen. Er drang aus den Tiefen des Bodens zu ihr hoch, aber sie hatte den Eindruck, als würde er aus dem düsteren, wolkenverhangenen Himmel wie ein mächtiger Chor auf sie niederfallen.

Süßlich, dennoch mächtig und berauschend drang der Singsang aus der Erde. Es waren manchmal schreiende Stimmen, die ihr Leid klagten, als würden sie unter furchtbaren Schmerzen leiden. Auch Schreie vernahm sie. Spitz, schrill, dann wieder jaulend. Dazwischen die Sphärenklänge eines Totengesangs oder schluchzende Laute, die in kleine Pausen hineinstießen.

Angela konnte nicht sagen, wo die Toten lagen. Sie sah keine Grabsteine, aber dort, wo der Wasserstrahl in das Felsbecken spritze, hörte sich der Gesang viel deutlicher an.

Angela drehte sich im Kreis. Sie spreizte dabei die Arme ab, legte den Kopf in den Nacken und schaute hoch zur Mondscheibe, die von den grauen Wolken freigefegt worden war.

Er war ihr Kraftspender, und sein fahles Silberlicht verdichtete sich zu einem Schleier, der die einsame Gestalt auf der Lichtung umwob wie ein dünner Mantel.

Angela öffnete den Mund so weit wie möglich. Hell und bleich schimmerten dabei ihre Zähne. Sie wollte das Mondlicht aufsaugen, es trinken, um die Kraft zu erhalten, die ihr ein ewiges Leben ermöglichte.

Die Toten sangen weiter …

Sie begleiteten ihre tanzenden Bewegungen, sie forcierten den Rhythmus, und von der Felsleiste her schaute Romain Bloch so lange kalt lächelnd zu, bis der Gesang mit einem letzten Klagen verstummte und sich die Stille ausbreitete.

Totenruhe wehte über die Lichtung …

Zum ersten Mal erklang wieder die Stimme des Gebieters. »Warte auf mich, Angela, ich werde zu dir kommen.« Mit dem Lachen breitete Romain seine Arme aus und sprang.

Angela starrte ihm nach. Sie hatte den Eindruck, als würde er schweben und wesentlich langsamer als ein normaler Mensch fallen, aber er blieb in seiner Gestalt und kam dicht vor ihren nackten Füßen federnd auf. Aus der Hocke schnellte er hoch, schaute sie mit glitzernden Augen an und nahm ihr Gesicht in beide Hände. »Ja, meine Teure, jetzt ist es so weit.«

Angela hatte ihn zwar verstanden, aber nicht begriffen. Schon seit geraumer Zeit wunderte sie sich über das Verlangen, das in ihrem Innern tobte.

Es war ein Gefühl, das sie bisher noch nie empfunden hatte. Ein unstillbarer Drang nach etwas Besonderem. Es fiel ihr schwer, darüber nachzudenken, schließlich hatte sie die Lösung gefunden.

»Blut …«, formulierte sie rau und kratzig das Wort tief in der Kehle. »Bekomme ich jetzt Blut?« Das letzte Wort hatte sie lauter gesprochen, um ihrer Forderung Nachdruck zu verleihen.

»Nein!«

Knallhart schleuderte ihr Romain die Antwort entgegen. »Du wirst kein Blut bekommen. Nicht jetzt. Erst hast du eine Aufgabe zu erledigen. Später, wenn deine Zeit gekommen ist, kannst du dir das Blut holen. Dann darfst du es trinken und dich damit stärken. Dann musst du die Menschen anfallen, denn die Kräfte, die du für deine Aufgabe benötigst, sind übermenschlich.«

»Wann ist später?«

Romain Bloch hob Hände und Schultern. »Zeit ist für dich nicht mehr von Bedeutung. Ich habe nur die Aufgabe, dich zu dem zu machen, was du nun bist. Das Buch des Schicksals wird weitergeführt, und es werden auch die Seiten aufgeschlagen, die dich betreffen. Da brauchst du keine Sorgen zu haben.«

Die Untote senkte den Blick. »Ich habe dich verstanden, und ich werde auch gehorchen. Aber wo soll ich so lange bleiben?«

»Ich führe dich hin …«

»Ist es …?«

»Nein, es ist kein Haus, auch keine Burg oder ein Verlies.« Ohne die konkrete Antwort zu geben, streckte er seinen Arm aus und spreizte die Hand. »Fass sie an und folge mir.«

Willig ließ sich die Untote mitziehen. Sie ging wie ein Kind hinter dem Mann her. Er führte sie an der Quelle vorbei und auch an der Felswand. Wenig später bogen sich die Zweige der Büsche, als sie die beiden Gestalten verschluckt hatten.

Nichts erinnerte mehr auf der Lichtung daran, was sich dort Unheimliches abgespielt hatte.

Die beiden untoten Gestalten aber drangen tiefer in das feuchte Gelände ein, dessen Untergrund noch weicher und auch schwammiger wurde, ein Zeichen, dass sie sich dem großen Sumpfgebiet näherten. Manchmal wichen sie kleinen Tümpeln aus, die in der Finsternis nicht mehr grünbraun, sondern mattgrau schimmerten.

Schlafende Vögel erschreckten sich und flatterten hoch, wenn die Geräusche zu laut wurden. Sumpfgras zitterte im Wind oder bewegte sich wellenschlagend.

Angela stellte keine Frage mehr. Sie hatte sich mit ihrem Schicksal abgefunden und wusste, dass sie ihrem Führer restlos vertrauen konnte. Der ging mit ihr auf eine Erhebung zu. Sie stach wie ein Buckel aus dem tückischen Sumpf.

An der höchsten Stelle blieben sie stehen. Das Gras wuchs an ihren Beinen hoch und erreichte fast die Knie. Romain Bloch drehte den Kopf. »Hier genau ist es.« Er deutete über den Sumpf. »An dieser Stelle wirst du deine Ruhestätte finden.«

»Im Moor?«, fragte sie noch einmal nach.

»Ja, in der Tiefe des Moors. Aber nicht alles, was es verschlingt, ist für immer tot, daran solltest du denken, und diesen Satz möchte ich dir zum Abschied mitgeben.«

Das Wort Abschied wollte nicht in ihren Sinn. Nein, nicht jetzt schon, wo es gerade angefangen hatte. Angela drehte sich zu Bloch herum und kam ihm mit dieser Bewegung genau entgegen.

Blitzschnell packte er zu und hob sie an, sodass sie auf seinen Armen lag.

Angela wollte ihre Arme um den Hals des Vampirs schlingen, aber es war bereits zu spät. Er hatte schnell reagiert und sie von sich geschleudert.

Wie ein großer, flügellahmer Vogel kreiselte sie durch die Luft, überschlug sich einmal, glitt in einen Halbkreis hinein und klatschte einen Lidschlag später auf die dunkle Oberfläche des ruhig daliegenden Sumpfs, sodass Wasser in die Höhe spritzte.

Angela schrie nicht, sie schlug nur um sich. Paddelte dabei wie ein junger Hund im Wasser, aber der Sumpf kannte kein Pardon.

Unter dem Wasser lauerte der zähe, zupackende Schlamm, gegen den auch ein Vampir machtlos war. Schräg wurde Angela in die trübe Brühe hineingezogen. Noch einmal meinte es der Wind gut und vertrieb die Wolken, sodass die bleiche Mondscheibe zu sehen war.

Ihr Licht fiel auf den Sumpf und auf ein Gesicht, das wie eine gespensterhafte Erscheinung auf der Oberfläche zu kleben schien. Sogar die weit geöffneten Augen und der aufgerissene Mund waren zu erkennen.

Ein Stück der Schulter ragte noch hervor, ein Arm. Der Sumpf zog weiter. Er zerrte gnadenlos, gab keinem eine Chance, weder Mensch noch Tier.

Wellen entstanden. Zwei schwarze Vögel wischten wie Todesschatten dicht über den Kopf der Untoten hinweg, die noch einmal den Kopf drehte und zu demjenigen hinstarrte, der sie zu einer Blutsaugerin gemacht hatte.

Romain Bloch stand auf dem Buckel und hatte die Hand zum Gruß erhoben.

Er lachte abgehackt, bevor er ihr einen letzten Abschiedsgruß zuschickte.

»Denke an die Aufgabe, die noch vor dir liegt. Irgendwann ist es so weit – irgendwann …«

Bei der letzten Silbe griff der Sumpf zu und verschlang die Untote wie ein gewaltiges Maul ...

Bloch wartete noch einige Minuten. Er zog den Mantel fester um seine hagere Gestalt, damit der Wind den Stoff nicht zu sehr aufflattern ließ. Das Gesicht des Vampirs war bleich wie der Mond. Er fühlte sich satt, er hatte das Blut des jungen Mädchens getrunken und konnte von diesem »Mahl« eine Weile zehren.

Die Gräber der Ahnen und der Sumpf waren das Gelände, in dem er sich wohl fühlte. Er würde des Öfteren zurückkehren, um es zu kontrollieren. Zunächst einmal wollte er sich verstecken, weil er bereits zu viel Aufsehen erregt hatte. Die Menschen in den umliegenden Dörfern waren misstrauisch geworden. Unruhe hatte das Land erfasst. Fremden gegenüber war man sehr skeptisch.

Und er war fremd.

Verlassen konnte er das Gebiet auch nicht. Wenn es so weit war, wenn er endlich kam, dann sollte nicht nur Angela da sein, auch Romain wollte ihn sehen und ihm dienen.

Leider konnte er nicht in die Zukunft schauen und die genaue Zeit angeben. Das Buch des Schicksals war zu verschlüsselt. Da wurde viel berichtet, aber wenig Genaues gesagt. So musste er sich auf die lange Wartezeit gefasst machen, die viele Jahrhunderte dauern konnte. Eines war sicher.

Er würde kommen!

Der Blutsauger wandte sich ab. Er wollte nicht länger seinen trüben Gedanken nachhängen. Es war jetzt wichtiger, das Gebiet zu verlassen. Sein Pferd wartete im Wald.

Romain Bloch ging den gleichen Weg zurück, den er gekommen war. Er passierte auch die Quelle und glaubte, aus ihrem Murmeln Stimmen zu hören.

Dieses geheimnisvolle Wasser hatte ihn schon des Öfteren beschäftigt. Niemand wusste, wo es entsprang, vielleicht im Felsen, möglicherweise auch tief in der Erde oder in einer anderen Dimension. Jedenfalls war es etwas Besonderes.

Wie ein Schatten tauchte er in die tiefe Dunkelheit zwischen dem Unterholz und den Stämmen der Bäume ein. Dieser Wald war sehr dicht, manchen Leuten auch nicht geheuer. Des Nachts traute sich kaum jemand hinein, und selbst die Köhler hatten ihre Hütten am Rand des Waldes errichtet. Es gab Stellen, wo die Natur so gewuchert war, dass es kein Durchkommen gab. Umgestürzte Bäume versperrten die Wege ebenso wie ein Wirrwarr von losgerissenen Zweigen und Ästen.

Auf sein Reittier konnte sich der Vampir verlassen. Das Pferd graste noch immer, schnaubte zur Begrüßung auf und schüttelte sich unwillig, als es der Vampir herumzog.

Geschmeidig schwang er sich in den Sattel. Noch einmal warf er einen Blick über die Lichtung, bevor er dem Tier die Hacken in die Flanken drückte. Es sprengte fort und wurde langsamer, als der Wald auftauchte.

Wieder ritt er in die Düsternis hinein, die ihn umfing wie ein pechschwarzer Tunnel.

Zielsicher fand das Tier den Weg. So konnte sich der Vampir seinen düsteren Gedanken hingeben.

Seine Aufgabe hatte er erfüllt. Wie aber würde es weitergehen? Breiteten auch in Zukunft die schwarzmagischen Kräfte ihre Arme schützend wie Schwingen über ihn aus?

Er fand keine Antwort, schaukelte im Rhythmus der Gangart und wurde aufmerksam, als das Tier plötzlich schnaufte und sich dabei heftig der Kopf bewegte.

Sofort fasste Bloch nach den Zügeln und zog sie straff. Irgendetwas hatte das Tier erschreckt. Wenn es so reagierte, wollte es seinen Reiter warnen.

Durch Schenkeldruck brachte der Untote es zum Stehen. Er blieb im Sattel sitzen, ohne sich zu rühren. Als Vampir sah er in der Dunkelheit besser als jeder Mensch. Doch auch das half ihm nichts. Die Finsternis war zu dicht. Sie stand zwischen den Bäumen. Was sich dort bewegte, waren nur Zweige und Blätter, die der leichte Wind streichelte.

»Weiter!«, flüsterte er und beugte sich dabei zu den Ohren des Tiers hinunter.

Das Pferd wollte nicht. Es scharrte mit den Vorderhufen. Erst als der Druck stärker wurde, setzte es sich in Bewegung, und dies nur sehr unwillig.

Romain Bloch blieb wachsam. Er drehte seinen Kopf nach rechts und links, schaute auch mal zurück und war stets bereit, von einer Sekunde auf die andere aus dem Sattel zu springen.

Es passierte wenig später und traf ihn völlig überraschend. Unter den Vorderhufen des Pferdes gab der Boden plötzlich nach, sodass das Tier einknickte und einen Satz nach vorn machte.

Es sackte einfach weg.

Eine Fallgrube, dachte der Vampir noch, als er vor sich das Brechen der dünnen Zweige hörte. Dann schleuderte es ihn schon vom Pferderücken in die Tiefe. Er wollte sich noch an den Zügeln festhalten, aber das Leder rutschte ihm aus der Klaue, weil sich das Pferd so hektisch bewegte, um sich irgendwie zu fangen.

Es gelang ihm auch, denn der schwere Tierkörper fiel auf die rechte Seite.

Der Vampir aber prallte auf die dünne Oberfläche, die einbrach wie tauendes Eis.

Er spürte noch den Ruck, fiel in die Tiefe und schrie auf, denn er hatte sich überschlagen und konnte erkennen, was im Boden der Fallgrube steckte.

Pfähle!

Mindestens ein halbes Dutzend. Geschnitzt aus bestem Eichenholz und mit den Spitzen nach oben zeigend.

Sie haben es also gewusst, dachte er. Die verdammten Dörfler waren schlauer, als er angenommen hatte.

Dann schlug er auf.

Es erwischten ihn nicht alle Pflöcke, aber die drei reichten auch. Sie bohrten sich an verschiedenen Stellen durch seinen Körper. Zweimal spürte er keinen Schmerz, doch der dritte Pfahl drang in sein Herz.

Da wollte es ihn zerreißen!

Er brüllte schaurig auf, sodass die Echos der Schreie durch die Fallgrube wetterten. Es war sein Tod, das Ende eines Blutsaugers, und seine letzten Gedanken galten Angela.

Sie hatte er noch ins Spiel gebracht, und davon wussten die Dörfler nichts, die ihre Verstecke verlassen hatten, am Rand der Fallgrube standen und zuschauten, wie der Körper des Blutsaugers allmählich braun wurde und verfaulte.

Der Pfarrer schlug ein Kreuzzeichen. »Dieser unselige Fluch ist dank eurer Mithilfe gelöscht worden.«

Die anderen nickten.

Doch sie und der Pfarrer sollten sich irren, auch wenn sie den Neubeginn nicht mehr erlebten, weil kein normaler Mensch zweihundert Jahre alt wird …

Warme und kalte Luft trafen aufeinander, sodass gewaltige Kräfte frei wurden, die sich auch entluden. Es kam zu einem Gewitter.

Nicht nur das. Ein regelrechtes Unwetter tobte über dem Land und hüllte es in ein Wechselspiel aus Blitz, Donner, Regen, Hagel und sogar Schnee.

Die Gewalten schienen aus der tiefsten Hölle zu kommen. Sturmböen rüttelten an den Bäumen, rissen Zweige und Äste ab, als wären es tote Arme, schleuderten sie von sich und wühlten sich auch bis in das Gebiet hinein, wo der Sumpf lag und auf Opfer lauerte.

Der Wind peitschte das Gras, drückte die Spitzen der Oberfläche zu, wo sie eintauchten und von den Wellen des Sumpfwassers überrollt wurden. Die Blitze jagten ebenfalls in das Wasser oder fanden ihren gezackten Weg in die knorrigen Gebilde der Büsche.

Im Innern des Sumpfs tat sich etwas.

Blitz und Donner waren wie ein Ruf, der diejenige Person erreichte, die der Schlamm über lange Jahre festgehalten hatte.

Die Botschaft kam an …

In der Tiefe des Sumpfes öffneten sich lange Arme, um diejenige freizulassen, die durch das Gewitter geweckt worden war. Kräfte verschoben sich, packten die Gestalt, drehten sie, richteten sie auf und schoben sie der Oberfläche entgegen, die sie sehr schnell durchbrach.

Zuerst erschienen zwei gespreizte Hände, an denen Schlamm

und Wasser herabrann. Die Arme folgten, der Kopf mit den verklebten Haaren und ein wachsbleiches Totengesicht.

Bis zu den Hüften tauchte die Gestalt auf, begleitet von dunstigen Schwaden, die der orkanartige Wind sofort wieder zerriss. Er peitschte auch die Haare hoch, ohne die einzelnen Strähnen jedoch lösen zu können. So wirbelte das schwarze Vlies um den Kopf der Frau mit dem bleichen Gesicht, die ihre Arme zur Seite hin ausstreckte, als wollte sie sich nach dem langen Schlaf zunächst einmal recken.

Sie stemmte sich gegen den Wind, öffnete plötzlich die Augen und starrte in den Himmel, wo die Gewalten tobten und der Sturm die Wolken hetzte.

Wieder war Vollmond.

Und den sah die Gestalt!

Ein großes, rundes, gelbes Auge glotzte auf sie nieder, und sie spürte die gleiche Kraft wie damals in der Zeit, an die sie sich nicht mehr erinnern konnte.

Der Mond war ihr Freund!

So weit wie möglich drückte sie den Oberkörper zurück und starrte die Scheibe an. Groß und rund waren ihre Augen, der Mund stand offen, die beiden Vampirzähne rechts und links blitzten, und aus ihrem Rachen drang ein tierisch anzuhörender Schrei.

Er hallte in den Donner hinein, wurde von ihm verschluckt, übertönt, aber er war gleichzeitig ein Startsignal für Angela.

Die Welt hatte sie wieder, und das würden die Menschen zu spüren bekommen.

Sie schüttelte sich, als hätte jemand Wasser über ihren Körper gegossen. Dann setzte sie sich in Bewegung. Zuerst sehr schwerfällig, weil sie den Sumpf durchwaten musste, dann hatte sie sich an den Widerstand des Wassers und den aufgewühlten Schlamm gewöhnt und lief dorthin, wo sich der Grashügel aus dem Sumpf erhob.

Wie damals …

Als sie ihn sah, kehrten die Erinnerungen zurück. Sie dachte an den Vampir, der ihr das Blut ausgesaugt hatte, und ihr fielen auch wieder seine Worte ein.

»Wenn du erwachst, wird er geboren sein!«

Aber wer war er?

Angela überlegte. Er deutete auf ein männliches Wesen hin. Da gab es viele, nur konnte sie sich nicht vorstellen, wer genau mit dem Begriff er gemeint war.

Vielleicht derjenige, der über allem thronte und die Fäden des Bösen in den Händen hielt.

Das war der Teufel …

Angela verließ den Sumpf. Ihr Kleid war nass und schmutzig. Das brackige Wasser rann über ihre Gestalt. All das berührte sie nicht mehr. Sie wollte alles daransetzen, um ihn zu finden.

Und noch etwas kam hinzu.

Sie brauchte Blut …

Mein Gegenüber lächelte mich an, während es gleichzeitig nickte. »Jetzt sind wir also wieder zusammen, John. Hätte nicht gedacht, dass es so schnell gehen würde.«

Ich lächelte zurück. »Wenn man so viele Gemeinsamkeiten hat wie wir beide, Abbé, ist das ganz natürlich, dass wir uns des Öfteren sehen. Wir bekämpfen beide die gleichen Gegner und kommen eben immer wieder zusammen. Das liegt auf der Hand.«

»Leider sind es keine frohen Stunden.« Abbé Bloch lehnte sich zurück. Der alte Stuhl knarrte, als wollte er sich beschweren, weil der Abbé ihn so stark malträtierte.

Wir beide kannten uns recht gut. Dennoch wusste ich nicht, wie alt der Abbé nun war. Er ließ sich auch schlecht schätzen. Er konnte 50, aber auch 60 sein. Sein Haar hatte einen grauen Schimmer, aber graue Haare haben auch schon manchmal Dreißigjährige. Das Gesicht wirkte glatt, fast asketisch. Die Augen waren sehr hell, obwohl sie manchmal auch einen dunklen Schimmer annehmen konnten.

Weshalb mich der Abbé nach Frankreich gerufen hatte, wusste ich nicht. Angeblich ging es um seine Person, aber auch mich würde der Fall berühren. Bloch war allein gekommen und hatte auf seine Templer-Brüder verzichtet. Wie fast immer trug er seine dunkle Kleidung. Äußerlich war ihm nicht anzusehen, welcher Bruderschaft er angehörte, dass er zudem ein Gejagter war, auch nicht.

Eine andere Templer-Gruppe, die Diener Baphomets, wollte die Vereinigung der positiven Templer vernichten und jagte deshalb hinter ihnen her wie der Teufel hinter der Seele. Gelungen war es ihnen bisher noch nicht, aber die Templer um Abbé Bloch hatten schon Niederlagen einstecken müssen. Bei der letzten war ich dabei gewesen. Weder der Abbé noch ich hatten die Geburt oder Wiedergeburt Baphomets verhindern können. Zudem stand dieser Kindteufel unter dem Schutz der vier mächtigen Horror-Reiter, und gleichzeitig deckte ihn ein ebenfalls gefährlicher Gegner von uns.[2]

Vincent van Akkeren, der Grusel-Star.

Der Grund seines Kommens hatte etwas mit der einen oder anderen Sache zu tun, dessen war ich mir sicher.

Wir saßen uns im Zimmer eines kleinen Hotels am Rande der Vogesen gegenüber, auf der französischen Seite des Rheins. Von hier aus sollte es nicht mehr weit bis zum Zielort sein, hatte mir der Abbé erklärt. Am anderen Tag wollten wir hinfahren.

»Und du hast deine Leute tatsächlich nicht als Rückendeckung mitgebracht?«, fragte ich ihn.

Bloch schüttelte den Kopf und schaute auf den Gewürztraminer, der im Weinglas schimmerte. »Nein, diese Sache geht nur mich allein etwas an.«

»Dennoch bin ich hier!«

»Ja, ich wollte meine Freunde damit nicht behelligen, weißt du. Irgendwo hat jeder Mensch einen gewissen dunklen Punkt in seiner Vergangenheit.«

Ich blickte gegen das kleine Fenster mit den karierten Vorhängen an den Seiten. »Und du hast deinen herausgefunden?«

»Nein nicht meinen. Mit mir persönlich hat das nichts zu tun.«

»Mit wem dann?«

---

2 siehe den Roman »Baphomets Totenwächter« in John Sinclair Jumbo-Taschenbuch Band 73960: »Baphomet II«

Die Augen des Abbé verdunkelten sich. Er stand auf, ging zum Fenster, wandte mir den Rücken zu und starrte durch die Scheibe auf die schneebedeckten Berge der Vogesen. Ich unterstellte dem Abbé bei seiner Haltung keine Absicht, wahrscheinlich brauchte er Zeit, um sich zu sammeln.

»Du, John, bist einer der wenigen, die mein Problem verstehen können.«

»Und wie lautet das?«

»Ich habe Ahnenforschung betrieben.«

Da lag er genau richtig. Ahnenforschung interessierte mich tatsächlich, denn ich war ein Mensch, der schon einige Male gelebt hatte. Unter anderem als Hector de Valois, der einstmals ein Führer der Templer war, mein Kreuz besessen hatte und jetzt als silbernes Skelett in der Kathedrale der Angst lag. Er hatte sein Leben lang versucht, das Rätsel des Dunklen Grals zu lüften, hatte auch einiges erreicht, war aber nie zum Ziel gelangt.

Ich zündete mir eine Zigarette an. Nur das Schnicken des Feuerzeugs unterbrach die Stille im Raum.

»Du sagst nichts, John?«

»Ich kann dir nur Recht geben. Auch mich interessiert die Ahnenforschung. Wie du weißt, sind einige interessante Tatsachen dabei herausgekommen.«

»Zu denen man dir nur gratulieren kann.«

»Das bezweifle ich. Manchmal bin ich mir nicht sicher, ob ich es als Fluch oder Segen ansehen soll.«

»Nimm es als Segen hin und als eine Verantwortung, die du zu tragen hast.« Er drehte sich abrupt um. »Bei mir jedoch liegt die Sache anders.«

Ich sah ihn durch den Rauch an. »Und wie?«

Er kam wieder auf den Tisch zu und nahm auf dem knarrenden Holzstuhl Platz. »Einer meiner Vorfahren war, das habe ich einer alten Chronik entnommen, ein Vampir. Und er hieß Bloch. Romain Bloch.«

Ich starrte den Abbé an. Sekunden vergingen. »Bist du dir da sicher?«

»Absolut.«

»Ein Vampir«, flüsterte ich. »Blutsauger können viele Jahrhunderte leben, das weißt du.«

»Sicher.«

»Lebt dieser Vampir noch? Hast du mich deshalb gerufen, damit ich ihn pfählen kann?«

»Nein, John, das hätte auch ich geschafft. Der Grund meines Hilferufes war ein anderer. Ich habe den Eindruck, dass sich in der Gegend, in der mein Ahnherr gelebt hat, große Dinge tun. Wie ich vorhin sagte, mit Romain Bloch werden wir nichts zu tun haben, er ist vernichtet worden, das weiß ich aus der Chronik, aber da ist eine andere Sache passiert, die mir zugetragen wurde.«

»Jetzt machst du es aber spannend.«

»Wenn du es so empfindest, war es nicht meine Absicht. Wenn ich dir die Geschichte erzähle, sieht es im ersten Augenblick so aus, als hätte sie mit Romain Bloch nichts zu tun, aber daran will ich einfach nicht glauben. Außerdem verlasse ich mich auf mein Gefühl, das mir genau das Gegenteil sagt.«

»Raus damit.«

»Ich hörte von der bösen Angela.«

»Von wem bitte?«

Abbé Bloch lachte leise auf. »Die böse Angela ist eine Figur, eine Mär, eine Legende – möglicherweise, betone ich. Es kann auch eine Tatsache sein, denn es soll Menschen geben, die sie gesehen haben und davon reden, einem Vampir begegnet zu sein.«

»Und dieses Treffen haben die Leute überlebt?«

Der Abbé nickte. »Das ist mir auch ein Rätsel. Jedenfalls baue ich die Geschichte an der Existenz dieser Person auf. Deshalb habe ich dich auch herkommen lassen. Die böse Angela und mein Ahnherr, der ein Vampir gewesen ist. Wo gibt es da einen Zusammenhang?«

Ich lächelte spärlich. »Möglicherweise überhaupt nicht.«

»Kann sein, muss aber nicht. Du hast dich oft genug auf dein Gefühl verlassen, John. Diesmal verlasse ich mich auf meines. Ich glaube fest daran, dass mehr hinter der Sache steckt, und möchte mich auf die böse Angela konzentrieren.«

»Dann lass mal hören.«

»Viel weiß ich auch nicht. Diese Legende ist ziemlich neu und gleichzeitig auch alt. Ich fand die ersten Spuren in der Chronik, die ich gelesen habe. Darin wurde nicht nur über meinen Ahnherrn geschrieben, auch über eine Person, die als Ziehtochter eines Köhlers aufwuchs. Mein Ahnherr ist einige Male mit ihr zusammen gesehen worden. Frag mich nicht, wo. Vielleicht in einer Hütte oder in einem Wald, jedenfalls haben sich Zeugen daran erinnert, als man die Chronik niederschrieb und Angelas Beziehung zu meinem Ahnherrn herausfand.«

»Was geschah mit ihr?«

»Ha.« Der Abbé lachte kurz. »Das ist eben das große Rätsel. Angela verschwand.«

»Ging sie weg?«

»Nein, aber sie kam nicht zurück, als man Romain Bloch pfählte. Die Menschen, die sich zusammengefunden hatten, um ihn zu töten, hatten ihn mit Angela in einem Waldstück verschwinden sehen. Sie sind ihnen nicht gefolgt, weil dieser Wald oder ein bestimmter Ort darin einen unheimlichen Ruf besitzt. So warteten sie auf die Rückkehr der beiden, aber nur Romain ritt den Weg zurück und geriet in eine Fallgrube, in der angespitzte und aufrecht stehende Eichenpflöcke den Boden bedeckten. Er fiel hinein, wurde aufgespießt und getötet. Was mit Angela geschehen ist, konnte niemand sagen.«

»Hat man nicht nach ihr gesucht?«

»Ich weiß es nicht. Jedenfalls erwähnt die Chronik nichts dergleichen. Ich habe mir das Gebiet einmal auf der Karte angeschaut. In der Nähe existiert ein Sumpfgebiet. Auch der Ort, zu dem die beiden geritten sind, befindet sich nicht weit davon entfernt. Möglicherweise hat der Sumpf das Mädchen verschluckt.«

Ich runzelte die Stirn. »Und trotzdem ist Angela in heutiger Zeit gesehen worden?«

»Ja.«

Ich kniff ein Auge zu. »Eigentlich nicht möglich – oder was meinst du dazu?«

»So sieht es zu Beginn aus. Denkt man länger darüber nach, sieht die Sache anders aus.«

»Und wie bitte?«
»Kann sie nicht zurückgekehrt sein?«
»Aus dem Sumpf?«
»Weshalb nicht, John? Du hast doch auch schon mit lebenden Moorleichen zu tun gehabt.«
»Das allerdings.«
»Ich gehe davon aus, dass diese Angela, aus welchen Gründen auch immer, zurückkehrte.«
»Und gesehen worden ist.«
»Genau.«
»Dann werden wir sie suchen.« Ich blickte auf meine Uhr. »Am besten ist es, wenn wir morgen früh zeitig losfahren. Wie weit müssen wir noch reisen?«
»Hättest du eine frühere Maschine bekommen, wären wir schon da. Ich sage mal, dass wir gegen neun Uhr losfahren. Es sind nur rund fünfzig Kilometer. Der Ort heißt Tullmer. Ein kleines Kaff, mehr nicht. Es liegt am Rand der Vogesen. Landschaftlich sehr schön.«
»Auch schneefrei?«
»Das Dorf möglicherweise. Für die Berge kann ich natürlich nicht garantieren.«
Ich stand auf. »Okay, Abbé, bis morgen dann. Ich hoffe, gut schlafen zu können.«
»Ja, das ist wichtig. Vielleicht müssen wir uns die nächsten Nächte auf der Suche nach der bösen Angela um die Ohren schlagen. Du weißt ja, da kann sehr schnell etwas eskalieren.«
»Und wie.«
Der Abbé nickte mir zu. »Gute Nacht, John. Träum was Schönes. Vielleicht sogar von der bösen Angela.«
Ich war schon an der Tür und drehte mich noch einmal um. »Also da wüsste ich etwas Besseres.«
»Und was?«
»Lieber von der schwarzen Glenda träumen als von der bösen Angela.«
»Auch von der blonden Jane?«
»Ja, dagegen hätte ich auch nichts«, erwiderte ich lachend und betrat den Flur.

Er war nicht lang, dafür sehr eng. Auf die Wände hatte man Rauputz geschlagen. Zwischen den einzelnen Zimmertüren hatten Bilder ihre Plätze gefunden, und rechts befand sich das Bad. Daneben die schmale Toilettentür.

Ich betrat mein Zimmer. Es war ebenso eng wie das des Abbé. Vor dem Fenster blieb ich stehen. Mein Blick glitt über den nächtlichen Himmel, der nicht so dunkel war, weil ein Vollmond seinen fahlen Schein abgab und die Weite des Firmaments so erhellte, dass sie einen Grauschimmer angenommen hatte. Die Farbe gefiel mir nicht. Sie war irgendwie anders, fahler. Das Grau wirkte auf mich wie eine dünne Wand, hinter der sich irgendetwas verbarg, das sich bald zeigen würde.

Erst jetzt hatte ich den richtigen Vergleich gefunden. Dieser Nachthimmel roch nach Unheil.

Ich gehöre zwar nicht zu den übersensiblen Menschen mit zielgenauen Vorausahnungen, aber das Gefühl der Bedrückung stellte sich schon bei mir ein. Ich konnte mich nicht dagegen wehren, aber dieser Fall, den ich bisher nur in der Theorie kannte, schien eine erschreckende Düsternis zu beinhalten.

Mit diesen Gedanken streifte ich meine Kleidung ab und legte mich in das weiche Bett.

Trotz der Bedrückung fielen mir die Augen zu. Schlaf war immer noch das beste Mittel, um sich fit zu halten …

Auch in Tullmer war es Nacht geworden. Eigentlich eine Winternacht wie viele andere auch. Und doch war sie anders. Die meisten Menschen gingen bei Anbruch der Dunkelheit in ihre Häuser und schlossen sich regelrecht ein. Sie verriegelten nicht nur die Türen, auch, wenn es möglich war, ihre Fenster, denn seit einigen Tagen schlich das Unheil durch den Ort.

Es war die böse Angela …

Eine gefährliche, unheimliche Person. Ein Alptraum aus alter Zeit, der wahr geworden war und nun wie ein Fluch über den Menschen des kleinen Elsass-Dorfes lag.

Die Menschen hatten nicht nur Angst. Sie plagte auch so etwas wie ein schlechtes Gewissen, weil sie alle mittlerweile wussten, was damals in der Nähe von Tullmer geschehen war. Man hatte eine alte Chronik gefunden, und diese war ausgerechnet in die Hände eines Reporters gelangt, der darüber in einer Zeitschrift berichtete. Sogar in einer lokal ausgestrahlten Radiosendung hatte er darüber gesprochen. Aus diesem Grunde war praktisch jeder informiert.

Man hatte untereinander darüber gesprochen und war zu dem Ergebnis gelangt, dass Tullmer heimgesucht werden sollte. Die Menschen, denen die böse Angela begegnet war, hatten angstvoll und flüsternd von ihr gesprochen. Sie waren nach der Begegnung in wilder Panik weggerannt, froh, noch am Leben zu sein.

Zu denen, die Bescheid wussten und eine Begegnung überstanden hatten, gehörte auch die Familie Cingar. Gérard Cingar hatte sie gesehen, als er in den Wald ging, weil er dort etwas vermessen wollte. Urplötzlich war sie erschienen, fauchend wie eine Furie, nach brackigem Wasser und Sumpf stinkend.

Gérard Cingar war geflohen, als wäre der Teufel persönlich hinter ihm her. Er hatte sich mit seiner Familie eingeschlossen und die Nacht über kein Auge zugetan.

Erst am nächsten Morgen waren die Cingars wieder auf die Straße gegangen und hatten erfahren, dass die Frau auch von anderen Menschen entdeckt worden war.

Man sprach zum ersten Mal von der bösen Angela …

Von nun an war sie in jeder Nacht erschienen, hatte sich gezeigt, aber nie getötet. Den Menschen war es immer wieder gelungen, durch schnelle Reaktionen zu entkommen.

Ein Zeuge hatte sie sogar sprechen hören. Und dieser Satz der bösen Angela geisterte durch den Ort.

»Ich warte auf ihn!«

Über das letzte Wort rätselte man. Wer war damit gemeint? Wer war er?

Misstrauen keimte auf. Jeden männlichen Dorfbewohner konnte Angela gemeint haben. Auch diejenigen, denen sie nicht über den Weg gelaufen war, fürchteten sich.

Jeder forschte in seiner Vergangenheit nach, so gut es eben

möglich war. Man suchte nach dunklen Flecken, nach irgendwelchen Schuldgefühlen, aber man sprach höchstens im Kreise der Familie darüber. Bekannte wurden nicht eingeweiht.

Die Tage im Februar waren noch immer kurz. Manchmal wurde es nicht richtig hell. Von den Berghängen im Westen krochen lawinenartige Nebelfelder hinab ins Tal und überschwemmten mit ihrem Dunst oft genug die kleinen Elsass-Dörfer wie gewaltige, hellgraue Meere.

Das war dann die Zeit der bösen Angela ...

Auch bei den Cingars war dies der Fall. Lisette und Gérard saßen in der Wohnstube zusammen, blickten sich über den Tisch hinweg an und schwiegen. Sie waren beide um die vierzig. Lisette, eine etwas rundliche Person mit Pausbacken, hatte die Hände gefaltet, als wollte sie beten. Auf ihrer Stirn´stand eine Falte. Immer häufiger schielte sie auf die Uhr.

»Was hast du?«, fragte ihr Mann.

»Das weißt du genau. Es ist wegen Thomas.«

»Der wird schon kommen.«

»Sonst ist er immer um diese Zeit zurück.«

»Nun ja, wir haben Winter. Vielleicht sind die Straßen vereist. Das kennst du ja. Er kommt aus Mülhausen, das ist immerhin ziemlich weit von hier entfernt.«

Thomas war Soldat. Seit einem halben Jahr leistete er den Grundwehrdienst ab. Zweimal im Monat kam er nach Hause, um seine Eltern zu besuchen. Hinzu kam, dass seine Mutter ihm die Wäsche wusch und auch sonst noch einiges in Ordnung brachte.

Lisette Cingar zündete sich eine Zigarette an. Keiner der beiden Ehepartner sprach es aus, obwohl sie an das Gleiche dachten. Die böse Angela war immer gegenwärtig.

»Dann warte ich noch mit dem Abendbrot.«

Gérard nickte. »Ist okay.«

»Ob sie wohl wieder durch die Straßen streicht?«, fragte Lisette plötzlich.

»Was geht es dich an?«

»Ich meinte ja nur.« Die Frau erhob sich und drückte den Glimmstängel aus. »Es ist doch eigentlich Blödsinn und kaum zu begreifen, dass sich erwachsene Menschen von einer Spukgestalt terrorisieren lassen. Ich kann das einfach nicht fassen, tut mir Leid.«

»Was willst du denn dagegen tun?«

Lisette blies die Wangen auf. »Ich werde dafür sorgen, dass sich einige mutige Personen zusammentun, um es dieser komischen Gestalt zu zeigen, falls es sie überhaupt gibt. Davon bin ich nämlich noch immer nicht überzeugt. Wir sollten uns an unseren Ahnen ein Beispiel nehmen. Die haben nicht gezögert. Bei denen ging es zur Sache. Sogar einen Vampir haben sie besiegt.«

Lisette erwartete eine Antwort von ihrem Mann. Der aber schwieg und starrte brütend auf seine Knie. »Weshalb sagst du nichts zu meinem Vorschlag? Gefällt er dir nicht? Bist du zu feige, einige Leute zusammenzutrommeln und es dem Wesen zu zeigen, falls es diese Gestalt überhaupt gibt, das einmal vorausgesetzt.«

»Ich denke in eine andere Richtung.«

»Und in welche?« Lisette holte die nächste Zigarette aus der Schachtel.

»Ganz einfach. Sollte diese Person tatsächlich existieren, muss ihr Auftauchen einen Grund gehabt haben. Nichts geschieht ohne Motiv. Es steckt etwas dahinter.«

»Und was, bitte sehr?«

»Das weiß ich eben nicht. Vielleicht kommt noch mehr auf uns zu als nur diese Angela. Möglicherweise ist sie erst der Anfang, so etwas wie ein Vorbote.«

Lisette lachte kratzig und hustete danach. »Du redest, als wüsstest du mehr.«

»Das weiß ich nicht. Ich bringe eben meine Erfahrung mit ins Spiel.«

»Du hast Erfahrung mit Gespenstern oder Spukgestalten? Bisher hast du das ins Reich der Fabel verwiesen.«

Gérard schaute auf. »Auch jetzt will ich daran nicht so recht glauben. Ich möchte den endgültigen Beweis.«

Lisette schlug gegen ihre Stirn. »Ja, bist du denn des Teufels? Du hast sie doch gesehen und bist nach ihrem Anblick in panischer Angst ins Haus gelaufen.«

»Schon …«

»Wie kannst du dann so reden?«

»Ich weiß es nicht, Lisette. Ich weiß es wirklich nicht. Es kommt mir vor, als hätte ich mir das alles eingebildet. Das ist alles so weit weg.« Er bewegte seine Hände. »Nicht fassbar, verstehst du? Wenn ich im Nachhinein darüber sinniere, habe ich den Eindruck, als hätten wir uns die Sache nur eingebildet und würden einem Phantom nachlaufen.«

»Vergiss nicht, dass sie auf ein bestimmtes Ereignis wartet.«

Gérard strich durch sein Haar. »Können wir uns nicht auch verhört haben, als sie den Satz sagte?«

»Nein, sie wartet auf ihn. Wer ist das?«

»Weiß ich nicht.«

Lisette dachte über etwas nach und bekam große Augen. »Die wird doch nicht Thomas gemeint haben.«

»Unsinn. Wie kommst du darauf?«

»Weil er noch immer nicht hier ist. Zumindest hätte er anrufen können. Das hat er sonst auch immer getan.« Sie starrte an ihrem Mann vorbei. Gérard saß auf der Couch, das Fenster befand sich hinter ihm. Es führte zum Garten hin, wo die zahlreichen Obstbäume standen, die jetzt, im Winter, steif wirkten.

»Hast du was?« Gérard wunderte sich über seine Frau, die sehr langsam ihren Arm hob, ihn ausstreckte und, an dem Mann vorbei, auf das Fenster wies. »Da …«, sagte sie nur.

»Wieso? Wo …?«

»Hinter dir. Sie … sie ist gekommen!«

Plötzlich bekam Gérard eine Gänsehaut. Er drehte sich von der Couch hoch und sah, dass seine Frau zurückging, als hätte sie Angst davor, auf das Fenster zu schauen.

Er aber blickte hin – und sah das Gesicht!

Eine bleiche Fratze in der Dunkelheit. Die Haut war weiß und fahl. Die leicht schräg stehenden Augen wirkten wie hineingeschnitzt. Das Gesicht hatte etwas Katzenhaftes an sich, und Gérard erinnerte sich wieder an die erste Begegnung. Da hatte Angela genauso ausgesehen und dieses böse Lächeln gezeigt, das auch jetzt ihre Lippen in die Breite zog. Es war gleichzeitig wissend und lauernd. Der Betrachter hatte den Eindruck, dass diese Person mehr, viel mehr wusste.

Hinter der Scheibe spielte sich eine gänsehauterzeugende Pantomime ab. Angela hob beide Arme, spreizte die Hände, und ihre langen Finger schabten über das Glas.

Unheimliche Geräusche, begleitet von dem bösen Lächeln, das die Lippen noch weiter auseinander zog, sodass sich zwei schmale, spitze Zähne aus dem Oberkiefer schoben und den beiden Menschen zeigten, um wen es sich handelte.

»Ein Vampir!«, ächzte Lisette. »Großer Gott, sie ist ein Vampir!« Ihr Mann sagte nichts, aber Lisette konnte einfach nicht stehen bleiben. Sie fuhr herum und eilte aus dem Raum.

»Wo willst du hin?«, ächzte Gérard.

Eine Antwort erhielt er nicht. Er hörte Lisette im Schlafzimmer, wo sie mit sich selbst sprach.

Dann kam sie wieder zurück und brachte etwas mit. Es war ein schlichtes Holzkreuz, das bisher über dem Doppelbett der Cingars gehangen hatte. Sie hielt es mit beiden Händen fest, rannte wieder in den Wohnraum und schrie: »Aus dem Weg, geh weg, Gérard!«

Als er nicht gehorchte, stieß Lisette ihren Mann kurzerhand zur Seite. Dann lief sie auf das Fenster zu und hielt das Kreuz so hoch, dass Angela es sehen musste.

Ihre Bewegungen erstarrten. Das unheimlich klingende Geräusch der über die Scheibe kratzenden Fingernägel verstummte, und ein anderer Ausdruck trat in das Gesicht der Vampirin.

Angst!

Sie warf mit einer wilden Bewegung den Kopf zurück, sodass die langen schwarzen Haare wie eine Flut zur Seite geschleudert wurden. Mit einem Sprung war sie in der Dunkelheit verschwunden und für die Cingars nicht mehr zu sehen.

Damit aber gab sich Lisette nicht zufrieden. Sie wechselte das Kreuz in die rechte Hand und hebelte mit der anderen den Griff des Fensters nach unten.

»Bist du verrückt?« Ihr Mann wollte eingreifen. Sie aber schüttelte seine Hand ab.

»Lass mich! Einer muss es ja in die Hand nehmen. Ein Vampir fürchtet sich vor dem Kreuz!«

Kalte Luft drang in den Raum. Es war nicht nur die normale Kälte. Sie hatten beide das Gefühl, als wären sie von etwas anderem gestreift worden. Ein kühler Hauch, der einfach nicht hineinpasste. Der Hauch des Todes.

Lisette drückte zunächst das Kreuz aus dem Fenster, danach ihren Oberkörper so weit wie möglich. »Wo bist du?«, brüllte sie in die Nacht hinein. »Wo bist du? Zeige dich, zum Henker! Los, du Blutsaugerin, ich will dich sehen!« Ihre Stimme hallte durch den nachtdunklen Garten, und der Klang wehte an den kahlen Bäumen vorbei.

Eine Antwort erhielt sie nicht. Irgendwo verwehte ihr Ruf in der Ferne. Gérard hörte seine Frau schwer atmen. Er bewunderte sie. Nie hätte er gedacht, dass Lisette diesen Mut aufbringen würde, sich dem Grauen zu stellen. Als sie sich wieder zurückzog, um das Fenster zu schließen, sah er in ihrem Gesicht einen harten, entschlossenen Zug, sich von der bösen Angela nicht mehr aus der Fassung bringen zu lassen. »Zeigen musst du es ihnen!«, zischte sie ihrem Mann zu. »Einfach zeigen. Nur so können wir das Unheil stoppen. Es hat keinen Sinn, vor diesen Wesen wegzulaufen. Wir müssen sie akzeptieren.«

Gérard legte seine Hände auf die Schultern der mutigen Frau. »Ja, Lisette, du hast mir den richtigen Weg gezeigt. Es gibt keinen anderen. Wir dürfen uns nicht verkriechen.«

»Und das müssen wir auch den anderen sagen.« Entschlossenen Schrittes verließ sie den Raum.

In der Küche trafen die beiden wieder zusammen. Lisette stand neben dem Herd und starrte auf die Tischplatte. »Und trotzdem habe ich Angst, Gérard.«

»Vor wem?«

»Nicht vor Angela und auch nicht um mich oder dich. Ich denke an Thomas, der ist noch immer nicht hier …«

Thomas Cingar befand sich auf der Fahrt und hatte selten in seinem Leben so geflucht. Nicht über seinen alten R 4, der schaffte die Strecke noch immer, aber die Straßenverhältnisse waren einfach verheerend. Hinter Mülhausen hatte es angefangen zu schneien. Da war ein Zeug aus den Wolken gefallen, so dicht, dick und klatschig, dass die Scheinwerfer es kaum schafften, diesen tanzenden Vorhang zu erhellen.

Zum Glück waren die Schneeschauer später im Flachland in Regen übergegangen, und in Colmar hatte er sogar den strahlenden Himmel gesehen. Thomas fuhr in Richtung Straßburg. Allerdings nicht bis dorthin. Er musste einige Kilometer vor dem Ort abbiegen und auf die Berge zufahren. Schwarzwald und Vogesen hatten in diesem Winter viel Schnee mitbekommen. In den Tälern war er meist getaut, doch auf den Hängen tummelten sich noch die Skifahrer, für die der Winter ein wahres Paradies gewesen war.

Thomas hatte auch daran gedacht, bei seinen Eltern anzurufen, weil diese sich immer Sorgen machten, wenn er später kam. Das allerdings hätte ihn noch mehr Zeit gekostet, so fuhr er einfach durch.

Die Strecke kannte er auswendig. Doch der Winter hatte seine Tücken. Thomas Cingar merkte es spätestens dann, als die Straße vor ihm plötzlich leicht glänzte und er einen Herzschlag später ins Schleudern geriet.

Einmal drehte er sich um seine eigene Achse. Schweiß stand auf seiner Stirn, die Hände umklammerten das Lenkrad wie einen Rettungsanker, und er hatte Glück, dass er nicht im Straßengraben landete und auch kein Gegenverkehr herrschte.

In Fahrtrichtung stehend, kam der R 4 wieder zur Ruhe, und Thomas fuhr wesentlich vorsichtiger weiter.

Dadurch verlor er noch mehr Zeit. Eine Stunde zog sich wie Blei hin. Zum Glück fiel kein Schnee mehr, und auch als er von der Hauptstraße abbiegen musste, konnte er normal weiterfahren und wurde nicht durch Glatteis und Schneefall behindert.

Aber der junge Mann spürte die Müdigkeit. Sie kroch in seinen Körper. Es fiel ihm immer schwerer, sich zu konzentrieren. Hinter ihm lagen harte Tage im Gelände, die blieben in den Knochen stecken.

Von der Gegend war nicht viel zu sehen. Sie hätte den jungen dunkelblonden Soldaten auch nicht interessiert. Er war in der Gegend aufgewachsen und kannte fast jeden Stein.

Die Uniform hatte er in der Kaserne gelassen. Seine Jeans, der Pullover und die alte, verwaschen wirkende Blousonjacke waren ihm lieber. Er fühlte sich in den Sachen einfach wohler.

Dörfer musste er durchfahren, rollte über Kreuzungen hinweg, durch Felder, an Weinbergen vorbei und tauchte ab und zu in die Dunkelheit eines Waldes ein.

Ein Schild wies auf Tullmer hin. Noch zehn Kilometer bis zum Ziel. Die Strecke war nicht ausgebaut worden. Begegneten sich zwei Lastwagen, hatten sie Mühe, aneinander vorbeizukommen.

Doch Thomas war allein auf der Straße. Aus Tullmer sah er kein Scheinwerferpaar. Er zündete sich eine Zigarette an und öffnete das Fenster spaltbreit.

Die Temperaturen lagen um den Gefrierpunkt. Kühle Luft quirlte den Rauch durcheinander und zog ihn fahnengleich nach draußen, wo er über dem Dach zerflatterte.

Thomas wusste genau, was folgen würde. Die lange Gerade mit der Steigung, dahinter begannen die Wälder und auch der Sumpf, der bisher zum Glück noch nicht trockengelegt worden war. Als Kinder hatten er und seine Freunde oft genug in der Nähe des Sumpfes gespielt, was die Eltern aber nicht wissen durften, denn es waren schon einige Menschen im tückischen Moor für immer verschwunden.

Im Westen lagen die Vogesen. An klaren Tagen wirkten die Berge zum Anfassen nah. Jetzt, im Winter und bei Dunkelheit, waren die Buckel nicht einmal zu ahnen.

Thomas Cingar schleuderte die Kippe aus dem Fenster. Das Glutstück schlug einen Bogen durch die Finsternis, bevor sie im Straßengraben verlosch. Er war froh, es bald geschafft zu haben. Knapp zwei Kilometer lagen vor ihm.

Zu Hause würde er sich erst einmal in die Badewanne legen, danach flüssiges Obst zu sich nehmen und anschließend schlafen. Einfach wegratzen, wie man das beim Militär nannte, und vor dem Mittag des nächsten Tages wollte er nicht gestört werden.

Seine Mutter hatte dafür Verständnis, im Gegensatz zu seinem alten Herrn, der oft genug über eine gewisse Disziplinlosigkeit seines Sohnes schimpfte. Jemand kam ihm entgegen. Ein größerer Wagen, dessen Scheinwerfer falsch eingestellt waren, blendeten den Fahrer des R 4, sodass Thomas gezwungen war, für einen Moment die Hand vor seine Augen zu halten.

Dann war das Fahrzeug vorbei. Er hatte nicht einmal erkennen können, ob es jemand aus dem Dorf war.

Thomas hob die Schultern und nahm die letzte weit geschwungene Kurve. Hinter ihr begann Tullmer.

Schon im Scheitelpunkt der Kurve erschienen die ersten Häuser und auch die Tankstelle des alten Grisson. Die blauweiße Neonreklame der Benzinfirma warf ihr kaltes Licht unter anderem auf einen zusammengefegten Schneehaufen. Der reflektierte es.

Plötzlich geschah es!

Dem Fahrer kam es vor, als hätte die Gestalt hinter dem Schneehaufen gelauert. Jedenfalls tauchte sie von dort auf, schwang sich in die Höhe, lief auf die Straße zu, erreichte diese auch und geriet in den Schein der Lampen.

Thomas zerquetschte einen Fluch zwischen den Zähnen. War dieses Weibsstück denn wahnsinnig, ihm einfach in den Weg zu laufen? Er musste bremsen, wenn er sie nicht erwischen wollte.

Gleichzeitig beobachtete er sie, wie sie mit den zeitlupenhaften Bewegungen einer Tänzerin vor die eckige Kühlerschnauze des R 4 geriet.

Thomas bremste!

Die Fremde blieb stehen, beugte sich nach vorn und stützte sich auf der Kühlerhaube ab. In dieser Haltung starrte sie durch die Scheibe in das Wageninnere und versuchte, den Blick des jungen Mannes zu finden.

Thomas Cingar saß bewegungslos, als hätte man ihn auf seinem Sitz festgekettet. Er wusste nicht, was er von der dunkelhaarigen Person halten sollte, jedenfalls war sie für ihn eine Fremde, denn aus dem Ort stammte sie nicht. Von ihrer Schönheit war er angetan. Er spürte den Reiz und die Ausstrahlung dieser Person, sah das katzenhaft wirkende Gesicht mit den schräg gestellten Augen und das geheimnisvolle Lächeln, das auf den breiten Lippen ihres Mundes lag.

Wer war diese Frau?

Sie gab Thomas Rätsel auf. Allein ihre Kleidung passte nicht in diese Jahreszeit. Sie trug ein schlichtes, graues Kleid, sehr weit ausgeschnitten und an beiden Schenkeln geschlitzt.

Sekunden rannen dahin. Die Fremde rührte sich ebenso wenig wie der Fahrer. In seinem Kopf allerdings bewegte sich etwas. Die Frau, so unbekannt sie ihm auch vorkam, war trotzdem eine Person, von der geredet worden war. Thomas erinnerte sich an den Telefonanruf seiner Mutter in der Kaserne. Es lag noch nicht lange zurück, aber seine Mutter hatte ihm von der bösen Angela erzählt, einer unheimlichen Frau, die Tullmer unsicher machte. Angela war als Gespenst oder Vampir bezeichnet worden, jedenfalls als ein Spukwesen.

Und diese Person vor dem Auto ähnelte ihr. Sogar das Kleid trug sie, das seine Mutter ihm beschrieben hatte.

Er spürte plötzlich den Druck in der Kehle. Seine Hände begannen zu zittern. Er wusste gleichzeitig, dass er nicht die Nacht über auf dem Fleck stehen bleiben und warten konnte.

Plötzlich grinste sie.

Es war ein widerliches, ein in die Breite gezogenes Grinsen, das einen Teil der Zähne freilegte und besonders die beiden, die wie gelbweiße Nägel aus dem Oberkiefer hervorstießen.

Vampirzähne!

Thomas Cingar schüttelte den Kopf. Er glaubte, sich in einen Albtraum versetzt zu sehen, oder als ob er sich im Autokino befände, wo vor ihm auf der Leinwand ein Horrorstreifen lief.

Nein, es war echt.

Denn die Vampirin behielt das Grinsen bei. Gleichzeitig hob sie das rechte Bein, stemmte ihr Knie auf die Motorhaube und begann damit, den Wagen zu erklettern. Eine ausgestreckte Hand hielt sie gespreizt und näherte sie der Scheibe.

Thomas rann eine Gänsehaut über den Rücken. Er spürte diesen kalten Horror, der ihn überfiel und ihn fast auf dem Sitz einfrieren ließ. Wenn du jetzt nichts tust, bist du verloren!, hämmerte er sich ein. Dann ist alles zu spät, dann holt sie dich und trinkt dein Blut.

Während dieser Gedanken näherte sich seine Hand bereits dem Zündschlüssel.

Eine Umdrehung!

Der Motor lief.

Dem Soldaten fiel der berühmte Stein vom Herzen. Thomas startete genau in dem Augenblick, als die Fremde auf die Kühlerhaube klettern wollte.

Der R 4 sprang fast vor. Die Person vor ihm wurde durchgeschüttelt, konnte sich auf der glatten Fläche nicht halten, weil Thomas den Wagen sofort nach links lenkte und die Schwarzhaarige dabei in die entgegengesetzte Richtung geschleudert wurde.

Als sie rutschte, sah er für einen Augenblick noch ihr böses, verzerrtes Gesicht, dann kippte sie von der Haube, landete rücklings auf der Straße und überschlug sich dort.

Thomas sah sie noch über den Weg rutschen. Wahrscheinlich würde sie im Graben landen, aber das war ihm egal. Er musste weg und die anderen Menschen warnen.

Beim Anruf der Mutter hatte er noch gelacht und ihren Bericht nicht für bare Münze genommen. Jetzt dachte er darüber anders. Nur über die Hintergründe wollte er nicht spekulieren und gab Gas.

Die ersten Meter kam er gut weiter, bis er spürte, dass etwas nicht stimmte.

Etwas hatte sich an ihn gehängt. Er spürte am Heck des Wagens ein Gewicht, das nicht dorthin gehörte, als würde jemand versuchen, seinen R 4 festzuhalten.

Thomas konnte nicht sehen, was dort geschah. Er ging davon aus, dass es der anderen gelungen war, sich an der Stoßstange des Wagens festzuklammern und sich mitziehen zu lassen.

Er blickte in die beiden Spiegel. Dabei konnte er ebenfalls die Heckscheibe sehen und feststellen, dass er sich nicht geirrt hatte. Der Vampirin war tatsächlich das fast Unmögliche gelungen. Sie gab nicht auf und versuchte, auf das Dach des Wagens zu klettern, was ihr bestimmt gelingen würde, denn Thomas hatte seinen Dachgepäckträger nicht abmontiert.

Er fuhr jetzt in Schlangenlinien. Irgendwie musste er die andere schließlich loswerden, aber auch das schaffte er nicht. Eisern hielt sich die böse Angela fest und hatte bereits ihre linke Hand um den Rahmen des Dachgepäckträgers geklammert, während ihre Füße noch über den Boden schleiften.

Er fuhr …

Es war riskant, immer wieder die Straßenseite zu wechseln, da er stets mit glatten Stellen rechnen musste. Einmal wäre er auf der linken Seite fast im Graben gelandet. Soeben noch konnte er das Lenkrad herumreißen, aber die unheimliche Person leider nicht abschütteln. Er hörte sie auf dem Dach.

Sie bewegte sich dort nicht lautlos. Schläge dröhnten über Thomas' Kopf auf, während er in den kleinen Ort hineinfuhr und geduckt hinter dem Lenkrad saß.

In seinem Nacken hatte sich ein kaltes Gefühl ausgebreitet. Auf der Stirn lag der Angstschweiß, über sich hörte er die dumpfen Laute. Die Vampirin bewegte sich weiter. Sie wollte den Wagen zum Stoppen bringen. Eine ihrer Hände tauchte plötzlich vor der Frontscheibe auf.

Der junge Soldat starrte auf die gespreizten Finger, die von außen an der Scheibe klebten und nach einem Wischer fassten, den sie kurzerhand abbrachen, als wäre er ein Streichholz.

Da passierte es!

Thomas hatte zu sehr auf die Hand geachtet und dabei die eigentlichen Funktionen als Fahrer vergessen. Er verriss das Lenkrad, geriet zu weit nach links und damit auch automatisch an die hohe Kante eines Bordsteins.

Mit dem linken Vorderrad prallte der R 4 dagegen. Zuerst wirkte es so, als würde er darüber hinweghüpfen, aber die Kante war zu hoch. Der Wagen bäumte sich auf, seine Hinterräder drehten sich in der Luft. Thomas rechnete damit, dass etwas passieren würde, und es passierte auch was, denn die Gestalt auf dem Dach glich die Fliehkraft nicht mehr aus und löste sich aus ihrer Lage.

Sie rutschte nach vorn und krachte auf die Motorhaube, die aufdröhnte wie ein geschlagener Gong.

Thomas hatte schon das Gurtschloss gedrückt und stieß die Tür auf. Im Wagen fühlte er sich gefangen wie in einer Zelle. Natürlich war seine letzte Aktion nicht ungehört geblieben. Man hatte ihn auch gesehen. In einem in der Nähe stehenden Haus wurden Fenster aufgerissen, die Haustür zog ebenfalls jemand nach innen, und zwei Männer verließen das Gebäude.

Thomas winkte ihnen heftig zu. »Bleibt zurück!«, schrie er dabei. »Kommt nicht her!«

Sie blieben tatsächlich stehen. Auch die aus den Fenstern starrenden Dorfbewohner hatten den Soldaten schreien hören.

»Was ist denn?«, rief eine Frau und beugte sich dabei weiter vor. Fast wäre sie aus dem Fenster gekippt.

Thomas lief rückwärts auf die Straße. »Sie ist gekommen!«, brüllte er die Hauptstraße des Dorfes hinunter. »Verdammt, sie ist gekommen! Die böse Angela. Die böse Angela ist da!«

Seine Stimme überschlug sich. Er selbst konnte es nicht glauben. Immer wieder schüttelte er dabei den Kopf und wiederholte den Satz. Jemand fasste ihn an, er schrak zusammen und fuhr herum.

Der alte Meier, ein pensionierter Major, starrte ihn an. »Was hast du da gesagt?«

»Angela!«, keuchte Thomas. »Ich ... ich habe sie gesehen, verdammt. Sie hat mich verfolgt.«

»Wo ist sie denn?«

»Sie hockte auf meinem Wagen. Jetzt ist sie verschwunden.« Er schlug sich auf den Mund. »Verdammt, wenn die in ein Haus gelaufen ist und die Menschen da angreift ...« Er verstummte und starrte den Major aus schockgeweiteten Augen an. »Wissen Sie, was dann passiert? Die saugt den Menschen das Blut aus. Die macht sie zu Vampiren. Die ... die ...«

»Abwarten!«

»Nein, wir können nicht mehr abwarten. Die böse Angela dreht durch. Die kann unser Dorf vernichten.« Er drehte sich wieder um, schaute auf seinen Wagen und sah in der Nähe eine Gestalt, die sich dicht an der Hauswand entlangbewegte.

»Da ist sie!«, schrie er.

Es war sie tatsächlich. Bei jedem Schritt bewegte sich ihr Rock, der in die Höhe schwang. Mit der linken Seite hielt sie sich dicht an der Hauswand, hatte den Kopf vorgeschoben und erinnerte mit ihren Bewegungen an eine Katze, die auf ein Ziel zuschlich.

Inzwischen hatten noch weitere Bewohner ihre Häuser verlassen, blieben jedoch an den Türen stehen. Sie alle sahen die Gestalt der Vampirin, die weiterging und dabei auch in das Licht einer Straßenlaterne geriet, das sie regelrecht überspülte.

Jetzt war sie besser zu erkennen.

Eine Frau fasste ihre Gefühle in einem Satz zusammen. »Wie der Tod!«, sagte sie leise und bekreuzigte sich.

Ja, sie erinnerte in ihrer Bleichheit tatsächlich an den Tod, an ein wandelndes Gespenst aus dem Jenseits, das erschienen war, um sich schrecklich zu rächen.

Vor der Einmündung einer schmalen Gasse blieb die böse Angela stehen, drehte sich noch einmal um, warf dabei einen Blick über die Straße und schickte ein hässliches, gleichzeitig auch drohendes Lachen in die Finsternis. Es gellte in den Ohren der Wartenden wider.

Dann tauchte sie in die Gasse ein und wurde von der Finsternis verschluckt.

Bei den Zuschauern löste sich die Spannung. Trotz der Kälte ging keiner zurück in sein Haus oder in die Wohnung. Man stand da und musste das Erlebte verarbeiten.

Thomas setzte sich als Erster in Bewegung. Er lief zu seinem Auto und sah sich die Schäden an. Sie waren nicht so groß, als dass er nicht hätte weiterfahren können. Einige Beulen hatte der R 4, das war auch alles.

An der Heckseite war die Stoßstange verbogen. Da hatte sich die Vampirin festgeklammert und war weitergezogen worden.

»Thomas! Thomas!«

Zweimal wurde sein Name gerufen. Der Soldat drehte sich um. Sein Vater lief über die Straße. Er hatte sich den langen Mantel übergeworfen, ihn aber nicht geschlossen, sodass die Schöße bei jedem Schritt zur Seite schwangen.

Die beiden trafen sich vor dem Wagen. Der Vater umarmte seinen Sohn und flüsterte: »Mein Gott, du hast es überstanden. Das ist herrlich, das ist wunderbar.«

»Ja, ich habe es gepackt.«

»Und du hast sie gesehen? Ich hörte so etwas.«

Thomas nickte. »Es gibt sie. Angela wollte mir an den Kragen. Sie … sie stand vor meinem Wagen. Ich bremste, dann kletterte sie auf das Dach.« Er berichtete mit hastig gesprochenen Worten und sprach so laut, dass auch andere Bewohner angelockt wurden, einen Kreis um Vater und Sohn bildeten und zuhörten.

»Ja«, sagte Gérard Cingar. »Ja, mein Sohn hat Recht. Auch ich habe sie gesehen. Es ist kaum eine Stunde her, da entdeckten meine Frau und ich sie vor unserem Fenster. Die böse Angela schleicht durch die Nacht und das Dorf. Sie wird uns alle holen und zu Blutsaugern machen, weil sie selbst einer ist.«

»Was sollen wir denn tun?«, fragte jemand aus dem Hintergrund.

Keiner wusste Rat.

Der pensionierte Major kam. Er ging noch immer so, als würde er die Front seiner angetretenen Soldaten abschreiten. »Wir werden uns in unsere Häuser zurückziehen müssen. Ein Rückzug aus taktischen Gründen kann oft besser sein als eine Attacke.«

Niemand widersprach ihm, auch Thomas nicht, der mit Angela direkt zu tun gehabt hatte.

Gérard legte seinem Sohn eine Hand auf die Schulter. »Ich freue mich jedenfalls, dass du es geschafft hast. Du glaubst nicht, was sich deine Mutter und ich gesorgt haben.«

»Das kann ich verstehen, aber die Strecke war einfach zu schlecht. Ich konnte nicht schneller fahren.«

»Kommst du jetzt nach Hause?«

»Klar, steig ein.«

Der R 4 rollte wenig später tiefer in den Ort hinein. Die Cingars wohnten nicht an der Hauptstraße. Während sich Thomas auf das Fahren konzentrierte, saß sein Vater geduckt neben ihm und schaute aus dem Fenster, ob es nicht möglich war, die Vampirin zu entdecken.

Er sah sie nicht.

Erst als die beiden Männer eine Nebenstraße fast bis zu deren Ende durchfahren hatten und vor dem kleinen Haus der Cingars hielten, atmeten sie auf.

»Mutter hat sie vertrieben«, erzählte Gérard beim Aussteigen und hämmerte die Tür zu. »Sie nahm das große Kreuz aus dem Schlafzimmer. Da bekam die böse Angela Furcht.«

»Das kann ich mir vorstellen.«

Madame Cingar hatte bereits auf ihre beiden Männer gewartet und öffnete die Haustür.

Sicherheitshalber hatte sie das Kreuz mitgenommen, stellte es jetzt ab und breitete die Arme aus. »Junge!«, rief sie. »Junge.«

Thomas ließ sich umarmen. »Ich habe sie gesehen, Mutter. Ich habe sie gesehen. Sie wollte mich töten ...«

»Jetzt bist du bei uns.«

»Ja, das stimmt.« Er lachte auf.

Sein Vater war schon ins Haus gegangen. Mutter und Sohn folgten. Im Wohnzimmer trafen sie zusammen, wo Gérard bereits drei Gläser mit selbstgebranntem Obstschnaps gefüllt hatte.

»Kommt, auf den Schreck hin müssen wir einen Schluck nehmen!«, sagte er und reichte zwei Gläser weiter.

Sie tranken, schauten sich an, und in ihren Augen stand die gleiche stumme Frage.

Weshalb gerade wir? Warum hat es uns erwischt? Was haben die Menschen aus Tullmer diesem Wesen getan?

Niemand wusste die Antwort. Eines aber war geblieben und würde sich auch in Zukunft nicht so leicht verdrängen lassen.

Die Angst vor der Zukunft ...

Abbé Bloch blickte aus dem Fenster des kleinen Frühstückszimmers und lachte fröhlich. So hatte ich ihn nur selten erlebt. Deshalb fragte ich ihn: »Was hast du?«

»Schau dich um, John. Sieh nach draußen und zum Himmel hoch. Ist es nicht herrlich, wenn die Sonne scheint?«

Da konnte ich nicht widersprechen. Er hatte ja so Recht. Nach der düsteren Nacht und dem dunstverhangenen Tag zuvor hatte man mit diesem strahlenden Sonnenschein nicht mehr rechnen können. Aber der Abbé warnte auch gleichzeitig.

»Mach dir nicht zu große Hoffnungen, John. Wie ich diese Tage kenne, kann das Wetter ebenso schnell umschlagen. Man hat am Morgen oft Sonne, am Nachmittag wird es dann widerlich. Nebel, Regen, Schnee und so weiter.«

»Bis dahin sind wir in Tullmer.«

»Sicher.«

Das Frühstück war gut. Es wurde Käse, Konfitüre, Ei und auch Wurst serviert. Die Brötchen waren ebenso frisch wie die Croissants. Im Elsas aß man eben gut und gern.

Eine halbe Stunde später verließen wir die kleine Pension und stiegen in unseren Leihwagen. Der Abbé hatte ihn besorgt. Es war ein Talbot der Mittelklasse.

Die Fahrt wurde zum Vergnügen. Ohne Schnee und Glatteis kamen wir durch, auch wenn wir die weiße Pracht noch im Westen auf den Bergen liegen sahen. Von den Hängen hoben sich dabei die dunklen Waldhänge ab. Sie sahen aus wie schwarze lange Streifen.

Der Abbé fuhr über die gut ausgebauten Nebenstrecken in Richtung Norden. Bis nach Straßburg mussten wir nicht. Unser Ziel lag zwischen Colmar und Straßburg.

Wir sprachen natürlich über den Fall. »Und du rechnest fest damit, dass die böse Angela existiert?«, fragte ich.

»Ja. Das kann kein Zufall sein.« Er klappte die Sonnenblende nach unten. »Auch mein Ahnherr war ein Vampir. Die alten Chroniken mögen zwar etwas verändern oder aufbauschen, aber im Prinzip lügen sie nicht, davon bin ich überzeugt. Dieser Bericht über die böse Angela kann mit meinem Ahnherrn zu tun haben. Dieses Mädchen wurde in der Chronik erwähnt. Man hat es nicht gefunden. Irgendwie, und das kannst du mir abnehmen, John, fühle ich mich schuldig den Menschen gegenüber, die in Tullmer leben. Mein Ahnherr hat sie damals in Angst und Schrecken versetzt. Ich möchte etwas wieder gutmachen.«

»Und die böse Angela vernichten.«

»Ja.«

»Mit meiner Hilfe«, nahm ich den Faden wieder auf und schmunzelte dabei.

»Auch das.«

»Abbé, ich glaube dir zwar, aber doch nicht ganz. Du hast noch etwas in der Hinterhand.«

»Wieso?«

»Wir kennen uns inzwischen ziemlich gut. Seit wann brauchst du Hilfe, um einen kleinen Vampir zu jagen? Das wäre etwas völlig Neues an dir.«

Er ließ sich Zeit mit der Antwort. Erst als wir über eine schmale Brücke mit zwei gebogenen Geländern wollten, gab er sie mir. »Du hast im Prinzip Recht, John, die böse Angela wäre möglicherweise für mich kein Problem gewesen, aber ich werde den Eindruck nicht los, dass diese Spukgestalt nicht ohne Grund erschienen ist.«

»Sie will Menschen jagen.«

»Auch.«

»Und was kommt noch hinzu?«

Er lachte. »Das weiß ich eben nicht. Ich will es herausfinden, in Gottes Namen. Natürlich kann ich dabei auf die Nase fallen, weil ich einen Lattenschuss gelandet habe, aber daran will ich nicht glauben. Irgendetwas stimmt da nicht.«

»Mal sehen.«

Der Wagen tat seine Pflicht. Er war mit Winterreifen ausgerüstet, denn wir gerieten auch in Gegenden, wo noch Schnee auf der Straße lag.

Nach Tullmer hin senkte sich das Gelände wieder, denn der Ort lag im Tal.

Noch auf der Höhe stoppte der Abbé. »Schau es dir an, John, dort unten liegt Tullmer.«

»Ein netter Ort.«

»Das meine ich nicht. Sieh mal nach links.«

Zu den Vogesen hin breitete sich der Winterwald aus. Die Nadelbäume hatten ihr Kleid nicht verloren. Sie leuchteten in einem satten Grün. Dahinter aber erkannten wir eine ziemlich glatte Fläche, deren Farbe ein stumpfes Braungrün zeigte.

»Meinst du das?«, fragte ich den Abbé.

»Genau. Dort befindet sich der Sumpf. Ein gefährliches Gebiet, wie ich weiß. Als sie meinen Ahnherrn pfählten, muss er aus dem Sumpf gekommen sein, in den er zuvor mit Angela hineingeritten war. Er kehrte allein zurück, demnach ist sie dort geblieben und wahrscheinlich auch versunken, bis sie vor kurzem zurückkehrte.«

Wir hatten nicht einmal Mittag. Noch immer stand die Sonne am Himmel. In einer Woche war März. Ich merkte den Strahlen bereits an, dass sie mehr Kraft hatten.

»Ich würde meinen, Abbé, dass wir uns den Sumpf einmal näher ansehen. Tullmer läuft uns nicht weg …«

»Das ist gefährlich.«

»Wir brauchen ja nicht direkt hineinzugehen, aber einen Blick möchte ich schon auf die Gegend werfen.«

Bloch überlegte. »Gut, dann gib mir mal die Karte aus dem Handschuhfach.«

Er erhielt sie, faltete sie auf, und gemeinsam schauten wir nach. Es war eine Wanderkarte. Es dauerte einige Minuten, bis wir uns zurechtgefunden hatten, dann aber klappte es.

»Ja, hier sind wir«, sagte der Mann und ließ seinen Finger weiterwandern. »Und dort müssen wir hin.«

Der Sumpf war als eine braungrüne Fläche eingezeichnet und auch mit einigen roten Warnzeichen, die jeder beachten musste, wenn er nicht gerade lebensmüde war.

Einen Weg durch den Sumpf gab es nicht. Jedenfalls war keiner eingezeichnet. Dieses Risiko ging kein Kartograph ein, denn Wege durch den Sumpf konnten sich innerhalb eines Jahres verändert haben, wenn sie nicht gerade auf Knüppeldämmen angelegt worden waren.

»Sollen wir noch immer?«

»Ich bin dafür.«

»Dann los.« Der Abbé reichte mir die Karte, die ich zusammengefaltet in die Innentasche steckte.

Wir starteten und rollten zunächst dem Ort entgegen. Autoverkehr herrschte kaum. Die Wagen, die uns begegneten oder die wir überholten, konnten wir an zwei Händen abzählen.

»Vor Tullmer müssen wir ab«, sagte der Abbé. »Da habe ich auf der Karte einen schmalen Weg gesehen.«

»Du als alter Pfadfinder entdeckst den immer.«

Ich hatte nicht übertrieben. Es dauerte nur noch wenige Minuten, bis wir die schmale Einmündung erreichten. Sie war breiter als unser Wagen, aber der Boden glich einer schwammigen Fläche, die zudem ziemlich tief war, sodass wir Mühe hatten, voranzukommen, und die Räder manchmal sogar durchdrehten.

Der Winter hatte auch hier seine Spuren hinterlassen. An einigen Stellen lagen noch schmutzige Schneeinseln, die Arme der Büsche sahen aus wie kahle, starre Peitschen und waren manchmal grau wie ein Herbsthimmel.

Bloch schimpfte über die Strecke. Er musste all seine Fahrkünste aufbieten, um auf dem Weg zu bleiben. Hin und wieder glitten wir durch lange Pfützen, dann spritzte das Wasser an beiden Seiten hoch und klatschte gegen die Außenhaut des Talbot.

Alles hat ein Ende, nur die Wurst hat zwei. So heißt es in einem Lied. Auch dieser Weg hatte für uns ein Ende. Wir erreichten eine Gegend, wo wir wirklich nicht weiterkamen und sogar Mühe hatten, den Wagen zu drehen, damit er wieder in Fahrtrichtung stand.

Wo wir ihn abstellten, war der Boden einigermaßen trocken. »Hoffentlich holen wir uns nicht nur nasse Füße«, meinte der Abbé.

Ich lachte leise. »Willst du noch andere Erfolge?«

»Ja, die böse Angela.«

Ich wiegte den Kopf. »Das Glück einer Begegnung mit ihr werden wir tagsüber wohl kaum haben. Wenn sie tatsächlich ein Vampir ist, hält sie sich versteckt.«

»Vielleicht sogar hier.«

»Das wäre zu schön, um wahr zu sein.« Den Optimismus des Abbé teilte ich nicht und verließ mich zunächst einmal auf die Karte, weil ich feststellen wollte, wo wir uns befanden.

Den Punkt fand ich sehr schnell. Auch der Abbé suchte mit und entdeckte die Quelle zuerst. »Davon ist auch etwas in der Chronik erwähnt worden. Die gibt es immer noch.«

»Sollen wir hingehen?«

»Klar, so haben wir wenigstens ein Ziel.«

Mit dem Wagen wären wir wirklich nicht mehr weitergekommen. Der Boden war einfach zu weich und schwammig. Wir gerieten an Stellen, wo wir selbst fast bis zu den Knöcheln einsanken, und holten uns tatsächlich nasse Füße.

Über Grasinseln stiegen wir hin, platschten durch kleine Rinnsale, störten Vögel in ihrer Ruhe, aber andere Tiere nicht. Dieser Sumpf »schlief« noch.

Etwa eine Viertelstunde hatten wir zu gehen, bis wir das Ziel erreichten.

Beide wunderten wir uns über die veränderte Landschaft, denn wir schauten auf eine Felswand, die vor uns in die Höhe wuchs. Sie war rissig, zeigte Vorsprünge und Kanten und hatte eine Öffnung, aus der Wasser strömte und sein Ziel in einem ebenfalls felsigen Becken fand, von wo es abfloss.

»Da wären wir«, sagte ich.

Der Abbé gab keine Antwort und ging auf die Quelle zu. Ich folgte ihm langsamer, suchte nach Spuren im weichen Boden, entdeckte aber nichts, was auf eine Anwesenheit von Menschen oder Vampiren hingedeutet hätte.

Bloch war vor der Quelle stehen geblieben und wartete mit seiner Frage, bis ich ihn erreicht hatte. »Weshalb ist diese Quelle in der Chronik erwähnt worden?«, fragte er leise.

»Keine Ahnung.«

»Ist sie magisch?«

»Nichts deutet darauf hin.«

Vor unseren Füßen klatschte das Wasser in das Felsbecken. Einige Spritzer erreichten unsere Hosenbeine oder blieben auf dem Leder der schmutzigen Schuhe liegen.

Ich maß die Felswand ab. Sie war vielleicht 3,50 m hoch.

Aus der Öffnung sprudelte das Wasser wie ein breiter Fächer. Schleierartig verteilt, stürzte es in das Felsbecken.

»Irgendetwas ist mit dieser Quelle los!« Der Abbé ließ sich von seiner Meinung einfach nicht abbringen. »Ich habe zwar keine Beweise, doch umsonst wurde sie nicht erwähnt.«

»Wo hat es denn diesen Romain Bloch erwischt?«

»Er stürzte in eine Fallgrube. Wahrscheinlich hat man sie im Wald aufgebaut.«

Mein Blick glitt an der Felswand hoch. Ob wir uns in einem magisch beeinflussten Gebiet befanden, konnte ich nicht feststellen. Mein Kreuz jedenfalls »meldete« sich nicht. Aber die Quelle oder der Wasserfall waren schon etwas Besonderes.

Oft ist es so, dass sich hinter Wasserfällen große Höhleneingänge befinden. Das war hier nicht der Fall. Das Wasser schäumte aus der relativ kleinen Öffnung und breitete sich auf dem Weg in die Tiefe fächerartig aus.

Die Sonne war verschwunden. Der Abbé hatte Recht gehabt. Man sollte der winterlichen Morgensonne nie trauen. Wolken bedeckten den Himmel. Vom Boden her stiegen erste lange Dunstfahnen in die Höhe, die sich ausbreiteten.

Dann sah ich die Bewegung!

Zuerst glaubte ich an eine Täuschung, weil ich den Schatten hinter dem Wasser entdeckte.

Nein, ich hatte mich nicht geirrt. Auch der Abbé sah die Gestalt, die dort regungslos auf einem Pferderücken saß. Ich fühlte Blochs Finger an meinem Arm und hörte den gepressten Atem. »John, wir haben Recht, dahinten steht jemand.«

»Nein, darin«, sagte ich leise, löste mich von meinem Begleiter und ging um das Becken. Von der Seite hatte ich einen etwas besseren Blick.

Mein Herz schlug plötzlich schneller. Automatisch fasste ich dorthin, wo sich mein Kreuz befand, denn jetzt erst spürte ich die leichte Wärme, die von ihm abgegeben wurde.

Es wollte mich vor der Gestalt warnen, die ich endlich erkannt hatte.

Es war einer der vier Horror-Reiter!

Auf seiner Brust entdeckte ich – wenn auch nicht sehr deutlich – einen großen Buchstaben.

Ein A!

Entweder gehörte die Gestalt zu dem Dämon Astaroth oder Amducias. Wie dem auch sei, beide waren gefährlich.

Der Reiter bewegte sich nicht. Er stand dort wie ein Standbild.

Durch das vor ihm nach unten fallende Wasser wirkte der Buchstabe auf seiner Brust wie ein zerlaufender Fleck, und auch er selbst erinnerte mich an einen schwarzen Klumpen.

Ich holte mein Kreuz hervor. Wenn es sein musste, wollte ich durch das Wasser, doch dazu kam es nicht mehr. Bevor ich mein Kreuz einsetzen konnte, war der Reiter wieder verschwunden. So schnell und lautlos, als hätte es ihn zuvor nicht gegeben.

»Er ist weg, John.«

Ich drehte mich zu Bloch hin. »War er denn je da, oder haben wir uns getäuscht?«

»Nein, zum Teufel, das war keine Täuschung. Alles, nur das nicht. Er war da und ist verschwunden. Wobei ich mich nur frage, wo er hergekommen ist. Weißt du eine Antwort?«

»Nein.«

Der Abbé schlug mit der rechten Faust gegen seine linke Handfläche. »Jedenfalls wissen wir jetzt Bescheid. Hinter dieser Quelle steckt mehr, als es den Anschein hat. Und wahrscheinlich auch hinter dem gesamten Fall. John, es geht nicht nur um die böse Angela. Dieser Fall ist größer, viel größer.«

Ich widersprach nicht. Das Auftauchen des Horror-Reiters hatte die Probleme nicht gerade verkleinert. Die vier Reiter der Apokalypse traten eigentlich nie einzeln auf. Wo sich einer aufhielt, konnten die anderen drei nicht weit sein.

Zusammen bildeten sie eine höllische Schutztruppe für einen bestimmten Dämon. Ein Abkömmling des Teufels namens Baphomet, ein Kind-Dämon, dessen Geburt wir leider nicht hatten verhindern können.

Baphomet und die Horror-Reiter führten die Gruppe von Templern an, die sich vor einigen Jahrhunderten von den normalen und gottesfürchtigen Templer-Rittern abgespalten hatte und den Weg in die finsteren Pfade der Hölle ging.

Noch heute jagten sie ihre ehemaligen Brüder. Sie wollten sie töten, an der Spitze natürlich Abbé Bloch. Bisher jedoch hatte der Abbé es verstanden, die Angriffe abzuwehren. Mit der Geburt Baphomets allerdings war die Gruppe stärker geworden, was uns überhaupt nicht gefiel. Hinzu kam noch ein Mann namens van Akkeren. Er nannte sich Grusel-Star und hatte die Templer als Vertreter Baphomets bis zu dessen Wiedergeburt geführt. Wie er nun zu diesem Kind-Dämon stand, wusste ich nicht, aber mit ihm mussten wir ebenfalls rechnen.

Ich hörte die Schritte des Abbé selbst durch das Klatschen des fallenden Wassers. »So ist es, John, wir haben es nicht nur mit der bösen Angela zu tun. Ich aber frage mich, welch eine Rolle sie in diesem teuflischen Machwerk übernommen hat.«

»Wir werden sie fragen, falls wir dazu kommen.«

»Möchtest du trotzdem nach Tullmer fahren?«

»Ja. Wir wissen jetzt, dass etwas auf uns zukommt und müssen auch damit rechnen, den anderen drei Horror-Reitern zu begegnen. Ich weiß nicht, wann sie erscheinen werden, rechne aber damit, dass sie die böse Angela unterstützen. Vielleicht ist sie auch deshalb zurückgekehrt.«

»Wegen der Reiter?«

»Ja.«

Der Abbé knetete sein Kinn. »So ganz kann ich mir das zwar nicht vorstellen, aber ich möchte dir auch nicht widersprechen. Ich bin nur gespannt, welche Gemeinsamkeiten es zwischen den Reitern und der bösen Angela gibt.«

»Die könnten möglicherweise in der Vergangenheit zu suchen sein.« Ich grinste knapp. »Vielleicht wird uns Angela aufklären, wenn wir ihr die entsprechenden Fragen stellen.«

Bloch nickte. »Dennoch würde ich dieses Gebiet nicht vergessen oder aus den Augen lassen. Ich habe einfach das Gefühl, dass sich hier noch etwas ereignen wird.«

»Möglich.«

»Weißt du, John, Dämonen lieben die Nacht, besonders Vampire. Wir werden bis zum Anbruch der Dunkelheit warten müssen. Erst dann wird sich Angela aus ihrem Versteck wagen. Und wir sollten die Zeit nutzen. Möglicherweise wissen die Bewohner von Tullmer mehr.«

Der letzte Satz war praktisch unser Startsignal. Auf dem Rückweg hingen wir unseren Gedanken nach. Jeder befasste sich mit dem Problem, aber über Ergebnisse sprachen wir nicht. Es war genug spekuliert worden, jetzt mussten wir alles auf uns zukommen lassen.

Das Wetter verschlechterte sich zusehends. Der leichte Dunst bildete an besonders feuchten Stellen schon dicke Nebelwände, die wie graue Mauern über dem Sumpf standen.

Auf der normalen Straße war die Sicht noch ziemlich gut. Auch im Fahrtempo brauchten wir uns nicht einzuschränken.

Der erste Eindruck von Tullmer war positiv. Wir fanden eine saubere Stadt vor mit zahlreichen Fachwerkhäusern, wie sie für das Elsass so typisch sind. Die Weinberge im Osten waren unter dem dünnen Dunstschleier verschwunden, und aus den zahlreichen Schornsteinen der Häuser quollen dünne Rauchfahnen.

Enge Gassen, feuchtes Kopfsteinpflaster, hohe Bordsteine, kleine Gasthäuser, Pensionen, einige Geschäfte, das alles entdeckten wir.

Die Straßen und Gassen waren nicht leer. Die Menschen gingen ihren gewohnten Tätigkeiten nach, kauften ein, arbeiteten oder schwatzten miteinander.

Und gerade diese Menschen kamen uns beim zweiten Hinsehen bedrückt vor. Wir vermissten beide die Fröhlichkeit. Das konnte auch am Wetter liegen, doch daran wollte ich nicht so recht glauben.

Wir parkten am Markt. Wenn ich in ein fremdes Dorf kam, stellte ich den Wagen immer dort ab.

Alte Häuser säumten ihn, eine große Eiche breitete ihr kahles Geäst aus, einige Kinder spielten Fangen, und gegenüber öffneten sich die Türen einer Schule, um die Schüler zu entlassen.

»Wo fangen wir an?«, fragte der Abbé.

»Ich habe da meine eigenen Vorstellungen entwickelt. Um etwas zu erfahren, muss man entweder mit einem Polizisten reden, dann erhält man die Informationen offiziell, oder aber man geht in einen Gasthof und mischt sich unter die Leute. Du kannst wählen.«

»Wie wär's mit dem Dorf-Sheriff?«

»Falls es einen gibt.«

Im Rathaus gab es eine Polizeistation, die aber war nicht besetzt. Der zuständige Beamte hatte Urlaub und war in den Süden gefahren, weil seine Tochter dort heiratete.

»Bleibt uns die Kneipe.«

»Wir wär's mit dem Bürgermeister, John? Wo wir schon mal im Rathaus sind.«

Ich schaute den leeren Gang hinunter. Der Fußboden bestand aus dunkelroten Steinen. Sämtliche Türen waren geschlossen. »Hier findest du keinen. Es ist Mittag.«

»Gut, gehen wir etwas essen.«

Der nächste Gasthof lag nur wenige Schritte entfernt. Er war in einem alten Fachwerkhaus untergebracht worden. Über der Tür schaukelte ein großer Hahn aus Messing.

Wenn der Wirt immer so gut zu tun hatte wie an diesem Mittag, konnte er schnell reich werden. Es gab kaum noch einen freien Platz. Zwei Serviererinnen schleppten Tellergerichte an die Tische. Wahrscheinlich saß hier die Besatzung des Rathauses und schlug sich die Bäuche voll.

Wir kämpften uns bis zur Theke durch. Nicht nur Bier wurde vom Fass verkauft, auch Wein. Ich entschied mich für Wein wie auch der Abbé.

Der Wirt, ein älterer Mann mit Lederschürze vor dem Bauch und aufgekrempelten Hemdsärmeln, schaute dreimal hin, als er uns sah.

»Ja, wir sind fremd«, sagte ich.

»Das dachte ich mir. Auf der Durchreise?«

»So ungefähr.«

Er servierte uns den Wein, wir tranken die ersten Schlucke und stellten die bauchigen Gläser wieder auf den alten, dunklen Holztresen, über dem Messingleuchten hingen, die ihren Schein fächerförmig verteilten. Die Kneipe war originell. Das fing bei den hochlehnigen Stühlen mit einem Korbgeflecht als Sitzfläche an und hörte bei den zahlreichen Souvenirs auf, die auf einem Regal standen und wohl von den Gästen mitgebracht worden waren.

Rechts neben mir saß ein älterer Herr, der seinen Schoppen trank und mich beobachtete. Als sich unsere Blicke wieder trafen, lächelte ich. Das fasste der Mann als Aufforderung für ein Gespräch auf und meinte: »Ich habe zufällig aufgeschnappt, dass die Herren fremd sind.«

»Das stimmt!«

Der Mann strich über sein schwarzgraues, gescheiteltes Haar. Auf seiner Oberlippe wuchs ein schmaler Bart von der gleichen Farbe. »Wollen Sie länger bei uns bleiben?«

»Das kommt darauf an, ob es uns gefällt.«

»Ich heiße übrigens Meier. Major außer Dienst.«

Auch wir stellten uns vor. Der Major merkte sofort, dass ich Engländer war, ging aber darauf nicht ein, sondern beschäftigte sich mit unserem Bleiben.

»Normalerweise würde ich nichts sagen. Wir sind Besuchern gegenüber positiv eingestellt, aber ich finde, dass Sie noch vor Einbruch der Dunkelheit abreisen sollten.«

Wir taten erstaunt. »Weshalb?«, fragte der Abbé.

»Das ist nicht einfach zu erklären«, erwiderte der Major. »Wirklich nicht, weil ich Ihnen keine Angst einjagen will.«

Ich lachte. »Wir sind einiges gewohnt.«

Meier nahm sein Weinglas hoch und schaute sehr skeptisch hinein. »Nein, Sie sollten fahren.«

»Dann nennen Sie uns den Grund!«, verlangte Bloch.

»Ich behalte ihn für mich.«

»Kann es wegen der bösen Angela sein?«, fragte ich locker.

Der Major neben mir hatte sein Weinglas schon umklammert. Er behielt den Griff bei, ohne das Glas hochzuheben. »Woher wissen Sie?«, fragte er nur.

»Es spricht sich herum.«

»Nein, das glaube ich Ihnen nicht.«

Der Abbé beugte sich nach rechts. »Vielleicht sind wir nur deswegen nach Tullmer gekommen.«

»Dann sollten Sie auch meinen Rat beherzigen und so rasch wie möglich abfahren. Die böse Angela ist eine Nummer zu groß für Sie. Die schafft jeden, glauben Sie mir.«

»Mal sehen.«

Der Major trank. »Haben Sie Angela eigentlich schon mal gesehen?«

»Nein.«

»Seien Sie froh. Es gibt einige Leute hier im Ort, die ihr begegnet sind.«

»Und?«

Ich sah eine Gänsehaut auf dem Gesicht des Majors. »Ich kann Ihnen etwas sagen, Monsieur Sinclair. Die haben Glück gehabt, dass sie noch leben. Auch mir ist sie in der vergangenen Nacht über den Weg gelaufen. Das ist hier Tagesgespräch.« Er drehte sich auf dem Hocker. »Sehen Sie sich mal um. Äußerlich ist alles normal, aber lassen Sie mal die Dunkelheit hereinbrechen, dann werden sich die Menschen verändern. Jeder hier in Tullmer hat Angst. Noch gab es keinen Toten, das aber könnte sich schnell ändern.«

Ich zündete mir eine Zigarette an. »Gibt es hier Bewohner, die einen besonderen Kontakt mit ihr hatten?«

»Ja, die Cingars. Das heißt, der junge Cingar. Er ist Soldat, kam gestern Abend nach Hause und wurde von Angela überfallen. Zum Glück hat er es überlebt. Wir alle haben sie gesehen, konnten sie aber an der Flucht nicht hindern.«

»Und wo befindet sie sich jetzt?«, wollte der Abbé wissen.

Monsieur Meier hob die Schultern. »Das kann Ihnen niemand sagen. Sie wird sich versteckt halten.« Er beugte sich näher und leckte einen Tropfen Wein von der Unterlippe. »Ich will Ihnen etwas sagen. Der Wald ist nahe und der Sumpf ebenfalls. Da gibt es viele Schlupfwinkel, wo sich ein Vampir verbergen kann.«

»Haben Sie nach ihr gesucht?«

»Nein!«, antwortete er fast entrüstet. »Wo denken Sie hin? Niemand begibt sich freiwillig in Lebensgefahr. Die Sache hat schon genug Staub aufgewirbelt, nachdem etwas von der bösen Angela in der Zeitung gestanden hat. Sie glauben nicht, was hier für ein Rummel war. Nach einer Woche hat sich alles beruhigt. Auch das Wetter spielte nicht so mit. Sie sind die ersten Fremden, die kamen. Noch einmal mein Rat. Fahren Sie lieber wieder weg, wenn Ihnen Ihr Leben wichtig ist.«

Ich ging auf den Vorschlag nicht ein. »Sie können sich auch nicht vorstellen, weshalb diese Vampirin erschienen ist?«

»Nein, aber sie hatte einen Grund!«

»Welchen?«

»Noch einen Wein, Major?«, fragte der Wirt und schenkte nach, als Meier genickt hatte. Uns bedachte er mit misstrauischen Blicken. Es gefiel ihm wohl nicht, dass wir uns mit dem Einheimischen so intensiv über ein bestimmtes Thema unterhielten.

Meier trank. »Wissen Sie«, sagte er, das Glas absetzend. »Das ist alles etwas schwierig. Eigentlich bin ich nicht der richtige Gesprächspartner für Sie. Die Cingars wissen mehr über das Auftauchen des Vampirs und auch über dessen Motiv.«

Abbé Bloch, der zugehört hatte, spreizte Daumen und Zeigefinger seiner rechten Hand ab. »Aber Sie wissen doch bestimmt ein wenig oder kennen Vermutungen?«

»Schon. Ich bin mehr ein Tatsachenmensch, ein Realist. Jedenfalls hörte ich, dass die böse Angela nur deshalb erschienen ist, weil sie auf ein bestimmtes Ereignis wartet.«

»Auf welches, wissen Sie nicht?«

»Nein.«

»Dann müssten wir mit den Cingars mal reden.«

Der Major legte mir eine Hand auf den Unterarm. »Ganz im Ernst, Monsieur. Wir schätzen die Neugierde von euch Reportern eigentlich nicht. Nehmen Sie es nicht persönlich, nur ganz allgemein.«

Ich lächelte schmal. »Wir sind nicht von der Presse.«

»Ach.« Er lehnte sich zurück. »Woher kommen Sie dann?«

»Können Sie schweigen?«

»Ich war Offizier!«

»Gut, dann sage ich es Ihnen. Interpol.«

Der Major starrte uns an, überlegte, wobei seine Stirn ein Faltenmuster zeigte. »Deshalb also die Nichtfranzosen. Sie als Engländer und Sie, Monsieur ...«

»Ich bin Franzose. Aus dem Süden.«

»Ach so.«

»Wo wohnen denn die Cingars?«, fragte ich.

»Nicht weit von hier. Sie brauchen nicht einmal einen Wagen zu nehmen. In Tullmer liegt alles dicht zusammen. Ich erkläre Ihnen den Weg.«

Es war wirklich nicht weit. Der Major wiederholte sich noch einmal und nahm uns das Versprechen ab, ihn in Kenntnis zu setzen, wenn es so weit war.

Abbé Bloch hatte schon gezahlt. Unter den Blicken der anwesenden Gäste verließen wir das Lokal. Die Leute starrten uns an, als wären wir selbst Vampire.

Ich warf an der Tür noch einen Blick zurück. Der Wirt hatte sich über den Tresen gebeugt und flüsterte mit dem pensionierten Major. Wahrscheinlich ging es um uns.

Über Tullmer hing der Dunst. Wie angebunden klebten die langen Fahnen an der Erde. Noch konnte man sehen, in der Dämmerung allerdings und der folgenden Dunkelheit würde es schwierig werden. Für einen Vampir eine ideale Wetterlage.

Bloch nickte mir zu. »Ich bin gespannt, ob uns die Cingars mehr sagen können.«

»Das hoffe ich.«

Es dauerte etwas über zehn Minuten, bis wir das Haus der Familie gefunden hatten. Es lag am Ende einer schmalen Straße, ein wenig versetzt. Neben der Haustür stand ein betagter R 4 mit einigen frischen Beulen als Muster. Das musste der Wagen sein, der von der bösen Angela überfallen worden war.

Ich fand eine Klingel und schellte. Die Glocke hörten wir im Haus, nur kam niemand, um zu öffnen.

»Die scheinen nicht da zu sein.« Bloch stand vor einem Fenster und versuchte, einen Blick durch die Scheibe zu werfen.

»Siehst du etwas?«

»Nein.«

Es ist eine alte Angewohnheit von mir, gegen eine Tür zu drücken, bevor ich mich endgültig verabschiede. Auch hier tat ich das, aber die Tür war verschlossen.

»Wir werden es später noch einmal versuchen«, sagte ich zum Abbé.

»Nein, John, jetzt.«

»Was ist?«

Er drehte sich um. Sein Gesicht war hart geworden. »Ich habe doch etwas erkennen können. Da liegt ein Schrank am Boden.«

»Bist du sicher?« Ich ging einen Schritt auf das Fenster zu.

»Sieh selbst nach.«

Der Wind blies mir feucht in den Nacken, als ich durch die Scheibe starrte und zugeben musste, dass sich der Abbé nicht geirrt hatte. Ich blies meinen sichtbaren Atem in den Dunst und nickte Bloch zu. »Gut«, sagte ich. »Sehen wir uns die Rückseite an. Vielleicht kommen wir irgendwie hinein.«

»Und was denkst du?«

»Das Gleiche wie du, Abbé. Die böse Angela scheint ihrem Namen alle Ehre gemacht zu haben.«

»Das Gefühl habe ich auch.«

Ein schmaler Weg führte seitlich am Haus vorbei in den Garten. Dort wollten wir nicht hin. Neben der Außentreppe an der Rückseite blieben wir stehen. Ich wäre fast in die auf dem Boden liegenden Splitter hineingetreten. Gerade noch zog ich den Fuß zurück, drehte den Kopf und sah die zerstörte Scheibe eines Fensters.

»Gütiger Himmel!«, flüsterte der Abbé. »Die muss tatsächlich im Haus gewesen sein.«

»Warte du noch.« Ich streckte den Arm aus und entriegelte das Fenster von innen.

Der Einstieg bereitete mir keine Schwierigkeiten, und auch der Abbé folgte mir schnell.

Wir befanden uns in einem schmalen Raum, in dem Vorräte standen. Es roch nach Putzmitteln und Seife. Die Tür war offen, sodass wir in einen Flur gehen konnten.

Beide bewegten wir uns so leise wie möglich und fast nur auf den Zehenspitzen. Befanden wir uns tatsächlich in einem Haus, das von einem Vampir heimgesucht worden war?

Ich hatte die Beretta gezogen und blickte zur Seite, als ich Stoff rascheln hörte.

Der Abbé hatte unter seiner Jacke einen aus geweihtem Silber bestehenden Pflock hervorgeholt. In der anderen Hand hielt er eine silberne Maske, die er jetzt aufsetzte. Die Maske bedeckte nur die obere Gesichtshälfte, den Mund ließ sie frei. Durch die beiden großen Augenschlitze konnte er sehen.

Ich kannte den Pflock und auch die Maske. Erinnerungen an einen anderen Fall wurden wach, als ich den Abbé und seine

Templer zum ersten Mal in Aktion erlebt hatte. Das lag ungefähr ein Jahr zurück. Da hatten wir Hector de Valois' silbernes Skelett gefunden, in einem Grab aus der Vergangenheit. Wir waren von blinden Werwölfen überfallen worden, aber die Templer hatten sie alle geschafft, und zwar durch die Hilfe ihrer Silberpflöcke.

»Es ist wieder so weit«, flüsterte Bloch beinahe feierlich. »Ich spüre, dass ich eingreifen muss.«

»Noch wissen wir nicht, was vorgefallen ist.«

»Rechnest du mit Lebenden?«, fragte er nur.

»Solange ich das Gegenteil nicht gesehen habe, schon«, erwiderte ich.

»Nein, John, hier hat das Grauen zugeschlagen. Ich spüre es mit jeder Faser meines Körpers. Wir haben über ein Versteck für die böse Angela gesprochen. Vielleicht finden wir es hier.«

Noch standen wir im Flur. Er war überheizt.

»Trennen wir uns?«, fragte der Abbé.

»Warte erst.« Ich hatte die offen stehende Tür zum Flur entdeckt und ging auf sie zu. Diesmal sah ich den Schrank liegen. Er war bei seinem Fall auseinander geplatzt. Das Oberteil lag auf dem Boden, die Scheiben waren zerstört und das Porzellan ebenfalls. Als Scherbenhaufen lag es in der Küche verteilt.

Von der bösen Angela sahen wir ebenso wenig etwas wie von den Bewohnern des Hauses.

Der Abbé schob mich in die Küche hinein. »John, sie war hier, das schwöre ich. Du kannst sagen, was du willst.« Er deutete auf den Boden. »Sieh dir den Fleck an, das ist Blut!«

Wir sahen nicht nur den einzigen Fleck. Das Blut verteilte sich in der Küche.

Die Familie Cingar bestand aus den Eltern und dem Sohn. Und alle drei waren nicht zu sehen. So etwas musste uns einfach zu denken geben. Und es waren beileibe keine positiven Gedanken, die uns durch den Kopf schossen.

»Wenn Angela sie erwischt hat, müssen wir mit vier Vampiren rechnen und auch damit, dass sie geflohen sind. Sie werden sich möglicherweise in der Nähe versteckt halten. Der Wald ist ja dicht genug.«

»Wir werden das Haus trotzdem durchsuchen«, entschied ich.

»Damit bin ich einverstanden. Trennen wir uns? Jeder ist Manns genug, um auf sich selbst achten zu können.«

»Ja, ich bin dafür.«

Der Abbé wollte sich unten umsehen. Mich führte der Weg in die obere Etage. »Ich nehme mir auch noch den Keller vor«, sagte Bloch zum Abschied.

»Nein, warte, bis ich zurückkomme.«

»Glaubst du, dass sie sich dort verborgen halten?«

»Wenn Angela es geschafft hat, müssen wir mit vier Gegnern rechnen«, sagte ich leise.

»Bon, ich warte dann auf dich.«

Die Treppe nach oben war ziemlich eng und steil. Jede Holzstufe stöhnte auf, wenn sie durch mein Gewicht belastet wurde. Ich schielte höher, sah aber keine Bewegung.

Im schmalen Flur der ersten Etage blieb ich stehen und sah mich zunächst einmal um.

Drei Türen, davon eine sehr schmal und am Ende des Flurs, wo auch die Lampe hing. Ich hatte Licht gemacht, riss die schmale Tür auf und blickte in eine kleine Abstellkammer, in der ich alles Mögliche fand, nur keinen Vampir. Dafür eine Luke mit Leiter, die ausklappte, wenn man sie nach unten zog.

Ich ging wieder zurück und nahm mir die erste Tür auf der linken Seite vor.

Dahinter lag das Zimmer des Jungen. Wände waren mit Postern beklebt. Die Motive zeigten die bekannten Rockgruppen, aber auch ein paar leichtbekleidete Mädchen entdeckte ich. Das Bett war nicht gemacht. Jemand hatte aber darin gelegen.

Ich schaute auch in den Schrank.

Wäsche, Kleidung und ein Fernrohr fand ich. Dieses Zimmer war leer. Auch der helle Teppichboden zeigte keine Blutflecken. Gegenüber lag das Schlafzimmer der Eltern. Ein etwas zu kleiner Raum und mit einer Schräge versehen. Der Schrank war nach Maß eingebaut worden. Die vier Türen waren verschlossen. Zwischen dem Schrank und dem Doppelbett befand sich nicht viel Platz. Ich blieb stehen und schaute auf das Bett, bis ich plötzlich ein schabendes Geräusch hinter meinem Rücken hörte und herumwirbelte.

Der Hieb mit der harten Handkante traf mich noch in der Drehung und schleuderte mich so weit zurück, dass ich auf das Bett prallte. Zwischen Hals und Ohr hatte es mich erwischt. Dort flammte auch der Schmerz hoch.

Aus dem Schrank aber stürzte ein noch junger Mann hervor, der nur mit einer Schlafanzughose bekleidet war. Sein Gesicht war schrecklich verzerrt, und die beiden Vampirzähne leuchteten wie blanke Stifte …

Der Vampir hechtete auf mich zu. Ich lag noch auf dem Rücken und drehte mich jetzt zur Seite, wobei ich mir viel Schwung gegeben hatte und über das flache Fußende hinwegrollte, als der Vampir auf das Bett krachte und seine Klauen in die Decke schlugen.

Ich hörte ihn böse knurren, kam rückwärts taumelnd in die Höhe und wurde von der Wand gestoppt.

Auch der Blutsauger richtete sich wieder auf. Von unten her hörte ich Abbé Bloch meinen Namen rufen, darum kümmerte ich mich nicht, ich feuerte dem anhechtenden Blutsauger eine Kugel entgegen.

Stoppen konnte ich ihn nicht. Er rammte mich noch, hielt sich dann an mir fest, aber ich spürte bereits die Wirkung der Kugel. Seine Bewegungen erlahmten, die Finger konnte er nicht mehr krümmen, und so rutschten seine Hände ab.

Vor mir sank er zu Boden. Ich drückte ihn zur Seite, sodass er sich auf den Rücken rollte.

Ja, er war tot. Das bleiche Gesicht hatte einen friedlichen Ausdruck angenommen. Nichts erinnerte mehr an die verzerrte Fratze, die er gehabt hatte, als er den Schrank verließ.

Plötzlich stand der Abbé neben mir. Den Silberpflock hielt er stoßbereit in der Rechten. Ich massierte meinen Hals und erklärte Bloch, was nötig war.

Der Abbé nickte schwer. »Ja, das war der Junge«, hauchte er

dabei. »Einmal hat er es geschafft und konnte dieser Angela entgehen. Beim zweiten Mal hatte er kein Glück mehr.«

»So ist es.« Ich beugte mich nieder und hob den jungen Mann auf. Dann legte ich ihn rücklings aufs Bett. Der Abbé schloss ihm die Augen. »Mehr können wir nicht für ihn tun«, sagte er nach einem kurzen Gebet. »Und die anderen Mitglieder der Familie? Was ist mit denen?«

»Ich weiß es nicht. Er hielt sich im Schrank verborgen. Eine Tür stand offen, die drei anderen waren noch geschlossen.«

Der Reihe nach riss Bloch sie auf. Er wühlte mit beiden Händen zwischen den hängenden Kleidungsstücken, fand aber nichts und trat wieder zurück. »Und wo können die anderen stecken, John?«

»Hast du unten nachgesehen?«

»Da ist nichts.«

»Der Keller fehlt uns noch.«

»Das ideale Vampirversteck.«

»Vielleicht.«

Hintereinander schritten wir die Treppe hinab. Es war uns klar, dass wir die Brut noch vor Anbruch der Dunkelheit finden mussten. War es erst einmal finster, konnten sie aus dieser Deckung heraus agieren und das Blut der Menschen trinken.

Der Abbé wusste bereits, wo sich die Kellertür befand. Sie war auch nicht abgeschlossen. Diesmal ging er zuerst, blieb auf der obersten Steinstufe stehen und drehte den Lichtschalter herum.

Es passierte nichts.

»Mist!«, hörte ich ihn flüstern. »Das kommt nicht von ungefähr, John, sage ich dir.«

»Hast du eine Lampe?«

»Nein, leider nicht.«

»Aber ich. Lass mich vor.« Ich hatte die Leuchte schon aus der Tasche geholt. Sie war sehr klein, hatte aber Halogenlicht, das über die Treppe hinwegfiel und einen Teil des Kellerganges ausleuchtete. Madame Cingar war eine saubere Frau, die auch den Keller putzte. Staub und Fußabdrücke entdeckten wir nicht darin.

Diesmal trat ich als Erster tiefer in die ungewöhnliche Stille des

Kellers hinein. Es war eine Ruhe, die mir überhaupt nicht gefiel. Sie kam mir lauernd vor, als würde sie darauf warten, das Grauen ausschicken zu können. Es gab keinen direkten langen Kellergang. Drei Verschläge entdeckte ich. Leider bestanden die Türen aus dickem Holz, sodass ich nicht hindurchleuchten konnte.

An der linken Seite öffnete sich eine Nische. Sie musste sehr breit sein, weil dort der Gasbrenner seinen Platz gefunden hatte. Er stand auf einem gemauerten Sockel. Zwischen ihm und der Rückwand befand sich noch ein Zwischenraum, in den ich hineinleuchtete. Alte Spinnweben entdeckte ich, sonst nichts.

Der Abbé kam die Treppe runter. Ich hörte seine Schritte, obwohl er sich bemühte, leise zu sein. »Sie sind aber hier«, sagte er, »das spüre ich genau.«

Mit dem Waffenlauf deutete ich auf eine der beiden Türen. Der Abbé stand schon davor und versuchte, sie zu öffnen. Er schaffte es nicht, jemand hatte sie abgeschlossen.

»Aufbrechen?«

»Erst mal die andere Tür.«

Bloch hatte nicht weit zu gehen. Ich leuchtete ihm. Der Strahl fiel auch auf die Silbermaske und ließ sie aufleuchten wie einen im Mondlicht stehenden Spiegel.

Die Tür hatte eine schwarze Klinke, und sie war nicht verschlossen. Der Abbé zog sie mit einem heftigen Ruck auf, ich strahlte über die Schwelle, und wir blickten in eine viereckige Waschküche, in der eine alte, mit Wasserkraft betriebene Maschine stand. Die moderne sahen wir rechts der beiden großen Steinwaschbecken.

»Sieht leer aus«, sagte Bloch und betrat die Waschküche.

Im nächsten Augenblick konnte er dem Himmel danken, dass er eine Halbmaske trug. Hinter der Tür hatte der Gegner gelauert und zugeschlagen. Die Holzlatte war auf das Gesicht des Abbés gezielt, sie traf auch, aber sie erwischte nur die Maske.

Der Abbé riss die Arme hoch. Im Licht meiner Lampe sah ich seine Bewegungen scharf konturiert. Er drehte sich auch herum – ob er benommen war, konnte ich nicht erkennen –, dann erschien eine Hand und griff zu.

Gleichzeitig stieß der Abbé seinen rechten Arm vor.

Ich war ebenfalls da und erkannte beide.

Bloch und der Vampir sahen aus, als wollten sie sich auf eine besonders herzliche Art und Weise begrüßen, denn sie hielten sich gegenseitig umklammert.

Nur war diese Begrüßung für einen der beiden tödlich, denn Bloch hatte genau gezielt. Der Silberpflock befand sich mit seiner Spitze dort, wo der Vampir ein nicht mehr schlagendes Herz besitzt.

Ich leuchtete in sein Gesicht. Es war schrecklich verzerrt, als er langsam nach hinten kippte und sich der Pflock aus dem Körper wieder löste. Der Templer behielt seine Waffe in der Hand. Vor unseren Augen drehte sich der Blutsauger dem Boden entgegen. Auch der Abbé taumelte auf die Wand zu, die Nachwirkungen des Treffers waren nicht einfach zu verdauen.

»Geht es?«, fragte ich.

Abbé Bloch bewies sogar Humor. »Gestern ging's noch«, erklärte er keuchend und nahm seine Maske ab. »Die hat einiges abgehalten. Wäre sie nicht gewesen, dann …« Er verstummte und presste beide Hände vor die Stirnwunde, die er trotz allem erhalten hatte.

Ich sah mir den Vampir an. Es musste der Vater des jungen Soldaten sein, die Ähnlichkeit jedenfalls war unverkennbar. Das Gesicht war nicht mehr verzerrt, es zeigte jetzt einen friedlichen Ausdruck.

Ich spürte den Schauer, der meinen Rücken hinablief. Zwei Mitglieder der Familie waren zu Vampiren geworden, es fehlten nur noch die Mutter und natürlich die böse Angela. Sie war die treibende Kraft, sie hatte das Böse in die kleine Welt dieses idyllischen Ortes gebracht.

Ich durchsuchte den Keller und leuchtete dabei jeden Winkel aus. Verdächtiges war nicht mehr zu finden. Kein Vampir hielt sich verborgen. Die zweite Tür am Ende der außen vorbeiführenden Treppe war verschlossen.

»Lass uns weitersuchen, Abbé. Irgendwo müssen sie einfach stecken, verdammt.«

Abbé Bloch trat auf mich zu. Er musste noch mit der Balance

kämpfen, der Treffer hatte ihn trotz Maske härter erwischt, als er mir gegenüber zugeben wollte.

Er nickte. »Geht in Ordnung.«

»Und was fehlt noch?« Ich überlegte einen Moment und dachte an den Dachboden. In der kleinen Kammer oben hatte ich die Luke gesehen und die daran befestigte Leiter. »Es gibt noch eine Möglichkeit. Dieses Haus hat so etwas wie einen Spitzboden. Meines Erachtens wird er gerade so groß sein, dass sich dort ein Mensch verbergen kann. Vielleicht sollten wir da noch einmal nachsehen.«

Auch der Templer hatte nachgedacht. »Ich kann mir gut vorstellen, dass Angela das Haus hier verlassen hat. Möglicherweise wollte sie nur einen Stützpunkt, ansonsten aber freie Bahn haben.«

»Und wo?«

»Im Ort?«

»Nein, ich denke eher an die Quelle und diesen Wasserfall. Sie ist aus dem Sumpf gekommen, wir haben einen Horror-Reiter gesehen, und ich glaube jetzt auch, dass sich hinter dem Wasserfall der Eingang zu einer anderen Dimension befindet. Meines Erachtens muss es dort ein Tor geben.«

»Kann sein.«

Wir verließen den Raum und leuchteten noch einmal durch den Flur. Mich interessierte die nebenan liegende Tür. Zwar war sie verschlossen, dennoch konnte sich hinter ihr jemand aufhalten.

Da hörten wir das Wimmern.

Zuerst dachten wir an ein Tier, weil es ein so klagender Laut war. Ich wollte aber auf Nummer Sicher gehen und hämmerte mit der Faust gegen das Holz.

Das Wimmern verstummte.

Der Abbé blickte mich an. »John, dahinter muss jemand hocken. Vielleicht Madame Cingar.« Er hatte die Vermutung kaum ausgesprochen, als er bereits den Namen rief.

Die Antwort erhielten wir schnell. »Wer sind Sie?« Am Zittern der Stimme hörten wir heraus, unter welch einem immensen Druck die Person stand.

»Sie haben nichts zu befürchten«, sagte der Abbé. »Schließen Sie die Tür auf.«

»Nein! Nein! Sie sind fremd. Ich habe Ihre Stimmen noch nie gehört. Ihr wartet nur auf mich, ihr verdammten Blutsauger. Ich bleibe hier, und wenn ich hier vermodern muss.«

Bloch hob die Schultern. »Was machen wir? Willst du das Schloss aufbrechen?«

»Zur Not ja.«

Wir beide versuchten es noch einmal mit Worten. Es gelang uns tatsächlich, Madame Cingar von unseren ehrlichen Absichten zu überzeugen und auch nur, als wir den Text eines bekannten Gebets gesprochen hatten, denn Vampire würden sich vor diesen Worten hüten.

Schlurfende Schritte näherten sich der Tür, und wenig später wurde sie aufgezogen.

Wir waren sicherheitshalber einen Schritt zurückgetreten. Ich leuchtete die Tür auch nicht direkt an, sondern vorbei, und wir sahen eine Frau, die ein großes Holzkreuz umklammerte.

Über den Querbalken hinweg blickte ich in ihr Gesicht. Eine graue Haut, verweinte Augen, die Lippen zitterten, und feine Speichelbläschen sprühten zwischen ihnen.

Sie trug einen eng gewickelten Schlafrock, auf dessen Kragen das aufgelöste Haar fiel. »Fasst das Kreuz an!«, keuchte sie rau. »Fasst es an, ihr beiden.«

Wir taten ihr den Gefallen.

Als sie sah, dass uns nichts geschah, stöhnte sie auf und kippte zur Seite. Die Spannung löste sich bei ihr, und sie konnte sich nicht mehr auf den Beinen halten.

Ich fing die bedauernswerte Frau auf und trug sie hoch in die Wohnung, wo ich sie auf die Couch des Wohnzimmers bettete.

Ich fand einen Cognac und reichte ihr ein Glas. Sie richtete sich auf, ich stützte sie ab und sah zu, wie sie trank. Bis zum Grund leerte sie das Glas.

Danach ließ sie sich wieder zurückfallen. Ihre starren Augen richteten sich gegen die Decke. Dann bewegten sich die Lippen. »Tot«, flüsterte sie. »Alle sind tot. Mein Gott, es war grauenhaft.

Ich habe es erleben müssen. Sie war hier, hier in der Wohnung.« Sie drehte den Kopf so, dass sie uns ansehen konnte. »Haben Sie gehört? Diese Bestie hatte sich in unserem Haus versteckt.«

»Angela, nicht wahr?«, fragte der Abbé.

»Ja, wir dachten, es wäre vorbei, aber das stimmte nicht. Mein Sohn schlief schon, auch Gérard und ich wollten zu Bett gehen, da tauchte sie auf. Sie hatte sich im Keller versteckt gehabt, und wir konnten uns kaum wehren. Nur ich holte mir das Kreuz. Davor hat sie Furcht, aber meine beiden Männer …«

Den Rest der Worte verstanden wir nicht, weil sie in einem Weinkrampf untergingen.

Wir ließen Madame Cingar Zeit. Sie presste ein Taschentuch gegen die Augen, weinte weiter und schüttelte hin und wieder den Kopf. Wir gingen noch nicht. Diese Frau wusste bestimmt etwas, das für uns interessant war.

Nach Angela brauchten wir keine Ausschau zu halten. Sie hatte das Haus längst verlassen, aber ihr Erbe schwelte weiter.

Nach einer Weile hatte sich die Frau wieder gefangen. Sie tupfte die nassen Augen ab und sah uns abwechselnd an. »Was wollen Sie eigentlich hier?«, fragte sie schluchzend.

Ich lächelte. »Vielleicht sind wir gekommen, um einen Vampir zu stellen.«

»Sie als Menschen?«

»Ja.« Mir schien es so, als hätte sie vergessen, dass wir ihre beiden Männer erlöst hatten. Das war auch nicht das Thema. Angela war wichtiger.

»Wo steckt die böse Angela?«, fragte ich.

»Sie ist weg.«

»Warum?«, fragte der Abbé.

»Sie … sie hat ja hier ihr Böses getan«, erwiderte Lisette Cingar stotternd und bewegte ihre Finger. »Und … und mich hat sie ja nicht bekommen.«

»Zum Glück«, sagte ich.

Der Abbé hatte eine andere Frage. »Wissen Sie denn, wo sie sich möglicherweise aufhalten könnte?«

»Nein.«

»Sie haben also nichts gehört? Konnte Angela sprechen? Hat sie geredet? Hat sie mit Ihnen gesprochen, Madame?«

»Ja, sie redete manchmal so komisch. Es hörte sich an, als würde sie fauchen. Ich hatte mich ja eingeschlossen. Sie erzählte mir, was sie mit meinen Männern gemacht hatte. Sie freute sich darüber und lachte nur. Das hatte auch einen Grund, wie sie sagte. Es ging ihr allein um ihn. Auf ihn hat sie gewartet, das sagte sie auch immer wieder, und ich konnte es hören, obwohl sie fauchte.«

»Wie hieß er?«, fragte ich.

»Sie hat keinen Namen genannt. Sie sprach immer nur von ihm. Er war derjenige welcher. Auf ihn hat sie gewartet. Er würde alles ändern. Dann ist sie gegangen. Ja, sie hat das Haus verlassen, einfach so.«

»Ist sie in den Wald gegangen?«

»Das hat sie nicht gesagt.« Die Frau nahm ihr Taschentuch und presste es wieder gegen die Augen. Dabei zuckten ihre Lippen. Wir hörten, wie sie die Namen ihres Mannes und auch des Sohnes flüsterte. Der richtige Schock würde bestimmt noch später kommen und sie dann voll erwischen. Davon war ich überzeugt.

Ich dachte wieder an den Wasserfall und den Sumpf. Meiner Ansicht nach war dies ein magischer Ort, und ich sprach die Frau darauf an. »Kennen Sie den Wasserfall?«

Madame Cingar reagierte nicht sofort, und ich musste meine Frage wiederholen.

»Den am Sumpf?«

»Ja.«

Sie nickte einige Male. »Ja, den kennen wir. Aber es ist kein guter Ort, verstehen Sie?«

»Nein, ich verstehe nicht.«

»Man geht dort nicht hin. Die Einwohner von Tullmer meiden ihn. Sie wollen ihm keinen Besuch abstatten. Die meisten fürchten sich davor, einige hassen ihn sogar.«

»Weshalb?«

Sie schnäuzte ihre Nase. Das Gesicht war vom Weinen verquollen. Die Augen sahen aus, als hätten sie Wundränder. »Man hat dem Gebiet einen Namen gegeben, der Angst machen kann. Dort sind die Gräber der Ahnen. Ja, so sagt man.«

»Welche Ahnen?«, fragte der Abbé.

»Ich weiß es nicht genau. Jedenfalls hat man in früheren Jahren dort Tote bestattet. Das war im Dreißigjährigen Krieg. Man warf die Leichen einfach in den Sumpf. Hier haben viele Kämpfe getobt. Fremde Söldner aus dem Norden drangen vor bis in das Elsass. Wer von denen starb, wurde in den Sumpf geworfen. Irgendjemand hat dem Gebiet dann diesen Namen gegeben. Was es genau damit auf sich hat, kann ich auch nicht sagen. Und die Quelle hat es auch schon gegeben.«

»Geschahen in letzter Zeit dort Dinge, die den Menschen hier unheimlich vorgekommen sind?«, wollte der Abbé wissen.

»Nein ...« Sie schüttelte den Kopf. »Ich ... ich weiß nicht so recht, was Sie meinen.«

»Spukt es da?«

»Das kann sein – ja.«

»Na bitte.«

»Aber ich habe nichts gesehen. Bis dann die böse Angela kam. Sie hat das Grauen gebracht.«

»Ja, sie kehrte zurück.«

»Woher?«

»Aus dem Sumpf, nehme ich an«, erwiderte der Abbé. »Sie muss die langen Jahre im Sumpf gelegen haben, eine andere Erklärung gibt es nicht. Damals ist sie mit einem Mann namens Romain Bloch zusammen gewesen.«

»Sie kennen die Geschichte?«

Der Templer nickte lächelnd. »Ja, ich kenne sie gut. Unter anderem bin ich einer der Nachfolger dieses Romain. Auch ich heiße Bloch, wenn Sie verstehen, Madame. Unser Erscheinen hier ist nicht ganz zufällig. Wir wollen der bösen Angela das Handwerk legen. Wir wollen sie vernichten, so ist es.«

Madame Cingar nickte. Wahrscheinlich bemerkte sie dies selbst nicht. Außerdem sahen wir ihr an, dass sie nichts verstanden hatte. Ich erkundigte mich, ob wir sie zu Freunden oder Bekannten bringen sollten, da bald die Polizei erscheinen würde, um die beiden Toten abzuholen.

»Nein, ich bleibe im Haus.«

»Mit den Toten?«

Lisette Cingar schaute mich an. »Jetzt tun sie mir doch nichts mehr, oder?«

»Da haben Sie Recht. Sie können Ihnen nichts mehr tun. Wir haben die beiden erlöst.«

»Sind Sie stärker als Vampire?«

»Es sieht so aus.«

Lisette Cingar ballte beide Hände. »Dann holen Sie sich diese Angela. Bringen Sie sie um! Pfählen Sie diese Bestie!«, keuchte sie. »Das hat sie verdient!«

»Natürlich, Madame, wir werden schon alles Nötige veranlassen. Sie können sich darauf verlassen.«

Für Lisette Cingar war das Gespräch beendet. Sie ließ sich nach hinten fallen und blieb auf dem Rücken liegen. Den Blick hielt sie starr gegen die Decke gerichtet.

Der Abbé und ich verließen das Haus. Vor der Tür schüttelte sich der Templer. »Es war schlimm, John, das ist mir an die Nieren gegangen.«

»Mir auch.«

»Immer wieder schlägt die andere Seite zu. Es ist schlimm, sie ist wie eine Pest. Auf nichts nimmt sie Rücksicht.«

Ich stand schon am Wagen. »Fahren wir noch einmal in den Sumpf?«

Der Abbé hob die Schultern. »Bleibt uns etwas anderes übrig? Sie wird sich dorthin geflüchtet haben.« Er deutete in die Runde. »Und sieh dir das Wetter an. Das sind fast ideale Bedingungen für eine Person wie Angela. Der Nebel kommt wie bestellt.«

Da irrte sich der Templer leider nicht. Inzwischen hatte sich der Nebel weiter verdichtet.

»Willst du fahren?«, fragte mich der Abbé.

»Diesmal ja.«

Da ich es gewohnt war, verschiedene Autotypen zu fahren, kam ich auch sehr schnell mit dem Talbot zurecht. Eine Übungsminute reichte mir aus, um mich an das Fahrzeug zu gewöhnen.

Wir rollten die Strecke wieder zurück. Diesmal allerdings langsamer wegen des Wetters.

Überall brannten die Laternen. Wenn uns Fahrzeuge entgegenkamen, lösten sie sich wie kompakte Schatten aus der grauen Suppe. Es war stiller geworden. Der Nebel dämpfte die Geräusche.

Wir erreichten die Hauptstraße und fuhren in Richtung Ortsausgang. Ich dachte darüber nach, dass zum Glück nur Lisette Cingar über das Grauen Bescheid wusste, das in dem Ort zugeschlagen hatte. Hätten es andere Bewohner gewusst, wäre eine Panik nicht zu vermeiden gewesen.

Die Lichtfinger der Scheinwerfer glotzten und stachen in den Dunst. Tropfen hingen auf der Scheibe. Die Wischer putzten sie weg.

Ich spürte eine innere Unruhe. Dem Abbé erging es nicht anders. Scharf blickte er mich an. »John, irgendetwas gefällt mir hier nicht. Da kannst du sagen, was du willst.«

»Und was?«

»Ich weiß es nicht. Du kennst das ja, wenn einen das große Flattern überfällt. Irgendwie habe ich den Eindruck, einfach zu spät zu kommen. Ja, ich bin zu spät dran.«

»Mal sehen.«

»Du willst mir nicht glauben, aber es ist so. Gib nur Acht. Wir können böse Überraschungen erleben.«

Das wollte ich auf keinen Fall, aber die Ahnungen des Abbés bestätigten sich tatsächlich. Ich musste plötzlich bremsen, weil mitten auf der Fahrbahn drei Wagen so schräg standen, dass sie die Straße versperrten. Die Fahrer waren ausgestiegen. Sie standen zusammen mit anderen Bewohnern und unterhielten sich.

Der Abbé öffnete die Tür nach mir. Ich ging zu der Gruppe hin, um zu fragen, was los war. Das brauchte ich nicht. Einer von ihnen, ein jüngerer Mann, sprach so laut, dass ich ihn durchaus auf der anderen Straßenseite verstehen konnte.

»Verdammt noch mal, so glaubt mir doch! Ich habe sie gesehen. Ja, das waren Reiter, und sie sahen aus wie Tote, die zum Leben erweckt worden sind.«

Der Abbé und ich blickten uns gegenseitig an. Ohne ein Wort darüber zu verlieren, wussten wir, wen der Sprecher gemeint hatte.

Die Horror-Reiter!

Über ihr Kinn tropfte noch das frische Blut, das sie den beiden Menschen ausgesaugt hatte. Sie fühlte sich wunderbar, beschwingt, der kostbare Saft hatte ihr die nötige Kraft gegeben, die sie unbedingt für ihre weiteren Pläne brauchte.

Der Ort lag hinter ihr. Fast elfenhaft leicht nahm sie den langen Weg und tauchte in den düsteren Wald, der ebenfalls von Nebelschwaden durchzogen wurde. Der Dunst war dort dichter, wo der Sumpf begann. Er stieg aus der braungrünen Brühe, um seinen Weg lautlos und geisterhaft zu finden. Er war ein Verbündeter der Blutsaugerin. Die böse Angela hätte sich kein besseres Wetter vorstellen können.

Es war nicht dunkel. Aber der düstere Himmel und der Nebel taten ein Übriges, um die Helligkeit des Tages zu verdrängen.

Sie musste sich an manchen Stellen durch das Dickicht kämpfen. Kraftvoll bahnte sich die böse Angela ihren Weg. Das Blut hatte sie gestärkt, und sie leckte auch die letzten Tropfen von ihrem Kinn.

Ihr Ziel war der Wasserfall. Dort würde er erscheinen, und nur für ihn war sie zurückgekehrt, um ihm ihr Leben zu widmen. Sie würde ihn behalten und großziehen. Seine Kraft sollte auch auf sie übergehen, dann waren sie unschlagbar.

Der Boden veränderte sich. Unter ihren Füßen war es weicher geworden. Sie sank bei jedem harten Schritt bis zu den Knöcheln ein, hatte manchmal Mühe, ein Bein wieder hervorzuziehen, und musste zusehen, dass sie eine trockenere Strecke nahm.

Das schaffte sie auch und hatte das Glück, schon wenige Minuten später am Ziel zu sein.

Sie vernahm das Rauschen des Wasserfalls, sah die Fontäne noch nicht, doch sie brauchte nur den Geräuschen zu folgen und stand wenig später auf der sumpfigen Lichtung vor der Quelle und auf den Gräbern der Ahnen.

Es war ein unheimlicher Flecken Erde. Hier lauerte das Böse. Vor langer Zeit waren Mörder, Brandstifter und Räuber in den Sumpf geworfen worden, der diese Bande verschluckt hatte. An solchen Orten fühlte sich der Teufel immer wohl, er hatte hier auch ein markantes Zeichen gesetzt. Nicht ohne Grund war der Felsen von ihm in den Boden gerammt worden, sodass er dastand wie eine Wand.

Aus ihr schoss das Wasser fontänenartig, beschrieb einen Halbbogen, landete klatschend in dem Auffangbecken und floss von dort als kleiner Bach in das Gelände.

Angela blieb stehen. Sie wollte lauschen und rufen. Es war so weit. Er musste kommen und ihr übergeben werden. Das Schicksal hatte nicht umsonst seine Weichen gestellt.

Sie wartete.

Innerliche Unruhe stieg in ihr hoch und zwang sie dazu, einen Kreis zu gehen. Sofern es möglich war, umrundete sie die Quelle, schaute über die nebelschwangere Sumpffläche und dachte daran, dass heute der entscheidende Tag war, den das Schicksal schon in der Vergangenheit festgelegt hatte.

Er würde kommen!

Wieder blieb sie stehen und starrte auf den Wasserfall. Ihr Haar hatte sich mit der Feuchtigkeit des Nebels vollgesaugt und hing wie ein schwarzer Lappen bis auf ihre Schultern. Im Kleiderstoff klafften Risse. Auf dem Weg war sie durch dorniges Unterholz gelaufen, das sie mit ihren Dornen hatte festhalten wollen. Sie hatte sich losgerissen und war zu früh bei der Quelle angelangt.

Würde er heute nicht mehr erscheinen?

Das Warten fiel ihr schwer. Eigentlich hatte sie schon zu lange gewartet. Es musste doch einfach etwas passieren. Man konnte sie nicht im Stich lassen.

Und es passierte auch etwas.

Mit der Quelle begann es. Das dämmrige Licht blieb gleich, dennoch verdunkelte sich das Wasser, als wären von irgendwoher Schatten in die fallende Flüssigkeit gefallen.

Die böse Angela lachte kehlig. Das genau war das Zeichen für sie. Er würde kommen, er befand sich bereits auf dem Weg, und Angela zuckte zurück, als sie die Gestalt erkannte.

Es war ein Reiter!

Er tauchte hinter dem Wasser auf, kam aus einer fremden Dimension in die normale Welt, als wäre nichts geschehen. Es schien auch keine Hindernisse gegeben zu haben.

Er ritt durch das Wasser. Angela hörte das Klirren der Hufe, als das schwarze Pferd gegen Steine trat, und danach das dumpfe Geräusch, mit dem es auf dem weichen Boden weiterging.

Obwohl die böse Angela nur dann Angst verspürte, wenn für Vampire eine tödliche Gefahr drohte, so wusste sie doch, dass dieser Reiter ihr an Kräften überlegen war. Von ihm ging eine ungewöhnliche Kraft und Kälte aus, die selbst Angela spürte. Er kümmerte sich nicht um sie. Vor dem Becken stoppte er sein pechschwarzes Pferd. Dann drehte er das Tier um die Hand, sodass es so stehen blieb, damit er auf den Wasserfall schauen konnte.

Aus ihm ritt der zweite Reiter.

Er nahm den gleichen Weg wie der erste, baute sich neben ihm auf, und Angela zog sich zurück, weil bereits ein dritter Reiter aus dem Wasser auftauchte und sie diesem nicht im Weg stehen wollte. Am Rand der Lichtung blieb sie stehen. Sie hatte die Hände zu Fäusten geballt. Die langen schmutzigen Nägel bohrten sich in die trockene Haut wie kleine Messer.

Noch ein vierter Reiter verließ das Wasser. Er bildete das Ende der Viererreihe.

Sie und ihre schwarzen Höllengäule standen da wie eine Wand, umspielt von dünnen Nebelschleiern. Angela wusste, dass sie nicht die Hauptperson war, das war er, und sie hoffte, dass er noch erscheinen würde. Seine Vorboten hatte er schließlich geschickt.

Sie ließ ihre Blicke über die Frontseiten der Reiter gleiten und erkannte trotz des Nebels die Buchstaben.

Ein großes A, ein E, ein B und wieder ein A.

AEBA!

Sie ahnte, dass diese Buchstaben etwas zu bedeuten hatten, aber sie wusste nicht genau, was es war. Vielleicht würde man ihr die Auflösung einmal geben, jetzt war nicht der richtige Zeitpunkt. Sie musste auf den anderen warten.

Es wurde still. Nur das Wasser floss nach wie vor in das Steinbecken. Feiner Sprüh verteilte sich, wenn etwas Wind über die Lichtung am Rand des Sumpfes wehte.

Und der Nebel deckte alles zu wie ein gewaltiges Leichentuch. Er sorgte für die nötige Stimmung, für die Untermalung und gab der Umgebung etwas Unheimliches.

Urplötzlich stand das Wasser still.

Was all die langen Jahre über geflossen war, kam zur Ruhe, als hätte es das Wasser nie gegeben. Zur Felswand hin war der Blick frei, und innerhalb des Gesteins sah die Blutsaugerin eine Bewegung.

Ihre Lippen zuckten. Sie zog sie so weit zurück, dass die beiden Vampirzähne vorstanden und genau zeigten, um wen es sich bei der bösen Angela handelte.

Dies war der Anfang. Die große Kraft, die sich auch ihrer bemächtigen würde, hatte das fließende Wasser gestoppt und würde dafür sorgen, dass die Hölle freie Bahn hatte.

Wo blieb er?

Sie schaute noch einmal auf die Reiter. In den Augen der Pferde leuchtete es feuerrot. Von den Gesichtern der Reiter konnte sie nichts erkennen, weil sie von Masken verdeckt wurden. Schwarz und feucht glänzten ihre Brustpanzer, und in den Gürteln steckten ihre Schwerter. Sie trugen auch Lanzen, die sie jeweils in den linken Händen hielten. Die Finger waren durch Handschuhe verborgen.

Die böse Angela blickte wieder auf die Felsen.

Da sah sie ihn.

Er war klein, ein Kind nur, aber dafür hatte man sie geholt. Sie, die böse Angela, war vom Schicksal auserwählt worden, seine Amme zu sein.

Die Amme Baphomets!

Es kostete die böse Angela Überwindung, auf der Stelle stehen zu bleiben. Sie hatte nur Augen für das teuflisch wirkende Kind, das aus dem Felsen getreten war, um sich in ihre Arme zu begeben.

Der Kreis des Schicksals hatte sich geschlossen, und Romain Bloch, ihr Vampir-Vater, hatte nicht gelogen. Sie war wiedergekehrt, um ihn in Empfang zu nehmen.

Böse sah er aus, beinahe teuflisch.

Er verströmte ein Fluidum des Grauens und der Gewalt. Zwar hatte er ein breitflächig wirkendes Kindergesicht, doch es zeigte bereits die Züge eines Erwachsenen. Vom Alter her war er kaum zu schätzen. Er hatte die Größe eines Kleinkindes, sein Körper wirkte gedrungen. Um den breiten Mund, der wie ein umgedrehter Halbmond wirkte, wuchsen und zitterten helle Bartfransen. Seine Augen leuchteten wie zwei Karfunkelsteine, und seine Stirn war breit genug, um aus ihr zwei gebogene Hörner wachsen zu lassen.

Der Oberkörper war nackt. Er trug eine dunkle, pumpig wirkende Hose. Seine Haut zeigte einen dunklen Schimmer, als würden die Haare auf ihr wachsen wie ein dünnes Fell.

Die breiten Hände waren so gedreht, dass die dunklen Flächen nach außen zeigten, als wollte er nach irgendeinem Gegenstand greifen. Er ging weiter und sah sich dabei um.

Es bewegten sich nur die Augen, nicht der Kopf. Sie rollten und zeigten dabei immer einen anderen Glanz. Jede Einzelheit saugte er auf, starrte die Horror-Reiter an, wandte seinen Kopf, und der Blick pendelte sich auf Angela ein.

Ein Mensch hätte sich abgewendet und möglicherweise fluchtartig die Umgebung verlassen.

Nicht die Vampirin. Sie blickte ihm entgegen, ihr Mund lächelte, und sie ließ sich in dem feuchten Gras auf die Knie fallen, das über ihre Beine streichelte.

Breitbeinig blieb sie knien, die Arme ausgestreckt, um Baphomet zu locken.

Der Kind-Dämon wusste Bescheid. Er hielt den Mund auch weiterhin offen. Über seine Lippen drang ein Geräusch, das an eine Mischung zwischen Lachen und Fauchen erinnerte. Er war freudig erregt, das Böse und die Boshaftigkeit begleiteten ihn.

Baphomet war wiedergeboren worden, um von denen verehrt zu werden, die es schon damals getan hatten.

Stumm und bewegungslos hockten die vier AEBA-Dämonen auf ihren pechschwarzen Pferden und beobachteten die weiteren Vorgänge. Auch Baphomet hatte man informiert. Er ging den direkten Weg, der ihn auf die wartende Vampirin zuführte.

Sie nickte.

Der Kind-Dämon ging weiter.

Schritt für Schritt näherte er sich, streckte seine kleinen Arme aus, die trotzdem muskulös wirkten und auf die Kraft hindeuteten, die in ihm steckte.

Er war nicht nur gefährlich, er besaß auch Macht, die ihm von der Hölle eingegeben worden war.

Baphomet war gekommen, um zu siegen. Er wollte die Templer führen, die ihn, wie in alter Zeit, anbeteten und ihm dienten.

Auch Angela hatte die Arme ausgestreckt. Die Hände hielt sie gespreizt, sie wollte den Kind-Dämon so in Empfang nehmen, wie es ihm gebührte.

Er kam immer näher. Seine Augen funkelten und glänzten. Sie bewegten sich zudem facettenartig, und selbst die krummen Hörner hatten einen matten Glanz angenommen.

Dann legte er seine Hände auf die Handflächen der Amme!

Obwohl Angela als Vampir selbst eine Grabeskälte abstrahlte, waren die Hände Baphomets noch kälter. Gleichzeitig aber auch warm, fast heiß, denn die Vampirin durchströmte ein Gefühl der Kraft, das sie seit ihrer Wiederkehr noch nicht erlebt hatte.

Für einen Moment rührte sie sich nicht. Es war ihr plötzlich klar geworden, welch eine Verantwortung man ihr übertragen hatte. Das Wesen vor ihr gehörte zum engen Verbund der Hölle. Es war gekommen, um zu herrschen und seine Diener zu holen.

Und Baphomet ging weiter. Er bewies der Blutsaugerin, dass er sie mochte und sich unterordnen würde. Dabei ließ er Angela nicht los. Seine Hände lösten sich zwar aus ihren Handflächen, blieben jedoch in Kontakt und glitten an ihren Armen hoch, um die Schultern zu erreichen.

Wenig später presste er sich an sie. Es war ein Bild, als würde eine Mutter ihr Kind umarmen. Nur trug dieses Kind zwei aus der Stirn wachsende, gebogene Hörner, die über den Kopf der dunkelhaarigen Blutsaugerin hinwegwuchsen.

Sie kniete, er stand.

Beide nahmen zum ersten Mal richtigen Körperkontakt auf, und die Kraft des einen ging über auf die Amme. Kälte und Hitze wechselten sich ab, das Böse drang noch tiefer in sie ein und brannte dort wie eine Flamme.

Kaltes, unsichtbares Höllenfeuer hatte er mitgebracht und übertrug es auf sie.

Unbeweglich blieben sie in dieser Haltung, stumm beobachtet von den vier Horror-Reitern und geisterhaft umweht von dünnen Nebelschwaden, die sie einhüllten wie bleiche Tücher und ihnen Schutz gaben.

Baphomet war es gelungen, seine relativ kurzen Arme um ihren Hals zu klammern. Dort hielt er sich fest und krümmte seine langen Finger, wobei er die Nägel in ihr Fleisch drückte.

Sie spürte es sehr wohl, aber es war ein süßer, erlebnisreicher Schmerz, der sie durchflutete.

Baphomet war da!

Das Kind des Teufels, dessen Amme sie sein sollte.

Zeit hat untote Wesen noch nie interessiert. Auch jetzt war es so.

Die Zeit verrann, aus Sekunden wurden Minuten, und diese wiederum addierten sich zu einer Stunde.

Kind und Amme standen auf der feuchten Lichtung und umarmten sich, als wollten sie sich nie mehr loslassen.

Bis Baphomet seinen Griff löste. Er ging auf seinen kleinen Beinen trampelnd zurück, und unter seinen Füßen lief schmatzend das Sumpfwasser in die Trittstellen.

Dann blieb er stehen.

Auch die Vampirin stand auf.

Als die Horror-Reiter wieder im Wald verschwanden, floss noch immer kein Wasser aus dem Felsen.

Allmählich verklang das Klopfen der Hufe wie ein geisterhafter Trommelschlag.

Zurück blieben Baphomet und seine Amme.

Sie berührten sich nicht mehr. Aber die Blutsaugerin wusste genau, was sie zu tun hatte. Denjenigen, der ihr den Befehl gegeben hatte, kannte sie nicht.

Vielleicht war es Baphomet, vielleicht auch der Teufel. Jedenfalls musste sie ihrem Schützling etwas bieten.

Etwas Grauenvolles, Böses, das Menschen Angst machte, ihnen Panik einjagte und sie sterben ließ.

Ihre Generalprobe hatte die böse Angela schon bestanden. Sie streckte wieder einen Arm aus, und das Teufelskind gehorchte. Es umfasste ihre Finger und ließ sich mitziehen.

Beide nahmen den gleichen Weg wie die Horror-Reiter und waren schon bald zwischen den Bäumen verschwunden …

In Tullmer waren die Menschen so ahnungslos nicht mehr, das hatte ich bereits gehört.

Der jüngere Mann hatte es laut und deutlich gesagt. Die anderen Leute umstanden ihn, schauten ihn skeptisch an, sie wollten ihm einfach nicht glauben.

»Ja, zum Henker!«, schrie er. »Ich habe diese Reiter gesehen. Ein furchtbarer Anblick, einfach grauenhaft. Sie ritten wie Tote durch den Wald, die man auf die Rücken ihrer Pferde gebunden hatte.« Er wischte über sein feuchtes Gesicht. »Nichts ist gelogen.«

»Kanntest du die Reiter denn?«, fragte jemand.

»Nein, die hatte ich noch nie vorher gesehen.«

»Waren sie und ihre Pferde schwarz? Trugen die Reiter Buchstaben auf ihrer Brust?«

Die Frage hatte ich gestellt. Auf den Abbé und mich hatte bisher keiner geachtet, jetzt aber drehten sich die Menschen zu uns um und starrten uns fast böse an.

»Bitte, wie sahen sie aus?«, wiederholte ich.

Der junge Mann nickte. »Ja, Monsieur, Sie haben Recht, völlig Recht. So sahen sie aus.«

»Das dachte ich mir!«

»Dann kennen Sie die Reiter«, sagte jemand. Er trat auf mich zu. Der Mann trug einen grauen Kittel und darunter einen Anzug, dessen Jackett sich um seinen ballonartigen Bauch spannte.

»Sie sind uns bekannt.«

Der Mann schnaufte. »Haben Sie diese Reiter vielleicht geschickt? Sie sind fremd, die Reiter auch …«

Ich hob den rechten Arm. »Langsam, Monsieur. Bitte keine Verdächtigungen. Abbé Bloch und ich kennen die Reiter zwar. Dies heißt aber nicht, dass wir unbedingt Freunde wären, wenn Sie verstehen.«

Der Mann nickte. »Wollen Sie vielleicht damit andeuten, dass Sie ihnen feindlich gesonnen sind?«

»So ist es.«

»He, Jacques«, sagte jemand. »Hast du den Namen Bloch gerade gehört?«

»Bin ja nicht taub.«

»Und dir ist nichts aufgefallen?«

»Was sollte mir denn auffallen?«

»Romain Bloch. Denk mal an die alte Chronik. Du als Bürgermeister müsstest das wissen.«

Die kleinen Augen des Dicken mit der Halbglatze weiteten sich. »Ja«, sagte er und starrte den Abbé an. »Klar, Bloch, jetzt fällt es mir wieder ein.« Er zeigte mit dem Zeigefinger auf den Templer. »Haben Sie irgendetwas mit diesem Bloch zu tun, oder ist das hier alles ein Zufall?«

»Beides, kann man sagen.« Der Abbé nickte. »Ich will Ihnen reinen Wein einschenken. Dieser Romain Bloch, den Ihre Vorfahren damals gepfählt hatten, war ein Ahnherr von mir. Ich bin gekommen, um seinen Fluch zu löschen, denn der besteht noch immer.«

Im Hintergrund lachte jemand. »Wie soll denn der Fluch eines getöteten Vampirs noch Bestand haben? Können Sie mir das mal erklären, Monsieur Bloch?«

Der Abbé gab eine indirekte Antwort. »Ist nicht auch die böse Angela zurückgekehrt?«

Die Männer schwiegen. Sie mussten erst nachdenken. Der Bürgermeister übernahm als Erster das Wort. »Was hat die böse Angela denn mit Ihnen zu tun, Monsieur?«

»Mit mir nichts. Romain Bloch machte sie zu einem Vampir und schickte sie in den Sumpf, aus dem sie jetzt wieder hervorgekommen ist, um ihre eigentliche Aufgabe zu erfüllen.«

Einige stimmten dem Abbé zu. »Wir haben sie schließlich gesehen«, sagte jemand.

»Genau. Die böse Angela und auch die Horror-Reiter, die jemand von Ihnen gesehen hat, stehen in einem ursächlichen Zusammenhang. Ich will nicht schwarz malen, aber ich möchte Ihnen hier sagen, dass dem Ort eine große Gefahr droht, die wir abwenden müssen, wenn Sie verstehen.«

»Das schaffen wir!«, behauptete Jacques, der Bürgermeister.

Ich griff ein. »Unterschätzen Sie die Kraft und den Einfluss der Vampire nicht, Monsieur. Die böse Angela hat bereits ihre Spuren hinterlassen. Sie drang in das Haus der Familie Cingar ein und wütete dort grausam.«

Die Menschen starrten mich an. Ich las ihnen die Fragen vom Gesicht ab, aber niemand wagte es, sie zu stellen.

So sprach ich weiter und berichtete von dem Schrecken, den wir hinter uns hatten.

Weiterhin zeichnete Unglaube ihre Gesichter. Der dicke Bürgermeister geriet ins Schwitzen. Es bereitete ihm Mühe, eine Frage zu stellen. »Und das stimmt tatsächlich?«

»Ja, so ist es.«

»Sind ... sind sie jetzt tot?«

»Die beiden Männer ja. Wir haben sie erlöst. Sie können anderen Menschen nicht mehr gefährlich werden.«

»Vampire pfählt man, nicht wahr?«

Die übrigen Männer rückten dichter zu uns heran, damit sie meine Antwort verstehen können. »Wir haben einen Vampir gepfählt und einen anderen mit einer geweihten Silberkugel erlöst. Nehmen Sie das als Warnung hin und denken Sie daran, dass noch andere Gefahren lauern. Die böse Angela ist auch weiterhin am Leben, auch wenn es ein untotes ist, aber es ist verdammt gefährlich. Deshalb beherzigen Sie meinen Rat. Ziehen Sie sich in Ihre Häuser und Wohnungen zurück! Wir sind davon überzeugt, dass die böse Angela beim Einbruch der Dunkelheit erscheinen wird. Möglicherweise befindet sie sich bereits in der Nähe, das aber bleibt abzuwarten.«

Meine Worte hatten sie tief beeindruckt. Aus der Unsicherheit wurde Angst. Es war wichtig, dass sie die entsprechende Furcht verspürten, dann würden sie sich auch an meine Direktiven halten.

Der Bürgermeister machte den Anfang. »Los, fahrt die Wagen zur Seite und tut, was dieser Mann gesagt hat!« Er wandte sich an mich. »Wie heißen Sie eigentlich?«

»John Sinclair.«

»Aber Sie sind kein Franzose?«

»Nein, Engländer.«

»Aha.«

Schon bald war die Straße wieder frei. Auch die Fußgänger hatten sich zurückgezogen. Nebelschwaden trieben lautlos durch den Lichtschein der Laternen oder wie geisterhafte Wesen vor den erleuchteten Fenstern vorbei, wo sie wie gelber wallender Dampf wirkten.

»Soll ich auch gehen?« Der Bürgermeister war noch geblieben. Nervös knetete er seine Hände.

»Ja, das wäre besser.«

»Dann …« Er verschluckte sich und nickte. »Ich verschwinde jetzt. Viel Glück wünsche ich Ihnen.«

»Danke.«

Wir warteten, bis er nicht mehr zu sehen war. »Und wie verhalten wir uns?«, fragte Bloch.

»Warten.«

Das passte dem Templer nicht ganz. »Können wir nicht durch den Ort patrouillieren? Da laufen sie uns bestimmt über den Weg.«

»Ich möchte schon auf der Hauptstraße bleiben, weil ich davon ausgehe, dass sie sich bestimmt zeigen werden, wenn sie in das Dorf reiten. Die AEBA-Dämonen kennen keine Furcht. Ich habe oft genug mit ihnen zu tun gehabt. Sie sind sich ihrer Sache immer sicher.«

»Ich frage mich nur, was die böse Angela mit ihnen zu tun hat. Du kannst sagen und erklären, was du willst, John, eine Lösung ist mir nicht eingefallen.«

»Ich glaube, Abbé, dass diese Verbindung auch nicht so wichtig ist. Eine andere Sache ist für mich von größerer Bedeutung. Erinnere dich an Madame Cingars Worte, als sie von Angela sprach. Angela hat auf jemand gewartet. Sie wollte eine bestimmte Person treffen, nur deshalb ist sie zurückgekehrt. Hier haben wir unser Motiv. Nichts geschieht ohne Grund.«

Der Abbé blickte zu Boden, während er sinnierend zu sich selbst sprach. »Auf wen kann sie nur warten, wenn es nicht die vier Horror-Reiter sind? Hast du die Lösung?«

»Diese Person muss etwas mit den Reitern zu tun haben.«

»Stimmt.« Ruckartig hob der Abbé den Kopf und schaute mich an. »John, jetzt weiß ich es!« Er schlug so hart gegen seine Stirn, dass es klatschte. »Verflixt, dass ich daran erst jetzt denke. Wie war das noch bei Baphomets Geburt? Wer hat ihn da unterstützt und auf ihn Acht gegeben? Die AEBA-Dämonen.«

Ja, der Templer hatte Recht. Klar, es gab nur die eine Möglichkeit. Baphomet war derjenige, auf den Angela gewartet hatte. Das musste einfach so sein, ich sah da keine andere Möglichkeit.

»Er und sie«, flüsterte ich. »Welch eine Verbindung!« Ich lachte auf. »Ob das gut geht?«

»Kennst du die Pläne der Hölle, John?«

»Leider nicht.«

»Aber ich die der abtrünnigen Templer. Sie wollen die Macht Baphomets aufbauen, und sie werden alles tun, um diesen verfluchten Kind-Dämon zu beschützen. Darüber musst du dir im Klaren sein. Erwarten wir also nicht nur die böse Angela und die Reiter, sondern auch ihn. Jetzt bin ich sicher, dass er kommt.«

Ich war schon auf dem Weg zum Wagen. »Willst du wegfahren?«, rief der Abbé mir nach.

»Nein, nur warten.«

»Im Auto?«

Ich öffnete bereits die Fahrertür. »Ja, mein Lieber. Wenn sie kommen, sollen sie uns nicht sofort sehen. So dicht ist der Nebel nun auch nicht. Du kannst ja woanders bleiben.«

»Nein, ich komme schon mit.«

Als der Abbé neben mir saß, holte er wieder seine Silbermaske hervor und setzte sie auf. Sein Gesicht wirkte fremd, man konnte fast Angst vor ihm bekommen.

Auch den Silberpflock holte er hervor und legte ihn quer über seine Beine.

Dann warteten wir. Die Scheibe hatte ich nach unten gekurbelt. Von außen her quollen die Dunstschwaden in den Wagen und verteilten sich dort. Wie feuchte Tücher berührten sie streichelnd unsere Gesichter. Ich hatte Zeit und zündete mir eine Zigarette an, rauchte aber in der hohlen Hand, wie man beim Militär immer so schön sagt, damit die Glut nicht zu sehen war.

Neben mir starrte der Abbé durch die Scheibe. »Irgendwann, John«, sagte er leise, »bekomme ich diesen Teufel.«

»Und wie?«

Er hob die Schultern. »Die Karten sind noch nicht ausgereizt, weißt du. Ich denke da an die Kathedrale der Angst, wo das silberne Skelett Hector de Valois' liegt. Ich bin davon überzeugt, dass sich in ihm noch magische Kräfte befinden, die ich nur zu wecken brauche, und dann habe ich vielleicht auch Gelegenheit, das Rätsel des Dunklen Grals zu lösen. Was meinst du?«

»Ich würde es uns gönnen.«

»Wenn wir das geschafft haben, könnten wir auch die Macht Baphomets brechen und möglicherweise die der gesamten Hölle. Gebe der Allmächtige, dass ich diesen Tag noch erlebe.«

Ich drückte meine Zigarette aus, drehte mich nach links, sodass meine linke Gesichtshälfte ins Freie geriet.

»Was hast du?«

Rasch legte ich einen Finger auf die Lippen. Auch der Abbé spannte sich noch mehr. Schließlich antwortete ich ihm. »Ich glaube, etwas gehört zu haben.«

»Und?«

»Das klang nach Hufschlag.«

Bloch griff bereits zum Türöffner. »Dann sind sie schon in der Nähe – oder?«

»Das kann sein.«

Er wurde plötzlich unruhig, stieg aber nicht aus, sondern starrte in den Nebel.

Lautlos trieb er über die Fahrbahn und kroch ebenso geisterhaft an den Hausfassaden hoch.

Noch war nichts zu sehen. Ich wartete darauf, dass sich die Gestalt eines der Horror-Reiter in der grauen Brühe abzeichnete und er langsam auf uns zuritt.

Wieder verging eine Minute. Neben mir atmete der Abbé zischend aus. »Hast du dich nicht getäuscht, John?«

»Das kann sein.«

Bloch schaute auf seine Uhr. »Sagen wir mal so. Wenn sich in den nächsten fünf Minuten nichts tut, wird einer von uns seinen Gang durch den Ort antreten. Einverstanden?«

»Klar.« Ich lächelte schmal. »Und wer wird das sein?«

»Ich.«

Der Abbé erntete von mir keinen Widerspruch, obwohl ich mit seinem Vorschlag nicht hundertprozentig einverstanden war.

Die Spannung stieg von Sekunde zu Sekunde. Es kostete uns beide Mühe, im Auto sitzen zu bleiben. Noch verdeckte der Nebel alles, aber ich glaubte fest daran, dass das Grauen sich bereits auf dem Weg nach Tullmer befand.

Mein Kreuz »meldete« sich nicht. Ich hatte es in die Tasche gesteckt, um es schneller hervorholen zu können. Gegen die Höllenkräfte und damit auch gegen Baphomet würde es wirken, vorausgesetzt, ich kam dazu, es auch einzusetzen.

Die gesetzte Zeit war um.

Der Abbé tastete nach dem Türgriff. »Bis später, John.«

Er wollte die Tür öffnen, doch ich legte ihm eine Hand auf die Schulter. »Nicht, sieh nach vorn.«

Bloch ging vor und hörte meine Anweisung, sich auf die Straßenmitte zu konzentrieren.

»Mensch, du hast Recht!«, hauchte er.

»Sag ich doch.«

Im Schutz der dünnen Schwaden und der allmählich einsetzenden Dämmerung bewegte sich etwas.

Jemand kam.

Eine Gestalt bewegte sich voran. Sie betrat lautlos und geisterhaft den wie ausgestorben wirkenden Ort. Ein unheimliches Wesen, das, von einem fremden Stern kommend, mit dem Raumschiff irgendwo im Wald gelandet war.

Und es war nicht allein. Hand in Hand ging es mit einer kleinen Gestalt.

»Das ist ein Kind!«, wisperte der Abbé.

»Stimmt – und noch mehr. Es ist Baphomet!«

Der Abbé gab keine Antwort mehr. Wir beide spürten, dass

allmählich ein grausames Finale eingeläutet werden sollte. Und wir hielten uns zurück. Ich sackte tiefer in den Sitz zurück, da ich nicht sofort entdeckt werden wollte, wenn jemand einen Blick von außen in den Wagen warf. Über den unteren Rand der Frontscheibe hinweg beobachtete ich die beiden unterschiedlich großen Gestalten weiter, wie sie über die Straße gingen und nach Gefahren regelrecht witterten.

Es war vor allen Dingen Baphomet, der seinen Kopf bewegte und Ausschau hielt. Dabei drehten sich auch die Karfunkelsteine, die seine Augen bildeten. Sie wirkten wie Sensoren. Möglicherweise konnten sie uns ertasten.

Ich drückte mich noch tiefer. Leider war der Talbot nicht so groß, ich hatte wegen meiner Größe einige Schwierigkeiten.

Gingen sie vorbei?

Da die Scheibe noch immer nach unten gekurbelt war, konzentrierte ich mich auch auf ihre Schritte. Noch waren sie nicht zu hören, doch sie mussten etwa die Höhe des Talbots erreicht haben.

Ich richtete mich wieder auf. Mein Blickfeld wurde besser, aber ich sah sie nicht mehr.

Neben mir drehte sich der Abbé. Er peilte durch die Heckscheibe und hatte die Arme auf die Rückenlehne gelegt. »Sie sind schon vorbei.«

»Dann nichts wie raus!«

Ich brauchte dem Abbé nicht zu sagen, dass er so leise wie möglich den Wagen verlassen musste. Gleichzeitig drückten wir die Türen auf, duckten uns und krochen förmlich aus dem Fahrzeug. Auf der Silbermaske des Templers lag ein matter Schimmer. Sie glänzte nicht mehr so hell und erinnerte mehr an stumpfes Erz.

Hinter uns schwangen die Wagentüren zu. Wir drückten sie nicht in die Schlösser, um kein Geräusch zu verursachen. Ich erhob mich zwischen Wagen und Hauswand. Dabei glitt mein Blick über das Mauerwerk und auch gegen die Fensterscheiben.

Hinter einigen sah ich Gesichter. Sie wirkten wie gemalt, wobei dem Zeichner allerdings die Farbe etwas verlaufen war.

Auf Zehenspitzen lief ich vor. Der Abbé hielt sich bereits auf der Straßenmitte auf, und wir standen beide im Rücken der gefährlichen Schwarzblüter.

Bloch hielt den Silberpflock fest. Er blickte mich fragend an und deutete mit der Spitze auf den Rücken der bösen Angela.

Es war klar, dass er hinlaufen wollte, um sie zu pfählen. Bevor ich noch eine Antwort geben konnte, blieben die beiden stehen, lösten sich voneinander und drehten sich blitzschnell um …

War es Zufall, war es vielleicht Intuition? Jedenfalls hatten sie uns entdeckt, und sie wussten beide, dass wir auf verschiedenen Seiten standen.

Baphomet ging einen Schritt zur Seite. Ich starrte auf sein Gesicht, das so widerlich breit wirkte, fast schon wie das eines Erwachsenen. In den Augen lag ein teuflischer, glasiger Ausdruck. Die Nebelschleier umtanzten seine Hörner. Sie verfremdeten den Schädel des Kind-Dämons noch mehr.

Und Angela?

Hochaufgerichtet war sie die Straße hinuntergegangen. Jetzt hatte sie ihre Haltung verändert. Sie stand breitbeinig da, aber auch geduckt, als wäre sie auf dem Sprung.

Ihr Gesicht konnte ich nicht genau erkennen. Es wirkte grau und war umweht von den langen, schwarzen Haaren. Sie trug ein Kleid, das an einigen Stellen zerrissen war. Der Ausschnitt bot tiefe Einblicke auf die vollen Brüste.

Die böse Angela besaß den Körper eines Superweibs, doch ihre Gestalt war vom Teufel gemacht.

Keiner von uns sprach. Wir kauerten nur, und ich dachte auch an die Horror-Reiter, die irgendwo warteten. Wenn sie eingriffen, konnte es schlecht ausgehen, deshalb wollte ich es schnell hinter mich bringen. Die Beretta hatte ich gezogen, streckte den Arm aus und zielte auf die Gestalt der bösen Angela.

»Bis hierher und nicht weiter!«, sagte ich.

Sie erwiderte nichts. Ich war mir nicht einmal sicher, ob sie überhaupt sprechen konnte. Die meisten Vampire fauchten oder röchelten, wenigstens diejenigen, die zur untersten Stufe zählten. Ihre Anführer reagierten natürlich anders.

Angela hatte mich verstanden. Sie bewegte ihren Kopf von links nach rechts. Dabei flogen auch die Haare. Es sah so aus, als wollten die Spitzen in den Nebel greifen.

»Schieß doch endlich!«, flüsterte der Abbé. »Danach kümmern wir uns um Baphomet.«

Ob der Kind-Dämon die Worte gehört hatte, war unklar. Jedenfalls handelten nicht wir, sondern er, und er tat es blitzschnell und völlig überraschend.

Dass er schwarzmagische Kräfte besaß, wussten wir, aber nicht, wie er sie einsetzte.

Aus seinen Augen schossen die Strahlen.

Das lief so schnell über die Bühne, dass wir die Lichtlanzen mit unseren Blicken nicht verfolgen konnten. Sie bildeten eine Linie zwischen ihm und dem Abbé.

Mich hatten sie nicht erwischt, aber mein Kreuz jagte regelrechte Hitzewellen aus. Die halfen dem armen Abbé auch nicht. Sein Schrei hinderte mich an einer schnellen Reaktion. Neben mir brach der Templer zusammen. Er fiel hart auf den Rücken.

An der Maske hatten ihn die Strahlen erwischt. Die silberne Farbe war noch vorhanden, das Metall aber veränderte sich plötzlich, es dampfte auf. Und das hatte seinen Grund.

Die Maske wurde heiß!

Durch die mörderische Kraft aus den Karfunkelstein-Augen war es Baphomet gelungen, das Metall zu schmelzen und dem Abbé Höllenqualen zu bereiten.

»Reiß sie ab!«, brüllte ich.

»Geht nicht ...« Er wälzte sich über den Boden, packte die Maske an und verbrannte sich die Fingerspitzen. Wenn das so weiterging, würde ihm das zerschmelzende Metall die Hälfte des Kopfes zerstören.

Was sollte ich tun?

Ich wollte Baphomet und auch seine Begleiterin. Beide liefen schräg über die Straße. Wahrscheinlich wollten sie in eine Gasse eintauchen, und Baphomet war schon fast verschwunden.

Für mich war der Mensch wichtiger, auch wenn ich vor Wut fast zerplatzte. Mit den bloßen Händen konnte ich den magisch eingeleiteten Schmelzvorgang der Maske nicht stoppen. Mir hätte es selbst die Haut von den Fingern gezogen.

Vielleicht schaffte es mein Kreuz. Ich dachte nicht länger darüber nach, holte es hervor und ließ den Talisman mitten auf die schmelzende Maske fallen. Mehr konnte ich nicht tun. Mein Talisman blieb auf der Maske »kleben«.

Der Abbé wälzte sich über die Straße. Er hatte eine Hand auf das Kreuz gepresst. Ob es ihm half, wusste ich nicht. Jetzt galt es, die Vampirin zu stellen – und auch Baphomet.

Da ich den silbernen Bumerang nicht bei mir trug, musste ich mir mit der Beretta und dem Dolch helfen. Es waren nicht die stärksten Waffen, für einen Vampir aber reichten sie. Wie ich mich Baphomet gegenüber verhielt, musste ich abwarten.

Ich hatte mir die Einmündung der Gasse in die Hauptstraße genau gemerkt, beging aber nicht den Fehler, wie ein Wilder hineinzurennen, sondern blieb an der Ecke stehen, holte einmal tief Luft und drückte den Kopf vorsichtig nach rechts, um in die Gasse hineinzupeilen.

Natürlich war auch sie nicht vom Nebel und der einbrechenden Dunkelheit verschont geblieben. Viel sah ich nicht. Sie war nur sehr eng, kam mir vor wie ein grauer Tunnel, bei dem die Wände rechts und links schon nach wenigen Metern nicht mehr zu sehen waren.

Auch nicht die Blutsaugerin.

Sie und Baphomet hatten es verstanden, die Gunst des Augenblicks zu nutzen, und waren verschwunden. Wohin? Gab es Deckungen? Hoffentlich hatten die Menschen ihre Häuser verschlossen. Wenn sich die böse Angela eine Geisel nahm, wurde es gefährlich.

Ich betrat die Gasse. Leise ging ich in die Gasse hinein und hielt mich dabei dicht an der Hauswand.

Die Gasse war nicht so eng, als dass irgendwelche Leute nicht ihre Autos geparkt hätten. Auch an der rechten Seite stand ein Wagen. Das Fabrikat konnte ich nicht erkennen, der Wagen wirkte wie ein hoher Schatten, der eine gute Deckung abgab.

Standen sie dahinter?

Ich näherte mich dem Wagen sehr vorsichtig und erschrak plötzlich, weil ich rechts neben mir eine Bewegung erkannte. Da konnte niemand sein, ich drehte mich, die Beretta machte die Bewegung mit, und einen Moment später atmete ich auf.

Es war nur eine Schaufensterscheibe, an der ich vorbeigeschlichen war. Sie hatte mein Spiegelbild widergegeben. Welche Gegenstände hinter der Scheibe lagen, erkannte ich nicht, aber ich hatte wenigstens so etwas wie ein Spiegelbild geworfen.

Die böse Angela warf keines.

Dann hätte ich sie möglicherweise schneller entdeckt. So aber war sie wie ein Schatten da und tatsächlich hinter dem parkenden Wagen hochgeschnellt.

Ich kam nicht mehr zur Seite.

Hart sprang sie mich an.

Die Schaufensterscheibe, dachte ich nur noch, und im nächsten Augenblick klirrte es schon …

Wenn ein Stuntman durch eine Scheibe springt, ist diese präpariert, dem Akteur passiert nichts, aber hier war es anders.

Als es klirrte, fielen bereits die Scherben.

Es gibt Momente, wo man einfach Glück braucht. Ich hatte dieses Glück, dass ich praktisch unter der Vampirin lag, sie sich auf mich stemmte und mit beiden Händen gegen meine Schulter drückte. Durch diese Haltung hatte sie den größten Teil der Scherben abfangen können.

Auch ich spürte Blut im Gesicht, wo mich Glas erwischt hatte. Mit einem Seitenblick stellte ich fest, dass wir beide in den Auslagen eines Elektrogeschäfts gelandet waren. Ich hatte einige Radios, Recorder, Toaster und einen tragbaren TV-Apparat umgeschlagen.

Mein Blut machte die böse Angela rasend. Sie wurde zu einer regelrechten Furie, hackte mit dem Kopf wie ein Specht und hielt ihr Maul weit offen, damit sie mir die Zähne in den Hals schlagen konnte.

Ich hörte sie fauchen und gleichzeitig kreischen. Lange Fingernägel rissen in meine Kleidung. Angela roch nach brackigem Wasser, nach Moder, Sumpf und verfaultem Fleisch.

Ich drehte den Kopf zur Seite. Der erste Biss verfehlte mich. Als sie zum zweiten Mal zubeißen wollte, hielt ich einen Toaster in der linken Hand und hämmerte ihr den über den Kopf. Damit erreichte ich nicht viel, sie verspürte keine Schmerzen, aber sie kam wenigstens nicht zu einer zweiten Aktion.

Ich hätte ja gern die rechte Hand gebraucht, denn in der hielt ich die Beretta. Nur war dieser Arm durch das Gewicht der Blutsaugerin eingeklemmt.

Plötzlich schnellte sie hoch und gab mich praktisch frei. Ich wunderte mich nicht länger, als ich sah, was sie vorhatte. Als Vampirin konnte sie auch eine Spiegelscherbe anfassen, ohne dass sie an den Verletzungen starb.

Ausgerechnet die größte hatte sie sich ausgesucht. Mit beiden Händen hielt sie die Scherbe fest, die wie ein unten spitz zulaufender Eiszapfen aussah.

Und den wollte sie mir in die Brust rammen!

Im Bruchteil einer Sekunde nahm ich das Bild wahr und prägte es mir ein. Diese hochaufgerichtete Gestalt mit dem fast nackten Oberkörper, das verzerrte, katzenhafte Gesicht, den weit aufgerissenen Mund, die beiden spitzen Zähne und die graue Haut.

Dies zusammen mit der Spiegelscherbe zeichnete ein Bild des Schreckens.

Ich schoss, und die böse Angela wurde in die Höhe gewuchtet. Sie stand auf den Zehenspitzen, und ich rollte mich zur Seite, denn die Blutsaugerin hatte nicht mehr die Kraft, um die Scherbe zu halten. Das Glas traf die Verkleidung eines Fernsehapparates und zerklirrte.

Ich stand bereits neben dem Fenster, als die böse Angela zusammenbrach. Mit den Beinen hing sie noch im Fenster, und dort begann auch der Prozess der Verfaulung.

Es ging sehr schnell, und es sah so aus, als hätte man der Haut die Feuchtigkeit entzogen. Das, was von ihr übrig blieb, erinnerte an in der Sonne getrockneten Lehm, über dem leichte Rauchschwaden schwebten und sich mit dem Nebel vermischten.

Mir war wieder bewiesen worden, wie schnell Schönheit vergehen konnte. Manche bezeichneten sie auch als Blendwerk des Teufels, doch zu diesen Personen zählte ich nicht.

Auch in meiner Kleidung steckten einige Scherben. An der rechten Gesichtsseite blutete ich ebenso wie an der Stirn. Das war nicht tragisch. Ich hatte den Fluch der bösen Angela gelöscht, aber den Fall noch nicht gelöst.

Wo befand sich Baphomet?

In der Gasse sah ich ihn nicht. Ich dachte an den Templer. Vielleicht hatte mich die böse Angela bewusst in die enge Straße gelockt, um Baphomet freie Bahn zu verschaffen.

Mit Riesenschritten rannte ich den kurzen Weg zurück und sah die einsame Gestalt mitten auf der Fahrbahn liegen. Es war mein Freund und Begleiter Abbé Bloch. Er regte sich nicht. Ich hatte Herzbeklemmungen, als ich auf ihn zulief. Auf halber Strecke hörte ich das Brausen in meinem Rücken und wurde gleichzeitig von einem feurigen Schein umspielt, der den Nebel rötete.

Ich wirbelte herum.

Meine Augen wurden groß, denn ich erlebte die gewaltige Kraft der vier Horror-Reiter …

Die Hufe ihrer Pferde trommelten nicht über den Boden. Die AEBA-Dämonen hatten ihre magischen Kräfte voll ausgespielt und jagten auf ihren Tieren durch die Luft. Sie wirkten wie ein gewaltiges Gemälde, als sie über mir vorbeizogen. Das Feuer aus den Mäulern ihrer Rosse wurde zu Flammenbahnen, die ihren Weg begleiteten.

Die böse Angela war vernichtet. Jetzt hatten die vier Reiter wieder den Schutz des Kind-Dämons Baphomet übernommen. Und dies auf eine besondere Art und Weise.

Den widerlichen Dämon schleiften sie an langen, lassoähnlichen Leinen hinter sich her. Er konnte nicht fallen, wurde mitgezogen und verschwand, ebenso wie die Horror-Reiter, im über den Hausdächern kreisenden Nebel. Ein letzter Widerschein des Feuers grüßte wie ein Omen aus der Hölle, dann war auch er verschwunden.

Ich wusste mit Bestimmtheit, dass sie diesem Ort keinen Besuch mehr abstatten würden.

Endlich lief ich zu Abbé Bloch. Er lebte, auch wenn sein Gesicht Verbrennungen aufwies und er unbedingt in ärztliche Behandlung musste. Mein Kreuz hatte ihn tatsächlich gerettet, aber seine Augen waren nicht mehr die gleichen.

Ein heißer Schreck durchfuhr mich. Ich fiel neben ihm auf die Knie und tastete nach seiner Hand.

»Du bist es, John, nicht?«, fragte er.

»Ja«, erwiderte ich rau.

»Es ... es tut mir Leid«, flüsterte er. »Aber das Metall, es ... es schmolz, und meine Augen ...« Er holte tief Luft. »John, ich kann nichts mehr sehen!«, schrie er plötzlich. »Ich bin blind!«

Ja, er war blind!

Ich hockte neben ihm und schluckte.

»Hast du gehört, John, ich bin blind!« Hart klammerte er seine Hand um mein Gelenk.

»Ja, aber wir werden das wieder hinkriegen.«

»Nein, das sagst du nur.«

»Ich nehme dich mit nach London. Du wirst in einer Spezialklinik behandelt, und bestimmt wirst du dann wieder sehen können.«

»Das sagst du ohne innere Überzeugung. Ich merke es.«

Was sollte ich darauf antworten? Er hatte Recht, so verdammt Recht. Ich erhob mich, ging zur Seite und schrie ein »Ach verdammt!« in die neblige Dunkelheit hinein, ohne auf meine Umgebung zu achten.

Wie Gespenster schälten sich die Bewohner von Tullmer aus dem Nebel. Sie umringten mich, ich hörte ihre Fragen und lief vor ihnen davon. »Lasst mich in Ruhe! Kümmert euch um den Abbé und gebt mir ein Telefon ...«

Noch in der Nacht sprach ich mit London, damit dort alles bereitgestellt wurde.

Danach fuhr ich noch einmal zurück zum Wasserfall. Auch in der Dunkelheit fand ich den Weg, und als ich vor der Quelle stand, sah ich sie nicht mehr.

Auch die Felswand war eingestürzt.

Baphomet hatte dieses magische Tor für immer und ewig verschlossen.

Über den Ausgang des Falles konnte ich nicht glücklich sein. Mir war es wenigstens gelungen, die böse Angela zu vernichten, sodass sie dem Kind-Dämon keinen Schutz mehr gewähren konnte.

Wie es mit Abbé Bloch weiterging und ob die Ärzte sein Augenlicht retten konnten, musste die Zukunft zeigen …

ENDE

DER DOPPEL-ZOMBIE

Es erwischte mich, als ich den Wagen verließ!

Die Tür hatte ich schon zugeschlagen. Weshalb ich mich noch einmal umdrehte, weiß ich selbst nicht, es war eine alte Gewohnheit, die viele Polizisten haben.

Jedenfalls schaute ich auch in das bläulich weiß schimmernde Licht der Laterne, in das plötzlich die Umrisse eines kantigen, wuchtigen Schattens hineinrasten und mich zu einer blitzschnellen Reaktion zwangen.

Drehend hechtete ich zur Seite, landete auf dem Boden und bekam noch den Luftzug mit.

Da krachte es bereits. Der Gegenstand war seitlich in meinen Leih-Rover geknallt. Glas platzte, Metall verbog sich, knickte ein und um, der Wagen wurde deformiert, ich hörte ein Reißen und all die Geräusche gleichzeitig, während ich mit einem Sprung wieder auf die Füße kam, mich drehte und dabei die Beretta aus dem Holster zog.

Es passierte nichts weiter. Ich starrte auf den Wagen und dachte daran, dass mein Arbeitgeber, Scotland Yard, ihn abschreiben konnte. Mit dem kam ich keine zehn Yards mehr weiter. Er war an der rechten Fahrerseite völlig demoliert worden. Vielleicht hätte ihn ein sehr moderner Künstler noch als Plastik in ein Museum gestellt, für mich aber war er unbrauchbar geworden.

Das alles war sehr rasch über die Bühne gelaufen. Ich konnte dies auch noch hinnehmen, nur wunderte ich mich über das Wurfgeschoss, das mich bei einem Treffer sicherlich ins Jenseits befördert hätte.

Zuerst wollte ich es nicht glauben, traute mich noch nicht näher an das Autowrack heran, nahm die kleine Leuchte und strahlte es an.

Kein Irrtum. Mein erster Eindruck bestätigte sich, als ich genauer hinschaute.

Es war ein Grabstein!

Man hatte einen Grabstein auf mich geworfen!

Mit Grabsteinen warf man nicht ohne Grund. Der hätte mich bei einem Treffer in die Trümmer des Rover gedrückt und zerquetscht.

Erst jetzt kam der Schock. Kalte und heiße Wellen rannen über meinen Körper, während ich mich weiter zurückzog, um eine bessere Deckung zu haben.

Ich blieb am Rand des Parkplatzes stehen, wo mich die Zweige kahler Winterbüsche beschützten. In meinem Rücken lagen die klotzigen Umrisse der Klinik, in die ich gewollt hatte, um einem alten Freund einen Besuch abzustatten. Ein richtiger Besuch hatte es nicht werden sollen, dazu war er wahrscheinlich zu krank. Es ging einfach darum, ob es den Spezialisten gelungen war, Abbé Bloch das Augenlicht zu retten, das er bei unserem letzten gemeinsamen Fall im Elsass durch die schmelzende Maske wohl verloren hatte. Hundertprozentig sicher war es nicht, und die Ärzte hatten mir auch keine telefonischen Auskünfte geben wollen.

Der Grabstein und der Rover hatten sich ineinander verkeilt. Sie bildeten ein Wirrwarr, und ich fragte mich natürlich, wer mit Grabsteinen um sich warf.

Der konnte nicht normal sein. An einen Menschen glaubte ich nicht so recht. Wenn, dann hätte er Bärenkräfte haben müssen, denn Grabsteine sind nun mal keine Federbälle.

Mit der unteren Kante hatte er sich seitlich in den Wagen hineingebohrt. Er lag so gekippt, dass ich auch sein oberes Ende erkennen konnte. Und daran störte mich etwas.

Zunächst einmal nur die Form. Der Stein sah so aus, als würde aus seinem Ende ein Kopf wachsen. Ein grauer Schädel, der zudem noch durchlöchert war.

Natürlich beging ich nicht den Fehler, auf den Grabstein zuzurennen, ich wartete ab und hoffte, bessere Nerven als der sich versteckt haltende Werfer zu haben.

Zwei Minuten verstrichen.

Von den anderen Parkplätzen her wehte mir der Wind den Motorenklang entgegen. Ich hatte mir den kleinen ausgesucht, der eigentlich nur für das Krankenhauspersonal gedacht war. Von hier aus erreichte ich den Eingang allerdings am schnellsten.

Die Zeit verstrich, und es tat sich nichts. Nur die abendlichen Geräusche umgaben mich und natürlich die Dunkelheit, denn die Laterne leuchtete weiter entfernt.

Auf dem Grabstein lag der blasse Schein meiner Lampe und gab ihm ein etwas unheimliches Aussehen. Mich interessierte besonders die obere Hälfte, aus der so etwas wie ein Kopf hervorwuchs. Jedenfalls ein runder Gegenstand, der mir Rätsel aufgab.

Beschriftet war der Grabstein nicht. Auch als der Lichtstrahl über die Fläche wanderte, erkannte ich keine Einkerbungen, die auf Namen oder Daten hingedeutet hätten.

Weshalb hatte der Unbekannte ihn auf mich geschleudert? Nur so zum Spaß?

Das konnte ich nicht glauben. Dahinter steckte ein Mordversuch oder noch mehr.

Vielleicht hing es auch mit Abbé Bloch zusammen, der in der Klinik lag und sich trotzdem noch in Gefahr befand, denn der Templer-Führer hatte zahlreiche Feinde, die ihn vernichten wollten.

Fünf Minuten können lang werden. Auch mir kam die Zeit so furchtbar lang vor. Aber sie ging vorbei. Niemand hatte mich angegriffen, deshalb setzte ich mich in Bewegung und schritt sehr vorsichtig auf den demolierten Rover zu.

Aus der Dunkelheit flog kein Wurfgeschoss mehr heran. Unbehelligt erreichte ich den Grabstein, leuchtete ihn auch weiterhin an und konnte endlich erkennen, was dieser Kopf auf seinem Ende bedeutete.

Es war ein Totenschädel!

Zwei Löcher für die Augen, eines für die Nase, zwei nebeneinander liegende für den Mund. Alles wirkte stilisiert, war aber dennoch gut zu erkennen.

Ein Grabstein mit einem Totenschädel! Der Fall, der eigentlich noch keiner war, wurde immer mysteriöser. Und auf mich hatte man den Grabstein geworfen.

Weshalb?

Bevor ich mich bückte, um den Stein zu untersuchen, sah ich mich noch einmal um.

Nein, den unheimlichen Werfer entdeckte ich nicht. Es sah wirklich so aus, als wäre ich mutterseelenallein auf dem kleinen, von Büschen abgetrennten Parkplatz.

Der Stein war sehr schwer, sodass ich beide Hände zu Hilfe nehmen musste, um ihn aufzustellen. Dann leuchtete ich in die Augenhöhlen und auch in die Nasenlöcher. Dahinter befand sich kein Widerstand, der Lichtfinger fiel hindurch. Allmählich kam er mir vor wie eine Skulptur oder Plastik, die irgendjemand, aus welchen Gründen auch immer, von einem Friedhof gestohlen hatte.

Aber wer?

Ich richtete mich wieder auf. Noch immer umgab mich die beklemmende Stille. Möglicherweise bildete ich mir dies auch nur ein, aber das Gefühl, von irgendeiner feindlichen Person belauert zu werden, wollte einfach nicht weichen.

Ich entfernte mich einige Yards vom Autowrack, um anschließend den zerstörten Rover zu umkreisen. Die Beifahrerseite hatte kaum etwas abgekriegt, dafür die rechte Fahrerseite um so mehr. Ich schielte nach dem Autotelefon, um zu sehen, ob es noch in Ordnung war.

Äußerlich hatte es keine Schäden davongetragen. Ich konnte die Tür öffnen und tauchte in den Wagen. Manchmal hat man eben Glück. Das Telefon funktionierte noch.

Ich tippte Sukos Nummer ein.

Er war zum Glück schon zu Hause und hob beim dritten Durchläuten ab.

»Ich bin's, Suko.«

»Und? Wie geht es dem Abbé?« Natürlich war er besorgt. Leider musste ich ihm eine enttäuschende Antwort geben.

»Es tut mir Leid, ich war noch nicht bei ihm. Statt dessen sitze ich hier in den Trümmern von dem, was einmal ein Rover gewesen ist. Der Wagen ist fast zerstört.«

»Hattest du einen Unfall?«

»So kann man es nennen.«

»Was war es denn, Mensch? Rede doch!«

Ich erklärte ihm die Sache, und Suko zeigte sich erstaunt. »Mit einem Grabstein bist du beworfen worden?«

»Ja, und das Ding ist verdammt schwer.«

»Dann muss der Werfer ein Kraftpaket oder ein Riese gewesen sein.«

»Das ist möglich, Suko. Nur habe ich ihn nicht gesehen. Er hält sich noch versteckt.«

»Soll ich kommen?«

»Höchstens mit einem Abschleppwagen!«

»Mach keinen Mist! Die Sache kann ins Auge gehen. Wer mit Grabsteinen wirft, sollte nicht unterschätzt werden.«

»Das stimmt wohl.« Ich grinste scharf. »All right, wenn du willst, kannst du dich sehen lassen. Aber das mit dem Abschleppwagen war kein Witz. Den brauche ich tatsächlich. Der Rover ist total hin.«

»Ich komme zuerst, dann sehen wir uns die Sache mal an. Und gib auf dich Acht, Geisterjäger!«

»Sicher.« Ich legte auf und starrte auf die Splitter, die in den Sitzpolstern steckten. Bei dem Aufprall war keine Seitenscheibe heil geblieben. Der Grabstein hatte alles weggeräumt.

Ich wollte mich wieder zurückziehen, aber irgendetwas hinderte mich daran.

Es war eine Warnung. Ein körperliches Unwohlsein, das mich in diesen Momenten überfiel. Die zweite Haut legte sich auf meinen Rücken, sie spannte auch meinen Nacken an. Ich war in eine Situation geraten, in der jede hastige oder auffällige Bewegung gefährlich werden konnte. Deshalb zog ich mich langsam zurück.

Das Gefühl blieb nicht nur, es verstärkte sich. Im Magen lag plötzlich der Kloß. Ich hatte Mühe, mich zu beherrschen und die Hand nicht in Richtung Beretta fallen zu lassen.

Wiederum langsam richtete ich mich auf – und drehte mich um.

Ich hörte das Lachen.

Leise, hämisch und irgendwie grausam klingend. Ich sah den Lacher nicht, dafür entdeckte ich etwas anderes.

Schattenhafte Gestalten, die wie Felsklötze vom Boden hoch wuchsen und sich nicht rührten.

Waren es vier oder fünf? Ich hatte keine Ahnung, die Finsternis war einfach zu dicht.

Wer mich ansprach, erkannte ich auch nicht. Es war jedenfalls eine zischende Stimme aus der Dunkelheit, die mich warnte: »Wenn du dich falsch bewegst, bist du tot, du Schwein …«

Nur ein Narr oder ein Lebensmüder hätte anders gehandelt als ich. Da ich beides nicht unbedingt sein wollte, blieb ich stehen und spreizte die Arme ab. Eine demonstrative Geste, die meinen Gehorsam zeigte.

Ich dachte an die Worte, die der Typ gesprochen hatte. Diese Art von Anrede war mir nicht unbekannt. Gewisse Gruppen, die sich meist aus gestrandeten Jugendlichen zusammensetzen, sprachen so. Ich dachte da an Rocker oder Punker und glaubte fest, dass ich mit dieser Richtung nicht verkehrt lag.

Wieder lachte der Sprecher, bevor er weitere Worte hinzufügte. »Ich habe es gern, wenn ein Bulle gehorcht. Leider handeln nicht alle so wie du. Deshalb haben auch viele deiner Kollegen schon ins Gras beißen müssen.«

»Habt ihr den Stein geworfen?«, fragte ich und überraschte sie mit dieser Bemerkung.

»Wie kommst du darauf?«

»Weil er für eine Person allein ziemlich schwer ist, meine ich.«

Die Antwort klang dumpf. »Da kennst du Jilette aber schlecht!«

Da hatte ich den ersten Namen. Jilette, so hieß der Grabstein-Werfer. Etwas Richtiges konnte ich mir darunter nicht vorstellen. Ich kannte keinen Menschen, der diesen Namen trug. Allerdings hörte er sich ziemlich außergewöhnlich an, bestimmt so außergewöhnlich, wie dieser Jilette selbst war.

Mittlerweile hatten sich meine Augen auch an die Dunkelheit so gewöhnt, dass es mir gelang, Umrisse zu erkennen. Hier und da blinkte etwas auf dem dunklen Untergrund. Wenn es Nieten oder Kettenteile waren, konnte meine Theorie, was Rocker oder Punker betraf, durchaus zutreffen. Möglicherweise war dieser Jilette der Anführer und Boss der Bande.

»Ist Jilette ein Riese?«

»Mehr als das.«

»Dann könnte er sich doch zeigen. Ich habe mir schon immer gewünscht, mal vor einem Riesen zu stehen.«

»Du wirst ihn sehen.«

»Und dann?«

»Zerquetscht er dich!«, lautete die kalte Antwort, die sich verdammt nicht nach einer Lüge anhörte.

Mir blieben weitere Fragen im Hals stecken. Mittlerweile war auch mir klar geworden, dass das, was ich hier erlebte, kein Spiel war, sondern blutiger Ernst, denn die andere Seite hatte mich auf die Abschussliste gesetzt.

Ich wusste nicht, wer hinter den Dingen stand. Das konnte natürlich dieser Jilette sein, aber auch ein anderer, der Jilette einfach vorgeschoben hatte. Wer mich auf die Abschussliste gesetzt hatte, musste ich herausbekommen.

Ich hatte vorgehabt, einen Schwerverletzten zu besuchen. Möglicherweise hing das Auftauchen der mir noch unbekannten Gruppe mit meinem Besuch bei Abbé Bloch zusammen.

»Jilette«, sagte ich laut und deutlich. »Diesen Namen habe ich noch nie zuvor gehört. Sagt mir, um wen es sich bei ihm handelt. Wer ist er?«

Wieder antwortete dieselbe Stimme. Sie machte mir klar, dass Jilette gefährlich war. »Man nennt ihn auch den Mordengel von London, Bulle«. Zischend und höhnisch drang mir die Stimme aus der Dunkelheit entgegen. »Der Mordengel von London. Ich an deiner Stelle würde mir diesen Namen gut merken.«

Der Mordengel von London also. Rocker und Punker gehörten zu den Typen, die sich stets spektakuläre Namen zulegten. Ob das nun die Höllenengel waren oder die Todesengel oder die Flammenteufel. Jetzt war wieder eine neue Bezeichnung hinzugekommen.

Gehört hatte ich von ihm noch nie. Wenn er Morde begangen hatte, war er niemals mit der Polizei in Berührung gekommen. Dann musste er entweder sehr gewitzt sein oder einen sehr starken Schutz genießen, möglicherweise eine magische Rückendeckung.

Ich stand so günstig, dass ich über die Schattengestalten hinwegschauen konnte. Auch den Sprecher hatte ich ausgemacht. Er musste eine Waffe auf mich gerichtet haben, denn in Höhe seines Gürtels sah ich das typische Schimmern von brüniertem Metall.

Hinter den Schatten entstand Bewegung.

Im ersten Augenblick kam es mir wirklich so vor, als würde sich dort ein Riese bewegen. Die Rocker oder Punker hatten ebenfalls etwas bemerkt. Sie traten zur Seite, und jetzt konnte ich erkennen, dass sie zu viert waren, und jeder von ihnen trug eine Schusswaffe. Die hätten mich glatt in ein Sieb verwandeln können.

Das alles war zweitrangig geworden, als ich die Gestalt sah, die sich Jilette nannte. Ich konnte sie deshalb so gut erkennen, weil plötzlich vier Lampenstrahlen aufleuchteten, die ihn auf seinem Weg zu mir begleiteten.

Vor Schreck blieb mir fast das Herz stehen!

Für Abbé Bloch war es ein Schock gewesen und eine grausame Tortur, als es dem Kind-Dämon Baphomet gelungen war, ihn anzugreifen. Der Templer hatte sich auf den Schutz seiner silbernen Halbmaske verlassen, doch die war einfach nicht stark genug gewesen. Die Magie Baphomets war voll in die Maske eingeschlagen und hatte das Silber zum Schmelzen gebracht. Noch jetzt, da alles Tage zurücklag, glaubte er die Hitze zu spüren und die fürchterlichen Schmerzen, die sein Gesicht durchzogen hatten, als sich die Haut fast auflöste. Die zerschmelzende Maske hätte alles zerstört, wäre John Sinclairs Kreuz nicht gewesen, das er im letzten Augenblick auf das schmelzende Silber geschleudert und somit den fürchterlichen Vorgang gestoppt hatte.

Dennoch war die erste Hälfte des Unheils nicht aufzuhalten gewesen. Der Abbé hatte nicht verhindern können, dass etwas von dem schmelzenden Metall in seine Augen gelaufen war und deren Sehkraft zerstört hatte. Der Abbé war blind geworden.

Ich bin blind!

Auch als er unter den schrecklichen Schmerzen litt, hatte er sich diese Tatsache stets vor Augen gehalten und war in eine Art von Panik gefallen.

In den ersten Stunden, wo er dieses Grauen so hautnah erlebte, hatte er sich umbringen wollen. Wäre John Sinclair nicht gewesen, hätte er es auch getan, doch der Geisterjäger hatte ihn von diesem dummen Vorsatz abhalten können.

So lebte er weiter und hatte gelitten. John Sinclair war während des Transportes aus dem Elsass zum Frankfurter Flughafen nicht von seiner Seite gewichen. Auch weiter nach London hatte er ihn begleitet, ihm Trost zugesprochen und auch davon berichtet, dass es in London Spezialisten gab, die dem Abbé das Augenlicht zurückgeben würden.

In London war schon alles vorbereitet gewesen. Von der eigentlichen Operation hatte der Templer nichts mitbekommen.

Nachdem er aus der Narkose wieder erwacht war, lag er in einem Einzelzimmer, und seine Augen wurden von einer Binde bedeckt.

Zunächst hatte er sich nicht getraut, danach zu fassen. Nach Stunden erst konnte er sich überwinden. Doch es blieb die Ungewissheit, ob er nach der Abnahme der Binden würde wieder sehen können.

Der Abbé lag in seinem Zimmer, erholte sich zusehends und geriet auch wieder ins Grübeln.

Was würde sein, wenn die Operation erfolglos war und er sein Augenlicht nicht zurückerhielt? Daran zu denken bereitete ihm körperliches Unbehagen und steigerte gleichzeitig die Angst in seinem Innern. Er war in Schweiß ausgebrochen, hatte nach der Klingel getastet, um den Arzt zu erreichen.

Die Schwester war nur gekommen.

»Kann ich wieder sehen?« Mehr Fragen stellte er nicht, und die Schwester hatte ihm ebenso wenig eine Antwort gegeben wie der ihn behandelnde Arzt.

So dämmerte der Abbé dahin. Er wusste nicht, ob es Tag oder Nacht war.

»Kann ich wieder sehen?«

»Das wird Ihnen der Doktor sagen!«

Aber der sagte nichts Konkretes. Einmal waren sie zu mehreren Personen gekommen, hatten ihn untersucht und ihm anschließend eine Spritze gegeben. Danach war er aus dem Zimmer gefahren worden und wieder auf dem OP-Tisch gelandet.

Verändert hatte sich nichts. Nur das Brennen war etwas schwächer geworden.

Und wieder verrann Zeit.

Zu quälenden Einzelheiten reihten sich die Stunden aneinander. Es waren auch Anrufe gekommen. Einmal hatte der Abbé mit John Sinclair gesprochen, später mit seinen Brüdern in Frankreich, die ihm zur Seite standen und über sein Schicksal informiert worden waren.

Natürlich wollten sie kommen, aber der Abbé lehnte es ab. Er würde ihnen früh genug Bescheid geben.

Konnte er wieder sehen?

Diese Frage entwickelte sich zum eigentlichen Kriterium. Je mehr er darüber nachdachte, um so stärker verblasste sie auch, und der Abbé verfiel in Teilnahmslosigkeit.

Bis zu einem bestimmten Punkt. Er konnte im Nachhinein nicht einmal sagen, wer oder was ihn aus diesem Zustand herausgeholt hatte, und es war auch kein Ereignis im eigentlichen Sinne, das er in Worte fassen konnte. Jedenfalls war es da.

Ein Gefühl nur, mehr ein Zustand der Angst, die die Seele des Abbés zu erdrückten drohte.

Ja, es war die Angst. Und diesmal hatte sie nicht einmal direkt etwas mit seinem Zustand zu tun. Obwohl er sein Augenlicht erst vor kurzem verloren hatte, dachte er doch weiter und spürte genau, dass sich seine anderen Sinne noch mehr verstärkt hatten.

Er konnte besser tasten, hören, riechen, und auch sein Wahrnehmungsvermögen hatte sich verschärft.

Da war etwas …

Er konnte es nicht sehen, aber spüren und ahnen. Der Abbé versuchte, es in Worte zu fassen, es fiel ihm ungemein schwer. Da er nicht mehr nach außen schauen konnte, konzentrierte er sich auf sein Inneres, um das andere fassen zu können.

Vielleicht war es eine Warnung. Wenn ja, dann musste er diese Warnung irgendwie beschreiben, falls ihn John Sinclair besuchte. Auch er sollte unbedingt davon erfahren.

Plötzlich hatte er den Begriff gefunden!

Es war eine Wolke!

Eine unheimliche, drohende, pechschwarze Wolke. Das Synonym für die Gefahr, die sich nicht allein über seinem Kopf, sondern über der gesamten Klinik zusammenbraute.

Etwas war im Anmarsch …

Als der Templer dies festgestellt hatte, wurde er unruhig. Er konnte nicht mehr still liegen bleiben, warf sich von einer Seite auf die andere und riss sich zwei Schläuche aus den Armen, die ihn mit dem Tropf verbanden.

Im Bett richtete er sich auf.

Sofort packte ihn der Schwindel und zwang ihn wieder in die Rückenlage. »Man muss etwas tun«, flüsterte er. »Man muss unbedingt dagegen angehen. Merkt denn niemand etwas?«

Fast grausam deutlich kam ihm zu Bewusstsein, dass er erblindet war und allein nichts unternehmen konnte. Er war ein Gefangener, aber da gab es noch John Sinclair, den er warnen musste.

Der Abbé klingelte nach der Schwester, die sofort kam und beinahe einen mittleren Anfall kriegte, als sie sah, dass der Kranke nicht mehr am Tropf hing.

»Meine Güte, wie haben Sie das denn geschafft, Mister?«

»Spielt das noch eine Rolle? Ich möchte ein Telefon haben, bitte! Ich muss Oberinspektor Sinclair anrufen. Wählen Sie bitte für mich die Nummer, und geben Sie mir dann den Hörer.«

»Alles der Reihe nach.« Die Schwester blieb gelassen. Der Abbé hätte sie gern einmal gesehen. Ihrer Stimme nach zu urteilen, musste sie um die 40 sein.

Sie sorgte für die medizinische Versorgung des Patienten und stellte ihm das Telefon auf das Bett. Dann wählte sie die angegebene Nummer.

Als sie gehen wollte, hielt der Abbé sie zurück. »Warten Sie noch, ich weiß nicht, ob er zu Hause ist.«

Er war es nicht.

»Ist er vielleicht woanders?«, fragte die Haubenlerche. »Wissen Sie, wo er sich aufhalten könnte, und haben Sie eventuell die entsprechende Telefonnummer?«

»Ja, Inspektor Suko.«

»Wie heißt der?«

Bloch war nervös geworden und wiederholte mit zitternder Stimme den Namen des Chinesen.

Die Krankenschwester schleppte ein Telefonbuch heran und

suchte die entsprechende Nummer heraus, während sich Bloch schon im Voraus bei ihr bedankte.

Und Suko war zu Hause. »Ach, Abbé«, rief er, »was ist passiert? Was kann ich für Sie tun? Ich werde Sie morgen besuchen und hoffe, dass es Ihnen besser geht.«

»Nein, mir geht es mies.«

Suko wollte ihn beruhigen. »Nach einer Operation geht es einem nie gut. Warten Sie die nächsten Tage einmal ab. Es wird sich schon alles wieder einrenken.«

»Darum geht es jetzt nicht, Suko. Wissen Sie, wo ich John Sinclair finden kann?«

»Der wollte doch zu Ihnen.«

»Aber hier ist er nicht eingetroffen.«

»Machen Sie sich mal keine Gedanken, Abbé, lange ist John bestimmt nicht weg. Er wird noch kommen. Was ist denn so dringend? Kann ich Ihnen helfen?«

Der Abbé überlegte. Dann verneinte er und ließ den Hörer wieder auf den Apparat sinken.

Die Schwester war an seinem Bett sitzen geblieben. »Kann ich Ihnen sonst noch helfen? Möchten Sie noch einmal telefonieren?«

»Nein, danke, aber Sie können den Arzt rufen.«

»Dr. Spencer kann Ihnen auch nicht viel sagen, glauben Sie mir. Sie sollten die Nacht abwarten. Morgen werden wir mehr wissen. Nach der zweiten Operation sieht es schon viel besser aus …«

»Darum geht es nicht«, erklärte der Abbé. »Ich will wegen einer anderen Sache mit ihm reden.«

Die Schwester stand auf. »Nun ja, ich werde sehen, ob der Doktor einen Moment Zeit hat.«

»Bitte …« Der Abbé hörte das leise Zuklappen der Zimmertür und sah nicht mehr ganz so schwarz in die Zukunft.

Zum Glück war John Sinclair unterwegs. Wenn es jemanden gab, der ihm glaubte, dann war es der Geisterjäger. Er gehörte zu den Menschen, die gewisse Dinge anders sahen, er wusste von Ereignissen, über die andere nur lachten oder die Köpfe schüttelten.

Vielleicht hätte er doch in Frankreich bleiben sollen. Auch dort gab es Kliniken, in denen sich die Ärzte auf Augenoperationen spezialisiert hatten. Aber John hatte ihn in der Nähe haben wollen. Er vergaß nicht, unter welchem Druck der Abbé stand.

Bloch bezeichnete sich als den Führer der wahren Templer. Es gab auch die zweite Gruppe, die sich damals im Mittelalter abgespalten hatte. Diese verehrten ihren Götzen Baphomet, der eine furchtbare Wiedergeburt erlebt hatte und nun als Kind-Dämon seine dämonischen Fäden spann. In der bösen Angela hatte er die Amme finden sollen, die ihn großzog. Das war nicht gelungen. John Sinclair hatte die Vampirin Angela getötet und den Plan somit vereitelt.

Als er an seine Feinde dachte, fiel ihm wieder ein, dass er blind war. Er bezeichnete den Zustand als furchtbar, als grauenhaft, denn er war gleichzeitig hilflos.

Wenn Feinde kamen, konnte er sie nicht sehen, höchstens fühlen, so wie jetzt, denn die drohende Gefahr musste einfach noch vorhanden sein. Die Wolke ließ sich nicht vertreiben, sie schwebte über seinem Kopf und näherte sich stetig.

Die Ahnung des Blinden verdichtete sich allmählich zu einer Gewissheit. Auch in London war er vor den Nachstellungen seiner Feinde nicht sicher. Sie hatten seine Spur aufgenommen und wollten das beenden, was Baphomet begonnen hatte.

Unruhig zuckten seine Hände über die Bettdecke. Er bewegte hektisch die Finger und klemmte den Stoff zwischen sie. Heftige Kopfschmerzen quälten ihn. Das war immer so, wenn er sich anstrengte oder scharf über ein gewisses Problem nachdachte.

John Sinclair kam nicht, dafür betrat Dr. Spencer das Zimmer. Der Abbé erkannte ihn am Klang der Schritte und daran, wie er die Tür schloss. Er tat es immer besonders leise und behutsam.

Auf leisen Sohlen ging er auch zum Krankenbett und blieb daneben stehen.

»Sie haben nach mir rufen lassen, Mr. Bloch?«

»Ja, ich muss Sie sprechen.«

Der Arzt setzte sich auf die Bettkante. »Bitte, ich höre Ihnen zu, Mr. Bloch.«

Der Abbé fürchtete sich ein wenig vor der nächsten Frage. Er holt tief Luft und versuchte, seine Nervosität zu unterdrücken. »Zunächst Folgendes, Doktor. Kann ich wieder sehen? Haben Sie und Ihre Mitarbeiter mir das Augenlicht wieder zurückgegeben? Ich will eine ehrliche Antwort von Ihnen!«

«Das ist schwer zu sagen ...«

»Bitte, Doktor, weichen Sie nicht aus!«

»Ich weiche deshalb nicht aus, Mr. Bloch, weil ich einfach nicht ausweichen kann. Verstehen Sie?«

»Nein.«

»Wir wissen noch nicht, ob Sie Ihr Augenlicht endgültig verloren haben. Wenn wir Ihnen die Schutzbinden abnehmen, können wir mehr sagen. So lange müssen Sie noch Geduld haben.«

Bloch lachte auf. »Geduld!«, sagte er. »Immer nur Geduld. Verdammt, ich habe genug Geduld gehabt, glauben Sie mir das. Ich will einfach nicht mehr. Ist das klar?«

»Ja, das verstehe ich.«

»Deshalb möchte ich Sie bitten ...«

Dr. Spencer legte seine Hand auf die Schulter des Kranken. »Sie können mich fragen, und Sie können sagen, was Sie wollen. Es geht nicht anders. Ich kann Ihnen kein Ergebnis mitteilen, so Leid es mir tut. Möchten Sie noch etwas wissen?«

»Ja. Sie wissen, wer ich bin?«

»Ein französischer Geistlicher, hörte ich.«

»Ja, so kann man es auch nennen. Ich zelebriere keine Messen, wenn Sie das meinen. Ich bin, sagen wir, ein Pater. Nur führe ich kein normales Leben. Ich habe eine gewisse Aufgabe übernommen, über die ich allerdings nicht sprechen kann. Sie ist nicht ungefährlich, und deshalb befinde auch ich mich in einer permanenten Gefahr. Ich habe Feinde, starke Feinde ...«

»Vor denen Sie hier in Sicherheit sind, Mr. Bloch.«

»Nein!« Heftig widersprach der Abbé, und Dr. Spencer erschrak. Bloch tastete nach der Hand des Arztes, bekam sie auch zu fassen und drückte die Finger fest. »Ich bin hier nicht in Sicherheit. Es gibt keinen Ort auf der Welt, an dem man vor ihnen in Sicherheit sein kann. Haben Sie das begriffen?«

»Es fällt mir schwer.«

»Das glaube ich Ihnen gern. Es ist auch schwer, aber Sie sollten die Augen offen halten, Doktor.«

»Hier in der Klinik?«

»Natürlich. Sie werden kommen, das schwöre ich Ihnen.«

Dr. Spencer atmete tief durch. »Woher wollen Sie das wissen, Mr. Bloch? Haben Sie irgendwelche Anhaltspunkte? Hat man Sie möglicherweise gewarnt?«

»Nein, das nicht.«

»Dann würde ich die Sache an Ihrer Stelle nicht so negativ sehen. Denken Sie nicht mehr daran.«

»Sie haben gut reden, Doktor! Es ist mein Leben, auch wenn es schon halb zerstört ist. Aber ich möchte nicht, dass die andere Seite den Sieg erringt.«

Der Arzt schüttelte den Kopf, was Bloch nicht sehen konnte. »Sie reden, Mr. Bloch, als hätten Sie irgendwelche Hinweise, dass man Sie tatsächlich ermorden will.«

»Die habe ich auch.«

»Und wo?«

»Ich kann es Ihnen nicht konkret sagen. Aber Sie als Spezialist müssten doch wissen, dass bei einem Blinden die anderen Sinne mehr geschärft sind als bei völlig gesunden Menschen.«

»Ja, das sehe ich auch so.«

»Und ich fühle, dass sich etwas zusammenbraut. Es ist eine dicke, schwarze Wolke, die bereits auf dem Weg zu mir ist und immer näher kommt. Ich weiß, dass Sie mich nicht verstehen werden, aber es ist so. Ich sehe die Wolke der Gefahr«, flüsterte der Blinde mit allmählich ersterbender Stimme. »Ich sehe, wie sie näher kommt. Sie will mich verschlingen, Doktor. Sie will das vollenden, was vor langer Zeit begonnen und in den vergangenen Tagen im Elsass fortgeführt wurde.«

»Hm.« Dr. Spencer wusste nicht, was er sagen sollte. »Wenn Sie das so sehen, kann ich nichts dagegen machen. Es ist mir aber unmöglich, Ihnen eine Wache vor die Tür zu stellen. Da sollten Sie sich am besten mit der Polizei in Verbindung setzen.«

»Ich habe John Sinclair bereits angerufen. Er wird mich verstehen, Doktor.«

»Das freut mich. Kommt er denn?«

»Eigentlich müsste er schon hier sein. Ich erwarte ihn jeden Augenblick. Ihnen kann ich nur den Rat geben, die Augen weit offen zu halten. Irgendetwas ist auf dem Weg hierher. Es will das Krankenhaus besetzen und mich töten.«

»Gut, Mr. Bloch, ich bedanke mich für Ihren Rat. Wenn ich Mr. Sinclair sehe, werde ich ihn sofort zu Ihnen schicken. Vielleicht kann er bei Ihnen Wache halten.«

»Das wäre gut.«

»Ansonsten, Mr. Bloch, versuchen Sie bitte zu schlafen. Das Ausruhen kann Ihrer Gesundheit oder Gesundung nur förderlich sein. Ich wünsche Ihnen eine gute Nacht.«

»Ja, das wünsche ich Ihnen auch«, erwiderte der Abbé leise und hörte, wie der Arzt den Raum verließ.

Er blieb auf dem Rücken liegen und lauschte nach innen. Leider hatte sich nichts verändert. Die Gefahr blieb, und die Wolke, so hatte er den Eindruck, war sogar noch größer geworden …

Ich hatte in meiner Laufbahn schon vieles gesehen, aber dieser Jilette gehörte zur absoluten Spitze.

War er ein Dämon, ein Mensch oder ein Monster? Wahrscheinlich eine Mischung aus allem. Jedenfalls erinnerte sein Aussehen an einen Punk und auch an einen Rocker.

Normal waren seine übergroßen Turnschuhe und auch die blauen Jeans, die lange, kräftige Beine bedeckten. Er trug eine pechschwarze, weit geschnittene Lederjacke, die mit metallisch glänzenden Nieten besetzt war. An seinem Gürtel hing eine Motorradkette, die schnell zur Mordwaffe werden konnte. Sein Hemd unter der Jacke wirkte etwas lächerlich. Es hätte eher in den Karneval gepasst und war weiß und blau gestreift. Den Kragen der Lederjacke hatte er hochgestellt. Der Gesichtsausdruck wirkte abstoßend.

Die kurzen Haare waren rötlich gelb gefärbt. Die Frisur konnte man als Grasbüschel-Look bezeichnen. Die hohe Stirn und die geschwungenen Augenbrauen fielen auf, die dicht über der

Wurzel seiner fleischigen Knollennase zusammenwuchsen und dem Gesicht zusätzlich einen bitterbösen Ausdruck gaben. Die Mundwinkel kippten nach unten weg, das Kinn war rund. Durch den Haarschnitt waren die Ohren freigelassen worden. Sie wirkten wie große Lappen, die jemand an den Schädel geklebt hatte. In den Ohrläppchen funkelten Ringe oder Steine, so genau konnte ich das nicht erkennen. Jedenfalls schwangen sie beim Gehen hin und her.

Der Kerl überragte mich. Zwar konnte man bei ihm noch nicht von einem Riesen sprechen, doch dieser Jilette war mehr als einen Kopf größer als ich. Mit den Fäusten würde ich diese Kampfmaschine kaum stoppen können, höchstens mit einer Kugel, aber er hatte mir noch nichts getan. Zudem lauerten im Hintergrund seine Helfer.

Dem Kerl traute ich ohne weiteres die Kraft zu, mit Grabsteinen werfen zu können.

Vor mir blieb er stehen. Ich brauchte nur die Hand auszustrecken, um ihn zu berühren. Davor allerdings hütete ich mich, weil ich ihn nicht unnötig reizen wollte.

Er schaute mich an.

Es war mehr ein kaltes Starren. Sein grausam wirkender Blick bohrte sich in meine Augen, die fleischigen Lippen zuckten, und ich sah, wie er die rechte Hand, Marke Kohlenschaufel, zu einer mächtigen Faust ballte.

Dann schlug er zu.

Aber nicht mit der rechten Faust, er nahm die linke, und die war nicht zur Faust geballt. Dafür stieß er mir seine kräftigen Finger in den Leib, und ich hatte nicht die Spur einer Chance, diesem Treffer zu entgehen. Zwar zuckte ich noch zusammen, aber zur Seite konnte ich mich nicht mehr drehen.

Zwischen Leber und Milz passt immer noch ein Pils. Diesen lockeren Thekenspruch konnte ich nicht anwenden, denn nach dem Treffer in dieser Gegend wäre mir der Appetit auf ein Bier glatt vergangen.

Ich sah plötzlich nichts mehr. Alles verschwamm vor meinen Augen, in die die Tränen stiegen. Auch meine Kehle war wie zugeschnürt, als hätte man Draht um sie gewickelt.

Etwas rauschte in meinen Ohren. Zunächst dachte ich an Wasser, bis ich erkannte, dass es das Lachen dieser Rockerbande war, die sich an meinem Zustand weidete.

Dass ich in die Knie ging, merkte ich nicht. Die Welt um mich herum war eine andere geworden. Diese verfluchten Karateschläge wirkten, wenn sie zielgenau ausgeführt wurden, paralysierend.

Ich lag bald auf dem Boden und hatte mit den Nachwirkungen des Treffers zu kämpfen. Sie blieben, auch wenn sie ein wenig schwächer wurden.

An meiner Wange fühlte ich etwas Feuchtes. Der Untergrund war nass, vielleicht lag ich auch in einer Pfütze. Das alles war mir so egal, wenn nur nicht die verfluchten Schmerzen gewesen wären und die heiße Angst, die durch meinen Körper strömte.

Ja, ich bekam Angst vor dieser grausamen Gestalt. Ich lag ihr wie ein hilfloses Bündel zu Füßen und hatte mich zusammengekrümmt, weil ich mich einfach nicht mehr strecken konnte.

Den Mund hatte ich weit aufgerissen. Dabei schnappte ich nach Luft, röchelte und erschrak wegen dieser Geräusche über mich selbst. Sie waren einfach furchtbar.

Etwas knirschte in meiner Nähe. Dazwischen vernahm ich dumpfe Laute und auch Stimmen. Wahrscheinlich zogen Jilettes Gehilfen den Kreis um mich enger.

Das anschließende Lachen tat mir in der Seele weh. Die Laute schienen hinter meiner Stirn regelrecht zu explodieren. Ich fühlte mich hundeelend und hätte die Rocker am liebsten gebeten, mich doch allein zu lassen.

Sie blieben …

Auch wenn ich nur sehr schwer Luft bekam, erholte ich mich allmählich von diesem Treffer so weit, dass ich mitbekam, was sie besprachen.

»Er ist geschafft. Ich hätte nicht gedacht, dass es so leicht geht. Willst du ihn mitnehmen, Jilette?«

Als Antwort vernahm ich ein Knurren.

»Gut, nimm ihn mit und gib ihm irgendwo den Rest. Schaff ihn am besten zu deinem Friedhof.« Sie lachten alle vier, und ich hörte wieder Jilettes zustimmendes Knurren.

Was hatten sie gesagt? Zu einem Friedhof wollten sie mich schaffen? Das sah nach Beerdigung aus, und davon hatte ich, ehrlich gesagt, die Nase gestrichen voll. Ich wollte nicht mehr in einem Sarg liegen. Diese wahrgewordenen Albträume waren grausam.

Übelkeit machte mir zu schaffen. Ich hatte Mühe, mich zusammenzureißen und nicht zu übergeben. Die Schwäche war einfach da und ließ sich auch nicht mehr wegschaffen.

»Steh auf, Bulle!«

Der Typ war gut. Wie sollte ich mich in meinem Zustand erheben können? Das war unmöglich.

»Los, hoch mit dir!« Jetzt erhielt ich sogar einen Tritt in die Seite. Die Stiefelspitze war hart. Wieder spürte ich den bösen Schmerz, aber ich konnte nicht mehr.

»Der scheint fertig zu sein«, kommentierte ein anderer.

»Unsinn. Bullen können was einstecken.«

»Ich will auch keinen Treffer von Jilette kassieren, kann ich dir sagen.«

»Gut, fasst mit an.«

Sie bückten sich. Ich merkte es daran, dass Schatten über mich fielen. Dann spürte ich ihre Hände an meinen Schultern und in den Achselhöhlen. Zu viert schleiften sie mich hoch. Als ich stand, drückten sie mich gegen die unbeschädigte Seite des Rover. Das war auch nötig, denn ich wäre ohne Hilfe wieder zu Boden gefallen.

Mir fiel wieder der alte Gummivergleich ein. Meine Beine waren zu zitternden Stangen geworden. Ich atmete tief ein und aus. Meine Arme hatte ich vom Körper abgespreizt. Sie lagen links und rechts auf dem Wagendach, und die Handflächen schienen auf der Feuchtigkeit zu kleben.

Viel besser ging es mir nicht, aber ich konnte meine unmittelbare Umgebung besser erkennen.

Jilette stand direkt in meinem Blickfeld!

Meine Güte, war das eine Gestalt! Ich sah sie nicht klar, vor meinen Augen verschwamm sie, sodass aus ihr ein Farbenspiel wurde. Die orangefarbenen Haare schienen manchmal zu explodieren, bevor sie »verliefen« und sich mit der Farbe der Gesichtshaut vermischten.

Die Rocker hatten sich neben ihm aufgebaut. Auch sie zählten zu den gewalttätigen Typen, starrten mich kalt an und taten ansonsten nichts. Mir schien es, als würden sie auf irgendein Ereignis warten, das in naher Zukunft lag.

Hilfe erhielt ich nicht. Außer uns befand sich niemand auf dem Parkplatz. Ich dachte an Suko, mit dem ich telefoniert hatte. Verdammt, warum kam er denn nicht? Weshalb musste diese Klinik auch so weit außerhalb Londons liegen?

All diese Tatsachen addierten sich und führten natürlich zu einem negativen Ergebnis.

Jilette sah mich an, ich ihn. Ich spürte nach wie vor die Schwäche. Es würde mir nicht einmal gelingen, nach einer meiner Waffen zu fassen, um mich zu wehren.

Dann bewegte er sich.

Wieder sehr schnell, gleichzeitig auch abgehackt. Ich rechnete schon damit, einen weiteren Treffer zu kassieren, aber diesmal ging der Koloss gnädig mit mir um. Er schlug seine Handflächen auf meine beiden Schultern und krümmte die Finger, um mich festzuhalten, weil ich sonst in die Knie gesackt wäre.

Was hatte er vor?

Er drückte seinen Schädel mit den orangefarbenen Haarbüscheln nach vorn, sodass ich den Eindruck hatte, als würden die Haarspitzen über mein Gesicht kitzeln.

So weit kam es nicht. Dafür geschah etwas anderes, das ich zuerst kaum glauben wollte.

Die Haare auf dem Kopf bewegten sich. Als hätte jemand mit einem unsichtbaren Kamm einen Scheitel gezogen, so legten sie sich nach links und rechts weg, sodass zwischen ihnen so etwas wie ein schmaler Graben entstand, in den ich hineinschauen konnte.

Zuerst glaubte ich an eine Täuschung, aber es stimmte tatsächlich. Die Kopfhaut des Mannes, der sich Jilette nannte, war schwarz und glänzte derart, als hätte man sie mit einem dünnen Ölfilm bestrichen. Hinzu kam noch das Faltenmuster. Es wirkte wie kleine Gräben, die sich plötzlich bewegten.

Dabei blieb es nicht.

Sie brachen auf.

Wie kleine Splitter wirbelten die Stücke zu verschiedenen Seiten hin weg, sodass ich in seine tiefe Furche schauen konnte, die den Schädel in der Mitte teilte.

Und dort kroch etwas hervor!

Ich war so auf den Anblick fixiert, dass ich meinen schwachen Zustand vergaß. Um Jilette herum standen seine Helfer und hielten die Waffen auf mich gerichtet. Sie gaben keinen Kommentar ab. Wahrscheinlich waren sie das, was nun folgte, gewöhnt, weil sie es schon öfter erlebt hatten.

Was dort aus dem Kopf kroch, erinnerte mich an dunkelgraues Gewürm. Es bewegte sich zuckend, es drehte sich, es schob sich übereinander, und es quoll hoch.

Nein, kein Gewürm. Die Dunkelheit hatte mich etwas getäuscht, denn die Rocker leuchteten ihren Anführer nicht mehr an, und die weiter entfernt stehende Laterne sah aus wie ein blasser Mond.

Drei kurze Stummel schoben sich in die Höhe und verließen den Schädel des Monsters.

Vier kurze Stummel wurden länger, ich erkannte sie und wollte es trotzdem kaum glauben.

Es waren Finger!

Widerliche schwarze Finger. Vier an der Zahl und ein Daumen – eben eine Hand!

Pechschwarz wie Teer. Dazu gespreizt, als wollte sie nach einem Gegenstand greifen.

Die Finger bewegten sich dicht vor meinem Gesicht. Ich drückte den Kopf zurück, weil ich von diesen feucht schimmernden Gegenständen nicht unbedingt berührt werden wollte.

Die Rocker lachten leise.

Sie weideten sich an meiner Überraschung, und Jilette, der gebeugt vor mir stand, drückte Kopf und Oberkörper wieder in die Höhe, um eine aufrechte Haltung einzunehmen.

Die Hand ragte noch immer aus seinem Kopf. Dadurch wirkte er noch größer, als er ohnehin schon war, außerdem viel unheimlicher.

Die Hand, der Grabstein und er mussten in einem unmittelbaren Zusammenhang stehen. Über dieses Rätsel wusste ich nicht Bescheid, vielleicht würde ich es nie erfahren, denn mir fielen wieder die Worte der Rocker ein. Die Typen hatten davon gesprochen, dass ich auf einen Friedhof geschleppt werden sollte.

Daran würde sich Jilette halten!

Wieder griff er zu. Auch diesmal kam ich nicht weg. Als wäre sein Arm eine Schlange, so wand er ihn um meinen Körper, holte mich zu sich heran und presste mich an sich.

Der Griff war sehr hart, er tat auch weh, doch über meine Lippen drang kein Wort des Schmerzes.

Jilette nahm mich hoch, als wäre ich nicht mehr als ein normales Paket. Er klemmte mich kurzerhand unter seinem Arm so fest, dass ich mit meinen geschwächten Kräften nicht entwischen konnte.

Grinsend traten die Rocker zurück, sodass ihr Boss freie Bahn hatte. Er hatte noch ein weiteres Ziel, denn er ging um den halb zerstörten Wagen herum und blieb an der Stelle stehen, wo der von ihm geschleuderte Grabstein in die Seite gehämmert war.

Sehr langsam bückte er sich, streckte seinen Arm aus und umklammerte den Grabstein ebenso wie mich.

Es wollte mir nicht in den Sinn, aber ich sah es mit eigenen Augen. Dieses Monster hob den Stein mit einer ebenso spielerisch anmutenden Leichtigkeit hoch wie mich.

Er klemmte ihn unter seinen rechten Arm, während ich von seinem linken festgehalten wurde.

Mit wuchtigen Schritten ging er los, blieb aber sehr schnell wieder stehen, weil er den Rockern noch etwas mitzuteilen hatte. Er konnte reden, ich hörte ihn zum ersten Mal und musste mich konzentrieren, um seine Worte verstehen zu können. Jilette würgte sie förmlich hervor.

»Ich – habe – ihn … holt – ihr – euch – den – anderen – und – tötet – ihn.«

»Ja, das werden wir. Kommst du nachher zurück?«

»Ich – werde – kommen – und – nehme – ihn – mit.«

Bei der zweiten Antwort hatte ich mich bereits an seine Stimme gewöhnt. Jetzt konnte ich ihn auch besser verstehen und wusste natürlich sofort Bescheid.

Mit dem zweiten, der getötet werden sollte, konnte er nur eine bestimmte Person gemeint haben, wegen der ich überhaupt zu dieser Klinik gefahren war.

Abbé Bloch!

Und es wies alles darauf hin, dass Jilette und seine Bande ihren Vorsatz in die Tat umsetzen konnten.

Mir gelang es noch, einen letzten Blick auf die Rocker zu werfen. Sie verschwanden wie Phantome in der Dunkelheit und wurden von ihr regelrecht verschluckt.

Zudem hatten sie sich in Richtung Klinik orientiert, wo man ahnungslos war.

Jilette aber schleppte den Grabstein und mich in die entgegengesetzte Richtung …

Mein Freund und Kollege Suko gehörte zu den Menschen, die man als ausgeschlafene Bürschchen bezeichnen konnte.

Nach dem Telefonanruf seines Freundes John Sinclair war er nicht sofort losgerannt, hatte sich ans Fenster gestellt und zunächst einmal über das Gespräch nachgedacht.

Was er von John erfahren hatte, klang einerseits unglaublich, aber er kannte seinen Freund lange genug. Der hatte es beileibe nicht nötig, Märchen dieser Art zu erfinden. Wenn er diesen Bericht abgab, dann stimmte jedes Detail.

Man hatte auf ihn mit einem Grabstein geworfen. Über den Grund konnte auch Suko nur spekulieren. Eine andere Tatsache aber bereitete ihm viel größere Sorgen. Der Vorfall war dort passiert, wo sich die Klinik befand, in der Abbé Bloch lag. Und dieser Mann, Anführer der positiven Templer, befand sich in einer permanenten Gefahr. Suko ging davon aus, dass die andere Seite erfahren hatte, wo er sich befand. Sie würde nicht faul sein und einen Angriff starten. Wie sie dies anstellten und wie viele ihrer Diener sie aus irgendwelchen Ecken hervorholten, konnte niemand mit Sicherheit sagen.

Suko und John waren zu zweit. Aber sechs Augen sehen mehr.

Genau das war der Punkt, bei dem Suko einhakte. Er wollte

seinem Freund Bill Conolly Bescheid geben. Bill würde sicherlich zur Klinik kommen und die Funktion eines Aufpassers oder Wächters übernehmen. So gut kannte der Chinese ihn.

Kurzentschlossen rief er bei den Conollys an, bekam Sheila, Bills Frau, an den Apparat, die sofort etwas ahnte.

»Grüß dich, Suko«, sagte sie fröhlich, um ihrer Stimme einen Moment später einen anderen Klang zu geben. »Aber ich rieche Unheil. Wenn du anrufst, kann es Ärger geben. Willst du mir Bill wegholen und mich am Abend allein lassen?«

»Gib ihn mir doch erst einmal.«

»Ich will mal nicht so sein.«

Wenig später hatte Suko den Reporter an der Strippe. »Na, was gibt es denn? Ist noch ein Blatt vom Horror-Kalender übrig geblieben?« Bill sprach, als hätte er den Mund voll.

»Habe ich dich beim Essen gestört?«

»Ja.«

»Um den Kalender geht es nicht, die Sache ist vergessen.«

Bill schluckte den Bissen runter. »Also etwas Neues.«

»Genau.«

»Raus damit!«

Den Gefallen tat ihm Suko gern. Was er wusste, teilte er Bill Conolly mit.

»Sieht nicht gut aus«, meinte dieser.

»Der Ansicht bin ich auch.«

»Ich soll also kommen?«

»Ja, und zwar zur Klinik. Wir treffen uns dort, wo man John angefallen hat. Es ist ein kleiner Parkplatz. Dort sehen wir weiter.«

»Vielleicht finden wir auch den Grabsteinschmeißer. Wartet einer auf den anderen?«

»Würde ich sagen.«

»Bis später dann.«

Suko verlor keine Minute mehr. Auch er war an diesem Tag mit einem Dienstwagen unterwegs. Die Klinik lag im Londoner Nordwesten. Dorthin führte eine Straße wie ein Strich. Es war die Edgware Road, die Suko selbstverständlich auch nahm.

Dennoch dauerte es lange, bis der Inspektor die Gegend erreicht hatte. Er befand sich nicht allein auf der Straße, und voll aufdrehen konnte er auch nicht.

Die Umgebung zeigte bereits einen ländlichen Charakter. Wer hier lebte, konnte noch halbwegs gesunde Luft atmen.

Es war nicht mehr so kalt. Der Frühlingsmonat März schickte bereits einen Gruß. In den letzten Tagen hatten sich die grauen Schneereste verflüchtigt und damit auch so mancher mühevoll gebaute Schneemann.

Es war windig. Das Geäst der Bäume zitterte, wenn Böen dagegen fielen. Die Antennen auf den Dächern bogen sich, die Luft war wärmer geworden. Am Himmel bildeten segelnde Wolken ein wüstes Muster und verdeckten die Gestirne.

Die Klinik war nicht so groß wie ein normales Krankenhaus. Sie war mit Privatgeldern entstanden, hatte eine ausnehmend schöne Lage und fügte sich in einen natürlichen Grüngürtel ein, ohne störend zu wirken. Straßen führten von verschiedenen Seiten an sie heran, schlugen dann Bogen um den Bau und trafen sich an bestimmten Punkten wieder. Auf den Parkplätzen, zum Beispiel.

Suko erreichte das erste Areal. Es standen dort nur wenige Wagen. So folgte er dem Hinweisschild zum nächsten Parkplatz und musste einen schmalen, von einer Hecke geschützten Weg durchfahren, um festzustellen, dass er noch immer nicht sein Ziel erreicht hatte. Der Privatparkplatz, von dem John Sinclair gesprochen hatte, lag näher an der Klinik, deren halbrund angelegter Bau erleuchtet war und den Betrachter an eine römische Arena erinnerte, wenigstens von der Bauweise her.

Suko kurvte noch ein wenig herum, bis er endlich auf den bezeichneten Parkplatz rollte. Der war kleiner als die anderen, und an der linken Seite standen ungefähr ein Dutzend Wagen in mit Nummernschildern bemalten Parktaschen.

Den Rover entdeckte Suko an der rechten Seite. Als er in eine Kurve fuhr, strichen die Scheinwerferkegel über den Wagen. Suko sah, dass sein Freund John nicht gelogen hatte. Der Rover sah aus, als wäre an seiner rechten Seite eine Bombe explodiert.

Nicht weit entfernt stellte Suko sein Fahrzeug ab, stieg aus und besah sich den Rover genau.

Den Grabstein fand er nicht. Nach ihm hatte er natürlich zuerst Ausschau gehalten.

Nach den ersten beiden Rundgängen blieb Suko stehen und forschte genauer nach. Er holte seine lichtstarke Kleinlampe hervor. Stück für Stück leuchtete er den Boden ab. Die Arbeit lohnte sich. Er fand tatsächlich Spuren. Zunächst waren es nur Fußabdrücke, die ihm auffielen. Er stellte fest, dass hier mehrere Personen gestanden hatten. Bestimmt drei oder vier. Oft genug war das Gras so zerknickt, wie es nur sein konnte, wenn jemand es zertreten hatte.

Nur John Sinclair sah er nicht.

Suko hätte eigentlich davon ausgehen können, dass John sich mittlerweile bei dem Abbé in der Klinik befand. Da aber zögerte er. Es waren die Spuren, die ihn hatten misstrauisch werden lassen. Nach dem Angriff hatte der Geisterjäger noch telefonieren können, da war die Falle nicht zugeschnappt. Möglicherweise hatten die im Hintergrund lauernden Personen gewartet, bis sich John sicher fühlte, um danach zuzuschlagen.

Der Lichtteppich eines Scheinwerferpaars strich durch die Büsche. Suko hörte auch das etwas gedämpfte, aber trotzdem satt klingende Brummen eines Porschemotors.

Es war Bill, der das Ziel ebenfalls gefunden hatte, den Wagen neben den des Inspektors stellte, ausstieg und sich reckte. »Himmel, das war ja eine Sucherei.«

Suko erwiderte nichts. Er wartete, bis sich der Reporter den zerstörten Rover angeschaut hatte und den Kopf schüttelte. »Das ist ein Ding. Als hätte ein Riese mit der Faust draufgeschlagen.«

»Wer mit Grabsteinen wirft, braucht nicht unbedingt ein Mensch zu sein«, dachte Suko laut nach.

»Wie meinst du das? Weißt du mehr?«

»Nein, auch nicht. Erstens ist John nicht da, er wollte ja in die Klinik, aber ich habe mich umgesehen und einige Spuren festgestellt, die mir gar nicht gefallen wollen. John hatte es, wenn überhaupt, nicht mit einem Gegner zu tun, sondern mit mehreren. Es waren mindestens vier …«

»Woher weißt du denn, dass es Feinde waren?«

»Freunde bestimmt nicht.«

Der Reporter grinste schief. »Wie dem auch sei, hier können wir nichts mehr reißen. Wir sollten in die Klinik gehen und dem Abbé einen Besuch abstatten. Möglicherweise finden wir John bei ihm im Zimmer.«

»Ja, komm.«

Es war nicht mehr weit bis zum Halbrund der Klinik. Sie mussten über einen schmalen Weg gehen, wo ein unregelmäßiges Pflaster von Bruchsteinen verlegt worden war.

Die Klinik hatte einen imposanten Eingang. Man konnte ihn schon fast als Portal bezeichnen. Zur gläsernen Tür, in der sich das Licht zahlreicher im Überbau installierter Lampen spiegelte, führten vier breite Treppenstufen hoch.

Bill nickte. »Nobel, nobel«, kommentierte er.

Suko sah die Sache etwas anders. »Wenn du krank bist und vielleicht blind oder fast erblindet, wie die meisten Patienten hier, bekommst du von dem Interieur nichts mit.«

»Ist auch wieder wahr.«

Verschlossen war die Tür nicht. Außerdem befand sich in dem foyerartigen Raum dahinter eine gläserne und futuristisch wirkende Loge, in der ein Mann und eine Frau saßen. Beide trugen keine Krankenhaustracht, blickten aber auf, als Suko und Bill das Krankenhaus betraten. Ihre Trittgeräusche schluckte der Teppichboden. Er sah ebenso edel aus wie der Stoff der gegenüberstehenden Sitzgruppe.

Der Mann verließ die Loge. Er war so groß wie Bill und schwarzhaarig. Beim Lächeln bleckte er die Zähne. »Kann ich Ihnen vielleicht helfen?«

»Ja«, übernahm Suko das Wort. »Wir suchen einen gewissen John Sinclair. Er ist in der Klinik und wird sich auch bei Ihnen angemeldet haben.«

»In welcher Abteilung liegt er?«

»Sie haben uns falsch verstanden«, erklärte Bill. »Mr. Sinclair ist als Besucher gekommen.«

»Moment, warten Sie mal.«

Der Mann verschwand in der Loge und sprach mit der Frau, die die beiden interessiert beobachtet hatte. Sie wirkte durch das kurze Haar streng, auch die für ihren Typ nicht vorteilhafte Brille ließ sie nicht gerade interessanter erscheinen.

Am Kopfschütteln erkannten die Freunde, dass sie hier ins Leere gegriffen hatten.

Der Mann kam wieder zurück. »Es tut mir Leid, aber ein Mr. Sinclair ist als Besucher bei uns nicht eingetragen. Und weil er nicht eingetragen ist, kann er auch nicht hier gewesen sein. Sie verstehen? Zudem haben wir es nicht gern, dass so spät am Abend noch Besucher kommen.«

Suko und Bill verstanden den indirekt ausgesprochenen Rausschmiss, sie reagierten nicht darauf und blickten sich nur an. Beide nickten, und Bill meinte: »Suko, da geht etwas in die Hose.«

»Wie bitte?«, mischte sich der Mann ein.

Suko stellte seine Frage. »Wie lange haben Sie eigentlich hier schon Dienst geschoben?«

Der Mann trat einen kleinen Schritt zurück. »Ich wüsste nicht, was Sie das angeht.«

»Im Prinzip nichts, aber in diesem Fall sehen wir die Sache anders.« Suko holte seinen Ausweis hervor und präsentierte ihn.

»Po… Polizei …«

»Scotland Yard.«

»Tut mir Leid, Mister, Sir … ähm, das kann ich nicht allein entscheiden.« Er lief wieder in die Loge und schickte die Frau heraus, die schon informiert worden war. »Ich hörte, dass Sie vom Yard kommen, meine Herren!«

»Sicher.«

»Hier werden Sie nichts finden …«

»Wir suchen unseren Kollegen«, unterbrach Bill die streng wirkende Person. »Mehr nicht.«

»Wie heißt er denn?«

Bill wiederholte alles und erntete ein Kopfschütteln. »Nein, Mister, ich sitze schon seit über drei Stunden hier. Ein Mann wie dieser Mr. Sinclair wäre mir sicherlich aufgefallen. Jeder Besucher muss durch diese Kontrolle.«

Bill nickte. »Da kann man dann wohl nichts machen.«

»Sieht ganz so aus. Es tut mir Leid für Sie, Gentlemen, dass Sie den Weg umsonst gemacht haben, aber ich kann Ihnen wirklich nicht helfen, so gern ich es gewollt hätte.«

»Irrtum, Sie können uns helfen.«

»Wie denn?«

»Indem Sie uns sagen, in welchem Zimmer wir Mr. Bloch finden«, sagte Suko. »Er sollte von unserem Kollegen John Sinclair besucht werden. Und da Mr. Sinclair nicht angekommen ist, werden wir die Aufgabe übernehmen.«

Die Frau war ein wenig unsicher geworden. »Wenn Sie meinen«, sagte sie und zog sich in die Loge zurück, um per Computer und Bildschirm die Zimmernummer abzurufen.

Suko hatte seine Stirn in Sorgenfalten gelegt und schaute sich um. »Irgendwie habe ich das Gefühl, dass auf uns noch eine lange Nacht wartet.«

Endlose Wüsten, schroffe Berge, tiefe Schluchten, schneebedeckte Gipfel, fast endlos erscheinende Wüsten im Süden, geheimnisvolle Städte, bunte Märkte, Leben, Trubel, aber auch Stille und endlose Strände, das alles gehörte zu Marokko, dem Land, das Dr. Spencer liebte.

Es war für ihn, der ganz Europa und halb Amerika kannte, das Reiseland der Welt. Dreimal hatte er in Marokko bereits seinen Urlaub verbracht, und er wollte wieder hinfahren. Wie schon bei den ersten drei Reisen, so bereitete er sich auch diesmal gründlich auf die schönsten Wochen des Jahres vor

Er gehörte zu den Leuten, die Wissen über ferne Länder aufnahmen wie ein trockener Schwamm das Wasser. Es gab kaum noch Literatur über das Land, die er nicht kannte. Er las und begann nun auch damit, sich über die Historie und die Sprache dieser anderen Welt zu informieren.

Sehr viel Freizeit haben Ärzte nicht zur Verfügung. Aber es gab da den so genannten Bereitschaftsdienst, wo der Arzt anwesend sein musste, wenn er gebraucht wurde.

An diesem Abend hatte Dr. Spencer Bereitschaftsdienst. Wie alle anderen Kollegen hatte auch er in der Klinik ein kleines Zimmer. Schrank, Tisch, Bett und zwei Stühle gehörten zur Standardeinrichtung. In einem winzigen Nebenraum waren die Dusche und die Toilette installiert.

Wenn er las, lag er am liebsten im Bett und hatte nur die am Kopfende stehende Leselampe eingeschaltet, deren fächerförmiges Licht auf die Buchseiten fiel.

Neben dem Bett stand der kleine Beistelltisch mit dem Telefon und dem Mineralwasser.

Es war ruhig in der Klinik, auch im Zimmer durchbrach nur hin und wieder das Atmen des liegenden Mannes oder das Geräusch einer umblätternden Seite die Stille.

Er las und strich gleichzeitig an. Wichtige Daten und historische Stätten, die er noch nicht gesehen hatte und auf seiner vierten Reise besuchen wollte.

Dr. Spencer war ein Mensch, der abschalten konnte. Wenn er sich einmal mit seinem Hobby beschäftigte, vergaß er seinen Job und auch die Probleme der Kranken.

Das war normalerweise der Fall, an diesem Abend jedoch wollte ihm das nicht so recht gelingen. Seine innerliche Uhr störte ihn, denn sie war wie ein Wecker aufgezogen worden.

Schuld daran trug dieser Mr. Bloch.

Er hatte den Arzt durch seine Worte beunruhigt. Mit einer fast glaubhaften Sicherheit hatte dieser Mann von einer drohenden Gefahr gesprochen, die sich über dem Krankenhaus zusammenballte. Eine schwarze Wolke, eine Ahnung, eine Andeutung.

Der Arzt war Realist. Von Spinnereien dieser Art hatte er nie etwas gehalten, aber Mr. Bloch hatte so eindringlich darüber geredet, dass dies nicht spurlos an ihm vorübergegangen war.

Überhaupt war dieser Mensch äußerst seltsam. Allein seine Anreise unter Bewachung erweckte Aufmerksamkeit. Bei dem Patienten handelte es sich um keinen Gangster oder Verbrecher. Was der Mann aus Frankreich genau war und mit welchen Dingen er sich beschäftigte, das hatte Dr. Spencer auch von den ihn begleitenden Polizisten nicht erfahren können.

Er richtete sich auf, griff zum Glas, sah, dass es leer war, und schenkte Mineralwasser nach. Der Arzt trank in langsamen Schlucken. Er mochte die Heizungsluft im Zimmer nicht. Sie trocknete seine Kehle aus, und er wartete förmlich auf die wärmere Jahreszeit, wo man die Heizung abstellen konnte.

Das Telefon war schweigsam geblieben. Auch Mr. Bloch hatte nicht mehr nach ihm verlangt, aber Dr. Spencer nahm sich vor, noch nach ihm zu sehen. Er wollte sicher sein, dass der Mann schlief.

Wie es aussah, konnte selbst er als Arzt nichts sagen. Die Operationen waren durchgeführt worden. Das Team der Spezialisten hatte sein Möglichstes getan, nun musste sich herausstellen, ob dies gereicht hatte.

Dr. Spencer war nicht sehr optimistisch. Die Verletzungen waren einfach zu schlimm gewesen.

Er trank das Glas leer, schaute auf seine Uhr und fand es für einen Rundgang noch zu früh. Wieder legte er sich hin. Automatisch griff er dabei zu seinem Buch.

Dass die Tür leise geöffnet wurde, merkte er erst, als ihn vom Gang her ein kühler Luftzug streifte. Der war wie eine Warnung, und er schnellte in die Höhe.

Im selben Augenblick fiel die Tür zu.

Dr. Spencer erstarrte, als er die Person erblickte, die vor der Tür stehen geblieben war und ihn anglotzte, wobei der Eindringling noch impertinent grinste.

Langsam drehte sich Spencer um. Er wollte aufstehen, aber der andere schüttelte nur den Kopf. »Bleib ruhig sitzen, Doktorchen.«

Spencer hatte sich wieder gefangen. Er spürte Schweiß auf seinem Gesicht und Kälte am Rücken. »Wer sind Sie?«, fragte er leise.

»Du kannst mich Ricky nennen.«

Spencer nickte. »Und was wollen Sie hier?«

»Eine Auskunft.«

Dr. Spencer zeigte keine Angst. »Da haben Sie sich den Falschen ausgesucht. Auskünfte werden am Empfang gegeben. Ich bin nur für einen bestimmten Bereich verantwortlich.«

»Das glaube ich nicht.«

Ricky hatte dies mit einer Sicherheit erklärt, die den Arzt stutzig werden ließ. Zudem spürte er die Aura der Gewalt, die ihm entgegenströmte. Dieser Ricky war ein Rocker, trug schwarze Lederkleidung und einen sehr breiten Nietengürtel, an dem Waffen hingen.

Unter der Jacke schaute ein besonders langer Lauf hervor. Er gehörte zu einer abgesägten Schrotflinte, die in einer Spezialschlaufe befestigt worden war. Aber auch einen glänzenden Schlagring und einen Totschläger besaß der Rocker.

Sein schwarzes Haar glänzte pomadig. Es war glatt nach hinten gekämmt worden, aber nicht gescheitelt. So ähnlich hatten es die Gigolos in den frühen Zwanzigern getragen. Das Gesicht des Rockers wirkte knochig, die Nase saß schief. Ein ›Andenken‹ an einen Kampf.

»Was wollen Sie?« Spencer ärgerte sich, dass seine Stimme zitterte.

»Eine Auskunft, das sagte ich doch.«

»Und ich sagte Ihnen, an wen Sie sich zu wenden haben. Außerdem – wie sind Sie überhaupt in das Krankenhaus hereingekommen?«

Der Rocker grinste noch breiter. »Doktorchen, für mich gibt es doch keine Hindernisse, das solltest du wissen.«

»Schon, aber jetzt verschwinden Sie wieder auf dem normalen Weg, sonst muss ich Sie entfernen lassen.« Der Arzt legte seine Hand demonstrativ auf den Telefonhörer.

Das hätte er nicht tun sollen. Ricky wurde plötzlich schnell. Bevor Spencer sich wehren konnte, sah er einen schmalen Schatten herabsausen, der seinen linken Handrücken traf, sodass Spencer vor Schmerz aufschrie.

Er ließ den Hörer los und hoffte, dass nichts gebrochen war.

Ricky war zurückgetreten. Er hatte mit dem Totschläger zugeschlagen. Lässig schwang er ihn durch die Luft.

»Ich gebe hier den Ton an.«

Spencer lehnte sich zurück. In seiner linken Hand brannte es. Er atmete durch den offenen Mund, aber geschlagen gab er sich noch nicht. »Das schaffen Sie nicht, verdammt, nicht Sie!«

»Abwarten, Doktorchen. Bist du nun bereit, mir eine Auskunft zu geben?«

»Ich weiß nichts.«

Ricky trat den Beistelltisch so wuchtig zur Seite, dass dieser quer durch den Raum flog und gegen die Wand krachte. »Ich lasse mich nicht mehr verarschen, Weißkittel«, flüsterte er und ging auf den Arzt zu, der sich mit dem Rücken gegen die Wand presste. Sein Blick war auf den Totschläger gerichtet, den Ricky wippen ließ. »Hast du es gehört, Doktorchen? Keine Verarschung mehr.«

Er blieb so dicht vor Dr. Spencer stehen, dass er diesen fast berührte.

»Was wollen Sie wissen?«

»Wo er liegt, dieser Bloch? Abbé Bloch nennt man ihn.«

Nach der Frage wurde der Arzt noch blasser. Ihm fielen wieder die Worte des Kranken ein, der davon gesprochen hatte, dass sich eine Gefahr zusammenballte. Und verdammt noch mal, er hatte nicht gelogen. Die Gefahr war tatsächlich vorhanden. Aus dieser Wolke hatte sie sich in einen Felsen umgewandelt, der über dem Kopf des Arztes schwebte und ihn erschlagen konnte.

»Na, Doktorchen, kommt die Erinnerung?«

»Was ... was wollen Sie von ihm?«

»Das ist meine Sache.«

Dr. Spencer war es gewohnt, einen Patienten zu verteidigen. Das tat er auch jetzt. »Sie ... Sie können das nicht machen, Mister. Abbé Bloch ist krank. Er braucht seine Ruhe. Er hat eine schwere Operation hinter sich. Ich kann es nicht zulassen, dass ...« Er schrie auf, denn der Rocker hatte abermals zugeschlagen und diesmal die Schulter des Mannes erwischt.

»Keine dummen Reden, Doktorchen, sonst werde ich richtig böse. Und wenn Ricky böse wird, dreht er durch. Da bleiben zumeist Tote zurück, wenn du verstehst.«

Der Arzt konnte nicht mehr antworten. Schmerz durchwühlte seine Schulter, und er musste mit ansehen, wie Ricky mit dem nächsten Schlag das Telefon zertrümmerte. Die Kunststoffteile flogen in alle Richtungen. Er trat sogar noch in einem Anfall von Wut mit den Stiefelabsätzen auf die Reste.

Spencer atmete schwer. Von Ricky wurde er in Ruhe gelassen.

Der kannte seine Hiebe und wusste genau, wie lange jemand brauchte, um sich zu erholen.

Lässig schritt der Rocker durch den Raum. Er hatte bei seiner heftigen Attacke auch das Buch zu Boden geschleudert. Es lag auf dem Teppich.

»Marokko«, las er vom Deckel ab und lachte dabei leise. »Du willst also nach Marokko fahren. Das ist natürlich so eine Sache. Ich glaube kaum, dass dir das gelingen wird, wenn du dich weiterhin so dumm anstellst und mir nichts sagst.«

Spencer gab noch immer nicht auf. »Ich … ich bin nicht befugt, Ihnen Auskünfte zu geben.«

Abrupt blieb der Rocker stehen. Er sagte nichts, er handelte nur. Den Totschläger ließ er wieder verschwinden. Dafür holte er aus seinem Gürtel den metallenen Schlagring, den er lässig über seine Rechte streifte. Es war eine widerliche Waffe. Und damit schlug Ricky zu.

Es war ein mörderischer Hieb. Dr. Spencer kam nicht einmal dazu, einen Schrei auszustoßen. Er rechnete mit dem Schlimmsten und wunderte sich zwei Sekunden später, dass er noch lebte und auch keine neuen Schmerzen mehr spürte.

Ricky hatte neben den Arzt geschlagen. Dabei war seine Hand mit dem Schlagring bis zum Gelenk in die Matratze gedrungen und steckte dort fest wie ein Pfahl.

»Der nächste sitzt im Zentrum, Doktorchen«, erklärte der Rocker. Er zog seine Hand mit einem kräftigen Ruck wieder hervor. Sie war begleitet von der Füllung und von den Stofffetzen des Betttuchs.

»Die Zimmernummer!«

Dr. Spencers Widerstand war zusammengebrochen. »Er liegt in Zimmer 70«, hauchte er und fügte ein »Seien Sie verdammt!« hinzu.

»Na, wunderbar. Warum nicht gleich so? Du hättest dir einiges ersparen können.«

»Ich weiß.«

Ricky war noch nicht fertig. Er baute sich breitbeinig und drohend vor dem Arzt auf. »Und noch eines, Weißkittel. Solltest du mich belogen haben, komme ich zurück. Dann ergeht es dir dreckig, das kann ich dir versprechen.«

»Ich … ich weiß …«

Der Rocker schaute sich um. »Du hast aber eine miese Bude hier. Tolle Klinik und beschissene Zimmer. Nun ja …«

Durch seine Rederei hatte er Spencer abgelenkt. Nichts anderes wollte er. Er fuhr blitzschnell herum, zog dabei mit der freien Hand den Totschläger und ließ ihn schräg nach unten sausen.

Er traf genau.

Spencer hatte das Gefühl, als würde sein Kopf explodieren. Die Umgebung nahm er kaum noch wahr. Er tauchte ein in eine schreckliche Dunkelheit.

Wie ein künstlicher Mensch, der den Halt verloren hatte, kippte Dr. Spencer zur Seite und blieb auf seinem Bett liegen. An der Stirn zeichnete sich die Platzwunde ab. Ein dunkelroter Blutfaden rann aus der Wunde und sickerte auf das Laken, wo es einen roten Fleck hinterließ.

Über Rickys Mund glitt ein Grinsen. Er blickte auf seinen Totschläger, fand ihn beschmutzt und reinigte ihn, bevor er ihn wieder verschwinden ließ.

Vorsichtig öffnete er die Tür, schaute in den Gang und verließ das Zimmer.

Kaum hatte er die Tür hinter sich geschlossen, als eine andere geöffnet wurde. Sie lag versteckt in einer kleinen Nische und war der Zugang zu einer Wäschekammer.

Ein zweiter Rocker trat heraus.

Er hieß Bronson. Sie nannten ihn nur so. Seinen richtigen Namen kannte niemand. Bronson trug ebenfalls Lederzeug. Auf seine breiten Schultern war er besonders stolz, nicht aber auf seinen Intelligenzquotienten. Der war ziemlich niedrig. Seine Haare hatte er bis auf einen Streifen abrasiert. Er lag auf seinem Schädel wie ein Stück Fell, das schwarz schimmerte. Das Gesicht wirkte zusammengedrückt. Trotz der Jugend zeigte es bereits zahlreiche Falten. Die ausgepolsterten Schultern der Jacke ließen Bronsons Kreuz noch breiter aussehen. Er war der typische Schläger, der auch Mauern durchbrach, wenn es sein musste.

»Hat lange gedauert, Ricky.«

»Spencer wollte nicht.«

»Aber du, wie?«

»Logo.«

Bronson rieb seine breiten, schwieligen und kantig wirkenden Hände. »Schade, ich hätte dich gern unterstützt.«

»Kann ich mir vorstellen.«

»Ist er denn hinüber?«

»Glaube ich nicht. Ich hoffe nur, dass mich der Typ nicht angelogen hat. Zimmer 70.«

»Hast du ihm denn versprochen, dass du zurückkommst, wenn er uns verarscht hat?«

»Sicher.«

Bronsons fischkalte Augen nahmen so etwas wie einen warmen Glanz an. »Nein, Ricky, du nicht. Ich gehe dann.«

»Meinetwegen ...«

Der Mordengel von London trug mich davon wie ein Stück Holz, und er hatte mich dabei so eingeklemmt, dass ich nicht an meine Waffen herankam. Sein Arm wirkte wie eine harte Fessel, aus der ich mich nicht befreien konnte.

Hindernisse gab es für ihn nicht. Er stampfte mit mir durch die Landschaft und kümmerte sich dabei nicht um Widerstände. Wenn sie auftauchten, durchbrach er sie kurzerhand. So trat er Büsche einfach nieder, trampelte durch Blumenstauden und stampfte über einen weichen Boden, der seine Fußabdrücke hinterließ.

Mir gingen die Worte nicht aus dem Kopf. Jilette wollte mich zu einem Friedhof schaffen. Wahrscheinlich war er von dort gekommen, möglicherweise sah ich sogar sein offenes Grab, aus dem er gestiegen war, denn ich konnte mir gut vorstellen, es bei ihm mit einem Zombie zu tun zu haben, mit einem lebenden Toten also.

Und noch ein schauriges Geheimnis umgab ihn. Ich hatte gesehen, wie sich sein Schädel öffnete und die schwarze Hand aus dem Kopf gestiegen war. Eine widerliche Klaue, die nach mir greifen wollte, es aber dann nicht getan hatte.

Das ließ darauf schließen, dass möglicherweise in diesem gewaltigen Körper noch ein anderer steckte.

Für mich war dies eine schaurige Vorstellung, aber ich wunderte mich inzwischen über nichts mehr.

Sobald ich mich zu stark bewegte und dabei versuchte, den Griff zu lockern, drückte er mich wieder fester an sich. Wir befanden uns noch auf dem Gelände der Klinik, hatten aber wenig später die Grenze erreicht, durchbrachen noch einmal einen Buschgürtel, wobei harte Zweige in mein Gesicht schlugen, und standen schließlich vor einer Straße, die wie ein graues Lineal in die Finsternis hineinführte.

Auch Jilette blieb stehen. Er starrte über die Fahrbahn hinweg, als gäbe es auf der anderen Seite etwas Besonderes zu sehen. Dadurch konzentrierte er sich nicht mehr so stark auf mich, und ich wollte diese Gelegenheit nutzen.

Das rechte Bein winkelte ich an und trat zu.

Ich traf ihn voll an der Hüfte, und es trat das ein, womit ich nicht gerechnet hatte.

Er ließ mich los.

Wie ein Brett knallte ich auf den Boden. Mit Glück und dem linken Ellbogen hatte ich gerade noch mein Gesicht schützen können.

Wie ein Stehaufmännchen kam ich in dem Augenblick hoch, als sich Jilette drehte – und zuschlug.

Riesig erschien die Faust vor meinem Gesicht. In Bruchteilen von Sekunden durchzuckte mich eine fürchterliche Angst. Ich warf mich nach hinten und wurde dennoch erwischt. Zwar nicht voll, aber es reichte, um mich in den Buschgürtel zu schleudern, den wir zuletzt durchquert hatten.

Ich hörte noch das Brechen unter mir und hatte das Gefühl, mit dem Kopf in einer Eisenklammer zu stecken.

Hätte mich der Hieb voll erwischt, wäre ich zumindest im Reich der Träume gelandet. So war ich ›nur‹ groggy, konnte noch sehen und erkannte, wie sich Jilette mir näherte. Er kam mir vor wie ein gewaltiger Riese, der von einer Seite zur anderen schwankte und sich dabei vorwärts bewegte.

Ich hütete mich vor einer falschen Bewegung. Vielleicht hätte ich ihn mit meinem Kreuz stoppen können, nur wäre ich viel zu langsam gewesen, und mit einem Tritt seiner großen Füße hätte mich der Unhold in die Erde stampfen können.

Ich rührte mich nicht, versuchte, den Bewusstlosen zu spielen, und hoffte, dass mir Jilette dies abnahm.

Er blieb vor mir stehen, beugte sich herab, sodass ich auf seinen Schädel schauen konnte, dessen obere Seite wieder geschlossen war. Das gefärbte Haar wuchs nach wie vor dicht wie ein Grasbüschel.

Merkte er etwas, oder konnte ich ihn täuschen?

Nein, er merkte nichts. Mit seinen gewaltigen Händen packte er zu und hob mich an. Erst als er mich wieder eingeklemmt hatte, nahm er den Grabstein auf und ging weiter.

Wohin wir liefen, bekam ich nicht mehr richtig mit. Jedenfalls überquerten wir die Straße. Jede Bewegung, jeden Tritt spürte ich in meinem Kopf, als hätte dort ein Hammer eingeschlagen. Beim Atemholen schmerzten meine Lungen, hin und wieder drehte sich alles vor meinen Augen, und es gab sogar Phasen, in denen ich überhaupt nichts mehr mitbekam.

Wie viel Zeit verstrich, wusste ich ebenfalls nicht. Wir gingen in die Dunkelheit hinein. Ich dachte des Öfteren an den Friedhof, von dem gesprochen worden war, und überlegte, ob sich in der Nähe überhaupt einer befand.

Es fiel mir unsagbar schwer, die Gedanken zu ordnen, deshalb kam ich auch zu keinem Ergebnis.

Jilette aber ließ nicht locker. Er ging stur seinen Weg und erreichte sein Ziel.

Dort ließ er mich wieder fallen, wahrscheinlich auf einen Rasen. Ich blieb liegen und wollte mich erst einmal erholen.

Von Jilette sah ich nichts mehr. Nicht einmal sein Schatten fiel über mich. War er verschwunden?

Diese Frage gab mir irgendwie Mut und auch etwas von der alten Kraft zurück. Ich winkelte meine Arme an und sah, dass meine Handflächen durch Gras streiften.

Die gespreizten Hände benutzte ich als Stütze, um wieder auf die Beine zu gelangen.

Zunächst einmal blieb ich in einer knienden Haltung, hielt den Kopf gesenkt und holte einige Male tief Luft, um den Schwindel zu unterdrücken.

Er hatte mich gepackt wie ein Windstoß und hätte mich fast noch umgeworfen. So blieb ich zitternd knien und schwankte dabei von einer Seite auf die andere.

Jilette kehrte noch nicht zurück. Ich hörte ihn auch nicht. Er musste sich seiner Sache verdammt sicher sein, und das konnte nur einen Vorteil für mich bedeuten.

Ich schwitzte wie im Sommer. Dabei war es windig und kühl. Die Luft fuhr gegen mein Gesicht, als hätte sie kein anderes Ziel. Sie roch nach Feuchtigkeit und Erde – eigentlich winterlich und auch völlig normal.

Wie jemand, der erst noch das Laufen lernen muss, stand ich auf. Es geschah roboterhaft und war auch immer wieder von kleinen Pausen unterbrochen, die ich einfach brauchte.

Irgendwann aber stand ich auf meinen beiden Füßen – und hielt mich auch, trotz der Schwäche.

Leider strahlten in der Nähe keine Laternen. Eine Orientierung war so gut wie unmöglich, ich sah nur in die dunkle Gegend und Umgebung. Einen Friedhof entdeckte ich nicht. Es war einfach zu dunkel. Der Wind trieb die dicken Wolken aus Westen heran, aber er schaffte sie leider nicht fort. Die bedeckten den Himmel auch weiterhin, sodass die Gestirne nicht zu sehen waren.

Ich versuchte die ersten Schritte. Meine Beine konnte ich gut bewegen, nur im Kopf tobten sich noch immer einige Zwerge aus, die unbedingt etwas hineinhämmern wollten.

Aber jetzt stand ich wenigstens auf den Beinen und war frei. Ich holte meine Beretta hervor. Sie war mit geweihten Silberkugeln geladen. Für einen Zombie der untersten Stufe reichten sie. Wie es sich allerdings mit Jilette verhielt, wusste ich nicht. Falls er zur Kategorie der lebenden Toten zählte, stand er in der Hierarchie sicherlich ganz oben, denn er war innerlich verändert.

Die Beretta hielt ich fest in der rechten Hand. Mit der linken fasste ich hinter meinen Kopf und fühlte nach der schmalen Silberkette am Hals, an der mein Kreuz hing.

Um es schnell einsetzen zu können, wollte ich es nicht erst hervorziehen müssen. Das tat ich jetzt schon und steckte es in meine Jackentasche. Dort war es gut greifbar.

Die Gegend war ziemlich einsam. Ich blickte über die Buschgrenzen hinweg und erkannte weiter entfernt eine Lichterkette. Dort befand sich möglicherweise eine U-Bahn-Station oder eine Siedlung. Für einen Fußmarsch ziemlich weit weg, doch mir blieb nichts anderes übrig.

Stand ich tatsächlich auf einem Friedhof?

Wenn ja, musste man ihn irgendwann eingeebnet haben, doch Grabsteine entdeckte ich nicht. Auch keine Kreuze oder andere Dinge, die zu einem Friedhof gehörten. Nur eben dieses brettflache, buschbewachsene Gelände, über dem die Dunkelheit wie ein Tuch lag.

Ich orientierte mich anhand der Lichter. In der Finsternis ist es schwer, Entfernungen zu schätzen. Die Lichter konnten zwei Meilen, aber auch nur die Hälfte davon entfernt sein, jedenfalls würde ich für die Strecke verdammt lange benötigen.

Und Jilette ließ sich noch immer nicht blicken. Ich wollte nicht daran glauben, dass er sich nur versteckt hielt oder einfach verschwunden war, denn er hatte etwas vor.

Schon nach den ersten unsicheren Schritten stellte ich fest, wie uneben der Boden war. Kleine Hügel wuchsen wie runde Köpfe in die Höhe, auch das Gegenteil davon war vorhanden, denn ich entdeckte die Querrillen ebenso wie die kleinen Senken.

Wenn der Wind besonders stark wehte, geriet das Buschwerk in Bewegung. Es produzierte noch mehr Schatten und schien mir zuzuwinken.

Grüße aber schickte eine andere Person.

Jilette hatte mich die ganze Zeit über beobachtet und geduckt hinter der natürlichen Deckung gelauert. Er ließ mich zunächst herankommen und schickte den mörderischen Gruß in Form seiner verdammten Kette.

Sie jagte von der rechten Seite heran, war so schnell bei mir, dass ich nicht mehr reagieren konnte und sich die Kette wie ein Gewinde um mein Handgelenk wickelte.

Sofort danach wurde sie angezogen und auch festgehalten. Den plötzlichen Ruck und den anschließenden Schmerz konnte ich nicht mehr ausgleichen. Ich hatte den Eindruck, als wäre meine Hand abgetrennt worden. Die Beretta konnte ich nicht mehr halten, die Finger schienen in Feuer getaucht worden zu sein. So fiel sie mir aus der Hand.

Aufgeben wollte ich trotzdem nicht. Das Kreuz steckte in der linken Seitentasche, die entsprechende Hand konnte ich noch bewegen, doch Jilette war raffinierter.

Diesmal jagte keine Kette auf mich zu, dafür eine Schlinge. Man konnte schon Lasso sagen. Sie war so schnell, dass ich den Kopf nicht rechtzeitig zur Seite brachte. So sank sie schattenhaft über meinen Schädel und wurde, als sie die Brust erreicht hatte, ruckartig zugezogen.

Jetzt hing ich fest!

Der nächste Ruck riss mich von den Beinen, und das Lasso presste mir beide Arme fest gegen den Körper.

Ich war in einer feuchten Senke gelandet, genau auf meiner Beretta. Blitzschnell steckte ich die nasse Waffe ein. Wieder nahm Jilette keine Rücksicht auf mich. Er riss mich hoch, ging seinen Weg, sogar schneller als zuvor, und zerrte mich hinter sich her.

Auf Unebenheiten im Boden nahm er keine Rücksicht. Es war ihm egal, wie es mir ging, für ihn war ich sicherlich schon ein toter Mann. Da die Arme fest gegen meinen Körper gepresst wurden, gelang es mir auch nicht, das Gesicht mit den Händen zu schützen. Wenn ich zu dicht an irgendwelchen Büschen vorbeigezerrt wurde, hakten sich manchmal dornige Zweige in meinen Haaren fest, als wollten sie diese büschelweise ausreißen.

War dies tatsächlich schon der Friedhof, von dem gesprochen worden war? Grabsteine oder Gräber entdeckte ich auch weiterhin nicht. Manchmal prallte ich gegen Hindernisse, blieb auch nicht immer auf dem Rücken liegen, sondern schaukelte von einer Seite auf die andere, aber ich rollte zum Glück nie auf den Bauch.

Irgendwann war das Ziel erreicht. Es lag etwas freier, auf einem Rasenstück, über das der Wind wehte. Er strich durch mein feuchtes Gesicht, trocknete es aber nicht.

Jilette war stehen geblieben. Hand über Hand zog er mich zu sich heran. Erst als ich dicht vor seinen Füßen lag, bückte er sich und stellte mich auf die Beine.

Mit einer Hand holte er mich hoch. Sein Gesicht bewegte sich dabei derart, dass man den Eindruck haben konnte, seine Haut bestünde aus einer Gummimasse.

Er starrte mich an.

Es war ein kalter, grausamer, böser Blick. Ohne Gefühl und trotzdem voller Hass. So widersprüchlich wie die gesamte Gestalt, aus deren Schädel eine Hand wachsen konnte.

Jilette drückte mich zurück, bis ich Widerstand an meinem Rücken spürte. Es war ein Gitter, das fand ich heraus. Auch links und rechts von mir bildeten die Stangen eine gerade Reihe. Das Monster hatte mich vor ein Gitter gestoßen.

Und es hielt mich fest.

Sein Arm war ausgestreckt. Die Hand lag wie eine Platte auf meiner Brust, sodass ich mich nicht wehren konnte. Ich war verschmiert, verdreckt, die Kleidung hatte sich mit Feuchtigkeit vollgesaugt, das alles war nebensächlich. Für mich zählte nur dieser verfluchte Jilette und das, was er mit mir vorhatte.

Noch immer umschnürte das Lasso meinen Körper so eng, dass ich bald einen Blutstau in den Armen bekommen würde, wenn er die Fesselung nicht löste.

Jilette dachte nicht daran. Er veränderte die Haltung seiner Hand ein wenig und presste die Fläche hart unter mein Kinn. Die Stelle begann zu schmerzen. Ich rechnete mit einem Würgegriff, doch er hob mich einfach hoch.

Himmel, hatte dieses Monster Kraft! An den Stangen glitt ich nach oben, erreichte ihr Ende, Jilette hob meine Beine an, damit ich in eine waagerechte Haltung geriet, und Sekunden später nur verlor ich das Gleichgewicht.

Der Schrei löste sich automatisch von meinen Lippen. Kurz vor dem Aufprall, der mich von den Zehen bis in die Haarspitzen durchschüttelte. Lange würde ich das nicht mehr ohne Verletzungen überstehen.

Groggy blieb ich liegen.

Und Jilette dachte nicht daran, das verdammte Lasso zu lockern. Ich lag so günstig, dass ich erkennen konnte, wie er sich in Bewegung setzte und um das Gitter herumschritt.

Das umzäunte Gittergelände bildete ein großes Viereck. Es stand wie eine Insel inmitten des Geländes. Über den Sinn und Zweck konnte ich bisher nur spekulieren. Wichtig war Jilette und das, was er vorhatte.

Als er die Gitter fast einmal umrundet hatte, blieb er stehen und knotete das Lasso an einem der Stäbe so hart fest, dass es sich fast wie ein Stahlseil spannte.

Obwohl er es jetzt nicht mehr in der Hand hielt, hatte ich nicht mehr Bewegungsfreiheit.

Unbeweglich blieb ich liegen. Der Wind fuhr über meinen Körper hinweg, er trug auch das Geräusch der stampfenden Schritte an meine Ohren, und ich merkte, dass über mich ein Schatten gefallen war. Sehr vorsichtig hob ich den Kopf.

Trotz der Dunkelheit erkannte ich, wer diesen ungewöhnlichen Schatten produzierte.

Es war der Grabstein, den Jilette gegen meinen Leih-Rover geschleudert und später mitgenommen hatte. Nun stand er in der Erde, als hätte ihn jemand hineingerammt.

Wahrscheinlich war das auch der Fall gewesen. Bei Jilettes Kräften konnte ich davon ausgehen.

Dann kletterte er selbst über den Zaun. Er tat dies mit geschmeidigen Bewegungen und sprang an der Innenseite zu Boden. Federleicht wirkend kam er auf.

Ein Grabstein, ein umzäuntes Gelände, mir war eigentlich alles klar. Das musste dieser Friedhof sein, von dem die Rocker gesprochen hatten. Ein Mini-Totenacker mit nur einem Grab darauf, das aber etwas Besonderes sein musste, sonst hätte man mich nicht herbeigeschleift.

Ich war gespannt, was Jilette vorhatte. Gleichzeitig überkam mich die Furcht. Eigentlich konnte er nur die Aufgabe haben, mich zu töten. Er stampfte durch das Gelände, geriet manchmal sehr nahe an mich heran, berührte mich aber nicht. Dafür hielt er den Blick gesenkt und suchte den Boden ab.

Was er finden wollte, wusste ich nicht, wurde aber sehr schnell schlauer, denn er fand den Gegenstand tatsächlich. Nur war dieser ziemlich gut versteckt gewesen.

Als er ihn hochhob und mit zwei Fingern hielt, damit ich ihn auch erkennen konnte, wollte ich es zunächst nicht glauben, aber es stimmte, Jilette hielt einen Recorder in der Hand, der auf Batteriebetrieb umgestellt worden war.

Ich sah sogar die vorstehenden Drucktasten, und Jilette wusste auch, wie er sie zu betätigen hatte.

Auf eine legte er seinen Finger. Gleichzeitig ging er in die Hocke und setzte sich dann im Schneidersitz vor mich hin. Hinter mir wuchs der Grabstein hoch, vor mir saß dieses Monster, ich lag zwischen beiden. Eine ungewöhnliche Konstellation, aber sie musste einen Sinn haben.

Ich schaute auf die Bandspulen. Sie drehten sich bereits, und wenig später hörte ich eine etwas verzerrt klingende Stimme, die ich trotz aller Nebengeräusche sofort erkannte.

Sie gehörte einem gefährlichen Gegner und Todfeind.

Vincent van Akkeren.

Er begrüßte mich mit den Worten: »Willkommen im Vorhof des Todes, John Sinclair …«

Suko und Bill wussten die Nummer des Zimmers, in dem Abbé Bloch seine Verletzung auskurieren sollte.

Dennoch fuhren sie nicht sofort hoch. Von den beiden Personen in der Loge unbeobachtet, hatten sie sich in eine Nische zurückgezogen, wo sie sich berieten.

»Wenn John nicht bei dem Abbé ist, hat man ihn entführt«, sagte Bill. »Einverstanden?«

»Ja.«

»Fragt sich nur, wer dahinter steckt.«

»Van Akkeren, die Templer, Baphomet. Soll ich dir noch mehr aufzählen, alter Junge?«

»Das brauchst du nicht.« Bill sah sich um und hob die Schultern, als wäre eine Gänsehaut über seinen Rücken gelaufen. »Ich kann mich des Eindrucks nicht erwehren, Suko, dass wir schon zu spät gekommen sind.«

»Wie meinst du das?«

Bill breitete die Arme aus. »Irgendwie kommt es mir vor, als hätten unsere bisher noch unbekannten Feinde das Krankenhaus schon besetzt. Sie sind schon eingedrungen, verstehst du?«

»Ja, das kann ich nachfühlen.«

»Aber wir sehen sie nicht.«

»John hat auch nicht viel sagen können. Er sprach nur davon, dass jemand einen Grabstein nach ihm geworfen hatte.« Suko räusperte sich. »Wenn du tatsächlich dieser Meinung bist, sollten wir unseren Patienten nicht zu lange warten lassen.«

»Okay, einverstanden.«

Nicht weit entfernt lagen die Aufzüge, aber John und Suko wollten lieber die Treppe benutzen. Das Treppenhaus war taghell erleuchtet. Auf den Stufen lag kein Schmutz. Bilder verzierten die Wände. Sie nahmen dem Flur die kalte Nüchternheit.

In der dritten Etage mussten sie sich orientieren. Vor ihnen teilte sich der Gang in zwei Richtungen. Auf die Wände waren Pfeile gemalt, und über ihnen standen die Nummern der einzelnen Zimmer. Um ihr Ziel zu erreichen, mussten sie sich nach rechts wenden. Der Gang war mit einem grünbeigen Teppichboden ausgelegt und auch nicht so hoch wie in normalen Krankenhäusern. In dieser Klinik hatte man eher das Gefühl, sich in einem Hotel zu befinden.

Ein junger Arzt kam ihnen entgegen, sah die beiden Männer und blieb stehen. »Möchten Sie irgendwohin?«, erkundigte er sich freundlich.

»Ja, wir müssen noch einen Krankenbesuch machen«, sagte Bill. »Zimmer 70.«

»Zu Mr. Bloch?«

»Ist etwas mit ihm?«

»Nein, nein, er ist nur noch nicht ganz auf dem Damm, Sie verstehen? Er braucht Ruhe.«

»Haben Sie ihn operiert?«, fragte Suko.

»Ich assistierte.«

»Können Sie etwas sagen?«

Der Arzt schüttelte betrübt den Kopf. »Leider noch nichts, überhaupt nichts. Es war keine einfache Operation. Wir werden das Ergebnis abwarten müssen.«

»Und wann haben Sie das?«

»Ich denke, morgen Abend wagen wir den ersten Versuch. Aber das muss Dr. Spencer entscheiden.«

»Können wir ihn sprechen?« Bill blieb am Ball, da er sah, dass der Arzt gehen wollte.

»Ist es sehr dringend? Wissen Sie, Dr. Spencer hat Bereitschaftsdienst. Ihn zu stören wäre nicht gut. Er kann jeden Augenblick abgerufen werden.«

»Ja, das ist uns klar. Auf jeden Fall bedanken wir uns recht herzlich bei Ihnen.«

»Keine Ursache.«

Bill runzelte die Stirn. »Noch kein Ergebnis«, sagte er, als der Arzt verschwunden war. »Was ist deine Meinung, Suko?«

»Es scheint nicht gut auszusehen.«

Bill ballte die Hände zu Fäusten. »Hoffen wir das Beste.«

»Okay, dann geh auch.«

Bis zur Zimmernummer 70 waren es nur einige Schritte. Bill klopfte dreimal an die Tür, wartete keine Antwort ab und öffnete, bevor er sich leise über die Schwelle schob.

Im Zimmer brannte eine Lampe. Sie verbreitete einen nur matten Schein, der über das Bett und den darin liegenden Abbé Bloch fiel.

Der Templer sah schlimm aus. Sogar Suko erschrak, als er den Verband sah, der die obere Hälfte des Kopfes bis zur Nasenspitze bedeckte, sodass der Mund und die Nasenlöcher frei lagen, damit der Patient auch atmen konnte.

Suko schloss leise die Tür. Er und Bill hatten damit gerechnet, einen Schlafenden vorzufinden. Sie täuschten sich, denn der Abbé begann zu sprechen.

»Ihr seid zu zweit. Ich höre es an den Schritten. Kommt ruhig näher, Freunde.«

Bill lachte leise. »Woher wissen Sie, dass wir …?«

»Ich spürte es. Daran könnt ihr merken, wie sehr meine Sinne schon entwickelt sind. Nur der eine, der wichtige fehlt noch. Und ich weiß nicht, ob ich jemals wieder mein Augenlicht zurückbekomme.«

Der Reporter lachte und hoffte, dass es echt genug klang. »Die Ärzte hier sind hervorragend, die kriegen das schon wieder hin, Abbé. Da brauchen Sie sich keine Sorgen zu machen.«

»Seid nicht so förmlich«, sagte er. »Ich möchte, dass wir beim Du bleiben.«

»Einverstanden«, erklärten Suko und Bill.

»Nehmt euch bitte Stühle. Ich freue mich, dass ihr gekommen seid. Es war sehr wichtig.«

Bisher war John Sinclair noch mit keinem Wort erwähnt worden. Die beiden Besucher schnitten das Thema auch nicht an. Zwei Stühle standen zur Verfügung. Als Bill und Suko Platz nahmen, stellten sie fest, dass die Hände des Verletzten nervös über die Bettdecke glitten. Der Abbé steckte voller Unruhe. Und er stellte auch gleich eine entscheidende Frage. »Wisst ihr es schon?«

»Was sollen wir wissen?«

»Von der Gefahr, Bill, die über uns schwebt. Ich kann zwar nicht sehen, aber ich habe sie trotzdem erkannt. Die Gefahr ist da. Ich erkannte eine dunkle Wolke, die sich aus tiefster Erde erhoben hat, um über unseren Köpfen zum Stillstand zu kommen. Aber sie wird sich senken und uns vernichten. Von den Ärzten und Krankenschwestern will mir niemand glauben, die halten mich irgendwie für verrückt, was ich auch verstehen kann. Ich habe John Sinclair angerufen. Er versprach mir zu kommen, aber er ist bisher nicht erschienen.«

»Das wissen wir«, sagte Suko.

»Ist etwas passiert?«

»John rief mich an.« Suko hatte sich entschlossen, dem Abbé die Geschichte zu erzählen, und er nahm dabei auch kein Blatt vor den Mund. Auch über das rätselhafte Verschwinden des Geisterjägers redete er und hörte schon die Antwort des Abbés.

»Ja, ich habe es geahnt. Die Wolke, die ich sah, ist bereits auf uns niedergefallen. Ich habe eben zu viele Gegner. Sie befinden sich bereits in der Nähe.«

»Wir haben nichts gesehen.« Bill wollte den Kranken beruhigen, der aber sah die Sache anders.

»Stimmt, sie werden sich nicht zeigen. Sie haben ja eingegriffen. Ich glaube fest daran, dass sie John Sinclair überwältigten und ihn verschleppten.«

»Wenn es so ist. Wer steckt deiner Meinung nach hinter dem Plan?«

»Baphomet oder van Akkeren. Diese beiden sind es, auf die wir besonders achten müssen. Sie wissen genau, wo ich mich aufhalte. Typen wie sie haben ihre Augen überall, das kann ich euch versprechen. Sie sind sehr gefährlich, sie sind nicht zu fassen. Ich liege hier wehrlos und habe mich schon darüber gewundert, dass noch niemand erschienen ist, um mich zu töten.«

»Jetzt sind wir ja bei dir«, sagte Bill. »Wir haben uns vorgenommen, die Nacht über zu wachen.«

Suko hatte dazu noch etwas zu sagen. »Bill, wir sollten nicht nur hier am Bett hocken bleiben. Es ist zwar ein alter Hut, aber der Wächter vor der Tür schreckt noch immer ab.«

»Und wer setzt sich da hin?«

»Wir können uns ja jede Stunde abwechseln. Es ist wirklich besser, finde ich.«

»Okay, fragt sich nur, wer von uns beiden den Anfang machen soll.«

»Lass uns losen!«

Das taten die beiden, und Bill Conolly verlor. Er hatte das Pech, sich nach draußen setzen zu müssen.

»Mir bleibt auch nichts erspart«, stöhnte er, stand auf und hob auch den Stuhl an.

»Vielleicht findest du eine hübsche Krankenschwester, die dir die Zeit vertreibt.«

»Dann sage ich dir auch Bescheid, Suko, denn die hat bestimmt noch eine Kollegin.«

»Nein, danke.«

Bill verließ den Raum. Er hielt die Tür noch offen und fragte über die Schulter hinweg: »Was ist, wenn tatsächlich etwas passiert? Soll ich direkt eingreifen?«

»Vorsicht, Bill. Denk an die goldene Pistole und setze sie nicht zu häufig ein.«

»Ja, ja, ich weiß schon.«

Der Reporter schloss die Tür. Suko hatte mit seiner Warnung Recht gehabt. Die goldene Pistole war tatsächlich etwas Besonderes. Wer sie einsetzte, musste damit rechnen, eine Lawine in Gang zu bringen. Die Pistole sonderte eine schleimige Flüssigkeit ab, die sich als gewaltige Blase um die Körper der Getroffenen legte und sie praktisch auflöste, sodass nur noch Knochen zurückblieben. Nur John Sinclair konnte durch sein Kreuz die Haut zerstören.

Links neben die Tür stellte Bill den Stuhl und ließ sich auf der harten Sitzfläche nieder.

Er streckte die Beine aus, schaute nach links und rechts, wobei er den Gang leer sah. Niemand zeigte sich. Die meisten Kranken schliefen sicherlich schon. Diejenigen, die wach lagen, waren kaum in der Lage, Spektakel zu machen.

Ab und zu hörte der Reporter Schritte. Meist eine Etage tiefer. Auch vernahm er den Lift, wenn dieser durch den Schacht raste.

So verging Zeit.

Wenn Bill Conolly etwas hasste, dann waren es lange Wartezeiten. Besonders dann, wenn sich ihm keine Abwechslung bot, wie dies hier der Fall war. Er konnte zwar die Lampen unter der Decke zählen, man hatte ihre Leuchtkraft verringert, mehr auch nicht.

Auf dem Flurboden lag ein Wechselspiel von Licht und Schatten. Die Lampen der Notbeleuchtung an der Decke sahen aus wie kleine Köpfe.

Wieder hielt der Lift. Diesmal stieg jemand aus. Suko hatte von einer Krankenschwester gesprochen. Es war tatsächlich eine, die den Lift verließ und in die Richtung sah, wo auch Bill Conolly hockte und die Beine ausgestreckt hatte.

Wie vom Donner gerührt, blieb die Haubenlerche stehen, als sie den Reporter sah.

»Guten Abend«, sagte Bill.

»Was machen Sie denn hier?« Die Stimme der Schwester klang so gefährlich, wie sie selbst aussah. Von wegen hübsche Person.

Man konnte bei ihr von einem gewaltigen Kaliber sprechen, das in dem Kittel fast wie in einem Etui steckte. Selbst die angenähten Taschen an den Seiten quollen nach außen.

Die Haube war etwas klein geraten. Sie wirkte verloren auf der grauen Haarpracht. Das Gesicht zeigte einen strengen Ausdruck, und die Stirn hatte die resolute Person in Falten gelegt.

»Noch einmal, Mister, was machen Sie hier?«

Bill hatte seinen lockeren Abend. »Ich sitze.«

»Das sehe ich. Weshalb setzen Sie sich nicht woanders hin?«

»Weil es mir hier gefällt.«

Durch die Nase holte die gestrenge Person tief Luft. »Diese dummen Antworten brauche ich mir von einer Person, wie Sie es sind, nicht bieten zu lassen. Ich werde einen Arzt holen und dafür sorgen, dass Sie entfernt werden. Durch die Polizei, wenn es sein muss ...«

Sie hatte sehr laut gesprochen und war sogar von Suko verstanden worden, der aus dem Krankenzimmer kam. »Was ist denn hier los?«

»Noch einer von dieser Sorte«, sagte die Schwester. Ihre Stimme grollte wie ein ferner Donner.

Suko wollte die Sache schnell klären und zeigte der Schwester deshalb seinen Ausweis.

»Ach, so ist das. Warum hat dieser Knilch das nicht gleich gesagt?«

Bill grinste breit. »Sie haben mich ja nicht danach gefragt, Sie süße Person.«

Die Schwester funkelte ihn an. Es war kein böser Blick, eher spaßig. »Was meinst du, Junge, wie ich sein kann, wenn ich mal sauer bin?«

Bill hob beide Hände. »Bitte nicht, ich möchte noch ein wenig leben, wenn es recht ist.«

»Dann bleiben Sie ruhig sitzen.« Die gewichtige Dame verschwand um die Ecke.

Suko schüttelte den Kopf. »Du kannst dich nicht benehmen, Bill Conolly.«

»Das sagt meine Frau auch immer.«

»Also, keinen Krach mehr.«

»Versprochen, geschworen.« Bill hob den rechten Arm an und machte es sich wieder bequem. »Gibt's denn noch etwas Neues vom Abbé?«, fragte er noch.

»Nein. Er spricht viel von der Wolke und davon, dass sie sich verdichtet hat.«

»Ich werde aufpassen.«

»Tu das.« Suko zog sich wieder zurück und ließ den Reporter allein. Er blieb es nicht lange, denn die Krankenschwester kehrte wieder zurück.

»Kommt jetzt die Rache?«, fragte Bill.

»Wenn Sie es so sehen, ja.« Hinter ihrem Rücken holte die Schwester einen großen Becher hervor und auch eine Kanne mit Kaffee. »Wollen Sie einen Schluck?«

»Gerne.«

Sie schenkte ein. Dabei fragte sie: »Ihr Kollege vielleicht auch?«

»Nein, der trinkt Tee.«

»Ist auch besser.«

»Darüber lässt sich streiten.«

Bill erhielt seinen Kaffee und die Frage gleich mitgeliefert. »Sagen Sie mal, weshalb bewachen Sie den Mann?«

»Er ist möglicherweise in Gefahr.«

»Wieso?«

»Das kann ich Ihnen leider nicht erklären. Es ist auch nicht ganz sicher, aber wir wollen uns nichts vorwerfen lassen, sollte doch etwas passieren.«

»Das kann ich verstehen. Ich sehe nachher noch mal vorbei. Habe sowieso Nachtdienst.«

»Ich freue mich schon.«

»Lügner«, sagte die Krankenschwester scharf und lächelte dabei spitzbübisch.

Bill trank seinen Kaffee, der so gekocht worden war, dass er einen Zombie aus dem Grab holen konnte. Heiß und stark, dabei ohne Milch und Zucker.

An die Geräusche gewöhnte er sich. Der Lift wurde des Öfteren bewegt, und Bill stand nach einer halben Stunde auf, um sich die Beine zu vertreten. Der Stuhl war mit seiner nicht gepolsterten Sitzfläche einfach zu hart. So leise wie möglich schritt er den Gang auf und ab. Er kam sich vor wie ein Vater, der darauf wartet, dass man ihm sein Erstgeborenes zeigt. Bill erinnerte sich noch gut daran, wie sein Sohn Johnny geboren wurde. Das hatte großen Ärger gegeben, schon damals waren die Conollys von den Mächten der Schwarzen Magie gejagt worden.

Wieder verstrich Zeit.

Bill tauchte in die Schatten am Boden ein, ging hindurch, spürte danach wieder den milden Schein der Lampe, zählte seine Schritte und blickte auch des Öfteren durch den leeren Gang dorthin, wo sich an einem Ende das Treppenhaus befand.

Auch dort brannte eine Leuchte. Sie warf ihr Licht als Kegel dem Boden entgegen, und Bill zuckte plötzlich zusammen, bevor er stehen blieb.

Im Schacht hatte sich etwas bewegt!

Was es genau war, hatte er nicht erkennen können, weil es zu schnell verschwunden war. Jedenfalls war er keiner Täuschung erlegen.

Sollten es die unbekannten Gegner geschafft haben, in die Klinik einzudringen?

Bill dachte daran, Suko Bescheid zu geben, ließ es dann bleiben, weil er zunächst auf Nummer Sicher gehen wollte. Da hätte auch die Lampe flackern und ihn täuschen können, es war einfach alles möglich.

Aus der unteren Etage hörte er Stimmen. Dort redete die korpulente Krankenschwester mit einem Arzt. Sie sprachen über ein medizinisches Problem, von dem Bill nichts verstand.

Vom Gang aus gesehen wirkte die Etagenplattform des Treppenhauses wie der Beginn zu einem Schacht. Die Treppe selbst begann erst links hinter der Ecke, sodass Bill die Stufen nicht sehen konnte.

Etwas warnte ihn.

Möglicherweise hätte er den Geruch nicht wahrgenommen, wenn er sich nicht so lange in dem Flur aufgehalten hätte. So aber begann er zu schnuppern, denn der Geruch von Feuchtigkeit war in seine Nase gedrungen.

Das gefiel ihm nicht ...

Der Reporter blieb stehen. Er schaute zurück, sah seinen leeren Stuhl neben der Zimmertür und hörte auch die Stimmen des Arztes und der Krankenschwester nicht mehr.

Er ging vor.

Sehr behutsam setzte er den Schritt. Berührte den Boden zunächst mit den Zehenspitzen, stemmte sich dann auf dem Ballen ab, geriet in den Lichtschein der Lampe, die seine Gestalt als Schattenumriss auf den Boden zeichnete.

Das war nicht gut ...

Bill bewegte sich nach rechts, dann blitzschnell vor und schaute zur Treppe hin.

Er sah sie auch, aber ebenfalls erblickten ihn die beiden Rocker, die wie Felsen vor ihm standen, ihn kalt angrinsten und Bill dabei in die Doppelmündung einer abgesägten Schrotflinte schauen ließen ...

Der Typ mit der Schrotflinte trug das schwarze Haar angeklatscht am Kopf. Er hatte seinen breiten Mund zu einem kalten Grinsen verzogen. In der Rechten hielt er die Waffe. Seine linke Hand war leer. Sie führte er allerdings hoch und streckte dabei einen Zeigefinger aus, den er auf die Lippen legte.

Bill verstand das Zeichen.

Der Kerl neben dem Gelackten sah noch gefährlicher aus. Typ glatzköpfiger Schläger mit Muskelpaketen und wenig Hirn. Seine kalten Fischaugen fixierten den Reporter genau. Bill fühlte sich durch den Blick regelrecht seziert.

Der Waffenträger ließ die Hand wieder sinken. Dabei flüsterte er: »Was hast du hier zu suchen, Bulle?«

»Die gleiche Frage könnte ich euch stellen.« Bill ließ sich nicht einschüchtern.

»Richtig, aber wir haben die Kanone. Wenn ich aus dieser Entfernung abdrücke, zerhackt dich das Zeug. Und glaub mir eines, wir kommen hier immer raus, denn wir werden uns den Weg kurzerhand freischießen. So, das zur Klärung der Fronten. Weshalb hockst du vor Blochs Tür?«

»Ich passe auf.«

»Das ist nun vorbei.«

»Ihr wollt zu ihm?«

»Richtig. Wir werden ihn umlegen. Und du bist uns dabei im Weg, Bulle, nicht wahr, Bronson?«

Der Schläger nickte. Er bewegte seine kurzen Stummelfinger, ballte die Hände zu Fäusten, aber nicht er griff den Reporter an, es war Ricky, der seine Waffe vorstieß und den Reporter dicht oberhalb des Gürtelschlosses traf.

Bill gab ein Geräusch von sich, das an ein tiefes Röhren erinnerte. Er bekam plötzlich keine Luft mehr, knickte ein, gab sich aber noch Schwung und fiel gegen die Wand.

Der Schläger folgte ihm. Seine Arme erinnerten an gebogene Würste. Sie baumelten rechts und links des Körpers, bis sie zuschlugen.

Bill konnte der Faust nicht ausweichen. Der Treffer schleuderte ihn auf die Matte. Rücklings blieb er liegen, und Bronson beugte sich über ihn. Er tastete Bill ab, fand die Beretta und die goldene Pistole, lachte hell auf und warf die goldene Pistole seinem Chef Ricky zu, der sie sofort unter seiner Lederkleidung verschwinden ließ.

Bronson zog das Messer. Die Klinge war lang und spitz. Er beugte sich über Bill, der sich nicht wehren konnte und die Mordwaffe durch einen Tränenschleier sah.

Das Messer zitterte ebenso wie das breite Gesicht dahinter. Bill bekam fürchterliche Angst, aber Ricky griff ein. »Nein, Bronson, nicht so.«

»Aber Bullen sind zu viel auf der Welt!«

Ricky trat ihm das Messer aus der Hand. Es rutschte bis zur Treppe und blieb erst auf der drittletzten Stufe liegen.

Der Schläger kroch hin, um die Klinge aufzuheben. Um Bill Conolly kümmerte sich Ricky persönlich. Er wirbelte seine Waffe lässig um die Achse und schlug mit dem Kolben zu.

Für Bill Conolly versank die Welt in einer tiefen Dunkelheit. Der Rockerchef nickte Bronson zu. »Bist du wieder okay?«

»Ja.«

»Dann komm. Ich will es kurz machen und die Mäuse kassieren.«

»Wie viel will man dir denn geben. Hat dieser komische van Akkeren denn genug?«

»Das will ich wohl meinen ...«

Abbé Bloch war froh, Besuch erhalten zu haben. Endlich konnte er mit einem Menschen reden, der seine Sorgen und Probleme verstand. Suko ging nicht mit einem Lächeln darüber hinweg, wenn der Templer von großen Gefahren sprach, die er auf sich und seine Gruppe zukommen sah. »Eines will ich dir sagen, Suko, die Gefahr hat mich schon fast erreicht. Als Blinder spürt man das.«

»Ich sehe das anders. Du kannst dich nicht immer als einen Blinden bezeichnen.«

»Doch, ich sehe nichts.«

»Das wird sich aber ändern.«

Bloch lachte leise. »Machen wir uns nichts vor. Ich weiß genau, dass ich mein Augenlicht nicht mehr zurückerhalte. Ich habe es schon gewusst, als mich Baphomets Bannstrahl traf und die Maske auf meinem Gesicht zum Schmelzen brachte. Er braucht keine Furcht vor dem Silber zu haben. Obwohl er nur ein Kind ist, besitzt er schon eine ungeheure Macht, das kannst du mir glauben.«

»Aber er ist nicht allmächtig«, widersprach Suko. »John und ich haben ihn schon oft genug gestoppt.«

»Stimmt, nur hat er zahlreiche Helfer. Die Horror-Reiter sind an seiner Seite.«

»Rechnest du hier mit einem Angriff von ihnen?«

»Ich weiß es nicht.«

»Wer könnte dir denn in London an den Kragen wollen?«

»Viele Menschen. Die Templer formieren sich. Sie werden die Erde wie ein Netz überziehen. Überall haben sie ihre Stützpunkte. Wenn sie stark genug sind, werden sie in Südfrankreich auftauchen und die Kathedrale der Angst in Besitz nehmen. Dort liegt das silberne Skelett Hector de Valois'. Er gehörte zu den Menschen, die ich als Wissende bezeichnen möchte ...«

»Aber er ist tot. Selbst John, in dem Hector wiedergeboren wurde, hat nichts erfahren können.«

»Noch nicht.«

»Kann es sich ändern?«

»Vielleicht. Der Dunkle Gral ist etwas ungemein Wichtiges. Wer ihn besitzt, der hat die Macht, und er hat das Wissen. Die Menschen hätten aus früheren Zeiten mehr aufbewahren sollen, aber viele Weise wurden verkannt und haben ihr Wissen deshalb für sich behalten. Das rächt sich nun.«

»Was könnte nach deiner Meinung der Dunkle Gral denn sein?«, forschte Suko weiter.

»Die Spur zu Aibon. Das Reich zwischen Himmel und Hölle. Wahrscheinlich werden in ihm die Geheimnisse aufbewahrt, nach denen auch wir Templer forschen. Wer Aibon kennt und es begreift, besitzt den Schlüssel zum Licht.«

»Du meinst den, der in andere Bewusstseinsebenen führt?«

»So kann man es auch sagen. Leider weiß auch ich viel zu wenig. Sollte ich überleben und blind bleiben, besteht für mich auch kaum noch Hoffnung, da bin ich ehrlich.«

»Warte ab.«

Suko war bei diesen Worten aufgestanden und an das Fenster getreten. Die warnenden Worte des Abbé klangen in seinen Ohren. Die Gefahr konnte von innen her kommen, aber das musste sie nicht unbedingt. Auch außerhalb hatte sie die Chance, sich zusammenzuballen, um blitzschnell zuzuschlagen.

Das Zimmer hatte eine Klimaanlage, und das Fenster ließ sich nicht öffnen. Über dem Gelände lag die Dunkelheit. Zwar sah Suko die Lichtinseln der Laternen, doch sie reichten beileibe nicht aus, um die tiefen Schatten zu vertreiben. Sie befanden sich nach wie vor in der Überzahl.

»Hast du etwas feststellen können?«, erkundigte sich der Abbé vom Bett her.

»Leider nicht.«

»Ich glaube nach wie vor daran, dass sie bereits in der Klinik sind. Ich weiß nicht, wer sie geschickt hat, aber sie sind ungemein gefährlich, das spüre ich.«

Suko blieb am Bett stehen und lachte leise. »Zum Glück haben wir Bill als Wächter vor der Tür sitzen.«

»Sieh doch mal nach. Wir haben lange nichts mehr von ihm gehört.«

»Ja, die Stunde ist auch bald um.« Suko ging zur Tür, öffnete sie, blickte nach links – und bekam große Augen.

Der Stuhl war leer!

Durch die Nase atmete der Inspektor scharf ein und zog sich langsam zurück. Er schaute noch nach rechts und links in den Gang, ohne den Freund zu entdecken.

»Da ist etwas geschehen, nicht wahr?«, fragte der Abbé. »Ich ... ich spüre es.«

»Du hast Recht.« Suko schloss leise die Tür. »Bill ist verschwunden.«

»Wie John!«

Daran hatte Suko noch nicht gedacht. Er wusste aber, dass es nun verdammt ernst wurde und er sich blitzschnell etwas einfallen lassen musste.

»Was können wir tun?« Der Abbé stellte die Frage mit sehr ruhiger Stimme.

»Darüber denke ich nach.«

»Aber bitte nicht zu lange.«

»Keine Sorge«, erwiderte Suko und warf seine Gelassenheit plötzlich über Bord. »Ich glaube, dass ich die Lösung habe. Du musst nur mitspielen, Abbé.«

»Daran soll es nicht scheitern ...«

Hätte ich die Szene beschreiben müssen, wäre mir das Wort gespenstisch in den Sinn gekommen. Hoch über mir schwebte die düstere Wolkenbank. Ich selbst lag auf feuchter Friedhofserde und wurde von einer Mischung aus Mensch, Monster und Dämon bewacht, die sich den Namen Mordengel von London gegeben hatte.

Hinzu kam die Stimme Vincent van Akkerens aus dem Lautsprecher des Recorders. Er hatte bewusst eine Pause vor dem

Weitersprechen eingelegt, um bei mir, dem Zuhörer, die Spannung zu steigern.

Das war ihm auch gelungen. Ich lag auf dem Rücken und starrte zu Jilette hoch, der den Recorder hielt wie ein kostbares Stück, das keinesfalls zerstört werden durfte. In der Finsternis zerflossen seine Umrisse, er war nicht mehr so deutlich zu sehen, hinter ihm bewegte der Wind die Zweige der Büsche, sodass sie wie tanzende Gespenster mit langen, dünnen Armen aussahen.

Ich roch die Feuchtigkeit des Bodens und hatte auch den Eindruck, als würde Modergeruch in meine Nase steigen. Hier war alles faulig, die Vergänglichkeit überdeckte diesen winzigen Friedhof wie ein großes Tuch. Aber ich lag nicht in der Vergangenheit, sondern in der Gegenwart, die furchtbar genug war.

»Na, hast du dich von deiner Überraschung erholt, Geisterjäger?«, hörte ich van Akkerens Stimme. »Wenn du mich jetzt vernimmst, kannst du dir schon selbst sagen, dass alles nach meinen Plänen gelaufen ist. Nichts hat sich verändert. Ich musste schnell reagieren, denn ich darf den Abbé nicht entkommen lassen. Wie du selbst weißt, hatte ich Zeit genug, Pläne zu schmieden, und ich habe stets einige Trümpfe in der Hinterhand. Einen davon musste ich nun ziehen. Wie ich dich kenne, wirst du neugierig sein, wie Jilette zu dem geworden ist, wie du ihn vor dir siehst. Es ist ganz einfach, denn er gehörte zu den Menschen, die schon immer einen Hang zum Okkulten hatten. Als Rockerchef propagierte er die Gebote des Teufels. Er und seine Bande hielten sich daran ...«

Van Akkerens Stimme wurde leiser. Ich vernahm einige Nebengeräusche und auch ein Kratzen.

Das gefiel selbst Jilette nicht. Er hielt den Recorder zwar noch fest, schüttelte ihn aber jetzt und presste ihn gegen sein Ohr, wobei er unwillig den Kopf bewegte.

Er achtete nicht so sehr auf mich. Wahrscheinlich hielt er mich für erledigt, aber ausgeschaltet war ich noch lange nicht, auch wenn mich die Schlinge fesselte.

Ich versuchte sie zu lockern. Das Band schnitt sehr hart durch meine Kleidung. Ich versuchte es mit einem Gegendruck, um die Schlinge zu lockern.

Das war nicht möglich. Die Schlaufe saß einfach zu fest, sie hatte einen starken Knoten gebildet, der sich durch Druck allein nicht öffnen lassen würde.

Außerdem lief das Band wieder normal weiter, und ich hörte abermals van Akkerens Stimme. »Sinclair, du liegst hier an einem historischen Ort. Man nennt auch Ereignisse, die erst kurze Zeit zurückliegen, historisch. Und so ist das auch hier. Es gab in dieser Gegend einen Rocker – nicht Jilette –, der sich den schwarzmagischen Kräften der Hölle verschrieben hatte. Er wollte dem Teufel seine Seele überlassen, wie einst der berühmte Dr. Faustus. Der Teufel nahm dieses Opfer an, aber der Rocker machte einen Fehler. Er war einfach zu ungeduldig. Da der Teufel ihm versprochen hatte, dass er nach dem Tod noch weiterleben würde, wollte der Rocker es genau wissen. Eines Nachts – am Himmel stand der Vollmond – kam er an diesen Ort und trug einen Kanister mit Benzin. Seinen Freunden hatte er ebenfalls Bescheid gegeben und sie um Mitternacht herbestellt, ohne ihnen allerdings zu sagen, was er im Schilde führte. Als alle versammelt waren, verlangte er von seinen Freunden unbedingten Gehorsam. Dann ging er ans Werk, übergoss sich mit dem Benzin und zündete sich selbst an. Niemand durfte helfen, niemand sollte helfen. Sie alle schauten auf die menschliche Fackel, die aufloderte, aber nicht zerfiel. Die Flammen verbrannten ihn und verbrannten ihn doch nicht. Sie schwärzten ihn nur. Die Haut sah aus wie ein öliges, schwarzes Gebilde, ebenso der Kopf und das Gesicht. Die Augen wirkten in der Schwärze wie weiße Laternen. Für die Zuschauer war er tot. Einem unter ihnen, dem Vertrauten, und das war Jilette, hatte er etwas überreicht. Es war eine Art Testament, das Jilette noch in derselben Nacht vorlas. Der verbrannte und für die anderen tote Rocker wollte an dieser Stelle begraben werden. Man sollte das Gebiet einzäunen und sein Grab mit einem bestimmten Stein verzieren. Der Grabstein mit dem Totenschädel. Als Jilette dies vorgelesen hatte, wussten die Rocker, dass sie ihrem Boss den letzten Wunsch erfüllen mussten, und sie erkannten Jilette gleichzeitig als neuen Chef an. In der folgenden Woche wurde alles geregelt. Sogar den Grabstein besorgte man, und dieser kleine Friedhof wurde zu einer Pilgerstätte der Rockerbande. Außer Jilette wusste niemand, dass dieses Testament noch einen zweiten Teil hatte, der nur für Jilette galt. Er war eingeweiht, dass es Tote gab, die noch leben konnten. Und eines Nachts geschah es …«

Da genau hakte das Band. Jilette drückte auf einige Knöpfe. Er tat es mehr instinktiv als systematisch und hatte schließlich das Glück, die normale Bandgeschwindigkeit wieder laufen zu lassen.

Einige Erklärungen waren übersprungen worden.

»Jilette tat, was man ihm befohlen hatte. Er nahm das Messer und tötete sich auf dem Grab des Verbrannten auf eine bestimmte Art und Weise. Als Jilettes Blut auf die Graberde tropfe, geschah es. Da stiegen die Dämpfe auf, da bewegte sich die Erde, und aus ihrer Tiefe sandte der Tote einen schaurigen Gruß. Jilette musste spüren, wie er gepackt und in die Graberde hineingezogen wurde. Der Teufel hatte sein Versprechen gehalten. Sein Diener erhielt einen neuen Körper, ohne den alten, verbrannten abgeben zu müssen, denn der neue Körper und der alte Körper schoben sich ineinander, sodass ein Zombie entstand, der tatsächlich aus zwei Körpern bestand. Noch blieben beide in der Erde. Der Grabstein diente den Pilgern als Beweis. Solange er sich im Boden befand, würde sich nichts ändern. Wurde er jedoch einmal herausgezogen, sahen die Dinge ganz anders aus. Du weißt, Geisterjäger, dass Asmodis, Baphomet und Beelzebub ein Dreiergespann bilden. Sie alle zusammen ergeben das absolut Böse, eben Luzifer. Als Erklärung ist dies wichtig, denn eine Krähe hackt bekanntlich der anderen kein Auge aus, so sagt man doch. Obwohl der Doppelzombie dem Teufel diente, durfte sich Baphomet seiner bedienen. Und Baphomet gab dies an mich weiter. Als ich erfuhr, dass du den Abbé nach London geschafft hast, war die Stunde gekommen. Da holte ich den Mordengel aus dem Grab hervor, und er versammelte seine alte Bande wieder um sich. Er kam zu ihnen als doppelter Zombie. Auch sie sind eingeweiht worden und waren nicht einmal überrascht. Schließlich sind sie eine lange Zeit zu dem Grab gepilgert, um Jilette zu besuchen, hatte er ihnen doch zuvor versprochen, dass er zurückkehren werde, weil er unter dem Schutz der Hölle stand. Er ist zurückgekehrt, um dich, John Sinclair, zu erledigen.

Wenn du diese Worte hörst, wirst du auf dem Friedhof liegen, aber da gibt es noch seine vier Freunde. Die sehen sich inzwischen in der Klinik um. Sie dringen dort ein, um den zu töten, der getötet werden muss: Abbé Bloch. Er darf einfach nicht mehr am Leben bleiben. Hast du verstanden? Er darf es nicht ...«

Mit diesem Satz brach die Rede van Akkerens ab. Zwar drehten sich die Spulen noch weiter, aber ich hörte kein Wort mehr. Van Akkeren hatte gesagt, was gesagt werden musste.

Natürlich gingen mir seine Worte durch den Kopf. Ich dachte über sie nach und kam zu dem Ergebnis, dass man auch als Geisterjäger nie auslernte und mit immer neuen Überraschungen konfrontiert wurde. Ich hatte es bei Jilette mit einem Doppel-Zombie zu tun. Zwei untote Körper, die ineinander steckten. Den Beweis hatten sie mir schließlich geliefert, als bei Jilette die Schädeldecke aufgeklafft und die schwarze Hand des Verbrannten erschienen war.

Zwei Zombies in einem. Zwei, die auch die doppelte Kraft besaßen, denen es nichts ausgemacht hatte, einen schweren Grabstein aus der Erde zu ziehen und ihn zu schleudern wie ein kleines Stück Holz.

O verdammt, in was war ich da hineingeraten? Zudem hatte dieses Doppelwesen es geschafft, mich mit einer einfachen Fesselung aus dem Verkehr zu ziehen.

Wehrlos lag ich vor ihm.

Wie er mich töten würde, wusste ich nicht. Vielleicht kroch aus seinem Körper der Verbrannte und beendete mein Leben.

Jilette ließ den Recorder fallen. Dicht vor seinen mächtigen Füßen landete er auf der weichen Erde. Dann hob der Unhold ein Bein, drehte es noch und presste seine Hacke auf das Gerät. Er hatte etwas Mühe, es zu zertreten, weil der Untergrund zu nachgiebig war, schaffte es schließlich doch, und ich hörte das Knacken, als die Spulen brachen und zerknirschten.

Er trat noch zweimal nach, bis er zufrieden war und sich mir zudrehte. Dabei bückte er sich. Sein Gesicht schob sich auf mich zu. Es hatte sich zu einem diabolischen Ausdruck verzerrt, wirkte dick und aufgedunsen.

Ich sah auch seine mächtigen Hände. Groß wie Räder, mit abstehenden Fingern.

Wollte er mich erwürgen?

Es sah so aus, doch er griff an mir vorbei und umrundete mich, sodass er in meinen Rücken gelangte. Ich hörte ihn zwar nicht atmen – das war bei einem Zombie nicht möglich –, dafür stieß er würgende Laute aus. Etwas klatschte. Ich konnte nicht erkennen, was hinter mir passiert war, bekam es aber sehr bald zu spüren, denn der Doppel-Zombie hielt die obere Kante des Grabsteins umfasst und zog das schwere Ding mit einem kräftigen Ruck aus der weichen Erde.

Schon einmal hatte er mit einem Grabstein nach mir geworfen, aber nicht getroffen. Diesmal war ich gefesselt, da konnte er mich gar nicht verfehlen.

Ich sah ihn gehen. Er schlug einen Bogen. Wie bei unserer ersten Begegnung hielt er den Grabstein unter den linken Arm geklemmt, als wäre er nur eine Tasche.

Da er mich nicht beachtete, bemühte ich mich weiter um eine Befreiung. Noch saß die Schlinge verdammt fest, aber ich würde sie losbekommen, das schwor ich mir.

Ich wälzte mich, drückte gegen, keuchte dabei, denn es strengte verdammt an, und ich spürte auch, wie sich die Schlinge ein wenig lockerte. Ich brauchte nur noch mehr Zeit, dann konnte ich sie abstreifen.

Da blieb Jilette stehen.

Wahrscheinlich hatte er etwas geahnt. Er stand vor mir und starrte auf mich herab. In seinem Gesicht zuckte es. Die Wangen bewegten sich, die dicken Lippen ebenfalls, und er schüttelte den Kopf, als könnte er alles nicht begreifen.

Noch hing die Schlinge zu fest, und das wusste der Doppel-Zombie auch. Er stemmte den schweren Grabstein so hoch, dass er über seinem Kopf schwebte. Rechts und links wurde er von seinen mächtigen Pranken gehalten. Noch immer lag der diabolische Ausdruck in seinem Gesicht wie festgemeißelt. Mir schien es, als suchte er sich sein Ziel genau aus.

Nein, ich kam nicht weg.

Wir starrten uns an. Jilette reckte sich noch höher und stellte sich dabei auf die Zehenspitzen. Es störte ihn auch nicht mehr, dass ich versuchte, meine Schultern und die Arme zu bewegen. Meine Beine waren frei. Nur stand Jilette zu weit weg, als dass ich ihn hätte mit einem Tritt erwischen können.

Er wollte es beenden.

Und er ließ den schweren Grabstein fallen, um mich damit zu zerschmettern …

»Ich an deiner Stelle hätte den Bullen umgelegt«, sagte Bronson leise.

Ricky blieb stehen. Er legte seine Hand auf Bronsons Schulter und hielt ihn zurück. »Wenn du nicht dein Maul hältst, lege ich dich um. So einen stumpfsinnigen Idioten wie dich finde ich alle Tage wieder.«

Die beiden hatten Bill Conolly im Treppenhaus liegen lassen. Ricky kannte die Wucht seiner Treffer. Der Bulle würde die nächsten drei bis vier Stunden bewusstlos sein.

Manchmal ist das Schicksal mit dem Bösen. So war es auch hier, denn niemand hielt sich um diese Zeit auf dem langen Klinikflur aus. Die beiden Rocker hatten freie Bahn, um ihren mörderischen Plan ausführen zu können. Dennoch sicherten sie.

Bronson ging stets einen halben Schritt hinter seinem Chef her. Auch er hatte eine Waffe gezogen. Einen stupsnasigen Revolver, den er sonst in der rechten Außentasche trug.

Ricky hielt seine Schrotflinte wie die alten Western-Helden. Um zu schießen, brauchte er sie nur zu kippen, dann war die Sache erledigt. Vor der Tür blieben sie stehen. Ricky warf noch einen Blick auf den leeren Stuhl und grinste kalt.

Bronson wollte öffnen, aber Ricky schob ihn zurück. »Das mache ich«, knurrte er.

Normalerweise klopft man an, wenn man ein Krankenzimmer betritt. Das hatten weder Ricky noch Bronson nötig. Der Rockerchef legte seine Hand auf die Klinke, drückte sie blitzschnell nach unten und stieß die Tür hart auf.

Mit einem Satz sprang er über die Schwelle, gefolgt von Bronson, der die Tür wieder zuschlug.

Eine Lampe brannte im Raum. Ricky übersah mit einem Blick, dass ihnen keine Gefahr drohte. Schlafend lag der Verletzte im Bett. Er drehte ihnen sogar den Rücken zu, und Ricky ließ die schussbereite Schrotflinte sinken. Die Läufe zeigten schräg zu Boden.

Er drehte den Kopf.

Bronson schlich näher. Trotz seiner Körperstärke konnte er sich lautlos bewegen. Er sah aus, als würde er auf den anderen zurollen. Ricky legte einen Finger gegen seine Lippen, grinste dann und deutete auf das Bett.

Bronson öffnete den Mund und stieß ein leises Lachen aus. »Der hat nichts gehört?«

»Nein.«

Bronson rieb seine Hände. »Dann werden wir ihm zum ewigen Schlaf verhelfen, ohne dass er etwas merkt.«

Nach dieser Bemerkung war es still. Die Rocker hörten nur die ruhigen Atemzüge des Schlafenden, und Bronson holte wieder sein Messer hervor. Diesmal hatte Ricky nichts dagegen.

Sie schlichen auf das Bett zu.

Bronson war nicht ganz zufrieden. »Bevor ich ihn über die Kippe schicke, möchte ich ja noch sein Gesicht sehen. Ich lasse ihn auch nicht zum Schreien kommen. Ricky.«

»Okay.«

Bronson blieb neben dem Bett stehen. Mit der freien Hand berührte er die Schulter des Schlafenden, der sich noch immer nicht rührte. Der Rocker verstärkte den Druck, drehte den Körper herum und wunderte sich über dessen Gewicht.

Der Verletzte rollte auf den Rücken. Sein Gesicht geriet dabei in den Schein der Lampe.

Es war das eines Chinesen!

Auch Rocker können, mögen sie noch so brutal sein, geschockt werden. Mit dieser Überraschung hatten weder Ricky noch Bronson gerechnet. Die beiden gingen zurück, sie wurden blass, und Bronson flüsterte: »Verdammt, das ist der Falsche!«

Suko spielte seine Sache ausgezeichnet. Er blinzelte und tat so, als wäre er gerade aus dem tiefen Schlaf erwacht. Das Laken rutschte von seiner Schulter, und ein Teil der gestreiften Schlafanzugjacke wurde sichtbar.

»Was … was ist denn los?«, fragte er.

Ricky fing sich als Erster. Bronson blieb etwas zurück, steckte das Messer aber nicht weg. »Wer bist du?«

»Verdammt, ich kenne euch nicht. Was wollt ihr hier mitten in der Nacht?« Suko beschwerte sich. »Man hat mir Ruhe versprochen, ich …«

»Bist du Bloch?«

»Wer ist das denn?«

»Scheiße«, sagte Bronson. »Die haben uns reingelegt.«

»Wieso?«, fragte Suko. »Was habe ich euch getan?«

»Wo ist Bloch?«, fragte Ricky.

»Den kenne ich nicht.«

»Und wer bist du?«

»Ich bin hier eingeliefert worden.«

Ricky lächelte kalt. »Ja, das wissen wir. Und man hat dir sogar einen Bullen vor die Tür gesetzt. Das hier ist eine Augenklinik. Ich sehe aber keine Verletzungen an dir. Deshalb habe ich fast das Gefühl, dass wir geleimt werden sollten. Wer bist du, Chink? Auch ein Bulle?« Bei der letzten Frage hatte Ricky die doppelläufige Schrotflinte so angehoben, dass beide Mündungen schräg über das Bett und auf Suko wiesen.

Der lachte. »Wieso Bulle?«

»Und wo liegt Bloch?«

»Den kenne ich nicht.«

Bronson verlor die Geduld. »Ricky, da hat man uns geleimt. Die Hundesöhne wussten Bescheid. Hätten wir den anderen Typen doch gefragt.«

»Sicher«, gab Ricky zu. »Aber um lange Fragen zu stellen, ist jetzt nicht der richtige Zeitpunkt. Wir müssen es einfach hinter uns bringen. Wir werden Bloch schon finden, aber ich hasse es bis aufs Blut, Zeugen zu haben. Weißt du, was das bedeutet, Chink?«

»Nein.«

»Wir werden dich umlegen. Wir machen dich alle, kapiert?«

»Sicher.«

Ricky trat zur Seite, damit Bronson den nötigen Platz hatte. »Nimm ruhig das Messer, da hört niemand etwas.«

»Aber ihr könnt doch nicht …« Suko spielte den Ängstlichen. Er hatte die Augen weit geöffnet. Auf der Stirn glänzte Schweiß. »Meine Güte, ihr könnt mich doch nicht einfach töten.«

»Hier können wir alles.«

Und Bronson nickte zu den Worten seines Kumpans. Er stand direkt neben dem Bett und beugte sich vor. Die Klinge näherte sich Sukos Hals. Ricky wandte Bronson den Rücken zu.

Sekunden vergingen, und Bronson tat nichts.

»Verdammt, warum stichst du nicht zu?«

»Das … das geht nicht.«

»Wieso? Du …«

»Er hat eine Kanone, Ricky. Und die presst er mir genau gegen den Leib. Sorry …«

»Ja, Ricky, das stimmt«, sagte Suko und lachte leise. »Ich habe eine Kanone, und mein Finger liegt am Abzug. Eine Kugel ist immer schneller als ein Messerstich.«

Ricky atmete stöhnend aus. »Also doch ein Bulle, wie?«

»Und ob.«

Der Rockerchef fluchte, während Bronson ins Schwitzen geraten war. Er befand sich in einer unnatürlichen Haltung, und die Hand mit dem Messer lag auf der Bettdecke, gar nicht mal weit von Sukos Hals entfernt. Suko selbst hatte die Beretta unter der Bettdecke hervorgeschoben. Bronson spürte den Mündungsdruck tief in seinem Magen.

»Und jetzt lässt du mal den komischen Zahnstocher fallen!«, befahl der Chinese leise, aber unüberhörbar.

»Soll ich, Ricky?«

Suko lachte. »Das liegt an dir, Bronson. Wenn du sterben willst, dann …«

»Nein, verdammt!«

Suko schielte zur Seite. Die Faust öffnete sich, Bronson drehte auch sein Gelenk, damit das Messer von der Handfläche auf die Bettdecke rutschen konnte.

»Gut gemacht!«, lobte ihn Suko voller Spott. »Und jetzt bleibst du so lange bei mir, bis dein Freund Ricky seinen Bullentöter auch fallen gelassen hat.« Über Bronsons Kopf hinweg blickte Suko den Rockerchef an, der sich nicht rührte.

Der Inspektor wusste, dass er noch längst nicht gewonnen hatte. Nach wie vor stand die Situation auf des Messers Schneide. Wenn er die Nerven verlor oder Angst zeigte, würde das Geschehen sofort zu seinen Ungunsten kippen.

»Mach schon, Ricky!«

»Und wenn nicht?« Er sprach kalt und glatt, ohne einen Funken Angst zu zeigen.

»Ist dein Kumpel tot?«

»Sollte mir das etwas ausmachen, Bulle? Ich komme hier raus. Ich schieße nicht nur euch in Fetzen, auch das Krankenhaus und jeden, der sich mir in den Weg stellt.«

»Trotzdem würden wir dich packen!«

»Das werden wir …«

»Mensch, Ricky, mach keinen Bockmist! Du kannst mich doch nicht opfern.« Bronson wurde nervös.

»Was macht das schon? Hier geht es um andere Dinge, das weißt du selbst. Ich vertrete hier Jilette. Uns hat man einen Job übertragen. Wenn wir versagen, sind wir sowieso dran. Der große Boss im Hintergrund kennt kein Erbarmen.«

Suko hatte den Namen Jilette genau gehört. Aber auch die Rede vom großen Boss war ihm nicht entgangen. »Ist es van Akkeren?«, fragte er.

»Ach, du kennst ihn?«

»Sicher.«

»Dann hängst du doch mit drin, Bulle!«

»Natürlich.«

»Okay, ich werde euch beide umlegen.« Ricky hatte sich entschlossen. »Anders komme ich hier nicht raus.« Er setzte sich in Bewegung und ging rückwärts auf die Tür zu.

Bronson begann zu bibbern. »Mensch, mach keinen Unsinn, Ricky! Du kannst mich nicht opfern, verdammt! Das sah der Job nicht vor. Ich bin doch nicht verrückt, wegen solch einer Sache ins Gras zu beißen!«

Rickys Antwort klang zynisch. »Erinnere dich dran, was du am Grab versprochen hast.«

»Das war für mich Spaß.«

»Für uns nicht, Bronson.«

Auch Suko befand sich in einer Zwickmühle. Bisher hatte er nur gedroht. Zudem gehörte er nicht zu diesen eiskalten Killertypen, die einen anderen Menschen tatsächlich erschossen, auch wenn es dabei hart auf hart ging. Er suchte deshalb fieberhaft nach einer Möglichkeit, aus diesem Dilemma zu entkommen.

Ricky stand bereits an der Tür. Der Lichtschein reichte auch bis dorthin, sodass Suko ihn erkennen konnte. Er hatte die Schrotflinte mit den gekürzten Läufen so angehoben, dass er sie mit einem Schuss beide treffen konnte. Und er spielte seine Nervenstärke kalt aus.

»Willst du nicht schießen Bulle? Du hast es doch angedroht. Oder hast du kalte Füße bekommen, du Hundesohn?« Er lachte. »Aber so seid ihr Bullen. Erst ein großes Maul und dann …«

Auf einmal änderte sich die Lage.

Hinter Ricky stieß jemand die Tür auf. »So, hier bringe ich Ihnen frischen Tee …«

Die weibliche Frauenstimme füllte plötzlich das Zimmer aus. Dann verstummte sie, denn die Schwester hörte Rickys Fluch, der die Türklinke in den Rücken bekommen hatte und nach vorn taumelte.

Auf der Schwelle blieb die Schwester stehen.

Ricky wirbelte zu ihr herum, aber auch Suko blieb nicht faul und explodierte förmlich …

Jilette warf den Stein. Er schleuderte ihn nicht, sondern ließ ihn einfach fallen. Auch so hätte er mich immer getroffen, und ich tat etwas, was mir mein Instinkt befahl.

Ich rollte mich zur Seite.

Das hört sich einfach an, genau das Gegenteil davon war es. Immer wieder wirbelte ich um die eigene Achse, bekam Dreck und Gras zwischen meine Lippen und war froh, dass das Seil so viel Spiel hatte, dass ich mich bewegen konnte.

Hinter mir hämmerte etwas in den Boden. Ich hörte den dumpfen, fast unheimlich klingenden Schlag, und mir fiel ein, dass ich nicht getroffen worden war.

Dann hörte ich den Schrei.

Der Doppel-Zombie hatte ihn ausgestoßen. Ich sah ihn nicht, weil ich auf dem Bauch lag, wälzte mich jetzt auf den Rücken und konnte ihn sowie den Grabstein erkennen.

Das schwere Wurfgeschoss hätte mich getötet. Es schlug dort auf, wo ich noch vor wenigen Sekunden gelegen hatte. Jetzt befand es sich in einer Schräglage und sah aus, als würde es jeden Moment zur Seite kippen.

Jilette konnte es nicht fassen. Er hatte die Haltung eines Gorillas eingenommen, nur konnte man ihn nicht als Sieger bezeichnen, denn er hatte verloren.

Seinen Kopf bewegte er von einer Seite auf die andere, aus dem offenen Maul drang kein Schrei mehr, nur ein dumpf klingendes Röcheln. Er konnte nicht begreifen, dass ich noch lebte und nicht zerschmettert vor ihm lag. Vielleicht gelang es mir, diese Zeit zu nutzen. Aber wie, zum Henker, sollte ich mich befreien?

Noch hing ich fest. Diese verfluchte Lassoschlinge hatte sich einfach zu fest um meinen Körper gewickelt und mir dabei noch die Arme eingeklemmt.

Durch meine heftigen Bewegungen hatte ich fast das Gitter erreicht. Noch eine Drehung, dann berührte ich die Stangen. Rechts neben mir spürte ich ihren Druck.

Die Hände konnte ich nach außen wegdrehen. Mit der rechten Hand umklammerte ich den Gitterstab, hielt mich fest, zog die Beine an, gab mir einen Ruck und gelangte schwungvoll auf die Füße.

Im ersten Augenblick befürchtete ich, nach vorn zu kippen, konnte mich aber noch halten, auch wenn ich dabei schwankte wie ein Rohr im Wind. Ganz in der Nähe tappte Jilette vorbei. Er wollte mich mit seinem verdammten Grabstein zerschmettern. Deshalb wankte er wieder auf ihn zu und nahm ihn hoch.

Anstrengungen merkte man ihm dabei nicht an. Er hielt ihn fast lässig in seinen mächtigen Pranken und drehte sich langsam.

Für mich wurde es höchste Eisenbahn. Durch meine Bewegungen hatte sich die Schlinge tatsächlich gelockert. Ich kämpfte jetzt um Sekunden, während mich Jilette schon fixierte.

Heftig bewegte ich die Schultern, auch den gesamten Körper, drückte noch einmal die Arme auseinander – und hatte die Schlinge so weit gelockert, dass ich sie abstreifen konnte.

Ich war frei! Endlich!

Blitzschnell wechselte ich meinen Standort. Ich wollte dem Doppel-Zombie kein Ziel bieten. Er hatte zwar den mächtigen Grabstein, aber ich konnte mich auf meine Schnelligkeit verlassen, obwohl ich nicht hundertprozentig in Form war, die harte Fesselung hatte meinen Kreislauf beeinträchtigt.

Jilette verfolgte mich. Er hielt den schweren Grabstein mit dem Totenschädel wieder hoch über seinen Kopf. Auf dem Ein-Grab-Friedhof begann unsere gegenseitige Jagd. Er ließ mich nicht aus den Augen, suchte nach einer Möglichkeit, mich mit einem Wurf zu treffen, aber ich blieb nicht stehen.

Inzwischen hatte ich auch die Beretta gezogen. Sie war wieder trocken. Ich war gespannt, wie Jilette auf eine Silberkugel reagierte, die zudem noch geweiht war.

Bisher hatten die Zombies dem geweihten Silber nicht widerstehen können. Ich hoffte, dass es sich bei diesem Doppel-Zombie ebenso verhielt, und suchte nur noch nach einem günstigen Ziel.

Ein Teil seines Körpers wurde durch den Grabstein verdeckt. Er ahnte wohl, dass ich etwas vorhatte, und hielt ihn nun als Schutz vor sich. Noch immer zeigte sich der Himmel bedeckt. Ein graues, dickes Wolkenband lag auf ihm und nahm mir die Sicht auf die Gestirne, die auch keine Helligkeit spenden konnten.

An der schmaleren Seite dieses ungewöhnlichen Friedhofs blieb ich stehen, hob meinen rechten Arm und schoss.

Ich hatte auf die linke Schulter gezielt, den Schuss aber etwas verrissen. Die Kugel hieb gegen den Grabstein, wo sie eine Schramme hinterließ, mehr nicht.

Vielleicht hatte der Abschussknall bei Jilette irgendwelche Instinkte geweckt. Jedenfalls blieb er nicht mehr stehen und war auch nicht so vorsichtig. Er rannte plötzlich auf mich zu.

Mit gewaltigen Schritten wuchtete er sich voran. Seine großen Füße stampften über den Boden. Er war verdammt schnell, hatte seine Arme vorgestreckt und damit auch den Grabstein.

Dann warf er ihn.

Damit hatte ich eigentlich nicht so hundertprozentig gerechnet. Ich kam zwar noch weg, allerdings nur haarscharf und hörte, wie der schwere Grabstein gegen das Eisengitter krachte.

Mochten die Stäbe auch noch so stark sein, der Wucht des kraftvoll geschleuderten Grabsteins hielten sie nicht stand. Mit einem wahren Donnergetöse brandete er dagegen, die Stäbe bogen sich nach außen und knickten schließlich weg.

Jetzt war Jilette deckungslos.

Mit bloßen Fäusten wollte er mich angreifen, kreiselte auch schon herum und walzte auf mich zu.

Ich ließ ihn zwei Schritte weit kommen.

Dann schoss ich.

Einmal, zweimal, dreimal …

Ich sah, wie die Kugeln trafen und die mächtige Gestalt mit den orangefarbenen Haaren nicht weiterging. Sie führte Bewegungen aus wie jemand, der zu Beginn eines Tanzlehrgangs stand, bei dem noch alles eckig und kantig wirkte.

Jilette schritt zurück.

Jede Bewegung wurde bei ihm zu einer regelrechten Qual. Er konnte seine Hände nicht ruhig halten. Die Arme gerieten ins Flattern, sein gesamter Körper zitterte. Es war nur eine Frage der Zeit, bis ihn die Schwäche zu Boden riss.

Ich ließ die Beretta sinken. Wahrscheinlich würde ich sie nicht mehr brauchen, nicht für das Monster Jilette.

Dann kippte er.

Mit dem Rücken schlug er dort auf, wo sich das Grab seines Vorgängers befunden hatte. Flach blieb er liegen, Arme und Beine vom Körper abgespreizt.

Ich lud erst die Beretta nach, bevor ich mich ihm näherte. Dabei schaute ich auch in die unmittelbare Umgebung, doch wir beide waren allein auf dem Friedhof.

Vor seinen Füßen blieb ich stehen. Ich holte die Lampe hervor und leuchtete ihn an.

Bleich wie der Tod sah er aus. Die Augen waren in die Höhlen hineingerutscht. Er bewegte sich nicht mehr. Ich konnte mir ein hartes Lächeln nicht verkneifen.

Er war geschafft.

Silberkugeln hatte ich nur benötigt, mehr nicht. Wer hätte das gedacht? Er lag noch immer vor mir, aber etwas hatte sich verändert. Diese Stätte war ein Ort des Unheils. In der Tiefe lauerte die höllische Kraft, und die zeigte sich auch.

Ich sah den feinen Nebel, der plötzlich aus dem Boden drang. Gleichzeitig verfärbte sich die Erde. Das Wintergras, längst nicht mehr satt und grün, nahm einen anderen Farbton an. Es wurde zuerst dunkler, dann wurde es braun und wechselte schließlich in ein fast schon tiefes Schwarz, während sich der Rauch vermehrte und einen Gestank abstrahlte, der mich an verbrennende Felle erinnerte.

Mit den Händen wedelte ich ihn vor meinem Gesicht weg. Ich wollte weiterhin sehen, was sich vor mir abspielte.

Und die Erde fraß die Gestalt …

Der Vorgang war schaurig. Der Boden – dunkel und graslos – schien plötzlich Hände zu besitzen, die sich der Gestalt des Doppel-Zombies annahmen. Sie waren da, sie griffen überallhin, sie packten ihn, sie zerrten und zogen.

Seine Haut wurde welk. Die Haare fielen ihm büschelweise aus, während sein Gesicht zuerst von der verbrannten Erde »überspült« wurde.

In dieser Haltung kippte er weg, tauchte unter, und auch seine Schultern verschwanden. Dann die Arme, die Hände. Die Erde war wie ein Moor, das alles in sich einsaugte.

Obwohl ich dicht davor stand, blieb ich von dem Vorgang verschont. Er konzentrierte sich einzig und allein auf Jilette, der seinen Auftrag nicht hatte erfüllen können und nun dafür bezahlen musste.

Zuletzt ragte noch sein linker Schuh aus dem Boden. Ein völlig normaler, verdreckter Turnschuh, bei dem nichts darauf hinwies, dass er am Fuß eines Zombies steckte.

Sekunden später war auch er verschwunden. Von Jilette blieb nichts zurück als eine böse Erinnerung.

Ich stand allein vor dem Grab und starrte auf die Erde, die aussah, als wäre ein Feuer über sie hinweggerast. Erst jetzt spürte ich, wie kaputt ich eigentlich war. Die Stellen an meinem Körper zu zählen, die etwas abbekommen hatten, war müßig. Ich würde eine große Anzahl von blauen Flecken zurückbehalten.

Auch mein Kopf war nicht so klar. Die Treffer hatten mich schwer erschüttert, aber es gab kein Ausruhen. Jilette war nicht allein gewesen. Er hatte Helfer gehabt. Vier weitere Rocker, wenn ich mich richtig erinnerte. Und sie waren eigentlich nur gekommen, um Abbé Bloch zu töten, wie mir van Akkeren per Tonband übermittelt hatte.

Ich musste in die Klinik.

Die Frage war nur, wie ich dorthin finden sollte. Ich versuchte mich zu erinnern, wie lange mich Jilette geschleppt und welchen Weg er genommen hatte.

Einige Male hatten wir Straßen überquert, doch an markanten Punkten waren wir nicht vorbeigekommen. Wäre die Klinik höher gebaut worden, hätte ich die Lichter in der Dunkelheit schimmern sehen können. So aber gab es kaum Orientierungspunkte.

Noch einen letzten Blick warf ich auf das Grab mit der verbrannten Erde. Einige letzte Rauchschwaden stiegen hervor. Dünn wie Zigarrenqualm und ebenso zitternd quollen sie in die Höhe.

Da geschah es.

Ohne Vorwarnung und urplötzlich, sodass der Vorgang auch mich völlig überraschte und den zweiten Teil des Falls einläutete …

Die Graberde brach auf. Sie schoss in die Höhe, klatschte gegen mich, sodass ich unwillkürlich zurückwich und die Hände vor mein Gesicht riss.

Deshalb bekam ich das Weitere nicht mit. Aus dem offenen Grab jagte eine fürchterliche Gestalt. Schwarz verbrannt, ein Mensch, der sich einmal mit Benzin übergossen hatte, weil er seinen Tod nicht mehr erwarten konnte.

Der erste Körper!

Ich sah ihn erst, als ich mein Gesicht gesäubert hatte, da hatte er das Grab bereits verlassen und war zur Seite gehuscht. Mit gewaltigen Schritten jagte er auf das Gitter zu. Bevor ich meine Waffe ziehen konnte, kletterte er schon geschmeidig an den Stangen hoch, schwang sich darüber hinweg und sprang an der anderen Seite zu Boden.

Ich ließ mich auf die Knie fallen, streckte beide Arme vor und zielte auf das flüchtende Monster.

Zu einem Schuss kam ich nicht mehr. Der Unheimliche war zu schnell. Zudem schützte ihn das bewachsene Gelände und auch die Finsternis, sodass ich mir die Kugel sparen konnte.

Ich stand auf.

Das Grab war aufgewühlt. Die Erde hatte sich in einem bestimmten Umkreis verteilt. Ich konnte sogar in die Tiefe schauen und sah dort den bleichen, allmählich verwesenden Körper des Rockers namens Jilette.

Ihm brauchte ich keine Beachtung mehr zu schenken. Viel wichtiger war der verbrannte, aber noch lebende Körper, der Jilettes Auftrag sicherlich zu Ende führen wollte.

Also würde sich das Finale in oder an der Klinik abspielen.

Und dort musste ich hin!

Der Inspektor schoss nicht, er stieß seinen linken Arm hoch und wuchtete die Faust unter Bronsons Kinn, der den Schlag voll nehmen musste, weil er völlig überrascht worden war. Bronson flog nach hinten, riss noch einen Stuhl um und wälzte sich keuchend über den Boden.

Da war Suko bereits aus dem Bett!

Auch Ricky reagierte blitzschnell. Die Krankenschwester stand noch auf der Schwelle, als hätte man sie dort festgeleimt. Sie hielt auf den ausgestreckten Unterarmen ein Tablett mit einer Teekanne und eine Tasse. Es war schon ein Wunder, dass beides noch nicht am Boden lag.

Der Rocker wusste, dass die Gefahr einzig und allein von Suko ausging. Er kreiselte zu ihm herum, riss seine Waffe hoch, um die Ladung in den Körper des Chinesen zu jagen, aber wieder war Suko schneller.

Er schleuderte dem Rocker die Bettdecke entgegen. Ricky wich nicht aus und sah einen Moment später aus wie ein Gespenst, als die Decke über ihn gefallen war.

Suko ging auf Nummer Sicher.

Ein Griff, und er hielt seinen Stab in den Händen. Das magische Wort rutschte ihm fast wie von selbst über die Lippen. Er sprach es so laut aus, dass es alle hören konnten.

»Topar!«

Und die Szene erstarrte.

Nur Suko konnte sich bewegen. Die Zeit wurde für fünf Sekunden gestoppt. Alle, die den Ruf vernommen hatten, waren zu Salzsäulen erstarrt und rührten sich nicht vom Fleck.

Nur Suko wirbelte.

Er kümmerte sich zuerst um den Rockerchef Ricky und riss ihm die Schrotflinte aus der Hand. Bronson lag am Boden. Er musste seinen Revolver abgeben. Sicherlich besaßen die beiden noch andere Waffen, die Zeit allerdings, um sie ihnen abzunehmen, blieb Suko leider nicht, denn die fünf Sekunden waren um.

Mit einem gleitenden Sprung zurück nahm Suko die Position ein, die er hatte einnehmen wollen.

Er blieb mit seiner Beretta und der Schrotflinte im Anschlag stehen. Jetzt wiesen drei Mündungen auf die beiden Rocker, die nicht wussten, was mit ihnen geschehen war.

Selbst Ricky starrte auf seine rechte Hand und begriff einfach nichts.

Für Suko war es jetzt wichtig, die Krankenschwester aus der Gefahrenzone zu schaffen.

»Gehen Sie!«, rief er ihr zu. »Und gehen Sie sofort. Ich bitte Sie, schnell!«

»Aber ich … ich … werde einem Arzt Bescheid geben müssen, auch der Polizei, die …«

»Nichts werden Sie. Die Polizei sind wir, und die Ärzte lassen Sie mal aus dem Spiel.«

»Ja, wie Sie meinen.«

»Und jetzt gehen Sie!«

Die Krankenschwester nickte und verschwand glücklicherweise. Erst im Flur erlitt sie den Schock. Da rutschten Glas und Teekanne vom Tablett und landeten auf dem Teppich. Ein Teil zerbrach dabei. Mit hastigen Schritten lief die Schwester weiter.

Suko kümmerte sich um die Rocker. Ricky und Bronson waren unterschiedliche Typen. Das fiel auch jetzt auf. Während Bronson am Boden hockte und Löcher in die Luft stierte, hatte sich Ricky wieder gefangen und dachte über das Geschehene nach.

»Wie hast du das geschafft, Bulle?«

Suko hob die Schultern. »Es gibt eben manchmal Dinge im Leben, die man einfach hinnehmen muss. Nimm du hin, dass ich besser bin. Und jetzt wird nach meiner Musik gespielt.«

Ricky schüttelte den Kopf. »Glaub nur nicht, dass du gewonnen hast. Glaub das nur nicht!«

»Auf wen verlässt du dich? Auf van Akkeren? Der ist nicht da. Er hält sich schön im Hintergrund und hat euch vorgeschickt, damit ihr ihm die Kastanien aus dem Feuer holt. Ist es nicht so?«

»Vielleicht.«

»Ihr wolltet den Abbé töten!«

Ricky schwieg. Es kam ihm nicht in den Sinn, vor einem Polizisten eine Mordabsicht zuzugeben.

»Gut«, sagte Suko und schnitt ein anderes Thema an. »Ich habe da etwas von einem Grabstein gehört, der gegen einen Wagen geworfen wurde. Wer schleudert so ein Ding auf meine Freunde?«

Ricky verzog die Lippen. »Das ist einer gewesen, gegen den du nicht ankommst, Bulle. Da nutzen dir deine Tricks nicht, der ist einfach zu gut für dich.«

»Wie heißt er?«

»Jilette!«

»Der Name ist mir neu.«

»Kann ich mir vorstellen. Er ist auch etwas Besonderes. Wir nennen ihn den Mordengel von London. Wer sich ihm in den Weg stellt, wird von ihm niedergemacht. Der Mordengel bringt den Tod. Er hat ihn schon früher gebracht, und der Teufel war derjenige, der seine schützende Hand über ihn gehalten hat. Jilette ist reaktiviert worden. Wenn wir es nicht schaffen, den Abbé zu töten, wird er sich der Sache annehmen. Du kannst hin- und herreden. Wir sind immer stärker.«

Suko war anderer Meinung. »Den Abbé habt ihr nicht bekommen, und Jilette wird ihn auch nicht zwischen seine Klauen kriegen. Das verspreche ich dir.«

»Vor Jilette kann man sich nicht verstecken.«

»Das bezweifle ich. Zudem gibt es da noch jemand, der John Sinclair heißt. Er ist mein Kollege und Freund ...«

Ricky lachte scharf und unterbrach Suko mitten im Satz. »Was soll das mit diesem Sinclair? Jilette hat ihn geholt. Er hat ihn mitgenommen und zu seinem Friedhof geschleppt, wo deinem Freund der Garaus gemacht wird. Nein, Bulle, wir sind auf der Siegerstraße. Mit Jilette im Rücken ist man das immer.«

»Wie viele seid ihr?«

»Rate mal.«

»Ich will eine Antwort.«

»Schau dich um, wir sind zu zweit.«

Suko glaubte Ricky nicht, ließ dieses Thema jedoch ruhen und wandte sich an den Schläger Bronson. »Los, steh auf! Du brauchst nicht auf der Erde zu hocken und dich auszuruhen.«

Bronson erhob sich ächzend. Suko bewegte eine Hand, sodass die Beretta-Mündung auf den Schläger wies. »Dumme oder falsche Bewegungen beantworte ich mit einer Kugel!«, erklärte er kalt lächelnd. »Damit wir uns verstehen.«

»Ja, schon gut.«

»Jetzt umdrehen, beide!«

Sie gehorchten und wandten Suko den Rücken zu. »Ihr kennt das Spiel. Geht auf die Wand zu und bleibt einen Schritt davor stehen. Dann könnt ihr euch vorlehnen und mit beiden Händen abstützen.«

»Stell dich lieber auf unsere Seite, Bulle!«, sagte Ricky.

»Halt den Mund!«

Ricky redete weiter. Vielleicht hoffte er, Suko dadurch ablenken zu können. »Ich glaube kaum, dass du schießen wirst, Bulle. Nein, dazu hast du nicht die Nerven. Wenn ich mich falsch bewege, wirst du es nicht wagen, abzudrücken.«

»Wenn du dich da nicht mal irrst.«

»Der andere Bulle im Flur hat auch nicht geschossen.«

»Was ist mit ihm?«

»Vielleicht erwacht er nie mehr. Ich habe einen satten Schlag, das jedenfalls sagt man mir nach.«

»Ich auch«, erwiderte Suko und hämmerte zu.

Er hatte mit dem Kolben der abgesägten Schrotflinte zugeschlagen und haargenau getroffen. Für Ricky gingen sämtliche Lichter aus. Er versuchte noch, sich an der Wand festzuhalten, aber das war ein ergebnisloses Unterfangen. Langsam sackte er zusammen und blieb liegen.

Bronson drehte sich. Er war vor Schreck bleich geworden und spürte plötzlich die Mündungen der Flinte genau dort, wo sein Hals begann.

»Ganz ruhig«, sagte Suko. »Wie viele seid ihr?«

»Vier …«

»Wunderbar. Und wo sind die beiden anderen?«

»Noch im Haus.«

Suko drückte etwas fester zu. »Wo, mein Freund?«

»Ich … ich weiß es doch nicht. Sie hätten uns gewarnt, wenn man aufmerksam geworden wäre …«

»Wie denn?«

Bronson begann zu schwitzen, Schweißperlen traten auf seine Stirn. Es war nicht sein Tag. Jetzt musste er etwas entscheiden.

»Walkie-Talkie?«, fragte Suko.

Bronson nickte.

»Dann hol dein Gerät hervor, schalte es ein und rufe deine Freunde zu uns her.«

»Was soll ich?«

»Hast du nicht verstanden? Ich will, dass du deine Freunde herbeirufst. Mehr nicht.«

»Ja, ja, gut.« Bronson holte sein Sprechgerät unter der Jacke hervor. Es hatte dort in einer Tasche gesteckt. Als er die Antenne herauszog, schaute er Suko noch einmal an und sah dessen leichtes Kopfschütteln. »Nur keinen Ärger, Bronson. Der könnte nämlich verdammt hart auf dich zurückschlagen, verstehst du?«

»Ja, ja ...«

Er hatte das Sprechgerät eingeschaltet. Flüsternd sprach er ein Codewort und wartete auf die Antwort. Die kam nicht. Bronson schüttelte den Kopf. »Das ... das verstehe ich nicht«, flüsterte er. »Das ist unbegreiflich ...«

»Versuch es noch einmal!«, verlangte Suko.

»Aber ich habe doch das richtige Wort gesagt, das müssen Sie mir glauben.«

»Dann sollte er sich auch melden.«

»Ich weiß es auch nicht. Wirklich nicht.« Bronson versuchte es mit einem erneuten Anlauf, ohne jedoch etwas zu erreichen. »Da ist was passiert, bestimmt.« Er blickte Suko aus großen Augen bittend an. »Sie müssen mir glauben.«

»Vielleicht.«

»Und jetzt?«

Da schlug der Inspektor dosiert zu. Bronson verdrehte die Augen und sackte zusammen. Von ihm war zunächst nichts zu befürchten.

Suko zückte seine Handschellen und band die beiden Rocker zusammen. Ein Ende befestigte er an Rickys Bein, das andere klickte um Bronsons rechten Arm.

Dann hörte er ein Geräusch, auf das er eigentlich schon länger gewartet hatte.

Die schmale Tür zum Bad wurde von innen aufgeschoben, und der Abbé verließ mit vorsichtig gesetzten Schritten sein Versteck. Suko lief zu ihm. »Machen Sie keinen Fehler, Abbé! Bleiben Sie bitte im Bad ...«

»Nein, nein, Suko. Ich werde mich nicht mehr länger ...«

Suko fasste ihn an. »Mensch, Abbé Bloch, sei vernünftig!« Er redete ihn einmal in der ersten, dann wieder in der dritten Person an. »Die Gefahr ist noch nicht vorbei. Das weiß ich. Hast du alles mit angehört?«

»Ja.«

»Auch den Namen Jilette?«

»Den auch.«

»Kennst du ihn?«

»Nein, noch nie gehört. Er stammt nicht aus alten Templerkreisen, das weiß ich genau.«

»Aber er ist gefährlich.« Suko schob den Abbé wieder zurück durch die offene Tür.

Er hatte auf einem schmalen Stuhl gesessen und sich mit dem Rücken gegen die Wand gedrückt. Dort setzte ihn Suko wieder hin. »Tu mir einen Gefallen. Rühr dich nicht.«

»Was hast du vor?«

»Ich muss nach Bill sehen. Die Rocker haben ihn niedergeschlagen.«

»Weißt du denn, wo er liegt?«

»Ja, an der Treppe.« Suko wollte wieder gehen, aber der Verletzte hielt ihn fest. Die Finger krallten sich förmlich in Sukos Kleidung.

»Sei vorsichtig. Ich sehe die Wolke noch immer. Sie ist nicht verschwunden. Nach wie vor schwebt sie über uns, und sie senkt sich weiter. Da passiert noch etwas. Glaub nicht, dass die große Gefahr vorüber ist.«

Der Inspektor nahm die Warnung sehr ernst. »Ja, mein Freund, ich werde mich danach richten.«

Dann war er weg.

Mit schnellen Schritten durchquerte Suko das Zimmer und räumte die beiden regungslosen Rocker zur Seite, damit er die Tür öffnen konnte.

Die Krankenschwester hatte Sukos Warnung glücklicherweise beherzigt und niemandem Bescheid gesagt. So blickte der Chinese in einen leeren Gang. Bill war in Richtung Treppe gelaufen. Dorthin orientierte sich Suko auch und fand seinen Freund auf dem Boden liegend. Da Bill sich nicht regte, bekam er einen Schreck, beugte sich über ihn, schaute in das wachsbleiche Gesicht und stellte fest, dass Bill nur bewusstlos war.

Eigentlich war es lächerlich, dass einem Bewusstlosen in einem Krankenhaus nicht geholfen werden durfte. Jedes Aufsehen wollte Suko vermeiden. Der Abbé hatte sicherlich Recht gehabt. Die große Gefahr war noch nicht vorüber.

Suko streichelte Bills Wange. »Mach's gut, Junge«, sagte er. »Wenn du erwachst, ist es vielleicht vorbei.«

Auf leisen Sohlen lief er wieder zurück, öffnete vorsichtig die Zimmertür – und blieb wie angewurzelt stehen, denn Ricky war aus seiner Bewusstlosigkeit erwacht und hatte sich trotz der Fesselung hinsetzen können. Der Fehler ging auf Sukos Kappe. Er hätte den Rocker noch untersuchen sollen, so aber war es diesem gelungen, eine Beutewaffe zu ziehen.

Suko starrte direkt in die Mündung der goldenen Pistole!

Ich hatte mich beeilt und die Klinik auch erreicht, ohne jedoch etwas von dieser zweiten Gestalt entdeckt zu haben. Sie war und blieb verschwunden.

Nahe dem Eingang blieb ich stehen. Meine Deckung war gut. Ich warf, ohne gesehen zu werden, einen Blick in die Halle, wo die Loge noch immer besetzt war.

Der Mann und die Frau gaben sich völlig normal. Hätten sie etwas entdeckt oder wäre ihnen etwas unangenehm aufgefallen, hätten sie sich anders benommen.

Diese Klinik war nicht gerade klein. Ich konnte mir gut vorstellen, dass es noch mehrere Ein- und Ausgänge gab, die von irgendwelchen krummen Typen benutzt werden konnten.

Keine Spur auch von den Rockern. Ich musste allmählich davon ausgehen, dass sie die Klinik besetzt hielten.

Ich irrte mich.

Wo sie gesteckt hatten, konnte ich nicht sagen, jedenfalls hörte ich nicht nur ihre vorsichtig gesetzten Schritte hinter mir, sondern auch das leise Klingeln, das entsteht, wenn sich die Glieder der Motorradketten berührten.

Ich sprang zur Seite und drehte mich gleichzeitig. Einer der Kerle hatte schon seinen Arm erhoben, um mir die Kette über den Kopf zu schlagen. Gedankenschnell riss ich meine Linke hoch, duckte mich und unterlief den Hieb. Die Kette traf mich zwar, jedoch nicht mit der Wucht, wie es eigentlich hätte sein sollen.

Sekunden später lag der Rocker am Boden, weil ich ihn einfach umgerannt hatte.

Dafür griff der zweite an.

Er war sehr flink und verließ sich auf sein Messer. Ich trat gegen sein Handgelenk und kam auch mit meiner Linken durch.

Der erste sprang hoch. Ich hörte das Pfeifen und Klirren der Kette, duckte mich, sodass die gefährliche Waffe über meinen Haarschopf hinwegsauste.

In der Drehung erwischte ich den Kerl mit einem Konter. Es war einer dieser Zufallstreffer, die genau auf der Kinnspitze landeten. Ich spürte den Aufprall selbst bis hoch in meine Schulter, aber der Rocker war down und groggy.

Sein Kumpan wollte flüchten. Er sprang über einen schmalen Weg auf ein Rasenstück. Bevor er sich für eine Richtung entscheiden konnte, war ich schon bei ihm und hatte ihm den Weg abgeschnitten.

Breitbeinig blieb ich vor ihm stehen. Er wollte es besonders hart machen und griff nach seiner Kanone.

Ich zog die Beretta viel schneller. Als er in die Mündung schaute, erstarrte er.

»Junge, du übernimmst dich!«, sagte ich zu ihm. »Dreh dich um!«

Er gehorchte.

Ich drückte ihm die Mündung gegen den Nacken. »Und jetzt wirst du mir genau das sagen, was ich wissen will.«

Er stand so unter Druck, dass sein Atmen schon einem rauen Stöhnen glich. »Wo sind die anderen beiden?«

»In der Klinik.«

»Was hattet ihr vor?«

»Ricky sollte ihn töten.«

»Wen? Den Abbé?«

»Ja.«

»Wer gab euch den Auftrag?«

»Ich kenne ihn nicht. Aber er sagte auch etwas von dir. Dass man dich Jilette überlassen sollte. So würde man zwei Fliegen mit einer Klappe schlagen, wenn du begreifst.«

»Das schon, nur klappt das nicht mehr so gut. Ich habe den Spieß umgedreht.«

Der Rocker schwieg. Eigentlich hatte ich alles gehört, was ich hören wollte. Ich nahm die Beretta wieder zurück, holte kurz, aber kräftig aus und schlug die Waffe in den Nacken des Schlägers.

Die beiden Bewusstlosen zerrte ich in ein Gebüsch und ließ sie dort liegen. Ich betrat die Klinik mit ganz anderen Voraussetzungen. Jetzt wusste ich, wer sich dort aufhielt. Zu einer großen Auseinandersetzung schien es noch nicht gekommen zu sein. Die nächtliche Ruhe war vorhanden. Sie wurde nur durch mich gestört, als ich die Klinik betrat.

Sofort verließ die Frau ihre Loge. Streng musterte sie mich. »Sie wünschen?«

»Mein Name ist John Sinclair, ich …«

»Was?«, rief sie dazwischen. »Sie sind John Sinclair?«

»Ja – wieso?«

»Meine Güte. Mit Ihnen habe ich nicht mehr gerechnet. Sie glauben nicht, wie oft nach Ihnen gefragt wurde. Sie sind wohl ein sehr begehrter Mann, wenn auch ein schmutziger.« Sie blickte an mir hinab, und ich musste ihr Recht geben. Gut sah ich wirklich nicht aus. Die Friedhofserde klebte noch auf meiner Kleidung und trocknete allmählich.

»Wer hat nach mir gefragt?«

»Zwei Männer. Einer davon war Chinese.«

Ich wunderte mich. »Zwei waren es?«

»Wenn ich es Ihnen sage.«

»Wie sah der andere denn aus?«

Die Frau hatte eine sehr gute Beobachtungsgabe. Sie beschrieb mir Bill Conolly exakt.

Das war eine Überraschung. Wie kam Bill in die Klinik? Wahrscheinlich hatte Suko ihm Bescheid gegeben, eine andere Möglichkeit konnte ich mir kaum vorstellen.

»Sind Sie wirklich Polizist?«, wurde ich gefragt.

»Ja.« Ich präsentierte meinen Ausweis.

Die Frau hob die Schultern. »Allmählich verstehe ich überhaupt nichts mehr. Ich bin außer Fassung. Sie … Sie kommen hierher, um einen Patienten zu besuchen, der …«

Ich unterbrach sie. »Ist Ihnen eigentlich in den letzten Stunden etwas aufgefallen?«

»Nein.«

»Keine fremden Besucher? Oder Typen, die Ihnen nicht geheuer sind?«

»Wie meinen Sie das denn?«

»Vergessen Sie es. Jetzt brauche ich nur noch die Zimmernummer des Patienten Bloch.«

Die Frau kannte sie auswendig, und ich bedankte mich.

»Sie können den Fahrstuhl nehmen, aber auch zu Fuß gehen, Mr. Sinclair. Das spielt kein …« Plötzlich verstummte sie, und ihre Augen weiteten sich dabei.

»Was haben Sie?«

»Dr. Spencer, mein Gott, was ist mit Ihnen?«

Die Frau kümmerte sich nicht mehr um mich, sondern lief quer durch die Halle. Erst als ich mich umgedreht hatte, sah ich, was geschehen war. Ein Mann im weißen Arztkittel hatte sich in einen Sessel fallen lassen. Die Frau kniete neben ihm und schüttelte nur den Kopf, als sie das blutbeschmierte Gesicht des Doktors sah.

Auch ich war schnell bei ihnen und stellte fest, dass es den Arzt böse erwischt hatte. Ich bin kein Fachmann, aber diese Verletzungen rührten von Schlägen her, die er hatte einstecken müssen.

»Ich hole Hilfe«, flüsterte die Frau und ließ mich mit Dr. Spencer allein.

»Was ist passiert?«, fragte ich ihn.

Er antwortete mit einer Gegenfrage. »Wer sind Sie, Mister?«

»Ein Polizist. Mein Name ist John Sinclair. Ich bin wahrscheinlich wegen dieser Sache, in die Sie hineingezogen worden sind, hergekommen.«

»Sie sind Sinclair?«

Hier schien mich jeder zu kennen, nur ich kannte die Leute nicht. Der Arzt berichtete, dass er überfallen worden war. Zwei Rocker waren in sein kleines Büro eingedrungen und hatten ihn brutal niedergeschlagen.

»Wollten Sie etwas Bestimmtes von Ihnen wissen?«, erkundigte ich mich.

»Ja, die Zimmernummer des Patienten Bloch. Ich habe sie ihnen auch gegeben. Verdammt, ich hielt den Druck nicht aus. Die hätten mich sonst gekillt.«

»Klar, das kann ich verstehen.«

Schritte erfüllten die Halle, als die Helfer auf uns zuliefen. Zwei Pfleger brachten eine Trage, auf die Dr. Spencer zunächst nicht wollte, doch sein Widerstand wurde gebrochen. Als er an mir vorbeigetragen wurde, gab er mir noch flüsternd einen Rat. »Geben Sie auf sich Acht, Mr. Sinclair. Die spaßen nicht.«

»Ich weiß – danke.«

»Wollen Sie denn hoch?«, fragte mich die Frau vom Empfang. Erst jetzt sah ich das schmale Schild auf ihrem Revers. Dort stand der Name Helen Hasting.

»Ja, Mrs. Hasting. Es gibt keine andere Möglichkeit.«

»Was geht hier vor?«

»Ich weiß es noch nicht. Ich hoffe nur, dass es gut ausgeht. Und meine beiden Freunde befinden sich noch oben?«

»Ich habe sie wenigstens nicht wieder weggehen sehen.«

»Danke.«

Der erste Lift war besetzt. Man fuhr Dr. Spencer hoch. Ich nahm den zweiten und überprüfte während der Fahrt meine Waffen. Sie waren in Ordnung.

Ich verließ die Kabine nicht wie ein Sprinter, sondern sehr vorsichtig. Auf Zehenspitzen betrat ich den breiten Gang, der leer vor mir lag. Keine Spur von meinen Freunden, aber ich sah auch nichts von dem verbrannten Zombie.

Bis zu dem Augenblick, als ich hinter mir ein Geräusch hörte. Es war das leise Knarren einer Tür!

Ich flog herum, sah die schwarze, verbrannte Gestalt dicht vor mir, starrte genau in ihre Augen und sah auch die kleine, handliche Axt, die der Zombie in seiner rechten Hand hielt, um mir mit dieser Waffe den Schädel zu spalten …

Ricky war zwar noch nicht topfit, dennoch brandgefährlich. Zudem kannte Suko die goldene Pistole. Wenn er von der Ladung getroffen wurde, gab es keine Rettung. Selbst die Kraft der Dämonenpeitsche konnte die Haut der Kugel nicht zerstören.

Ricky grinste. In seinen Augen lag ein etwas glasiger Ausdruck, aber er war ein Typ, der Schwierigkeiten schnell überwinden konnte und sich auch auf neue Situationen einstellte.

»Damit hast du nicht gerechnet, Bulle, wie? Ja, ich habe noch immer einen Trumpf im Ärmel.«

Er hatte Recht. Suko ärgerte sich maßlos darüber, dass er den Rocker nicht genauer untersucht hatte. Es war ihm nicht die Zeit geblieben. Dass Ricky Bills goldene Pistole an sich nehmen würde, daran hatte er nicht gedacht.

Sollte es noch eine Zukunft für ihn geben, würde er den Reporter davon abhalten, die Waffe immer mit sich zu schleppen.

»Und jetzt?«, fragte der Rocker. Er kicherte leise. »Ich sehe es dir an, dass du Schiss hast. Du machst dir noch in die Hose, Bulle!«

»Leg die Waffe weg!«

»Nein, Bulle, die nicht. Sie ist etwas Besonderes, das habe ich längst bemerkt, aber dazu kommen wir später. Jetzt will ich erst mal, dass du mir die verdammte Fessel löst. Aber hübsch vorsichtig. Ich habe dich immer im Blick.«

»Schon gut.«

Suko bewegte sich tatsächlich sehr behutsam. Bei einer anderen Waffe hätte er es längst versucht, weil Ricky sich nicht in Topform befand. Bei dieser Pistole brauchte er nur den Abzugsbügel nach hinten zu ziehen, und schon war es geschehen.

Die Ladung brauchte ihr Ziel nicht einmal selbst zu treffen, es reichte, wenn dieser Schleim verspritzt wurde und sich zu einer gefährlichen Blase aufpumpte, um alles zu verschlingen, was sich ihr in den Weg stellte. Wer mit der Blase in Kontakt geriet, dem löste sie die Haut von den Knochen.

Suko schloss den Ring auf. Auch Bronson war jetzt frei. Er aber blieb unbeweglich liegen, und Ricky drückte sich sitzend so weit zurück, bis er die Wand im Rücken spürte. Den rechten Arm hielt er ausgestreckt. Die Mündung der plump wirkenden Waffe wies auf den Inspektor, und nach wie vor lag der Finger des Rockers am Abzug.

Suko hatte die Arme vom Körper gespreizt. Er wollte dem Rocker keinen Grund geben, die goldene Pistole einzusetzen, um das nicht mehr wieder gutzumachende Unheil heraufzubeschwören.

»Wie geht es jetzt weiter?«, fragte er.

Ricky grinste schief. »Ganz einfach. Du holst mir diesen verdammten Bloch. Ich will ihn endlich mal sehen.«

Suko reagierte sehr schnell. »Sorry, aber der ist nicht hier. Wir müssten quer durch das Krankenhaus und …«

»Weshalb lügst du?«

»Wieso, ich …«

»Da ist noch eine Tür, Bulle. Ich habe sie gesehen. Es sind ja besondere Zimmer hier, die haben sogar ein Bad. Und Bäder eignen sich auch als Verstecke. Wir beide gehen jetzt hin. Du wirst öffnen und mir einen Blick gestatten, okay?«

»Ja, ist gut.«

»Geh einen Schritt zurück! Ich will dich besser im Blickfeld haben.«

Suko konnte den Befehlen nichts entgegensetzen. Dieser Rocker wusste nicht, welch eine brisante Waffe er da in der Hand hielt. Der Chinese musste Ricky den Rücken zudrehen und zur Tür gehen.

Er bekam eine Gänsehaut. Bei jedem Schritt, den er zurücklegte, verstärkte diese sich. Suko wusste sich keinen Rat. Angreifen konnte er Ricky nicht, das war einfach zu gefährlich, und als er in die Nähe des Betts geriet, musste er stoppen.

»Jetzt leg mal deine Waffen ab. Du schleppst mir einige zu viel herum. Aber vorsichtig.«

Suko legte die Schießeisen auf das Bett. Natürlich auch die Schrotflinte mit den abgesägten Läufen. Die nahm der Rocker sofort wieder an sich. Er konnte sie in einer Hand halten, steckte aber die goldene Pistole nicht weg, die hatte er in die Linke gewechselt.

»Ja, jetzt fühle ich mich wohler, Bulle. Komm, öffne die verdammte Tür endlich!«

Die Spannung stieg. Selbst Suko, sonst die Ruhe in Person, merkte, wie sich seine Haut am Rücken spannte. Verzweifelt dachte er über eine Möglichkeit nach, dem Grauen zu entgehen, das hinter ihm lauerte. Es gab keine. Er war völlig auf sich allein gestellt.

Er öffnete die Tür. So lange war alles gut gegangen. Er hatte den Abbé beschützen und dessen Gegner austricksen können, nun musste er einsehen, dass die andere Seite stärker war.

Der Abbé hockte auf dem kleinen Stuhl. Er hatte sein Gesicht der Tür zugewandt. Vor den Augen klebten noch immer die Verbände, sodass die Hälfte seines Kopfes aussah wie der Schädel einer Mumie.

»Abbé?«, fragte Suko leise.

»Ja ...«

»Du weißt, was auf uns zukommt. Ich habe es leider nicht verhindern können, sorry.«

»Ich weiß. Die Türen sind dünn, Suko. Ich konnte alles hören.«

»Los, steh schon auf!«, meldete sich der Rocker aus dem Hintergrund. »Hoch mit dir!«

Der Abbé nickte Suko zu. Der Inspektor empfand dieses Nicken als eine verzeihende Geste, und er sah das schmerzlich wirkende Lächeln auf den Lippen des Abbé.

Bloch bewegte sich sehr langsam. Er lief wie jemand, der wieder anfing, sich zu bewegen. Suko wollte ihn anfassen und führen, doch der Rocker hatte etwas dagegen.

»Lass ihn los und tritt zur Seite!«

Suko blieb im toten Winkel neben der Tür stehen, während der Verletzte das Bad verlassen musste und sich dem lachenden Rocker näherte. »Du bist ja tatsächlich schon fast hinüber, Abbé. Da brauche ich gar nicht mehr viel zu machen.«

»Wer sind Sie?«, fragte Bloch.

»Dein Henker!«

»Ich will Ihren Namen wissen. Wen hat van Akkeren jetzt wieder vor seinen Karren gespannt?«

»Ich heiße Ricky. Ein Henker namens Ricky. Ist doch etwas Schönes, nicht wahr?«

»Das kommt auf den Betrachter an.«

Ricky lachte dreckig. »Humor hast du auch noch. Irgendwie gefällt mir das, Abbé. Aber deine Zeit ist um.«

»Was hat man Ihnen geboten, Ricky?« Der Abbé zeigte seine Angst nicht. Es war bewundernswert, wie er Haltung bewahrte.

»Willst du mich bestechen oder mir mehr bieten?«

»Das habe ich nicht gesagt. Ich will nur wissen, wie viel mein Tod van Akkeren wert ist.«

»Einiges.«

»Sie werden damit nicht glücklich. Niemand ist mit Blutgeld glücklich geworden. Das hat Judas, der Verräter, auch schon erfahren müssen. Seitdem hat sich nichts verändert. Auch Sie werden durch das Blutgeld nicht glücklich werden.«

»Halt's Maul, Alter! Komm her und setz dich auf dein Bett.«

»Sie wissen ja, ich kann nichts sehen.«

»Taste dich hin …«

Suko beobachtete aus dem kleinen Bad die Szene. Er konnte noch nicht eingreifen, doch seine Hand lag bereits unter der Jacke, wo sich der kleine Stab befand.

Den hatte er nicht abgelegt.

Der Abbé hatte sich bis zu seinem Bett vorgetastet und sich gesetzt. Die Gelegenheit für Suko, es noch einmal mit dem magischen Stab zu versuchen, war eigentlich günstig, doch da machte ihm der Rocker einen Strich durch die Rechnung.

»Komm her, Bulle! Dich lege ich gleich mit um!«

Bronson regte sich wieder, weil er aus seiner Ohnmacht erwachte.

Ricky grinste, aber auf seinem Gesicht lag der kalte Schweiß, und sein Blick flackerte. Ein Zeichen, dass er nervös war.

»Die Hände hoch, Bulle!«

Suko nickte. Wäre er allein gewesen, hätte er es versucht, aber er musste auf den Abbé Rücksicht nehmen, obwohl dessen Chancen auch immer tiefer sanken.

Bronson stand auf. Er stöhnte dabei, rieb seinen Hals und das

Gesicht, fühlte die geschwollenen Stellen und fing an zu fluchen. Er drehte sich schwerfällig herum, blickte seinen Kumpan an und grinste, als er erkannte, dass Ricky die Lage beherrschte.

»Du bist ein Schuss, Ricky!«

»Ja, okay. Wir legen sie jetzt um.«

»Beide?«

»Natürlich!«

»Kann ich das machen?«

Ricky überlegte. »Wen willst du haben?«, fragte er dann.

»Den Bullen natürlich. Der hat mir einiges mitgegeben, das ich ihm zurückzahlen will. Es wird mir ein Vergnügen sein, ihn ins Jenseits zu befördern.« Bronsons Augen glänzten schon in wilder Vorfreude. Er setzte sich in Bewegung und war schon zwei Schritte gegangen, als sich die Lage schlagartig änderte.

Von außen hämmerte jemand mit so vehementer Kraft gegen die Zimmertür, dass diese dem Druck nicht mehr standhielt, aus den Angeln gerissen wurde und ins Zimmer kippte.

Ricky drehte durch. Er schoss. Nicht mit der goldenen Pistole, sondern mit der Schrotflinte.

Aus der rechten Mündung stach Rauch, Feuer und die gehackte Ladung gegen das Ziel.

Das bekam Suko nur wie nebenbei mit, denn er hatte alles auf eine Karte gesetzt und griff den Rocker an …

Es war eine dieser kleinen Äxte, die oft genug neben Feuermeldern hingen, damit man sich bei Bränden den Weg frei schlagen konnte. In der Pranke des verbrannten Monsters wirkte sie fast zierlich, aber sie war nicht weniger gefährlich. Denn auch sie konnte mir den Schädel spalten.

Der Hieb traf nicht. Ich hatte mich sofort geduckt und auch zur Seite gedreht. Wie ein blankes Stück Eis sah die Klinge aus, als sie nach unten sauste, in die Wand hackte und dort einen langen Streifen aus dem Putz fetzte.

Durch den eigenen Schwung war ich so weit zur Seite getaumelt, dass ich mit der Schulter einen an der Wand hängenden Feuerlöscher rammte. Es war eine Blitzidee, die ich sofort in die Tat umsetzte. Ich riss den Feuerlöscher aus der Halterung, drehte mich und löste dabei die Sicherung. Sekunden später schoss der Schaum aus der Öffnung und traf die verbrannte Gestalt des Zombies.

Ob Mensch, ob Monster, sie reagierten gleich. Der Zombie geriet völlig aus der Fassung. Er wusste im Augenblick nicht, was er unternehmen sollte, wankte zurück und wurde trotzdem von einer Schaumwand umgeben.

Ich jagte ihm nach, schleuderte den Feuerlöscher zur Seite und griff zur Beretta.

Zwei Kugeln jagte ich in den Körper des lächerlich aussehenden Monsters. Die Treffer rissen ihn herum, er klatschte gegen die Wand, wo er noch einen weißen Streifen hinterließ, taumelte weiter, und ich rechnete damit, dass er erledigt war, aber ich sollte mich irren.

Dieses Wesen schluckte die geweihten Silberkugeln. Es fing sich wieder, wankte zurück, nahm einen kurzen, aber sehr heftigen Anlauf und rannte auf eine verschlossene Tür zu.

Ich wunderte mich wieder über die Kraft, die in dem Körper steckte. Er sah relativ schmächtig aus, aber ein Ansturm reichte, um die Zimmertür aufzustoßen.

Die Tür und der Zombie fielen in den Raum, wo sofort reagiert wurde. Ein Revolver wurde abgefeuert …

Jetzt oder nie!

Suko konnte nicht anders handeln. Jedes Zögern hätte schlimme Folgen haben können. Ricky war abgelenkt. Er würde es aber nicht immer sein, und so musste der Chinese die Gelegenheit nutzen.

Er flog auf den Rocker zu.

Und säbelte die Handkante nach unten. Schräg und zielgenau setzte er den Schlag an. Diesmal musste der den Rocker schon beim ersten Angriff paralysieren.

Ricky fiel um, als wäre er von einem Stein getroffen worden. Er kam nicht mehr dazu, die goldene Pistole abzudrücken, die ihm Suko sofort aus der Hand wand, einsteckte und zu dem Abbé schaute. Bloch saß starr auf dem Bett. Er bekam nichts mit, er hörte nur und vernahm auch Bronsons Heulen.

Das alles wurde zweitrangig, als Suko das mit Schaum bedeckte und ansonsten schwarz verbrannte Monster sah, wie es zusammen mit der Tür in das Krankenzimmer fiel.

Und dahinter tauchte, ebenfalls fast geisterhaft, Sukos Freund John Sinclair auf …

Ich hatte den Schuss gehört und mich gegen die Wand geworfen. Ein Teil der Schrotladung jagte noch in den Flur hinein, das meiste wurde von der Tür geschluckt und richtete keinen Schaden an.

Ich schaute in das Zimmer und übersah mit einem Blick die Lage. Der Abbé lebte noch. Aber hinter ihm erschien einer der Rocker. Es sah so aus, als wollte er den Verletzten angreifen, doch Bronson bekam plötzlich kalte Füße, drehte sich um und rannte auf die Tür zu.

Ich katapultierte ihn mit einem knochentrockenen Haken wieder zurück. Er hatte erst gar nicht den Versuch unternommen, mir auszuweichen. In seiner Panik war er voll in den Hieb hineingerannt.

Der verbrannte Zombie hielt noch immer seine Axt in der Faust. Wie einen Rettungsbalken hielt er sie fest und schlug damit nach Suko.

Mein Freund duckte sich, packte einen Stuhl, riss ihn hoch und parierte den nächsten Hieb. In der Stuhlfläche hakte sich die Schneide der Axt fest. Suko drückte die Gestalt so heftig nach hinten, dass sie gegen die Wand krachte. Den Stuhl hatte er losgelassen und statt dessen die Dämonenpeitsche gezogen.

Der Kreis war schnell geschlagen, die drei Riemen rutschten hervor, klatschten zu Boden, blieben aber nicht liegen, weil Suko die Peitsche sofort in die Höhe riss und zudrosch.

Die Riemen aus Dämonenhaut wickelten sich um den verbrannten Körper. Der Zombie taumelte, verlor das Gleichgewicht und fiel polternd auf den Boden. Durch eine geschickte Gegenbewegung wickelte Suko die Peitsche wieder ab.

Der Zombie richtete sich noch einmal auf. Er streckte sogar seine Arme aus, nur schaffte er es nicht mehr, Suko zu berühren, denn dicht oberhalb des Ellbogens quoll Rauch aus der Wunde, und einen Augenblick später fiel der Arm ab.

Suko trat zurück und drehte sich um.

Ich war bei der letzten Aktion nur Zuschauer gewesen. Suko fragte mich: »Wer war das?«

»Der Mordengel von London und gleichzeitig der Grabsteinwerfer. Eigentlich waren es zwei Personen in einer, aber das erzähle ich dir später, Alter.«

»Gern.« Er grinste, denn wir wussten beide, dass wir van Akkeren wieder einmal einen Strich durch die Rechnung gemacht hatten.

Jilette, wie er sich genannt hatte, verging. Sein Körper bestand plötzlich aus drei Teilen, die so weich wurden, dass sie von uns zertreten werden konnten.

Als Schmierfilm blieb der Rest auf dem Boden des Krankenzimmers liegen, und ich spürte meine innere Erleichterung, die mich zu einem feinen Lächeln zwang.

Ich ging auf den Abbé zu.

Er hatte auch den letzten Angriff unbeschadet überstanden, hockte auf der Bettkante, spürte den Druck meiner Hand auf seiner Schulter und sagte: »John, ich habe das Gefühl, dass es vorbei ist.«

»Ja, Abbé, da hast du dich nicht geirrt.«

Er fasste nach meiner Hand. »Danke, John, ich danke dir und vor allen Dingen Suko …«

Später kümmerten wir uns um Bill Conolly. Es waren genügend Helfer da, die ihn verarzteten. Bill wurde in ein Krankenzimmer gelegt, und ich rief Sheila an, damit sie sich keine Sorgen machte.

Die Rocker waren zu viert gewesen. Alle vier hatten Glück gehabt. Keiner von ihnen war gestorben. Das lief nicht immer so glatt ab. Oft genug war es anders gekommen.

Man kümmerte sich auch weiter um den Abbé, und irgendwann

in den frühen Morgenstunden lag ich dann in meinem Bett. Der Schlaf kam erst später. Ich erwachte auch ziemlich früh und mit dem Wissen, dass dieser Tag ein besonderer werden würde.

Nicht für uns, für den Abbé.

Er würde jetzt erfahren, ob die Operation gelungen war. Wir hatten ihm versprechen müssen dabei zu sein, und fuhren wieder hin. Den Weg über verbrachten Suko und ich schweigsam.

Als wir ausstiegen, fragte Suko: »Was meinst du?«

»Ich weiß es nicht.«

»Und was sagt dein Gefühl?«

Ich hob nur die Schultern.

Mit Herzklopfen und einem starken Druck im Magen betraten wir die Klinik, wo bereits ein Professor auf uns wartete. »Sie wollen zu Mr. Bloch?«, fragte er.

»Ja.«

»Ich kann Ihnen keine Vorschriften machen, meine Herren, aber er bat mich, allein gelassen zu werden.«

Der Druck verstärkte sich bei mir. Ich hatte Mühe, die nächste Frage zu stellen. »Soll das heißen, dass … ich meine, dass …?«

»Wir haben getan, Mr. Sinclair, was in unseren Kräften stand. Manchmal reicht es eben nicht.«

Suko und ich starrten uns an. Beide bekamen wir eine Gänsehaut. Auch der Professor bemerkte, wie es in uns aussah. Er stellte keine weiteren Fragen mehr.

»Dann wird er also blind bleiben«, sagte Suko leise.

»So sieht es aus. Wie gesagt, manchmal sind auch wir machtlos …«

Das letzte Wort hallte noch in meinem Gehirn, als wir die Klinik verließen.

Machtlos! Genau das war es. Treffender hätte man die Grenzen eines Menschen nicht aufzeigen können. Auch wir hatten dies oft genug zu spüren bekommen.

Schweigend stiegen wir in den Wagen und fuhren ab …

ENDE

IM SCHLUND DES DREITÖTERS

Verschanzt [illegible] Kameraden [illegible] sie nicht [illegible] in den [illegible] plötzlich der andere Raum [illegible]

Aus dem dunklen Maul der Lava [illegible] war ein glühendes Rot gewachsen [illegible] Feuer, ein höllisches Auge, in dem es glühte und loderte. Es [illegible] gelbe [illegible] Masse [illegible] Zentrum [illegible] pulste, zuckte und dampfte.

Aber die drei Soldaten [illegible] befanden die [illegible] von [illegible] der [illegible] und die beiden andere [illegible] aus der [illegible] ein [illegible] Gebiet [illegible] Kaukasus [illegible] dem sich [illegible] unerklärliche Dinge ereigneten.

Offizielle Stellen wussten auch nicht viel. Man war auf Zeugenaussagen angewiesen. [illegible] von Bergbauern, die vom Teufel und seinen [illegible] gesprochen hatten, von einem Weg mitten in die Hölle oder in eine andere Welt.

Der [illegible] hatte seine Augen und Ohren überall. Als die Gerüchte nicht verstummten, [illegible] Geheimkommissare die Vorfälle bis nach Moskau gemeldet, und dort waren sie auf dem Schreibtisch eines bestimmten Mannes gelandet, der sofort reagiert und kraft seines Amtes diese Spezial-Einheit aus drei hervorragenden Männern zusammengestellt hatte.

Nun waren sie unterwegs.

Man hatte ihnen den genauen Weg [illegible] ein bestimmtes Gebiet [illegible] Zahl und [illegible] dass sie [illegible] gefunden hatten, von der gesprochen worden war.

Der [illegible] war wichtig [illegible] hatte man ihn noch mit einer Zusatzausrüstung versehen, denn [illegible] von ihnen wusste genau, wie lange der Flug dauern würde.

[illegible] und [illegible] in verschiedenen [illegible] in die Tiefe. Der Tag war [illegible] schon [illegible] Fahne der Dämmerung [illegible] Schatten [illegible] können.

Das hatten die [illegible] nicht gesehen [illegible]

»Verdammt, Gospodin, das ist die Hölle! Schlimmer kann auch sie nicht sein!« Orgenkin starrte in die Tiefe, die sich plötzlich verändert hatte.

Aus dem dunklen Grau der Lava und Felsen war ein glühendes Rot geworden, ein Fanal, ein höllisches Auge, in dem es gloste und toste. Es sah aus wie eine geleeartige Masse mit dunklerem Zentrum, in dem es pulste, zuckte und dampfte.

Aber die drei Soldaten im Hubschrauber behielten die Nerven, besonders Jawalkow, der bärtige Pilot. Er und die beiden anderen gehörten zu einer Eliteeinheit, die vorgeschickt war, um ein bestimmtes Gebiet im Kaukasus zu überfliegen, in dem sich angeblich unerklärliche Dinge ereigneten.

Offizielle Stellen wussten auch nicht viel. Man war auf Zeugenaussagen angewiesen, Berichte von Bergbauern, die vom Teufel und seinen Ungeheuern gesprochen hatten, von einem Weg mitten in die Hölle oder in eine andere Welt.

Der KGB hat seine Augen und Ohren überall. Als die Gerüchte nicht verstummten und sich sogar noch verdichteten, hatten Gebietskommissare die Vorfälle bis nach Moskau gemeldet, und dort waren sie auf dem Schreibtisch eines bestimmten Mannes gelandet, der sofort reagiert und kraft seines Amtes diese Spezial-Einheit aus drei hervorragenden Männern zusammengestellt hatte.

Nun waren sie unterwegs.

Man hatte ihnen kein genaues Ziel sagen können. Sie sollten nur ein bestimmtes Gebiet überfliegen, was sie auch taten. Es konnte Zufall und gleichzeitig Schicksal sein, dass sie die Stelle gefunden hatten, von der gesprochen worden war.

Der Hubschrauber war relativ klein und wendig. Sicherheitshalber hatte man ihn noch mit einem Zusatztank versehen, denn keiner von ihnen wusste genau, wie lange der Flug dauern würde.

Orgenkin und Tarbow starrten von verschiedenen Seiten aus in die Tiefe. Der Tag wollte sich schon verabschieden. Die graue Fahne der Dämmerung kroch über den Himmel, produzierte längere Schatten, sodass sie ihr Ziel deutlich erkennen konnten.

Das hatten die drei noch nicht gesehen. Okay, im Kaukasus gab es Vulkane, manche von ihnen waren noch tätig, aber nicht an dieser Stelle, und man konnte den unter ihnen ablaufenden Vorgang auch nicht unbedingt mit einem Vulkanausbruch vergleichen.

Es war eher ein Brodeln, ein Glosen und ein gleichzeitiges Lauern, als würde noch etwas passieren.

Sie fanden es auch als unnormal, dass aus dem Krater kein Rauch hochstieg. Die Fläche wirkte wie ein breites Auge oder ein übergroßes Spiegelei.

Jawalkow, der Pilot, hatte die Befehlsgewalt übernommen. Auch er trug, wie seine beiden Kollegen, Kampfkleidung und deutete an, dass er tiefer gehen wollte.

Die anderen Männer waren damit einverstanden.

Spannung zeichnete ihre Gesichter. Sie waren es gewohnt, keine Angst zu zeigen, das hatte man ihnen jedenfalls eingetrichtert. Situationen waren da, um gemeistert zu werden, und auch jetzt verloren sie nicht die Nerven, obwohl ihnen unheimlich zumute war.

Langsam sank der Hubschrauber dem Zentrum entgegen. Er stand praktisch über dem dunkelroten Spiegelei, das sich noch immer bewegte, aber keinen Rauch absonderte.

Orgenkin hatte den Auftrag, sich Notizen zu machen. Der Zettel war auf einem Klemmbrett befestigt, und der Russe beschrieb genau, was er sah.

Angeblich waren aus dem Krater Monster aufgetaucht. Schreckliche Gestalten mit furchtbaren Gesichtern und Köpfen. Ein Zeuge hatte sogar von einem Wesen mit drei Schädeln gesprochen.

Ob es stimmte, konnte niemand mehr sagen, der Zeuge war kurz danach gestorben.

»Ich sehe nichts!«, rief Tarbow. »Keine Monster, keine Gesichter. Ihr vielleicht?«

Er erhielt eine negative Antwort.

»Wie sieht es mit der Hitze aus?«, wollte Orgenkin wissen.

Da der Hubschrauber mit einem Außenthermometer ausgerüstet war, fühlte sich der Pilot angesprochen. »Keine Erhöhung der Temperatur!«, meldete er.

»Das ist doch nicht möglich!«

»Stimmt aber.«

»Dann ist das nicht normal, dort unten!«, mischte sich Tarbow ein.

»Glaube ich auch«, sagte Orgenkin.

»Ich gehe noch tiefer!«

Die beiden anderen Männer nickten nur. Ihre Spannung nahm zu. So etwas hatten sie noch nicht erlebt. Bei einem normalen Vulkanausbruch hätte es einen Temperaturanstieg geben müssen. Was sie aber hier erlebten, dafür gab es keine Erklärung. Da gloste ein Feuer, das keine Hitze entwickelte. Wo gab es so etwas?

Auch als sie tiefer gingen, zeigte das Thermometer keine Erhöhung an.

Die Lavamasse unter ihnen drehte sich, als würde jemand in ihr herumrühren. Es hatten sich auch dicke Schlieren gebildet, die den Weg beschrieben. Sie waren dunkler als das Rot im Zentrum, und gerade dieses Zentrum hatte es den Männern angetan, weil sie glaubten, dass sich dort etwas abspielen musste. Wenn innerhalb des Kraters eine Gefahr lauerte, dann nur dort.

»Wie weit ist die Entfernung bis zum Grund?«, fragte Orgenkin.

»Zwanzig Meter nur.«

»Das ist nicht viel.«

»Genau.«

Über ihnen drehten sich die Rotorblätter, unter ihnen gloste die Hölle …

Tarbow entdeckte es zuerst. Er stieß einen Fluch aus, bevor er sagte: »Da ist doch was!«

»Wo?«

»Im Zentrum!«

Die Männer schauten genau hin. Noch immer glühte es in einem dunklen Rot, aber darin und dicht unter der Oberfläche zeichnete sich tatsächlich etwas ab.

»Da schwimmt jemand!«, sagte Orgenkin.

Normalerweise hätten die beiden anderen Soldaten über die Bemerkung gelacht, doch dazu war diesmal nicht der richtige Zeitpunkt. Bei dem, was sie hier erlebten, war alles möglich.

»Und was paddelt dort?« Tarbow nahm es noch auf die leichte Schulter.

»Kann ich nicht erkennen. Können wir noch tiefer, Jawalkow?«

»Ja, aber ich …«

»Versuch es doch.«

Der Pilot war gut. Seine Prüfungen hatte er mit Auszeichnungen abgelegt. Zudem galt er als Mensch, der eine Lage richtig einschätzen konnte, war also nicht übermütig, sodass er andere dabei in Gefahr brachte. Auch jetzt spielte er sein gesamtes Können aus, als er den Hubschrauber behutsam in die Tiefe gleiten ließ und die Distanz noch einmal um die Hälfte verkürzte.

»Tiefer möchte ich nicht gehen!«

»Ist schon klar, Gospodin.« Orgenkin hing an der Scheibe und schüttelte leicht den Kopf. »Bei allen Wölfen Sibiriens und Geistern des Kaukasus, das habe ich noch nicht erlebt. Das ist ja furchtbar. Ich … ich begreife es einfach nicht.«

»Wieso?«

»Da unten sehe ich Gesichter.«

»Mach keinen Quatsch!«

»Ja, verdammt. Aber keine Gesichter von Menschen. Das sind Monster, sage ich euch.« Zwar starrten auch Tarbow und Jawalkow auf die Oberfläche, aber sie erkannten nur die Unruhe innerhalb der dicken, sirupartigen Flüssigkeit.

»Drei Köpfe!«, keuchte Orgenkin. »Verdammt, ich sehe tatsächlich drei Schädel!«

»Was denn?«

»Ein Mensch, eine Ratte und ein …« Er lachte schrill, bevor er weitersprach. »Und ein Krokodil.«

»Du bist …« Das Wort *verrückt* blieb Tarbow im Halse stecken, denn nun sah er es auch.

»Drei Köpfe und ein Körper. Der … der sieht aus wie ein Baumstamm. Mann, ich werde irre.«

Jawalkow blieb als Einziger ruhig. Er schaltete die Kameras an. »Wir werden es fotografieren.«

»Gut.«

Der Pilot schoss die Aufnahmen blitzschnell hintereinander und ließ einen ganzen Film durchlaufen, damit sie der Zentrale den Beweis liefern konnten.

Orgenkin gab noch einmal die Beschreibung durch. Ratte, Mensch und Krokodil.

»Das ist Wahnsinn!«, keuchte er. »Das ist ein verdammter Wahnsinn! So etwas glaubt uns niemand.«

»Wir werden ihnen die Beweise auf den Tisch legen!«, knirschte Tarbow.

»Genau.«

»Und dann sollen die in der Zentrale weitersehen. Das muss ein Monster sein. Vielleicht ist es tausend und mehr Jahre alt. Es hat überlebt, stellt euch das vor …«

Sie sagten nichts mehr, waren voll konzentriert, bis der Pilot erklärte, dass der Film durchgelaufen war.

»Dann ab zum Stützpunkt!« Orgenkin atmete schnaufend aus und drehte sich wieder um.

Aber das klappte nicht.

Es dauerte einige Sekunden, bis die drei Männer begriffen, was ihnen widerfahren war. Der Pilot sagte es zuerst. »Verflucht noch mal, der Hubschrauber gehorcht mir nicht mehr.«

»Wieso?«, fragte Tarbow.

»Ich kriege ihn nicht hoch.«

»Das gibt's doch nicht.«

»Doch.«

Zu dritt starrten sie auf die Elektronik der Instrumententafeln, die vor ihnen lagen. Es war einfach nichts zu machen. Die Instrumente gehorchten nicht mehr. Zwar drehten sich über der Maschine die Rotorblätter, aber es tat sich nichts mehr.

Die drei Männer waren blass geworden und verloren noch mehr Blut aus ihren Gesichtern, als sie feststellen mussten, dass ihre Maschine sich trotzdem in Bewegung setzte.

Nur eben in die entgegengesetzte Richtung.

Es zog sie nach unten!

»Tu was, Jawalkow!«, rief Orgenkin laut.

»Scheiße, was denn? Ich kriege den Eimer nicht mehr hoch. Da zieht uns was runter!«

»Und was?«

»Keine Ahnung. Vielleicht eine magische Kraft, die wir nicht erkennen können.«

»Das gibt es doch nicht!«

»Hier wird dir das Gegenteil bewiesen!«, erwiderte der Pilot. Er versuchte alles, nur hatte er keinen Erfolg damit. Unerbittlich sank die Maschine tiefer, als würde ein großes Gewicht an ihren Landekufen hängen.

»Und was machen wir?«, rief Tarbow.

»Nichts mehr, gar nichts. Wir bleiben einfach so, wie wir sind, zum Henker!«

»Und fallen in die Brühe!«

»Wahrscheinlich.«

Orgenkin fuhr mit der Hand über seinen Hals. »Verdammt, es ist nicht gerade das Wahre, von einem Krokodil gefressen zu werden!«, ächzte er. »Ich habe nicht damit gerechnet, dass ich einmal so enden würde.«

»Es kann auch eine Ratte sein!«, bemerkte Tarbow. »Groß genug ist ihr Maul ja.«

Die drei Köpfe schwammen und zitterten noch immer dicht unter der Oberfläche. Ihre Mäuler waren weit aufgerissen, sogar das des Menschen in der Mitte.

Vielleicht war er sogar der Anführer dieses dreischädeligen Monsters. Für die Agenten durfte dies kaum eine Rolle spielen. Sie hingen praktisch in den unsichtbaren Fesseln und konnten nichts dagegen tun, dass sie noch tiefer sanken.

Die andere Kraft war eben unerbittlich!

Jawalkow blickte auf den Höhenmesser. »Das sind noch zwei Meter, Freunde, dann haben wir es hinter uns.«

»Vielleicht können wir aussteigen!«, schlug Orgenkin vor.

»Und dann?«

»Durch die Brühe schwimmen und dann an den Wänden hochklettern, auch wenn die glatt aussehen.«

»Ich weiß es nicht.«

Die Männer schwiegen. Sie dachten darüber nach, wie sie sich retten konnten.

Jawalkow meldete sich wieder. »Wir haben Kontakt!«, meldete er. »Wir haben Kontakt.«

»Dann raus!« Tarbow öffnete den Ausstieg an seiner Seite. Er kümmerte sich nicht darum, was seine Kollegen taten, er wollte die Maschine verlassen, weil sie ihm vorkam wie ein Sarg.

An der Außenseite kletterte er in die Höhe, um auf das Dach des Hubschraubers zu gelangen.

Tief duckte sich Orgenkin, damit er nicht von den Blättern erwischt wurde. Sie hätten ihn sonst in Stücke gerissen.

Flach lag er auf dem Bauch und starrte seitlich auf die rote Flüssigkeit, in der die drei widerlichen Gesichter schwammen. Sehr deutlich konnte er den dunkelgrünen Krokodilschädel erkennen. Daneben befand sich die schreckliche Fratze, und an der anderen Seite wuchs der Rattenschädel aus der Schulter.

Ein Bild des Schreckens, und ein verdammt gefährliches, denn plötzlich griff der Krokodilschädel an.

Er schnellte aus der feurigen Masse, klatschte gegen den Hubschrauber und riss sein Maul weit auf.

Orgenkin wollte sich zurückziehen. Er war viel zu langsam. Das Krokodil erwischte ihn.

Zuerst biss es sich an seinem Arm und an der Schulter fest. Der Russe brüllte wie noch nie in seinem Leben. Die Schmerzen rissen ihn fast in die Bewusstlosigkeit, aber die gnädige Ohnmacht wollte sich einfach nicht einstellen.

Jawalkow und Tarbow sahen in sein verzerrtes Gesicht und starrten auch auf das weit geöffnete Maul des Krokodils, das den Mann einfach schluckte.

Tarbow trommelte mit beiden Fäusten auf seine Oberschenkel. Dabei schrie er, während sein Kollege, der Pilot, nichts sagte. Er starrte aus dem Hubschrauber nach draußen. Sein Gesicht war aschfahl geworden, und er merkte kaum, dass der Hubschrauber an Höhe verlor.

So etwas konnte es nicht geben, aber es war trotzdem vorhanden. Und sie würden ihr Leben verlieren.

Von Orgenkin war schon nichts mehr zu sehen. Nur noch die lange Krokodilschnauze bewegte sich.

»Habe ich geträumt?«, keuchte Tarbow. Er wurde vor Angst geschüttelt. »Verdammt, Gospodin, habe ich das alles geträumt, oder ist es Wirklichkeit gewesen? Sag doch was!«

»Du hast es nicht geträumt.«

»Wann sind wir dran?«

»Ich weiß es nicht!«

Tarbow schlug seinem Kollegen auf die Schulter. »Willst du denn gar nichts tun? Flieg doch weg!« Er schlug mit beiden Händen auf die Schultern des Piloten.

»Es geht nicht.«

»Lass mich mal.«

»Nein!«

»Ja, verdammt, ich kann das auch.« Tarbow war nicht mehr zu halten. Er stieß Jawalkow mit einem zielsicher angesetzten Karateschlag vom Sitz. Der Pilot lief blau an, riss den Mund auf und ächzte röchelnd, bevor er zur Seite kippte. Tarbow löste hastig seine Gurte.

»Ich werde hier wegkommen!«, schrie er. »Ich werde es allen zeigen. Ich will nicht krepieren!«

Seine Augen glänzten fanatisch, die Mundwinkel zuckten, er packte das Steuer, weil er die Maschine in die Höhe reißen wollte.

Dazu kam es nicht mehr. Das Monster hatte sich zur Seite bewegt. Diesmal war es der widerliche Rattenschädel, der vor der Maschine aus der dunkelroten Brühe schnellte.

Tarbow schrie. Sein Schreien ging unter im Brechen und Splittern des Glases, als die Scheibe vor ihm brach und der Rattenschädel freie Bahn hatte.

Wie ein Geschoss drang er in das Innere des Hubschraubers!

Tarbow lebte genau noch drei Sekunden, dann hatte ihn die Ratte getötet. Der Russe starb und wusste nicht einmal, warum.

Noch lebte Jawalkow. Der Schlag seines Mitstreiters hatte ihn paralysiert. Er konnte sich nicht rühren und bekam das Grauen zum Glück nicht mit.

Völlig erledigt hing er zwischen Sitz und Ausstieg. Er merkte nicht einmal, dass der Hubschrauber langsam in der dunkelroten Brühe versank.

Sie schluckte ihn wie ein Sumpf.

Eine Chance hatte keiner der drei Männer jemals gehabt ...

In der Moskauer Zentrale des KGB liefen sämtliche Fäden dieser gewaltigen Spionage-Organisation zusammen. Hier saßen die Männer, die oft mehr Macht besaßen als die ranghöchsten Polit-Kommissare.

Seit einigen Monaten hatte sich in der UdSSR etwas geändert. Der Vorsitzende wollte einen liberaleren Kurs steuern. Bei vielen alten Genossen lief er mit seinen Vorstellungen gegen eine Wand. Sie sahen ihre Pfründe gefährdet. Die jüngeren, intellektuellen und auch intelligenteren Genossen wussten genau, dass der alte Schlendrian nicht so hatte weitergehen können. Das Land wäre sonst in eine wirtschaftliche Katastrophe geschlittert, und das wiederum hätte das Volk rebellieren lassen.

Auch beim KGB gab es die Alten, die Festeingesessenen, denen der Reformkurs nicht passte, aber sie mussten sich fügen. Zu den Beamten, die dem Vorsitzenden zustimmten, gehörte ein Mann namens Wladimir Golenkow, seines Zeichens Oberst und ein sehr verdienstvoller Agent, der nicht nur auf der Parteischiene dachte.

Er wusste, dass es Dinge gab, über die er mit seinen normalen Kollegen nicht sprechen konnte. Einige Fälle hatte er schon erlebt und hinter sich gebracht, unter anderem im fernen Sibirien die Werwolf-Elite gejagt oder die schwebenden Leichen damals in Prag.

Stets war er dabei mit einem Mann aus dem Westen zusammengetroffen, einem Beamten von Scotland Yard namens John Sinclair. Dieser Sinclair und der Russe hatten sich gut verstanden. Wenn sie agierten, konnte sich der eine auf den anderen verlassen. Sie hatten es gelernt, sich gegenseitig zu schätzen, und waren schon so etwas wie Freunde geworden.

Beim KGB erhielt Golenkow wenig Unterstützung. Man akzeptierte ihn und ließ ihn auch in Ruhe, mehr aber geschah nicht. Die offiziellen Stellen wollten nicht wissen und nicht wahrhaben, dass es Dinge gab, die rational nicht zu erklären waren, das passte einfach nicht in ihr kommunistisches Weltbild.

Golenkow wusste es besser. Und er ließ sich nicht beirren. Er hatte seine Kollegen mittlerweile so weit gebracht, dass sie ihn unterrichteten, wenn es irgendwo in der gewaltigen Sowjetunion zu Vorfällen kam, die einfach nicht in das Schema passten.

Dann reagierte er.

So wie in dem Fall aus dem Kaukasus, als sich die Gerüchte um ein Monster, das in einem Lavagebiet leben sollte, verdichteten. Golenkow hatte erst gezögert, dann aber drei Agenten losgeschickt, die der Sache nachgehen sollten.

Und diese drei waren ebenso wenig wieder zurückgekehrt wie der Hubschrauber. Er schickte ein Suchflugzeug los. Die Maschine kehrte zurück, der Pilot hatte hervorragend scharfe Aufnahmen von dem Gebiet geschossen, aber nichts entdeckt.

Keinen Krater, keinen brodelnden Lavasee, nur das Gestein des Kaukasus.

Nach dieser Meldung hatte sich das unangenehme Gefühl bei Wladimir Golenkow verdichtet. Mehr als einmal raufte sich der hoch gewachsene und immer etwas kantig wirkende Russe seine blonden Haare, aber zu einem Ergebnis kam er nicht. Er war schließlich so weit, dass er die drei Agenten abschrieb.

Wladimir Golenkow zählte sich nicht zu den menschlichen Robotern. Sein Gewissen plagte ihn, weil er die Schuld am Tod der drei Männer trug.

Aber wie sollte er das ändern, wo es keine Spuren gab? Er hatte sich mit höhergestellten Dienststellen in Verbindung gesetzt, auch mit dem Innenminister gesprochen, doch der hatte ihn nur angeschaut und gegrinst.

»Genosse Golenkow. Sie können mir doch jetzt nicht mit diesen Problemen kommen, wo sich unser gewaltiges Land am Beginn eines Umbruchs befindet.«

»Ja, das sehe ich ein.«

»Na bitte.«

»Und was soll ich tun?«

Der Innenminister hob die Schultern. »Ich weiß, wer Sie sind und welche Erfolge Sie bisher aufzuweisen haben. Tun Sie Ihr Bestes, Genosse. Sie werden die Sache schon in den Griff bekommen.«

»Habe ich freie Hand, Genosse Innenminister?«

»Hatten Sie das nicht immer?«

Golenkow lächelte. »Ja, das stimmt. Nur könnte es sein, dass ich Hilfe benötige.«

»Soll ich dem Verteidigungsminister Bescheid geben, damit er Ihnen eine Armee zur Verfügung stellt, die das fragliche Gebiet durchkämmt und jeden Felsen umdreht?«

Die Antwort war als Scherz gemeint, nur fasste Golenkow sie nicht so auf. »Das wäre nicht einmal die schlechteste Lösung«, erwiderte er und fuhr schnell fort, als er das erschrockene Gesicht seines Gegenübers sah. »Aber oft ist weniger mehr.«

»Sie haben also einen Plan«, kürzte der Innenminister ab.

»Ja. Ich brauche deshalb wahrscheinlich Hilfe.«

Wie immer zeigte sich der Außenminister gut informiert. »Sie denken da an Ihren Freund aus London?«

»Genau, Genosse Minister. An John Sinclair.«

Der Innenminister nickte schwer. »Es ist nicht einfach, hier zuzustimmen.«

»Wieso? Was haben Sie gegen John Sinclair?«

»Persönlich nichts. Er hat unserem Land schon manchen Dienst erwiesen. Nur passt es mir eigentlich nicht, dass wir immer fremde Hilfe in Anspruch nehmen müssen, wenn es um bestimmte Vorfälle geht. Sie verstehen, Genosse.«

»Ja, das ist mir klar. So groß Russland auch ist, wir haben leider keinen Geisterjäger John Sinclair.«

»Und wie steht es mit Ihnen, Wladimir?«

»Vielleicht werde ich das einmal.«

Der Innenminister lächelte. »Wenn ich Sie ja nicht kennen würde, Genosse, wäre ich jetzt enttäuscht und hätte Sie Ihres Postens enthoben.«

»Dann stimmen Sie zu?«

»Ja, holen Sie Ihren Freund.«

Golenkow lehnte sich zufrieden zurück. »Welche Vollmachten geben Sie mir?«

»Wie immer.«

Golenkow lächelte und erhob sich. »Ich danke Ihnen. Ich danke Ihnen sehr, Genosse Minister. Und ich bin zuversichtlich, dass John Sinclair und ich es schaffen werden.«

»Das erwarte ich auch von Ihnen.«

Damit war Wladimar Golenkow entlassen. Vor der Tür atmete er tief durch. Auf seiner Stirn lag ein kühler Schweißfilm. Die Gespräche mit dem Minister wurden immer dann etwas kritisch, wenn die Erfolge, die man erwartet hatte, nicht eintrafen.

Wladimir hatte seinen schwarzen Dienstwagen auf dem Innenhof des Ministeriums abgestellt. Nachdem er die Kontrollen passiert hatte, atmete er auf und fuhr zu seiner Dienststelle. Dort griff er zum Telefon und hoffte, seinen Freund John Sinclair in London zu erreichen.

Beim ersten Versuch kam er nicht durch. Er wollte einige Minuten warten, doch das Klingeln des Telefons lenkte ihn zunächst ab. Seine Sekretärin meldete ihm einen Anruf. Eine gewisse Panja Orgenkin wollte ihn sprechen.

Wladimir war noch zu sehr in Gedanken, sodass er nicht sofort schaltete. »Wer ist die Frau?«

»Sie sagte mir, dass Sie den Namen Orgenkin kennen würden.«

Jetzt fiel es ihm ein. Orgenkin war einer der drei verschwundenen Männer. »Ja, natürlich, stellen Sie bitte durch.«

Wenig später hörte er die dünne, etwas zittrig klingende Stimme der Frau. »Bin ich mit Wladimir Golenkow verbunden?«

»Das sind Sie.«

»Sie kennen meinen Mann?«

»Natürlich.«

»Er hat einmal Ihren Namen gesagt. Ich sollte mich mit Ihnen in Verbindung setzen, wenn ich in Schwierigkeiten gerate. Mein Mann ist ja nun nicht zurückgekehrt, deshalb …«

»Wir werden ihn noch finden.«

»Ich weiß nicht so recht. Darum geht es im Augenblick auch nicht, verstehen Sie?«

»Nicht ganz.«

»Ich will es Ihnen sagen. Ich möchte, dass Sie zu mir kommen.«

»Welch ein Grund liegt an?«

»Das kann ich Ihnen am Telefon nicht erklären. Aber es gibt hier Dinge, die Sie sich einfach ansehen sollten, finde ich. Sie müssen es wissen, ob Sie Zeit finden …«

»Wo wohnen Sie?«

Sie nannte ihm die Adresse. Sie wohnte in einem der südlichen Moskauer Außenbezirke.

»Ich werde Sie besuchen.«

»Und wann?«

»Das müsste heute noch klappen. Sagen wir, am frühen Nachmittag? Ist Ihnen das recht?«

»Ja, gern.«

»Dann sehen wir uns.«

»Ich warte.«

Wladimir legte kopfschüttelnd auf. Er wurde nicht so recht schlau aus diesem Anruf. Nicht dass er ihn aus dem Konzept gebracht hätte, aber es war schon ungewöhnlich, dass die Gattin eines vermissten oder möglicherweise toten Agenten ihn anrief und zu sich bestellte. Sie musste aber einen Grund haben.

Golenkow war gespannt. Sein eigentliches Vorhaben hatte er jedoch nicht vergessen.

Wieder versuchte er, London zu erreichen. Und diesmal klappte es tatsächlich …

Abbé Bloch würde blind bleiben!

Wir wussten es alle, auch er selbst war informiert worden, und er hatte sein Schicksal mit Fassung getragen. Nur wollte er nicht, dass wir an seinem Krankenbett sitzen blieben, obwohl er sich noch in Gefahr befand, wie der Anschlag des Mordengels von London drastisch gezeigt hatte.

Nun, den Mordengel gab es nicht mehr, aber der Mann, der hinter dem Anschlag steckte, Vincent van Akkeren, würde nicht aufgeben. Zudem hatte er in dem Kind-Dämon Baphomet eine dämonische Rückendeckung, die nicht zu verachten war.

Der Abbé wollte einige Tage in Ruhe gelassen werden, um über seine Zukunft nachdenken zu können. Jedenfalls hatte er schon angedeutet, dass er auf keinen Fall in London bleiben wollte. Südfrankreich war seine Heimat, sie würde er nicht verlassen.

Wir hatten mit Sir James, unserem Chef, über dieses Problem gesprochen. Auch der Superintendent war der Ansicht, dass wir dem Abbé den freien Willen lassen sollten.

»Wir dürfen ihm auf keinen Fall das Gefühl geben, dass er zum alten Eisen gehört. Sie verstehen?«

Das war uns beiden klar.

Sir James nickte zuerst Suko, dann mir zu. »Einer von Ihnen sollte jedenfalls immer in London bleiben, solange sich der Abbé in der Klinik befindet. Wenn etwas auf uns zukommt, kann man Monsieur Bloch schützen. Das sind wir ihm einfach schuldig.«

Wir widersprachen nicht.

Der Superintendent lächelte. »Ein akuter Fall liegt wohl nicht an, deshalb würde ich vorschlagen, dass Sie sich um van Akkeren kümmern. Sie müssen seine Spur aufnehmen. Möglicherweise hält er sich in London oder Umgebung auf.«

»Das ginge eventuell über die Rocker«, meinte Suko.

Damit hatte er einen guten Vorschlag unterbreitet. Vier Rocker hatten auf der Seite des Mordengels gestanden und ihn unterstützt. Alle vier waren mit dem Leben davongekommen, nur Jilette, den Doppel-Zombie, hatte es erwischt.

»Wie hieß der Anführer noch gleich?«, fragte Sir James.

»Ricky.«

»Ja, genau. Vielleicht können Sie über ihn an van Akkeren herankommen.«

Ich war skeptisch. »Van Akkeren ist schlau. Der wird Ricky kaum mehr gesagt haben, als notwendig war.«

»Das meine ich auch, Sir!«, stimmte Suko mir zu.

»Aber irgendwo müssen wir beginnen.«

Er hatte Recht. Zudem befanden sich die Rocker in Untersuchungshaft beim Yard. Wir brauchten nur einige Etagen tiefer zu fahren. Nach einer Stunde saßen Suko und ich uns in unserem Büro gegenüber und schauten uns ziemlich sauer an. Das Gespräch mit dem Rockerchef hatte nichts ergeben. Anscheinend wusste er nichts. Vielleicht wollte er auch nichts sagen. Er gab nur zu, den Namen van Akkeren zu kennen. Das Geld hatte er per Post erhalten, den Auftrag ebenfalls.

»Wenn van Akkeren seinen Namen bekannt gibt, scheint er sich sehr gut zu fühlen«, bemerkte Suko.

»An Selbstsicherheit hat er noch nie gelitten«, stand ich meinem Partner bei.

Wir kannten beide den Grusel-Star, der als Mensch beinahe schlimmer war als der Teufel.

Unser weiterer Dialog wurde durch das Klingeln des Telefons unterbrochen. Ich saß näher am Apparat und hob ab. Nach wenigen Sekunden hellte sich meine Miene auf.

»Wladimir Golenkow, du alter Tundra-Tiger. Gibt es dich auch noch im fernen Russland?«

»Und wie es mich gibt.«

»Was ist denn los? Haben sich Dämonen in den Kreml eingeschlichen, um ihn zu besetzen?«

»Nein.«

»Dann bin ich beruhigt.«

»Aber um Dämonen geht es.«

»Wieder um Werwölfe?«

»Diesmal nicht, glaube ich. Der Fall brennt mir auf den Nägeln, obwohl ich noch nicht weiß, um was es eigentlich genau geht. Jedenfalls hat es schon drei Tote gegeben.«

»Das ist weniger schön.«

»Du sagst es, John. Und deshalb rufe ich an. Ich möchte dich bitten, nach Moskau zu kommen und mich hier zu unterstützen. Die offizielle Genehmigung des Innenministers liegt vor. Wir können also schalten und walten, wie wir wollen.«

»Moskau im März? Bei euch ist doch noch Winter.«

»Wir bleiben nicht hier. Der Kaukasus lockt uns. Und dort ist bereits Frühling.«

»Das hört sich schon viel besser an. Ich setze mich aber sofort mit Sir James in Verbindung. Du weißt ja, die Hierarchie …«

»Die Kosten übernehmen wir.«

»Trotzdem muss Sir James zustimmen.«

Suko hatte mitgehört, legte seine Stirn in Falten und nickte. »Moskau«, sagte er, wobei seine Stimme ein wenig betrübt klang. »Das hört sich gut an.«

»Ist es vielleicht auch, aber der Kaukasus ist noch besser.«

»Dann weiß ich ja, wer in London bleibt und ein Auge auf den Abbé hält.«

»Bist du deswegen sauer?«

»Nein. Ich glaube, dass mein Job ebenso wichtig ist.«

»Das finde ich auch.«

Zehn Minuten später saß ich wieder Sir James Powell gegenüber. Er hatte sich daran gewöhnt, dass wir mittlerweile international arbeiteten, und nickte, als ich ihm Golenkows Wunsch unterbreitete. »Ja, John, ich habe nichts dagegen. Reisen Sie in die Sowjetunion. Sie haben ja dort schon Ihre Erfahrungen gesammelt.«

»Das meine ich auch ...«

Ich rief Wladimir Golenkow zurück und gab ihm die Landezeit der Maschine durch.

»Dann also bis morgen. Ich freue mich, John.«

»Tja, ich auch. Und stell den Wodka kalt.«

»Darauf kannst du dich verlassen.«

Panja Orgenkin wohnte in einer der wenigen Vorstädte Moskaus, die man nicht durch Hochhäuser verschandelt hatte. In dieser Gegend gab es noch individuelle Wohnqualität, auch wenn viel durcheinander gebaut worden war. Keiner der Nachbarn wäre auf die Idee gekommen, dass zwischen ihnen ein Spitzenagent des KGB lebte. Das war Orgenkin tatsächlich. Er gehörte zu den Topleuten und einer Spezialeinheit an, die den amerikanischen Elitetruppen gleichkam.

Und jetzt war er verschwunden.

Einfach weg, wie vom Erdboden verschluckt. Das konnte Wladimir Golenkow noch immer nicht fassen. Darüber grübelte er nach, und er fragte sich immer wieder, was Panja wusste.

Hoffentlich nicht zu viel, denn ihr Mann war zusätzlich noch Geheimnisträger und hatte eine Art Eid leisten müssen.

Die Reifen des Dienstwagens wühlten sich durch Eis und Schnee.

Die Straßen waren im Schachbrettmuster angelegt worden, da fanden sich auch Fremde leicht zurecht. Rasch war in einer Seitenstraße das Eckhaus gefunden. Die Sonne stand tief und blendete, deshalb setzte Golenkow die dunkle Brille auf.

Vor dem Haus ließ er den Wagen ausrollen. Er stieg noch nicht aus und sah sich das Gebäude an.

Das Dach war weit vorgezogen, sodass es über der Eingangstür Schutz bot. An den Dachrinnen hingen noch Eiszapfen, und auf dem Dach lag eine blasse Schicht aus Schnee und Reif. Das Gebäude sah sehr stabil aus. Vor dem Eingang breitete sich eine Holzveranda aus. Sogar eine Bank stand unter der Tür. Im Sommer musste es hier wunderbar sein.

Golenkow stieg aus. Vor seinen Lippen dampfte der Atem. Er war froh, die gefütterte Lederjacke übergezogen zu haben. Hier draußen war es kälter als in der Moskauer Innenstadt.

Bevor er die Tür erreichte, wurde sie schon von innen geöffnet. Die gleiche Stimme begrüßte ihn, die er schon vom Telefon her kannte. »Kommen Sie bitte, Genosse Golenkow.«

»Danke.« Der Agent trat seine Schuhe auf der Matte ab und ging in das Haus. Es war alles so bürgerlich, so völlig harmlos. Wieder musste er anerkennen, dass sich Orgenkin eine ausgezeichnete Tarnung ausgesucht hatte.

Er schloss die Tür und sah Panja Orgenkin neben einer Holzikone stehen, die an der Wand hing, wo es hinauf in die obere Etage ging. Auf der schmalen Treppe hatte die Frau sogar noch Platz für einige Blumentöpfe gefunden.

Sie war ungefähr 30, ziemlich stabil, hatte dunkelbraunes Haar, das einen strengen Schnitt zeigte und ihr eher hartes Gesicht nicht gerade weicher aussehen ließ. Die Augen blickten ziemlich kühl. Die weiße Bluse sah wie frisch gestärkt aus, der enge, blaue Tuchrock spannte sich um die ausladenden Hüften und endete weit unter den Knien. Über die Bluse hatte sie eine ebenfalls blaue Strickjacke gestreift, deren drei Knöpfe geschlossen waren.

»Ich freue mich, Genosse Golenkow, dass Sie gekommen sind.«

»Das war selbstverständlich.«

»Nicht immer reagieren die Leute von der Zentrale so.«

»Sie scheinen schlechte Erfahrungen gemacht zu haben.«

»Das nicht gerade.« Sie lächelte knapp. »Aber es kann ja nicht alles geheim bleiben. Bitte, kommen Sie mit.«

Panja Orgenkin führte den KGB-Mann in einen kleinen Wohnraum, der noch im Erdgeschoss lag. Das Zimmer war mit älteren Möbelstücken eingerichtet. Die Couch war wuchtig. Der Stoff zeigte ein Muster aus großen Blumen, die allerdings schon verwaschen wirkten. Auf der Kommode stand ein Foto des Hausherrn. Sessel und Fernsehapparat waren ebenfalls vorhanden, außerdem ein Schrank und zwei Bilder, die als Motive die fast grenzenlose Weite des russischen Landes zeigten.

Durch zwei kleine Fenster blickte man in den Garten, wo das Geäst der Obstbäume eine Schicht aus Raureif und dünnem Eis trug.

Die beiden hatten sich an den Tisch gesetzt. »Möchten Sie etwas trinken, Genosse?«

Wladimir wehrte dankend ab. »Nein, ich habe auch nicht sehr viel Zeit. Wenn Sie mir sagen würden, was Sie auf dem Herzen haben …«

Panja fasste es mit einem Satz zusammen. »Ich glaube nicht mehr daran, dass mein Mann noch lebt.«

»Wieso?«

Sie hob die Schultern. »Das kann ich mir nicht vorstellen.«

Golenkow beugte sich vor. »Aber es gibt keine Beweise, dass es anders sein könnte.«

Panja schaute ihn aus ihren dunklen Augen an. »Was ist für Sie wahrscheinlicher? Tod oder Leben?«

»So dürfen Sie mir die Frage nicht stellen. Ihr Mann war kein gewöhnlicher Mensch. Er arbeitete an Aufgaben, die nur für Spezialisten geeignet sind. Er konnte, wenn es sein musste, dem Teufel die Großmutter stehlen, wenn Sie verstehen.«

»Sicher. Nur hat er sich bei seinem letzten Fall zu viel vorgenommen.«

»Wie kommen Sie darauf?«

»Er hat sich sonst immer gemeldet. Ich weiß einfach, dass er tot ist.«

»Um etwas zu wissen, braucht man Beweise.«

Panja Orgenkin hob die Schultern. »Vielleicht habe ich so etwas Ähnliches auch.«

Golenkow zeigte seine Überraschung nicht. Er blieb gelassen und gab die Antwort lächelnd. »Dann sind Sie schlauer als ich, meine Liebe.«

»Das kann sein.«

»Und wie sehen diese Beweise aus? Hat sich Ihr Mann bei Ihnen gemeldet?«

Die Frau ließ sich Zeit, bevor sie antwortete. »So könnte man es vielleicht sagen.«

»Jetzt machen Sie mich neugierig.«

»Das habe ich mir gedacht.« Panja blickte den KGB-Mann scharf an. »Welch einen Auftrag haben Sie ihm gegeben?«

»Darüber kann ich nicht sprechen.«

Sie schlug mit der flachen Hand auf den Holztisch. »Das sollten Sie aber, Genosse Golenkow. Ich habe nämlich den Eindruck, dass es nicht mit rechten Dingen zugegangen ist.«

»Wie meinen Sie das genau?«

»Wie ich es Ihnen gesagt habe. Sie haben ihn zu einem Todeskommando abkommandiert.«

»Es war nur ein Flug.«

»Dann führte er eben in die Hölle!«, erwiderte Panja mit einer Stimme, die Wladimir erschreckte.

Er blieb trotzdem gelassen. »Sie sollten allmählich mit der Wahrheit herausrücken, was Sie genau meinen, Panja. Ich will hören, ob Sie etwas von Ihrem Mann erfahren haben. Das ist wichtig.«

Die Frau stand ruckartig auf.

Wladimir blieb sitzen. »Soll ich gehen?«, fragte er. »Oder weshalb sind Sie aufgestanden?«

»Sie können bleiben. Ich will mit Ihnen woanders hin.«

Golenkow erhob sich. »Befindet sich das Ziel innerhalb des Hauses?«

»Ja.«

Sie ging schon vor, ohne sich noch einmal umzudrehen. Nicht, dass ihm die Frau suspekt gewesen wäre, aber seltsam führte sie sich schon auf. Es konnte am Verschwinden ihres Mannes liegen, aber nicht nur, daran glaubte er fest. Dahinter musste irgendetwas anderes stecken. Panja Orgenkin gab ihm gewisse Rätsel auf.

Im Flur blieb sie stehen und blickte über die Schulter zurück, ob Golenkow ihr auch folgte. »Kommen Sie, ich zeige Ihnen etwas.«

»Ja, gehen Sie vor.«

Hintereinander schritten sie die Treppe hoch. Vorbei an den Blumenkübeln gingen sie. Dann nahmen sie die Wendeltreppe. Oben befand sich ebenfalls ein schmaler Flur. Er war nachträglich tiefer gelegt worden, sodass er in einen Anbau hineinführte, den Panja bis zum Ende durchschritt und vor einer hellen Kieferntür stehen blieb. Sie öffnete noch nicht, legte die Hand nur auf die Klinke und drehte sich zu dem KGB-Agenten um.

»Wir haben hier ein Bad anlegen lassen. Mein Mann hat es in seiner freien Zeit geschaffen.«

»Ja, er ist ein guter Bastler.«

Panja legte die Stirn in Falten. »Ist?«, fragte sie. »Nein, war.«

»Was wissen Sie?«

Die Frau lächelte karg. »Alles und eigentlich gar nichts«, erklärte sie.

»Das nehme ich Ihnen nicht ab.«

Sie hob nur die Schultern, drehte sich wieder um und öffnete die Tür zum Bad.

Wenig später betrat Golenkow einen Raum, der viereckig angelegt worden, ziemlich geräumig und schwarzweiß gefliest war. Eine Badewanne, eine Toilette und eine Dusche bekam er zu sehen. Gegenüber der Wanne befand sich eine Wand, die fast zur Gänze von einem dreigeteilten Spiegelschrank eingenommen wurde.

Die beiden seitlichen Türen waren kleiner als die in der Mitte. Vor dem Schrank blieb Panja Orgenkin stehen und verschränkte die Arme vor der Brust.

»Und nun?«, fragte Golenkow.

»Was sehen Sie hinter mir?«

»Einen Spiegel.«

»Sehr richtig.« Sie schaute plötzlich wissend, und ihre Mundwinkel zuckten. »Dieser Spiegel sieht völlig normal aus. Er ist es auch, wie ich finde. Sehen Sie her.« Sie drehte sich nach rechts und öffnete das Seitenteil. Dann trat sie zur Seite, sodass Golenkow in den Schrank blicken konnte.

Zahnpasta, Bürsten, ein Deo, Haarspray, es war ein völlig normaler Inhalt.

»Genug gesehen, Genosse Golenkow?«

»Sicher.«

Panja ging bis zur anderen Seite des Schranks und öffnete diese. »Darin befindet sich auch nichts Besonderes, bis auf ein paar Kämme und Haarbürsten.«

»Das sehe ich.«

Sie schloss die Spiegeltür wieder. »Kommen wir zur Mitte«, sagte sie und blieb so stehen, dass nicht sie nach dem Öffnen einen Blick in den Schrank werfen konnte, sondern er.

Mit einem Ruck zog sie die Tür auf.

Wladimir Golenkow zuckte unwillkürlich zusammen, als er in die viereckige Öffnung oder das Loch starrte.

Der Spiegel war der Eingang zu einem tiefen Schacht. Möglicherweise befand sich auch nur ein schwarz angestrichenes Mauerwerk oder eine Wand dahinter. So genau war das nicht festzustellen.

»Was soll das?«, fragte er.

»Treten Sie näher, Genosse Golenkow!«, flüsterte Panja. »Treten Sie ruhig näher.«

»Und dann?«

»Schauen Sie hinein.«

»Da ist doch eine Wand.«

»Probieren Sie es.«

Golenkow brauchte nur zwei Schritte zu gehen, um vor der Öffnung stehen zu bleiben. Schon jetzt spürte er, dass es keine Wand war, die den Abschluss bildete.

Luft drang ihm entgegen, kalte auf der rechten und warme auf der linken Seite.

Obwohl er vor der Schwärze stand, die keinerlei Sicht zuließ, hatte er den Eindruck, in eine unendliche und nicht messbare Ferne zu sehen. Vielleicht hineinzuschauen in die Tiefe einer Dimension, die nicht mehr fassbar war. Hinter sich hörte er die Stimme der Frau. Panja sprach sehr leise. Und sie sagte: »Sie wollen doch wissen, wo sich mein Mann befindet, Genosse Golenkow. Er ist vor Ihnen in der Tiefe des Jenseits …«

Wladimir Golenkow rührte sich nicht. Er dachte über die Worte der Frau nach und konnte nur den Kopf schütteln. Die Tiefe des Jenseits, nein, das wollte er nicht wahrhaben, sie legte ihn rein, sie wollte ihm etwas vormachen – andererseits aber war es so unwahrscheinlich auch nicht, denn Golenkow glaubte mittlerweile Dinge, die er vor wenigen Jahren noch für unmöglich gehalten hatte.

Und waren die drei Männer nicht auch spurlos verschwunden, als hätten sie sich aufgelöst?

»Haben Sie meine Worte gehört, Genosse Golenkow?«, fragte Panja. »Er ist in der Tiefe des Jenseits.«

Wladimir trat einen Schritt zurück. Er hob den Arm und wies mit dem ausgestreckten Zeigefinger auf die Öffnung. »Und Sie sind der Meinung, dass sich das Jenseits dort befindet, wo eigentlich die normale Innenausstattung des Schrankes hätte sein müssen?«

»Ja, so ist es.«

Er drehte sich um und schloss die Tür. Der völlig normale Spiegel befand sich wieder vor ihm. »Woher nehmen Sie das Wissen, so etwas zu behaupten?«

»Ich weiß es.«

»Einfach so?«

»Nein, das nicht. Jemand hat es mir gesagt. Und zwar jemand, der es wissen muss.« Panja verließ ihren Platz und setzte sich auf den Wannenrand.

»Darf man erfahren, wer es war?«

Sie nickte und gab sich sehr gelassen. »Ja, es war mein verschollener Mann.«

Golenkow lachte. »Und das soll ich Ihnen glauben?«

»Natürlich.«

»Nein, tut mir Leid.« Er schüttelte den Kopf. »Sie wollen doch nicht sagen, dass Ihr Mann aus dem Jenseits mit Ihnen gesprochen hat? Oder sehe ich das verkehrt?«

»Überhaupt nicht. Es war so.«

»Bitte weiter.«

»Mein Mann lebt nicht mehr, Genosse Golenkow. Er lebt jedenfalls nicht mehr so, wie ich es mir vorstelle. Er hat sich aus dem Jenseits gemeldet, hat mir Bescheid gegeben und hat mir auch erklärt, wer dafür verantwortlich ist, dass er sich dort befindet.« Ihr rechter Arm schnellte vor, und der Zeigefinger ebenfalls. »Nämlich Sie, Genosse. Sie tragen dafür die Verantwortung.«

»Er hatte einen Job.«

»Den Sie ihm gegeben haben.«

»Das streite ich nicht ab. Dennoch ist dies für mich zweitrangig. Nehmen wir einmal an, hinter diesem Spiegel liegt tatsächlich so etwas wie ein Tor zum Jenseits, dann würde es mich interessieren, wie es dorthin gekommen ist.«

»Das weiß ich nicht.«

»Wissen Sie eigentlich, wo Ihr Mann verschwunden ist? Wo ihn sein Auftrag hinführte?«

»Nein.«

»In den Kaukasus. Das ist einige Tausend Kilometer von hier entfernt. Sie wollen mir weismachen, dass dies der Zugang ...« Golenkow schwieg plötzlich, weil er wusste, dass er auf diese Art und Weise nicht weiterkam.

»Es ist aber eine Tatsache, Genosse, an der Sie nicht rütteln können. Ich habe Ihnen den Beweis geliefert. Wenn Sie wollen, können Sie hineinsteigen.«

»Ins Jenseits?«

»Mir ist es egal, wie Sie es nennen. Meinetwegen auch Schacht oder so.«

»Ich verstehe das alles nicht. Fangen wir noch mal von vorn an. Ich habe den Spiegel geöffnet und blickte in den Schacht, habe aber niemanden gesehen, auch nicht Ihren Mann. Wenn er dort wäre, hätte ich ihn entdecken müssen.«

»Vergessen Sie nicht die Dunkelheit.«

»Und Sie wollen ihn trotzdem gesehen haben?«

»Gehört auch.«

»Er hat sich bei Ihnen gemeldet? Wie ist das möglich?«

»Ich rief ihn.«

»Und wie kamen Sie dazu?«

»Ich öffnete den Schrank und spürte mit einem Mal, dass sich dort etwas tat. Ich merkte, dass dort nicht allein die Schwärze lauerte. Da war noch etwas anderes, das ich schlecht beschreiben kann. Man muss es einfach fühlen. Man muss eine ›Antenne‹ dafür haben.«

»Die besitzen Sie?«

»Ja.«

Wladimir deutete auf den Spiegel. »Dann bitte ich Sie, mir dies einmal zu zeigen.«

»Deshalb habe ich Sie kommen lassen, Genosse Golenkow. Sie sollen selbst erleben, in welch eine Lage Sie meinen Mann gebracht haben. Sie haben ihn in den Tod geschickt. Ja, er ist tot, aber trotzdem lebt er auf eine gewisse Art und Weise. Ist das nicht ungewöhnlich?« Panja starrte ihn fast staunend an.

»Im Prinzip schon.«

»Dann gehen Sie bitte der Sache auf den Grund. Öffnen Sie den Spiegel und rufen Sie den Namen meines Mannes. Einen anderen Rat kann ich Ihnen nicht geben.«

Der Russe überlegte. Er sah Panja noch einmal an, dachte über all ihre Erklärungen nach und gelangte zu dem Schluss, dass er es nicht mit einer Verrückten zu tun hatte. Sie musste tatsächlich etwas gesehen haben. Zudem war das Verschwinden der drei Männer mehr als ungewöhnlich.

Aber er hatte noch Fragen. »Seit wann existiert dieser Schacht denn schon?«

»Es sind einige Tage her.«

»Vorher war alles normal?«

»Ja, erst als mein Mann so plötzlich verschwand, baute sich der Zugang auf.«

Wladimir nickte. Er fasste an den kleinen Griff rechts an der Scheibe und zog die mittlere Spiegeltür dann mit einem heftigen

Ruck auf. Noch immer wollte er nicht so recht daran glauben, dass es tatsächlich ein Tunnel war, der dahinter begann, doch auch beim zweiten Mal schaute er in die tiefe Schwärze hinein, die als Schacht in die Unendlichkeit zu führen schien.

Den Verschwundenen sah er nicht. Wladimir wollte es genau wissen. Er fragte nach einer Taschenlampe.

»Die habe ich«, erklärte ihm die Frau. »Nur wird Sie Ihnen nicht viel nützen.«

»Ich hätte sie trotzdem gern.«

»Gut.« Sie öffnete einen kleinen Wandschrank neben der Dusche und holte eine flache Lampe hervor.

Wladimir nahm sie entgegen, schaltete sie ein und leuchtete in die Finsternis. Wohl war ihm nicht zumute. Er spürte, dass in dieser tiefen Dunkelheit etwas lauerte, das ihm nicht geheuer war. Man konnte dem Bösen einen Namen geben, man konnte es auch lassen. Das, was im Schacht lauerte, besaß keinen Namen.

Es war einfach da.

Der Russe drehte die Lampe so, dass er in die Tiefe hineinleuchten konnte.

Nur sah er nichts.

Es wäre normal gewesen, wenn der Lichtschein einen Tunnel in die Schwärze geschnitten hätte, das war hier nicht der Fall. Schon nach einer Armlänge Entfernung wurde der Strahl regelrecht aufgesaugt, als wäre er nicht mehr vorhanden.

Der Russe bekam eine trockene Kehle.

Panja Orgenkin hatte ihn beobachtet. Er hörte hinter sich ihr leises Lachen. »Nun, habe ich Ihnen zu viel versprochen, Genosse? Diese Dunkelheit ist nicht nur ungewöhnlich, sie *ist* das Jenseits.«

Er drehte sich wieder um. »Möglicherweise haben Sie sogar Recht. Nur Ihren Mann habe ich nicht gesehen. Und wen das Jenseits einmal hat, den lässt es nicht wieder los. So haben wir es doch gelernt, oder nicht?«

Panja Orgenkin lächelte sphinxhaft. »Kann es nicht auch in der anderen Welt Ausnahmen geben?«

»Möglich. Und Sie meinen, hier eine solche Ausnahme gefunden zu haben?«

»So ist es.«

»Dann zeigen Sie mir bitte, wie ich mit Ihrem Mann in Kontakt treten kann. Machen Sie es mir vor!«

»Das wollte ich.« Sie wedelte mit der Hand. »Bitte, lassen Sie mich vorbei.«

Golenkow schuf ihr Platz. Das Lächeln behielt sie bei, als sie dicht vor der Öffnung stehen blieb und sich auch noch nach vorn beugte, sodass sich ihr Kopf schon innerhalb des unheimlichen Schachts befand. Bevor sie rief, holte sie noch einmal tief Luft. Wladimir sah, dass sich die Jacke auf ihrem Rücken spannte.

Dann hörte er ihre Stimme. Panja rief den Vornamen ihres Mannes.

»Igooorr …!«, brüllte sie. Und wieder. »Igooorr …!«

Wladimir stand dicht hinter ihr. Er war gespannt, ob und wie sie eine Antwort bekam.

Zunächst tat sich nichts. Der Ruf hatte sich zu einem Echo ausgeweitet, das in der Tiefe des Schachts verhallte. Eine Antwort erhielt die Frau nicht.

Aber sie gab nicht auf. Nach wie vor blieb sie am Schacht stehen und versuchte es immer wieder.

Und dann hörten beide etwas.

Es war ein ferner Schrei, der ihnen entgegenbrandete. Hastig drehte sich Panja um. Ihre Augen leuchteten in einem seltsamen Glanz. »Ja, er ist es. Ich habe ihn gehört.« Sie fasste Wladimir an die Schulter und schüttelte ihn durch. »Kommen Sie, überzeugen Sie sich selbst. Sie können in den Schacht sehen. Rufen Sie auch. Ich bin überzeugt, er ist es. Sprechen Sie mit ihm …«

Panja war völlig aus dem Häuschen, doch der KGB-Mann ließ sich nicht beirren und warf seine Vorsicht auch nicht über Bord. Vorsichtig trat er an die Schachtöffnung, sah aber nichts, nur weiterhin die dicke Schwärze.

»Rufen!«, flüsterte Panja hinter ihm. »Sie … Sie müssen auch seinen Namen rufen, sonst erscheint er nicht.«

Das tat Golenkow, und er hörte, wie seine Stimme in der Unendlichkeit zu verklingen schien.

Noch einmal rief er.

Plötzlich geschah es!

Aus der Schwärze und auch aus dem Jenseits erschien Igor Orgenkin vor ihm.

Nicht als Mensch, als Ungeheuer!

Orgenkin hatte den Schädel eines Krokodils!

Es war ja nicht nur das Krokodil, das ihn so erschreckte, denn Wladimir sah nicht den Kopf, dieses gewaltige Ding, das nur aus Schnauze zu bestehen schien, die die Bestie weit aufgerissen hatte. Er schaute genau in den Schlund und sah die beiden gefährlichen Zahnreihen, die im Ober- und Unterkiefer wuchsen.

War das Orgenkin?

Golenkow sah das Ungeheuer wie auf einer Filmleinwand, schaute nach rechts und erkannte noch mehr.

Den Riesenschädel einer Ratte!

Ein graues Fell überzog den Kopf. Übergroß wirkten die Ohren, die Augen und natürlich auch die vorgezogene Schnauze, die die Ratte aber noch geschlossen hielt.

Dennoch starrte sie den Russen so an, als wollte sie ihm jeden Moment an die Gurgel springen.

Zwischen dem Ratten- und dem Krokodilskopf befand sich noch ein dritter.

Ein Menschenschädel. Innerlich schien er zu brennen, denn auch die Haare standen hoch und erinnerten den KGB-Mann an plötzlich erstarrte Flammen. Die Haut zeigte ein feuertiefes Rot, die Augen glänzten weiß, der Mund war geöffnet, sodass der Rachen einen tiefen, leicht rötlich schimmernden Schlund bildete.

Das war ein Horror-Gemälde!

Nur gab es zu einem Bild einen gravierenden Unterschied. Dieses Monster lebte!

Es war aus der Tiefe der Schwärze aufgetaucht, die Panja als Jenseits bezeichnet hatte, und es sah nicht so aus, als würde es freundliche Absichten hegen.

Innerhalb weniger Augenblicke hatte Wladimir das Bild in sich aufgenommen. Er dachte nicht mehr weiter darüber nach und sah nur noch, wie das Krokodil zuschnappte.

Blitzschnell drehte er sich um, hörte die Frau scharf lachen und sah das Maul übergroß.

Dann klappten die Kiefer zusammen!

Den Kopf des Russen erwischten sie nicht mehr. Golenkow war zu schnell gewesen, doch ungeschoren kam er nicht davon, denn die harten Zähe rissen an seiner rechten Schulter entlang und hakten sich im Leder der Jacke fest.

Golenkow warf sich in Richtung Wanne. Im Bruchteil einer Sekunde flutete die Panik in ihm hoch. Er dachte daran, dass diese Bestie auch noch nachbeißen konnte, hatte aber Glück.

Leder und Fütterung rissen. Sein Hemd wurde nicht beschädigt. Durch den eigenen Schwung fiel er zu Boden, raffte sich sofort wieder auf und schaute auf die Luke, wo er das Maul des Krokodils sah, zwischen dessen Zähnen noch die Lederreste hingen.

Mehr war nicht geschehen …

Und zu einem zweiten Angriff setzte das Monster auch nicht mehr an. Dennoch wollte Golenkow auf Nummer Sicher gehen. Er schnellte schräg in die Höhe und knallte den Spiegel zu. Er konnte sein verzerrtes und schweißüberströmtes Gesicht im Spiegel erkennen.

Haarscharf war das gewesen. Dieses verfluchte Krokodil hätte ihm beinahe den Kopf abgerissen.

Als er daran dachte, begann er zu zittern, bekam eine trockene Kehle und blickte zu Panja hinüber.

Die rührte sich nicht. Nur in ihren Augen lag noch immer der außergewöhnliche Glanz.

»Er war es«, keuchte sie, »er war es …«

Wladimir Golenkow schüttelte den Kopf. »Das kann nicht sein, verdammt! Ich habe zwar einen Menschenkopf gesehen, aber das war niemals Igor Orgenkin.«

»Irrtum!« Die Frau starrte auf den Spiegel. »Ich weiß es besser als du. Viel besser.«

»Nein.«

Es war fast ein verzweifelter Ruf, den der Russe ausstieß. Er wehrte sich nicht, als die Frau auf ihn zuging, ihn packte und durchschüttelte. »Sie können sagen, was Sie wollen. Sie können alles sagen, aber Sie bringen mich nicht von meiner Meinung ab. Er war es, mein Mann. Verdammt, sag, was du mit ihm gemacht hast! Ich will es wissen! Zum Henker! Ich will es endlich wissen!«

Der Russe riss sich los. »Nichts«, flüsterte er. »Ich habe nichts mit ihm gemacht!«

»Das können Sie mir nicht erzählen. Sie gaben ihm doch den Auftrag. Sie schickten ihn ins Jenseits.«

»Moment«, sagte Golenkow und streckte die Hände abwehrend vor. »So einfach ist das nicht. Fangen wir noch mal von vorn an. Sie behaupten, dass dieses Monster Ihr Mann gewesen ist?«

»Ja, ich habe ihn gehört. Ich ...« Sie verschluckte sich und sprach erst dann weiter. »Also ich ...«

»Vielleicht ist es tatsächlich eine andere Dimension«, sagte Golenkow. »Alles ist möglich. Aber ich weiß genau, dass es Dinge gibt, die nicht stimmen können. Wenn Sie Ihren Mann gehört haben, war es sein Geist, nicht das Monster.«

»Klar, so sehen Sie es. Ich aber nicht.«

Er winkte energisch ab. »Lassen Sie das. Eines steht jedenfalls fest. Sie sind hier nicht sicher. Haben Sie verstanden? Sie sind in diesem Haus nicht mehr sicher!«

Wladimir hatte bewusst den Satz wiederholt, weil er sah, dass sich die Frau abwandte. »Nein«, sagte sie. »Alles können Sie mit mir machen. Sie bekommen mich aber nicht hier heraus. Haben Sie gehört? Ich bleibe. Er ist gegangen, er wird auch wieder zurückkehren.«

»Ach, wie schön. Wie denn? Durch den Spiegel etwa?«

»Ja.«

Golenkow wollte es noch einmal wissen. Er ging hin und zog die mittlere Tür auf.

Dahinter lag der normale Einbauschrank. Nicht sehr tief und in drei Fächer unterteilt, die allesamt leer waren.

Allmählich fühlte sich der Agent reif für das Irrenhaus. »Das darf doch nicht wahr sein«, hauchte er. »Verdammt, das ist doch unmöglich. So etwas gibt es nicht.«

»Doch! Er kommt und geht!«

Scharf fuhr Golenkow herum. »Wie meinen Sie das denn schon wieder, Panja Orgenkin?«

Fast locker hob sie die Schultern und strich eine vorwitzige Strähne zurück. »So wie ich es sagte. Mal ist er da, mal nicht. Da versteckt er sich oder hält sich bewusst zurück. Er lässt sich nicht beeinflussen. Mein Mann steuert und lenkt sich selbst.«

»Allmählich merke ich das auch.«

»Habe ich Ihnen zu viel versprochen?«, fragte Panja lauernd.

»Nein, das haben Sie nicht. Ich frage mich nur, weshalb Sie mich geholt haben. Hätten Sie mit Ihrem Wissen über die Dinge nicht glücklicher sein können?«

»Ich wollte sehen, wie Sie reagieren. Sie müssen doch Angst bekommen. Das war mein Ziel. Derjenige, der meinen Mann ins Unglück gestürzt hat, soll selbst vor Angst vergehen.«

Der Russe blickte in den Spiegel. Er sah dort nur sein normales Gesicht. Nichts wies darauf hin, welch ein Geheimnis die Silberfläche barg. Golenkow atmete durch die Nase ein. »Das hier war nicht mein erster und auch nicht mein letzter Besuch bei Ihnen, dies kann ich Ihnen versprechen, Panja Orgenkin.«

»Wann werden Sie wieder hier sein?«

»Ich weiß es noch nicht. Nur werde ich beim zweiten Besuch nicht allein kommen. Ich bringe einen Spezialisten mit, der sich dieses Phänomen ansehen soll.«

Die Augen der Frau weiteten sich. »Wer ist es? Ein Funktionär? Noch einer?«

»Keine Sorge. Ein Mann aus dem Westen.« Er nickte Panja zu und verließ den Raum.

Panja Orgenkin sprach nicht mehr. Sie verkniff sich auch einen Abschiedsgruß, blieb an der offenen Haustür stehen und sah zu, wie der Agent in seinen Wagen stieg.

Golenkow winkte Panja noch einmal zu, bevor er Gas gab. Die helle Fahne am Auspuff stand wie ein kleiner Geist in der Luft, bevor sie zerflatterte.

Panja Orgenkin aber ging wieder in ihr Haus. Sie ballte die Hände zu Fäusten, bevor sie anfing zu lachen. »Sterben soll er – sterben! So wie mein Mann …«

Dann holte sie eine Flasche Wodka aus dem Schrank, setzte die Öffnung an den Mund, trank gierig und bekam anschließend fast einen Lachkrampf.

Moskau empfing mich mit strahlendem Sonnenschein, Minustemperaturen und finster dreinblickenden Sicherheits- oder Zollbeamten, die wohl froh waren, wenn sie Besucher aus dem Westen so richtig filzen konnten.

Ich kannte einen Teil der Stadt, die Gegend um den Roten Platz und den Kreml. Da hatte ich schon Zombies gejagt, und dieser Fall war bis heute noch nicht vergessen.[3]

Als das Gepäck vom Rollband lief, drängte sich plötzlich ein hoch gewachsener Mann mit blonden Haaren durch die Menge der Zollbeamten.

Es war Wladimir Golenkow. Er winkte, ich hörte sein Lachen, dann wandte er sich an einen Knaben, der abseits stand.

Der Bursche nahm Haltung an, als Golenkow mit ihm sprach. Anschließend ließ man mich in Ruhe, sodass mich mein russischer Freund in die Arme schließen konnte.

»Na, du siehst noch so aus wie früher, John. Hast dich nicht verändert. Wie frisch aus dem Urlaub.«

»Danke, das Kompliment gebe ich zurück. Ich wusste gar nicht, dass ihr mich zu zweit empfangt.«

»Wieso?«

»Du und Väterchen Frost.«

Er lachte auf. »Ja, mein lieber John, das ist eben so in dieser Stadt. Väterchen Frost wird sich auch so leicht nicht vertreiben lassen. Aber wir merken schon die Sonne. Es ist herrlich in Moskau. Der Schnee ist fast weg.«

»Das hört sich an, als sollte ich hier Urlaub machen.«

»Meinetwegen kannst du das.«

Ich hatte längst meinen Koffer genommen und schritt schlen-

---

3 Siehe John Sinclair Taschenbuch 73 040: »Zombies auf dem Roten Platz«

dernd neben Wladimir her. »Wie ist es dir ergangen? Was macht Suko, wie geht es Bill Conolly?«

»Sie leben beide noch. Aber Suko hat in der letzten Zeit einen schweren Schicksalsschlag erlitten. Man entführte Shao, seine Partnerin. Sie ist bisher auch nicht wieder aufgetaucht.«

Wladimir erschrak. »Ist sie tot?«

»Nein, das nicht. Vergiss meine erste Antwort. Wir haben sie schon gesehen. Sie war gewissermaßen ein Phantom aus dem Jenseits. Aber das erkläre ich dir später. Wie sieht es hier aus?«

»Nicht gut.«

»Sollen wir noch etwas trinken?«

»Einverstanden.«

Wir gingen dorthin, wo es auch Getränke aus dem Westen gab. Ich bestellte Orangensaft und mixte ihn mit Mineralwasser. Golenkow nahm das Gleiche.

Er begann mit seinem Bericht, der sich sehr phantastisch anhörte, wobei ich aber nicht glaubte, dass auch nur ein Wort von dem gelogen war. Wladimirs Erzählung hörte praktisch dort auf, als er Panja Orgenkin verlassen hatte.

»Was sagst du dazu, John?«

Ich schlürfte mein Getränk und nickte bedächtig. »Von den beiden anderen Agenten hast du nichts gesehen?«

»Das weiß ich nicht. Ich sah diesen Dreiköpfigen. Angeblich war der Krokodilschädel Orgenkow. Gehen wir mal davon aus, dass es stimmt. Dann müssten die anderen beiden Köpfe Jawalkow und Tarbow gewesen sein. So hießen die restlichen Mitglieder der Besatzung.«

»Und wieso?«

»Wenn ich das gewusst hätte, wärst du in London geblieben.«

Ich sah mich um. Viel Betrieb herrschte nicht. Die kleine Bar war auch wenig gemütlich. Der Mixer gähnte mit der Bedienung, einer drallen Person, um die Wette. Golenkow bekam einen roten Kopf, als ich sagte: »Du hast die drei Männer also in den Tod geschickt.«

»Jetzt fang du nicht auch noch davon an!« Er schüttelte den Kopf. »Es war ein völlig normaler Auftrag, den ich ihnen gab. Die

Leute waren es gewohnt, Kommandos anzunehmen, die nicht ungefährlich sind. Sie wurden auch dementsprechend bezahlt. Die Vorwürfe treffen mich nicht.«

»Sorry, so war es nicht gemeint. Ich wollte auf den Begriff Tod hinaus.«

»Und?«

»Man hat nichts von ihnen gefunden.«

»Nein, und auch nichts von der Maschine. Die ist weg, wie verschluckt. Auch das Gebiet, wo sie verschwunden ist, gibt keine Anhaltspunkte her. Da sieht alles normal aus.«

»Wo ist das?«

»Im Süden. Kaukasus. Da ist es passiert. Von dort trafen die Meldungen ein. Da ging es rund. Da sprach man von Ungeheuern und dem Teufel.«

»Wo kamen die her?«

»Aus einem Krater.«

»Gibt es dort Vulkane?«

»Ja, aber sie sind nicht mehr tätig. Ich hatte ja gedacht, dass wir hinfliegen, doch die Lage hat sich verändert.«

»Du meinst wegen der Frau?«

»Ja!« Wladimirs Stimme klang drängend. »Du musst dir den Spiegel ansehen, John. Das gibt es normalerweise nicht. Das ist der reine Wahnsinn.« Er schüttelte den Kopf. »Ich hätte so etwas auch nicht geglaubt, aber ich sah es mit eigenen Augen.«

»Natürlich.«

Er stieß mich an. »Was bist du so komisch? Irgendwie kommst du mir abweisend vor.«

»Ist das ein Wunder? Ich denke nach. Über dieses Monster und auch die Aussagen der Einheimischen. Wo gibt es die Verbindung? Was hat es vor? Auch eine solche Gestalt erscheint nicht zum Spaß so einfach aus dem Vulkan oder der Lava.«

»Das werden wir herausfinden, wenn wir bei Panja Orgenkin sind. Ich habe ihr gesagt, dass ich mit einem netten Besuch zurückkäme.« Golenkow holte Geld aus der Tasche und zahlte.

»Wo steht dein Wagen?« Ich rutschte vom Hocker.

»Nicht weit.«

»Privilegierter Parkplatz, wie?«

»So ist es.«

»Ja, ja, ihr Funktionäre.«

»Tu nicht so, als wäre es bei euch anders.«

»Das habe ich nicht gesagt. Nur wissen die Leute das bei uns und regen sich auch entsprechend auf.«

»Wir sind da eben anders.«

»Hör auf. Bei euch wissen es die Leute auch. Die protestieren zwar nicht dagegen, ärgern sich aber insgeheim doch.«

Der Dienstwagen parkte in einer abgesperrten Zone, die zusätzlich noch bewacht war. Der arme Soldat fror trotz des langen Mantels sicherlich bis in die Zehen. Dann musste er noch grüßen, als wir ihn passierten.

Die Russen hatten etwas an ihrem Flughafen getan. Er war ausgebaut worden und hatte auch noch bessere Zufahrtsstraßen erhalten. Der Verkehr hielt sich in Grenzen. Im Osten liegt der Flughafen, wir aber mussten in den Süden.

»Wie lange brauchen wir?«, fragte ich.

»Etwa eine Stunde.«

»Dann fahr mal schön«, sagte ich und streckte die Beine aus, wobei ich die Augen schloss.

»Willst du schlafen?«

»Sicher.«

»Und ich wollte dir etwas von der Umgebung zeigen.«

»Vielleicht auf der Rückfahrt. Wenn wir in den Kaukasus fliegen, müssen wir sowieso wieder zum Airport. Hast du die Tickets schon bestellt?«

»Noch nicht. Das ist aber kein Problem.«

Ich setzte meine dunkle Brille auf, weil die Sonne blendete, und schlief ein. Als mich Wladimir anstieß, war ich jedoch wieder hellwach.

»Aufstehen, du Penner!«

»Okay, schon in Ordnung.« Ich blickte aus dem Fenster, sah die flachen Häuser und ahnte, dass wir in einem der noch ländlich strukturierten Vororte Moskaus angelangt waren.

Unter den Reifen knirschte noch das Eis. Der Boden zeigte tiefe

Spurrillen, wo Schneewasser gefroren war und nur an den Stellen Pfützen bildete, wo die Sonnenstrahlen es aufgetaut hatten.

Die Straße war ziemlich schmal. Am Himmel stand auch weiterhin eine prächtige Spätwintersonne. Ihr Glanz bedeckte Moskau und Umgebung.

»Wie weit noch?«, fragte ich.

»Wir sind schon da.« Wladimir schaltete zurück. »Das letzte Haus auf der rechten Seite. Ich hoffe, du hast angenehm geträumt.«

»Ja, aber nicht von dir.«

»Ich sprach auch von angenehmen Träumen.«

Ich lachte und löste den Gurt, weil der Russe rechts herangefahren war und ich die Tür öffnen konnte. Trotz des Sonnenscheins war es noch kalt. Das merkte ich beim Aussteigen. Nach dem Schlaf fror ich ein wenig.

Die Orgenkins hatten sich das Haus sehr nett hergerichtet. Im Sommer war es sicherlich eine kleine Oase. Niemand wäre wohl auf den Gedanken gekommen, dass jemand, der hier wohnte, sein Geld durch einen so gefährlichen Job verdiente.

»Panja Orgenkin wird uns sicherlich schon bemerkt haben«, meinte der KGB-Mann.

»Was ist sie für ein Typ?«

Golenkow warf seine blonden Haare zurück, die er gescheitelt trug. »Was ist sie für ein Typ? Das ist schwer zu sagen.«

»Ist sie kooperationsbereit?«

»Ich hoffe es.«

Vor der Tür waren wir stehen geblieben. Golenkow klingelte. Eine Reaktion erfolgte jedoch nicht. Die Frau blieb im Haus.

Wladimir schüttelte den Kopf. »Ehrlich gesagt, das verstehe ich nicht so recht. Sie weiß Bescheid.«

»Kann ihr etwas zugestoßen sein?«

»Das will ich nicht ausschließen.« Als sich nach dem zweiten Klingeln nichts rührte, griff mein russischer Freund zum Dietrich und schob ihn in das Schloss.

Ein großes Hindernis stellte das Türschloss nicht dar. Golenkow hatte es sehr schnell offen. Wir betraten einen kleinen Flur, in dem es nach Bohnerwachs roch.

Im Laufe der Zeit bekommt man ein Gefühl für gewisse Dinge. Mir erging es nicht anders. Wenn ich eine Wohnung oder ein Haus betrete, merke ich zumeist sehr schnell, ob alles normal ist oder ob etwas nicht stimmt. Hier meldete sich mein Misstrauen. Äußerlich sah alles normal aus, doch irgendetwas lauerte hier.

Man kann es nicht beschreiben, man kann es nicht fassen, aber es ist vorhanden.

Golenkow dachte ähnlich. Er war stehen geblieben, sah sich um und schüttelte dabei den Kopf. »John, das war gestern anders.«

»Glaube ich auch.«

Golenkow zog seine Waffe. Es war eine Makarow-Pistole. »Ich gehe vor, weil ich mich auskenne.«

»Gut.«

Nach wenigen Schritten schon hörten wir das Geräusch. Es klang unheimlich, weil es für uns nicht zu identifizieren war. Ein schweres Keuchen oder Ächzen, als läge jemand im Sterben.

»Das ist im Wohnzimmer!«, flüsterte der Russe, blickte mich noch einmal an und stieß mit einer heftigen Bewegung die Tür auf, um über die Schwelle zu springen und danach die Waffe sinken zu lassen, denn es drohte uns keine Gefahr.

»Komm her, John.«

Ich betrat den Raum ebenfalls und sah, was Wladimir so umgehauen hatte.

Panja Orgenkin hockte in einem verschlissen wirkenden Sessel. Sie saß dort wie jemand, der getrunken hatte und nicht mehr Herr seiner Sinne war. Die Arme hielt sie ausgestreckt, die Hände waren gegen die Oberschenkel gedrückt, der Kopf pendelte vor und zurück. Ihr Mund bildete ein offenes Oval, aus dem die stöhnenden Laute drangen, die wir vernommen hatten.

Auch die Wodkaflasche auf dem Tisch sah ich. Sie war offen, der Korken lag daneben.

Wladimir steckte die Waffe wieder weg. »Die Frau ist betrunken«, sagte er.

»Da bin ich mir nicht sicher.«

Er sah mich kurz an und machte kehrt. »Ich bin gleich wieder zurück«, sagte er.

Ich hörte ihn das Haus verlassen und kümmerte mich inzwischen um Panja Orgenkin.

Nein, sie war nicht betrunken. So etwas riecht man, und man sieht es auch.

Ihr Blick war ein anderer. Nicht der einer Betrunkenen. Sie blickte nicht stier und glasig, obwohl die Augen oder ihr Blick nach innen gerichtet waren.

Ich kannte diesen Ausdruck. Bei Menschen, die nicht mehr Herr ihrer Sinne waren, hatte ich ihn gesehen. Panja Orgenkin musste etwas erlebt haben, das ihr den Schock fürs Leben versetzt hatte.

Auch mich nahm sie nicht wahr, obwohl ich dicht vor ihr stand, jetzt die Hand ausstreckte und die Fingerkuppen unter ihr Kinn legte, um den Kopf anzuheben. Sie zuckte nicht einmal zusammen.

Ich blickte in ihr Gesicht mit dem erschreckenden Ausdruck. »Hallo«, sagte ich.

Sie gab keine Antwort.

Dafür kam Wladimir zurück. »Na?«, fragte er, als ich mich umdrehte, »was ist mit ihr?«

Ich starrte auf das Seil, das er zusammengerollt über seine Schulter gelegt hatte. »Was soll das?«

»Wirst du gleich sehen. Und sie?«

Ich hob die Schultern. »Sorry, aber sie ist wohl wahnsinnig geworden. Der Schock war zu hart.«

»Tatsächlich?«

»Ja.«

»Das verstehe ich nicht.« Golenkow trat langsam näher. Ich dachte, sie hätte sich daran gewöhnt.«

»Himmel, Wladimir. Welche Frau kann sich schon daran gewöhnen, dass ihr Mann unter diesen fürchterlichen Umständen ums Leben gekommen ist? Wohl keine.«

»Das stimmt.«

Ich ließ den Russen in Ruhe, damit auch er sich die Frau ansehen konnte. »Aus der bekommen wir wohl nichts mehr heraus. Die wird uns nichts sagen können. Was mag sie nur so aus dem Gleichgewicht gebracht haben?«

»Der Spiegel.«

»Aber den hat sie auch gesehen, als ich noch bei ihr war. Ich bin der Meinung, dass etwas anderes dahintersteckt.«

Nach diesen Worten zuckte Panja zusammen. Sie winkelte die Arme an und drückte ihre Hände auf die Sessellehnen, als wollte sie sich in die Höhe stemmen.

Wir traten zurück. Sie hob den Kopf und schaute uns an. Für einen Moment nahm ihr Blick wieder die normale Klarheit an. Aber sie sprach nur von ihrem Mann.

»Igor, ich habe ihn gesehen. Es ist schrecklich. Er ist in die Fänge des Dreitöters geraten. Im Schlund der Dreitöter, ja, das ist es. Ich weiß es genau.«

Nach dieser Rede sackte sie wieder zusammen und drückte sich mit dem Rücken gegen die Lehne.

Wladimir und ich warfen uns einen langen Blick zu. »Dreitöter«, flüsterte der Russe, »was ist das?«

»Das wollte ich gerade dich fragen.«

»Da weiß ich keine Antwort.«

»Es muss mit ihrem Mann und dessen Verschwinden zu tun haben. Außerdem ist das Wort Schlund gefallen. Kannst du dir darunter etwas vorstellen?«

»Nein.«

»Aber ich versuche es. Wenn wir den Spiegel als Schlundeingang nehmen, könnten wir der Lösung schon näher kommen.«

»Da hast du Recht.«

Golenkow ging auf Panja Orgenkin zu, legte ihr eine Hand auf die Schulter und schüttelte sie. Ihr Körper reagierte überhaupt nicht. Er wirkte so steif wie der einer Toten.

»Da ist nichts mehr zu machen«, sagte ich. »Gehen wir ins Bad und sehen uns den Spiegel an.«

»Natürlich.«

An der Tür warf ich noch einen Blick zurück. Panja Orgenkin saß wie erstarrt in dem Sessel.

Ausbau und Einrichtung des Hauses waren schlicht, aber sehr sauber. Wir stiefelten die Treppe hoch und gingen in den kleinen Anbau, wo das Bad lag.

Golenkow öffnete die Tür und blickte in den Raum hinein.

»Was ist denn?«

»Es hat sich nichts verändert, John.«

»Woran hast du denn gedacht?«

»Schon gut.« Er ging vor. Ich folgte ihm und sah natürlich auch den großen Spiegel, der dreimal unterteilt war. Vor ihm blieben wir stehen. Golenkow deutete auf das Mittelteil. »Das, John, ist der Zugang.«

Ich nickte. »Der ist sogar ziemlich breit. Wenn jemand nicht zu dick ist, kann er sich durchzwängen.«

»Meine ich auch.«

»Riechst du nichts?«, fragte ich ihn.

»Was denn?«

»Ich habe das Gefühl, als würde es hier nach Schwefel oder Moder stinken.«

»Vielleicht hat Panja Besuch von ihrem Mann gehabt.«

»Das ist durchaus möglich.«

Der Russe ließ das Seil von seiner Schulter gleiten und hielt es locker in der Hand. »Willst du den Spiegel öffnen, John?«

»Sicher. Und womit muss ich rechnen?«

»Das ist die Frage. Vielleicht haben wir Glück und sehen den Tunnel.«

»Das will ich doch hoffen.«

Ein wenig komisch war mir schon zumute, als ich mich auf den Spiegel zubewegte, ihn am unteren Rand fasste und ihn mit einem heftigen Ruck aufzog.

Dahinter lag – der Schacht!

Mir stockte fast der Atem. Bisher war der Fall für mich nur reine Theorie gewesen. Jetzt stand ich vor diesem unheimlichen Tunnel und schaute hinein, ohne allerdings etwas sehen zu können. Die Dunkelheit war undurchdringlich. Zudem war es eine bestimmte Finsternis, wie man sie auf der Erde nicht fand, nur in anderen Dimensionen oder auch im Jenseits. Man kann diese Schwärze schlecht beschreiben. Sie war da, sie glich einer Wand, war dennoch durchlässig, und als Betrachter hatte ich den Eindruck, als würde sie trotz allem leben.

So schwarz und gefährlich war auch der Spuk …

Ich drehte mich zu meinem russischen Freund um. Auf seinem Gesicht sah ich die Gänsehaut. »Na, habe ich dir zu viel versprochen, John?«

»Nein, bestimmt nicht.«

»Und aus diesem Schacht ist das dreiköpfige Monster aufgetaucht. Das kannst du mir abnehmen.«

»Ich spreche auch nicht dagegen, mein Freund. Dabei frage ich mich nur, wo er hinführt.«

»In die Unendlichkeit. Ins Jenseits vielleicht. Wer kann das schon sagen?«

»Man sollte es ausprobieren.«

Wladimir nickte. »Das habe ich mir auch gedacht. Deshalb auch das Seil.«

Ich lächelte. »Hast du den Film *Poltergeist* gesehen?«

»Wieso?« Er sah mich erstaunt an.

»Da haben die Akteure es ähnlich gemacht. Um ein Familienmitglied aus einer anderen Dimension zu holen, sind sie in einen Tunnel gestiegen. Natürlich angeseilt.«

»Und einer ist zurückgeblieben?«

»Ja.«

Golenkow lächelte. »Wer von uns bleibt denn zurück?«

»Du!«

»Wieso ich?«

»Ganz einfach. Weil ich die besseren Waffen besitze. Ich denke da an mein Kreuz, und den Bumerang werde ich auch holen. Ich habe ihn nämlich mitgebracht.«

»Wo denn?«

»Ich hole ihn noch. Ist der Kofferraum offen?«

»Nein.« Golenkow warf mir den Schlüssel zu.

»Bis gleich.«

Ich verließ das Haus und öffnete die Haube. Von einigen Bewohnern wurde ich dabei beobachtet. Zwei kleine Kinder standen direkt neben dem Dienstwagen und lächelten mich an. Sie trugen dicke Pelzmützen auf dem Kopf und waren vermummt.

Ich lächelte zurück, holte den Bumerang aus dem Koffer und

steckte ihn links in den Gürtel. Das war natürlich unbequem, ließ sich aber nicht ändern.

Ich lächelte die Kinder an und ging wieder zurück. Den Weg kannte ich mittlerweile. Im Wohnraum hockte Panja Orgenkin noch immer bewegungslos wie eine Statue.

Schwungvoll öffnete ich die Tür des Bads – und blieb auf der Schwelle wie angewurzelt stehen.

Das Seil lag zusammengerollt auf dem Boden. Wladimir Golenkow aber war verschwunden …

Verflixt, ich hätte ihn nicht allein lassen sollen. Für Vorwürfe war es jetzt zu spät. Einladend offen stand die Spiegelmitte.

Sehr vorsichtig näherte ich mich der Öffnung und schaute hinein. Aus der Tiefe wehte mir nichts entgegen. Keine Kälte, keine Wärme, obwohl Wladimir davon gesprochen hatte, als er zum ersten Mal einen Blick in den Schacht geworfen hatte.

Hatte es Sinn, ihn zu rufen?

Ich tat es. Ein Echo hörte ich nicht, es wurde verschluckt.

Und eine Antwort erhielt ich auch nicht.

Natürlich machte ich mir Sorgen. Ich konnte mir kaum vorstellen, dass Wladimir freiwillig in diesen tiefschwarzen, unheimlichen Schacht gehechtet war. Da musste ihn etwas hineingezogen haben, schließlich hatte er auf mich warten wollen.

Ich würde ihm natürlich folgen, aber nicht, ohne eine Sicherheitsmaßnahme zu ergreifen. Nicht umsonst lag das Seil noch am Boden.

Es war schnell ausgerollt. Das eine Ende des Seils schlang ich um meine Taille und sicherte es mit einem Schifferknoten.

Jetzt musste ich nur noch eine Stelle für das andere Ende finden. Am besten eignete sich noch der doppelte Wasserkran. Eine Probe überzeugte mich davon, dass er fest in der Wand saß und ich das Risiko durchaus eingehen konnte.

Auch diesen Knoten überprüfte ich mehrere Male, bis ich schließlich zufrieden war. Meiner Ansicht nach hatte ich das Risiko so weit wie möglich gemindert.

Die Länge des Seils konnte ich nur schätzen. Sie würde ausreichen, um mich einige Meter in den Schacht rutschen zu lassen. Und was mich dort erwartete, wusste ich natürlich nicht. Das konnte ins Auge gehen. Obwohl ich niemand sah, rechnete ich damit, dass die Feinde im Dunkeln lauerten. Schließlich hatten sie sich auch Wladimir Golenkow geholt. Um ihn machte ich mir Sorgen. Wohin der Schacht führte und ob er überhaupt ein Ende hatte, konnte ich nicht sagen. Er konnte ebenso gut in der Welt des Spuks enden, diese dichte Dunkelheit wies darauf hin, auch in seinem Reich war es so finster.

Es war leicht, einzusteigen. Noch einmal überprüfte ich die Festigkeit des Seils. Ich hatte alles Menschenmögliche getan, um es so zu befestigen, dass ich eine reelle Chance hatte.

Dann begann ich mit dem Einstieg …

Panja Orgenkin saß im Sessel wie eine Puppe. Sie rührte nicht einmal ihren kleinen Finger. Selbst ihre Augenlider zuckten nicht. Nur der Kopf sank manchmal nach vorn, dann bewegte er sich leicht pendelnd.

Nichts tat sich ansonsten bei ihr. Bis zu dem Augenblick, als sie plötzlich in die Höhe ruckte und es so wirkte, als wollte sie mit dem Sessel umkippen.

Ein Energiestoß zuckte durch ihren Körper. Es schien so, als hätte sie sich lange genug ausgeruht, um jetzt die großen Taten vollbringen zu können.

Sie blieb vor dem Sessel stehen. Hoch hatte sie sich aufgerichtet, der Kopf war leicht in den Nacken gedrückt, die Lippen jetzt zusammengepresst, und auch die Augen hatten einen anderen Ausdruck angenommen.

Der Blick war lauernd und irgendwie böse geworden. Die Lippen hatten sich in die Breite gezogen, sodass ihr Lächeln einen leicht diabolischen Ausdruck zeigte.

Panja Orgenkin war in den letzten Minuten tatsächlich eine andere geworden. Sie sah zwar aus wie ein Mensch, wirkte dennoch eher wie eine Puppe, die ferngesteuert wurde.

Sehr vorsichtig setzte sie sich in Bewegung und schlich durch ihre eigene Wohnung wie ein Dieb. Beide Arme hatte sie gespreizt, als wollte sie unbedingt das Gleichgewicht behalten.

Sie nahm nicht den direkten Weg zur Tür und ging am Fenster vorbei. Sie konnte sich nicht verkneifen, noch einen Blick durch die Scheibe zu werfen, sah den Wagen des Agenten und auch die Kinder, die davor spielten.

Zufällig schaute einer der Kleinen hoch. Die Blicke der beiden Personen begegneten sich für einen Moment. Das Kind konnte die Gestalt der Frau hinter der Scheibe unmöglich deutlich erkennen, es bekam trotzdem Furcht, drehte sich hastig um und lief weg.

Panja lächelte noch breiter.

Ja, sie hatten Angst vor ihr. Das sollten sie auch. Diese Menschen, die so lebten wie immer, denen man nicht den Mann oder die Eltern weggenommen hatte.

Es war für sie einfach schlimm …

Sehr bedächtig betrat sie den Flur und wandte sich sofort nach links, weil dort die Küche lag, denn aus ihr musste sie noch etwas holen. Sie betrat den Raum, der schon flurmäßige Ausmaße hatte.

Links stand der alte Holzschrank. Sie hatte ihn gebraucht gekauft. Vor allen Dingen wegen der drei breiten Schubladen, in die so viel hineinpasste.

Werkzeuge, Bestecke und auch größere Dinge. Wie zum Beispiel die langen Fleischermesser, deren Klingen durch das Fleisch drangen, als bestünde es aus weicher Butter.

Panja zog die oberste Schublade auf. Ihr Blick glitt über die einzelnen Messer, die in den Korbfächern des Innenteils lagen. Sie war sich noch nicht schlüssig, welches Messer sie nehmen sollte. Sie entschied sich schließlich für eines mit einer sehr breiten Klinge. Das Messer glich schon mehr einem kleinen Hackebeil.

Mit spitzen Fingern nahm sie es hervor, umfasste den Griff und wog die Waffe in der Hand.

Das war die richtige!

Die Spitze wies nach vorn, als Panja die Küche verließ und den Flur betrat. Dort wandte sie sich der Treppe zu. So leise wie möglich setzte sie ihre Schritte und berührte die Stufen nur mit den Ballen.

Aus dem Bad hörte sie nichts. Sie hatte sehr wohl mitbekommen, dass der Fremde für kurze Zeit das Haus verlassen hatte, aber schnell wieder zurückgekehrt war.

Ihn wollte sie zuerst erwischen …

Sie sollten sich nicht in ihre Dinge einmischen. Panja wollte allein mit den Problemen fertig werden. Außerdem glaubte sie noch an eine Rückkehr ihres Mannes.

Er hatte mit ihr gesprochen. In der vergangenen Nacht hatte sie seine Stimme sehr deutlich gehört. Die Worte hatten sie sogar aus dem tiefen Schlaf geholt, und jetzt glaubte sie daran, dass Igor nicht tot war. Nein, er musste einfach leben, wenn auch nicht so, wie er zuvor schon existiert hatte.

Sie ging durch den Flur. Es waren auch Fenster eingebaut worden. Durch eines schien die Sonne und zauberte ein weißgelbes Viereck an die Wand, durch das die Frau ebenfalls schritt, wobei ihre Gestalt sich durch den Schatten verdoppelte.

Die Tür zum Bad war geschlossen.

Panja Orgenkin zögerte noch mit dem Öffnen. Sie legte zunächst ihr Ohr gegen das Holz, ohne allerdings etwas hören zu können. Im Raum dahinter blieb es still.

Vielleicht waren die beiden Männer in den Schacht gestiegen und längst verschwunden. Dann hätte sie nicht einzugreifen brauchen, aber sie wollte es genau wissen.

Deshalb öffnete sie. Diesmal nicht vorsichtig. Sehr heftig zog sie die Tür auf, schaute in das menschenleere Zimmer – und nahm trotzdem die Veränderung wahr.

Da hatte sich jemand in den Schacht abgeseilt. Den Mann sah sie nicht mehr, nur das Seil, das mit einem Ende am Wannenkran befestigt war und sich straff gespannt bis zur Schachtöffnung hinzog.

Das war auch ihr Ziel.

Über das Gesicht der Russin glitt dabei ein hintergründiges und teuflisch angehauchtes Lächeln, als sie an den Plan dachte, den sie sich ausgedacht hatte …

Ich fühlte mich im ersten Moment wie ein Bergsteiger, der eine Felsklippe überwinden muss. Zwar wurde auch ich von einem Seil gehalten, nur war es nicht durch Ösen und Haken gesichert und auch nicht durch in den Fels geschlagene Rollen. Es kippte einfach über die Kante weg, die zum Glück nicht so scharf war, als dass sie das Seil zerfasert hätte. Es würde schon einiges aushalten.

Bei dieser Aktion kam mir zum ersten Mal zu Bewusstsein, wie unendlich die Tiefe doch war. Ich würde, auch wenn ich mich noch so streckte, keinen Grund mehr unter meinen Füßen finden und immer wieder ins Leere treten.

Das Seil hielt ich über mir mit beiden Händen fest. Ich wollte es auch nicht direkt aufrollen lassen, damit ich nicht wie ein Stein in die Tiefe sackte. So ließ ich Hand über Hand nach und spürte schon sehr bald das Zittern in den Armmuskeln. Es war anstrengend, besonders, wenn man so etwas nicht gewohnt war. Und ich musste den Weg noch zurück. Zudem stand mir nichts zur Verfügung, wo ich mich hätte abstützen können. Wenn ich die Beine nach vorn drückte, trat ich ebenso ins Leere wie bei den anderen Richtungen.

Den Kopf hielt ich zurückgelehnt. Ich wollte das Seil beobachten und den Einstieg, der sich als graues Viereck über meinem Kopf abmalte.

Ich empfand die Dunkelheit als temperatur- und endlos. Ohne Grenzen, wie wir Menschen sie kannten. Ein Einstieg in eine andere Dimension.

Je mehr Zeit verrann, um so stärker nahm die Anstrengung zu. Meine Muskeln waren verspannt, nach den Griffen zitterte ich. Wenn ich daran dachte, dass ich noch hochklettern musste, dann gute Nacht.

Ich wurde förmlich gezwungen, eine Ruhepause einzulegen, löste meine Hände vom Seil und pendelte über der bodenlosen Tiefe. So ein ähnliches Gefühl muss auch ein Bergsteiger haben, der an einem Seil über einer Schlucht hängt und darauf wartet, dass ihn jemand hochzieht. Mich würde niemand hochziehen.

Ich hielt die Augen weit geöffnet. Erkennen konnte ich trotzdem nichts. Nur den Ausschnitt weit über mir. Er war zu einem ziemlich kleinen Viereck geworden, dessen Inneres jetzt allerdings von einer Gestalt verdunkelt wurde.

Jemand hatte das Bad betreten.

Sofort überkam mich ein schlechtes Gefühl. Auch der Druck im Magen war auf einmal da. Ich merkte, dass er sich verteilte, um anschließend hochzuwandern.

Zuerst hatte ich die Person nicht erkannt. Jetzt konnte ich sie identifizieren.

Es war Panja Orgenkin – die Frau des Verschwundenen und diejenige Person, die Golenkow und mich überhaupt nicht zur Kenntnis genommen hatte, als wir die Wohnung betraten.

Wie stand sie zu uns? War sie Freund oder Feind? Noch wusste ich es nicht, aber die Frau bewegte ihren Oberkörper vor, um in den Schacht blicken zu können.

Ich hörte ihre Frage. »Wer ist dort unten?«

»Das bin ich, nicht Genosse Golenkow!«

Sie lachte schrill. Dieses Lachen bereitete mir Kummer. Wer so reagierte, war nicht eben ein Freund. Meine Chancen sanken allmählich.

»Du bist der Fremde, nicht?« Wieder geiferte sie. »Eines sage ich dir, du ...« Mehr verstand ich nicht. Meine Russischkenntnisse waren mehr als mangelhaft.

Sie brauchte auch nicht mehr zu sagen. Ich hatte mich inzwischen an dieses Bild gewöhnt und sah, dass die Frau ihren rechten Arm bewegte. Ungefähr in Halshöhe erschien ihre Hand, die sie zur Faust geballt hatte. Aus ihr stach etwas hervor. Es war länglich und blitzte plötzlich, als es von einem Lichtstrahl aus dem Bad getroffen wurde.

Sie hatte ein Messer!

Panja lachte. »Siehst du es? Siehst du es?« Dabei fuchtelte sie mit der Klinge.

Ich wusste, was sie vorhatte, und sie zögerte auch keine Sekunde länger damit. Sehr langsam drehte sie sich zur Seite, streckte den Arm aus und setzte die Schneide des Messers dort an, wo das Seil straff gespannt dicht unter der Kante schräg in die Finsternis des Schachts führte.

»So …!«, schrie sie.

»Sind Sie wahnsinnig?«, brüllte ich hoch. »Sie können doch nicht das Seil durch …« Ach, verdammt, es hatte keinen Sinn, Panja säbelte weiter!

Jede Bewegung übertrug sich auf das Seil. Obwohl es straff gespannt war, ruckte es. Bis zu mir übertrug sich dies, aber ich merkte es mehr als Zittern.

Ein tödliches Zittern möglicherweise …

Sekunden vergingen.

Panja war erregt. Zwar kommentierte sie ihre »Arbeit« nicht mehr, dafür atmete sie so schnell, heftig und keuchend, dass ich dieses Geräusch bis zu mir hörte.

Das Seil wurde zur Hälfte gekappt. Plötzlich sauste ich ein Stück tiefer.

Was sollte ich tun?

Ich schwang wie ein schweres Pendel langsam von einer Seite auf die andere. Nirgendwo stieß ich gegen, meine Füße trafen immer wieder das Leere.

Gab es überhaupt noch eine Chance?

Ja, vielleicht, wenn auch nur hauchdünn. Es musste mir gelingen, die Frau einzuschüchtern.

Ich holte meine Beretta hervor, drückte den Arm schräg hoch und schoss ohne Vorwarnung. Natürlich wollte ich die Frau nicht treffen, deshalb pfiff die Kugel an ihr vorbei und landete im Bad.

Panja hatte sich erschreckt. Sie zog sich sofort wieder zurück, und ich hörte sie fluchen.

Selbstverständlich war ich nicht gerettet. Wenn Panja noch die andere Hälfte durchtrennte … Ich vertraute darauf, dass sie auf diese Idee nicht kam. Wenn ja, wollte ich schon wieder oben sein, deshalb begann ich mit der Kletterei.

Das war eine Schinderei. Mit frischen Kräften hätte ich es leicht geschafft, so aber mühte und quälte ich mich ab. Mein Atem floss keuchend über die Lippen, Schweiß lag auf meiner Stirn, aber ich konnte nicht aufgeben.

Stück für Stück gelangte ich höher.

Von Panja sah ich nichts. Ich bemerkte auch kein Zucken des Seils.

Allmählich verließen mich meine Kräfte. Noch hatte ich nicht einmal die Hälfte geschafft und den Kopf so weit in den Nacken gedrückt, dass ich den Umriss immer unter Kontrolle behielt.

Einmal sah ich die Frau.

Sie warf einen kurzen Blick in den Schacht, verschwand sofort wieder, und ich fragte mich, ob sie im Bad weiter am Seil herumsäbelte.

Das tat sie tatsächlich.

Die ruckartigen Bewegungen, die sich auch auf mich übertrugen, stammten nicht von mir. Panja schnitt, und sie würde es wahrscheinlich schaffen, denn der Weg bis zum Schachtanfang war einfach noch zu lang.

Wieder verspürte ich das Rucken. Diesmal stärker, dann hörte ich das Lachen in den Schacht hineinschallen, und einen Moment später geschah es.

Das Seil riss, und ich jagte in die bodenlose Tiefe!

War das mein Tod, das Ende einer langen Lebensreise?

Alles war möglich.

Leben oder Tod. Es gab nur diese beiden Alternativen. Ich »lag« während des Falls auf dem Rücken, konnte in die Höhe schauen und sah den Tunneleingang immer kleiner und schmaler werden, sodass er für mich bald nur noch ein Punkt war.

Auch in diesen langen, schrecklichen Augenblicken arbeitete mein Gehirn, suchte Vergleiche, fand sie. Ich kam mir vor wie ein großer Vogel, der abgeschossen worden war.

Einfach so.

Brutal abgeknipst, vom Himmel geholt und in die dunkle Hölle gestoßen.

Ich jagte tiefer.

Wie lange kann oder muss ein Mensch fallen, um eine bestimmte Entfernung zurückzulegen? Es gibt Formeln, man kann alles errechnen, nur stand mir danach nicht der Sinn.

Ich hatte es nicht mit Physik zu tun, sondern mit der reinen Magie. Und die war momentan stärker als ich.

Die Dunkelheit schien mich zu schlucken. Sie war wie ein Maul, weit aufgerissen, ein Schlund, eine Hölle für sich, die mich nie mehr loslassen würde.

Grausam und erbarmungslos.

Sie schluckte, sie fraß, sie würde mich nie mehr hergeben, wenn sie mich einmal hatte.

Und ich gewöhnte mich daran.

Vielleicht ist es gut, dass Menschen sich an gewisse Dinge gewöhnen, seien sie auch noch so schrecklich und furchtbar.

Mir erging es nicht anders.

Der Fall kam mir nicht mehr so schnell vor. In meinem Bewusstsein hatte er sich verlangsamt, wie bei einem Fallschirmspringer, der seinen Schirm hatte und aufflattern ließ.

So raste auch ich weiter …

Über eine Zeit konnte ich nicht nachdenken. Minuten, Sekunden, was war das schon in einer fremden Dimension, wo Zeit sowieso keine Rolle spielt?

Dann sah ich etwas!

Zuerst glaubte ich, dass mir meine Vorstellungskraft einen Streich spielte, aber irgendwo in der Dunkelheit bewegte sich etwas. Es war ebenfalls ein Schatten, nur heller als die Finsternis, und er lag dort wie eine Insel.

Die plötzlich explodierte.

Ich schrie auf, weil mich Flammen umtanzten. Mit weit geöffneten Augen starrte ich gegen ein furchtbares Monster, das nur einen Körper hatte, aber drei Köpfe.

Grausame Schädel.

Krokodil, Mensch, Ratte!

Der Dreitöter!

Schnell wie ein Komet war er heran. Ich schaute direkt in den weit aufgerissenen Rachen des Krokodils und rechnete damit, dass mich das Maul verschlingen würde.

Aber auch mein Kreuz meldete sich.

Die Hitze strahlte auf mich über, der Dreitöter verschwand vor meinen Augen, und auch die Finsternis fegte wie ein schnell aufgezogener Vorhang zur Seite.

Dafür blendete mich das helle Licht, und eine kalte Luft wehte gegen mich.

Die Welt hatte mich wieder.

Fragte sich nur – welche Welt. Und wo befand ich mich?

Zunächst einmal nicht in der Schwärze. Über mir sah ich einen weiten, herrlich blauen Himmel, davor die schneebedeckten Berge. Ein heller, silbriger Punkt zog einen weißen Streifen hinter sich her.

Das war ein Flugzeug!

Plötzlich lachte ich. Es war allein der Anblick dieses Flugzeugs, der mich dazu trieb. Eine Maschine, ein Clipper, ein Jet gehörte nicht in eine fremde Dimension, sondern in die Welt, in der ich aufgewachsen war.

Ich verfolgte den Weg der Maschine so lange, bis ich sie nicht mehr sehen konnte. Erst dann widmete ich mich meiner Umgebung. Prächtig bauten sich die hohen Berge vor mir auf. Gewaltige Gipfel, von einer Schnee- und Eisschicht geziert. Gletscher funkelten im Schein des Sonnenlichts in den unterschiedlichsten Farben, als ihr Eis die Helligkeit des Himmelskörpers brach.

Unterhalb des Schnees breiteten sich die weiten, geschwungenen Täler aus. Manche schüsselartig, andere wiederum sehr steil und von graubraunen, hoch ansteigenden Felswänden markiert.

Ja, ein wildes Gebirge, anders als die Alpen, längst nicht so lieblich, viel rauer und auch nicht so touristisch erschlossen.

Wo konnte ich mich befinden?

Die Antwort war einfach. Ich fand sie auch ohne schnelles Nachdenken. Wladimir Golenkow hatte davon gesprochen, dass die drei Männer im Kaukasus verschwunden waren. Wir hatten hinfliegen wollen, das konnten wir uns jetzt sparen. Ich glaubte fest daran, dass ich mich auf den Höhen des Kaukasus befand.

Der Wind war kühl, aber nicht unangenehm. Zwar lag noch Schnee auf den Bergen, aber in den Tälern, wo Wald und Matten weite Bergflanken bedeckten, begann der Frühling.

Die Blumen krochen aus der Erde, auch das Gras begann zu

sprießen. Trotzdem konnte ich mich an dem Anblick nicht erfreuen. Die Sorgen waren stärker. Ich hatte es geschafft, ich lebte, mir war rein gar nichts passiert, aber wie verhielt es sich mit Wladimir Golenkow? Von ihm sah ich keine Spur. Möglicherweise war er an einer anderen Stelle gelandet, das musste ich noch herausfinden.

Als ich zu Boden schaute, sah ich, dass noch immer das Seil um meine Hüften geknotet war. Ich löste den Knoten und schleuderte es weg wie eine tote Schlange.

Eigentlich konnte ich mir die Himmelsrichtung aussuchen, wohin ich wandern wollte. Es blieb sich gleich. Dennoch musste ich zu einem Ziel gelangen. Schließlich konnte ich nicht einfach durch die Gegend laufen und auf einen Zufall hoffen.

Im Kaukasus waren die drei Männer mit ihrem Hubschrauber spurlos verschwunden. Mit mir war das Gegenteil geschehen. Ich war im Kaukasus wieder aufgetaucht. Irgendwo musste es da einfach gewisse Zusammenhänge geben, nur hatte ich sie leider noch nicht herausgefunden.

Sosehr ich mich auch bemühte, Fußspuren entdeckte ich auf dem Gestein nicht. Wer hierher ging, der hinterließ keine, und auch weicheren Boden sah ich nicht in der Nähe.

Nach Wladimir Golenkow zu rufen hatte keinen Sinn. Wenn ich ihn finden wollte, nur durch Eigeninitiative.

So machte ich mich auf den Weg. Nicht weit entfernt, vielleicht hundert Schritte, hatte ich ein Plateau entdeckt, auf das ich springen konnte. Und dies im wahrsten Sinne des Wortes, denn vor mir befand sich ein tiefer, zum Glück nicht sehr breiter Spalt.

Das Felsplateau war nicht sehr groß. Karges Gras wuchs inselhaft darauf. Der Wind blies mir Staub entgegen. Ich erreichte das Ende, schaute auf einen mit Geröll bedeckten Schräghang, der sich verbreiterte und in ein weites Tal auslief.

Von hier oben eine Idylle, denn das Tal war bewohnt. Steinhäuser standen gegen die Hänge geduckt. Aus manchen Schornsteinen quollen dünne Rauchfahnen. Ich sah auch Menschen in dem Dorf, die von hier oben klein wie Spielzeugpuppen wirkten.

Ich war zunächst einmal froh, so etwas wie Zivilisation entdeckt zu haben, und machte mich auf den Weg zum Dorf.

Dass es weit sein würde, ahnte ich. Was in den Bergen nah aussieht, erweist sich oft als optische Täuschung, und so war es kein Wunder, dass schon fast die Dämmerung hereinbrach, als die ersten Häuser endlich vor mir lagen.

In Deckung einer Reihe angepflanzter Nussbäume blieb ich stehen, weil ich mir einen Eindruck vom Dorf verschaffen wollte.

Es war zeitlos …

Die Häuser hätten ebenso gut ins Mittelalter oder in eine noch frühere Zeit gepasst. Nichts hatte sich verändert. Sie waren aus dem grauen Stein der Berge errichtet worden. Die Lücken hatte man mit erdigem Lehm gefüllt. Ich sah nur die Andeutung einer Straße, erst recht kein Auto, dafür in den Ställen Vieh.

Schafe, Ziegen, auch Kühe und Schweine entdeckte ich. Sie befanden sich nicht weit entfernt im Freien, hatten mich wohl gewittert und fingen an, hektisch zu quieken. Dabei wühlten sie den Dreck auf, sodass er zu regelrechten Schlammfontänen in die Höhe spritzte.

Das erste Haus lag vielleicht zwanzig Meter entfernt. Es war flach gebaut, das Dach war schief und war mit grauen Schindeln bedeckt. An der Rückseite berührte es mit seinem Rand fast eine Erhöhung am Boden.

Genau dieses Haus suchte ich mir aus. Irgendjemand musste mir eine Information geben, auch wenn es wegen der sprachlichen Barrieren schwer werden würde.

Aus einem Haus gegenüber löste sich die Gestalt einer alten Frau. Sie trug dunkle Kleidung, ein Kopftuch, ging einige Schritte, blickte zum Himmel und zog sich wieder zurück.

Die Tür fiel scheppernd hinter ihr zu.

Ich hatte nicht einmal das Gesicht der Frau erkennen können, glaubte aber, unter dem Kopftuch einen grüngelben Fleck oder Schatten gesehen zu haben.

Was war das für ein Ort?

Okay, er lag in einer verlassenen Ecke des Kaukasus, wo die Zeit wohl stehen geblieben war. Das gab es ja auf der Welt, und nicht nur einmal, aber hier hatte ich das Gefühl, als käme noch etwas anderes hinzu.

Es war die Stille …

Von den Tieren einmal abgesehen, erinnerte mich die Ansammlung von Steinhütten an ein Gebiet, das eigentlich längst gestorben war. Vielleicht wie ein Museum. Man hatte die Häuser eben wieder nachgebaut, um Besuchern zu zeigen, wie es früher einmal gewesen war.

Die strahlende Bläue des Himmels war verschwunden. Auch über die Berge des Kaukasus schob sich allmählich die graue Fläche der Dämmerung. Noch würde es lange hell bleiben. Bis dahin musste ich etwas erreicht haben.

Mir fiel ein, dass im Kaukasus die Arche Noah gelandet sein sollte. Auf dem Berge Ararat sollte sie liegen. Gerade in letzter Zeit hatten sich Wissenschaftler aufgemacht, um den Berg zu besteigen und die Arche zu suchen.

Nur lag diese Stelle nicht in Russland, sondern in der Türkei und ausgerechnet in einem umkämpften Grenzgebiet, in dem aufständische Kurden herrschten.

Ich wusste nicht, ob ich mich noch in Russland oder bereits in der Türkei befand. Berge sehen überall gleich aus, egal, welche Staatsgrenzen sie durchschnitten.

Der Wind wehte als kühle Brise durch das Tal. Manchmal klapperten Läden oder nicht verschlossene Türen, aber ein Mensch ließ sich nicht blicken.

Ich hatte genug gesehen und verließ meine Deckung hinter den Haselnussbäumen. Mein Ziel war die erste Hütte. Auf irgendwen musste ich einfach treffen.

Ich duckte mich und lief sehr schnell. Diese Bewegungen schreckten die Schweine auf, die heftig anfingen zu grunzen und zu quieken. Unter der Dachkante blieb ich stehen. Ich befand mich an der Rückseite, wo ich keine Tür und nur ein schmales Fenster sah, durch das ich schaute. Ich hätte es auch bleiben lassen können, denn zu sehen war nichts. Auf der Scheibe klebte einfach zu viel Schmutz.

Niemand sah mich, als ich an die Vorderseite der Hütte ging, wo sich die Tür befand. Eine Klinke gab es nicht, nur einen Holzgriff, den ich umfasste und die Tür aufzog. Sie war aus einfachen Holzbrettern gefertigt. Leider waren die Bretter von unterschiedlicher Länge, sodass sie mit ihren Enden über den Boden schleiften und mich das kratzende Geräusch störte.

Deshalb hob ich die Tür etwas an, und nun klappte es besser. Wieder musste ich mich ducken, als ich das Haus betrat und in ein gefährliches Halbdunkel eintauchte, das mich wie ein feiner, grauer Schleier umfing. Es konnte auch am Staub liegen, der lag überall.

Auf einem Lager, auf den schlichten Steinbänken und in der Feuerstelle. Aus ihr strömte mir der Geruch kalter Asche entgegen.

Der Raum war ziemlich groß. Zur linken Seite hin senkte sich der Boden etwas ab. Dort befand sich kein Fenster, sodass auch kaum Licht hinfiel.

Aber auf dem Boden lag ein Gegenstand, der sogar sprechen konnte. »Willkommen in der Totenstadt, Gospodin John«, sagte Wladimir Golenkow mit einer bitter klingenden Stimme …

Ich erstarrte mitten in der Bewegung. »Du?«, fragte ich erstaunt.

»Ja. Oder hast du meinen Geist erwartet?«

»Nein, dann eher dich.«

»Sicher, ich habe es geschafft. Wie du auch. Aber mir geht es trotzdem dreckiger. Wenn du zufällig eine Lampe bei dir trägst, hol sie hervor und leuchte mal.«

»Das wollte ich sowieso.« Der Halogenstrahl der kleinen Leuchte fraß die Düsternis. Im schmalen Strahl sah ich die Staubkörner tanzen wie winzige Diamantsplitter. Der Staub bewegte sich auch um die Gestalt des Russen herum, der sich nicht rühren konnte. Man hatte ihn auf ein altes Rad gebunden.

»Verdammt, was ist das?« Ich war schnell bei ihm und sah mir die Fesselung an.

Stricke hatten sie nicht verwendet. Irgendein angefeuchtetes Hanfzeug, das sich, wenn es trocknete, zusammenzog und einem Gefesselten fast unerträgliche Schmerzen bereiten konnte.

Wladimir hatte noch Glück gehabt, weil in den pflanzlichen Fesseln ein Rest von Feuchtigkeit steckte.

Ich holte mein Messer hervor und begann, an den Stricken zu säbeln. Sogar seinen Hals umspannte eines dieser Bänder. Ich löste es besonders vorsichtig, um meinen russischen Freund nicht zu verletzen.

»Danke!«, keuchte er. »Das Ding hätte mir die Luft abgeschnürt. Ich kenne bessere Methoden, um zu sterben.«

»Kann ich mir vorstellen.«

Der Russe war jetzt befreit und kniete mit gesenktem Kopf vor mir. Er zitterte in den Armen, sein Kreislauf musste erst wieder richtig auf Touren kommen.

»Mann«, sagte er, »das war hart.«

»Du hast von einer Totenstadt gesprochen. Meinst du dieses Dorf damit?«

»Klar!«

»Und weshalb?«

»Weil hier keiner mehr leben dürfte. Und diejenigen, die hier leben, sind eigentlich schon tot. Verstehst du?«

»Nein.«

Golenkow lachte. »Ich auch nicht.«

»Aber du weißt trotzdem Bescheid.«

»Ja.« Er streckte mir seinen Arm entgegen. »Hilf mir mal auf die Beine.«

Das tat ich gern. Noch ziemlich wacklig in den Knien, blieb er stehen, sah mich an und nickte. »Das war verdammt hart, war das.« Dann ging er zur Sitzbank aus Stein und ließ sich dort nieder. »Soll ich der Reihe nach erzählen?«

»Ich bitte darum.«

»Es war ganz einfach. Du hattest das Bad verlassen, als ich noch einmal in den Schacht schaute. Da erwischte es mich. Es war wie ein Reißen, ein Strudel, unheimlich stark, weißt du? Ich hatte ihm nichts entgegenzusetzen. Er packte mich, ich klammerte mich noch fest, vergeblich. Ich wurde in den Schacht hineingerissen und regelrecht durch die Dunkelheit geschwemmt. Einfach weg, fort, in die Tiefe einer Dimension. Vielleicht der Vergangenheit oder der Zukunft. Jedenfalls starb ich nicht und erwachte hier.«

»In dieser Hütte?«

»Nein, draußen, aber schon zwischen den Häusern. Ich dachte ja, es wäre überstanden, aber es fing erst an. Plötzlich kamen sie und stürzten sich auf mich.«

»Wer kam?«

»Keine Ahnung. Uralte Gestalten. Sie sahen aus wie Mumien oder Tote. Jedenfalls konnte ich nichts mehr tun. Natürlich habe ich mich gewehrt, aber viele Füchse sind nun mal des Hasen Tod. Sie schlugen mich nieder. Als ich erwachte, lag ich in dieser Hütte, fein säuberlich an das Rad gefesselt.«

»Das habe ich ja gesehen. Hast du irgendeine Ahnung, was sie mit dir vorhatten?«

»Das Gleiche wie mit dir.«

»Ach.«

»Ja, sie werden uns nicht lebend davonkommen lassen. Sie warten hier auf ihren Götzen.«

»Und das ist der Dreitöter?«

»Genau.«

Ich schluckte und schmeckte den alten Staub auf der Zunge. »Kannst du mir vielleicht sagen, was es für eine Bedeutung mit diesem Dreitöter hat?«

»Nein, nicht genau. Immerhin wird er von ihnen angebetet. Er ist eben ihr Götze. Aber wie ich schon sagte, es dürfte die Leute überhaupt nicht mehr geben.«

»Weshalb nicht?«

»Lebst du länger als über 1500 Jahre, John …?«

Ich musste ihn wohl so komisch angestarrt haben, wie er noch nie in seinem Leben angestarrt worden war, denn Wladimir begann laut zu lachen. »Ja, da staunst du, wie?«

»Habe ich mich verhört?«

»Nein, das hast du nicht. Die Leute müssten eigentlich seit rund 1500 Jahren tot sein.«

»Haben Sie dir das gesagt?«

»Nein. Ich entnahm es ihren flüsternden Gesprächen.«

»Du konntest sie verstehen?«

Jetzt begann Wladimir zu grinsen. »Weißt du, John, wenn der KGB schon Spitzenagenten ausbildet, dann gibt er ihnen, bevor er sie losschickt, eine möglichst breite und große Allgemeinbildung mit auf den Weg. Du glaubst gar nicht, was ich alles studieren und pauken musste. Zu den Fächern gehörte natürlich auch die Geschichte und die Archäologie. Besonders habe ich mich für die Dinge interessiert, die in einem unmittelbaren Zusammenhang zu unserem Land stehen. Russland ist ein Vielvölkerstaat, und gerade der Süden hat eine besondere Geschichte. Die Menschen, die hier leben und längst tot sein müssten, sprachen so, wie man im fünften Jahrhundert nach Christus geredet hat. Sie sprachen über ihren Götzen, der ihnen den Weg schon zeigen würde, weil die Zeit endlich reif geworden ist.«

»Für was?«

»Kann ich dir nicht sagen. Aber sie müssen irgendetwas mit der Arche Noah zu tun gehabt haben.«

Ich drückte den Kopf vor und spürte auf meinem Rücken die Spannung. »Die Arche?«

»Die muss doch nach der Sintflut hier irgendwo gelandet sein.«

»Das stimmt«, murmelte ich. »Du hast Recht, aber ...«

»Kein Aber, John. Ich bin fest davon überzeugt, dass diese Gestalten etwas mit der Arche zu tun haben. Vielleicht haben sie nach ihr gesucht.«

Auch ich musste mich setzen. Was der Russe da vermutete, war wirklich ein Hammer.

Wladimir hatte sich wieder erholt. »Was ist?«, fragte er mich und begann leise zu lachen.«

»Nichts oder verdammt viel. Ich muss das erst verdauen.«

»Wenn ich einen Wodka hätte, sähe alles anders aus. Aber unser großer Kreml-Boss will es ja anders.«

»Und daran hältst du dich?«

»Manchmal«, gab er zu.

Wir wurden schnell wieder ernst. Ich kam auf das bestimmte Thema zu sprechen. »Du bist dir also nicht sicher, in welch einem Staat wir uns befinden? Wenn es hier tatsächlich um die Arche geht, müssten wir uns in der Nähe des Berges Ararat aufhalten, wo die Arche der Legende nach gestrandet ist. Dann wären wir in der Türkei.«

»Kann sein. Ich sehe das noch anders.«

»Wie denn?«

»Eigentlich dürfte es uns hier überhaupt nicht geben. Ebenso wenig wie das Tal.«

»Jetzt machst du mich neugierig.«

»Glaube ich auch.« Wladimir erhob sich. Er musste ebenfalls gebückt stehen, die Decke war zu niedrig. »Dieses Gebiet ist nicht bewohnt. Wenigstens nicht offiziell oder nicht mehr. Das ist damals alles untergegangen, sagen die Archäologen.«

»Woher kannst du das Areal hier so genau lokalisieren?«

»Ganz einfach. Ich habe schließlich die Hubschrauber losgeschickt. Allerdings nicht ohne die entsprechenden Informationen. Dazu gehörten Fotos, die von Satelliten und Flugzeugen aus geschossen worden sind. Und die Umgebung kommt mir zumindest von der Bergformation her bekannt vor, weil ich sie auf den Fotos gesehen habe. Wir befinden uns in dem Gebiet, in dem die drei Männer verschwunden sind.«

»War da nicht auch die Rede von Lava, Feuer und glühenden Felsen, wenn ich mich recht erinnere?«

»Ja, auch.«

»Aber davon sehen wir nichts.«

»Nein.«

Ich stand wieder auf. »Was weißt du, Wladimir?«

»Nichts«, erwiderte er. »Ich ahne nur etwas.« Er rieb seine Gelenke, weil sie von der Fesselung noch immer schmerzten.

»Dann erzähle mir davon.«

Der Russe grinste. »Das ist einfach zu fantastisch, aber kannst du dir vorstellen, dass wir zwei Zeitleben gleichzeitig erleben. Die Vergangenheit und die Gegenwart.«

»Nein, das kann ich nicht, aber ich kann mich damit abfinden, wenn du das meinst.«

»Schon besser.«

»Weiter im Text.«

»Ich habe die Leute gesehen, die hier vegetieren. Es sind meiner

Ansicht nach Tote. Lebende Leichen, auch Mumien, was immer du willst. Die leben und sind gleichzeitig gestorben. Klingt zwar irre, kommt aber der Wahrheit bestimmt nahe.«

»Und die suchen jetzt die Arche?«

»Möglicherweise sind sie dazu verflucht.«

Ich nickte bedächtig. »Das kann sogar hinkommen. Wobei man davon ausgehen muss, dass der Dreitöter, dieser Götze, ihr eigentlicher Anführer ist.«

»Gut kombiniert.«

»Und weshalb sind deine drei Agenten so plötzlich verschwunden?«

»Das weiß ich nicht genau. Da kann ich nur raten. Möglicherweise sind sie in den Umbruch der Zeiten hineingeraten. Ich weiß es nicht genau, John.«

»Es hat auch Zeugen gegeben«, warf ich ein.

»Klar, die Meldungen haben unsere Zentrale erreicht. Hier leben Nomaden, wir sind im Grenzgebiet. Hier stehen sich die Parteien gegenüber. Kurden, Soldaten, fanatische Moslems, das hier ist ein Pulverfass, obwohl es so einsam liegt. Ich kann mir gut vorstellen, dass dieses Gebiet von mehreren Seiten aus unter Kontrolle steht. Auch von unserer natürlich.«

»Und auch unter magischer.«

»Das versteht sich.« Wladimir bewegte seine Füße und schüttelte sich gleichzeitig. »Jetzt geht es mir wieder besser. Wenn ich nur wüsste, weshalb mich diese Mumien an ein Rad gebunden haben.«

»Um dich rollen zu lassen.«

»O wie schlau.«

Ich grinste nicht einmal. »Es ist mein voller Ernst, Wladimir. Um dich rollen zu lassen. Vielleicht in ein Feuer, was weiß ich?«

»In den Schlund?«

»Auch.«

»Ja, wir sollten etwas unternehmen. Am besten wäre es natürlich, wenn wir den Dreitöter stellten und ihm den Garaus machten. Dann kann uns alles andere gestohlen bleiben – oder?«

»Die Idee ist nicht schlecht.«

»Also los.«

Er wollte zur Tür gehen, aber ich streckte meine Hand aus. »Nicht so eilig, mein Junge. Ich will von dir noch wissen, wie viele Mumien dich überfallen haben.«

»Das kann ich nicht sagen. Zehn waren es schon.«

»Dann sind sie in der Überzahl. Ich habe eine alte Frau gesehen. Sie kam aus dem Haus gegenüber, und auch sie erinnerte mich an eine Mumie. So wie sie aussah und ging.«

»Ja, Frauen waren wohl auch dabei.«

»Aber weshalb sind die Tiere normal, wenn es die Menschen schon nicht sind?«

»Frag mich das später in Moskau!«

»Beim Wodka?«

»Richtig.«

Ich wechselte wieder das Thema. »Von dieser alten Frau weiß ich. Deshalb wäre ich dafür, dass wir uns diese komische Person zuerst ansehen.«

»Ich habe nichts dagegen.«

Der Russe ließ mir den Vortritt, und ich öffnete behutsam die Tür, die ich wieder anheben musste.

Es hatte sich nicht viel verändert. Leer lag das vor uns, was wir nicht einmal als Straße bezeichnen konnten. Es war praktisch die freie Fläche zwischen den alten Steinbauten mit den schiefen Dächern.

»Wenn du weiter in die Berge hineingehst, findest du noch Höhlen, in denen sie auch wohnen.«

»Wer? Die Mumien?«

»Sicher.«

Hundertprozentig überzeugt war ich von der Sache noch nicht, doch der Russe hatte auch keinen Grund, mich anzulügen. »Die halten sich versteckt, John«, flüsterte er. »Das spüre ich.«

Ich deutete auf das Haus gegenüber. »Sehen wir uns das mal an.«

Golenkow blieb neben mir. »Ist irgendwie verrückt, dass es einen Tunnel oder eine Verbindung zwischen einem Spiegel und dieser Umgebung hier gibt. Schwarze Magie, sie ist wirklich interessant.«

»Und gefährlich.«
»Auch das.«
Ich war vor dem Haus stehen geblieben. Es unterschied sich in nichts von den anderen Bauten. Vielleicht war es etwas kleiner. Von einer Stelle an der Seite aus konnte ich auf das Dach blicken und sah dort einige Löcher.
Der Wind war kühler geworden. Er strich sanft in das Tal. Am Himmel kämpfte die Sonne vergeblich gegen die anrückenden Schatten der Dämmerung an.
Fast wäre mir das Bild friedlich vorgekommen, wenn dieser Druck nicht gewesen wäre, der über allem lag. Ich spürte ihn und konnte mich ihm auch nicht entziehen.
Neben mir hatte Wladimir seine Pistole gezogen. Sein Gesicht mit den etwas hoch- und vorstehenden Wangenknochen wirkte in diesen Augenblicken unter der Konzentration noch kantiger.
Auch diese Tür musste ich aufhebeln, tat es mit einem heftigen Ruck und tauchte in das Haus.
Es war verdammt düster. Den Lampenstrahl ließ ich wandern. Wie eine helle Speerspitze stach er in die Ecke und traf das Gesicht einer dort geduckt hockenden Gestalt.
Es war die alte Frau – und die Mumie!

Neben mir atmete Wladimir Golenkow scharf aus. »Verdammt, ich hatte es gewusst. Ich habe mich nicht getäuscht. Das sind Mumien.«
Die Frau war in Lumpen gehüllt. Sie hatte uns ihr Gesicht zugewandt, ohne uns wahrscheinlich zu sehen, denn Augen entdeckte ich keine in dem von Falten und spröder Haut durchzogenen Oval.
Etwas zögernd ging ich auf sie zu, während Wladimir zurückblieb, um mir den Rücken zu decken. Wir hatten die Tür nicht geschlossen. Wind drang in den Raum und wehte uralten Staub hoch.
Nach zwei Schritten bewegte die Frau oder die Mumie die Arme. Ich hörte ein feines Knirschen, als würde Sand aus ihren Knochen oder Gelenken rieseln.

Auch wenn sie nicht gefährlich war, konnte ich mich eines unheimlichen Gefühls nicht erwehren. Ich hatte sie vor kurzem laufen sehen. Nun aber sah sie aus, als könnte sie sich nicht einmal erheben.

Als sie den Kopf hob, leuchtete ich ihr ins Gesicht. Es war ein Antlitz, das mich abstieß und gleichzeitig auch berührte.

Uralt, aber nicht verwest. Von Siechtum gezeichnet und doch auf irgendeine Art und Weise lebendig. Eine Haut wie dünnes Papier, die sich auch an den Händen nicht anders zeigte.

War sie wirklich eine lebende Tote?

Einen halben Schritt vor ihr blieb ich stehen. Ich hatte Angst davor, die Gestalt zu berühren. Schon der geringste Druck konnte dafür sorgen, dass sie zusammenfiel. Dies wollte ich nicht riskieren.

Die Mumie bewegte den Kopf. Auf mich wirkte sie so, als wollte sie mit mir sprechen. Es dauerte eine Weile, bis sie etwas hervorbrachte. Und gleich der erste Satz riss mich fast von den Beinen.

»Salomo, ich spüre dich ...«

Ich schloss für einen Moment die Augen. Wieso verstand ich die Worte, und weshalb hatte sie mich als Salomo bezeichnet? Ich war nicht der König Salomo, ich hieß auch nicht Salomo, aber es gab zwischen ihm und mir eine Verbindung.

Geschaffen durch das Kreuz!

Konnte ich sie deshalb verstehen? War mein Kreuz gewissermaßen ein Übersetzer?

Ich wollte es wissen und zog an der Kette, sodass mein Kreuz frei lag.

Auf den flachen Handteller legte ich es so hin, dass die Mumie es einfach sehen musste.

Sie senkte den Kopf, weil sie meine Bewegung irgendwie gespürt oder auch gesehen haben musste.

»Kennst du es?«, fragte ich.

Eine Antwort gab sie nicht, starrte statt dessen das Kreuz an und flüsterte nach einer Weile den Namen Salomo.

»Was ist damit?«

»Er sollte ihnen Rat geben, er sollte uns Rat geben. Wir riefen sein Orakel an, denn es besagte, dass er und die Königin von Saba wissen, wo wir die Arche finden können. Das Orakel hat geschwiegen, Salomo hat uns nichts gesagt, so gingen wir zu dem Götzen, um von ihm eine Wegschrift zu bekommen. Und er gab sie uns. Er führte uns in dieses Tal, wo wir verflucht wurden. Ja, verflucht wurden«, wiederholte sie sich. »Wir hatten dem Götzen gedient und waren nicht würdig, die Arche zu finden. So mussten wir denn hier bleiben, und dies für alle Zeiten. Dem Götzen zu dienen, wenn er sich zeigte, war unsere Pflicht. Nur der Götze in seiner schrecklichen Dreigestalt war unser Herr. Wir haben das Wahre verraten und tragen die Buße der Ewigkeit. Und jetzt spüre ich seine Nähe. Es ist wie damals gewesen, als wir das Orakel befragten. Der Odem des Weisen streift mich. Wer bist du? Bist du der König aus dem Reich der glücklichen Seelen?«

»Nein, der bin ich nicht.«

Sie hob den Kopf an. Noch immer sah ich nichts von ihren Augen. »Wer bist du dann? Weshalb kamst du?«

»Ich wollte euch finden.«

»Die Zeit hat uns vergessen, die Welt auch, nur der Götze erinnert sich noch an uns und löste den alten Fluch ein. Immer und immer wieder. Wären wir ihm damals nicht gefolgt, hätten unsere Seelen längst Ruhe gehabt. So sind wir verflucht, denn es gelingt uns nicht, die Macht des Götzen zu brechen. Wir werden immer wieder die gleiche Hölle erleben wie zu Beginn. Nacht für Nacht …«

»Was ist das für eine Hölle?«

»Dann erscheint er in einer Lavawolke, die über uns zusammenfällt und uns verbrennt. Aber wir werden wieder unter dem Gestein hervorkriechen und unser Dasein weiterführen. So lange, bis es die Welt und die Zeit nicht mehr gibt.«

»Und wenn man den Götzen tötet?«, fragte ich.

Die lebende Mumienfrau schüttelte den Kopf. »Das kann niemand mehr. Und der weise König hat diese Welt längst verlassen. Wenn die Menschen uns nur glauben würden. So aber kommen sie her und treiben ihr Vieh in dieses Tal, dabei nicht ahnend, dass es dem Tod geweiht ist …«

»Dann weiß man nichts von euch?«

»Diejenigen, die es wissen, wollen es nicht glauben und schweigen auch vor Angst. Die Menschen haben ein schlechtes Gewissen, ja, das haben sie. Viele kamen, um die Arche zu finden, keiner hat es geschafft. Selbst wir, denn wir waren die Ersten, die es versucht haben und den alten Plänen folgten, die wir fanden.«

So interessant ihre Ausführungen auch waren, mir brannte trotzdem die Zeit unter den Nägeln, denn ich wollte wissen, was mit dem Dreitöter los war.

»Wo ist das Monster? Wann kommt es?«

Die uralte Frau bewegte sich wieder, und ich vernahm abermals das Knirschen. »Es ist immer da. Es ist zeitlos. Mal sind wir sichtbar, mal nicht. Man kann ihm nicht entrinnen.«

»Dann zeige es mir.«

Sie bewegte ihren Kopf, sodass so etwas wie ein Nicken zu sehen war. Ich ahnte schon im Voraus, was kam, und trat sicherheitshalber einen Schritt zurück, um ihr den nötigen Platz zu lassen, falls sie aufstehen wollte.

Und sie stand auf.

Es sah ungewöhnlich aus, so als würde man ein Denkmal anheben. In den uralten Gelenken knirschte und knarrte es. Wäre jetzt Staub aus den alten Lumpen geweht, hätte mich dies nicht gewundert.

Auch Wladimir Golenkow stand unbeweglich da, atmete flach und konnte nur staunen.

Als ich mich neben ihm aufbaute, wollte er mir eine Frage stellen. Ich hatte wegen der Störung Angst und legte schnell einen Finger auf meine Lippen.

»Nicht jetzt!«, hauchte ich.

»Aber du hast sie verstanden?«

»Ja.«

»Wieso, John? Was ist da …?« Wladimir verstummte, weil die uralte Frau die ersten Schritte setzte. Sie ging sehr unsicher. Man konnte in Versuchung geraten, sie zu stützen, aber das wäre zu risikoreich gewesen. Ich konnte nicht wissen, ob sie ein Anfassen überhaupt überstand und nicht einfach zusammenfiel.

Sie ging an uns vorbei. Schlurfend und gebückt. Auch ihre Arme pendelten mit, sie schienen jeden Augenblick abzufallen.

Staunend und teilweise auch fassungslos schauten wir zu. Ich warf einen Blick auf mein Kreuz.

Es hatte sich nicht erwärmt und gab auch optisch kein Zeichen ab, dass sich in seiner unmittelbaren Umgebung ein Gefahrenherd zusammenbraute.

»Die will ja zur Tür«, staunte Wladimir Golenkow. »Was soll das schon wieder?«

»Es geht um den Dreitöter.«

»Na und?«

»Warte ab«, flüsterte ich. »Eile ist hier fehl am Platz. Was Jahrhunderte gedauert hat, kann nicht auf einmal übers Knie gebrochen werden.«

»Möglich. Du hast ja mehr gehört und sie sogar verstanden.«

Wir starrten auf den Rücken der Mumie. Er war krumm wie ein Bogen. Die Füße brachte die ungewöhnliche Gestalt nicht vom Boden hoch. Bei jedem Schritt schlurfte sie und wirbelte Staub auf. Man konnte tatsächlich den Eindruck gewinnen, es mit einer Toten zu tun zu haben, die Jahrhunderte über in der Erde gelegen hatte.

Sie ging auf dem direkten Weg zur Tür. Manchmal hatte ich den Eindruck, als würde sich nur noch ein Bündel graugrüner Lumpen bewegen und den Staub hochwirbeln.

Vor der Tür blieb sie stehen.

Obwohl sie hinaus musste oder wollte, wartete sie zunächst einmal ab. Sie drehte sogar den Kopf, ihr Blick suchte mich, während Wladimir für sie nicht existent war.

Ich spürte, dass sie etwas Bestimmtes von mir wollte, deshalb ging ich auf sie zu.

Eine gichtkrumme, mit dürrer Haut bespannte Hand schob sich mir entgegen. Sie fasste mich nicht an. Bevor die Finger mich berühren konnten, stoppte sie die Bewegung. Wieder legte sie den Kopf ein wenig nach unten und richtete ihr Gesicht so, dass sie mich anblicken konnte. Ihre Augen sah ich nicht, sie waren in dem Faltenmuster verschwunden. Ich hatte dennoch das Gefühl, von ihr angeschaut zu werden.

»Salomo«, sagte sie. »König Salomo und sein Orakel. Wir haben es nicht geschafft, aber du, du bist es. Ich spüre den König Salomo. Er ist in meiner Nähe.«

Ich wollte sie nicht enttäuschen und sagte: »Vielleicht ist es so. Wir werden sehen.«

»Aber hüte dich!« Jetzt hob sie einen dürren Zeigefinger. »Hüte dich vor dem Dreitöter! Er ist schlimm. Er ist ein Götze aus der Zeit der großen Führer, als das Volk noch wanderte und seine Heimat suchte ...«

Die rätselhaft gesprochenen Worte konnten nur eines bedeuten. Dass der Dreitöter schon in alttestamentarischer Zeit bekannt gewesen war. Und das wandernde Volk konnten demnach die Israeliten gewesen sein.

Ich nickte der alten, sprechenden Mumie zu und versuchte ein Lächeln. »Ja, ich weiß es.«

»Heute ist der Tag, an dem er erscheint!« Sie ließ den Arm sinken und winkelte auch wieder ihren Zeigefinger an. Dann drehte sie sich um und öffnete die Tür.

Ich hatte ihr helfen wollen, doch sie schaffte es allein, auch wenn sie Kraft einsetzen musste.

Hinter mir hörte ich Wladimirs Schritte. Er blieb neben mir stehen und starrte nach draußen. »Ich bin ziemlich von der Rolle«, gab er zu. »Und du?«

»Im Gegensatz zu dir fühle ich mich noch aufgespult.«

»Dann ist es ja gut.«

Die Mumie hatte das Haus verlassen. Sie brauchte den Kopf nicht einzuziehen, um unter dem Rand des vorspringenden Dachs hindurchgehen zu können. Ihre Schritte blieben immer gleichmäßig. Wahrscheinlich konnte sie nicht schneller gehen.

Was war ihr Ziel?

Sehr bald schon wussten wir es. Sie blieb mitten auf der Straße stehen oder auf dem, was man als Straße ansehen konnte. Auch uns hielt nichts mehr in der alten Hütte.

Hintereinander schoben wir uns durch die Öffnung und warteten ab, was geschah.

Die Mumie schaute in das Tal hinein und den hohen Bergen

entgegen, wo noch der Schnee leuchtete, obwohl sich bereits die Dunkelheit über das Tal schob.

Wir hatten nicht mehr damit gerechnet, dass sie noch reden würde, aber sie sprach trotzdem die Worte, die ich als eine Warnung ansah. »Der Dreitöter kommt und bringt seinen Schlund. Er wird alles verschlingen. Das hier ist sein Reich. Noch herrscht Ruhe, aber es ist die Stille vor dem großen Sturm, glaubt mir ...«

»Was hat sie gesagt?«, fragte mich Golenkow.

Ich übersetzte es ihm.

Der Russe hob die Augenbrauen. »Das hört sich verdammt nach einer finsteren Drohung oder Warnung an.«

»So soll es auch verstanden werden.«

»Aber ich sehe ihn nicht. Wer ist er überhaupt?«

»Ein alter Götze!«

»Ja, das weiß ich. Aus welcher Zeit?«

»Kennst du Baal?«

»Sicher.«

»Dazu wird er passen. Die Stämme früher beteten zahlreiche Götzen und Gottheiten an. Da bildeten auch die Israeliten keine Ausnahme. Schon zu König Salomos Zeiten muss es ihn gegeben haben. Er sollte die Gruppe dieser Mumien zur Arche führen. Das ist nicht gelungen, sie haben sich den Falschen ausgesucht und rannten in ihr Verderben.«

»Woran sie jetzt noch büßen.«

»Sicher.«

Golenkows Neugierde war zunächst einmal befriedigt. Auch ich griff das Thema nicht mehr auf, da ich mich auf die Umgebung konzentrieren wollte und darüber nachgrübelte, ob sich etwas verändert hatte. Von einem Erscheinen des Dreitöters war gesprochen worden und auch von dessen Schlund. Das bedeutete gleichzeitig Feuer und Grauen. Nicht umsonst waren die drei Agenten verschwunden. Sie mussten dem Dreitöter in die Quere gekommen sein. Wahrscheinlich hatte er sie geschluckt.

Es war dunkler geworden. Auch in das Tal fielen jetzt die ersten breiten Schatten wie lange Finger. Auf den Bergspitzen wurde der

Schnee noch von den Sonnenstrahlen gestreichelt. Die Eisflächen dort glänzten wie frisch geputzte Spiegel.

Der Wind brachte auch die Kälte mit. Aber nicht mit den Temperaturen, wie sie in England herrschten, wo das Thermometer wieder tief gesackt war.

Keiner von uns wusste, was die Mumie wollte. Sie stand einfach da und rührte sich nicht. Die einsame Gestalt schien dem Wind zu lauschen, der ihr entgegenwehte.

Minuten verstrichen.

Von anderen Mumien sahen wir ebenso wenig etwas wie von unserem eigentlichen Gegner, dem Dreitöter. Die Stille im Tal wurde nur vom Säuseln des Windes unterbrochen.

Plötzlich lief ein Ruck durch die mumienhafte Gestalt. Es sah so aus, als wollte sie sich schütteln oder irgendetwas abstreifen. Dann aber ging sie.

Wieder bewegte sie sich langsam und marionettenhaft. Die Füße schleiften über den Boden, wo sie ebenfalls den Staub aufwirbelten. Er begleitete sie als quellende Wolken und wurde dann nach hinten geweht. Auch wir spürten den Wind, der urplötzlich in das Tal eingefallen war.

»Was ist das?«, rief Golenkow und presste seine Hand auf das Haar. Am Gebäude hinter uns schepperte und klapperte es, aber das interessierte uns nicht, denn die Mumie war wichtiger. Wir sahen, wie sie sich gegen den Wind anstemmte. Ein dürres Mumienwesen, eingehüllt in alte Lumpen, so wollte sie weitergehen, doch der Wind, schon zu einem Sturm geworden, war stärker.

Was in der folgenden Minute geschah, wunderte uns. Die uralte Mumie kam keinen Schritt weiter. Gierige Arme griffen in ihre Kleidung, sie schleuderten die Lumpen in die Höhe, als wollten sie diese einfach wegwerfen. Wie mit den Resten einer Fahne spielten sie damit, und die alte Mumie, die noch lebte, drehte sich jetzt zur Seite, um uns anschauen zu können.

Seitlich fuhr der Wind jetzt gegen sie. Er packte sie, er schüttelte sie durch – und er löste sie auf!

Es war ein unheimliches Bild, das uns geboten wurde. Die alten Lumpen, in eine bestimmte Richtung getrieben, standen hoch und flatterten über dem Boden. Aus ihren Ritzen und Löchern rieselte es hervor und wurde gleichzeitig fahnengleich weggeschleudert.

Staub …

Reste, graugrün und so aussehend wie auch der Körper der lebenden Mumie.

Wir konnten einfach nicht sprechen, starrten das in Lumpen gehüllte Wesen an und sahen, dass es dem Wind nichts mehr entgegenzusetzen hatte.

Der Sturm packte die Lumpen, schüttelte sie durch und verwehte den Körper.

Wir sahen es an den Händen, die immer dünner wurden, weil der Wind sie wegblies. Auch das Gesicht blieb nicht verschont. Sand und Erde, Staub und Haut vermischten sich miteinander und flogen als Wolken davon.

Die Mumie hatte sich zurückgelehnt und ihr Gesicht gegen den Wind gestemmt. Auf uns wirkte es, als wartete sie nur darauf, vom Wind ausgelöscht zu werden.

Der Sturm löste sie tatsächlich auf.

Als lange Fahnen schleuderte er den dünnen Staub vor sich her, sodass auch die lumpige Kleidung keinen Halt mehr hatte und zusammenfiel. Der Wind spielte mit den Lumpen, drehte sie, als wollte er ihnen das Tanzen beibringen, und das uralte Gesicht der Mumie verschwand vor unseren Augen, als hätte man es schichtweise weggetragen.

Zurück blieb die Kleidung. Als Lumpenbündel zusammengesunken. Ohne Inhalt, nur die uralten Fetzen, die der Sturm ergriff und vor sich her trug.

Wladimir Golenkow umklammerte meinen Ellbogen. »Hast du das gesehen, John? Hast du das tatsächlich gesehen?«, keuchte er und schüttelte den Kopf. »Das gibt es doch nicht.«

»Siehst du ja.«

»Oh, verflucht!« Er hieb sich selbst gegen die Stirn. »Hier verliere ich noch den Verstand.«

Bevor ich mich in Bewegung setzte, sah ich ihn grinsend an. »Hast du den je besessen?«

»Das frage ich mich seit dem Tag, als ich mich mit dir einließ, du dekadenter Geisterjäger.«

»Danke, ich habe verstanden.«

Der Wind hatte etwas nachgelassen. Er wehte nicht mehr den Staub hoch und spielte nur noch mit dem Kleiderbündel, das ich mir näher ansah, zwischen die Lumpen griff und sie anhob.

Als ich die Lumpen durch meine Hände gleiten ließ, rieselten letzte Staubreste hervor. Wladimir Golenkow schaute mir zu und schüttelte dabei den Kopf. »Ich kann es noch immer kaum fassen, dass dies einmal eine Mumie gewesen ist.«

»Finde dich damit ab.«

»Muss ich wohl.«

Golenkow sah sich um. »Sie hat uns vor dem Schlund und dem Dreitöter gewarnt. Noch sehe ich keines von beiden. Glaubst du, dass sie die Wahrheit gesprochen hat?«

»Ich gehe davon aus, weil sie keinen Grund hatte, uns zu belügen.«

Golenkow schlug mit der Faust auf seine freie Handfläche. »Ich wäre dafür, auch die anderen Hütten zu untersuchen und die Mumien hervorzuholen, die sich noch hier befinden. Was meinst du?«

»Durchsuchen zumindest.«

Wladimir zog seine Pistole. »Ich bin gespannt, was geschieht, wenn ich eine Kugel durch die Mumie jage. Ob sie dann wohl auch zusammenfällt?«

Ich winkte ab.

Das nächste Haus lag nur ein paar Schritte entfernt. Es sah aus wie eine rechteckige Schachtel und hatte natürlich auch einen schmalen Eingang.

Sehr vorsichtig zog ich die Tür auf. Schon als sie spaltbreit offen stand, wehte uns ein Geruch entgegen, bei dem sich einem der Magen umdrehen konnte.

Wir kannten den Gestank, und auch mein russischer Kollege wusste sofort Bescheid.

»Verdammt, das ist Moder!«

»Und ob.«

Ich schob die Tür weiter nach innen, damit wir das Haus betreten konnten.

Auch hier war es verdammt düster. Ich schaltete meine Lampe ein und drehte den Strahl.

Die Toten lagen auf dem Boden, und es waren keine Mumien, sondern normale Leichen, die sich im Zustand der Verwesung befanden und diesen grauenhaften Geruch abgaben.

Unwillkürlich schluckte ich und hielt auch die Luft an. Eigentlich hätten wir verschwinden müssen, aber ich wollte mir die Toten genauer anschauen.

Sie lagen auf dem Rücken. Die Kleidung war noch erhalten. Sie sah irgendwie orientalisch aus, und auch Wladimir Golenkow hatte dies bemerkt.

Nickend deutete er auf die Leichen. »Das müssen Menschen gewesen sein, die hier in der Gegend gelebt haben, John. Sie haben das große Pech gehabt und sind dem Dreitöter oder den hier hausenden Mumien in die Quere gekommen.«

»Wahrscheinlich dem Dreitöter«, flüsterte ich, denn die Haut der Toten war verbrannt.

»Bergbauern«, sagte Wladimir. »Da denke ich an die Gerüchte, die uns zu Ohren gekommen sind. Jetzt haben wir den verdammten Beweis, dass sie stimmen.«

Ich zog mich wieder zurück. Diese Entdeckung reichte mir. Es konnte durchaus sein, dass wir noch mehr Tote sahen. Als wir wieder draußen standen und tief durchatmeten, sahen wir auch die Veränderung, die allmählich über das Tal niedersank.

Der Himmel hatte sich verändert, aber auch der Boden war ein anderer geworden.

Grau hatten wir ihn in Erinnerung. Wir sahen noch einen Teil der Farbe, aber mittlerweile schob sich etwas anderes durch. Ein rötlicher Schein, zunächst noch schwach, doch von Sekunde zu Sekunde sich verstärkend.

Der Himmel wirkte plötzlich anders. Er sah aus, als hätte man ihn mit einer roten Glaskugel bedeckt. Der Wind war eingeschlafen. Wir konnten die Szenerie mit der berühmten Ruhe vor dem Sturm vergleichen.

Tat sich etwas? Kam der Dreitöter?

Golenkow war einige Schritte zur Seite gegangen und einen kleinen Hang hochgestiegen. Von dort hatte er einen besseren Ausblick und meldete mir, dass er nichts sah.

»Der kommt noch!«

Der Russe hob die Schultern. Wir schauten zu, wie sich das rote Licht immer stärker ausbreitete. Es wuchs an den Hängen hoch, drang aus dem Himmel, überschwemmte den Boden und sah aus, als wäre es aus dünnem Glas hergestellt.

Dabei blieb es nie ruhig. In der Tiefe begann die Unruhe, das flackernde Licht, die Schlieren, der Dampf, der Nebel, der sich aber nicht verteilte.

Golenkow deutete zu Boden. »Ich habe allmählich das Gefühl, als würde es unter meinen Füßen kochen.«

»Das kann hinkommen.«

»Wieso?«

»Hast du nicht von Lava gesprochen?«

Wladimir verzog die Lippen. »Dann würden wir uns ja auf oder in einem Vulkan befinden.«

»Ist durchaus möglich.«

Der Dreitöter hielt sich noch zurück, aber seine Vorboten, dieses Licht, hatten bereits das gesamte Tal eingenommen und so etwas wie eine magische Zone gebildet.

Der KGB-Mann stieß mir in die Seite. »Was sagt denn dein kleines Wunderkreuz, John?«

»Moment.« Ich holte es hervor. Es tat sich kaum etwas, aber dort, wo sich die beiden Balken trafen und die geheimnisvollen Zeichen in der Mitte damals von Lilith geraubt worden waren, glänzte es.

Auch Golenkow hatte es gesehen. »Was ist das denn?«

»So etwas wie ein Schwachpunkt auf dem Kreuz.«

»Wie meinst du das?«

»Das erkläre ich dir später.«

»Du musst es wissen.«

Wir hatten uns beide nicht mehr viel zu sagen, denn wir warteten auf die kommenden Ereignisse.

Hatte vor wenigen Minuten der Wind noch die Mumie aufgelöst, so änderte sich dies. Es wehte überhaupt kein Lüftchen mehr. Der Wind war eingeschlafen, und die Temperatur nahm zu. Es wurde warm, fast schwül. Wir merkten beide, dass wir am Beginn einer Verwandlung standen. Möglicherweise hatte sich schon eine andere Zeitebene in die normale geschoben.

Lange hielt die Stille nicht an. Sie wurde plötzlich von rollenden und knirschenden Geräuschen unterbrochen, die vor uns aufklangen.

Einen Lidschlag später sahen wir die ersten Mumien. Es war nicht mehr festzustellen, ob sie aus den Häusern oder dem Boden gekrochen waren, jedenfalls waren sie da.

Ich zählte rasch und kam auf die Zahl fünfzehn. Das bereitete mir die kleinsten Sorgen. Viel schlimmer waren die Räder, an die Menschen gebunden worden waren.

Arme Geschöpfe, Gefangene der Mumien. Sie trugen noch ihre normale Kleidung, und ich erkannte, dass es Bergbauern sein mussten. Männer, die von den Mumien gefangengenommen und auf die Räder gebunden worden waren.

»Was haben die vor?«, hauchte Golenkow.

»Ist doch klar. Die Leute sollen dem Dreitöter geopfert werden. Man hatte dir das gleiche Schicksal zugedacht.«

»Sicher.« Er warf mir einen pikierten Blick zu. »Und was machen wir? Sollen wir dazwischengehen und feststellen, ob die Mumien auch kugelfest sind?«

»Noch nicht, mein Lieber. Wir müssen abwarten, ob sich da etwas tut. Die Menschen befinden sich nicht in Lebensgefahr, wir haben noch etwas Zeit.«

Um uns kümmerten sich die Mumien nicht. Es sah so aus, als hätten sie uns überhaupt nicht gesehen.

Gekleidet waren sie wie die alte Frau, die der Wind aufgelöst hatte. Ihre Lumpen wallten und bewegten sich, wenn sie sich bückten und die Räder mit den daran festgebundenen Menschen vor sich herrollten.

Sie selbst sprachen nicht. Dafür hörten wir die Rufe der Gefangenen. Es waren Schreie, manchmal auch ein Stöhnen, jedenfalls hatten die Leute Angst.

Und die war berechtigt.

Die Mumien rollten ihre Gefangenen auf das Ende des Tals zu und dorthin, wo die Berge begannen. Bevor Felswände in die Höhe stiegen, glitt ein Hang zu ihnen hoch, der mit losem Geröll und kleineren Steinen bedeckt war.

»Wir können doch nicht hier stehen bleiben«, sagte Wladimir. »Das kannst du den armen Geschöpfen nicht antun.«

»Will ich auch nicht.«

»Dann komm endlich!«

Ich dämpfte seinen Eifer. »Augenblick noch. Wir werden uns trennen. Ich nehme die rechte, du die linke Seite, dann haben wir sie in der Zange.«

»Ja, gut.«

»Und keiner unternimmt etwas auf eigene Rechnung. Wenn schon, dann läuft es zusammen.«

»Alles klar.« Golenkow ballte eine Hand zur Faust und stellte seinen Daumen hoch. Ein Siegeszeichen.

Er stand unter Druck und war froh, sich endlich bewegen zu können. Mit langen, geschmeidigen Sätzen lief er in die von mir angegebene Richtung. Auch ich blieb keine Sekunde länger stehen. Ich hatte mir die rechte Seite ausgesucht, und empfand es schon als eigenartig, über einen rötlich angehauchten Boden zu laufen, der mir vorkam wie dickes Glas.

Unter und über mir lauerte etwas. Der Dreitöter selbst hatte sich noch nicht gezeigt und nur seine Vorboten geschickt. Gleichzeitig hatte er seinen Dienern deutlich gemacht, wo es langging. Sie würden ihm folgen und das Grauen so lange immer wieder erleben, bis der Fluch gelöscht war.

Vielleicht waren Wladimir und ich dazu in der Lage, aber noch konnten wir nichts tun und mussten abwarten.

Ich dachte über die alte Frau nach. Weshalb war sie vernichtet worden? Hatte sie möglicherweise zu viel verraten und war deshalb von der Rache des Dreitöters getroffen worden?

Das konnte durchaus sein.

Wir hatten beide jetzt ungefähr die Stelle erreicht, wo die Mumien erschienen waren. Wladimir war stehen geblieben und winkte mir lässig zu.

Ich grüßte zurück.

Vor uns rollten die Mumien-Gestalten die Räder auf die Felswand zu. Sie hatten es schwer, denn das Gelände stieg an. Die Räder selbst rollten holpernd über das Gestein und wurden von dünnen Schleiern aus Staub eingehüllt.

Die Gestalten rollten die Räder noch einige Meter weiter, dann kamen sie zur Ruhe.

Auch wir gingen nicht mehr weiter.

Ich wusste, dass bald etwas passieren musste. Nicht ohne Grund hatten sie angehalten.

In meiner Nähe befand sich die letzte Hütte. Hinter der schiefen Mauer duckte ich mich zusammen und wartete ab, was geschah. Golenkow hatte es nicht so gut wie ich. Er musste sich schon auf den Boden legen, um nicht sofort entdeckt zu werden.

Die Räder lagen jetzt auf dem Boden. Da sich die Mumien in einem Halbkreis aufgestellt hatten, konnten wir die Gefangenen nicht erkennen. Wir hörten sie auch nicht mehr schreien oder stöhnen. Wahrscheinlich hatte ihnen die Angst die Kehle zugeschnürt.

Noch geschah nichts, aber die Mumien hatten einen Halbkreis gebildet, drehten uns ihre Rücken zu und starrten die vor ihnen hochwachsende rötlich schimmernde Felswand an, als erwarteten sie, dass sich der Dreitöter dort zeigen würde.

Das geschah auch.

Allerdings nicht sofort oder blitzschnell. Zunächst streckte er auf seine Art und Weise die Fühler aus, denn die Umgebung veränderte sich abermals.

Das Rot nahm eine viel intensivere Farbe an. Auch in der Felswand konzentrierte es sich. Erste Dampfschwaden drangen aus dem Gestein, die Hitze nahm ebenso zu wie die Schwüle. Ich fühlte mich nicht gut. Die plötzliche Hitze trieb mir den Schweiß aus den Poren.

Gespannt wartete ich ab.

Die Mumien starrten nur auf die Wand, und die brach plötzlich auf. Es war fast wie im Kino, tonnenweise wurde Gestein hochgeschleudert. Es leuchtete in einem tiefen, flammenden Rot und war von Flammen begleitet, die einem wahren Feuersturm gleich in das Tal drangen, als wollten sie alles, was sich dort befand, überschwemmen.

Auch Golenkow und mich.

Ich duckte mich hinter das Haus, rechnete damit, von den glühenden Massen verbrannt zu werden, aber sie lösten sich auf oder veränderten sich abermals zu einer dichten Farbe, die alles andere überdeckte.

Dann kam er.

Ich sah es, als ich mich wieder hinstellte und an der Hausecke vorbeischaute.

Er stieg aus einer Öffnung in der Felswand und wurde von glühenden Lavabrocken und fauchenden Flammenströmen begleitet.

Bisher hatte ich ihn nur kurz ›genießen‹ können. Nun aber sah ich ihn deutlich und konnte mir vorstellen, dass er in alter Zeit als Götze anerkannt und angebetet worden war.

Der Dreitöter sah furchtbar aus!

Er hatte nur einen Körper, aber sehr breite Schultern, damit die drei unterschiedlichen Schädel darauf den nötigen Platz fanden. Von mir aus links außen befand sich der Kopf des Krokodils, der fast nur aus einer gewaltigen Schnauze bestand, und diese wiederum aus Kiefern, die er weit aufgerissen hatte, sodass ich die Zähne sah, die mich an weiße Dolche erinnerten.

Der Kopf in der Mitte hatte ein menschliches Aussehen. Er war vielleicht etwas eckig. Die dunkle Hautfarbe wurde im Licht verfremdet.

Seine Haare standen hoch. Sie waren violett, und über sowie zwischen ihnen tanzten unterarmlange Feuerzungen, die an der breiten Stirn begannen, unter der die Augen wie kaltgelbe Laternen schimmerten. Die Nase konnte ich nicht erkennen, möglicherweise war sie auch nur angedeutet, und das Maul stand weit offen. Aus ihm stießen Feuer und Rauch hervor.

Sein Hals war stark, er lief über in den Körper, der größer und auch breiter war als der eines normalen Menschen und von der gewaltigen Kraft zeugte, die in dem Dreitöter steckte.

Kleidung trug er nicht, dafür zuckten aber an seiner nackten Haut kleine Flammenzungen hoch, die ihn einhüllten wie Fahnen.

Der rechte Kopf gehörte einer Ratte. Ein widerlicher Schädel, bedeckt mit grauem Fell. Er hatte eine spitze Schnauze und zwei große, dunkle Augen. Die Barthaare bewegten sich zitternd, die Augen, eigentlich dunkel, wurden durch das Feuer zu roten Kreisen, die sich zu bewegen schienen.

Im Gegensatz zum Kopf des Krokodils war dieser Rattenschädel übernormal groß, und ich wusste nicht, welcher der beiden Tierköpfe gefährlicher war.

Die alten Mumien hatten ihren Götzen ebenfalls aus der Felswand treten sehen und sich zu Boden geworfen. Ich schaute auf die Rücken der gebückten Körper und sah ebenfalls darüber hinweg, denn der Dreitöter setzte sich in Bewegung, um auf die Diener zuzugehen.

Sie bemerkten dies. Durch ihre Gestalten lief ein Zittern. Erst als das Monster seine normalen, wenn auch überlangen Arme vorstreckte, richteten sie sich wieder auf, als hätten sie ein Signal oder einen Befehl erhalten.

Vor ihnen stand der Dreitöter.

Nein, er stand nicht, er wuchs in die Höhe, weil er seine Diener weit überragte. Er war auch größer als ich. Hinter ihm »kochte« die Felswand. Das Loch, aus dem er gestiegen war, hatte sich wieder mit glühender Lava gefüllt. Sie waberte dort wie ein feuriger Schwamm oder eine heiße geleeartige Masse.

Zeugen hatten von einem Vulkantrichter berichtet, in dem sich das Monster befunden hatte. Wenn ich in die Höhe blickte und den roten Himmel sah, konnte ich mir dies gut vorstellen. Ich glaubte ebenfalls daran, dass wir uns in einem Vulkan befanden, ohne allerdings von seinen glühenden Massen verbrannt zu werden, auch wenn die Lava aus den Felsspalten rann und als lange Zungen die Hänge hinablief.

Was hatte er vor?

Natürlich sollten ihm die drei Gefangenen geopfert werden. Wenn es eben möglich war, wollte ich dies verhindern, aber er kümmerte sich nicht darum.

Es sah schon merkwürdig aus, wie der Dreitöter plötzlich seine Schädel schüttelte. Sie bewegten sich mit, aber sie stießen nicht zusammen. Ich hatte den Eindruck, als wäre dieses Monster durch irgendetwas irritiert worden.

Das wurde mir auch bestätigt.

Der Dreitöter kümmerte sich nicht um seine Diener. Er breitete die Arme aus, und ich vernahm im nächsten Augenblick seine raue, kratzende Stimme. »Seid ihr ihretwegen gekommen?«, fragte er.

Also wusste er Bescheid.

Eine Antwort konnte ich ihm nicht geben, denn das Monster selbst produzierte sich auf eine furchtbare Art und Weise. Seine drei Mäuler riss er so weit wie möglich auf, um das hervorzuwürgen, was in seinem Innern steckte.

Es waren die Umrisse menschlicher Körper.

Gleichzeitig drängten sie aus dem Maul in der Mitte und aus den beiden Schnauzen.

Gestalten, geisterhaft und fahl, nur an den Umrissen als Menschen zu erkennen.

Wladimir Golenkow aber wusste trotzdem Bescheid.

»Verdammt!«, schrie er laut und überdeutlich. »Das sind sie, John. Das sind die verschwundenen Agenten …«

Der Russe hatte sich bestimmt nicht geirrt. Er musste die Männer schließlich am besten kennen. Was da geschah, sah grauenhaft aus. Aus den drei Mäulern wurde die Masse hervorgewürgt, zum Glück aber waren es keine Menschen. Die Gestalten hatten menschliche Umrisse, sie waren ansonsten aber reine Geistwesen, die mich an Plasma erinnerten. Sie bestanden aus einer weißen, milchigen Masse, in der die Gesichter verschwammen, dann wieder zu sehen waren, um sich einen Moment später abermals meinen Blicken zu entziehen.

Wladimir Golenkow hatte es auf seinem Beobachtungsposten nicht länger gehalten. In langen Sprüngen lief er auf mich zu und blieb keuchend neben mir stehen. Sein Gesicht war vom Lauf und von der Hitze gerötet. Er schüttelte einige Male den Kopf. »Das kann man einfach nicht fassen, John, das ist ein Rätsel.«

»Warte es ab!«

»Verdammt, hast du denn keine Erklärung?«

»Nein, noch nicht!«

Ich wollte mich auch nicht weiter durch seine Fragen stören lassen und beobachtete, wie die drei Wesen den Boden berührten und sich aufstellten, als wären sie normale Menschen.

Dann veränderten sie sich.

Wir sahen staunend und auch fassungslos zu, wie sich die Geistwesen zurück in Menschen verwandelten. Die gespenstischen Umrisse wurden ausgefüllt, das Weiß verschwand, dafür setzte sich eine dunkle Farbe durch.

Wie bei den Mumien …

Nicht nur wie bei ihnen. Sie wurden zu diesen mumienhaften Gestalten, damit sie sich in den Reigen der anderen einreihen konnten.

Ich hatte dafür keine Erklärung und schaute ebenso starr wie staunend auf die Gestalten.

»Aus Geistern werden Mumien, verdammt!«, keuchte Wladimir Golenkow. »Was erleben wir hier noch?«

Das konnte ich ihm beim besten Willen nicht sagen. Zudem übernahm der Dreitöter die Initiative.

Die Stimme drang aus dem menschlichen Mund, und sie fegte wie ein Donnerhall durch das Tal. »Die Stunde der Entscheidung ist angebrochen. Ich habe es gewusst. Schon vor langer Zeit, als man mich als Götze verehrte und mir sagte, dass ich fast unsterblich wäre, erklärte mir das Orakel Salomos, es würde irgendwann jemand erscheinen, um mich herauszufordern. Ich spüre ihn und seine Ausstrahlung. Ist er da? Ist er aus den anderen Welten zurückgekehrt?«

Nein, der weise König Salomo war nicht da. Dafür hatte ich den Weg in diese Schlucht gefunden.

Wladimir stieß mich an. »John, wenn mich nicht alles täuscht, hat er dich gemeint.«

»Nicht mich.«

»Wen denn?«

»Du wirst es gleich sehen.« Ich schaute ihn beschwörend an. »Was immer auch geschehen mag, halte du dich zurück. Ich werde dem Dreitöter gegenübertreten.«

»Und wie willst du ihn killen?«

»Ich bin nicht waffenlos. Ein richtig geschleuderter Bumerang kann auch drei Schädel von einer Schulter schlagen. Verlass dich drauf.«

»Meine Güte, da hast du dir etwas vorgenommen.«

Natürlich hatte ich das. Ich war auch nicht so siegessicher, wie ich mich dem Russen gegenüber gezeigt hatte. Doch ich konnte nicht kneifen, und ich dachte an mein Kreuz, das der Prophet Hesekiel hergestellt hatte und von dem auch Salomo wusste, jedenfalls standen die verschwundenen Zeichen in der Kreuzmitte zu ihm in einem unmittelbaren Zusammenhang.

Noch war der Dreitöter unsicher. Ich wollte, dass sich dies änderte, und verließ die Deckung des alten Steinhauses. Abermals hatte ich das Gefühl, als würde ich über Glas schreiten. Unter mir floss die Lava, ohne mich zu verbrennen. Der dicke Boden schützte mich. Auch die Felsen hatten einen roten Schein, ebenso wie der Himmel über uns. Es hätte mich nicht gewundert, wenn im nächsten Augenblick alles zusammengebrochen wäre und dieses Tal in eine echte Lavahölle verwandelt hätte. Das war möglicherweise auch das erklärte Ziel des Dreitöters, der mich jetzt gesehen hatte, denn die drei Schädel bewegten sich so, dass mich sechs Augen anstarren konnten. Vier davon gehörten Tieren.

Die Mumien rührten sich nicht. Sie waren in diesem Fall nur Staffage. Auch die auf den Rädern gebundenen Gefangenen hatten etwas von der Veränderung bemerkt. Soweit es ihre Fesseln zuließen, hoben sie die Köpfe und starrten mir entgegen.

Um diese Menschen und deren erstaunte Ausrufe kümmerte ich mich nicht, ich konzentrierte mich auf das Monster mit den drei Köpfen.

Ich sprach den Dreitöter an und hoffte, von ihm verstanden zu werden. »Hast du nicht vom weisen König Salomo gesprochen?«, rief ich ihm entgegen.

»Das habe ich.«

»Er ist nicht hier, weil er nicht hier sein kann ...«

Ein dumpfes Lachen klang mir entgegen. »Der König ist nicht unsterblich, weil er die Dämonen hasste. Ich aber bin es. Ich habe ihn überlebt ...«

»Er hat ein Erbe hinterlassen!«, rief ich dazwischen. »Denn er wusste genau, dass keiner, auch nicht ein Götze, seinem Schicksal entrinnen kann. Vielleicht bin ich sogar das Erbe des Königs.«

Er wollte mir nicht so recht glauben. »Du ... du bist ein normaler Mensch, das sehe ich doch ...«

»Auch Menschen können über sich hinauswachsen. Ich bin gekommen, ich habe den Weg durch den Dimensionstunnel gefunden, den du bewusst geschaffen hast, um hier in dieses Tal zu gelangen und das zu beenden, was der König Salomo nicht schaffte. Ich werde die Welt von dir befreien, Dreitöter. Und ich werde auch deinen verdammten Schlund zustopfen.«

Das waren mächtige Worte, die ich mir eigentlich nicht hätte leisten können, aber ich wollte diesen unheimlichen Gegner einfach aus der Reserve locken.

Das gelang auch. »Mich besiegt niemand!«, rief er voller Überzeugung und Siegeswillen. »Ich bin unsterblich!«

»Das haben schon viele vor dir geglaubt, aber sie haben sich geirrt.«

»Ich nicht.«

»Wie kannst du dies nur behaupten?«

»Weil ich nicht nur die Kraft eines Menschen in mir spüre, auch die mächtigen Tiere standen mir zur Seite und sind mit mir einen Bund eingegangen. Das Krokodil mit seiner Kraft und seiner Gefräßigkeit, die Ratte mit ihrer Hinterlist und Schlauheit und der Mensch mit seinem Verstand. Wir drei gingen einen Bund ein, den der mächtige Gott absegnete und uns in die Welt schickte, damit wir uns die Diener unter den Menschen suchten, denn es war damals die große Zeit der Wanderungen, als die Völker auf der Suche nach neuem Lebensraum waren. Da erflehten sie Hilfe von den Göttern, sodass es nicht schwer für mich war, die entsprechenden Diener zu finden. Ja, ich fand sie, und sie folgten mir willig. Sie wussten aber nicht, wer mich gesegnet hatte. Als sie mir zum ersten Mal davon berichteten, dass sie die Arche suchen wollten, da erflehten sie gleichzeitig meine Hilfe. Und so führte ich die Gruppe weg aus ihrem gelobten Land in dieses Gebiet hinein, wo den Berichten nach die Arche nach der großen Flut gelandet sein soll. Aber ich wollte nicht, dass sie die Arche fanden, denn sie gehörte wiederum einer anderen Macht an, die ich verabscheue. Das sagte ich ihnen auch, aber sie zeigten sich uneinsichtig. So kam ich nicht umhin, sie zu töten und sie trotzdem am Leben zu halten. Dank Baals Kraft machte ich dieses Tal zu einer Gluthölle, zu einem Vulkan des Schreckens, der über die Menschen kam und sie vernichtete. Aber sie fanden noch die Zeit, sich an das Orakel Salomos zu erinnern, sie verfluchten mich im letzten Augenblick, und so wird sich ihr Fluch immer wiederholen, bis ich nicht mehr bin. Wenn die Zeiten vorbei sind und der Gott Baal seinen mächtigen Triumph erlebt, werden auch sie endgültig erlöst sein.«

»Das wird niemals eintreten!«, sprach ich dagegen. »Ich kenne Baal, ich weiß, dass seine Macht nicht so gewaltig ist, wie du es gern sehen würdest.«

»Aber er hat die Zeiten überlebt!«

»Das haben viele«, erwiderte ich. »Letztendlich sind sie doch vernichtet worden.«

»Ich überlebe.«

Jetzt wollte ich auch alles wissen. »Weshalb hast du getötet? Es waren nicht nur die Mitglieder des Volkes, das du in dieses Tal geführt hast, auch andere sind gestorben.«

»Es werden immer Menschen sterben, wenn die Zeit reif ist, um die Hölle erneut zu entfachen. Sobald ich erscheine, kocht der Boden, dann wird er heiß, und es vergeht nicht viel Zeit, bis die Berge hier zusammenbrechen und das Tal in einen Krater verwandeln, der mit flüssigem Feuer gefüllt ist. Auch heute wird es geschehen. Die drei Gefangenen wussten nicht, was sie taten. Sie trieben ihre Tiere in dieses Tal, um sie vor der Kälte zu schützen. Aber es war ihr Verderben. Jetzt habe ich sie auf die Räder binden lassen, so wie man es auch schon zu meiner Zeit getan hat. Alles wiederholt sich, alles. Den einen ereilt der Tod später, den anderen früher ...«

»Und die Wesen, die aus deinen Mäulern krochen?«, fragte ich. »Was ist mit ihnen?«

»Sie kamen, als der Lavasee entstand, und wollten es genau wissen. Ich hielt sie fest und raubte ihnen die Seelen. Ja, ich fraß ihre Seelen auf, die mich stärkten. Jetzt sind sie eingegangen in das Volk meiner Mumien.«

»Aber du hast einen Tunnel geschaffen. Durch ihn bin ich hergekommen.«

»Das musste so sein.«

»Weshalb?«

»Ich tat es auf Bitten des Gottes Baal. Er hat gesehen, dass jemand kommen würde, um die verschwundenen Menschen zu suchen. Und er wusste auch, dass es ein gefährlicher Gegner war. Deshalb hat er kraft seiner Magie und seines Wissens die Spur gelegt, die keine Hilfe für dich, sondern eine Falle war. Baal weiß, dass du ein starker Feind bist, aber er weiß auch, dass er dich vernichten kann, und zwar durch mich. Du wirst nichts dagegen tun können, weil das Feuer vom Himmel fällt und die Felsen brechen, wenn sich die Glutmassen über dich ergießen. Du bist verloren, obwohl du die Spur gefunden hast.«

»Auch du bist verletzbar. Du selber hast mir von deinem Feind König Salomo berichtet. Es stimmt, er ist nicht mehr, aber seine Lehren und Weisheiten haben auch noch heute Gewicht. Das habe ich schon feststellen müssen. Es gab andere Gegner, die ihn nicht ernst nahmen. Sie sind nicht mehr am Leben.«

»Wie willst du den Fluch brechen?«

»Kennst du das Kreuz?«

»Auch davon weiß ich. Aber es ist nicht mehr so, wie es einmal war. Mächtige Kräfte haben an seiner Magie gerüttelt und ihm viel Kraft genommen. Gerade die Zeichen in der Mitte sind etwas Besonderes gewesen, du kannst dich erinnern?«

»Ja.« Dabei dachte ich an die beiden ineinander geschobenen Dreiecke, das Zeichen des Königs Salomo.

»Dann denkst du das Gleiche wie ich?«

»Möglich.«

»Jetzt sind die Zeichen des weisen Königs verschwunden. Es gibt für mich keine Einschüchterung mehr durch das Kreuz, und du wirst auch mit deinem Spruch nicht erreichen, mich zu zerstören. Baal, der mich segnete, weihte mich auch in das ein, was mir einmal gefährlich werden könnte. Wie willst du dich noch wehren, Mensch? Wie – sag es mir!«

Verdammt, er hatte Recht. Seit Lilith die Zeichen in der Kreuzmitte zerstört oder geraubt hatte, war der Kontakt zum König Salomo kaum noch vorhanden.

Der Dreitöter hatte von der Aktivierung gesprochen. Würde sie auf ihn tatsächlich nicht wirken?

Ich war mir da nicht sicher. Vielleicht konnte er nicht vernichtet werden, doch eine Schwächung reichte vielleicht auch schon.

Übersetzt hieß die Formel: Die Erde soll das Unheil halten – das Heil soll hier bleiben.

Und der Dreitöter kam schließlich aus der Erde, jedenfalls hatte er Macht über sie.

Ich wurde von Wladimir Golenkow angerufen. »John, das kannst du dir nicht bieten lassen. Versuche herauszukriegen, ob er blufft.«

Über die zweite Stimme zeigte sich der Dreitöter irritiert. Von mir jedenfalls war er abgelenkt worden, und ich setzte in diesem Falle tatsächlich alles auf eine Karte.

Ich rief die Formel.

»Terra pestem teneto – Salus hic maneto!«

Gleichzeitig aber zog ich den silbernen Bumerang hervor, um mein Versprechen einzuhalten und den Dreitöter mit einem Wurf dreimal zu köpfen …

Die Umgebung explodierte!

Jedenfalls hatte ich den Eindruck, als zwei unterschiedliche Magien aufeinander trafen und gegeneinander kämpften. Welche würde stärker sein? Ich wusste es nicht, ich konnte es auch nicht sehen, weil mir die gleißende Lichtfülle die Sicht nahm.

Aber dieser Schirm brach zusammen. Dennoch war es nicht wie zuvor. Die Sichtverhältnisse in dem Tal hatten sich stark verbessert. Deshalb sah ich den Bumerang.

Sehr genau hatte ich nicht zielen können. Ich hatte seitlich ausgeholt und ihm einen Drall gegeben. Er hätte, wenn er richtig traf, zuerst den Rattenschädel, dann den menschlichen und anschließend den des Krokodils von den Schultern säbeln müssen.

Genauso gut aber konnte er auch vorbeifliegen.

Die silberne Banane flog nicht. Wie durch dünnes Glas und fast zeitverzögert bahnte sie sich ihren Weg, als würde sie von einem gewaltigen Magneten angezogen.

Ich hörte Wladimir schreien, blieb selbst stumm – und sah, wie der Bumerang traf.

Ein Blitz stieß fächerförmig in die Höhe, verdichtete sich und nahm mir abermals die Sicht.

Ich lief schon auf das Ziel zu.

Bevor ich es erreichte, musste ich an den Mumien vorbei, die auf der anderen Seite standen.

Ihre Schreie wehten mir entgegen. Es waren wehklagende und leise Rufe, die meine Ohren erreichten und mich an Lebewesen erinnerten, die in den letzten Zügen lagen.

Kaum hatte ich sie erreicht, da sah ich sie schon zusammenbrechen. Sie sanken vor meinen Augen ineinander, blieben liegen und waren nur noch kleine Staubhügel.

Gleichzeitig fiel auch der Blitz zusammen. Ich hatte freie Sicht und stoppte mitten im Lauf.

Nicht nur die Mumien waren zu Staub zerfallen, auch den Dreitöter hatte es erwischt.

Mein staunender Blick fiel auf einen kopflosen Körper, der vor mir stand wie ein breites T. Das Feuer war erloschen, statt dessen umwölkte Dampf seine nackten Füße und zog in Schwaden hoch bis zu den Hüften.

Aber er zerfiel nicht.

Der Körper stand unbeweglich, als wäre er mit dem Boden eine Verbindung eingegangen.

Ich hatte schon des Öfteren mit meinem Bumerang einen Gegner erledigt, doch er war niemals lange stehen geblieben. Höchstens für Sekunden, dann war er zusammengesackt.

Hier aber blieb der Torso auf den Beinen …

Mir wurde heiß. Ich sah meinen Bumerang auf dem rötlich schimmernden Boden liegen, doch von den Köpfen fehlte leider jede Spur. Die beiden Tierschädel waren ebenso wenig vorhanden wie der menschliche Kopf.

Hatten sie sich aufgelöst?

Hinter mir hörte ich die trampelnden Schritte des Russen. Golenkow hatte es sehr eilig. Er sprang über die zu Asche gewordenen Mumien hinweg und breitete, als er neben mir stehen blieb, beide Arme aus. »Was ist denn jetzt los?«

»Ich weiß es nicht.«

»Die Köpfe – wo … wo sind sie?«

»Keine Ahnung. Ich habe sie getroffen und kann nur hoffen, dass sie sich auflösten.«

Der Russe hob die Schultern. »Siehst du etwas? Nicht einmal Staub oder Asche sind zurückgeblieben.«

»Das ist es ja, was mich misstrauisch macht. Wir haben keinen Sieg errungen, höchstens einen halben. Krokodil, Ratte und Mensch. Drei verschiedene Wesen vereint in einem. Das kann ins Auge gehen, mein Lieber. Irgendwo müssen die Schädel sein.«

»Und sie werden für uns eine Gefahr sein?«

»Möglich.«

»Verdammt, John, da sehe ich schwarz. Sollen wir von hier verschwinden?«

»Nein.«

»Was willst du dann?«

»Die Schädel suchen.« Ich starrte auf den Torso vor mir, ging dann an ihm vorbei und hob meinen Bumerang auf.

Wladimir Golenkow aber wollte es wissen. Er zielte auf die breite Brust und schoss dreimal. Die Einschüsse lagen nebeneinander. Der kopflose Körper geriet ins Wanken und fiel.

Dicht vor mir schlug er auf und zerbrach plötzlich.

Die Stücke rollten noch die Schräge hinab, bis sie von Geröllbrocken gestoppt wurden.

»Sind wir jetzt klüger?«, fragte mich der KGB-Mann.

»Kaum.«

»Wo können die Schädel denn stecken, falls die Kraft des Bumerangs sie nicht getötet hat?«

»Frag mich etwas Leichteres, ich weiß es nicht. Ich habe mein Möglichstes getan, tut mir Leid.«

Golenkow schaute in die Runde. »John, ich erinnere mich daran, dass der Dreitöter von einer gewaltigen Flut gesprochen hat. Von einer regelrechten Lavahölle, die über uns kommen und uns vernichten wird. Auch wenn die verdammten Schädel nicht mehr sind und sein Körper zerbrochen ist, kann ich mir vorstellen, dass sein Versprechen noch gilt.«

»Ja, das kann sein.«

»Dann nichts wie weg.«

Klar, Golenkow drängte. Auch mich hielt nicht viel. Aber ich wurde einfach den Eindruck nicht los, dass uns das große Grauen noch bevorstand. Mein Kreuz besaß nicht mehr die Kraft, weil die Zeichen in der Mitte geraubt worden waren. Möglicherweise war es ihm gelungen, den Dreitöter zu schwächen, aber nicht, ihn vollends auszuschalten.

Ich bekam schweißfeuchte Hände. Auch auf der Stirn lag eine kalte Schicht. Zudem fühlte ich mich beobachtet.

Drei Köpfe waren verschwunden.

Krokodil, Mensch und Ratte.

Die Tiere hatten im Altertum eine gewisse Bedeutung gehabt. So wie der Mensch überlebte, hatten auch sie überlebt. Aber wo steckten sie dann?

Als hätte der Dreitöter meine Gedanken erraten, meldete er sich plötzlich durch ein Lachen.

Ich hörte es neben mir, drehte mich, konnte ihn aber nicht sehen. Bis zu dem Augenblick, als neben einer vorspringenden Kante an der Felswand etwas erschien.

Es war der menschliche Kopf des Dreitöters. Und er schwebte in der Luft, als würde er von einem Faden gehalten …

Das Lachen war schnell wieder verstummt. Statt dessen verzog sich das Gesicht zu einem bösen, haßerfüllten Ausdruck. Die nächsten Worte spie er mir entgegen. Der reine Triumph schwang darin mit. »Hatte ich es dir nicht gesagt? Das Kreuz ist nicht stark genug, auch deine andere Waffe hat mich nicht vernichten können. Ich bin noch da!«

»Allein?«, fragte ich.

»Dreh dich um!«

Diese Aufforderung hatte auch Wladimir Golenkow vernommen. Gemeinsam schwangen wir herum.

Im selben Augenblick hörten wir den schmetternden und berstenden Krach. Obwohl er an zwei verschiedenen Stellen zugleich aufdröhnte, hörten wir keine zwei Echos.

Aber zwei dieser primitiven Steinhäuser explodierten, um zwei Monster freizulassen.

Ein riesiges Krokodil und eine Ratte, die so groß war wie ein Pferd!

»Bei allen sibirischen Schneetigern, sag mir, dass ich träume, John. Das kann doch nicht wahr sein.« Wladimir stand da und schüttelte den Kopf. Er schaute fassungslos zu, wie die Monster sich von den letzten Steinresten befreiten und ihre Körper in unsere Richtung drehten, sodass wir Zeit hatten, um sie zu betrachten.

Sie waren einfach grauenvoll!

Und sie bestanden diesmal nicht nur aus den Köpfen, denn sie hatten ihre normalen Körper.

Das Krokodil war auch größer als ein normales. Höher und zugleich länger. Als es sein Maul aufriss, kam mir der Vergleich mit einem Scheunentor in den Sinn. Der Panzer schimmerte an den meisten Stellen in einem dunklen Grün. Dazwischen sah ich auch noch braune Flecken, die sich wie kleine Teller verteilten.

Die Ratte hatte in der Tat fast die Größe eines Pferdes angenommen. Der Kopf mit der langgezogenen spitzen Schnauze konnte einem Angst einjagen. Das graue Fell sah matt aus, als hätte jemand Staub darüber gepudert. Ihre Beißer waren nicht so lang und breit wie die eines Krokodils, dafür aber spitzer.

Der lange Schwanz sah aus wie eine Peitsche, die über den Boden zuckte.

Wohl war mir nicht zumute, und ich schielte auf Wladimir Golenkow, der ebenfalls blass geworden war. Er hatte meinen Blick bemerkt und nickte mir zu. »Da steht uns etwas bevor, Junge.« Er strich über sein Gesicht, um Schweißperlen abzuwischen. »Welches der beiden Tierchen willst du dir vornehmen?«

»Ich weiß es noch nicht.«

»Ratten mochte ich noch nie«, sagte er und schüttelte sich dabei. »Nur kann man diese hier nicht zertreten.«

Ich warf ihm meine Waffe zu, die er reflexartig auffing. »Was soll ich damit?«

»Schießen. Es sind Silberkugeln.«

»Und du?«

»Ich komme schon durch.«

Es wurde höchste Eisenbahn, dass wir uns entschieden, denn beide Monster wollten nicht länger warten. Sie hatten sich uns als Vorspeise ausgesucht und setzten sich in Bewegung.

Die Ratte war schneller als das Krokodil.

»Ich kenne einen, der verspeist Krokodile zum Nachtisch«, flüsterte ich rau.

»Wer denn?«

»Crocodile Dundee!«

»Dann hol ihn doch her.«

»Geht nicht. Den gibt es nur im Kino.«

»Sinclair stirbt mit einem Witz auf den Lippen. Wie es sich für einen Geisterjäger gehört.« Die Antwort klang sarkastisch. Für mich hatte der Russe keinen Blick mehr. Um besser zielen zu können, kniete er sich hin, streckte den rechten Arm aus und stützte sein Waffengelenk ab. »Jetzt drück mir die Daumen, dass ich das Biest auch richtig erwische.«

»Du kannst doch schießen.«

»Manchmal.« Er feuerte.

Wir sahen beide, wie das geweihte Silbergeschoss in Höhe des Unterkiefers bei der Ratte voll einschlug. Einige Fellfetzen flogen zur Seite. Das graue Zeug blieb in der Umgebung liegen, eine

Wunde war auch entstanden, sogar ein richtiges Loch, aus dem eine schwarze Flüssigkeit zu Boden tropfte.

»Erwischt!«, sagte Golenkow und lachte.

»Irrtum, sie geht weiter!« Leider hatte ich mich nicht getäuscht. Die Ratte schüttelte sich einige Male, schleifte auch mit dem Unterkiefer über den Boden und setzte sich dann schwerfällig in Bewegung, um im nächsten Augenblick zu einem gewaltigen Sprung anzusetzen, der sie in unsere Nähe brachte.

Auch das Krokodil hatte sich weiterbewegt und kam uns gefährlich nahe. Ich dachte schon daran, auf seinen Rücken zu springen und ihm den geweihten Dolch durch die Schuppen zu stoßen, aber so etwas schaffte wohl nur Tarzan oder eben Crocodile Dundee.

Der Russe schoss neben mir weiter.

Die Silberkugeln hämmerten in den grauen Rattenkörper. Sie rissen tiefe Wunden, behinderten den Lauf des Monsters, aber es bewegte sich dennoch auf uns zu.

Und hinter uns lachte der Schädel!

Dieses verdammte Lachen ließ bei mir den berühmten Faden reißen. Wenn ich die Monster schon nicht erledigen konnte, dann im wahrsten Sinne des Wortes den Kopf des Götzen.

Als Mensch hatte er den Verstand mitbekommen. Die Tiere besaßen ihn nicht. Aber der Verstand konnte den Instinkt führen. Er stand also über den Tieren.

»Wo willst du hin?«, rief Wladimir, als ich mich drehte. Er erhielt von mir keine Antwort, ich jagte mit langen Sprüngen auf den Schädel zu, dessen Haare so günstig in die Höhe standen, dass ich sie umfassen konnte.

Davon wurde der Kopf selbst überrascht. Mich kostete es Überwindung, so festzuhalten, doch es gab einfach keine andere Möglichkeit. Das Kreuz hatte ich weggesteckt, statt dessen aber meinen silbernen Dolch gezogen, und dies mit einem gewissen Grund.

Die Ratte war fast da. Sie hatte ihr Maul geöffnet, in das der Russe die letzte Kugel hineinjagte. Sie riss eine lange Furche in den Oberkiefer, und die Bestie schüttelte ihre Schnauze. Das gab dem Russen Zeit, sich aus der unmittelbaren Umgebung zurückzuziehen. »Nachschub!«, brüllte er mir zu.

In das Echo seiner Stimme klang mein hart gesprochenes »Nein!«.

»Aber …«

»Kein Aber.«

Es kam jetzt auf Sekunden an. Ich musste schnell und konsequent handeln, denn die Ratte drehte sich bereits, und das verdammte Krokodil war auch schon sehr nahe herangekommen.

Der menschliche Schädel konnte lachen und sprechen. Also würde er auch hören können.

Ich hielt ihm den Dolch vor die Augen. »Wenn du Baal so gut kennst, dann wird er dir auch von dieser Waffe berichtet haben. Oder etwa nicht?«

»Was soll das?«

»Hat er es?«

»Nein, ich …«

»Er wollte sie haben!«, schrie ich. »Ja, er wusste genau, dass sie ihm gefährlich werden konnte, weil in dieser Klinge eine Kraft steckt, die ihn möglicherweise für alle Zeiten vernichten kann. Und was Baal vernichtet, das kann auch dich töten!«

»Lüge, das ist Lüge!«

»Nein, es ist keine. Stopp deine Bestien!«

Hatte ich das Richtige getan? Die Lage stand auf des Messers Schneide. Ich wusste es nicht. Ich war innerlich aufgewühlt, völlig nervös und aus dem Häuschen. Auf meinen Handrücken lag eine Gänsehaut. Wenn er mir nicht glaubte, dann …

»Stopp sie!«, keuchte ich, als ich sah, dass sich das Krokodil näher an Wladimir heranschob.

Ich setzte die Klinge mit der Schneide gegen den Nasenrücken des Schädels.

Irgendetwas musste er spüren. Unter meinem Griff zuckte der Kopf und fing an zu pendeln.

Sofort nahm ich die Waffe zurück.

»Es ist gut!«, hörte ich ihn reden. »Ja, es ist gut!«

»Sie sollen sich zurückziehen!«

»Das werden sie!«

Es dauerte noch zwei Sekunden, bis der Kopf die Befehle an die Monster übermittelt hatte.

Sie drehten sich um.

Träge das Krokodil und ebenso träge die gewaltige Ratte, die von Silberkugeln gezeichnet war, sodass aus den Wunden immer mehr Flüssigkeit rann.

Die Bestien gingen.

Scharf atmeten wir beide aus, aber die Gefahr war noch nicht gebannt. Ich dachte wieder an das Versprechen, das der Dreitöter gegeben hatte. Er wollte das gesamte Tal in eine alles vernichtende Lavahölle verwandeln, und das konnte er wahrscheinlich noch immer.

Fragend schaute mich der Russe an. Ich nickte ihm zu. »Wir gehen«, sagte ich.

»Wohin?«

»Raus aus dem Tal!«

»Nimm die Waffe weg!«, schrie der Schädel. »Du musst sie wegnehmen. Ich habe mein Versprechen gehalten …«

»Und ich habe nichts versprochen.«

Wladimir lachte wieder. »So ist es gut. Du wirst immer besser, alter Junge.«

Er ging vor, während ich hinter ihm herschritt und den Schädel an den Haaren gepackt hielt, als wäre er der kostbarste Gegenstand auf dieser Erde.

Mit der anderen Hand umklammerte ich den Dolchgriff. Die Klinge befand sich nur so weit vom Gesicht entfernt, dass ich mit einer blitzschnellen Bewegung zustoßen konnte.

Es wurde ein langer Weg.

Eine Strecke wie ein Spießrutenlaufen über glühende Kohlen oder ein Weg durch die Hölle.

Meine Armhaltung war unnatürlich. Ich hätte die Hände bewegen müssen, das aber konnte ich nicht riskieren, und so wurde die Steifheit immer schlimmer.

Es reichte fast für einen Muskelkrampf. Irgendwann fing mein Arm an zu zittern. Das bemerkte auch Wladimir. »Sollen wir wechseln?«, fragte er.

Ich biss die Zähne zusammen und schüttelte stur den Kopf. Wenn es ums Ganze geht, entwickelt der Mensch oftmals ungeheure Energien. Das war auch bei mir der Fall.

Der Weg zog sich so verdammt lang hin, und wir wurden von den beiden Bestien verfolgt.

Die Ratte hatte zunächst noch mithalten können. Später wurde sie immer schwächer und auch langsamer. Als wir das Tal hinter uns gelassen hatten und die erste Anhöhe hochschritten, von der wir auch gekommen waren, schleifte sie nur noch über den Boden.

Das Krokodil aber hielt sich in Schussweite auf, kam aber nie so nahe heran, als dass es uns hätte gefährlich werden können.

Wenn wir die magische Zone verlassen hatten und die rote Lava unter unseren Füßen verschwunden war, erst dann würde ich meinen Plan ausführen.

So weit waren wir nach zehn Minuten. Jetzt lag das Tal vor uns. Ich blieb stehen und ging gleichzeitig in die Knie, um mich auf einem Stein niederzulassen.

Den Kopf hielt ich fest und den Dolch auch.

Über mein Gesicht rann der Schweiß. Mein Atem ging keuchend, ich sah den fragenden Blick des Russen auf mich gerichtet und hörte auch das Krokodil, das sich näherte.

»Was jetzt, John?«

Ich stand wieder auf. Etwa zehn Meter vor uns lag das Krokodil. Dahinter breitete sich das rotschimmernde Tal aus.

Dann sprach der Kopf. »Ja, was nun?«, wiederholte er die Worte des Russen.

»Ich weiß, was ich tue!«

Innerlich hatte ich mich damit abgefunden, es zu tun. Es gab keine andere Chance, um den Fluch zu löschen.

Ich stieß zu, hörte einen irren, wahnwitzigen Schrei in das Tal hallen und schleuderte den Kopf mit aller mir zur Verfügung stehenden Kraft weg …

Ich hatte dem Schädel zwar keinen Drall gegeben, dennoch überschlug er sich, als er durch die Luft segelte und immer mehr Fahrt bekam.

Der Schrei blieb.

Er begleitete ihn auf der schrecklichen Reise, bis zu dem Augenblick, als aus dem Schädel ein in der Mitte tiefroter und an den Rändern orangefarbener Feuerball wurde, der für einen Moment aufstrahlte, um dann zu verschwinden.

Wie auch die Ratte und das Krokodil.

Aus beiden Bestien wurden Feuerbälle, bevor nichts mehr von ihnen zu sehen war.

Ich aber blickte auf meinen Dolch und konnte mir ein Lächeln nicht verkneifen.

Ja, man unterschätzte ihn oft. Nur Baal hatte es nicht getan. Deshalb hatte er ihn damals auch behalten wollen.

Ein dumpfes Rumoren unterbrach meine Gedanken. Gleichzeitig erhielt ich einen heftigen Schlag in den Rücken, der mich vorantrieb. Wladimir Golenkow brüllte: »Weg hier, die Hölle bricht los!«

Wir rannten, was unsere Beine hergaben. Und wir hatten glücklicherweise das Tal schon vorher verlassen, sonst wären wir erwischt worden, denn hinter uns ergaben sich gewaltige Umwälzungen. Erde brach auf, rutschte zusammen, glühendes Gestein stieg in die Höhe, wobei einige Lavabrocken kometenartig die Luft durchschnitten.

Wir bekamen nur die Hitze mit, die uns fast die Haut im Nacken verbrannte.

Irgendwann – erschöpft, aber glücklich – hielten wir an und warfen uns auf den harten Boden. Um das kleine, lokal begrenzte Beben kümmerten wir uns nicht mehr. Wir hatten es hinter uns gebracht, wieder einmal.

Während wir auf dem Rücken lagen und zum dunklen Himmel schauten, sagte Wladimir Golenkow plötzlich: »Auch wenn du aus dem Westen kommst, Gospodin, du kannst immer auf mich zählen, wenn du mal in Schwierigkeiten steckst. Klar?«

»Ja, ich habe verstanden!«, erwiderte ich leise und freute mich, auch hinter dem so genannten Eisernen Vorhang einen Freund zu haben.

ENDE

DIE MÖRDERISCHEN CITY-GNOME

Die Explosion riss das Haus auseinander!

Plötzlich stand der Feuerball am Himmel. Trümmer jagten in die klare Winterluft, tonnenschwere Betonbrocken bekamen die Leichtigkeit von Murmeln. Stahlträger brachen oder knickten wie Streichhölzer. Ein Atompilz aus Staub hüllte die Umgebung ein und verdeckte gnädig für ein paar Minuten das Chaos.

Das sechsstöckige Haus lag in Trümmern. Im nächsten Monat hatte es bezogen werden sollen. Das wussten auch die Männer der Feuerwehr und des Katastrophenschutzes, die in dem riesigen Schuttberg nach Überlebenden suchten …

Sie schüttelten die Köpfe. »Wäre das vier Wochen später passiert, mein Gott, ich darf gar nicht daran denken, wie viele Menschen in den Trümmern umgekommen wären.« Ein Feuerwehrmann hatte genau das ausgesprochen, was auch seine Kollegen dachten. So schlimm die Explosion auch war, sie hatte wahrscheinlich kein Menschenleben gefordert.

Aber wie hatte es zu dem Einsturz kommen können?

Um dies herauszufinden, wurden Spezialisten geholt, die sich an die Untersuchung der Unglücksstelle machten. Es waren Männer, die ihre Arbeit verstanden. Man setzte sie ein, wenn irgendwelche Terrorkommandos Sprengstoff-Attentate verübten. Diese Spezialisten hatten bisher immer etwas gefunden, doch hier standen sie vor einem Rätsel.

Ihr Abschlussbericht fiel dürftig aus. Es wurde darin zugegeben, dass kein Hinweis auf irgendeinen Sprengstoff gefunden worden war.

Der verantwortliche Mann im Innenministerium tobte natürlich. »Das gibt es doch nicht!«, schrie er den Leiter der Untersuchungskommission an. »Das ist unmöglich!«

»Sir, wir haben unser Bestes getan.«

»Dann hat das eben nicht gereicht.«

»Es reichte schon. Nur gibt es keine Spuren.«

»Wissen Sie eigentlich, was das bedeutet, Mann?«

»Ich ahne es.«

»Genau wie ich. Wahrscheinlich ist es irgendwelchen Feinden gelungen, sich einen Sprengstoff zu beschaffen, der keine Spuren hinterlässt. So etwas können wir nicht hinnehmen.«

»Das müssen wir aber.«
»Und es gibt keinen Bekennerbrief?«
»Nein, Sir, der existiert nicht.«
»Armes England, armes Europa.«
»Da möchte ich nicht widersprechen, Sir.«

Und doch gab es Spuren. Nur sah man sie nicht. Zwei Tage nach der Explosion bildete sich an einer bestimmten Stelle auf dem Grundstück ein grüner Schleier. Eine dünne Haut, zu vergleichen mit einem Schleimfilm oder einem blasigen Etwas.

Der Film war durchsichtig. Wer an seinem Rand stand, musste den Eindruck gewinnen, in eine andere Welt zu schauen, die eine bodenlose Tiefe aufwies.

Aber darum kümmerte sich niemand, denn die Polizei hatte das Gelände abgesperrt. So konnte das, was aus dem Unsichtbaren erschienen war, allmählich wachsen …

Seit einigen Tagen gingen sie nur noch zu zweit in die beiden Zellen, wo die Gefangenen untergebracht worden waren. Und es waren die kräftigsten Wärter, die den in Untersuchungshaft sitzenden Rockern das Essen brachten.

Dabei blieb einer der Beamten stets an der Tür stehen und beobachtete die Typen genau. Bei ihrer Einlieferung waren sie relativ harmlos gewesen, doch sie hatten sich innerhalb weniger Stunden verändert und waren zu regelrechten Bestien geworden.

Schreien, Toben, Durchdrehen, das gehörte mittlerweile zu ihrem Repertoire. Man schrieb es dem berühmten Zellerkoller zu, aber hatte jemand dann Schaum vor dem Mund?

So verhielt es sich nämlich, als die Beamten die erste Zelle aufschlossen, wo Ricky Modena und Ben Segal untergebracht worden waren. Modena war der Anführer dieser Gruppe gewesen, und er gebärdete sich am schlimmsten.

Diesmal nahm er keine Rücksicht. Er hatte sich in den toten Winkel an der Wand gestellt und schon auf die Männer gewartet, während Ben Segal auf dem pritschenartigen Bett hockte und mit schmalen Augen auf die Tür starrte.

Kaum war sie offen, da handelte Ricky Modena. Er war schnell wie ein Kastenteufel, und er überraschte den Mann, obwohl dieser sich vorgenommen hatte, sehr wachsam zu sein.

Der Schlag erwischte den Beamten in der Körpermitte. Der Mann sackte zusammen, Ricky fing ihn auf, drehte ihn herum und schleuderte ihn in die Zelle hinein. Der Wärter krachte gegen einen Tisch, riss diesen um und landete stöhnend neben dem Möbelstück.

Sein Kollege hatte sich noch soeben zurückziehen und die Tür zuhämmern können. »Das werdet ihr bereuen!«, hörte Ricky die Stimme des Beamten. »Damit kommt ihr nicht durch.«

»Fuck yourself!«, schrie der Rocker, der auch weiterhin seine »Berufskleidung« trug.

Jacke und Hose bestanden aus Leder. Nieten glänzten auf dem Material ebenso wie Aufkleber und Metallabzeichen.

Ben Segal war zwei Jahre jünger als Ricky und gegen ihn ein wahrer Milchbubi. »Was hast du jetzt vor?«, fragte er den Rockerchef.

Der rieb seine Hände. »Ich will hier raus!«

»Das lassen die nicht zu, verdammt! Das schaffst du nie, glaub mir das. Die sind stärker.«

»Ich weiß.«

»Dann verstehe ich dich nicht.«

»Ich auch nicht«, sagte der Beamte. Er wollte sich erheben, aber Ricky Modena war schneller und setzte ihm einen Fuß auf die Brust, sodass der Mann wieder zurückgedrückt wurde. »Keine Dummheiten, Junge, bleib nur liegen.«

Der Beamte verzog das Gesicht, weil sein Brustkasten anfing zu schmerzen. »Ihr kommt nicht raus!«, keuchte er. »Seid doch vernünftig! Das gibt es nicht. Ihr macht euch falsche Hoffnungen.«

»Keine Sorge.«

»Aber, Ricky, ich denke ebenso. Die Bullen sind einfach stärker.«

Ohne den Fuß von der Brust des Mannes zu nehmen, drehte Ricky den Kopf. »Hast du es nicht gespürt, Benny?«

»Nein, was denn?«

»Den Einfluss. Es ist etwas passiert.« Der Rockerchef grinste breit. »Ich weiß, dass wir nicht im Stich gelassen werden, da kommt etwas auf uns zu. Ben, die Zeit der Hoffnung ist da. Wir kommen hier raus.«

Segal hob nur die Schultern. Er war davon nicht überzeugt.

Der Beamte witterte eine Chance. »Lasst mich gehen, und wir vergessen die Sache. Denkt doch mal nach, ihr befindet euch im Zellentrakt von Scotland Yard. Wir liegen unter der Erde, was wollt ihr denn noch?«

Ricky nahm seinen Fuß zurück. »Das wirst du schon früh genug merken, Bulle.«

Der Beamte wollte aufstehen, aber Ricky befahl ihm zischend, liegen zu bleiben.

»Wie du willst.«

Von draußen waren Stimmen und Schritte zu vernehmen. Schwere Fäuste hämmerten gegen die Tür, dann wurde sie mit einem Ruck aufgerissen. Drei bewaffnete Männer stürmten in die Zelle, wo Ricky Modena plötzlich beide Arme hob.

Sofort packten sie ihn und stellten ihn gegen die Wand. »Okay, Leute, okay, seid doch nicht so wild. Ich tue nichts.« Handschellen klickten um die Gelenke des Rockerchefs. Auch für seinen Kumpan waren welche vorhanden.

Der Beamte, der zu Boden geschleudert worden war und einiges abbekommen hatte, stand auf und baute sich vor Ricky auf. Seine rechte Hand ballte er zur Faust, das Gesicht lief hochrot an. Er kochte vor Wut und holte aus, als ihm einer seiner Kollegen in den Arm fiel. »Nicht, Jack, das haben wir nicht nötig.«

Ricky grinste breit und frech. »Wolltest du mich schlagen, Bulle? Du feiges Schwein wolltest mich …«

»Auch Sie halten den Mund!«

Ricky nickte. »Ja, ist klar, Oberbulle. Ich bin ruhig, ganz ruhig sogar.« Er schloss die Augen und tat so, als wollte er vor den Beamten einschlafen.

Die hatten für diese Späße keinen Sinn und schoben ihn aus der Zelle. Ben Segal fing an zu schreien. »Nehmt ihr ihn jetzt in die Mangel, ihr Hundesöhne? Macht ihr ihn jetzt fertig? Ja, das könnt ihr, wenn ihr in der Überzahl seid …«

»Halten Sie den Mund!«

Segal schwieg und starrte hasserfüllt auf die Tür, die der Polizist hinter sich zuzog.

Sie würden Ricky Modena nicht in die Mangel nehmen, wie Ben es glaubte, aber sie würden ihn verhören und auch einen bestimmten Beamten hinzuziehen.

Im Office des leitenden Inspektors musste sich Modena an die Wand stellen und durfte sich nicht rühren. Sein Gesicht zeigte einen verbissenen, manchmal trotzigen Ausdruck. Hin und wieder zuckten die Mundwinkel unter einem kalten Lächeln.

Der Inspektor wollte den Mann dabeihaben, auf dessen Initiative hin Ricky eingeliefert worden war. John Sinclair, aber der war nicht im Hause. Dem Mann wurde erklärt, dass sich John Sinclair außer Landes befand.

»Aber da gibt es doch Suko, Miss Perkins.«

»Sicher.«

»Hatte er nicht auch etwas mit dem Fall zu tun?«

»Wenn Sie ihn sprechen wollen, tut es mir auch Leid. Er befindet sich ebenfalls nicht im Haus.«

Der leitende Beamte lachte in den Hörer. »Das ist ja eine vorzügliche Dienstauffassung.«

Glenda Perkins war eingeschnappt. »Die Herren machen keinen Urlaub. Sie sind dienstlich unterwegs.«

»Schon gut, Miss Perkins. Auch wir leiden manchmal an einer gewissen Überarbeitung.«

Glendas Stimme nahm einen versöhnlicheren Klang an. »Wenn Sie wollen, kann ich Inspektor Suko Bescheid geben.«

»Nein, das ist nicht nötig. Wir kommen auch so zurecht.«

»Sollte es irgendwelchen Ärger geben, lassen Sie es mich wissen.«

»Danke, Miss Perkins.« Der Inspektor legte auf und wandte sich dem Rockerchef zu. Zwei Beamte rahmten Ricky ein. Sie trauten ihm trotz der Fesseln nicht.

Modena grinste herausfordernd. »Na, haben Sie Sinclair nicht erwischt, Meister?«

»Nein.«

»Welch ein Pech!« Seine Stimme troff vor Ironie.

Der Inspektor sah sich den in Leder gekleideten Kerl gründlich an. »Was wollt ihr? Weshalb habt ihr dieses Theater veranstaltet? Ich will eine Antwort.«

»Ganz einfach, Bulle. Wir wollen raus.«

»Das entscheide nicht ich.«

»Weiß ich. Aber Sie können uns ja verlegen. Wir hassen es, hier herumzusitzen.«

»Ihr wollt in ein Gefängnis?«

»So ist es.«

Die Beamten lachten. Das verstanden sie nicht. Sie hatten schon viel erlebt, aber dass jemand freiwillig verlangte, in den Knast gebracht zu werden, ging über ihren Horizont.

Ricky redete weiter. »Wenn ihr das nicht wollt, dreschen wir euch die Zelle zusammen.«

»Ach«, sagte der Inspektor, »mehr nicht?«

»Wir können uns auch selbst umbringen. Dann bekämt ihr den Ärger. Untersuchungskommissionen und so. Wäre das in eurem Sinne? Ich glaube nicht.«

Der Blick des Inspektors wurde lauernd. »Okay, ich habe jetzt gehört, was ihr vorhabt. Aber so etwas macht man nicht ohne Grund. Was also liegt bei euch an?«

»Wir wollen raus, mehr nicht.«

Der Beamte dachte an den Ärger, den die Rocker ihnen in den letzten beiden Tagen bereitet hatten, hob die Schultern und sagte: »Wir könnten einen Kompromiss schließen.«

Ricky war misstrauisch. »Das hört sich verdammt nach einem Trick an.«

»Ist aber keiner. Ihr versprecht uns, dass ihr euch ruhig verhalten werdet, und ich versuche, euch überführen zu lassen. Ist das ein Kompromiss?«

»Wenn er zustande kommt und Sie nicht falsch spielen, bin ich einverstanden.«

Der Inspektor nickte. »Gut, versuchen wir es.« Er gab seinen beiden Beamten ein Zeichen. Die Männer führten Ricky aus dem Raum und wieder zurück in die Zelle, wo Ben Segal schon aufgeregt wartete.

Als Ricky den Raum betrat, sprang er in die Höhe. »Na, haben sie dich fertig gemacht?«

»Nein.«

»Wieso nicht?«

»Schnauze.« Ricky hielt den Beamten seine gefesselten Hände hin. »Ich hasse die Klammer. Nehmt sie mir ab.«

Sein Wunsch wurde erfüllt. Ben Segal schaute aus großen Augen zu. Er verstand die Welt nicht mehr. Wie war es möglich, dass die Bullen plötzlich so friedlich reagierten? Er wartete mit seiner Frage, bis die Beamten den Zellenraum verlassen hatten.

»Wie hast du das denn geschafft, Ricky?«

»Ich habe mit ihnen geredet.«

»Nur?«

»Ja.« Er setzte sich auf den Tisch. »Und ich habe es geschafft. Wir werden verlegt.«

»Wohin?«

»Keine Ahnung. Außerdem ist das nicht wichtig. Wir müssen nur hier raus.«

Ben verstand. »Du willst ausbrechen, wie?«

»So ist es.«

»Ob das gut geht?« Segal schluckte. »Die werden uns jagen mit ihrer geballten Bullenmacht. Da haben wir keine Chance. Und was haben wir uns denn zuschulden kommen lassen? Nichts oder kaum etwas. Sie können uns nichts beweisen. Außerdem ist die Untersuchungshaft nicht die Welt, meine ich wenigstens.«

Ricky sprang auf seinen Kumpan zu, packte ihn und schüttelte ihn heftig durch. »Bist du denn verrückt? Wie kannst du nur so reden? Spürst du es nicht, dass etwas geschehen ist? Wir sind nicht mehr ohne Unterstützung, und wir werden Jilette rächen. Der Todesengel von London soll nicht umsonst gestorben sein.«

»Du kannst ihn doch nicht zurückholen!«, keuchte Ben.

»Nein, das nicht, aber sein Tod hat etwas in Gang gesetzt, das uns unmittelbar betrifft.« Er senkte seine Stimme. »Ich sage dir, Ben, es ist etwas geschehen. Irgendwo in London werden wir in der Zukunft unseren Platz haben. Da ist was an die Oberfläche gestiegen, das uns stark macht. Wir sind nicht verloren.«

Ben nickte. »Und … was ist das?«

»Ich weiß es nicht. Aber es muss etwas Unheimliches sein, vor dem sich die Menschen fürchten.«

»Der Teufel?«

»Kann sein. Du weißt ja, dass Jilette mit ihm verbündet war. Denk an seinen Grabstein, den er mitnahm. Vielleicht hat der Mann im Hintergrund etwas in die Wege geleitet.«

»Van Akkeren?«

»Ja, er.«

Ben hob die Schultern. »Dann müssten wir ja wieder zurück in das Krankenhaus und diesen Bloch killen.«

»Das kann durchaus auf uns zukommen. Aber ich sage dir, wenn wir tatsächlich zurückkehren, dann gestärkt und nicht mehr so schwach wie früher. Ein Spiel haben wir verloren, das zweite aber werden wir gewinnen und alle anderen auch.«

Ben Segal war zwar nicht überzeugt, nur beruhigt. Er fragte trotzdem. »Was werden Dyan und Art dazu sagen?«

»Die machen mit, das weiß ich.« Ricky grinste. »Bleibt ihnen denn etwas anderes übrig?«

»Kaum.«

»Ich warte nur noch darauf, dass der Oberbulle kommt und uns die Nachricht der Verlegung bringt.«

»Was ist denn mit Sinclair?«

Ricky lachte leise. »Das ist es doch gerade. Ein Glücksfall. Sinclair ist nicht da.« Der Rocker hob die Schultern, während er in der Zelle auf und ab wanderte. »Er ist weg, nicht mehr in London. Er hat sich verkrochen. Den Grund kenne ich auch nicht. Jedenfalls brauchen wir uns vor ihm nicht zu fürchten.«

Segal hatte trotzdem Einwände. »Und wenn er zurückkehrt?«

»Sind wir stärker als früher. Dann wird er sich verdammt wundern. Das verspreche ich dir.«

»Ja, hoffentlich.«

Ricky Modena setzte sich auf das Bett. »Das hat er nicht umsonst getan, ich schwöre es. Aus jeder Niederlage geht man gestärkt hervor, und wir haben jetzt einen mächtigen Verbündeten.«

»Wer ist es denn?«

»Ich weiß es noch nicht. Ich weiß nur, dass wir uns sehr bald schon mit ihm treffen.«

Ben Segal schaute den Rockerchef an. »Weißt du was, Ricky, manchmal machst du mir Angst.«

»So soll es auch sein.« Er rieb seine Hände. »Warte nur, bis wir wieder draußen sind.«

»Erst einmal müssen sie uns lassen.«

»Das geht schon in Ordnung, Benny-Boy.«

Ricky hatte sich nicht geirrt, denn kurze Zeit später erschien der leitende Inspektor mit seinen beiden Beamten. Ricky erhob sich. Sein fragender Blick hing auf dem Gesicht des Ankömmlings.

Der nickte. »Es ist genehmigt. Ihr werdet in ein normales Gefängnis überführt. Ich habe eine Sondererlaubnis erwirkt.«

»Und wann?«

»Heute noch.«

In Ricky Modenas Augen spiegelte sich der Triumph. Aber das sah keiner der Beamten …

Suko spürte die Hand des Abbé auf der seinen. Der Franzose lag noch immer im Krankenzimmer einer kleinen Londoner Klinik, jetzt allerdings mit der Gewissheit, dass er blind bleiben würde. Die Ärzte hatten es ihm gesagt, und er hatte Suko gebeten, ins Krankenhaus zu kommen, weil er mit ihm darüber reden wollte.

John Sinclair befand sich nicht in London. Er hatte einen Fall in Russland zu lösen, das wusste der Abbé, und so vertraute er sich dem besten Freund des Geisterjägers an.

Suko wusste bereits über das Resultat Bescheid. Er saß neben dem Bett, hatte sich alles mit anhören müssen und sollte einen Kommentar geben. Aber dem Chinesen saß ein Kloß im Hals. Kälte hatte sich auf seinem Rücken ausgebreitet. Er konnte einfach keine Antwort geben und starrte gegen das Gesicht des Abbé.

Es zeigte nicht mehr die dicken Verbände. Nur die Augen waren noch mit Mullbinden abgedeckt, darüber trug der Franzose schwarze Klappen. Das Gesicht war bleich. Um den Mund hatten sich kleine Schweißtropfen wie winzige Perlen verteilt.

Er hatte die schreckliche Nachricht gefasst aufgenommen, weil ihm die Ärzte auch zuvor keine großen Hoffnungen gemacht hatten. Aber er, der in der Fremde lag, brauchte Trost, deshalb saß Suko an seinem Bett.

»Bin ich nur noch ein halber Mensch oder zu nichts mehr wert?«, fragte der Abbé mit leiser Stimme.

»Nein!« Entschieden sprach Suko dagegen. »Das würde ich nicht so sehen. Auch wenn man sein Augenlicht verloren hat, kann man zu Leistungen fähig sein, die schon gewaltig sind. Das haben zahlreiche Blinde in aller Welt bewiesen.«

»Aber sie stehen nicht unter Druck wie ich«, erwiderte der Abbé nach einer Weile des Nachdenkens.

Da musste Suko ihm Recht geben. Der Abbé war ein besonderer Mann. Man konnte ihn als den Großmeister der Templer ansehen. Diesen Orden gab es noch immer. Er war jedoch gespalten. Die Gruppe um den Kind-Dämon Baphomet, der vor einiger Zeit wiedergeboren worden war, wollte die echten Templer, die noch den alten Idealen dienten, vernichten.

Sie waren sehr mächtig, denn sie hatten nicht nur in Baphomet einen starken Führer, auch die vier Horror-Reiter standen auf ihrer Seite und würden alles daransetzen, um den abtrünnigen Templern zu einem großen Sieg zu verhelfen.

Sie hatten den Abbé töten wollen. »Fast wäre es Baphomet auch gelungen, doch John Sinclair hatte die schmelzende Silbermaske vom Gesicht des Abbé entfernen können, ohne allerdings das Augenlicht zu retten.

»Du wirst«, sagte Suko, »wieder in deine Heimat zurückkehren und mit deinen Getreuen zusammen sein.«

»Ich kann Ihnen kein guter Führer mehr sein.«

»Wer damals als echter Freund an deiner Seite gestanden hat, wird dich auch heute nicht im Stich lassen.«

Bloch öffnete den Mund und atmete tief ein. »Wir werden sehen, aber ich kann nicht so recht daran glauben. Vielleicht habe ich Baphomet auch unterschätzt. Seine Macht ist gewaltig.«

»Wir werden dagegen setzen!«

Bloch lachte auf. »Wie denn?«

Suko senkte seinen Kopf, obwohl ihn der Abbé nicht sehen konnte. »Du bist derjenige, auf den es ankommt.«

»Das sagst du nur so.«

»Nein, ich werde es dir erklären, mein Freund. Du bist blind, das weißt du, das weiß ich. Ich habe dir vorhin gesagt, dass auch Blinde zu großen Leistungen fähig sein können. Man hat das des Öfteren erlebt. Deshalb wird es dir gelingen, die anderen Sinne zu stärken. Das Hören, das Fühlen, aber auch der Sinn, der bei uns modernen Menschen verschüttet ist, das Lauschen nach innen, sensibel und sensitiv sein, das alles kann sich bei dir verdichten und – als Summe – den Verlust deines Augenlichts zu einem gewissen Prozentteil wieder wettmachen.«

Für Suko war es eine lange Rede. Der Abbé dachte über sie nach. »Soll das als Trost gemeint sein?«, fragte er dann.

»Und als Hoffnung.«

»Suko.« Bloch atmete tief ein. »Ich kenne dich nicht genau, aber ich glaube, du weißt nicht, wie einem Menschen zumute ist, der einen so ungeheuren Schicksalsschlag erlitten hat.«

»Meinst du wirklich?«

»Ja.«

»Da bin ich anderer Meinung. Es liegt noch nicht lange zurück, als mich das Schicksal auf eine verdammt harte Probe stellte. Da hat es mir meine Partnerin genommen und das Band, das zwischen uns bestanden hat, brutal zerrissen. Ich war völlig down, am Boden zerstört, ich hätte mich am liebsten verkrochen, aber ich riss mich nach einiger Zeit zusammen und wurde wieder ich selbst.«

»Ja, ich hörte davon. Aber Shao ist nicht tot.«

»Ich weiß nicht einmal, ob ich sie als Geist gesehen habe oder als einen normalen Menschen. Ein Phantom aus dem Jenseits, das mit sich und seinem Schicksal zu tun hat, das wiederum eng mit dem Dasein der Sonnengöttin Amaterasu verbunden ist. Ich wollte dir nur sagen, dass auch ich nicht aufgegeben habe, und ich bitte dich, ebenfalls so zu handeln. Bitte, gib nicht auf! Konzentriere dich jetzt auf die anderen Dinge in deiner Umgebung, die nicht sichtbar sind. Vielleicht gelingt es dir, deine Fühler auszustrecken und Ereignisse zu sehen oder zu erahnen, die für uns Sehende im Dunkeln bleiben.«

»Darum werde ich mich wohl bemühen!«, flüsterte der Abbé. »Ich hatte ja schon diese Ahnung.«

»Du meinst das Sinnbild der schwarzen Wolke, die du gesehen hast?«

»Genau die.«

»Ist sie weg?«

Der Abbé atmete durch die Nase. »Das, Suko, weiß ich eben nicht. Ich glaube es nicht so ganz.«

»Aber Jilette, der Mordengel von London, existiert nicht mehr.«

»Das stimmt schon. Aber ist damit auch die große Gefahr gebannt?«

Suko wurde hellhörig. »Du sprichst so, als wüsstest du mehr.«

»Das könnte sein.« Der Abbé sprach in Rätseln.

»Was ist es? Hängt es mit dieser Wolke zusammen, die du symbolisch gesehen hast?«

Der Abbé drückte sich zurück. »Im Prinzip geht es um den Todesengel, nicht um die Wolke.«

»Jilette ist tot.«

»Und seine Helfer?«, setzte Bloch nach.

»Die sind in den Zellen des Untersuchungsgefängnisses bei uns im Yard sicher untergebracht.«

»Ist die U-Haft ausbruchssicher?«

Suko lachte. »Hundertprozentige Sicherheit gibt es nicht, aber wir können davon ausgehen, dass die vier Rocker keinen Schaden anrichten werden. Höchstens innerhalb des Gebäudes, aber dort gibt es genügend Wachpersonal, um dem einen Riegel vorzuschieben.«

»Dann ist es gut.«

Der Templer hatte Sukos Misstrauen geweckt. »Weshalb erkundigst du dich so genau nach ihnen? Glaubst du, dass von den Rockern eine Gefahr ausgeht?«

Der Abbé schwieg. Suko rechnete damit, dass er über eine Antwort nachdachte, aber er wechselte plötzlich das Thema. »Suko, es ist etwas passiert.«

»Was?«

»Ich weiß es nicht. Wieder kann ich es nur fühlen. Du hattest Recht mit meinen Sinnen. Ich spüre eine innerliche Unruhe. Sie hängt nicht damit zusammen, dass ich nicht mehr sehen kann. Sie ist vorhanden, sie drückt auf meine Seele. Da muss etwas geschehen sein!«

»Deutlicher kannst du dich nicht ausdrücken?«

Der Franzose atmete schwer. Seine Hände lagen mit den Flächen auf der Decke. Sie rutschten unruhig auf und nieder. »Es belastet mich«, flüsterte er. »Es belastet mich sogar stark. Ich kann nichts dagegen tun, wir alle haben nichts dagegen tun können. Jetzt ist es da.«

Obwohl der Abbé nichts Genaues wusste, wollte Suko das Thema einkreisen. »Hängt dies auch mit Jilette zusammen?«

»Vielleicht indirekt.«

»Und direkt.«

Die Lippen zuckten. Vermehrt hatten sich auch die Schweißperlen um seine Mundpartie. »Ich kann es noch nicht genau sagen. Ich forsche, ich lausche in mich hinein. Nur so kann ich feststellen, ob ich Recht habe, aber es bedrückt mich stark, das kann ich dir versichern.«

Der Inspektor wartete ab. Er glaubte dem Abbé, der schon einmal eine Gefahr erkannt hatte, und tatsächlich brachte der Blinde einige neue Erkenntnisse zustande. »Eine andere Welt, Suko. Ich glaube, es ist eine andere Welt. Ein Unglück, vielleicht ein Versehen oder ein hinterlistiges und heimtückisches Spiel Baphomets. Du ... ihr müsst auf der Hut sein, weil sich etwas zusammenbraut. Versprecht ihr mir das? Ihr müsst Acht geben, und dein Platz soll auch nicht mehr an meinem Bett sein. Verlasse dieses Krankenhaus und mache dich auf die Suche.«

»Wo soll ich suchen?«

»In London.«

»Die Stadt ist verdammt groß.«

Der Abbé deutete so etwas wie ein Nicken an. »Das weiß ich genau, mein Freund. Sie ist sogar gewaltig, aber auch das Ereignis ist prägnant. Man hat es einfach registrieren müssen.«

Der Inspektor erhob sich von der Bettkante. »Ich werde ins Büro fahren und Nachforschungen anstellen. Kannst du mir noch sagen, ob es ein rein magisches Phänomen ist?«

»Das schon.«

»Gut, ich stelle dir einen Schutz vor die Tür. Zwei Beamte sollen ...«

»Ich brauche keinen Schutz mehr, Suko. Wenn die Gegenseite mich vernichten will, dann schafft sie es. Auch wenn du Wachtposten vor meiner Zimmertür aufstellst.«

»Wie du willst.«

Der Abbé schob seinen Arm zur Seite und streckte ihn über die Bettkante. Er bewegte seine Finger, als wollte er Suko zuwinken. Der Inspektor verstand und drückte die Hand des Mannes. »Ich werde dich informieren, wenn ich herausgefunden habe, was Schlimmes geschehen ist.«

»Darum bitte ich dich.«

Suko zog seine Hand zurück und ging zur Tür. Als er sie geöffnet hatte, rief er dem Blinden noch einen Abschiedsgruß zu und eilte danach den Gang hinab.

Die Erklärungen des Abbé hatten ihn beunruhigt. Dieser Mann war trotz seiner Verletzung in den letzten beiden Tagen über sich hinausgewachsen. Er zeigte eine innere Größe, vor der gesunde Menschen den Hut ziehen konnten.

Suko hatte seinen Leihwagen dort abgestellt, wo John Sinclair vor kurzer Zeit mit einem Grabstein beworfen worden war, als er den Todesengel von London zum ersten Mal gesehen hatte. Wie immer musste er sich mit seinem Dienstwagen durch den Verkehr quälen. Fast wäre er noch in einen Unfall hineingeraten, weil ein Lkw-Fahrer fast einen Radfahrer unter die Reifen genommen hätte, und erreichte schließlich sein Ziel, wo er sofort mit dem Lift hoch zu seinem Büro fuhr.

Glenda war noch da. »Oh, da hast du Glück gehabt«, sagte sie. »Ich wollte gerade Mittagspause machen.«

»Wieso habe ich Glück gehabt?«

»Weil dich jemand sprechen wollte. Erst John, dann dich. Es ist Inspektor Leroy ...«

»Der unten Dienst hat.«

»Ja, der Oberaufseher.«

Suko dachte an die Worte des Abbé und bekam leichtes Magendrücken. »Was wollte er denn?«

»Ich weiß es nicht genau. Es kann sich aber um die vier Rocker handeln. Einen anderen Grund …«

»Schon gut, Glenda, ich fahre nach unten.«

»Gibt es denn Schwierigkeiten?«

»Das weiß ich noch nicht.«

»Und was ist mit dem Abbé?«

Suko, der die Türklinke schon gedrückt hatte, blieb noch einmal stehen und drehte den Kopf. »Er hat sein Augenlicht verloren, Glenda. Das ist sicher.«

Die dunkelhaarige Frau hob einen Arm und presste die Hand gegen ihren Mund. Ihr Gesicht wurde von den großen, erschreckt aufgerissenen Augen beherrscht. »Und das ist ganz sicher?«, hauchte sie.

»Ja.«

»Wie hat er es denn aufgenommen?«

Suko schüttelte den Kopf. »Das erzähle ich dir später, wenn ich Zeit habe.«

»Ja, gut.«

Mit einem sehr komischen Gefühl in der Magengegend fuhr der Inspektor wieder nach unten, wo er unbedingt seinen Kollegen Leroy sprechen wollte. Er hoffte, ihn noch vor der Mittagspause zu erwischen.

Leroy machte gerade Pause, saß hinter seinem Schreibtisch und war dabei, die Sandwiches auszupacken, die seine Frau ihm mitgegeben hatte.

»Da sind Sie ja«, sagte der schnauzbärtige Kollege zur Begrüßung und erhob sich. »Ich habe Sie gesucht, Suko.«

»Das hörte ich bereits. Um was geht es?«

»Setzen Sie sich doch. Jetzt ist sowieso nichts mehr daran zu ändern.«

Suko nahm sehr langsam auf dem Stuhl Platz. »Was ist nicht mehr zu ändern?«

»Sie sind nicht mehr da.«

»Wer?«

»Die vier Rocker. Ich habe sie wegschaffen lassen.«

Über den Schreibtisch hinweg starrte Suko den Kollegen an. »Warum das denn?«

»Weil sie es so wollten.«

Suko lachte. »Das können Sie mir doch nicht erzählen. Machen Sie immer, was Gefangene wollen?«

»Regen Sie sich nicht auf, Kollege. Für die Sicherheit der Rocker ist gesorgt. Sie befinden sich auf dem Weg zu einem anderen Gefängnis. Dort wollten sie hin. Hier haben sie nur getobt und sich fast wie Tiere benommen.«

»Sie kennen doch das Recht.«

»Sicher, nur habe ich mich über diese Gesetzgebung mit Rückendeckung hinweggesetzt. Es wäre nicht das erste Mal, dass wir Gefangene von hier aus, noch bevor die Anklage stand, in einen anderen Sicherheitstrakt transportiert hätten. Denken Sie an die Staatsfeinde, mit denen das Gleiche geschah.«

»Aber hier liegt der Fall anders.«

»Wieso? Sind diese Rocker gefährlicher als Staatsfeinde? Das wollen Sie mir doch nicht weismachen.«

Suko sah seinen Kollegen so ernst an, dass dieser den Blick senkte. »Ja, Sie können unter Umständen gefährlicher sein als Staatsfeinde. Das sollten Sie sich hinter die Ohren schreiben. Wenn wir irgendwelche Menschen hinter Gittern verschwinden lassen, haben wir ebenso unsere Motive wie die anderen Kollegen, die sich mit normalen Fällen beschäftigen. Sie hätten die Rocker auf keinen Fall aus den Zellen herauslassen sollen.«

»Denken Sie an einen Ausbruch?«

»Auch das.«

»Da möchte ich Sie beruhigen, Kollege. Das Transportfahrzeug ist ausbruchssicher.«

»Bei normalen Gegnern stimmt das schon, aber diese Rocker sind anders. Hinter ihnen können möglicherweise mächtige Verbündete stehen, und die wiederum sind mit Kräften ausgerüstet, über die wir uns kein Bild machen können. Hoffen wir, dass sie normal ankommen.«

»Ich könnte ja anrufen.«

»Darum wollte ich Sie gerade bitten.«

Leroy schob einige Papiere zur Seite und fand die Liste mit wichtigen Telefonnummern. Er tippte ein paar Zahlen ein und bekam sehr schnell Verbindung. Der Inspektor ließ sich mit dem Direktor verbinden, doch dessen Stellvertreter war nur anwesend.

Als er ihm das Problem erklärt hatte, kam die Antwort ziemlich schnell. Suko beobachtete seinen Kollegen genau, und er sah, dass dieser immer blasser wurde.

»Danke«, sagte Leroy, »ich melde mich wieder.«

»Was ist geschehen?«

Der Inspektor ließ den Hörer auf den Apparat sinken. »Sie sind noch nicht eingetroffen.«

»Obwohl sie längst hätten dort sein müssen.«

»So ist es.«

Suko nickte, als hätte er sich dies schon gedacht. »Die Wagen haben Telefon, Funkverbindung. Hat man versucht, sich mit dem fahrenden Gefängnis in Verbindung zu setzen?«

»Ja, aber keinen Erfolg gehabt. Es tut mir Leid, Kollege, ich scheine einen Fehler begangen zu haben und bin auch bereit, die Konsequenzen daraus zu ziehen.« Leroy sprach mit brüchiger Stimme und presste dann seine Hände gegen das Gesicht.

Suko stand auf. »Einen Fehler«, murmelte er. »Das glaube ich inzwischen auch, Kollege …«

Die vier Rocker benahmen sich wie die Lämmer und ließen sich anstandslos in den Wagen führen, der als ausbruchssicher galt. Der Wagen wirkte wie ein Kasten auf vier Rädern. Stahlwände, Metallpritschen, ein Metallboden, das war ein Käfig, aus dem niemand entkommen konnte. Sogar ein bewegliches Gitter befand sich dort. Wurde es herabgelassen, teilte es den Raum in zwei Hälften.

Normalerweise saßen in der einen Hälfte noch Aufpasser. Darauf hatte man bei den Untersuchungshäftlingen verzichtet. Die einzige Begleitung hockte im Führerhaus. Der Fahrer und sein Kollege.

Beide glaubten nicht daran, dass sie sehr schwere Jungs transportierten. Da hatten sie schon andere Dinge hinter sich und sahen die Fahrt als ziemlich locker an.

Im Gegensatz zu den vier Rockern. In ihrer fahrbaren Zelle saßen sie und starrten sich gegenseitig an.

Ricky Modena, Ben Segal, Dyan Cato und Art Malik lauteten ihre Namen. Nur ihr Anführer, jener Ricky, zu dem auch Jilette Vertrauen gehabt hatte, wusste Bescheid.

Über ihnen befanden sich in den Stahlwänden Luftschlitze. Ansonsten war alles dicht. Es gab keine Fenster, keinen Ausstieg, auch keine Toilette.

Ricky wartete, bis sich der Transporter in Bewegung gesetzt hatte. Erst dann begann er zu sprechen. »Ihr wisst, was euch erwartet, Freunde?«

Ben Segal wusste Bescheid. Er nickte. Dyan Cato und Art Malik aber schüttelten die Köpfe.

»Unsere Befreiung.«

Jetzt blitzten ihre Augen auf. »Aber wer will uns befreien?«, fragte Malik.

»Das werdet ihr noch sehen. Ich will euch nur sagen, dass wir ab heute ein neues Kapitel in unserem Leben aufschlagen. Habt ihr gehört, jetzt ist die Seite umgeblättert worden. Jilette haben sie vernichten können, aber damit ist die Sache nicht beendet. Wir bleiben weiterhin am Ball, und wir haben Unterstützung bekommen.«

»Von wem?«, fragte Cato.

»Das kann ich dir auch nicht genau sagen. Ich weiß nur, dass die Unterstützung vorhanden ist. Man wird uns hier aus dem verdammten Wagen holen, das verspreche ich.«

Dyan Cato war noch immer skeptisch. »Und wie?«

Ricky lehnte sich zurück. »Das weiß ich auch nicht. Wir sollten uns da überraschen lassen.«

»Kann die nicht böse enden?«

»Nein, Art.« Modena grinste. »Wir haben eine Rückendeckung, von der andere nur träumen.«

»Wen denn?«

»Das müssen wir abwarten. Jedenfalls gibt es Kräfte, die hinter

Jilette standen, und die sind verdammt mächtig, kann ich euch sagen.« Modena lehnte sich wieder zurück, verschränkte die Arme vor der Brust und schloss die Augen.

»Du hast Nerven«, sagte Dyan Cato. »Jetzt so einfach einzuschlafen.«

Ricky lachte noch. »Ich habe eben ein gutes Gewissen«, erklärte er. »Ein sehr gutes sogar …«

»In einer Woche habe ich Urlaub«, sagte Quiller und fügte den Worten ein Lachen hinzu. Er fuhr den Wagen schon seit Jahren. Diese Fahrten waren für ihn Routine.

Auch sein neben ihm sitzender Kollege war in diesem Geschäft ein alter Profi. »Und wo fährst du hin?«

»Ich begebe mich auf die Suche.«

»Was suchst du denn?«

»Den Frühling.«

»Witzbold. Da kannst du lange suchen. Oder fährst du in Richtung Mittelmeer?«

»Nein, aufs Land, zu meiner Schwester.«

»Wohnt die noch immer in Wales?«

Quiller, ein hagerer Mann und Jogging-Fan, nickte zweimal. »Ja, ihr gefällt's dort.«

»Verstehe ich nicht. Du bist Junggeselle, sie ist Witwe. Wäre doch ideal, wenn sie nach London zieht und dir den Haushalt macht.«

»Mary mir den Haushalt?« Quiller lachte kieksend. »Du kennst meine Schwester nicht. Das ist ein Hausdrachen, kann ich dir sagen. Die würde mich glatt in die Mangel nehmen und auspressen wie eine Zitrone, kann ich dir sagen. Nein, Mary ist ein Besen. Sie eine Woche zu besuchen, das kann ich aushalten, doch mit ihr unter einem Dach zu wohnen ist nicht drin.«

»Du musst es wissen.«

»Weiß ich auch.«

»Was sind das denn für Vögel, die wir transportieren? Hast du mehr über sie gehört?«

»Rocker.«

»Weiß ich auch. Haben Sie jemand umgebracht? Totgeschlagen, haben sie demonstriert?«

Quiller bremste vor einer roten Ampel. »Das weiß ich auch nicht, so Leid es mir tut. Der Auftrag kam ziemlich plötzlich. Wir fahren sie hin, liefern sie ab und fertig.«

»Ja, das ist mir am liebsten. Ich habe ebenfalls nichts über ihre Aktivitäten gehört.« Der Beifahrer räusperte sich. »Welchen Weg willst du eigentlich fahren?«

»Ich nehme die Abkürzung.«

»Durch West Kilburn?«

»So ist es.«

»Mensch, da fahr doch mal dort vorbei, wo das Haus explodiert ist. Ich will mir die Ruine mal ansehen.«

»Halten ist verboten.«

»Weiß ich selbst. Wir fahren eben langsam daran vorbei.«

Quiller nickte. »Okay, machen wir. Weißt du, Perry, ob die Spezialisten herausgefunden haben, weshalb der Kasten in die Luft geflogen ist?«

»Nein.«

»Man munkelt aber etwas.«

»Was denn?«

Quiller hob die Schultern. »Der Hausbesitzer soll sich übernommen und das Ding heiß renoviert haben.«

»Ohne Spuren zu hinterlassen?« Perry schüttelte den Kopf.

Sie fuhren noch auf der breiten Elgin Avenue und bogen wenig später in die Shirland Road ein, die geradewegs in den Vorort West Kilburn hineinführte. Dort lebten Menschen wie du und ich.

In dieser Gegend war in den letzten Jahren viel gebaut worden. Wohnungen, die von der Stadt mitfinanziert wurden, aber auch Häuser auf dem freien Markt. Man zog gern nach West Kilburn. Man fühlte sich dort wohl, war vom großen Trubel der City of London ziemlich weit entfernt und hatte trotzdem alle Geschäfte vor der Haustür. Außerdem war das Leben hier billiger als in der City.

Die Explosion hatte natürlich in das relativ beschauliche Leben der Bewohner Bewegung gebracht. In West Kilburn war man aufgeschreckt worden, doch niemand konnte sich einen Grund vorstellen, weshalb das Haus in die Luft geflogen war.

Es hatte auch etwas gebrannt, sodass die noch stehenden Fassaden schwarz wie Ruß wirkten.

Natürlich war diese Ruine ein Anziehungspunkt nicht allein für Erwachsene. Auch die Kinder gingen hin und konnten sich nicht satt daran sehen. Aber keiner wagte es, den Sperrzaun zu überklettern und die düstere Landschaft zu betreten.

Man hatte Angst. Die Ruine wirkte irgendwie unheimlich. Sie wollten damit auf keinen Fall etwas zu tun haben. So hatte sich eine gewisse Flüsterpropaganda gebildet, dass mit der Ruine etwas nicht stimmte.

Davon wussten Quiller und Perry nichts, als sie sich dem Haus näherten. Perry gab noch eine Meldung an die Zentrale durch. Er sprach von einer sehr ruhigen Fahrt.

Als er den Hörer sinken ließ, warf er Quiller einen Blick zu. »Wer ist eigentlich auf die Idee gekommen, an der Ruine vorbeizufahren?«

»Eigentlich du.«

»Wirklich?«

»Ja, aber ich hatte sie gleichzeitig und wollte dir davon berichten. Du bist mir nur zuvorgekommen.«

Der wesentlich dickere Perry runzelte die Stirn. »Seltsam ist das schon.« Er lachte auf. »Als wären wir geleitet worden, von wem auch immer.«

»Wie meinst du das denn?«

»Wenn zwei unabhängig voneinander plötzlich das Gleiche denken, ist das schon sehr rätselhaft.« Perry hob die Schultern. »Aber es gibt diese Zufälle im Leben.«

»Ja, und das hat sicherlich nichts mit der komischen Hausruine zu tun«, fügte Quiller hinzu.

»Meinst du wirklich?«

Quiller betätigte den Blinkhebel. Er musste rechts abbiegen. »Jetzt tu aber nicht so. Das kommt mir fast so vor, als würdest du an Gespenster glauben.«

»Das nicht gerade.«

»Aber?«

Perry hob die Schultern. »Ich weiß es auch nicht. Ich weiß es wirklich nicht.«

Sie fuhren durch eine typische Wohnstraße. Rechts und links rahmten alte Hausfassaden die Fahrbahn ein. Aufgelockert durch Geschäfte und kleine Gaststätten. Parkplätze gab es kaum. Wer einen ergattert hatte, konnte stolz sein.

»Wir müssten eigentlich schon dort sein«, bemerkte Perry.

»Ja. Die nächste rechts, dann wieder links.«

»Du kennst dich aus.«

Quiller nickte. »Ich fahre ja auch länger als du.«

»Die drei Jahre.«

»Zuvor habe ich ein Taxi gefahren. Da lernst du London kennen, das kannst du mir glauben.«

Sie bogen rechts ab in eine Einbahnstraße, die ziemlich schmal war. An der linken Seite befand sich eine Großbäckerei. Es roch nach frisch gebackenem Brot. Dieser Geruch wehte sogar über die Straße. Beide Männer wussten, dass das in die Luft geflogene Haus hinter der Bäckerei lag.

»Die haben Glück gehabt, dass sie verschont geblieben sind.« Perry lachte. »Wenn ich mir vorstelle, dass Massen von Teig in die Luft geflogen wären …« Er schüttelte den Kopf. »Nicht auszudenken.«

Am Ende der Straße konnten sie nur links ab. Dort befand sich hinter einer Brandmauer der Parkplatz der Brotfabrik, wo die zahlreichen Lieferwagen standen. Ein Eisentor war weit geöffnet, doch der Blick auf den Parkplatz interessierte die beiden Fahrer nicht. Über holpriges Pflaster führte ihr Weg in die Straße hinein, an der die Ruine lag. Ein älterer Mann, der auf einem fast ebenso alten Fahrrad strampelte, kam ihnen entgegen. Auf seinem Gepäckträger schaukelte ein Kasten mit leeren Bierflaschen.

Die ganze Zeit über hatte sie schon ein grauer Himmel begleitet. Kein freundliches Grau, eher düster und irgendwie bedrohlich wirkend. Die Sonne kam nicht durch. In der Nacht und in den frühen Morgenstunden hatte es noch Schneeregen gegeben. Die Straßen waren feucht. Manche Pfützen schimmerten wie schwarzer Lack.

Das Haus lag auf der linken Seite. Beide Männer konnten bereits den Absperrzaun sehen, dessen Beginn und Ende mit einer rot-weißen Warnfarbe markiert worden war. Die kleinen Wimpel flatterten im Wind. Sie waren die einzigen Farbtupfer in einer ansonsten düsteren Umgebung, die so gar nicht in diesen Stadtteil hineinpasste.

»Das sieht aus wie im Krieg«, sagte Perry.

»Glaube ich auch.« Quiller fuhr langsamer. Er wollte sich die Fassade genau ansehen.

»Willst du hier halten?«

»Wenn du nichts weitersagst.«

Perry lachte. »Okay, versprochen.«

Quiller grinste scharf und tippte zweimal auf die Bremse. Er ließ den schweren Wagen ausrollen, stellte den Motor aber nicht ab. Beide Männer beugten sich nach links, um ihre Blicke über die Fassade schweifen zu lassen.

Es hatte einmal ein höheres Haus werden sollen. Davon war nicht mehr viel zu sehen. Drei Mauern waren völlig zerstört. Von einer vierten stand noch die Hälfte. Sie stützte sich praktisch gegen das Nachbargebäude, einen ebenfalls alten Bau, der ziemlich unbewohnt aussah.

»Ich habe erfahren, dass sie das Nebenhaus abreißen lassen wollten«, sagte Perry.

»Dann ist wohl das falsche Gebäude in die Luft geflogen, wie?«

»Könnte man fast annehmen.«

Quiller schüttelte den Kopf. »Das sieht ja aus. Ich weiß auch nicht. Niemand räumt auf. Alles liegt durcheinander. Beim nächsten Sturm kippt noch mehr zusammen.«

»Spielt das eine Rolle?«

»Es kann gefährlich werden.«

»Okay«, sagte Perry, »fahren wir weiter. Mehr gibt es hier doch nicht zu sehen.«

Da verstummte der Motor!

Perry stieß seinen Kollegen an. »He, was soll das? Willst du dich wider die Vorschriften doch länger hier aufhalten?«

»Nein.«
»Warum hast du dann den Motor abgestellt?«
»Das war ich nicht!«
Perry runzelte die Stirn. »Muss der Wagen in die Inspektion?«
Quiller verneinte. »Eigentlich nicht. Er war bisher immer in Ordnung.« Seine Stimme klang belegt, das merkte auch sein Kollege und fragte:
»Was hast du?«
»Ich weiß es auch nicht. Es ist ein Gefühl der Unruhe in mir. Vorhin hatte ich das nicht. Erst seit wir hier angehalten haben, ist es da. Spürst du denn nichts?«
»Nein.«
»Na ja, es wird Zeit, dass ich in Urlaub fahre.« Quiller streckte den Arm aus und griff zum Zündschlüssel.
Perry hatte sich wieder zurückgelehnt. Er saß entspannt da und wurde plötzlich aufmerksam, als sich nichts tat. Quiller drehte den Schlüssel, aber der Motor sprang nicht an.
»Das gibt es doch nicht!«, flüsterte er.
Gleichzeitig hörten sie hinter sich das dumpfe Hämmern. Die Rocker schlugen mit den Fäusten gegen die Wand. »Versuch es weiter«, sagte Perry und griff zum Mikrofon. Über Lautsprecher wurde seine Stimme in die Zellen übertragen. »Verhalten Sie sich ruhig. Wir werden gleich weiterfahren.«
Das Hämmern verstummte, doch der Motor war noch immer nicht angesprungen, obwohl Quiller es weiterhin versuchte.
»Ist er abgesoffen?«, fragte Perry. »Ich steige mal aus und …«
»Nein!«
Perry erschrak über den lauten Ruf seines Kollegen. »Was ist denn los, zum Henker?«
»Schau mal raus! Zum Haus hin, bitte.«
»Na und?«
»Siehst du nichts?«
Perry strengte sich an. Plötzlich hatte er das Gefühl, als würden Eisenhände über seinen Rücken fahren. Was er da sah, war so ungeheuer, dass ihm keine Erklärung einfiel.
Der Boden auf dem Grundstück zeigte eine andere Farbe. Er

hatte einen leicht grünlichen Ton angenommen, wirkte wie gemaltes Glas und breitete sich aus.

Das heißt, die Farbe näherte sich ihrem Wagen!

»Eine Falle!«, keuchte Perry. »Das kann nur eine verdammte Falle sein.«

»Okay.« Quiller sprach ruhiger. »Aber wer sollte sie uns gestellt haben?«

»Die Rocker!«

»Unsinn, die sitzen fest. Nur werde ich das Gefühl nicht los, dass uns irgendetwas hergelockt hat. Verdammt, wenn ich nur wüsste, was das ist.«

»Versuch noch mal einen Start.«

»Ja, ja.« Quiller fasste zum Schlüssel. Inzwischen glänzte Schweiß auf seiner Stirn. Auch die Hände zitterten. Er hatte die Lippen zusammengekniffen und atmete nur durch die Nase.

Der Motor spielte nicht mit. Es bewegte sich nichts.

»Dass uns das ausgerechnet jetzt passieren muss!«, stöhnte Perry und griff zum Telefonhörer. »Tut mir Leid, Partner, aber jetzt ist es so weit. Ich muss in die Zentrale …« Er sprach nicht mehr weiter, presste den Hörer an das rechte Ohr und schüttelte dabei den Kopf. »Keine Verbindung«, hauchte er. »Die Leitung ist tot. Hier, hör du mal.« Er reichte Quiller den Hörer.

»Lass es, ich glaub dir.«

»Partner«, sagte Perry, »da hat man uns reingelegt. Verdammt, das ist eine Falle.«

»Und wer hat sie gestellt?«

»Sieh dir das Haus an. Das grüne, das … das sieht aus wie eine gläserne Blase. Sie ist schon an unserem Wagen. Ich glaube …« Perry kam nicht mehr dazu, seinem Kollegen zu erklären, was er eigentlich glaubte. Beide spürten den Ruck, der den Wagen erschütterte, als hätte ihn jemand gerammt.

Der Wagen sackte plötzlich tiefer.

Bewegungslos saßen die beiden Männer im Führerhaus. Sie starrten durch die Frontscheibe, und Perry war es, der zuerst die Sprache fand. »Befinden wir uns hier in einem Sumpf?«

»Unsinn!«

»Weshalb sacken wir dann ab? Verdammt! Quiller, ich sehe mehr als schwarz.«

»Okay, Perry, bleib du im Wagen. Ich werde mal aussteigen und mir die Sache ansehen.«

»Und wenn dich der Sumpf auch in die Tiefe zieht?«

Quiller lachte kratzig. »Sumpf ist gut. Hier gibt es keinen Sumpf, hier kann es keinen …«

In diesem Augenblick wurde der Wagen wieder tiefer gezogen, als hätten sich die Hände eines Riesen um die beiden Achsen geklammert. An der hinteren stärker als vorn, und so stieg die Kühlerschnauze vor ihnen leicht in die Höhe.

Quiller ließ sich nicht mehr aufhalten. Er stieß die Tür auf, wollte hinausspringen, hielt sich im letzten Augenblick jedoch an dem seitlichen Haltegriff fest.

»Was ist denn?«, rief Perry.

»O verflucht, wir sinken tatsächlich …«

Nach dieser Antwort war es zunächst einmal still. Perry konnte ebenso wenig etwas sagen wie Quiller. Erst nach einer Weile flüsterte er: »Mach keine Witze.«

»Danach ist mir nicht zumute.«

Beide hörten sie das Lachen der Rocker. Selbst die dicken Stahlwände konnten es nicht dämpfen. Ihnen wurde in diesen Momenten klar, dass die vier Typen etwas mit den Ereignissen zu tun haben mussten.

»Wir sind von ihnen reingelegt worden«, flüsterte Perry. »Verflucht noch mal.«

»Wie denn, Mensch?« Quiller stand noch immer an der geöffneten Tür und hatte den Kopf gedreht.

»Ich weiß es auch nicht.«

»Das ist doch nicht normal hier.« Quiller deutete nach draußen. »Wir … wir stehen auf Glas. Der Motor funktioniert nicht mehr, das Telefon hat auch seinen Geist aufgegeben, und wir haben dafür keine Erklärung.«

Perry gab keine Antwort. Statt dessen konzentrierte er sich auf die weiteren Vorgänge und konnte es nicht verhindern, dass der Wagen noch tiefer sackte. Gleichzeitig hatte er den Eindruck, als würden die links von ihnen liegenden Trümmer wachsen.

»Ich bleibe keine Sekunde länger im Wagen!«, rief Quiller.

»Willst du auch …?«

»Das ist mir egal.« Quiller drehte sich noch einmal, sprang aber nicht, denn er kletterte nach rechts und erreichte mit einem sehr großen Schritt die Kühlerschnauze des Wagens, auf die er sich stellte, dabei aber das Gleichgewicht verlor, weil sie gekippt war.

Er rutschte nach vorn und fiel gegen die Scheibe, wo er sich mit beiden Händen abstemmte.

Perry sah das Gesicht seines Kollegen. Es war angstverzerrt, doch in den Augen leuchtete der Wille, es dennoch zu versuchen. Durch die offen stehende Tür drang Quillers Stimme. »Ich werde es versuchen, ich springe jetzt ab.«

»Und wohin?«

»Vielleicht schaffe ich es.«

Perry nickte nur und beobachtete, wie sich sein Kollege vor ihm auf der Haube bewegte. Es war schwer für Quiller, das Gleichgewicht zu halten. Er stand zwar, aber mehr in der Hocke und hatte die Arme gespreizt. Dann drehte er sich nach links. Ungelenk wie ein Tanzschüler in der ersten Stunde.

Perry beobachtete ihn. Er zitterte um seinen Kollegen mit. Auf seinen Handflächen hatte sich der Schweiß gesammelt.

Alles stand auf der Kippe. Würde Quiller es tatsächlich schaffen?

Jedenfalls gab er nicht auf und bewegte sich bis zur Motorhaube vor. Er ging noch weiter in die Knie, starrte dabei nach vorn und ließ die Arme zurückpendeln, als wollte er sich Schwung geben.

Perry drückte ihm die Daumen. Er hatte die Hände zu Fäusten geballt. Wenn Quiller es schaffte, wollte er es auch versuchen.

Und Quiller sprang!

Gleichzeitig aber und genau in dem Augenblick, als sich Quiller abstieß, zog die unheimliche Fläche den Wagen wieder ein Stück in die Tiefe, sodass Quiller aus dem Gleichgewicht geriet.

Er stieß sich zwar ab, aus seinem Sprung jedoch wurde nur ein Sprüngchen.

Er flatterte mit den Armen wie ein müder Vogel mit den Flügeln. Sein Gesicht war erstarrt, die Augen weit geöffnet.

Es war schlimm. Nicht nur für ihn, auch für seinen Kollegen Perry. Der starrte aus dem Fenster und konnte erkennen, dass Quiller zwar Bodenkontakt hatte, aber im selben Augenblick auch schon einsackte.

Bis zur Hüfte war er bereits darin verschwunden, drehte jetzt seinen Oberkörper und auch den Kopf.

Die Blicke der beiden Männer trafen sich. Perry sah eine fürchterliche Angst in den Augen seines Freundes. Er würde sich nicht mehr halten können, die anderen Kräfte waren einfach zu stark und zerrten an ihm wie gierige Hände.

»Quiller …!« Perry brüllte den Namen. Er hörte Quillers Schrei, sah, wie er mit den Armen um sich schlug und trotzdem nichts erreichen konnte. Der gläserne Boden verschlang ihn.

Das hatte nicht einmal fünf Sekunden gedauert. Perry hockte bewegungslos im Führerhaus und presste seine Hände vor das Gesicht. Er konnte es einfach nicht fassen, aber ihm war klar, dass ihm das gleiche Schicksal drohte.

Die Masse unter ihnen war unersättlich und gierig. Sie zog den schweren Wagen Stück für Stück zu sich heran. Die Welt draußen wurde für Perry zu einem rasenden Wirbel. Noch einmal griff er zum Telefon, wollte Hilfe holen, doch es klappte nicht.

Wütend schmetterte er den Hörer zu Boden, während hinter ihm aus der Zelle das Lachen klang.

Auf seinem Platz fuhr er herum. »Verdammt, ihr Schweine!«, brüllte er und klopfte mit beiden Fäusten gegen die Wand. »Was habt ihr da getan? Los, ich will es wissen!«

Sie gaben ihm keine Antwort. Nur ihr Lachen blieb, als würden sie sich freuen, den Tod der beiden Fahrer zu erleben.

Perry robbte über den Sitz auf die rechte Fahrertür zu. Er wollte nachsehen, ob es nicht doch noch eine Chance für ihn gab. Seinen Freund sah er nicht mehr. Quiller war bereits verschluckt worden.

Und auch Perry würde nicht überleben.

Schweiß klebte wie Leim auf seiner Stirn. Der Wagen war bereits so tief eingesunken, dass die gläserne Masse in das Innere quellen konnte. Und im Laderaum lachten die Rocker. Sie hatten ihren Spaß, obwohl sie selbst untergehen würden.

Ein Ruf jedoch machte Perry stutzig. »Das ist unsere neue Stunde! Das ist seine Rache!«

Perry wusste nicht, von wem die Rede war. Eines war klar. Er kam nicht mehr weg.

Und der Wagen sank noch tiefer.

Irgendwann löste sich bei Perry die Starre. Da schrie er fürchterlich auf. So lange, bis die Stimme versagte und der gläserne, grüne Sumpf auch ihn verschluckte …

Suko hatte seinen Kollegen Leroy mit hoch in das Büro genommen und Sir James Powell informiert.

Der Superintendent zeigte sich überrascht, hatte aber noch keine eigene Meinung. »Was meinen Sie denn, Suko?«

»Ich weiß es nicht genau, Sir. Kann mir aber vorstellen, dass unsere Gegner zur Jagd geblasen haben.«

»Meinen Sie auf Mr. Bloch?«

»Noch nicht mal. John und ich haben ihnen eine große Niederlage bereitet. Jetzt spielen sie die nächsten Trümpfe aus.«

»John befindet sich wohl auf dem Flug.«

»Dann packen sie eben mich.«

»Wer?«

»Ich bin mir nicht sicher, rechne jedoch mit den vier Rockern. Wir hätten sie besser unter Kontrolle halten müssen. Jetzt ist nichts mehr zu ändern.«

»Was ist mit dem Wagen?«, drang die fragende Stimme des Superintendenten durch den Hörer.«

»Die Verbindung ist abgerissen.«

»Lassen Sie ihn suchen?«

»Das versteht sich, Sir. Inspektor Leroy tut sein Bestes. Mehrere Streifenwagen fahren die Strecke ab, die der Transporter genommen haben muss. Wenn wir eine Nachricht erhalten, werde ich Sie sofort informieren.«

»Ja, tun Sie das.«

Suko legte auf und wandte sich dem schwitzenden Kollegen zu, der aus dem Vorzimmer gekommen war, wie ein Häufchen Elend wirkte und die Schultern hob. »Nichts«, sagte er mit kaum zu verstehender Stimme. »Bisher ist noch nichts gefunden worden.«

»Der kann sich doch nicht in Luft aufgelöst haben.«

Leroy hob die rechte Hand und spreizte die Finger ab. »Fünf Wagen sind unterwegs. Sie alle haben bisher keinen Erfolg gehabt. Ich verstehe das auch nicht.« Müde ließ er sich auf einen Besucherstuhl fallen und stützte sein Kinn gegen die Handfläche.

»Sie hätten die vier Rocker nicht überführen lassen sollen«, erklärte Suko zum wiederholten Male.

»Das weiß ich inzwischen auch. Aber die waren nicht mehr zu halten. Sie tobten herum, sie …«

»Okay, ich verstehe Sie.«

Leroy holte eine zerknautschte Packung Zigaretten aus der Tasche und klaubte ein Stäbchen hervor. »Darf ich hier rauchen?«

»Bitte.«

Glenda erschien an der Tür. Sie bot Kaffee an. Leroy nickte. »Wenn Sie so freundlich wären.«

»Natürlich, gern.«

Der Inspektor rauchte und blickte seinen Kollegen an. »Spurlos verschwunden«, sagte er. »Das gibt es doch nur in Romanen und Filmen. Was meinen Sie dazu?«

»Ich kann Ihnen da nicht so direkt beipflichten. Mein Kollege John Sinclair und ich haben ebenfalls schon die aufregendsten Dinge erlebt, das kann ich Ihnen sagen.«

»Klar, Sie sind ja bekannt dafür. Ihr Job ist mit dem meinen nicht zu vergleichen.«

Glenda brachte den Kaffee. Für Suko hatte sie Tee mitgebracht, der sich dafür bedankte. Auch Leroy nickte, probierte den Kaffee und nahm schnell einen zweiten Schluck. »Mann, ist der gut.«

Glenda verschwand verschmitzt lächelnd.

Dann klingelte das Telefon. Suko nahm sofort ab und hörte ein hartes Lachen. »Es tut mir Leid, Inspektor, aber wir haben nichts gefunden. Unsere Streifenwagen sind die Strecken mehrere Male abgefahren, da hat dann jeder jeden kontrolliert. Herausgekommen ist dabei nichts. Wir haben auch die umliegenden Parkplätze und Einfahrten sowie Höfe untersucht. Auch nichts. Wahrscheinlich sind die bereits außerhalb Londons, und ich weiß nicht, ob es jetzt noch Sinn hat, die Zufahrtsstraßen zu sperren.«

»Lassen Sie die Fahndung trotzdem laufen!«

»Wird erledigt, Sir. Sonst noch etwas?«

»Nein, aber ich werde Sie zurückrufen.«

»Ist gut.«

»Nichts, wie?«, fragte Leroy.

»So ist es.«

Der Inspektor schlug mit der Faust auf den Tisch, dass seine Kaffeetasse hüpfte. »Ich werde hier noch wahnsinnig. Das kostet mich ein paar Jahre meines Lebens.«

Suko winkte ab. »Nun übertreiben Sie mal nicht, Kollege. Lassen Sie uns völlig realistisch und nüchtern an die Sache herangehen.«

»Und wie, bitte schön?«

Der Chinese bückte sich zur Seite und zog eine Schreibtischschublade auf. Aus ihr holte er einen Stadtplan hervor, den er entfaltete und auf dem Tisch ausbreitete. »So, mein lieber Leroy, jetzt werden wir uns die Sache einmal genauer ansehen.«

»Welche Sache meinen Sie?«

Suko drückte auf den Kopf eines Kugelschreibers. »Die Fahrtroute«, erklärte er. »Haben Sie die im Kopf?«

»Ja.«

Beide Männer stellten sich vor den Stadtplan. Suko gab dem Kollegen den Kugelschreiber. »Bitte, zeichnen Sie die Fahrtroute ein.«

»Das werde ich versuchen.«

Suko störte ihn nicht. Er sah zu, wie der Kugelschreiber sehr bedächtig eine Linie durch die abgebildeten Straßen zeichnete, die der Wagen hatte fahren müssen. Zweimal irrte sich der Mann, verbesserte sich aber. Zum Gefängnis selbst kam er nicht mehr hin. Es lag außerhalb des Plans und sogar außerhalb Londons.

»Das also ist die Strecke«, sagte er.

Suko nickte nur.

»Und was haben Sie jetzt vor, Kollege?«

Der Chinese setzte ein Lächeln auf. »Wir müssen herausfinden, wie dieser Wagen so einfach verschwinden konnte.«

»Und das ersehen Sie aus der Fahrtroute?«

»Nein, nicht direkt. Ich werde sie mir genau ansehen. Glücklicherweise kenne ich London gut genug, um zu wissen, was alles an der Route liegt. Welche Gebäude, welche Parks und so weiter …«

Leroy hob die Schultern. »Ich weiß nicht so recht.«

»Irgendwo muss ich doch anfangen – oder?«

»Das ist richtig.«

Suko ließ sich nicht mehr stören. Er hatte sich auf seinen Schreibtischstuhl gesetzt und arbeitete konzentriert. Zentimeter für Zentimeter verfolgte er den aufgezeichneten Weg, während ihm Leroy dabei über die Schulter blickte.

Manchmal murmelte Suko einige Worte vor sich hin, die nur er selbst verstand. Seine Zeigefingerspitze verließ allmählich die City of London und wandte sich in nordwestliche Richtung. Er stoppte den Finger und hob den Kopf. »Hier irgendwo muss der Wagen verschwunden sein – oder nicht?«

»Ja, das glauben wir. Zwischendurch haben sich die Kollegen noch mal gemeldet.«

»West Kilburn«, sagte Suko leise und fuhr mit seiner Arbeit fort. »Kann man hier das Motiv finden?«

»Ich wüsste nicht.«

Suko arbeitete noch langsamer. Er ging die Straßennamen durch, die nahe der normalen Strecke lagen. Genau wusste er selbst nicht, was er suchte, vielleicht nach einem Platz oder einem Gelände, auf dem der Transporter versteckt werden konnte. Man ging auch davon aus, dass er angehalten worden war und man die Begleiter gezwungen hatte, zu einem bestimmten Punkt zu fahren.

Gegen diese Überfall-Theorie sprach allerdings, dass sich keine Zeugen hatten finden lassen. Ein Überfall auf offener Straße und am helllichten Tag blieb schließlich nicht unbeobachtet.

Suko machte weiter.

Er durchfuhr West Kilburn, das eigentlich ein reines Wohnviertel war, und stoppte plötzlich an einer bestimmten Stelle, etwas abseits der normalen Route.

Das hatte Leroy bemerkt. Er fragte: »Ist Ihnen etwas aufgefallen, Kollege?«

»Vielleicht.«

Leroy stand auf. »Kann ich helfen?«

»Das wird sich gleich herausstellen. Erinnern Sie sich an dieses Unglück, das vor einigen Tagen geschah? Als das fast bezugsfähige Wohnhaus plötzlich in die Luft flog und keiner der Spezialisten eine Spur hatte finden können?«

Sukos Kollege nickte. »Ja, wer hätte das vergessen können? Ich weiß aber nicht, was das mit dem Verschwinden unseres Transporters zu tun haben könnte.«

»Ich auch nicht.«

»Dann ...«

Suko hob den Arm. »Nicht so schnell. Mir ist aufgefallen, dass die Explosion praktisch in einer Nebenstraße der normalen Route stattgefunden hat. Ich möchte noch einmal auf die Experten zurückkommen. Wie wir beide wissen, haben sie keine Spuren gefunden. Trotzdem ist das Gebäude in die Luft geflogen.«

»Na und?«

»Ich meine nur. Einen Grund muss es gehabt haben. Da es keinen wissenschaftlich haltbaren gibt, könnte ich mir vorstellen, dass auch ein anderer in Frage kommt.«

»Und welcher?«

Suko warf den Kugelschreiber auf den Stadtplan. »Ein magischer, zum Beispiel.«

Leroy wollte widersprechen oder sogar lachen, überlegte es sich jedoch im letzten Moment anders, als er in das ernste Gesicht des Chinesen sah. Statt dessen fragte er: »Meinen Sie wirklich?«

»Ich will diese Möglichkeit zumindest nicht außer Acht lassen.«

Leroy nickte. »Gut, gehen wir einmal davon aus, dass Sie Recht haben. Was aber konnte die beiden Männer dazu veranlasst haben, von ihrer normalen Fahrtroute abzuweichen und dieses Trümmergrundstück anzusteuern?«

»Das ist die entscheidende Frage.«

»Auf die ich auch keine Antwort weiß«, erklärte Leroy.

»Man soll nicht so rasch die Flinte ins Korn werfen«, meinte Suko. »Die Fahrer sind keine Maschinen, sondern Menschen und reagieren auch so.«

»Und weiter.«

»Zur Menschlichkeit gehört die Neugierde. Stellen Sie sich vor, dass sie einfach nur neugierig waren und an dem Grundstück vorbeifahren wollten.«

Heftig schüttelte der Inspektor den Kopf. »Das kann ich mir einfach nicht vorstellen. Ich kenne Perry und Quiller lange genug. Die sind seit Jahren im Job und kennen ihre Vorschriften. Tut mir Leid, Kollege, da sind Sie auf dem Holzweg.«

»Wer weiß …«

»Was wollen Sie …?«

»Ich suche nur nach einer Lösung. Es könnte auch sein, dass man die Männer dorthin gelockt hat.«

»Warum immer dieses Grundstück?«

»Weil es für diese Explosion keine naturwissenschaftliche Erklärung gibt.«

»Das ist mir einfach zu wenig!«, widersprach Leroy.

Suko wäre es im Prinzip auch zu wenig gewesen, aber er erinnerte sich an seinen Besuch bei dem Abbé. Bloch hatte von einer gewissen Gefahr gesprochen, die sich irgendwo ausbreitete. Er hatte sich nicht weiter erklären können, aber Suko zog Verbindungslinien zu dem Gehörten und dem eingestürzten Haus.

»Denken Sie eigentlich immer um ein paar Ecken herum?«, fragte Leroy.

»Manchmal kommt man nur so zum Ziel. Ich habe auch einige Erfahrungen sammeln können.«

»Mir ist das jedenfalls zu weit hergeholt, Kollege. Sorry, doch ich kann Ihnen nicht folgen.«

»Das macht nichts. Das Problem ist sowieso zu meinem Fall geworden.«

»Soll das heißen, dass Sie bereits einen Plan haben?«

»Ja.«

»Und welchen?«

»Ich werde mir die Unglücksstätte einmal genauer ansehen ...«

Ricky Modena war wie von Sinnen, als er merkte, dass etwas passierte. Sie standen, und sie spürten, wie der Wagen allmählich in die Tiefe glitt. Die anderen drei Rocker bekamen es mit der Angst zu tun. Sie pressten sich ängstlich gegen die Stahlseiten. Ihre Gesichter sahen im durch die Spalten dringenden Licht noch grauer aus.

Ricky aber rieb sich die Hände. »Das ist es!«, keuchte er. »Das ist es, worauf ich gewartet habe.«

»Was passiert denn?«, fragte Art Malik. In seinem Gesicht stand die blanke Furcht.«

»Sie holen uns.«

»Wer?«

»Das kann ich dir nicht sagen, aber sie lassen uns nicht im Stich. Wir werden uns rächen können.«

»Wer ist wir?«, wollte Dyan Cato wissen.

»Ich, du und die anderen beiden. Wir haben eine Chance. Es gibt etwas in der Nähe, nein, direkt unter uns«, er deutete zu Boden, »das uns hilft. Deshalb habe ich darauf gedrängt, die verdammten Zellen verlassen zu können.«

»Dann wusstest du etwas«, hielt man ihm vor.

Er lächelte kalt. »Zumindest ahnte ich einiges.«

Ben Segal sprang zum Fenster hoch und wollte hinausschauen. Er sah aber nichts. Deshalb drehte er sich um und fragte: »Wie können wir auf einer normalen Straße absinken?«

Ricky Modena breitete die Arme aus. »Lassen wir uns einfach überraschen«, sagte er.

»Und du traust diesen Freunden?«, fragte Ben.

»Sicher.«

»Ich aber nicht!«, schrie Cato. Er war der kleinste und bulligste unter ihnen, rannte plötzlich auf die Trennwand zwischen Fahrerhaus und Laderaum zu und hämmerte mit den Fäusten so lange dagegen, bis Ricky es leid war.

Er packte zu, schleuderte Cato herum und baute ihn richtig auf. Seine Faust kam wie ein Hammer. Für Cato platzte ein Weltall voller Sterne vor den Augen auf, bevor er in Längsrichtung durch den Wagen flog und mit dem Rücken gegen die verschlossene Tür schlug. Dort fiel er zu Boden und blieb jammernd liegen.

Ricky streichelte seine rechte Faust. »Noch jemand, der Bedarf hat?«

Keiner meldete sich, aber Ben Segal wollte wissen, was ihnen passieren konnte.

»Wir werden in eine andere Welt hineingleiten und wissend wieder hervorkommen.«

Bens Gesicht wurde starr. »Vielleicht in die Welt der Toten?«, hauchte er.

»Möglich.«

Segal schaute auf Malik. Der wich dem Blick aus und starrte zu Boden. Sie hatten Furcht, doch Ricky konnte darüber nur lachen. »Ich weiß überhaupt nicht, weshalb ihr euch aufregt. Das ist doch alles wunderbar. Denkt an Jilette. Wir haben ihn gekannt, wir mochten ihn sogar, und er kam auch aus dem Reich der Toten.«

»Wie er möchte ich nicht werden«, flüsterte Art Malik.

»Das wirst du auch nicht. Und jetzt haltet den Mund! Ich muss mich konzentrieren.«

Niemand sprach ein Wort. Dyan Cato hatte den Befehl ebenfalls verstanden. Er richtete sich auf und tupfte Blut aus seiner kleinen Wunde im Gesicht.

Der Wagen senkte sich tiefer. Er sackte nicht auf geradem Weg ab, sondern kippte ein wenig schräg, mit dem Heckteil zuerst, sodass seine Vorderschnauze aufrecht stehen musste.

Die Rocker hatten es schwer, das Gleichgewicht zu halten. Besser klappte es, als sie sich hinhockten.

Und sie hörten die Angst der beiden Männer im Fahrerhaus. Ricky Modena weidete sich daran. Ihm gefiel die Angst. Seine Augen begannen förmlich zu leuchten, und er konnte sich auch nicht beherrschen, als er plötzlich anfing, schallend zu lachen.

Eine widerlich anmutende Schadenfreude, die auch hinter der Stahlwand von den leidenden Personen im Fahrerhaus gehört werden musste.

Die Rocker kümmerten sich darum nicht. Sie sanken immer tiefer, aber sie sahen nicht das Ziel. Als hätten sie einen gemeinsamen Befehl erhalten, so schauten sie schräg hoch, wo sich dicht unter der Decke die Fenster befanden und wenig von dem grauen Tageslicht einsickern ließen.

Das aber änderte sich plötzlich.

Zuerst war es nur ein grünlich angehauchter Schatten, der allerdings bald an Farbe zunahm und zu einem hellen glasigen Grün wurde. Es stand wie eine Wand hinter den Fenstern und schien den Wagen geschluckt zu haben.

Auch Ricky hockte am Boden. Er nickte und meinte sich selbst damit, um seine Worte zu bestätigen. »Ja«, flüsterte er, »es ist so weit. Die andere Welt hat uns verschlungen. Noch befinden wir uns auf der Reise, aber jetzt kann uns nichts mehr passieren.«

»Eine grüne Welt?«, fragte Ben.

»Klar.«

»Sieht denn so das Reich der Toten aus?«

Ricky winkte ungeduldig ab. »Was weiß ich denn, zum Henker? Alles ist möglich.«

»Wir können sogar noch atmen«, erklärte Cato mit zitternder Stimme.

Modena lachte. »Da siehst du mal, was man uns alles gönnt. Jedenfalls habe ich keine Furcht, das kann ich euch versichern. Wir sind sicher wie hinter …« Er begann zu lachen. »Wie hinter Gefängnismauern.«

Dann konzentrierten sie sich auf die Schreie der Bewacher. Sie waren schrecklich, man hörte aus ihnen die Todesangst, und urplötzlich verstummten sie.

Es wurde still …

Drückend und beklemmend still. Nichts war mehr zu hören, nur die lauten Atemgeräusche der Rocker störten die Ruhe.

Auch Ricky war nervös geworden. Seine Hände schlossen sich zu Fäusten, um sich sofort wieder zu öffnen. Auf seinem Rücken lag eine kalte Haut, er bewegte seine Lippen, ohne zu sprechen. Hin und wieder wischte er über seine Augen.

»Wir leben«, sagte er leise. »Wir leben. Habt ihr die beiden im Führerhaus schreien gehört?« Der Reihe nach blickte er die Rocker an. »Habt ihr alles gehört? Da hat das Reich der Toten zugeschlagen und sie sich für immer geholt.«

»Und was geschieht mit uns?«, fragte Malik mit leicht kreischender Stimme.

»Wir überleben.«

»Wie kannst du dir so sicher sein?«

»Ich weiß es eben. Man ist mit mir in Kontakt getreten, das dürft ihr nicht vergessen.« Er lachte wieder, rieb sich die Hände und rutschte auf die Tür zu.

Die anderen drei schufen ihm den nötigen Platz. Von innen war die Tür nicht zu öffnen, das wollte Modena auch nicht. Er duckte sich etwas und drückte sein Ohr gegen das Metall.

»Nichts zu hören«, sagte er nach einer Weile.

»Aber das grüne Licht da oben ist geblieben«, meldete Dyan Cato.

»Es wird auch noch bleiben.«

Danach richteten sich acht Augen auf die Tür, denn sie hatten bemerkt, wie sie zitterte.

Plötzlich sprang sie auf und schwang noch nach.

Die Rocker schauten jetzt in eine für sie fremde Welt.

Ein Märchenland, eine Fantasiewelt, bestehend aus einer glasigen Masse, die an Gelierzucker erinnerte. Durchsichtig und dennoch nicht zu durchschauen, klar und doch voller Gegensätze.

Dyan Cato hatte seinen Kopf vorgestreckt. »Ist das das Reich der Toten?«

»Ja«, sagte Ricky.

Cato grinste verzerrt. Vor einer Woche noch, da hatten sie ihn immer mit seinem Spitznamen Bronson angesprochen. Das war vorbei und lag auch lange zurück. Er konnte sich kaum noch daran erinnern, dass er zusammen mit Ricky in das Krankenzimmer des Franzosen eingedrungen war, um den Mann zu töten.

»Wer macht den Anfang?«, fragte Ben. Er dachte an Ricky und blickte diesen auch an, aber der Rockerchef schüttelte nur den Kopf.

»Keiner von uns. Sie werden uns holen.«

»Wer ist sie?«

»Die andere Welt …« Er räusperte sich. »Sie hatte sogar die Kraft, die Tür zu öffnen, demnach wird sie auch zu uns kommen und uns einfach ergreifen.«

»Werden wir dann getötet?«, fragte Malik.

»Weshalb sollten wir? Man hat uns doch geholt. Bestimmt kommen wir wieder zurück, besser als zuvor, gestärkter, versteht ihr das?«

Sie verstanden es nicht, wagten aber nicht zu widersprechen. Selbst Cato hatte Furcht. Auf seiner Stirn lagen dick die Schweißperlen. Der Mund stand halb offen. Wenn er atmete, erschienen Bläschen auf seinen Lippen.

Ricky Modena hatte nicht zu viel versprochen. Sie brauchten nicht hinauszugehen, urplötzlich spürten sie alle, dass etwas um sie herum war und sich ihrer annahm.

Dies mit Leib und Seele. Sie waren nicht mehr sie selbst, das andere hatte von ihnen Besitz ergriffen, und sie konnten sich nicht dagegen wehren. Ein jeder schaute auf den anderen. Er wollte sehen, was alles genau geschah, und die Kraft hob sie vom Boden an, als wären sie ihrer eigenen Aktivitäten beraubt worden.

Sie tauchten in die grüne Masse ein, als würde man sie in eine gläserne Wand schieben.

Und alles wurde anders.

Nicht die Welt der Toten hielt sie umfangen, auch nicht das Jenseits, sondern ein Reich, das viele Legendenforscher zwischen Himmel und Hölle, zwischen Diesseits und Jenseits angesiedelt hatten.

Aibon …

Kulissenhaft ragten die zerfetzten Stahlträger, die eingestürzten Mauerreste, die Leitungen, die Trümmer und Balken in den düsteren Londoner Himmel.

Eine nicht erklärbare Explosion hatte diese Insel innerhalb der Großstadt London geschaffen, und es war niemand da, der sich darum kümmerte.

Die Experten berieten, sie wollten neue Untersuchungskommissionen zusammenstellen, und das kostete Zeit.

Zeit, die das andere, das Unheimliche, das Nichterklärbare nutzen konnte, um an die Oberfläche zu gelangen.

Es war längst da, es hatte sich gezeigt. Eine grüne, glasige Masse, die den Untergrund eingenommen und damit ein Tor freigegeben hatte, um eine Welt in die andere zu lassen.

Insgesamt eine trostlose Kulisse, die auch durch das Wetter noch grauer gemacht wurde.

Es gingen nur wenige Menschen an der Unfallstelle vorbei. Diejenigen, die sie passierten, warfen scheue Blicke auf die Trümmerlandschaft, als spürten sie, das dort etwas Fremdes lauerte, das sie verschlingen würde.

So dachte der Fahrer des Wagens nicht, der seinen Dienstrover in die schmale Straße hineinlenkte und sich im Schritttempo dem Grundstück näherte.

Der Mann hinter dem Lenkrad war Suko. Er hatte seinen Plan sofort in die Tat umgesetzt, auch wenn sein Kollege Leroy noch so skeptisch gewesen war.

Suko nahm die Atmosphäre der Straße in sich auf. Hier standen keine Häuser mehr, die bewohnt waren. Man hatte mit dem Neubau einen neuen Anfang schaffen wollen.

Der Nachbar an der Rückseite war eine Großbäckerei. Von dort vernahm Suko hin und wieder das Anfahren der Transporter.

Er fuhr am Haus vorbei und ließ den Wagen ungefähr zehn Yards später ausrollen. Bevor er den Rover verließ, warf er einen Blick in den Außenspiegel.

Nur er parkte in der Nähe des Hauses. Weiter zurück, am Anfang der Straße, stand ein alter Ford Camaro und schien vor sich hinzurosten. Der Inspektor stieg aus.

Leise drückte er die Tür ins Schloss und schaute sich um. Bevor er das Gelände betrat, suchte er den Boden ab. Möglicherweise entdeckte er Spuren des Transporters.

Fast wie ein Spaziergänger, aber sehr aufmerksam, schlenderte der Chinese auf die Absperrung des Grundstücks zu. Sie bestand aus Holzlatten. Die meisten waren längst aufgestellt worden und wurden nur an bestimmten Stellen von Querlatten gehalten. Zwei rot-weiße Wimpel markierten Anfang und Ende der Absperrung. Sie flatterten im Wind.

Die Straße selbst war eine Sackgasse, deshalb wunderte sich Suko, als er plötzlich einen Motor hörte und das Geräusch eines anfahrenden Wagens.

Er drehte sich nach links und sah, dass der Camaro gestartet worden war und langsam in seine Richtung rollte. Dabei hätte der Fahrer am Ende der Straße leicht drehen können, aber er nahm Kurs auf Suko und fuhr ziemlich weit rechts.

Suko schaute ins Wageninnere. Da saß niemand! Der Camaro rollte von allein weiter. Er schien ferngelenkt zu werden, und Suko spannte sich.

Der Inspektor rechnete damit, dass der Wagen auf ihn zuhalten würde, aber der Inspektor irrte sich.

Das Fahrzeug verlor an Geschwindigkeit, rollte langsam aus und stoppte dicht vor dem Chinesen. Trotzdem nahm Suko ihn näher unter die Lupe, und er ging auch sehr vorsichtig um das Fahrzeug herum. Dabei stellte er fest, dass die Türen verriegelt waren. Sehr genau und aus kurzer Entfernung blickte Suko in das Gefährt und sah sich bestätigt. Der Camaro war ohne Fahrer herangerollt.

Man konnte Autos fernlenken, nur entdeckte Suko kein entsprechendes Gerät in dem Fahrzeug, das eine solche Funktion hätte übernehmen können.

Technik kam hier nicht in Frage. Der Inspektor musste sich auf die zweite Möglichkeit einstellen.

Magie!

Er warf einen knappen Blick auf das zerstörte Haus. Die Experten hatten nicht herausgefunden, aus welch einem Grund es in die Luft geflogen war. Das konnte Suko jetzt verstehen. Welcher Techniker beschäftigte sich schon mit Schwarzer Magie?

Das zerstörte Haus barg ein Geheimnis, und Suko konnte sich vorstellen, dass es auch eine Verbindung zwischen ihm und dem verschwundenen Transporter mit den vier Rockern gab.

Aber weshalb war der Wagen von allein bis an die Absperrung gerollt? Das geschah auch nicht ohne Grund. Es wirkte so, als sollte jemand abgeholt werden.

Hier stimmte eine Menge nicht. Und noch etwas war dem Inspektor aufgefallen. Bei genauerem Hinsehen hatte er feststellen können, dass sich in dem Wagen ein gewisses Licht ausgebreitet hatte. Es hatte eine leicht grünliche Farbe. Fast zu vergleichen mit einer sehr dünnen Glashaut.

Der Inspektor war sehr nachdenklich geworden. Allmählich konnte er einige Teile dieses magischen Puzzles zusammensetzen. Aber der Rest würde schwierig werden und war sicherlich nicht zu lösen, wenn er neben dem Camaro stehen blieb.

Suko entschloss sich, das Grundstück zu betreten. Es war leicht, über den provisorischen Zaun zu klettern. Leider konnte er nicht feststellen, wie weit die magische Aura reichte und ob sie überhaupt vorhanden war. John Sinclair hätte es da mit seinem Kreuz besser gehabt, aber er befand sich noch auf der Reise.

Einige Schritte konnte Suko normal laufen, weil man den Schutt zur Seite geräumt hatte. Dann aber wurde es schwierig. Die ersten Trümmerhaufen versperrten ihm den Weg. Gewaltige Betonbrocken, die kreuz und quer lagen, sodass Suko sie überklettern musste, wenn er weitergehen wollte.

In der Luft lag der Geruch von Staub und Kalk. Mauerreste wuchsen links von ihm hoch, während sein Blick geradeaus frei bis zum anderen Grundstück hinschweifen konnte. Dort hatte die Explosion alles zerrissen und nur einige Fragmente stehen lassen.

Suko vertiefte sich nicht allein auf die Untersuchung der Trümmerstelle, er sah sich auch immer wieder um, ob irgendwelche Gegner auf ihn lauerten.

Bisher hatte er keine entdecken können, seine Vorsicht aber ließ nicht nach.

Einmal trat er auf einen kleinen Eisenträger. Der schwang am anderen Ende hoch und knallte gegen Beton.

Über Sukos Kopf hingen Eisenträger und Balken wie bei einem

futuristisch anmutenden Bühnenbild, vor dem ein moderner Regisseur seine Schauspieler agieren ließ.

Suko war kein Fachmann, aber eines fiel ihm doch auf. Das Grundstück war nicht sehr groß. Man hatte in die Höhe gebaut, um Platz zu sparen. Bei der Explosion allerdings waren die Teile nicht in alle vier Richtungen weggeschleudert worden, sondern auf dem Grundstück »gelandet«. Als hätte eine andere Macht bewusst dafür Sorge getragen.

Auch eine andere Sache irritierte den Chinesen. Die Luft auf dem Grundstück. Sie kam ihm anders vor als die übrige. Reiner und klarer.

Als Suko über die Trümmer kletterte, fiel ihm etwas auf. Es war ein Metallteil, das sich zwischen zwei Betonbrocken verklemmt hatte und im Schatten eines Mauerstücks lag.

Suko brauchte nicht lange zu raten, um was es sich dabei handelte. Es war der obere Teil eines Führerhauses. Nun kannte der Chinese die Gefangenentransporter aus eigener Anschauung. Er war sich sicher, dass es sich bei diesem Fund um das Führerhaus des verschwundenen Transporters handelte.

Aber wie kam es auf das Grundstück?

Allmählich verspürte Suko Magenschmerzen. Er hatte es hier mit einem Fall zu tun, den er nicht überblicken konnte. Ein Haus, das explodiert war, ein Wagen, der ohne Fahrer fuhr, ein verschwundener Gefangenentransporter und jetzt dieses Teil.

Wie passte das zusammen?

Es gab nur eine Möglichkeit. Dieses Grundstück musste eine gewaltige Falle sein, in deren Mitte er sich befand.

Aber wer hatte die Falle gestellt?

Jilette? Kaum möglich, denn der Doppel-Zombie war längst vernichtet worden. Allerdings hatte hinter ihm eine sehr gefährliche Macht gestanden, die ihm die nötige Rückendeckung gegeben hatte.

Van Akkeren und damit auch Baphomet!

War das ein Gebiet des gehörnten Dämons? Suko entdeckte noch keine Spuren. Dafür bewegte er sich näher auf die Fundstelle zu, weil er das Teil überprüfen wollte.

Das Führerhaus war auf der rechten Seite schwer beschädigt. Das Glas der Scheiben war herausgefallen. Es lag als Krümel auf dem Boden.

Ein kalter und gleichzeitig klarer Hauch traf den Chinesen im Nacken. Sofort drehte er sich um.

Was er sah, ließ ihn fast an seinem Verstand zweifeln und kam ihm vor wie das Bild auf einer gewaltigen Kinoleinwand. Das war es nicht, denn ein geheimnisvolles Reich hatte seine Tore geöffnet …

Sie kamen aus einer anderen Welt, und sie waren zu anderen Wesen geworden.

Viel kleiner, gedrungener, dabei bärtig und auch sehr alt aussehend. Sie hatten zwar menschliche Formen, aber sie waren keine Menschen mehr, die unerklärliche Welt hatte sie verwandelt.

In Zwerge, Gnome …

Dabei trugen sie noch ihre normale Rockerkleidung, aber auch sie war geschrumpft. Die Gesichter und Köpfe wirkten im Verhältnis zu den Körpern übergroß. Wild wucherten die Bärte vom Kinn herab bis zu den Brustkörben. Falten durchzogen eine rötlich schimmernde Haut. Die Gesichter hatten die individuellen Merkmale, die sie als Menschen gehabt hatten, verloren, jetzt wirkten sie wie Vierlinge.

Sie besaßen Waffen. Keine Revolver, Schlagringe oder Pistolen mehr wie früher, nein, jetzt trugen sie lange Stangen, die aussahen wie Schlagstöcke.

Die vier Rocker waren zu böse blickenden, grausamen Zwergen geworden, die sich dort wiederfanden, wo sich ihnen zum ersten Mal die neue Welt geöffnet hatte.

Sie schauten sich gegenseitig an, mit wütenden, aber auch gleichzeitig wissenden Blicken, denn mit ihnen war nicht nur eine äußerliche, auch eine innerliche Verwandlung vorgegangen, sie gehörten jetzt zu einer völlig anderen Welt.

»Gehen wir!«, sagte Ricky Modena.

Seine Stimme hatte sich nicht verändert. Sie besaß nach wie

vor ihren befehlsgewohnten Klang, und die anderen drei Zwerge folgten ihm. Ohne gesehen zu werden, betraten sie das Grundstück und kletterten über die Trümmer hinweg. Manchmal schwangen sie sich von herabhängenden Balken weiter und erreichten schließlich ihr Ziel auf dem hinteren Teil des Trümmergrundstücks.

Da ließen sie sich nieder.

Sie setzten sich gegenüber und bildeten ein Viereck. Niemand sprach, jeder wartete auf das erste Wort ihres Chefs. Und Ricky Modena ließ sich nicht lange bitten.

»Man hat uns die andere Welt gezeigt und uns zu Boten dieser Macht umgeformt. Daran sollt und werdet ihr immer denken, das Versprechen muss ich euch abnehmen. Wir haben Blicke in ein Land werfen können, das ich bisher auch noch nicht kannte. Es ist ein geheimnisvolles Land, wir haben seine Kraft erlebt, die uns wieder hinausspülte, weil es uns nicht haben wollte.«

»Weshalb nicht?«, fragte Dyan Cato.

»Es gefiel ihm nicht, dass wir kamen.«

»Wegen unseres Götzen?«

»Das kann schon sein, aber gleichzeitig hat dieses Land uns Schutz gegeben. Ich habe auf meiner Reise den Namen eines Mächtigen erfahren, und der wiederum gab mir einen Auftrag und gewährt uns gleichzeitig Schutz.«

»Wie heißt der Mächtige?«, fragte Ben Segal.

»Guywano!«

»Wir kennen ihn nicht«, antworteten die drei Zwerge.

»Er ist auch den meisten unbekannt. Aber in seiner Welt ist er ein Herrscher. Er regiert über den Dunklen Teil des Landes Aibon und will seine Macht über das gesamte Gebiet festigen.«

»Und dazu braucht er uns?«, fragte Malik.

»Ja, denn wir sind Diener Baphomets, und über uns will er mit ihm in Kontakt treten. Wir sollen ihm die Grundlage schaffen, damit er und Baphomet sich verbünden können.«

»Weshalb?«

»Weil er Macht will. Baphomet kann sie ihm geben. Jilette ist nicht mehr, aber die Kraft, die hinter ihm gestanden hat, wird bleiben, das kann ich euch versprechen.«

»Dann glaubst du ihm?«

»Ja, Dyan, ich glaube ihm. Wir sind jetzt Mittler zwischen den beiden Mächtigen. Schon in der Zelle habe ich den Ruf gehört, jetzt sind wir reif.«

»Aber Zwerge!«, rief Ben dazwischen.

Ricky Modena schaute ihn an. »Was macht das schon?«, rief er. »Ist es denn wichtig, wie jemand aussieht? Kann im Körper einer Schlange nicht die gleiche Energie stecken wie in dem eines Menschen? Es kommt nicht auf das Aussehen an. Wir vier haben eine wichtige Aufgabe, die wir lösen müssen, aber das ist noch nicht alles«, sprach Modena schnell weiter. »Es gibt noch einen Punkt.«

»Welchen?«

»Unser Feind John Sinclair!«

Den hatten sie nicht vergessen, denn in den Augen der Rocker leuchtete es auf, als der Name fiel. Plötzlich strahlte in den Pupillen der Hass, und Hände schlossen sich zu Fäusten.

Ricky lächelte, als er das sah. »Freunde«, flüsterte er, »wir sind jetzt so weit. Wir haben Kräfte erhalten, mit denen wir niemals gerechnet hätten. Versteht ihr das? Wir können zuschlagen. Aibon, das geheimnisvolle Reich, wird uns schützen. Deshalb werden wir auch gegen Sinclair angehen können. Ihr seht zwar die normale Welt, aber um uns herum ist Aibon. Guywano hat dafür gesorgt, und er will, dass alles sehr schnell geht, habt ihr verstanden?«

Die drei Gnome nickten ihrem Anführer zu, der seine Hände rieb. »Hört zu. Zwei von euch werden sich um Sinclair kümmern. Denkt daran, dass Aibon euch schützt. Ich weiß, dass er bald auf dem Flughafen landen und in die Stadt fahren wird. Da habt ihr alle Chancen, ihn endgültig aus dem Weg zu schaffen. Bronson und ich bleiben hier. Wir stellen die Verbindung zwischen Guywano und Baphomet her. Wir werden den Gehörnten anrufen, dass er erscheint …«

»Wird er kommen?«, fragte Malik.

»Ja.«

»Dann tu es!«

Ricky Modena begann zu lachen und streckte seinen rechten

Arm aus. Er wies an seinen drei Kumpanen vorbei und sagte: »Dreht euch um!«

Sie taten es.

Hinter ihnen stand wie ein Denkmal des Schreckens eine riesige Gestalt.

Sie sah geisterhaft aus, wirkte wie ein hellroter Schatten mit dunkelroten Streifen, besaß einen breiten Kopf, aus dessen Stirn Hörner wuchsen, und gelbe Augen, die wie alte Laternen leuchteten.

Das war er.

Der Geist Baphomets!

Auch Suko sah ihn. Mit allem hatte er gerechnet, damit nicht. Die rote Gestalt stand im Hintergrund, ohne sich zu rühren, und vor ihr hockten vier hässlich und böse aussehende Zwerge zusammen.

Es waren die Rocker.

Sie trugen noch die gleiche Kleidung, auch wenn sich ihre Gesichter verändert hatten. Wie Verschwörer hockten sie zusammen, redeten miteinander. Nur hörte Suko kein Wort von dem, was sie sprachen. Sie gestikulierten, und dies alles in einer stummen und gleichzeitig düster-gruseligen Szenerie eingefangen.

Was hatte das zu bedeuten?

Suko war ziemlich nahe an sie herangekommen, ohne allerdings von ihnen beachtet zu werden. Entweder wollten oder konnten sie nicht. Zwischen ihnen und dem Chinesen musste sich ein Hindernis befinden.

Der Inspektor dachte daran, wie er in den Wagen hineingeschaut hatte. Im Innern war ihm das glasig wirkende Licht mit dem grünen Schimmer aufgefallen. Erst bei genauem Hinsehen zu entdecken, und Suko erkannte die vier Zwerge sowie die unheimliche Teufelsgestalt im Hintergrund sehr deutlich.

Der Chinese war erfahren genug, um zu wissen, was dies bedeutete. Er konnte sich durchaus vorstellen, dass die Zwerge und die Horror-Gestalt trotz der fast greifbaren Nähe unendlich weit von ihm entfernt standen. Hier hatte jemand eine magische Grenze gezogen.

Eine Grenze, die grünlich schimmerte und eigentlich nur auf eine Welt hindeutete.

Aibon!

Suko klammerte sich an diese Theorie fest und dachte darüber nach, was Aibon und Baphomet miteinander zu tun hatten, wo es zwischen den beiden Gemeinsamkeiten gab.

Er fand keine. Zudem war Aibon eine Welt, die die Druiden als ihr Paradies ansahen. Doch wie so oft, gab es auch bei Aibon die Kehrseite der Medaille.

Diese Welt wurde praktisch in zwei Hälften geteilt. In eine gute und in eine böse.

In beiden Welten regierte die Magie. Einmal war sie positiv, zum anderen negativ. Diese beiden Kräfte bekämpften sich natürlich. Guywano, ein mächtiger Druiden-Dämon führte die negative Seite an. Auch er wollte mehr Macht und Einfluss, so lag es durchaus im Bereich des Möglichen, dass er sich die Rocker geholt hatte, um durch sie seine Macht zu festigen oder auszubreiten und gleichzeitig ein Bindeglied zwischen zwei schwarzmagischen Blöcken zu bekommen.

Baphomet und Guywano!

Eine gefährliche Allianz, wie Suko zugeben musste, wenn seine Theorie zutreffen sollte.

Er wusste auch, dass die schwarzmagischen Blöcke immer wieder versuchten, Koalitionen zu bilden. Sehr oft ging das schief, weil keiner nachgeben wollte. Manchmal aber konnten sie sich bei einem Projekt auf ein gemeinsames Vorgehen einigen. Das wollte Suko verhindern.

Er hatte hinter einem querliegenden, übermannsgroßen Betonblock eine gute Deckung gefunden und verließ sie nun. Vielleicht konnte er noch etwas ausrichten. Als Waffen besaß er seine Dämonenpeitsche, die Silberkugel-Beretta und natürlich den Stab.

Suko kam nicht weit.

Nach wenigen Schritten schon spürte er die Grenze. Zwar lief er nicht dagegen, aber die unsichtbare Schranke strahlte ab. Der Chinese merkte, wie eine Gänsehaut über seinen Rücken kroch und sich die Nackenhaare aufrichteten.

Er balancierte über kantige Trümmerstücke hinweg – und kam nicht mehr weiter.

Da war die Grenze!

Unsichtbar für ihn, vielleicht als leichtes, grünliches Fluoreszieren zu erkennen, aber so stark, dass sie ihn, den normalen Menschen, aufhielt.

Und die Rocker erhoben sich, als hätten sie einen gemeinsamen Befehl bekommen. Die rote, unheimliche Gestalt im Hintergrund blieb aber wie angewachsen stehen.

Einer der Zwerge deutete zur Straße hin.

Zwei Gnome setzten sich in Bewegung. Sie schritten nebeneinander her, kletterten dann geschwind über die Hindernisse hinweg und befanden sich schon bald auf Sukos Höhe.

Ohne sich um ihn zu kümmern, passierten sie ihn auch.

Das wollte der Inspektor auf keinen Fall zulassen. Mit wenigen Schritten konnte er ihnen den Weg abschneiden, doch er hatte die Macht des Landes Aibon unterschätzt.

Plötzlich konnte er sich nicht mehr bewegen. Automatisch blickte er nach unten und stelle fest, dass sich der mit Trümmern und Schutt bedeckte Boden in eine grünglasige Masse verwandelt hatte …

Ich hatte den Schlund des Dreitöters überstanden!

Zusammen mit meinem russischen Freund Wladimir Golenkow war es mir gelungen, dieses unheimliche Monster zu besiegen, und ich hatte auch die öde Gegend des Kaukasus kennen gelernt, aus der wir nur unter schwierigsten Umständen wegkamen.

Es dauerte ziemlich lange, bis wir die Moskauer Kälte spürten und noch einmal in das Haus gegangen waren, in dem es den Einstieg in die andere Welt gegeben hatte.

Er war verschlossen und würde hoffentlich auch verschlossen bleiben. Um die Bewohnerin wollte sich Golenkow kümmern, denn die Frau hatte einen schweren Schock erlitten.

Für mich hieß es dann: ab in Richtung Westen.

Wladimir hatte mich zum Flughafen gebracht, und ich wurde als

VIP behandelt. Es gab keine langwierigen Kontrollen, wir konnten in einem Extraraum warten, erhielten Getränke und etwas zu essen.

Golenkow bedankte sich noch einmal für meine Hilfe und versprach, die Augen offen zu halten, falls in seinem gewaltigen Land wieder einmal etwas passierte.

»Du kannst mich immer holen«, sagte ich.

»Gefällt dir Russland?«

Ich blickte gegen die weißgepinselte Decke. »Ja, mir gefällt das Land, mir gefallen die Menschen …«

»Aber …?«

»Nicht euer System.«

Er hob die Schultern. »Das lässt sich nicht ändern, John. Sei froh, dass du nicht beim Geheimdienst bist, dann hätten wir es schwerer miteinander.«

Ich schaute den blonden Russen mit den gescheitelten Haaren an. »Ja, das glaube ich auch.«

Er warf einen Blick auf die Uhr. »Wir müssen los, deine Maschine startet gleich.«

In Moskau war es kalt. Ich fragte Wladimir, ob er über das Wetter im Westen Bescheid wisse.

»Das sieht nicht viel besser aus.«

»Schnee?«

»So ist es.«

»Auch das noch, verdammt! Ich bin die Kälte langsam leid.«

Der Russe brachte mich zum Bus. Dort umarmten wir uns beim Abschied, ich sah ihn noch winken, als ich in die Maschine einstieg.

Sie würde mich direkt nach London bringen, wo meine Freunde bestimmt schon warteten.

Ich hatte zwar eine genaue Zeit angegeben, aber nicht darum gebeten, abgeholt zu werden. Dort gab es genügend Taxen, die mich über den gut ausgebauten Westway A 40 direkt nach London hineinbrachten. Ich hatte einen Fensterplatz in der vorderen Hälfte der Maschine, bei den Nichtrauchern. Einige Zeitungen gab es auch. Russische und Ostdeutsche.

Ich verzichtete auf beides und hoffte, einen ruhigen Flug zu haben, denn nach den Anstrengungen der letzten Tage stand mir das zu. Nach dem Start gewann die Maschine rasch an Höhe, durchstieß die dichte Wolkendecke und flog unter dem strahlenden Sonnenschein Richtung Westen.

Ein freundlicher Kapitän begrüßte uns, mehrere Stewardessen fragten nach unseren Wünschen.

Ich nahm weder einen Drink, noch bestellte ich mir etwas zu essen. Nur schlafen wollte ich.

Und das gelang mir auch. Während neben mir ein Russe Tee trank und Gebäck aß, schloss ich die Augen. Es wurde ein erholsamer Schlaf. Ich bekam überhaupt nichts vom Flug mit und erwachte erst, als mich mein Nachbar anstieß.

Dann schreckte ich aber auch hoch, schaute in das Gesicht einer dunkelhaarigen Stewardess, die sich zu mir herabgebeugt hatte, um mich anzuschnallen. Ich machte es dann doch selbst.

»Landen wir?«

»In wenigen Minuten«, antwortete mein Nachbar in seinem hart klingenden Englisch.

Ich rieb meine Augen. Die Stewardess entfernte sich lächelnd. »Das ist ein Ding«, murmelte ich. »Mein Gott, habe ich tief geschlafen. Das gibt es gar nicht.«

»War Russland so anstrengend?«

»Es geht.«

Ich drehte mich nach links und blickte aus dem Fenster. Von London konnte ich nichts sehen, merkte aber, dass die Maschine an Höhe verlor. Sie befand sich innerhalb grauer Wolkenbänke, die unsere Maschine wie geisterhafte Schatten umwehten.

Als wir tiefer kamen, riss die Decke auf. Mein Blick fiel über die gewaltige Kulisse, und so etwas wie ein gutes Gefühl stieg in mir hoch. Schon sah ich den Flughafen, der Landeanflug begann, wenig später setzte die Maschine bei trübem Wetter und trockener Rollbahn auf, rollte aus und stand.

Ich wartete, bis die meisten Passagiere die Maschine verlassen hatte. Als drittletzter betrat ich den Andockkanal, verabschiedet von einem netten Lächeln der Stewardess.

In Moskau war es kälter gewesen. Hier bewegten sich die Temperaturen um den Gefrierpunkt. Nasse Kälte lauerte draußen. In den Hallen war davon nichts zu spüren.

Durch die Zollkontrolle brauchte ich nicht, nahm einen anderen Weg, begrüßte noch einen Bekannten, der mich bis zum Transportband begleitete.

»Werden Sie abgeholt, Mr. Sinclair?«

»Nein, ich nehme ein Taxi.«

»Wie war's denn in Moskau?«

»Kalt und aufregend.«

»Sie waren dienstlich dort?«

»Sicher.«

»Erlauben die Russen das denn?«

Ich lächelte. »Wissen Sie, auf der unteren Schiene läuft so manches, was weiter oben nicht möglich ist.«

»Das glaube ich auch, Mr. Sinclair. Bis zum nächsten Mal dann.«

»Okay, see you.«

London Airport war in den letzten Jahren aus- und umgebaut worden. Das war eine Stadt für sich. Wer hier nicht Acht gab, konnte sich sehr leicht auf dem gewaltigen Areal verlaufen.

Auch an diesem Werktag hasteten Menschen aller Rassen und Hautfarben hin und her, ließen sich auf den Transportbändern weiterfahren oder hetzten mit langen Schritten neben ihnen her. Manche schoben auch vollbeladene Gepäckwagen vor sich her. Eines hatten alle gemeinsam. Den gewissen gehetzten Blick in den Augen, denn alle schienen sie etwas zu suchen.

Ich ließ es locker angehen, obwohl mich auch jetzt die naheliegenden Probleme beschäftigen.

Sie hatten einen Namen: Abbé Bloch!

Die Ärzte hatten es nicht geschafft, sein Augenlicht zu retten. In London wollte er nicht bleiben. Er würde wieder zurück nach Alet-les-Bains gehen, wo seine Heimat war und sich gleichzeitig so etwas wie ein Ursprungsgebiet der Templer befand. Da brauchte ich nur an die Kathedrale der Angst zu denken.

Allein konnten wir ihn auf keinen Fall reisen lassen. Ob wir ihn zu zweit begleiteten, wollte ich mit Suko noch besprechen.

Ich hatte inzwischen den Ausgang erreicht, sah die wartenden Taxen und dahinter den Wirrwarr der Zufahrten, die schließlich in den breiten Westway mündeten.

Ich schlenderte auf den ersten Wagen, einen Austin, zu. Kein typisches Londoner Taxi, sondern ein normales Fahrzeug. Den Koffer wuchtete ich auf den Rücksitz und nahm neben dem Fahrer Platz. Das war bei diesen Fahrzeugen erlaubt.

Der Fahrer war noch jünger. Auf dem Kopf trug er eine Schiebermütze. »Wohin, Sir?«

»Scotland Yard.«

»Oh. So eine Fahrt habe ich selten.«

»Keine Sorge, ich bin kein Killer, sondern arbeite dort.«

»Aha, da bin ich ja beruhigt.« Er fuhr los und stellte den Taxameter an.

Der Betrieb riss nie ab. Aus London kam eine Blechlawine, wir rollten mit einer anderen in die City. Ein ewiges Kommen und Gehen, und über uns startende und landende Maschinen.

»Was gab es denn so Neues in London?«, fragte ich.

Der Fahrer hob die Schultern. »Kommt darauf an, was Sie wissen wollen, Sir, und wofür Sie sich interessieren?«

»Für alles.«

»Vom Unglück der Kanalfähre haben Sie gehört?«

»Ja, das las ich.« Ich senkte meine Stimme. »Es muss furchtbar gewesen sein.«

»Das können Sie laut sagen. In London ist auch etwas passiert.«

»Was denn?«

Der Fahrer bog auf den Westway ab. »Ein Haus ist in die Luft geflogen. Ein Wohnhaus.«

»Gab es Tote oder Verletzte?«

»Weder noch. Das Haus war nicht bewohnt. Zum Glück sind die Nachbarhäuser nicht in Mitleidenschaft gezogen worden.«

»Weshalb ist es in die Luft geflogen?«, fragte ich.

»Das wissen selbst die Experten nicht. Es haben zahlreiche Untersuchungen stattgefunden, doch ein Ergebnis kam dabei nicht heraus. Das war ein gefundenes Fressen für die Presse, endlich mal die Fachleute ratlos zu sehen.«

»Wo ist das Unglück denn geschehen?«

»In West Kilburn.« Er schaute mich kurz an. »Wenn Sie vom Yard sind, werden Sie bestimmt auch noch mit der Sache zu tun bekommen, kann ich mir vorstellen.«

»Nein, das glaube ich nicht. Ich bin kein Sprengstoff-Experte.«

Wir rollten auf der mittleren Spur mit durchschnittlicher Geschwindigkeit dahin.

Die Raser überholten uns rechts, die linke Seite wurde fast nur von Lastwagen befahren.

Noch rollten wir durch unbebautes Gebiet, aber wir würden bald den Vorort Norwood Green erreichen. Einige Meilen weiter begann eine große Grünfläche, der Osterly Park. Und durch ihn führte der Westway. Er zerteilte ihn in zwei Hälften.

Zwischen dem Fahrer und mir gab es nicht viel zu reden. Ich hatte Gelegenheit, mich auf die Umgebung zu konzentrieren und blickte auch des Öfteren in den Außenspiegel.

Es geschah nicht nur aus Gewohnheit. Seit ein paar Minuten folgte uns ein Wagen. Ein ziemlich flaches Fahrzeug, wenn mich nicht alles täuschte, ein Camaro.

Auch dem Fahrer war der Wagen aufgefallen. Als ich wieder einmal in den Spiegel schaute, sagte der Mann: »Weshalb überholt der Kerl denn nicht? Der kommt mir vor, als würde er uns verfolgen.«

»Was sollte er für einen Grund haben?«

»Bei mir nicht, bei Ihnen. Sie sind schließlich Yard-Mann.«

»Ich komme aus Moskau und war in den letzten Tagen im Kaukasus. Mit London hatte ich wenig am Hut.«

»Dann ist es wohl Zufall.«

Bei dem Wort Zufall wurde ich immer misstrauisch. Ich gehöre zu den Menschen, die nicht so recht daran glauben. Feinde hatte ich schließlich genug. Zudem befand sich Abbé Bloch noch in London, und er stand ebenfalls auf der Abschussliste, obwohl sich seit dem Auftreten des Todesengels nichts mehr in dieser Richtung getan hatte, wie ich bei einem Telefongespräch mit Suko erfahren hatte.

Der Camaro blieb hinter uns, auch als der Fahrer das Tempo verringerte.

»Der will tatsächlich etwas von uns«, sagte er und ging noch mehr vom Gas.

Dadurch hatte ein an der linken Seite fahrender Lastwagen Gelegenheit, uns zu überholen. Es war ein gewaltiges Ungetüm. Er rollte langsam heran, die Alu-Haut seiner Ladefläche schimmerte wie mattes Silber, das einmal hätte geputzt werden müssen.

Auch der Anhänger rumpelte vorbei, und als ich in den Spiegel schaute, sah ich den Camaro nicht mehr.

»Jetzt ist er weg!«, sagte auch der Fahrer. Er lachte. »Wahrscheinlich hat ihn der andere verschluckt.«

»Kann sein.«

Wir fuhren jetzt durch Norwood Green. Man hatte eine Trasse für die Bahn gebaut. Rechts und links standen die netten Häuser dieses kleinen Ortes. Sie alle waren von Gärten umgeben. Wer hier lebte, kam sich vor wie auf dem Lande.

Hier verdichtete sich der Verkehr auch, weil andere Fahrzeuge auf die Bahn fuhren.

Ich musste wieder gähnen.

»Müde?«

»Ein wenig kaputt. So ein Flug bleibt doch in den Knochen hängen.«

»Sie hätten auf der Reise schlafen sollen.«

»Das habe ich auch getan.«

Plötzlich war er wieder da. Wie aus dem Nichts war der Camaro aufgetaucht. Und diesmal befand er sich vor uns auf der Mittelspur. Wir konnten durch die Heckscheibe hineinschauen.

Der Fahrer musste ein sehr kleiner Mensch sein, denn hinter der Kopfstütze war nichts zu sehen.

Der Fahrer neben mir schüttelte den Kopf. »Am Steuer sitzt niemand.«

»Das ist wohl schlecht möglich.«

»Nun ja.«

Die Häuser rechts und links wurden weniger. Vor uns lag unbebautes Gelände, an das sich der Osterly Park später anschließen würde.

Ich behielt den Camaro im Auge. Allmählich kam mir das

Benehmen des Fahrers ungewöhnlich vor, und der Driver war es leid.

»Ich werde ihn überholen, Sir.«

»Das hatte ich Ihnen gerade vorschlagen wollen.«

Der Driver blickte kurz über die Schulter. Die rechte Überholspur war hinter uns ziemlich frei. Sie sah aus wie eine graue, erstarrte Riesenschlange.

Während des Überholvorgangs lachte der Mann. »Jetzt bin ich mal gespannt, wer in der Kiste hockt.«

Sekunden später verging ihm das Lachen, als wir beide zugleich das Gesicht des Beifahrers erkannten.

Es befand sich so nahe hinter dem Fenster, dass es sogar die Scheibe berührte.

Ein länglicher, weißhaariger und weißbärtiger mit aschgrauen Augenbrauen, einer langgezogenen Nase, einem breiten Mund und grausamen, kalten Augen.

Das war kein Mensch, das war …

»Ein Zwerg, verdammt!«, rief der Driver und verriss vor Schreck das Lenkrad, sodass wir uns dem Camaro gefährlich näherten …

Im letzten Augenblick riss der Driver das Steuer herum und verhinderte somit einen Zusammenstoß. Wir schlingerten etwas, blieben dennoch auf der Spur und ließen den Camaro hinter uns.

»So wahr ich Andy Rush heiße, Sir, so was habe ich noch nicht gesehen. Sie etwa?«

Ich gab keine Antwort, aber mir war klar geworden, dass die dämonische Seite einen Angriff startete. Nicht allein wegen des Anblicks, den das Gesicht geboten hatte, nein, ich hatte eine ganz andere Warnung während des Überholvorgangs wahrgenommen.

Mein Kreuz hatte sich gemeldet!

Ein kurzer Hitzeschock nur, der meine Haut gestreift hatte. Doch es reichte aus, um mich misstrauisch und wachsam werden zu lassen.

Man war wieder hinter mir her. Wer genau, das wusste ich nicht.

Was Andy Rush noch sagte, kümmerte mich nicht. Meine Gedanken drehten sich einzig und allein um den Anblick des Zwergs. Ich hatte noch mehr gesehen, zum Beispiel einen Teil seiner Kleidung. Sie bestand aus Leder, war mit Metallknöpfen an der Schulter dekoriert gewesen, und diese Tatsache wiederum erinnerte mich an etwas.

Ich dachte an den Todesengel von London und an seine vier Helfer, die Rocker gewesen waren und gleiche Kleidung getragen hatte. Sollte dieser Zwerg etwas mit einem der Rocker zu tun gehabt haben?

Eigentlich schlecht möglich, da sich die Typen in Untersuchungshaft befanden, aber die Möglichkeit schloss ich nicht völlig aus.

Ich sah mich um.

Der Camaro war verschwunden!

Das begriff ich nicht. Auch Rush wunderte sich.

»Habe ich ihn übersehen, oder ist der Wagen tatsächlich nicht mehr hinter uns?«

»So ist es.«

»Aber vorn ist er auch nicht.«

Ich hob die Schultern. »Wissen Sie was, Andy, fahren Sie am besten den nächsten Parkplatz an. Ich werde dann aussteigen, und Sie können wieder zum Airport zurückkehren.«

Rush blickte mich erstaunt an. »Das kann doch nicht Ihr Ernst sein.«

»Ist es aber.«

»Und weshalb wollen Sie mich wegschicken?«

»Weil ich Sie nicht in Gefahr bringen will und das Gefühl habe, dass es bald zu einer Auseinandersetzung kommen wird.«

»Der Camaro, nicht?«

»Ja.«

»Sie scheinen mir doch nicht so harmlos zu sein, Mister.«

»Wie man's nimmt.« Ich gab sehr knappe Antworten, da meine Unruhe von Sekunde zu Sekunde wuchs. Der Camaro oder dessen Verschwinden bereitete mir große Sorgen. Irgendetwas stimmte nicht mit dem Wagen. Beim Fahrer verhielt es sich ebenso. Ich stellte mir die Frage, ob es sich überhaupt um einen normalen Menschen handelte, der ein wenig zu klein geraten war.

»Als hätte er sich in Luft aufgelöst«, sagte Rush und schüttelte den Kopf. »Das will in meinen Schädel einfach nicht hinein.«

Ich enthielt mich einer Antwort. So locker er die erste Bemerkung auch in den Raum gestellt hatte, von der Hand weisen wollte ich sie nicht. Ja, auch mir kam es vor, als hätte sich der Camaro aufgelöst. Und ich wusste, dass so etwas möglich war. Das hatten mir meine schwarzmagischen Gegner mehr als einmal bewiesen.

Rush fuhr wieder auf die Mittelspur und überholte einen Kombi. Ich hielt derweil Ausschau nach einem Parkplatz und entdeckte auch einen.

»Fahren Sie ihn an, Andy.«

»Der Wagen ist nicht mehr da!«

»Fahren Sie ihn trotzdem an.«

»Okay, Sir, Sie sind der Chef. Von hier aus können Sie aber weit laufen.«

»Es gibt auch Telefone.«

»Das stimmt.«

Der Driver stellte sich nicht mehr gegen meinen Vorschlag und wechselte auf die linke Seite. Bis zur Parkbucht lag sie frei vor uns. Es konnte eigentlich nichts schief gehen.

Und doch ging es schief!

Das kalte Grauen packte uns, als wir abbogen.

Vor dem Austin flimmerte es grün, da tauchte auch schon der Camaro auf.

Rush schrie noch auf, als sich der Schlitten blitzschnell näherte.

»Bremsen!«, brüllte ich.

In meinen Schrei hinein klang das Quietschen der Reifen auf der Betondecke, dann jagten wir auf den Camaro zu, und ich wartete auf das harte Krachen, das Platzen der Scheiben und den unheimlichen Ruck, der mich nach vorn katapultierte. Aber nichts dergleichen passierte.

Wir schwebten hinein in eine Stille und in eine andere Welt …

Sosehr Suko sich auch bemühte, er kam einfach nicht weg. Der gläserne Boden hielt ihn fest wie eine Klammer. Bis über die Knöchel steckte er darin, und seine Gedanken schlugen Purzelbäume, als er über dieses Phänomen nachdachte.

Grüner Boden, das musste Aibon sein. Für ihn gab es keine andere Möglichkeit.

Den Kopf konnte er drehen und blickte über die Schulter zurück. Die beiden gefährlich aussehenden Gnome hatten das Grundstück bereits verlassen. Sie kletterten geschickt über den Zaun, bewegten sich auf den in der Nähe parkenden Camaro zu, stiegen ein und fuhren ab. Dies geschah mit einer Selbstverständlichkeit, die Suko erschreckte.

War das Unnormale bereits normal geworden?

In diesem Fall ja, und auch er konnte nichts tun. Er glaubte auf einem Sockel zu stehen, der so schwer war, dass er mit menschlicher Kraft nicht angehoben werden konnte.

Die beiden zurückgebliebenen Gnome waren ebenfalls aufgestanden. Ihre Kumpane interessierten sie nicht mehr. Sie drehten ihre übergroß wirkenden Köpfe und starrten Suko böse an.

Der Inspektor erwiderte den Blick und konzentrierte sich auf die beiden. Trotz der prekären Lage fand er noch die Nerven, sich Gedanken zu machen.

Besonders der erste Zwerg, der etwas vor seinem Artgenossen stand, erweckte Sukos Interesse. Sein Gesicht war besonders lang geworden, zugleich wirkte es aber gedrungen, und Suko glaubte, in ihm Spuren zu entdecken, die er kannte.

Hinweise auf eine Person, die dieser Gnom früher einmal gewesen war. Es fiel Suko wie Schuppen von den Augen. Ricky Modena. Das musste einfach dieser Rockerchef sein, der jetzt als Zwerg vor ihm stand und ihn so hasserfüllt fixierte.

Durch die Nase holte Suko Luft. Die Lippen des Zwergs bewegten sich. Er sagte etwas, von dem Suko nichts verstand, doch die Welt, die ihn gefangen hielt, reagierte.

Sie wollten den Chinesen zu sich holen.

Mit John Sinclair war einmal etwas Ähnliches passiert. Damals, in Aibon, hatte ihn der magische Sumpf der Druiden geschluckt, aber John war freigekommen. Ob er es schaffte, war fraglich.

Suko zeichnete sich unter anderem dadurch aus, dass er in prekären Situationen die Nerven behielt. Das war hier auch der Fall. Er holte seine Dämonenpeitsche hervor und schlug einmal einen Kreis über den Untergrund, sodass die drei aus Dämonenhaut gefertigten Riemen herausfallen konnten. Sie erinnerten immer ein wenig an die ausgetrockneten Körper armlanger Schlangen.

Ricky war stehen geblieben. Alles an ihm wirkte verschoben. Er hatte sich krummbeinig aufgebaut, die Schultern zudem vorgestreckt und die Arme leicht angewinkelt.

Sein Bart stand vom Kinn ab wie ein Gespinst, doch der Blick war grausam geblieben.

Da schlug Suko zu.

Sein Ziel war der Untergrund. Er wollte ihn, der magisch entstanden war, ebenfalls mit einer sehr starken Magie bekämpfen, und er konnte sich zudem auf diese Waffe verlassen.

Treffer – und Erfolg!

Erste Risse zeigten sich, die grüne Farbe verschwand, ebenso der Druck an seinen Beinen.

Die beiden Zwerge schüttelten sich, als hätte man sie begossen. Sie fuhren herum zu der monströsen Gestalt im Hintergrund, doch die konnte ihnen auch nicht helfen.

Suko kam frei.

Plötzlich stand er wieder zwischen den Trümmern auf dem normalen Boden, konnte sich bewegen wie immer und lächelte kalt, weil die beiden Gnome an ihrer Wut fast erstickten.

Leider kam Suko nicht an die beiden heran. Unsichtbar hatte sich zwischen ihnen die Grenze zu Aibon aufgebaut, und sie hatte der Chinese nicht zerstören können.

Also wartete er.

Die beiden Zwerge wussten, dass er zu ihren Feinden gehörte. Sie mussten offensiv werden und etwas tun, aber sie hielten sich wohlweislich zurück.

Suko sah den Grund sehr schnell. Vielleicht war es auch seine Schuld gewesen, jedenfalls bewegten sich in seiner unmittelbaren

Nähe gewisse Trümmerstücke. Sie gerieten sogar ins Rollen, kippten zu verschiedenen Seiten weg, und Suko sah erst jetzt, dass sich breite Spalten und Löcher im Untergrund aufgetan hatten.

Sie wollten etwas entlassen und nicht nur die Dinge einfach schlucken und zu sich hineinziehen.

Und es kam.

Kaum mehr als eine Armlänge von Suko entfernt, schob sich eine starre, unheimlich wirkende Gestalt aus dem Boden. Sie hatte die Arme hochgerissen, die Hände berührten sich weit über dem Kopf, und sie sah so aus, als wollte sie einen Götzen ehren.

Die braune, wie Rinde wirkende Haut war Suko schon beim ersten Anblick aufgefallen. Sie setzte sich auch im Gesicht fort, sodass die männliche Gestalt wie ein uralter, ausgemergelter Zombie wirkte.

In das dunkle Rindengesicht waren die Augenhöhlen hineingestoßen worden, und darin wiederum lagen die Pupillen wie zwei stählerne, blanke, tote Kugeln.

Der Mann lebte nicht mehr. Nicht nur das erschreckte den Inspektor, es gab noch einen anderen Grund.

Das war die Kleidung.

Eine Uniform. Suko kannte sich aus. Diese Art von Uniformen trugen die Bediensteten beim Yard, die die Aufgabe hatten, Gefangene zu überwachen.

Er hatte also einen der Bewacher vor sich. Die Kraft schob ihn weiter aus der Spalte. Das leere Gesicht glotzte Suko so lange an, bis der Mann zur Seite kippte.

Zwischen zwei Stahlträgern blieb er liegen, ohne sich zu rühren. Kalt rieselte es über Sukos Rücken. Einer war von Aibon entlassen worden, er wusste aber von zwei Begleitern und brauchte auch nicht lange zu warten, denn der zweite wurde ebenfalls aus dem Boden geschoben, als würden ihn unsichtbare Hände hochdrücken.

Er glich seinem Kollegen fast aufs Haar. Auch seine Haut sah aus wie alte Baumrinde, die Augen blickten starr, nichts konnte er mehr bewegen, und er fiel auf Suko zu.

Zum Greifen nahe lag sein Kopf, aber der Inspektor rührte

sich erst, als er sicher war, dass ihn die beiden Zwerge auch nicht angriffen. Da bewegte er seinen rechten Arm, hob die Riemen der Peitsche leicht an und fuhr damit wie streichelnd über das Gesicht des vor ihm liegenden Mannes.

Diese eine Berührung reichte. Mit einem leisen Knistern, als wäre Papier zerrieben worden, verging der Körper und blieb als brauner Staub liegen.

Aibon hatte ihn getötet. Aber nicht das Aibon, auf das die Druiden so stolz waren, nein, diese beiden Männer mussten in Guywanos Machtbereich geraten sein, der die dunkle, die grausame Seite des Landes dokumentierte.

»Komm näher!«

Zum ersten Mal hörte Suko die Stimme des größeren der beiden Zwerge und hatte Gewissheit.

Das war Ricky Modena!

Dann war der zweite möglicherweise Ben Segal. Er und Ricky hingen ja ständig zusammen.

»Komm schon.«

»Ist es denn möglich!«

»Ja.«

Suko versuchte es. Die ersten beiden Schritte setzte er noch zögernd, kletterte dann über ein Hindernis hinweg, musste sich bücken und hatte schon das Gebiet erreicht, das noch vor kurzem von Aibon kontrolliert worden war.

Der Inspektor hielt seine Peitsche noch in der Hand. Er spielte mit dem Gedanken, sie gegen Modena einzusetzen, ließ es jedoch bleiben, weil er sich ebenso gut vorstellen konnte, dass ihn der ehemalige Rocker nicht umsonst in seine Nähe geholt hatte. Wahrscheinlich wollte er Suko etwas mitteilen.

Modena streckte den rechten Arm aus. Mit der linken Faust hielt er seine Waffe fest, die Eisenstange. »Jetzt wirst du keinen Schritt mehr gehen.«

Suko gehorchte. Er stand sogar ziemlich günstig, auf kleinen Steinen, die eine relativ gute Balance gaben. »Ich bin gekommen. Was also willst du von mir?«

»Deine Neugierde befriedigen. Ich weiß doch, wie neugierig

Bullen sind.« Sein breiter Mund zuckte, die Augen glänzten kalt. »Kennst du mich noch, Chink?«

Suko steckte die Beleidigung weg. Er regte sich längst nicht mehr darüber auf. »Ja, du bist Modena.«

»Erfasst.«

»Dann wird der andere Typ schräg hinter dir Bronson sein.«

»So nennt man ihn. Er heißt Dyan Cato, aber du kannst Bronson zu ihm sagen.«

»Sehr aufmerksam.«

»Wir waren mal zu viert, du wirst dich an die anderen beiden sicherlich erinnern.«

»Sie fuhren weg.«

»Ich habe Ben Segal und Art Malik den Auftrag gegeben, sich in den Wagen zu setzen und zu einem bestimmten Ziel zu fahren. Es ist der Flughafen. Sie werden dort jemand abholen. Rate mal, um wen es sich dabei handelt.«

»John Sinclair.«

»Bravo, Bulle, du bist informiert.«

»Du nicht weniger.«

»Das stimmt. Ich habe auch einen großen Beschützer. Nein, jetzt sogar zwei. Hinter mir lauert der mächtige Geist Baphomets. Er hat mir seinen Höllenschatten geschickt, und der zweite Beschützer ist ebenfalls eine sehr mächtige Gestalt. Sie herrscht über Aibon. Du wirst bestimmt von Guywano gehört haben.«

»Ja, ich kenne ihn. Aber er herrscht nicht, er will jedoch das ganze Land an sich reißen.«

»Ich weiß, Bulle. Und er weiß auch, dass es sehr schwierig ist. Deshalb haben wir uns hier getroffen. Hier ist der Boden für eine schwarzmagische Allianz vorbereitet worden. Guywano möchte sich eine Unterstützung sichern. Er will Baphomet auf seine Seite ziehen, damit dieser ihm hilft, ganz Aibon zu unterjochen. Hier werden die beiden darüber verhandeln. Als dieses Haus gebaut wurde, da ahnte niemand etwas davon, dass man die Mauern auf einen schwarzmagisch geweihten Boden setzte. Lange Jahre hat sich nichts gerührt, aber heute ist der Zeitpunkt gekommen. Da wird sich einiges entscheiden.«

»Das hier ist also ein Tor zu Aibon.«

»In Guywanos Aibon.«

Suko nickte. »Und woher wusstest du dies so genau?«

»Man hat es mir nicht gesagt, man hat mich einfach hergeholt. Verstehst du das? Wir sind die Mittler. Wir haben Aibon erlebt und auch die Macht Guywanos.«

»Ihr seid als Zwerge zurückgekommen.«

»Jawohl, das war der Preis. Aber wir sind mächtiger als zuvor, denn Guywano wollte uns seine Stärke beweisen, und das hat er zur Genüge getan. Du hast gesehen, wie er die anderen zurückschickte. Sie waren tot, sie waren verdorrt und eigentlich nur noch eine Erinnerung an ihr Menschsein. Das alles ist uns nicht widerfahren. Wir leben, wenn auch verändert, aber wir sind gestärkt.«

»Erscheint Guywano selbst hier?«

»Wenn die Zeit reif ist, wird er kommen. Hinter mir steht der Geist des mächtigen Baphomet. Er und Guywano werden sich unterhalten, und vielleicht kommen beide zusammen.«

»Wo ist der echte Kind-Dämon?«

»Verschwunden. Er brauchte nicht selbst zu kommen, da er in der Lage ist, seinen Geist zu produzieren und über ihn alle Gedanken und Gespräche empfangen kann. Ein wahres Wunderwerk, das du vor dir siehst. Ich hätte mir fast denken können, dass du kommst, ich habe es sogar gehofft. Nur wirst du an diesem Platz auch sterben, so wie Sinclair von meinen Freunden umgebracht wird.«

»Wollt ihr mich töten?«

Ricky Modena grinste breit. »Nicht direkt. Wir werden dich indirekt vernichten.«

»Wie hast du dir das vorgestellt?«

Der Gnom zeichnete mit seiner freien Hand einen Halbkreis. »Was du hier siehst, gehört uns.« Er sprach lauter, und Suko wurde gewarnt. Er beging nicht den Fehler, der beschreibenden Hand mit seinen Blicken zu folgen, statt dessen sah er Bronson an, und dieser schielte über Suko schräg in die Höhe.

Auch Suko schaute nach oben.

Im selben Augenblick löste sich ein Stahlträger und fiel wie ein Rammbock auf den Inspektor zu.

»So werden wir dich töten!«, kreischte Ricky Modena …

Es war nicht die Welt des Wassers, es war auch nicht die Welt der Luft, es war eben anders.

Aibonartig …

Wo Gut und Böse dicht nebeneinander lagen, wo es zwischen Himmel und Hölle kaum eine Trennlinie gab, wo Elfen, Trolle, Feen und Halbengel lebten, aber unvorstellbare Einsamkeit, Leere und Grauen herrschte. Das alles bildete diese Welt, und sie hatte mich geschluckt.

Wieder einmal.

Oder etwa nicht?

Ich fühlte mich in einer anderen Dimension, sah dennoch das Gleiche, das ich auch auf der Erde hätte sehen können.

Ein Fahrzeug, ziemlich flach, vom Lack her nicht mehr das beste. Es hatte uns verfolgt, war einmal hinter uns gewesen, dann wieder vor uns und war mir vorgekommen wie ein Spuk.

Der Camaro!

Ich sah ihn verschwommen, als hätte man seine Umrisse verwischend gezeichnet. Im ersten Moment glaubte ich daran, dass mit meinen Augen etwas nicht stimmte, bis ich die Wahrheit sehr deutlich erkannte. Ich sah den Wagen durch das Spinnennetz einer vor mir geborstenen Scheibe. Das ließ darauf schließen, dass ich noch immer in dem Taxi hockte und es zusammen mit mir in die andere Welt geworfen worden war. Aibon hatte uns beide verschluckt.

Nein, da stimmte etwas nicht!

Ich drehte mühsam den Kopf nach rechts, schaute über zwei Beine hinweg durch die Scheibe und sah, nicht weit entfernt, Schatten vorbeihuschen.

Von rechts nach links und auch in umgekehrter Richtung. Sie waren schnell da und auch rasch wieder weg.

Das ließ nur einen Schluss zu. Wir befanden uns nahe einer Straße. Aber führte durch Aibon eine Schnellstraße?

Vieles war möglich, aber daran wollte ich nicht glauben. Wenn nur nicht dieser verfluchte Druck in meinem Kopf gewesen wäre. Ich musste mit der Stirn irgendwo gegen geprallt sein. Zum Glück hatte mich der Gurt gehalten. Als ich mich langsam wieder zurücklehnte, kehrte auch die Erinnerung zurück.

Flughafen – Autobahn – der Camaro – dann der Aufprall, mein tiefer Fall oder Sturz in eine andere Welt innerhalb der normalen. Das war nicht leicht zu verkraften. Neben mir saß Andy Rush, der Fahrer. Er rührte sich nicht mehr.

War er tot?

Ich blickte zu ihm hinüber. Er hing wie eine leblose Puppe im Gurt, sodass mich ein heißer Schreck durchzuckte. Da mich der Gurt an der Bewegungsfreiheit hinderte, löste ich ihn und beugte mich erst dann zu Andy Rush nach rechts rüber.

Mir ging es wieder besser. Ich verspürte keinen Schwindel mehr, wenn ich den Kopf vorstreckte, und konnte mit großer Erleichterung feststellen, dass der Fahrer noch lebte und nur bewusstlos war. Über dem Ohr war die Haut aufgeplatzt und hatte dort eine kleine Wunde hinterlassen, aus der Blut sickerte.

Ich drückte ihn vorsichtig wieder zurück und löste auch seinen Sicherheitsgurt. Man konnte nie wissen, was noch folgte.

Dann dachte ich an mich selbst und an die Dinge, die eventuell noch passieren konnten.

Der Camaro war nicht leer gewesen. Zwei Personen hatten darin gesessen.

Zwerge, Gnome, wie auch immer. Gestalten, die es auf unserer Welt nicht gab, dafür aber im Paradies der Druiden, in Aibon nämlich. Und Aibon hielt auch den Wagen umfangen, dessen war ich mir sicher. Ich kannte das Land schließlich, da ich ihm schon oft genug einen Besuch abgestattet und ähnliche Wahrnehmungen wie hier empfunden hatte.

Die andere Luft war trotz Reinheit und Klarheit von einer gewissen Gefahr überlagert.

Von den Zwergen sah ich noch nichts. Sie hielten sich sorgsam bedeckt oder versteckt, aber ich erkannte, dass unser Taxi nicht mehr fahrtauglich war.

Seine Vorderfront hatte sich zusammengeschoben wie eine Ziehharmonika. Der Camaro war von meiner Position aus nicht mehr zu sehen. Um mich besser wehren zu können, musste ich den Wagen verlassen.

Das eben klappte nicht!

Ich versuchte es an allen vier Türen. Sie ließen sich nicht einmal bewegen und waren verriegelt, obwohl die Stifte in die Höhe standen. Daran trug allein schwarze Magie die Schuld.

Wie kam ich hier raus?

Der Wagen bildete, wenn er unter fremdem Einfluss stand, für mich eine absolute Falle. Außerdem glaubte ich nicht, dass ich die Scheiben zerschießen konnte.

Einen Versuch unternahm ich trotzdem. Mir kam meine Bewegung langsam vor, mit der ich die Waffe hervorholte. Dieses Überwechseln in eine andere Welt hatte mich mehr geschafft, als ich zugeben wollte.

Die Waffe erschien mir schwerer als sonst. Ich hob die rechte Hand mit der Beretta an und zielte auf die Frontscheibe, die bereits an einer Stelle zersplittert war.

Meine Hand wackelte, ich stützte sie ab. Dann bewegte ich den rechten Zeigefinger zurück, erreichte den Druckpunkt, der Schuss löste sich, und die Kugel durchschlug die Scheibe, wo sie ein kleines Loch hinterließ, das von einem milchigen Muster aus Fäden umgeben wurde.

Im nächsten Moment sah ich das Blitzen!

Dieses kurze Aufsprühen sagte mir eigentlich alles. Das geweihte Silbergeschoss hatte die magische Grenze erreicht, die den Wagen umgab. Dort war es zerstrahlt.

Meine Hand sank nach unten. Die Auflösung der Kugel hatte mir bestätigt, dass ich tatsächlich in der Falle saß. Ein Stück Aibon hatte einen Ring um mich gezogen.

Aber das andere Aibon, seine böse Seite, die tausend Gefahren in sich barg. Angeführt von einem mächtigen Druiden des Bösen namens Guywano.

Wie kam ich hier raus? Außerdem musste ich noch den Fahrer retten, der völlig schuldlos in diese gefährliche Lage geraten war. Es fiel mir nicht leicht, klar, logisch und nüchtern zu denken. Alles strengte mich an, selbst das Anheben der Waffe hatte mir Schwierigkeiten bereitet. Dieser Übergang von einer in die andere Welt war so leicht nicht zu verkraften.

Andy Rush regte sich noch immer nicht. Deshalb konnte er auch nicht das Geräusch verursacht haben, das ich plötzlich vernahm. Es war ein leichtes Kratzen, als würden spitze Gegenstände über die Karosserie des Wagens fahren.

Ich konzentrierte mich auf die Laute. Leider konnte ich nicht feststellen, an welchen Stellen genau sie auftraten. Sie wanderten ziemlich schnell um den ganzen Wagen.

Jedenfalls befand sich jemand draußen.

Ich blickte an meiner Seite aus dem Fahrzeug. Jenseits des schmalen Parkstreifens lag ein Buschgürtel. Es wirkte auf mich wie in durchsichtige Watte eingepackt.

Und rechts?

Plötzlich sah ich das Gesicht. Es schob sich von unten her in die Höhe und geriet auch über die Scheibe. Ein geisterhafter Vorgang. Zwei Augen, eine breite Stirn, über allem das schlohweiße Haar, als wäre es ein Greis, der da wartete, aber ich hatte schon beim Überholvorgang den Zwerg gesehen.

Er starrte durch die Scheibe.

Wie schon bei unserer ersten flüchtigen Begegnung sah ich den bösen Ausdruck. Auch stand ein Wissen in den Augen, die ebenfalls einen grünen Schimmer zeigten. Die Lippen verzogen sich zu einem bösen Lächeln. Einige Barthaare wurden vom Wind zur Seite geweht.

Nicht nur das Gesicht erschien, auch eine Hand. Und sie umklammerte eine völlig normale, in dieser Form jedoch ungewöhnliche Waffe. Es war eine Eisenstange, etwa so lang wie ein Männerarm.

Was der Zwerg damit vorhatte, lag auf der Hand. Würde er damit die Scheibe einschlagen?

Daran wollte ich nicht so recht glauben. Es erschien mir einfach zu primitiv.

Auf seinem Gesicht blieb das teuflische und gleichzeitig

wissende Lächeln, als er einige Schritte zurücktrat und aus einer gewissen Entfernung durch das Fenster starrte.

Er legte auch seine andere Hand um die Stange und hielt sie so fest wie ein Turner das Reck.

Allmählich kam es mir komisch vor, aber die Komik verging mir in den folgenden Sekunden.

Die Stange begann zu glühen!

Im Schmiedefeuer wird Eisen rot. Dieses hier nahm eine andere Farbe an. Die Stange begann in einem intensiven Grün zu leuchten, als hätte sie eben in einem grünen Feuer gelegen.

Ich wunderte mich und verspürte gleichzeitig einen leichten Magendruck, denn der Zwerg bewegte sich blitzschnell wieder auf den Wagen zu und berührte die Außenseite der Tür mit seiner glühenden Stange, die plötzlich die Funktion eines Schneidbrenners übernahm.

Der Gnom öffnete den Wagen auf eine verdammt unkonventionelle und für mich gefährliche Art und Weise. Das grüne Feuer schnitt durch das Metall, als bestünde es aus weichem Käse.

Auch Andy Rush regte sich plötzlich. Er öffnete die Augen, stöhnte einige Male, aber ich konnte mich nicht um ihn kümmern, weil sich das zischende Geräusch in seiner Lautstärke verdoppelt hatte.

Schräg hinter mir war es erneut aufgeklungen!

Ich drehte mich auf dem Sitz.

Das Gesicht des zweiten Zwergs, der durch das Rückfenster in den Wagen starrte, zeigte Triumph und den Willen, mich zu besiegen und zu töten. Ich schoss.

Ich hatte einfach über die Stange gehalten und hätte punktgenau getroffen, doch auch die zweite Silberkugel zerschmolz, als sie in die Nähe der intensiven grünen Strahlung geriet.

Inzwischen hatte der erste Zwerg die Tür geöffnet. Sie fiel ihm plötzlich entgegen, sodass er freie Bahn hatte und in den Wagen einsteigen konnte.

Das sah auch Andy.

»Verflucht!«, schrie er. »Was soll das bedeuten?« Er war noch durcheinander und schüttelte den Kopf. »Sagen Sie doch etwas …«

»Bleib sitzen!«, fuhr ich ihn an und hörte gleichzeitig die Stimme des Gnoms.

»Töten, wir werden euch töten!« Er beugte sich in den Wagen, die Stange voran. Sie kam dabei dem Gesicht des Taxifahrers gefährlich nahe.

Andy saß regungslos. Wahrscheinlich dachte er intensiv über die Dinge nach, eine Lösung fand er nicht.

Die musste ich mir einfallen lassen.

Und ich tat auch etwas.

Das Kreuz war kein Allheilmittel, auch wenn Freunde von mir es manchmal so sahen, aber es hatte mich schon aus sehr prekären Lagen gerettet. Seine Kraft reichte nicht aus, um Aibon zu zerstören, doch es konnte den magischen Einfluss dieses Landes etwas mildern. Auf diese Tatsache baute ich auch hier.

Ich musste schneller sein als die beiden Zwerge, die mich in die Zange genommen hatten.

Zum Zwerg an der Tür hin deckte mich der Körper des Fahrers. So konnte der Gnom mich nicht genau beobachten. Meine Bewegungen waren hastig, als ich die Kette über den Kopf streifte und sie gemeinsam mit dem Kreuz auf meine Handfläche fallen ließ.

Es lag auf dem linken Handteller. Ich holte kurz aus und schleuderte das Kreuz in einem Bogen an Andy Rush vorbei und auf die klar sichtbare Gestalt des Gnoms zu.

Ich traf!

Der Zwerg geriet außer Kontrolle. Er zuckte zurück, die grüne Farbe nahm an Intensität zu, und der Gnom warf beide Arme hoch, bevor er nach hinten taumelte.

Er hielt die Stange nur noch in einer Hand. Dabei bewegte er den Arm wie ein Dirigent, der mit seinem Orchester das Finale eines Musikstücks einläutet.

Hatte ich ihn geschafft?

Ich kletterte über den Fahrer hinweg und drückte zuerst meinen Kopf aus dem Wagen. Hinter mir hörte ich das Wutgebrüll des zweiten Gnoms. Er würde nicht tatenlos zuschauen, aber der erste war wichtiger.

Der Zwerg kauerte auf dem Boden. Das Kreuz lag dicht neben ihm und gab ein schwaches grünes Leuchten ab.

Ich selbst spürte den bösen Einfluss, mit dem meine unmittelbare Umgebung vollgestopft war, bückte mich und riss den Zwerg in die Höhe, um ihn einen Augenblick später zur Seite zu schleudern.

Da sprang sein Artgenosse. Er hatte den Fehler begangen und einen Schrei ausgestoßen. Wahrscheinlich steckte er so voller Hass, dass er seinen Gefühlen einfach freien Lauf lassen musste.

Ich lief blitzschnell zwei Schritte vor und drehte mich noch in der Bewegung um.

Der Gnom befand sich im Sprung. Er war auf das Dach des Austin geklettert und hatte sich zielsicher und im großen Bogen abgestoßen. Er wäre auf meinem Rücken gelandet und hätte auch zuschlagen können, so aber war er ins Leere gesprungen, die Stange dabei mit beiden Händen hart umklammernd.

Gern hätte ich mein Kreuz an mich genommen, aber das war nicht möglich, es lag zu weit entfernt, und der Zwerg griff an.

Er bewegte sich schnell, und ebenso schnell agierte er mit seiner grünen, gefährlichen Waffe.

Kreuz und quer erfolgten seine Schläge, meist fintierend, weil er nach einer Lücke suchte, wo er durchkommen wollte.

Ich konnte ihn noch auf Distanz halten, zog aber meinen Dolch, der ebenfalls eine magische Kraft besaß. Von der linken Hand warf ich ihn in die rechte, schloss die Faust um den Griff und blieb plötzlich stehen. Der Gnom hämmerte zu. Er setzte den Schlag seitlich an und sehr tief. Ich sprang in die Höhe. Die glühende kurze Stange wischte unter meinen Füßen hinweg, und ich vernahm den wütenden Schrei meines Gegners, weil er damit nicht gerechnet hatte.

Der anschließende Tritt traf ihn voll. Die Wucht hob ihn in die Höhe, er kippte nach hinten, fiel auf den Rücken und rollte sich dabei gedankenschnell wieder herum, um mit einem sicheren Satz auf die Füße zu schnellen.

Sofort schlug er wieder zu. Die Stange setzte er diesmal wie ein Stabhochspringer ein.

Das war sein Fehler.

Ich ging ihm entgegen, mit meinem Dolch.

Der Zwerg konnte nicht mehr ausweichen. Ich spürte noch einen kurzen Widerstand, dann sah ich in sein Gesicht und hatte das Gefühl, als würde es vor meinen Augen in alle vier Richtungen wegfliegen, so stark hatte es sich verzerrt.

Der Zwerg rutschte aus der Klinge und fiel steif zu Boden. Gleichzeitig verlosch auch das grüne kalte Feuer der Stange. Sie sah wieder völlig normal aus.

»Mister!«

Der ächzende Schrei des Fahrers ließ eine Blutwelle in meinen Kopf hochsteigen. Gleichzeitig machte ich mir Vorwürfe, weil ich mich nur auf den einen Gegner konzentriert und den zweiten nicht mehr beachtet hatte.

Ich wandte mich langsam um.

Meine Befürchtungen wurden bestätigt. Er hatte sich eine Geisel genommen. So klein er war, an Gefährlichkeit ließ er nichts zu wünschen übrig. Er hatte seine Arme ausgestreckt und die Stange in den offenen Wagen hineingeschoben. Sie befand sich nur noch eine Handlänge vom Gesicht des Fahrers entfernt.

»Ich töte ihn!«, kreischte der Zwerg. »Ich werde ihn durchstoßen und das Zeichen Aibons setzen.«

Nur Ruhe konnte es jetzt bringen. Deshalb fiel mein Nicken sehr bedächtig aus.

»Wer bist du?«

»Malik!«

»Ich kenne deine Stimme.«

»Ja, ich war einmal ein Mensch. Erinnere dich, vor der Klinik, da hast du mich und meinen Freund niedergeschlagen. Aber wir sind entwischt. Wir haben den Ruf verspürt. Aibon hat uns gerufen ...«

Ich war erstaunt. »Wieso Aibon? Habt ihr nicht auf Baphomets Seite gestanden?«

»Dort stehen wir auch. Aber er und Aibon werden sich verbünden, und wir helfen ihm dabei.«

»Hier?«

»Auch. Doch es gibt einen anderen Platz, wo sich beide treffen werden. In der Stadt. Dort explodierte ein Haus. Keiner kannte den Grund. Niemand wusste von Aibon, niemand kam auf den Gedanken, dass dieser Ort einmal Geschichte machen würde. Schwarzmagische Geschichte, weil dort die Allianz zwischen Aibon und Baphomet geschlossen wird. Niemand darf uns stören, auch du nicht.«

»Dann sind noch mehr dort?«, fragte ich.

»Ja. Ricky und Bronson. Sie bewachen das Treffen, und sie werden an Macht zunehmen. Wir aber sind ausgeschickt worden, um dich abzufangen und zu töten. Ich werde das nun übernehmen, denn ich stehe unter dem Schutz eines anderen.«

»Lass den Fahrer in Ruhe!«, verlangte ich. »Er hat mit der Sache nichts zu tun.«

»Das ist sein Pech.«

»Kümmere dich um mich!«

»Das werde ich auch.« Der Zwerg hatte mir den Kopf zugedreht, die grün glühende Stange zeigte nach wie vor auf den steif da hockenden Andy Rush. Er wagte nicht einmal, die Augenbrauen zu bewegen, und Malik nickte mir kurz zu.

»Lass deinen Dolch fallen!«

»Und dann?«

»Lass ihn fallen!«, kreischte er.

Jetzt wurde es ernst. Ich wusste, dass dieser Gnom nicht bluffte, und wollte seinen Befehl befolgen, als ich vom weiteren Geschehen völlig überrascht wurde.

Plötzlich flog der teuflische Gnom zurück, als hätte ihn eine Riesenfaust erwischt. Er berührte noch mit den Beinen den Boden und wankte vom Wagen weg, aus dem ich einen wilden Schrei hörte.

Andy musste sich selbst befreit haben und hatte mir die Chance gegeben, den Zwerg auszuschalten.

Der hatte sich wieder gefangen, riss seinen rechten Arm hoch, um mich mit der glühenden Stange zu attackieren.

Ich war schneller, drehte mich zur Seite und hob gleichzeitig den rechten Arm.

Man kann einen Dolch auch schleudern, wenn es sein muss. Das bewies ich einen Moment später.

Der Gnom hielt sich an der Stange fest, als wäre sie sein letzter Rettungsanker. Nur gab sie ihm keinen Halt, denn aus seiner Brust ragte der Dolchgriff. Die Stange noch immer fest umklammernd, kippte er zurück und blieb regungslos liegen.

Das war geschafft. Ich bückte mich und nahm sowohl den Dolch als auch mein Kreuz wieder an mich.

Andy Rush kletterte zitternd aus dem Wagen und hielt sich am Dach fest. Erst jetzt sah ich den Schlagstock, den er mit seiner rechten Faust umklammert hielt.

»Damit?«, fragte ich.

»Ja!«, keuchte er. »Damit habe ich ihn geschafft. Ich ... ich trage ihn immer am Körper. Der Zwerg fühlte sich zu sicher. Als er mich bedrohte, hielt ich ihn schon fest ...«

»Gratuliere, das war gut.«

Andy hob die Schultern und blickte plötzlich zur Straße hin. »Hören Sie doch, das ... das ist alles wieder so normal. Der Verkehr, wir können ihn wieder wahrnehmen.«

Er hatte Recht. Auch die grünlich schimmernde glasige Luft war verschwunden. Ich hatte den magischen Bann des Landes Aibon gelöst, und das war ein erster großer Erfolg.

»Ein Glück«, sagte ich und nickte ihm lächelnd zu.

Und die Zwerge? Sie waren wieder zurückverwandelt worden. Neben dem Wagen lagen zwei Rocker, die ihren Ausflug hatten mit dem Leben bezahlen müssen.

»Sie wären besser beim Yard geblieben«, sagte ich.

»Was meinten Sie?«

Ich winkte ab. »Schon gut, mein Freund.« Ich deutete auf das Taxi. »Damit werden wir wohl nicht mehr fahren können. Das ist ein Fall für die Versicherung.«

»Dann müssen Sie aber als Zeuge auftreten.«

»Mach ich glatt.«

Wenn ich weiterkommen wollte, dann mit dem Camaro. Andy Rush wollte versuchen, Kontakt mit der Zentrale aufzunehmen, damit von dort die Polizei alarmiert werden konnte.

»Lassen Sie es sein!«, rief ich ihm zu und deutete auf den Wagen der Westway Police, der auf den Parkplatz rollte. Abrupt bremste der Fahrer ab, während sein Kollege sofort ausstieg, eine Waffe zog und hinter der geöffneten Tür hocken blieb, wobei er den Lauf auf den Rand gelegt hatte.

»Keine Bewegung!«, schrie er uns zu. »Gehen Sie zur Seite und spreizen Sie die Arme vom Körper!«

Seine Reaktion war verständlich. Ich hätte bei der Entdeckung der Toten nicht anders gehandelt. Allerdings hatte ich keine Lust, hier lange zu warten, während die Ereignisse in London möglicherweise eskalierten. »Hören Sie!«, rief ich dem uniformierten Kollegen zu. »Ich werde jetzt in meine Tasche greifen und einen Dienstausweis hervorholen. Den kann sich Ihr Kollege ansehen.«

Der zweite Beamte war ausgestiegen. Auch er richtete die Mündung auf mich, hatte meine Worte verstanden und nickte zum Einverständnis. Ich klaubte den Ausweis hervor und schleuderte ihn so, dass er auf der Kühlerschnauze des Wagens liegen blieb.

Eine Minute später war die Sache geklärt, und trotzdem standen viele Fragen im Raum.

Ich erklärte den Beamten nur das Nötigste und war froh, dass sie schon Verstärkung geholt hatten.

Die war sehr schnell da. Der leitende Sergeant kannte mich. Er wusste auch ungefähr, mit welchen Fällen ich mich beschäftigte.

»Hören Sie zu«, sagte ich zu dem stämmig wirkenden Mann. »Ich muss unbedingt nach West Kilburn. Wer kann mich fahren?«

»Wo wollen Sie denn dort genau hin?«

»Ist da nicht vor kurzem ein Haus aus unerklärlichen Gründen in die Luft geflogen?«

»Das stimmt.«

»Da können Sie mich hinfahren.«

»Geht in Ordnung, Sir. Ich sage meinen Leuten, dass Sie die Toten abtransportieren und zum Yard bringen.«

»Das ist gut.«

Andy Rush kam zu mir. »Kann ich jetzt auch fahren?« Er war blass im Gesicht und zitterte leicht.

»Ja, vertrauen Sie sich den Kollegen an.«

»Gut.« Er blickte mich an. »Viel Glück wünsche ich Ihnen, Mr. Sinclair. Viel Glück.«

»Danke, das kann ich gebrauchen.«

Ich schlug ihm auf die Schulter und stieg zu dem Sergeant in den Wagen. »Mein Name ist übrigens Massey«, sagte er, »Paul Massey.«

»Dann dampfen Sie mal ab, Paul …«

Suko blieb nicht einmal Zeit für eine Sekunde, um sich in Sicherheit zu bringen. Aber er war ein Mensch, der seine Reflexe stark unter Kontrolle hatte und sie auch entsprechend einsetzte, wenn es nötig war. Wie eben in diesem Fall.

Mit einem gedankenschnell ausgeführten Drehsprung brachte er sich in Sicherheit und überraschte damit auch die beiden Zwerge, die damit nicht gerechnet hatten.

Suko entging dem fallenden Tod.

Der Eisenträger rammte genau dort in den Boden, wo er gestanden hatte, und es sah so aus, als wollte er ihn aufreißen, so wuchtig war der Aufprall gewesen.

Er blieb für einen Moment senkrecht stehen, als könnte er sich nicht entscheiden, wohin er fallen wollte. Dann »entschied« er sich für die Gnome.

Als er aufschlug, brachten sich die beiden in Sicherheit. Suko hörte ihr Fluchen.

Ihn selbst hatte es zwar nicht erwischt, aber er war unglücklich gelandet und lag auf den Trümmern, die mit ihren harten Kanten gegen seinen Rücken drückten.

Glücklicherweise hatte er sich nichts gebrochen, vielleicht blieben blaue Flecken zurück, aber die ließen sich ertragen. Nicht ertragen ließ sich seine Umgebung.

Das Fallen des Trägers hatte so etwas wie eine Kettenreaktion ausgelöst. Auf dem Gelände geriet einiges in Unordnung. Eine starke Magie breitete sich aus. Sie spielte mit der Materie. Suko, der in die Höhe blickte, sah, dass sich aus dem Wirrwarr der Trümmer weitere Teile lösten. Große, graue Brocken, die einen Menschen leicht erschlagen konnten, wenn sie trafen.

Balken aus Holz und Träger aus Eisen wackelten um die Wette. Die ersten fielen schon. Zuerst senkrecht, dann drehten sie sich und bewegten sich in einer schrägen Ebene auf den Inspektor zu, der mit einem raschen Sprung über einen kantigen Stein hinweg eine neue Deckung suchte. Hinter ihm schlug der Balken auf und hämmerte fast noch in seine Hacken.

Sie würden ihn jagen!

Er hatte der Kraft des Landes Aibon nichts entgegenzusetzen, zudem stand noch der Geist Baphomets da wie ein gewaltiges, furchterregendes Denkmal und beobachtete.

Wieder musste Suko ausweichen. Über ihm hatte sich eine Lawine aus Steinen und Holzstücken gelöst. Das Zeug prallte in seiner Nähe auf, hüpfte auch weiter und wurde vom Lachen der beiden Zwerge begleitet.

Suko befand sich in der Klemme. Nicht allein, dass die Umgebung über ihm ständig gefährlicher wurde, jetzt spielte auch der Druidenfürst Guywano seine Kraft aus.

Wieder veränderte sich der Untergrund.

Auf Suko wirkte dies so, als hätte jemand den Boden mit einer dünnen, grünen Fahne überzogen. Das Graubraune verschwand, der glasige Ton gewann die Oberhand.

Aibon drängte vor mit Macht.

Auch die Zwerge erschienen wieder. Sie hatten sich im Hintergrund verborgen gehalten und sahen jetzt ihre große Stunde gekommen. Suko stand rechts von ihnen. In seinem Rücken befand sich ein Mauerteil, kaum höher als er selbst, aber noch stabil aussehend.

Dann brach der Boden vor ihm auf.

Eine Welle schwappte im Zeitlupentempo in die Höhe. Eine grüne Masse, aus der Tiefe geholt und zu einem gläsernen Berg werdend.

Die Augen des Inspektors wurden groß. Er spürte den Druck im Magen, denn mitten in London und vor seinen eigenen Blicken lief etwas Ungeheuerliches ab.

Nicht dass sich nur Aibon gezeigt hätte, damit gab sich die andere Seite nicht zufrieden.

Noch jemand erschien.

Guywano tauchte auf, um den Pakt mit Baphomet schließen zu können!

Der Sergeant tat sein Bestes, er fuhr schon schneller als erlaubt, dennoch saß mir die Zeit im Nacken. Es dauerte alles zu langsam. Per Telefon hatte ich mit Sir James gesprochen und einiges über den Fall von ihm erfahren. So wusste ich auch, dass sich Suko an dem Ort befand, wo das Haus in die Luft geflogen war. Dass sich mein Freund bisher noch nicht gemeldet hatte, sah ich nicht gerade als gutes Omen an.

»Sorgen?«, fragte mich der Sergeant.«

»Ja, Paul, und keine geringen.«

»Wissen Sie, Ihren Job möchte ich auch nicht haben.« Er riss den Wagen in eine Kurve.

»Man gewöhnt sich daran.«

»Meine Frau hätte mich gejagt.«

»Ich bin nicht verheiratet.«

»Das ist gut.«

Wir hatten bereits West Kilburn erreicht, aber noch nicht unser Ziel. Über London hingen Schneewolken. Man hatte auch Schnee vorausgesagt, wie mir der Sergeant erklärte.

»Hoffentlich der letzte. Ich könnte den Winter irgendwohin treten.« Er stoppte vor einem Fußgängerüberweg. Wir mussten warten, bis zwei ältere Frauen die Fahrbahn überquert hatten.

»Bisher hat niemand herausgefunden, weshalb das Gebäude einstürzte. Kennen Sie den Grund?«

»Fast.«

»Und?«

»Sorry, Paul, aber das würden Sie kaum verstehen. Ich möchte es lieber für mich behalten.«

»Wird auch besser sein.«

Je mehr wir uns dem Grundstück näherten, um so nervöser

wurde ich. Ich spürte das berühmte Kribbeln auf dem Rücken und auch das kalte Gefühl im Nacken.

»Soll ich Sie bis vor das Haus fahren, Sir? Wir sind nämlich bald da. Der eingestürzte Bau befindet sich in einer Sackgasse. Wir können nur von einer Seite hinein.«

»Ich gehe den Rest der Strecke zu Fuß.«

»Gut.«

Auf einem Dach sah ich eine große Leuchtschrift. Sie überragte die meisten Häuser. Ich erkannte den Namen einer Brotfabrik. Paul hatte meinen Blick bemerkt. »Die Fabrik liegt direkt neben dem Grundstück. Kein weiteres Gebäude hat bei der Explosion etwas abbekommen. Auch das hat die Fachleute in Erstaunen versetzt.«

»Wurde die Arbeit dort durch irgendwelche Einflüsse gestört?«

»Soviel ich weiß, geschah das nicht.« Er betätigte den Blinkhebel, fuhr links ran, stoppte.

Ich stieg aus.

»Viel Glück, Sir.«

»Danke.«

»Und geben Sie mir bitte Bescheid, wenn Sie etwas herausgefunden haben.«

Den letzten Satz hörte ich schon nicht mehr, weil ich sehr schnell weitergelaufen war und die Einmündung der Straße erreichte, wo einige Männer und Frauen zusammenstanden. Die starrten in die Sackgasse und unterhielten sich leise, aber sichtlich erregt. Die Leute trugen Berufskleidung, einige von ihnen weiße Arbeitskittel. Ich gesellte mich zu dieser Gruppe.

Dic Lcutc wurdcn erst aufmerksam, als ich eine Frage stellte. »Was ist hier geschehen?«

Neben mir stand ein Mann im hellen Overall, unter dem sich der Bauch spannte. »Glauben Sie an Geister, Mister?«

»Kommt darauf an. Wenn es Weingeister sind …«

Er lachte unecht. »Die sind es nicht. Hier geht etwas Unheimliches vor, das kann ich Ihnen versichern.«

»Und was?«

»Auf dem Grundstück spukt es. Da sind wieder Trümmer

gefallen. Wir haben auch Stimmen gehört, und jetzt ist da dieses komische Licht, das wie eine Glocke darüber hängt.«

»Wieso Licht?«

»Es ist grün«, sagte eine Frau. »So komisch grün, das können Sie mir glauben.«

»Danke.« Ich ging weiter, wurde aber festgehalten.

»Sie können da nicht hin, Mister. Das ist viel zu gefährlich, glauben Sie mir doch.«

»Sorry, aber ich bin wegen dieses Phänomens hier. Jetzt lassen Sie mich bitte.«

Niemand hielt mich mehr auf, als ich in die Sackgasse hineinschritt und mich langsam auf das Ziel zubewegte. Die wenigen Worte der Zeugen hatten mir eigentlich genug gesagt. Ein grünes Licht konnte nur bedeuten, dass Aibon sich ausgebreitet hatte. Schließlich führte die Spur auch in dieses geheimnisumwitterte Land.

Obwohl ich es eilig hatte, ließ ich mir Zeit. Auf der rechten Seite standen alte Wohnhäuser, in denen kein Mensch mehr lebte. Sie würden abgerissen werden, um neue Bauten errichten zu können. Wie das Gebäude, das eingestürzt war.

Der Wind war kälter geworden. Er wehte in die Sackgasse hinein und traf mein Gesicht.

Auf der linken Seite, wo die Mauern der Brotfabrik eine Grenze bildeten, lagen noch einige schmutzige Schneehaufen im Schatten, umgeben von wässrigen Lachen.

Die Mauer reichte nicht bis an die Grenze des Grundstücks. Dazwischen stand noch ein altes leeres Wohnhaus mit blättriger Fassade. Ich entdeckte auch Sukos Wagen. Er stand einsam und verlassen nahe der Absperrung, die ich Sekunden später erreichte. Ich warf einen ersten Blick auf das Grundstück.

Die Zeugen hatten sich nicht geirrt. Hinter der Absperrung befand sich tatsächlich eine andere Welt. Und das mitten in London. Eine grüne, dünne, gläsern wirkende Glocke umspannte das gesamte Gebiet, und in ihr bewegten sich mehrere Gestalten.

Ich sah nicht nur die beiden Zwerge, sondern auch meinen Freund Suko. Er und die Gnome standen ein wenig abseits vom eigentlichen Geschehen, das von zwei mächtigen Dämonen diktiert wurde.

Einmal Baphomet als rotglühendes Monster mit gelben, tödlichen Augen, und zum zweiten ein mächtiger Gegner, der mir ebenfalls nicht unbekannt war.

Guywano!

Suko vergaß seine eigene prekäre Lage, er hatte nur Augen für den furchtbaren Druidenfürsten, der sich aus dem Boden erhoben hatte wie ein Schatten.

Suko dachte unwillkürlich an die erste Begegnung mit Guywano. Damals war er nicht allein gewesen, da hatten ihm John Sinclair und Mandra Korab zur Seite gestanden, und es wäre ihnen fast gelungen, den Druiden zu vernichten.

Das hatte John nicht gewollt, allein schon wegen des Landes Aibon. Aber Guywano hatte ihm die Rettung nicht gedankt, er betrachtete den Geisterjäger und dessen Verbündete als seine Feinde.

Darum wollte er sich auch mit der Hölle verbünden. Schon früher hatte er Kontakte zu Luzifer gehabt. Suko erinnerte sich, dass ihm Luzifer persönlich einen der Dolche überlassen hatte, der Mandra Korab gehörte.

Guywano hatte sich nicht verändert. Dämonen können Hunderte oder Tausende von Jahren alt werden, sie verändern sich in der Regel nie. Stets behielten sie ihre Gestalt, das galt auch für Guywano. Suko sah noch den gleichen vor sich wie damals.

Er hatte eine menschliche Gestalt, war sehr hochgewachsen, und das schlohweiße Haar wehte um seinen Kopf wie eine Fahne. Sein Gesicht wirkte zeitlos. Nicht jugendlich, vielmehr wissend, aber auch nicht weise, denn der kalte Ausdruck in den Augen sprach dagegen. Aibon war das grüne Land, für viele ein Träger der Hoffnung, doch Guywano trug kein grünes Gewand. Sein Kleidungsstück hatte eine bleiche, totenähnliche Farbe. Man konnte es mit einem großen Kittel vergleichen. Die Augen richteten sich für einen Moment auf Suko, der den Eindruck hatte, als wollte

Guywano seine Seele aussaugen. Vielleicht erinnerte er sich auch an die erste Begegnung, als es zwischen ihm und Suko zu einem Kampf gekommen war.

Dann aber drehte der Druidenfürst sich um, denn schräg hinter ihm wartete Baphomet.

Beide Gestalten standen sich nun gegenüber. Jede von ihnen wirkte auf ihre Art und Weise schaurig, wenn auch sehr unterschiedlich. Für Suko war es schwer vorstellbar, dass die beiden sich einigten, und er war gleichzeitig gespannt, wie sie sich einigen würden.

Suko schien es, als wäre durch das Auftauchen des Aibon-Fürsten die Kraft und Sicherheit der beiden Zwerge noch gewachsen. Geschickt kletterten sie über die Hindernisse hinweg und ließen ihre Eisenstangen zwischen den Fingern tanzen.

Sie mussten dicht an Guywano vorbei. Suko hatte sie genau beobachtet. Als sie den Druiden passierten, geschah etwas mit ihren Waffen. Sie füllten sich von innen mit einem grünen, sehr intensiven Licht, sodass sie regelrecht aufglühten.

Suko spannte sich. Es war unnötig. Die Zwerge hatten es nicht auf einen Kampf abgesehen. Sie bauten sich schräg vor dem Chinesen auf und hielten ihre veränderten Waffen so, dass sie jederzeit angreifen konnten.

So konnte sich auch Suko um die beiden mächtigen Führer kümmern, die noch nicht miteinander gesprochen hatten.

Guywano machte den Anfang. Er hatte von Baphomet etwas gewollt und musste ihn ansprechen.

»Ich freue mich, dich zu sehen, du Herrscher aus einem Reich, das anders ist als meines.«

Seine Stimme klang hell und dabei klirrend, als würde der Wortschwall gegen Glaswände springen. Suko konnte jedes Wort verstehen und war gespannt, wie Baphomet reagierte.

Er schrak zusammen, als er die Stimme vernahm. Es war nicht die eines Mannes, sie klang hell, fast schrill und hätte ebenso gut einem Kind gehören können.

Der Inspektor erinnerte sich daran, dass Baphomet ja als Kind wiedergeboren war und wohl unter dem Schutz Vincent van Akkerens allmählich heranwuchs.

Die Antwort bewies dem Chinesen, dass Baphomet, der als Geist vertreten war, seine Stärke sehr wohl auszunutzen wusste. Er stutzte Guywano zurecht. »Es ist nicht dein Reich. Du hast es dir angeeignet. Eigentlich gehört das, über das du herrschen willst, zu uns, zur Hölle. Es gehört Luzifer.«

»Aibon ist nicht die Hölle!«

»Das war es!«, kreischte Baphomet. »Am Beginn der Zeiten ist es entstanden. Auch diejenigen, die jetzt in Aibon leben, haben sich am großen Aufruhr beteiligt. Sie standen zum Teil auf Luzifers Seite, aber waren keine direkten Gefolgsleute. Deshalb sind sie auch nicht in das Feuer und das Dunkel hinabgestürzt worden, sondern blieben zwischen den beiden Blöcken, wo das neue Land entstand. Du bist nur einer der Prinzen, der wahre Herrscher ist Luzifer, das bin auch ich oder Asmodis, denn du weißt genau, dass sich Luzifer aus drei Personen zusammensetzt. Asmodis, Beelzebub und Baphomet. Mich hast du nun angerufen, damit ich dir zur Seite stehe und deine Macht stärke. Was bietest du mir dafür?«

»Die Herrschaft über Aibon!«

Da lachte die rotglühende Gestalt auf. »Die Herrschaft? Du bietest mir das, was mir sowieso gehört? Hast du mich nicht verstanden, als ich dir die Dinge erklärte?«

»Ja, schon, aber du hast von Dingen gesprochen, die so weit zurückliegen, dass die Jahrmillionen nicht mehr zu zählen sind. Inzwischen hat sich einiges verändert.«

»Die Dinge sind gleichgeblieben!«, widersprach Baphomet. »Was einmal festgeschrieben wurde, kann auch von dir nicht verändert werden, das solltest du wissen. Nein, um dir eine Hilfe zu sein, dazu müsstest du mir schon mehr bieten.«

»Was willst du haben?«

»Es ist nicht meine Sache, darüber zu entscheiden. Mach du einen Vorschlag!«

Guywano war einverstanden. Er deutete es durch ein Nicken an. Seine schlohweißen Haare fielen dabei bis weit in die Stirn und über die Augen.

Bisher hatte er nur Baphomet angesehen. Jetzt aber drehte er sich langsam um.

Suko ahnte, was da auf ihn zukam. Guywano hatte einen Grund, und der Grund war er.

Sie starrten sich an.

Der Inspektor konnte im Gesicht des Druiden keine Reaktion erkennen. Er wusste auch nicht, welche Gedanken dessen Gehirn durchflossen, aber die Antwort lag auf der Hand.

»Ich biete dir den Chinesen!«, rief Guywano. »Er ist dein Feind und ein Freund des Geisterjägers John Sinclair. Was hältst du von diesem Vorschlag?«

»Er ist nicht schlecht!«, schrie die Gestalt.

»Mehr sagst du nicht dazu?«

»Nein oder ja. Es ist mir einfach zu wenig, wenn du verstehst, was ich meine.«

»Was willst du noch?«

»Du hast den Namen bei deiner letzten Antwort selbst erwähnt. Ich will Sinclair.«

»Wenn er hier wäre, würde ich ihn dir geben.«

»Er ist da.«

»Wo?« Jetzt zeigte sich Guywano überrascht. »Ich sehe ihn nicht, ich spüre ihn nicht einmal.«

»Aber ich spüre ihn. Da siehst du, wie schwach du eigentlich bist. Sinclair wird kommen, er ist sogar schon da, denn ich spüre seine verdammte Ausstrahlung.«

Auch Suko war von der Antwort überrascht worden. Mit allem hätte er gerechnet, damit nicht. Aber wieso war John gekommen? Woher wusste er, in welch einer Gefahr sich sein Freund befand?

Guywano war so überrascht, dass er Suko direkt ansprach. »Stimmt es, was Baphomet mir gesagt hat?«

Suko entschloss sich in Sekundenschnelle zu einer Antwort. Er sah darin eine Chance.

»Ich weiß es nicht, ob er sich in der Nähe befindet. Eigentlich kann ich es nicht glauben. John Sinclair hat sich in den letzten Tagen nicht in London aufgehalten. Er jagte den Dreitöter im fernen Russland. Ich glaube nicht, dass Baphomet Recht hat.«

Die Augen des Druiden-Fürsten nahmen einen noch härteren

Glanz an, als wäre ein Kraftstrom in seinem Innern hochgeschossen und hätte einen Widerstandwillen hervorgerufen.

»Du verlangst viel!«, rief er Baphomet entgegen. »Sehr viel. Du hast es gehört. Sinclair ist nicht in der Nähe!«

»Der Chinese lügt. Er will nur nicht zugeben, dass sich der Geisterjäger heranpirscht.«

»Ich habe ihn nicht gesehen!«, hielt Suko dagegen.

Der Geist Baphomets rührte sich noch immer nicht. Die Spannung stieg. Suko hoffte, dass es ihm gelungen war, einen Keil zwischen die beiden zu treiben.

»Es bleibt dabei«, sagte der Druide und zeigte bei seinen nächsten Worten keine Dankbarkeit. »Ich werde dir den Chinesen überlassen, Sinclair hole ich mir später.«

»Das wird dir nicht gelingen – niemals!«

»Hast du ihn geschafft?«

»Nein, aber du hast es schon öfter versucht. Wir wissen das, wir wissen alles. Ich bin nur gekommen, um dir zu erklären, dass ich dir unter bestimmten Bedingungen helfe. Meine Aufgabe ist eine andere. Ich will das Rätsel des Dunklen Grals lösen und nichts anderes.«

»Dann gibst du dich nicht mit ihm zufrieden?«

»Nein. Ich will auch Sinclair.«

»Aber der ist nicht hier.« Guywano wurde wütend. »Ich habe mich bemüht und einen Teil des Reiches hier auferstehen lassen. Weshalb machst du die großen Pläne zunichte? Wir könnten gemeinsam über eine gewaltige Welt herrschen. Geh erst den kleinen Schritt, bevor du den großen machst.«

»Sinclair kommt!«

Suko wunderte sich, dass Baphomet darauf beharrte. Allmählich glaubte er es auch. Dennoch sprach er dagegen.

»Glaube ihm nicht, Guywano. Die Hölle hat schon immer gelogen. Sie wird sich nie ändern. Das falsche Spiel des Luzifer dürfte dir hinlänglich bekannt sein, und Baphomet ist …«

»Holt ihn!«

Es war ein peitschender Befehl, den Guywano gegeben hatte, und er galt den beiden Zwergen.

Darauf hatten sie gewartet.

Mit ihren glühenden Stangen griffen sie den Inspektor an!

Ich wusste nicht, wer von beiden die Oberhand gewann und wer wen beherrschte. Ich ging davon aus, dass hier mitten in London etwas Großes ablaufen sollte.

Direkt hinter der Sperre begann die andere Welt. Ich wollte nicht gesehen werden und hatte mich hinter Sukos Dienstwagen geduckt. Nur hin und wieder schaute ich über den Kofferraum hinweg, um zu sehen, was sich innerhalb der magischen Glocke abspielte.

Noch herrschte Ruhe vor dem Sturm. Leider wusste ich nicht, wie lange sie anhalten würde. Von einer Sekunde auf die andere konnte sich dort alles ändern, und die Welt war auf den Kopf gestellt.

Wann dies eintrat, darüber konnte ich nicht einmal raten, musste mir aber etwas einfallen lassen.

Gelangte ich in die Welt hinein? Würde mein Kreuz die Grenze aufheben?

Wenn ich es innerhalb der Aibon-Welt aktivierte, dann strahlte es zwar auch heftig auf, aber das silberne Licht verwandelte sich in ein grünes Leuchten und erwies dieser rätselhaften Welt damit eine gewisse Reverenz.

Mir ging vieles durch den Kopf. Ich dachte an das Rad der Zeit und an meine Aktivierungen des Kreuzes im positiven Teil von Aibon. Ich erinnerte mich aber auch an die Macht des Druiden Guywano, dem es dank seiner geistigen Kräfte gelungen war, Felsen und Erde zu bewegen, und der es auch geschafft hatte, Gräber zu öffnen.

Aibon war nicht berechenbar. Ich konnte die Hölle eher kalkulieren als das angebliche Paradies.

Dass ich hinter dem Fahrzeug hockte, ergab keinen Sinn. Wie so oft befolgte ich das Sprichwort »Angriff ist die beste Verteidigung«, gab mir noch einen innerlichen Ruck und löste mich aus meiner Deckung.

Sehr vorsichtig schraubte ich mich hoch. Verändert hatte sich kaum etwas, die Akteure standen noch immer so, wie ich sie zu Beginn gesehen hatte.

Diesmal hielt ich mein Kreuz offen.

Ich spürte seine Erwärmung, sah, dass sich die Zwerge mit ihren glühenden Waffen bewegten und sich auf Suko stürzen wollten, als sich plötzlich etwas ereignete, womit ich nicht gerechnet hatte …

Suko griff zur Peitsche! Er hatte sie ausgerollt in den Hosenbund gesteckt, riss sie wieder hervor und wollte in den ersten Schlag des Gnoms Bronson hineinlaufen, als er den Schrei des Druiden vernahm.

»Er ist da! Sinclair ist da! Haltet ein!«

Der Befehl hatte den beiden Zwergen gegolten, die ihn auch befolgten. Aber nicht nur sie reagierten. Auch auf Suko hatte der Name John Sinclair wie ein Signal gewirkt.

Er drehte sich um.

Sein Blick glitt durch die gläserne magische Wand dorthin, wo sich schattenhaft eine Gestalt abzeichnete, deren Konturen von Sekunde zu Sekunde schärfer wurden.

Der Geisterjäger kam.

Und damit hatte sich die Lage völlig verändert!

Ich hatte etwas tun wollen, um die Wand zu durchbrechen, aber ich brauchte es nicht, denn sie öffnete sich von allein. Jedenfalls schien es mir so, weil es kein Hindernis für mich gab, als ich sie berührte und das Grundstück betreten konnte. Selbst der Zaun war einfach nicht mehr vorhanden.

Mitten in London betrat ich Aibon und sah zudem noch dessen mächtigen Herrscher.

War es ein kleines Wunder – war es einmalig? Nein, Guywano hatte dafür gesorgt und die Magie genau an der Stelle aufgehoben. »Willkommen bei uns!«, rief er mir entgegen. »Willkommen in Aibon, dessen Tor ich dir weit geöffnet habe.«

»John!« Rechts von mir erklang Sukos krächzender Ruf. Ich drehte den Kopf und erkannte sein Gesicht mit dem fassungslosen Ausdruck. Auch er begriff nichts, dafür ich um so mehr.

Fremde Gedanken durchtosten mein Gehirn, ausgestoßen durch diese beiden mächtigen Dämonen vor mir, und wieder war es Baphomet, der das Sprechen übernahm.

»Ich habe dich erwartet. Ich wusste, dass du kommen würdest, aber Guywano wollte mir nicht glauben.«

»Jetzt sieht er mich!«

»Sinclair«, sagte Baphomets Geist, »ich freue mich, dass du gekommen bist. Du und dein Freund, dieser Chinese, ihr beide werdet mir als Gastgeschenke überreicht. Erst dann werde ich mich auf Guywanos Seite stellen und ihm bei seiner großen Aufgabe helfen.«

»Wie lautet sie?«, fragte ich.

»Er will die Macht über ganz Aibon erringen!«

Ich starrte Guywano an. »Das wird dir nicht gelingen. Auch du schaffst es nicht, das Paradies in eine Hölle nach deinem Muster zu verwandeln.«

»Mit seiner Hilfe schon!«

»Nie!«

Guywanos Augen vergrößerten sich. »Vergiss niemals, Geisterjäger, dass du dich hier in meiner Gewalt befindest. Hier ist alles anders, Aibons Gesetze herrschen vor.«

»Die wir zerstören können. Bisher hast du es nicht geschafft. Ich habe dir einmal das Leben gerettet und es schon öfter bereut.«

»Verlange keine Dankbarkeit.«

»Das tue ich auch nicht, Guywano. Aber ich werde dafür sorgen, dass du nicht das gesamte Land unter deine Knute zwingen kannst, nicht wahr, Suko?«

Bei diesen Worten drehte ich mich zu meinem Partner um. Der wusste Bescheid – und handelte …

Es gibt gewisse Sätze oder Dialoge, auf die sind Suko und ich eingespielt. Als er von mir direkt angesprochen wurde, wusste er, was er zu tun hatte.

Die beiden Zwerge bildeten keine unmittelbare Gefahr. Er würde immer schneller sein als sie, und seine freie Hand jagte dorthin, wo sich der Stab befand.

Buddhas Erbe sollte die Situation umkippen lassen!

Die Gnome hatten die heftige Bewegung bemerkt. Sie bewegten ihre Lanzen auch vor, aber da hatte der Inspektor bereits gehandelt und das magische Wort gerufen.

»Topar!«

Auch in der aibonschen Magie reagierte die Macht des Stabes. Was sich in Rufweite des Sprechers befand, wurde davon berührt und erstarrte für genau fünf Sekunden zur absoluten Regungslosigkeit, denn in dieser kurzen Spanne wurde die Zeit angehalten.

Nur der Träger des Stabs konnte sich bewegen, und Suko war verdammt schnell.

Die größte Gefahr bildeten die beiden Zwerge. Sie musste er entwaffnen. Ricky verlor zuerst seinen grellgrünen Stab. Suko riss ihm die Waffe aus den Fingern, die Dämonenpeitsche hatte er wieder weggesteckt, weil er auch den zweiten Stab haben wollte.

Bronson verlor ihn mit Leichtigkeit.

Und die Waffen glühten weiter, als Suko mit ihnen vorrannte, den Weg zu mir einschlug und darauf hoffte, dass ich genau richtig reagierte.

Da war die Zeit um.

Ich hatte nichts von der Magie mitbekommen. Für mich lief alles normal weiter, bis auf eine Kleinigkeit.

»Fang auf, John!«

Etwas grün Leuchtendes flog durch die Luft.

Blitzschnell griff ich zu, und so zielsicher wie eine zuschnappende Schlange landete der Stab zwischen den Fingern meiner rechten Hand.

»Und jetzt los!«, brüllte der Chinese.

Ich wusste nicht genau, was er vorhatte, aber er wollte Baphomet vernichten. Mit gewaltigen Schritten rannte er in dessen Richtung, während ich mich Guywano zuwandte.

Der Druide wich zurück. Nicht aus Angst, nein, dazu beherrschte er die Welt zu sehr. Er wollte nur sehen, was mit seinem mächtigen Helfer geschah.

Den attackierte Suko mit seiner Beutewaffe und der ausgefahrenen Dämonenpeitsche.

Aibon gegen die Hölle.

Wer würde den Kampf für sich entscheiden?

Es war nur Baphomets Geist, das stand fest, aber auch er lebte auf eine gewisse Art und Weise. Und Suko ließ sich durch nichts stoppen. Er sprang über die Hindernisse hinweg, war blitzschnell da und jagte den grün leuchtenden Stab mit aller ihm zur Verfügung stehenden Macht in die rote Gestalt mit den gelben Augen hinein, wobei er gleichzeitig mit der Dämonenpeitsche zuschlug.

Zwei Treffer von verschiedenen Waffen!

Ein Schrei.

Schrill, furchtbar, sich anhörend wie der eines Jugendlichen, der im Stimmbruch ist.

Kein Mensch war getroffen worden. Kein Dämon – nur eine geisterhafte Gestalt, die sich zweidimensional zeigte, ein Gespenst, flach, aber dennoch mit einem teuflischen Geist erfüllt, der jetzt zerrissen wurde wie ein alter Lappen.

Ein gewaltiges Brausen fegte über das Grundstück hinweg, als wären sämtliche Eingänge der Hölle geöffnet worden. In das Brausen hinein erklang ein hohles Pfeifen, das die einzelnen Fetzen der ehemaligen Gestalt Baphomets in alle Richtungen verstreute.

Zuletzt taumelte nur noch ein geisterhaftes Gebilde in einer gewissen Höhe zwischen den Mauern, es war der schattenhafte, dreieckig anmutende Kopf Baphomets mit den grausam-gierigen Augen, die brachen, als wäre jemand mit einem Pinselstrich darüber hinweggefahren.

Es gab seinen Geist nicht mehr.

Das hatte auch Guywano gesehen.

Ich konzentrierte mich auf ihn, war aber zuvor in den Bann der Attacke meines Freundes geraten. Erst als Baphomets Geist zerfetzte, wandte ich mich Guywano zu.

Und er sich mir!

Es war mein Fehler, dass ich die grüne Waffe noch festhielt. Ich hätte damit rechnen müssen, dass sie in seiner Welt und durch seine Kraft entstanden war und er sie auch beherrschte.

Auf einmal hörte ich mich schreien. Ein furchtbarer Schmerz durchtobte meinen rechten Arm bis hoch zur Schulter, und die magische Stärke des Druiden brachte den Arm dazu, dass er sich in einem Halbkreis und ungefähr in Brusthöhe in meine Richtung drehte.

Das Ende des Druidenstabs zeigte plötzlich auf meine Brust.

»Jetzt wirst du dich selbst töten!«

Ich hielt nicht mehr dagegen, denn Guywanos Macht über die Waffe war extrem.

Immer mehr näherte sich der glühende Stab genau der Stelle meiner Brust, wo das Herz schlug.

Ich keuchte, ich wehrte mich, hatte das Gefühl, mein rechter Arm würde allmählich zerrissen.

Aber Guywano kannte kein Pardon.

Bis ich den Schrei hörte. Suko hatte ihn ausgestoßen. »Dein Kreuz, John! Nimm es!«

Ja, es war die Rettung.

Bevor ich mich selbst aufschweißen konnte, wie es beim Metall des Taxis geschehen war, brachte ich die linke Hand so hoch, dass sich das Kreuz zwischen meiner Brust und dem Stab befand, dessen Zielrichtung Guywano nicht mehr änderte.

Beide trafen zusammen – und wurden zu einer silbrig grünen Flamme, die nur eine Waffe überstehen konnte.

Das Kreuz blieb!

Schlagartig fiel alles zusammen. Meine Schmerzen waren verschwunden, das grüne Licht ebenfalls und Guywano auch. Er hatte sich in sein Reich zurückgezogen und die Erfolglosigkeit der Allianz mit Baphomet einsehen müssen.

Ich stand zwar noch, wäre aber fast gefallen, wenn mich Suko nicht gestützt hätte.

»Okay, John, okay!«, hörte ich seine hastig ausgestoßenen Worte. »Es ist fast vorbei.

»Wieso fast?«

»Die Zwerge!«

Genau diese Antwort riss mich wieder auf die Beine. Die Gnome hatten existieren können, weil die Kraft des Landes Aibon dafür gesorgt hatte. Jetzt war diese Magie verschwunden. Wir standen auf einem Trümmerfeld und sahen zwei regungslose Rocker auf dem Boden liegen.

Sie waren keine Gnome mehr.

Suko, noch besser auf den Füßen als ich, ging hin. Er untersuchte sie kurz. Ich sah sein Kopfschütteln. Für mich stand fest, dass Ricky und Bronson niemand mehr helfen konnte. Sie hatten ebenfalls erfahren müssen, dass man sich mit den Mächten der Finsternis nicht einlassen sollte.

Suko und ich aber hatten eine Allianz zwischen Baphomet und Guywano verhindern können.

Diesmal war es uns gelungen, aber wir waren beide sicher, dass sie irgendwann einen neuen Anlauf versuchen würden …

Am Abend – wir hatten uns wieder einigermaßen erholt – saßen wir zusammen mit unserem Chef, Sir James Powell, in einem Restaurant, das italienische Küche anbot.

Sir James hatte uns zum Essen eingeladen. Gemeinsam gingen wir den Fall durch, und ich berichtete auch von meinen Erlebnissen im Kaukasus bei der Jagd auf den Dreitöter.

»Sie werden immer internationaler, unsere schwarzmagischen Freunde«, erklärte Sir James bissig, bevor er sich die Lippen abtupfte. »Aber das ist vorrangig nicht das eigentliche Problem. Ich möchte mit Ihnen auch über ein anderes Thema reden.«

Ich wusste schon Bescheid. »Abbé Bloch?«

»Ja.«

»Da kann ich etwas zu sagen. Ich war ja noch vor kurzem im Krankenhaus.« Suko legte sein Besteck zur Seite. »Wer kann sich schon damit abfinden, blind zu sein, auch Abbé Bloch nicht. Aber er will auf keinen Fall hier in der Stadt bleiben. Seine Heimat ist Alet-les-Bains. Das sollten wir ihm zugestehen.«

»Richtig.« Sir James nickte. »Wie aber lösen wir das Problem des

Transports? Feinde hat der Abbé genug. Und mit einem Hilflosen haben sie es leichter.«

Suko und ich blickten uns an.

»Sag du es«, meinte der Inspektor.

»Ich bin dafür, dass wir ihn auf seiner Reise nach Südfrankreich begleiten.«

»Genau das, meine Herren, wollte ich Ihnen gerade vorschlagen.« Sir James hob sein Glas mit kohlensäurefreiem Wasser. »Auf dass die Reise gut verläuft …«

Er war Optimist, Suko und ich dachten da anders. Die Schwierigkeiten hörten doch eben nie auf …

ENDE

DER YETI IST DA!

Zurück kam er [illegible]
Weiche [illegible] landete am Boden und hüpfte davon.

Meinerts war [illegible]. In der Dunkelheit war [illegible] sein Gesicht [illegible].

Vor ihnen [illegible] Lachen. [illegible] eine [illegible] ihrer starken Lichtarm zurück [illegible].

»[illegible] Keller [illegible] Karl.«

»Was soll [illegible] es [illegible].«

Die beiden Männer befanden sich in einem [illegible] eng [illegible] Decke [illegible].

[illegible] Kasper [illegible] ging vor. [illegible] der Keller [illegible].

Die [illegible] in die [illegible] gesetzte Richtung, und das Ende des [illegible] auf die Tür [illegible] Bohlen [illegible] Schloss [illegible] Mühe [illegible] Moore [illegible] den Schlüssel [illegible] des schmalen [illegible].

»[illegible]«, [illegible] Meinerts [illegible] schüttelte den Kopf [illegible].

Moore [illegible].

[illegible] wie [illegible] Karl [illegible] Verdacht [illegible].

»[illegible] ausgeschaltet.«

»Muss [illegible].«

»Nein. [illegible] vertrauen [illegible].«

»Das [illegible].«

[illegible] Moore [illegible] Hand [illegible] Metall [illegible] sich [illegible].

»War [illegible].«

»[illegible].«

Zuerst hörte Dr. Mertens das Quieken, dann prallte etwas Rundes, Weiches gegen seine Oberschenkel, landete am Boden und huschte davon.

Mertens war stehen geblieben. In der Dunkelheit verzog er sein Gesicht. »Verdammte Ratten!«

Vor ihm erklang ein Lachen. Dann warf eine Stablampe ihren starken Lichtarm zurück und traf Mertens' Beine.

»Damit musst du in diesen Kellern rechnen, Karl!«

»Was soll's? Komm, wir haben es gleich hinter uns.«

Die beiden Männer befanden sich in einem Kellerflur. Er war eng, roch muffig, hatte eine niedrige Decke und führte direkt zum Ziel. Jasper Moore ging vor. Er kannte sich aus, schließlich gehörte der Keller zu seinem Haus.

Die Lampe hielt er eingeschaltet, leuchtete jetzt in die entgegengesetzte Richtung, und das Ende des Strahls zeichnete einen Kreis auf die Tür. Sie bestand aus sehr dickem Material. Doppelte Holzbohlen waren übereinander geleimt und genagelt worden. Das Schloss hätte jedem Einbrecher große Mühe bereitet, nicht Jasper Moore, denn er besaß den Schlüssel und führte ihn behutsam in den schmalen Schlitz.

Sein Freund Karl Mertens schlenderte näher. Dabei schüttelte er den Kopf und lachte leise.

Moore richtete sich auf. »Was hast du?«

»Ich wundere mich eben über diesen Keller. Er kommt mir vor wie ...« Karl hob die Schultern. »Wie jemand, der etwas zu verbergen hat. Verstehst du?«

»Nun ja, so könnte man es sehen.«

»Muss aber nicht, wie?«

»Nein. Das heißt, du wirst dich wundern, Karl. Ich zeige dir es, weil ich zu dir Vertrauen habe.«

»Das freut mich.«

»Warte es ab.« Jasper Moore legte seine Hand auf die mächtige Metallklinke. »Das ist mein Reich«, wisperte er und drückte vorsichtig die Tür nach innen.

»War das nicht mal eine Waschküche?«

»Richtig, mein Freund. Seit Anne nicht mehr ist, habe ich sie mir umgebaut, eine Heizung angelegt und den Raum zu einem Labor umfunktioniert.«

»Hast du ihren Tod überwunden?«

Moore blickte den Freund an. »Ja, längst. Sie hatte für meine Arbeit nie Verständnis. Anne hat mich immer behindert. Eigentlich war sie der Hemmschuh in meinem Leben, wenn du verstehst.«

»Nicht so ganz, aber du musst es wissen.« Mertens kannte Anne und hatte sie noch immer als nette Person in Erinnerung. Doch es war nicht einfach, mit einem Mann namens Jasper Moore verheiratet zu sein, denn als Wissenschaftler war er sehr eigen.

»Warte, Karl, ich gehe vor«, flüsterte Moore.

»Vergiss das Licht nicht.«

»Keine Sorge.«

Moore verschwand. Mertens hörte, wie er einen Schalter umlegte. Wenig später wurde es hell. Die beiden Lampen an der Decke warfen ihr Licht über Dinge, die einem Nichtwissenschaftler nur ein müdes Kopfschütteln abverlangt hätten. Vielleicht wäre noch jemand der Vergleich zu Frankensteins Labor eingefallen, so ähnlich sah es aus.

Was da an den dunklen und an einigen Stellen mit Stoff bespannten Wänden hing, passte in ein Gruselkabinett. Es waren ausgestopfte Tierkörper und auch Tierköpfe.

Reh- und Hirschschädel, ausgestopfte Ratten, Eichhörnchen, Mäuse, Vögel, ein Fuchs und ein Frettchen. Auch Masken hingen an den Wänden. Jasper Moore hatte sie von seinen zahlreichen Asien-Reisen mitgebracht. Diese Erinnerungsstücke zeigten furchtbare Gesichter. Dämonische Fratzen, abstoßend oft und widerlich. Geöffnete Mäuler, große Augen, dunkel bemalt, schauerlich anzusehen.

Zwei Labortische standen im rechten Winkel zueinander. Auf dem einen hatten Werkzeuge und mit Lösungsmittel gefüllte Flaschen ihre Plätze gefunden. Eine Tischplatte war frei gelassen worden. Hier konnte Dr. Moore in Ruhe arbeiten und die Tiere präparieren. Er war nicht nur Biologe, auch Tierpräparator. Auf diesem Gebiet war er zu einer Kapazität herangereift.

Dr. Mertens verzog ein wenig die Lippen, als er den Wildschweinkopf sah, der auf dem Tisch lag. Sein Freund hatte bereits einen Teil der Haut und auch die Augen entfernt, die in einer gelblich schimmernden Flüssigkeit schwammen wie zwei Kugeln.

Jasper Moore stützte beide Hände auf die Tischplatte. »Gefällt es dir hier, Karl?«

Mertens hob die Schultern. »Ich weiß nicht so recht. Ich könnte mir schon etwas Besseres vorstellen.«

»Was denn?«

»Keine Ahnung. Nur habe ich zu deinem Hobby keine Beziehung. Wolltest du mir das zeigen?«

»Nein, auf keinen Fall. Diese Einrichtung ist uninteressant. Das Wichtigste kommt noch.«

»Und was ist das?«

Moore wollte noch nicht mit der Sprache heraus. Er blickte zu Boden und anschließend seinen Freund an. »Wenn ich es dir gleich zeige, wirst du mich für verrückt halten, aber das bin ich nicht. Was du zu sehen bekommst, ist tatsächlich die Wahrheit und nichts als die Wahrheit.«

»Wir sind doch nicht am Gericht.«

»Es ist aber entscheidend.«

»Rück schon mit der Sprache raus!«

»Einen Augenblick, nur nicht so hastig. Was du gleich sehen wirst, ist nicht ausgestopft, obwohl es sich nicht rührt. Ich habe es in einen tiefen Schlaf versetzt, aber es lebt.« Moore fuhr durch sein hellgraues Haar. »Es lebt, verstehst du?«

»Das erwähntest du.«

»Ist gut. Ich mache es nicht umsonst so spannend, denn wir stehen an einer entscheidenden Wende. Hast du das begriffen?«

»Noch nicht.«

»Das wirst du gleich.« Moore zögerte noch und schaute Karl Mertens skeptisch an.

»Was hast du?«

»Bist du mein Freund, oder bist du es nicht?«

»Ich bin es.«

»Dann wirst du auch den Mund halten über das, was du gleich siehst?«

»Wenn du meinst.«

Moore fasste Karl Mertens an und schüttelte ihn durch. »Mensch, nimm es nicht auf die leichte Schulter! Das ist kein Spaß mehr.«

»Ich glaube dir ja, Jasper. Aber ich möchte auch sehen, was du mir da zu zeigen hast.«

Moore nickte und beugte sich vor. »Geh mal einen Schritt zur Seite, Karl.«

Mertens wusste noch immer nicht, was sein Freund vorhatte. Jasper war etwas verschroben, ein Sonderling, der sich mit vielen Dingen beschäftigte, über die seine Kollegen nur müde lächeln konnten. Mertens aber hatte ihn ernst genommen, so war in den letzten Jahren zwischen den beiden Männern eine Freundschaft gewachsen. Und jetzt wollte Jasper ihn in ein großes Geheimnis einweihen.

Das Licht reichte aus, um den Raum zu beleuchten. Es strahlte aber nicht unter die Tische, wo zwei dunkle Inseln lagen. Unter einem Tisch holte Moore etwas hervor.

Der Gegenstand schabte über den Boden, weil Jasper ihn nicht abhob. Sekunden später geriet er in Karl Mertens' Blickfeld, und der Mann glaubte, seinen Augen nicht trauen zu können. Was er da zu sehen bekam, war unwahrscheinlich, unglaublich, sodass es ihm die Sprache verschlug.

Jasper Moore hatte unter dem Tisch einen weißen Kindersarg hervorgezogen!

Mertens ging noch weiter zurück und schüttelte den Kopf. Er war momentan nicht in der Lage, auch nur ein Wort zu sagen, deshalb schüttelte er den Kopf.

Moore richtete sich nicht auf. In der gebückten Haltung sprach er seinen Freund an. »Fass mal mit an, bitte.«

»Was soll ich?«

»Heb den Sarg mit an. Ich will ihn hier auf den Tisch stellen und vor deinen Augen öffnen.«

»Warum das?«

»Warum, warum? Weil ich dir zeigen will, was in diesem Sarg steckt. Das ist mein großes Geheimnis. Verstehst du nicht?«

»Nein.«

»Heb ihn mit an.«

Mertens blieb nichts anderes übrig, als sich zu bücken. Er schüttelte den Kopf, stöhnte einige Male auf und half seinem Freund, den weißen Kindersarg in die Höhe zu hieven.

Er war ziemlich schwer, und Karl dachte daran, dass in dem Sarg möglicherweise ein totes Kind lag. Als die weiße Totenkiste auf dem Tisch stand, fragte er danach.

»Hast du da ein totes Kind ...?«

Jasper Moore lachte heiser. »Nein, aber fast.«

»Wieso?«

»Wir werden den Sarg öffnen, dann kannst du es sehen.«

»Wenn du ein Verbrechen begangen hast, Jasper, kann ich dich unmöglich decken.«

»Das brauchst du auch nicht, mein Lieber.« Er atmete aus und rieb seine Hände. Als er Mertens ansprach, brachte er seinen Mund dicht an dessen Ohr. »Was ich dir gleich zeigen werde, ist so unwahrscheinlich und revolutionierend, dass die Welt mir kaum glauben wird. Ich habe endlich das gefunden, wonach ich so lange gesucht habe.«

»Da bin ich aber gespannt.«

Das kannst du auch sein, mein lieber Freund.« Jasper schob Karl zur Seite und machte sich an den seitlich angebrachten Verschlüssen des weißen Sargs zu schaffen. Er brauchte sie nur in die Höhe zu klappen, um den Deckel anheben zu können.

»Und jetzt pass auf«, sagte er. Er schaute Karl Mertens noch einmal ins Gesicht – und packte zu.

Der Deckel verschwand vom Unterteil. Beide Männer hatten freie Sicht.

»Da liegt er!«, flüsterte Jasper Moore nicht ohne Stolz in der Stimme.

Mertens schüttelte den Kopf und blickte auf das pelzige Etwas, das sich nicht rührte.

»Was ist das?«, hauchte er.

Jasper Moore gab ihm flüsternd die Antwort. Und er sprach dabei jedes Wort genau betonend aus. »Ein Yeti, mein Lieber. Das ist ein Yeti ...«

»Du bist verrückt!« Die Antwort rutschte Karl Mertens einfach heraus, doch Jasper nahm sie ihm nicht einmal übel. Er hob nur die Schultern. »Es stimmt, Karl, das ist ein Yeti.«

Mertens streckte den Arm aus. Mit der Spitze des Zeigefingers deutete er in den Sarg. »Dieser komische Fellklumpen soll ein Yeti sein, den es angeblich nicht gibt.«

»Es gibt ihn. Er liegt vor dir.«

Mertens winkte ab. »Okay, Jasper, für dich ist das ein Yeti. Ich aber gehe davon aus, dass Yetis, falls es sie überhaupt gibt, riesengroß sind. Yetis passen in keine Kindersärge.«

»Im Normalfall nicht. Dies aber ist ein Yetibaby.«

»Und woher hast du es?«

»Von meiner letzten Reise mitgebracht. Ich war im Himalaja. Gute Freunde schmuggelten es durch den Zoll. Jetzt habe ich es mit in die Staaten gebracht.«

Karl Mertens konnte es nicht fassen. Er glaubte die Dinge nicht, die man ihm erzählte. Dennoch fragte er: »Kann ich ihn mir einmal genauer anschauen?«

»Bitte, dafür habe ich dich geholt. Du bist der Einzige, der davon weiß. Denk daran, dass du jetzt ein Geheimnisträger bist, mein Junge.« Er schlug ihm auf die Schulter. »Schau dir das Yetibaby in Ruhe an, dann sage mir bitte deine Meinung.«

»Ja, das werde ich gern.«

Karl Mertens traute sich nicht, das haarige und pelzige Etwas anzufassen. Er tastete das Gebilde mit seinen Blicken ab, und das reichte ihm eigentlich schon.

Das Yetibaby lag auf dem Rücken. Es hatte Ähnlichkeit mit einem kleinen Gorilla. Wenn man es so ansah, konnte man sich kaum vorstellen, dass aus ihm eine gewaltige Bestie werden würde, die Menschen riss und gnadenlos tötete.

Seltsamerweise standen die Augen des Tiers offen. Sie wirkten zudem verdreht, der Blick war glasig, aber Karl Mertens zuckte zurück, denn er konnte den Blick nicht mehr länger ertragen. Er hatte das Gefühl, als würden ihn diese Augen mitten in die Seele treffen, und er schüttelte sich.

»Hast du was?«, fragte Jasper.

»Ja, ich mag ihn nicht.«

»Oh, er ist doch niedlich und nett.«

»Danke, ich verzichte.«

Demonstrativ drehte sich Karl um, während Jasper damit begann, das Yetibaby zu streicheln. »Ich weiß gar nicht, was du hast. Ich mag es und werde es behalten.«

»Aber es wird wachsen.«

»Na und?«

Mertens lachte. »Sag nur noch, dass du ihn hier im Haus lassen willst, Jasper.«

»Kaum, aber …«

»Du musst ihn töten!«

Schlagartig wich das Blut aus dem Gesicht des Präparators. Er wurde weiß wie eine Leinwand. »Töten?«, fragte er leise. »Was hast du da nur gesagt? Ich kann ihn nicht töten. Ich darf ihn nicht töten. Der Yeti gehört mir. Er wird mir immer gehören …«

Mertens sprach in die Worte seines Freundes hinein. »Wenn das tatsächlich ein Yeti ist und heranwächst, wird auch sein Trieb wachsen. Dann kann es sein, dass er dich zerfleischt.«

»Nein, nicht den, der ihn aufzieht.«

»Ich glaube dir nicht.«

»Es spielt für mich keine Rolle, was du glaubst oder nicht glaubst. Jedenfalls habe ich den Yeti nicht mitgebracht, um ihn zu töten. Ich will der Menschheit etwas beweisen, Karl.« Moore ging jetzt auf seinen Freund zu. »Nicht heute, nicht morgen, auch nicht übermorgen. Aber der Yeti wird heranwachsen. Er wird größer werden, und vielleicht werden wir noch etwas von ihm hören.«

Mertens schüttelte den Kopf. »Jasper, tut mir Leid, aber in meinen Augen bist du ein Verrückter.«

»Das kannst du denken und auch sagen. Aber haben nicht die angeblich Verrückten oder Spinner schon immer die Welt verändert?«

»Möglich. Willst du das denn?«

»Ich will ihnen allen beweisen, dass ich besser bin als sie …«

Karl Mertens bekam plötzlich Angst.

Dexter Haley gehörte zu den Männern, die noch den gewissen Pioniergeist ihrer Vorfahren im Blut spürten. Er brauchte die Herausforderung mit der Natur, er liebte das Land, er wollte dafür kämpfen, auch in seinem Beruf.

Das war ihm gelungen. Dexter Haley gehörte zu den Öko-Sheriffs, die in den Rocky Mountains ihren Dienst taten und darauf achteten, dass Umweltschäden in Grenzen gehalten wurden.

Im Sommer zeichneten sich die Wanderer und Spaziergänger sowie Camper dafür verantwortlich, im Winter waren es die Skifahrer, die oft rücksichtslos vorgingen und großen Schaden anrichteten.

Doch Haley war nicht nur Aufpasser. Er pflegte auch, er kontrollierte, analysierte. In seinem Geländewagen führte er stets ein kleines Labor mit, damit er an Ort und Stelle erste Analysen durchführen konnte.

Polizeiaufgaben waren ihm ebenfalls zugeteilt worden. Wenn es galt, den einen oder anderen Gesetzesbrecher zu jagen, wurde er eingespannt, weil er die Gegend kannte.

Manchmal, wenn er besonders gut drauf war, stand er auf, sang die Nationalhymne und sprach davon, dass ihm ganz Wyoming gehöre und dass er diese Freiheit nur in Amerika ausleben konnte.

»Born in the USA!«, hieß sein Lieblingssatz.

Aber auch die Staaten hatten Schattenseiten. Zum Beispiel in den großen Städten an den Küsten, wo sich die Verbrechen häuften. Aber auch die Einsamkeit der Rockys war davon gestreift worden.

Es hatte plötzlich Tote gegeben!

Leichen lagen im Schnee, schrecklich zugerichtet, als wären sie von einem wilden Tier angefallen worden.

Wölfe, Bären, hieß es. Aber auch die Legende von Bigfoot wurde wieder hervorgekramt. Wer den Reportern den Tipp gegeben hatte, wusste Dexter Haley nicht, jedenfalls waren sie plötzlich wie die Hyänen in das Land eingefallen und hatten auch ihn interviewt.

Bigfoot!

Man sprach in den Wäldern und Bergen nur flüsternd von dem

Monstrum. Viele wollten es gesehen haben, doch die Aussagen der Zeugen waren einfach zu unterschiedlich. Für die einen war es ein Gorilla, für die anderen ein aufrecht gehender Wolf, für die dritten alles zusammen.

Damit konnte niemand etwas anfangen.

Als Tatsache jedoch blieben die fünf Toten! Und sie bereiteten Dexter Haley Sorgen.

Natürlich hatte man ihn nach dem Bigfoot oder Yeti, wie er in Asien genannt wurde, gefragt, aber er hatte nur abgewinkt. »Nein, an so etwas glaube er nicht.«

»Wie erklären Sie sich dann die Tatsache, dass die Leichen so schrecklich zugerichtet sind?«

»Das war ein Grizzly.«

»Die sollen doch weiter nördlich leben.«

»Dann sind sie eben in diesem besonders strengen Winter nach Süden gewandert.«

»Und die Spuren?«

»Werden noch untersucht.«

Die Reporter hatten nur gelächelt und auf ihre Bilder verwiesen, wo Spuren zu sehen waren. Zwar nicht sehr deutlich, weil Schnee über sie hinweg geweht worden war, aber noch zu erkennen.

»Bärenspuren sind das nicht.«

»Ich werde der Sache nachgehen.« Dexter Haley ließ sich nicht beirren. Erst der Anruf des District Commissioners aus Meeteetse brachte ihn ein wenig aus dem Gleichgewicht. Dexter erhielt den Auftrag, das Monstrum zu suchen, zu stellen und zu töten, denn fünf Leichen waren keine Werbung für den Staat und für den Wintersport. Der Gouverneur hatte sich schon eingeschaltet. Er war regelrecht aufgeschreckt worden und verlangte eine möglichst schnelle Aufklärung.

Sie hatten Dexter zwei Wochen gegeben.

Seine Frau Doris und er wohnten in Culver, einer kleinen Stadt am Rande der Shoshone Mountains. Im Sommer war es hier herrlich, im Herbst noch schöner, doch leider war der Winter so verflucht lang. Für die Touristen natürlich ideal. Sie lebten zwar nicht direkt im Ort, ihre Hotels standen an den Hängen, doch oft genug fielen sie in Culver ein. Davon profitierten natürlich die Wirte, so gab es in der Wintersaison zwei Bars, die erlebnishungrige Touristen mit allem versorgten, was sie haben wollten.

Sogar mit leichten Mädchen. Das aber war nicht offiziell zu beweisen, man sprach nur davon.

Natürlich wusste Doris Dexter auch, welche Aufgabe man ihrem Mann zugeteilt hatte. Er sprach mit ihr über alles, und Doris, die fünfundzwanzigjährige Blondine mit den Wuschelhaaren und der niedlichen Stupsnase, bekam jedes Mal Angst.

»Sei nur vorsichtig, Dexter«, flüsterte sie. »Ich möchte nicht, dass unser Kind ohne Vater aufwächst.« Sie deutete auf ihren kleinen Bauch, denn sie war im dritten Monat schwanger.

»Nein, nein, das geht schon in Ordnung. Es wäre nicht der erste Grizzly, den ich erledige.«

»Ist es wirklich ein Grizzly gewesen, Dex?«

Haley ließ seine Kaffeetasse sinken und schaute die ihm gegenüber sitzende Frau scharf an. »Was hast du denn gedacht?«

»Die Zeitungen schreiben etwas anderes.«

»Das ist Unsinn. Oder glaubst du den Quatsch?«

»Ich weiß nicht, was ich glauben soll. Ich weiß nur, dass ich eine große Angst in mir spüre.«

»Unsinn, Mädchen.« Der dunkelhaarige Mann mit den buschigen Augenbrauen und der gebräunten Gesichtshaut grinste verwegen. »Du musst das anders sehen, Doris. Ich habe hier eine Aufgabe erhalten, verstehst du? Eine richtige Aufgabe. Wenn ich die löse, bin ich fein raus.«

»Ich weiß nicht ...«

»Das schaffen wir, Kindchen. Wir schlagen uns durch. Wir sind, wie soll ich sagen, ja, wir sind einfach Pioniere. Wir müssen kämpfen, wir werden kämpfen, und wir werden uns vor allen Dingen von einem Bären nicht unterkriegen lassen.«

Doris senkte den Blick und blickte auf die Toastscheibe. Dann atmete sie tief ein. »Du musst es wissen, Dex.«

»Es ist meine Pflicht!«

Sie sah wieder auf. Über den Tisch hinweg fasste sie nach seiner Hand. »Kannst du nicht wenigstens einen Helfer mitnehmen?«

Erstaunt blickte er sie an. »Einen Helfer? Den habe ich nicht. Ich bin bisher immer allein in die Berge gefahren.«

»Ja, ich weiß, aber da gab es auch keinen Yeti oder Bigfoot, wenn du verstehst.«

»Hör doch auf mit deinen Gespenstergeschichten. Diese Monster sind Märchen, Gestalten einer Fantasie, einfach Legende. Das haben sich die Menschen ausgedacht.«

Doris hob die Schultern. »Na ja, es ist dein Job. Du musst es wissen. Wie lange wirst du bleiben?«

»Übernachten möchte ich nicht. Dazu ist es mir doch ein wenig zu kalt, du verstehst.«

»Ja. Ich habe dir genügend Proviant eingepackt. Kannst du mir sagen, welch eine Strecke du nimmst?«

»Nein, das kann ich nicht. Ich werde mich aber in dem Gebiet aufhalten, in dem man die Leichen gefunden hat.«

»Ist da nicht auch dieses Hotel?«

»Ja, ›Mountain King‹.«

»Stell dir mal vor, der Yeti würde das Hotel angreifen. Was meinst du, was unter den Gästen …?«

Dexter schlug mit der Faust auf den Tisch. »Hör damit auf! Es gibt keinen Yeti und auch keinen Bigfoot. Klar?«

»Ja, natürlich.«

»So, und jetzt muss ich fahren.«

In der Kammer hing seine Kleidung. Hose und Anorak bestanden aus einem wasserabstoßenden Material. Von innen waren die Kleidungsstücke dick ausgepolstert und gleichzeitig mit kleinen Luftzellen versehen. So angezogen erfror Dexter auch nicht, wenn er mal eine Nacht bei klirrender Kälte im Schlafsack verbrachte.

Er fuhr einen Range Rover mit besonders starkprofiligen Reifen. Der Wagen war sowieso eine Sonderanfertigung. Das Schutzgitter war höher gezogen, man hatte den Boden verstärkt und auch die seitlichen Karosserieteile. Einen kleinen Steinschlag hielt das Gefährt schon aus.

Der Rover parkte hinter dem Haus auf dem Hof. Strahlender Sonnenschein lag über dem Land. Ein Wintermorgen wie aus dem

Bilderbuch. Der Schnee lag yardhoch und reflektierte den Sonnenschein, sodass eine dunkle Brille unbedingt von Nutzen war.

Unter den Stiefeln des Öko-Sheriffs knirschte der hart gefrorene Schnee, als er sich auf seinen Rover zubewegte. Während der Fahrt trug er die dicke Kleidung nicht. Da reichten der Pullover und die normale feste Cordhose.

Doris war mit ihm gegangen. Bevor Dexter einstieg, wollte sie noch einmal von ihm in die Arme genommen werden. »Komm gut zurück«, flüsterte sie.

»Wenn es dunkel wird, bin ich wieder da.«

»Ich warte.«

Er stieg ein, winkte Doris noch einmal zu und startete. Trotz der knackigen Kälte kam der Motor sofort. Dexter schaltete die Heizung und das Gebläse auf volle Touren, damit die Scheiben nicht so schnell beschlugen. Hinter ihm, auf der Ladefläche, rasselten die Schneeketten, als er in die Kurve fuhr. Er benötigte diese Hilfe nur selten, weil die Reifen sich fast überall durchwühlten.

Der Monat März neigte sich dem Ende entgegen. Noch zwei Wochen ungefähr, dann begann in den Tälern schon die Schneeschmelze, und in vier Wochen war schon Frühling. Dexter freute sich auf diese Zeit, und er hoffte stark, bis dahin den menschenkillenden Grizzly gefunden zu haben. Auf der Main Street von Culver war die Schneedecke festgefahren worden. Es herrschte bereits Betrieb. Die Menschen hier hatten sich dem Wetter entsprechend angezogen und sich auch auf die Temperaturen eingestellt. Sie gingen ihrer normalen Arbeit nach.

Dexter Haley verließ Culver in nordwestlicher Richtung. Wäre er nach Südosten gefahren, wäre er den Skiläufern in die Quere geraten. Das wollte er vermeiden. Die Leute stellten nur dumme Fragen, und Dexter wollte seine Ruhe haben.

Vor ihm lag eine prächtige Winterkulisse. Hochaufragende, verschneite und vereiste Berge. Der Mount Crosby überragte mit seinen 3800 Metern die übrigen Berge. Auf seinem Gipfel lag der Schnee das ganze Jahr über. Im Laufe der Zeit war er zu dicken Eiszungen geworden und vergletschert.

Auch die tiefen Wälder waren von der weißen Pracht bedeckt. Wege waren kaum zu sehen, doch Dexter kannte die Gegend wie seine Westentasche. Er fand sich auch ohne die Markierungen zurecht.

Es ging bergauf.

Das Gelände war durch Reifenspuren gezeichnet, denn Dexter fuhr den Weg nicht zum ersten Mal. In den letzten fünf Tagen hatte es nicht mehr geschneit, der Schnee war auf der Oberfläche hart gefroren. Im Sonnenlicht schimmerten die Kristalle wie Diamanten, als hätte sie jemand aus purer Lust dort verstreut.

Dexter Haley blieb in seiner alten Spur. So kam er am besten voran. Sein Range Rover tat seine Pflicht. Er machte alles mit. Auch bei engeren Kurven rutschte er nicht mit dem Heck weg, sodass Dexter die Strecke in einer normalen Zeit schaffte.

Der Wald nahm ihn auf.

Rechts und links standen die Bäume tief verschneit. Äste und Zweige bogen sich unter der Last. Auf den Südhängen begann der Schnee in der grellen Sonne zu tauen. Da fielen kleine Tropfen zu Boden und versickerten.

Schatten und helles Sonnenlicht wechselten sich ab. Ein wolkenlos blauer Himmel lag über dem Land. Es konnte einfach keinen herrlicheren Wintertag geben.

Dexter hatte auch ein Ziel. Er wollte zu einem Grillplatz fahren und von dort zu Fuß weitergehen. In der Nähe des Grillplatzes waren zwei Leichen gefunden worden. Aus irgendeinem Grund schien es den Grizzly immer wieder dort hinzuziehen.

Der Platz lag mitten im Wald. Dexter selbst hatte dabei geholfen, als die Lichtung geschlagen worden war. Nur mit Widerwille hatte er die Arbeit getan, aber der Befehl war von ganz oben gekommen, und er hatte sich dagegen nicht sträuben können.

Nach dem steilen Anstieg hatten es Wanderer, die den Grillplatz erreichen wollten, leichter. Der restliche Weg wies, abgesehen von kleinen Mulden, die man durchschreiten musste, keine Steigungen mehr auf.

Die Stille des Winters umgab den einsamen Autofahrer. Zum Glück war die Strecke so breit, dass er mit seinem Wagen hindurchkam, auch wenn hin und wieder Zweige und Äste an den Seiten entlangstreiften und ihre Schneelast verloren.

Nach einer langgezogenen Rechtskurve endete der Weg. Er mündete direkt in die Lichtung, wo die Grillhütte stand.

Auch sie war verschneit. Die dicke, weiße Haube lag auf dem Dach. Die Hütte selbst war ein offener Rundbau, der von allen Seiten betreten werden konnte.

In der Mitte befand sich die Feuerstelle. Ein gemauerter Steinofen, der so breit war, dass auch ein runder Schwenkgrill aufgestellt werden konnte. Die Bänke für die Gäste standen kreisförmig um den Ofen herum.

Dexter Haley ließ seinen Wagen vor der Hütte ausrollen. Der Schnee hier war zertrampelt worden. Er zeigte noch die zahlreichen Spuren der Menschen, die das Verbrechen untersucht hatten. Auch Reifenprofile drückten sich in der weißen Oberfläche ab.

Dexter stieg aus.

Kaum hatte er die Tür leise ins Schloss gedrückt – er wollte die Ruhe des Waldes nicht stören –, überfiel ihn ein unruhiges Gefühl. Was er hier sah, das wirkte zwar normal, dennoch störte ihn etwas.

Er konnte den genauen Grund nicht nennen. Möglicherweise war es die Stille. In einem winterlichen Wald herrschte zwar immer eine gewisse Ruhe, diese hier aber war anders.

Sie erschien ihm bedrückend, auch lauernd, als hätte sie irgendetwas zu verbergen.

Dexter kleidete sich an. Die Geräusche, die beim Überziehen der Kleidung entstanden, störten ihn. Das Schaben hörte sich überlaut an, und seine Befürchtungen wuchsen, obwohl kein sichtbarer Grund vorlag. Vielleicht war es das Wissen, hier zwei Leichen gefunden zu haben. Die eine hatte in der Grillhütte gelegen, den anderen Toten hatten sie einige Yards weiter zwischen den Bäumen entdeckt, den blutigen Kopf im Schnee vergraben.

Bevor er die Grillhütte betrat, holte er noch sein Gewehr aus dem Wagen.

Es war eine automatische Waffe, ein Schnellfeuergewehr. Man hatte es ihm für die Jagd nach dem Grizzly zur Verfügung gestellt. Er checkte das Gewehr durch, war zufrieden und schulterte es. Es gab zwar keine schlüssigen Beweise, dennoch wollte er bei der

Suche nach dem Killer hier an der Grillhütte den Anfang machen. Er ging davon aus, dass sich der Grizzly nur in einem bestimmten Umkreis bewegte und auf seine Opfer lauerte.

Zwei waren hier in unmittelbarer Nähe gefunden worden, und die anderen drei auch nicht allzu weit entfernt. Durch den harten Schnee stapfte der Öko-Sheriff auf die Hütte zu. Er duckte sich, tauchte ein und blieb zunächst einmal stehen, um nach frischen Spuren zu suchen. Bären hinterließen bestimmte Abdrücke. An den berühmt-berüchtigten Bigfoot oder an den Yeti wollte er einfach nicht glauben, obwohl übergroße Spuren nahe der Tatorte gefunden worden waren. Seiner Ansicht nach hatte sich jemand einen Scherz erlaubt und sie irgendwie nachher in den Schnee gedrückt, mit welch einem Instrument auch immer.

Unter dem Hüttendach staute sich die Kälte. Bei jedem Atemzug drang sie scharf in seine Lungen.

Nein, in der Hütte fand er nichts, auch keine frischen Spuren. Sie war leer, wirkte unheimlich, war angefüllt mit einer bläulich schimmernden, kalten Düsternis, in der sich der Öko-Sheriff ein wenig verloren vorkam. Nur sein Gefühl war geblieben.

Wer lange auf dem Land lebte und sich mit der Natur verbunden fühlte, der bekam für gewisse Dinge einen völlig anderen Sichtwinkel. Der ortete und spürte mehr Dinge auf, die sich unterhalb der Oberfläche taten und nicht nach oben krochen.

Irgendetwas war an diesem Morgen anders als bei seinen ersten beiden Besuchen. Einen Grund konnte er nicht nennen.

Sein Blick glitt auf die Lichtung. Die Schneeoberfläche bildete Wellen, dahinter begannen die Bäume. Laub- und Nadelhölzer standen gemischt und friedlich nebeneinander. Bedeckt waren sie von einer handhohen Schneeschicht. Über ihnen spannte sich in seiner gewaltigen Unendlichkeit der herrlich blaue Winterhimmel in Wyoming. Durch die Wipfel der Bäume leuchtete die runde Scheibe der Wintersonne. Wenn sie durch die Lücken der Bäume schien, kam es Dexter vor, als würde sie dicht vor seinen Augen explodieren.

Dennoch setzte er die dunkle Brille nicht auf, weil er sich damit in Schatteninseln des Waldes nicht zurechtgefunden hätte.

Er trat wieder hinaus auf die Lichtung.

Bei jedem Schritt knirschte die harte Oberfläche des Schnees unter den Sohlen der dicken, fellgefütterten Stiefel. Die Stille war geblieben. Nicht einen Vogel sah er, obwohl nicht alle den Winter über in wärmere Regionen flogen.

Oft hockten sie auf den Bäumen und beobachteten stundenlang mit aufgeplustertem Gefieder, bevor sie bei irgendeiner Störung hastig auf- und wegflogen.

Es lang etwas in der Luft ...

Dexter ließ das Gewehr von der Schulter rutschen und klemmte den Kolben zwischen Ellbogen und Körper ein.

Wie eine Statue stand er auf der Lichtung. Der Wind brachte keine Wärme mit, nur Schneestaub, den er vom Boden in die Höhe gewirbelt hatte und als Fahnen herbeitrug.

Da hörte er den Schrei!

Es war ein schriller, gellender Ruf. Hoch und spitz hallte er durch den Wald, und Dexter Haley fand heraus, dass es sich bei diesem Ruf um den Schrei einer Frau gehandelt hatte.

Nur – aus welcher Richtung war er aufgeklungen? Die klare Luft trug den Schall, sie verzerrte aber, sodass sich der Öko-Sheriff erst einmal unsicher war.

Dann aber wusste er Bescheid, denn in das Echo hinein hörte er ein böses Knurren und Grunzen.

Der Grizzly?

»Warte, dich packe ich!«, keuchte er und rannte los ...

Seine Sohlen waren griffig, das Profil gut. Er würde nicht so leicht rutschen, auch wenn er schneller lief. Dass er sich beeilen musste, war ihm klar.

Im Wald hatte er den Schrei gehört. Die Bäume standen sehr dicht. Dexter konnte sich nicht vorstellen, dass Spaziergänger sich da einen Weg bahnten, aber ihm fiel gleichzeitig der Langlaufweg ein, der im Sommer als Höhenweg von Wanderern benutzt wurde. Im Winter spurte man ihn zur Loipe aus, die von den Touristen kaum angenommen wurde, weil sie zu abseits vom eigentlichen

Skizirkus lag. Mutige Läufer verirrten sich dennoch hin und wieder auf die Spur. Und das schien bei dieser Frau ebenfalls so gewesen zu sein. Weshalb hatte sie geschrien? War sie tatsächlich von dem Grizzly angefallen worden, oder war sie möglicherweise gestürzt und hatte sich verletzt?

Diese Fragen beschäftigten Dexter Haley, als er tiefer in den Wald eindrang. Er wollte den Weg abkürzen, nahm sein Gewehr zu Hilfe, um sich durch Schläge mit dem Lauf eine Strecke zu bahnen.

Schnee umwirbelte ihn. Einmal rutschte er einen seichten Abhang hinab. Zweige peitschten gegen ihn wie greifende Arme, ohne den Mann allerdings halten zu können.

Dexter landete in einer mit hohem Schnee gefüllten Senke, schaufelte sich wieder frei, lief geduckt weiter, wischte sich den nassen Schnee aus dem Gesicht und kämpfte sich voran.

Endlich hatte er den Weg erreicht. Er kam von oben und erreichte die Strecke mit einem Sprung. Beidfüßig landete er, blieb stehen und schaute sich um.

Es war weder etwas zu sehen noch zu hören. Der Weg beschrieb eine Kurve. Hier standen die schneebeladenen Bäume so dicht, dass die Äste ein Dach über der Strecke bildeten.

Dexter lief hin.

Er keuchte. Der Atem stand als Wolke vor seinen Lippen, die nur selten abriss. Seine Füße schleiften über den Boden. Er musste so laufen, da kam er am besten voran.

Dann sah er den ersten Ski.

Wie verloren lag er quer im Scheitelpunkt der Kurve. Als hätte ihn jemand abgerissen und weggeworfen. Für Dexter Haley war es ein Indiz, dass ihn jemand nicht freiwillig zurückgelassen hatte. Zwei Yards weiter sah er etwas anderes.

Es sah aus wie ein dicker Blutfleck, der aufgequollen war. Das aber lag an der Kleidung, denn die Läuferin trug eine rote Jacke und eine ebenfalls rote Hose. Sie hatte die Mütze verloren, und ihr Haar breitete sich schwarz wie zerlaufener Teer auf dem hellen Untergrund aus.

Dexter Haley war stehen geblieben. Er wollte seinen Atem und die innere Unsicherheit unter Kontrolle bringen. Nach einigen Sekunden ging er vorsichtig weiter. Wenn jemand in der engen Kurve lauerte, konnte er alles beobachten, ohne selbst gesehen zu werden.

Über Dexters Rücken rieselte eine Gänsehaut. Das lag nicht an der Kälte. Er fühlte sich belauert, wie in einer Falle steckend, bei der die regungslose Person der Köder war.

Lebte die Frau noch?

Das Blut sah er, als er sich der Frau bis auf Körperlänge genähert hatte. Es drang aus einer Wunde in der Körpermitte und versickerte langsam im Schnee.

Dexter schloss für einen Moment die Augen. Eine völlig natürliche Reaktion. Er schauderte, traute sich kaum, noch näher an das sechste Opfer heranzugehen, aber er hatte einen Job zu erledigen und musste sich überwinden.

So ging er auch den letzten Schritt auf die Frau zu, bückte sich und sah, dass sie zwei Verletzungen aufwies.

Es war furchtbar …

Er kniete nieder. Vielleicht war die Tote einmal hübsch gewesen, jetzt allerdings zeichnete sich der Schrecken des Todes in ihrem Gesicht ab. Eine furchtbare Angst, die aus dem Schrei herauszuhören gewesen war.

»Mein Gott«, flüsterte Dexter nur, »mein Gott, was ist das für eine Bestie …«

Seine Worte versickerten. Es wurde ruhig. Eine beklemmende Stille. Der Tod war kalt, grausam und so furchtbar. Er schlug heimtückisch zu, ohne Vorwarnung, und er war dabei variantenreich.

Es gab keine Idylle, die er ausließ.

Plötzlich schreckte der Öko-Sheriff zusammen. In der Nähe hatte er ein Geräusch gehört. Das wilde Flattern von Flügeln oder Schwingen. In der Hocke drehte sich Haley um.

Er befand sich noch in der Bewegung, als er das nächste wilde Geräusch vernahm.

Das war kein harmloses Flattern mehr, das aus den Bäumen steigende Vögel verursachten.

Ein Fauchen, dazwischen ein Schrei und wildes Stöhnen. Das

Brechen von Ästen, als wäre jemand dabei, sich freie Bahn zu verschaffen.

Dexter fuhr herum.

Scharf atmete er die kalte Luft durch die Nase und hatte das Gefühl, von innen her zu vereisen.

In kaum drei Schritten Entfernung stand eine Gestalt. Sie war aus dem Wald gekommen. Schnee fiel auf sie herab, letzte Zweige wippten noch nach.

Riesig war sie anzusehen, Blut klebte am nassen Fell wie Farbe. Die Augen des Mannes weiteten sich entsetzt. Dieser Anblick warf seine gesamten Theorien um.

Es war kein Grizzly, der vor ihm stand.

Dexter Haley blickte auf die mörderische Gestalt eines Yeti!

Ohne übertreiben zu wollen, kann man das Savoy Hotel als das exklusivste in ganz London bezeichnen. Wer hier absteigt, der hat Geld. Zu den Gästen zählte nicht nur der internationale Jetset und Industrieadel, auch die großen Popstars und Sterne der Unterhaltung wohnten im Savoy, wenn sie in London gastierten.

Und ich fuhr hin!

Nicht dass Sie denken, liebe Freunde, ich hätte beim Bingo gewonnen, nein, man hatte mich zu einem Gespräch eingeladen. Der Mann, der mit mir reden wollte, war im Savoy abgestiegen und hatte mich in eine der Bars zu einem Gespräch eingeladen.

Ein Taxi brachte mich hin. Wir fuhren vor und vorbei an den wartenden Rolls-Limousinen. Diese Wagen gehörten zum Service des Hotels. Mit ihnen wurden Gäste vom Flughafen abgeholt.

Ein Portier wieselte herbei, als der Wagen hielt, und ich zahlte. Ich ließ mir auch eine Quittung geben, denn als kleiner Beamter muss man ja alles abrechnen. Der Portier oder Page erhielt von mir ebenfalls etwas. Ein Lächeln und ein Dankeschön.

Beides gefiel ihm wohl nicht besonders. Er schlug die Tür des Taxis etwas zu heftig zu, was den Fahrer zu einer Schimpfkanonade veranlasste.

Ich hatte inzwischen das prächtige Refugium der Eingangshalle betreten.

Himmel, war das ein Prunk. Die Teppiche, die wertvollen Gemälde an den Wänden, die Sitzgruppen aus feinstem Leder. Und ich war froh, mich ebenfalls entsprechend angezogen zu haben. Zur kamelhaarfarbenen Jacke trug ich die graue Hose, ein gestreiftes Hemd und eine einfarbige Krawatte. Man musterte mich, nicht fordernd, sondern eher diskret, weil ich mich nicht so zielsicher auf die Mahagoni-Rezeption zubewegte.

Ein Mann im schwarzen Anzug fragte diskret nach meinen Wünschen. Er sah aus, als würde er in der nächsten halben Stunde zu einer Beerdigung gehen. Selbst in seinen Augen lag ein trauriger Ausdruck.

»Ich bin verabredet.«

»Mit wem, Sir?«

»Dr. Mertens.«

»Bitte, kommen Sie mit.« Wir traten an die Rezeption, wo ein aufgeschlagenes Buch lag, in dem der Traurige nachschaute, nickte und sich erkundigte: »Sind Sie John Sinclair, Sir?«

»Das bin ich.«

Jetzt lächelte er knapp. »Dr. Mertens erwartet Sie in unserer englischen Bar. Ich werde Sie begleiten.«

»Wie nett.«

Nach dieser Antwort wusste der Knabe nicht, ob er lachen oder weinen sollte. Er entschied sich für eine steife Miene und ging tatsächlich voran. Er hatte einen schwebenden Gang, als würde er es persönlich bedauern, den Teppich mit den Füßen berühren zu müssen.

In der Bar glänzte alles. Die Lampen, das Holz, die Messingleisten, die Hocker, Tische und Stühle. Selbst die Gesichter der Besucher leuchteten im milden Schein.

Dr. Mertens erwartete mich an der rechten Seite der fünfeckig angelegten Bartheke.

Mein Führer zog sich diskret zurück und überließ mich dem Gast. »Sie sind John Sinclair?«, fragte dieser.

»Ja.«

»Mein Name ist Karl Mertens.« Er streckte mir seine Hand entgegen, die ich ergriff. »Bitte, Mr. Sinclair, nehmen Sie doch Platz. Was darf ich Ihnen zu trinken bestellen?«

»Ich nehme einen Whisky.«

Das hatte der rotbefrackte Keeper schon gehört und machte sich an die Arbeit.

Ich fand Zeit, den Mann zu betrachten. Er war um einiges älter als ich. Sein graues Haar hatte er nach hinten gekämmt. Auf der etwas bleichen Haut schimmerten Sommersprossen wie orangefarbene Flecken. Er trug eine Goldrandbrille, war aber modern gekleidet. Zu den Ärmsten schien er auch nicht zu gehören.

»Sie sind Deutscher?«, fragte ich.

»Nicht mehr. Ich lebe in den Staaten.«

»Ach so.«

»Ihr Whisky, Sir.«

Ich bedankte mich mit einem Nicken und prostete Karl Mertens zu. Der trank ein Glas Weißwein. Die Flasche stand neben ihm in einem Eiskühler.

»Auf gute Zusammenarbeit«, sagte er.

»Ich weiß zwar nicht, was Sie damit meinen, aber meinetwegen.« Auch ich hob das Glas.

»Hat Ihnen Sir James nichts berichtet?«

»Nein. Er schickte mich nur zu diesem Treffen mit Ihnen.«

»Nun ja, dann muss ich von vorn anfangen.« Er griff auf den freien Hocker neben sich und nahm einen braunen DIN-A4-Umschlag in die Hand.

Dr. Mertens kippte ihn um, sodass der Inhalt herausfiel und sich auf der Bar verteilte. Es waren fünf Fotos. Farbbilder, gestochen scharf, unschwer zu erkennen, dass sie von einem Polizeifotografen geschossen worden waren.

»Sehen Sie sich die Bilder an, Mr. Sinclair«, bat mich mein Gastgeber.

Ich war froh, Whisky bestellt zu haben. Was mir da geboten wurde, war einfach schrecklich. Jedes Bild zeigte die Aufnahme einer anderen Leiche. Der Mörder hatte keine Rücksicht genommen. Weder auf Frauen noch auf Männer, und er hatte schlimm gewütet.

Es war still in unserer Nähe. Ich legte nach einer Weile die Fotos wieder zusammen und gab sie dem Mann zurück.

»Was sagen Sie dazu, Mr. Sinclair?«

»Es ist schrecklich.«

»Ja, das finde ich auch. Und ich will, dass Sie den Killer suchen, Mr. Sinclair.«

»So etwas Ähnliches hatte ich mir gedacht. Wo sind die Morde passiert?«

»In Wyoming.«

»Das ist in den Staaten!«

»Genau, und wir haben einen bestimmten Verdacht, was den Mörder angeht. Vielmehr ich habe ihn.«

»Wer käme in Frage?« Ich nahm den ersten Schluck und stellte fest, dass der Whisky super war.

Dr. Mertens schaute mich an. »Lachen Sie mich nicht aus, wenn ich Ihnen die Antwort gebe. Ich sage nur: Yeti!«

Ich stellte das Glas wieder hin und runzelte die Stirn. »Gibt es den?«, fragte ich.

»Gibt es Vampire, Mr. Sinclair? Oder Werwölfe?«

»Ja.«

»Ich bin überzeugt davon, dass auch der Yeti existiert. Und zwar in den Staaten, nicht nur im Himalaja, wie die Legende erzählt.«

Ich drehte den Kopf nach rechts und blickte dem Gesprächspartner in die grauen Augen. »Wer sind Sie, Dr. Mertens?«

»Ein Wissenschaftler«, antwortete er und rückte seine Brille zurecht.

»Nur so?«

»Ja und nein. Ich arbeite für die Regierung. Mehr kann ich Ihnen nicht sagen. Meine Tätigkeit hat mit den schrecklichen Vorfällen nichts zu tun.«

»Aber Sie fühlen sich davon berührt und wollen unbedingt eine Aufklärung der Verbrechen?«

»Das sehen Sie richtig. Ich habe auch meine Gründe, denn ich weiß, dass die Bestie existiert.«

»Sie haben den Yeti gesehen?«

Dr. Mertens runzelte die Stirn, trank einen Schluck Wein und antwortete erst dann. »Ja, eigentlich habe ich ihn gesehen.«

»Das klang nicht überzeugend.«

»Es ist auch schwer, dies zu erklären. Es ist gut fünf Jahre her, da sah ich ihn. Er lag in einem weißen Kindersarg und wurde mir auf diese makabre Art und Weise vorgestellt.«

»Sie scherzen nicht, Doktor?«

»Nein, die Sache ist mir zu ernst. Außerdem hätte ich nicht Himmel und Hölle in Bewegung gesetzt, um Sie in die Staaten zu holen.« Er holte eine dünne Zigarre aus dem Lederetui und zündete sie etwas umständlich an. Die Rauchwolken blies er gegen das warme Licht der Lampen. »Ich will Ihnen die Geschichte erzählen, Mr. Sinclair, und sie sollten genau zuhören.«

»Bitte.«

In den nächsten Minuten präsentierte er mir eine Story, die kaum glaubhaft war. Doch ich gehörte zu den Menschen, deren Job es war, unglaubliche Geschichten zu hören und diese Fälle auch aufzuklären. Mit einem Achselzucken beendete Dr. Mertens das Gespräch und fügte noch hinzu: »Jetzt wissen Sie alles.«

»Wirklich alles?«

»Was wollen Sie wissen?« Er lächelte und ließ den Rauch durch den Lippenspalt quellen.

»Wo finde ich Jasper Moore?«

»Auf einem Friedhof in Chicago. Er ist vor gut einem Jahr gestorben.«

»Eines natürlichen Todes?«

»Ja und nein. Er starb bei einem Unfall. Jasper Moore wurde überfahren.«

»Und der Yeti?«

»Wird inzwischen erwachsen sein und macht die Wälder des Westens unsicher.«

Davon war ich noch nicht überzeugt. »Können die Morde nicht von einem Grizzly begangen worden sein?«

»Daran habe ich natürlich auch gedacht, Mr. Sinclair, habe aber davon Abstand genommen. Man hat nahe der Toten Spuren gefunden, die einfach nicht zu einem Grizzly passen. Sie waren zu groß. Natürlich spielte man die alte Legende von Bigfoot wieder hoch. Sie wissen, das ist der amerikanische Yeti, doch ich bin davon überzeugt, dass der Mörder die Bestie gewesen ist, die ich als Kind gesehen habe.«

»Was war Ihr Freund Jasper Moore von Beruf?«

»Biologe und Anthroposoph. Zudem ein hervorragender Präparator. Er war auf seinen Gebieten fast genial. Leider ist er viel zu früh gestorben.«

»Waren Sie auf seiner Beerdigung?«

»Nein, ich hielt mich zu der Zeit im Ausland auf und erfuhr erst später von seinem Tod. Er hat mich geschockt. Ich dachte sofort an unser Treffen in seinem Keller, als er den weißen Sarg öffnete. Die Morde passierten wenig später und stellten die Polizei vor ein Rätsel. Die Leute haben sich angestrengt, das will ich zugeben, aber der Yeti war eben schlauer. Ich persönlich habe Zugang zu Insider-Informationen. Deshalb hörte ich auch von ihnen. Sie waren vor kurzem noch in den Staaten und haben dort einen Fall gelöst.«

»Ja, es ging um den Tanzplatz der Verfluchten.«

»Richtig. Der Kollege Abe Douglas vom FBI gab mir den Tipp, mich mit Ihnen in Verbindung zu setzen. Ich hatte es schon früher versucht, aber Sie waren nicht erreichbar. Nun, jetzt hat es geklappt. Zudem ist Ihr Chef damit einverstanden, dass Sie mit mir in die Staaten reisen und wir den Yeti gemeinsam suchen.«

»Wo müssten wir denn hin?«

»Nach Wyoming. In die Berge, wo noch tiefer Winter herrscht. Sie werden dort Skiläufer vorfinden, der Tourismus hat auch vor den Rockys nicht haltgemacht. Ich habe mir vorgestellt, dass wir in das Gebiet fahren, wo die Morde begangen worden sind. In der Nähe liegt der kleine Ort Culver. Etwas außerhalb hat man einige Hotels gebaut. Sie sind bis fast zum Dach belegt, und Sie können sich vorstellen, dass der Yeti dort die entsprechende Beute findet.«

»Haben die Menschen keine Furcht?«

»Sicher. Nur siegt bei ihnen die Neugierde und der Nervenkitzel. Die Leute sind eben so. Daran können auch wir beide nichts ändern.«

Ich trank das Glas leer. Mir passte es überhaupt nicht in den Kram, dass ich ausgerechnet jetzt die weite Reise in die Staaten antreten sollte. Nichts gegen die USA, aber ich hatte momentan andere Sorgen. Noch immer befand sich der blinde Abbé Bloch in einem Londoner Krankenhaus. Er wollte nicht mehr länger bleiben und wieder zurück nach Frankreich, um von dort aus trotz seiner Behinderung den Kampf gegen die Templer-Gruppe um Baphomet und van Akkeren aufzunehmen.

Suko und ich suchten nach einer Möglichkeit, den Abbé unbeschadet nach Frankreich zu schaffen. Und jetzt kam mir wieder etwas dazwischen. Das fand ich nicht gut.

»Sie denken nach, Mr. Sinclair.«

»Ja, Dr. Mertens. Ich will ehrlich sein. Hier in London sind die Probleme auch nicht gerade klein.«

»Das sagte mir auch Ihr Chef. Aber ich halte die fünf Opfer des Yetis dagegen.«

Ich bestellte noch einen Whisky. »Ja, da kann ich Ihnen nicht widersprechen.«

»Zudem werde ich Sie begleiten.«

»Weshalb?«

Dr. Mertens stäubte die Asche ab. »Wissen Sie, Mr. Sinclair, ich habe den Yeti als kleines Monster gesehen und mich schon damals vor seinem Anblick gefürchtet. Als großes, ausgewachsenes Monstrum möchte ich ihn tot sehen, verstehen Sie?«

»Ja, das kann ich nachvollziehen.«

»Aus diesem Grunde brauche ich Ihre Unterstützung.«

Ich hatte noch einen Einwand. »Wäre es nicht besser, wenn Sie sich an die zuständigen Stellen wenden? Sie haben eine gut ausgebildete Armee und auch Sondereinheiten, die eine Bestie wie den Yeti jagen könnten.«

»Das wurde in Erwägung gezogen.«

»Und abgelehnt.«

»Sehr richtig, denn der Yeti wird sich nicht zeigen, wenn man ihn jagt. Man muss ihn locken. Er hält sich in einem Gelände auf, das unzählige Verstecke aufweist. Da könnte die Sondereinheit jahrelang suchen, ohne Erfolg zu haben.«

Ich lächelte sparsam. »Sie verstehen es schon, jemanden zu überzeugen, Dr. Mertens.«

In seinen Augen funkelte es. »Das gehört eben zu meinem Job.«

Ich ging nicht näher auf seine Arbeit ein, erhielt meinen zweiten Whisky und hob das Glas an.

»Mertens tat mit seinem Weinglas das Gleiche. »Auf den Erfolg?«, fragte er diesmal.

»Ja, auf Wyoming und darauf, dass wir den Yeti tatsächlich schnappen.«

»Das will ich wohl meinen.«

Wir tranken, und ich dachte daran, dass ich trotz der Zusage ein schlechtes Gewissen hatte …

Also doch!, schoss es Dexter Haley durch den Kopf. Seine Frau hatte Recht gehabt. Der Mörder war kein Grizzly, sondern ein unheimliches Monstrum, das tatsächlich Ähnlichkeit mit dem so oft beschriebenen, aber selten gesehenen Yeti hatte.

Innerhalb weniger Sekunden saugte Dexter den Anblick der Bestie in sich ein.

Sie wies Ähnlichkeit mit einem Gorilla auf, war aber wesentlich größer und auch breiter. Das Fell des Yetis verdiente die Bezeichnung verfilzt und zottig. Schneereste klebten darin. Seine Arme waren überlang, die Hände waren von einer Größe, vor der man sich fürchten konnte, und auf seinen Schultern wuchs ein schrecklicher Schädel. Sehr breit, auch langgezogen und mit einem Maul versehen, das fast die Hälfte des Gesichts einnahm.

Ein fürchterlicher Rachen mit gewaltigen Reißzähnen, die alles durchbissen, was er sich an Beute ausgesucht hatte. Über dem Maul saß die Nase. Sie sah aus wie ein plattgeschlagener Klumpen mit zwei Löchern in der Mitte. Die Augen über der Nase standen schräg. Sie leuchteten außen gelblich, doch in ihrer Mitte glühte ein rotes Feuer. Breit und spitz waren die Ohren, die zum Teil vom Fell bedeckt wurden.

Die Bestie hatte sich noch nicht zu ihrer vollen Größe aufgerichtet.

Sie stand geduckt. Würde sie sich hochdrücken, erreichte sie sicherlich die Spitzen der Tannen.

Dexter Haley wunderte sich darüber, wie ruhig er nach dem ersten Schock beim Anblick des Yetis plötzlich wurde. Er nahm dieses schauerliche Bild sogar gelassen hin und dachte auch nicht mehr über die Gefahr nach, in der er schwebte.

In seinem Hirn reagierte eine Automatik. Ihm war klar, dass er etwas tun musste.

Schießen!

Nie würde sich ihm wieder eine so große Chance bieten. Und Dexter Haley riss sein Gewehr hoch. Stehend wollte er auf den zotteligen Körper feuern, den er kaum verfehlen konnte.

Aber der Yeti war schneller.

Ob er aus eigenem Antrieb gehandelt oder auf einen Befehl hin reagiert hatte, wusste Dexter nicht zu sagen. Er glaube aber, einen Pfiff gehört zu haben, zögerte etwas zu lange mit dem Abdrücken, und der Yeti nutzte die Chance.

Plötzlich war er verschwunden.

Er hatte sich kurzerhand nach hinten geworfen und war zwischen den Bäumen gelandet, wo ihm der herabfallende Schnee Deckung gab.

Dexter schoss.

Das automatische Gewehr schleuderte die Kugeln hinaus. Der Mann streute auch, wollte ein möglichst großes Gebiet treffen und sah, wie die Geschosse zwischen die Bäume und in den hohen Schnee einschlugen, wo sie weiße Fontänen in die Höhe schleuderten.

Ob Dexter die Bestie getroffen hatte, wusste er nicht. Er selbst war von Schneestaub umgeben und lauschte den Echos der Schüsse nach, die die Stille des Winterwaldes brutal zerrissen.

Sie rollten als peitschende Donnerschläge den Weg hinab und verebbten schließlich in der klaren Luft.

Dexter ließ das Gewehr sinken und japste nach Luft. Er war fix und fertig, total verschwitzt, so sehr hatte er unter dem Stress des Augenblicks gelitten.

Er nahm das Gewehr in die Rechte und wischte mit der Linken

über sein Gesicht. Auf dem Handschuh blieb der feuchte Schweißfilm zurück. Die peitschenden Schüsse hatten auch die im Wald hockenden Vögel aufgeschreckt. Sie waren flatternd aufgestoben und zogen in der klaren Winterluft am Himmel ihre Kreise.

Der Yeti ließ sich nicht blicken.

Wo er sich in Deckung geworfen hatte, war die glatte Schneefläche aufgewühlt. Er selbst musste zwischen den Bäumen weitergekrochen sein. So sehr Dexter sich auch anstrengte, er konnte ihn nicht entdecken.

Sollte er ihn verfolgen.

Sehr vorsichtig setzte er sich in Bewegung. Das Knirschen des Schnees unter seinen Sohlen störte ihn. Schussbereit hielt er das Schnellfeuergewehr in Anschlag.

Er suchte nach Spuren. Wenn er die Bestie getroffen hatte, musste zumindest Blut zu sehen sein.

Nichts davon fand er. Aber er sah, dass die Bestie auf ihrer Flucht Bäume geknickt und fast ausgerissen hatte. Daran war zu erkennen, welch eine Kraft in diesem zottigen Körper steckte.

Er war tiefer in den Wald geflohen und hatte eine lange Spur der Zerstörung hinterlassen. Ein Monstrum wie der Yeti kannte keine Rücksicht. Weder gegen Mensch noch gegen die Natur.

Hatte es Sinn, die Bestie zu verfolgen? Diese Frage stellte sich der Öko-Sheriff natürlich, und er entschloss sich, es nicht zu tun. Er wusste seine Schwächen und Stärken sehr wohl einzuschätzen und sagte sich, dass ihm der Yeti trotz seiner Bewaffnung überlegen war.

Die andere Alternative war einfach. Zurück zum Wagen, hinabfahren in den Ort und von dort die entsprechenden Maßnahmen für eine Großfahndung einleiten.

Er nickte sich selbst zu, weil er sich bestätigen wollte. Das war keine Sache mehr für einen Einzelnen, da musste die Armee eingreifen. Er allein war überfordert.

Dexter Haley ging den gleichen Weg zurück, den er gekommen war. Wohl war ihm dabei nicht. Er dachte an die tote Langläuferin, die hier oben ihre Ruhe hatte finden wollen und den ewigen Schlaf gefunden hatte. Der Yeti tötete Menschen, aus welchen

Gründen auch immer. Er musste zudem wissen, dass sich noch ein Mensch in seinem Umkreis befand. Eben Dexter Haley. Dieser konnte sich nicht vorstellen, dass ihn die Bestie so einfach laufen lassen würde.

Wenn die einmal Blut gerochen hatte, würde sie nicht mehr von der Spur lassen.

So rannte er weiter. Bergauf war es schwieriger. An manchen Stellen lag der Schnee tatsächlich hüfthoch, und er musste sich regelrecht hindurchkämpfen.

Alles klappte. Mit Schnee beladen und ziemlich außer Atem erreichte er die Lichtung, wo der Wagen stand. Sicherheitshalber suchte er die Lichtung noch einmal ab, fand aber keine neuen Spuren, die der Yeti hinterlassen haben könnte.

Er stieg ein.

Erst jetzt, als er das Gewehr auf den Beifahrersitz gelegt hatte, ging es ihm besser. Die starke Spannung fiel von ihm ab, aber er bemerkte plötzlich das Zittern seiner Hände. Dexter beugte sich vor und presste seine Stirn gegen den Lenkradring. Etwa zwei Minuten blieb er so sitzen, dann siegte die Vernunft.

Er musste weg!

Zwar hatte der Wagen lange gestanden, aber der kalte Motor sprang sofort an.

Dexter fuhr los.

Die Reifen fraßen sich durch den Schnee. Sehr rasch hatte er den Weg erreicht, der ihn wieder hinab ins Tal bringen würde. Automatisch fuhr er schneller, obwohl die Kurven an einigen Stellen verdammt eng wurden. Dexter verließ sich auf die Reifen und auf seine Fahrkünste. Der Schnee war nicht glatt. Er bildete Wellen und Haufen, durch die Haley seinen Wagen trieb. Die Federung dämpfte die gröbsten Unebenheiten des Bodens. Dennoch wurde er auf seinem Sitz auf- und niedergeschleudert, hielt sich eisern fest und kümmerte sich auch nicht darum, dass die schneebeladenen Äste wie peitschende Arme gegen die Karosserie des Wagens knallten, als wollten sie dort Beulen hineinschlagen.

Schnee, Sonne und Bäume erschienen ihm wie eine tanzende,

hüpfende Landschaft. Weißer, in die Höhe gewirbelter Schneestaub trieb gegen die Scheiben, die er mit Hilfe der Wischblätter wieder blank fegte.

Dort, wo der Wald lichter wurde und sich freie Stellen auftaten, hatte der Fahrer einen herrlichen Blick in das verschneite Hochtal mit der Ortschaft Culver in der Mitte. Eine Postkarten-Landschaft, um die sich Dexter nicht kümmerte, weil er sie schon oft genug bewundert hatte.

Im nächsten Moment aber war die Stimmung dahin.

Zuerst sah er den Schatten. Rechts von ihm erschien er am Rand des Weges. Einen Moment später materialisierte sich der Schatten zu einer Gestalt, und plötzlich stand der Yeti vor ihm.

Vielleicht zwanzig Yards entfernt hatte er sich aufgebaut und seine mächtigen Arme ausgebreitet, als wollte er damit den heranrollenden Wagen umfangen.

Dexter Haley musste sich innerhalb einer Sekunde entscheiden. Ausweichen konnte er nicht. Sollte er bremsen oder auf das Monstrum halten? Wenn er die Bremse trat, würde der Range Rover trotz seiner guten Reifen noch weiter rutschen.

Deshalb entschied er sich für die zweite Möglichkeit.

Er fuhr direkt auf die Bestie zu.

Dabei gab er noch Gas, verschaffte sich selbst durch einen wilden Schrei Luft, sah die Gestalt wachsen und wachsen und nicht aus dem Weg springen.

Der Aufprall!

Dexter hatte sich abgestemmt. Er war angeschnallt und konnte nur hoffen, dass der vorn durch das Gitter verstärkte Rover die Bestie aus dem Weg schaufelte und er nicht mit seinem Wagen irgendwo im Gelände landete.

Die folgenden Sekunden bekam er zwar mit, aber er hatte das Gefühl, sie nur im Traum zu erleben. Vor dem Wagen wuchtete ein Schatten in die Höhe, eine fellbedeckte Bestie, die mit Armen und Beinen um sich schlug, auch die Frontscheibe traf, sodass Dexter nichts mehr sehen konnte, weil das Glas zerkrümelte.

Er fuhr trotzdem weiter – und sah den Schatten plötzlich nicht mehr. Sein Wagen hatte das Monstrum tatsächlich aus dem Weg geschleudert, sodass es irgendwo zwischen die Büsche gefallen war.

Die nächsten Yards fuhr er nur nach Instinkt und hatte wiederum das Glück des Tüchtigen.

Dexter kam durch, ging aber vom Gas und trat gleichzeitig sehr behutsam die Bremse, damit der Wagen bei einem plötzlichen Stopp nicht in den Graben rutschte.

Als er stand, hämmerte er mit dem Gewehrkolben die Scheibe aus dem Rahmen und erkannte erst jetzt, welch ein Glück er gehabt hatte. Der Rover hatte sich schräg gestellt. Seine beiden Vorderräder waren nicht weit vom Wegrand entfernt zur Ruhe gekommen. Eine halbe Körperlänge entfernt kippte ein Hang ab. Weiß und glitzernd. Doch erst viel später stand der Wald wie eine Mauer …

Wo steckte der Yeti?«

Dexter Haley warf einen fiebernden Blick in den Außenspiegel, der leider verstellt war, sodass er nichts erkennen konnte. Im Innenspiegel konnte er zwar auch zurückschauen, nur nicht so weit. Dass er die Bestie getötet hatte, daran wollte er nicht glauben. Sie würde auch weiterhin versuchen, ihn zu packen.

Zum Glück war der Wagen durch das Gitter verstärkt worden. Das hatte selbst diesem harten Aufprall widerstanden und war nicht in den Kühlergrill hineingepresst worden.

Eiskalte Winterluft drang durch die zerstörte Scheibe in den Wagen. Vor Dexters Lippen dampfte wieder der Atem. Er schluckte, zitterte, sah nach seinem Gewehr, das vom Sitz gerutscht war und jetzt neben seinen Füßen lag.

Den Motor hatte er abgewürgt. Länger wollte er nicht mehr stehen bleiben. Er musste einfach weiter.

Im Innenspiegel sah er, dass sich hinter ihm die Wipfel der Bäume bewegten. Bestimmt nicht durch den Wind, denn sie zitterten hektisch. Es hatte einen anderen Grund …

Der Yeti musste sich erholt haben.

Heftig schüttelte Dexter Haley den Kopf. »Nein!«, keuchte er. »Du kriegst mich nicht. Niemals!«

Wieder startete er den Motor. Auch diesmal hatte er Glück. Er lenkte den Wagen vorsichtig nach links, um wieder die Mitte des Weges zu erreichen, wo er bessere Fahrbedingungen vorfand.

Dexter entwischte der Bestie und sah nichts mehr von ihr.

Es war schlimm für ihn. Die Strecke schien doppelt so lang zu sein. Sie wollte einfach kein Ende nehmen, und noch immer hockte ihm die Furcht wie ein schwerer Alb im Nacken.

Aber die Häuser von Culver waren bereits näher gerückt. Der Weg hatte an Breite verloren. Kaum noch Wald wuchs auf den flachen, weiten und weißen Hügeln.

Über manchen Dächern standen graue Rauchfahnen. Viele Häuser hatten Kamine. Jenseits des Ortes lagen die drei Hotels am Hang. Auch von ihren Fenstern konnten die Gäste entweder auf den Ort oder in die herrliche Bergwelt schauen.

Zwischen Culver und der Hotelanlage schmiegte sich eine flache, rote Backsteinbaracke an den Hang. Wo er endete, befand sich der Landeplatz für Sportflugzeuge und Hubschrauber. In der Baracke waren die Abfertigungsräume untergebracht worden.

Der Öko-Sheriff stand auch weiterhin unter Druck. Es würde noch eine Weile dauern, bis er sich wieder beruhigt hatte. Er dachte an seine Frau. Doris hatte Recht behalten. Kein Grizzly war für die Untaten verantwortlich, sondern Bigfoot oder ein Yeti.

Am Eingang des Ortes passierte er den großen Platz, wo die Schneeraupen und Pflüge standen. Sie wirkten wie stählerne Ungeheuer und die Schaufeln wie Mäuler.

Für einen Moment kam ihm der Gedanke, mit einem Schneepflug gegen das Monstrum anzugehen. Mochte es noch so stark sein, einen Schneepflug würde es nicht anheben können.

Er beschloss, diese Möglichkeit im Auge zu behalten, und bog wenig später in den schmalen Weg, der zu seinem Haus führte. Diesmal stellte Dexter den Range Rover vor dem Haus ab.

Seine Frau hatte ihn schon gesehen und erwartete ihn an der Haustür. »Du bist schon zurück?«, begrüßte sie ihn, entdeckte dann den glaslosen Rahmen der Frontscheibe und riss vor Schreck die Augen weit auf. »Himmel, was ist geschehen?«

Dexter umfasste sein Gewehr und schob sich an Doris vorbei ins Haus. »Schließ die Tür!«

Er lief mit zielsicheren Schritten in sein Arbeitszimmer, wo der schmale Barschrank stand, aus dem er eine angebrochene Flasche Whisky holte.

Doris blieb an der offenen Tür stehen. Sie sah zu, wie ihr Mann aus der Flasche trank, sich die Lippen abwischte und ihr dann zunickte. »Das habe ich gebraucht. Es war der Schluck auf mein zweites Leben, Doris.«

»Was sagst du da?«

»Ja, fast wäre ich nicht mehr zurückgekehrt.«

Er ließ sich in einen alten Sessel fallen und strich über seine Stirn. Den Kopf presste er zurück und redete gegen die Decke. »Du hast Recht gehabt, Doris, so verdammt Recht. Es war kein Grizzly.«

Sie kam näher. »Was war es dann?«

Jetzt schaute er sie an. »Ein Yeti. Meinetwegen auch Bigfoot. Jedenfalls ein verdammtes Monster.«

»Das … das stimmt doch nicht.«

»Doch, es ist eine Tatsache. Es stimmt. Alles, was ich dir jetzt sage, ist nicht gelogen.« Er deutete auf einen zweiten Sessel. »Setz dich hin, Doris.«

Danach erzählte er seine Erlebnisse. Er stürzte Doris damit von einer Panik in die andere. Sie konnte es nicht fassen, flüsterte dazwischen, aber ihr Mann ließ sich nicht beirren, stand auch auf, holte die Flasche, nahm noch einen Schluck und zog im Flur seinen Schneeanzug aus. Er redete dabei immer weiter, seine Bewegungen wirkten fahrig, das Gesicht war rot angelaufen, die Erinnerung an die vergangenen Stunden ließ sich nicht so einfach abstreifen.

Vor dem Schreibtisch, auf dem das Telefon stand, blieb er aber schließlich sitzen.

»Was willst du jetzt tun?«, fragte seine Frau.

Er deutete auf den Apparat. »Anrufen.«

»Und wen?«

»Den District Commissioner.«

»Was kann der denn erreichen?«

Dexter hielt den Hörer schon in der Hand. »Was der erreichen kann? Einiges. Er soll die Armee schicken. Soldaten müssen her und die verdammte Bestie jagen. Außerdem muss die Tote oben auf dem Weg abgeholt werden. Das sind alles Dinge, über die ich allein nicht entscheiden kann. Verstehst du das?«

»Allmählich.«

»Gut.« Dexter tippte die Nummer ein. Die Verbindung kam schnell zustande, und er hörte die ruhige Stimme seines Vorgesetzten. Dann redete er, aber der Commissioner unterbrach ihn schon nach dem dritten Satz.

»Nicht so, Dexter. Kein Militär! Wir regeln die Sache anders. Der Befehl kam von ganz oben.«

»Ja … ja … wie denn?«

»Es werden bei Ihnen in Culver bald zwei Männer eintreffen, die sich an Sie wenden.«

»Und wann sind die hier?«

»Morgen schon.«

»Wer ist das denn?«

»Ein Engländer und ein Regierungsbeamter.«

Dexter lag eine scharfe Erwiderung auf der Zunge, die er aber verschluckte.

»Haben Sie alles verstanden?«

»Ja, Sir.«

»Sie sprechen von einem sechsten Opfer. Ich werde einige Leute hinausschicken, die sich um die Leiche kümmern. Wir nehmen den Hubschrauber. Haben Sie die Tote identifiziert?«

»Nein, dazu blieb keine Zeit. Der Yeti war plötzlich da.«

»Verstehe.« Der Commissioner räusperte sich. »Noch etwas, Dexter. Halten Sie die Ohren steif. Wir kriegen die Sache schon in den Griff.«

»Wie Sie meinen, Sir.«

Doris hatte zwar nicht mitgehört, sie merkte aber doch, dass etwas nicht stimmte. »Was war denn los?«

»Ich komme da nicht mehr mit.« Dexter schüttelte den Kopf und begann zu lachen. »Die wollen uns zwei Typen schicken, die alles ins Lot bringen. Ein Engländer und einer von der Regierung. Bestimmt so ein Geheimdienstmann vom Schreibtisch.«

Auf Doris' Wangen bildeten sich hektische Flecken. »Stimmt das tatsächlich?«

»Ja.«

»Und was machst du?«

Dexter Haley zog die Lippen in die Breite. »Ich versuche, einen guten Eindruck zu machen.«

»Ob dir das gelingt«, erwiderte seine Frau skeptisch.

»Das frage ich mich auch.« Er stand auf und streckte Doris beide Arme entgegen. »Komm mal her!«, flüsterte er. »Ich ... ich muss dich einfach spüren.«

Doris zögerte nicht länger. Sie umarmten sich, und Dexter flüsterte! »Jetzt genieße ich mein zweites Leben noch einmal richtig ...«

Über uns bildeten die Rotorblätter einen nie abreißenden Kreis. Unter uns lag eine Winterlandschaft, die schon das Prädikat unbeschreiblich schön verdiente. Im Sonnenlicht strahlende, von Eisschichten bedeckte Berggipfel, darunter die manchmal senkrecht abfallenden Felswände, die übergingen in sanfte Hänge, die auf mich wie strahlend weiße Tücher wirkten.

Ich konnte mich kaum satt sehen an diesem Panorama und begann plötzlich, den Winter zu lieben, obwohl ich von ihm in London die Nase voll hatte.

Hier war er ein Gedicht.

Das meinten sicherlich auch die zahlreichen Skiläufer, die auf den langen Pisten ihre Kunststücke mehr oder weniger exakt vorführten und manchmal, wenn wir dichter über sie hinwegflogen, die Arme hoben und uns zuwinkten.

Es war eine dennoch einsame Gegend, nicht zersiedelt, noch viel intakte Umwelt. Wir glitten nur vereinzelt über Orte hinweg, sahen keine großen oder hohen Hotelbauten, sondern Häuser, die sich der Landschaft anpassten, zumindest aus Holz errichtet.

In einem solchen Hotel sollten auch wir absteigen. Die Zimmer waren bereits reserviert, und der Ort, in dem wir uns einnisten wollten, hieß Culver.

So unscheinbar der neben mir sitzende Dr. Karl Mertens auch wirkte, ich hatte inzwischen feststellen können, welch einen

Einfluss er besaß. Durch einige Telefonanrufe hatte er dafür gesorgt, dass uns Hindernisse aus dem Weg geräumt wurden, damit wir schalten und walten konnten, wie es die Lage erforderte.

Natürlich hatte er meinen Blick in die Tiefe bemerkt. Karl Mertens drehte sich zu mir um. Er hatte die normale Brille mit einer Sonnenbrille vertauscht und lachte mich an. »Sie finden es toll hier, nicht wahr?«

»Das können Sie laut sagen.«

»Ja, es lässt sich aushalten, wenn man ein Fan des Weißen Sports ist. Damit meine ich nicht Tennis. Können Sie eigentlich Ski laufen, John?«

»Mehr schlecht als recht.«

»Vielleicht werden Sie es müssen!«

Ich winkte ab. »Wenn es eben geht, drücke ich mich davor. Außerdem glaube ich kaum, dass ich einen Yeti auf Skibrettern verfolgen kann. Das ist nicht drin.«

»Wie Sie meinen.«

Ich blickte auf die Uhr. »Wann ungefähr landen wir in Culver?«

»Genießen Sie den Ausblick noch eine Viertelstunde. Dann müsste es so weit sein.« Er deutete nach vorn. »Wir werden noch einen Berggrat überfliegen, anschließend beginnt das Tal, in dem Culver liegt. Ein Hochtal, sehr schneesicher bis in den Frühling. Das wollen die Leute ja.«

Da hatte er Recht. Ein echter Skifan konnte vom Schnee nicht genug bekommen.

Wir hatten inzwischen erfahren, dass er noch ein weiteres Opfer gegeben hatte. Wieder eine Frau. Der Yeti hatte sie auf einer einsamen Loipe überfallen und getötet.

Er war wenig später von einem Zeugen gesehen worden und hätte ihn fast auch noch erwischt. Der Mann, ein Sheriff oder Wildhüter, war aufgebrochen, um den Mörder zu stellen. Er war davon ausgegangen, dass es sich bei ihm um einen Grizzly handelte, doch er wurde eines Besseren belehrt. Der Täter war ein Yeti oder Bigfoot.

Ich konzentrierte mich wieder auf die Gegend. Der Sonnenball schickte seine Strahlen durch die Hubschrauberverglasung, als wollte er das Innere im Licht explodieren lassen.

Vor uns erschien der von Karl Mertens erwähnte Berggrat, auf dessen Kappe eine Schicht aus Eis und Schnee klebte. Wind blies über den Berggrat hinweg und blähte den pulverigen Schnee von der Oberfläche zu wolkenartigen Gebilden auf.

Ängstliche Gemüter konnten sich bei diesem Anblick fürchten, denn die Wand wirkte verdammt mächtig. Auch wir mussten an Höhe zulegen. Unser Pilot, ein sicherer Mann im Gebirge, brachte dieses Hindernis rasch hinter sich. Unser Blick fiel ungestört in ein malerisch gelegenes Hochtal, in dessen Zentrum die kleine Stadt Culver lag und nicht weit entfernt davon die drei Hotels und der Hubschrauberlandeplatz, auf dem bereits eine Maschine stand, die aus der Höhe klein wie ein Spielzeughubschrauber wirkte.

Unser Hotel, in dem wir absteigen wollten, hieß »Mountain King«. Ich war gespannt, ob man es wirklich als König der Berge bezeichnen konnte. »Welches der drei Häuser ist es denn?«, fragte ich Karl Mertens.

»Das Haus, das dem Hubschrauberlandeplatz am nächsten liegt.«

»Da hören wir den Krach.«

»Nicht in der Mittagszeit, nicht am frühen Morgen und auch nicht am Abend. Die Start- und Landezeiten sind genau reguliert. Man weiß schließlich, was man seinen Gästen schuldig ist. Wir haben Glück und landen vor dem Mittagessen.«

Ich grinste verschmitzt. »Sie hätten doch sicherlich eine Sondergenehmigung erhalten – oder?«

»Ja.«

Er sagte das mit aller Bescheidenheit, doch ich hörte den Hintersinn hervor. Dieser Mann musste großen Einfluss haben. Ich hatte mich bei ihm nach seiner eigentlichen Aufgabe erkundigt, doch keine konkrete Antwort erhalten.

»Es ist besser, wenn wir uns auf den eigentlichen Fall konzentrieren«, hatte er mir gesagt.

Nun ja, sollte er.

Wir verloren an Höhe. Dabei sprach mich Dr. Karl Mertens an.

»Ich wollte Ihnen noch sagen, John, dass ich einen Anruf erhielt. Man hat mir klar gemacht, dass ich es nicht schaffen könnte. Der Yeti würde mich einfach zerreißen.«

»Weshalb gerade Sie?«

»Das weiß ich auch nicht.«

»Hängt es mit damals zusammen, als Sie den Yeti gewissermaßen als Baby kennen lernten?«

»Das kann sein. Vielleicht hat er mich zu dem Zeitpunkt schon auf die Liste gesetzt.«

»Dann müsste es ein Motiv geben.«

»Kann sein.«

»Das nehmen Sie so einfach hin?«

»Bleibt mir etwas anderes übrig?« Er lächelte scharf. »Außerdem habe ich ja Sie an meiner Seite. Und Ihr Name hat auch bei uns in den Staaten einen guten Klang.«

»Danke.«

Wir konzentrierten uns beide auf den Landeanflug. Der Pilot war ein ausgezeichneter Fachmann. Er verstand sein Handwerk, bei ihm fühlte man sich auch in den Bergen sicher.

Zwei Hotels überquerten wir in einem Bogenflug. Auf den Hängen sah ich die bunt gekleideten Skiläufer. Weiter oben standen die Wälder. Trotz der Schneelast sahen sie dunkel aus. Das waren ideale Verstecke für einen Yeti.

Wir landeten auf dem Platz, der groß genug war, um auch einer Sportmaschine die Chance für Start und Landung zu geben. Der Schnee war gewalzt worden. Dennoch stoben Wolken hoch, als die breiten Kufen aufsetzten.

Die Verabschiedung von dem Piloten fiel fast herzlich aus. Es stand schon ein Wagen bereit, auf dem die Ladung für den Rückflug lag. »Wir geben Ihnen noch Bescheid, wenn Sie uns wieder abholen können«, sagte Dr. Mertens.

»In Ordnung, Sir!«

Mit dem Koffer in der rechten Hand ging ich zum Hotel hinüber. Der Wind schleuderte mir den Schal zurück. Obwohl die Sonne am Himmel stand, war es fast eisig. Später nahm uns die Wärme des Abfertigungsgebäudes auf. Wir wurden von einem älteren Mann willkommen geheißen, der uns zu einem bereitstehenden Wagen führte.

»Ich bringe Sie zum Hotel.«

Auf dem festgewalzten Weg rollten wir dahin wie auf Asphalt. Der Ort Culver lag rechts von uns. Dort herrschte reger Betrieb. Wer sich nicht auf den Pisten sportlich betätigte, kaufte ein oder schlenderte einfach nur herum.

»Wie finden Sie es hier, John?«

»Sehr ordentlich und idyllisch.«

Mertens nickte. »Kein Vergleich zu den Superorten in Colorado. Hier kann man noch genießen. Kennen Sie Aspen in Colorado?«

»Nein.«

»Da haben Sie auch nichts versäumt.« Er hämmerte den Wagenschlag zu. Das »Mountain King« erwies sich als solides Holzhaus. Es stand in Hanglage, hatte ein weit vorgezogenes Dach, auf dem der Schnee als Haube lag. Dieses rustikale Flair setzte sich auch im Innern fort. Schwere Möbel, viel Holz, auch als Balken unter den Decken, zwei Kamine in der Halle, wo Feuer Wärme spendete, Rundbögen als offene Durchgänge, die zu den einzelnen Bars, Restaurants, Aufenthaltsräumen oder Fitness-Zentren führten.

Offiziell war der Laden ausgebucht gewesen. Wir hatten trotzdem unsere Zimmer bekommen und wurden auch sehr höflich behandelt, als wir unsere Namen sagten.

»Ihre Räume liegen im ersten Stock! Willkommen bei uns im Mountain King.« Der Mann lächelte und winkte gleichzeitig einem Boy, der sich um unser Gepäck kümmerte.

Den Lift brauchten wir nicht zu nehmen. Über die breite Treppe gingen wir hoch, erreichten einen großzügigen Vorflur, in dem ein prächtiger Blumenschmuck auffiel, und schritten hinter dem Boy her, der uns in den Flur führte, wo die Zimmer lagen.

Die Türen waren hell gestrichen, bestanden aus schwerem Eichenholz, und ich wunderte mich über die Großzügigkeit der Zimmer. Das waren schon kleine Wohnungen. Durch Zwischen- und Schiebewände so aufgeteilt, dass man sich geborgen fühlte.

Unsere Zimmer lagen sich gegenüber. Vor der Tür blieb Dr. Mertens stehen und warf einen Blick auf die Uhr. »Ich hatte Mr. Haley einen Termin für vierzehn Uhr gegeben«, sagte er. »Reicht Ihnen das, John?«

»Ja.«

»Okay, bis nachher.« Mertens verließ den Raum, während ich hinter ihm die Tür schloss.

Gemächlich schlenderte ich auf den Balkon zu, öffnete die Tür und ließ frische Winterluft in den Raum strömen.

Der Ausblick war prächtig. Einen Teil der Ortschaft Culver konnte ich übersehen. Den meisten Raum jedoch nahm das fantastische Bergpanorama ein. Die hohen Felsen, die vereisten Gipfel, dann die klare Luft und die Bläue des Himmels.

Im Gegensatz dazu standen die dunklen Wälder, wo der Schnee noch unberührt war.

Links von mir sah ich eine Bewegung. Ich schaute hin und erkannte die Frau im Liegestuhl. Sie lag auf dem Balkon, trug nur einen Bikini und ließ sich von der Sonne bescheinen. Fast die Hälfte ihres Gesichts wurde von den Gläsern der gewaltigen Sonnenbrille eingenommen. Wurde es ihr zu kalt, konnte sie sich in den Pelzmantel einwickeln, auf dem sie lag.

Ich zog mich wieder zurück und dachte daran, dass eine Bestie wie der Yeti hier genügend Opfer finden konnte.

Das machte mir Angst …

Auch Dr. Mertens stellte seinen Koffer ab, trat ans Fenster und warf einen kurzen Blick nach draußen. Er interessierte sich nicht für die herrliche Umgebung, denn er gehörte zu den Menschen, die praktisch dachten, die Natur einfach hinnahmen, sich auch kaum darüber freuen konnten. Mertens war ein nüchtern denkender Stratege. Wenn er reagierte, geschah dies emotionslos und diente allein der Sache. So war er auf der Karriereleiter hochgerutscht und gehörte nun zu den Leuten in Washington, die etwas zu sagen hatten.

Nur wenige Menschen waren über seinen eigentlichen Aufgabenkreis eingeweiht. Aber man wusste, dass man sich ihn nicht zum Feind machen durfte. Wer das tat, hatte kein angenehmes Leben.

Mertens hatte seinen Koffer auf ein hüfthohes Regal gelegt und öffnete ihn. Er hängte die Kleidungsstücke in den Wandschrank und holte aus einem Seitenfach seine Waffe hervor.

Es war ein Smith & Wesson Revolver Kaliber 357 Magnum. Ein altes Modell, aber hundertprozentig in Schuss. Mertens konnte sich darauf verlassen, und mit diesem Kaliber holte er einen Elefanten von den Beinen.

Dr. Mertens überprüfte die Waffe. Die Trommel fasste sechs Patronen. Wenn der Yeti die im Körper stecken hatte, blutete er aus. In den Augen des Mannes leuchtete es kalt. Er würde nicht eher von hier verschwinden, bis er die Bestie gestellt hatte.

Ein sehr weiches Lederfutteral diente als Holster. Er band es sich um und dachte dabei über John Sinclair nach. Der blonde Engländer hatte bei ihm einen guten Eindruck hinterlassen. Er war ein Mann, der wusste, was er wollte, und der trotz seines außergewöhnlichen Jobs den Blick für die Realität nicht verloren hatte.

Auf Sinclair konnte man sich verlassen. Zu zweit mussten sie den Yeti stellen können.

Das Telefon stand neben dem Bett. Mertens schrak zusammen, als es plötzlich anschlug. In seine Augen trat ein harter Ausdruck. Der Verstand analysierte bereits die Lage. Wer konnte ihn anrufen? Wer wusste, dass er sich im »Mountain King« aufhielt?

Vielleicht wollte Sinclair etwas von ihm. Mertens hob ab und meldete sich mit einem knappen »Ja, bitte?«.

Der andere Teilnehmer gab keine Antwort. Dennoch blieb es in der Leitung nicht still.

Atemgeräusche drangen an seine Ohren. Sehr heftig, sodass es schon einem Keuchen glich. Dieses Geräusch löste ein kicherndes, gleichzeitig wissendes und auch hartes Lachen ab, das ebenso schnell wieder abbrach, wie es aufgeklungen war.

Danach war wieder das Freizeichen zu hören.

Dr. Karl Mertens legte den Hörer auf. Er starrte den Apparat an, als wollte er ihn hypnotisieren. Gleichzeitig dachte er über den Anrufer und dessen Reaktion nach.

Dieses Lachen hörte Mertens nicht zum ersten Mal. Wo hatte er es schon vernommen?

Er grub tief im Kasten seiner Erinnerungen, ließ viele Dinge vor seinem geistigen Auge Revue passieren, kreiste das Problem dann analytisch ein und gelangte zu einem bestimmten Schluss.

»Ja!«, flüsterte er rau. »Genau, das ist es. Verdammt, ich hätte es mir fast denken können.«

Gelacht hatte ein Toter.

Jasper Moore!

Wir hatten uns nicht an der Bar getroffen, sondern im kleinen Speisesaal, wo wir eine Kleinigkeit essen wollten. Ich entschied mich für Räucherlachs aus den Rockys. Dazu wurden Toast und Butter gereicht. Ich trank einen leichten Weißwein.

Dr. Mertens nahm keine feste Nahrung zu sich. Er trank Mineralwasser. Dexter Haley würde ungefähr in einer Viertelstunde eintreffen, bis dahin war ich mit meiner kleinen Mahlzeit fertig.

Der Amerikaner schien etwas geistesabwesend zu sein. Ich fragte nach Problemen.

»Die habe ich tatsächlich.«

»Und welche?« Ich tunkte ein Stück Lachs in die leichte Senfsoße.

»Es geht da um einen Anruf, den ich erhielt«, erklärte er.

»Hier im Hotel?«

»Ja. Vorhin. Es war jemand, der mich gut kannte. Allerdings nannte er nicht seinen Namen. Erst atmete er heftig, dann lachte er, bevor er auflegte.«

»Haben Sie den Anrufer trotzdem erkannt?«

Mertens beugte sich vor. »Es war Jasper Moore!«

Ich stellte das Glas wieder ab, das ich bereits umfasst hielt. »Was sagen Sie da?«

Mertens nickte. »Ich kann es mir zwar nicht erklären, für mich gibt es jedoch keinen Zweifel. Bei dem Anrufer handelte es sich um Jasper Moore.«

»Der tot ist.«

»Bisher war ich ebenfalls der Ansicht. Das hat sich nun geändert. Ich habe schon Konsequenzen ergriffen und dafür gesorgt, dass die Umstände seines Todes noch einmal genauer untersucht werden. Die Leute sollen sich die entsprechenden Akten ansehen. Wenn sie ein Haar in der Suppe finden, gibt man mir Bescheid.«

Ich nickte und aß dabei weiter. »Ein Toter, der lebt«, sagte ich. »Nicht schlecht. Das wäre sogar eine Lösung.«

»Für wen?«

»Vielleicht für das Auftauchen des Yetis. Möglicherweise handelt die Bestie nicht aus eigenem Antrieb. Hinter ihr muss jemand stehen, der sie leitet. Verstehen Sie mich?«

»Ja, ich denke ähnlich.«

»Konnten Sie herausfinden, ob es sich bei dem Anruf um ein Ferngespräch gehandelt hat?«

»Nein. Wenn Jasper Moore aber tatsächlich der Initiator sein sollte, wird er sich auch in der Nähe aufhalten, um den blutrünstigen Killer unter Kontrolle zu halten. Ich kenne seine Pläne nicht, aber er ist ein Mensch, der sich in seine Arbeit ungewöhnlich stark hineinkniet. Um Erfolge zu erzielen, geht er über Leichen. Ein besessener Forscher und Wissenschaftler.«

»Könnte das Motiv Rache sein?«, fragte ich.

Mertens hob die Schultern. »Rache – an wem?«

»An Ihnen … Sie haben doch den Yeti damals gesehen. Wie reagierten Sie?«

»Ich schlug ihm vor, die kleine Bestie zu töten.«

»Das hätten Sie vielleicht nicht tun sollen. Moore ist nachtragend. Er kann nicht anders sein, wenn er sich auf diese Art und Weise engagiert. Er und der Yeti, das ergäbe einen Sinn.«

Dr. Mertens drehte sein Glas zwischen den Händen. »Ich sehe in sinnlosen Morden keinen Sinn.«

»Möglicherweise sollten Sie aufmerksam werden und in dieses Tal kommen. Das ist ihm ja gelungen. Sie sind hier, ich bin hier. Das könnte für Moore ideal sein.«

»Und seinen Yeti hält er versteckt. Die Wälder sind dicht genug.«

»Richtig. Was mich stutzig macht, ist der Zustrom an Touristen. Hier sind Morde geschehen, dennoch scheinen mir die Hotels ausgebucht zu sein. Wie passt das zusammen?«

»Nervenkitzel.«

»Sind die Amerikaner so?«

»Nicht alle. Aber es ist vorstellbar. Bisher haben wir den großen Trubel noch abwehren können. Normalerweise würde es hier von Reportern nur so wimmeln. Man hat ja in den einschlägigen Gazetten die Legende von Bigfoot ausgegraben und nicht einmal Unrecht gehabt. Aber das sind Dinge, die uns nicht stören sollten. Mir ist klar geworden, dass wir nicht allein den Yeti stellen müssen, auch meinen alten Freund Jasper Moore. Das wird sich alles ergeben, denke ich.«

Ich schaute durch die Fensterscheibe nach draußen, wo einige Skiläufer, direkt von der Piste kommend, ihre Bretter abschnallten. Die meisten waren hungrig, sie würden jetzt die Speisesäle bevölkern. Eine Familie mit zwei Kindern, sie waren schon größer, gesellte sich zu uns an den Nebentisch. Ihnen auf dem Fuße folgte ein hochgewachsener Mann in brauner Lederjacke, die innen ein helles Futter zeigte. Der Mann hielt einen Hut in der Hand. Sein dunkles Haar passte gut zu dem gebräunten Gesicht. Er sah sich um und trat etwas zögernd an unseren Tisch.

Dr. Mertens erhob sich. »Sind Sie Dexter Haley?«, redete er den Ankömmling an.

»Das bin ich.«

»Mein Name ist Mertens.«

Haley lächelte. »Ja, Sie habe ich gesucht. Man sagte mir, dass Sie noch essen und ...«

»Das ist vorbei.«

Auch ich hatte mich erhoben und wurde vorgestellt. Dexter Haley war mir sofort sympathisch. Vom Typ her ein wenig Westernheld. Seine Augen wirkten so, als wäre der Blick stets in die Ferne gerichtet. Etwas von der Weite des Landes lag auch in seinen Pupillen.

Wir bestellten noch jeder eine Tasse Kaffee. Erst als sie vor uns standen, kamen wir zur Sache.

»Sie haben uns also etwas zu sagen, Mr. Haley«, begann Karl Mertens. »Können Sie jetzt konkret werden?«

Er nickte. »Natürlich.« Dann blickte er uns an. »Zuerst habe ich es ja auch nicht glauben wollen, jetzt aber bin ich davon überzeugt, dass es den Yeti gibt.«

»Sie haben ihn also mit eigenen Augen gesehen?«, fragte ich.

»So ist es.«

»Wie genau war das? Wie ist es vor sich gegangen?«

Dexter Haley lehnte sich zurück und begann den Bericht. Er sprach mit ruhiger Stimme. Haley gehörte zu den Leuten, denen man glaubte. Er war kein Aufschneider und Übertreiber. Dabei hatte er wirklich Glück gehabt, mit dem Leben davongekommen zu sein.

»Jetzt wissen Sie alles, meine Herren, und eigentlich sind Sie jetzt an der Reihe.«

»Natürlich«, sagte ich und hatte auch keine Idee, wie wir den Yeti ausschalten sollten.

»Wollen Sie die Armee einsetzen?«, fragte Haley.

»Nein, wir jagen ihn.«

Dexter starrte Dr. Mertens überrascht an. »Das wird aber nicht einfach sein.«

»Ich weiß, aber das schreckt uns nicht.«

Haley hatte Einwände. »Denken Sie mal an die Größe des Geländes. Da kann sich die Bestie jahrelang verstecken. Zudem sind Sie fremd hier, kennen sich nicht aus, und wir können auch nicht jeden Urlauber beschützen, der sich hier herumtreibt.«

»Ja, da haben Sie Recht.« Ich nickte dem Öko-Sheriff zu.

Dr. Mertens winkte ab. »Wir wollen die Flinte nicht so schnell ins Korn werfen. Wenn wir nicht zum Yeti kommen, dann kommt er möglicherweise zu uns.«

Dexter erschrak. »Das wäre ja furchtbar.«

»Wir müssten nur gewappnet sein. Was meinen Sie, John?«

Ich kannte natürlich die Denkvorgänge des Regierungsmannes. Er hatte den letzten Vorschlag nicht umsonst unterbreitet. Der Yeti stand nicht allein. Wenn Jasper Moore ihn leitete, hatte der sicher keinerlei Hemmungen, die Bestie seinem ehemaligen Kollegen oder Freund auf den Hals zu schicken. Aber den Yeti in einem vollbesetzten Hotel zu wissen, verursachte mir schon jetzt Schweißausbrüche.

»Wie sollen wir denn gewappnet sein?«, erkundigte sich Dexter.

»Was tut man gegen einen Yeti? Stellt man ihm Fallen? Wenn ja, welche? Ein Fangeisen, eine Schlinge …?«

»Das würde bei einer Bestie, wie der Yeti einer ist, wohl kaum helfen«, sagte Dr. Mertens.

»Was wollen Sie dann tun?«

Ich gab die Antwort. »Wir werden versuchen, ihn in eine Falle zu locken. Damit dies auch klappt, bieten wir uns ihm als Köder an. Das ist alles.«

Dexter Haley grinste. »Hört sich ja direkt einfach an. Ist aber bestimmt lebensgefährlich.«

»Davon können wir ausgehen.«

Der Öko-Sheriff wechselte das Thema. »Noch ist die Wetterlage gut«, begann er. »Wenn Sie wollen, können wir uns dort umsehen, wo mir der Yeti begegnet ist.«

Dr. Mertens blickte mich an. »Was meinen Sie dazu, John?«

»Wir könnten es versuchen. Vielleicht zeigt er sich. Sie, Mr. Haley, haben ihn auch am helllichten Tag gesehen.«

»Und ob.«

Karl Mertens machte den Anfang. Er stand ruckartig auf. »Dann wollen wir keine Sekunde verlieren.« Der Regierungsmann nickte und sah sehr nachdenklich aus.

Den Anruf hatte er sicherlich nicht vergessen …

Als Wintersportler hätte ich mich hier wohl fühlen können, aber ich war nicht hier, um Urlaub zu machen. Wir saßen in dem Range Rover, mit dem Dexter auch den Yeti aus dem Weg geschaufelt hatte. Eine neue Windschutzscheibe war bereits wieder eingesetzt worden. Der Geländewagen rollte sicher den Weg bergauf seinem Ziel entgegen.

Die dunklen Brillen schützten unsere Augen gegen das vom Himmel fallende Sonnenlicht. Wir begegneten nicht einem Skifahrer. Dieser Weg wurde in den letzten Tagen gemieden. Keiner wollte in Gefahr laufen, dem Monstrum zu begegnen.

Schweigender Wald umgab uns. Ich empfand sogar das Motorengeräusch als störend.

Wenn wir an den breiten Schneisen vorbeifuhren, hatten wir einen fantastischen Blick über die stille Bergwelt. Sie war in eine weiße Decke gehüllt, und auf den Felsen glänzte eine dicke Eisschicht. Vögel zogen ihre Kreise durch die klare Luft.

Wir rollten auf einem Höhenweg dahin und erreichten dann die Stelle, wo Dexter Haley die Tote gefunden hatte.

Wir stiegen aus.

»Hier ist es gewesen.« Haley hatte sein Gewehr mitgenommen. Er deutete mit dem Gewehrlauf dorthin, wo am Rand der dunkle Nadelwald begann. Der Schnee war zum Teil schon getaut. Von den Zweigen fielen die glasklaren Wassertropfen in die Tiefe.

Ich suchte zwischen den Bäumen. Ja, es waren genügend Spuren vorhanden. Der Yeti musste eine unwahrscheinliche Kraft besitzen. Bei seiner Flucht hatte er sich durch den Wald geschlagen und alles aus dem Weg geräumt, was ihn behindert hatte. Ich entdeckte angeknickte Bäume und tiefe Spuren im Schnee. Sie zogen wie Bahnen durch die auf dem Boden liegende weiße Pracht.

Haley und Mertens waren mir gefolgt. Mertens rückte mit einem Vorschlag heraus. »Wie wäre es, wenn wir den Spuren folgen?« Vielleicht führen sie uns zu seinem Versteck.«

»Das kann sein.«

»Und dann?«, fragte Haley. »Stellen Sie sich mal vor, Sie treffen ihn tatsächlich. Sie sind nicht bewaffnet.«

Mertens winkte ab. »Das lassen Sie mal unsere Sorge sein, mein Lieber. Wir wissen schon, auf was wir uns da einlassen.«

»Ich wollte Sie auch nur darauf hingewiesen haben.«

Mertens wandte sich an mich. »Was halten Sie davon, John?«

»Meinetwegen können wir den Spuren folgen.«

Das war leichter gesagt als getan. Nicht nur die eng beisammen stehenden Bäume bereiteten uns Schwierigkeiten, vor allen Dingen war es der Schnee, der so hoch lag und dabei wie Leim wirkte, als wollte er uns bei jedem Schritt hindern. Manchmal sanken wir fast bis zu den Knien ein. Meine Kleidung, zwar winterfest, nässte allmählich durch.

Liefen die Spuren so weiter wie jetzt, würden wir irgendwann ins Tal gelangen. Konnte es sein, dass sich der Yeti dort verkrochen hatte?

Ich hatte die Führung übernommen, Haley bildete den Schluss und blieb ebenso plötzlich stehen wie Mertens und ich, als wir das unheimliche Brüllen hörten, das über die Wipfel der Bäume hinwegschallte.

Wir starrten uns an.

Sogar Mertens bekam eine Gänsehaut, als er den Laut vernahm, und schüttelte den Kopf. »Verdammt, das muss er sein.«

»Das ist er auch«, wisperte Dexter. »Ich habe ihn ja schon einmal gehört. Sein Schreien kenne ich.«

Hatte er uns gesehen und machte sich möglicherweise über unsere Bemühungen lustig? Rechnen mussten wir mit allem, lauschten dem Echo und versuchten herauszufinden, aus welcher Richtung das Brüllen zu uns drang.

»Das kann aus dem Tal kommen«, vermutete Karl Mertens.

»Muss aber nicht«, erklärte Haley, der Fachmann. »In den Bergen ist alles anders.«

Das war vorstellbar. So plötzlich, wie das Brüllen aufgeklungen war, verstummte es auch wieder. Sekunden vergingen. Wir verhielten uns still.

»Und jetzt?«, fragte der Öko-Sheriff. »Hat das Schreien eine Warnung sein sollen?«

»Keine Ahnung«, gab ich zu und wollte weiterreden, als wir das Lachen vernahmen.

Diesmal hatte es kein Tier ausgestoßen. Wer da so schrill und höhnisch lachte, war ein Mensch.

Mertens trat dicht an mich heran und fasste nach meinem Arm. »Wissen Sie, wer da lacht, Sinclair?«

»Ich kann es mir denken.«

»Das ist Jasper Moore«, antwortete er. »Ich kenne die Stimme oder die Lache. Sie hat am Telefon zwar nicht so laut geklungen, aber der Unterton ist deutlich herauszuhören.«

Ich schüttelte den Kopf. »Wenn ich nur wüsste, was er damit bezwecken will.«

»Rache, John. Ganz billige Rache.«

»So billig ist sie auch nicht. Der Yeti ist von ihm nicht umsonst großgezogen worden.«

»Möglich.«

Das Lachen verstummte. Dexter Haley hatte unser Gespräch mitangehört und war etwas durcheinander. Seine Frage richtete er an Dr. Mertens. »Kann es sein, dass Sie mehr wissen, Sir? Ist der Yeti nicht allein?«

»Alles deutet darauf hin.«

»Dann wird er von einem Menschen geleitet?«

»So ähnlich.« Für Mertens war das Thema abgeschlossen. Er wandte sich an mich. »Haben wir hier noch etwas zu tun?«, fragte er.

»Nein.«

»Gut, gehen wir zurück. Ich will mich nicht weiterhin verhöhnen lassen.«

Dexter Haley blickte mich an, aber auch ich hatte keine Lust mehr, mich hier herumzutreiben und verhöhnen zu lassen. Den Yeti fingen wir auf diese Art und Weise nicht.

Den Weg zurück schafften wir schneller. Diesmal hatte Dexter die Führung übernommen. Kurz vor dem Ziel blieb er plötzlich stehen und stieß einen lauten Fluch aus.

»Was haben Sie denn?«, fragte ich.

»Da, der Wagen.« Er ging einige Schritte vor, um den Weg zu erreichen. »Sehen Sie sich das an.«

Den Range Rover sahen wir zwar, aber wir konnten ihn nicht mehr fahren. Die vier Reifen waren zerstört worden. Eine kurze Untersuchung ergab, dass es nicht der Yeti gewesen war, der diese Tat vollbracht hatte.

»Da muss jemand mit einem Messer gewirkt haben«, erklärte Haley.

Mertens rieb sein Kinn. »Das war Moore, John. Er hat uns die ganze Zeit über beobachtet. Mir wird ganz komisch, wenn ich daran denke.« Er sah sich vorsichtig um, als könnte er seinen ehemaligen Freund hier irgendwo entdecken.

»Der scheint uns Steine in den Weg legen zu wollen.«

Karl Mertens lachte auf. »Steine? Das sind keine Steine mehr.

Das sind schon ganze Felsen. Beide lauern irgendwo im Hinterhalt und werden eiskalt zuschlagen.«

Dexter Haley dachte praktisch. »Es hat keinen Sinn, wenn wir hier diskutieren. Ändern können wir nichts mehr. Wir müssen zu Fuß zurück. Und der Weg wird sich hinziehen.«

»Wann ungefähr können wir in Culver sein?«

»Wenn wir uns beeilen, noch vor Einbruch der Dunkelheit.«

»Dann los.«

Ich fragte mich, was hinter den Plänen des Yetis und seines Führers steckte. Der Wagen war zerstört worden. Das musste einen Grund gehabt haben. Wollte man uns vom Ort weglocken, um dort freie Bahn zu haben? Das wäre für die Menschen dort natürlich fatal gewesen, und mir gefiel der Gedanke daran überhaupt nicht.

Im Sommer hätten wir eine herrliche Wanderung vor uns gehabt. Bei tiefem Schnee und eisigem Wind machte dies keinen Spaß. Das Marschieren war kraftraubend.

Mein Blick galt des Öfteren der Sonne. Ich wusste, dass sie bald untergehen würde. Ihre Farbe hatte bereits gewechselt. Der runde Körper hatte einen Stich ins Rötliche angenommen und würde bald hinter den vereisten Kuppen der Berge verschwunden sein.

Dann legte sich die Dunkelheit über das Tal und auch über den kleinen Ort Culver.

Schatten würden hineinhuschen, lang, düster und unheimlich. Schatten, die dem Monstrum Deckung gaben, damit es, wenn es nach Culver hineinging, von den Menschen nicht so leicht gesehen werden konnte.

Neben mir stapfte Dexter Haley her. Er war das Laufen im Schnee gewohnt. Seinem Gesicht sah ich an, wie stark die Sorgen waren, die er sich machte.

»Ich bin zwar gegen Seilbahnen, weil sie die Umwelt zerstören«, sagte er einmal. »Aber jetzt wäre ich froh, wenn wir eine in der Nähe hätten. Das können Sie mir glauben.«

»Fragen Sie mich mal, Dexter.«

Dr. Mertens war etwas zurückgeblieben. Er hatte nicht die körperliche Kondition wie wir. »Wissen Sie, John, dass ich eine verdammte Furcht habe«, flüsterte mir Haley zu. »Es ist keine allgemeine Angst, sondern eine persönliche. Ich habe den Yeti gesehen, ich habe auf ihn geschossen, ich wollte ihn töten, er ist mir entwischt, und wenn ich vorhin gehört habe, dass Sie von Rache sprachen, dann möchte ich mich damit einbeziehen. Auch ich rechne damit, dass sich der Yeti ganz persönlich an mir rächen will.«

»Da könnten Sie Recht haben.«

»Sind Sie eigentlich verheiratet?«

»Nein, wieso?«

»Er blickte mich an und zog die Lippen in die Breite. »Aber ich«, erwiderte er, »und meine Frau Doris erwartet in einigen Monaten ein Kind. Begreifen Sie nun?«

»Und ob, mein Lieber, und ob ...«

Es war ein Yeti!

Immer wieder musste die junge Frau an diese Worte denken, die ihr Mann gesagt hatte. Ein Monstrum, ein Ungeheuer lauerte in den Wäldern der Shoshone Mountains und wartete darauf, ahnungslose Menschen töten zu können.

Und ihr Mann sollte ihn jagen. Doris schüttelte den Kopf, als sie daran dachte. Dexter hatte ihr berichtet, wie gefährlich der Yeti war, dass er sogar den Kugelhagel aus einem Schnellfeuergewehr überlebt hatte. Also war Dex ein Feind, und Feinde vernichtete eine Bestie wie diese.

Je länger ihr Mann wegblieb, um so nervöser wurde die Frau. Sie hatte sich für diesen Tag einiges vorgenommen, aber die Arbeit konnte sie einfach nicht durchführen. Zudem traute sie sich nicht, das Haus zu verlassen. Obwohl die Wände hier auch keinen hundertprozentigen Schutz boten, hatte sie Furcht davor, nach draußen und damit in die knackige Kälte zu gehen.

Des Öfteren schaute sie aus dem Fenster. Ihr Blick fiel auf die Straße, wo jetzt, um die Nachmittagsstunden, der Betrieb zugenommen hatte.

Die Menschen hatten die Pisten hinter sich gelassen und kamen nach Culver, um einen Schluck zu trinken oder einiges einzukaufen. Gegen Abend würden viele wieder in den Hotels verschwinden. Ferienwohnungen und Ferienhäuser gab es zum Glück um Culver herum nicht, dann wäre der Trubel noch größer gewesen.

Am späten Nachmittag frischte der Wind immer auf. So war es auch an diesem Tag. Er fiel von den Bergen in den Ort, wehte über die Schneeflächen und schleuderte zahlreiche Kristalle in die Höhe, die wie glitzernder Flugsand gegen die Häuser und die schmalen Wege hineingeweht wurden.

Die Straßen leerten sich. Dem kalten Wind wollte sich keiner aussetzen. Auch die Sonne war kaum noch zu sehen. Nur die Bergspitzen erglühten in einem flammenden Dunkelrot.

Doris' Angst wuchs.

Eigentlich hätte ihr Mann schon längst wieder zurück sein müssen. Mit dem Wagen war die Strecke ein Katzensprung. Er hatte nur den beiden Fremden die Stelle zeigen wollen, wo er dem Yeti begegnet war. Nichts hatte sich bisher getan.

Sie traute den Männern aus der Stadt sowieso nichts zu. Was sollten die schon in diesem Land ausrichten? Gar nichts. Sie kannten die Berge höchstens vom Hörensagen oder aus irgendwelchen Fernsehberichten.

Doris wandte sich ab. Sie zitterte, als sie in die Küche ging, um sich einen Tee aufzubrühen. Wenn die Männer in einer halben Stunde noch nicht zurück waren, wollte sie beim District Commissioner anrufen und dort Alarm schlagen.

Dann sollte der mobil machen und mit einem Suchtrupp anrücken. Doris hatte Wasser aufgesetzt und wartete darauf, dass es heiß wurde. Längst hatte sie das Licht einschalten müssen, da die langen Schatten der Dämmerung den Ort überfluteten.

Auch draußen brannten die Lichter. Der gelbe Laternenschein warf seinen hellen Teppich auf den Schnee, wo die kleinen Kristalle glänzten, als wären sie angestrichen worden.

Aus dem Schrank nahm sie einen Teebeutel und drückte ihn in die Tasse. Das Wasser kochte mittlerweile. Sie goss es in die Tasse, ließ den Tee ziehen und setzte sich auf einen der drei Hocker, die vor einer Esstheke in der Küche standen.

Einige Krümel Kandiszucker löffelte sie ebenfalls in den Tee und rührte gedankenverloren um. Von ihrem Platz aus konnte sie durch das Küchenfenster schauen. Es lag zur Straße hin. Sie sah hin und wieder Menschen über den verschneiten Gehsteig laufen, aber sie achtete nicht darauf. Ihre Gedanken drehten sich einzig und allein um ihren Mann.

Noch immer war er nicht zurückgekehrt.

Allmählich wurde es ihr eng im Hals. Die Furcht schnürte ihr langsam die Kehle zu.

Hin und wieder warf sie einen Blick auf das Telefon. Sie hatte Angst davor, dass es sich melden würde und man ihr die Nachricht brachte, dass mit ihrem Mann etwas passiert war.

Wieder verrannen die Minuten. Im Haus war es still. Nur das leise Summen der Heizung hörte sie, aber daran hatte sich Doris längst gewöhnt. Sie trug bequeme Kleidung. Einen roten Umstandsoverall und darunter einen weißen, flauschigen Pullover aus Angorawolle.

Plötzlich klingelte es.

Das Geräusch der Glocke erschreckte Doris so heftig, dass ihr die Teetasse aus der Hand rutschte, auf die Untertasse prallte und zerbrach. Die Scherben und der restliche Tee ergossen sich über die Platte, was Doris in diesem Augenblick nicht kümmerte.

Sie hockte auf dem Fleck und hielt die Augen geschlossen. Erst nach dem zweiten Klingeln öffnete sie diese wieder, rutschte vom Hocker und ging zur Tür.

Mit unnatürlich weichen Knien schritt sie durch die geflieste und rustikal eingerichtete Diele. Ihr Herz schlug schneller als normal. Doris wusste plötzlich, dass es nicht ihr Mann war, der Einlass begehrte. Zudem besaß Dexter einen Schlüssel.

Die Haustür hatte keine Scheiben. Wegen der winterlichen Kälte dichtete man die Häuser so gut wie möglich ab.

Doris war vorsichtig, als sie öffnete.

»Mrs. Haley?«, vernahm sie eine fremde Stimme.

»Ja …« Ihr Herz schlug plötzlich hoch bis zum Hals, und mit einem Ruck riss sie die Tür auf.

»Darf ich reinkommen?«

Im Licht der Außenlampe stand ein Fremder. Er sah auch nicht aus wie ein Tourist, trug einen mit Fell gefütterten Parka, wattierte Hosen und Stiefel. Die Pelzmütze hatte er abgenommen. Sein Gesicht wirkte blass. Vielleicht lag es auch an den dünnen rötlichen Haaren, die quer über den Kopf gekämmt waren.

»Was wollen Sie denn?«

»Mit Ihnen sprechen.«

Spontan fragte Doris: »Geht es um meinen Mann?« Ihre Augen in dem rundlichen Puppengesicht waren groß geworden und weit geöffnet. In den Pupillen spiegelten sich Angst und Hoffnung gleichzeitig.

»Ja, darum geht es.«

»Was ist mit ihm? Ist ihm etwas ...«

»Ich möchte das mit Ihnen nicht zwischen Tür und Angel besprechen, wenn Sie verstehen.« Seine Stimme hatte jetzt einen schärferen Klang angenommen.

Doris, sowieso nicht mehr Herr ihrer Nerven, fühlte sich eingeschüchtert und gab den Weg frei. Der Fremde trat seine Füße auf der Matte ab. Von den Stiefeln fiel der Schnee.

»Sie haben mir noch immer nicht Ihren Namen gesagt, Mister ...«

Er trat in die Diele und schaute sich kurz um. »Ich heiße Moore. Jasper Moore.«

»Kennen Sie meinen Mann?«

Er schaute Doris an. Ihr fiel auf, dass seine Augen unnatürlich hell waren. Rote Äderchen durchzogen sie wie ein feines Netzwerk. »Ich kenne Ihren Mann, sonst hätte ich Sie nicht aufgesucht, Mrs. Haley.«

»Wissen Sie auch, wo er sich aufhält?«

»Sicher!«

»Wo?«

Moore winkte ab. »Nicht so hastig, meine Liebe. Immer mit der Ruhe. Ich werde Ihnen alles sagen.«

»Jetzt, sofort, hier!«, verlangte sie.

Er hob die Schultern. »Wie Sie wollen, Mrs. Haley. Ihr Mann befindet sich noch im Gelände, zusammen mit seinen beiden Helfern.«

Doris schüttelte den Kopf. »Das … das hätte nicht zu sein brauchen. So weit wollte er nicht weg.«

»Die drei können nicht mehr fahren.«

Sie trat einen Schritt zurück. »Wieso das?«

»Weil sich auch ein Range Rover mit zerstochenen Reifen schlecht lenken lässt. Das ist es.«

Sie spürte den Kälteschock, der vom Kopf her bis in ihre Beine schoss. »Zerstochene Reifen? Das ist doch nicht möglich. Nein, das kann ich nicht glauben. Wer sollte denn Reifen zerstechen …? Wer …« Sie sah das Grinsen auf dem Gesicht ihres Besuchers, holte tief Luft und fragte ächzend: »Sie etwa?«

»Ja, ich.«

Doris schwieg. Sie wäre am liebsten in den Boden versunken und hätte sich irgendwo versteckt. Beides war nicht möglich. So ging sie zurück und presste sich mit dem Rücken gegen die Wand. »Das kann ich einfach nicht fassen. Sie erzählen mir hier etwas …«

»Es ist die Wahrheit.«

Dreh nur nicht durch!, befahl sie sich. Bleib jetzt ruhig. Keine Panik, sonst ist alles verloren. Du musst auch an dein Kind denken. Das ist jetzt wichtig.

»Warum, Mr. Moore? Warum?«

»Er ist ein Feind!«

Doris gelang sogar ein bitteres Lachen. »Feind, was soll das, Mister? Er ist kein Feind. Er kennt Sie nicht, ich kenne Sie auch nicht. Bisher habe ich Sie wenigstens nicht gekannt.«

»Da haben Sie durchaus Recht. Dennoch muss ich Ihnen sagen, dass Ihr Mann und ich Feinde sind. Ebenso wie die beiden anderen, die Ihren Mann begleiten.«

»Ja, allmählich glaube ich Ihnen.« Doris senkte den Kopf und hob ihn sofort wieder an. »Aber er ist nicht tot?«

»Nein.«

Sie holte durch die Nase Luft. »Und wie ich ihn kenne, wird er bald wieder hier sein.«

»Das soll er auch.«

»Wie meinen Sie das?«

»Ich werde hier auf ihn oder einen der beiden anderen Personen warten. Und zwar mit Ihnen als Geisel.« Jasper Moore schnippte mit den Fingern. »Es ist sogar besser, wenn Ihr Mann nicht herkommt und Karl Mertens schickt. Mit ihm möchte ich persönlich abrechnen. Ihr Mann und dieser andere Kerl können sich dann um meinen Freund kümmern.«

Doris wunderte sich, dass sie die Beherrschung nicht verlor. »Sie … Sie sind nicht allein?«

»Nein.«

»Wer ist noch bei Ihnen?«

»Wollen Sie ihn sehen? Er wartet draußen. Und zwar dort, wo Sie Ihren Garten haben. Er wird sich gleich zurückziehen und sich ein neues Ziel suchen. Eines verspreche ich Ihnen, Mrs. Haley. In dieser Nacht wird sich einiges ändern.«

»Und was?«

»Gehen Sie vor in Ihr Wohnzimmer.«

Sie wollte nicht. »Was soll ich dort?«

Moore packte ihren Ellbogen und drehte sie herum. »Hier wird nicht widersprochen, Lady. Machen Sie schon! Es hat keinen Sinn, sich meinen Befehlen zu widersetzen.«

»Sie sind widerlich, wissen Sie das?«

»Vielleicht, aber jetzt gehen Sie.« Er ließ sie los, und Doris ging voran.

Wieder spürte sie das Puddinggefühl in ihren Knien, raffte ihren ganzen Mut zusammen und sagte: »Ihr Plan wird nicht aufgehen, das verspreche ich Ihnen. Sie kennen meinen Mann nicht. Er wird mich befreien. Hören Sie.« An der offenen Wohnzimmertür war sie stehen geblieben und drehte sich um.

»Lassen Sie das meine Sorge sein. Gehen Sie jetzt zum Fenster und bleiben Sie dort stehen.«

Auch der Wohnraum war rustikal eingerichtet, wie es in dieser Berggegend üblich war. Auf dem gefliesten Boden lagen keine Teppiche, dafür Felle, die so dick waren, dass man sich darauf niederlassen konnte, ohne zu frieren. Unter den Fliesen war die Fußbodenheizung installiert, natürlichere Wärme brachte der Kamin in der Ecke, und die Sitzgruppe lag etwas tiefer. Man musste von der normalen Höhe über eine kleine Treppe gehen, um sie zu erreichen.

Der Fremde dirigierte Doris bis zum Fenster. Sie hatten beim Bau des Hauses auf Großzügigkeit Wert gelegt. Deshalb reichte die Scheibe auch bis zum Boden, in der Breite nahm das Fenster fast die gesamte Hausfront ein.

Obwohl auch im Garten Laternen standen, hatte Doris sie nicht eingeschaltet.

Dämmerig lag das Gelände hinter dem Fenster. Nur die Schneefläche schimmerte in einem matten Weißgrau.

Die Frau war so nahe an das Fenster herangeschoben worden, dass ihr warmer Atem gegen die Scheibe stieß und einen feuchten Fleck dort hinterließ, wo er das Glas berührte.

Hinter ihr stand Jasper Moore. Er überragte sie um fast eine Kopflänge. Undeutlich spiegelte sich seine Gestalt in der Scheibe. »Und jetzt schauen Sie genau nach vorn, Lady. Blicken Sie in Ihren Garten. Dort werden Sie bald etwas Interessantes sehen können.«

»Was denn?«

»Mein Freund ist da …«

Mehr brauchte Moore nicht zu sagen, denn auf der glatten Schneefläche regte sich etwas. Ein Schatten wanderte darüber hinweg und näherte sich dem schwachen Lichtstreifen, der aus dem Fenster fiel und sich auf dem Schnee verlief.

Doris wusste nicht genau, um wen oder was es sich bei dem Schatten handelte. Aber sie hatte plötzlich einen schrecklichen Verdacht, und sie sah auch, dass sich der Schatten erhob.

Er wuchs …

Vor dem Fenster stieg er in die Höhe, nahm Gestalt an, und Doris hatte den Eindruck, gegen den Körper eines düsteren Riesen zu schauen, eines Ungeheuers.

War er das?

Sie hob einen Arm an und presste ihren Handballen gegen die Lippen. Furcht durchrieselte sie. Ihr wurde kalt und heiß zugleich. Sie merkte den Druck in ihrem Nacken, die Augen hatten sich geweitet, und das Zittern in den Knien nahm zu.

Der Schatten draußen und die sich in der Scheibe spiegelnde Gestalt des Eindringlings vermischten sich, als würden die beiden zusammengehören. »Siehst du ihn?«, flüsterte Moore.

»Wer ist das?«

»Schau genau hin«, erklärte er leise.

Und die Gestalt trat vor. Sie tat den ersten Schritt, dann den zweiten, kam näher und stand plötzlich so dicht vor dem Fenster, dass Doris nur hätte die Hand auszustrecken brauchen, um sie zu erreichen.

Sie war so groß, so unheimlich. Die Breite eines Schranks nahm der Körper ein, der gleichzeitig dem eines Gorillas glich. Aber es war kein Riesenaffe, ein Monstrum stand im Garten.

Der Yeti!

Ja, er war es!

Doris wusste nicht, ob sie schreien oder weinen sollte. Ihre Hand war wieder nach unten gesunken, der Mund stand offen, aber nicht ein Laut drang aus der Kehle.

Der Yeti bewegte sich. Er beugte seinen Kopf vor, sodass sein Gesicht fast die Scheibe berührte.

Sie sah die Augen.

Furchtbar waren sie. In einem kalten Gelb standen sie unbeweglich innerhalb des Gesichts und starrten die Frau an.

Darunter sah sie das weit aufgerissene Maul und konnte trotz der schlechten Lichtverhältnisse den roten Schlund erkennen, der jenseits des Reißgebisses begann.

»Na, hast du meinen Freund gesehen, Lady?«

Doris nickte nur. Sprechen konnte sie noch immer nicht. Dafür war die Situation einfach zu schrecklich.

»Niemand kommt gegen ihn an. Ich feiere in den nächsten Stunden einen gewaltigen Triumph. Heute Nacht holt er sich die Opfer. Da wird er wüten und toben und die Hölle nach Culver bringen.«

Doris fuhr herum. Sie wunderte sich selbst, woher sie den Mut nahm. Aber jemand musste es dem Kerl einfach sagen. »Warum das alles?«, schrie sie. »Weshalb tun Sie das?«

»Aus Rache.«

»Das ist kein Grund!«

»Für mich schon. Ja, für mich ist Rache ein Grund. Ich bin gekommen, um abzurechnen. Ich werde nicht mehr zulassen, dass man den Yeti einfach ignoriert. Er wird hier herrschen, und ich kann der Welt meine Macht beweisen.«

»Sie sind wahnsinnig!«

In die hellen Augen des Mannes trat ein noch härterer Ausdruck. »Sagen Sie das nie wieder, Lady, sonst werde ich sehr unangenehm.« Sein Blick glitt über ihren Körper. »Wie ich sehe, sind Sie in Umständen. Sie wollen doch, dass Ihr Kind gesund zur Welt kommt. Es liegt an Ihnen, ob dieser Fall eintreten wird. Haben wir uns verstanden?«

Doris Haley senkte den Kopf und nickte. Sie wollte das Monstrum noch einmal sehen, drehte sich um und blickte in den Garten.

Der Yeti war verschwunden!

»Wieso?«, fragte sie. »Wo … wo ist er?«

»Ich habe ein Ziel und es schon erreicht. Er wird seines in den nächsten Minuten erreichen.«

»Und wo ist das?«

Die Antwort klang triumphierend, als Jasper Moore sagte: »Es ist das Hotel ›Mountain King‹ …«

Nach diesem Satz sackte Doris zusammen und wurde ohnmächtig. Jasper Moore fing sie auf und legte sie auf die breite Ledercouch. Seine Lippen hatten sich zu einem kalten Lächeln gekräuselt.

Es lief alles genau nach Wunsch …

Golden glänzten die Lichterketten vor dem Hotel »Mountain King« und ließen den Schnee glitzern. Auf den Pisten hielt sich kein Läufer mehr auf. Nur einige Raupenfahrzeuge quälten sich die Hänge hoch, um die Strecken für den nächsten Tag wieder zu präparieren.

Durch den Lichtschein vor dem Hoteleingang bewegten sich drei müde Gestalten.

Das waren wir.

Leicht war uns der Weg nicht gefallen, und manchmal hatte es ausgesehen, als ob er kein Ende nehmen würde. Aber wir hatten es trotz aller Widrigkeiten geschafft und das Hotel erreicht. Leider nicht mehr im Hellen. Nur noch auf den Berggipfeln lag ein heller Schimmer.

Wir sahen aus wie die Schneemänner. Um schneller voranzukommen, waren wir sogar Strecken gerutscht. Der Schnee klebte in unserer Kleidung, er war sogar daran festgefroren, denn das Thermometer hatte die Frostgrenze unterschritten.

So gut wie möglich klopften wir uns vor dem Eingang den Schnee von der Kleidung. Auch die Füße traten wir uns ab, bevor wir die kaminwarme Vorhalle betraten.

Um diese Zeit herrschte mehr Betrieb als gegen Mittag. Viele Skiläufer hatten ein warmes Bad genommen, sich umgezogen und warteten auf ein anständiges Essen.

Vorher nahmen sie noch einen Drink. Die Gruppen hockten zusammen in den schweren Sesseln, unterhielten sich, lachten, scherzten und tranken. Hin und wieder liefen auch Kinder durch die Halle und brachten noch mehr Leben.

An der Rezeption blickte man uns überrascht an, weil wir so durchgefroren wirkten.

»Haben Sie eine Wanderung gemacht?«, sprach man Dexter Haley direkt an.

»So ungefähr.«

Dr. Mertens und ich nahmen inzwischen die Zimmerschlüssel entgegen. »Ich werde dann nach Hause gehen«, sagte Dexter. »Meine Frau wird sich Sorgen machen. Außerdem werde ich durch den Ort patrouillieren. Das muss sein. Vielleicht entdecke ich den Yeti.« Er hatte den letzten Satz sehr leise gesprochen, sodass nur Mertens und ich ihn hörten.

»Ach so«, wurden wir noch einmal von der Rezeption her angesprochen. »Für Dr. Mertens ist zweimal angerufen worden.«

»So? Wer war es denn?«

»Der Herr hat seinen Namen nicht genannt. Er meinte nur, dass Sie Bescheid wüssten.«

Karl Mertens trat dicht an die Theke. »Hat er davon gesprochen, dass er es noch einmal versuchen will?«

»Ja.«

»Uhrzeit?«

»Wurde mir nicht mitgeteilt. Wenn Sie in der Halle warten wollen, ist es mir recht. Ich kann auch das Gespräch aufs Zimmer legen.«

»Schon gut.« Mertens trat zu uns. »Es war Moore, darauf möchte ich wetten. Er spielt mit uns Katz und Maus. Eigentlich wollte ich mich umziehen. Was machen wir? Bleiben wir hier oder ...«

Ich hatte das Summen des Telefons hinter der Rezeption gehört und drehte mich um. Der Portier sprach bereits, drehte sich aber um und nahm den Apparat in die freie Hand.

»Moment bitte, Mr. Mertens befindet sich in der Nähe. Sie können ihn jetzt sprechen.«

Mertens sah mich kurz an, nahm den Hörer und meldete sich mit einem knappen »Ja, bitte?«.

Anschließend hörte er nur zu. Sein Gesichtsausdruck veränderte sich kaum, aber auf seiner Stirn bildeten sich plötzlich kleine Schweißperlen. Ein Beweis, dass ihn die Nachricht tief getroffen hatte. Er schielte dabei auf Dexter Haley, der den Blick ebenfalls bemerkte und sich fragend an mich wandte.

»Was kann er nur haben?«

»Keine Ahnung.«

Das Gespräch dauerte nicht mehr lange. Bevor Mertens auflegte, sah es so aus, als wollte er den Hörer zerbrechen. Dann drehte er sich ruckartig zu uns um, ging mit steif wirkenden Schritten auf eine nicht besetzte Sitzgruppe zu und ließ sich dort nieder.

Wir setzten uns ihm gegenüber.

Dexter Haley konnte seine Neugierde nicht mehr im Zaum halten. »Was ist denn los?«

»Es war Moore.«

»Und?«, fragte ich. »Hat er gesagt, wo er sich aufhält?«

Mertens nickte. »Er hält sich schon in Culver auf. Er sagte auch genau, wo das ist.« Mertens blickte Haley direkt an. »Und zwar bei Ihnen, Dexter. Moore ist in Ihrer Wohnung und hält Ihre Frau Doris als Geisel fest.«

Wir hatten damit gerechnet, dass Dexter aufspringen würde. Er blieb aber sitzen und ballte seine Hände. »Wieso bei mir? Was soll das überhaupt? Wer ist dieser Moore genau?«

Wir hatten ihn nicht eingeweiht, jetzt blieb Dr. Mertens nicht anderes übrig, als dem Öko-Sheriff mit einigen knappen Sätzen eine Erklärung abzugeben.

Dexter verstand. »So ist das also«, flüsterte er und lehnte sich zurück. Er war bleich geworden.

Ein Ober schlich vorbei und warf uns einen bösen Blick zu, weil wir mit der feuchten Kleidung in den Sesseln hockten.

»Er hat Ihre Frau als Geisel, Dex«, sagte Karl Mertens. »Sie wissen, was das bedeutet?«

»Natürlich. Ich verstehe ihn trotzdem nicht. Was hat meine Frau damit zu tun?«

»Es geht ihm um zwei Dinge. Zum einen um mich, zum anderen um Sie. Denn Sie sind es gewesen, der auf den Yeti geschossen hat. Und das ist nun mal sein Liebling.«

Dexter Haley blickte uns hart an. »Ich werde Doris befreien«, sagte er. »Ich gehe hin und hole sie. Dabei ist es mir egal, ob der Yeti sich in oder an meinem Haus versteckt hält. Ich muss meine Frau befreien. Das bin ich ihr schuldig.«

»Sie werden nicht gehen«, sagte Mertens so bestimmend, dass er selbst mich überraschte.

»Und weshalb nicht?«

»Weil ihre Frau dann von ihm getötet würde. Er hat mir etwas anderes gesagt.«

»Was denn? Reden Sie schon!« Dexter beugte sich vor.

»Er will mich haben. Ich werde zu Ihm gehen. Nur deshalb hat er Ihre Frau als Geisel geholt.«

»Was sollen wir tun?«

»Hier im Hotel bleiben.«

Haley lachte auf. »Ja, Däumchen drehen, nicht?« Er schüttelte den Kopf. »Nein, das kommt nicht in Frage. Ich bleibe nicht hier und tue nichts. Das kann niemand von mir verlangen.«

»Dann wird er Ihre Frau töten!«, sagte Mertens völlig ruhig und emotionslos. »Damit müssen Sie sich abfinden.«

Ich stand dem Regierungsbeamten bei. »Ja, Dex, so läuft die Sache. Dieser Moore will mit Dr. Mertens abrechnen. Der Fall ist im Prinzip eine persönliche Sache zwischen den beiden.«

»Aber wir sind mit hineingezogen worden.«

»Das stimmt auch. Nur müssen wir uns den Umständen entsprechend verhalten.«

»Und wie sähe das aus?«, fragte Dexter.

Ich wandte mich an Mertens. »Hat er den Yeti erwähnt?«

»Nein, das hat er nicht. Ich gehe sogar davon aus, dass sich der Yeti nicht im Haus befindet.«

»Wie kommen Sie darauf?«

»Weil Moore ihn zwar erwähnte, jedoch in einem anderen Zusammenhang. Er sprach noch davon, dass es die Nacht des Yetis werden würde. Wahrscheinlich hat er der Bestie den Auftrag gegeben, durch die Dunkelheit zu streifen und zu töten. Er will zwei Fliegen mit einer Klappe schlagen. Gewaltigen Schrecken verbreiten und sich gleichzeitig an mir rächen.«

Ich hatte genau zugehört und gab eine etwas erschreckende, wenn auch realistische Antwort. »Wenn es die Nacht des Yetis werden soll, wird die Bestie auf Jagd gehen. Und wo findet sie die besten Voraussetzungen? In den Hotels. Auch hier.«

Meine Worte wirkten. Dex Haley, der bisher geschwiegen hatte, fragte plötzlich: »Meinen Sie, dass wir mit seinem Auftauchen hier im ›Mountain King‹ rechnen müssen?«

»Das sehe ich so!«

Dr. Mertens erhob sich und warf dabei einen Blick auf seine Uhr. »Ich kann nicht länger warten. Beschreiben Sie mir noch den Weg zu Ihrem Haus, Mr. Haley?«

Ja«, antwortete dieser rau. Auf einer Serviette malte er den Weg auf. Während der Arbeit zitterte seine Hand, und in den Augen glänzte es feucht.

»Da ist es«, sagte er mit belegter Stimme und malte noch ein Kreuz.

Dr. Mertens sah sich die Zeichnung kurz an, nickte und verabschiedete sich von uns. »Es wird alles klappen«, sagte er leise. »Wenn ich Ihre Frau befreit habe, gebe ich Ihnen sofort Bescheid.« Er ging zur Tür, ich begleitete ihn.

»Es sieht schlecht aus, John«, flüsterte er mir zu. »Moore auf der einen Seite und der Yeti auf der anderen. Halten Sie nur die Augen offen.«

»Darauf können Sie sich verlassen.«

Mertens ging. Ich wartete, bis er den Lichtschein verlassen hatte, und schritt wieder zurück.

Starr wie eine Figur saß Dexter Haley in seinem Sessel. Er war wachsbleich geworden. »Doris«, hauchte er. »Verdammt noch mal, sie hat niemandem etwas getan. Sie wird bald Mutter und jetzt …«

Ich legte ihm einen Arm auf die Schultern. »Verlassen Sie sich auf Dr. Mertens.«

»Ich kenne ihn doch nicht. Er ist …«

»Ziemlich gewitzt, Dex, das weiß ich. Wir dürfen nur nicht die Übersicht verlieren.«

»Ihre Frau befindet sich ja nicht in der Hand eines Wahnsinnigen.«

»Stimmt, aber denken Sie auch an den Yeti, der wahrscheinlich nichts mit Ihrer Frau zu tun hat. Das kann man als einzigen positiven Punkt sehen.«

Der Mann starrte auf sein Gewehr. Es lehnte neben ihm an der Tischkante. »Meinen Sie?«

»Es ist mein voller Ernst.«

Er holte tief Luft. »Und was machen wir jetzt?«

»Bleiben Sie hier in der Halle. Ich gehe in mein Zimmer und bin später wieder da.«

»Was wollen Sie denn da?«

»Vielleicht den Yeti fangen«, erwiderte ich …

Er ging hinaus in die Kälte und hatte seine Hände tief in die Taschen der gefütterten Jacke gerammt. In seinem Kopf tobten die Gedanken. Plötzlich war die Vergangenheit wieder lebendig geworden, und Karl Mertens erinnerte sich überdeutlich an die Szene im Keller, als ihm Jasper das Yeti-Baby gezeigt hatte.

Karl hätte es getötet. Wahrscheinlich aber hatte er mit diesem Ausspruch schon damals sein Todesurteil unterschrieben, das nun vollstreckt werden sollte.

Genau dies hatte ihm Jasper Moore zu verstehen gegeben. Er war gekommen, um zu töten. Wenn er das tat, stellte er sich noch unter die Stufe der Yeti-Bestie. Ein Mensch besaß Verstand, das Monster nicht. Es gehorchte nur seinem Trieb.

Über dem Tal lag der Frost wie eine unsichtbare Decke und hatte den Schnee noch härter werden lassen. Es war auch glatter geworden. Bei jedem Schritt knirschte es unter den Sohlen des Mannes, als würde Glas zerbrechen.

Im Schein einer Laterne blieb Dr. Mertens stehen und holte den Zettel hervor, um sich zu orientieren. In die übernächste Straße musste er rechts einbiegen.

Nur wenige Wagen bewegten sich auf der Main Street. Ihre Reifen wirbelten Schneestaub auf, der wolkenartig im Licht der Scheinwerfer tanzte. Ein Ladenbesitzer, der Skiausrüstung und Souvenirs verkaufte, ließ das Gitter ratternd nach unten fallen.

Ein völlig normaler Winterabend in einem Tal der Rockys. So jedenfalls sah es äußerlich aus. Aber der Druck blieb. Nur wenige Menschen, die Bescheid wussten, nahmen ihn wahr. Irgendwo in der dunkelblau wirkenden Finsternis konnte das Monstrum lauern, um auf den günstigsten Zeitpunkt zu warten.

Dr. Karl Mertens musste fast bis an das Ende des Ortes gehen, bevor er nach links einbog. Die Straße war relativ schmal. Hier standen nur wenige Häuser. Über die Dächer hinweg schimmerte die Leuchtschrift einer Tankstellen-Reklame.

Die Haleys wohnten im letzten Haus. Der Schnee hatte den großen Vorgarten unter sich begraben. Zur Haustür hin war ein Weg freigeschaufelt worden.

Über der Tür brannte Licht. Eine etwas verloren wirkende helle Insel in der Finsternis.

Mertens blieb noch im Dunkeln stehen. Er suchte nach dem Yeti. Vielleicht hob sich sein kompakter Schatten innerhalb der Finsternis ab, aber da war nichts zu sehen.

Aus der Dunkelheit schoben sich nur die Mauern des Wohnhauses in die Höhe.

Dr. Karl Mertens gab sich einen Ruck und ging die letzten Schritte auf das Haus zu. Er war in seinem Job gestählt worden. In diesen Augenblicken aber spürte auch er den Druck, der klammartig auf ihm lastete.

Trotz der Kälte schwitzte er. Der Schweiß perlte über seinen Nacken, während das Gesicht durch den Wind fast zu Eis geworden war.

Vor der Tür verweilte er. Durch das Fenster an der Seite konnte er nichts erkennen. Es hatte eine Milchglasscheibe. An den vorstehenden Dachrändern hingen schlanke Eiszapfen nach unten wie kleine Messerklingen.

Er schellte.

Zunächst tat sich nichts. Die Schritte hörte er nicht, die sich näherten. Dafür spürte er den Schwall Wärme, der ihm entgegenquoll, als die Tür ruckartig aufgezogen wurde.

Nicht Jasper Moore stand vor ihm, sondern Doris Haley. Das Deckenlicht flutete über ihr Gesicht, sodass die angstvoll aufgerissenen Augen deutlich zu erkennen waren. Mertens sah der Frau an, dass sie geweint hatte, deshalb zwang er sich zu einem Lächeln.

»Ich bin Karl Mertens.«

Doris nickte nur.

Aus dem Hintergrund erklang eine scharfe Stimme. »Ja, du bist es, Karl. Ich habe dich an der Stimme erkannt. Ich will dir jetzt schon sagen, dass ich irgendwelche Tricks sofort mit einer Kugel beantworte. Was ich hier in der Hand halte, ist ein Revolver. Die Mündung zielt auf den Rücken der Frau.«

»Du brauchst dir keine Sorgen zu machen, Jasper. Ich bin gekommen, um mit dir zu reden.«

Moore ließ ein Lachen hören. »Etwas anderes bleibt dir wohl kaum übrig, mein Freund.«

»Kann ich eintreten?«

»Ja, gern. Sie werden sich zurückziehen, Doris. Aber geben Sie Acht, keine Dummheiten.«

»Nein, nein …« Die Frau ging zurück. Sie zitterte und konnte sich kaum auf den Beinen halten.

Nachdem sie drei Schritte gegangen war, betrat Karl Mertens die warme Vorhalle des Hauses. Er blickte sich sofort um. Sein Widersacher stand rechts von ihm. Die Mündung der Waffe verfolgte den Weg der Hausherrin, die schon zuvor Anweisungen erhalten haben musste, was sie tun sollte, denn sie blieb neben einer Tür und dicht vor der Wand stehen.

Moore schwenkte seine Arme. Er hielt den Revolver mit beiden Händen fest und zielte auf Karl Mertens' Brust.

»Du kannst ruhig näher kommen«, sagte er. »Aber hübsch vorsichtig, keine Dummheiten.«

Mertens setzte sich in Bewegung. Es sah so aus, als würde er auf Zehenspitzen schreiten. Bis in die Mitte des Raumes ließ Moore ihn gehen. »Jetzt bleibst du stehen!«

Mertens stoppte.

Der andere starrte ihn an. Dabei nickte er. »Viel hast du dich nicht verändert, Karl. Ich hörte, dass du Karriere gemacht hast, aber gelernt hast du nicht viel.«

»Was meinst du damit.«

»Wahrscheinlich denkst du über den Yeti noch ebenso wie vor fünf Jahren – oder?«

»Ja, das muss ich. Er hat getötet, er ist ein Killer.«

»Es ist seine Natur.«

»Dann muss man sie eben vernichten!«

»Du, Karl«, flüsterte Jasper Moore, »wirst keine Gelegenheit mehr dazu haben, das verspreche ich dir.«

»Wir werden sehen, Jasper.«

»Und noch eines wollte ich dir sagen. Wer eine so hohe Stellung wie du bekleidet, der ist bewaffnet. Solltest du eine Kanone mitgebracht haben, dann leg sie jetzt ab.«

»Mach ich.« Karl Mertens zog den Reißverschluss nach unten und griff unter seine Jacke. Jede Bewegung wurde von Moore sehr genau beobachtet, deshalb zog Mertens seinen Revolver mit spitzen Fingern hervor, hielt ihn am Lauf fest und ließ ihn pendeln.

»Lass ihn fallen und stoße ihn danach zu mir.«

Auch das tat Mertens. Die Waffe prallte auf einen Fellteppich. Es gab nur ein dumpfes Geräusch. Als er sie anstieß, blieb sie schräg neben Jasper Moore liegen.

»Hast du sonst noch eine Kanone?«

»Nein!«

Moore wollte ihm nicht glauben. »Taste ihn ab, Lady!«

»Ich?« Doris schrak zusammen.

»Wer sonst, verdammt!«

»Ja, ja …« Sie trat auf Mertens zu und schaute ihn mit einem bittenden Blick an. Karl breitete die Arme aus. Er ließ sich filzen. Doris ging sehr gründlich vor, fand tatsächlich nichts.

»Du bist also sauber«, stellte Moore zufrieden fest. »Aber du wolltest es versuchen, wie?«

»Du hast mir nicht gesagt, dass ich waffenlos kommen soll.«

»So etwas versteht sich von selbst, verdammt.« Moore lief rot an. Er sah aus, als wollte er schießen, riss sich aber zusammen und befahl mit harter Stimme! »Setz dich in den Sessel!«

Mertens nahm Platz. Er schlug sogar die Beine übereinander, sodass seine Haltung ein wenig lässig wirkte, was Moore wiederum ärgerte.

»Fühlst du dich sicher?«

»Ich mache es mir nur bequem.«

»Noch immer so kalt wie eine Hundeschnauze, wie?«

»Man lernt immer dazu.«

»Klar, das kann ich mir denken. Auch ich habe gelernt.« Moore nahm auf der Lehne eines anderen Sessels Platz. »Du glaubst gar nicht, wie sehr ich auf diesen Tag gewartet habe. Jahrelang habe ich nur an meine Rache gedacht, jetzt kann ich sie erfüllen.«

Mertens wich dem Blick seines ehemaligen Freundes nicht aus. »Jasper, das hältst du nicht durch.«

»Was halte ich nicht durch?«

»Diesen Stress. Du bist einfach nicht der Typ, der so etwas bis zum bitteren Ende durchzieht.«

»Bitter für dich, Karl.«

»Auch. Wenn ich hier sterben sollte, wird Culver ebenfalls für dich das Grab.«

Moore lachte. »Niemals. Falls du auf deine beiden Helfer hoffst, kannst du dir es abschminken. Ich habe nicht umsonst befohlen, dass sie im Hotel bleiben. Alles hat seinen Grund, und ich werde ihn dir auch nennen. Der Yeti hat von mir den Auftrag, die beiden zu töten. Er wird das Hotel überfallen, und unter den zahlreichen Opfern werden sich auch deine Helfer befinden. Mit dir rechne ich persönlich ab, aber mit den anderen der Yeti. So, jetzt weißt du, was auf dich zukommen wird, Dr. Karl Mertens ...«

Ich hatte tatsächlich mein Zimmer betreten, aber nicht, um mich zu entspannen. Mein Plan sah anders aus. Ich wollte mich ein wenig umsehen. Das musste von meinem Zimmer aus klappen.

Zuerst öffnete ich die Balkontür und betrat den hölzernen Anbau. Um diese Zeit hielt sich kein Gast mehr in der Kälte auf. Mich würde man kaum beobachten.

Das Dach des Hotels war weit vorgezogen. Es schwebte über dem Geländer des Balkons, war schneebedeckt, und von der Dachrinne herab hingen unterarmlange Eiszapfen.

Ich kletterte auf das Geländer der Brüstung, hielt mich an der Dachrinne fest, prüfte deren Stärke und war zufrieden. Dann kletterte ich hoch. Drei Klimmzüge benötigte ich. Es war eine verdammte Wühlerei, bis ich auf der Schräge lag, der Schnee unter mir knirschend zusammensackte, und mich erst einmal erholte.

Viel hatte ich nicht erreicht. Als ich mich umsah, erkannte ich, dass ich auf einem Vordach gelandet war und das eigentlich erst weit über mir begann.

Die Sicht war nicht viel besser als auch vom Balkon aus. Dabei hatte ich die Mühen auf mich genommen, weil ich davon ausging, dass ich aus der Höhe den Yeti möglicherweise sehen konnte, wenn er sich dem Hotel näherte.

Bisher hockte ich auf dem Dachvorsprung wie eine frierende Katze, blickte in die Tiefe, wo die Dunkelheit über der weißgrauen Schneefläche lag und sich nichts bewegte.

Hinter dem Hotel befand sich ein Pool. Er war im Winter leer. Nicht einmal ein Licht brannte dort. Helligkeit fiel nur durch die Fenster über mir.

Um sie zu erreichen, musste ich die mit Schnee bedeckte Dachschräge hoch. Bevor die Schräge auslief und die nächste Hauswand steil anstieg, hatte irgendein schlauer Kopf einen relativ breiten Sims angebaut, der zwar dicht mit Schnee beladen war, mir aber die Chance gab, mich auf ihm bewegen zu können.

Noch immer konnte ich mir nicht vorstellen, dass der Yeti so einfach zur Tür hereinspazieren würde. Diese Bestie griff sicherlich dort an, wo es niemand vermutete.

Heimtückisch, von außerhalb, aber dann direkt mit Brachialgewalt.

Trotz der glatten Oberfläche konnte ich den Sims erreichen. Auf dem Dach waren, im rechten Winkel zu den Pfannen angebracht, die so genannten Schneefänger. Leichtmetallgitter, die eine große Schneemasse aufhielten.

Eines dieser Gitter befand sich in meiner Nähe. Ich bewegte mich auf allen vieren darauf zu, klammerte mich fest, zog mich weiter, passierte das Gitter und robbte zum nächsten.

Einige Minuten später hatte ich mein zweites Etappenziel erreicht. Ich sah selbst aus wie ein Schneemann. Die weiße Pracht klebte an meiner Kleidung fest, und auch an der Gesichtshaut hingen die kleinen Eiskristalle.

Die erleuchtete Reihe der Hotelfenster lag links von mir. Wenn ich mich streckte, konnte ich die Unterkanten der Balkone erreichen. Ich aber lief unter ihnen hinweg. Sie fanden sich über meinem Kopf wie schützende Dächer.

Manchmal vernahm ich Stimmen oder das Rauschen einer Wasserspülung. Es wurde geduscht, gebadet, sich herausgeputzt, um für das »Après Ski« schön zu sein.

Ich lief im Dunkeln weiter. Der Lichtschein über mir verlor sich bereits auf den Balkons, deshalb war ich gezwungen, meine Schritte so behutsam wie möglich zu setzen.

Auf einmal hörte ich es!

Es war ein Schaben, dann polterte vor mir etwas, ich schaute hin und glaubte zu sehen, dass die Schneefläche rechts von mir auf dem schrägen Dach in Bewegung geraten war.

Nein, es war nicht der gesamte Schnee. Einige Eisklumpen rollten vorbei und verschwanden.

Ohne Grund?

Ich wurde noch vorsichtiger. Die Beretta hatte ich in die rechte Tasche der gefütterten Jacke gesteckt, zog jetzt den dicken Handschuh aus, damit er mich, wenn es sein musste, beim Schießen nicht behinderte.

Wieder klang das polternde Geräusch auf. Abermals rutschte Schnee nach. Ich blieb stehen, zog meine kleine Lampe hervor und wollte es genau wissen.

Den Strahl sandte ich in die Richtung, in der das Poltern aufgeklungen war.

Er glitt über den gefrorenen Schnee, sodass die Eiskristalle glänzten wie kleine Diamanten.

Da ich möglichst viel von der Fläche sehen wollte, musste ich den Arm schwenken. Von rechts nach links glitt der Kegel über den hellen Schnee.

Da sah ich ihn!

Er hockte auf der Dachschräge wie ein dicker, schwarzer Klumpen. Dabei hatte er eine Haltung eingenommen, die es ihm ermöglichte, sich mit einer Seite am Schneegitter abzustützen.

So unförmig er auch wirkte, für mich gab es keinen Zweifel, dass ich den Yeti vor mir hatte.

Ich bewegte meine Hand nicht mehr. Der Strahl konzentrierte sich jetzt auf die Gestalt, von der ich einfach mehr sehen wollte als nur ihre Umrisse.

Ich sah die gelblichen Flecken im oberen Teil des Klumpens. Das konnten nur seine Augen sein, die so böse und gleichzeitig auch sezierend blickten. Er hatte von hier aus alle Chancen für einen Überraschungsangriff. Niemand würde mit einer Attacke vom Dach her rechnen. Gleichzeitig dachte ich daran, dass mir die Chance gegeben war, den Yeti auszuschalten, ohne dass er weitere Opfer auf sein Mordkonto laden konnte.

Meine rechte Hand war von keinem Handschuh mehr geschützt.

Bevor die Finger steif wurden, wollte ich die Bestie erledigt haben. Ich holte die Beretta hervor und zielte dorthin, wo die beiden Augenpunkte so kalt leuchteten.

Bisher lief alles wunderbar, bis der Yeti plötzlich bemerkte, was los war.

Ich wusste nicht, ob er mich bewusst in Sicherheit gewiegt hatte, jetzt aber handelte er.

Mit einer plötzlichen Bewegung schaufelte er mir wahre Schneeberge entgegen. Die Sicht auf ihn wurde mir genommen, ich drückte dennoch ab, verriss den Schuss, und dann klatschten die Massen gegen mich.

Die Schneeoberfläche war verdammt hart. Ich bekam es zu spüren, als mich die Ladung voll traf und mich zurückschleuderte. Fast wäre ich noch ausgerutscht, aber durch Pendelbewegungen der Arme erlangte ich mein Gleichgewicht zurück.

Der Yeti schlenderte mir die zweite Schneeladung entgegen. Sie traf mich und donnerte auch gegen die Wand hinter mir. Mein Gesicht hatte ebenfalls etwas abgekriegt, das Zeug klebte an den Augen, ich wischte es mit der freien Hand weg und hörte die widerlichen Geräusche, als der Yeti vor mir erschien.

Dass er Kraft besaß, bekam ich einen Moment später zu spüren. Diesmal erwischte mich sein Prankenhieb und sorgte dafür, dass ich vom Sims geworfen wurde.

Im hohen Schnee landete ich auf der Dachschräge, dachte nicht mehr an den Einsatz der Beretta und rutschte nach unten, eingehüllt in einen Mantel aus Schnee und begleitet von Eisklumpen. Mit dem Gesicht tauchte ich dabei in die kalte Masse, wurde blind, aber mein Überlebenswille hatte sich gefestigt.

Noch vor der Dachkante musste es mir gelingen, meine Fahrt zu stoppen, sonst stürzte ich vom ersten Stock aus in die Tiefe, und das konnte böse enden.

Der Yeti interessierte mich momentan nicht. Ich spreizte die Beine und suchte so nach einem besseren Halt, aber es war einfach zu glatt. Eine Chance, die Rutschpartie zu stoppen, erhielt ich nicht.

Dann passierte es.

Es war wie bei einem Kopfsprung in den Pool. Nur befand sich unter mir kein Wasser, sondern der Boden.

Ich zählte nicht nach, wie lange ich mich in der Luft befand. Mein Herzschlag schien stehen geblieben zu sein, ich wartete auf den Aufprall und rollte mich zusammen.

Der Aufschlag!

Nicht brutal oder knochenbrechend, zwar hart, aber trotzdem weich. Ich verschwand, wieder wurde es dunkel um mich. Kälte biss in mein Gesicht, aber mir war nichts passiert.

Es dauerte einige Sekunden, bis mir dies klar geworden war. Ich hatte den kopfüber ausgeführten Sturz aus der ersten Etage tatsächlich ohne Schaden zu nehmen überstanden.

Was war der Grund?

Man konnte ihn als lächerlich simpel bezeichnen oder als Glück im Unglück. Ich war in einem hohen Schneehaufen gelandet, der den Sturz gebremst und aufgefangen hatte.

Noch bestand kein Grund zum Jubeln, da der verfluchte Yeti auch weiterhin lebte, aber ich konnte ihn jetzt zum zweiten Mal stellen und würde dementsprechend vorsichtiger sein.

Etwas mühselig befreite ich mich aus dem Schneehaufen, wischte mein Gesicht frei und trat einige Schritte zurück, um einen günstigen Sichtwinkel zu haben.

In zwei Etappen wuchs das Dach des Hotels in die Höhe. Ich sah die Balkone, das Licht hinter den Scheiben, wie es auf die dicke Schneefläche floss und sich dort verteilte.

Aber wo steckte der Yeti?

Gefolgt war er mir nicht. Die Bestie musste demnach noch auf dem Dach hocken.

Leider war es trotz allem zu dunkel. Aber ich hörte sie. Zuerst den röhrenden und kreischenden Schrei, dann den gewaltigen Krach, als irgendetwas splitterte.

Da wusste ich, dass der Yeti einen unkonventionellen Weg gefunden hatte, um in das Hotel zu gelangen …

Er saß in der Halle, dachte an den Yeti und besonders an seine Frau, die ein ihm Unbekannter als Geisel genommen hatte. In seinem Innern tobte eine Hölle aus Gefühlen. Noch nie war es Dexter Haley so schwergefallen, sich zusammenzureißen.

Hier musste er es. Er durfte seinen Gefühlen nicht nachgeben. Am liebsten hätte er sein Gewehr genommen und wäre durch den Ort zu seinem Haus gelaufen, um mit den Gegnern abzurechnen, wie es früher die Westernhelden getan hatten.

Aber das war nicht möglich. Wenn er das tat, war das Leben seiner Frau keinen Cent mehr wert. Hinzu kam der Yeti, der ebenfalls die Gegend unsicher machte.

Nicht nur Dexter Haley, auch John Sinclair war davon überzeugt, dass sich die Bestie nahe dem Hotel aufhalten würde, wo sie die meisten Opfer finden konnte.

Das war Problem Nummer zwei.

Haley kam nicht umhin, darüber nachzudenken, was er unternehmen würde, wenn der Yeti tatsächlich das Hotel angriff. Er war bewaffnet. Einmal hatte er auf die Bestie geschossen, sie aber nicht erwischt, ein zweites Mal sollte es ihm nicht so ergehen.

Aber sie kam nicht.

Und auch John Sinclair ließ sich nicht blicken. Dabei hatte sich Dexter Haley so hingesetzt, dass er den Eingang beobachten konnte. Wenn der Yeti an der Tür erschien, hob sich seine kompakte Gestalt sicherlich sehr gut hinter der Glastür und im Licht der Außenbeleuchtung ab. Sollte er das Hotel dann betreten, würde Dexter schießen, und zwar sofort. Er hoffte nur, dass in dem Augenblick keine Gäste durch die Schusslinie liefen.

Hinter sich hörte er die gedämpften Schritte eines Mannes. Er dreht sich um.

Einer der Portiers blieb neben ihm stehen und beugte sich zu ihm herab.

»Was gibt es?«, fragte Haley.

Der Mann dämpfte seine Stimme. »Ich möchte Ihnen ja keine Vorschriften machen, Sir, aber wäre es nicht besser, wenn Sie woanders warten würden?«

»Weshalb?«

»Gleich setzt der Betrieb ein. Unsere Gäste werden das Dinner einnehmen. Es sind auch zahlreiche Kinder darunter. Wenn diese Sie und Ihr Gewehr hier sehen, könnten sie etwas unruhig werden.«

»Unruhig?« Dexter lachte auf und schüttelte gleichzeitig den Kopf. »Ich will Ihnen mal was sagen. Wenn Sie mir noch einmal mit einer solchen Lappalie kommen, gibt es Ärger. Was ist die Unruhe der Kinder schon gegen das, was eventuell auf uns zukommt.«

Der Mann krauste die Stirn. »Sorry, aber ich verstehe Sie nicht richtig.«

»Dann will ich es Ihnen sagen, Mann. Sie haben ja von den Toten gehört, die es gegeben hat.«

»Natürlich, der Grizzly ...«

»Es war kein Grizzly, aber das will ich mal dahingestellt sein lassen. Wir müssen damit rechnen, dass der Mörder, wer immer es auch sein mag, sich Ihr Hotel für seine neuen Bluttaten ausgesucht hat. Begreifen Sie nun, weshalb ich hier sitze?«

Der Portier starrte Dexter Haley an, als würde er an dessen Verstand zweifeln. »Was haben Sie da gesagt?«

»Soll ich es wiederholen?«

»Nein, nein, ich habe schon verstanden.« Der geschniegelte Knabe blickte sich um. Er schluckte einige Male und holte tief Luft. »Ich bin völlig aus der Fassung gebracht worden. Ein Mörder will unser Hotel besuchen? Wir ... wir sind ausgebucht.«

»Deshalb wird er ja kommen.«

»Und wer ist es?«

»Kein Grizzly.«

»Ein Mensch?«

»Nein, auch das nicht. Aber ich wollte Ihnen nur sagen, dass ich nicht ohne Grund in Ihrer Halle sitze und warte.«

Für Dexter Haley war das Gespräch beendet. Das merkte auch der Portier und zog sich zurück.

Haley sah ein, dass der Mann Recht behielt, denn die Gäste kamen tatsächlich zum Dinner. Sie liefen die breite Treppe hinab oder stiegen aus dem Lift.

Manche Mütter hielten ihre Kinder an den Händen. Die Gäste

gaben sich locker, ihre Laune war hervorragend. Lachen erfüllte die Halle, nur Dexter Haley befasste sich mit seinen trüben Gedanken. Er dachte an die Katastrophe.

Zudem fragte er sich, aus welchem Grunde sich John Sinclair nicht blicken ließ. Wollte er sich tatsächlich nur umziehen? Haley ging davon aus, dass Sinclair dies als Ausrede gebraucht hatte.

Er nahm sein Schnellfeuergewehr und stellte es zwischen seine Beine. Wo er saß, breitete sich neben den dicken Schuhen eine feuchte Lache aus getautem Schnee aus. Das Wasser versickerte im Teppich.

Haley wurde immer nervöser. Der innere Druck nahm zu. Wenn das Telefon an der Rezeption summte, blickte er jedes Mal hin, weil er mit einem Anruf rechnete.

Weder Dr. Mertens noch seine Frau meldeten sich. Wenn er an Doris dachte, nahm der Druck noch weiter zu. Er stellte sich vor, in welch einer Lage sie sich befand. Da stand ein Fremder vor ihr, der sie mit einer Waffe bedrohte.

Seine Doris ausgerechnet. Die Frau, die sich in anderen Umständen befand und sich ebenso auf den Nachwuchs freute wie er. Beide konnten schweren Schaden erleiden. Doris gehörte nicht zu den Frauen, die so etwas ohne Nachfolgewirkungen überstanden. Gerade in der Zeit der Schwangerschaft war sie sensibel geworden.

Sinclair ließ sich noch immer nicht blicken.

Dexter Haley überlegte, ob er weiterhin in der Halle warten sollte. Ja, er würde aber nicht mehr auf seinem Platz sitzen bleiben. Der Portier sah ihm fragend entgegen, als der Öko-Sheriff an die Rezeption trat.

»Was kann ich für sie tun?«

»Verbinden Sie mich bitte mit Mr. Sinclairs Zimmer.«

»Einen Moment, Sir.«

Die Verbindung war schnell hergestellt. Dexter wurde der Hörer in die Hand gedrückt, und er lauschte dem Freizeichen, das einfach nicht abreißen wollte.

Sinclair meldete sich nicht. Er war nicht in seinem Zimmer. Hatte man ihn vielleicht so erwischt, dass er sich nicht mehr melden konnte?

Wie ging es weiter?

»Danke«, sagte Dexter und schob den Apparat wieder zurück.

»Kann ich sonst noch etwas für Sie tun?«, erkundigte sich der Geschniegelte.

»Nein.«

Haley ging wieder zu seinem Platz zurück. Die meisten Gäste waren in den beiden Restaurants verschwunden. Er hörte das Klirren der Bestecke und des Porzellans, wenn Teller leicht gegeneinander schlugen.

In den Beinen spürte er das Kribbeln. Die Nervosität drückte. Er konnte es nicht mehr länger aushalten, wollte sich auch nicht mehr hinsetzen und begann mit seiner Wanderung durch die Halle, verfolgt von den Blicken der beiden an der Rezeption stehenden Portiers.

Die Spannung stieg. Dexter Haley wurde es zu warm. Er trat ins Freie. Vor ihm schob sich die Glastür zurück. Die kalte Luft tat im ersten Moment sehr gut, und er atmete sie tief ein.

Auf der gefrorenen Schneefläche spiegelten sich die Lichter der Parkplatzleuchten. Die abgestellten Wagen waren nur durch ihre Umrisse zu erkennen, die von den hohen Schneehauben gebildet wurden.

Von den Bergen her fauchte der schärfere Wind ins Tal. Neben der Tür hing ein Thermometer. Die Temperatur lag weit unter dem Gefrierpunkt.

Haley drehte sich um und ging wieder zurück. Abermals öffnete sich vor ihm die Tür.

Er trat in die Halle, die Tür schloss sich wieder, und genau zu diesem Zeitpunkt geschah es.

Irgendwo, im Haus und hoch über sich vernahm er ein gewaltiges Krachen und Poltern.

Für einen Moment blieb er ebenso erstarrt stehen wie die beiden Männer an der Rezeption. Sie schauten hoch, auf ihren Gesichtern lag das Nichtverstehen.

Der Öko-Sheriff aber rührte sich. »Verdammt, der Yeti!«, keuchte er und raste los …

Karl Mertens musste die Worte seines ehemaligen Freundes erst verdauen. Doris Haley erging es nicht anders. Auch sie war sprachlos und begriff nicht, wie jemand so grausam sein konnte. Trotz ihrer Furcht hatte sie genau begriffen, was gespielt wurde. Der Yeti handelte nicht aus eigenem Antrieb, er wurde von einem Menschen geführt, der eine Waffe in der Hand hielt und kalt lächelte.

»Hast du es gehört?«, fragte Moore.

Mertens nickte. »Ja, ich habe dich verstanden, Jasper. Aber ich kann dich nicht begreifen. Wie ist es möglich, dass ein Mensch so tief sackt wie du?«

Moore verzog die Lippen. »Das ausgerechnet aus deinem Munde zu hören überrascht mich.«

»Wieso?«

»Ich habe mich ein wenig über dich erkundigt. Man kommt an dich nicht heran, du wirst gut abgeschottet. Aber du hast einen wichtigen Posten in der Washingtoner Hierarchie. Du hast mit dem Geheimdienst zu tun, das wurde mir klar. Dass du aber, ein Geheimdienstmann, von Moral sprichst, kann ich nicht begreifen. Ihr habt doch keine Moral. Soll ich das aufzählen, was in den letzten Monaten in den Zeitungen gestanden hat? Dieser verdammte Sumpf unter der Oberfläche. Gewisse Geschäfte mit feindlich gesonnenen Regierungen, Geldschiebereien und …«

»Jasper«, unterbrach Mertens den Mann. »Du verwechselst hier Äpfel mit Birnen.«

»Das glaube ich kaum. Ich wollte dir nur deine Moral vor Augen halten. Du solltest über mich nicht richten, Karl.«

»Mir würde es aber nie in den Sinn kommen, ein Monstrum auf unschuldige Menschen loszuschicken.«

»Das glaube ich dir sogar. Aber du bist auch einen anderen Weg gegangen, Karl. Ich bin der Forscher, ich bin der Entdecker, der keine Anerkennung fand, auch bei dir damals nicht. Niemand wollte mir glauben, aber ich habe es geschafft.«

»Das streite ich nicht ab, Jasper. Nur musst du mir den Grund erklären, weshalb du den Yeti morden lässt. Der Triumph, durch den Beweis seiner Existenz deine Kollegen vom Gegenteil zu überzeugen, hätte viel größer ausfallen können.«

Moore beugte sich vor. Seine Augen weiteten sich. »Ja, du hast Recht, Karl. So habe ich auch gedacht. Als ich jedoch meine Kollegen und die Welt der Wissenschaft von der Existenz des Yetis überzeugen wollte, hat man mich ausgelacht und wiederum für einen Spinner gehalten. Man ließ nicht einmal eine Demonstration zu. Jedes Mal wurde ich von den arroganten Typen abgewiesen.«

»Die Zeit war nicht reif.«

»Ist sie es jetzt?«

»Ich meine schon.«

»Und wieso?«

»Weil die Welt allmählich zu glauben beginnt, dass der Yeti tatsächlich existiert. Ein berühmter Bergsteiger hat ihn auf seiner letzten Himalaja-Tour gesehen. Jetzt wäre auch für dich der Zeitpunkt gekommen, es zu versuchen. Aber was machst du? Genau das Gegenteil von dem. Du hast deinem Hass freie Bahn gelassen. Morde gehen auf dein Konto, obwohl der Yeti sie ausführte. Karl, du trägst daran die eigentliche Schuld, denn dir gehorcht die Bestie.«

»Ja, sie gehorcht mir wie ein Hund.«

»Was ich wiederum nicht begreifen kann.«

»Es ist ganz einfach. Erinnere dich daran, als ich dir den jungen Yeti zeigte. Er hatte damals nichts, keine Eltern, die ihn großzogen, aber ich war da. Und ich habe ihm die Eltern ersetzt. Wie ein Flaschenkind habe ich ihn gefüttert. Er war für mich mein Kind. Ich habe ihn auf seinem Weg begleitet, und wenn er jeden Menschen angreift, mich nicht, Karl. Ich bin ihm Vater und Mutter zugleich.«

»Und heute nacht willst du ihn morden lassen?«

»Es lässt sich nicht mehr ändern.«

»Nenn mir doch den Grund, zum Teufel!«

»Weil die Welt endlich von mir erfahren soll! Von meinen Taten, von meinen Erfolgen.«

Dr. Mertens ließ sich zurückfallen und schlug gegen seine Stirn. »Das kann doch nicht wahr sein. Ist der Grund tatsächlich nur diese angebliche Nichtachtung gewesen?«

»Sie hatten Zeit genug. Ich war fair zu ihnen.«

Dr. Mertens winkte ab. »Unter Fairness verstehe ich allerdings etwas anderes. Mich würde noch interessieren, weshalb du mich unbedingt töten willst, Jasper.«

»Das ist einfach. Du bist es damals gewesen, der dafür plädiert hat, den Yeti zu töten.«

»Das wäre am besten gewesen. Ich hätte es damals tun sollen, dann wären die sechs Menschen noch am Leben.«

Moore grinste kalt. »Aber du hast es nicht getan. Du standest ihm, als mein Freund, negativ gegenüber. Und das, Karl, habe ich dir nie vergessen.«

»Okay, ich weiß jetzt, weshalb du mich hasst. Aber weshalb sollen Dexter Haley, John Sinclair und die Frau sterben? Was haben sie dir getan?«

»Das ist noch einfacher. Haley schoss auf mein Kind. Ja, ich bezeichne den Yeti als mein Kind. Er wagte es, mit einem Gewehr auf ihn zu schießen. Stell dir das einmal vor. So etwas ist kaum zu fassen, aber er tat es trotzdem.«

»Und weiter …?«

»Sinclair gehört zu dir. Ihr beide wolltet den Yeti jagen. Du hast ihn mitgebracht, weil du dich allein zu schwach fühltest. Aber ich sage euch, ihr seid beide zu schwach. Der Yeti und ich sind euch in allen Belangen überlegen.«

»Dann lass wenigstens die Frau laufen.«

»Das könnte ich mir sogar überlegen«, erwiderte Moore. »Sie ist im Prinzip unschuldig. Ich brauchte sie nur als Druckmittel, um dich in meine Gewalt zu bringen. Das ist mir gelungen. Wie gesagt, es ist nicht sicher, ob ich sie tatsächlich laufen lassen werde. Es dauert nicht mehr lange, dann wird das Chaos über dieses Tal hereinbrechen. Mein Kind ist bereits unterwegs.«

»Greift er das ›Mountain King‹ an?«, fragte Mertens.

»Ja.«

Mertens griff zur Brille und setzte sie ab. Er putzte die Gläser, die in der Wärme beschlagen waren. Moore ließ es geschehen. Erst als Mertens die Brille wieder aufgesetzt hatte, sagte er: »Eigentlich ist es schade, dass ich dich erschießen muss.«

»Dann lass es doch bleiben.«

Moore lachte meckernd. »Nein, ich hätte dich dem überlassen sollen, den du damals schon hast töten wollen. Der Yeti hätte dich zer…«

»Es reicht, Jasper, ich weiß Bescheid.«

Moore fühlte sich überlegen. »Nervlich angeschlagen, mein Freund?«

»Nein, ich denke nur an Mrs. Haley, die du in deinen Rachefeldzug mit einbezogen hast.«

Moore wechselte den Blick und schaute auf Doris. »Hast du wirklich Angst, Lady?«

Sie rührte sich nicht. Die berühmte Salzsäule war nichts gegen sie. Doris atmete durch die Nase, ihr Schnauben war zu hören, der Blick war voller Furcht.

»Du kannst dich ruhig setzen, Lady!«

Doris schrak zusammen, bevor sie heftig nickte. Sie tastete wie ein Blinder, bevor sie das Sitzmöbel zu sich heranzog, um sich dort niederzulassen.

»So«, sagte Moore, »kommen wir zum eigentlichen Punkt, Karl. Nämlich deinem Tod.«

Damit hatte Mertens gerechnet. Er war in der Tat ein eiskalter Bursche. Während des Gesprächs hatte sich sein Gehirn damit beschäftigt, einen Ausweg aus der Lage zu suchen. Eine Kugel ist immer schneller als die Reaktion eines Menschen, besonders dann, wenn sie aus einer so kurzen Distanz abgefeuert wird.

Aber es gab einige Tricks, die Mertens einsetzen wollte. Nur armweit entfernt stand der Tisch. Er sah nicht allzu stabil aus. Mit einem harten Tritt konnte er ihn aus der Ruhelage bringen und auf seinen Widersacher zustoßen. Dann brauchte er sich nur noch aus dem Sessel auf seine Waffe zu hechten.

Das alles dachte er vor und zurück, doch er sah keine Garantie für einen absoluten Erfolg.

Jasper Moore stand auf. »Es ist so weit«, sagte er mit rau klingender Stimme. »Wir haben genug geredet, ich werde dich nun erschießen, und das erledige ich im Stehen …«

Da trat Karl Mertens zu.

Mit dem rechten Fuß hämmerte er gegen das Tischbein und mit

der Spitze gleichzeitig unter die Platte, sodass der kleine Tisch nicht nur vorflog, sondern dabei auch in die Höhe gerissen wurde.

Jasper Moore erstarrte. Damit hatte er nicht gerechnet und feuerte erst dann, als der Tisch gegen seine Beine schlug.

Da flog Mertens bereits aus dem Sessel …

Über meinen Rücken rann ein kalter Schauer. Es lag nicht an der Temperatur, sondern daran, dass ich dieses berstende und krachende Geräusch vernommen hatte.

Es konnte nur eines bedeuten. Der Yeti hatte es dank seiner Kraft geschafft, das Dach zu durchbrechen. Jetzt befand er sich im Innern des Hotels.

Ich lief einige Schritte zurück, sodass ich besser auf das Dach blicken konnte.

Die Bestie war nicht zu sehen. Aber ich sah die Trümmer, die vor kurzem noch ein Balkon gewesen waren. Der Yeti hatte ihn regelrecht zerhämmert. Einige Teile waren in die Tiefe gefallen, auf der Schneefläche gelandet und rutschten allmählich nach unten.

In der ersten Etage musste der Yeti in das Hotel eingedrungen sein.

Hier draußen hielt mich nichts mehr. So gut es auf dem glatten Boden eben möglich war, rannte ich um das Haus herum und ärgerte mich darüber, wie weit die Strecke plötzlich war.

Die Angst um die Hotelgäste trieb mich voran wie unsichtbare Peitschenschläge.

Viel zu lange dauerte es mir, bis die Glastür vor mir zur Seite schwang. Mit einem Sprung stand ich im Foyer, sah ratlose Kellner und die beiden Portiers hinter der Empfangstheke, die kreidebleich geworden waren.

Dexter Haley entdeckte ich nicht.

Mit großen Schritten durchquerte ich die Halle. Meine Frage riss die Männer aus ihrer Erstarrung.

»Wo ist Dexter Haley?«

Sie brauchten mir keine Antwort zu geben, denn wir drei hörten die Schüsse gleichzeitig.

Sie waren über uns aufgeklungen!

Dr. Karl Mertens hörte weder das Sirren der Kugel, noch spürte er den Einschlag in seinem Körper, als er auf dem Boden landete. Ihm war klar geworden, dass er es tatsächlich geschafft hatte und Jasper Moore vorbeigeschossen hatte. Einem seiner Agentenprofis wäre dies kaum passiert, aber Moore war ein von Hass getriebener, enttäuschter Wissenschaftler, der überreagierte.

Karl Mertens dachte nur an seine Waffe und rollte sich dabei über den Boden. Er musste einfach in die Nähe gelangen, aber sie lag verdammt weit weg.

Moore kreischte. »Du Hund, diesmal legst du mich nicht rein!«

Mertens drehte sich auf dem Boden liegend und sprang hinter einen der wuchtigen Sessel.

Wieder feuerte Moore.

Diesmal hackte die Kugel in die dicke Rückenlehne des Sessels und blieb dort stecken.

Dass die Beine des Möbelstücks metallene Gleitköpfe hatten, entdeckte Mertens erst jetzt. Er blickte rechts am Sessel vorbei, sah seinen ehemaligen Freund durch das Zimmer irren und setzte alles auf eine Karte. Mit einem gewaltigen Stoß katapultierte er den Sessel in Richtung des Mannes.

Moore sah ihn zwar, doch es gelang ihm nicht, ihm auszuweichen. Zwar konnte er noch zur Seite springen, aber die Lehnenkante erwischte ihn am linken Bein und in Kniehöhe.

Moore fluchte wütend und knickte ein.

Mertens war wieder auf den Beinen. Er hatte jetzt freie Bahn, um an seine Waffe zu gelangen.

Doris Haley schaute aus angststarren Augen zu, in welch eine Gefahr sich Karl Mertens begeben hatte.

Auch sie sah seinen letzten Hechtsprung, der ihn in die Nähe der Waffe brachte.

Mertens war kein austrainierter Kämpfer und rollte sich auch nicht geschickt über die Schulter ab. Deshalb prallte er hart auf den Boden. Dabei schlug sein Kopf nach vorn, das Kinn tickte auf, für einen Moment sah er Sterne und hörte auch, wie das Glas seiner Brille zerbrach.

Aber die Waffe lag in seiner Nähe.

Seinen rechten Arm streckte er aus. Den Revolver erkannte er als verschwommenes Etwas und hieb seine flache Hand auf den Griff, bevor er sie zur Faust schloss, den Arm anzog und sich auf die Seite wälzte.

Mitten in der Bewegung traf ihn die Kugel!

Dexter Haley hatte keine Sekunde gezögert, als der gewaltige Krach über ihm aufgeklungen war. Er kannte das Hotel mittlerweile sehr gut und war zu Fuß, wenn er sich beeilte, schneller als mit dem Lift.

Wie ein Wiesel huschte er die Treppe hoch. Mit dem Gewehrkolben schlug er noch einen am Rand der Treppe stehenden Blumenkübel in Scherben, das nahm er nicht einmal am Rande wahr.

Vor ihm tat sich der Gang auf.

Mit im Hüftanschlag angelegten Schnellfeuergewehr betrat der Öko-Sheriff den Gang.

Vom Yeti sah er nichts!

Die Bestie hielt sich verborgen, aber sie hatte Spuren hinterlassen. Etwa zehn Yards entfernt war auf der linken Seite eine Tür regelrecht aus der Fassung herausgefetzt worden. Da musste der Yeti mit einer wahren Brachialgewalt angegriffen haben. Die Trümmer der Tür verteilten sich im Flur.

Sehr gespannt und auch vorsichtig schlich Dexter Haley auf die Tür zu. Er spürte im Nacken den kalten Schweiß, sein Herzschlag raste, dennoch war er nicht mehr so nervös wie unten in der Halle, als er gewartet hatte.

Der Yeti verhielt sich ruhig. Er atmete kaum. Die Bestie schien von der Stille regelrecht eingepackt worden zu sein.

Zum Glück befand sich kein Gast mehr auf seinem Zimmer. Die Menschen saßen beim Essen. Wahrscheinlich hatten sie nicht einmal das Poltern gehört.

»Zeig dich, du verfluchte Bestie!«, knirschte Dexter. »Los, zeig dich doch!«

Der Yeti hielt sich zurück.

Und Dexter ging weiter. Er spürte plötzlich den kalten Luftzug, der aus dem Zimmer mit der zerstörten Tür drang und sein Gesicht streichelte. Für ihn war es ein Beweis, dass der Unhold auch die Fensterscheibe zerstört hatte.

Neben der Tür und zwischen den Trümmern blieb Dexter stehen. Er hatte die Bestie nicht gesehen, doch er wusste, dass sie rechts neben ihm im Zimmer auf ihn wartete.

Wie sollte er vorgehen?

In den Raum hineinspringen, sich fallen lassen und einfach schießen? Das sah im Film immer so gekonnt aus. Er aber war kein John Wayne.

Lange warten durfte er auch nicht.

Die Bestie musste einfach erledigt werden.

Drei Sekunden verstrichen.

Aus dem Foyer hörte er einen Ruf. Das machte ihn nervös, trieb ihn gleichzeitig an.

Dexter sprang vor, drehte sich um neunzig Grad nach rechts und feuerte in das Hotelzimmer hinein.

Er handelte einfach auf gut Glück und erwischte den Yeti nicht, denn die Kugeln rasten durch den kleinen Flur in den sich anschließenden Wohnraum.

Dexters Augen brannten. Nicht da!, schoss es durch seinen Kopf. Er ist nicht da!

Dabei hätte er nur nach links zu schauen brauchen, denn dort befand sich das Bad.

Er griff zu.

Dexter war zu langsam, um noch reagieren zu können. Etwas raste durch seine Hände. Es war der Schaft des Gewehres, denn der im Bad lauernde Yeti hatte den Lauf gepackt und mit seiner übermenschlichen Kraft Dexter die Waffe aus der Hand gerissen.

Haley drehte sich um.

Er sah die gewaltige Gestalt, die geduckt in der Türöffnung stand. Die grausamen Augen über dem Schlund, aus dem Geifer rann, und er sah, wie der Unhold sein Schnellfeuergewehr in der Mitte nach unten bog. So immens war seine Kraft.

Die Waffe war für den Yeti nur ein Spielzeug, mit dem er nichts anfangen konnte. Er schleuderte sie hinter sich, wo sie auf die Fliesen prallte und anschließend gegen den Wannenrand schlug.

Dann kümmerte sich die Bestie um Dexter Haley.

Der wusste von der Gefahr. In den letzten zwei Sekunden hatte er den Schock wieder überwunden, sein Gehirn arbeitete klar und nüchtern. Er musste weg.

Dexter sprang zurück.

Es war eine wuchtige Bewegung. So heftig, dass er mit dem Rücken gegen die gegenüberliegende Gangwand prallte und für einen Moment aus dem Konzept geriet.

Der Yeti nutzte die Chance!

Wie ein haariger und mit Fell bedeckter Berg erschien er im Ausschnitt der Tür. Dort hielt er sich keine Sekunde auf. Wie ein Rammblock wuchtete er seinen mächtigen Körper vor und hätte Dexter Haley erwischt, wäre dieser nicht mit einem gewaltigen Satz zur Seite und in Richtung Treppe gesprungen.

So prallte die Bestie gegen die Wand. Dexter hätte es nicht gewundert, wenn sie ebenfalls zusammengebrochen wäre.

Er war waffenlos, und mit bloßen Fäusten würde er nie den Yeti erledigen können.

Da blieb nur die Flucht.

Gleichzeitig dachte er daran, dass er auch die anderen Gäste und das Hotelpersonal warnen musste. Wenn es dem Yeti gelang, in das Foyer einzudringen, wo auch die Restaurants so nahe liegen, konnte für nichts mehr garantiert werden.

Noch bevor der Yeti ihn erwischen konnte, erreichte Dexter die Treppe. Die ersten vier Stufen nahm er mit einem gewaltigen Sprung und schrie plötzlich auf, als eine Gestalt vor ihm erschien, gegen die er prallte …

Die Gestalt war ich!

Auch ich wusste, dass es auf Sekunden ankam, und war schnell die Treppe hochgerannt. Am Geländer hielt ich mich fest, ich dachte nur an die Schüsse und die sich daraus ergebende Situation. Die Treppe kam mir zudem fast endlos vor. Sie hatte drei Kehren, aus welchen Gründen auch immer, mich jedenfalls kostete sie Zeit.

Die Schritte warnten mich leider zu spät. Wie ein Schatten sah ich Dexter Haley von oben herabsausen, und dann passierte etwas, das in eine Komödie gepasst hätte.

Wir beide prallten zusammen.

Keinem war es mehr gelungen, dem anderen auszuweichen. Etwas rammte in meinen Magen, wahrscheinlich ein Ellbogen. Der Schmerz raubte mir fast die Besinnung.

Zusammen mit Dexter wirbelte ich zurück. Wir krachten gemeinsam auf die mit einem Teppich bedeckten Stufen, hielten uns gegenseitig fest, rollten wie ein Knäuel aus Leibern und Armen die Treppe hinab und blieben erst vor der letzten Stufe liegen. Die beiden Portiers konnten gerade noch hastig zur Seite springen.

Dexter rutschte weg, er blieb auf dem Bauch liegen, ich auf der Seite, und ich hörte ihn fluchen.

»Verdammt noch mal!«, ächzte er. »Ich habe ihn gesehen.« Er stemmte sich hoch und hielte seine linke Schulter. »John, er hat mein Gewehr verbogen.«

Ich hörte den Kommentar, als ich mich aufrichtete und den schmerzenden Rücken durchbog. Er tat höllisch weh, aber darum konnte ich mich nicht kümmern.

»Wo will er hin?«, schrie ich.

»Keine Ahnung. Vielleicht nach unten und …« Dexter schwieg für einen Moment. Dann schrie er: »Da!«

»Ich blickte zur Treppe.

Der Yeti kam. Er ging nicht, er fiel auch nicht, wie es bei uns der Fall gewesen war, dieser Unhold sprang mit einem gewaltigen Satz die Treppe hinab, um mich in den Foyerboden zu rammen …

Dr. Karl Mertens wusste nicht einmal, wo ihn die Kugel erwischt hatte. Er hatte den Schlag gespürt, die sekundenlange Lähmung danach, dann war der Schmerz gefolgt.

Er konzentrierte sich nicht auf einen Punkt, sondern zog sich quer und längs durch den Körper. Mertens verspürte ihn in der Hüfte, im Rücken, an der Schulter.

Er lag auf dem Bauch und wusste, dass er verloren hatte. Aber er wollte nicht verlieren.

Noch hielt er die Waffe fest, und als er versuchte, sein Bein anzuziehen, wunderte er sich darüber, dass es klappte. Er konnte sich also bewegen, vielleicht auch herumrollen.

Das versuchte er. Doch kaum hatte er sich bewegt, fiel ein Schatten über sein Gesicht. Er gehörte zu seinem ehemaligen Freund Jasper Moore, der mit ruhigen Schritten auf ihn zugegangen war und jetzt neben ihm stehen blieb.

Mertens blieb starr liegen. Beide Brillengläser waren zerbrochen. Das Gestell hing noch schief auf seinem Gesicht und gab ihm ein lächerliches Aussehen.

Er blickte hoch.

Moore sah nach unten, sodass sich ihre Blicke trafen.

Das sonst blasse Gesicht des Jasper Moore hatte eine fast hektische Röte angenommen. Beinahe vorwurfsvoll schüttelte er den Kopf, bevor er kalt lächelte und dabei sagte: »Du versuchst es immer wieder, mein Freund, aber du wirst verlieren.«

»Was willst du! Noch einmal schießen?«

»Ja, mein Freund. Eine Kugel hat für dich nicht gereicht. Du bist zäh, zäher, als ich annahm.«

»Ja, manchmal kann man sich eben täuschen.«

»Aber das ist jetzt vorbei.«

»Wo hast du mich erwischt?«

»Irgendwo zwischen Rücken und Oberschenkel. Du hättest dich nicht so hektisch bewegen sollen, Karl, dann hättest du es bereits hinter dir gehabt. So aber wirst du noch die heiße Todesangst spüren, die in dir steckt und dich quält.«

»Und es macht dir nichts aus, einen alten Freund zu töten«, fragte Karl Mertens keuchend.

»Du hättest den Yeti auch getötet.«

»Verdammt, er ist kein Mensch, sondern eine mordende Bestie. Begreifst du den Unterschied nicht?«

»Für mich ist er ein Mensch.«

»Du bist verrückt!«

Jasper Moore verzog spöttisch die Lippen. »Ich weiß überhaupt nicht, weshalb du dich in deiner Todesstunde noch so aufregst. Es läuft alles so, wie ich es will. Diesmal, Karl, bin ich der Stärkere von uns beiden, das steht fest. Früher warst du es, aber heute …«

»Schieß endlich, verdammt!«

»Ja, mein Freund, den Gefallen werde ich dir tun.« Jasper Moore ging einen Schritt zurück und senkte den Lauf der Waffe, sodass Mertens aus seiner liegenden Lage schräg hoch und in das dunkle Loch hineinschauen konnte.

Er sah auch den Finger seines Freundes, der sich um den Abzug gelegt hatte.

Mertens selbst hielt eine Waffe in der Hand, nur würde er nicht mehr dazu kommen, sie einzusetzen.

Moore war immer schneller.

Die Spannung war ein wenig abgefallen. Mertens spürte jetzt auch wieder die Schmerzen, die sich wie ein Strahlenfeld in seinem Körper ausbreiteten.

Seltsamerweise konnte er in diesen langen Sekunden auch ohne Brille klar sehen. Er erkannte, dass sich der rechte Zeigefinger seines ehemaligen Freundes bewegte und der Abzugshahn bald den Druckpunkt erreicht haben würde.

Aber er sah auch die Frau!

Doris Haley war in diesen letzten Augenblicken über sich selbst hinausgewachsen. Sie war vom Stuhl aufgestanden und hielt mit beiden Händen eine Blumenvase fest. Die Arme schwang sie hoch über den Kopf, bemühte sich, so leise wie möglich zu gehen, und hatte Jasper Moore schon fast erreicht.

Mertens wollte ihr helfen.

Deshalb schrie er, um Geräusche zu überdecken. »Nein, bitte nicht. Ich habe Angst, ich habe …«

Moore schüttelte den Kopf.

Noch in der Bewegung traf ihn die Vase!

Zum ersten Mal sah ich das Gesicht des Yetis im Hellen aus der Nähe.

Es war eine furchtbare Fratze. Kein Affengesicht, nein, eine Mischung zwischen Wolf, Bär und Gorilla. Ich sah die gelben Augen, das weit aufgerissene Maul, den Geifer aus der Höhlung sprühen, und ich erkannte die Pranken mit den langen Nägeln, die so schreckliche Wunden reißen konnten.

Da prallte er auf.

Und zwar an der Stelle, an der ich vor kurzer Zeit noch gestanden hatte.

Mit einer blitzschnellen Bewegung war es mir gelungen, dem Yeti zu entwischen. Er wuchtete sich ins Leere. Der Boden erzitterte unter dem gewaltigen Aufprall.

Aber er fiel nicht hin, sondern fuhr herum und schnellte gleichzeitig in die Höhe.

Die Angestellten des Hotels spritzten zur Seite, aus dem Restaurant kamen ausgerechnet in diesem Augenblick einige Gäste, die natürlich konsterniert stehen blieben, als sie die haarige und pelzige Bestie sahen.

Der Yeti richtete sich auf.

Ich schaute zu, wie er vor mir in die Höhe wuchs. Er war gewaltig, viel größer als ein Mensch oder ein Menschenaffe. Wenn er die Arme reckte, konnte er gut und gern die hochliegende Decke erreichen.

Und ich stand diesem Monstrum gegenüber.

Vielleicht trennten uns fünf Schritte, mehr aber nicht. Die anderen Personen hatten sich in Sicherheit gebracht. In diesem Augenblick dachte ich daran, dass ich keine dämonischen Gegner vor mir hatte, auch wenn der Yeti so aussah.

Er war ein Ungeheuer, doch kein Werwolf oder irgendeine Bestie aus den tiefen Reichen einer dämonischen Welt. Für sie brauchte ich das Kreuz nicht und eigentlich auch keine geweihten Silberkugeln.

Ich zog die Beretta.

Da schrie eine Stimme hinter dem Yeti auf.

»Das ist doch der Killer, Dad!«

Auch der Yeti hörte es. Vielleicht war es die Stimme, die ihn dazu trieb, sich anders zu entscheiden, jedenfalls wirbelte er auf der Stelle herum, zerfetzte mit seinen Fußkrallen noch den Teppich und jagte auf den Rufer zu.

Es war ein ungefähr zwölfjähriger Junge …

Doris hatte sich selbst überwunden und mit der bunten, großen Tonvase seitlich zugeschlagen. Sie traf den Kopf des Mannes mit voller Wucht, blieb dabei noch heil, aber Moore konnte diesen Treffer nicht mehr ausgleichen.

Er kippte nach links weg.

Ungewöhnlich grotesk wirkte er in der Haltung. Steif wie ein Baum, der gefällt wird.

Dennoch drückte er ab.

Wieder vernahm Karl Mertens den Schuss. Diesmal jedoch traf die Kugel ihn nicht. Sie hieb schräg in den Teppich und hinterließ in ihm ein Loch als Andenken.

Jasper Moore fiel quer über einen Sessel, der seinen Fall noch dämpfte, sonst wäre er auf den Boden geschlagen. Doris stand unbeweglich. Sie schaute zu, doch sie schien die Vorgänge nicht bewusst wahrzunehmen.

Dafür Karl Mertens. Das Eingreifen der Frau hatte ihm eine Chance ermöglicht, mit der er niemals mehr gerechnet hatte. Deshalb musste er sie auch konsequent nutzen.

Leider war Moore nicht bewusstlos geworden. Er lag benommen über dem Sessel. Mertens hörte ihn keuchen und gleichzeitig auch fluchen. Er würde sich wieder fangen und es noch einmal versuchen. Dieser Mann wurde von einer Kraft angetrieben, der Mertens kaum etwas entgegensetzen konnte.

Bis auf seinen Lebenswillen.

Und den aktivierte er.

Er wollte sich nicht so einfach fertig machen lassen. In seiner rechten Faust befand sich der Griff des Revolvers. Die Waffe war völlig in Ordnung, er konnte damit schießen, und er würde es auch tun, wenn er die Kraft dazu fand.

Trotz seiner schweren Verletzung bewegte er sich auf die Seite. Dabei rief er nach Doris, die erst beim zweiten Ruf reagierte, die Vase abstellte und zu ihm kam.

»Bitte, heben Sie mich an …«

»Aber ich …«

»Machen Sie schon!«, keuchte Mertens. Er hatte gesehen, dass sich Moore ebenfalls regte und sich dabei über den Sessel rollte. Halb auf der Sitzfläche liegend, drehte er sich herum, stützte sich mit dem linken angewinkelten Arm auf der Fläche ab und schwang den rechten mit.

Auch Mertens saß inzwischen. Doris hatte ihn so hingesetzt, dass er mit dem Rücken am Sessel lehnte und so einigermaßen Halt hatte.

Es fiel ihm schwer, den rechten Arm zu heben. Der Revolver schien plötzlich Tonnen zu wiegen. Vor seinen Augen bewegten sich Kreise, die Gestalt seines Freundes verschwamm.

Er wollte töten!

Und Mertens wollte leben.

Moore hob den Revolver an, Mertens tat es ihm nach. Beide zielten jetzt aufeinander, und beide berührten mit dem rechten Zeigefinger den Abzug. Es kam auf die berühmten Bruchteile von Sekunden an, wer von ihnen schneller war.

»Fahr zu Hölle!«, keuchte Jasper Moore. »Der Teufel soll dich …«

In seinen letzten Satz fiel der Schuss.

Moore konnte die Worte nicht mehr beenden. Er spürte den letzten Schlag in seinem Leben, der ihn ungefähr dort erwischte, wo das Herz unter der Brust schlägt.

Es war ein wuchtiger, ein alles vernichtender Hammerschlag, und sein rechter Waffenarm sank nach unten. Jasper Moore fand auch jetzt nicht die Kraft, noch einmal abzudrücken. Seine Augen brachen, der Körper neigte sich nach vorn, bevor er schwer zu Boden schlug.

Dr. Mertens aber hockte noch immer auf dem Boden, mit dem Rücken gegen die Sitzkante des Sessels gelehnt. Auch sein Arm war nach unten gesunken. Die Faust hatte er geöffnet, die Waffe lag direkt neben ihm auf dem Teppich.

Er stierte ins Leere.

Dann sah er Doris. Sie schritt um ihn herum, sah sich den Toten an und schlug die Hände vor ihr Gesicht, während ein gepresst klingendes »Mein Gott!« aus ihrem Mund drang.

Das hörte Karl Mertens nicht mehr. Die gnädigen Schatten der Bewusstlosigkeit hielten ihn umfangen …

Ich hatte plötzlich das Gefühl, als würde meine Beretta von allein schießen.

Dass ich es war, der abdrückte, wurde mir kaum bewusst. Aber es gab nur diese eine Möglichkeit, um das Kind und auch die anderen Personen vor den Klauen des Yetis zu bewahren.

Und meine Kugeln trafen!

Ich hörte den Yeti schreien, jaulen und brüllen. Sah, wie er zusammenzuckte, wie sich seine Laufrichtung änderte und er nach rechts abgedrängt wurde, wo er genau auf eine offene Lifttür zulief. Der Aufzug war breit genug, um ihn durchzulassen. Er stolperte hinein, prallte gegen die Innenverkleidung und berührte mit den Schultern die Etagenleiste.

Die Tür schloss sich, bevor ich sie erreichen konnte, und der Lift ruckte zu.

Mit wenigen Sprüngen war ich da und drückte auf den untersten Knopf, um die Kabine wieder herzuholen.

Dexter Haley stand plötzlich neben mir. »Du … du hast ihn mehrmals getroffen. Kann das gereicht haben?«

Ich lud meine Waffe nach und sagte: »Das werden wir gleich sehen. Bleib lieber zurück.«

Natürlich waren die Schüsse gehört worden. Ich glaube, es gab wohl keinen Gast mehr, der sich noch im Restaurant aufhielt. Vor der offenen Doppeltür hatten sich die Urlauber versammelt und starrten zu uns hin. Flüsternd wurde verbreitet, was geschehen war. Die meisten konnten es kaum fassen.

Anhand der erleuchteten Knöpfe ließ sich auch von außen genau verfolgen, wo sich der Lift befand.

In der vierten Etage stoppte er. Es dauerte etwas, bis das Licht unter dem Knopf erlosch und ein anderes aufleuchtete.

Das der dritten, der zweiten, der ersten Etage …

»Geh zur Seite!«, befahl ich Dexter Haley und senkte den Arm, weil ich direkt, wenn sich die Tür öffnete, in die Kabine zielen wollte.

Sie schwang nach links und rechts weg, die Lücke wurde größer – und …

Ich entspannte mich wieder.

Der Yeti lag wie ein dicker, großer braunschwarzer Klumpen auf dem Boden und rührte sich nicht mehr. Nur mit einem Unterschied. Diesmal befanden sich mehrere Einschlusslöcher in seinem Fell. Er würde niemals mehr aufstehen.

Von mir fiel die Spannung ab, als ich auf ihn zuging und meine Hand unter sein Kinn drückte.

Die Augen mit dem gelblichen Ausdruck waren totenstarr. In dieser Bestie steckte kein Leben mehr.

Dexter Haley trat zu mir. »Du siehst aus, als würde es dir Leid tun!«

Ich hob die Schultern. »Das ist zu viel gesagt, aber ich hätte ihn trotzdem gern lebendig gesehen, verstehst du? Wer weiß, wann die Welt mal wieder einen Yeti findet. Man hätte ihn studieren und erforschen können, so aber ist er tot …«

»Und Menschenleben sind gerettet worden.«

»Richtig. Deshalb bin ich ja froh, dass es ihn nicht mehr gibt.«

»Mr. Haley, Telefon!« Von der Rezeption her wurde der Öko-Sheriff gerufen.

»Mein Gott, Doris!«, keuchte er.

»Es ist Ihre Frau.«

Mehr stolpernd als laufend erreichte Haley sein Ziel. Er fiel fast über die Theke, ich hörte ihn sprechen und vernahm auch die Erleichterung in seinen Worten.

»Was sollen wir mit dem Körper denn machen?«, wurde ich gefragt.

»Schaffen Sie ihn erst einmal weg. Vielleicht interessieren sich noch die Wissenschaftler dafür.«

»Ja, das ist gut, Sir.«

Ich ging auf die Sitzgruppe zu und hockte mich neben einen Sessel auf die Tischkante.

Haley hatte sein Gespräch beendet. »Sie lebt, John, ich werde sie jetzt abholen.«

»Und Dr. Mertens?«

»Ist angeschossen, lebt auch, aber Moore ist tot. Er hat das Geheimnis seiner Rückkehr mit in den Tod genommen.«

»Ich gehe mit.«

Minuten später hatten wir das Haus erreicht. Dexter und Doris fielen sich in die Arme. Ich aber ging in den Livingroom, wo sich das Drama abgespielt hatte.

Dort fand ich einen Toten und einen Verletzten. Die Kugel steckte in Mertens' Hüfte, das würde er überleben.

In Culver praktizierte auch ein Arzt. Den rief ich an. Dann stellte ich mich ans Fenster und rauchte eine Zigarette.

Die Begegnung mit einem Yeti lag nun hinter mir. Ich aber würde sie nie vergessen …

ENDE

Sehr geehrte Leserin, sehr geehrter Leser,

falls Ihr Buchhändler die John Sinclair-Taschenbücher nicht regelmäßig führt, bietet Ihnen die ROMANTRUHE in Kerpen-Türnich mit diesem Bestellschein die Möglichkeit, diese Taschenbuch-Reihe zu abonnieren.

Hiermit bestelle ich bis auf Widerruf bei ROMANTRUHE,
Röntgenstr. 79, 50169 Kerpen-Türnich, Tel-Nr. 02237/92496,
Fax-Nr. 02237/924970 oder Internet: www.Romantruhe.de
die **John Sinclair-Tachenbücher** zum Preis von 45,00 Euro
für 12 Ausgaben.
Die Zusendung erfolgt jeweils zum Erscheinungstag. Kündigung jederzeit möglich. Auslandsabonnement (Europa/Übersee) plus Euro 0,51 Porto pro Ausgabe.

Zahlungsart: ☐ - jährlich ☐ - 1/2-jährlich ☐ - 1/4-jährlich
☐ - monatlich (nur bei Bankeinzug)
Bezahlung per Bankeinzug bei allen Zahlungsarten möglich.
Bitte Geburtsdatum angeben: ___ / ___ /19___
Name und Ort der Bank: ______________________________

Konto-Nr.: ______________ Bankleitzahl: ______________

Name: ______________ Vorname: ______________
Straße: ______________________________ Nr.: ______
PLZ/Wohnort: ______________________________
Unterschrift: ______________________ Datum: ______________
(bei Minderjährigen des Erziehungsberechtigten)

Die Bestellung wird erst wirksam, wenn sie nicht innerhalb von zwei Wochen ab dem auf die Aushändigung dieser Belehrung folgenden Tag schriftlich (zweckmäßigerweise per Einschreiben bei: Romantruhe, Röntgenstr. 79, 50169 Kerpen-Türnich) widerrufen wird. Zur Wahrung der Frist genügt die rechtzeitige Absendung des Widerrufs. Dies bestätige ich mit meiner

2. Unterschrift: ______________ Datum: ______________

Wenn Sie das Buch nicht zerschneiden möchten, können Sie die Bestellung natürlich auch gerne auf eine Postkarte schreiben.

Kreuzzug der Templer

In der Nacht verließen die Templer-Zombies die Kathedrale der Angst. Jahrhunderte lang hatten sie in den neun Höllenkreisen des Teufels überlebt. Jetzt aber hatte der Satan sie zurückgeschickt.
So traten die Templer ihren letzten Kreuzzug an. Doch sie wollten keine Stadt von den Ungläubigen befreien, sie hatten ein anderes Ziel – die Bibel des Baphomct …

ISBN 3–404–73300–2

Der Fänger

In einem Einkaufswagen wurde die Leiche einer jungen Russin gefunden. Sie war ermordet worden, und man hatte ihr wichtige Organe entnommen. Leider handelte es sich bei ihr nicht um das erste Opfer. Dahinter steckte Organ-Handel der schlimmsten Art, der auch Suko und mich nicht unberührt ließ.
Da die toten Frauen aus Russland stammten, wurden wir gebeten, unsere Verbindungen in ihrem Heimatland spielen zu lassen. Bei unseren Ermittlungen stießen wir auf die Gestalt des Fängers – äußerlich ein Mensch, in Wirklichkeit aber eine Bestie aus uralter Zeit!

ISBN 3–404–73301–0

BASTEI LÜBBE